NJÄGER

GELES

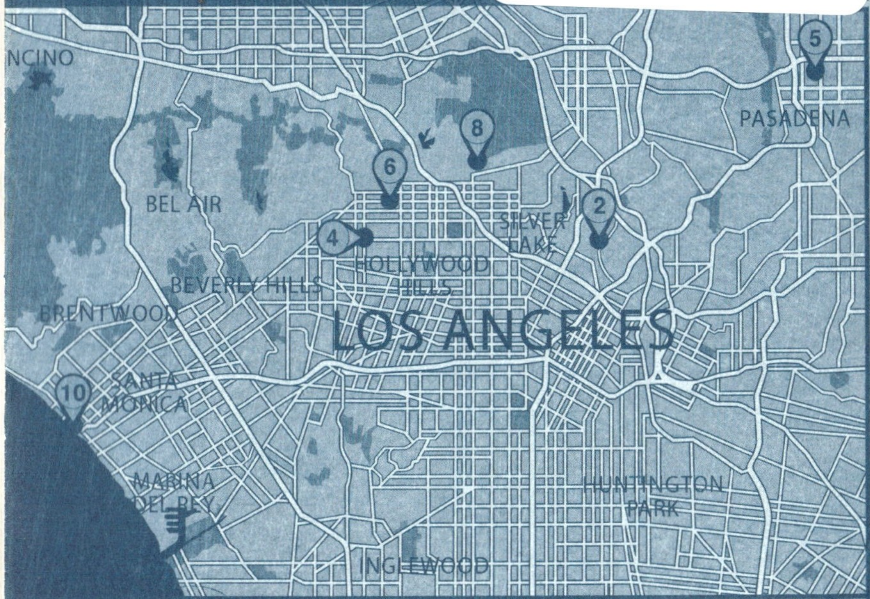

5 Der Schattenmarkt

8 Das Mitternachtstheater

6 Die Sepulchre Bar

9 Der Knotenpunkt

10 Santa Monica Pier

DIE DUNKLEN MÄCHTE«

Cassandra Clare

LADY MIDNIGH'

GOLDM

Cassandra Clare

LADY MIDNIGHT

Die Dunklen Mächte

BUCH EINS

ROMAN

Deutsch von Franca Fritz
und Heinrich Koop

GOLDMANN

Die Originalausgabe erschien 2016
unter dem Titel »Lady Midnight«
by Margaret K. McElderry Books, an imprint of
Simon & Schuster Children's Publishing Division, New York.

Dieses Buch ist auch als E-Book erhältlich.

MIX
Papier aus verantwortungsvollen Quellen
FSC
www.fsc.org
FSC® C014496

Verlagsgruppe Random House FSC® N001967

1. Auflage

Redaktion: Waltraud Horbas
Umschlaggestaltung: UNO Werbeagentur, München,
unter Verwendung eines Entwurfs von Russell Gordon
Umschlagmotiv: © 2016 by Cliff Nielsen
Karte von Los Angeles: Drew Willis
Satz: Buch-Werkstatt GmbH, Bad Aibling
Druck und Bindung: GGP Media GmbH, Pößneck
Printed in Germany
ISBN 978-3-442-31422-5
www.goldmann-verlag.de

Besuchen Sie den Goldmann Verlag im Netz

Für Holly
Einer vom Volk der Elben

PROLOG

Los Angeles, 2012

Schattenmarktnächte zählten zu Kits Lieblingsnächten.

Das waren die Nächte, in denen er das Haus verlassen und seinem Vater am Stand helfen durfte. Seit seinem siebten Lebensjahr arbeitete er nun schon auf diesem Markt, aber auch heute, acht Jahre später, spürte er noch immer die gleiche elektrisierende Mischung aus Aufregung und Verwunderung, wenn er durch die Kendall Alley im Herzen der Altstadt von Pasadena lief, eine blanke Ziegelwand ansteuerte … und durch sie hindurchtrat in eine aufregende Welt voll glitzernder Farben und Lichter.

Nur wenige Straßen entfernt waren ein Apple Store, der Laptops und Gadgets verkaufte, eine Filiale der Cheesecake Factory, ein Biomarkt, ein American Apparel-Laden und dazu trendige Boutiquen. Doch auf dieser Seite öffnete sich die Gasse zu einem gewaltigen freien Platz, der auf beiden Seiten mit Schutzschilden versehen war, um neugierige oder zufällig vorbeischlendernde Irdische vom Schattenmarkt fernzuhalten.

Dieser Markt wurde nur in warmen Nächten aufgebaut – und man konnte sagen, dass er gleichermaßen existierte und nicht existierte. Wenn Kit sich zwischen den bunt dekorierten Ständen bewegte, dann wusste er genau, dass er über einen Platz spazierte, der sich beim ersten Strahl der Morgensonne in Luft auflösen würde.

Doch in der Zwischenzeit genoss er den Schattenmarkt. Schließlich war es normalerweise nicht einfach, mit der »Gabe« zu leben, wenn man der einzige Junge weit und breit war, der so etwas besaß. Aber sein Vater hatte es immer als Gabe oder

Geschenk bezeichnet, auch wenn Kit da anderer Meinung war. Hyacinth, die blauhaarige Wahrsagerin an ihrem Stand am Rand des Marktes, nannte seine Fähigkeit jedenfalls »das Zweite Gesicht«.

Diese Bezeichnung ergab für Kit deutlich mehr Sinn. Schließlich unterschied ihn von anderen Jugendlichen seines Alters nur die Tatsache, dass er Dinge *sehen* konnte, die sie nicht wahrnahmen. Meist waren das harmlose Dinge wie etwa kleine Elfen, die aus dem vertrockneten Gras zwischen den geborstenen Gehwegplatten aufstiegen, oder bleichgesichtige Vampire, die gegen Mitternacht an Tankstellen herumhingen, oder damals jener Mann, der neben ihm an einer Restauranttheke gestanden und ungeduldig mit den Fingern auf die Oberfläche getrommelt hatte. Als Kit genauer hinschaute, erkannte er, dass es sich nicht um Finger, sondern um Werwolfkrallen handelte. Diese und ähnliche Beobachtungen hatte er schon seit frühester Kindheit gemacht. Und sein Dad besaß diese Fähigkeit ebenfalls. Das Zweite Gesicht wurde innerhalb der Familie vererbt.

Das Schwierigste daran war die Notwendigkeit, dem Drang zu widerstehen und niemals impulsiv zu reagieren oder einzugreifen. Als Kit eines Nachmittags von der Schule nach Hause gegangen war, hatte er auf einem verlassenen Spielplatz ein Rudel Werwölfe gesehen, die einen erbitterten Kampf um die Leitung des Rudels austrugen und sich gegenseitig in Stücke rissen. Kit hatte auf dem Gehweg gestanden und so lange laut geschrien, bis die Polizei kam. Doch für sie gab es nichts zu sehen. Nach diesem Vorfall hatte sein Vater ihn zu Hause behalten, wo Kit sich das nötige Wissen aus alten Büchern selbst zusammensuchte. Aber meistens hockte er im Keller und vergnügte sich mit Videospielen. Er verließ das Haus nur noch selten, höchstens wenn der Schattenmarkt stattfand.

Auf dem Schattenmarkt musste er sich keine Gedanken machen, ob er auf irgendetwas ungewöhnlich reagierte. Dieser Markt war selbst für die Standbesitzer bunt und bizarr. Hier traf man auf Ifrit mit angeleinten Dschinn, die irgendwelche

Kunststücke vorführten, und wunderschöne Peri, die vor Ständen mit glitzernden, gefährlichen Pülverchen tanzten. Eine Banshee saß hinter einem Marktstand, dessen Werbetafel potenziellen Kunden versprach, ihnen den Zeitpunkt ihres Todes zu verraten. Allerdings konnte sich Kit nicht vorstellen, warum irgendjemand das wissen wollte. Ein Cluricaun bot an, verlorene Dinge ausfindig zu machen, und eine hübsche junge Hexe mit kurzen, leuchtend grünen Haaren verkaufte Amulette, geformt wie Armbänder und Anhänger und dazu gedacht, romantische Gefühle zu wecken. Als Kit zu ihr hinüberschaute, lächelte sie.

»Hey, Romeo.« Kits Vater stieß ihn mit dem Ellbogen in die Rippen. »Ich hab dich nicht zum Flirten mitgenommen. Hilf mir mal lieber, das Schild aufzuhängen.«

Mit dem Fuß beförderte er einen zerbeulten Metallhocker in Kits Richtung und reichte ihm ein Stück Holz, in das er den Namen des Marktstandes gebrannt hatte: JOHNNY ROOK'S.

Nicht gerade der kreativste Name, aber Kits Vater war nie für seine überbordende Fantasie bekannt gewesen. Was irgendwie seltsam war, überlegte Kit und kletterte auf den Hocker, zumindest für jemanden, der Hexenmeister, Werwölfe, Vampire, Feenwesen, Wichte, Ghule und einmal sogar eine Meerjungfrau zu seinen Kunden zählte. (Sie hatten sich streng geheim in einem SeaWorld-Freizeitpark getroffen.)

Andererseits war ein unauffälliges Schild vielleicht gar nicht so schlecht. Offiziell verkaufte Kits Vater Zaubertränke und magische Pulver und unter dem Ladentisch auch ein paar nicht ganz legale Waffen. Doch nichts davon lockte die eigentliche Kundschaft an. In Wahrheit war Johnny Rook ein Mann mit Wissen und Beziehungen. In der Schattenwelt von Los Angeles geschah nichts, von dem er nicht wusste. Und niemand war so mächtig, dass Johnny Rook nicht doch mindestens ein Geheimnis über ihn gekannt oder Mittel und Wege gewusst hätte, mit dem- oder derjenigen Kontakt aufzunehmen. Er war ein Mann mit Informationen, und wenn man bereit war, dafür zu zahlen, gab er sie auch preis.

Als Kit vom Hocker hüpfte, reichte sein Vater ihm zwei Fünfzig-Dollar-Scheine. »Besorg irgendwo Wechselgeld«, forderte er Kit auf, ohne ihn anzusehen. Er hatte sein rotes Hauptbuch unter der Theke hervorgezogen und blätterte darin. Vermutlich versuchte er sich ein Bild davon zu machen, wer ihm noch Geld schuldete. »Ich hab's nicht kleiner.«

Kit nickte und zwängte sich aus dem Marktstand; er war froh, verschwinden zu können. Jede Besorgung, die ihm aufgetragen wurde, diente als willkommene Ausrede, um über den Markt zu laufen. Dabei kam er an einem Stand mit weißen Blüten vorbei, deren Blätter ein geheimnisvolles, süßliches, giftiges Aroma verströmten. Vor einem anderen Stand drückte eine Gruppe von Männern und Frauen in teuren Anzügen den Passanten Flugblätter in die Hand. Neben dem Stand ragte ein Schild auf: »HALB-SCHATTENWELTLER? DU BIST NICHT ALLEIN. DIE GEFOLGSLEUTE DES WÄCHTERS LADEN DICH EIN: MELDE DICH FÜR DIE LOTTERIE DER GUNST AN! LASS DAS GLÜCK IN DEIN LEBEN!«

Eine dunkelhaarige Frau mit roten Lippen versuchte, Kit ein Flugblatt aufzudrängen. Als Kit ablehnte, zwinkerte sie erst ihm zu und dann in Richtung seines Vaters. Kit rollte mit den Augen – inzwischen musste es eine Million kleiner Kulte geben, die sich alle der Anbetung irgendeines rangniedrigen Dämons oder Engels verschrieben hatten. Aber offenbar ohne jeden Erfolg. Kits Vater grinste die Dunkelhaarige an, bevor er sich wieder seiner Arbeit widmete.

Kit machte sich auf den Weg zu seinem Lieblingsstand und kaufte einen Becher mit rot gefärbtem, geschabtem Wassereis, das nach einer Mischung aus Passionsfrucht, Himbeeren und Sahne schmeckte. Er achtete sehr genau darauf, bei wem er etwas erstand – schließlich gab es auf dem Schattenmarkt Süßigkeiten und Getränke, die einem das ganze Leben ruinieren konnten –, aber im Grunde würde bei Johnny Rooks Sohn niemand ein solches Risiko eingehen. Johnny Rook wusste von jedem irgendein Geheimnis. Wer es sich mit ihm verscherzte, musste damit rechnen, dass seine Geheimnisse nicht länger geheim blieben.

Langsam und in großem Bogen kehrte Kit zu der Hexe mit dem verzauberten Schmuck zurück. Sie hatte keinen richtigen Stand, sondern wie üblich einen leuchtend getönten Sarong auf dem Boden ausgebreitet – einen von diesen billigen, bunt gewebten Baumwollstoffen, die man in Venice Beach an jeder Straßenecke kaufen konnte. Als Kit näher kam, blickte sie auf.

»Hi, Wren«, sagte Kit. Er bezweifelte zwar, dass das ihr richtiger Name war, aber auf dem Schattenmarkt wurde sie von allen so genannt.

»Hey, mein Hübscher.« Ihre Armbänder und Fußkettchen klimperten und klirrten, als sie etwas zur Seite rückte, um ihm Platz zu machen. »Was führt dich zu meiner bescheidenen Bleibe?«

Kit ließ sich neben ihr auf dem Boden nieder. Seine Jeans war zerschlissen und hatte Löcher an den Knien. Er wünschte, er könnte das Geld, das sein Vater ihm gegeben hatte, behalten und sich ein paar neue Klamotten besorgen. »Dad braucht Kleingeld. Ich hab hier zwei Fünfziger.«

»Pssst.« Wren wedelte hastig mit der Hand. »Hier gibt es Leute, die würden dir für zwei Fünfziger die Kehle aufschlitzen und dein Blut als Drachenfeuer verkaufen.«

»Nicht mit mir«, erwiderte Kit selbstbewusst. »Niemand hier würde mich auch nur anfassen.« Er lehnte sich zurück. »Es sei denn, ich würde das wollen.«

»Und ich dachte, mir wäre das Zauberelixier für schamloses Flirten ausgegangen.«

»Ich *bin* dein schamlos flirtendes Zauberelixier.« Kit schenkte zwei Passanten ein Lächeln: ein großer, gut aussehender, junger Mann mit einer weißen Strähne in den dunklen Haaren und eine junge Brünette, deren Augen hinter einer Sonnenbrille versteckt lagen. Die beiden ignorierten ihn. Doch als Wren die zwei Marktbesucher bemerkte, die hinter ihnen gingen – ein stämmiger Mann und eine Frau mit braunem Haar, das ihr in einem langen Zopf den Rücken hinabhing –, setzte sie sich auf.

»Schutzamulette?«, pries Wren ihre Waren an. »Hundertprozentiger Erfolg garantiert. Ich habe auch welche aus Gold und Messing, nicht nur aus Silber.«

Die Frau erstand einen Ring mit einem eingefassten Mondstein und schlenderte mit ihrem Partner plaudernd weiter. »Woher hast du gewusst, dass das Werwölfe sind?«, fragte Kit.

»Am Ausdruck in den Augen der Frau«, erklärte Wren. »Werwölfe sind Impulskäufer. Und ihr Blick glitt achtlos über alles aus Silber.« Sie seufzte. »Seit dieser Mordserie mache ich ein Bombengeschäft mit Schutzzaubern.«

»Welche Mordserie?«

Wren verdrehte die Augen. »Irgend so eine völlig durchgeknallte magische Sache. Überall tauchen Leichen auf, die am ganzen Körper mit Dämonensprachen bedeckt sind. Verbrannt, ertränkt, mit abgetrennten Händen – alle möglichen Gerüchte machen die Runde. Wie kann es sein, dass du *nicht* davon gehört hast? Hast du gar kein Interesse an Klatsch?«

»Nein«, meinte Kit. »Nicht wirklich.« Er beobachtete das Werwolfpaar, das zum nördlichen Ende des Marktes schlenderte. Dort trafen sich die meisten Lykanthropen, um die Dinge zu kaufen, die sie im Alltag benötigten: Geschirr und Besteck aus Holz und Eisen, Wolfswurz sowie Funktionshosen mit Knopfleiste (hoffte Kit zumindest).

Obwohl der Markt eigentlich ein Ort sein sollte, an dem alle Schattenweltler gefahrlosen Umgang miteinander pflegen konnten, neigten die meisten dazu, sich nur mit anderen ihrer eigenen Gruppe zu treffen. So gab es einen Bereich, wo die Vampire zusammenkamen, um aromatisiertes Blut zu kaufen oder um sich aus der Menge von Domestiken, die ihren bisherigen Gebieter verloren hatten, einen neuen menschlichen Diener auszuwählen. Etwas abseits fand man die von Reben und Blüten umrankten Pavillons der Feenwesen, die hinter vorgehaltener Hand Zauberamulette verkauften und Kunden die Karten legten. Sie hielten sich vom Rest des Marktes deutlich fern, da es ihnen untersagt war, wie die anderen Schattenweltler Handel zu treiben.

Und ganz am Ende des Marktes hatten seltene und gefürchtete Hexenwesen ihre Stände aufgebaut. Jedes Hexenwesen trug ein Zeichen, das seine dämonische Herkunft verriet: Einige besaßen Schwänze, manche hatten Flügel oder gezwirbelte Hörner. Kit hatte einmal eine Hexe gesehen, deren Haut wie die Schuppen eines Fischs blau geschimmert hatte.

Und dann waren da natürlich noch die Irdischen mit dem Zweiten Gesicht, wie Kit und sein Vater, die die Fähigkeit besaßen, die Schattenwelt zu sehen und jeden Zauberglanz zu durchschauen. Wren gehörte ebenfalls dieser Gruppe an: Sie hatte einen richtigen Hexenmeister für einen Grundkurs in Zauberspruchlehre bezahlt und sich danach selbst als Hexe ausgebildet. Allerdings verriet sie das kaum jemandem und verhielt sich möglichst unauffällig. Menschen durften offiziell keine Magie betreiben, aber es gab einen blühenden Schwarzhandel mit Kursen dieser Art. Damit ließ sich viel Geld verdienen, sofern man nicht geschnappt wurde von einem …

»Schattenjäger«, sagte Wren.

»Woher hast du gewusst, dass ich gerade an sie gedacht habe?«

»Weil sie direkt dort drüben stehen. Zwei, um genau zu sein.« Wren deutete mit dem Kinn nach rechts; Angst flackerte in ihren Augen.

Tatsächlich schien plötzlich der gesamte Markt in Alarmbereitschaft versetzt zu sein: Hier und dort schob der eine oder andere Standbesitzer unauffällig Phiolen, Giftpulver, Zaubertränke und Totenkopfamulette außer Sichtweite. Angeleinte Dschinn verkrochen sich hinter ihren Gebietern. Die hübschen Peri hatten ihren Tanz unterbrochen und beobachteten die Schattenjäger mit kalter, steinerner Miene.

Kit folgte ihrem Blick: Die beiden Schattenjäger, ein Junge und ein Mädchen, waren etwa siebzehn oder achtzehn Jahre alt. Der Junge hatte rote Haare und war groß und sportlich, doch von dem Mädchen konnte Kit nichts sehen außer einer Fülle blonder Haare, die ihr Gesicht verdeckten und ihr bis zur Taille reichten. Sie hatte ein goldenes Schwert auf den Rücken geschnallt und schritt mit der Art von Selbstbewusstsein über den Markt, die man nicht vortäuschen konnte.

Beide trugen eine Kampfmontur – jene Schutzkleidung aus schwarzem, robustem Material, die sie als Nephilim kenntlich machte: zur Hälfte Mensch und zur Hälfte Engel. Die unangefochtenen Herrscher über jedes übernatürliche Wesen auf Erden. Sie unterhielten in fast jeder Großstadt der Welt sogenannte Institute, im Grunde schwer befestigte Polizeiwachen: von Rio über Bagdad und Lahore bis Los Angeles. Die meisten von ihnen wurden als Schattenjäger geboren, aber sie hatten auch die Macht, normale Menschen nach Lust und Laune in Schattenjäger zu verwandeln. Seit den hohen Verlusten an Nephilim im Dunklen Krieg waren sie beinahe schon verzweifelt darum bemüht, ihre Reihen wieder aufzufüllen. Es ging das Gerücht, dass sie jeden unter neunzehn, der auch nur das geringste Anzeichen für eine Eignung als Schattenjäger zeigte, eiskalt kidnappen würden.

Mit anderen Worten: jeden, der das Zweite Gesicht besaß.

»Sie wollen zum Stand deines Vaters«, flüsterte Wren. Sie hatte recht: Kit spürte, wie sich sein ganzer Körper anspannte, als er sah, dass die Nephilim zwischen den Marktständen hindurchgingen und zielsicher auf das Schild mit der Aufschrift JOHNNY ROOK'S zusteuerten.

»Steh auf.« Wren war aufgesprungen und scheuchte Kit hoch. Hastig faltete sie ihre Waren in das Tuch, auf dem sie gesessen hatten. Ihre Hände zitterten. Kit bemerkte eine merkwürdige Zeichnung auf ihrem Handrücken, ein Symbol, das an Wellenlinien unter einer Flamme erinnerte. Vielleicht hatte sie es sich aus Langeweile selbst auf die Haut gekritzelt. »Ich muss weg.«

»Wegen der Schattenjäger?«, fragte er überrascht und trat einen Schritt zurück, damit sie ihre Sachen zusammenpacken konnte.

»Psst«, zischte Wren und hastete so schnell davon, dass ihre leuchtend bunten Haare wippten.

»Seltsam«, murmelte Kit und kehrte zum Stand seines Vaters

zurück. Mit gesenktem Kopf, die Hände in den Taschen, näherte er sich von der Seite. Er war sich ziemlich sicher, dass sein Vater ihn anbrüllen würde, wenn er sich vor den Schattenjägern blicken ließ – vor allem, wenn man an das Gerücht dachte, dass sie jeden unter neunzehn mit dem Zweiten Gesicht zwangsrekrutierten. Aber er konnte der Versuchung, das Gespräch zu belauschen, einfach nicht widerstehen.

Das blonde Mädchen beugte sich gerade vor und stützte die Handflächen auf die hölzerne Standtheke. »Schön, dich zu sehen, Rook«, sagte sie mit einem einnehmenden Lächeln.

Sie war hübsch, dachte Kit. Älter als er. Und der Junge, der sie begleitete, überragte ihn deutlich. Außerdem war sie eine Nephilim. Also war sie für ihn unerreichbar, aber trotzdem sehr hübsch. Eine lange, verblasste Narbe erstreckte sich von ihrem Ellbogen bis zum Handgelenk. Schwarze Tätowierungen mit eigenartigen Symbolen wanden sich über ihre nackten Arme und versahen ihre Haut mit einem Muster. Auch am V-Ausschnitt ihres T-Shirts war andeutungsweise eine dieser Tätowierungen zu sehen. Kit wusste, dass es sich in Wahrheit um Runenmale handelte – Zaubermarkierungen, die den Schattenjägern ihre Macht verliehen. Nur Schattenjäger konnten sie tragen: Wenn man einen normalen Menschen oder einen Schattenweltler damit versah, verlor derjenige unweigerlich den Verstand.

»Und wen haben wir denn hier?«, fragte Johnny Rook und deutete mit dem Kinn auf den jungen Schattenjäger. »Deinen berühmten *Parabatai?*«

Mit neu erwachtem Interesse musterte Kit die Schattenjäger. Jeder, der schon einmal von den Nephilim gehört hatte, wusste, was *Parabatai* waren: zwei Schattenjäger, die einander ewige platonische Treue schworen, vor allem im Kampf. Die füreinander lebten und auch starben. Jace Herondale und Clary Fairchild, die berühmtesten Schattenjäger der Welt, hatten jeweils einen *Parabatai*. Selbst Kit wusste das.

»Nein«, erwiderte das Mädchen gedehnt und nahm ein Glas mit grünlicher Flüssigkeit von einem Stapel in der Nähe der

Kasse. Der Inhalt war eigentlich als Liebestrank deklariert, aber Kit wusste, dass einige der Gläser nur Wasser enthielten, das mit Lebensmittelfarbe getönt war. »Das hier ist kein Ort, den Julian aufsuchen würde.« Ihr Blick schweifte kurz über den Markt.

»Ich bin Cameron Ashdown.« Der junge Schattenjäger streckte die Hand aus, die Johnny leicht verwirrt ergriff. Kit nahm die Gelegenheit wahr, sich hinter die Ladentheke zu schieben. »Ich bin Emmas *fester Freund.*«

Das blonde Mädchen – Emma – zuckte kaum merklich zusammen. Cameron Ashdown mochte zwar im Moment mit ihr zusammen sein, überlegte Kit, aber er würde nicht darauf wetten, dass das lange so blieb.

»Ah ja«, sagte Johnny und nahm Emma das Glas aus der Hand. »Dann bist du vermutlich hergekommen, um das abzuholen, was du hiergelassen hast.« Er fischte eine Art roten Stofffetzen aus seiner Tasche. Kit starrte darauf. Was konnte an einem Stück Baumwollstoff denn so interessant sein?

Emma richtete sich auf. Sie wirkte jetzt sehr interessiert. »Hast du irgendetwas herausgefunden?«

»Wenn du es in eine Waschmaschine voll Weißwäsche gibst, färbt es deine Socken definitiv rosa.«

Stirnrunzelnd nahm Emma den Stofffetzen an sich. »Ich meine es ernst. Du hast keine Ahnung, wie viele Leute ich bestechen musste, um daranzukommen. Das Tuch lag im Spirallabyrinth. Es ist ein Stück von dem Hemd, das meine Mutter getragen hat, als sie umgebracht wurde.«

Johnny hielt eine Hand hoch. »Ich weiß. Ich wollte nur …«

»Du kannst dir deinen Sarkasmus sparen. Sarkasmus und geistreiche Bemerkungen sind *meine* Aufgabe. Deine Aufgabe besteht darin, dich so lange schütteln zu lassen, bis du irgendwelche Informationen ausspuckst.«

»Oder dich bezahlen zu lassen«, fügte Cameron Ashdown hastig hinzu. »Geld für Informationen ist auch in Ordnung.«

»Hör zu, ich kann dir nicht helfen«, erwiderte Kits Vater. »Das Tuch hat nichts Magisches an sich. Es ist einfach nur ein

Stück Baumwollstoff. Zerfetzt und mit Meerwasser getränkt, aber … Baumwolle.«

Ein Ausdruck unverkennbarer Enttäuschung huschte über das Gesicht des Mädchens. Sie unternahm keinen Versuch, ihre Gefühle zu verbergen, während sie das Tuch in ihre Tasche steckte. Kit hatte unwillkürlich Mitleid mit ihr, was ihn überraschte. Er hätte nie gedacht, dass er für ein Mitglied der Schattenjäger einmal Sympathie empfinden würde.

Emma schaute zu ihm hinüber, fast als hätte er sie angesprochen. »Soso«, sagte sie, mit einem plötzlichen Glitzern in den Augen, »du hast also das Zweite Gesicht, genau wie dein Dad? Wie alt bist du denn?«

Kit erstarrte. Hastig schob sein Vater sich vor ihn und entzog ihn Emmas Sicht. »Ich dachte, du würdest mich nach den Morden fragen, die hier gerade am laufenden Band passieren. Nicht ganz auf dem neuesten Stand, Carstairs?«

Anscheinend hatte Wren recht, dachte Kit – wirklich *alle* schienen von diesen Morden zu wissen. Er konnte am warnenden Unterton in der Stimme seines Vaters hören, dass er sich verdünnisieren sollte, aber er war hinter der Theke gefangen und konnte nicht weg.

»Ich habe ein paar Gerüchte über tote Irdische gehört«, erwiderte Emma. Die meisten Schattenjäger sprachen diesen Begriff für normale Menschen mit deutlicher Verachtung aus. Emma klang dagegen nur müde. »Wir führen keine Ermittlungen durch, wenn die Irdischen sich gegenseitig umbringen. Das ist Aufgabe der irdischen Polizeibehörden.«

»Unter den Toten befanden sich auch Feenwesen«, sagte Johnny. »Einige der Leichname waren Elben.«

»Diese Morde *dürfen* wir nicht untersuchen«, wandte Cameron ein. »Das weißt du genau. Der Kalte Frieden untersagt das.«

Kit nahm ein leises Raunen von den umliegenden Ständen wahr – anscheinend war er nicht der Einzige, der hier mithörte.

Der Kalte Frieden war ein Nephilimgesetz, das die Schattenjäger fast fünf Jahre zuvor erlassen hatten. Kit konnte sich kaum an eine Zeit davor erinnern. Die Nephilim bezeichneten es zwar als Gesetz, aber in Wahrheit handelte es sich um eine Strafmaßnahme.

Als Kit zehn Jahre alt gewesen war, hatte ein Krieg die Welt der Schattenjäger und Schattenweltler in den Grundfesten erschüttert. Ein Schattenjäger namens Sebastian Morgenstern hatte sich gegen sein eigenes Volk gewandt: Er war von Institut zu Institut gezogen, hatte die Bewohner in seine Gewalt gebracht und sie so verwandelt, dass ihr Körper und ihr Geist nur noch ihm gehorchten. Und dann hatte er sie gezwungen, als eine schreckenerregende Armee von Sklaven ohne eigenen Willen in einen Krieg zu ziehen. Die meisten Schattenjäger des Instituts in Los Angeles waren damals verschleppt oder getötet worden.

Manchmal wurde Kit von Albträumen aus dieser Zeit geplagt; dann sah er Ströme von Blut in Korridoren, die er nie betreten hatte, und Eingangshallen, deren Wände mit Nephilimrunen überzogen waren.

Sebastian Morgenstern hatte Unterstützung gehabt: Die Feenwesen hatten ihm bei seinem Versuch geholfen, die Nephilim auszurotten. Kit hatte in der Schule Geschichten über die Feenwesen gehört: niedliche kleine Wesen, die in Bäumen lebten und Blütenhüte trugen. Doch die Wirklichkeit war weit von dieser Vorstellung entfernt. Die Bandbreite der Feenwesen reichte von Meerjungfrauen, Kobolden und Wassergeistern mit scharfen, haifischartigen Zähnen bis hin zu ranghohen Elbenrittern an den Feenhöfen. Diese adligen Elben waren groß gewachsen, wunderschön und Furcht einflößend und unterteilten sich in zwei Höfe: den Hof des Lichten Volkes (ein gefährlicher Ort, von einer Königin regiert, die seit Jahren niemand mehr zu Gesicht bekommen hatte) und den Hof des Dunklen Volkes (ein finsterer Ort voller Heimtücke und Schwarzer Magie, dessen König einem Monster aus uralten Sagen glich).

Da die Feenwesen zu den Schattenweltlern zählten und den Schattenjägern Treue und Loyalität geschworen hatten, stellte ihr Verrat ein unverzeihliches Verbrechen dar. Und die Nephilim hatten sie dafür brutal bestraft, mit einem Rundumschlag, der als der Kalte Frieden in die Geschichte eingegangen war: Die Feenwesen wurden gezwungen, gewaltige Reparationsleistungen zu zahlen, die im Krieg zerstörten Schattenjägerbauwerke wieder aufzubauen und ihre Armeen aufzugeben. Außerdem wurde anderen Schattenweltlern streng untersagt, ihnen irgendeine Form von Hilfe zukommen zu lassen. Jeder, der einem Feenwesen half, musste mit schweren Strafen rechnen.

Es hieß, die Feenwesen seien ein stolzes, uraltes, magisches Volk. Aber Kit hatte sie immer nur als gebrochene Wesen erlebt. Die meisten Schattenweltler – und andere Bewohner des schattenschwarzen Raums zwischen der Welt der Irdischen und der der Schattenjäger – hegten im Grunde keine Abneigung gegen die Feenwesen, doch es war auch niemand bereit, sich den Nephilim zu widersetzen. Vampire, Werwölfe und Hexenwesen hielten sich von den Feenwesen fern; nur an Orten wie dem Schattenmarkt, wo Geld noch immer wichtiger war als Groll oder Gesetze, kam es weiterhin zu gegenseitigen Begegnungen.

»Ach tatsächlich?«, fragte Johnny. »Was wäre, wenn ich dir verraten würde, dass die gefundenen Leichen mit seltsamen Schriftzeichen bedeckt waren?«

Ruckartig hob Emma den Kopf. Ihre dunkelbraunen, fast schwarzen Augen hoben sich deutlich von ihrer hellen Haut ab. »Was hast du gerade gesagt?«

»Du hast mich genau verstanden.«

»Was für eine Sorte von Schriftzeichen? Die gleiche Sprache, die man auch auf den Körpern meiner Eltern gefunden hat?«

»Keine Ahnung«, sagte Johnny. »Das ist nur das, was ich gehört habe. Aber trotzdem irgendwie verdächtig, oder?«

»Emma«, warnte Cameron. »Das wird dem Rat gar nicht gefallen.«

Der Rat war die Regierung der Schattenjäger, und nach allem, was Kit gehört hatte, gab es nicht viel, was den Ratsmitgliedern gefiel.

»Das ist mir egal«, sagte Emma. Offensichtlich hatte sie Kits

Anwesenheit völlig vergessen; stattdessen starrte sie seinen Vater mit glühenden Augen an. »Erzähl mir alles, was du weißt. Ich zahl dir zweihundert.«

»Okay, aber ich weiß nicht viel«, räumte Johnny ein. »Das Ganze läuft so ab, dass jemand verschleppt wird und ein paar Nächte später tot wieder auftaucht.«

»Und wann war das letzte Mal, dass jemand ›verschleppt‹ wurde?«, fragte Cameron.

»Vor zwei Nächten«, berichtete Johnny, der offensichtlich das Gefühl hatte, sein Schmiergeld ehrlich zu verdienen. »Der Leichnam wird vermutlich morgen Nacht auftauchen. Ihr braucht nichts weiter zu tun, als vor Ort zu warten und euch denjenigen zu schnappen, der die Leiche loswerden will.«

Emma verschränkte die Arme vor der Brust. »Und wie genau sollen wir das anstellen?«

Johnny schnaubte. »Es geht das Gerücht, dass die nächste Leiche in West Hollywood auftauchen wird. Bei der ›Sepulchre Bar‹.«

Aufgeregt klatschte Emma in die Hände. Ihr Freund wiederholte ihren Namen, in mahnendem Ton, aber Kit hätte ihm sagen können, dass er nur seine Zeit verschwendete. Nie zuvor hatte er ein junges Mädchen gesehen, das wegen irgendeiner Sache dermaßen in Begeisterung geraten war – weder beim Anblick berühmter Schauspieler noch in Gegenwart einer Boyband oder vor einem Stand mit Schmuck. Das Mädchen schien bei dem Gedanken an einen Leichnam förmlich zu vibrieren.

»Und warum lauerst *du* demjenigen nicht auf, wenn dich diese Morde nicht loslassen?«, fragte Cameron Johnny in herausforderndem Ton. Er hatte interessante grüne Augen, dachte Kit. Das Mädchen und er waren ein fast schon lachhaft attraktives Paar. Kit fragte sich, wie wohl der sagenumwobene Julian aussehen mochte. Wenn er einen Eid abgelegt hatte, der ihn für immer als platonischen Busenfreund an dieses Mädchen band, sah er wahrscheinlich so aus wie das Hinterteil einer Kuh.

»Weil ich keine Lust darauf habe«, erklärte Johnny. »Das Ganze scheint mir eine ziemlich gefährliche Angelegenheit zu sein. Aber ihr Typen liebt ja die Gefahr. Nicht wahr, Emma?«

Emma grinste, und Kit wurde klar, dass sein Vater Emma ziemlich gut kennen musste. Offensichtlich war sie schon früher bei ihm gewesen und hatte Fragen gestellt oder um Hilfe gebeten. Seltsam, dass er sie noch nie zuvor gesehen hatte, aber er war auch nicht bei jedem Markt dabei. Als sie nun in ihre Tasche griff, ein Bündel Geldscheine hervorholte und seinem Vater den vereinbarten Betrag reichte, fragte Kit sich, ob sie vielleicht schon mal in seinem Elternhaus gewesen war. Jedes Mal, wenn Johnny Rook Kunden bei sich zu Hause empfing, sorgte er dafür, dass Kit vorher im Keller verschwand und dort mucksmäuschenstill wartete.

»Die Sorte von Leuten, mit denen ich Geschäfte treibe, sind nicht die Sorte von Leuten, die du kennenlernen solltest«, war alles, was er dazu sagte.

Bei einer Gelegenheit war Kit versehentlich zu früh die Treppe hinaufgestiegen, als sein Vater noch mitten in einer Besprechung mit einer Gruppe von Monstern in Kapuzenroben war. Zumindest hatte Kit sie auf den ersten Blick für Monster gehalten: kahle weiße Schädel, dunkle Höhlen statt Augen und Lippen mit dunklen Linien, die an OP-Nähte erinnerten. Sein Vater hatte ihm später erklärt, dass es sich um die Gregori, die Brüder der Stille, handelte: Schattenjäger, die auf magische Weise gefoltert und verstümmelt worden waren, bis sie sich in übermenschliche Wesen verwandelten, die auf telepathische Weise kommunizierten und anderer Leute Gedanken lesen konnten. Nach dieser Begegnung hatte Kit sorgfältig darauf geachtet, nie mehr aus dem Keller zu kommen, solange sein Vater noch in einer »Besprechung« war.

Kit wusste, dass sein Dad ein Krimineller war. Er verkaufte Geheimnisse, allerdings keine Lügen: Johnny war stolz darauf, nur erstklassige Informationen weiterzugeben. Und Kit wusste auch, dass sein Leben wahrscheinlich einen ähnlichen Verlauf nehmen würde. Es fiel nicht leicht, ein normales Leben zu führen, wenn man ständig vorgeben musste, die Dinge, die direkt vor der eigenen Nase passierten, nicht zu sehen.

»Na, jedenfalls danke für die Informationen«, sagte Emma und drehte sich vom Stand weg. Das goldene Heft ihres Schwerts glänzte im Sonnenschein. Kit fragte sich, wie es sich wohl anfühlte, ein Nephilim zu sein. Und unter Leuten zu leben, die die gleichen Dinge sahen wie er selbst. Und Waffen zu tragen. Und sich niemals vor dem zu fürchten, was in den Schatten lauerte. »Bis demnächst, Johnny.«

Emma zwinkerte … in Kits Richtung. Hastig wirbelte Johnny herum, um seinem Sohn einen Blick zuzuwerfen, während das Mädchen mit ihrem Freund in der Menge verschwand.

»Hast du irgendetwas zu ihr gesagt?«, herrschte Johnny ihn an. »Warum hat sie dich derart aufs Korn genommen?«

Abwehrend hielt Kit die Hände hoch. »Ich hab kein Wort gesagt«, protestierte er. »Ich glaube, ihr ist aufgefallen, dass ich zugehört habe.«

Johnny seufzte. »Dann versuch in Zukunft, weniger aufzufallen.«

Langsam trat Kit an die Standtheke. Jetzt, da die Schattenjäger verschwunden waren, erwachte der Markt wieder zum Leben. Er konnte Musik hören und Stimmengewirr, das wieder auf normale Lautstärke anschwoll. »Wie gut kennst du dieses Schattenjägermädchen?«

»Emma Carstairs? Sie kommt schon seit Jahren zu mir. Anscheinend interessiert es sie nicht, dass sie damit gegen das Gesetz der Schattenjäger verstößt. Ich mag sie, zumindest so sehr, wie man einen Nephilim eben mögen kann.«

»Sie wollte, dass du für sie herausfindest, wer ihre Eltern getötet hat.«

Johnny riss eine Schublade auf. »Ich weiß nicht, wer ihre Eltern getötet hat, Kit. Vermutlich Feenwesen. Das Ganze ist während des Dunklen Kriegs passiert.« Er zog eine selbstgerechte Miene. »Also habe ich versucht, ihr zu helfen. Na und? Schattenjägergeld stinkt nicht.«

»Und außerdem sollen die Schattenjäger ihre Aufmerksamkeit auf etwas anderes richten als auf dich«, meinte Kit. Das war zwar nur eine Vermutung, aber wahrscheinlich lag er damit gar nicht so falsch. »Hast du irgendwas laufen?«

Johnny knallte die Schublade zu. »Vielleicht.«

»Für jemanden, der Geheimnisse verkauft, hast du selbst verdammt viele«, bemerkte Kit und stopfte die Hände in die Taschen.

Sein Vater legte einen Arm um seine Schultern, eine seltene Geste der Zuneigung. »Mein größtes Geheimnis«, sagte er, »bist du.«

1

Ein Grab, so finster und kalt

»Es funktioniert einfach nicht«, sagte Emma. »Diese Beziehung, meine ich.«

Vom anderen Ende der Leitung kamen verzweifelt protestierende Laute. Emma konnte kaum etwas verstehen – der Empfang auf dem Dach der Sepulchre Bar war nicht besonders gut. Vorsichtig tastete sie sich zur Dachkante vor und spähte in den zentralen Innenhof hinab. Bunte Lichterketten schmückten die Jacarandabäume, aber moderne Tische und Stühle verliehen der Terrasse ein elegantes, ultracooles Ambiente. Auf der schummrig beleuchteten Fläche drängten sich passend elegante, ultracoole Männer und Frauen; die Weingläser in ihren Händen schimmerten wie rote, weiße und rosa Glaskugeln. Offenbar fand gerade eine private Geburtstagsfeier statt: Ein paillettenbesetztes Spruchband mit Glückwünschen hing zwischen zwei Bäumen, und mehrere Kellner bahnten sich mit Tabletts voller Snacks einen Weg durch die Schar der Gäste.

Diese mondäne Szenerie hatte irgendetwas an sich, das in Emma den Wunsch weckte, das Ganze durch ein paar losgetretene Dachziegel oder einen Frontflip mitten in die Menge zu beenden. Allerdings wusste sie, dass der Rat für ein derartiges Verhalten eine ziemlich lange Gefängnisstrafe verhängen würde. Irdische durften Schattenjäger auf keinen Fall zu Gesicht bekommen. Doch selbst wenn Emma tatsächlich in den Innenhof hinabspringen würde, wäre keiner der Partygäste in der Lage, sie zu sehen. Denn sie war mit Zauberglanzrunen bedeckt, die Cristina aufgetragen hatte und die ihre Trägerin für jeden unsichtbar machten, der nicht das Zweite Gesicht besaß.

Emma seufzte und drückte das Handy wieder ans Ohr. »Okay, *unsere* Beziehung«, sagte sie. »*Unsere* Beziehung funktioniert nicht.«

»*Emma*«, zischte Cristina hinter ihr. Emma drehte sich um, die Füße gegen die Dachkante gestemmt. Cristina saß auf der Dachschräge und polierte ein Wurfmesser mit einem hellblauen Tuch, das farblich zu den Bändern passte, mit denen sie ihre dunklen Haare zu einem ordentlichen, gepflegten Knoten hochgesteckt hatte. Alles an Cristina war ordentlich und gepflegt – sie hatte eine Begabung dafür, in ihrer schwarzen Kampfmontur so attraktiv und geschäftsmäßig auszusehen wie die meisten Frauen in einem Businessanzug. An ihrer Kehlgrube schimmerte ein goldenes Glücksmedaillon, und der Familienring mit dem gewundenen Muster aus Rosenranken – das Symbol der Familie Rosales – glänzte an ihrer Hand, als sie das Messer zusammen mit dem hellblauen Tuch neben sich ablegte. »Emma, vergiss nicht: Benutze mehr Ich-Aussagen.«

Cameron schwafelte noch immer am anderen Ende der Leitung – er war der Meinung, dass sie sich unbedingt treffen und miteinander reden sollten. Aber Emma wusste, dass das sinnlos war. Plötzlich verengten sich ihre Augen zu Schlitzen: Bewegte sich da unten tatsächlich ein Schatten unbemerkt durch die Menge, oder bildete sie sich das nur ein? Vielleicht war das ja bloß Wunschdenken. Normalerweise war Johnny Rook recht zuverlässig mit seinen Informationen, und er schien sich bei der Sepulchre Bar *sehr* sicher gewesen zu sein. Emma hasste es, sich in ihre Schattenjägermontur zu werfen und voller Erwartung bis an die Zähne zu bewaffnen, nur um dann feststellen zu müssen, dass es nicht zum Kampf kam und sie ihre überschüssige Energie nicht abbauen konnte.

»Es liegt an *mir*, nicht an *dir*«, sagte sie ins Telefon. Cristina nickte ihr aufmunternd zu und hob beide Daumen. »*Mir* wird schlecht, wenn ich mit *dir* in einem Raum bin.« Emma lächelte strahlend, als Cristina den Kopf in die Hände sinken ließ. »Vielleicht können wir wieder nur Freunde sein?«

Ein Klicken verriet, dass Cameron aufgelegt hatte. Emma schob das Smartphone in ihren Gürtel und sondierte erneut die Menge. Nichts. Verärgert kletterte sie die Dachschräge hinauf und ließ sich neben Cristina nieder. »Okay, das hätte vielleicht etwas besser ablaufen können«, meinte sie.

»Ach wirklich?« Cristina nahm die Hände vom Gesicht. »Was ist passiert?«

»Keine Ahnung.« Emma seufzte und zog ihre Stele hervor, jenes empfindliche Schreibgerät aus *Adamant*, das alle Schattenjäger zum Auftragen von Runenmalen verwendeten. Das zauberstabartige Objekt mit dem Griff aus Dämonenbein war ein Geschenk von Jace Herondale, Emmas erstem Jugendschwarm. Die meisten Nephilim gingen mit ihren Stelen um wie Irdische mit billigen Kugelschreibern, doch diese Stele war für Emma etwas ganz Besonderes, und sie hütete sie genauso sorgfältig wie ihr Schwert. »Das passiert jedes Mal. Anfangs war alles in Ordnung, aber dann bin ich eines Morgens aufgewacht, und mir hat sich schon beim Klang seiner Stimme der Magen umgedreht.« Sie warf Cristina einen schuldbewussten Blick zu. »Ich hab's versucht, ehrlich«, fügte sie hinzu. »Ich hab wochenlang gewartet! Weil ich gehofft hatte, dass es vielleicht besser würde. Aber das war nicht der Fall.«

Cristina tätschelte Emmas Arm. »Ich weiß, *cuata*«, sagte sie. »Du bist einfach nicht gut, wenn es um …«

»Takt geht?«, mutmaßte Emma. Cristina sprach fast akzentfrei Englisch, und Emma vergaß oft, dass das nicht die Sprache war, mit der ihre Freundin aufgewachsen war. Andererseits beherrschte Cristina neben ihrer Muttersprache Spanisch noch sieben andere Sprachen. Emma konnte dagegen nur Englisch, ein paar Brocken Spanisch, Griechisch und Latein. Dafür konnte sie drei Dämonensprachen lesen und in fünf Sprachen hervorragend fluchen.

»Ich hatte eigentlich ›Beziehungen‹ sagen wollen«, erklärte Cristina. Ihre dunkelbraunen Augen funkelten. »Ich bin erst zwei Monate hier, habe aber miterlebt, dass du drei Dates mit Cameron vergessen, seinen Geburtstag verschwitzt und ihn jetzt am Telefon abserviert hast, nur weil dieser nächtliche Patrouillengang bisher ereignislos verlaufen ist.«

»Er wollte ständig irgendwelche Videogames spielen«, erwiderte Emma. »Und ich hasse diese Spiele.«

»Niemand ist perfekt, Emma.«

Emma seufzte. »Aber manche Leute sind perfekt füreinander, wie füreinander geschaffen. Meinst du nicht auch, dass das einfach stimmen muss?«

Ein seltsamer Ausdruck huschte über Cristinas Gesicht, doch er war so schnell wieder verschwunden, dass Emma davon überzeugt war, dass sie sich das nur eingebildet hatte. Manchmal musste Emma sich daran erinnern, dass sie sich Cristina zwar verbunden fühlen mochte, sie aber nicht wirklich kannte – jedenfalls nicht so, wie sie Jules kannte, so wie man jemanden kannte, mit dem man von Kindesbeinen an jeden Moment seines Lebens geteilt hatte. Cristina redete nicht über das, was in Mexiko passiert war – was auch immer sie dazu veranlasst hatte, Freunden und Verwandten den Rücken zu kehren und nach Los Angeles zu fliehen.

»Na ja, wenigstens warst du so schlau, mich als moralische Unterstützung mitzubringen, damit ich dir in dieser schwierigen Phase helfen kann«, sagte Cristina nun.

Emma pikste Cristina spielerisch mit ihrer Stele. »Ich hatte nicht *geplant*, Cameron in die Wüste zu schicken. Wir waren hier, er hat angerufen, und sein Gesicht ist auf meinem Handy aufgetaucht. Okay, genau genommen war es ein Lama, weil ich kein Foto von ihm hatte. Also habe ich stattdessen ein Bild von einem Lama genommen … und das Lama hat mich so wütend gemacht, dass ich mich einfach nicht mehr beherrschen konnte.«

»Ein ungünstiger Zeitpunkt für Lamas, oder?«

»Wann ist jemals ein günstiger Zeitpunkt für die?« Emma wirbelte die Stele herum und trug die ersten Linien einer Rune für Trittsicherheit auf ihren Arm auf. Sie brüstete sich zwar damit, auch ohne Runenmale über einen hervorragenden Gleichgewichtssinn zu verfügen, aber hier oben auf dem Dach war es wohl besser, auf Nummer sicher zu gehen.

Mit einem wehmütigen Stich im Herzen dachte sie an Julian, der weit weg in England war. Er wäre bestimmt froh gewesen, dass sie sich so vorsichtig verhielt. Wahrscheinlich hätte er irgendeine lustige, liebevolle und bescheidene Bemerkung über seine eigenen Schwächen gemacht. Emma vermisste ihn schrecklich, aber vermutlich war das typisch für *Parabatai* – zwei Krieger, deren Seelen nicht nur durch Magie, sondern auch durch innige Freundschaft für immer miteinander verbunden waren.

Im Grunde fehlten ihr alle Mitglieder der Familie Blackthorn. Sie war zusammen mit Julian und seinen Geschwistern aufgewachsen und hatte seit ihrem zwölften Lebensjahr bei ihnen gelebt – seit sie ihre Eltern verloren hatte und Julian, dessen Mutter bereits gestorben war, auch seinen Vater verlor. Von einem Dasein als Einzelkind war sie mitten in eine große, laute, lärmende, liebevolle Familie hineinkatapultiert worden. Das war zwar nicht immer leicht gewesen, aber Emma hatte jedes einzelne der Kinder fest ins Herz geschlossen, von der schüchternen Drusilla bis hin zu Tiberius, der Detektivgeschichten liebte. Die Geschwister waren zu Beginn der Sommerferien nach England gereist, um ihre Großtante Marjorie in Sussex zu besuchen. Die alte Dame war inzwischen fast hundert Jahre alt, hatte Julian Emma erklärt, und konnte jeden Moment sterben. Sie mussten sie einfach besuchen; es war sozusagen ihre moralische Verpflichtung.

Die Abreise der Blackthorns, die ganze zwei Monate in England verbringen wollten, hatte Emma einen schweren Schlag versetzt. Im bis dahin geschäftigen, lärmigen Institut herrschte auf einmal Totenstille. Aber das Schlimmste war die Tatsache, dass Emma Julians Abwesenheit körperlich spüren konnte – ein ständiges Unbehagen, ein leichter, aber nicht zu leugnender Schmerz in der Brust.

Und während Emmas Beziehung mit Cameron nicht für Ablenkung gesorgt hatte, war ihr Cristinas Ankunft in Los Angeles eine große Hilfe gewesen. Viele Schattenjäger gingen nach Erreichen des achtzehnten Lebensjahrs für einige Zeit an andere Institute im Ausland, um die dortigen Gebräuche zu studieren. Und Cristina war von Mexiko-Stadt aus nach Los Angeles gekommen. Daran war nichts Ungewöhnliches. Aber Cristina strahlte etwas aus, das Emma an einen Menschen auf der Flucht erinnerte. Emma wiederum war auf der Flucht vor ihrer Einsamkeit. Sie beide waren einander regelrecht in die Arme gelaufen und schneller beste Freundinnen geworden, als Emma das je für möglich gehalten hätte.

»Diana wird erfreut sein, dass du Cameron endlich abserviert hast«, sagte Cristina jetzt. »Ich glaube, sie mochte ihn nicht besonders.«

Diana Wrayburn war die Tutorin der Familie Blackthorn. Sie war extrem intelligent, extrem streng und extrem verärgert, wenn Emma während des Unterrichts einschlief, weil sie mal wieder die halbe Nacht auf den Straßen von Los Angeles verbracht hatte.

»Diana hält jede Beziehung für eine unnötige Ablenkung vom Lernen«, erwiderte Emma. »Warum sollte man sich mit irgendjemandem verabreden, wenn man in der Zeit doch eine weitere Dämonensprache lernen könnte? Ich meine, wer wüsste nicht gern, wie man auf Purgatisch ›Kommst du öfter hierher?‹ sagt?«

Cristina lachte. »Du klingst wie Jaime. Er hat den Unterricht gehasst«, erzählte sie. Emma spitzte die Ohren: Cristina sprach nur selten von ihren Freunden und Verwandten, die sie in Mexiko zurückgelassen hatte. Sie wusste, dass Cristinas Onkel das Institut in Mexico-Stadt geleitet hatte, bis er im Dunklen Krieg getötet worden war und ihre Mutter die Leitung übernommen hatte. Sie wusste außerdem, dass Cristinas Vater gestorben war, als sie noch ein Kind war, aber das war es dann auch schon. »Ganz im Gegensatz zu Diego. Er war ganz versessen aufs Lernen und hat oft freiwillig zusätzliche Hausaufgaben gemacht.«

»Diego? Der perfekte Typ? Der, den deine Mutter so liebt?« Emma fuhr mit der Stele über ihre Haut, und die Scharfsichtigkeitsrune auf ihrem Unterarm nahm allmählich Gestalt an. Die Ärmel ihrer Monturjacke reichten bis zu den Ellbogen, aber auch die Haut darunter war mit bleichen Narben von längst verblassten Runenmalen übersät.

Cristina beugte sich vor und nahm Emma die Stele aus der Hand. »Gib mal her. Lass mich das machen.« Sie trug weitere Linien der Scharfsichtigkeitsrune auf. Cristina hatte ein Händchen für das Auftragen von Runenmalen – sie ging extrem sorgfältig und präzise vor. »Ich möchte nicht über den Perfekten Diego reden«, sagte Cristina. »Das macht meine Mutter schon mehr als genug. Kann ich dich mal was anderes fragen?«

Emma nickte. Der Druck der Stele auf ihrer Haut war vertraut, fast schon angenehm.

»Ich weiß, du wolltest hierherkommen, weil Johnny Rook dir erzählt hat, dass in der Stadt Leichen mit seltsamen Schriftzeichen gefunden wurden und dass er glaubt, heute Abend würde hier der nächste Leichnam auftauchen.«

»Stimmt.«

»Und du hoffst jetzt, dass es sich bei den Schriftzeichen um dieselben handelt, mit denen auch die Leichen deiner Eltern bedeckt waren.«

Emma erstarrte. Sie konnte nichts dagegen machen. Jede Erwähnung ihrer Eltern und ihres grausamen Todes tat noch genauso weh, als wäre es erst gestern geschehen. Selbst wenn derjenige, der nach ihnen fragte, so sanftmütig war wie Cristina. »Ja.«

»Der Rat behauptet, Sebastian Morgenstern hätte deine Eltern ermordet«, fuhr Cristina fort. »Das hat Diana mir zumindest erzählt. Die Ratsmitglieder sind fest davon überzeugt. Aber du glaubst das nicht.«

Der Rat. Nachdenklich blickte Emma über das nächtliche Los Angeles, die funkelnden Lichter der Skyline, die fluoreszierenden Werbetafeln am Sunset Boulevard. Als Emma den Begriff »der Rat« zum ersten Mal gehört hatte, war er ihr harmlos vorgekommen. Der Rat war einfach nur die Regierung der Nephilim und setzte sich aus allen aktiven Schattenjägern über achtzehn zusammen.

Theoretisch war jeder Schattenjäger gleichermaßen stimmberechtigt. Aber praktisch waren einige Schattenjäger einflussreicher als andere. Genau wie in jeder anderen politischen Gruppierung gab es auch im Rat Korruption und Vorurteile. Für die Nephilim bedeutete das: ein überlieferter Ehrenkodex und strenge Vorschriften, an die sich jeder Schattenjäger zu halten hatte, wenn er nicht die Konsequenzen zu spüren bekommen wollte.

Der Rat hatte ein Motto – *Das Gesetz ist hart, aber es ist das Gesetz.* Jeder Schattenjäger wusste genau, was das bedeutete: Die Regeln des Rats mussten unter allen Umständen eingehalten werden, ganz egal wie hart oder schmerzhaft das sein mochte. Das Gesetz stand über allem anderen, über persönlichen Bedürfnissen, Kummer, Verlust, Ungerechtigkeit, Verrat. Denn es war das Gesetz. Als der Rat Emma mitgeteilt hatte, sie müsse die Tatsache akzeptieren, dass ihre Eltern im Verlauf des Dunklen Kriegs gestorben waren, hatte man von ihr erwartet, dass sie das widerspruchslos hinnahm.

Aber das hatte sie nicht getan.

»Nein«, antwortete Emma gedehnt. »Ich glaube das nicht.«

Cristina saß still da, die Stele reglos in ihrer Hand, das Runenmal unvollendet. Der *Adamant* schimmerte im Mondlicht. »Könntest du mir erklären, warum du das nicht glaubst?«

»Sebastian Morgenstern hat versucht, eine Armee aufzustellen«, sagte Emma, den Blick noch immer auf das Lichtermeer geheftet. »Er hat Schattenjäger verschleppt und in Ungeheuer verwandelt, die nur ihm dienten. Aber er hat sie nicht mit dämonischen Schriftzeichen versehen und ihre Leichen ins Meer geworfen. Als die Nephilim meine Eltern aus dem Wasser bergen wollten, haben sich ihre Leichen aufgelöst. Und das ist bei keinem von Sebastians anderen Opfern passiert.« Emma fuhr mit einem Finger über einen Dachziegel. »Außerdem habe ich so eine dunkle Ahnung – kein flüchtiges, vorübergehendes Gefühl, sondern etwas, von dem ich seit jeher überzeugt bin. Und diese Überzeugung wird von Tag zu Tag stärker. Ich glaube fest daran, dass der Tod meiner Eltern nichts mit Sebastian zu tun hatte. Und wenn man ihm nun ihre Ermordung einfach in die Schuhe schiebt, bedeutet das …« Emma verstummte und seufzte. »Tut mir leid. Ich schweife ab. Hör zu, wahrscheinlich wird hier heute Abend gar nichts passieren. Du brauchst dir deswegen keine Sorgen zu machen.«

»Ich mache mir Sorgen um dich«, erwiderte Cristina, drückte die Stele aber wieder auf Emmas Haut und beendete das Runenmal, ohne noch ein Wort über die Geschichte zu verlieren. Das war eine der Eigenschaften, die Emma an Cristina vom ersten Moment an geschätzt hatte: Cristina verzichtete darauf, ihre Gesprächspartner zu bedrängen oder unter Druck zu setzen.

Bewundernd betrachtete Emma das Runenmal auf ihrer Haut, während Cristina sich zurücklehnte, zufrieden mit ihrer Arbeit. Die Scharfsichtigkeitsrune glänzte schwarz und hob sich mit klaren Konturen deutlich von Emmas Unterarm ab. »Ich kenne nur einen, der besser Runen zeichnen kann als du – und das ist Julian«, sagte sie. »Aber der ist schließlich auch Künstler …«

»Julian, Julian, Julian«, wiederholte Cristina mit leicht spöttischem Unterton. »Julian ist ein Maler. Julian ist ein Genie. Julian wüsste, wie man dieses repariert und wie man jenes richtet … In den vergangenen sieben Wochen habe ich so viele wundervolle Dinge über Julian gehört, dass ich allmählich fürchte, mich bei unserer ersten Begegnung sofort in ihn zu verlieben.«

Emma wischte ihre schmutzigen Hände sorgfältig an ihren Hosenbeinen ab. Sie fühlte sich angespannt, reizbar und nervös. Bis unter die Haarspitzen für einen Kampf motiviert, der aber nicht stattzufinden schien, redete sie sich ein. Kein Wunder, dass es ihr so vorkam, als müsste sie jeden Moment aus der Haut fahren. »Ich glaube nicht, dass Julian dein Typ ist«, sagte sie. »Aber da er mein *Parabatai* ist, bin ich auch nicht objektiv.«

Cristina reichte Emma ihre Stele zurück. »Ich habe mir immer einen *Parabatai* gewünscht«, erzählte sie ein wenig wehmütig. »Jemanden, der geschworen hat, mich immer zu beschützen und mich nie im Stich zu lassen. Einen besten Freund fürs ganze Leben, bis in alle Ewigkeit.«

Ein bester Freund fürs ganze Leben, bis in alle Ewigkeit. Nach dem Tod ihrer Eltern hatte Emma darum gekämpft, bei den Blackthorns bleiben zu dürfen – einerseits, weil sie alles verloren hatte, was vertraut gewesen war, und den Gedanken nicht ertragen konnte, noch einmal von vorn anfangen zu müssen. Und andererseits, weil sie in Los Angeles bleiben wollte, um Nachforschungen über die Todesumstände ihrer Eltern anzustellen.

Eigentlich hätte die Situation unangenehm werden können, und Emma hätte sich – als einzige Carstairs in einem Haus voller Blackthorns – deplatziert fühlen können. Aber das war nie der Fall gewesen, und das verdankte sie Jules. *Parabatai* zu sein bedeutete mehr als jede Freundschaft und sogar mehr als Blutsverwandtschaft. Es war ein unverbrüchlicher Bund, der die beiden *Parabatai* auf eine Weise miteinander verband, die jeder Schattenjäger respektierte und anerkannte – auf die gleiche Weise, wie der Bund zwischen Mann und Frau respektiert und anerkannt wurde.

Niemand würde zwei *Parabatai* trennen. Niemand würde es auch nur wagen: *Parabatai* waren gemeinsam stärker. Im Kampf reagierten sie so, als könnten sie die Gedanken des anderen lesen. Ein einziges vom *Parabatai* aufgetragenes Runenmal war mächtiger als zehn Runen, die von anderen aufgetragen wurden. Häufig ließen die *Parabatai* ihre verbrannte Asche Seite an Seite in einem gemeinsamen Grabmal beisetzen, damit sie nicht einmal im Tod voneinander getrennt wurden.

Nicht jeder Nephilim hatte einen *Parabatai;* genau genommen waren sie sogar ziemlich selten. Das Ablegen des *Parabatai*-Eids bedeutete, dass man eine lebenslange Bindung und Verpflichtung einging. Dabei gelobte man, seinem *Parabatai* immer zur Seite zu stehen, ihn zu beschützen, dorthin zu gehen, wo auch er hinging, und seine Familie als die eigene Familie zu betrachten. Die Worte des Eids stammten aus der Bibel und waren uralt: *Wo du hingehst, da gehe ich hin; dein Volk ist mein Volk; wo du stirbst, sterbe ich und da will ich begraben sein.*

Wenn es überhaupt einen Begriff in der Alltagssprache der Irdischen gab, der dem nahekam, überlegte Emma, dann wäre das »Seelenverwandter«. Ein platonischer Seelenfreund. Denn zwischen *Parabatai* waren romantische Gefühle nicht gestattet. Wie so viele andere Dinge verstieß auch das gegen das Gesetz. Emma hatte nie verstanden, warum: Es ergab überhaupt keinen Sinn. Aber andererseits ergaben viele Paragrafen des Gesetzes keinen Sinn. So hatte es auch überhaupt keinen Sinn ergeben, dass der Rat Julians Halbgeschwister Helen und Mark ins Exil geschickt beziehungsweise ihrem Schicksal überlassen hatte, nur weil ihre Mutter eine Feenprinzessin gewesen war. Aber genau das hatten die Ratsmitglieder im Zuge des Kalten Friedens verfügt.

Emma stand auf und schob die Stele in ihren Waffengurt. »Die Blackthorns kommen übermorgen nach Hause. Dann wirst du Julian ja kennenlernen.« Erneut ging sie zur Dachkante hinüber, aber dieses Mal hörte sie ein Scharren von Stiefeln auf den Ziegeln, das ihr verriet, dass Cristina ihr gefolgt war. »Kannst du irgendetwas sehen?«

»Vielleicht läuft ja heute wirklich nichts.« Cristina zuckte die Achseln. »Vielleicht ist es tatsächlich nur eine ganz normale Party.«

»Johnny Rook war sich so sicher«, murmelte Emma.

Cristinas dunkle Augen verengten sich zu Schlitzen. »Hatte Diana dir nicht ausdrücklich verboten, ihn aufzusuchen?«

»Möglicherweise hat sie mir gesagt, dass ich mich nicht mehr mit ihm treffen soll«, räumte Emma ein. »Sie hat ihn vermutlich sogar als einen ›Verbrecher, der Verbrechen begeht‹ bezeichnet, was ich ein wenig harsch finde. Aber sie hat nie gesagt, dass ich nicht mehr zum Schattenmarkt darf.«

»Weil jeder weiß, dass Schattenjäger dort ohnehin nichts zu suchen haben.«

Emma ignorierte diese Bemerkung. »Mal angenommen, ich

wäre Rook zufällig auf dem Markt begegnet und er hätte versehentlich ein paar Informationen fallen lassen, während wir uns unterhielten. Und ich hätte versehentlich ein paar Münzen fallen lassen. Wer könnte das schon ›für Informationen bezahlen‹ nennen? Da haben sich einfach nur zwei Freunde getroffen, von denen der eine ein wenig nachlässig mit Gerüchten umgeht und die andere ein wenig nachlässig mit Geld …«

»Das ist aber nicht im Sinne des Gesetzes, Emma. Schon vergessen? *Das Gesetz ist hart, aber es ist das Gesetz.*«

»Und ich dachte immer, es hieße: ›Das Gesetz ist lästig, aber es ist auch flexibel.‹«

»Nein, so lautet das Motto ganz und gar nicht. Und Diana wird dich umbringen.«

»Nicht, wenn wir die Morde aufklären. Dann wird sie mich nicht umbringen. Der Zweck heiligt die Mittel. Und wenn nichts passiert, braucht sie ja nicht davon zu erfahren, oder?«

Cristina schwieg.

»Oder …?«, hakte Emma nach.

Cristina schnappte nach Luft. »Siehst du das auch?«, fragte sie und zeigte auf die Menge.

Und Emma sah es auch. Sie sah einen groß gewachsenen, gut aussehenden Mann mit seidigem Haar, heller Haut und maßgeschneiderter Kleidung, der sich durch die Menge bewegte. Während er über die Terrasse schritt, zog er die Blicke der Umstehenden auf sich, die ihm gebannt nachschauten.

»Auf ihm liegt ein Zauberglanz«, stellte Cristina fest. Emma hob eine Augenbraue. Zauberglanz war Illusionsmagie, die die Schattenweltler häufig verwendeten, um sich den Blicken der Irdischen zu entziehen. Auch die Nephilim hatten Zugang zu Runenmalen mit ähnlicher Wirkung; allerdings betrachteten sie diese nicht als Magie. Denn Magie war eindeutig eine Angelegenheit der Hexenwesen, während es sich bei den Runenmalen um ein Geschenk des Engels handelte. »Bleibt nur die Frage: Vampir oder Elbe?«

Emma zögerte. Der Mann näherte sich einer jungen Frau in

Schuhen mit haushohen Absätzen und einem Glas Sekt in der Hand. Als er sie ansprach, nahm ihr Gesicht zuerst einen verwirrten und dann leeren Ausdruck an. Schließlich nickte sie zustimmend, hob die Arme und löste die schwere Goldkette von ihrem Hals. Sie ließ das Schmuckstück in die ausgestreckte Hand des Mannes fallen und lächelte, als er die Kette einsteckte.

»Elbe«, sagte Emma und griff nach ihrem Waffengurt. Feenwesen machten alles furchtbar kompliziert. Gemäß den Vorschriften des Kalten Friedens sollten minderjährige Schattenjäger eigentlich einen weiten Bogen um Feenwesen machen. Denn die Feenwesen waren tabu – eine verbannte und verbotene Gruppe der Schattenweltler, seit der Kalte Frieden ihnen ihre Rechte, ihre Armeen und ihre Besitztümer entzogen hatte. Ihre uralten Länder gehörten ihnen nicht länger, und andere Schattenweltler kämpften nun um ihre ehemaligen Territorien. Die Schlichtung derartiger Gebietsstreitigkeiten gehörte zu den vordringlichen Aufgaben des Instituts in Los Angeles; allerdings war das eine Aufgabe der erwachsenen Nephilim. Dagegen sollten sich Schattenjäger in Emmas Alter nicht direkt mit den Feenwesen befassen.

Theoretisch.

Das Gesetz ist lästig, aber es ist auch flexibel. Emma zog einen kleinen Stoffbeutel aus einer Tasche an ihrem Gurt und löste dessen Verschnürung, während der Elbe weiterging – von der lächelnden Frau zu einem schlanken Mann in einem schwarzen Jackett, der ihm bereitwillig seine funkelnden Manschettenknöpfe reichte. Der Elbe stand nun fast direkt unter Emma und Cristina. »Vampire interessieren sich nicht für Gold, aber die Feenwesen leisten den Tribut an ihre Königinnen und Könige mit Gold, Edelsteinen und anderen Kostbarkeiten.«

»Ich habe gehört, dass der Tribut am Hof des Dunklen Volkes in Menschenblut entrichtet wird«, sagte Cristina grimmig.

»Aber nicht heute Nacht«, bemerkte Emma, drehte den Beutel in ihrer Hand und kippte den Inhalt über den Kopf des Elben.

Bestürzt keuchte Cristina auf, als der Elbe unter ihnen einen heiseren Schrei ausstieß und der Zauberglanz von ihm abfiel wie die Schuppen einer sich häutenden Schlange.

Entsetzte Schreie erhoben sich aus der Menge, als das wahre Erscheinungsbild des Elben zum Vorschein kam. Zweige wuchsen aus seinem Kopf wie gezwirbelte Hörner. Seine rindenartig eingerissene Haut schimmerte dunkelgrün wie Moos oder Schimmelbelag. Und statt Händen besaß er spatelförmige Klauen mit drei Fingern.

»Emma«, drängte Cristina warnend. »Wir sollten besser aufhören … und die Brüder der Stille rufen …«

Doch Emma war bereits gesprungen.

Einen Moment lang war sie schwerelos, während sie durch die Luft segelte. Dann traf sie auf der Terrasse auf, mit gebeugten Knien, so wie sie es gelernt hatte. Sie erinnerte sich noch gut an ihre ersten Sprungversuche aus großer Höhe, an die heftigen, schwerfälligen Stürze und an die Tage danach, wenn sie warten musste, bis die Prellungen verheilt waren, bevor sie einen erneuten Versuch wagen konnte.

Doch das war vorbei. Emma kam mühelos auf die Beine und entdeckte den Elben auf der anderen Seite der fliehenden Menge. Seine gelben, katzenartigen Augen in dem verwitterten Rindengesicht starrten sie an und verengten sich zu Schlitzen. *»Schattenjäger«*, zischte er.

Die Partygäste flohen von der Terrasse zu den Toren, die zum Parkplatz führten. Obwohl keiner von ihnen Emma sehen konnte, setzte ihr Instinkt ein und sorgte dafür, dass sie um Emma herumströmten wie Wasser um einen Brückenpfeiler.

Emma griff über ihre Schulter und schloss die Finger um das Heft von Cortana. Die Klinge beschrieb einen golden flirrenden Bogen, als sie das Schwert zückte und die Spitze auf den Elben richtete. »Nein«, erwiderte sie, »ich bin ein Kusstelegramm. Und das hier ist mein Kostüm.«

Der Elbe starrte sie verwirrt an.

Emma seufzte. »Es ist echt schwierig, bei euch Feenwesen

mal einen Scherz zu machen. Ihr kapiert den Witz einfach nicht, oder?«

»Wir sind berühmt für unsere Scherze, Streiche und Balladen«, entgegnete der Elbe sichtlich gekränkt. »Manche unserer Balladen dauern Wochen.«

»So viel Zeit hab ich nicht«, sagte Emma. »Ich bin eine Schattenjägerin. Witzel schnell, stirb jung.« Ungeduldig schlug sie mit der Schwertspitze gegen ihren Stiefel. »Und jetzt stülp deine Taschen um.«

»Ich habe nichts getan, was gegen den Kalten Frieden verstoßen würde«, protestierte der Elbe.

»Streng genommen hast du recht, aber wir sehen es nun mal nicht gern, wenn ihr die Irdischen beklaut«, antwortete Emma. »Kipp deine Taschen aus, oder ich reiß dir eines deiner Hörner aus und stecke es dir dahin, wo die Sonne nie scheint.«

Erneut musterte der Elbe sie verwirrt. »Wo scheint denn die Sonne nie? Ist das ein Rätsel?«

Emma seufzte gequält und hob ihr Schwert. »Kipp deine Taschen aus, oder ich werde dir deine Rinde abschälen. Mein Freund und ich haben uns eben getrennt, und ich bin nicht gerade bester Laune.«

Der Elbe leerte seine Taschen und legte den Inhalt langsam auf den Terrassenboden; dabei funkelte er Emma wütend an. »Dann bist du also solo«, bemerkte er höhnisch. »Was für eine Überraschung; da wäre ich nie draufgekommen.«

Ein Keuchen ertönte über ihm. »Also, das war jetzt wirklich unhöflich«, bemerkte Cristina und beugte sich über die Dachkante.

»Danke, Cristina«, sagte Emma. »Das war ein echt gemeiner Tiefschlag. Und nur zu deiner Information, Elbenknabe: Ich habe mit *ihm* Schluss gemacht.«

Der Elbe zuckte die Achseln – ein bemerkenswert expressives Achselzucken, das diverse Arten von Desinteresse und Gleichgültigkeit zum Ausdruck brachte.

»Obwohl ich ja nicht weiß, warum«, sagte Cristina. »Schließlich war er sehr nett.«

Emma verdrehte die Augen. Der Elbe räumte noch immer seine Taschen aus – Ohrringe, teure Lederbörsen und Diamantenringe bildeten einen funkelnden Haufen auf dem Boden. Emma wappnete sich. Im Grunde interessierte sie sich weder für den Diebstahl noch für die Schmuckstücke. Sie hielt nach Waffen Ausschau, nach Zauberbüchern oder sonst irgendeinem Zeichen für Schwarze Magie, von der Rook auf dem Markt gesprochen hatte. »Die Ashdowns und die Carstairs kommen nun mal nicht miteinander klar«, erklärte sie. »Das weiß doch jeder.«

Bei diesen Worten schien der Elbe in der Bewegung zu erstarren. »Carstairs«, zischte er, die gelben Augen auf Emma fixiert. »Du bist Emma Carstairs?«

Emma blinzelte perplex und blickte kurz zum Dach hinauf. Doch Cristina war von der Dachkante verschwunden. »Ich glaube nicht, dass wir uns schon mal begegnet sind«, wandte sie sich an den Elben. »An einen sprechenden Baum würde ich mich definitiv erinnern.«

»Tatsächlich?« Die spatelförmigen Gliedmaßen des Elben öffneten und schlossen sich nervös. »Dann musst du wohl Probleme mit deinem Gedächtnis haben. Ich hätte nämlich nicht gedacht, dass du und deine Institutsfreunde Mark Blackthorn so schnell vergessen würden.«

»Mark?« Emma erstarrte, außerstande, ihre Reaktion zu steuern. In diesem Moment flog etwas Glitzerndes auf ihr Gesicht zu. Der Elbe hatte eine Diamantenkette nach ihr geworfen. Emma duckte sich instinktiv, aber der Verschluss der Kette traf ihre Wange, und sie spürte einen stechenden Schmerz und warmes Blut.

Blitzschnell richtete Emma sich auf, doch der Elbe war verschwunden. Sie fluchte leise und wischte sich das Blut von der Wange.

»Emma!« Cristina war vom Dach geklettert und stand vor einer verriegelten Tür in der Außenmauer. Ein Notausgang. »Er ist hier lang!«

Sofort stürmte Emma zu ihr, und gemeinsam traten sie die Tür ein und platzten in die dahinterliegende Gasse, die erstaunlich dunkel war. Jemand hatte das Glas der Straßenlaternen zerschlagen. Aus den Müllcontainern an den Wänden stank es nach verfaultem Essen und Alkohol. Emma spürte, wie ihre Scharfsichtigkeitsrune brannte, als sie die Augen zu Schlitzen verengte. Am Ende der Gasse entdeckte sie die dürre Gestalt des Elben, der in diesem Moment nach links hastete.

Emma setzte ihm nach, mit Cristina an ihrer Seite. Sie hatte so viele Jahre ihres Lebens mit Julian trainiert, dass es ihr schwerfiel, sich dem Tempo anderer Leute anzupassen. Und da Feenwesen für ihre Schnelligkeit berüchtigt waren, gab sie ihre Zurückhaltung kurz darauf auf und sprintete los. In fliegendem Lauf bog sie um die nächste Ecke, hinter der die Gasse schmaler wurde. Der fliehende Elbe hatte zwei Müllcontainer zusammengeschoben, um ihnen den Weg zu versperren. Emma machte einen Satz und katapultierte sich über die Container, wobei ihre Stiefel laut über das Metall donnerten.

Dann taumelte sie vorwärts und landete auf einem weichen Untergrund. Stoff kratzte unter ihren Fingernägeln. Kleidung. Kleidung eines menschlichen Leichnams. Nasse Kleidung. Der Gestank von Meeresalgen und Verwesung stieg ihr in die Nase. Emma sah nach unten und blickte in das aufgedunsene Gesicht eines Toten.

Mühsam unterdrückte sie einen Schrei. Eine Sekunde später ertönte ein weiteres metallisches Dröhnen, und Cristina landete neben ihr. Emma hörte, wie Cristina auf Spanisch einen Ausdruck der Überraschung ausstieß; dann spürte sie, wie zwei Arme nach ihr griffen und sie von der Leiche fortzogen. Ungelenk stolperte sie auf den Asphalt, außerstande, den Blick von dem Leichnam abzuwenden.

Bei dem Toten handelte es sich zweifelsfrei um einen Menschen: ein Mann mittleren Alters, mit rundlichen Schultern und silbergrauen Haaren, die wie eine Löwenmähne von seinem Kopf abstanden. Seine Haut war an mehreren Stellen stark verbrannt – schwarz und rot und blasig, wie Schaum auf einem Seifenstück.

Sein graues Hemd stand offen, und quer über seine Brust verliefen mehrere Reihen schwarzer Runen. Allerdings keine Schattenjägerrunenmale, sondern die krakeligen Schriftzeichen einer Dämonensprache. Runen, die Emma so gut kannte wie die Male auf ihren eigenen Händen. Fünf Jahre lang hatte sie wie gebannt auf die Fotos dieser Runen gestarrt: Es waren exakt dieselben Runen, die der Rat auch auf den Leichen ihrer ermordeten Eltern gefunden hatte.

»Alles in Ordnung?«, fragte Cristina. Emma lehnte an der Ziegelmauer der Gasse, die bedenklich roch und mit Sprühfarbe beschmiert war. Mit bohrendem Blick musterte sie die Brüder der Stille, die sich um den Leichnam herum versammelt hatten.

Sobald Emma einen klaren Gedanken hatte fassen können, hatte sie die Stillen Brüder und Diana verständigt. Jetzt bekam sie allerdings Zweifel an dieser Entscheidung. Die Brüder der Stille waren umgehend am Tatort aufgetaucht und inspizierten nun den Toten. Dabei wandten sie sich gelegentlich einander zu und unterhielten sich auf ihre telepathische Weise, während sie die Leiche untersuchten und sich Notizen machten. Mit Absperrrunen hatten sie einen Wall aus Schutzzaubern errichtet, um sich etwas Zeit zu verschaffen, bevor die Polizei der Irdischen am Tatort erscheinen würde. Allerdings hielten sie auch Emma auf höfliche, aber bestimmte Weise – und nur mit ganz wenig telepathischem Druck – vom Leichnam fern.

»Ich bin *stinkwütend*«, sagte Emma. »Ich muss unbedingt einen Blick auf diese Runen werfen. Und Fotos davon machen. Schließlich sind *meine* Eltern ermordet worden. Nicht dass das irgendeinen der Stillen Brüder interessieren würde. Ich kenne nur einen einzigen anständigen Stillen Bruder, und der hat die Bruderschaft verlassen.«

Cristina sah sie mit großen Augen an. Irgendwie war es ihr gelungen, ihre Kampfmontur trotz der Umstände sauber zu halten, und sie wirkte frisch und gepflegt. Dagegen vermutete Emma, dass sie selbst, mit ihren abstehenden Haaren und der dreckbespritzten Montur, eher wie der blanke Horror aussah.

»Ich hätte nicht gedacht, dass man einfach aus der Bruderschaft austreten kann«, sagte Cristina.

Die Brüder der Stille waren Schattenjäger, die sich entschieden hatten, sich wie Mönche aus der Welt zurückzuziehen und sich ganz ihren Studien und Heilkünsten zu widmen. Sie lebten in der Stadt der Stille, einem riesigen Geflecht unterirdischer Höhlensysteme, in denen die meisten Nephilim nach ihrem Tod bestattet wurden. Die grässlichen Narben der Stillen Brüder entstanden durch das Auftragen von Runenmalen, die für die Haut der meisten Menschen – selbst die der Schattenjäger – zu stark waren. Allerdings machten auch genau diese Runen die Brüder fast unsterblich. Die Brüder der Stille dienten den Nephilim als Ratgeber, Archivare und Heilkundige – und außerdem waren sie in der Lage, das Engelsschwert zu führen und dessen Macht zu nutzen.

Die Stillen Brüder hatten Emmas und Julians *Parabatai*-Zeremonie vollzogen. Sie waren bei Schattenjägerhochzeiten zur Stelle, bei Geburten und in der letzten Stunde eines Nephilim. Jedes wichtige Ereignis im Leben eines Schattenjägers war durch die Anwesenheit der Bruderschaft gekennzeichnet.

Emma musste unwillkürlich an den einzigen Stillen Bruder denken, den sie jemals gemocht hatte. Manchmal fehlte er ihr noch immer.

Plötzlich wurde alles fast taghell erleuchtet. Blinzelnd drehte Emma sich um und sah einen vertrauten Pick-up am Eingang der Gasse. Der Pritschenwagen hielt mit eingeschalteten Scheinwerfern an, und Diana Wrayburn sprang aus der Fahrertür.

Als Diana fünf Jahre zuvor nach Los Angeles gekommen war, um die Kinder des Instituts zu unterrichten, hatte Emma sie für die schönste Frau gehalten, die sie je gesehen hatte. Ihre Tutorin war groß, hager und elegant, und das silberne Koi-Tattoo auf ihrem hohen Wangenknochen hob sich deutlich von ihrer dunklen Haut ab. Ihre braunen Augen hatten grüne Flecken in der Iris und funkelten gerade ziemlich wütend. Diana trug ein knöchellanges Kleid, das ihren Körper weich umspielte, und sie sah genauso aus wie die Furcht einflößende römische Göttin der Jagd, deren Namen sie trug.

»Emma! Cristina!« Sie hastete zu ihnen. »Was ist passiert? Ist alles in Ordnung mit euch?«

Einen Moment lang schaute Emma von den Stillen Brüdern zu Diana und genoss ihre kräftige Umarmung. Als Mutterersatz war Diana ihr zwar immer etwas zu jung vorgekommen, aber sie hätte gut eine ältere Schwester sein können. Jemand, der sie beschützte. Diana gab sie frei und umarmte auch Cristina, die völlig verblüfft schaute. Emma hatte schon lange den Verdacht, dass man in Cristinas Familie keinen großen Wert auf Umarmungen legte. »Was ist passiert?«, fragte Diana erneut. »Warum versuchst du, Bruder Enoch mit den Augen zu durchbohren?«

»Wir waren auf Patrouille …«, setzte Emma an.

»Wir haben gesehen, wie ein Elbe Irdische bestohlen hat«, fügte Cristina hastig hinzu.

»Ja, und ich habe ihn aufgehalten und ihn aufgefordert, seine Taschen zu leeren …«

»Ein Elbe?« Ein Ausdruck großer Besorgnis zeichnete sich auf Dianas Gesicht ab. »Emma, du weißt doch, dass du keine Feenwesen konfrontieren solltest, nicht einmal mit Cristina an deiner Seite …«

»Ich habe schon früher gegen Feenwesen gekämpft«, erwiderte Emma, was der Wahrheit entsprach. Sie und Diana hatten gemeinsam in Alicante gekämpft, als Sebastians Armee die Stadt angegriffen hatte. In den Straßen hatte es vor Elbenkriegern gewimmelt. Die Schattenjäger hatten alle Kinder in die Abkommenshalle gebracht, weil sie dort vermeintlich in Sicherheit waren. Doch die Feenwesen hatten die Schutzschilde überwunden …

Diana war ebenfalls in der Halle gewesen und hatte mit ihrem Schwert tödliche Hiebe in alle Richtungen ausgeteilt und so Dutzende Kinder vor den Feenwesen bewahrt. Auch Emma hatte sich unter den geretteten Kindern befunden. Seit dieser Zeit hatte Emma sie fest ins Herz geschlossen.

»Ich hatte so eine Ahnung, dass da irgendetwas Größeres, Schlimmeres vor sich geht«, fuhr Emma fort. »Und als der Elbe geflohen ist, bin ich ihm gefolgt. Ich weiß, dass ich das nicht hätte tun sollen, aber ... dabei habe ich diesen Leichnam gefunden. Und er ist mit den gleichen Runen bedeckt, mit denen auch die Leichen meiner Eltern bedeckt waren. Exakt *dieselben Schriftzeichen*, Diana.«

Diana wandte sich Cristina zu. »Würdest du uns bitte einen Moment allein lassen, Tina?«

Cristina zögerte. Doch als Gast, als junge Austauschschattenjägerin in Los Angeles, musste sie den Anweisungen der Institutstutorin Folge leisten. Sie warf Emma einen kurzen Blick zu und schlenderte dann in Richtung des Tatorts, wo der Leichnam noch immer auf dem Boden lag, umgeben von einer Gruppe Stiller Brüder, die in ihren pergamentfarbenen Roben an einen Schwarm heller Vögel erinnerten. Die Brüder streuten eine Art schimmerndes Pulver auf die Runen – oder zumindest sah es so aus. Emma wünschte inständig, sie könnte näher herangehen und sich das genauer ansehen.

Diana holte tief Luft. »Emma, bist du dir da ganz sicher?«

Emma verkniff sich die wütende Antwort, die ihr schon auf der Zunge lag – schließlich verstand sie nur zu gut, warum Diana diese Frage stellte. Im Laufe der Jahre hatte es so viele falsche Spuren gegeben ... So oft hatte Emma geglaubt, endlich einen Hinweis gefunden zu haben oder eine Übersetzung der Runenschrift oder einen Artikel in einer Zeitung der Irdischen. Aber sie hatte sich jedes Mal geirrt.

»Ich will einfach nicht, dass du dir falsche Hoffnungen machst«, sagte Diana.

»Ich weiß«, räumte Emma ein. »Aber diese Spur hier sollte ich nicht ignorieren. Ich *kann* sie nicht ignorieren.« Sie schluckte. »Du glaubst mir doch? Du hast mir doch immer geglaubt, oder?«

»Dass Sebastian Morgenstern deine Eltern nicht getötet hat? Ach Süße, du weißt doch, dass auch ich davon überzeugt bin.« Diana tätschelte Emmas Schulter. »Ich möchte einfach nur verhindern, dass du verletzt wirst. Und jetzt, da Julian nicht hier ist …«

Emma wartete darauf, dass Diana ihren Satz beendete.

»Nun ja, jetzt, da Julian nicht hier ist, bist du nun mal verwundbarer. *Parabatai* wirken wie ein Puffer. Ich weiß, dass du stark bist. Aber hier handelt es sich um etwas, das dir eine tiefe Wunde zugefügt hat, als du noch ein Kind warst. Wenn es um deine Eltern geht, dann reagiert die zwölfjährige Emma und nicht die fast erwachsene junge Frau.« Diana zuckte zusammen und berührte ihre Schläfe. »Bruder Enoch ruft mich«, sagte sie. Die Stillen Brüder konnten mit anderen Schattenjägern auf telepathische Weise kommunizieren und dabei einzelne Nephilim oder eine ganze Gruppe ansprechen. »Schaffst du es allein nach Hause?«

»Ja, schon, aber ich würde gern noch einmal einen Blick auf den Leichnam werfen …«

»Die Stillen Brüder haben Nein gesagt«, erwiderte Diana bestimmt. »Ich werde versuchen, möglichst viel herauszufinden, und es dir dann erzählen. Abgemacht?«

Emma nickte widerstrebend. »Abgemacht.«

Während Emma in Richtung Straße trottete, eilte Diana zu den Brüdern und wechselte dabei ein paar Worte mit Cristina, die ihr entgegenkam. Als Emma den Wagen erreichte, den sie und Cristina zuvor am Straßenrand geparkt hatten, schloss Cristina zu ihr auf. Schweigend stiegen sie ein.

Emma saß einen Moment still und erschöpft auf dem Fahrersitz; die Zündschlüssel baumelten in ihrer Hand. Im Rückspiegel konnte sie die Gasse sehen, die durch die starken Scheinwerfer des Pick-ups wie ein Baseballstadion erleuchtet war. Diana redete mit den Stillen Brüdern. Das weiße Pulver auf dem Boden schimmerte im gleißenden Licht.

»Alles in Ordnung?«, fragte Cristina.

Emma drehte sich zu ihr. »Du musst mir unbedingt erzählen, was du gesehen hast«, bettelte sie. »Du warst doch ganz nah an dem Leichnam – hast du gehört, ob Diana irgendetwas zu den Brüdern gesagt hat? Sind das definitiv dieselben Runenzeichen?«

»Ich brauche dir das nicht zu erzählen«, erwiderte Cristina.

»Ich …« Emma verstummte. Sie fühlte sich miserabel. Sie hatte nicht nur den Plan vermasselt und den diebischen Elben entkommen lassen, sondern auch ihre Chance auf eine gründliche Untersuchung der Leiche vertan – und vermutlich auch noch Cristinas Gefühle verletzt. »Ich weiß, dass du das nicht brauchst. Es tut mir wirklich leid, Cristina. Ich hatte nicht vor, dich in Schwierigkeiten zu bringen. Es ist nur so, dass …«

»Das habe ich nicht gemeint.« Cristina fummelte an ihrer Jackentasche. »Ich habe gesagt, dass ich dir das nicht zu erzählen brauche, weil ich eigentlich meinte, dass ich es dir *zeigen* kann. Hier. Sieh selbst.« Sie hielt Emma ihr Handy entgegen, und Emmas Herz machte einen Satz – Cristina scrollte durch eine ganze Reihe von Fotos, die sie von der Leiche, den Stillen Brüdern, der Gasse, dem Blut, von einfach allem geschossen hatte.

»Cristina, ich liebe dich«, sagte Emma. »Ich werde dich heiraten. *Heiraten.*«

Cristina kicherte. »Meine Mutter hat meinen Zukünftigen bereits ausgesucht, schon vergessen? Stell dir mal vor, was sie sagen würde, wenn ich *dich* mit nach Hause bringe.«

»Und du meinst nicht, dass sie mich mehr mögen würde als den Perfekten Diego?«

»Ich denke, man würde ihr Gezeter bis nach Idris hören.«

Emma lachte. Erleichterung rauschte durch ihre Adern. Jetzt hatten sie endlich etwas in der Hand. Eine Spur, wie Tiberius sagen würde, den Kopf tief in einem Krimi vergraben. Plötzlich fehlte er ihr.

Sie schob das Handy zurück in Cristinas Tasche und ließ den Motor an.

»Hast du diesem Elben ernsthaft gesagt, dass du mit Cameron Schluss gemacht hast und nicht umgekehrt?«, fragte Cristina.

»Bitte lass uns nicht mehr darüber reden«, antwortete Emma. »Ich bin nicht gerade stolz auf mich.«

Cristina schnaubte – ein bemerkenswert undamenhafter Laut.

»Kannst du nachher, wenn wir wieder im Institut sind, zu mir kommen?«, fragte Emma und schaltete die Scheinwerfer ein. »Ich möchte dir etwas zeigen.«

Cristina runzelte die Stirn. »Doch nicht etwa ein seltsames Muttermal oder eine Warze, oder? Meine *abuela* hat mal gesagt, dass sie mir etwas zeigen wolle, und dann entpuppte sich das Ganze als Warze auf ihrem ...«

»Nein, keine Warze!«, versicherte Emma. Während sie den Wagen in den Verkehr einfädelte, spürte sie ein Prickeln in ihren Adern. Normalerweise fühlte sie sich nach einem Kampf, wenn das Adrenalin allmählich nachließ, immer wie ausgelaugt.

Doch jetzt stand sie kurz davor, Cristina etwas zu zeigen, das außer Julian noch niemand gesehen hatte. Etwas, worauf sie selbst nicht gerade stolz war. Und sie fragte sich, was Cristina wohl davon halten würde.

2

Weder der himmlischen Englein Schar

»Julian nennt es mein ›Korkbrett des Wahnsinns‹«, sagte Emma.

Sie und Cristina standen vor dem weit geöffneten Kleiderschrank in Emmas blau gestrichenem Zimmer. (Julian hatte bei Emmas Einzug eine der Mauern mit einem Wandbild versehen: Schwalben im Flug über den Zinnen eines Burgturms – eine Anspielung auf das Familienmotiv der Carstairs.)

Allerdings befanden sich in diesem Schrank keine Kleidungsstücke: Emmas gesamte Garderobe, hauptsächlich Vintagekleider und Jeans, die sie in den Secondhandläden von Silver Lake und Santa Monica aufgestöbert hatte, hing im Wandschrank oder lag gefaltet in ihrer Kommode. Die mit Korkplatten ausgekleideten Innenseiten des Kleiderschranks waren mit Fotos, Zeitungsartikeln und bunten, in Emmas krakeliger Handschrift beschrifteten Haftzetteln gespickt.

»Das Ganze ist farblich aufeinander abgestimmt«, erklärte sie und zeigte auf die Zettel. »Artikel aus irdischen Zeitungen, Recherchen zu Zaubersprüchen, Infos über Dämonensprachen, Unterlagen, die ich im Laufe der Jahre auf Dianas Schreibtisch entdeckt habe … einfach alles, was ich im Zusammenhang mit dem Tod meiner Eltern jemals finden konnte.«

Cristina trat näher an den Schrank heran, um eine der Seiten genauer zu betrachten. Plötzlich wirbelte sie zu Emma herum. »Einige dieser Dokumente sehen wie offizielle Ratsakten aus.«

»Stimmt«, bestätigte Emma. »Ich habe sie aus dem Büro der Konsulin mitgenommen, als ich zwölf war.«

»Du hast sie Jia Penhallow gestohlen?« Cristina zog eine entsetzte Miene.

Emma konnte ihr das nicht übel nehmen. Die Konsulin bekleidete das höchste Amt innerhalb des Rats – nur der Inquisitor kam ihr in Sachen Macht und Einfluss nahe. »Woher hätte ich sonst Fotos von den Leichen meiner Eltern bekommen sollen?«, fragte sie zurück, schlüpfte aus der Jacke und warf sie auf ihr Bett. Darunter trug sie nur ein Trägertop, und sie spürte die kühle Brise, die von der Wüste hereinwehte, auf ihren bloßen Armen.

»Und die Aufnahmen, die ich heute Abend gemacht habe – wo kommen die hin?«

Cristina reichte Emma die Ausdrucke der Aufnahmen, auf denen die Tinte noch feucht war. Direkt nach ihrer Rückkehr ins Institut hatten sie zwei der besten Tatortfotos aus Cristinas Handy an den Drucker geschickt. Emma nahm die Bilder und steckte sie mit Reißzwecken neben die Fotos, die der Rat von den Leichen ihrer Eltern gemacht hatte. Diese waren im Laufe der Jahre etwas nachgedunkelt und kräuselten sich an den Rändern.

Dann lehnte Emma sich zurück und betrachtete die Aufnahmen. Die Runen waren hässlich, krakelig und irgendwie schwammig. Es kam Emma so vor, als würden sie sich dagegen wehren, dass man sie genauer inspizierte. Und sie erschienen ihr auch nicht einfach nur wie eine Dämonensprache, die noch niemand hatte identifizieren können, sondern eher wie etwas, das kein menschlicher Verstand erdacht haben konnte.

»Und was nun?«, fragte Cristina. »Ich meine, was hast du als Nächstes vor?«

»Morgen werde ich mir anhören, was Diana zu berichten hat«, erklärte Emma. »Ob sie irgendetwas herausgefunden hat. Und ob die Brüder der Stille bereits von den Morden wissen, von denen Rook erzählt hat. Falls nicht, fahre ich noch mal zum Schattenmarkt. Ich werde mein letztes bisschen Geld zusammenkratzen, oder ich schulde Rook eben einen Gefallen – es ist mir egal. Wenn jetzt und heute jemand hier herumläuft, der Leute ermordet und ihre Leichen mit Runenschriftzeichen bedeckt, dann bedeutet das … Es bedeutet, dass Sebastian Morgenstern meine Eltern vor fünf Jahren nicht ermordet hat. Es bedeutet, dass ich recht habe und dass ihr Tod überhaupt nichts mit ihm zu tun hatte.«

»Nicht zwangsläufig, Emma«, wandte Cristina mit sanfter Stimme ein.

»Ich bin eine der wenigen, die einen von Sebastian Morgensterns Institutsüberfällen mitangesehen und überlebt haben«, sagte Emma. Es handelte sich um eine ihrer Erinnerungen, die messerscharf und zugleich vollkommen verschwommen war: Sie wusste noch genau, wie sie den kleinen Tavvy auf die Arme gehoben und durch das Institut getragen hatte, dicht gefolgt von Dru, während Sebastians Dunkle Krieger in der Eingangshalle wüteten. Sie erinnerte sich an Sebastian, mit seinen silberweißen Haaren und den toten schwarzen Dämonenaugen, und an das Blut, an Mark und an Julian, der auf sie gewartet hatte. »Ich habe ihn gesehen. Sein Gesicht gesehen, seine Augen, als er zu mir hochgeschaut hat. Es ist nicht so, als ob ich ihm den Mord an meinen Eltern nicht zutrauen würde. Sebastian hätte jeden getötet, der sich ihm in den Weg stellt. Ich glaube einfach nur nicht, dass es ihn interessiert hätte.« Ihre Augen brannten. »Ich muss unbedingt mehr Beweise finden. Den Rat überzeugen. Denn solange man den Tod meiner Eltern Sebastian anlastet, wird der wahre Mörder, die Person, die wirklich dafür verantwortlich ist, nicht zur Rechenschaft gezogen. Und diesen Gedanken könnte ich nicht ertragen.«

»Emma.« Behutsam berührte Cristina Emmas Arm. »Ich glaube, der Erzengel hat einen Plan für uns. Für dich. Und wenn es irgendetwas gibt, womit ich dir helfen kann, werde ich es tun.«

Emma wusste das. Für viele Schattenjäger war der Erzengel, der die Nephilim erschaffen hatte, nur ein vager Mythos aus dunkler Vorzeit. Aber für Cristina war Raziel ein lebendiges Wesen. Und sie legte das Medaillon, das sie um den Hals trug und das dem Engel geweiht war, niemals ab. Die Vorderseite zeigte Raziel, und auf der Rückseite waren lateinische Worte in das Metall geätzt: *Gepriesen sei der Engel, mein Fels, der meine Hände unterweist zum Kampf, meine Finger zum Kriege.*

Cristina berührte ihr Medaillon oft, damit es ihr Kraft gab – vor einer Prüfung oder einem Kampf. Und in vielerlei Hinsicht beneidete Emma Cristina um ihren Glauben. Manchmal fürchtete sie, dass sie selbst nur an zwei Dinge wirklich glauben konnte: an Rache und an Julian.

Emma lehnte sich gegen die Innenseite der Schranktür; die Papiere und Haftzettel kratzten an ihrer Schulter. Sie blinzelte und versuchte, die Erinnerungen abzuschütteln. »Selbst wenn das bedeutet, gegen das Gesetz zu verstoßen? Ich weiß doch, wie sehr du das hasst.«

»Ich bin nicht so langweilig, wie du offenbar glaubst«, entgegnete Cristina gespielt gekränkt und versetzte Emma einen leichten Schlag gegen die Schulter. »Na, jedenfalls können wir heute Abend nichts mehr tun. Was würde dich denn auf andere Gedanken bringen? Fernsehen gucken bis zum Umfallen? Eis essen?«

»Dich mit den Blackthorns bekannt machen«, antwortete Emma und drückte sich von der Schranktür ab.

»Aber sie sind doch gar nicht hier.« Cristina musterte Emma, als fürchtete sie, dass diese sich gewaltig den Kopf gestoßen habe.

»Sie sind hier und zugleich auch wieder nicht.« Emma streckte Cristina die Hand entgegen. »Komm.«

Cristina ließ sich von ihr aus dem Zimmer ziehen. Der Korridor schien nur aus Holz und Glas zu bestehen, mit hohen Fenstern, die am Tag Panoramablicke auf den Ozean, den Strand und die Wüste boten. Als Emma ins Institut gezogen war, hatte sie angenommen, dass sie sich im Laufe der Zeit an die Aussicht gewöhnen und nicht mehr jeden Morgen völlig gebannt auf das blaue Meer und den hohen Himmel starren würde. Aber das war nicht geschehen: Die See mit ihrer ständig wechselnden

Oberfläche und die Wüste mit ihren Schatten und Pflanzen faszinierten Emma noch immer.

Jetzt konnte sie durch das Fenster den Schein des Mondes auf den Wellen erkennen: silbern und schwarz.

Emma und Cristina liefen durch den Gang. Als sie das obere Ende der imposanten Treppe erreichten, die hinunter zur Eingangshalle führte, blieb Emma einen Moment stehen. Die Treppe und der Eingangsbereich lagen genau in der Mitte des Institutsgebäudes und unterteilten dieses in einen Nord- und einen Südflügel. Bei ihrer Ankunft vor fünf Jahren hatte Emma sich bewusst für ein Zimmer am anderen Ende des Hauses und nicht für eines in der Nähe der Blackthorn-Geschwister entschieden. Damit hatte sie ihnen stillschweigend zu verstehen gegeben, dass sie wusste, dass sie noch immer eine Carstairs war.

Jetzt beugte sie sich über das Geländer und schaute nach unten, mit Cristina an ihrer Seite. Die Institute der Nephilim waren eindrucksvoll konstruiert: Sie dienten als Versammlungsorte und bildeten das Zentrum der Divisionen, der regionalen Schattenjägergemeinschaften. Die gewaltige Eingangshalle – ein rechteckiger Raum mit der imposanten Treppe, die zum ersten Stockwerk führte – war mit einem schwarz-weißen Marmorboden und unbequem wirkenden Sitzmöbeln ausgestattet, die nie genutzt wurden. Das Ganze erinnerte an den Eingangsbereich eines Museums.

Von Emmas Standort am Geländer aus konnte man erkennen, dass die schwarz-weißen Bodenplatten in Wahrheit die Gestalt des Erzengels Raziel bildeten, der aus den Fluten des Lyn-Sees in Idris emporstieg und zwei der Engelsinsignien in den Händen hielt: ein flammendes Schwert und einen mit Gold überzogenen Kelch.

Jedes Schattenjägerkind kannte dieses Bild: Vor tausend Jahren hatte Jonathan Shadowhunter – der Urahn aller Nephilim – den Erzengel Raziel herbeigerufen, um einer Dämonenplage ein Ende zu setzen. Raziel hatte Jonathan die Engelsinsignien und das Graue Buch mit allen Schattenjägerrunen überreicht.

Außerdem hatte er sein Blut mit menschlichem Blut gemischt und es Jonathan und seinen Anhängern gegeben, damit sie davon tranken. Dies hatte bewirkt, dass ihre Haut die Runenmale vertrug, wodurch die ersten Nephilim entstanden waren. Das Bild des emporsteigenden Engels war den Schattenjägern heilig: Es wurde als Triptychon bezeichnet und fand sich an allen Orten, an denen die Schattenjäger sich versammelten oder an denen sie gestorben waren.

Das Bildnis im Marmorboden des Los-Angeles-Instituts stellte ein Mahnmal dar. Als Sebastian Morgenstern und seine Elbenarmee das Institut fünf Jahre zuvor gestürmt hatten, hatte der Boden aus schlichtem Marmor bestanden. Nach dem Dunklen Krieg hatten die Blackthorn-Kinder bei ihrer Rückkehr feststellen müssen, dass der Fußboden, auf dem so viele Schattenjäger ihr Leben gelassen hatten, bereits aufgerissen war. Die Platten, auf denen die Nephilim verblutet waren, wurden ersetzt und mit dem Bildnis des Engels versehen, als Erinnerung an die Toten.

Jedes Mal, wenn Emma durch die Eingangshalle ging, wurde sie an ihre Eltern und Julians Vater erinnert. Was ihr aber nichts ausmachte – im Gegenteil: Sie wollte sie nicht vergessen.

»Als du gesagt hast, dass die Blackthorns hier seien und zugleich auch wieder nicht, hast du damit Arthur gemeint?«, fragte Cristina, die Ellbogen auf das Geländer gestützt.

»Definitiv nicht.« Arthur Blackthorn war der Leiter des Los-Angeles-Instituts. Zumindest offiziell. Als Altphilologe war er von den Götter- und Heldensagen der alten Griechen und Römer regelrecht besessen und schloss sich die meiste Zeit auf dem Dachboden ein, wo er sich mit antiken Tonscherben, modrigen Büchern, unzähligen Essays und Monografien umgab, an denen er ständig arbeitete. Emma konnte sich nicht erinnern, dass er jemals Interesse für Schattenjägerangelegenheiten gezeigt hatte. Und sie konnte die wenigen Male, die er sich seit Cristinas Ankunft hatte blicken lassen, an einer Hand abzählen. »Obwohl ich ja beeindruckt bin, dass du dich überhaupt an seine Anwesenheit erinnerst.«

Cristina verdrehte die Augen.

»Keine Grimassen schneiden, das verhunzt mir meinen dramatischen Augenblick. Und ich wünsche mir meinen dramatischen Augenblick unverhunzt.«

»Was denn für ein dramatischer Augenblick?«, fragte Cristina fordernd. »Warum hast du mich überhaupt hierhergeschleift, wo ich doch viel lieber duschen und meine Klamotten wechseln möchte? Außerdem brauche ich dringend einen Kaffee.«

»Du brauchst immer Kaffee«, erwiderte Emma und machte sich auf den Weg zum anderen Flügel des Hauses. »Das ist eine regelrechte Sucht.«

Cristina murmelte irgendwelche wenig schmeichelhaften Worte auf Spanisch, folgte Emma aber dennoch – offensichtlich hatte ihre Neugier gesiegt. Emma wirbelte herum, damit sie rückwärtsgehen konnte, wie ein Reiseleiter oder Museumsführer.

»Also: Fast alle Familienmitglieder sind im Südflügel untergebracht«, erklärte sie. »Das hier ist Tavvys Zimmer.« Die Tür von Octavian Blackthorns Raum stand weit auf. Der Siebenjährige legte noch keinen großen Wert auf das Einhalten seiner Privatsphäre. Emma beugte sich in den Raum hinein, und Cristina folgte ihrem Beispiel mit verwirrter Miene.

Das Zimmer enthielt ein kleines Bett mit einer bunt gestreiften Tagesdecke, ein Kinderspielhaus, das fast so groß wie Emma war, und ein Zelt mit Büchern und Spielzeug. »Tavvy leidet unter Albträumen«, berichtete Emma. »Manchmal kommt Julian her und schläft mit ihm zusammen im Zelt.«

Cristina lächelte. »Das hat Di … meine Mutter früher auch gemacht, als ich noch klein war.«

Das nächste Zimmer gehörte Drusilla. Die Dreizehnjährige hatte eine morbide Faszination für Horrorstreifen. Auf dem Boden lagen überall Bücher zu Slasherfilmen und Serienmördern herum. Die Wände waren schwarz gestrichen, und alte Filmposter klebten auf den Fensterscheiben. »Dru liebt Horrorfilme«, erzählte Emma. »Eigentlich alles, in dem die Worte *Blut*, *Grusel* oder *Promnacht* und Ähnliches vorkommen. Allerdings frage ich mich, warum das *Prom* genannt wird …«

»Das ist eine Abkürzung von *Promenade«*, antwortete Cristina.

»Wieso sprichst du Englisch so viel besser als ich?«

»Das war kein Englisch«, erklärte Cristina, während Emma weiterging. »Das ist Französisch.«

»Die Zimmer der Zwillinge liegen einander genau gegenüber.« Emma deutete auf zwei geschlossene Türen auf beiden Seiten des Flurs. »Das hier ist Livvys Zimmer.« Mit Schwung öffnete sie die Tür, hinter der ein aufgeräumter und liebevoll dekorierter Raum zum Vorschein kam. Jemand hatte das Kopfbrett des breiten Betts mit einem drolligen Stoff bezogen, der winzige Teetassen zeigte. Bunter Modeschmuck hing an Drahtgittern an der Wand, und neben dem Bett stapelten sich Bücher zu Computertechnik und Programmiersprachen.

»Programmiersprachen«, staunte Cristina. »Mag sie Computer?«

»Ja, sie und Ty«, bestätigte Emma. »Ty mag Computer und die Art und Weise, mit der sie Muster organisieren, sodass er sie analysieren kann. Aber er ist nicht gut in Mathe. Livvy übernimmt diesen Teil, und die beiden arbeiten als Team zusammen.«

Sie öffnete die gegenüberliegende Tür. »Das ist Tys, also eigentlich Tiberius Nero Blackthorns Reich«, verkündete Emma. »Ich denke, seine Eltern haben es bei seinem Namen ein wenig übertrieben. Das ist fast so, als würde man jemanden ›Großartiger Dreckskerl‹ nennen.«

Cristina kicherte. Tys Zimmer war ebenfalls aufgeräumt, mit ordentlich gestapelten Büchern, die allerdings nicht alphabetisch sortiert waren, sondern nach Farben. Die Farben, die Ty besonders mochte – wie etwa Blau, Gold und Grün –, fanden sich im vorderen Bereich des Zimmers und in der Nähe seines Betts. Dagegen hatte er Farben, die er nicht mochte – Orange und Lila –, in die Ecken und den Bereich rund ums Fenster verbannt. Für Besucher mochte das Ganze unordentlich und willkürlich wirken, aber Emma wusste, dass Ty immer mit absoluter Sicherheit sagen konnte, welches Buch sich wo befand.

Auf dem Nachttisch lagen seine Lieblingsbücher: Arthur Conan Doyles Geschichten von Sherlock Holmes. Daneben drängte sich eine Sammlung kleiner Spielzeuge. Julian hatte sie vor Jahren für Ty gebastelt, als er herausgefunden hatte, dass es Ty half, wenn er etwas in den Händen halten konnte. Es beruhigte ihn, und er konnte sich besser konzentrieren, wenn er mit ihnen spielte: ein buntes Knäuel aus Pfeifenreinigern und ein schwarzer Würfel aus Plastikteilen, die sich zu unterschiedlichen Mustern drehen ließen.

Cristina warf einen Blick auf Emmas Gesicht, das zu einer schmerzlich-liebevollen Miene verzogen war. »Du hast mir schon mal von Tiberius erzählt. Er ist derjenige, der Tiere besonders mag, nicht wahr?«

Emma nickte. »Er ist ständig draußen und geht den Eidechsen und Eichhörnchen auf die Nerven.« Sie deutete mit dem Arm in Richtung der Wüste, die hinter dem Institut lag – eine unberührte Landschaft ohne menschliche Zivilisation, die sich bis zu den Bergen erstreckte, welche den Strand von den dahinterliegenden Tälern trennten. Wehmütig seufzte sie. »Ich hoffe, er amüsiert sich in England und sammelt Kröten, Frösche und Heuchelhasen …«

»Das ist ein Gericht!«

»Kann gar nicht sein«, meinte Emma ungläubig und lief weiter.

»Doch, das ist ein anderer Name für Hackbraten!«, beharrte Cristina, während Emma die nächste Tür öffnete. Der dahinterliegende Raum war blau gestrichen, fast exakt derselbe Farbton wie der des Ozeans und des Himmels. Während des Tages sah das Zimmer so aus, als sei es Teil der Elemente vor dem Fenster und würde im ewigen Blau schweben. Gemälde schmückten die Wände – kunstvolle Muster und die Silhouette eines Schlosses, das von einer hohen Dornenhecke überwuchert war. Ein Prinz ritt darauf zu, mit gesenktem Kopf und zerbrochenem Schwert.

»La Bella Durmiente«, sagte Cristina. *Dornröschen.* »Aber ich kann mich gar nicht daran erinnern, dass das Märchen so traurig war oder der Prinz so niedergeschlagen.« Sie warf Emma einen Blick zu. »Ist Julian ein trauriger Junge?«

»Nein«, sagte Emma, nur mit halbem Ohr bei der Sache. Seit Jules' Abreise hatte sie sein Zimmer nicht betreten. Allem Anschein nach hatte er keine Zeit mehr zum Aufräumen gehabt, denn mehrere Kleidungsstücke lagen auf dem Boden, sein Tisch war mit halb fertigen Skizzen übersät, und auf dem Nachttisch stand sogar ein Becher mit vermutlich längst verschimmeltem Kaffee. »Nicht depressiv oder so was.«

»Depressiv ist nicht das Gleiche wie traurig«, bemerkte Cristina.

Doch Emma wollte nicht darüber nachdenken, ob Julian traurig war, nicht jetzt, da er bald nach Hause kommen würde. Inzwischen war es nach Mitternacht, was bedeutete, dass er schon morgen zurückkommen würde. Emma verspürte eine Mischung aus Erleichterung und Aufregung.

»Komm weiter.« Sie verließ das Zimmer und durchquerte den Flur, mit Cristina im Schlepptau. Zögernd legte Emma eine Hand auf die geschlossene Tür. Sie bestand genau wie alle Türen im Institut aus Holz, doch die Oberfläche fühlte sich rau an, als hätte sich lange Zeit niemand darum gekümmert, sie zu reinigen oder zu lackieren.

»Das hier war Marks Zimmer«, sagte sie.

»Mark«, wiederholte Cristina. »Mark Blackthorn?«

Jeder Schattenjäger kannte Mark Blackthorns Namen. Der Junge, durch dessen Adern das Blut von Elben und Nephilim strömte und den die Feenwesen während des Dunklen Kriegs entführt hatten. Und der nun der Wilden Jagd angehörte, der brutalsten Gruppierung der Feenwesen – jene wilden Elben, die einmal monatlich durch die Lüfte ritten, auf der Jagd nach Gefallenen, die sie auf den Schlachtfeldern der Irdischen fanden. Und die wie blutrünstige Habichte von Furcht und Tod zehrten.

Mark war immer ein sanftmütiger Junge gewesen. Emma fragte sich, ob das wohl immer noch der Fall war.

»Mark Blackthorn ist einer der Gründe, warum ich hierhergekommen bin«, gestand Cristina ein wenig schüchtern. »Ich hatte immer die Hoffnung, eines Tages dabei zu helfen, ein besseres Abkommen als den Kalten Frieden auszuhandeln. Mit faireren Bedingungen für die Schattenweltler und diejenigen Schattenjäger, denen etwas an ihnen liegt.«

Emma schaute sie mit großen Augen an. »Das wusste ich gar nicht. Davon hast du mir nichts gesagt.«

Cristina zeigte auf den Raum um sie herum. »Du hast mir etwas von dir und den Blackthorns erzählt«, erklärte sie. »Und da dachte ich, ich sollte dir auch etwas von mir erzählen.«

»Ich bin froh, dass du hierhergekommen bist«, stieß Emma impulsiv hervor, woraufhin Cristina errötete. »Selbst wenn Mark einer der Gründe war … und obwohl du mir nichts über die anderen Gründe erzählen willst.«

Cristina zuckte die Achseln. »Ich mag Los Angeles nun mal.« Sie schenkte Emma ein verschmitztes Lächeln. »Bist du absolut sicher, dass du nicht doch Lust auf Fernsehen und Eis bis zum Umfallen hast?«

Emma holte tief Luft. Sie erinnerte sich daran, was Julian ihr einmal erzählt hatte: Wenn ihm alles zu viel zu werden drohte, dann sperrte er in Gedanken einfach bestimmte Situationen und Gefühle in einer Kiste weg. *Schließ sie ein,* hatte er gesagt, *und dann werden sie dir nicht mehr lästig fallen. Sie sind dann einfach verschwunden.* Jetzt stellte Emma sich vor, dass sie ihre Erinnerungen nahm – die an den Leichnam in der Gasse, an Sebastian Morgenstern, den Rat, ihre Trennung von Cameron – und in eine Kiste stopfte. Dazu packte sie ihre ungelösten Fragen, ihre Wut auf die ganze Welt angesichts des Todes ihrer Eltern und ihre ungeduldige Sehnsucht nach Julian und den anderen Blackthorns. Dann verriegelte sie die Kiste und stellte sie in Gedanken an einen leicht zugänglichen Ort, wo sie sie mühelos wiederfinden und erneut öffnen konnte.

»Emma?«, fragte Cristina besorgt. »Alles in Ordnung? Du siehst so aus, als müsstest du dich gleich übergeben.«

Klick – das Schloss an der Kiste schnappte zu. In Gedanken stellte Emma die Kiste beiseite, kehrte dann in die Wirklichkeit zurück und lächelte. »Eis und Fernsehen bis zum Umfallen klingt gut«, sagte sie. »Worauf warten wir noch?«

Der Himmel über dem Ozean zeigte rötliche und rosa Streifen der untergehenden Sonne. Emma drosselte ihr Lauftempo und joggte mit pumpendem Herzen und keuchendem Atem über den Strand.

Normalerweise trainierte sie nachmittags und abends und lief in den frühen Morgenstunden, doch an diesem Morgen war sie erst spät aufgewacht, weil sie die halbe Nacht mit Cristina ferngesehen hatte. Und den Rest des Tages hatte sie damit verbracht, ihre Sammlung von Beweisen neu zu arrangieren, Johnny Rook anzurufen, um weitere Einzelheiten über die Morde aus ihm herauszupressen, Notizen für ihr Korkbrett zu machen und ungeduldig auf Dianas Rückkehr zu warten.

Im Gegensatz zu den meisten Tutoren lebte Diana nicht mit ihren Schützlingen im Institut; sie hatte ein eigenes Haus in Santa Monica. Genau genommen brauchte sie an diesem Tag nicht am Institut aufzukreuzen, aber Emma hatte ihr mindestens sechs SMS geschickt. Vielleicht sogar sieben. Cristina hatte Emma davon abgehalten, noch eine achte Mitteilung zu schicken, und ihr geraten, sie solle eine Runde joggen gehen, um ihre Nervosität abzubauen.

Keuchend beugte Emma sich vor, stützte die Hände auf die Knie und versuchte, zu Atem zu kommen. Der Strand war fast menschenleer, abgesehen von ein paar Irdischen, die gerade ihren romantischen Spaziergang bei Sonnenuntergang beendeten und zu ihren Autos zurückkehrten, die sie an der Straße geparkt hatten.

Emma fragte sich, wie viele Meilen sie wohl im Laufe der Jahre auf dem Strand vor dem Institut zurückgelegt hatte. Fünf

Meilen pro Tag, jeden Tag. Und das nach mindestens drei Stunden Training im Fechtsaal. Die Hälfte der Narben auf Emmas Körper hatte sie sich selbst zugefügt, während sie sich beigebracht hatte, sicher von den höchsten Sparren zu springen und selbst unter großen Schmerzen weiterzukämpfen – indem sie mit nackten Füßen trainiert hatte … auf Glasscherben.

Die schlimmste Narbe prangte auf der Innenseite ihres Unterarms, und im Grunde hatte Emma sich auch diese selbst zugefügt. Die Verletzung stammte von Cortana … an jenem Tag, als ihre Eltern gestorben waren. Julian hatte ihr das Schwert in die Arme gelegt, und Emma hatte es wimmernd an sich gedrückt, trotz Blut und Schmerzen, während die Klinge ihr die Haut aufgeschlitzt hatte. Die tiefe Schnittwunde hatte eine lange weiße Wulst auf ihrem Arm hinterlassen, weshalb Emma manchmal zögerte, ärmellose Kleider oder Trägerhemden zu tragen. Sie wurde den Gedanken einfach nicht los, dass selbst andere Schattenjäger auf ihre Narbe starren und sich fragen würden, woher sie stammte.

Julian hatte noch nie auf ihre Narbe gestarrt.

Emma richtete sich auf. Von der Wasserlinie aus konnte sie das Institut sehen, ein Gebilde aus Glas und Stein hoch auf dem Hügel oberhalb des Strandes. Sie konnte sogar Arthurs Dachboden und das dunkle Fenster ihres eigenen Zimmers ausmachen. Dort hatte sie eine unruhige Nacht verbracht und von dem toten Mann geträumt, von den Schriftzeichen auf seinem Körper und den Runen auf den Leichen ihrer Eltern. Emma versuchte, sich auszumalen, was sie tun würde, wenn sie herausfand, wer ihre Eltern ermordet hatte. Und sie fragte sich, ob all die körperlichen Schmerzen, die sie demjenigen zufügen würde, auch nur ansatzweise das wiedergutmachen konnten, was sie durchlitten hatte.

Julian war ebenfalls in ihrem Traum vorgekommen. Emma wusste zwar nicht mehr, was sie genau geträumt hatte, aber sie war mit einem klaren Bild von ihm aufgewacht. Jules: groß gewachsen und schlank, mit seinen dunkelbraunen Locken und den faszinierend blaugrünen Augen. Seine dunklen Wimpern, seine helle Haut, seine abgebissenen Fingernägel, auf denen er bei Stress herumkaute, sein geschickter Umgang mit Waffen und sein noch geschickterer Umgang mit Pinsel und Farbe.

Julian, der morgen nach Hause kommen würde. Julian würde genau verstehen, was sie im Moment empfand: Wie lange hatte sie darauf gewartet, endlich einen Hinweis auf den Mord an ihren Eltern zu finden. Und jetzt, da sie ihn gefunden hatte, schien die Welt plötzlich voller bedrohlich naher Möglichkeiten zu sein. Emma erinnerte sich daran, was Jem, der ehemalige Stille Bruder, der bei ihrer *Parabatai*-Zeremonie dabei gewesen war, über *Parabatai* gesagt hatte: In seiner chinesischen Muttersprache gab es einen Begriff dafür – *zhi yin.* »Derjenige, der deine Musik versteht.«

Emma konnte zwar kein Instrument spielen, aber Julian verstand ihre Musik. Sogar die Musik der Rache.

Dunkle Wolken wälzten übers Meer heran; bald würde es regnen. Emma versuchte, nicht länger an Jules zu denken, setzte sich wieder in Bewegung und joggte den Schotterweg zum Institut hinauf. Als sie sich dem Gebäude näherte, stutzte sie plötzlich und starrte zum Eingang. Ein Mann stieg gerade die Treppe hinunter. Groß und hager, mit fast vollständig ergrauten Haaren und wie üblich in einen langen Mantel gehüllt, der die Farbe von schwarz schillerndem Krähengefieder hatte. Emma vermutete, dass sein Nachname darauf anspielte: *Rook* wie Krähe. Aber selbst mit solch einem Namen war Johnny Rook noch kein Hexenwesen. Er war etwas völlig anderes.

Er entdeckte Emma, und seine trüben hellbraunen Augen weiteten sich. Emma sprintete los und schnitt ihm den Weg ab, bevor er um das Gebäude herumhasten und vor ihr flüchten konnte.

Schlitternd kam sie vor ihm zum Stehen und versperrte ihm den Weg. »Was tust du denn hier?«, zischte sie.

Er sah sich hektisch um, auf der Suche nach einem Fluchtweg. »Nichts. Hab nur kurz mal vorbeigeschaut.«

»Hast du Diana erzählt, dass ich auf dem Schattenmarkt war? Denn wenn du das getan hast …«

Rook richtete sich auf. Sein Gesicht und seine Augen hatten etwas Seltsames an sich, einen fast gramzerfurchten Ausdruck – als wäre ihm in seiner Kindheit irgendetwas Schreckliches widerfahren, das tiefe Rillen wie von Messerschnitten in seinen Wangen hinterlassen hatte. »Du bist nicht die Leiterin des Instituts, Emma Carstairs«, sagte er. »Die Informationen, die ich dir gegeben habe, waren zuverlässig.«

»Du hast gesagt, du würdest Stillschweigen bewahren!«

»Emma!«, sagte jemand ihren Namen, mit fester, gebieterischer Stimme.

Mit einem mulmigen Gefühl drehte Emma sich langsam um und entdeckte Diana am oberen Ende der Treppe. Ihre Locken wehten in der Abendbrise, und sie trug ein weiteres langes, elegantes Kleid, das sie groß und imposant erscheinen ließ. Außerdem machte sie einen fuchsteufelswilden Eindruck.

»Dann hast du meine SMS also erhalten«, sagte Emma.

Doch Diana ging nicht darauf ein. »Lass Mr Rook in Ruhe. Wir zwei müssen uns unterhalten. Ich erwarte dich in exakt zehn Minuten in meinem Büro.« Dann machte sie auf dem Absatz kehrt und verschwand wieder im Institut.

Emma warf Rook einen giftigen Blick zu. »Geschäfte mit dir sollten doch eigentlich ein Geheimnis bleiben«, knurrte sie und stach ihn mit dem Zeigefinger in die Brust. »Du magst zwar nicht versprochen haben, den Mund zu halten, aber wir wissen beide, dass genau das von dir gewünscht wird. Dass deine Kundschaft genau das von dir erwartet.«

Ein kleines Lächeln umspielte Rooks Mundwinkel. »Du jagst mir keine Angst ein, Emma.«

»Vielleicht sollte ich das aber.«

»Das ist das Lustige an euch Nephilim«, erwiderte Rook. »Ihr wisst von der Schattenwelt, aber ihr lebt nicht darin.« Er brachte seine Lippen unangenehm nah an Emmas Ohr, und als sie seinen Atem spürte, stellten sich ihr die Nackenhaare auf. Rook flüsterte: »In dieser Welt gibt es wesentlich furchteinflößendere Dinge als dich, Emma Carstairs.«

Emma riss sich los, wirbelte herum und stürmte die Eingangstreppe hinauf.

Zehn Minuten später stand Emma vor Dianas Schreibtisch; ihre von der Dusche noch nassen Haare tropften auf die glänzenden Fliesen.

Obwohl Diana nicht im Institut lebte, hatte sie hier ein eigenes Büro, ein helles Eckzimmer im obersten Stockwerk, das auf den Ozean und die Bergkette blickte. Emma konnte die Berge in der Dämmerung sehen – blauschattige Erhebungen mit Küstenvegetation. Die ersten Regentropfen prasselten gegen das Fenster und zogen Streifen über das Glas.

Das Büro war nur spärlich dekoriert. Auf dem Schreibtisch stand ein gerahmtes Foto, das einen großen Mann zeigte, der einen Arm um ein kleines Mädchen gelegt hatte. Die Kleine besaß trotz des jungen Alters große Ähnlichkeit mit Diana. Die beiden standen vor einem Geschäft, über dessen Eingang ein Schild in Gestalt eines Köchers baumelte: DIANAS PFEIL. Ein paar Blumen auf der Fensterbank verliehen dem Büro eine freundliche Atmosphäre. Diana saß mit verschränkten Armen hinter ihrem Schreibtisch und musterte Emma mit ruhiger Miene.

»Du hast mich gestern Abend angelogen«, sagte sie.

»Nein, hab ich nicht«, widersprach Emma. »Jedenfalls nicht direkt. Ich …«

»Sag jetzt nicht, dass du es nur versäumt hast, die Wahrheit zu sagen, Emma Carstairs«, konterte Diana. »Du solltest es eigentlich besser wissen.«

»Was hat Johnny Rook dir erzählt?«, fragte Emma und bereute ihre Worte sofort. Diana kniff die Augen zu Schlitzen zusammen.

»Warum erzählst du es mir nicht?«, entgegnete sie. »Genau genommen erzähle mir doch freundlicherweise, was du getan hast und wie deine Strafe dafür aussehen sollte. Klingt das nicht fair?«

Trotzig verschränkte Emma die Arme vor der Brust. Sie hasste es, erwischt zu werden, und Diana war verdammt gut darin, sie auf frischer Tat zu ertappen. Diana war clever, was Emma normalerweise bewundernswert fand – aber nicht, wenn ihre Tutorin wütend war.

Sie hatte jetzt die Wahl: Sie konnte Diana entweder erzählen, warum sie dachte, dass diese sauer war – und somit wahrscheinlich mehr preisgeben, als Diana ohnehin wusste. Oder sie konnte schweigen und damit riskieren, Diana noch mehr zu verärgern. Emma überlegte kurz und verkündete dann: »Ich sollte zur Strafe auf eine Kiste mit Kätzchen aufpassen. Definitiv eine Kiste mit Kätzchen. Wir wissen ja alle, wie brutal Kätzchen sein können, mit ihren winzigen Krallen und ihrem schrecklichen Verhalten.«

»Wo wir gerade von schrecklichem Verhalten sprechen«, warf Diana trocken ein und spielte gedankenverloren mit einem Bleistift. »Du bist gestern zum Schattenmarkt gegangen, gegen meine ausdrücklichen Anweisungen. Du hast mit Johnny Rook geredet. Er hat dir den Tipp gegeben, dass der nächste Leichnam, der möglicherweise eine Verbindung zum Tod deiner Eltern aufweist, vermutlich an der Sepulchre Bar auftauchen würde. Du bist nicht rein zufällig dort vorbeigekommen. Du warst nicht auf Patrouille.«

»Ich habe Rook dafür bezahlt, dass er den Mund hält«, murrte Emma. »Ich habe ihm vertraut!«

Diana warf den Stift auf den Schreibtisch. »Emma, dieser Typ ist als Rook der Rosstäuscher bekannt. Genau genommen ist er nicht einfach nur irgendein Betrüger – er steht auf der Überwachungsliste des Rats, weil er ohne Genehmigung mit Feenwesen Geschäfte macht. Jeder Schattenweltler oder Irdische, der heimlich mit den Feenwesen zusammenarbeitet, ist von jeglichem Kontakt mit Schattenjägern ausgeschlossen und verliert automatisch ihren Schutz. Das weißt du genau.«

Entnervt riss Emma die Hände hoch. »Aber gerade diese Leute sind manchmal die nützlichsten Informanten! Wenn man den

Kontakt zu ihnen untersagt, dann hilft das dem Rat keineswegs. Es straft nur uns Nephilim!«

Diana schüttelte den Kopf. »Die Vorschriften existieren aus gutem Grund. Die Aufgabe eines Schattenjägers, eines guten Schattenjägers, besteht nicht nur darin, vierzehn Stunden am Tag zu trainieren und fünfundsechzig Methoden zu kennen, wie man einen Feind mit einem Salatbesteck tötet.«

»Siebenundsechzig«, berichtigte Emma automatisch. »Diana, es tut mir leid. Wirklich. Vor allem die Tatsache, dass ich Cristina mit hineingezogen habe. Sie trifft keine Schuld.«

»Ach, das weiß ich längst.« Allerdings runzelte Diana noch immer die Stirn. Emma drängte weiter.

»Gestern Abend hast du mir versichert, dass du mir glaubst«, sagte sie. »Auch du bist davon überzeugt, dass nicht Sebastian meine Eltern getötet hat. Und dass hinter dieser Sache mehr steckt. Bei ihrem Tod ging es nicht darum, dass Sebastian die ganze Division ausradieren wollte. Irgendjemand hat sie ganz gezielt ermordet. Ihr Tod hatte eine Bedeutung …«

»Jeder Tod hat eine Bedeutung«, erwiderte Diana kurz angebunden und fuhr sich mit der Hand über die Augen. »Gestern Abend habe ich mich lange mit den Stillen Brüdern unterhalten. Ich habe herausgefunden, was sie wissen. Und … mir ist bewusst, dass ich dir eigentlich etwas vorlügen sollte. Ich kämpfe schon den ganzen Tag mit mir …«

»Bitte«, wisperte Emma. »Bitte, lüg mich nicht an.«

»Aber ich schaffe es einfach nicht. Ich weiß noch genau, wie ich vor fünf Jahren an dieses Institut gekommen bin. Damals warst du noch ein kleines Mädchen, gerade mal zwölf Jahre alt, und du warst am Boden zerstört. Du hattest alles verloren. Das Einzige, was dich noch aufrechthielt, waren Julian und dein Verlangen nach Vergeltung. Dein heftiger Wunsch, dass nicht Sebastian für den Tod deiner Eltern verantwortlich war. Denn wenn er es doch gewesen wäre, wie hättest du ihn dann für die Tat zur Rechenschaft ziehen sollen?« Diana holte tief Luft. »Ich weiß, dass Johnny Rook dir erzählt hat, dass in jüngster Zeit eine ganze Serie von Morden geschehen ist. Und er hat recht. Es waren insgesamt zwölf, den von letzter Nacht mitgerechnet. Keine Spur vom Mörder, und keines der Opfer konnte identifiziert werden. Die Zähne waren herausgebrochen, die Fingerkuppen abgeschliffen, und die Brieftaschen fehlen.«

»Aber die Stillen Brüder haben nichts davon gewusst? Der Rat …?«

»Sie haben davon gewusst. Und jetzt kommt etwas, was dir nicht gefallen wird.« Diana tippte mit den Fingernägeln auf die Glasplatte ihres Schreibtischs. »Bei einigen der Toten handelt es sich um Feenwesen. Und das macht die ganze Angelegenheit zu einem Fall für die Scholomance und ihre Zenturionen und die Brüder der Stille. Aber nicht für die Institute. Die Stillen Brüder haben von den Morden gewusst. Und der Rat ebenfalls. Aber man hat uns absichtlich nicht informiert, weil man nicht will, dass wir uns einmischen.«

»Die *Scholomance?*«

Die Scholomance war ein Teil fleischgewordener Schattenjägergeschichte. Diese zugige Burg mit ihren hohen Türmen und endlosen Gängen, die in eine steile Bergflanke in den Karpaten gehauen war, hatte jahrhundertelang als Hort der besten Eliteschattenjäger gedient, welche sich mit der Doppelbedrohung von Schattenweltlern und Dämonen befasst hatten. Nach dem Abschluss des Ersten Abkommens war die Ausbildungsstätte geschlossen worden – als Vertrauensbeweis dafür, dass Schattenweltler und Schattenjäger nicht länger gegeneinander Krieg führten.

Doch nun, nach Beginn des Kalten Friedens, hatte sie ihre Pforten wieder geöffnet und den Betrieb erneut aufgenommen. Potenzielle Bewerber mussten eine Reihe von harten Prüfungen und Tests bestehen, und das an dieser Schule erworbene Wissen durfte nicht mit anderen Nephilim geteilt werden. Die Absolventen trugen den Titel Zenturio; sie waren Gelehrte und legendäre Krieger zugleich. Emma war noch niemandem aus dieser Elitetruppe begegnet.

»Das mag dir nicht fair erscheinen, aber so ist es nun mal.«

»Aber was ist mit den Schriftzeichen? Haben die Stillen Brüder zugegeben, dass es die gleichen waren wie die auf den Leichen meiner Eltern?«

»Sie haben überhaupt nichts zugegeben«, sagte Diana. »Sie haben mir mitgeteilt, dass sie sich darum kümmern würden. Und dass wir uns rauszuhalten hätten – eine Anweisung, die von ganz oben kommt.«

»Und was ist mit den Leichnamen?«, hakte Emma nach. »Haben sie sich auch aufgelöst, als die Brüder versucht haben, sie abzutransportieren? So wie bei meinen Eltern?«

»Emma!« Diana erhob sich wütend von ihrem Stuhl. Ihre dunklen Haare umrahmten ihr Gesicht wie eine weiche Wolke. »Wir befassen uns nicht länger mit dem, was den Feenwesen widerfährt. Denn genau das bedeutet der Kalte Frieden. Und das ist nicht einfach nur eine freundliche Empfehlung des Rats: Die Beschäftigung mit Angelegenheiten der Feenwesen ist strengstens untersagt. Wenn du dich da einmischst, könnte das nicht nur für dich, sondern auch für Julian gravierende Folgen haben.«

Emma hatte das Gefühl, als hätte Diana einen der gläsernen Briefbeschwerer von ihrem Schreibtisch genommen und ihr gegen die Brust geschleudert. »Julian?«

»Was macht Julian jedes Jahr? Am Jahrestag des Kalten Friedens?«

Emma dachte an Julian, der seit seinem zwölften Geburtstag – damals mit aufgeschürften Ellbogen und zerrissenen Jeans – einmal im Jahr geduldig in diesem Büro saß und mit Stift und Papier einen Brief an den Rat verfasste. Darin bat er die Ratsmitglieder, seiner Schwester Helen die Rückkehr von der Wrangelinsel nach Los Angeles zu gestatten.

Die Wrangelinsel war der zentrale Standort für alle Schutzschilde der Welt – jenes magische Abwehrsystem, das vor eintausend Jahren zum Schutz der Erde vor bestimmten Dämonen eingerichtet worden war. Aber andererseits handelte es sich um eine winzige Insel im Arktischen Ozean, tausende Kilometer von Los Angeles entfernt. Als die Ratsmitglieder den Kalten Frieden erlassen hatten, hatten sie Helen dorthin geschickt, offiziell, um sich dem Studium der Schutzschilde zu widmen. Aber jeder wusste, dass ihre Versetzung nichts anderes bedeutete als die Verbannung ins Exil.

Seitdem hatte man Helen einige wenige Heimreisen gestattet, einschließlich einer Reise nach Idris, wo sie und Aline Penhallow, die Tochter der Konsulin, geheiratet hatten. Doch selbst diese machtvollen Beziehungen hatten nicht zu einer Änderung ihrer Situation beitragen können. Und so schrieb Julian jedes Jahr einen Antrag. Der jedes Jahr aufs Neue abgelehnt wurde.

Diana räusperte sich und sagte mit sanfterer Stimme: »Jedes Jahr lehnen die Ratsmitglieder das Gesuch ab, weil sie glauben, dass Helens Loyalität möglicherweise den Feenwesen gilt. Welchen Eindruck würde es hinterlassen, wenn herauskäme, dass wir bei den Morden an den Feenwesen eigenmächtig und gegen den ausdrücklichen Befehl des Rats ermitteln? Wie sehr würde das die Chance auf Helens Freilassung wohl beeinträchtigen?«

»Julian würde wollen, dass ich …«, setzte Emma an.

»Julian würde sich die Hand abhacken, wenn du das von ihm verlangst. Aber das bedeutet nicht, dass du das auch tun solltest.« Diana rieb sich die Schläfe, als hätte sie Kopfschmerzen. »Rache ersetzt keine Familie, Emma, und auch keinen Freund. Sie ist ein kalter Bettgenosse.« Sie ließ die Hand sinken, ging zum Fenster und warf Emma einen Blick über die Schulter zu. »Weißt du, warum ich diese Stelle hier am Institut angenommen habe? Und bitte erspar mir eine sarkastische Antwort.«

Emma senkte den Kopf. Der Boden bestand aus schachbrettartig angeordneten weißen und blauen Fliesen. Die weißen Platten waren mit Zeichnungen versehen: eine Rose, eine Burg, eine Kirchturmspitze, eine Engelsschwinge, ein Vogelschwarm.

»Weil du während des Dunklen Kriegs in Alicante warst«, sagte Emma mit leicht zittriger Stimme. »Du warst dabei, als Julian seinen Vater tö… aufhalten musste. Du hast uns kämpfen sehen, und du hast uns für tapfer und mutig gehalten und wolltest uns helfen. Zumindest hast du das immer gesagt.«

»Als ich noch jung war, hatte ich jemanden an meiner Seite, der mir geholfen hat, die Person zu werden, die ich heute bin«, erzählte Diana. Emma spitzte die Ohren. Diana sprach nur selten über ihr früheres Leben. Die Wrayburns waren jahrhundertelang eine berühmte Schattenjägerfamilie gewesen, aber Diana bildete die letzte Generation. Sie erzählte so gut wie nie von ihrer Kindheit oder ihrer Familie. Es schien, als hätte ihr Leben erst begonnen, als sie die Waffenhandlung ihres Vaters in Alicante übernommen hatte. »Und ich wollte wiederum *dir* helfen, die Person zu werden, die *du* wirklich bist.«

»Und das wäre?«

»Die beste Schattenjägerin deiner Generation«, antwortete Diana. »Du trainierst und kämpfst wie niemand sonst. Und genau deshalb möchte ich nicht, dass du dein Potenzial vergeudest bei der Verfolgung eines Ziels, das deine Wunden nicht heilen wird.«

Mein Potenzial vergeuden? Diana wusste es einfach nicht, sie verstand es nicht. Von ihrer Familie war niemand im Dunklen Krieg gestorben. Und Emmas Eltern waren nicht im Kampf umgekommen – man hatte sie gefoltert, verstümmelt und ermordet. Möglicherweise hatten sie nach Emma geschrien, in jenen kurzen oder langen oder endlosen Momenten zwischen Leben und Tod.

Plötzlich klopfte jemand an der Bürotür und drückte sie auf. Dahinter kam Cristina zum Vorschein. Sie trug Jeans und einen Pullover, und ihre Wangen waren gerötet, als sei ihr die Unterbrechung peinlich. »Die Blackthorns«, setzte sie an. »Sie sind gerade angekommen.«

In diesem Moment vergaß Emma alles, was sie Diana hatte antworten wollen, und wirbelte zur Tür herum. »Was? Aber sie wollten doch erst morgen zurückkehren!«

Ratlos zuckte Cristina die Achseln. »Es könnte natürlich auch eine völlig fremde riesige Familie sein, die sich gerade in die Eingangshalle teleportiert hat.«

Emma legte eine Hand auf ihre Brust. Cristina hatte recht. Jetzt spürte sie es auch: Der dumpfe Schmerz, der seit Julians Abreise in ihrem Brustkorb gesessen hatte, war plötzlich besser, aber zugleich auch schlimmer geworden – weniger schmerzhaft, eher wie Schmetterlinge, die aufgeregt unter ihrem Herzen flatterten.

Sofort stürmte sie aus dem Büro; ihre nackten Füße dröhnten über den glänzenden Parkettboden im Flur. Eilig sprang sie die Treppe hinunter, wobei sie immer zwei Stufen auf einmal nahm, und wirbelte auf dem Weg nach unten um die Treppenpfosten herum. Aus der Ferne hörte sie Stimmen und glaubte, Drus hohe, sanfte Stimme zu erkennen. Das Mädchen stellte eine Frage, die Livvy beantwortete.

Und dann erreichte Emma endlich den Treppenabsatz im ersten Geschoss, der einen Blick auf die Eingangshalle bot. Der große Raum war von unzähligen wirbelnden Farben, den Resten eines sich auflösenden Portals, taghell erleuchtet. Und in der Mitte warteten die Blackthorns: Julian, der die fünfzehnjährigen Zwillinge Livvy und Ty turmhoch überragte. Neben ihnen stand Drusilla und hielt Tavvy, den Jüngsten der Geschwister, an der Hand. Er schien im Stehen zu schlafen und hatte seinen kleinen Lockenkopf gegen Drus Arm gelehnt.

»Ihr seid wieder da!«, rief Emma aufgeregt.

Gleichzeitig schauten die Geschwister zu ihr hoch. Die Mitglieder der Familie Blackthorn waren einander unverkennbar ähnlich: Sie alle besaßen die gleichen dunkelbraunen Locken, deren Farbe an Bitterschokolade erinnerte, und blaugrüne Augen. Nur Ty fiel aus dem Rahmen – mit seinen grauen Augen, der schmächtigen Statur und den zerzausten schwarzen Haaren erweckte er den Eindruck, als entstammte er einem anderen Zweig der Familie.

Dru und Livvy lächelten Emma zu, und in Tys ernstem Kopfnicken erkannte sie einen Willkommensgruß, aber sie hatte nur

Augen für Julian. Sie spürte, wie die *Parabatai*-Rune auf ihrem Oberarm zu pochen begann, als er kurz zu ihr aufschaute.

Hastig flitzte Emma die Stufen hinunter. Julian beugte sich zu Dru, um ihr etwas zu sagen. Dann drehte er sich um und lief mit ein paar großen, schnellen Schritten auf Emma zu. Er füllte ihr gesamtes Sichtfeld aus: Sie sah nur ihn. Aber nicht nur den Julian, der gerade über den Marmorboden mit dem Engelsmotiv auf sie zukam, sondern auch den Julian, der ihr im Kampf die von ihm vorbereiteten und benannten Seraphklingen reichte. Den Julian, der im kalten Auto immer *ihr* die wärmende Decke überließ. Den Julian, der ihr in der Stadt der Stille gegenübergestanden hatte, als sie in einem Kreis aus weißen und goldenen Flammen ihr *Parabatai*-Gelübde abgelegt hatten.

Sie prallten in der Mitte der Eingangshalle aufeinander, und Emma schlang die Arme um ihn. »Jules«, stieß sie hervor, doch das Geräusch wurde von seiner Schulter gedämpft, als er sie umarmte. In Gedanken hörte Emma das Echo ihres *Parabatai*-Eids, während sie Julians vertrauten Geruch einatmete: Gewürznelken, Seife, Salz.

Wo du hingehst, da gehe ich hin.

Einen Moment lang drückte Julian sie so fest an sich, dass sie kaum Luft bekam. Dann gab er sie frei und trat einen Schritt zurück.

Emma verlor fast das Gleichgewicht. Sie hatte weder eine solch innige Umarmung erwartet noch damit gerechnet, dass er sie fast hastig wieder von sich schob.

Und Julian hatte sich auch irgendwie verändert. Aber Emma konnte nicht genau sagen, woran das lag.

»Ich dachte, ihr würdet erst morgen früh zurückkommen«, meinte sie und versuchte, Blickkontakt mit Julian aufzunehmen, damit er ihr Willkommenslächeln erwiderte. Doch er hielt die Augen fest auf seine Geschwister gerichtet, als würde er sie zählen, um sicherzugehen, dass auch alle mitgereist waren.

»Malcolm hat uns zu früh abgeholt«, sagte er über die Schulter. »Er ist plötzlich in Großtante Marjories Küche aufgetaucht, noch im Schlafanzug. Anscheinend hatte er den Zeitunterschied vergessen. Die alte Dame hat fast das ganze Haus zusammengekreischt.«

Emma spürte, wie die Anspannung in ihrer Brust nachließ. Malcolm Fade, Oberster Hexenmeister von Los Angeles, war ein alter Freund der Familie Blackthorn, und sein exzentrisches Verhalten hatte Emma und Julian schon oft zum Lachen gebracht.

»Anschließend hat er uns aus Versehen nach London teleportiert statt hierher«, berichtete Livvy und trat auf Emma zu, um sie zu umarmen. »Und wir mussten uns einen anderen Hexenmeister suchen, damit dieser ein weiteres Portal ... Diana!«

Livvy löste sich von Emma und lief auf ihre Tutorin zu. Ein paar Minuten lang herrschte ein buntes, aber herzliches Durcheinander in der Eingangshalle, während sich die Blackthorns und Diana begrüßten und gegenseitig mit Fragen überhäuften. Tavvy war aufgewacht, wanderte schläfrig umher und zupfte an den Ärmeln seiner Geschwister. Zärtlich fuhr Emma ihm durch die Haare.

Dein Volk ist mein Volk. Julians Familie war zu Emmas Familie geworden, als sie den *Parabatai*-Eid abgelegt hatten. In dieser Hinsicht ähnelte ihr Bund fast einer Ehe.

Emma schaute zu Julian. Er betrachtete seine Familie mit einem ernsten Ausdruck im Gesicht – fast so, als hätte er Emmas Anwesenheit vergessen. Und in diesem Moment schien ihr Verstand plötzlich zu erwachen und festzustellen, was genau sich an Julian verändert hatte.

Julian hatte immer einen praktischen Kurzhaarschnitt gehabt, aber offenbar hatte er das Haareschneiden in England vergessen: Sein dichtes, volles Haar kräuselte sich zu den typischen Blackthorn-Locken und reichte ihm bis über die Ohren. Seine Haut war von der Sonne gebräunt, und obwohl Emma seine Augenfarbe genau kannte, kam sie ihr jetzt intensiver und zugleich dunkler vor, wie das leuchtende Blaugrün des Ozeans in einem Kilometer Tiefe. Auch seine Gesichtsform hatte sich verändert. Er wirkte erwachsener; das Kindliche war klareren Konturen gewichen, mit einer kantigen Kieferpartie und einem ausgeprägten Kinn – ein Echo seines geschwungenen Schlüsselbeins, das unter dem Kragen seines T-Shirts zum Vorschein kam.

Emma wandte den Blick ab. Zu ihrer Überraschung schlug ihr Herz wie wild, als sei sie nervös. Mit roten Wangen beugte sie sich zu Tavvy hinunter und umarmte ihn. »Dir fehlt ja ein Zahn«, sagte sie, als er sie angrinste. »Wie nachlässig von dir.«

»Dru hat mir erzählt, dass die Feenwesen nachts kommen und einem die Zähne stehlen, während man schläft«, berichtete Tavvy.

»Das hat sie gesagt, weil ich ihr das so erzählt habe«, erwiderte Emma und richtete sich auf. Plötzlich spürte sie eine leichte Berührung an ihrem Arm.

Julian. Mit der Fingerspitze schrieb er Buchstaben auf ihre Haut, eine Kommunikationsmethode, die Emma und er in ihrer Kindheit entwickelt und seitdem beibehalten hatten – wenn sie sich beispielsweise in einer langweiligen Unterrichtsstunde oder in Anwesenheit von Erwachsenen wortlos unterhalten wollten. *A-L-L-E-S-I-N-O-R-D-N-U-N-G?*

Emma nickte. Julian betrachtete sie mit leicht besorgter Miene, was eine Erleichterung war. Denn es fühlte sich vertraut an. Sah er wirklich so anders aus? Er war nicht mehr so dünn wie früher und hatte deutlich mehr Muskeln entwickelt – jene schlanke, asketisch attraktive Sorte von Muskeln, die Emma immer an Langstreckenschwimmern bewundert hatte. Doch an seinem Handgelenk baumelte noch immer das Lederarmband mit dem bunten Meerglas, und seine Hände waren mit Farbe gesprenkelt. Er war noch immer Julian.

»Ihr seid alle so braun gebrannt«, staunte Diana. »Wieso seid ihr alle so braun? Ich dachte immer, in England würde es ständig regnen!«

»Ich bin nicht braun gebrannt«, erwiderte Tiberius sachlich – was auch stimmte. Tiberius verabscheute die Sonne. Wenn die ganze Familie hinunter zum Strand ging, fand man ihn in der Regel unter einem riesigen Schirm, in einen Krimi vertieft.

»Großtante Marjorie hat uns gezwungen, den ganzen Tag draußen zu trainieren«, erklärte Livvy. »Na ja, bis auf Tavvy. Den hat sie im Haus behalten und mit Brombeergelee gefüttert.«

»Tiberius hat sich versteckt«, berichtete Drusilla. »In einer Scheune.«

»Das war kein Verstecken, sondern ein strategischer Rückzug«, widersprach Ty.

»Du hast dich versteckt«, beharrte Dru, einen finsteren Ausdruck auf ihrem rundlichen Gesicht. Ihre Zöpfe standen wie bei Pippi Langstrumpf seitlich von ihrem Kopf ab, und Emma zupfte zärtlich daran.

»Hör auf, dich mit deinem Bruder zu streiten«, sagte Julian und wandte sich anschließend an Ty. »Und du sollst dich nicht mit deiner Schwester zanken. Ihr seid beide müde.«

»Was hat Müdigkeit mit Streiten zu tun?«, fragte Ty.

»Julian meint damit, dass ihr eigentlich längst im Bett liegen solltet«, erklärte Diana.

»Aber es ist doch erst acht Uhr«, protestierte Emma. »Sie sind doch gerade erst angekommen!«

Diana zeigte stumm auf Tavvy. Der Kleine hatte sich auf dem Boden zusammengerollt und schlief im Lichtkegel einer Lampe, genau wie eine Katze. »In England ist es schon sehr viel später als hier.«

Livvy ging zu Tavvy und hob ihn behutsam auf die Arme. Sein Kopf rollte gegen ihre Schulter. »Ich bring ihn ins Bett.«

Julian wechselte einen kurzen Blick mit Diana. »Danke, Livvy«, sagte er. »Ich werde Onkel Arthur schnell Bescheid geben, dass wir wieder zu Hause sind.« Er schaute sich um und seufzte. »Um das Gepäck kümmern wir uns morgen. Und jetzt alle ab ins Bett.«

Livvy brummelte irgendetwas, aber Emma hörte gar nicht zu. Sie war verwirrt, mehr als nur verwirrt. Obwohl Julian auf ihre SMS und Anrufe immer nur knapp und neutral reagiert hatte, war sie nicht auf einen Julian vorbereitet, der anders aussah, der sich verändert hatte. Sie wollte, dass er sie so anschaute, wie er sie immer angeschaut hatte, mit diesem besonderen Lächeln, das nur ihr vorbehalten schien.

Diana wünschte allen eine gute Nacht und nahm ihre Schlüssel und ihre Handtasche, wodurch die Geschwister einen Moment abgelenkt wurden. Emma ergriff die Gelegenheit beim Schopf und zeichnete mit ihrem Finger schnell ein paar Buchstaben auf Julians Haut:

I-C-H-M-U-S-S-M-I-T-D-I-R-R-E-D-E-N.

Ohne sie anzuschauen, ließ Julian die eigene Hand sinken und schrieb auf Emmas Unterarm. *W-O-R-Ü-B-E-R?*

Die Eingangstür öffnete und schloss sich hinter Diana, wodurch ein kalter Windstoß hereinfegte, der Regen mit sich brachte. Wassertropfen spritzten Emma auf die Wange, als sie sich Julian zuwandte. »Es ist wichtig«, raunte sie. Sie fragte sich, ob Julian ihrer Stimme die Verwunderung anhören konnte. Nie zuvor hatte sie ihm gegenüber betonen müssen, dass eine Sache wichtig war. Wenn sie ihm mitteilte, dass sie reden mussten, dann wusste er, dass sie es ernst meinte. »Komm …« Sie senkte die Stimme. »Komm in mein Zimmer, wenn du Arthur informiert hast.«

Julian zögerte einen Sekundenbruchteil; das Meerglas an seinem Lederarmband klimperte, als er sich eine Haarsträhne aus der Stirn wischte. Livvy trug Tavvy bereits die Treppe hinauf, die anderen Blackthorns im Schlepptau. Emma spürte, wie ihre Verärgerung abebbte und sich in ein schlechtes Gewissen verwandelte. Jules war natürlich erschöpft. Das war schon alles.

»Falls du nicht zu müde bist«, fügte sie hinzu.

Er schüttelte den Kopf. Seine Miene war undurchdringlich – dabei war Emma immer in der Lage gewesen, in seinem Gesicht zu lesen. »Ich komme gleich«, sagte er und legte ihr eine Hand auf die Schulter. Eine leichte, beiläufige Geste, als wären sie nicht zwei Monate voneinander getrennt gewesen. »Schön, dich wiederzusehen«, sagte er und folgte dann Livvy die Treppe hinauf.

Natürlich musste er zuerst Onkel Arthur Bescheid geben, dachte Emma. Irgendjemand musste ihren exzentrischen Vormund ja darüber informieren, dass die Blackthorns wieder zu Hause waren. Und natürlich war Julian müde. Und natürlich kam er ihr verändert vor – das war ganz normal, wenn man jemanden eine Weile nicht gesehen hatte. Manchmal dauerte es ein oder zwei Tage, bis alles wieder beim Alten war: Vertraut. Untrennbar. Sicher.

Emma legte eine Hand auf ihre Brust. Obwohl der Schmerz, den sie während Julians Abwesenheit gespürt hatte – dieses Ziehen wie von einem überdehnten Gummiband, das sie absolut gehasst hatte –, verschwunden war, spürte sie jetzt einen neuen, seltsamen Schmerz in der Nähe ihres Herzens.

3

Kein Mondstrahl erblinkt, der mir Träume nicht bringt

Der Dachboden des Instituts lag im Halbdunkel. Zwar verfügte der Raum über zwei Gaubenfenster, aber als Onkel Arthur hier mit seinen Büchern und Unterlagen eingezogen war, hatte er deren Scheiben mit Butterbrotpapier überklebt – aus Sorge, dass das grelle Sonnenlicht seinen empfindlichen Studienobjekten Schaden zufügen könnte.

Arthur und Julians Vater, Andrew, waren bei einem Vater aufgewachsen, der von der Antike regelrecht besessen gewesen war und sie mit Altgriechisch und Latein und mit den Heldensagen, der Mythologie und Geschichte Griechenlands und Roms vertraut gemacht hatte.

Auch Julian hatte die Heldengedichte schon früh gehört – von der *Ilias*, der *Odyssee* und der *Aeneis* bis zu den Argonauten. Er kannte die Sagen von Männern und Monstern, Göttern und Helden. Doch während sein Vater Andrew nur eine gewisse Vorliebe für die Antike erbte (die zugegebenermaßen dazu geführt hatte, dass er seine Kinder nach Kaisern und Königinnen benannte – Julian war seiner Mutter noch immer dankbar, dass er den Namen Julian erhalten hatte und nicht Julius, wie es der Wunsch seines Vaters gewesen war), hatte Arthur eine regelrechte Manie für diese Epoche entwickelt.

Bei seiner Ankunft aus England hatte Arthur hunderte von Büchern mitgebracht, zu denen sich im Laufe der Jahre weitere Hunderte dazugesellt hatten. Sie füllten den Dachboden bis in den letzten Winkel und waren nach einem System sortiert, das nur Arthur verstand: Sophokles' Tragödie *Antigone* lehnte neben Thukydides' Werk *Der Peloponnesische Krieg;* überall lagen Monografien herum; manche Bücher besaßen keinen Einband mehr, und Arthur hatte die herausgetrennten einzelnen Seiten sorgfältig auf mehrere Tische verteilt. Insgesamt standen bestimmt sechs oder mehr Tische im Raum: Sobald ein Tisch unter Dokumenten, antiken Tonscherben und Statuen zusammenzubrechen drohte, kaufte Arthur einfach einen neuen.

Julian sah, dass sein Onkel nun an einem Tisch am westlichen Ende des Raums saß, neben einem der Dachfenster. Durch einen Riss im Butterbrotpapier konnte er das Blau des Ozeans erkennen. Arthur hatte die Ärmel seines alten Pullovers hochgekrempelt; seine Füße, die unter dem zerfransten Saum einer hellbraunen Stoffhose hervorschauten, steckten in zerschlissenen Pantoffeln. An der Wand lehnte sein Gehstock, den er nur selten nutzte.

»Achill besaß eine Phorminx mit einer silbernen Querstange«, murmelte er. »Herkules wurde im Spiel der Kithara unterrichtet. Beide Instrumente sind mit dem Begriff ›Lyra‹ übersetzt, aber handelt es sich auch um das gleiche Instrument? Und wenn dem so ist, warum wurden dann zwei unterschiedliche Begriffe für ihre Beschreibung verwendet?«

»Hallo, Onkel Arthur«, sagte Julian und hob das Tablett hoch, das er in den Händen hielt. Er hatte für seinen Onkel ein schnelles Abendessen zubereitet. »Wir sind wieder zu Hause.«

Arthur drehte sich langsam um, wie ein alter Hund, der misstrauisch den Kopf in Richtung eines Rufers wandte. »Andrew, schön, dich zu sehen«, sagte er. »Ich habe gerade über die griechischen Liebesideale nachgedacht. Da wäre zunächst Agape, die höchste Form der Liebe, die Liebe, die Götter empfinden. Dann Eros, die romantische Liebe. Und Philia, die Liebe unter Freunden. Und Storge, die Liebe innerhalb der Familie. Was meinst du, welche Form der Liebe *Parabatai* empfinden? Eher etwas wie Philia oder doch wie Agape – da Eros natürlich verboten ist? Und wenn dem so ist, sind wir als Nephilim dann mit einer Fähigkeit ausgestattet, die Irdische niemals verstehen können? Und wenn dem so ist, woher wussten die alten Griechen dann davon? Ein Paradox, Andrew …«

Julian holte tief Luft. Die Art der Liebe, die *Parabatai* füreinander empfanden, war so ziemlich das Letzte, worüber er reden wollte. Und er wollte auch nicht beim Namen seines verstorbenen Vaters gerufen werden. Inständig wünschte er sich woanders hin, an irgendeinen anderen Ort. Trotzdem trat er einen Schritt ins Licht, damit sein Onkel sein Gesicht sehen konnte. »Ich bin's, Julian. Ich sagte, wir sind wieder zu Hause. Wir alle. Tavvy, Dru, die Zwillinge …«

Arthur starrte ihn aus seinen blaugrünen Augen verständnislos an, und Julian sank der Mut. Er hatte nicht hier heraufkommen wollen. Am liebsten wäre er mit Emma auf ihr Zimmer gegangen. Aber die letzte Flammenbotschaft, die Diana ihm geschickt hatte, hatte ihm klargemacht, dass er Arthur nach seiner Ankunft sofort aufsuchen musste.

Es war immer seine Aufgabe gewesen. Und daran würde sich auch nichts ändern.

Vorsichtig stellte er das Tablett auf den Tisch, ohne die sorgfältige Anordnung der Unterlagen durcheinanderzubringen. Sein Blick fiel auf einen Stapel Briefe und hastig gekritzelte Patrouillennotizen neben Arthurs Ellbogen. Der Stapel war zwar nicht riesig, aber auch nicht so klein, wie Julian gehofft hatte. »Ich hab dir Abendessen gemacht«, sagte er.

Arthur musterte das Tablett, als handelte es sich um ein kaum erkennbares Objekt in dichtem Nebel, und runzelte die Augenbrauen. Julian hatte in der Küche eine Schüssel Suppe aufgewärmt, die jetzt in der kalten Luft des Dachbodens schnell abkühlte. Außerdem hatte er Besteck in eine Serviette gewickelt und einen Korb mit Brot dazugestellt, obwohl er wusste, dass das Essen am nächsten Morgen, wenn er das Tablett wieder abholte, kaum berührt sein würde.

»Meinst du, das ist ein Hinweis?«, fragte Onkel Arthur.

»Was soll ein Hinweis sein?«

»Die Kithara und die Phorminx. Sie passen ins Muster, aber

das Muster ist so groß …« Seufzend lehnte Onkel Arthur sich zurück und starrte an die Wand vor seiner Nase, an der hunderte krakelig beschriftete Zettel mit Klebestreifen und Stecknadeln befestigt waren. »Das Leben ist kurz, aber das Erlangen von Weisheit erfordert Zeit«, flüsterte er.

»So kurz ist das Leben nun auch wieder nicht«, erwiderte Julian. »Oder zumindest nicht notwendigerweise.« Zwar waren seine Eltern nicht gerade alt geworden, genau wie viele andere Schattenjäger, aber was sollte Arthur schon zustoßen? Hier oben auf seinem abgeschiedenen Dachboden? Wahrscheinlich würde er sie alle überleben.

Julian musste an Emma denken, an die Risiken, die sie einging, an die Narben auf ihrem Körper, die er beim Schwimmen oder beim Training sehen konnte. In ihr brannte dieses Feuer; in ihren Adern rauschte das Blut jener Schattenjäger, die über Generationen hinweg ihr Leben riskiert hatten und die von einer Mischung aus Adrenalin und Kampfeslust lebten. Doch Julian verdrängte die Vorstellung, dass Emma wie ihre Eltern eines Tages sterben würde – diesen Gedanken konnte er einfach nicht ertragen.

»Kein Mensch unter diesem Firmament lebt zweimal«, murmelte Arthur. Vermutlich ein Zitat, überlegte Julian. Sein Onkel zitierte ständig aus irgendeinem Buch. Arthur starrte wieder auf seinen Tisch und schien in seinen Gedanken verloren. Julian erinnerte sich daran, wie er vor Jahren die Treppe hinaufgestiegen war und den Dachboden mit Arthurs blutigen Handabdrücken übersät vorgefunden hatte. An jenem Abend hatte er sich zum ersten Mal hilfesuchend an Malcolm Fade gewandt.

»Wenn ich sonst nichts mehr für dich tun kann, Onkel Arthur …«, setzte Julian an.

Arthur hob ruckartig den Kopf. Einen Moment lang wirkten seine Augen klar und fokussiert. »Du bist ein guter Junge«, sagte er, den Blick auf Julian geheftet. »Aber das wird dir letztendlich auch nichts nützen.«

Julian erstarrte. »Was?«

Doch Arthur hatte sich wieder seinen Büchern zugewandt.

Julian drehte sich um und stieg die Treppe hinunter. Die Stufen knarrten wie immer unter seinem Gewicht. Das Institut in Los Angeles war nicht besonders alt und ganz bestimmt nicht so alt wie viele andere Institute, aber der Dachboden hatte etwas Seltsames an sich – eine uralte, staubige und vom restlichen Gebäude vollkommen isolierte Atmosphäre.

Als Julian den Fuß der Treppe erreichte, streckte er die Hand nach dem Türgriff aus und stellte fest, dass seine Finger zitterten. Einen Moment lang lehnte er sich an die Wand, in der Dämmerung und Stille.

Stille war etwas, in dessen Genuss er nur selten kam – es sei denn, er ging zu Bett. Ansonsten war er den ganzen Tag vom ständigen Geplapper seiner Geschwister umgeben, die immer irgendetwas von ihm wollten oder seine Hilfe brauchten.

Seine Gedanken wanderten zu seinem Aufenthalt in England zurück, und er dachte an das leise Summen der Bienen im Garten, an die Stille unter den Bäumen. Die ganze Umgebung war eine Mischung aus grünen und blauen Schattierungen, so vollkommen anders als die Wüste mit ihren vertrockneten Braun- und verdorrten Goldtönen. Eigentlich hatte er Emma nicht verlassen wollen, aber zugleich hatte er gehofft, dass ihm das Linderung verschaffen würde. Wie ein Süchtiger, der versuchte, vor der Quelle seiner Sucht zu fliehen.

Jetzt reichte es, ermahnte er sich. Es gab nun mal Dinge, bei denen jedes Grübeln sinnlos war. Die Dunkelheit und die Schatten, dort, wo die Geheimnisse existierten – das war der Ort, an dem Julian überlebte. Nur auf diese Weise hatte er all die Jahre überstanden.

Entschlossen holte er tief Luft und trat hinaus in den Flur.

Emma stand am Meer. Weit und breit war niemand zu sehen; der Strand war menschenleer. Riesige Sandflächen erstreckten sich in beide Richtungen; Glimmerpartikel im Sand schimmerten matt unter einer wolkenverhangenen Sonne.

Der Ozean lag direkt vor ihr, so wunderschön und gefährlich wie die Kreaturen, die in seiner Tiefe lebten: weiße Haie mit ihren rauen, hellen Flanken; Schwertwale mit ihren schwarz-weißen, an edwardianische Gartenmöbel erinnernden Zeichnungen. Emma betrachtete den Ozean und spürte das, was sie immer spürte: eine Mischung aus Sehnsucht und Angst, das Verlangen, sich in die grünen Fluten zu stürzen – ein Verlangen so stark wie der Wunsch, zu schnell zu fahren, aus zu großer Höhe zu springen, sich unbewaffnet in einen Kampf zu stürzen.

Thanatos, *hätte Arthur es genannt. Todessehnsucht.*

Das Meer stieß einen lauten Schrei aus, wie von einem Tier, und zog sich dann zurück. Das Wasser strömte von Emma fort, ließ nur zappelnde Fische, Algenhaufen, Schiffswracks und das Geröll des Meeresbodens zurück. Emma wusste, dass sie davonlaufen sollte. Doch sie stand wie gelähmt da, während sich die Fluten zu einer gewaltigen gläsernen Wand auftürmten – Emma sah hilflose Delfine und zappelnde Haie in den brodelnden Wogen. Sie schrie auf und fiel auf die Knie, als sie die Leichen ihrer Eltern entdeckte, gefangen im ansteigenden Wasser wie in einem gläsernen Sarg: ihre Mutter schlaff, mit zuckenden Gliedern, während ihr Vater eine Hand in Emmas Richtung ausstreckte, durch die schäumenden, brodelnden Wellen hindurch …

Ruckartig setzte Emma sich auf und griff nach ihrem Schwert, das immer auf ihrem Nachttisch lag. Doch ihre Hand rutschte ab, und Cortana fiel klirrend zu Boden. Emma tastete nach der Nachttischlampe und schaltete sie ein.

Warmes gelbliches Licht erfüllte den Raum. Blinzelnd schaute Emma sich um. Sie war in ihrem Pyjama auf ihrem Bett eingeschlafen.

Müde schwang sie die Beine über die Bettkante und rieb sich die Augen. Sie hatte sich nur kurz auf ihr Bett legen wollen, um auf Jules zu warten.

Die Türen ihres Schranks standen weit offen, denn sie hatte Julian die neuen Fotos zeigen wollen, ihm alles erzählen und seine Stimme hören wollen: beruhigend, vertraut, liebevoll. Sie hatte gehofft, er würde ihr helfen herauszufinden, was sie als Nächstes unternehmen sollte.

Doch Julian war nicht aufgetaucht.

Emma stand auf und schnappte sich einen Pullover von einer Stuhllehne. Ein rascher Blick auf den Wecker auf ihrem Nachttisch verriet ihr, dass es fast drei Uhr morgens war. Sie zog eine Grimasse, schlüpfte aus ihrem Zimmer und huschte durch das Gebäude.

Der Gang mit den Zimmern der Blackthorn-Geschwister lag dunkel und still vor ihr. Die Tatsache, dass unter keiner der Türen ein Lichtstreifen hervordrang, zeigte, dass außer ihr niemand wach war. Emma lief zu Julians Zimmer, drückte die Tür auf und schlüpfte hinein.

Eigentlich hatte sie halb damit gerechnet, dass er nicht da wäre. Sie hatte gedacht, dass er vielleicht in seinem Atelier sei – bestimmt hatte er seine Pinsel und Farben schrecklich vermisst. Doch Julian lag auf dem Bett und schlief fest.

Im Raum war es weniger dunkel als im Flur: Das Fenster ging auf die Berge hinaus, über denen der Mond leuchtete, und sein heller Schein tauchte das gesamte Zimmer in silbernes Licht. Julians Locken zeichneten sich dunkel auf dem Kopfkissen ab; seine dunklen, tiefschwarz schimmernden Wimpern lagen auf seinen Wangenknochen, fein und weich wie Rußpartikel.

Er hatte einen Arm über den Kopf gestreckt, wodurch sein T-Shirt hochgerutscht war. Hastig wandte Emma den Blick von der nackten Haut unter dem Saum des Shirts ab und setzte sich auf das Bett.

»Julian«, sagte sie leise und berührte ihn an der Schulter. »Jules.«

Julian bewegte sich und öffnete träge die Augen. Im Mondlicht wirkten sie silbergrau, wie Tys Augen.

»Emma«, murmelte er mit schläfrig-heiserer Stimme.

Ich dachte, du wolltest zu mir kommen, wollte Emma sagen, brachte die Worte aber nicht hervor. Julian sah so müde aus, dass ihr Herz schmolz. Sie streckte eine Hand aus, um ihm die

Haare aus den Augen zu streichen, hielt dann jedoch inne und legte stattdessen ihre Hand auf seine Schulter. Sie erkannte das abgetragene T-Shirt und seine Jogginghose.

Julian rollte sich auf die Seite, und seine Lider senkten sich wieder.

»Jules«, bat Emma impulsiv. »Kann ich hierbleiben?«

Das war ihr Code, die Kurzversion der längeren Bitte: *Bleib und sorge dafür, dass ich meine Albträume vergesse. Bleib und schlaf an meiner Seite. Bleib und vertreibe die bösen Träume, die Erinnerungen an das Blut, an die toten Eltern, an die Erdunkelten Krieger mit ihren leeren Augen, so schwarz wie Kohle.*

Eine Bitte, die beide mehr als nur einmal ausgesprochen hatten. Seit ihrer Kindheit waren sie regelmäßig in das Bett des anderen geklettert, um dort weiterzuschlafen. Emma hatte sich einmal vorgestellt, dass ihre Träume sich miteinander verwoben, während Jules' und ihr Bewusstsein gemeinsam in den Schlaf sanken, und dass sie Bruchstücke und Fragmente ihrer jeweiligen Traumwelt miteinander teilten. Das war eine der magischen Eigenschaften am *Parabatai*-Bund, nach denen Emma sich so gesehnt hatte: In gewisser Hinsicht bedeutete der Bund, dass man nie mehr allein war. Bei Tag und bei Nacht, im Kampf oder im Alltag – man hatte immer jemanden an seiner Seite, der mit dem eigenen Leben, den eigenen Hoffnungen und dem eigenen Glück untrennbar verbunden war. Ein fast perfekter Beistand.

Julian bewegte sich, die Augen halb geschlossen, und murmelte mit gedämpfter Stimme: »Bleib.«

Rasch krabbelte Emma unter die Decke und legte sich neben ihn. Er rückte etwas zur Seite, krümmte und streckte seinen langen Körper, um ihr Platz zu machen. Das Laken in der Kuhle, die er hinterlassen hatte, fühlte sich warm an und roch nach Gewürznelken und Seife.

Emma zitterte noch immer. Sie rutschte etwas näher an ihn heran, bis sie die Wärme spürte, die von seinem Körper ausging. Julian hatte sich wieder auf den Rücken gedreht, einen Arm unter den Kopf gelegt, die andere Hand flach auf dem Bauch. Das

Meerglas an seinem Lederarmband schimmerte im Mondlicht. Julian schaute Emma an – sie wusste, dass er gesehen hatte, wie sie näher gerückt war –, und dann blitzten seine blaugrünen Augen kurz auf, als er gezielt die Lider senkte und seine dunklen Wimpern über seine Wangen streiften.

Fast unmittelbar darauf wurde sein Atem gleichmäßig und ruhig, und er schlief tief und fest. Doch Emma konnte nicht schlafen. Sie lag wach neben ihm und betrachtete ihn, beobachtete, wie sich seine Brust hob und senkte, wie ein beständig tickendes Metronom.

Ihre Körper berührten einander nicht. Wenn sie zusammen in einem Bett lagen, berührten sie sich nur selten. Als Kinder hatten sie sich regelmäßig um die Bettdecke gestritten und Bücher zwischen sich gestapelt, um die Streitfrage zu beenden, wer wem den Platz wegnahm. Inzwischen hatten sie gelernt, in einem Bett zu schlafen, aber sie bewahrten noch immer eine Buchbreite Abstand zueinander – eine gemeinsame Erinnerung.

Emma hörte das Dröhnen der Brandung in der Ferne; sie sah die grüne, aufsteigende Wasserwand hinter ihren geschlossenen Lidern. Doch das alles schien weit entfernt – das Furcht einflößende Brechen der Wellen wurde vom sanften Atmen ihres *Parabatai* übertönt.

Eines Tages würden Julian und sie verheiratet sein, mit anderen Partnern. Dann konnten sie nicht mehr nachts in das Bett des anderen klettern und nicht mehr zu mitternächtlicher Stunde kleine Geheimnisse austauschen. Ihre Verbundenheit würde dadurch nicht enden, aber sie würde sich biegen und strecken und eine neue Gestalt annehmen. Emma würde lernen müssen, damit zu leben.

Eines Tages. Aber noch nicht so bald.

Als Emma aufwachte, war Julian verschwunden.

Benommen setzte sie sich auf. Es war schon später Vormittag, viel später als sie normalerweise aufstand, und der Raum war in ein rosagoldenes Licht getaucht. Julians Bettdecke mit dem marineblauen Bezug lag zusammengeknäuelt am Fußende. Als Emma eine Hand auf sein Kopfkissen legte, fühlte sie, dass es noch warm war – Julian musste das Bett gerade erst verlassen haben.

Emma unterdrückte ihr Unbehagen darüber, dass er gegangen war, ohne irgendetwas zu sagen. Aber vermutlich hatte er sie nicht aufwecken wollen; Julian war schon immer ein unruhiger Schläfer gewesen, und der Jetlag machte die Situation bestimmt nicht leichter. Emma ermahnte sich, dass das Ganze keine Staatsaffäre war, kehrte in ihr Zimmer zurück, streifte ein T-Shirt und ihre Leggings über und schlüpfte in ihre Flipflops.

Normalerweise hätte sie zuerst in Julians Atelier nachgesehen, aber ein Blick aus dem Fenster verriet ihr, dass sie draußen ein strahlender Sommertag erwartete. Zarte weiße Wolken schwebten am blauen Himmel. Das Meer schimmerte und glitzerte golden in der Sonne. Und in der Ferne konnte Emma die hüpfenden schwarzen Punkte der Surfer auf den Wellen erkennen.

Sie wusste, dass Julian das Meer vermisst hatte. Das hatte er ihr in den kurzen, unregelmäßigen SMS und Flammenbotschaften mitgeteilt, die er von England aus geschickt hatte. Emma verließ das Institut, lief den Schotterweg zum Highway hinunter und flitzte hinüber, wobei sie Surferbussen und teuren Cabrios auf dem Weg zum nächstgelegenen *Nobu*-Restaurant geschickt auswich.

Als sie den Strand erreichte, stand Julian genau dort, wo sie ihn erwartet hatte: an der Wasserlinie, das Gesicht dem Meer zugewandt, während die salzige Luft seine Haare durcheinanderwirbelte und Falten in sein T-Shirt warf. Emma fragte sich, wie lange er wohl schon dort stand, die Hände in den Hosentaschen vergraben.

Zögernd setzte sie einen Fuß in den feuchten Sand. »Jules?«

Er drehte sich zu ihr um. Einen Moment lang wirkte er benommen, als würde er in die Sonne blinzeln, obwohl diese hoch über ihnen stand. Emma konnte ihre warmen Strahlen deutlich auf dem Rücken fühlen.

Julian lächelte. Emma spürte eine Woge der Erleichterung. Es war Julians vertrautes Lächeln, das Lächeln, das sein Gesicht aufleuchten ließ. Emma joggte zu ihm. Die Flut lief auf und schob sich bis zu den Spitzen von Julians Schuhen den Strand hinauf. »Du bist früh aufgewacht«, sagte Emma und platschte durch die seichten Wellen zu ihm. Das Wasser grub silberne Rillen in den Sand.

»Es ist fast Mittag«, erwiderte Julian. Obwohl seine Stimme ganz normal klang, kam er Emma immer noch verändert vor, seltsam verändert: die Konturen seines Gesichts, seine Schultern unter dem T-Shirt. »Worüber wolltest du denn mit mir reden?«

»Was?« Emma war einen Moment lang überrumpelt, von seinem veränderten Erscheinungsbild und seiner überraschenden Frage.

»Gestern Abend«, erklärte Julian. »Du hast gesagt, du müsstest mit mir reden. Wie wär's mit jetzt?«

»Okay.« Emma schaute zu den Möwen hoch, die über ihnen kreisten. »Lass uns etwas weiter raufgehen. Ich möchte nicht von der Flut weggespült werden.«

Gemeinsam gingen sie den Strand hinauf und ließen sich im trockenen, von der Sonne gewärmten Sand nieder. Emma zog ihre Flipflops aus, grub die Füße in den Sand und genoss das körnige Gefühl zwischen ihren Zehen. Julian lachte.

Verwundert warf Emma ihm einen Seitenblick zu. »Was ist?«

»Du und der Strand«, bemerkte er. »Du liebst den Sand, aber du hasst das Wasser.«

»Ich weiß«, sagte Emma und sah ihn mit großen Augen an. »Ist das nicht ironisch?«

»Nein, das ist nicht ironisch. Ironie ist der unvorhergesehene Ausgang einer vorhersehbaren Situation. Aber das hier ist nur eine deiner Schrullen.«

»Du schockierst mich«, sagte Emma und holte ihr Handy hervor. »Ich bin zutiefst schockiert.«

»Betrachte deinen Sarkasmus als gebührend zur Kenntnis genommen«, grinste Julian und drehte das Mobiltelefon zu sich.

Die Fotos, die Cristina in der vorletzten Nacht geschossen hatte, waren inzwischen hochgeladen. Während Julian sich die Aufnahmen ansah, berichtete Emma ihm von den Ereignissen der vergangenen Tage: Johnny Rooks Tipp zur Sepulchre Bar; der Leichnam, den sie gefunden hatte; Dianas Standpauke nach Rooks Besuch im Institut. Während Emma erzählte, spürte sie, dass ihre Anspannung nachließ und der seltsame neue Eindruck, den sie von Julian hatte, langsam abebbte. Das hier war normal, denn so waren sie immer miteinander umgegangen: reden, zuhören, als *Parabatai* zusammenarbeiten. »Ich weiß, dass es sich um die gleichen Runen handelt«, beendete Emma ihren Bericht. »Das bilde ich mir doch nicht ein, oder?«

Julian schaute über das Handy hinweg zu ihr hoch. »Nein«, sagte er. Und Emma atmete erleichtert auf – sie hatte gar nicht gemerkt, dass sie den Atem angehalten hatte. »Aber Diana glaubt, wenn du dich mit der Sache befasst, könnte das die Bereitschaft des Rats beeinflussen, Helen jemals die Erlaubnis zur Heimkehr zu geben.«

»Ja.« Emma zögerte, streckte dann den Arm aus und griff nach seiner Hand. Das Meerglasarmband an seinem Handgelenk klimperte melodisch. Emma spürte Julians Schwielen unter ihren Fingerkuppen, so vertraut wie der Grundriss ihres eigenen Zimmers. »Ich würde niemals etwas tun, das Helen oder Mark oder dir schaden könnte«, sagte sie. »Wenn du glaubst, dass Diana recht hat, dann …« Sie schluckte. »Dann werde ich die Sache auf sich beruhen lassen.«

Julian warf einen Blick auf ihre verschränkten Finger. Er saß reglos da, aber Emma konnte sehen, wie sein Puls in seiner Kehlgrube pulsierte, hart und schnell. Die Erwähnung seiner Schwester musste das verursacht haben.

»Das Ganze ist jetzt fünf Jahre her«, sagte Julian und zog seine Hand zurück. Nicht hektisch oder panisch, sondern vollkommen ruhig, während er sich dem Meer zuwandte. Eine völlig natürliche Bewegung, die Emma trotzdem ein unangenehmes Gefühl bereitete. »Der Rat hat sich nicht erweichen lassen, die Genehmigung für Helens Rückkehr zu erteilen. Er hat sich nicht erweichen lassen, nach Mark zu suchen. Und er hat sich auch nicht erweichen lassen, die Möglichkeit in Betracht zu ziehen, dass deine Eltern nicht von Sebastian getötet wurden. Es kommt mir falsch vor, deine Hoffnung darauf, jemals herauszufinden, was wirklich mit deiner Familie passiert ist, für ein aussichtsloses Unterfangen zu opfern.«

»Es ist nicht aussichtslos, Jules. Bitte sag so etwas nicht …«

»Man kann die ganze Sache aber auch von einer anderen Seite aus betrachten«, überlegte Julian, und Emma konnte förmlich sehen, wie sein Gehirn blitzschnell alle Möglichkeiten durchging. »Wenn du diese Mordfälle löst, wenn *wir* sie lösen, dann ist der Rat uns etwas schuldig. Ich glaube genau wie du, dass derjenige, der deine Eltern getötet hat, definitiv nicht Sebastian Morgenstern war. Wir haben es hier mit einem Dämon oder einer anderen Macht zu tun, die die Fähigkeit hat, Schattenjäger zu ermorden und damit ungestraft davonzukommen. Wenn wir etwas derart Mächtiges vernichten würden …«

Emma spürte einen Schmerz an ihrer Kopfhaut: Der Gummi, das ihren Pferdeschwanz zusammenhielt, hatte sich mit ihren Haaren verheddert. Emma griff danach, um es zu lockern. »Dann müssen die Ratsmitglieder uns eine Sonderbehandlung zugestehen, meinst du? Weil ihnen nämlich sämtliche Nephilim auf die Finger schauen würden?«

»Dem Rat bliebe gar keine andere Wahl, wenn alle wüssten, was wir vollbracht haben«, bestätigte Julian. »Und wir könnten dafür sorgen, dass alle davon erfahren würden.« Er zögerte. »Schließlich haben wir Beziehungen.«

»Du meinst doch nicht Jem, oder?«, fragte Emma. »Weil ich nämlich nicht weiß, wie ich ihn erreichen kann.«

»Nein, ich meine weder Jem noch Tessa.« Julian schüttelte den Kopf.

»Dann also Jace und Clary«, sagte Emma. Jace Herondale und Clary Fairchild leiteten das New Yorker Institut. Damit zählten sie zu den jüngsten Schattenjägern, die jemals mit diesem hohen Amt betraut worden waren. Emma war mit Clary seit ihrem zwölften Lebensjahr befreundet – und Clary war auch diejenige gewesen, die ihr damals bei der Befragung in Idris nachgelaufen war, als Emma aus dem Sitzungssaal geflohen war. Unter all den versammelten Schattenjägern war sie offenbar die Einzige gewesen, die es interessiert hatte, dass Emma ihre Eltern verloren hatte.

Und Jace war wahrscheinlich der beste Schattenjäger, den es je gegeben hatte, schon allein im Hinblick auf seine Fähigkeiten im Kampf. Clary war mit einer anderen Begabung auf die Welt gekommen: Sie konnte Runen erschaffen. Eine Fähigkeit, über die kein anderer Nephilim verfügte. Vor langer Zeit hatte sie Emma einmal erklärt, dass sie die Runen jedoch nicht erzwingen konnte – entweder sie erschienen ihr freiwillig oder gar nicht. Im Laufe der Jahre hatte Clary dem Grauen Buch mehrere nützliche Runen hinzugefügt: eine für Unterwasseratmung, eine für Langstreckenläufe und eine ziemlich umstrittene Rune zur Empfängnisverhütung, die sich nichtsdestoweniger schnell zu einer der meistgenutzten Runen des gesamten Buches entwickelt hatte.

Jeder kannte Jace und Clary – so war das nun mal, wenn man die Welt gerettet hatte. Für die meisten Nephilim waren die beiden Helden, aber für Emma waren sie zwei Freunde, die ihr in ihrer dunkelsten Stunde beigestanden hatten.

»Ja.« Julian rieb sich den Nacken. Er sah müde aus. Der Bereich unter seinen Augen schimmerte transparent, als wäre die Haut vor lauter Anstrengung sehr dünn geworden. Julian knabberte an seiner Unterlippe, wie immer, wenn ihn etwas beunruhigte oder aufregte. »Ich meine, die beiden zählen zu den jüngsten Institutsleitern aller Zeiten. Und sieh dir mal an, was die Ratsmitglieder für Simon und für Magnus und Alec getan haben. Wenn du ein Held bist, tun sie eine Menge für dich.« Julian stand auf, und Emma folgte seinem Beispiel. Dabei zog sie das Gummiband aus ihren Haaren, die ihr daraufhin bis über die Schultern und den Rücken hinabfielen. Julian warf Emma einen raschen Blick zu und wandte sich dann ab.

»Jules …«, setzte Emma an.

Doch er stiefelte bereits hinunter zum glatten Teil des Strandes, wo die Wellen sich den Sand hinaufschoben.

Hastig steckte Emma die Füße in ihre Flipflops und schloss zu Julian auf, der am Wasser stehen blieb. »Ist alles in Ordnung?«, fragte sie.

»Natürlich. Hier. Tut mir leid, ich habe vergessen, es dir zurückzugeben.« Er reichte Emma das Mobiltelefon. »Hör zu, die Ratsmitglieder stellen ihre eigenen Regeln auf. Und sie leben nach diesen Regeln. Aber das bedeutet nicht, dass diese Regeln nicht geändert werden können. Man muss nur den richtigen Druck ausüben.«

»Du sprichst in Rätseln.«

Julian lächelte, was dafür sorgte, dass sich kleine Fältchen in seinen Augenwinkeln bildeten.

»Es gefällt den Ratsmitgliedern nicht, dass so junge Schattenjäger wie wir sich in irgendwelche schwerwiegenden Angelegenheiten einmischen. Das hat ihnen noch nie gepasst. Aber als Jace, Clary, Alec und Isabelle in unserem Alter waren, haben sie die Welt gerettet. Und sind dafür geehrt worden. Ergebnisse – das ist das Einzige, was die Ratsmitglieder veranlasst, ihre Meinung zu ändern.«

Mittlerweile hatten sie den Strand vor dem Institut erreicht. Emma schaute hinauf, in Richtung der Berge. Das Institutsgebäude thronte auf einer flachen Klippe oberhalb der Küstenstraße. Im Licht der Mittagssonne wirkte es fast ausgebleicht.

»Julian Blackthorn«, sagte Emma, als sie die Straße überquerten. »Du alter Revolutionär.«

»Also werden wir uns mit dieser Geschichte befassen, aber still und heimlich«, verkündete Julian. »Unser erster Schritt sollte darin bestehen, die Fotos von dem Leichnam, den du gefunden hast, mit den Aufnahmen von den Leichen deiner Eltern zu vergleichen. Und die anderen werden uns alle helfen wollen, mach dir keine Sorgen.«

Inzwischen hatten sie fast die halbe Strecke zum Institut hinauf zurückgelegt. Auch jetzt kroch eine endlose Autoschlange über den Pacific Coast Highway – irdische Pendler auf dem Weg zur Arbeit. Die Sonnenstrahlen spiegelten sich auf den Windschutzscheiben.

»Und wenn sich herausstellt, dass ich mich total geirrt habe und irgendein Verrückter einen Amoklauf veranstaltet? Und die Runen doch nicht mit denen meiner Eltern übereinstimmen?«

»Das kann kein Amoklauf sein«, entgegnete Julian. »Ein Amoklauf passiert am selben Tag, aber an unterschiedlichen Orten. Wenn also jemand von Ort zu Ort fährt und Leute über den Haufen schießt – das ist ein Amoklauf.«

»Und worum handelt es sich dann hier? Um einen Massenmord?«

»Bei einem Massenmord finden die Morde ebenfalls zum gleichen Zeitpunkt statt, allerdings alle am selben Ort«, erwiderte Julian von oben herab und im gleichen Tonfall, mit dem er Tavvy erklärte, warum er keine *Cheerios*-Flocken zum Frühstück essen konnte. »Hier haben wir es definitiv mit einem Serienmörder zu tun, da die Morde über einen gewissen Zeitraum verteilt erfolgen.«

»Irgendwie ist es beunruhigend, dass du das alles weißt«, fand Emma. Vor dem Institut lag eine vertrocknete Rasenfläche, die bis zur Klippe reichte und von Dünengras und niedrigen Sträuchern gesäumt war. Allerdings verbrachten die Blackthorns hier nur wenig Zeit: Die Fläche befand sich zu nah an der Küstenstraße und bot keinen Schatten, und der Rasen war nicht besonders weich und einladend.

»Dru interessiert sich inzwischen für wahre Verbrechen«, gestand Jules, als sie die Eingangstreppe des Instituts erreichten. »Du würdest nicht glauben, wie viele Methoden zum Verstecken einer Leiche sie kennt.«

Emma hüpfte an Julian vorbei drei Stufen hinauf und drehte sich zu ihm um. »Ich bin größer als du«, verkündete sie. Dieses Spiel hatten sie immer als kleine Kinder gespielt. Emma hatte geschworen, dass sie Julian eines Tages mal überragen würde.

Doch als er mit vierzehn einen gewaltigen Wachstumsschub gehabt hatte und über zwölf Zentimeter in die Höhe geschossen war, musste sie die Hoffnung endgültig aufgeben.

Julian schaute zu ihr hoch. Die Sonne schien ihm direkt in die Augen und überlagerte seine blaugrüne Augenfarbe mit einem Goldton, der Emma an die schimmernde Patina auf Arthurs römischen Glasscherben erinnerte. »Em«, sagte er. »Ganz gleich wie sehr wir darüber auch scherzen mögen – du weißt, dass ich die Sache ernst nehme. Es geht um deine Eltern. Du hast es *verdient*, endlich zu erfahren, was wirklich passiert ist.«

Emma hatte plötzlich einen Kloß im Hals. »Das hier fühlt sich einfach anders an«, flüsterte sie. »Ich weiß, wie oft ich gedacht habe, ich hätte etwas herausgefunden, das sich dann aber als Hirngespinst erwiesen hat. Und wie oft ich einer falschen Spur gefolgt bin. Aber das hier fühlt sich anders an, Jules. Es fühlt sich real an.«

In diesem Moment klingelte ihr Handy. Emma senkte den Kopf und kramte es aus ihrer Hosentasche hervor. Als sie den Namen auf dem Display sah, verzog sie das Gesicht und steckte das Gerät wieder weg. Jules hob eine Augenbraue und musterte sie ausdruckslos.

»Cameron Ashdown?«, fragte er. »Warum gehst du nicht dran?«

»Hab einfach keine Lust.« Die Worte überraschten sie beinahe selbst, und sie fragte sich, warum sie Julian nicht die Wahrheit sagte: *Cameron und ich haben uns getrennt.*

Plötzlich wurde die Eingangstür aufgerissen. »Emma! Jules!«

Drusilla und Tavvy, beide noch immer in ihren Schlafanzügen, standen auf der Schwelle. Tavvy hielt einen Lutscher in der Hand und leckte eifrig daran. Als er Emma sah, leuchteten seine Augen auf, und er rannte auf sie zu. »Emma!«, rief er, noch immer den Lutscher im Mund.

Emma zog ihn an sich, schlang die Arme um seine Mitte und kitzelte ihn, bis er kicherte.

»Tavvy!«, tadelte Julian. »Du sollst doch nicht mit einem Lutscher im Mund herumlaufen. Du könntest daran ersticken.«

Entsetzt nahm Tavvy den Lutscher aus dem Mund und starrte ihn an, als handelte es sich um eine geladene Pistole. »Und sterben?«

»Ja, jämmerlich zugrunde gehen«, antwortete Julian. »Einen schrecklichen Tod erleiden.« Dann wandte er sich an Drusilla, die die Hände in die Hüften gestemmt hatte. Ihr schwarzer Pyjama war mit Cartoonzeichnungen dekoriert: Kettensägen und Skelette. »Was ist los, Dru?«

»Heute ist Freitag«, sagte Drusilla. Es schien sie überhaupt nicht zu wundern, dass Julian und Emma draußen herumliefen. Aber andererseits waren die Blackthorns auch an Emmas morgendliche Joggingrunde gewöhnt. »Pfannkuchentag! Schon vergessen? Du hast es versprochen!«

»Ach ja, richtig.« Julian zupfte zärtlich an einem ihrer Zöpfe. »Wie wär's, wenn ihr Livvy und Ty aufweckt und ich …«

»Die sind schon wach«, erwiderte Dru. »Sie sitzen in der Küche. Und warten.« Dru warf ihrem großen Bruder einen vorwurfsvollen Blick zu.

Julian lächelte. »Okay. Ich bin gleich bei euch.« Er hob Tavvy hoch und brachte ihn wieder zur Eingangstür. »Ihr beide flitzt jetzt in die Küche und beruhigt die Zwillinge, bevor die vor lauter Verzweiflung selbst zum Kochlöffel greifen.«

Kichernd dampften die beiden ab. Julian wandte sich Emma zu und schüttelte den Kopf. »Ich wurde gelutschert«, seufzte er und zeigte auf sein T-Shirt, wo Tavvy einen blauen Zuckerkranz auf dem Kragen hinterlassen hatte.

»Trag es wie einen Orden«, lachte Emma. »Wir sehen uns gleich in der Küche. Ich brauche jetzt erst mal 'ne Dusche.« Sie flitzte die Stufen hinauf, blieb jedoch an der Eingangstür stehen und schaute sich noch einmal nach ihm um. Umrahmt vom Blau des Ozeans und dem Blau des Himmels wirkten seine Augen wie ein Teil der Landschaft. »Jules … Gab es irgendetwas, das du mich fragen wolltest?«

Julian wandte den Blick ab und schüttelte den Kopf. »Nein. Nichts.«

Irgendjemand rüttelte Cristina an der Schulter. Blinzelnd wachte sie auf. Sie hatte von zu Hause geträumt, von der sommerlichen Hitze, von den kühlen Schatten im Institutsgarten, von den Rosen, die ihre Mutter dort züchtete, trotz des Klimas, das den empfindlichen Pflanzen nicht immer bekam. Vorzugsweise gelbe Rosen, weil das die Lieblingsblumen ihres Lieblingsschriftstellers gewesen waren. Aber auch Rosen in anderen Farben, denn Rosen mussten es sein, als Repräsentanten des stolzen Namens der Familie Rosales.

Cristina hatte einen Spaziergang im Garten gemacht und wollte gerade um eine Ecke biegen, als sie leise, aber vertraute Stimmen hörte. Sie beschleunigte ihre Schritte, mit einem Lächeln auf dem Gesicht. Jaime und Diego … Ihr ältester Freund und ihre erste Liebe. Bestimmt würden sie sich freuen, sie zu sehen.

Eilig bog sie um die Ecke und erstarrte. Es war niemand dort – nur das Echo der Stimmen, der entfernte Klang eines spöttischen Lachens, das der Wind herantrug.

Der Schatten und die Rosenblüten verschwanden, und Cristina schlug die Augen vollständig auf und entdeckte Emma, die sich in einem ihrer verrückten Blumenkleider über sie beugte. Ihre Haare hingen in Strähnen über ihre Schultern, noch feucht von der Dusche.

»*¡Termina de molestarme, estoy despierta!*«, protestierte Cristina und schlug Emmas Hand weg. »Emma! Hör auf! Ich bin ja wach!« Sie setzte sich auf und legte die Hände an den Kopf. Eigentlich war sie mächtig stolz darauf, dass sie während ihres Aufenthalts in Los Angeles Englisch und ihre Muttersprache nicht miteinander vermischte. Aber manchmal, wenn sie müde oder noch schlaftrunken war, rutschten ihr die spanischen Wörter einfach so heraus.

»Komm mit. Frühstücken«, bat Emma. »Oder zum Brunch, schließlich ist es fast Mittag. Aber auf jeden Fall möchte ich dich den anderen vorstellen. Ich möchte, dass du Julian kennenlernst …«

»Ich habe ihn gestern Abend vom oberen Treppenabsatz aus gesehen«, erwiderte Cristina gähnend. »Er hat schöne Hände.«

»Gut. Das kannst du ihm persönlich sagen.«

»Nein danke.«

»Steh auf«, drängte Emma. »Oder ich setz mich auf dich.«

Cristina warf ihr Kopfkissen nach ihr. »Dann warte gefälligst draußen.«

Kurz darauf kam Cristina – die in einen engen Rock und einen hellrosa Pullover geschlüpft war – aus dem Zimmer und ließ sich von Emma durch den Flur führen. Aus der Küche drangen erhobene Stimmen und Lachen. Cristina musste schlucken und berührte rasch das Medaillon an ihrem Hals – wie immer, wenn sie eine Extraportion Mut brauchte.

Seit ihrer Ankunft am Institut hatte sie so viel über die Blackthorns und vor allem über Julian gehört, dass die Geschwister in ihrer Vorstellung einen nahezu übermenschlichen Status angenommen hatten. Cristina fürchtete sich fast davor, sie kennenzulernen – nicht nur, weil die Blackthorns die wichtigsten Menschen in Emmas Leben waren, sondern auch deshalb, weil sie diejenigen waren, die dafür sorgen konnten, dass sich Cristinas restlicher Aufenthalt in Los Angeles entweder sehr angenehm oder furchtbar unangenehm gestaltete.

Bei der Institutsküche handelte es sich um einen großen Raum mit bunt gestrichenen Wänden und einem Panoramablick über den blaugrünen Ozean am Horizont. Ein wuchtiger Holztisch, umstanden von Sitzbänken und Stühlen, beherrschte den Raum. Sämtliche Arbeitsflächen waren mit Kacheln versehen, die auf den ersten Blick an fröhliche spanische Designs erinnerten. Doch wer genauer hinsah, konnte erkennen, dass sie Szenen aus der griechischen und römischen Antike darstellten: Jason und die Argonauten, Achill und Patroklos, Odysseus und die Sirenen. Vor langer Zeit hatte irgendjemand diesen Raum mit viel Liebe eingerichtet und den Kupferherd, die Keramikspülbecken und einen dazu passenden Gelbton für die Wände ausgesucht.

Julian stand barfuß am Herd, ein Geschirrtuch um die breiten Schultern geschlungen. Die jüngeren Blackthorn-Geschwister drängten sich um den Tisch. Emma machte einen Schritt in die Küche und zog Cristina hinter sich her wie ein Hafenschlepper einen Ozeandampfer. »Alle mal herhören: Das hier ist Cristina«, verkündete sie. »Sie hat mir in diesem Sommer bestimmt sechzehn Mal das Leben gerettet, also seid nett zu ihr. Cristina, das ist Julian …«

Julian schaute zu ihnen hinüber und lächelte. Das Lächeln ließ ihn wie einen Sonnenstrahl auf zwei Beinen erscheinen. Und es schadete auch nicht, dass das Geschirrtuch um seinen Hals mit niedlichen Kätzchen bedruckt war und Pfannkuchenteig an seinen schwieligen Händen klebte. »Danke, dass du Emma davor bewahrt hast, getötet zu werden«, sagte er. »Denn im Gegensatz zu dem, was sie dir vielleicht erzählt hat, wird sie hier dringend gebraucht.«

»Ich bin Livvy.« Das hübsche Mädchen, das eine Hälfte des Zwillingspaars bildete, trat auf Cristina zu und schüttelte ihr die Hand. »Und das ist Ty.« Sie zeigte auf einen Jungen mit schwarzen Haaren, der auf einer der Sitzbänke hockte und *Sherlock Holmes' Buch der Fälle* las. »Dru ist die mit den Zöpfen, und Tavvy ist der mit dem Lutscher.«

»Du solltest niemals mit einem Lutscher im Mund laufen, Cristina«, sagte Tavvy. Er musste ungefähr sieben sein und hatte ein schmales, ernstes Gesicht.

»Oh…kay?«, versicherte Cristina, etwas verwirrt.

»Tavvy«, stöhnte Julian. Er goss gerade Teig aus einem weißen Keramikkrug in die Pfanne auf dem Herd. Der Duft von Butter und Pfannkuchen erfüllte den Raum. »Steht auf und deckt den Tisch, ihr Faulenzer. Du natürlich nicht, Cristina«, fügte er verlegen hinzu. »Du bist schließlich unser Gast.«

»Ich werde ein ganzes Jahr hier verbringen, also bin ich nicht wirklich ein Gast«, erwiderte Cristina und half den anderen, Besteck und Teller zu holen. Das geschäftige, ungezwungene Hin und Her sorgte dafür, dass sie sich etwas entspannte. Ehrlich gesagt hatte sie sich davor gefürchtet, dass die Blackthorns heimkehren und ihren angenehmen Tagesablauf mit Emma und Diana unterbrechen würden. Natürlich war da noch Arthur Blackthorn, aber den hatte sie so selten zu Gesicht bekommen, dass er genauso gut auch ein Geist hätte sein können. Aber jetzt, da die Familie zurück war, leibhaftig und äußerst lebendig, hatte Cristina ein schlechtes Gewissen wegen ihrer ursprünglichen Abneigung.

»Die ersten Pfannkuchen sind fertig«, verkündete Julian.

Ty legte sein Buch weg und nahm sich einen Teller. Cristina, die sich in den Kühlschrank beugte, um ein weiteres Päckchen Butter zu holen, hörte, wie er sich an Julian wandte: »Ich habe gedacht, du hättest vergessen, dass heute Pfannkuchentag ist.« Ein vorwurfsvoller Ton schwang in seiner Stimme mit und noch etwas anderes – ein Hauch von Nervosität? Cristina erinnerte sich daran, dass Emma ihr einmal erzählt hatte, wie empfindlich Ty darauf reagierte, wenn irgendetwas seinen Tagesablauf störte.

»Ich habe es nicht vergessen, Ty«, sagte Julian sanft. »Ich war kurz abgelenkt, aber ich habe es nicht vergessen.«

Ty schien sich zu entspannen. »Okay.«

Er kehrte an den Tisch zurück, und Tavvy stellte sich nach ihm an. Die Blackthorns waren gut organisiert, auf jene unbewusste, typische Familienweise: Jeder wusste, wer zuerst einen Pfannkuchen bekam (Ty), wer seinen Pfannkuchen mit Butter und Sirup bestrich (Dru), wer nur Sirup nahm (Livvy) und wer seinen Pfannkuchen mit Zucker bevorzugte (Emma).

Cristina verzichtete auf irgendwelche Beigaben. Der Pfannkuchen schmeckte nach Butter, war nicht zu süß und an den Rändern wunderbar knusprig. »Die sind wirklich gut«, lobte sie Julian, der sich endlich auf die Sitzbank neben Emma gesetzt hatte. Aus dieser Nähe konnte Cristina die feinen Linien der Erschöpfung um seine Augen herum erkennen – Falten, die auf dem Gesicht eines so jungen Menschen eigentlich nichts zu suchen hatten.

»Reine Übungssache«, erwiderte Julian lächelnd. »Schließlich backe ich seit meinem zwölften Lebensjahr regelmäßig Pfannkuchen.«

Livvy hopste vergnügt auf ihrem Stuhl herum. Sie trug ein schwarzes Trägerkleid und erinnerte Cristina an die eleganten irdischen Mädchen in Mexiko-Stadt, die in ihren Etuikleidern und auf zierlichen, hochhackigen Sandalen durch die Stadtteile Condesa und Roma stolzierten. In Livvys braunen Haaren schimmerten viele goldene von der Sonne aufgehellte Strähnen. »Ich bin so froh, wieder zu Hause zu sein«, sagte sie und leckte Sirup von ihren Fingern. »Es war einfach nicht dasselbe … bei Großtante Marjorie … ohne dass ihr beide auf uns aufgepasst habt.« Sie zeigte auf Emma und Julian. »Ich verstehe jetzt, warum es heißt, dass man *Parabatai* nicht trennen soll. Ihr zwei passt einfach zusammen wie …«

»Sherlock Holmes und Dr. Watson«, sagte Ty, der sich wieder seiner Lektüre gewidmet hatte.

»Schokolade und Erdnussbutter«, sagte Tavvy.

»Kapitän Ahab und der weiße Wal«, sagte Dru und zeichnete gedankenverloren Muster in den Sirup auf ihrem leeren Teller.

Emma verschluckte sich fast an ihrem Saft. »Dru, der Wal und Kapitän Ahab waren Feinde.«

»Stimmt«, pflichtete Julian ihr bei. »Ohne Ahab ist der Wal nur ein ganz normaler Wal. Ein Wal ohne Probleme. Ein Wal, frei von jedem Stress.«

Dru zog eine aufsässige Miene. »Ich habe euch reden gehört«, wandte sie sich an Emma und Julian. »Draußen, als Tavvy und ich auf euch gewartet haben. Darüber, dass Emma eine Leiche gefunden hat.«

Ruckartig hob Ty den Kopf. »Emma hat eine Leiche gefunden?«

Emma warf Tavvy einen besorgten Blick zu, doch der schien sich ganz seinem Pfannkuchen zu widmen. »Na ja, während eurer Abwesenheit sind hier eine ganze Reihe von Morden passiert …«

»Eine ganze Reihe von Morden? Warum hast du Julian oder

uns nichts davon erzählt?« Ty saß nun kerzengerade da, das Buch hing schlaff in seiner Hand. »Du hättest doch eine E-Mail schicken können oder eine Flammenbotschaft oder eine Postkarte …«

»Eine Mord-Postkarte?«, fragte Livvy und rümpfte die Nase.

»Ich habe erst vorgestern Abend davon erfahren«, erklärte Emma und schilderte schnell die Ereignisse in der Sepulchre Bar. »Der Leichnam war mit Runen bedeckt«, beendete sie ihren Bericht. »Dieselbe Art von Runen, die auch auf den Leichen meiner Eltern waren.«

»Und die hat bisher niemand übersetzen können, richtig?«, meinte Livvy.

»Nein, niemand.« Emma schüttelte den Kopf. »Dabei haben alle versucht, die Schriftzeichen zu entziffern – Malcolm, Diana, sogar die Hexenwesen im Spirallabyrinth«, fügte sie hinzu und bezog sich damit auf die unterirdische Zentrale aller Hexenwesen, in deren Dokumentensammlung ein großer, geheimnisvoller Wissensschatz lagerte. Die Hilfe des Spirallabyrinths war im Dunklen Krieg von entscheidender Bedeutung für den Sieg gewesen.

»Bisher waren diese Runenzeichen einzigartig, zumindest soweit wir wissen«, sagte Ty. Seine Augen besaßen einen wirklich verblüffenden Grauton, wie die Rückseite eines Silberlöffels. Kopfhörer hingen um seinen Hals, und ein Kabel schlängelte sich in den Kragen seines T-Shirts. »Aber jetzt haben wir ein weiteres Beispiel. Wenn wir die beiden Muster miteinander vergleichen, können wir vielleicht etwas herausfinden.«

»Ich habe eine Liste erstellt, mit allen Dingen, die ich über den Leichnam weiß«, berichtete Emma, holte einen Bogen Papier hervor und legte ihn auf den Tisch. Sofort schnappte Ty sich den Zettel. »Das sind zum Teil Dinge, die ich selbst gesehen habe, und zum anderen die Informationen, die ich von Johnny Rook und Diana habe: Die Fingerkuppen waren abgeschliffen, man hatte dem Leichnam die Zähne herausgebrochen, und auch das Portemonnaie fehlte.«

»Irgendjemand versucht, die Identität des Opfers zu verschleiern«, bemerkte Ty.

»Was vermutlich nicht so selten vorkommt«, sagte Emma. »Aber dann ist da noch die Tatsache, dass der Leichnam vom Meerwasser aufgedunsen war, Zeichen von Verbrennungen zeigte und in einem Kreidekreis aus Symbolen lag. Außerdem war er mit Schriftzeichen bedeckt. Und das erscheint mir nun wiederum ungewöhnlich.«

»Also die Sorte von Hinweisen, nach denen man in den Archiven irdischer Zeitungen recherchieren könnte«, überlegte Ty laut. Seine grauen Augen funkelten vor Aufregung. »Ich kümmere mich darum.«

»Danke«, sagte Emma. »Aber …« Sie warf Julian einen Blick zu und musterte dann die anderen mit ernster Miene. »Diana darf davon nichts erfahren, okay?«

»Warum nicht?«, fragte Dru stirnrunzelnd. Tavvy war glücklicherweise beschäftigt: Er war von der Sitzbank geklettert und spielte unter dem Tisch mit zwei Spielzeuglastern.

Emma seufzte. »Bei einigen der Toten handelt es sich um Feenwesen. Und das bedeutet, dass die Angelegenheit weit außerhalb unseres Zuständigkeitsbereichs liegt.« Ihr Blick wanderte zu Cristina. »Falls du dich lieber heraushalten möchtest, ist das okay. Alles, was irgendwie mit den Feenwesen zu tun hat, ist ein wahres Minenfeld, und Diana will nicht, dass wir uns da einmischen.«

»Du kennst meine Einstellung zum Kalten Frieden«, erwiderte Cristina. »Ich bin auf jeden Fall dabei.« Die anderen murmelten zustimmend.

»Ich hab dir doch gesagt, dass du dir keine Sorgen machen musst«, meinte Julian und berührte Emma kurz an der Schulter, bevor er aufstand, um den Frühstückstisch abzuräumen. Obwohl diese Geste leicht und beiläufig war, hatte sie irgendetwas an sich, das Cristina einen leichten Schock versetzte. »Der Unterricht fällt heute aus, weil Diana nach Ojai gefahren ist. Also wäre heute der richtige Tag für irgendwelche Nachforschungen. Zumal am Wochenende der Schultest ansteht.«

Ein kollektives Stöhnen ging durch den Raum. Der Schultest war eine halbjährlich stattfindende Prüfung, bei der kontrolliert wurde, ob der Wissensstand der an den Instituten unterrichteten Schüler dem ihrer Altersgruppe entsprach oder ob sie besser an die Akademie in Idris wechseln sollten.

Ty ignorierte Julians Ankündigung. Er starrte auf Emmas Zettel. »Wie viele Tote sind es genau? Irdische und Feenwesen?«

»Zwölf«, sagte Emma. »Zwölf Leichen.«

Tavvy kam unter dem Tisch hervor. »Sind die alle mit einem Lutscher im Mund herumgelaufen?«, fragte er mit leicht zitternder Unterlippe.

Einen Moment lang wirkte Ty verblüfft, und Emma zog eine schuldbewusste Miene. »Ich glaube, das reicht für heute«, sagte Julian und nahm seinen jüngsten Bruder auf den Arm. »Mal sehen, was ihr herausfindet, Tiberius, Livia.«

Ty murmelte zustimmend und stand auf, während Emma verkündete: »Cristina und ich wollten eigentlich trainieren, aber wir können das auch …«

»Nein!«, unterbrach Livvy sie. »Bitte streicht das Training nicht. Ich muss unbedingt trainieren. Mit einem anderen Mädchen. Das nicht ständig liest oder Horrorfilme schaut.« Sie warf Dru einen finsteren Blick zu. »Ich werde Ty eine halbe Stunde helfen, und dann komm ich auch in den Fechtsaal«, fügte sie hinzu und schaute zu ihrem Zwillingsbruder.

Dieser nickte, setzte die Kopfhörer auf und ging zur Tür. Livvy begleitete ihn und Cristina, während sie weitschweifig davon zu berichten begann, wie sehr ihr das Training und ihr Säbel gefehlt hatten und dass ihre Großtante eine merkwürdige Vorstellung von Übungsräumen hatte: Marjories »Fechtsaal« hatte sich als eine Scheune voller Spinnen entpuppt.

An der Tür warf Cristina einen schnellen Blick über die Schulter. Der Raum war strahlend hell: Die Sonne tauchte Emma und Julian in ein eigenartiges Licht und überstrahlte ihre Gesichter. Julian hielt Tavvy auf dem Arm, und als Emma sich zu ihnen vorbeugte, erinnerte der Anblick an eine seltsame Art von Familienfoto. »Du brauchst das nicht zu tun«, sagte Emma leise, aber ernst und in einem Tonfall, den Cristina noch nie von ihr gehört hatte.

»Ich denke doch«, erwiderte Julian. »Ich glaube mich daran zu erinnern, dass ich diesbezüglich einen Eid ablegt habe.«

»›Wo du hingehst, da gehe ich hin; welche Dummheit du auch immer begehst, ich werde sie ebenfalls begehen‹? Meinst du diesen Eid?«, fragte Emma.

Julian lachte. Cristina hörte nicht, ob die beiden noch weitere Worte wechselten: Sie zog die Küchentür hinter sich zu, ohne sich noch einmal umzudrehen. Früher hatte sie immer gedacht, dass sie eines Tages auch einen *Parabatai* haben würde. Aber obwohl sie diesen Traum längst begraben hatte, hatte diese Art von Vertrautheit etwas an sich, das es für sie schwer und schmerzhaft machte, länger zuzuhören.

4

Und dies war der Grund

Emma traf hart auf der Trainingsmatte auf und rollte sich schnell ab, damit ihr Schwert, das sie auf den Rücken geschnallt hatte, keinen Schaden erlitt … oder ihr Schaden zufügte. Während der ersten Ausbildungsjahre hatte sie sich durch Cortanas scharfe Klinge mehr Verletzungen zugezogen als durch jede andere Art von Training – dank ihrer hartnäckigen Weigerung, das Schwert abzulegen.

Cortana gehörte zu ihr, ihrem Vater und zu den Vorvätern ihres Vaters. Sie und Cortana waren das Einzige, was von der Familie Carstairs noch geblieben war. Emma führte die Waffe immer mit sich, selbst wenn sie in einem bevorstehenden Kampf Dolche oder Weihwasser oder Feuer einzusetzen plante. Und deshalb musste sie genau wissen, wie sie sich mit Cortana auf dem Rücken in jeder nur erdenklichen Kampfsituation zu verhalten hatte.

»Alles in Ordnung?« Cristina traf neben ihr auf der Matte auf, allerdings leichtfüßiger, da sie nicht bewaffnet war und nur Trainingskleidung trug. Cristina war vernünftig, dachte Emma, während sie sich aufsetzte und die schmerzende Schulter rieb.

»Mir geht's gut.« Emma stand auf und schüttelte ihre Muskeln. »Noch ein letzter Versuch.«

Das Medaillon an Cristinas Hals glänzte, als sie den Kopf in den Nacken legte und zusah, wie Emma ein weiteres Mal die Strickleiter hinaufkletterte. Dunkelgoldenes Sonnenlicht strömte durch die Fenster in den Fechtsaal, denn es war bereits später Nachmittag. Sie hatten stundenlang trainiert, und davor hatten sie alle Zettel und Unterlagen von Emmas »Korkbrett des Beweismaterials« – Cristina weigerte sich, es als »Korkbrett des Wahnsinns« zu bezeichnen – in den Computerraum gebracht, damit Livvy und Ty alles einscannen konnten. Livvy hatte ihnen versichert, sie würde gleich ebenfalls zum Training kommen; aber die Internetsuche nach möglichen Hinweisen hatte sie offensichtlich länger am Computer festgehalten als erwartet. »Das reicht, du brauchst nicht noch höher zu klettern«, rief Cristina, als Emma die Hälfte der Strickleiter erklommen hatte. Doch Emma ignorierte sie und kraxelte weiter, bis ihr Kopf fast an die Decke stieß.

Emma schaute nach unten. Cristina schüttelte den Kopf und schaffte es, dabei einen beherrschten und zugleich missbilligenden Eindruck zu machen. »Du kannst doch nicht aus dieser Höhe springen! Emma …«

Doch Emma ließ die Strickleiter los und stürzte wie ein Stein in die Tiefe. Einen Sekundenbruchteil später traf sie auf der Matte auf, rollte sich ab, kam in die Hocke und griff über ihre Schulter nach Cortanas Heft.

Aber ihre Hand fasste ins Leere. Sofort schnellte Emma hoch, nur um festzustellen, dass Cristina die Waffe in der Hand hielt. Sie hatte sie aus der Schwertscheide gezogen, als Emma sich aufgerappelt hatte.

»Ein Kampf erfordert mehr als nur einen Sprung aus größter Höhe und einen Sturz in die tiefste Tiefe«, sagte Cristina und streckte ihr Cortana entgegen.

Emma richtete sich auf und nahm die Waffe mit einem widerwilligen Lächeln entgegen. »Du klingst schon wie Jules.«

»Vielleicht hat er ja recht«, entgegnete Cristina. »Warst du schon immer so achtlos, wenn es um deine eigene Sicherheit geht?«

»Erst seit dem Dunklen Krieg.« Emma schob Cortana zurück in die Scheide. Dann zog sie zwei Stilette aus dem Schaft ihrer Stiefel, reichte Cristina eine der Klingen und wandte sich der Zielscheibe zu, die auf die Holzplatte an der gegenüberliegenden Wand gemalt war.

Cristina stellte sich neben Emma, hob die Waffe und richtete sie auf das Ziel aus. Emma hatte zwar noch keine Gelegenheit gehabt, zusammen mit Cristina Messerwerfen zu üben, aber es überraschte sie nicht, dass Cristinas Haltung und Griff – den Daumen parallel zur Klinge – wie eine Abbildung aus dem Lehrbuch aussahen. »Manchmal bedaure ich, dass ich so wenig über den Dunklen Krieg weiß. Ich war in einem Versteck in Mexiko. Mein Onkel Tomás war der Ansicht, dass es in Idris nicht sicher sei.«

Emma erinnerte sich an die brennende Stadt, an das Blut in den Straßen, die vielen Leichen in der Abkommenshalle, aufgeschichtet wie Brennholz. »Dein Onkel hatte recht.«

»Er ist im Krieg gestorben, also vermute ich, dass er wirklich recht hatte.« Cristina ließ das Stilett vorwärtsschnellen, das durch die Luft zischte und sich in das schwarze Zentrum der Zielscheibe bohrte. »Meiner Mutter gehörte damals ein Haus in San Miguel de Allende. Dort haben wir uns versteckt, weil es im Institut nicht sicher war. Noch heute fühle ich mich wie ein Feigling, wenn ich nur daran denke.«

»Aber du warst doch noch ein Kind«, wandte Emma ein. »Es war richtig von ihnen, dich an einen sicheren Ort zu schicken.«

»Ja, vielleicht«, murmelte Cristina mit gesenktem Blick.

»Im Ernst. Ich sage das nicht nur einfach so«, versicherte Emma. »Ich meine, wie denkt denn der Perfekte Diego darüber? Hält er sich deswegen für einen Feigling?«

Cristina verzog das Gesicht. »Das bezweifle ich.«

»Natürlich tut er das nicht. Er hat sich bestimmt gut damit arrangiert und ist total entspannt. Wir alle sollten ein bisschen mehr so sein wie der Perfekte Diego.«

»Hallo!«, schallte es durch den Fechtsaal. Livvy kam in ihrer Trainingsmontur auf sie zu, hielt aber kurz inne, um ihren Säbel zu tätscheln, der zusammen mit den anderen Fechtwaffen in Türnähe an der Wand hing. Livvy hatte sich im Alter von ungefähr zwölf Jahren für den Säbel als Waffe entschieden und seitdem unermüdlich damit trainiert. Sie konnte ganze Vorträge darüber halten, aber nicht nur zu den verschiedenen Arten von Säbeln, sondern auch zu Fechtwaffen im Allgemeinen – zu Themen wie Holzgriffe versus Griffe aus Gummi oder Leder und zu Fachausdrücken wie Korb, Glocke und Knauf. Und beim Terminus »Pistolengriff« kam sie erst richtig in Fahrt.

Emma bewunderte ihre Loyalität. Sie selbst hatte nie die Notwendigkeit empfunden, sich für eine Waffe entscheiden zu müssen: Für sie hatte es nie etwas anderes gegeben als ihr Schwert Cortana. Aber da sie auch den Gebrauch anderer Waffen sicher beherrschen wollte, war sie mehr als nur einmal gegen Livvy im Fechtsaal angetreten.

»Du hast mir schrecklich gefehlt«, schmachtete Livvy ihren Säbel an. »Ich liebe dich so sehr.«

»Das kam ja wirklich aus tiefstem Herzen«, bemerkte Emma. »Wenn du mich bei eurer Rückkehr so begrüßt hättest, wäre ich zu Tränen gerührt gewesen.«

Livvy löste sich von dem Säbel und hüpfte hinüber zu Emma und Cristina. Dann nahm sie sich eine Matte und dehnte ihre Muskeln. Sie konnte sich mühelos zusammenklappen und ihre Finger unter ihre Zehen schieben. »Du hast mir auch gefehlt«, versicherte sie Emma mit gedämpfter Stimme. »In England war es furchtbar langweilig – kein einziger süßer Junge weit und breit.«

»Julian hat erzählt, ihr wart meilenweit von jeder Menschenseele entfernt«, sagte Emma. »Andererseits ist es nicht so, als ob du hier irgendetwas verpasst hättest.«

»Na ja, mal abgesehen von der Mordserie«, wandte Livvy ein und ging durch den Raum, um zwei Wurfmesser zu holen. Emma und Cristina traten beiseite, als Livvy sich gegenüber der Wand mit der Zielscheibe aufstellte. »Und ich wette, du hast dich wieder mit Cameron Ashdown verabredet und ihn dann in die Wüste geschickt.«

»Stimmt, das hat sie getan«, bestätigte Cristina. Emma warf ihr einen Blick zu, der besagte: *Verräterin.*

»Ha!« Livvys Messer flog weit am Ziel vorbei. Sie wirbelte

herum, und ihr Zopf wippte um ihre Schultern. »Emma verabredet sich etwa alle vier Monate mit ihm und lässt ihn dann wieder fallen.«

»Tatsächlich?« Cristina warf Emma einen Blick zu. »Womit hat er diese besondere Folter verdient?«

»Ach, Herrgott noch mal«, stöhnte Emma. »Das war doch nie was Ernstes.«

»Vielleicht für dich nicht«, meinte Livvy. »Aber ich wette, für ihn schon.« Sie hielt Cristina das zweite Wurfmesser entgegen. »Willst du mal versuchen?«

Cristina nahm das Messer und stellte sich an Livvys Position.

»Wer ist der Perfekte Diego?«, fragte Livvy.

Cristina, die sich gerade auf das Messer konzentriert hatte, drehte sich um und starrte Livvy mit offenem Mund an.

»Ich hab euch reden gehört«, teilte Livvy ihr fröhlich mit. »Bevor ich hereingekommen bin. Wer ist er? Wieso ist er perfekt? Und warum gibt es auf dieser Welt einen perfekten Jungen, von dem mir noch nie jemand was erzählt hat?«

»Diego ist der Junge, mit dem Cristinas Mutter sie verheiraten will«, teilte Emma Livvy mit. Damit fing sie sich von Cristina einen aufgebrachten Blick ein. »Es geht zwar nicht um eine arrangierte Ehe, denn das wäre total eklig. Aber ihre Mutter hat einen Narren an ihm gefressen, und seine Mutter trägt ebenfalls den Namen Rosales und …«

»Er ist mit dir verwandt?« Livvy drehte sich zu Cristina. »Ist das denn kein Problem? Ich meine, ich kenne ja die berühmte Liebesgeschichte von Clary Fairchild und Jace Herondale, aber sie waren ja nicht wirklich Bruder und Schwester. Denn sonst, glaube ich, wäre das wahrscheinlich …«

»Eine weniger berühmte Liebesgeschichte«, ergänzte Emma grinsend.

Cristina warf ihr Messer und traf fast ins Zentrum. »Sein vollständiger Name lautet Diego Rocio Rosales – Rocio ist der Nachname seines Vaters und Rosales der Nachname seiner Mutter, genau wie der Nachname meiner Mutter. Aber das bedeutet nicht, dass wir verwandt sind … nicht mal Cousin und Cousine. Die Rosales sind eine riesige Schattenjägerfamilie. Meine Mutter hält Diego einfach für perfekt – weil er so gut aussehend ist, so klug und solch ein fantastischer Schattenjäger … perfekt, perfekt, perfekt …«

»Und jetzt weißt du auch, woher er seinen Spitznamen hat«, sagte Emma, ging zur Zielscheibe und holte die Wurfmesser.

»Ist er denn perfekt?«, fragte Livvy.

»Nein«, sagte Cristina. Wenn Cristina sich über irgendetwas aufregte, dann wurde sie nicht wütend, sondern redete einfach nicht mehr. Genau das tat sie nun und starrte schweigend auf die Zielscheibe. Emma wirbelte die Wurfmesser in der Hand.

»Wir werden dich vor dem Perfekten Diego beschützen«, versprach sie. »Falls er hierherkommt, werde ich ihn aufspießen.« Sie stellte sich an die Wurflinie.

»Emma ist eine Meisterin in der hohen Kunst des Aufspießens«, bestätigte Livvy.

»Du tätest besser daran, meine Mutter aufzuspießen«, murmelte Cristina. »Also gut, *flaquita*, dann beeindrucke mich mal: Lass sehen, ob du zwei Messer gleichzeitig werfen kannst.«

Emma trat einen Schritt von der Wurflinie zurück, jeweils ein Messer in den Händen. Sie hatte sich im Laufe eines ganzen Jahres selbst beigebracht, mit zwei Messern gleichzeitig zu werfen, hatte es wieder und wieder geübt, wobei das Geräusch des splitternden Holzes Balsam für ihre angespannten Nerven war. Eigentlich war sie Linkshänderin und hätte normalerweise einen Schritt rückwärts und nach rechts gemacht. Doch sie zwang sich, fast beidhändig vorzugehen, und trat deshalb nicht diagonal, sondern gerade zurück. Dann holte sie mit beiden Armen aus und ließ die Messer aus ihren Händen schnellen. Die Klingen flogen durch die Luft wie Falken, denen man die Fesseln durchtrennt hatte. Sie zischten auf die Zielscheibe zu und bohrten sich mit dumpfem Dröhnen und im Abstand von Millisekunden in das Zentrum.

Cristina pfiff anerkennend. »Jetzt verstehe ich, warum Cameron Ashdown immer wiederkommt. Er hat Angst, *nicht* zu dir zurückzukehren.« Sie ging zur Zielscheibe, um die Messer zu holen. »Okay, dann werde ich es noch mal versuchen. Offenbar liege ich leistungsmäßig weit hinter dir.«

Emma lachte. »Nein, ich habe gemogelt. Diesen Doppelwurf trainiere ich seit Jahren.«

»Trotzdem«, erwiderte Cristina. »Falls du je deine Meinung änderst und mich nicht mehr magst, sollte ich besser in der Lage sein, mich selbst zu verteidigen.«

»Guter Wurf«, sagte Livvy leise und gesellte sich zu Emma, während Cristina ein paar Schritte entfernt vor der Wurflinie auf und ab wippte.

»Danke«, flüsterte Emma zurück. Sie lehnte an einem Regal mit Handschuhen und anderer Schutzkleidung und blickte in Livvys heiteres Gesicht hinab. »Hast du bei Ty inzwischen Erfolg gehabt? Mit dieser *Parabatai*-Geschichte?«, fragte sie und fürchtete sich insgeheim vor der Antwort.

Livvys Miene verfinsterte sich. »Er sagt noch immer Nein. Das ist die einzige Sache, bei der wir je unterschiedlicher Meinung waren.«

»Tut mir leid.« Emma wusste, wie sehr Livvy sich wünschte, mit ihrem Zwilling den *Parabatai*-Bund zu schließen. Es war zwar ungewöhnlich, dass Geschwister den Eid sprachen, aber auch nicht vollkommen beispiellos oder noch nie vorgekommen. Tys Weigerung war eine echte Überraschung: Er schlug Livvy nur selten eine Bitte ab, doch in dieser Sache blieb er unnachgiebig.

Cristinas erstes Messer bohrte sich in die Zielscheibe, nur knapp am Rand des schwarzen Zentrums vorbei. Emma jubelte.

»Ich mag sie«, verkündete Livvy, noch immer im Flüsterton.

»Gut«, sagte Emma. »Ich auch.«

»Und ich glaube, der Perfekte Diego hat ihr vermutlich das Herz gebrochen.«

»Er muss in der Tat irgendetwas gemacht haben«, antwortete Emma vorsichtig. »Das hab ich mir auch schon zusammengereimt.«

»Also sollten wir sie mit Julian verkuppeln.«

Emma zuckte dermaßen zusammen, dass sie beinahe das Regal umgestürzt hätte. »Was?«

»Na ja, sie ist hübsch, und sie scheint ziemlich nett zu sein, und sie wird bei uns leben«, erwiderte Livvy achselzuckend. »Außerdem hat Jules noch nie eine Freundin gehabt – du weißt ja warum.« Emma starrte sie stumm an. In ihrem Kopf herrschte nur lautes Rauschen. »Ich meine, das ist natürlich unser Fehler – meiner, Tys, Drus und Tavvys. Wenn man vier Kinder aufziehen muss, bleibt nicht viel Zeit für irgendwelche Dates. Und da wir ihm also im Grunde die Möglichkeit genommen haben, eine Freundin zu finden …«

»… willst du ihn verkuppeln«, sagte Emma tonlos. »Aber so funktioniert das nicht, Livvy. Die beiden müssten sich zuerst mal mögen und …«

»Ich glaube, das könnte hinhauen«, erwiderte Livvy. »Wenn wir ihnen die Chance dazu geben. Was hältst du davon?«

Ihre blaugrünen Augen, die denen von Julian so sehr ähnelten, funkelten vor liebevollem Übermut. Emma öffnete den Mund, um etwas, irgendetwas, zu sagen, als Cristina das zweite Messer warf. Es bohrte sich mit einem so lauten Dröhnen in die Zielscheibe, dass das Holz knackte.

Livvy klatschte in die Hände. »Fantastisch!« Sie warf Emma einen triumphierenden Blick zu, als wollte sie sagen: *Da siehst du's – sie ist perfekt.* Dann schaute sie auf ihre Uhr. »Okay, ich muss Ty noch eine Weile helfen. Ruft mich, wenn irgendetwas Aufregendes passiert.«

Emma nickte und schaute Livvy leicht benommen nach, die zur Tür tänzelte, um ihre Waffen aufzuhängen, und danach den Fechtsaal verließ. Erschrocken zuckte sie zusammen, als jemand sie über die Schulter ansprach: Cristina war von hinten an sie herangetreten und musterte sie besorgt. »Worüber habt ihr zwei euch unterhalten?«, fragte sie. »Du siehst aus, als hättest du ein Gespenst gesehen.«

Emma öffnete den Mund, um etwas zu erwidern, kam aber

nicht dazu, weil in diesem Moment aus dem Erdgeschoss Tumult ertönte. Sie hörte, wie jemand laut an die Eingangstür hämmerte, gefolgt von hastigen Schritten.

Blitzschnell schnappte sie sich Cortana und flitzte auch schon durch die Tür.

Das Hämmern an der Eingangstür hallte durch das gesamte Gebäude. »Ich komm ja schon!«, brüllte Julian und zog den Reißverschluss seiner Kapuzenjacke zu, während er zur Tür trabte. Er war fast dankbar für diese Ablenkung. Ty und Livvy hatten ihn aus dem Computerraum verbannt, weil sein unruhiges Auf und Ab ihre Konzentration störte. Und Julian hatte sich dermaßen gelangweilt, dass er sogar einen kurzen Abstecher zu Arthur auf dem Dachboden in Erwägung gezogen hatte, obwohl er wusste, dass dieser Besuch ihm für den Rest des Tages die Laune verderben würde.

Julian riss die Tür auf. Vor ihm lehnte ein groß gewachsener, hellhaariger Mann am Türrahmen. Er trug eine enge schwarze Hose und ein Hemd, dessen Knöpfe bis fast zum Bauchnabel offen standen. Eine karierte Jacke hing über seinen Schultern.

»Du siehst aus wie ein Strippertelegramm«, begrüßte Julian Malcolm Fade, den Obersten Hexenmeister von Los Angeles.

Es hatte einmal eine Zeit gegeben, in der Julian von der Tatsache, dass Malcolm Oberster Hexenmeister war – also der Hexenmeister, dem alle anderen Hexenwesen in Südkalifornien Rechenschaft schuldeten –, so beeindruckt gewesen war, dass er sich in seiner Gegenwart nervös gefühlt hatte. Doch das hatte sich nach dem Dunklen Krieg gelegt, als Besuche von Malcolm bald zur Tagesordnung gehört hatten. In Wahrheit war Malcolm eher das, wofür die meisten Leute Arthur hielten: eine Art zerstreuter Professor. Malcolm vergaß bereits seit fast zweihundert Jahren ständig irgendwelche wichtigen Dinge.

Als Nachkommen von Menschen und Dämonen waren alle Hexenwesen unsterblich, und je nach Art des Dämonenvaters endete ihr Alterungsprozess zu unterschiedlichen Zeitpunkten.

Malcolm sah aus wie siebenundzwanzig, war aber nach eigener Aussage schon 1850 auf die Welt gekommen.

Da die meisten Dämonen, denen Julian in seinem Leben begegnet war, grotesk abstoßend ausgesehen hatten, wollte er lieber nicht darüber nachdenken, wie Malcolms Eltern sich kennengelernt hatten. Und auch Malcolm schien nicht geneigt, darüber zu reden. Julian wusste nur, dass der Hexenmeister in England zur Welt gekommen war und noch immer einen leicht britischen Akzent besaß.

»Man kann jemandem einen Stripper schicken?«, fragte Malcolm verwirrt und blickte dann an sich herab. »Tut mir leid, ich habe vergessen, mein Hemd zuzuknöpfen, bevor ich das Haus verließ.«

Er machte einen Schritt in das Institutsgebäude und fiel in der nächsten Sekunde der Länge nach hin. Julian wich geschickt aus, und Malcolm rollte sich auf den Rücken. Verstimmt blickte er über seine langen Beine zu seinen Füßen. »Und anscheinend habe ich meine Schürsenkel zusammengebunden.«

Julian seufzte innerlich. Manchmal fiel es ihm schwer, freundlich und positiv zu bleiben, wenn er darüber nachdachte, dass all seine Verbündeten und Freunde entweder Leute waren, die er belügen musste oder die lächerlich waren oder sogar beides …

Emma stürmte die Treppe hinunter, mit Cortana in der Hand. Sie trug eine Jeans und ein Trägertop; ihre feuchten Haare waren mit einem Gummiband zu einem Pferdeschwanz gebunden. Das Trägertop klebte an ihrer Haut – ein Umstand, von dem Julian wünschte, dass er ihn nicht bemerkt hätte. Als sie Malcolm sah, entspannte sie sich und drosselte ihr Tempo. »Hi, Malcolm. Warum liegst du auf dem Fußboden?«

»Ich habe versehentlich meine Schnürsenkel zusammengebunden«, erklärte der Hexenmeister.

Emma stand inzwischen neben ihm. Sie senkte Cortana und durchtrennte Malcolms Schnürsenkel mit einem sauberen Schnitt.

»So, jetzt bist du wieder frei«, sagte sie.

Malcolm musterte sie vorsichtig. »Sie könnte gefährlich sein«, raunte er Julian zu. »Aber andererseits sind alle Frauen gefährlich.«

»Alle Menschen sind gefährlich«, erwiderte Julian. »Warum bist du hier, Malcolm? Nicht dass ich mich nicht freuen würde, dich zu sehen.«

Malcolm rappelte sich auf und knöpfte sein Hemd zu. »Ich bringe Arthurs Medizin.«

Julians Herz pochte dermaßen laut in seiner Brust, dass er sich sicher war, dass jeder es hören konnte. Emma runzelte die Stirn.

»Geht es Arthur nicht gut?«, fragte sie.

Malcolm, der in seine Tasche gegriffen hatte, erstarrte mitten in der Bewegung. Julian konnte es seinem Gesicht ansehen, dass dem Hexenmeister gerade etwas dämmerte – die Tatsache, dass er etwas gesagt hatte, was er nicht hätte sagen sollen. Innerlich verfluchte er Malcolms Vergesslichkeit bestimmt eintausend Mal.

»Arthur erzählte gestern Abend, er sei nicht ganz auf dem Damm«, sagte Julian. »Nur sein übliches Zipperlein. Eine chronische Geschichte. Na, jedenfalls hat er sich schlapp gefühlt.«

»Wenn ich das gewusst hätte, hätte ich etwas für ihn auf dem Schattenmarkt besorgen können«, meinte Emma, ließ sich auf der untersten Treppenstufe nieder und streckte die langen Beine aus.

»Cayennepfeffer und Drachenblut«, sagte Malcolm, fischte eine Phiole aus der Tasche und hielt sie Julian entgegen. »Das sollte ihn wieder aufmuntern.«

»Damit könnte man Tote zum Leben erwecken«, kommentierte Emma.

»Nekromantie ist illegal, Emma Carstairs«, tadelte Malcolm.

»Sie hat nur einen Scherz gemacht.« Julian steckte die Phiole ein, den Blick weiterhin auf Malcolm geheftet, und flehte ihn stumm an, nichts zu sagen.

»Wann hattest du denn Gelegenheit, Malcolm mitzuteilen, dass dein Onkel sich nicht wohlfühlt, Jules? Ich hab dich doch gestern am späten Abend noch gesehen, aber du hast nichts erwähnt«, sagte Emma.

Julian war froh, dass er nicht in Emmas Richtung schaute. Er war sich sicher, dass sein Gesicht kreidebleich sein musste.

»Vampirpizza«, sagte Malcolm unvermittelt.

»Was?«, fragte Emma verdutzt.

»Nightshade hat an der Cross Creek Road ein italienisches Restaurant eröffnet, mit der besten Pizza weit und breit«, sagte Malcolm. »Und er liefert auch.«

»Machst du dir denn keine Sorgen, was in der Soße sein könnte?«, erkundigte sich Emma, eindeutig abgelenkt. »Ach, da fällt mir was ein!« Sie schlug sich mit der Hand an die Stirn. »Malcolm, ich wollte dich fragen, ob du dir mal etwas ansehen könntest.«

»Geht es um eine Warze? Die kann ich wegmachen, aber das kostet dich eine Kleinigkeit.«

»Warum denken immer alle, es ginge um eine Warze?« Emma holte ihr Handy hervor und zeigte Malcolm kurz darauf die Fotos der Leiche, die sie in der Gasse hinter der Sepulchre Bar gefunden hatte. »Da sind diese merkwürdigen weißen Markierungen, hier und hier«, sagte sie und zeigte darauf. »Sie sehen aus wie Graffiti, allerdings nicht aus Sprühfarbe, sondern aus Kreide oder irgendetwas in der Art …«

»Erstens: Das ist eklig!«, tadelte Malcolm. »Bitte zeig mir nie wieder Fotos von Leichen, ohne mich vorzuwarnen.« Dann betrachtete er die Bilder genauer. »Zweitens: Das sieht nach den Resten eines Ritualkreises aus. Jemand hat einen Schutzkreis auf den Boden gezeichnet. Vermutlich um sich selbst zu schützen, während er oder sie die Formel gesprochen hat, die den Tod dieses Mannes herbeigeführt hat – was auch immer das gewesen sein mag.«

»Der Mann hat Verbrennungen erlitten«, berichtete Emma. »Und ich glaube, er wurde ertränkt. Zumindest war seine Kleidung durchnässt und roch nach Salzwasser.«

Sie runzelte die Stirn. Ihre Augen schimmerten dunkel – vielleicht lag es an der Erinnerung an den Leichnam oder einfach am Gedanken an den Ozean. Ein Ozean, von dem sie nur wenige Meter entfernt lebte und an dessen Ufer sie jeden Tag joggte. Doch Julian wusste, welch große Angst ihr dieses Meer einjagte. Sie konnte sich zwar zwingen, ins Wasser zu gehen, am ganzen Körper zitternd und kreidebleich. Aber er hasste es, ihr dabei zuschauen zu müssen, hasste es mitanzusehen, wie seine starke Emma in ein Häufchen Elend verwandelt wurde von der Angst vor einem derart primitiven und namenlosen Schrecken, dass sie es sich nicht einmal selbst erklären konnte.

Der Anblick weckte in ihm den Wunsch, jemanden zu töten oder Dinge zu zerstören, um sie zu beschützen. Auch wenn sie gut auf sich selbst aufpassen konnte. Auch wenn sie der mutigste Mensch war, den er kannte.

Im nächsten Moment wurde Julian aus seinen Gedanken gerissen. »Schick mir die Fotos mal«, sagte Malcolm gerade. »Ich werde sie mir genauer ansehen und dir Bescheid geben.«

»Hi!« Livvy tauchte am oberen Ende der Treppe auf. Sie hatte die Trainingsmontur gegen normale Kleidung getauscht. »Ty hat etwas gefunden. Über die Morde.«

Malcolm sah sie verwirrt an.

»Am Computer«, erläuterte Livvy. »Der Computer, den wir eigentlich gar nicht besitzen dürften. Hi, Malcolm.« Sie winkte eifrig. »Ihr solltet hochkommen und euch das mal ansehen.«

»Hast du Lust zu bleiben, Malcolm?«, fragte Emma und stand auf. »Wir könnten deine Hilfe gut gebrauchen.«

»Das hängt davon ab«, erwiderte Malcolm. »Kann der Computer auch Spielfilme abspielen?«

»Ja, das kann er«, bestätigte Julian vorsichtig.

Malcolm zog eine erfreute Miene. »Können wir uns *Notting Hill* ansehen?«

»Alles, was du willst – sofern du bereit bist, uns zu helfen«, sagte Emma und schaute zu Jules. »Und *wir* können herausfinden, was Ty entdeckt hat. Du kommst doch mit, oder?«

Innerlich verfluchte Julian Malcolms Vorliebe für romantische

Komödien. Am liebsten wäre er in sein Atelier gegangen und hätte gemalt. Aber er konnte weder Ty abweisen noch Malcolm einfach sich selbst überlassen.

»Ich könnte uns ein paar Snacks aus der Küche holen«, schlug Emma hoffnungsvoll vor. Schließlich hatten sie sich früher oft alte Spielfilme auf dem elbenlichtbetriebenen Fernsehgerät angesehen und dabei im flackernden Licht Popcorn gegessen.

Julian schüttelte den Kopf. »Ich hab keinen Hunger.«

Er glaubte, fast hören zu können, wie Emma innerlich seufzte. Sie machte auf dem Absatz kehrt und stieg zu Livvy die Treppe hinauf. Julian wollte ihr folgen, aber Malcolm legte ihm eine Hand auf die Schulter und hielt ihn zurück.

»Es ist schlimmer geworden, stimmt's?«, bemerkte er.

»Onkel Arthur?« Jules war einen Moment lang überrumpelt. »Ich glaube nicht. Ich meine, es war natürlich nicht toll, dass ich nicht hier sein konnte. Aber wenn wir den Besuch in England noch länger hinausgeschoben hätten, hätte irgendwann mal jemand Verdacht geschöpft.«

»Ich meine nicht Arthur«, erwiderte Malcolm. »Sondern dich. Weiß sie über dich Bescheid?«

»Wer soll *was* wissen?«

»Stell dich nicht dümmer, als du bist«, sagte Malcolm. »Emma. Weiß sie es?«

Julian spürte, wie sich sein Herz in der Brust verkrampfte. Das Gefühlschaos, das Malcolms Bemerkung ausgelöst hatte, ließ sich mit Worten gar nicht beschreiben. Es kam ihm so vor, als würde er von einer gewaltigen Woge mitgerissen und den festen Boden unter den Füßen verlieren. »Lass das.«

»Nein, auf keinen Fall«, entgegnete Malcolm. »Ich mag nun mal ein Happy End.«

»Malcolm«, stieß Julian zwischen zusammengebissenen Zähnen hervor, *»das hier ist keine Liebesgeschichte.«*

»Jede Geschichte ist eine Liebesgeschichte.«

Julian wandte sich von ihm ab und stieg die Stufen hinauf. Er war nur selten richtig wütend auf Malcolm, aber jetzt raste sein Puls wie wild. Er hatte gerade das obere Ende der Treppe erreicht, als Malcolm ihm etwas nachrief. Julian drehte sich um, obwohl er genau wusste, dass er das eigentlich nicht tun sollte, und stellte fest, dass der Hexenmeister zu ihm hochschaute.

»Gesetze sind bedeutungslos, mein Junge«, sagte Malcolm mit leiser Stimme, die dennoch deutlich zu ihm hinaufdrang. »Es gibt nichts Wichtigeres als die Liebe. Und kein Gesetz steht über ihr.«

Genau genommen durfte es im Institut keinen Computer geben.

Der Rat widersetzte sich jedem »modernen Schnickschnack« und erst recht allem, was mit der Kultur der Irdischen zusammenhing. Doch das hatte Tiberius nicht aufhalten können. Im Alter von zehn Jahren hatte er angefangen, um einen Computer zu betteln, damit er bei irdischen Kapitalverbrechen immer auf dem Laufenden bleiben konnte. Und als die Blackthorns nach dem Dunklen Krieg aus Idris zurückgekommen waren, hatte Julian ihm einen Computer besorgt.

Ty hatte nicht nur seine Eltern, sondern auch seine ältesten Geschwister verloren, hatte Julian Emma erklärt, während er inmitten eines Kabelwirrwarrs auf dem Fußboden hockte und herauszufinden versuchte, wie er den Computer an eine der wenigen Stromsteckdosen des Gebäudes anschließen musste – schließlich wurden fast alle Geräte im Institut mit Elbenlicht betrieben. Wenn er Ty einen Computer zur Verfügung stellen konnte, wäre das das wenigste, was er für ihn tun könnte.

Ty hatte seinen Computer sofort ins Herz geschlossen. Er hatte ihn Watson genannt und Stunden damit verbracht, sich die Bedienung selbst beizubringen, weil keiner der anderen auch nur einen Schimmer hatte. Julian hatte ihm aufgetragen, nichts Illegales damit anzustellen, und Arthur, hoch oben auf seinem Dachboden, hatte von dem neuen Gerät überhaupt nichts mitbekommen.

Auch Livvy, die ihrem Zwilling wie immer treu ergeben war,

hatte sich mit Tys Hilfe mit dem Computer vertraut gemacht. Gemeinsam bildeten sie ein unschlagbares Team.

Als Emma und Julian nun die Tür zum Computerraum öffneten, hatte es den Anschein, als hätten alle Geschwister – nicht nur Ty und Livvy, sondern auch Dru und sogar der kleine Tavvy – sich an der Suche beteiligt. Dru hatte mehrere Karten und Stadtpläne auf dem Boden ausgebreitet, und Tavvy hatte sich mit einem blauen Stift vor einer Weißwandtafel aufgebaut und vermutlich hilfreiche Notizen darauf geschrieben – falls man die kryptischen Informationen des Siebenjährigen jemals entschlüsseln konnte.

Ty saß auf dem Bürostuhl vor dem Computer; seine Finger huschten über die Tastatur. Livvy thronte, wie so oft, auf dem Schreibtisch. Ty arbeitete einfach um sie herum; er wusste immer ganz genau, wo sie saß, während er sich gleichzeitig auf seine Aufgabe konzentrierte.

»Du hast etwas gefunden?«, fragte Julian und trat an den Schreibtisch.

»Ja. Einen Moment noch.« Gebieterisch hielt Ty eine Hand hoch. »Aber ihr könnt euch untereinander unterhalten, wenn ihr wollt.«

Julian grinste. »Sehr freundlich.«

Kurz darauf hastete Cristina ins Zimmer, während sie ihre dunklen, noch feuchten Haare zu einem Zopf flocht. Sie hatte offensichtlich geduscht und andere Kleidung angezogen – eine Jeans und eine geblümte Bluse. »Livvy hat mir gesagt …«

»Psst.« Emma legte einen Finger an die Lippen und deutete auf Ty, der angestrengt auf den Monitor starrte. Das blaue Leuchten des Bildschirms erhellte seine feinen Gesichtszüge. Emma liebte es, wenn Ty Detektiv spielte; er ging dann ganz in seiner Rolle auf, seinem Traum, wie Sherlock Holmes zu sein, der immer auf alles eine Antwort hatte.

Cristina nickte und ließ sich auf einem plüschigen kleinen Sofa neben Drusilla nieder. Dru war trotz ihrer dreizehn Jahre fast so groß wie Cristina. Sie gehörte zu der Sorte von Mädchen, deren Körper sich früh entwickelt hatte: Sie hatte eine weiche, kurvenreiche Figur mit Brüsten und Hüften. Und das hatte zu ein paar unangenehmen Situationen mit älteren Jungen geführt, die sie für siebzehn oder achtzehn gehalten hatten – Situationen, in denen Emma Julian nur knapp daran hatte hindern können, einen irdischen Teenager umzubringen.

Malcolm nahm in einem Flickensessel Platz. »Also schön, wenn wir sowieso schon warten müssen«, sagte er und tippte auf seinem Handy herum.

»Was machst du da?«, fragte Emma.

»Pizza bestellen, bei Nightshade«, erklärte Malcolm. »Dafür gibt es eine spezielle App.«

»Eine was?«, fragte Dru.

»Nightshade?« Livvy schaute zu Malcolm. »Der Vampir?«

»Ihm gehört eine Pizzeria. Die Soße ist einfach göttlich«, sagte Malcolm und küsste seine Fingerspitzen.

»Machst du dir keine Sorgen, was da drin sein könnte?«, hakte Livvy nach.

»Ihr Nephilim seid ja so paranoid«, stöhnte Malcolm und widmete sich wieder seinem Handy.

Ty räusperte sich und drehte sich auf seinem Stuhl herum. Die anderen hatten es sich auf Sofas oder Sesseln bequem gemacht; nur Tavvy hockte auf dem Boden unter der Weißwandtafel. »Ich habe ein paar Hinweise gefunden«, verkündete er. »Es hat definitiv weitere Leichen gegeben, auf die Emmas Beschreibung zutrifft: abgeschliffene Fingerkuppen, vom Meerwasser aufgedunsener Körper, Verbrennungen der Haut.« Er holte die Titelseite einer Zeitung auf den Bildschirm. »Die Irdischen glauben, dass es sich um die Aktivitäten eines Satanskultes handelt, weil rund um die Leichen Reste von Kreidekreisen gefunden wurden.«

»Die Irdischen halten alles für Aktivitäten von Satanskulten«, erwiderte Malcolm. »Dabei stehen die meisten Kulte in den Diensten ganz anderer Dämonen. Luzifer ist nämlich ziemlich berühmt und schwer zu erreichen. Und er erweist anderen nur ungern einen Gefallen. Also ein Dämon, dessen Anbetung sich nicht wirklich lohnt.«

Emma und Julian tauschten einen amüsierten Blick. Ty klickte auf die Computermaus, woraufhin verschiedene Fotos auf dem Monitor sichtbar wurden – Fotos von Gesichtern unterschiedlichen Alters, Abstammung und Geschlechts. Aber alle im Tode erschlafft.

»Allerdings befinden sich darunter nur wenige Morde, die auf das Profil passen«, fuhr Ty fort. Er wirkte sehr zufrieden, weil er den Begriff »Profil« hatte verwenden können. »Nur jeweils ein Mord pro Monat während des gesamten letzten Jahres. Zwölf, den Toten eingerechnet, den Emma gefunden hat.«

»Aber in der Zeit davor kein einziger Toter?«, fragte Emma.

Ty schüttelte den Kopf.

»Das heißt also, dass zwischen dem Mord an meinen Eltern und dem ersten Mord dieser Serie eine Lücke von vier Jahren besteht. Wer auch immer sie getötet hat – falls es dieselbe Person war –, hat mit dem Morden aufgehört und danach wieder angefangen.«

»Gibt es irgendetwas, was all diese Leute miteinander verbindet?«, fragte Julian. »Diana hat gesagt, dass einige der Toten Feenwesen waren.«

»Na ja, das sind alles Artikel aus Zeitungen der Irdischen«, erklärte Livvy. »Sie würden das doch gar nicht erkennen, oder? Wenn es sich um Angehörige des Elbenadels gehandelt hat, würden sie die Opfer für menschliche Leichen halten. Und was die mögliche Verbindung untereinander betrifft: Keiner der Toten konnte bisher identifiziert werden.«

»Das ist merkwürdig«, wandte Dru ein. »Was ist denn mit einer Blutanalyse? In den Spielfilmen können Tote immer anhand von Blut und DBD identifiziert werden.«

»DNA«, berichtigte Ty seine Schwester. »Laut dieser Zeitungsartikel konnte keiner der Toten identifiziert werden. Vielleicht lag es daran, dass der Zauber oder die Formel die Zusammensetzung ihres Bluts verändert hat. Oder die Leichen sind vorzeitig verwest, wie bei Emmas Eltern. Das würde die Möglichkeiten zur Identifizierung erheblich einschränken.«

»Trotzdem gibt es da eine Besonderheit«, fügte Livvy hinzu. »Die Artikel nennen den jeweiligen Fundort der Leichen. Wir haben sie auf einer Karte markiert, und die Fundorte haben alle eines gemeinsam.«

Ty hatte eines der Spielzeuge aus seiner Tasche geholt – ein Knäuel von bunten Pfeifenreinigern – und bog es nun auseinander. Er hatte einen rasend schnellen Verstand, und es beruhigte ihn, wenn er seine Hände beschäftigen und damit einen Teil der sich überschlagenden Gedanken fokussieren konnte. »Die Leichen wurden alle auf Ley-Linien deponiert. Jede einzelne«, berichtete er, und Emma konnte seiner Stimme die Aufregung anhören.

»Ley-Linien?« Dru runzelte die Stirn.

»Die Welt ist von einem Geflecht uralter Kraftlinien umgeben. Eine Art magischer Verbindungswege«, erklärte Malcolm. »Da sie jede dort angewandte Magie verstärken, nutzen Schattenweltler sie seit Jahrhunderten für den Zugang zum Feenreich und ähnliche Zwecke. Auch Alicante ist auf einem Knotenpunkt aus Ley-Linien errichtet. Die Kraftlinien sind zwar unsichtbar, aber manche Personen können es erlernen, diese Linien wahrzunehmen.« Malcolm runzelte die Stirn und starrte auf eines der Fotos, die Cristina von dem Leichnam hinter der Sepulchre Bar geschossen hatte. »Kannst du das, was du eben gemacht hast, noch mal machen? Du weißt schon: Das, wo die Bilder größer werden?«

»Du meinst *zoomen?*«, fragte Ty.

Doch bevor Malcolm antworten konnte, ertönte die Türglocke des Instituts – kein normales schrilles Läuten, sondern ein dröhnender Gong, dessen Hall durch das gesamte Gebäude drang und Glasscheiben, Mauerwerk und Putz in Schwingungen versetzte.

Blitzschnell sprang Emma auf. »Ich kümmere mich darum«, sagte sie, lief aus dem Zimmer und zog die Tür hinter sich zu, obwohl Julian sich bereits halb von seinem Platz erhoben hatte, um ihr zu folgen.

Aber Emma wollte gern einen Moment allein sein – um die Tatsache zu verarbeiten, dass diese Mordserie nicht nur bis zum Todesjahr ihrer Eltern zurückging, sondern mit deren Tod begonnen hatte. Ihr Vater und ihre Mutter waren die Ersten gewesen.

Zwischen diesen Morden bestand ein Zusammenhang. Emma konnte sehen, wie die Fäden zusammenkamen und ein Muster bildeten, dessen Konturen sie zwar bisher nur erahnen konnte, das aber definitiv real war. Jemand hatte diese Taten begangen. Jemand hatte ihre Eltern gefoltert und ermordet, ihre Haut mit finsteren Schriftzeichen versehen und ihre Leichen ins Meer geworfen. Jemand hatte Emmas Kindheit gestohlen, hatte das Dach und die Mauern des sicheren Hauses niedergerissen, dem ihr Leben bis dahin geähnelt hatte. Jemand hatte sie ungeschützt den Elementen ausgesetzt.

Und dieser Jemand würde dafür bezahlen. *Rache ist ein kalter Bettgenosse,* hatte Diana gesagt, aber Emma war anderer Meinung. Rache würde dafür sorgen, dass wieder Luft in ihre Lunge strömte. Rache würde dafür sorgen, dass sie wieder an ihre Eltern denken konnte, ohne dass sich ihr Magen vollkommen verkrampfte. Dass sie wieder träumen konnte, ohne ihre vom Wasser aufgedunsenen Gesichter zu sehen und Stimmen zu hören, die nach ihr riefen und um Hilfe schrien.

Emma lief durch die Eingangshalle und riss die Institutstür auf. Die Sonne war gerade untergegangen. Ein missgelaunt wirkender Vampir stand vor der Tür, einen Stapel Pappschachteln in den Händen. Er sah zwar aus wie ein Teenager, mit kurz geschorenen braunen Haaren und sommersprossiger Haut, aber das musste nicht viel heißen. »Pizza-Taxi«, sagte er in einem Ton, der nahelegte, dass gerade ein Großteil seiner engsten Verwandtschaft gestorben war.

»Im Ernst?«, meinte Emma. »Dann hat Malcolm das nicht erfunden? Du lieferst wirklich Pizza aus?«

Der Junge musterte sie mit verständnisloser Miene. »Warum sollte ich keine Pizza ausliefern?«

Emma griff in die Schale auf dem kleinen Tisch neben der Tür, wo sie immer etwas Geld aufbewahrten. »Keine Ahnung. Du bist ein Vampir. Ich dachte, du wüsstest vielleicht etwas Besseres mit deinem Leben anzufangen … deinem Ableben … oder was auch immer.«

Der Vampir zog eine gekränkte Miene. »Hast du auch nur eine Ahnung, wie schwer es ist, einen Job zu finden, wenn auf deinem Ausweis steht, dass du hundertfünfzig Jahre alt bist und nur nachts aus dem Haus kannst?«

»Nein«, räumte Emma ein und nahm die Pappschachteln entgegen. »Darüber hatte ich gar nicht nachgedacht.«

»Das tut ihr Nephilim ja nie.« Als er den Fünfzig-Dollar-Schein in seine Jeans steckte, sah Emma, dass er ein graues T-Shirt trug, auf dem DEI stand. »Die Götter?«, fragte sie.

Sein Gesicht leuchtete auf. »Die Engelsinsignien. Das ist eine Band. Aus Brooklyn. Schon mal von ihr gehört?«

Emma hatte tatsächlich schon mal von ihr gehört. Clarys bester Freund und *Parabatai,* Simon, war vor seiner Aszension Mitglied dieser Band gewesen. Auf diese Weise hatte die Band ihren Namen erhalten, benannt nach den drei heiligsten Gegenständen der Nephilim. Inzwischen war auch Simon ein Schattenjäger. Emma fragte sich, wie er wohl damit klarkam, dass die Band ohne ihn weitermachte. Dass fast alles ohne ihn weiterging.

Langsam stieg sie die Treppe hinauf, in Gedanken bei Clary und den anderen im New Yorker Institut. Clary hatte erst mit fünfzehn herausgefunden, dass sie eine Nephilim war. Davor hatte sie immer gedacht, sie würde ein Leben wie alle anderen Irdischen führen. Sie hatte mit Emma darüber gesprochen, so wie man über einen Berufsweg spricht, den man dann doch nicht eingeschlagen hat. Clary hatte viele Aspekte ihres alten Lebens mit in ihr Schattenjägerleben übernommen, einschließlich ihres besten Freunds Simon. Aber sie hätte sich auch für einen anderen Weg entscheiden können. Sie hätte das Leben einer Irdischen führen können.

Plötzlich hatte Emma das dringende Bedürfnis, mit Clary zu reden – darüber, was das wohl für Konsequenzen gehabt hätte. Simon war schon immer Clarys bester Freund gewesen, genau wie Jules sein ganzes Leben lang Emmas bester Freund gewesen war. Und nachdem Simon zum Schattenjäger aufgestiegen war, waren Clary und er *Parabatai* geworden. Hatte das irgendetwas verändert?, fragte Emma sich. Wie fühlte es sich an, vom besten Freund zum *Parabatai* zu wechseln, ohne schon immer genau gewusst zu haben, dass dieser Moment kommen würde? Inwiefern unterschied sich das von Emma und Julian?

Und warum konnte sie diese Frage nicht selbst beantworten?

Als Emma den Computerraum erreichte, stand Malcolm neben dem Schreibtisch. Seine violetten Augen funkelten. »Siehst du? Das ist gar kein Schutzkreis, sondern …«, sagte er gerade, unterbrach sich aber, als Emma hereinkam. »Pizza!«

»Das kann unmöglich Pizza sein«, wandte Ty ein und starrte angestrengt auf den Bildschirm. Seine langen Finger hatten die Pfeifenreiniger fast vollständig entwirrt; sobald er damit fertig war, würde er sie erneut zu einem Knäuel verfilzen und wieder von vorn anfangen.

»Okay, das reicht fürs Erste«, sagte Jules. »Wir machen eine Pause, um etwas zu essen, und dabei reden wir über andere Dinge als über Leichen und Opferprofile.« Er nahm Emma die Schachteln ab, warf ihr einen dankbaren Blick zu und stellte die Pizzakartons auf den Sofatisch. »Mir egal, worüber ihr reden wollt – Hauptsache, es geht nicht um Mord oder Blut. Wessen Blut auch immer.«

»Aber das ist Vampirpizza«, bemerkte Livvy.

»Vollkommen unerheblich«, erwiderte Julian. »Ab aufs Sofa. Jetzt sofort.«

»Können wir uns einen Film ansehen?«, meldete Malcolm sich kleinlaut zu Wort und klang dabei fast wie Tavvy.

»Ja, können wir«, bestätigte Julian. »Und, Malcolm, es interessiert mich nicht, ob du der Oberste Hexenmeister von Los Angeles bist oder nicht: Setz dich endlich auf deinen Hintern.«

Die Vampirpizza war unfassbar lecker. Emma kam ziemlich schnell zu dem Schluss, dass es sie nicht kümmerte, was in der Soße war – Mäuseköpfe, gedämpfte Leichenteile oder was auch immer. Die Pizza war fantastisch: Sie hatte einen knusprigen Teigrand und genau die richtige Menge Mozzarella. Emma leckte sich den zerlaufenen Käse von den Fingern und schnitt Jules, der hervorragende Tischmanieren hatte, ein Gesicht.

Dagegen warf der Spielfilm deutlich mehr Fragen auf. Wie sich herausstellte, ging es um einen Mann, der einen Buchladen besaß und in eine berühmte Frau verliebt war. Das Problem war nur, dass Emma keinen von beiden kannte und auch nicht wusste, ob das vielleicht wichtig war. Cristina verfolgte die Handlung mit großen Augen, Ty setzte seine Kopfhörer auf und schloss die Augen, während Dru und Livvy sich links und rechts neben Malcolm niedergelassen hatten und ihm sanft die Hand tätschelten, als ihm die Tränen in die Augen schossen.

»Liebe ist etwas Wundervolles«, seufzte er, während der Mann auf dem Fernsehbildschirm durch dichten Verkehr rannte.

»Das ist keine Liebe«, widersprach Julian und lehnte sich gegen den Sofarücken. Das flackernde Licht des Fernsehers tanzte über seine Haut und ließ sie fremd und ungewohnt erscheinen, mit dunklen Flecken auf den glatten, hellen Flächen und tiefen Schatten unter den Wangenknochen und in der Kehlgrube. »Das ist ein Spielfilm.«

»Ich bin nach Los Angeles gekommen, um die Liebe zurückzubringen«, sagte Malcolm mit wehmütigem Ausdruck in den violetten Augen. »Alle bedeutenden Spielfilme drehen sich um die Liebe. Verlorene Liebe, gefundene, zerstörte, wiedergewonnene, gekaufte, verkaufte, erlöschende und neu erwachte Liebe. Ich gehe wahnsinnig gern ins Kino, aber die Filmproduzenten haben vergessen, worum es in den Filmen gehen sollte. Explosionen, Spezialeffekte … diese Dinge spielten keine Rolle, als ich damals hierhergekommen bin. Es ging darum, den Rauch einer Zigarette so auszuleuchten, dass er wie himmlisches Feuer aussah, und das Gesicht einer Frau so anzustrahlen, dass sie wie ein Engel wirkte.« Malcolm seufzte. »Ich bin hierhergekommen, um die wahre Liebe wieder zum Leben zu erwecken.«

»Ach Malcolm«, stieß Drusilla hervor und brach in Tränen aus. Livvy reichte ihr eine Serviette mit einem Aufdruck von Nightshades Pizzeria. »Warum hast du keinen festen Freund?«

»Ich bin hetero«, erwiderte Malcolm, etwas überrascht.

»Na ja, dann eben eine Freundin. Du solltest dir eine nette Schattenweltlerin suchen, vielleicht eine Vampirin, damit sie genauso unsterblich ist wie du.«

»Halt dich aus Malcolms Liebesleben raus, Dru«, forderte Livvy.

»Wahre Liebe ist schwer zu finden«, antwortete Malcolm und zeigte auf das Pärchen im Spielfilm, das sich gerade küsste.

»Kinoliebe ist schwer zu finden«, entgegnete Julian. »Weil sie nämlich nicht real ist.«

»Was meinst du damit?«, fragte Cristina. »Willst du damit sagen, dass es wahre Liebe gar nicht gibt? Das glaub ich nicht.«

»Liebe bedeutet nicht, jemandem bis zum Flughafen nachzujagen«, sagte Julian. Er beugte sich vor, und Emma sah, dass der Rand seiner *Parabatai*-Rune, die er auf dem Schlüsselbein trug, aus dem Kragen seines T-Shirts herausragte. »Liebe bedeutet, dass man jemanden sieht. Das ist alles.«

»Jemanden sehen?«, wiederholte Ty skeptisch. Er drehte die Musik auf seinem Player leiser, behielt die Kopfhörer aber auf, sodass seine schwarzen Haare leicht zerknautscht darunter hervorschauten.

Julian nahm die Fernbedienung vom Tisch. Der Film war zu Ende; die weißen Zeilen des Nachspanns liefen über den Bildschirm. »Wenn du jemanden liebst, dann wird derjenige ein Teil von dir. Diese geliebte Person wird ein Teil von allem, was du tust. Ein Teil der Luft, die du atmest, ein Teil des Wassers, das du trinkst, ein Teil des Bluts, das durch deine Adern strömt.

Ihre Berührung bleibt auf deiner Haut, ihre Stimme bleibt dir im Ohr, und ihre Gedanken beschäftigen auch deine Gedanken. Du kennst all ihre Träume, denn ihre Albträume versetzen dir einen Stich ins Herz, und ihre schönen Träume sind auch deine Träume. Und du hältst sie keineswegs für perfekt, denn du kennst ihre Schwächen, ihr wahres Ich und den Schatten all ihrer Geheimnisse. Aber das schreckt dich nicht ab. Genau genommen liebst du sie deswegen sogar noch mehr, denn du willst niemand Perfektes. Du willst sie. Du willst …«

Abrupt verstummte er, als wäre ihm bewusst geworden, dass ihn alle anstarrten.

»Du willst *was?*«, fragte Dru mit großen Augen.

»Nichts«, sagte Julian. »Ich meine ja nur.« Und dann schaltete er das Fernsehgerät aus und schnappte sich die Pizzaschachteln. »Ich bring die mal eben zum Mülleimer«, sagte er und verließ den Raum.

»Wenn er sich eines Tages mal verliebt …«, setzte Dru an und schaute ihm nach, »dann wird das … *wow* … einfach nur *wow.*«

»Natürlich werden wir ihn dann nicht mehr zu sehen bekommen«, sagte Livvy. »Die Glückliche – wer auch immer sie sein mag.«

Ty runzelte die Stirn. »Du machst Witze, oder?«, fragte er. »Du meinst nicht ernsthaft, dass wir ihn dann nicht mehr zu sehen bekommen?«

»Nein, natürlich nicht«, versicherte Emma hastig. Als Ty noch jünger gewesen war, hatte ihn die Art und Weise verwirrt, wie die Leute redeten und manchmal etwas übertrieben, um bestimmte Dinge zu unterstreichen. Redewendungen wie »es regnet Bindfäden« hatten ihm Stirnrunzeln bereitet – und manchmal auch ein Gefühl der Enttäuschung, denn er mochte Bindfäden wesentlich lieber als Regen. Mit Bindfäden konnte man – genau wie mit Pfeifenreinigern – dicke Knäuel machen und sie anschließend wieder entwirren.

Irgendwann hatte Julian eine Reihe lustiger Skizzen für Ty angefertigt, die die wörtliche Bedeutung einer Redewendung zeigten und daneben deren übertragene Bedeutung. Der Anblick dieser Zeichnungen, die darstellten, wie Bindfäden vom Himmel fielen oder wie etwas den Leuten die Schuhe auszog, hatte Ty zum Lachen gebracht, genau wie die Sprechblasen der Tiere und Menschen, die die tatsächliche Bedeutung erklärten. Danach hatte man ihn häufig in der Bibliothek finden können, wo er Redensarten und ihre Bedeutung nachschlug und sich einprägte. Es machte ihm zwar nichts aus, wenn ihm jemand etwas erklärte, und das Gelernte vergaß er auch nicht mehr, doch er zog es vor, sich selbst zu informieren.

Aber auch jetzt noch gab es Situationen, in denen Ty sich gern bestätigen ließ, dass jemand bei einem Ausdruck übertrieben hatte, selbst wenn er sich zu neunzig Prozent sicher war. Livvy, die besser als jede andere wusste, welche Verunsicherung eine unpräzise Sprache bei ihrem Bruder auslösen konnte, stand rasch auf, ging zu Ty, legte die Arme um ihn und stützte ihr Kinn auf seine Schulter. Ty lehnte sich gegen sie, mit halb geschlossenen Augen. Er mochte körperliche Zuwendung, wenn er dafür in der Stimmung war und sofern das Ganze nicht zu intensiv wurde. So hatte er nichts dagegen, wenn man ihm durch die Haare wuschelte und ihm auf den Rücken klopfte. Manchmal erinnerte er Emma an ihren Kater Church, der sich auch nur dann hinter den Ohren kraulen ließ, wenn er es wollte.

Plötzlich wurde es hell im Raum. Cristina war aufgestanden und hatte das Elbenlicht eingeschaltet. Und im nächsten Moment kehrte Julian zurück und schaute sich um. Inzwischen hatte er sich wieder gefasst. »Es ist schon spät«, sagte er. »Höchste Zeit zum Schlafengehen. Das gilt vor allem für dich, Tavvy.«

»Ich will noch nicht schlafen gehen«, protestierte Tavvy, der auf Malcolms Schoß saß und mit einem rechteckigen violetten Spielzeug spielte, das der Hexenmeister ihm gegeben hatte und das leuchtende Funken sprühte.

»Das ist der Geist der Revolution«, erwiderte Jules. »Malcolm, vielen Dank. Ich bin mir sicher, dass wir deine Hilfe bald wieder brauchen werden.«

Sanft setzte Malcolm Tavvy ab und erhob sich, wobei er etwas Pizzamehl von seiner zerknitterten Kleidung wischte. Dann nahm er seine Jacke und ging hinunter in die Eingangshalle, dicht gefolgt von Emma und Julian. »Ihr wisst ja, wo ihr mich finden könnt«, sagte er, während er den Reißverschluss schloss. »Ich wollte morgen mal mit Diana reden …«

»Diana darf nichts davon erfahren«, sagte Emma hastig.

Malcolm schaute sie verwirrt an. »Wovon darf sie nichts erfahren?«

»Dass wir uns mit dieser Sache beschäftigen«, warf Julian ein, bevor Emma antworten konnte. »Diana will nicht, dass wir uns einmischen. Sie hält es für zu gefährlich.«

Malcolm zog eine verstimmte Miene. »Das hättet ihr auch mal eher sagen können«, murrte er. »Es gefällt mir nicht, ihr irgendwelche Dinge zu verheimlichen.«

»Tut mir leid«, sagte Julian mit einem ruhigen, leicht bedauernden Ausdruck. Wie immer war Emma nicht nur beeindruckt, sondern auch ein wenig beunruhigt von Julians Fähigkeit zu lügen. Wenn er es wollte, konnte er ein hervorragender Lügner sein, auf dessen Gesicht sich nicht ein Hauch dessen widerspiegelte, was er tatsächlich empfand. »Aber ohne die Hilfe des Rats und der Stillen Brüder kommen wir sowieso nicht sehr viel weiter.«

»Also gut.« Malcolm musterte Julian und Emma eindringlich, und Emma gab sich Mühe, genau wie Julian ein Pokerface aufzusetzen. »Solange ihr morgen mit Diana darüber sprecht.« Der Hexenmeister schob die Hände in die Taschen; das Elbenlicht der Eingangshalle spiegelte sich in seinen farblosen Haaren. »Ach, da ist noch etwas, was ich euch erzählen wollte. Diese Schriftzeichen auf dem Leichnam, den Emma gefunden hat … die waren nicht für einen Schutzzauber gedacht.«

»Aber du hast doch gesagt …«, setzte Emma an.

»Ich habe meine Meinung geändert, nachdem ich einen genaueren Blick darauf werfen konnte«, erklärte Malcolm. »Das sind keine Schutzrunen, sondern Beschwörungsrunen. Jemand nutzt die Lebensenergie der Leichen zum Heraufbeschwören.«

»Und *was* will dieser Jemand heraufbeschwören?«, fragte Jules.

Malcolm schüttelte den Kopf. »Irgendetwas soll in diese Welt gerufen werden. Ein Dämon, ein Engel, ich weiß es nicht. Ich werde mir die Fotos noch mal genauer ansehen und im Spirallabyrinth diskrete Nachforschungen anstellen.«

»Also, wenn das ein Beschwörungszauber war …«, überlegte Emma laut, »ist das Ganze dann erfolgreich verlaufen oder nicht?«

»Ein derartiger Zauber?«, meinte Malcolm. »Glaub mir: Wenn er erfolgreich verlaufen wäre, würdet ihr das wissen.«

Emma wurde von einem kläglichen Miauen geweckt.

Als sie die Augen öffnete, entdeckte sie einen Perserkater auf ihrer Brust. Ein blauer, sehr gedrungener Perserkater, um genau zu sein, mit niedrigen, abgerundeten Ohren und großen gelben Augen.

Emma stieß einen unterdrückten Schrei aus und sprang auf, wodurch der Kater vom Bett flog. Ein paar Sekunden lang herrschte totales Chaos, während Emma über ihren Nachttisch stolperte und das Tier jaulte. Als es ihr endlich gelang, das Licht einzuschalten, entdeckte sie den Kater an ihrer Zimmertür. Mit selbstgefälliger Miene saß er dort und schaute sie zufrieden an.

»Church«, stöhnte Emma. *»Ist das dein Ernst?* Kannst du nicht woanders Unruhe stiften?«

Anscheinend nicht, Churchs Miene nach zu urteilen. Church war ein Kater, der nur manchmal zum Institut gehörte. Vier Jahre zuvor hatte ihn jemand vor der Eingangstür abgesetzt, mit einem Zettel an der Transportbox, der an Emma gerichtet war und auf dem stand: *Bitte kümmere dich um meinen Kater. Bruder Zachariah.*

Damals hatte Emma sich nicht erklären können, warum ein Stiller Bruder – noch dazu ein *ehemaliger* Stiller Bruder – sie bat, sich um seine Katze zu kümmern. Verwirrt hatte sie Clary angerufen, die ihr erzählt hatte, dass der Kater eine Weile im New Yorker Institut gelebt hatte, aber eigentlich Bruder Zachariah gehörte. Und wenn Emma und Julian wollten, sollten sie das Tier ruhig behalten.

Sein Name lautete Church, hatte Clary erläutert.

Church entpuppte sich als die Sorte von Katze, die nie lange dort blieb, wo man sie absetzte. Ständig kletterte er aus offenen Fenstern und verschwand dann mehrere Tage oder sogar Wochen von der Bildfläche. Anfangs hatte Emma jedes Mal verzweifelt nach ihm gesucht, aber er war immer von allein zurückgekehrt und hatte dabei jedes Mal gepflegter und selbstzufriedener ausgesehen als zuvor. Seit Emmas vierzehntem Geburtstag war er immer mit kleinen Geschenken für sie zurückgekommen, die an seinem Halsband befestigt waren: Muscheln und Meerglas. Emma hatte die Muscheln auf ihrer Fensterbank gesammelt, während die Meerglasscherben die Basis für Julians Armband bildeten.

Inzwischen wusste Emma, dass die Geschenke von Jem stammten, aber sie hatte keine Ahnung, wie sie ihn erreichen und sich bei ihm bedanken konnte. Also tat sie ihr Bestes, um sich um Church zu kümmern. In der Eingangshalle standen immer ein Schälchen mit Trockenfutter und eines mit frischem Wasser für den Kater bereit. Und sie freute sich, wenn sie ihn zu Gesicht bekam, machte sich aber keine Sorgen mehr, wenn er für eine Weile verschwand.

Church miaute und kratzte an der Tür. Emma war inzwischen daran gewöhnt: Dieses Verhalten bedeutete, dass der Kater wollte, dass sie ihm folgte. Seufzend streifte sie einen Pullover über ihr Trägertop und ihre Leggings und schob die Füße in ihre Flipflops.

»Wehe, du hast keinen guten Grund«, ermahnte sie Church und steckte ihre Stele ein. »Dann mach ich aus dir einen Tennisschläger.«

Doch Church schien sich deswegen keine Sorgen zu machen.

Er führte Emma durch den Flur, die Treppe hinunter und aus dem Institut hinaus. Der Mond stand hoch und hell leuchtend am Himmel; sein Licht spiegelte sich auf dem Ozean in der Ferne und zeichnete einen Pfad, dem Emma verwundert folgte, während Church immer weiterlief. Als sie die Straße erreichten, nahm sie den Kater auf den Arm, trug ihn hinüber und setzte ihn auf dem Strand ab.

»Okay, da wären wir«, sagte sie. »Im größten Katzenklo der Welt.«

Church warf ihr einen Blick zu, der zu sagen schien, dass ihre geistreiche Bemerkung ihn nicht beeindruckte, und steuerte dann auf das Meer zu. Gemeinsam schlenderten sie eine Weile am Wasser entlang. Es war eine friedvolle Nacht mit einer leichten, flachen Brandung, die leiser rauschte als der Wind. Gelegentlich rannte Church einer Sandkrabbe nach, kehrte aber immer wieder zu Emma zurück und trottete dann wenige Schritte vor ihr her in Richtung Norden. Nach einer Weile fragte Emma sich, ob der Kater sie tatsächlich zu irgendeinem Ziel führte. Doch dann wurde ihr plötzlich bewusst, dass sie eine Felsengruppe umrundet hatten, hinter der sich ihr und Julians geheimer Strandabschnitt verbarg. Im nächsten Moment sah sie, dass der Strand nicht wie erwartet ausgestorben vor ihr lag.

Sie verlangsamte ihre Schritte. Der Sand leuchtete im Mondlicht, und in der Mitte der Fläche saß Julian, ein ganzes Stück vom Wasser entfernt. Langsam ging sie auf ihn zu, wobei der Sand das Geräusch ihrer Füße schluckte. Julian schien sie nicht zu bemerken, denn er schaute nicht hoch.

Emma hatte nur selten die Gelegenheit, ihren *Parabatai* zu betrachten, wenn er nicht wusste, dass sie ihn beobachtete. Irgendwie fühlte sich das seltsam an, sogar ein klein wenig beunruhigend. Der Mond schien so hell, dass Emma nicht nur die Farbe von Julians rotem T-Shirt ausmachen konnte, sondern auch erkannte, dass er eine abgewetzte Jeans trug und barfuß war. Die Meerglasanhänger an seinem Armband schienen zu leuchten. Nur selten verspürte Emma den Wunsch, malen zu können, doch jetzt hätte sie gern zum Pinsel gegriffen, um die perfekte Krümmung von Julians vorwärts gebeugter Gestalt festzuhalten – vom Knick seiner angewinkelten Beine bis hin zur schwungvollen Kurve seines Rückens.

Als Emma nur noch wenige Schritte von ihm trennten, blieb sie stehen. »Jules?«

Jetzt schaute er auf; aber er schien kein bisschen überrascht zu sein. »War das eben Church?«, fragte er.

Emma schaute sich um und brauchte einen Moment, bis sie den Kater entdeckte, der auf einem nahe gelegenen Felsbrocken thronte und sich eine Pfote leckte. »Ja, er ist zurückgekommen«, bestätigte sie und ließ sich neben Jules im Sand nieder. »Zumindest für eine Stippvisite.«

»Ich habe gesehen, wie du um die Felsgruppe herumgebogen bist.« Julian schenkte ihr ein mattes Lächeln. »Ich dachte, ich würde träumen.«

»Konntest du wieder nicht schlafen?«

Er rieb sich mit dem Handrücken über die Augen. Seine Fingerknöchel waren mit Farbspritzern übersät. »Könnte man so sagen.« Er schüttelte den Kopf. »Ich hab seltsame Albträume gehabt. Von Dämonen und Feenwesen …«

»Also ganz normale Schattenjägerträume«, erwiderte Emma. »Ich meine, das klingt nach einem ganz gewöhnlichen Dienstag.«

»Sehr hilfreich, Emma.« Julian ließ sich auf den Rücken fallen; seine Haare bildeten einen dunklen Kranz um seinen Kopf.

»Ich helf doch immer gern«, sagte Emma lächelnd und legte sich ebenfalls auf den Rücken, den Blick zum Himmel gerichtet. Die Lichtverschmutzung von Los Angeles reichte bis hierher an den Strand und sorgte dafür, dass die Sterne nur schwach zu erkennen waren. Der Mond verschwand hin und wieder kurz hinter einer Wolke. Ein seltsames Gefühl der Ruhe und des Friedens erfasste Emma, das Gefühl, an einem Ort zu sein, an den sie gehörte. Dieses Gefühl hatte sie seit Julians Abreise nach England nicht mehr empfunden.

»Ich habe über das nachgedacht, was du gesagt hast«, erzählte Julian. »All die Sackgassen. All die vielen Situationen, wo wir dachten, wir hätten eine Spur gefunden, die zu den Todesumständen deiner Eltern führen würde, die aber jedes Mal im Sande verlaufen sind.«

Emma drehte den Kopf und sah ihn an. Im Mondlicht hob sich sein Profil deutlich vom Hintergrund ab.

»Ich hab mir überlegt, dass das Ganze vielleicht einen verborgenen Sinn hatte«, fuhr Julian fort. »Dass es vielleicht bewusst bis jetzt gedauert hat, dass wir etwas über die Hintergründe erfahren. Bis jetzt, wo du bereit dazu bist. Ich habe gesehen, wie du all die Jahre trainiert hast und besser und besser geworden bist. Wer auch immer der Täter ist oder was auch immer dahinterstecken mag, jetzt bist du auf jeden Fall dafür bereit. Du kannst die Sache angehen. Und du kannst ihn besiegen.«

Emma spürte ein Flattern im Bauch. Doch sie tat das Gefühl ab. Das hier war einfach nur Vertrautheit, sagte sie sich. Schließlich war das Jules, der Jules, den sie kannte und der mehr Vertrauen in ihre Fähigkeiten hatte als sie selbst.

»Ich möchte gern glauben, dass ein gewisser Sinn dahintersteckt«, sagte sie leise.

»Ganz bestimmt.« Julian schwieg einen Moment, den Blick auf den Himmel gerichtet. »Ich hab Sterne gezählt. Manchmal hilft es, sich eine sinnlose Aufgabe zu stellen.«

»Weißt du noch, wie wir früher immer davon geredet haben, gemeinsam wegzulaufen? Und wie wir mithilfe des Polarsterns navigieren wollten?«, fragte sie. »Vor dem Krieg.«

Julian legte einen Arm unter den Kopf. Mondlicht fiel auf sein Gesicht und beleuchtete seine Wimpern. »Stimmt. Ich hatte vor, der Fremdenlegion beizutreten und mir einen neuen Namen zuzulegen: ›Julien‹.«

»Denn diesen Code hätte definitiv niemand knacken können«, lächelte Emma und schaute ihn dann direkt an. »Jules. Was bedrückt dich? Ich weiß, dass da irgendetwas ist.«

Julian schwieg. Emma sah, wie sich seine Brust langsam hob

und senkte. Das Geräusch seiner Atmung wurde von der Brandung übertönt.

Vorsichtig streckte Emma die Hand aus und zeichnete mit dem Finger sanft auf seinen Arm: *W-A-S-I-S-T-L-O-S-?*

In diesem Moment wandte Julian den Kopf ab. Emma beobachtete, dass er bebte, als wäre ihm ein kalter Schauer über den Rücken gelaufen. »Es geht um Mark«, sagte er schließlich.

Julian hatte sich noch immer von ihr abgewandt; Emma konnte nur die Konturen seines Halses und seines Kinns sehen. »Mark?«

»Ich muss ständig an ihn denken«, sagte Julian. »Jedenfalls häufiger als sonst. Ich meine, Helen ist immer für mich da, wenn ich sie brauche, wenn auch am anderen Ende einer Telefonleitung auf der Wrangelinsel. Aber Mark könnte genauso gut tot sein.«

Ruckartig setzte Emma sich auf. »Sag doch so was nicht. Er ist nicht tot.«

»Ich weiß. Und weißt du auch, woher ich das weiß?«, fragte Jules mit angespannter Stimme. »Früher habe ich jeden Abend nach der Wilden Jagd Ausschau gehalten. Die aber nie gekommen ist. Statistisch gesehen hätte sie in den vergangenen fünf Jahren mindestens ein Mal hier vorbeikommen müssen. Aber das ist nicht passiert. Ich glaube, dass Mark das nicht zulässt.«

»Warum nicht?« Fragend starrte Emma ihn an. Jules redete nur selten auf diese Weise – mit dieser Bitterkeit in der Stimme.

»Weil er uns nicht sehen will. Keinen von uns.«

»Weil er euch liebt?«

»Oder weil er uns hasst. Ich weiß es nicht.« Ruhelos grub Julian mit den Fingern im Sand. »Ich würde uns hassen, wenn ich er wäre. Manchmal hasse ich ihn.«

Emma musste schlucken. »Ich hasse meine Eltern manchmal auch … dafür, dass sie gestorben sind. Aber das ist nicht … das hat nichts zu bedeuten, Jules.«

Bei diesen Worten drehte er den Kopf und schaute ihr direkt ins Gesicht. Seine Augen wirkten riesig – große schwarze Ringe um seine blaugrüne Iris. »Das ist nicht die Art von Hass, die ich meine.« Seine Stimme klang leise. »Wenn Mark hier wäre … dann wäre alles anders. Dann hätte sich alles anders entwickelt. Dann wäre nicht ich derjenige, der jetzt eigentlich zu Hause sein sollte, falls Tavvy aufwacht. Und ich hätte kein moralisches Verbrechen begangen, nur weil ich zum Strand gelaufen bin, weil ich dringend frische Luft brauchte. Tavvy, Dru, Livvy, Ty – sie alle hätten jemand anderen, der sie großziehen würde. Mark war sechzehn. Ich war *zwölf.*«

»Ihr hattet beide keine andere Wahl …«

»Stimmt, die hatten wir nicht.« Julian setzte sich auf. Der Kragen seines T-Shirts hing lose herab, und Sand klebte auf seiner Haut und in seinen Haaren. »Wir hatten keine andere Wahl. Denn wenn ich je die Wahl gehabt hätte, hätte ich wirklich völlig andere Entscheidungen getroffen.«

Emma wusste, dass sie lieber nicht fragen sollte. Nicht jetzt, wo Julian so merkwürdig drauf war. Aber sie hatte keinerlei Erfahrung mit diesem merkwürdigen Julian, wusste nicht, wie sie reagieren oder sich verhalten sollte. »Was hättest du denn anders gemacht?«, flüsterte sie.

»Ich bin mir nicht sicher, ob ich einen *Parabatai* gewollt hätte.« Die Worte klangen klar und deutlich und brutal.

Emma zuckte zusammen. Seine Antwort fühlte sich so an, als würde sie knietief im Wasser stehen und ihr plötzlich eine unerwartete Welle ins Gesicht klatschen. »Ist das dein Ernst?«, fragte sie. »Du würdest den *Parabatai*-Bund nicht wollen? Das hier, mit mir?«

Julian stand auf. Der Mond war hinter den Wolken hervorgekommen und schien nun ungehindert auf den Strand – hell genug, dass Emma die Farbe der Spritzer auf Julians Händen erkennen konnte. Und die hellen Sommersprossen auf seinen Wangenknochen. Die angespannte Haut an Mund und Schläfen. Das intensive Leuchten seiner Augen. »Ich sollte es nicht wollen«, sagte er. »Ich sollte es definitiv nicht wollen.«

»Jules«, stieß Emma hervor, verblüfft, gekränkt und wütend.

Doch Julian hatte sich in Bewegung gesetzt und ging auf den Ozean zu. Als Emma sich aufgerappelt hatte, befand er sich bereits bei der Felsgruppe. Er warf einen langen, schlanken Schatten über die Felsen, während er darüberkletterte. Und dann war er verschwunden.

Emma hätte ihn einholen können, wenn sie das gewollt hätte. Das wusste sie genau. Aber sie wollte nicht. Zum ersten Mal in ihrem Leben wollte sie nicht mit Julian reden.

Plötzlich streifte etwas ihre Fußknöchel. Als sie nach unten blickte, entdeckte sie Church. Seine gelben Augen schienen sie voller Sympathie anzuschauen. Also nahm Emma ihn auf den Arm, drückte ihn an sich und lauschte seinem leisen Schnurren, während langsam die Flut auflief.

Idris, 2007, der Dunkle Krieg

Als Julian Blackthorn zwölf Jahre alt war, tötete er seinen eigenen Vater.

Natürlich konnte er mildernde Umstände geltend machen. Sein Vater war nicht mehr sein Vater gewesen, jedenfalls nicht wirklich – er war ein Monster gewesen, das die Gesichtszüge seines Vaters trug. Doch wenn sich tief in der Nacht Julians Albträume meldeten, spielte das keine Rolle. Dann sah er nur Andrew Blackthorns Gesicht und seine eigene Hand mit dem Kurzschwert und die Klinge, die seinen Vater durchbohrte. Und in dem Moment war ihm eines klar:

Er war verflucht.

Denn das passierte, wenn man den eigenen Vater tötete. Man wurde von den Göttern verflucht. Das hatte Julians Onkel oft genug gesagt, und sein Onkel wusste eine Menge Dinge, vor allem wenn es um den Fluch der Götter und den Preis für das Vergießen von Blut ging.

Auch Julian hatte viel über Blutvergießen gelernt – mehr als jeder Zwölfjährige eigentlich wissen sollte. Und das war Sebastian Morgensterns Schuld. Er war der Schattenjäger, der den Dunklen Krieg begonnen und Zauberformeln und Tricks angewandt hatte, um ganz normale Schattenjäger in hirnlose Tötungsmaschinen zu verwandeln. In eine willenlose Armee, die ihm jederzeit zur Verfügung stand. Eine Armee, die dazu dienen sollte, alle Nephilim zu vernichten, die sich Sebastian nicht anschließen wollten.

Julian, seine Geschwister und Emma hatten sich in der Abkommenshalle versteckt. Als größte Halle in ganz Idris war sie so kon-

zipiert, dass sie jeder Art von Monster standgehalten hätte. Aber ihre Mauern waren nicht in der Lage gewesen, Schattenjägern den Zugang zu verwehren, auch wenn diese Schattenjäger ihre Seele verloren hatten.

Die gewaltige Doppeltür hatte unter dem Ansturm nachgegeben, und eine Flut von Erdunkelten hatte sich in den Saal ergossen und wie ein freigesetztes Gift Tod und Verderben mit sich gebracht. Sebastians Dunkle Nephilim hatten die Wächter niedergemetzelt und dann die Kinder, die hinter den Wächtern standen. Es war ihnen egal gewesen. Sie hatten keinerlei Gewissen.

Die Erdunkelten waren tiefer in die Halle vorgedrungen. Julian hatte versucht, seine Geschwister zu einer Gruppe zusammenzudrängen: Ty und Livvy, die ernsten Zwillinge; Dru, die erst acht Jahre alt war; und Tavvy, der noch ein Kleinkind war. Mit ausgestreckten Armen hatte Julian sich vor ihnen aufgebaut, als könnte er sie beschützen, als könnte er sie mit seinem Körper vor dem sicheren Tod bewahren.

Und dann war der Tod direkt auf ihn zugekommen. Ein Dunkler Schattenjäger, mit leuchtenden Dämonenrunen auf der Haut, verfilzten braunen Haaren und blutunterlaufenen Augen, die den gleichen blaugrünen Farbton besaßen wie Julians Augen.

Julians Vater.

Hektisch schaute Julian sich nach Emma um, doch sie kämpfte gerade einen wild entschlossenen Kampf gegen einen Elbenritter, und ihr Schwert Cortana blitzte in ihrer Hand auf. Julian wäre am liebsten zu ihr gelaufen, um ihr zu helfen, aber er konnte seine Geschwister nicht allein lassen. Jemand musste sie beschützen. Seine älteste Schwester kämpfte draußen vor der Halle, und sein ältester Bruder war von der Wilden Jagd verschleppt worden. Es gab niemanden außer ihm, der diese Aufgabe erfüllen konnte.

Im nächsten Moment stand Andrew Blackthorn vor ihnen. Blutige Schnittwunden entstellten sein Gesicht, und seine Haut war grau und schlaff, aber er hielt sein Schwert mit sicherem Griff. Und er hatte den Blick fest auf seine Kinder geheftet.

»Ty«, sagte er mit leiser, rauer Stimme und betrachtete seinen

Sohn. Aus seinen Augen sprach ein mörderischer Hunger. »Tiberius …«

Ty sah ihn mit großen Augen an. Seine Zwillingsschwester Livia versuchte, ihn festzuhalten, aber Ty stakste vorwärts, auf seinen Vater zu. »Dad?«, fragte er.

Ein hässliches Grinsen breitete sich auf Andrew Blackthorns Gesicht aus und schien es in zwei Hälften zu schlitzen. Julian glaubte, hinter diesem Schlitz das Böse und die Dunkelheit erkennen zu können, die in der Seele seines Vaters hausten – den sich windenden, verpesteten Kern, die Mischung aus Grauen und Entsetzen, die den Körper antrieb, der einst seinem Vater gehört hatte. Die Stimme seines Vaters nahm einen schmeichelnden Ton an: »Komm her, mein Junge, mein Tiberius …«

Ty machte einen weiteren Schritt auf ihn zu – und im selben Moment zog Julian sein Kurzschwert aus dem Gürtel und schleuderte die Klinge durch die Luft.

Julian war zwölf. Er war weder sehr stark noch besonders geschickt im Umgang mit Waffen. Aber die Götter, die ihn bald hassen sollten, mussten ihm in diesem Moment wohlgesinnt gewesen sein. Denn die Klinge zischte durch die Luft, schnurgerade wie ein Pfeil, wie eine Kugel, und bohrte sich in Andrew Blackthorns Brust und fällte ihn. Er sackte in sich zusammen, ging zu Boden und war bereits tot, bevor er auf den Marmorplatten auftraf. Sein Blut ergoss sich wie eine dunkelrote Lache um seinen Leichnam.

»Ich hasse dich!« Ty wirbelte herum und hämmerte mit beiden Fäusten auf Julians Brust ein. Und Julian schlang die Arme um seinen kleinen Bruder und dankte dem Erzengel wieder und wieder, dass Ty unversehrt war, dass er atmete, dass er um sich trat, gegen Julians Brust trommelte und ihn mit wütenden, tränenerfüllten Augen ansah. »Du hast ihn umgebracht. Ich hasse dich, ich hasse dich …«

Livvy hatte die Hände auf Tys Schultern gelegt und versuchte, ihn wegzuziehen. Julian spürte, wie das Blut durch die Adern seines Bruders rauschte, wie sich seine Brust hob und senkte. Er spürte Tys gewaltigen Hass und wusste, dass das für ihn nur eines bedeu-

tete: Sein Bruder lebte noch. Sie alle lebten noch. Livvy mit ihren sanften Worten und beruhigenden Händen, Dru mit ihren riesigen, furchterfüllten Augen und Tavvy mit seinen verständnislosen Tränen.

Und Emma. Seine Emma.

Er hatte die älteste und schlimmste Sünde seit Menschengedenken begangen: Er hatte seinen eigenen Vater getötet, die Person, die ihm das Leben geschenkt hatte.

Und er würde es jederzeit wieder tun.

Was für einen Menschen machte das aus ihm?

5

Der Engel des Todes

»Also, wann wurde das Erste Abkommen unterzeichnet?«, fragte Diana. »Und was wurde dadurch erreicht?«

Es war ein so strahlender Tag, dass Emma sich kaum auf den Unterricht konzentrieren konnte. Sonnenlicht strömte durch die hohen Fenster herein und beleuchtete die Tafel, vor der Diana auf und ab lief und mit ihrer Stele ungeduldig in ihre linke Handfläche klopfte. Den Unterrichtsplan hatte sie mit ihrer fast unleserlichen Handschrift auf die Tafel geschrieben. Emma konnte nur die Worte *Abkommen*, *Kalter Frieden* und *Entwicklung der Gesetze* ausmachen.

Sie warf Jules einen Seitenblick zu, doch ihr *Parabatai* hatte den Kopf tief über ein Heft gebeugt. Seit letzter Nacht hatten sie kaum ein Wort miteinander gewechselt, abgesehen von einer kurzen, höflichen Konversation beim Frühstück. Emma war mit einem mulmigen Gefühl im Bauch aufgewacht, und ihre Finger hatten geschmerzt, weil sie im Schlaf die Bettdecke fest umklammert hatte.

Außerdem war Church irgendwann in der Nacht verschwunden. Blöder Kater.

»Das Erste Abkommen wurde 1872 unterzeichnet«, antwortete Cristina. »Es handelte sich um eine Reihe von Vereinbarungen zwischen Gruppen der Schattenweltler und den Nephilim … dazu gedacht, den Frieden zwischen ihnen zu wahren und ein paar allgemeingültige Regeln aufzustellen, an die sich alle halten sollten.«

»Darüber hinaus diente das Abkommen dem Schutz der Schattenweltler«, fügte Julian hinzu. »In der Zeit davor hatten die Nephilim bei Zwischenfällen innerhalb der Schattenwesengruppen nicht einschreiten können und es auch nicht gewollt. Das Abkommen garantierte den Schattenweltlern unseren Schutz.« Er schwieg einen Moment und fuhr dann fort: »Zumindest bis zu dem Tag, an dem der Kalte Frieden verkündet wurde.«

Emma wusste noch genau, wann sie zum ersten Mal vom Kalten Frieden gehört hatte. Julian und sie hatten sich in der Abkommenshalle befunden, als er verabschiedet wurde – zur Strafe für das Verhalten der Feenwesen, die sich an Sebastian Morgensterns Dunklem Krieg beteiligt hatten. Emma erinnerte sich an ihre gemischten Gefühle: Ihre Eltern waren im Laufe dieses Kriegs getötet worden, aber wieso mussten Mark und Helen, die Emma wie Geschwister liebte, die Bürde dieser Schuld tragen, nur weil durch ihre Adern auch Feenblut floss? Das konnte sie einfach nicht verstehen.

»Und wo wurde das Dokument des Kalten Friedens unterzeichnet?«, fragte Diana weiter.

»In Idris«, sagte Livvy. »In der Abkommenshalle. Dabei waren alle anwesend, die normalerweise zugegen sein sollten, aber weder die Königin des Lichten Volkes noch der König des Dunklen Volkes waren gekommen, um die Vereinbarung zu unterschreiben. Deshalb wurde das Dokument abgeändert und ohne sie unterzeichnet.«

»Und was bedeutet der Kalte Frieden für die Feenwesen?« Diana schaute Emma demonstrativ an. Doch Emma starrte auf ihr Pult.

»Sie stehen nicht länger unter dem Schutz des Abkommens«, antwortete Ty. »Es ist streng verboten, Feenwesen zu helfen, und ihnen ist jeder Kontakt zu Schattenjägern untersagt. Nur die Scholomance mit den Zenturionen darf sich mit den Feenwesen befassen – und natürlich die Konsulin und der Inquisitor.«

»Ein Feenwesen, das eine Waffe trägt, kann mit dem Tod bestraft werden«, fügte Jules hinzu. Er wirkte erschöpft, und unter seinen Augen zeichneten sich dunkle Ringe ab.

Emma wünschte, er würde zu ihr herüberschauen. Julian und sie stritten sich normalerweise nicht. Eigentlich *nie*. Sie fragte sich, ob ihn das Ganze genauso verwunderte wie sie. Immer wieder gingen ihr seine Worte durch den Kopf: Er hätte keinen *Parabatai* gewollt. Galt das für jeden *Parabatai* oder speziell für sie?

»Und was versteht man unter dem Rat, Tavvy?« Die Frage war für die anderen viel zu leicht, aber Tavvy zog eine erfreute Miene, weil er auch einmal etwas beantworten konnte.

»Die Regierung der Schattenjäger«, sagte er. »Zusammengesetzt aus den aktiven Mitgliedern der Nephilimgemeinschaft. Bei wichtigen Angelegenheiten wird die Kongregation befragt. In diesem Führungsgremium sitzen auch drei Schattenweltler als Repräsentanten für die verschiedenen Schattenwesengruppen: Hexenwesen, Werwölfe und Vampire. Seit dem Dunklen Krieg allerdings kein Feenwesen mehr.«

»Sehr gut«, lobte Diana, woraufhin Tavvy strahlte. »Kann mir jemand sagen, welche anderen Veränderungen nach Kriegsende eingeführt worden sind?«

»Na ja, die Schattenjäger-Akademie wurde wiedereröffnet«, erklärte Emma. Dieses Thema war ihr vertraut: Die Konsulin hatte sie damals eingeladen, als eine der ersten Schülerinnen an die Akademie zu kommen. Doch Emma hatte sich entschieden, bei den Blackthorns zu bleiben. »Dort werden eine Reihe von Nephilim ausgebildet und natürlich auch zahlreiche potenzielle Aszendierende – Irdische, die hoffen, nach der Ausbildung zum Schattenjäger aufzusteigen.«

»Auch die Scholomance hat ihre Pforten wieder geöffnet«, sagte Julian. Seine dunklen, glänzenden Locken streiften über seine Wangen, als er den Kopf hob. »Diese Institution hat lange Jahre vor der Unterzeichnung des Ersten Abkommens existiert, und als die Nephilimgemeinschaft von den Feenwesen hintergangen wurde, bestand man darauf, dass die Scholomance ihren Betrieb wieder aufnahm und nun erneut Forschungen betreibt und Zenturionen ausbildet …«

»Stellt euch nur mal vor, wie das in der Scholomance während all dieser Jahre gewesen sein muss, als das Gebäude noch verrammelt und verriegelt war«, warf Dru ein, in deren Augen sich die gleiche Aufregung spiegelte wie beim Schauen eines Horrorfilms. »Hoch oben in den Bergen, total verlassen und dunkel, mit Spinnweben und Geistern und Schatten …«

»Wenn du dir einen unheimlichen Ort ausmalen willst, dann denk lieber an die Stadt der Stille«, erwiderte Livvy. Die Stadt der Stille war der Wohnsitz der Stillen Brüder: ein unterirdisches Geflecht aus Tunneln, errichtet aus der Asche verstorbener Nephilim.

»Ich würde gern mal zur Scholomance«, unterbrach Ty seine Zwillingsschwester.

»Ich nicht«, sagte Livvy. »Zenturionen dürfen keinen *Parabatai* haben.«

»Mir egal, ich möchte trotzdem hin«, entgegnete Ty. »Du kannst ja mitkommen, wenn du willst.«

»Ich will aber nicht zur Scholomance«, beharrte Livvy. »Diese Ausbildungsstätte liegt tief in den Karpaten. Da ist es furchtbar kalt, und außerdem wimmelt es dort vor Bären.«

Tys Gesicht leuchtete auf, wie so oft, wenn von Tieren die Rede war. »Da leben Bären?«

»Genug geschwatzt«, ermahnte Diana. »Wann wurde die Scholomance wiedereröffnet?«

Cristina, die in der Nähe des Fensters saß, meldete sich zu Wort. »Da draußen kommt jemand den Weg zur Eingangstür hoch«, berichtete sie. »Mehrere Personen, um genau zu sein.«

Erneut warf Emma Jules einen Blick zu. Es passierte nur selten, dass jemand dem Institut einen unangemeldeten Besuch abstattete. Dafür kamen lediglich eine Handvoll Leute infrage, und selbst die meisten Mitglieder der Division hätten vorher einen Termin mit Arthur gemacht. Aber möglicherweise hatten die Besucher ja ein Treffen mit Arthur vereinbart. Julians Gesicht nach zu urteilen musste es sich dann jedoch um eine Zusammenkunft handeln, von der er nichts wusste.

Cristina, die inzwischen aufgestanden war, zog hörbar die Luft ein. »Bitte kommt her und seht euch das an.«

Sofort drängten alle zu dem großen Fenster, das sich über die gesamte Länge des Raums erstreckte. Es ging auf den Vorplatz des Instituts hinaus, mit Blick auf den gewundenen Schotterweg hinunter zum Highway, der das Institut vom Strand und dem Ozean trennte. Der strahlend blaue Himmel war wolkenlos, und die Sonne spiegelte sich auf dem silbernen Zaumzeug der drei ungesattelten Pferde, auf denen jeweils ein Reiter saß.

»Hadas«, stieß Cristina hervor, mit einem überraschten Unterton in der Stimme. »Feenwesen.«

Daran bestand nicht der geringste Zweifel. Das erste Pferd war ein Rappe, und sein Reiter trug eine schwarze Rüstung, die an die Farbe verbrannter Blätter erinnerte. Auch das zweite Pferd besaß ein schwarzes Fell; sein Reiter trug jedoch ein elfenbeinweißes Gewand. Das dritte Pferd war braun, mit einem Reiter, der von Kopf bis Fuß in eine erdfarbene Robe gehüllt war. Emma konnte nicht sagen, ob sich darunter ein Mann oder eine Frau, ein Kind oder ein Erwachsener befand.

»›Erst zog vorbei das schwarz schwarze Ross, vorbei das braune dann‹«, murmelte Jules und zitierte aus einer alten Elbenballade. »Ein Reiter in Schwarz gekleidet, einer in Braun und einer in Weiß – das ist eine offizielle Delegation. Vom Feenhof.« Julian drehte sich zu Diana um. »Ich wusste gar nicht, dass Arthur ein Treffen mit einer Delegation aus dem Feenreich vereinbart hat. Glaubst du, er hat den Rat darüber informiert?«

Sichtlich verwirrt schüttelte Diana den Kopf. »Keine Ahnung. Mir gegenüber hat er jedenfalls nichts erwähnt.«

Julians Körper war gespannt wie ein Bogen; Emma konnte seine Nervosität förmlich spüren. Ein Treffen mit einer Delegation aus dem Feenreich war eine ernste Sache, für die erst eine Genehmigung beim Rat eingeholt werden musste. Das galt sogar für den Leiter eines Instituts. »Diana, ich muss dringend los.«

Diana runzelte die Stirn, klopfte mit der Stele in ihre Handfläche und nickte dann. »Also gut.«

»Ich komme mit.« Emma löste sich vom Fenster.

Julian steuerte bereits auf die Tür zu, blieb jedoch stehen und drehte sich zu ihr um. »Nein«, sagte er. »Das brauchst du nicht. Ich kümmere mich schon darum.«

Dann verließ er den Raum. Einen Moment lang rührte Emma sich nicht vom Fleck.

Normalerweise hätte sie keinen zweiten Gedanken daran verschwendet, wenn Julian ihr gesagt hätte, dass er ihre Hilfe nicht benötigte oder dass er etwas allein erledigen musste. Denn manchmal erforderten es die Umstände, dass sie kurz getrennter Wege gingen.

Aber die vergangene Nacht hatte ihr mulmiges Gefühl noch verstärkt. Emma wusste nicht, was mit Jules los war. Sie wusste nicht, ob er sie nicht bei sich haben wollte, ob er sauer auf sie war oder auf sich selbst oder vielleicht beides.

Sie wusste nur, dass die Feenwesen gefährlich waren. Und sie würde Julian auf keinen Fall mit ihnen allein lassen.

»Ich muss ihm nach«, sagte sie, hastete zum Ausgang und nahm ihr Schwert von der Wand, das an einem Haken neben der Tür hing.

»Emma«, rief Diana mit angespannter Stimme. »Sei vorsichtig.«

Als die Feenwesen das letzte Mal im Institut gewesen waren, hatten sie Sebastian Morgenstern dabei geholfen, dem Körper von Julians Vater die Seele zu entreißen. Und sie hatten Mark verschleppt.

Damals hatte Emma Tavvy und Dru in Sicherheit gebracht. Sie hatte dabei geholfen, das Leben von Julians jüngeren Geschwistern zu retten. Sie alle waren der tödlichen Gefahr nur knapp entronnen.

Doch damals, im Alter von zwölf Jahren, war Emma noch relativ untrainiert gewesen. Sie hatte noch keinen einzigen Dämon getötet gehabt, sie hatte noch kein jahrelanges Training hinter sich und gelernt, zu kämpfen, zu töten und zu beschützen.

Dieses Mal würde sie definitiv nicht tatenlos zusehen.

Feenwesen.

Julian stürmte durch den Flur und in sein Zimmer. Seine Gedanken überschlugen sich förmlich.

Feenwesen an der Tür des Instituts. Drei Pferde: zwei Rappen und ein braunes Ross. Eine Gesandtschaft von einem der Feenhöfe – wobei Julian nicht sagen konnte, ob vom Lichten oder vom Dunklen Hof. Die Reiter hatten kein Banner mit sich geführt.

Bestimmt würden sie das Gespräch suchen. Wenn es irgendetwas gab, worin die Feenwesen besonders geschickt waren, dann darin, ihrem Gesprächspartner das Wort im Mund umzudrehen. Sie konnten die Wahrheit hinter einer Lüge aufspüren oder die Lüge, die einer Wahrheit zugrunde lag.

Hastig griff Julian sich die Jacke, die er am Vortag getragen hatte. Da war sie, tief in seiner Innentasche: die Phiole, die Malcolm ihm gegeben hatte. Julian hatte nicht damit gerechnet, dass er sie so bald benötigen würde. Er hatte gehofft …

Na ja, das spielte nun auch keine Rolle. Einen kurzen Moment dachte er an Emma und an das Chaos zerschlagener Hoffnungen, das sie repräsentierte. Aber jetzt war nicht der richtige Augenblick, um darüber nachzudenken. Julian umklammerte die Phiole und stürmte erneut los. Am Ende des Flurs angekommen riss er die Dachbodentür auf, rannte die Treppe hinauf und platzte in das Arbeitszimmer seines Onkels.

Arthur saß in Jeans, Hausschuhen und einem abgewetzten T-Shirt an seinem Schreibtisch; seine graubraunen Haare reichten ihm fast bis zu den Schultern. Er verglich gerade zwei dicke Wälzer miteinander, murmelte vor sich hin und machte sich Notizen.

»Onkel Arthur.« Julian näherte sich dem Schreibtisch. »Onkel Arthur!«

Sein Onkel machte eine Geste, als wollte er ihn wegscheuchen. »Ich bin mitten in einer wichtigen Sache. Einer sehr wichtigen Sache, Andrew.«

»Ich bin's, Julian.« Entschlossen trat Julian hinter seinen

Onkel und schlug beide Bücher mit Schwung zu. Überrascht schaute Arthur auf und starrte ihn mit seinen blassen grünblauen Augen an. »Unten ist eine Delegation vom Feenreich«, erklärte Julian. »Hast du gewusst, dass sie kommen würden?«

Arthur schien in sich zusammenzusacken. »Ja«, bestätigte er leise. »Sie haben mir Botschaften geschickt – so viele Botschaften.« Er schüttelte den Kopf. »Aber warum? Es ist doch untersagt. Die Feenwesen … dürfen keinen Kontakt mehr zu uns aufnehmen.«

Julian schloss die Augen und betete um Geduld. »Diese Botschaften … wo sind sie jetzt?«

»Sie waren auf Blätter geschrieben«, berichtete Arthur. »Und die Blätter sind zerfallen. So wie alles, was Feenwesen berühren, zerfällt, verwelkt, stirbt.«

»Aber was hat in diesen Botschaften *gestanden?*«

»Dass sie auf einem Treffen bestehen würden.«

Julian holte tief Luft. »Weißt du, *worum* es bei diesem Treffen gehen soll, Onkel Arthur?«

»Ich bin mir sicher, dass sie es in ihrer Korrespondenz erwähnt haben …«, antwortete Arthur nervös. »Aber ich kann mich nicht daran erinnern.« Ratlos schaute er zu Julian hoch. »Vielleicht weiß Nerissa ja mehr.«

Julian versteifte sich am ganzen Körper. Nerissa war Marks und Helens Mutter gewesen. Julian wusste nur wenig über sie: eine Prinzessin am Lichten Hof, die laut den Geschichten, die Helen erzählt hatte, wunderschön gewesen war … und skrupellos. Sie war vor vielen Jahren gestorben, und an guten Tagen wusste Arthur das nur zu gut.

Arthur hatte ganz unterschiedliche Tage: stille Tage, an denen er stumm dasaß und auf keine einzige Frage reagierte, und düstere Tage, an denen er zornig war und depressiv und oft auch grausam. Doch die Erwähnung dieser toten Feenprinzessin bedeutete weder einen düsteren noch einen stillen Tag, sondern die schlimmste Sorte von Tag. Einen chaotischen Tag. Einen Tag, an dem Arthur vollkommen unerwartete Dinge tat, an dem er vielleicht wütend um sich schlug oder in Tränen ausbrach. Es war die Sorte von Tagen, bei denen Julian der bittere Geschmack der Panik in die Kehle stieg.

Dabei war Julians Onkel nicht immer so gewesen. Julian hatte ihn als einen ruhigen, fast schweigsamen Mann gekannt, eine schemenhafte Gestalt, die nur selten bei Familienfeiern zugegen war. In der Abkommenshalle, als er den Posten des Institutsleiters angenommen hatte, hatte er es jedoch geschafft, sich klar und zusammenhängend auszudrücken. Damals wäre niemand, der ihn nicht sehr gut kannte, auf die Idee gekommen, dass mit ihm vielleicht irgendetwas nicht stimmen könnte.

Julian wusste, dass die Feenwesen seinen Vater und Arthur in ihrem Reich festgehalten hatten. Andrew hatte sich in Lady Nerissa verliebt und zwei Kinder mit ihr gehabt: Mark und Helen. Doch das, was mit Arthur während dieser Zeit passiert war, lag im Dunkeln. Sein Wahnsinn – wie der Rat es genannt hätte – war nach Julians Ansicht eine von den Feenwesen verursachte Geschichte. Auch wenn sie seine geistige Gesundheit nicht vollkommen zerstört hatten, so hatten sie zumindest den Boden dafür bereitet. Sie hatten seinen Verstand in ein labiles Bauwerk verwandelt, das Jahre später, als das Londoner Institut angegriffen und Arthur verletzt wurde, wie Glas zersplittert war.

Behutsam legte Julian eine Hand auf die seines Onkels. Arthur hatte schlanke, knochige Hände, die sich wie die eines viel älteren Mannes anfühlten. »Ich wünschte, du bräuchtest nicht zu diesem Treffen zu gehen. Aber man wird Verdacht schöpfen, wenn du es nicht tust.«

Arthur nahm die Brille ab und rieb sich den Nasenrücken. »Meine Monografie …«

»Ich weiß«, sagte Julian. »Sie ist wichtig. Aber das hier ist auch wichtig. Nicht nur für den Kalten Frieden, sondern für uns. Für Helen. Für Mark.«

»Erinnerst du dich denn noch an Mark?«, fragte Arthur. Ohne Brille wirkten seine Augen leuchtender. »Das liegt doch schon so lange zurück.«

»So lange nun auch wieder nicht«, erwiderte Julian. »Ich erinnere mich noch ganz genau an ihn.«

»Es kommt mir vor, als wäre es erst gestern gewesen.« Arthur erschauderte. »Ich erinnere mich an die Elbenkrieger. Sie sind in das Londoner Institut eingedrungen, mit blutüberströmten Rüstungen. So viel Blut, als hätten sie zu den Reihen der Achäer gehört, auf die Zeus ganze Hagelstürme von Blut hat regnen lassen.« Seine Hand, die die Brille hielt, zitterte unkontrolliert. »Ich kann mich nicht mit ihnen treffen.«

»Du musst«, sagte Julian eindringlich. Unwillkürlich dachte er an das, was unausgesprochen im Raum stand: Er selbst war während des Dunklen Kriegs noch ein Kind gewesen und hatte zusehen müssen, wie die Feenwesen etliche Kinder niedergemetzelt hatten. Und er hatte die Schreie der Wilden Jagd gehört. Doch er sprach diese Gedanken nicht aus. »Onkel Arthur, du musst.«

»Wenn ich doch nur meine Medizin hätte ...«, murmelte Arthur matt. »Aber sie ist schon vor einer ganzen Weile zur Neige gegangen ... als du fort warst.«

»Ich hab hier deine Medizin.« Julian holte die Phiole aus seiner Tasche. »Du hättest Malcolm um Nachschub bitten sollen.«

»Ich habe nicht daran gedacht.« Arthur setzte die Brille wieder auf seine Nase und beobachtete Julian, der den Inhalt der Phiole in ein Glas Wasser goss, das auf dem Schreibtisch stand. »Ich wusste nicht mehr, wie ich ihn finden sollte ... wem ich vertrauen konnte.«

»Mir kannst du vertrauen«, sagte Julian, wobei ihm die Worte fast im Hals stecken blieben. Dann reichte er seinem Onkel das Glas. »Hier. Du weißt ja, wie die Feenwesen sind. Sie zehren von menschlicher Unsicherheit und machen sie sich zunutze. Das hier hilft dir dabei, die Ruhe zu bewahren, selbst wenn sie ihre Tricks versuchen.«

»Ja.« Arthur betrachtete das Glas mit einer Mischung aus Begierde und Furcht. Die Wirkung der Arznei würde etwa eine Stunde anhalten, vielleicht auch weniger. Danach musste er mit rasenden, lähmenden Kopfschmerzen rechnen, die ihn möglicherweise für Tage ans Bett fesselten. Julian verabreichte ihm das Mittel nur in Ausnahmefällen. Die Nachwirkungen lohnten nur selten die Mühe, doch jetzt blieb ihnen keine andere Wahl.

Arthur zögerte. Langsam führte er das Glas an die Lippen. Langsam nippte er von dem Wasser und schluckte es schließlich ganz hinunter.

Die Wirkung setzte sofort ein. Plötzlich wirkte Arthur hellwach, wie jemand mit präzisem, scharfem Verstand – ähnlich einer zuvor vagen Skizze, die jemand zu einer sorgfältigen Zeichnung ausgearbeitet hatte. Er stand auf und griff nach seiner Jacke, die neben dem Schreibtisch an einem Haken hing. »Hilf mir mal, ein paar vernünftige Sachen zum Anziehen zu finden, Julian«, forderte er. »Wir sollten im Sanktuarium einen ordentlichen Eindruck machen.«

Jedes Institut verfügte über ein eigenes Sanktuarium.

So war es schon immer gewesen. Die Institute dienten sowohl als Versammlungsort als auch als Wohnsitz, hier konnten sich Schattenjäger wie Schattenweltler gleichermaßen mit dem Leiter eines jeweiligen Instituts treffen. Die Institutsleiter waren die örtlichen Repräsentanten des Rats. In Südkalifornien gab es keinen bedeutenderen Schattenjäger als den Leiter des Instituts von Los Angeles. Und das Sanktuarium bildete den sichersten Ort für ein Treffen mit ihm, da Vampire hier keinen geweihten Boden fürchten mussten und alle Schattenweltler verbrieften Schutz genossen.

Das Sanktuarium besaß zwei Türen. Eine, die ins Freie führte und von jedem Besucher geöffnet werden konnte. Und eine, die den massiven steinernen Raum mit dem Institut verband. Genau wie die Eingangstür des Instituts ließ sich auch die Innentür des Sanktuariums nur von denjenigen öffnen, in deren Adern Schattenjägerblut floss.

Emma blieb am oberen Ende der Treppe stehen, um einen Blick durch das Fenster zu werfen und nach der Elbendelegation

Ausschau zu halten. Sie sah, dass die Pferde vor den Eingangsstufen warteten, allerdings ohne ihre Reiter. Falls die Feenwesen Erfahrung im Umgang mit Schattenjägern besaßen – und das hatten sie bestimmt –, dann befanden sie sich vermutlich inzwischen im Sanktuarium.

Die Innentür des Sanktuariums lag am Ende eines kurzen Korridors, der von der Eingangshalle des Instituts abging. Sie bestand aus Kupfer, das längst von Grünspan überzogen war, und um den Rahmen rankten sich Runen, die Schutz und Gastfreundschaft verhießen.

Emma hörte Stimmen, die durch die Tür drangen: unbekannte Stimmen. Eine Stimme so klar wie Wasser, die andere so scharf wie das Knacken eines Zweiges unter einem unachtsamen Fuß. Entschlossen verstärkte Emma den Griff um das Heft ihres Schwerts und stieß die Tür auf.

Das Sanktuarium war wie eine Mondsichel geformt und ging auf die Berge hinaus mit ihren schattigen Schluchten und der silbergrauen Vegetation. Obwohl die Berge die Sonne verdeckten, war der Raum strahlend hell – dank eines Kronleuchters an der Decke. Das Licht spiegelte sich in seinem geschliffenen Glas und beleuchtete den schachbrettartigen Boden: einander abwechselnde Flächen aus dunklem und hellem Holz. Wenn man jedoch auf den Leuchter kletterte und herabblickte, konnte man erkennen, dass die Holzplatten ein Muster bildeten und ein Symbol ergaben: die Rune der Engelsmacht.

Allerdings hätte Emma niemals zugegeben, dass sie das einmal ausprobiert hatte – auch wenn man von dort oben einen hervorragenden Blick auf den thronartigen Sessel aus massivem Stein hatte, auf dem der Institutsleiter bei Gesprächen Platz nahm.

Die Feenwesen warteten in der Mitte des Sanktuariums. Emma konnte jedoch nur zwei von ihnen entdecken: den Reiter mit dem weißen Gewand und den mit der schwarzen Rüstung. Der dritte Reiter war nicht zu sehen – genauso wenig wie die Gesichter der Besucher. Unter den Ärmeln des weißen Reiters ragten die Fingerspitzen langer blasser Hände hervor. Sie ließen jedoch keinen Rückschluss darauf zu, ob es sich um einen Mann oder eine Frau handelte.

Emma spürte die Aura wilder, ungezähmter Macht, die von den Feenwesen ausging, und ihre Andersartigkeit. Ein kalter Hauch wie der kühle Dunst feuchter Erde streifte über ihre Wangen und trug den Geruch von Wurzeln, Blättern und Blüten heran.

Der schwarz gekleidete Reiter lachte und schob die Kapuze nach hinten. Emma erstarrte. Haut so dunkelgrün wie Blätter, klauenbewehrte Hände und gelbe Eulenaugen. Über der Rüstung trug er einen Umhang mit dem eingewebten Muster einer Eberesche.

Es handelte sich um den Elben, den sie auf der Terrasse der Sepulchre Bar gesehen hatte.

»So treffen wir uns wieder, meine Schöne«, sagte er, und sein Mund, der an einen Riss in einer Baumrinde erinnerte, verzog sich zu einem Grinsen. »Ich bin Iarlath vom Dunklen Hof. Und mein Gefährte ist Kieran von der Wilden Jagd. Kieran, bitte zeig dich unserer Gastgeberin.«

Der andere Elbe hob die schlanken Hände mit den fast durchscheinenden, rechteckigen Fingernägeln, umfasste den Rand der Kapuze und warf sie mit einer herrischen, beinahe rebellischen Bewegung nach hinten.

Emma musste sich zwingen, nicht aufzukeuchen. Er war atemberaubend schön. Nicht wie Julian oder Cristina auf menschliche Weise schön, sondern wie die messerscharfe Klinge von Cortana. Und er wirkte jung, höchstens sechzehn oder siebzehn Jahre alt – obwohl Emma vermutete, dass er bedeutend älter war. Dunkles Haar mit einem blauen Schimmer umrahmte seine gemeißelten Gesichtszüge. Der Stoff seiner hellen Kleidung war ausgebleicht und verschlissen; die Sachen mussten einst elegant gewesen sein, doch jetzt wirkten die Ärmel und Säume etwas zu kurz für seinen geschmeidigen, anmutigen Körper. Er trug abgewetzte weiße Stulpen, die ihn als Elbenprinz kennzeichneten, doch seine zweifarbigen Augen – das linke schimmerte schwarz, und das rechte leuchtete silbern – kennzeichneten ihn als Mitglied der Wilden Jagd. .

»Geht es hier um diese Geschichte in der Sepulchre Bar?«, fragte Emma und schaute von Iarlath zu Kieran.

»Unter anderem«, antwortete Iarlath. Seine Stimme klang wie Äste, die im Wind knarzten. Wie die finsteren Tiefen von Märchenwäldern, in denen nur noch Monster hausten. Emma wunderte sich, dass ihr das in der Bar nicht aufgefallen war.

»Ist das das Mädchen?« Kierans Stimme klang vollkommen anders: wie Wellen, die ans seichte, sandige Ufer schwappten. Wie warmes Wasser unter hellem Licht. Verführerisch, aber mit einer kühlen Note. Er betrachtete Emma, als wäre sie eine neuartige Blume, von der er jedoch noch nicht wusste, ob sie ihm gefiel. »Sie ist hübsch«, stellte er fest. »Ich hätte nicht gedacht, dass sie hübsch sein würde. Das hast du gar nicht erwähnt.«

Iarlath zuckte die Achseln. »Du hattest schon immer eine Vorliebe für blondes Haar«, erklärte er.

»Äh, hallo?!« Emma schnippte mit den Fingern. »Ich stehe *direkt vor euch*. Außerdem war mir nicht klar, dass man mich zu einer Partie ›Wer ist die Schönste im ganzen Land?‹ eingeladen hat.«

»Und mir war nicht klar, dass man dich überhaupt eingeladen hat«, entgegnete Kieran in etwas lässigerem Tonfall, als wäre er den Umgang mit Menschen gewöhnt.

»So was Unhöfliches!«, knurrte Emma. »Das hier ist mein Zuhause! Und was wollt ihr überhaupt hier? Seid ihr hergekommen, um mir zu erzählen, dass der da …«, sie zeigte auf Iarlath, »… etwa nicht für den Mord in der Sepulchre Bar verantwortlich ist? Denn es scheint mir etwas übertrieben, extra hier aufzutauchen, nur um zu behaupten, dass du diesen Mord nicht begangen hast.«

»Selbstverständlich habe ich den Mord nicht begangen!«, fauchte Iarlath. »Sei nicht albern.«

Unter anderen Umständen hätte Emma seine Bemerkung einfach abgetan, aber Feenwesen konnten nicht lügen. Jedenfalls keine Vollblutfeenwesen. Nur Halb-Elbenkinder wie Mark und Helen konnten die Unwahrheit sagen, aber von ihrer Art gab es nicht viele.

Emma verschränkte die Arme vor der Brust. »Dann sprich mir nach: ›Emma Carstairs, ich habe den Mann, von dem du redest, nicht getötet‹«, forderte sie. »Damit ich weiß, dass du auch die Wahrheit sagst.«

Iarlaths gelbe Augen funkelten Emma aufgebracht an. »Emma Carstairs, ich habe den Mann, von dem du redest, nicht getötet.«

»Warum seid ihr denn dann hier?«, wollte Emma wissen. »Ach, lass mich raten: Ist das eine dieser verpassten Gelegenheiten? Wir sind uns an diesem Abend begegnet, und du hast eine besondere Verbindung zwischen uns gespürt? Tut mir leid, aber ich verabrede mich nicht mit Bäumen.«

»Ich bin kein Baum«, entgegnete Iarlath zornig, und seine Rinde schien sich leicht zu schälen.

»Emma«, sagte plötzlich eine warnende Stimme.

Zu Emmas Überraschung stand Arthur Blackthorn in der Eingangstür des Sanktuariums. Er trug einen schlichten schwarzen Anzug und hatte die Haare sorgfältig zurückgekämmt. Sein Anblick versetzte Emma fast einen Schock; es war lange her, dass er einmal etwas anderes als einen abgewetzten Morgenmantel oder alte, fleckige Jeans getragen hatte.

Neben ihm stand Julian; sein braunes Haar war zerzaust. Emma suchte in seinem Gesicht nach Anzeichen für Wut, konnte aber nichts dergleichen entdecken. Er wirkte eher wie ein Marathonläufer, der sich vor Erschöpfung und Erleichterung nur noch mit Mühe auf den Beinen halten konnte.

»Ich muss für das Verhalten meines Mündels um Verzeihung bitten«, sagte Arthur und betrat den Raum. »Obwohl Streitigkeiten im Sanktuarium nicht untersagt sind, widerspricht es dem Geist dieses Ortes.« Er ließ sich in den wuchtigen Sessel unter dem Kronleuchter sinken. »Ich bin Arthur Blackthorn. Und das hier ist mein Neffe Julian Blackthorn.« Julian, der sich neben Arthurs Sessel gestellt hatte, neigte den Kopf, während Kieran und Iarlath sich vorstellten. »Nun, was führt euch her?«, fragte Arthur schließlich.

Die Elben tauschten einen raschen Blick. »Was denn?«, fragte Kieran. »Bekommen wir kein Wort zum Thema ›Kalter Frieden‹ zu hören oder darüber, dass dieser Besuch gegen eure Gesetze verstößt?«

»Mein Onkel ist für die Einhaltung des Kalten Friedens nicht zuständig«, antwortete Julian. »Außerdem ist das nichts, worüber wir mit euch diskutieren wollen. Ihr kennt die Vorschriften so gut wie wir. Wenn ihr den Entschluss gefasst habt, dagegen zu verstoßen, muss das einen triftigen Grund haben. Aber falls ihr uns diese Gründe nicht mitteilen wollt, wird mein Onkel euch auffordern müssen zu gehen.«

Kieran musterte ihn hochmütig. »Also gut«, sagte er. »Wir sind hier, um eine Gunst zu erbitten.«

»Eine *Gunst?*«, stieß Emma erstaunt hervor. Der Wortlaut des Kalten Friedens ließ keinen Zweifel: Den Nephilim war es nicht gestattet, Feenwesen des Lichten oder Dunklen Volkes irgendwelche Hilfe zu gewähren. Die Repräsentanten der Feenhöfe waren zur Unterzeichnung des Abkommens nicht erschienen. Sie hatten dieses Ansinnen verächtlich abgelehnt – und mussten jetzt mit den Konsequenzen der Strafe leben.

»Ich denke, ihr unterliegt einem Irrtum«, erwiderte Arthur eisig. »Vielleicht habt ihr ja von meiner Nichte und meinem Neffen gehört und von der Tatsache, dass Feenblut in ihren Adern fließt. Und vielleicht glaubt ihr ja deshalb, hier auf mehr Verständnis zu stoßen als an jedem anderen Institut. Aber meine Nichte wurde aufgrund des Kalten Friedens ins Exil geschickt, und mein Neffe wurde brutal aus unserer Familie gerissen.«

Kierans Mundwinkel verzogen sich spöttisch. »Das Exil deiner Nichte wurde von Schattenjägern verhängt, nicht von Feenwesen. Und was deinen Neffen betrifft …«

Arthur holte tief Luft, und seine Hände umklammerten die Armlehnen des steinernen Sessels. »Die Konsulin war zu dieser Maßnahme gezwungen, aufgrund des Verrats, den die Königin des Lichten Volkes begangen hat. Ein Verrat, bei dem die Königin von Rittern des Dunklen Volkes Unterstützung erhielt. Ich kenne kein Feenwesen, dessen Hände frei von Blut sind. Wir sind hier auf Feenwesen nicht gut zu sprechen.«

»Nicht der Kalte Frieden hat uns Mark genommen, sondern ihr«, fügte Julian mit glühenden Wangen hinzu. »Die Wilde Jagd. Wir können deinen Augen ansehen, dass du mit Gwyn reitest. Das brauchst du gar nicht abzustreiten.«

»Und das würde ich auch nie abstreiten«, erwiderte Kieran mit einem spöttischen Grinsen um die Lippen.

Emma fragte sich, ob außer ihr noch jemand hörte, wie Julian scharf die Luft einsog. »Dann kennst du also meinen Bruder?«

Kierans Grinsen schwankte keine Sekunde. »Selbstverständlich kenne ich ihn.«

Julian machte den Eindruck, als könnte er sich nur noch mit Mühe zurückhalten. *»Was weißt du über Mark?«*

»Was soll denn diese vorgetäuschte Verwunderung?«, unterbrach Iarlath gereizt. »Das ist doch töricht. Schließlich haben wir Mark von der Wilden Jagd in unserem Brief erwähnt.«

Emma bemerkte den Ausdruck auf Julians Gesicht – ein Anflug von Bestürzung. Hastig trat sie vor, damit nicht *er* die Frage stellen musste. »Welcher Brief?«

»Er war auf einem Blatt geschrieben«, sagte Arthur. »Ein Blatt, das anschließend zerfallen ist.« Schweißperlen standen auf seiner Stirn. Mit zittrigen Fingern holte er ein Taschentuch aus seiner Brusttasche und tupfte sie weg. »In dem Brief war von Morden die Rede. Und von Mark. Aber ich habe das Schreiben nicht für echt gehalten. Ich …«

Schnell trat Julian einen Schritt vor, um seinen Onkel etwas der Sicht zu entziehen. »Morde?«

Kieran betrachtete Julian, und seine zweifarbigen Augen verfinsterten sich. Emma hatte das unbehagliche Gefühl, dass Kieran glaubte, etwas über ihren *Parabatai* zu wissen. Etwas, das nicht einmal sie wusste. »Ihr habt von den Morden gehört«, sagte er. »Emma Carstairs hat eine der Leichen gefunden. Wir wissen, dass ihr euch der Tatsache bewusst seid, dass noch weitere Morde verübt wurden.«

»Warum interessiert euch das überhaupt?«, fragte Julian. »Ihr Feenwesen kümmert euch doch sonst nicht um das Blutvergießen in der Welt der Menschen.«

»Wenn es sich bei dem vergossenen Blut um Feenblut handelt, kümmern wir uns sehr wohl darum«, erwiderte Kieran und schaute in die überraschten Gesichter der drei. »Wie ihr wisst, hat der Mörder auch Feenwesen getötet und verstümmelt. Genau aus diesem Grund war Iarlath in der Sepulchre Bar. Und deshalb ist Emma Carstairs ihm dort auch begegnet. Ihr jagt denselben Täter wie wir.«

Iarlath griff in seinen Umhang, holte eine Handvoll glitzernden Glimmer hervor und warf ihn in die Luft, wo die Partikel einen Moment reglos schwebten. Dann verdichteten sie sich zu dreidimensionalen Bildern. Bildern von Leichen, Feenleichen. Menschenähnliche, adlige Feenwesen – alle tot. Und auf ihrer Haut befanden sich die gleichen dunklen Schriftzeichen wie auf dem Leichnam, den Emma in der dämmrigen Gasse gefunden hatte.

Unwillkürlich beugte Emma sich vor, um einen besseren Blick auf die Bilder werfen zu können. »Was ist das? Sind das magische Fotografien?«

»Erinnerungen, die mithilfe von Magie konserviert wurden«, erklärte Iarlath.

»Illusionen«, entgegnete Julian. »Und Illusionen können lügen.«

Iarlath drehte seine Hand leicht, woraufhin sich die Bilder veränderten. Plötzlich blickte Emma auf den toten Mann, den sie drei Nächte zuvor in der Gasse gefunden hatte. Es war exakt das gleiche Bild, einschließlich des entsetzten Ausdrucks auf dem verzerrten Gesicht. »Sieht das nach einer Lüge aus?«

Emma starrte Iarlath an. »Dann hast du ihn also gesehen. Du musst vor mir auf ihn gestoßen sein. Ich hatte mich schon gefragt …«

Als Iarlath die Hand schloss, fielen die schimmernden Glimmerpartikel wie Regentropfen zu Boden, und das Bild verschwand. »Ja, das stimmt. Er war bereits tot. Ich hätte ihm nicht mehr helfen können. Ich habe ihn zurückgelassen, damit du ihn findest.«

Emma schwieg. Die Bilder machten deutlich, dass Iarlath die Wahrheit sagte.

Außerdem konnten Feenwesen nicht lügen.

»Wir wissen, dass auch Schattenjäger den Tod fanden«, sagte Kieran.

»Schattenjäger finden regelmäßig den Tod«, erwiderte Arthur. »Es gibt auf dieser Welt keinen einzigen sicheren Ort.«

»Nicht ganz«, widersprach Kieran. »Wo Beschützer sind, da ist auch Schutz.«

»Meine Eltern …«, setzte Emma an und ignorierte Julian, der den Kopf schüttelte, als wollte er sagen: *Verrate ihnen nichts davon, teile ihnen nichts mit, gib ihnen keine Informationen.* Emma wusste, dass er vermutlich recht hatte – es lag in der Natur der Feenwesen, sich die tiefsten Geheimnisse ihres Gegenübers anzueignen und dann gegen denjenigen zu verwenden. Aber wenn auch nur die geringste Chance bestand, dass die Elben etwas wussten … »Ihre Leichen wurden vor fünf Jahren gefunden, mit den gleichen Schriftzeichen auf der Haut. Als die Stillen Brüder sie in die Stadt der Stille bringen wollten, sind ihre Körper zu Asche zerfallen. Wir wissen nur deshalb von diesen Schriftzeichen, weil die Brüder zuvor Aufnahmen von den Leichen gemacht hatten.«

Kieran musterte sie mit schimmernden Augen. Keines davon wirkte menschlich: Das schwarze Auge war zu dunkel, und das silberne schillerte zu metallisch. Trotzdem erzeugte der Gesamteindruck eine Aura betörender, übermenschlicher Schönheit. »Wir wissen von deinen Eltern«, sagte er. »Wir wissen von ihrem Tod. Und wir wissen von der Dämonensprache, mit der ihre Leichen beschrieben waren.«

»Verstümmelt«, sagte Emma mit stockender Stimme. Dann

spürte sie Julians Augen, die auf sie gerichtet waren – eine Erinnerung daran, dass er bei ihr war. Eine stumme Stütze. »Entstellt. Nicht einfach nur *beschrieben.*«

Kieran verzog keine Miene. »Wir wissen auch, dass du jahrelang versucht hast, die Schriftzeichen zu übersetzen oder zu verstehen, doch vergebens. Wir können dir dabei helfen, das zu ändern.«

»Was genau willst du damit sagen?«, hakte Julian nach. Er machte einen vorsichtigen, argwöhnischen Eindruck. Nur die Anspannung seines Körpers hielt Emma davon ab, die Elben mit einer Salve von Fragen zu bombardieren.

»Die Gelehrten des Dunklen Hofs haben sich eingehend mit den Schriftzeichen befasst«, erklärte Iarlath. »Allem Anschein nach könnte es sich um eine Sprache aus der Frühzeit des Feenreichs handeln. Lange vor den Menschen. Lange vor den Nephilim.«

»Also zu einer Zeit, als die Feenwesen ihren dämonischen Vorfahren noch deutlich näherstanden«, sagte Arthur mit rauer Stimme.

Kieran verzog den Mund, als hätte Arthur etwas Geschmackloses gesagt. »Unsere Gelehrten haben sich darangemacht, die Schriftzeichen zu übersetzen«, sagte er und holte mehrere Bogen eines dünnen, pergamentartigen Papiers aus seinem Umhang. Emma erkannte darauf die Schriftzeichen, die ihr inzwischen unendlich vertraut waren. Unter den Zeichen standen ein paar Worte in einer krakeligen Handschrift.

Emmas Puls begann zu rasen.

»Es ist ihnen gelungen, die erste Zeile zu übersetzen«, fuhr Kieran fort. »Möglicherweise handelt es sich um eine Passage aus einem Zauberspruch. Doch hier endet unser Wissen. Die Feenwesen befassen sich nicht mit Zauberformeln; dergleichen fällt in das Gebiet der Hexenwesen …«

»Ihr habt die erste Zeile übersetzt?«, platzte Emma heraus. »Und was steht da?«

»Das werden wir dir gern mitteilen«, verkündete Iarlath. »Wir überlassen euch sämtliche Erkenntnisse, die unsere Gelehrten bisher gewonnen haben – sofern ihr unseren Bedingungen zustimmt.«

Julian musterte die Elben misstrauisch. »Warum solltet ihr nur die erste Zeile übersetzen? Wieso nicht sämtliche Schriftzeichen?«

»Kaum hatten unsere Gelehrten die Bedeutung der ersten Zeile entschlüsselt, als der König des Dunklen Hofs ihnen auch schon untersagte, die Arbeit fortzusetzen«, erklärte Kieran. »Die Magie dieser Zauberformel ist finster und dämonischen Ursprungs. Der König wollte nicht, dass sie im Feenreich zum Leben erweckt wird.«

»Ihr hättet die Arbeit doch selbst fortsetzen können«, wandte Emma ein.

»Es ist *allen* Feenwesen strengstens untersagt, sich mit diesen Worten zu befassen«, fauchte Iarlath. »Aber das bedeutet nicht, dass unsere Beteiligung hiermit endet. Wir glauben, dass dieser Text, diese Schriftzeichen dazu beitragen können, euch zum Mörder zu führen, sobald der Rest entschlüsselt ist.«

»Dann sollen wir den Rest der Schriftzeichen übersetzen?«, fragte Julian. »Mithilfe der ersten Zeile, die eure Gelehrten enträtselt haben?«

»Mehr als nur das«, erwiderte Iarlath. »Die Übersetzung ist nur der erste Schritt. Sie wird euch zum Täter führen. Sobald ihr diese Person gefunden habt, werdet ihr sie dem Dunklen Hof ausliefern, damit sie für die Morde an den Feenwesen vor Gericht gestellt und verurteilt werden kann.«

»Ihr wollt, dass wir für euch Ermittlungen durchführen?«, fauchte Julian. »Wir sind *Schattenjäger*. Wir sind genau wie ihr an den Kalten Frieden gebunden. Es ist uns untersagt, den Feenwesen zu helfen. Eigentlich dürften wir euch nicht einmal hier empfangen. Ihr wisst genau, welches Risiko wir damit eingehen würden. Wie könnt ihr es wagen, auch nur zu fragen?«

Wut sprach aus Julians Stimme – unverhältnismäßig große Wut. Doch Emma konnte ihm das nicht verübeln. Sie wusste, was er beim Anblick von Feenwesen sah, insbesondere beim Anblick von Feenwesen mit den gebrochenen Augen der Wilden Jagd. Er sah die eisige Ödnis der Wrangelinsel. Er sah das leere Zimmer im Institut, in dem Mark nicht länger lebte.

»Das hier sind nicht nur ihre Ermittlungen«, sagte Emma leise. »Sondern auch meine. Hier geht es um meine Eltern.«

»Ich weiß«, sagte Julian, dessen Wut schlagartig verflogen war. Stattdessen schwang nun ein tiefer Kummer in seiner Stimme mit. »Aber nicht auf diese Weise, Emma …«

»Warum kommt ihr zu uns?«, unterbrach Arthur mit gequälter Miene. »Warum wendet ihr euch nicht an ein Hexenwesen?«

Kierans wunderschönes Gesicht verzerrte sich. »Wir können uns nicht an die Hexenwesen wenden«, sagte er. »Kein einziges von Liliths Kindern will etwas mit uns zu tun haben. Der Kalte Frieden hat dafür gesorgt, dass die anderen Schattenweltler uns meiden. Aber ihr könnt den Obersten Hexenmeister Malcolm Fade aufsuchen oder sogar Magnus Bane und Antworten auf eure Fragen verlangen. Uns sind die Hände gebunden, *ihr* dagegen … ihr seid frei«, stieß er verächtlich hervor.

»Da habt ihr euch an die falsche Familie gewandt«, teilte Arthur ihm mit. »Ihr verlangt von uns, für euch gegen das Gesetz zu verstoßen, als hätten wir irgendeine besondere Hochachtung vor den Feenwesen. Aber die Familie Blackthorn hat nicht vergessen, was ihr genommen wurde.«

»Nein, nicht«, protestierte Emma hastig. »Wir brauchen diese Papiere, wir brauchen …«

»Emma.« Arthur warf ihr einen scharfen Blick zu. »Das genügt.«

Widerstrebend senkte Emma die Augen, doch das Blut in ihren Adern rauschte und sang; es war eine rebellische Melodie. Falls die Feenwesen das Sanktuarium verließen und die Dokumente mit sich nahmen, würde Emma einen Weg finden, sie aufzuspüren und die Informationen aus ihnen herauszubekommen. Auf irgendeine Weise. Das Institut mochte nicht bereit sein, das Risiko einzugehen, aber sie schon.

Iarlath musterte Arthur. »Ich glaube nicht, dass du eine solch überhastete Entscheidung wirklich treffen willst.«

Arthurs Kiefer spannte sich an. »Warum zweifelst du an meinen Worten, Nachbar?«

Die guten Nachbarn. Ein sehr alter Ausdruck für die Feenwesen.

»Weil wir etwas haben, das ihr unbedingt zurückbekommen möchtet«, antwortete Kieran. »Und wenn ihr uns helft, sind wir bereit, es euch zu geben.«

Julian wurde kreidebleich. Emma, die ihn anstarrte, war so über seine Reaktion verwundert, dass sie erst nach einem Moment verstand, worauf Kieran anspielte. Doch dann schien ihr Herz einen Augenblick auszusetzen.

»Wovon redest du?«, flüsterte Julian. »Was habt ihr, was wir zurückhaben wollen?«

»Ach, ich bitte dich«, lachte Kieran. »Was glaubst du wohl?«

Im nächsten Moment schwang die Außentür des Sanktuariums auf, und der Elbe in der erdfarbenen Robe trat ein. Anmutig und schweigend kam er näher, ohne Zögern oder Zaudern – seine Bewegungen hatten nichts Menschliches an sich. Als er das Symbol der Engelsrune im Fußboden erreichte, blieb er stehen. Im Raum herrschte völlige Stille, während er nach seiner Kapuze griff und – zum ersten Mal – zögerte.

Er hatte menschliche Hände, mit langen, schlanken Fingern und leicht gebräunter Haut.

Vertraute Hände.

Emma hatte die Luft angehalten; sie konnte kaum noch atmen. Julian sah aus, als befände er sich in einem Traum. Dagegen zog Arthur eine verständnislose, verwirrte Miene.

»Schlage deine Kapuze zurück, Junge«, befahl Iarlath. »Zeig dein Gesicht.«

Die vertrauten Hände schlossen sich um den Rand der Kapuze und schoben sie nach hinten. Dann streiften sie die Robe ungeduldig von den Schultern, als würde sich der Stoff plötzlich unangenehm anfühlen. Emma sah einen groß gewachsenen, geschmeidigen Körper, helle Haare und hagere Hände, während die Robe zu Boden fiel und dort einen dunklen Fleck bildete.

Ein junger Mann stand im Zentrum der Rune und atmete schwer. Ein Junge mit dem Aussehen eines Siebzehnjährigen und schulterlangen hellblonden Haaren, die sich wie Ranken ringelten und in denen sich Zweige und Dornen verfangen hatten. Seine Augen besaßen das typische Kennzeichen der Wilden Jagd: zwei Farben. Eines schimmerte golden und das andere im blaugrünen Farbton der Blackthorns. Seine nackten Füße waren fast schwarz vor Dreck, und seine zerschlissene Kleidung hing schlaff an ihm herab.

Ein Schwindelgefühl erfasste Emma, verbunden mit einer schrecklichen Mischung aus Entsetzen, Erleichterung und Verwunderung. Julian stand stocksteif da, als hätte er einen elektrischen Schlag erhalten. Emma sah, wie sich sein Kiefer anspannte und ein Muskel in seiner Wange zuckte. Aber er brachte kein Wort hervor. Arthur war derjenige, der sich schließlich halb aus seinem Sessel erhob und mit dünner, unsicherer Stimme fragte:

»Mark?«

Marks Augen weiteten sich verwirrt. Er öffnete den Mund, um zu antworten. Doch Iarlath wirbelte zu ihm herum. »Mark Blackthorn von der Wilden Jagd«, fauchte er. »Du wirst erst reden, wenn ich es dir gestatte.«

Abrupt presste Mark die Lippen aufeinander und starrte mit regloser Miene geradeaus.

»Und du …«, setzte Kieran an und hielt eine Hand hoch, als Julian sich in Bewegung setzen wollte, »bleibst, wo du bist.«

»Was habt ihr mit ihm gemacht?« Julians Augen blitzten wütend. *»Was habt ihr mit meinem Bruder gemacht?«*

»Mark gehört der Wilden Jagd«, sagte Iarlath. »Wenn wir uns entschließen, ihn freizulassen, dann nur zu unseren Bedingungen.«

Arthur war in seinen Sessel zurückgesunken. Er blinzelte verstört und blickte von Mark zu den Elben. Sein Gesicht war wieder aschfahl. »Die Toten erwachen, und der verlorene Sohn kehrt zurück«, murmelte er. »Wir sollten ein blaues Banner vom höchsten Turm hissen.«

Kieran musterte ihn stirnrunzelnd. »Warum sagt er das?«

Julian schaute von Arthur zu Mark und dann zu den beiden Elben. »Er steht unter Schock«, erklärte er. »Seine Gesundheit ist sehr angegriffen … schon seit dem Dunklen Krieg.«

»Das ist aus einem alten Schattenjägergedicht«, sagte Emma. »Es überrascht mich, dass ihr das nicht wisst.«

»Gedichte enthalten viel Wahres«, bemerkte Iarlath mit einem belustigt-bitteren Unterton. Emma fragte sich, ob er über sie lachte oder über sich selbst.

Wie gebannt starrte Julian auf seinen Bruder; sein Gesichtsausdruck spiegelte eine Mischung aus totaler Erschütterung und unendlicher Sehnsucht. »Mark?«, fragte er.

Mark wandte den Kopf ab.

Julian sah aus, als hätte ihn ein Elbenschuss getroffen – einer jener tückischen Feenpfeile, die sich unter die Haut bohrten und dort ihr tödliches Gift freisetzten. Das Gefühl der Wut, das Emma wegen der vorangegangenen Nacht empfunden hatte, verflog schlagartig. Der Ausdruck auf Julians Gesicht drang ihr wie ein Messer ins Herz. »Mark«, sagte Julian erneut und flüsterte dann verzweifelt: »Warum? Warum kann er nicht mit mir reden?«

»Gwyn hat ihm verboten, irgendetwas zu sagen, bevor unsere Abmachung besiegelt ist«, erwiderte Kieran. Er warf Mark einen kurzen Blick zu, und ein kalter Ausdruck schlich sich in seine Augen. Hass? Neid? Verachtete er Mark, weil dieser ein Halb-Nephilim war? Verachteten alle Feenwesen ihn deshalb? Und wie hatten sie diesen Hass in all den Jahren gezeigt, als Mark ihnen auf Gedeih und Verderb ausgeliefert war?

Emma spürte, wie sehr Julian sich zurückhalten musste, um nicht zu seinem Bruder zu stürmen. Deshalb wandte sie sich an seiner Stelle an die Elben. »Das heißt also, dass ihr Mark als Druckmittel benutzt.«

Plötzliche Wut verzerrte Kierans Gesicht. »Warum musst du etwas aussprechen, das ohnehin offensichtlich ist? Wieso machen alle Menschen das? Du dummes Mädchen …«

Julian erwachte aus seiner Starre; er löste den Blick von Mark und richtete sich auf. »Emma ist mein *Parabatai*«, sagte er ruhig, doch Emma, die ihn in- und auswendig kannte, hörte den eisigen Unterton in seiner Stimme. »Wenn du noch einmal auf diese Weise mit ihr sprichst, wird hier Blut fließen. Und es interessiert mich nicht, ob ich dafür mit meinem Leben bezahlen muss.«

Kierans schöne, exotische Augen funkelten. »Ihr Nephilim seid loyal gegenüber euren auserwählten Partnern, das muss ich euch lassen.« Er machte eine abschätzige Handbewegung. »Vermutlich könnte man tatsächlich sagen, dass Mark unser ›Druckmittel‹ ist, wie du es formuliert hast. Aber ihr solltet dabei eines nicht vergessen: Die Schattenjäger tragen Schuld daran, dass wir überhaupt ein Druckmittel benötigen. Es hat einmal eine Zeit gegeben, in der die Nephilim die Morde an unseresgleichen sofort untersucht hätten, weil ihnen ihr Mandat – der Schutz von Schattenweltlern und Irdischen – wichtiger war als ihr Hass.«

»Und es hat auch einmal eine Zeit gegeben, in der die Feenwesen einen der Unseren freiwillig zurückgegeben hätten«, entgegnete Arthur. »Der Schmerz des Verlustes gilt für beide Seiten, genau wie der Verlust des Vertrauens.«

»Nun ja, ihr werdet uns einfach vertrauen müssen«, sagte Kieran. »Euch bleibt keine andere Wahl, oder?«

Ein paar Minuten herrschte völlige Stille im Raum. Julians Blick heftete sich wieder auf seinen Bruder, und in diesem Moment verspürte Emma einen unbändigen Hass auf die Feenwesen, weil sie mit Mark auch Jules' menschliches, zerbrechliches Herz in ihrer Gewalt hielten. »Dann wollt ihr also, dass wir herausfinden, wer für diese Morde verantwortlich ist«, sagte ihr *Parabatai*. »Wir sollen dafür sorgen, dass die Morde an Feenwesen und Irdischen aufhören. Und im Gegenzug gebt ihr uns dann Mark, sobald wir den Auftrag erledigt haben?«

»Der Hof ist sogar bereit, noch einen Schritt weiterzugehen und euch großzügig entgegenzukommen«, erwiderte Kieran. »Wir werden euch Mark hier und jetzt übergeben. Er wird euch bei euren Ermittlungen helfen. Und sobald der Fall abgeschlossen ist, kann er selbst entscheiden, ob er bei euch bleiben oder zur Wilden Jagd zurückkehren will.«

»Er wird sich für uns entscheiden«, sagte Julian. »Schließlich sind wir seine Familie.«

Kierans Augen leuchteten. »Da wäre ich mir nicht so sicher, mein kleiner Schattenjägerfreund. Diejenigen, die der Wilden Jagd gehören, bleiben ihr auch treu.«

»Er gehört nicht der Wilden Jagd«, widersprach Emma. »Er ist ein Blackthorn.«

»Seine Mutter, Lady Nerissa, war eine Feenprinzessin«, wandte Kieran ein. »Und er ist mit uns geritten, hat mit uns die Toten eingesammelt und den Umgang mit Elbenpfeil und -bogen erlernt. Er ist ein hervorragender Krieger, unterrichtet in der Kunst der Feenwesen. Aber Mark ist nicht mehr wie ihr. Er wird nicht kämpfen wie ihr. Und er ist kein Nephilim mehr.«

»Doch, das ist er«, beharrte Julian. »Das Blut der Schattenjäger ist dominant. Seine Haut verträgt Runenmale. Ihr kennt das Gesetz.«

Darauf gab Kieran keine Antwort; stattdessen schaute er Arthur an. »Nur der Leiter des Instituts kann das entscheiden. Du musst deinen Onkel ungehindert sprechen lassen.«

Die Blicke aller Anwesenden hefteten sich auf Julians Onkel. Nervös umklammerte Arthur die Lehnen seines Sessels. »Ihr wollt, dass der Elbenjunge hier bei uns bleibt, damit er euch Bericht erstatten kann«, sagte er schließlich mit unsicherer Stimme. »Er soll uns ausspionieren.«

Der Elbenjunge. Nicht Mark. Emma schaute zu Mark. Aber falls tatsächlich ein gekränkter Ausdruck über seine steinerne Miene huschte, konnte Emma jedenfalls nichts davon erkennen.

»Wenn wir euch ausspionieren wollten, gäbe es wesentlich einfachere Methoden«, entgegnete Kieran abschätzig. »Dafür bräuchten wir Mark nicht aufzugeben – er ist einer der besten Reiter der Wilden Jagd und wird Gwyn sehr fehlen. Nein, Mark wird kein Spion sein.«

Julian kniete sich vor Arthurs Sessel auf den Boden, beugte sich zu seinem Onkel vor und flüsterte ihm etwas zu. Obwohl Emma die Ohren spitzte, konnte sie nur wenige Worte ausmachen: »Bruder«, »Ermittlungen«, »Morde«, »Medizin« und »Rat«.

Nach einem Moment hielt Arthur eine zittrige Hand hoch, als wollte er seinen Neffen zum Schweigen bringen, und wandte sich dann an die Elben. »Wir werden euer Angebot annehmen«, verkündete er. »Unter der Bedingung, dass hier keine faulen Tricks gespielt werden. Nach Abschluss der Ermittlungen – wenn der Täter gefasst ist – wird Mark aus freien Stücken entscheiden, ob er hierbleiben oder zu euch zurückkehren möchte.«

»Selbstverständlich«, sagte Iarlath. »Sofern der Mörder eindeutig identifiziert ist. Wir wollen wissen, an wessen Händen das Blut klebt. Allerdings genügt es nicht, wenn ihr uns das einfach nur mitteilt: ›Dieser oder jener war der Täter‹ oder ›Die Vampire sind dafür verantwortlich‹. Ihr werdet uns den Mörder ausliefern, damit *wir* ihn zur Rechenschaft ziehen können.«

Aber nicht, wenn ich ihn zuerst in die Finger bekomme, dachte Emma. *Ich bringe euch seinen Leichnam, und das muss reichen.*

»Ich will, dass du zuerst schwörst«, forderte Julian mit einem harten Glanz in den blaugrünen Augen. »Sprich mir nach: ›Ich schwöre, wenn die Bedingungen der Abmachung erfüllt sind, wird Mark Blackthorn frei entscheiden können, ob er ein Mitglied der Wilden Jagd bleiben oder zu seinem Leben als Nephilim zurückkehren will.‹«

Kieran presste die Lippen zu einem dünnen Strich zusammen und wiederholte schließlich: »Ich schwöre, wenn die Bedingungen der Abmachung erfüllt sind, wird Mark Blackthorn frei entscheiden können, ob er ein Mitglied der Wilden Jagd bleiben oder zu seinem Leben als Nephilim zurückkehren will.«

Mark stand noch immer reglos und mit ausdrucksloser Miene da, als würde nicht über sein Schicksal, sondern über das eines anderen entschieden. Er machte den Eindruck, als schaute er durch die Mauern des Sanktuariums hindurch, als würde er den Ozean sehen oder einen noch viel weiter entfernten Ort.

»Dann sind wir uns also einig«, sagte Julian.

Die beiden Elben warfen sich einen Blick zu, woraufhin Kieran zu Mark ging, ihm die hellen Hände auf die Schultern legte und ihm in einer gutturalen Sprache etwas zuraunte, das Emma nicht verstand. Es handelte sich um keine der Sprachen, die Diana ihnen beigebracht hatte – weder um die gewählte, äußerst stilisierte Ausdrucksweise der Feenhöfe noch um sonst irgendeine magische Sprache. Mark rührte sich nicht vom Fleck, und Kieran trat einen Schritt zurück.

»Er gehört jetzt euch«, verkündete er. »Wir lassen sein Ross für ihn zurück. Die beiden sind einander … sehr zugetan.«

»Mark kann hier kein Pferd gebrauchen«, erwiderte Julian mit angespannter Stimme. »Nicht in Los Angeles.«

Aus Kierans Lächeln sprach tiefe Verachtung. »Ich denke, du wirst feststellen, dass das nicht für dieses Ross gilt.«

»Gütiger Gott!«, keuchte Arthur auf, krümmte sich und fasste sich mit beiden Händen an den Kopf. »Es tut so weh …«

Sofort bemühte sich Julian um seinen Onkel und griff nach seinem Arm. Doch Arthur stieß ihn von sich und stand schwankend auf; sein Atem ging schwer und rasselnd. »Wenn ihr mich bitte entschuldigt«, brachte er mühsam hervor. »Die Kopfschmerzen … sind unerträglich.«

Er sah wirklich elend aus: Seine Haut hatte den aschfahlen Ton schmutziger Kreide, und sein Kragen klebte schweißgetränkt an seinem Hals.

Sowohl Kieran als auch Iarlath schwiegen – genau wie Mark, der noch immer reglos auf der Stelle verharrte. Die Elben musterten Arthur mit unverhohlener Neugier, und Emma konnte ihnen ihre Gedanken förmlich an den Augen ablesen. *Der Leiter des Los-Angeles-Instituts ist geschwächt, schwer krank …*

Im nächsten Moment wurde die Innentür des Sanktuariums aufgerissen, und Diana kam herein. Sie wirkte ruhig und überlegen wie immer. Ihre dunklen Augen erfassten die Szene vor ihr mit einem Blick und streiften kurz über Emma, die einen Ausdruck kalter Wut darin entdeckte. »Arthur«, sagte Diana. »Du wirst oben gebraucht. Geh ruhig schon vor. Ich werde die Gesandtschaft hinausbegleiten und die weiteren Details der Abmachung besprechen.«

Wie lange hatte Diana schon vor der Tür gestanden und gelauscht?, fragte Emma sich, während Arthur sich mit extrem dankbarer Miene an Diana vorbei zur Tür schleppte. Wenn Diana wollte, konnte sie so leise sein wie eine Raubkatze.

»Wird er sterben?«, fragte Iarlath interessiert und sah Arthur nach, der den Raum verließ.

»Wir sind sterblich«, erwiderte Emma. »Wir werden krank, wir altern. Wir sind nicht wie ihr. Aber das dürfte euch wohl kaum überraschen.«

»Das genügt«, sagte Diana. »Ich werde euch jetzt aus dem Sanktuarium geleiten, doch zuerst … die Übersetzung.« Sie streckte ihre schlanke, dunkelhäutige Hand aus.

Mit einem schiefen Grinsen reichte Kieran ihr die durchscheinenden Papierbogen. Diana warf einen Blick darauf. »Wie lautet die erste Zeile?«, fragte Emma, unfähig, sich länger zurückzuhalten.

Diana runzelte die Stirn. *»Feuer zu Wasser«*, las sie vor. »Was soll das bedeuten?«

Iarlath bedachte sie mit einem kühlen Blick. »Das herauszufinden ist eure Aufgabe.«

Feuer zu Wasser? Emma dachte an die Leichen ihrer Eltern, die man ertränkt hatte und deren Körper dann zu Asche zerfallen waren. Und an den Leichnam in der Gasse mit den starken Verbrennungen auf der Haut, die anschließend vom Meerwasser aufgequollen war. Sie schaute zu Julian und fragte sich, ob er das Gleiche dachte. Aber der stand reglos und wie angenagelt da, die Augen auf seinen Bruder geheftet.

Emma juckte es in den Fingern, die Dokumente an sich zu nehmen, aber sie befanden sich, sorgfältig zusammengefaltet, in Dianas Jackentasche. Und ihre Tutorin führte die beiden Elben gerade zum Ausgang des Sanktuariums. »Ihr werdet verstehen, dass wir die Ermittlungen ohne das Wissen des Rats durchführen müssen«, sagte Diana, als Iarlath sich ihr anschloss und Kieran den beiden mit finsterer Miene folgte.

»Wir verstehen, dass ihr eure Regierung fürchtet«, bestätigte Iarlath. »Auch wir fürchten sie, die Urheber des Kalten Friedens.«

Diana ließ sich jedoch nicht ködern. »Falls ihr uns während der Ermittlungen kontaktieren müsst, solltet ihr extrem vorsichtig sein.«

»Wir werden euch ausschließlich in diesem Sanktuarium aufsuchen, und ihr könnt umgekehrt für uns bestimmte Nachrichten hier hinterlassen«, erklärte Kieran. »Sollten wir erfahren, dass ihr außerhalb dieser Mauern mit irgendjemandem – insbesondere mit Nicht-Nephilim – über unsere Vereinbarung gesprochen habt, würde uns das äußerst verärgern. Auch Mark hat die Anweisung, Stillschweigen zu bewahren. Und ihr dürftet feststellen, dass er sich dem Befehl der Wilden Jagd nicht widersetzen wird.«

Helles Tageslicht fiel in das Sanktuarium, als Diana die Tür öffnete. Emma war ihrer Tutorin sehr dankbar, als Diana mit den Elben den Raum verließ. Dankbar dafür, dass sie Arthur weitere Qualen erspart hatte, und dafür, dass sie es Julian erspart hatte, noch eine Sekunde länger vorgeben zu müssen, dass mit ihm alles in Ordnung war.

Denn Jules sah seinen Bruder an, sah ihn jetzt zum ersten Mal *richtig* an, ohne dass ihn jemand dabei beobachtete oder beurteilte. Und ohne irgendjemanden, der ihm Mark in letzter Sekunde vielleicht doch wieder nehmen würde.

Langsam hob Mark den Kopf. Er war spindeldürr. So viel magerer und dünner, als Emma ihn in Erinnerung hatte. Dabei wirkte er kaum gealtert, nur viel knochiger, als hätte jemand die Konturen seiner Kinn- und Wangenpartie mit Hammer und Meißel herausgearbeitet. Er war hager, aber anmutig auf typisch elbenhafte Weise.

»Mark«, flüsterte Julian. Unwillkürlich musste Emma an Jules' Albträume denken, aus denen er jahrelang schreiend aufgewacht war – nach seinem Bruder schreiend. Wie hoffnungslos und verloren er dabei geklungen hatte! Auch jetzt war er kreidebleich, aber seine Augen leuchteten, als sähe er ein Wunder. Und es war ja auch eine Art Wunder, überlegte Emma. Denn Feenwesen gaben das, was sie genommen hatten, nicht wieder zurück – das wusste jeder.

Oder zumindest gaben sie es nicht unverändert zurück.

Bei diesem Gedanken jagte ein eisiger Schauer durch Emmas Adern, aber sie verhielt sich mucksmäuschenstill. Reglos sah sie zu, wie Julian einen Schritt auf seinen Bruder zuging und dann noch einen. »Mark«, wisperte er mit brechender Stimme. »Mark. Ich bin's.«

Mark sah Julian direkt ins Gesicht. Seine zweifarbigen Augen hatten etwas Seltsames an sich. Als Emma ihn das letzte Mal gesehen hatte, waren beide Augen blaugrün gewesen. Doch die Zweifarbigkeit erweckte den Eindruck, als wäre tief in seinem Inneren etwas zerbrochen, wie eine Keramikoberfläche, deren Glasur gesplittert war. Stumm musterte er Julian – die breiten Schultern, die hoch aufgeschossene, schlanke Gestalt, die zerzausten braunen Haare, die Blackthorn-Augen. Und schließlich sprach er zum ersten Mal.

Seine Stimme klang heiser und rau, als hätte er sie seit Tagen nicht genutzt.

»Vater?«, fragte er, und dann – als Julian bestürzt nach Luft schnappte – verdrehte Mark die Augen und sackte bewusstlos zusammen.

6

Die Liebe viel Weiserer

In Marks Zimmer lag überall Staub.

Nach seiner Entführung hatten die Blackthorns den Raum jahrelang nicht angerührt. Doch schließlich hatte Julian an dem Tag, an dem Mark achtzehn geworden wäre, die Tür aufgerissen und das Zimmer in einem Anfall wilder Wut leer gefegt. Marks Kleidung, Sachen, Games – einfach alles hatte er in Kisten gepackt und weggeräumt. Zurückgeblieben war ein kahler Raum mit Tisch und Bett, der darauf wartete, dass man ihn neu einrichtete.

Emma lief zum Fenster, schob die Vorhänge beiseite und riss die Fenster auf, um Luft hereinzulassen, während Julian seinen Bruder, den er die Treppe hinaufgetragen hatte, zum Bett brachte.

Eine dünne Staubschicht lag auf der Tagesdecke und wirbelte hoch, als Julian Mark ablegte. Mark hustete kurz, erwachte jedoch nicht aus seiner Bewusstlosigkeit.

Durch die geöffneten Fenster strömte helles Licht herein und verwandelte die Staubpartikel in der Luft in tanzende Wesen.

»Er ist so dünn geworden … scheint kaum noch was zu wiegen«, sagte Julian.

Jemand, der ihn nicht kannte, hätte vielleicht angenommen, dass ihn das Ganze nicht berührte: Julians Gesicht verriet nur eine leichte Anspannung, aber er hatte die Lippen zu einem dünnen Strich zusammengepresst. Diese Miene war typisch für ihn, wenn in seinem Inneren Gefühle tobten, die er zu verbergen versuchte – normalerweise vor seinen jüngeren Geschwistern.

Emma trat ans Bett. Einen Moment standen sie schweigend da und betrachteten Mark. Die Konturen seiner Ellbogen, Knie und Schlüsselbeine zeichneten sich tatsächlich erschreckend spitz unter der Kleidung ab: eine zerschlissene Jeans und ein T-Shirt, das durch jahrelanges Tragen und Waschen fast transparent schien. Verfilzte blonde Haare verdeckten die Hälfte seines Gesichts.

»Stimmt das wirklich?«, fragte eine dünne Stimme hinter ihnen.

Emma wirbelte herum. Ty und Livia hatten sich ins Zimmer gewagt, allerdings nur ein paar Schritte. Cristina stand hinter ihnen und warf Emma einen entschuldigenden Blick zu, als wollte sie sagen: *Tut mir leid, ich habe versucht, sie zurückzuhalten.* Emma zuckte die Achseln. Sie wusste, dass es unmöglich war, die Zwillinge aufzuhalten, wenn diese sich etwas in den Kopf gesetzt hatten.

Livvy hatte die Frage gestellt und schaute nun an Emma vorbei zum Bett, wo Mark lag. Erstaunt schnappte sie nach Luft. »Es stimmt *tatsächlich.«*

»Kann gar nicht sein.« Tys Arme hingen an den Seiten herab, und seine Hände zappelten unruhig. Er zählte mit seinen Fingern von eins bis zehn und wieder zurück. Ungläubig starrte er auf seinen bewusstlosen Bruder. »Feenwesen geben das, was sie genommen haben, nicht wieder zurück. Das weiß jeder.«

»Du hast recht«, bestätigte Julian sanft. Emma fragte sich nicht zum ersten Mal, wie er es schaffte, so freundlich zu bleiben, wenn er doch innerlich das Bedürfnis haben musste, am liebsten laut zu schreien. »Aber manchmal geben sie dir zurück, was dir gehört.«

Ty schwieg. Seine Hände flatterten unkontrolliert. Als Tys Vater noch gelebt hatte, hatte er versucht, seinen Sohn zur Reglosigkeit zu erziehen: Jedes Mal, wenn Ty irgendetwas aufgeregt hatte, hatte er seine Hände festgehalten und in bemüht beschwichtigendem Ton auf ihn eingeredet: »Ruhig, Ty, *ruhig.«* Doch das Ganze hatte nur dazu geführt, dass Ty sich vor lauter

Panik übergeben musste. Julian dagegen hatte diese Methode nie angewandt. Er hatte Ty lediglich erklärt, dass alle Menschen Schmetterlinge hätten, wenn sie nervös seien: Manche hätten sie im Bauch und andere, wie etwa Ty, in den Händen. Diese Erklärung hatte Ty gefreut. Er liebte Schmetterlinge, Falter, Bienen – einfach alles, was Flügel hatte.

»Er sieht nicht so aus, wie ich ihn in Erinnerung habe«, sagte eine leise Stimme. Dru hatte sich hinter Cristina in den Raum geschoben und hielt Tavvy an der Hand.

»Na ja«, meinte Emma. »Mark ist jetzt auch fünf Jahre älter.«

»Er sieht nicht älter aus, nur irgendwie anders«, wandte Dru ein.

Einen Moment lang herrschte Stille. Dru hatte recht: Mark machte nicht den Eindruck, als sei er älter geworden, und erst recht nicht um fünf Jahre. Das lag zum Teil sicherlich daran, dass er so dünn war, doch es gab auch noch einen anderen Grund.

»Er ist all die Jahre im Feenreich gewesen«, sagte Julian. »Und dort vergeht die Zeit anders als bei uns.«

Ty trat einen Schritt vor. Sein Blick schweifte über das Bett und dann über seinen Bruder. Drusilla blieb bei der Tür stehen. Sie war erst acht Jahre alt gewesen, als man Mark verschleppt hatte. Emma konnte nicht sagen, wie gut ihre Erinnerungen an ihn waren; vermutlich waren sie eher verschwommen. Und Tavvy war damals erst zwei gewesen. Ihm musste der Junge auf dem Bett wie ein völlig Fremder vorkommen.

Aber Ty konnte sich bestimmt an Mark erinnern. Er trat nun noch näher ans Bett, und Emma glaubte beinahe sehen zu können, wie die Räder seines scharfen Verstands ineinandergriffen. »Das ergibt tatsächlich Sinn«, sagte er. »Es kursieren zahlreiche Geschichten und Erzählungen, in denen jemand für eine Nacht mit den Feenwesen verschwunden ist, um dann bei der Rückkehr festzustellen, dass inzwischen hundert Jahre vergangen sind. Fünf Jahre könnten für Mark wie zwei Jahre gewesen sein. Er sieht ungefähr so alt aus wie du, Jules.«

Julian räusperte sich. »Ja. Ja, stimmt.«

Ty legte den Kopf auf die Seite. »Warum haben die Feenwesen ihn zurückgebracht?«

Julian zögerte. Emma stand reglos da; sie wusste genauso wenig wie er, wie sie den Kindern – die sie mit großen Augen ansahen – erklären sollten, dass ihr verschleppter Bruder möglicherweise doch nicht für immer zurückgekehrt war.

»Er blutet ja«, stellte Dru fest.

»Was?« Julian schaltete die Elbenlichtlampe auf dem Nachttisch ein, deren Schein den Raum mit strahlender Helligkeit erfüllte. Emma hielt den Atem an: Die Schulterpartie von Marks zerschlissenem weißem T-Shirt war blutgetränkt, und der Fleck breitete sich langsam aus.

»Stele«, befahl Julian und streckte die Hand aus. Mit der anderen Hand zog er bereits an Marks T-Shirt und legte sein Schlüsselbein und Schulter frei, wo sich eine halb verheilte Verletzung wieder geöffnet hatte. Blut sickerte aus der Wunde – zwar nicht viel, aber der Anblick reichte, dass Tavvy einen würgenden Laut von sich gab.

Emma zog die Stele aus ihrem Gürtel und warf sie Julian wortlos zu. Sie brauchte auch nichts zu sagen, denn Julian hob reflexartig die Hand und fing die Stele aus der Luft auf. Dann beugte er sich über seinen Bruder, drückte die Spitze der Stele auf dessen Haut und setzte zu einer Heilrune an …

Im nächsten Moment schrie Mark laut auf.

Er riss die Augen auf, starrte mit wildem, irrem Blick in die Runde und schlug mit seinen schmutzigen, blutigen Händen um sich, sodass die Stele Julians Griff entglitt.

»Nimm das *weg*«, knurrte er und setzte sich panisch auf. *»Nimm das Ding weg!«*

»Mark …«

Julian versuchte, seinen Bruder festzuhalten, doch Mark stieß ihn fort. Er mochte zwar hager sein, aber er war auch überraschend stark. Julian taumelte rückwärts, was Emma wie einen heftigen Stich in ihrem Hinterkopf spürte. Sie stürmte vorwärts und warf sich zwischen die beiden Brüder.

Wütend wollte sie Mark anfahren, den Unsinn gefälligst zu lassen, als sie sein Gesicht sah. Seine Augen waren weit aufgerissen und furchterfüllt, und seine Hände griffen hektisch an seine Kehle. Dort hing irgendetwas, etwas Glitzerndes am Ende einer Schnur … Im nächsten Moment sprang Mark vom Bett und landete auf dem Boden; er zitterte am ganzen Körper, und seine Hände und Füße kratzten Halt suchend über das Parkett.

»Geht *zurück*«, befahl Julian seinen Geschwistern beherrscht, aber bestimmt. Hastig wichen sie zurück, und Emma erhaschte einen Blick auf Tavvys unglückliche Miene, als Dru ihn hochhob und zur Tür trug.

Mark war in eine Ecke des Raums gehuscht, wo er nun kauerte, die Hände um die Knie geschlungen und den Rücken gegen die Wand gepresst. Julian ging einen Schritt auf seinen Bruder zu, blieb dann aber stehen; die Stele baumelte nutzlos in seiner Hand.

»Nimm das Ding weg«, knurrte Mark erneut, und seine Stimme, die eindeutig Marks Stimme war – eisig und präzise –, stand in krassem Widerspruch zu seinem verlausten Vogelscheuchenaussehen. Wütend funkelte er Julian an und hielt ihn damit auf Abstand.

»Was ist los mit ihm?«, fragte Livvy fast im Flüsterton.

»Die Stele ist das Problem«, antwortete Julian leise.

»Aber warum?«, hakte Emma nach. »Wie kann es sein, dass ein Schattenjäger vor einer Stele Angst hat?«

»Du nennst mich einen Angsthasen?«, herrschte Mark sie an. »Beleidige mich noch einmal, und ich schlitz dir die Kehle auf, Mädchen.«

»Mark, das hier ist *Emma*«, erklärte Julian. »Emma Carstairs.«

Mark presste seinen Rücken noch fester gegen die Wand. »Lügen«, stieß er hervor. »Alles Lügen und Illusionen.«

»Ich bin's, Julian«, setzte Jules erneut an. »Dein Bruder Julian. Und das hier ist Tiberius …«

»Mein Bruder Tiberius ist ein Kind!«, brüllte Mark, plötzlich fuchsteufelswild, während sich seine Hände in die Wand hinter ihm krallten. »Er ist ein *kleiner Junge!«*

Einen Moment herrschte bestürzte Stille. »Das bin ich nicht«, sagte Ty schließlich, dessen Hände hellen Schmetterlingen gleich aufgeregt zappelten. »Ich bin kein Kind.«

Mark schwieg. Er schloss die Augen, und Tränen quollen unter seinen Lidern hervor, liefen ihm über die Wangen und hinterließen tiefe Spuren in seinem schmutzigen Gesicht.

»Das reicht.« Zur Überraschung aller Anwesenden hatte Cristina sich zu Wort gemeldet. Sie wirkte leicht verlegen, als die Blackthorns sich zu ihr umdrehten, ließ sich davon aber nicht einschüchtern. Sie hob das Kinn und richtete sich auf. »Seht ihr denn nicht, dass ihr ihn quält? Wir sollten uns alle in den Flur zurückziehen …«

»Ihr geht. Ich bleibe hier«, sagte Julian mit einem Blick auf Mark.

Cristina schüttelte den Kopf. »Nein«, erwiderte sie bedauernd, aber unbeirrt. *»Wir alle.«* Sie schwieg einen Moment, und als Julian zögerte, fügte sie hinzu: »Bitte.«

Dann durchquerte sie das Zimmer und öffnete die Tür. Verwundert sah Emma zu, wie die Blackthorns einer nach dem anderen den Raum verließen. Kurz darauf standen alle im Flur, und Cristina zog die Tür von Marks Zimmer hinter sich zu.

»Ich weiß nicht recht«, protestierte Julian sofort, als die Tür ins Schloss fiel. »Ihn einfach da drin allein zu lassen …«

»Es ist sein Zimmer«, sagte Cristina. Emma sah sie erstaunt an – woher nahm sie nur die Ruhe?

»Aber das weiß er nicht mehr«, wandte Livvy aufgewühlt ein. »Er erinnert sich an gar nichts mehr.«

»Doch, er erinnert sich«, erklärte Emma und legte Livvy eine Hand auf die Schulter. »Es ist nur so, dass sich all die Dinge, an die er sich erinnert, völlig verändert haben.«

»Wir haben uns doch nicht verändert.« Livvy machte ein solch klägliches Gesicht, dass Emma sie an sich zog und ihr einen Kuss auf den Scheitel drückte – was ihr nicht leichtfiel, denn Livvy war nur wenige Zentimeter kleiner als sie.

»Und ob ihr euch verändert habt«, sagte sie. »Wir alle haben uns verändert. Und das gilt auch für Mark.«

Ty wirkte beunruhigt. »Aber sein Zimmer ist so staubig. Und wir haben all seine Sachen weggeworfen. Mark wird glauben, dass wir ihn vergessen haben und er uns egal sei.«

Bestürzt zuckte Julian zusammen. »Ich habe seine Sachen aufbewahrt. Sie lagern in einem der Vorratsräume im Erdgeschoss.«

»Gut.« Cristina klatschte in die Hände. »Mark wird die Sachen brauchen. Und noch viel mehr: saubere Kleidung als Ersatz für das, was er im Moment trägt. Und alle anderen Dinge, die ihm vertraut sind. Fotos oder Gegenstände, an die er sich erinnert.«

»Die könnten wir sofort holen. Ty und ich«, schlug Livvy vor.

Ty wirkte erleichtert, dass er eine klare Anweisung erhalten hatte. Gemeinsam mit seiner Zwillingsschwester machte er sich auf den Weg und redete dabei leise auf sie ein.

Julian schaute ihnen nach und holte tief Luft, mit einer Mischung aus Anspannung und Erleichterung. »Danke, dass du ihnen eine Aufgabe gegeben hast.«

Emma nahm Cristinas Hand und drückte sie. Sie war mächtig stolz auf sie; am liebsten hätte sie auf Cristina gezeigt und gerufen: »Seht her, meine Freundin weiß genau, was zu tun ist!«

»Woher weißt du so genau, was zu tun ist?«, fragte sie laut, worauf Cristina ihr zuzwinkerte.

»Das ist schließlich mein Studiengebiet«, erklärte sie. »Feenwesen und die Auswirkungen des Kalten Friedens. Natürlich haben die Elben Marks Rückkehr an Bedingungen geknüpft, aber das ist nur ein Teil ihres grausamen Spiels. Eigentlich bräuchte er Zeit, um sich zu erholen und sich wieder in diese Welt und sein altes Leben einzufügen. Doch stattdessen haben die Feenwesen ihn einfach ins kalte Wasser gestoßen, als würde es ihm leichtfallen, wieder ein Schattenjäger zu sein.«

Julian lehnte sich mit dem Rücken an die Wand neben Marks

Tür. Emma sah das dunkle Feuer, das in seinen Augen brannte, nur eingedämmt von seinen halb geschlossenen Lidern. »Sie haben ihm eine Wunde zugefügt«, sagte er. »Wieso?«

»Damit du tust, was du getan hast«, erklärte Emma. »Damit du deine Stele zückst.«

Julian fluchte unterdrückt. »Damit ich sehe, was sie ihm angetan haben und wie sehr er mich hasst?«

»Er hasst dich nicht«, widersprach Cristina. »Er hasst sich selbst. Er hasst es, dass er ein Nephilim ist, weil sie ihm genau das bestimmt beigebracht haben. Hass um Hass. Die Feenwesen sind ein altes Volk, und das ist ihre Vorstellung von Gerechtigkeit.«

»Wie geht es Mark?« Diana tauchte am oberen Ende der Treppe auf. Hastig eilte sie auf die Gruppe zu, wobei ihr Rock um ihre Fußknöchel raschelte. »Ist irgendjemand bei ihm?«

Während Julian erzählte, was passiert war, hörte Diana schweigend zu und legte ihren Waffengurt um. Sie hatte Stiefel angezogen und ihre Haare nach hinten gesteckt. Eine Ledertasche hing über ihrer Schulter.

»Hoffentlich kommt er etwas zur Ruhe«, sagte sie, als Julian seinen Bericht beendet hatte. »Kieran meinte, dass die Reise vom Feenreich hierher zwei Tage gedauert hätte, ohne Pause oder Schlaf. Mark ist vermutlich völlig erschöpft.«

»Kieran?«, hakte Emma nach. »Irgendwie ist es merkwürdig, adlige Elben beim Vornamen anzureden. Er gehört doch zum Feenhof, oder?«

Diana nickte. »Kieran ist ein Elbenprinz; das hat er zwar nicht ausdrücklich gesagt, aber man sieht es ihm an. Iarlath gehört zum Hof des Dunklen Volkes, ist aber kein Prinz, sondern nur ein Höfling. Auch das lässt sich an seinem Äußeren erkennen.«

Julian warf einen Blick auf Marks Zimmertür. »Ich sollte wieder zu ihm gehen …«

»Nein«, sagte Diana. »Du und Emma … ihr beide stattet Malcolm Fade einen Besuch ab.« Sie wühlte in ihrer Ledertasche und holte die Dokumente hervor, die Kieran ihr gegeben hatte.

Aus der Nähe betrachtet konnte Emma erkennen, dass es sich um zwei dünne, fast durchscheinende Pergamentbogen handelte. Die Tinte darauf erweckte den Eindruck, als hätte man sie förmlich in das Papier geritzt. »Bringt das hier zu ihm. Vielleicht kann er sich ja einen Reim darauf machen.«

»Jetzt sofort?«, fragte Emma. »Aber …«

»Jetzt sofort«, erwiderte Diana kategorisch. »Die Feenwesen haben euch … haben uns drei Wochen Zeit gegeben. Drei Wochen mit Mark, um den Fall zu lösen. Danach holen sie ihn wieder zurück.«

»Drei *Wochen?*«, wiederholte Julian. »Das reicht nicht annähernd aus.«

»Ich könnte euch begleiten«, bot Cristina an.

»Nein, ich brauche dich hier, Cristina«, sagte Diana. »Jemand muss auf Mark aufpassen. Und die Kinder können diese Aufgabe nicht übernehmen. Genauso wenig wie ich, da ich sofort wegmuss.«

»Wohin denn?«, wollte Emma wissen.

Doch Diana schüttelte nur den Kopf. Ihre Reserviertheit wirkte wie eine Wand, gegen die Emma schon mehr als nur einmal gelaufen war. »Es ist wichtig.« Mehr rückte Diana nicht heraus. »Du wirst mir einfach vertrauen müssen, Emma.«

»Das tu ich doch immer«, murmelte Emma. Julian schwieg. Emma vermutete, dass Dianas Zurückhaltung ihn mindestens so sehr nervte wie sie, wenn nicht noch mehr. Doch er ließ sich nichts anmerken.

»Aber das verändert jetzt alles«, stellte Emma fest und musste sich Mühe geben, die Aufregung in ihrer Stimme zu unterdrücken, die Erleichterung, den Triumph – von dem sie genau wusste, dass sie ihn nicht empfinden sollte. »Mark verändert alles. Wegen Mark bist du jetzt bereit, uns nach dem Täter suchen zu lassen.«

»Ja.« Zum ersten Mal schaute Diana Emma direkt an. »Du musst hochzufrieden sein«, sagte sie. »Du hast genau das erreicht, was du wolltest. Jetzt bleibt uns keine andere Wahl.

Wir müssen diese Morde untersuchen, ohne das Wissen des Rats.«

»Das ist doch nicht meine Schuld!«, protestierte Emma.

»Es ist nie gut, wenn man keine freie Wahl mehr hat, Emma«, gab Diana zu bedenken. »Aber das wirst du schon noch lernen. Ich kann nur hoffen, dass es dann nicht zu spät ist. Du hältst diese Entwicklung der Ereignisse vielleicht für eine gute Sache, aber ich kann dir versichern, dass du dich gewaltig irrst.« Sie wandte sich Julian zu. »Wie du weißt, geht es hier um illegale Ermittlungen. Der Kalte Frieden untersagt jegliche Kooperation mit den Feenwesen, und er erlaubt schon gar nicht, dass wir *für* sie arbeiten – ganz gleich welche Beweggründe dahinterstecken. Deshalb kann es nur in unserem Interesse sein, wenn wir diese Geschichte möglichst schnell und sauber aufklären, um das Risiko zu minimieren, dass der Rat dahinterkommt.«

»Und danach?«, fragte Julian. »Wie erklären wir Marks Rückkehr?«

Ein Schatten huschte über Dianas Miene. »Darum kümmern wir uns, wenn es so weit ist.«

»Das heißt also, dass wir einen Wettlauf gegen die Zeit antreten … gegen den Rat und gegen die Feenhöfe«, meinte Julian. »Na, fantastisch. Können wir vielleicht sonst noch jemanden verärgern? Wie wär's mit dem Spirallabyrinth? Der Scholomance? Oder dem FBI?«

»Noch ist niemand verärgert«, erwiderte Diana. »Und dabei sollte es auch bleiben.« Sie reichte Emma die beiden Pergamentbogen. »Nur damit das klar ist: Wir dürfen weder mit den Feenwesen zusammenarbeiten noch Mark hier aufnehmen, ohne den Rat zu informieren. Aber natürlich tun wir genau das. Und deshalb darf niemand außerhalb dieser vier Wände etwas davon erfahren. Da ich es ablehne, den Ratsmitgliedern direkt ins Gesicht zu lügen, können wir diese Angelegenheit hoffentlich hinter uns bringen, bevor sie anfangen, Fragen zu stellen.« Mit ernster Miene musterte Diana die drei der Reihe nach. »Wir müssen jetzt zusammenarbeiten. Das bedeutet, dass du, Emma, ab sofort nicht mehr gegen meine Anweisungen handelst. Cristina, wenn du an ein anderes Institut versetzt werden möchtest, würden wir das verstehen. In dem Fall würden wir dich nur bitten, Stillschweigen über die Sache zu bewahren.«

Emma keuchte auf. »Nein!«

Doch Cristina schüttelte bereits den Kopf. »Ich möchte nicht versetzt werden«, sagte sie. »Und selbstverständlich werde ich Stillschweigen bewahren – das Ganze ist ab jetzt auch mein Geheimnis.«

»Gut«, seufzte Diana. »Apropos Geheimnis: Sagt Malcolm auf keinen Fall, woher wir diese Dokumente haben. Und erwähnt weder Marks Anwesenheit noch die Elbendelegation. Wenn er sich beschwert, wird er es mit mir zu tun bekommen.«

»Malcolm ist unser Freund«, wandte Julian ein. »Wir können ihm vertrauen.«

»Ich versuche nur zu verhindern, dass er in Schwierigkeiten gerät, falls die Sache auffliegt«, erklärte Diana. »Er muss in der Lage sein, alles abstreiten zu können.« Resolut schloss sie den Reißverschluss ihrer Jacke. »Okay, ich bin morgen wieder zurück. Viel Glück.«

»Den Obersten Hexenmeister unter Druck setzen«, murrte Julian, als Diana verschwand. »Das wird ja immer besser. Vielleicht sollten wir zum Hauptquartier des Vampirclans fahren und Anselm Nightshade eine reinhauen?«

»Aber denk doch mal an die Konsequenzen«, erwiderte Emma. »Nie mehr Pizza.«

Julian schenkte ihr ein schiefes Grinsen.

»Ich könnte allein zu Malcolm fahren«, bot Emma an. »Dann kannst du hierbleiben, Jules, und darauf warten, dass Mark …«

Sie verstummte. Sie war sich nicht sicher, ob sie wusste, worauf sie bei Mark warteten … oder ob überhaupt irgendjemand das wusste.

»Nein«, sagte Julian. »Malcolm vertraut mir. Ich kenne ihn besser als jeder andere. Und ich kann ihn dazu bringen, diese

Geschichte geheim zu halten.« Er richtete sich auf. »Wir gehen gemeinsam.«

Als Parabatai. *So wie es sein sollte.*

Emma nickte und drückte kurz Cristinas Hand. »Wir beeilen uns«, versprach sie. »Schaffst du das bis dahin allein?«

Cristina nickte. Ihre linke Hand lag an ihrem Hals, ruhte auf ihrer Kette. »Ich kümmere mich um Mark«, sagte sie. »Macht euch keine Sorgen. Es wird alles gut.«

Emma hätte ihr gern geglaubt.

Offenbar wurde der Posten des Obersten Hexenmeisters gut bezahlt, überlegte Emma – wie jedes Mal, wenn sie Malcolm Fades Haus sah. Das Gebäude erinnerte an ein Schloss.

Malcolm lebte ein Stück vom Institut entfernt, über den Pacific Coast Highway und an der Kanan Dume Road vorbei. An dieser Stelle ragte die mit Dünengräsern bewachsene Küste steil über dem Meer auf. Das Haus war durch Zauberglanz vor den Irdischen verborgen. Wenn man – so wie Emma – mit dem Wagen über den Highway fuhr, musste man genau aufpassen, um die Stelle mit dem silbernen Treppenaufgang zwischen zwei Felsen nicht zu verpassen.

Nach einer Weile hielt Emma den Wagen am Seitenrand an. Hier parkten regelmäßig Autos, hauptsächlich von Surfern, die es zum breiten Strand im Westen zog.

Erleichtert atmete Emma auf und schaltete den Motor aus. »Okay«, sagte sie. »Wir …«

»Emma«, unterbrach Julian sie.

Abwartend sah sie ihn an. Julian hatte seit der Abfahrt vom Institut fast die ganze Zeit geschwiegen – was Emma ihm nicht verübeln konnte. Sie wusste ja selbst nicht, was sie sagen sollte. Sie hatte sich vom Fahren ablenken lassen, von der Notwendigkeit, sich auf den Verkehr zu konzentrieren. Allerdings war sie sich Julians Nähe ständig bewusst gewesen: Jules hatte schweigend dagesessen, den Kopf gegen die Kopfstütze gelehnt, die Augen geschlossen und die Hände auf den Knien, zu Fäusten geballt.

»Mark hat gedacht, ich sei unser Vater«, sagte Julian abrupt, und Emma war klar, dass er sich an diesen schrecklichen Moment erinnerte, an den hoffnungsvollen Ausdruck in den Augen seines Bruders – eine Hoffnung, die nichts mit ihm zu tun hatte. »Er hat mich nicht erkannt.«

»Er kennt dich nur als Zwölfjährigen«, wandte Emma ein. »Er kennt euch alle nur, als ihr noch viel jünger wart.«

»Und dich auch.«

»Ich bezweifle, dass er sich überhaupt an mich erinnert.«

Julian löste den Sicherheitsgurt. Licht spiegelte sich in seinem Armband mit den Meerglasanhängern und ließ deren Farben aufleuchten: Feuerrot, Sonnengold, Blackthorn-Blaugrün.

»Doch, ganz bestimmt«, versicherte er. »Niemand könnte dich je vergessen.«

Überrascht schaute Emma ihn an. Doch im nächsten Moment sprang Julian aus dem Wagen. Hastig folgte sie ihm und schlug die Fahrertür zu, während mehrere Autos nur eine Straßenspur entfernt an ihnen vorbeidonnerten.

Jules stand am Fuß des Aufgangs, der zu Malcolms Haus führte, und starrte hinauf. Unter dem dünnen Baumwollstoff seines T-Shirts konnte Emma die Schulterblätter erkennen und darüber seinen Nacken. Die Haut schimmerte an den Stellen, wo seine Haare die Sonne blockiert hatten, einen Hauch heller.

»Die Feenwesen sind Betrüger«, sagte Julian, ohne sich umzudrehen. »Sie werden Mark nicht aufgeben wollen: Feenblut und Schattenjägerblut in einer Person – eine solche Kombination ist viel zu wertvoll. Sie werden garantiert mit irgendeiner Klausel ankommen, die es ihnen erlaubt, Mark nach Erfüllung unseres Auftrags zu sich zurückzuholen.«

»Na ja, es ist seine Entscheidung«, sagte Emma. »Er kann wählen, ob er bleiben oder wieder gehen möchte.«

Julian schüttelte den Kopf. »Eine scheinbar einfache Entscheidung, ich weiß«, sagte er. »Aber nur die wenigsten Entscheidungen sind jemals einfach.«

Gemeinsam stiegen sie die Wendeltreppe hinauf, die sich

durch die Hügel wand und aufgrund ihres Zauberglanzes nur für Nephilim und Schattenweltler sichtbar war. Bei ihrem ersten Besuch hatte Malcolm Emma die Stufen hinaufgeführt, und sie hatte verwundert auf die Irdischen hinabgespäht, die in ihren Autos vollkommen ahnungslos an der kristallklaren Treppe vorbeirasten.

Inzwischen war Emma an diesen Anblick gewöhnt: Wenn man die Treppe erst einmal entdeckt hatte, ließ sie sich nicht mehr übersehen.

Julian schwieg, während sie weitergingen, was Emma aber nicht störte. Seine Worte vorhin im Auto … das hatte er wirklich ernst gemeint. Er hatte sie ruhig und direkt angesehen, und es war *Julian*, der da gesprochen hatte, ihr Jules. Der Jules, der mit jeder Faser ihres Körpers verwachsen und verwoben war, mit ihren Knochen, ihrem Verstand, ihren Adern und ihren Nerven.

Die Stufen endeten abrupt in einem Pfad, der zu Malcolms Eingangstür führte. Eigentlich hätte man hinunterklettern sollen, doch Emma sprang und landete mit beiden Füßen auf dem festgetretenen Weg. Eine Sekunde später landete Julian neben ihr und streckte eine Hand aus, um Emma zu stützen – seine Finger fühlten sich wie fünf warme Striche in ihrem Rücken an. Im Grunde brauchte sie seine Hilfe nicht; sie hatte wahrscheinlich den besseren Gleichgewichtssinn von ihnen beiden. Doch sie erkannte, dass es sich um etwas handelte, das Julian unbewusst schon immer getan hatte – eine Art instinktiver Schutzreflex.

Rasch warf sie ihm einen Blick zu, doch er schien in Gedanken versunken und gar nicht wahrzunehmen, dass sie einander berührten. Dann ging er einen Schritt vor, während die Treppe hinter ihnen wieder im Zauberglanz verschwand.

Schließlich erreichten sie zwei Obelisken, die aus dem staubigen Boden aufragten und eine Art Tor bildeten. Alchemistische Symbole zierten ihre Oberflächen: Feuer, Erde, Wasser, Luft. Wüstenpflanzen säumten den Pfad aus gestampften Muschelschalen, der zum Haus führte: Kakteen, Beifuß, Säckelblumen. Bienen schwirrten zwischen den Blüten hin und her, während Emma und Julian sich der Eingangstür mit der gebürsteten Metalloberfläche näherten.

Als Emma anklopfte, schwang die Tür mit einem fast lautlosen Geräusch auf und gab den Blick auf das Innere des Hauses frei. Ein Dutzend weiße, mit Pop-Art-Reproduktionen dekorierte Flure führten in verschiedene Richtungen. Julian war direkt an Emmas Seite, unauffällig, aber nicht unbewaffnet. Zwar hatte er seine Armbrust nicht mitgebracht, aber Emma spürte das Heft eines Messers an seinem Handgelenk, als er sie mit dem Arm dirigierte.

»Hier entlang«, raunte er. »Ich höre Stimmen.«

Leise steuerten sie auf das kreisrunde Wohnzimmer zu, das nur aus Glas und Stahl zu bestehen schien und einen Panoramablick auf den Ozean bot. Emma kam Malcolms Haus immer wie das Domizil eines Filmstars vor – extrem modern eingerichtet, angefangen vom Soundsystem, aus dem klassische Musik erklang, bis hin zum Infinity Pool, der über die Felsen hinausragte.

Malcolm lag – mit dem Rücken zum Pazifik – auf einer Couch, die sich durch den ganzen Raum zog. Er trug einen schwarzen, sehr schlichten und eindeutig teuren Anzug und nickte freundlich, während zwei Männer in ähnlich dunklen Anzügen und mit schwarzen Aktenkoffern in den Händen eindringlich auf ihn einredeten.

Als er Emma und Julian sah, winkte er ihnen zu. Bei den Besuchern handelte es sich um zwei hellhäutige Männer mittleren Alters, mit nichtssagenden Gesichtern. Malcolm schnippte kurz mit den Fingern, worauf die beiden in der Bewegung erstarrten und mit ausdrucklosem Blick geradeaus schauten.

»Du jagst mir jedes Mal einen Schauer über den Rücken, wenn du das machst«, bemerkte Emma. Langsam näherte sie sich einem der erstarrten Männer und stupste ihn vorsichtig an, was dazu führte, dass sich sein Körper leicht zur Seite neigte.

»Bitte zerbrich mir nicht den Filmproduzenten«, bat Malcolm. »Sonst muss ich seinen Leichnam im Steingarten verbuddeln.«

»Du bist derjenige, der ihn in eine Salzsäule verwandelt hat.« Julian setzte sich auf die Armlehne der Couch, während Emma sich neben ihm in die Kissen sinken ließ, die Füße auf den Sofatisch legte und mit den Zehen in ihren Sandalen wackelte.

Malcolm blinzelte Julian verwundert an. »Aber wie soll ich denn sonst mit euch reden, ohne dass sie uns zuhören?«

»Du hättest uns bitten können zu warten, bis eure Besprechung vorbei ist«, meinte Julian. »Auf diese Weise wäre wahrscheinlich kein Leben in Gefahr.«

»Ihr seid Schattenjäger. Bei euch kann es sich immer um eine Frage von Leben und Tod handeln«, erwiderte Malcolm nicht ganz ungerechtfertigt. »Außerdem bin ich nicht sicher, ob ich den Auftrag überhaupt will. Die beiden sind Filmproduzenten und möchten, dass ich einen Zauber anwende, um den Erfolg ihres neuesten Films zu garantieren. Aber das Machwerk ist schrecklich.« Verdrießlich blickte er auf das Filmplakat, das neben ihm auf dem Sofa lag. Es zeigte mehrere Vögel, die auf den Betrachter zuflogen. Darüber stand in Großbuchstaben: ADLER-ATTACKE III: JETZT FLIEGEN DIE FEDERN!

»Passiert darin irgendetwas, das in *Adler-Attacke I* und *II* nicht hinlänglich abgedeckt wurde?«, fragte Julian.

»Noch mehr Adler.«

»Spielt es denn eine Rolle, ob der Film schlecht ist? Im Kino laufen doch ständig schlechte Filme, die total erfolgreich sind«, bemerkte Emma. Sie wusste mehr über Spielfilme, als ihr im Grunde lieb war. Die meisten Schattenjäger interessierten sich nicht für die Kultur der Irdischen, aber wenn man in Los Angeles lebte, konnte man dem nun mal nicht entgehen.

»Es bedeutet, dass ich einen stärkeren Zauber entwickeln muss. Was mehr Arbeit erfordert. Andererseits wird das Ganze gut bezahlt. Und ich habe schon ein paarmal darüber nachgedacht, mir eine Eisenbahn im Haus installieren zu lassen. Die könnte mir dann Krabbenbrot aus der Küche bringen.«

»Eine Eisenbahn?«, wiederholte Julian. »Was für eine Eisenbahn?«

»Eine kleine. Vielleicht mittelgroße. Etwa so hoch.« Malcolm hielt die Hand über den Boden. »Und sie könnte ›Puffpuff‹ machen …« Er schnipste mit den Fingern, um das Geräusch der Lokomotive zu untermalen, worauf die Filmproduzenten schlagartig aus ihrer Starre erwachten.

»Ups«, sagte Malcolm, als sie ihn blinzelnd ansahen. »Das wollte ich nicht.«

»Mr Fade«, setzte der ältere der beiden Männer an. »Werden Sie sich unser Angebot überlegen?«

Malcolm warf einen entmutigten Blick auf das Filmplakat. »Ich melde mich dann bei Ihnen.«

Die Produzenten wandten sich zum Gehen, und der jüngere Mann zuckte vor Schreck zusammen, als er Emma und Julian entdeckte. Emma konnte es ihm kaum verübeln. Aus seiner Sicht mussten Julian und sie wie aus dem Nichts aufgetaucht sein.

»Tut mir leid, meine Herren«, sagte Malcolm. »Darf ich vorstellen: meine Nichte und mein Neffe. Heute ist Familientag, wenn Sie verstehen, was ich meine.«

Die Irdischen schauten von Malcolm zu Jules und Emma und wieder zurück. Es war offensichtlich, dass sie sich fragten, wie jemand, der wie siebenundzwanzig aussah, eine Nichte und einen Neffen haben konnte, die bereits im fortgeschrittenen Teenageralter waren. Der ältere Mann zuckte die Achseln.

»Viel Spaß am Strand«, sagte er, und dann marschierten sie, in einer Wolke teuren Rasierwassers, mit ihren Aktenkoffern zur Tür.

Malcolm stand vom Sofa auf und ging ein paar Schritte mit leichter Schlagseite. Er hatte einen merkwürdigen Gang, der bei Emma jedes Mal die Frage aufwarf, ob er sich früher einmal eine Verletzung zugezogen hatte, die nicht vollständig verheilt war. »Ist mit Arthur alles in Ordnung?«, erkundigte er sich.

Julian versteifte sich neben Emma, kaum wahrnehmbar, aber sie konnte es dennoch spüren. »Mit der Familie ist alles okay. Danke.«

Malcolms violette Augen – sein Lilithmal – verdunkelten sich einen Moment und leuchteten dann wieder, wie ein wolkenverhangener Himmel, bevor die Sonne erneut zum Vorschein kam. Als er zur Bar schlenderte, die sich an einer Wand erstreckte, und sich ein Glas kristallklare Flüssigkeit einschenkte, wirkte seine Miene freundlich und zuvorkommend. »Was kann ich dann für euch tun?«

Emma setzte sich auf, holte die Fotokopien der Feendokumente hervor und legte sie auf den Sofatisch. »Erinnerst du dich daran, worüber wir gestern Abend gesprochen haben …?«

Malcolm stellte das Glas beiseite, trat zu ihr und nahm die Papierbogen in die Hand. »Diese Dämonensprache«, sagte er. »Die, mit der man die Leiche in der Gasse entstellt hat und die Leichname deiner Eltern …« Er verstummte und pfiff dann anerkennend durch die Zähne. »Sieh mal einer an«, staunte er und tippte mit dem Finger auf die erste Seite. »Jemand hat die erste Zeile übersetzt. *Feuer zu Wasser.*«

»Das ist ein Durchbruch, stimmt's?«, meinte Emma.

Malcolm schüttelte seine elfenbeinweißen Haare. »Möglicherweise, aber ich kann nichts damit anfangen. Jedenfalls nicht, wenn das vor Diana und Arthur geheim bleiben muss. Ich darf mich auf so etwas nicht einlassen.«

»Diana ist einverstanden«, sagte Emma. Als Malcolm sie zweifelnd musterte, fügte sie hinzu: »Ganz ehrlich. Ruf sie an und frag sie selbst …«

Sie verstummte, als plötzlich ein Mann ins Wohnzimmer schlenderte, die Hände in den Taschen. Er wirkte wie Anfang zwanzig, war groß gewachsen und hatte stachlige schwarze Haare und goldgrüne Katzenaugen. Sein weißer Anzug hob sich deutlich von seiner gebräunten Haut ab.

»Magnus!«, rief Emma und sprang auf. Magnus Bane war der Oberste Hexenmeister von Brooklyn und saß als Repräsentant der Hexenwesen in der Kongregation. Wahrscheinlich war er der berühmteste Hexenmeister der Welt, was man aber nie vermutet hätte. Er wirkte sehr jung und war gegenüber Emma und den

Blackthorns, die er während des Dunklen Kriegs kennengelernt hatte, immer freundlich und nett gewesen.

Emma hatte Magnus von Anfang an gemocht – er schien jederzeit und überall das Unmögliche möglich machen zu können. Seit ihrer letzten Begegnung hatte er sich nicht verändert, angefangen von seinem sardonischen Lächeln bis hin zu den schweren Edelsteinringen an seinen Fingern. »Emma, Julian. Wie schön, euch zu sehen. Was macht ihr denn hier?«

Hastig warf Emma Julian einen Blick zu. Obwohl sie Magnus beide mochten, erkannte sie an Julians Miene – die sich nur minimal verfinsterte und sofort durch einen Ausdruck freundlichen Interesses ersetzt wurde –, dass er über die Anwesenheit des Hexenmeisters nicht erfreut war. Sie mussten bereits dafür sorgen, dass Malcolm in dieser Angelegenheit Stillschweigen bewahrte. Und wenn jetzt noch jemand hinzukam, ausgerechnet jemand mit einem Sitz in der Kongregation …

»Was führt dich denn nach Los Angeles?«, fragte Julian beiläufig.

»Seit dem Dunklen Krieg hat der Rat sich mit der Ortung magischer Vorfälle befasst, mit jener Sorte von Magie, die Sebastian Morgenstern angewandt hat«, erklärte Magnus. »Energie, die bösartigen Ursprungs ist … aus Höllendimensionen und dergleichen. Um damit Macht zu gewinnen und Tote wieder zum Leben zu erwecken. *Necyomanteis,* wie die alten Griechen es genannt haben.«

»Nekromantie«, übersetzte Emma.

Magnus nickte. »Wir haben eine Landkarte erstellt«, berichtete er, »mit Unterstützung des Spirallabyrinths und der Stillen Brüder – einschließlich Zachariah. Diese Karte zeigt, an welchen Orten Totenbeschwörungsmagie betrieben wird. Und vor ein paar Tagen haben wir ein Signal hier aus Los Angeles erhalten, vom Rand der Wüste. Deshalb dachte ich, ich schau mal kurz vorbei, ob Malcolm vielleicht etwas darüber weiß.«

»Das war ein bösartiger Totenbeschwörer«, erzählte Malcolm. »Diana meinte, sie hätte sich bereits darum gekümmert.«

»Gott, ich hasse bösartige Totenbeschwörer«, seufzte Magnus. »Warum können sie sich nicht einfach an die Regeln halten?«

»Vielleicht weil die wichtigste Regel ›Keine Totenbeschwörung‹ lautet?«, mutmaßte Emma.

Magnus schenkte ihr ein schiefes Grinsen. »Na, jedenfalls war es für mich kein großer Aufwand, auf dem Weg nach Buenos Aires hier kurz reinzuschneien.«

»Was ist denn in Buenos Aires?«, fragte Julian.

»Alec«, sagte Magnus. Alexander Lightwood war seit einem halben Jahrzehnt Magnus' fester Freund. Eigentlich hätten sie im Rahmen der neuen Gesetzgebung, die Ehen zwischen Nephilim und Schattenweltlern – mit Ausnahme von Feenwesen – erlaubte, auch heiraten können, aber das hatten sie nicht getan. Den Grund kannte Emma allerdings nicht. »Im Grunde eine Routineüberprüfung eines Vampirkultes, der jedoch mehr Probleme verursacht als erwartet.«

»Hoffentlich nichts Ernstes?«, fragte Julian. Er kannte Alec Lightwood länger als Emma, denn die Familien Blackthorn und Lightwood waren jahrelang gut befreundet gewesen.

»Es ist kompliziert, aber nicht ernst«, sagte Magnus, während Malcolm aufstand.

»Ich ruf mal schnell Diana an. Bin gleich wieder zurück«, sagte er und verschwand durch den Flur.

»Also.« Magnus ließ sich auf dem Sofa nieder, genau an der Stelle, die Malcolm gerade frei gemacht hatte. »Was führt euch zum Obersten Hexenmeister in der Stadt der Engel?«

Emma tauschte einen besorgten Blick mit Julian, aber ihr fiel im Moment auch nichts Besseres ein, als über den Tisch zu springen und Magnus eins über den Schädel zu ziehen – was aus mehreren Gründen nicht ratsam war.

»Offenbar etwas, das ihr mir nicht mitteilen dürft.« Magnus verschränkte die Finger unter dem Kinn. »Geht es um die Morde?« Als er ihre erstaunten Gesichter sah, fügte er hinzu: »Ich habe Freunde in der Scholomance. Catarina Loss zum Beispiel.

Alles, was irgendwie mit bösartiger Magie oder den Feenwesen zusammenhängt, interessiert mich brennend. Hilft Malcolm euch dabei?«

Julian schüttelte den Kopf, eine kaum wahrnehmbare Bewegung.

»Bei einigen der Leichen handelt es sich um Feenwesen«, setzte Emma an. »Wir dürfen uns nicht damit befassen. Der Kalte Frieden …«

»Der Kalte Frieden ist widerwärtig«, sagte Magnus; seine Stimme klang nun nicht mehr belustigt, sondern bitterernst. »Allein die Idee, ein ganzes Volk für die Taten einiger weniger zu bestrafen … ihm jegliche Rechte vorzuenthalten. Und deine Schwester ins Exil zu schicken«, fügte er hinzu und schaute Julian an. »Ich habe mit ihr gesprochen. Sie hat bei der Erstellung der Karte mitgewirkt – jede derart umfassende Magie betrifft auch die Schutzschilde. Wie oft telefonierst du eigentlich mit ihr?«

»Jede Woche«, antwortete Jules.

»Sie meinte, du würdest ihr immer versichern, dass alles in bester Ordnung sei«, berichtete Magnus. »Ich glaube, sie macht sich Sorgen, dass du ihr vielleicht nicht die Wahrheit sagst.«

Julian schwieg. Es entsprach der Wahrheit, dass er jede Woche mit Helen telefonierte – und nicht nur er, sondern auch seine Geschwister, die das Telefon oder den Computer der Reihe nach weiterreichten. Und es entsprach ebenfalls der Wahrheit, dass Julian ihr nie etwas anderes erzählte, als dass alles in Ordnung sei, dass es allen gut ging und sie sich keine Sorgen zu machen brauchte.

»Ich erinnere mich an ihre Hochzeit«, erzählte Magnus, und ein sanfter Ausdruck trat in seine Augen. »Wie jung ihr beide damals wart. Obwohl das ja nicht die letzte Hochzeit war, bei der wir uns gesehen haben, oder?«

Verwirrt schauten Emma und Julian sich an. »Doch, eigentlich schon, da bin ich mir ziemlich sicher. Bei welcher anderen Hochzeit sollte das denn gewesen sein?«, fragte Julian.

»Hm«, meinte Magnus. »Vielleicht lässt mich mein Gedächtnis auf meine alten Tage allmählich im Stich.« Allerdings klang er nicht so, als würde er das für wahrscheinlich halten. Bedächtig lehnte er sich zurück und streckte die langen Beine unter dem Sofatisch aus. »Und was Helen betrifft: Ich bin mir sicher, dass es sich nur um die typische Sorge älterer Geschwister handelt. Alec macht sich jedenfalls ständig Sorgen um Isabelle, ob nun zu Recht oder nicht.«

»Was hältst du eigentlich von Ley-Linien?«, fragte Emma unvermittelt.

Magnus zog die Augenbrauen hoch. »Was soll damit sein? An Ley-Linien angewandte Zauberformeln werden zusätzlich verstärkt.«

»Und spielt die Art der Magie eine Rolle? Schwarze Magie, Hexenmagie, Feenmagie?«

Magnus runzelte die Stirn. »Das kommt darauf an. Aber es ist eher ungewöhnlich, dass Ley-Linien zur Verstärkung Schwarzer Magie verwendet werden. Normalerweise dienen sie dazu, Energie zu transportieren. Wie eine Art Liefersystem für Magie …«

»Also, wer hätte das gedacht?« Malcolm kehrte ins Wohnzimmer zurück und warf Emma einen amüsierten Blick zu. »Diana bestätigt deine Geschichte. Wenn das mal keine Überraschung ist.« Sein Blick schweifte zu Magnus. »Worum geht's?«

Irgendetwas flackerte in seinen Augen. Doch Emma konnte nicht sagen, ob es sich dabei um Belustigung oder irgendetwas anderes handelte. Manchmal wirkte Malcolm wie ein kleines Kind und redete stundenlang über Eisenbahnen, Krabbenbrot und Adler-Filme. Aber in anderen Momenten war sein Verstand so konzentriert und scharf wie bei jedem anderen in Emmas Umgebung.

Magnus legte die Arme auf die Rückenlehne des Sofas. »Wir sprachen gerade über Ley-Linien. Und darüber, dass sie Magie verstärken, allerdings nur bestimmte Arten der Magie. Magie, die sich mit dem Transfer von Energie befasst. Hatten du und

Catarina Loss nicht mal irgendwelchen Ärger mit Ley-Linien … damals, als du noch in Cornwall gelebt hast, Malcolm?«

Ein vager Ausdruck huschte über Malcolms Gesicht. »Daran kann ich mich nicht mehr genau erinnern. Aber Magnus, hör endlich auf, Emma und Julian lästig zu fallen«, forderte er, mit einem leicht verärgerten Unterton in der Stimme – Neid unter Kollegen, vermutete Emma. »Das ist *mein* Fachgebiet. Du hast deine eigenen hoffnungslosen Menschen in New York.«

»Einer dieser hoffnungslosen Menschen ist der Vater meines Kindes«, stellte Magnus klar.

Natürlich war Magnus nie schwanger gewesen, obwohl das ziemlich interessant gewesen wäre, überlegte Emma. Magnus und Alec Lightwood hatten ein Hexenkind namens Max adoptiert, dessen Haut in einem faszinierenden Marineblau schimmerte.

»Außerdem«, fügte Magnus hinzu, »hat der Rest von ihnen die Welt gerettet, jeder mindestens ein Mal.«

Malcolm zeigte auf Julian und Emma. »Ich hege große Hoffnungen für die beiden.«

Bei diesen Worten musste Magnus grinsen. »Du hast bestimmt recht«, sagte er. »Na, jedenfalls sollte ich mich jetzt mal auf den Weg machen. Ich habe noch einen langen Weg vor mir, und Alec mag es nicht, wenn ich zu spät komme.«

Alle standen auf, um sich zu verabschieden. Magnus klopfte Malcolm auf den Oberarm und umarmte Julian und dann Emma. Als er sich zu ihr hinabbeugte, stieß seine Schulter gegen ihren Kopf, und Emma hörte seine Stimme, die ihr etwas ins Ohr raunte. Überrascht blickte sie ihn an, doch er trat einen Schritt zurück und marschierte dann pfeifend in Richtung Ausgang. Etwa auf halber Strecke zwischen Wohnzimmer und Haustür nahm Emma das vertraute Schimmern und den karamellartigen Geruch der Portalmagie wahr, und wenige Sekunden später war Magnus auch schon verschwunden.

»Habt ihr ihm von den Ermittlungen erzählt?«, fragte Malcolm mit beunruhigter Miene. »Er hat von Ley-Linien gesprochen.«

»Ich hatte ihn danach gefragt«, räumte Emma ein. »Aber ich habe ihm nicht verraten, warum ich das wissen wollte. Und ich habe auch nichts von der Übersetzung der Schriftzeichen erwähnt.«

Malcolm trat an den Tisch heran, um einen weiteren Blick auf die Dokumente zu werfen. »Ihr könnt mir vermutlich nicht sagen, wer die erste Zeile enträtselt hat? *Feuer zu Wasser.* Es würde mir sehr helfen, wenn ich wüsste, was das bedeutet.«

»Nein, können wir leider nicht«, erwiderte Julian. »Aber ich denke, dass der Übersetzer die Bedeutung auch nicht gekannt hat. Kannst du trotzdem etwas damit anfangen? Um den Rest der Zauberformel oder Botschaft zu entschlüsseln?«

»Ja, wahrscheinlich. Allerdings wäre es eine große Hilfe, wenn ich wüsste, um welche Sprache es geht.«

»Es handelt sich um eine sehr alte Sprache«, erklärte Emma vorsichtig. »Älter als die Nephilim.«

Malcolm seufzte. »Viel habt ihr mir ja nicht zu bieten. Okay, antike dämonenähnliche Sprache, sehr, sehr alt. Ich werde mich mal im Spirallabyrinth umhören.«

»Aber sei vorsichtig, was du ihnen sagst«, warnte Julian. »Du weißt ja: Der Rat darf nicht erfahren, dass wir in dieser Sache ermitteln.«

»Was bedeutet, dass die Feenwesen in den Fall verwickelt sind«, bemerkte Malcolm, und ein belustigter Ausdruck huschte über sein Gesicht, als er ihre bestürzten Mienen sah. »Keine Sorge, ich werde dichthalten. Ich mag den Kalten Frieden genauso wenig wie jeder andere Schattenweltler.«

Julian musterte ihn reglos. Eigentlich sollte er sich als Pokerspieler versuchen, überlegte Emma. »Wie lange wirst du dafür brauchen?«, fragte er. »Für die Übersetzung?«

»Schätzungsweise ein paar Tage.«

Ein paar Tage. Emma bemühte sich, ihre Enttäuschung zu verbergen.

»Tut mir leid, dass das nicht schneller geht«, meinte Malcolm in aufrichtig bedauerndem Ton. »Kommt. Ich begleite euch nach draußen. Ich brauche etwas frische Luft.«

Die Sonne war hinter den Wolken hervorgekommen und strahlte hell auf Malcolms Vorgarten herab. Die Wüstenpflanzen mit den silbergeränderten Blättern zitterten im Wind, der aus den Canyons wehte. Eine Eidechse huschte unter einem Strauch hervor und starrte sie an. Emma streckte dem Reptil die Zunge heraus.

»Ich mache mir Sorgen«, sagte Malcolm unvermittelt. »Die Sache gefällt mir nicht. Totenbeschwörungsmagie, Dämonensprachen, eine Serie von Morden, die niemand versteht. Ermittlungen ohne das Wissen des Rats. Das Ganze erscheint mir … gefährlich.«

Schweigend starrte Julian in die weit entfernten Berge. Schließlich antwortete Emma an seiner Stelle.

»Malcolm, letztes Jahr haben wir ein Bataillon Forneus-Dämonen niedergemetzelt. Forneus-Dämonen: mit Tentakeln, aber ohne Gesichter«, sagte sie. »Also versuch gar nicht erst, uns Angst einzujagen, um uns von diesem Fall abzubringen.«

»Ich sag ja nur. Gefahr. Ihr wisst schon: das, was die meisten Leute gezielt vermeiden.«

»Wir nicht«, erwiderte Emma heiter. »Tentakeln, Malcolm. Aber keine *Gesichter.*«

»Störrisch wie ein Esel.« Malcolm seufzte. »Versprecht mir wenigstens, dass ihr mich ruft, wenn ihr mich braucht oder irgendetwas Neues herausgefunden habt.«

»Machen wir«, sagte Julian. Emma fragte sich, ob er ebenfalls ein kaltes Schuldgefühl in der Brust spürte, weil sie Malcolm etwas verschwiegen. Die Brise vom Ozean frischte auf, erfasste den Staub im Vorgarten und wirbelte ihn hoch. Julian strich sich die Haare aus den Augen. »Danke für deine Hilfe«, fügte er hinzu. »Wir wissen, dass wir uns auf dich verlassen können.« Dann ging er über den Pfad in Richtung der Treppe, die schimmernd aus dem Nichts auftauchte, als er sich ihr näherte.

Malcolm zog eine düstere Miene, trotz der hellen Sonne, die von der Meeresoberfläche reflektiert wurde. »Verlasst euch lieber nicht zu sehr auf mich«, sagte er so leise, dass Emma sich fragte, ob er wusste, dass sie ihn hören konnte.

»Warum nicht?« Sie wandte ihm das Gesicht zu und blinzelte gegen die blendende Sonne. Seine Augen leuchteten in der Farbe von Jacarandablüten.

»Weil ich euch im Stich lassen werde. Weil jeder euch im Stich lassen wird«, erwiderte Malcolm und kehrte dann ins Haus zurück.

7

Am tönenden Ufer

Cristina saß auf dem Boden vor Mark Blackthorns Tür.

Seit einer gefühlten Ewigkeit war kein einziger Laut aus dem Zimmer gedrungen. Die Tür stand einen Spalt auf, und Cristina konnte Mark sehen. Er lag in einer Ecke des Raums, zusammengekrümmt wie ein wildes Tier in der Falle.

Daheim in Mexiko hatte Cristina sich eingehend mit den Feenwesen befasst. Die Geschichten über die *hadas* – angefangen von den Elbenrittern der Feenhöfe bis hin zu den *duendes,* die Irdische neckten und belästigten – hatten sie von klein auf fasziniert. Als der Kalte Frieden verkündet wurde, hatte sie nicht in Idris sein können, aber ein Freund der Familie war dabei gewesen, und sein Bericht jagte ihr noch immer einen Schauer über den Rücken. Cristina hatte sich immer gewünscht, Mark und Helen Blackthorn einmal kennenzulernen, um ihnen zu sagen …

Plötzlich tauchte Tiberius im Flur auf, mit einem Pappkarton in den Händen. Seine Zwillingsschwester, die neben ihm ging, trug eine bunte Patchworkdecke über dem Arm. »Unsere Mutter hat diese Decke für Mark genäht, als er und Helen zu uns gekommen sind«, erklärte sie, als sie Cristinas überraschten Blick sah. »Ich dachte, dass er sich vielleicht an die Decke erinnert.«

»Der Vorratsraum mit seinen Sachen war zu, deshalb haben wir Mark ein paar Geschenke mitgebracht. Damit er weiß, dass er willkommen ist«, fügte Ty hinzu. Sein Blick wanderte unruhig durch den Flur. »Können wir reingehen?«

Cristina blickte in Marks Zimmer. Er lag noch immer reglos

auf dem Boden. »Ich wüsste nicht, was dagegenspricht. Aber seid leise und versucht, ihn nicht zu wecken.«

Livvy betrat den Raum als Erste und legte die Patchworkdecke auf das Bett. Ty folgte mit dem Pappkarton und stellte ihn auf dem Boden ab. Dann nahm er die bunte Decke, ging zu Mark, kniete sich neben seinen Bruder und drapierte sie ein wenig unbeholfen über ihn.

Ruckartig setzte Mark sich auf. Seine blau-goldenen Augen sahen sich panisch um, und dann bekam er Ty zu fassen, der einen lauten, verängstigten Schrei ausstieß, wie das Kreischen eines Seevogels. Mark bewegte sich mit unfassbarer Geschwindigkeit und warf Ty zu Boden. Livvy schrie auf und rannte im selben Moment aus dem Zimmer, in dem Cristina hineinstürmte.

Mark hockte über Tiberius und drückte ihn mit den Knien auf den Boden. »Wer bist du?«, herrschte er ihn an. »Was hast du hier zu suchen?«

»Ich bin dein Bruder! Ich bin's, Tiberius!« Ty wand sich wie wild hin und her, sodass die Kopfhörer von seinen Ohren rutschten und herabfielen. »Ich wollte dir nur eine Decke bringen!«

»Lügner!« Marks Atem ging schwer. »Mein Bruder Ty ist noch ein kleiner Junge! Er ist ein Kind, mein kleiner Bruder, mein …«

Hinter Cristina knallte die Tür gegen die Wand: Livvy stürmte mit wehenden Haaren ins Zimmer. Sie hielt eine Seraphklinge in der Hand, die bereits zu glühen begann. »Lass ihn los!«, stieß sie zwischen zusammengebissenen Zähnen hervor, als hätte sie Mark noch nie gesehen und als hätte sie nicht wenige Minuten zuvor eine Patchworkdecke für ihn durch das Institut getragen. »Wenn du Tiberius auch nur ein Haar krümmst, bring ich dich um. Mir egal, ob du Mark bist. Ich bring dich um!«

Mark erstarrte. Ty zappelte und wand sich noch immer, doch Mark blieb völlig regungslos. Dann drehte er langsam den Kopf in Richtung seiner Schwester. »Livia?«

Livvy keuchte und brach in Tränen aus. Aber Julian wäre stolz auf sie gewesen, dachte Cristina: Das Mädchen weinte, ohne sich vom Fleck zu rühren, und die Klinge lag ruhig und fest in ihrer Hand.

Ty nutzte Marks Verwirrung und verpasste ihm einen heftigen Schlag gegen die Schulter. Mark zuckte zusammen und rollte zur Seite, schlug aber nicht zurück. Mit einem Satz war Ty auf den Beinen und stürmte durch das Zimmer zu Livvy; Schulter an Schulter standen sie da und starrten ihren Bruder mit großen Augen an.

»Geht«, sagte Cristina. »Alle beide.« Sie spürte die Panik und Sorge, die von den Zwillingen ausging. Und auch Mark schien es wahrzunehmen. Er krümmte sich und ballte und öffnete die Hände, als hätte er starke Schmerzen. Langsam beugte Cristina sich zu Livvy und Ty hinab. »Er hat Angst. Er hat es nicht so gemeint.«

Livvy nickte und schob die Klinge wieder in die Scheide. Dann nahm sie Tys Hand und sagte leise ein paar Worte in ihrer privaten Sprache, die die Zwillinge seit ihrer Kindheit entwickelt hatten. Ty folgte ihr aus dem Zimmer und blieb nur an der Tür noch einmal kurz stehen, um Mark mit gekränkter, bestürzter Miene zu mustern.

Mark setzte sich keuchend auf und zog die Knie dicht an seinen gekrümmten Oberkörper heran. Die Wunde an seiner Schulter war wieder aufgeplatzt, und Blut sickerte durch sein T-Shirt. Langsam zog Cristina sich aus dem Zimmer zurück.

Doch in diesem Moment versteifte sich Marks Körper. »Bitte geh nicht«, sagte er.

Cristina starrte ihn an. Soweit sie wusste, waren das die ersten zusammenhängenden Worte, die er seit seiner Ankunft im Institut gesprochen hatte.

Mark hob das Kinn, und für einen Sekundenbruchteil sah Cristina unter dem Dreck, den Blutergüssen und Wunden den Mark Blackthorn, den sie von Fotos kannte. Den Mark Blackthorn, der mit Livvy und Julian und Ty verwandt war. »Ich habe Durst«, sagte er. Seine Stimme klang eingerostet, fast wie ein alter, lange nicht genutzter Motor, der stockend zum Leben erwachte. »Gibt es hier Wasser?«

»Natürlich.« Cristina nahm mit zitternder Hand ein Glas vom Nachttisch und lief in das kleine Bad, das von Marks Zimmer abging. Als sie zurückkehrte, saß Mark mit dem Rücken gegen das Fußbrett seines Betts gelehnt. Cristina reichte ihm das volle Glas, das er mit einem belustigten Blick musterte. »Wasser aus dem Hahn. Das hatte ich fast vergessen«, bemerkte er. Dann trank er gierig und wischte sich anschließend mit dem Handrücken über den Mund. »Weißt du, wer ich bin?«

»Du bist Mark«, antwortete Cristina. »Mark Blackthorn.«

Einen Moment herrschte Stille im Raum, bis Mark schließlich nickte, kaum wahrnehmbar. »Es ist lange her, dass mich jemand so genannt hat.«

»Aber es ist noch immer dein Name.«

»Wer bist du?«, fragte er. »Vermutlich sollte ich mich an dich erinnern, aber …«

»Ich bin Cristina Mendoza Rosales«, erklärte sie. »Und du hast keinen Grund, dich an mich zu erinnern, weil wir uns nämlich noch nie begegnet sind.«

»Welch eine Erleichterung.«

Cristina musterte ihn überrascht. »Tatsächlich?«

»Wenn du mich nicht kennst und ich dich nicht, dann hast du auch keine … Erwartungen an mich.« Plötzlich wirkte er furchtbar erschöpft. »Keine Erwartungen, wer oder wie ich bin. Für dich könnte ich irgendjemand sein.«

»Vorhin … als du auf dem Bett gelegen hast«, setzte Cristina an. »Warst du da wirklich bewusstlos, oder hast du nur so getan?«

»Spielt das denn eine Rolle?«, entgegnete er. Und Cristina dachte unwillkürlich, was für eine typisch elbenhafte Antwort er ihr damit gegeben hatte – eine Antwort, die eigentlich keine war. Mark verlagerte sein Gewicht und lehnte sich wieder gegen das Fußbrett. »Warum bist du hier im Institut?«

Cristina kniete sich hin, um mit Mark auf Augenhöhe zu sein. Sittsam glättete sie den Rock über ihren Knien. Die Worte ihrer Mutter, dass auch eine Nephilim, die gerade nicht im Dienst war, immer ordentlich und präsentabel auszusehen hatte, hallten ungebeten durch ihren Kopf.

»Ich bin achtzehn«, sagte sie. »Und ich wurde im Rahmen meines Auslandsstudienjahrs nach Los Angeles versetzt, um die Methoden des hiesigen Instituts besser kennenzulernen. Wie alt bist du denn?«

Dieses Mal zögerte Mark derartig lange, dass Cristina sich bereits fragte, ob er überhaupt noch antworten würde. »Ich weiß es nicht«, sagte er schließlich. »Ich war … lange weg, zumindest glaube ich das. Julian war damals zwölf. Und die anderen waren noch Kinder. Zehn, acht und zwei Jahre alt. Tavvy war erst zwei.«

»Für sie sind inzwischen fünf Jahre vergangen«, berichtete Cristina. »Fünf Jahre ohne dich.«

»Helen«, sagte Mark. »Julian. Tiberius. Livia. Drusilla. Octavian. Jeden Abend habe ich zu den Sternen hinaufgeblickt und ihre Namen wiederholt, damit ich sie nicht vergesse. Leben sie alle noch?«

»Ja, alle, obwohl Helen nicht hier wohnt. Sie ist verheiratet und lebt mit ihrer Frau zusammen.«

»Dann sind die beiden glücklich? Das freut mich. Ich habe die Nachricht von ihrer Hochzeit im Feenreich erhalten, allerdings vor ziemlich langer Zeit.«

»Ja.« Cristina betrachtete Marks Gesicht. Es schien nur aus Ecken und Kanten zu bestehen, mit leicht spitzen Ohren, die das Feenblut in seinen Adern verrieten. »Du hast eine Menge verpasst.«

»Meinst du, das wüsste ich nicht?« Wut, vermischt mit Bestürzung, kochte in seiner Stimme hoch. »Ich weiß nicht, wie alt ich bin. Ich erkenne meine eigenen Geschwister nicht wieder. Und ich weiß nicht, warum ich hier bin.«

»Doch, das weißt du«, sagte Cristina. »Du warst dabei, als die Elbendelegation mit Arthur im Sanktuarium gesprochen hat.«

Mark drehte ihr das Gesicht zu. Eine Narbe verlief über seinen Hals, nicht die verblassten Reste eines Runenmals, sondern eine frische Wulst. Sein Haar war verfilzt und vermutlich seit Monaten, wenn nicht gar Jahren, nicht mehr geschnitten worden – die weißblonden Spitzen seiner Locken reichten ihm bis zu den Schultern. »Vertraust du ihnen? Den Feenwesen?«

Cristina schüttelte den Kopf.

»Gut.« Mark wandte den Blick ab. »Das solltest du auch nicht.« Dann griff er nach dem Pappkarton, den Ty auf dem Boden abgestellt hatte, und zog ihn zu sich heran. »Was ist denn das?«

»Ein paar Sachen, von denen deine Geschwister dachten, sie könnten dir gefallen«, erklärte Cristina.

»Willkommensgeschenke«, sagte Mark verwundert, kniete sich dann vor den Karton und holte eine bunte Mischung von Gegenständen daraus hervor: mehrere T-Shirts und Jeans, die vermutlich aus Julians Kleiderschrank stammten, ein Mikroskop, Brot und Butter, ein kleiner Strauß Wüstenblumen aus dem Garten hinter dem Institut.

Mark hob den Kopf und sah Cristina an. In seinen Augen glitzerten Tränen. Sein T-Shirt war so dünn und zerschlissen, dass sie durch den Stoff schauen und darunter weitere Narbenwulste auf seiner Haut entdecken konnte. »Was soll ich ihnen sagen?«

»Wem?«

»Meiner Familie. Meinen Geschwistern. Meinem Onkel.« Mark schüttelte den Kopf. »Ich erinnere mich zwar an sie – aber dann auch wieder nicht. Es fühlt sich an, als hätte ich mein ganzes Leben hier verbracht, und dennoch war ich die ganze Zeit bei der Wilden Jagd. Ich höre das Donnern in meinen Ohren, den Hall der Hörner, das Brausen des Winds … und all das übertönt ihre Stimmen. Wie soll ich das erklären?«

»Erklär es nicht«, schlug Cristina sanft vor. »Sag ihnen einfach nur, dass du sie liebst und dass du sie an jedem einzelnen Tag vermisst hast. Sag ihnen, dass du die Wilde Jagd gehasst hast. Sag ihnen, dass du froh bist, wieder hier zu sein.«

»Aber wieso sollte ich das tun? Würden sie denn nicht merken, dass ich lüge?«

»Hast du sie denn nicht vermisst? Bist du nicht froh, wieder hier zu sein?«

»Ich weiß es nicht«, sagte Mark. »Ich kann weder mein Herz hören noch das, was es mir rät. Ich höre nur das Rauschen des Winds.«

Bevor Cristina antworten konnte, klopfte irgendetwas laut gegen die Fensterscheibe und dann erneut … eine Folge von Klopfgeräuschen, die fast nach einem Code klangen.

Hastig sprang Mark auf. Er lief zum Fenster, riss es auf und lehnte sich hinaus. Als er sich wieder aufrichtete, hielt er etwas in der Hand.

Eine Eichel. Cristinas Augen weiteten sich. Eicheln zählten zu den Kommunikationsmitteln der Feenwesen, die ihre Botschaften in Blättern, Blüten oder anderen Dingen der Natur versteckten.

»Jetzt schon?«, stieß sie unwillkürlich hervor. Konnten die Feenwesen Mark nicht mal fünf Minuten in Ruhe lassen und ihm wenigstens etwas Zeit mit seiner Familie gönnen?

Angespannt und bleich zerdrückte Mark die Eichel in der Hand, woraufhin ein aufgerollter Streifen Pergament herausfiel. Geschickt fing er ihn auf und las die Nachricht.

Im nächsten Moment öffnete sich seine Hand. Er rutschte an der Wand entlang zu Boden, zog die Knie an die Brust und ließ den Kopf in die Hände sinken. Sein langes blondes Haar fiel nach vorn, während der Pergamentstreifen auf das Parkett flatterte. Ein leiser Laut drang aus Marks Kehle, eine Mischung aus Ächzen und gequältem Aufschrei.

Cristina hob den Pergamentstreifen auf. Darauf stand in zierlicher Handschrift: *Vergiss nicht, was du versprochen hast. Vergiss nicht, dass nichts davon real ist.*

»Feuer zu Wasser«, sagte Emma, als sie sich auf den Rückweg zum Institut machten. »Nach all den Jahren weiß ich endlich, was ein Teil dieser Schriftzeichen bedeutet.«

Julian saß am Steuer, während Emma die Füße auf das Armaturenbrett gelegt hatte. Sie hatte die Seitenscheibe heruntergelassen, und eine sanfte Meeresbrise wehte durch den

Wagen und hob die feinen Haare an ihren Schläfen an. Auf diese Weise war Emma schon immer am liebsten mit Julian Auto gefahren – die Füße hochgelegt und den Wind in den Haaren.

Und auch Julian liebte es, Emma neben sich im Wagen zu haben, mit dem blauen Himmel über ihren Köpfen und dem blauen Ozean im Westen. Dieses Bild weckte in ihm das Gefühl unendlicher Möglichkeiten – als könnten sie einfach immer weiterfahren und als sei nur der Horizont ihr Ziel.

Dieser Wunschtraum spielte sich manchmal vor seinem inneren Auge ab, kurz vor dem Einschlafen: Emma und er packten ihre Sachen in den Kofferraum eines Wagens und ließen das Institut hinter sich zurück, in einer Welt, in der er keine Kinder hatte und es keine Gesetze und keinen Cameron Ashdown gab und in der sie beide nur durch die Grenzen ihrer Liebe und ihrer Fantasie eingeschränkt wurden.

Und wenn es zwei Dinge gab, von denen Julian felsenfest überzeugt war, dass sie grenzenlos sein mussten, dann waren das Liebe und Fantasie.

»Es klingt tatsächlich nach einer Zauberformel«, sagte er nun, während er mühsam in die Gegenwart zurückkehrte. Er ließ den Motor aufheulen, und der Wind fegte durch Emmas Fenster, als sie Geschwindigkeit aufnahmen. Ihre Haare wehten nach hinten – hellgelbe, seidige Strähnen, die sich aus ihren sorgfältig geflochtenen Zöpfen lösten und Emma jung und verwundbar erscheinen ließen.

»Aber warum sollte jemand die Zauberformel auf die Haut der Toten auftragen?«, fragte Emma. Der Gedanke, dass irgendetwas ihr Schmerzen zufügen könnte, sorgte für ein dumpfes Ziehen in Julians Brust.

Und dennoch fügte er selbst ihr Schmerzen zu. Das wusste er genau. Er wusste es und hasste es aus ganzem Herzen. Er hatte es für eine brillante Idee gehalten, zusammen mit den Kindern für acht Wochen nach England zu reisen. Im beruhigenden Wissen, dass Cristina Rosales bald im Institut eintreffen und dass Emma dann nicht allein oder unglücklich sein würde. Ein scheinbar perfekter Plan.

Er hatte gedacht, dass sich die Situation bei seiner Rückkehr geändert hätte. Dass er sich verändert hätte.

Doch das hatte er nicht.

»Was hat Magnus dir zugeraunt?«, fragte er, als Emma aus dem Fenster schaute und mit den narbenübersäten Fingern arhythmisch auf ihre Knie trommelte. »Er hat doch irgendetwas geflüstert.«

Eine tiefe Falte zeichnete sich zwischen Emmas Augenbrauen ab. »Er sagte, dass es Orte gäbe, an denen die Ley-Linien zusammenlaufen. Vermutlich meint er damit Folgendes: Da die Linien gekrümmt sind, gibt es Orte, an denen mehrere zusammenkommen. Oder vielleicht sogar alle. Eine Art Knotenpunkt.«

»Und das ist deshalb wichtig, weil …?«

Emma schüttelte den Kopf. »Keine Ahnung. Wir wissen lediglich, dass alle Leichen an Ley-Linien aufgefunden wurden und dass es sich bei diesen Kraftlinien um eine besondere Form der Magie handelt. Vielleicht verfügen diese Ley-Linien-Knotenpunkte über eine Eigenschaft, die wir erst noch verstehen müssen. Wir sollten versuchen, eine Karte mit diesen Linien aufzutreiben. Wetten, dass Arthur weiß, wo wir in der Bibliothek danach suchen müssen? Und falls nicht, können wir uns selbst darum kümmern.«

»Gut.«

»Gut?« Emma klang erstaunt.

»Es wird ein paar Tage dauern, bis Malcolm diese Dokumente übersetzt hat, und bis dahin will ich nicht tatenlos herumsitzen und darauf warten, dass Mark … Na ja, es ist jedenfalls besser, wenn wir in der Zwischenzeit weiterarbeiten und uns irgendwie beschäftigen.« Seine Stimme klang selbst in seinen eigenen Ohren extrem angespannt, was ihm verhasst war. Er hasste es, Schwäche zu zeigen.

Wenigstens zeigte er sie nur gegenüber Emma, bei der er sich nicht zu verstellen brauchte. Emma war die einzige Person in seinem Leben, um die er sich nicht kümmern musste. Die nicht von ihm erwartete, dass er perfekt war oder immer stark und belastbar.

Bevor Julian jedoch noch etwas hinzufügen konnte, klingelte Emmas Handy. Rasch holte sie es aus ihrer Tasche.

Cameron Ashdown. Mit einem Stirnrunzeln musterte sie das Lama auf dem Display. »Jetzt nicht«, teilte sie ihm mit und schob das Smartphone wieder in die Jeans.

»Wirst du ihm davon erzählen?«, fragte Julian und hörte deutlich, wie steif seine Stimme klang – was er hasste. »Diese ganze Geschichte?«

»Du meinst das mit Mark? Das würde ich nie tun. Niemals.«

Julian hielt das Lenkrad fest umklammert und biss die Zähne zusammen.

»Du bist mein *Parabatai*«, sagte sie, nun mit einem aufgebrachten Unterton. »Du weißt, dass ich so etwas niemals tun würde.«

Ruckartig trat Julian auf die Bremse. Der Wagen machte einen Satz vorwärts, und das Lenkrad entglitt seinem Griff. Emma keuchte auf, als sie von der Straße abkamen und in einen Graben zwischen dem Highway und den Dünen rutschten.

Staubwolken stiegen um den Wagen auf. Julian wirbelte zu Emma herum. Sie war kreidebleich um die Nase. »Jules!«

»Ich habe das nicht ernst gemeint«, sagte er.

Emma starrte ihn an. »Was?«

»Die Tatsache, dass du mein *Parabatai* bist, ist das Beste, was mir je passiert ist«, sagte Julian. Die Worte kamen ruhig und klar über seine Lippen, ohne jede Zurückhaltung. Es hatte ihn solche Mühe gekostet, sich zurückzuhalten, dass ihm die Erleichterung jetzt fast unerträglich vorkam.

Impulsiv löste Emma ihren Sicherheitsgurt, setzte sich kerzengerade auf und schaute ernst auf ihn herab. Die Sonne schien steil durch das Fenster. Aus dieser Nähe konnte Julian die goldenen Sprenkel in Emmas braunen Augen erkennen, die blassen Sommersprossen auf ihrer Nase, die hellen, sonnengebleichten Strähnen, die sich mit den dunkleren Haaren im Nacken vermischten. Umbra und Neapelgelb, mit Deckweiß vermischt. Und er nahm ihren Duft wahr, eine Mischung aus Rosenwasser und Waschpulver.

Sie beugte sich zu ihm vor, und sein Körper suchte das Gefühl ihrer Nähe … das Gefühl, sie endlich wieder in seiner Nähe zu haben. Ihr Knie stieß gegen seines. »Aber du hast doch gesagt …«

»Ich weiß, was ich gesagt habe.« Er drehte sich auf dem Fahrersitz und wandte sich ihr zu. »Während der Zeit in England sind mir ein paar Dinge klar geworden. Unangenehme Dinge. Vermutlich waren sie mir auch schon vor meiner Abreise bewusst.«

»Du kannst mir ruhig sagen, worum es geht.« Sanft berührte sie seine Wange, und er spürte, wie sich sein ganzer Körper versteifte. »Ich erinnere mich an das, was du gestern Abend über Mark gesagt hast«, fuhr Emma fort. »Du warst nie der älteste Bruder. Das war immer Mark. Wenn er nicht verschleppt worden wäre, wenn Helen in Los Angeles hätte bleiben können, hättest du vollkommen andere Entscheidungen getroffen, weil du dann jemanden gehabt hättest, der sich um dich gekümmert hätte.«

Gequält holte Julian Luft. »Emma.« Purer Schmerz. »Emma, ich habe das gesagt, weil … weil ich manchmal glaube, dass ich dich nur deshalb gebeten habe, mein *Parabatai* zu werden, um dich an mich zu binden. Die Konsulin wollte dich damals an die Akademie schicken, und diesen Gedanken konnte ich einfach nicht ertragen. Ich hatte schon so viele um mich herum verloren. Und ich wollte dich nicht auch noch verlieren.«

Emma war ihm jetzt so nahe, dass er die Wärme spüren konnte, die von ihrer sonnengewärmten Haut abstrahlte. Sie schwieg, und Julian hatte das Gefühl, als würde er auf der Plattform eines Galgens stehen, die Schlinge bereits um den Hals und darauf wartend, dass sich die Klappe unter seinen Füßen öffnete.

Dann legte Emma ihre Hand auf seine, die auf der Mittelkonsole ruhte.

Ihre Hände: Emmas Hand wirkte zierlicher als seine, hatte

aber mehr Narben und Schwielen und fühlte sich rau an. Und an seinem Handgelenk leuchteten die Meerglasscherben wie Edelsteine im Schein der Sonne.

»Leute tun komplizierte Dinge, weil sie nun mal kompliziert sind«, sagte Emma. »Dieses ganze Gerede, dass man den *Parabatai*-Eid nur aus absolut hehren Gründen ablegen soll, ist totaler Schwachsinn.«

»Ich wollte dich an mich binden«, sagte Julian. »Weil ich an Los Angeles gebunden bin. Vielleicht hättest du an die Akademie gehen sollen. Vielleicht wäre das der richtige Platz für dich gewesen. Vielleicht habe ich dir etwas genommen.«

Emma sah ihn lange an. Ihr Gesicht wirkte offen und vertrauensvoll. Julian glaubte, förmlich zu spüren, wie seine Überzeugungen zerbrachen – die Überzeugungen, zu denen er vor seiner Abreise nach England gekommen war und die er die ganze Zeit mit sich getragen hatte, bis zum Moment seiner Rückkehr … bis zu dem Moment, als er Emma wiedergesehen hatte. Er spürte förmlich, wie sie tief in seinem Inneren zerschmetterten wie Treibholz, das an Felsen zerschellte.

»Jules«, sagte Emma. »Du hast mir eine Familie gegeben. Du hast mir *alles* gegeben.«

Erneut klingelte ein Handy. Emmas Smartphone. Julian lehnte sich zurück; sein Puls raste, während Emma das Gerät aus ihrer Tasche fischte. Er sah, wie sich ihre Miene verfinsterte.

»Livvy hat eine SMS geschickt«, berichtete Emma. »Sie schreibt, dass Mark aufgewacht ist. Und dass er schreit und schreit.«

Julian drückte das Gaspedal voll durch, während sie nach Hause rasten. Emma umklammerte ihre Knie, als der Tachometer auf über 130 Stundenkilometer kletterte.

Mit quietschenden Reifen bog Julian schließlich auf den Parkplatz hinter dem Institut und trat auf die Bremse. Hastig sprang er aus dem Wagen, dicht gefolgt von Emma.

Als sie die Treppe zum ersten Stock hinaufstürmten, fanden

sie die Blackthorn-Geschwister auf dem Boden vor Marks Tür vor. Dru hatte sich mit Tavvy an Livvy gedrängt. Ty saß allein; seine langen Hände baumelten zwischen den Knien. Mit großen Augen starrten sie auf die Tür, die einen Spalt geöffnet war. Emma hörte Marks erhobene und wütende Stimme und dann eine andere, die leiser und besänftigender klang – Cristina.

»Tut mir leid wegen der SMS, aber er hat die ganze Zeit getobt«, sagte Livvy mit dünner Stimme. »Nach einer Weile hat er zwar aufgehört, aber … Cristina ist jetzt bei ihm. Sobald einer von uns reingeht, fängt er sofort wieder an, zu schreien und zu brüllen.«

»O mein Gott.« Emma steuerte auf die Tür zu, doch Julian hielt sie fest und drehte sie zu sich herum. Emmas Blick fiel auf Ty. Er hatte die Augen geschlossen und schaukelte langsam vor und zurück. Dieses Verhalten brach bei ihm immer dann durch, wenn ihm alles zu viel wurde – zu laut, zu schrill, zu schnell oder zu schmerzhaft.

Ty erlebt diese Welt besonders intensiv, hatte Julian immer gesagt. Es schien, als ob seine Ohren deutlicher hören, seine Augen mehr sehen könnten – und manchmal war alles einfach zu überwältigend für ihn. Dann brauchte er etwas, um den Lärm zu dämpfen, oder einen Gegenstand in seiner Hand, um sich abzulenken. Und er brauchte die Schaukelbewegung, um sich zu beruhigen. Jeder Mensch verarbeitet Stress auf eine andere Art und Weise, hatte Julian gesagt; das hier war Tys Methode, und damit tat er schließlich niemandem weh.

»Emma«, setzte Julian an. Sein Gesicht wirkte angespannt. »Ich muss da allein rein.«

Sie nickte. Fast widerstrebend gab er ihre Hand frei. »Okay«, sagte er und musterte seine Geschwister – Drus rundes, besorgtes Gesicht, Tavvys verständnislose Miene, Livvys unglückliche Augen und Tys hochgezogene Schultern. »Die nächste Zeit wird für Mark sehr hart werden. Wir können nicht erwarten, dass er von heute auf morgen wieder der Alte ist. Er war sehr lange fort. Er muss sich erst wieder an das Institut und an uns gewöhnen.«

»Aber wir sind doch seine Familie«, wandte Livvy ein. »Warum sollte irgendjemand sich an seine eigene Familie gewöhnen müssen?«

»So was kann passieren, wenn man lange Zeit fortgewesen ist und noch dazu an einem Ort, wo einem der eigene Verstand etwas vorgaukelt«, erklärte Julian in seinem geduldigen, sanften Tonfall, der Emma immer wieder erstaunte und beeindruckte.

»Wie im Feenreich«, sagte Ty. Er schaukelte nicht länger vor und zurück, sondern lehnte an der Wand; sein dunkles Haar klebte feucht an seiner Stirn.

»Genau«, bestätigte Julian. »Also werden wir Mark etwas Zeit geben. Ihn vielleicht ein Weilchen in Ruhe lassen.« Er warf Emma einen Blick zu.

Emma setzte ein gezwungenes Lächeln auf. Gott, sie war in diesen Dingen ja so viel schlechter als Jules! »Malcolm arbeitet an der Übersetzung. Zur Aufklärung der Morde. Ich dachte, wir könnten vielleicht in die Bibliothek gehen und nach Informationen über Ley-Linien suchen.«

»Ich auch?«, fragte Drusilla mit dünner Stimme.

»Du könntest uns dabei helfen, eine Karte zu zeichnen«, bestätigte Emma. »Okay?«

Dru nickte. »Okay.« Sie rappelte sich auf, und die anderen folgten ihrem Beispiel. Als Emma die Geschwister mit den bedrückten Mienen durch den Flur führte, sah sie sich noch einmal um. Julian stand vor Marks Zimmer und schaute ihnen nach. Für einen Sekundenbruchteil trafen sich ihre Augen, doch dann wandte er hastig den Kopf ab, als hätte er ihren Blick gar nicht bemerkt.

Wenn Emma doch nur bei ihm wäre, dachte Julian, als er die Tür öffnete, dann wäre das Ganze hier viel leichter, mit Sicherheit: Mit Emma an seiner Seite hatte er immer das Gefühl, dass doppelt so viel Luft durch seine Lunge strömte, doppelt so viel Blut durch seine Adern rauschte und dass zwei Herzen die Bewegungen seines Körpers vorantrieben. Vermutlich lag es an der zusätzlichen Kraft, die der *Parabatai*-Bund verlieh: Emma machte ihn zu einem Schattenjäger, der in ihrer Gegenwart doppelt so gut war.

Aber er hatte sie mit den Kindern wegschicken müssen. Er konnte seine Geschwister niemandem sonst anvertrauen, und Arthur schon gar nicht. Arthur, der sich auf seinem Dachboden versteckte, dachte Julian bitter, der sich dort oben verkroch, während einer seiner Neffen verzweifelt versuchte, die Familie zusammenzuhalten, und ein anderer seiner Neffen …

»Mark?«, fragte er leise.

Im Zimmer war es dämmrig; jemand hatte die Vorhänge zugezogen. Julian konnte zuerst nur Cristina ausmachen, die auf dem Boden saß, den Rücken an die Wand gelehnt. Sie presste eine Hand auf das Medaillon an ihrem Hals, während ihre andere Hand an ihrer Hüfte ruhte. Irgendetwas glitzerte zwischen ihren Fingern.

Mark lief unruhig vor dem Bett auf und ab; die Haare hingen ihm ins Gesicht. Julian bemerkte, wie erschreckend dürr sein Bruder war. Zwar hatte er sehnige Muskeln, doch es handelte sich um die Sorte von Muskulatur, die dadurch entstand, dass jemand sich trotz extremem Nahrungsmangel immer weiter vorantrieb. Ruckartig hob Mark den Kopf, als Julian seinen Namen aussprach

Ihre Blicke trafen sich, und Julian dachte für einen Sekundenbruchteil, dass sein Bruder ihn zu erkennen schien.

»Mark«, setzte er erneut an und trat mit ausgestreckter Hand einen Schritt vor. »Ich bin's. Jules.«

»Nicht …«, warf Cristina ein, doch es war bereits zu spät. Mark fletschte die Zähne und fauchte wütend.

»Lügen«, knurrte er. »Halluzinationen … Ich kenne dich … Gwyn hat dich geschickt, um mich zu täuschen …«

»Ich bin dein Bruder«, versicherte Julian ihm. Doch der wilde Ausdruck auf Marks Gesicht verfinsterte sich nur noch mehr.

»Du kennst meine sehnlichsten Herzenswünsche«, stieß Mark hervor. »Und du richtest sie gegen mich wie ein Messer.«

Ratlos schaute Julian zu Cristina, die sich langsam erhob, als bereitete sie sich darauf vor, sich nötigenfalls zwischen die beiden Brüder zu werfen.

Mark fuhr Jules erneut an. Sein Blick war starr. »Du bringst die Zwillinge zu mir und tötest sie wieder und wieder. Mein Ty … er versteht nicht, warum ich ihn nicht retten kann. Du bringst Dru zu mir, und wenn sie lachend darum bittet, das Märchenschloss sehen zu dürfen, dieses von hohen Hecken umzäunte Schloss, stößt du sie so lange in die Dornen, bis ihr kleiner Körper völlig durchbohrt ist. Und du gebietest mir, meine Hände in Octavians Blut zu waschen, denn im Land unter den Hügeln ist das Blut eines unschuldigen Kindes pure Magie.«

Vorsichtig trat Julian näher. Er erinnerte sich daran, was Jace Herondale und Clary Fairchild ihm und seiner Schwester vor Jahren erzählt hatten – über ihre Begegnung mit Mark im Feenreich … seine gebrochenen, leeren Augen und die Peitschenstriemen auf seinem Körper.

Mark war stark, hatte Julian sich in der Dunkelheit tausender darauffolgender Nächte wieder und wieder versichert. Sein Bruder würde das durchstehen. Aber Julian hatte nur an die körperlichen Qualen gedacht, nicht an die seelische Folter.

»Und Julian«, fuhr Mark fort. »Er ist viel zu stark und lässt sich nicht brechen. Du versuchst, ihn auf das Rad zu flechten und ihm mit Dornen und Klingen die Haut aufzuschlitzen. Doch selbst dann gibt er nicht auf. Also zerrst du Emma herbei, denn unsere sehnlichsten Herzenswünsche sind für dich wie Messer.«

Bei diesen Worten wurden Julian die Knie weich. Er machte einen taumelnden Schritt und klammerte sich an einen der Bettpfosten, um sich auf den Beinen zu halten.

»Mark«, flehte er. »Mark Antony Blackthorn. Bitte. Das hier ist kein Traum. Du bist wirklich hier. Du bist wieder zu Hause.«

Er versuchte, nach Marks Hand zu greifen, doch Mark zog sie blitzschnell zurück, weg von Julian. »Du bist nur Lug und Trug.«

»Ich bin dein Bruder …«

»Nein, ich habe keine Geschwister, keine Familie. Ich bin allein. Ich reite mit der Wilden Jagd. Und ich bin Gwyn, dem Jäger, treu und loyal ergeben.« Mark rezitierte die Worte, als hätte er sie auswendig gelernt.

»Ich bin nicht Gwyn«, beteuerte Julian. »Ich bin ein Blackthorn. In meinen Adern fließt das Blut der Blackthorns, genau wie in deinen.«

»Du bist nur ein Phantom, ein Schatten. Eine grausame Hoffnung.« Mark wandte das Gesicht ab. »Warum bestrafst du mich? Ich habe nichts getan, was der Wilden Jagd missfallen könnte.«

»Das hier ist keine Strafe.« Julian trat einen weiteren Schritt auf seinen Bruder zu. Mark zuckte zwar nicht zurück, bebte aber am ganzen Körper. »Das hier ist dein Zuhause. Und ich kann es dir auch beweisen.«

Vorsichtig warf er einen Blick über die Schulter. Cristina stand reglos an der Wand, und Julian erkannte, dass es sich bei dem glitzernden Gegenstand in ihrer Hand um ein Messer handelte. Offensichtlich rechnete sie damit, dass Mark ihn angreifen würde. Julian fragte sich, warum sie freiwillig so lange allein mit Mark im Zimmer geblieben war. Hatte sie denn keine Angst gehabt?

»Dafür gibt es keinen Beweis«, flüsterte Mark. »Nicht, wenn du jede gewünschte Illusion vor meinen Augen erzeugen kannst.«

»Ich bin dein Bruder«, wiederholte Julian. »Und um dir das zu beweisen, verrate ich dir jetzt etwas, das nur dein Bruder wissen kann.«

Bei diesen Worten schaute Mark auf. Irgendetwas flackerte in seinen Augen auf, wie ein Licht über einem weit entfernten Gewässer.

»Ich erinnere mich an den Tag, an dem man dich verschleppt hat«, sagte Julian.

Enttäuscht wich Mark zurück. »Darüber weiß jedes Feenwesen Bescheid …«

»Wir waren damals im Fechtsaal. Plötzlich hörten wir Stimmen, und du bist nach unten gegangen. Doch davor hast du etwas zu mir gesagt. Weißt du das noch?«

Mark stand vollkommen reglos da.

»Du hast gesagt: ›Bleib bei Emma‹«, erzählte Julian. »Du hast mich aufgefordert, bei ihr zu bleiben. Und das habe ich auch getan. Inzwischen sind wir *Parabatai*. Ich habe jahrelang auf sie aufgepasst und werde das bis an mein Lebensende tun, weil du mich darum gebeten hast, weil es das Letzte war, was du damals zu mir gesagt hast, weil ...«

Plötzlich erinnerte er sich wieder daran, dass Cristina im Raum war, und verstummte abrupt. Mark starrte ihn schweigend an. Julian spürte, wie ihn eine Woge der Verzweiflung erfasste. Vielleicht war das ja ein Trick der Feenwesen; vielleicht hatten sie Mark zurückgegeben, aber derart gebrochen und leer, dass er nicht mehr sein Bruder Mark war. Vielleicht ...

Mark fiel beinahe vorwärts und schlang die Arme um Julian.

Julian schaffte es nur mit Mühe, sich auf den Beinen zu halten. Mark war dünn wie ein Windhund, aber erstaunlich stark: Seine Hände krallten sich in Julians T-Shirt. Julian konnte spüren, wie Marks Herz wummerte, konnte die spitzen Knochen unter seiner Haut fühlen. Sein Bruder roch nach Erde, Schimmel, Gras und Nachtluft.

»Julian«, stieß Mark mit gedämpfter Stimme hervor; er zitterte am ganzen Körper. »Julian, mein Bruder, mein Bruder.«

Irgendwo im Hintergrund hörte Julian ein Klicken, als die Zimmertür ins Schloss fiel: Cristina hatte sich zurückgezogen, um die beiden Brüder allein zu lassen.

Julian seufzte. Gerne hätte er sich an der Schulter seines älteren Bruders entspannt und sich von Mark stützen lassen, so wie früher. Aber Mark war jetzt schmächtiger als er, fast gebrechlich. Von nun an würde er Mark stützen müssen. Das war zwar nicht unbedingt das, was er sich vorgestellt oder erhofft hatte, aber es war nun mal die Realität. Mark war sein Bruder. Julian verstärkte den Griff um Mark und wappnete sein Herz, um diese neue Last zu schultern.

Die Bibliothek des Instituts in Los Angeles war klein – nicht zu vergleichen mit den berühmten Bibliotheken des New Yorker und des Londoner Instituts, aber trotzdem berühmt für ihre erstaunlich umfangreiche Sammlung griechischer und lateinischer Werke. Hier standen mehr Bücher zum Thema antike Magie und Okkultismus als im Institut in der Vatikanstadt.

Früher hatte der Raum Terrakottafliesen und Missionsfenster besessen, doch die Einrichtung war bei Sebastian Morgensterns Angriff vollständig zerstört worden; die Bücher hatte man unter Geröll begraben und in der Wüste verteilt gefunden. Nach dem Wiederaufbau war die Bibliothek jedoch in neuem Glanz erstrahlt und wirkte mit ihrer Ausstattung aus Glas und Stahl ultramodern. Selbst der Boden bestand aus hellem Ebereschenparkett und war mit Schutzzauberintarsien verziert.

Am Nordende des Raums wand sich eine Rampe spiralförmig in die Höhe; ihre Außenwände waren mit Bücherregalen und Fenstern bestückt, während die zum Inneren der Bibliothek ausgerichtete Seite von einem schulterhohen Geländer eingefasst wurde. Das obere Ende der Rampe bildete ein Ochsenauge – ein Rundfenster aus zentimeterdickem Glas, mit einem massiven Kupferschloss verriegelt und über und über mit Schutzrunen versehen.

Das Kartenmaterial der Bibliothek wurde in einer großen Truhe aufbewahrt, die das Wappen der Familie Blackthorn zeigte – einen Ring aus Dornen – und darunter das Familienmotto: *Lex malla, lex nulla.*

Ein schlechtes Gesetz ist kein Gesetz.

Emma hatte den Verdacht, dass die Blackthorns mit dem Rat und der Kongregation nicht immer gut ausgekommen waren.

Drusilla durchstöberte die Kartentruhe. Livvy und Ty saßen mit weiteren Landkarten am Tisch, und Tavvy spielte unter dem Tisch mit einer Gruppe Plastiksoldaten.

»Kannst du spüren, ob mit Julian alles okay ist?«, fragte Livvy, stützte das Kinn in die Hand und sah Emma gespannt an. »Wie es ihm geht, was er fühlt …«

Emma schüttelte den Kopf. »Der *Parabatai*-Bund funktioniert nicht auf diese Weise. Ich meine, ich kann zwar spüren, ob er körperlich verletzt ist, aber nicht seine Gefühle.«

Livvy seufzte. »Es wäre so toll, einen *Parabatai* zu haben.«

»Ich wüsste nicht, warum«, sagte Ty.

»Jemand, der immer an deiner Seite steht«, erklärte Livvy. »Jemand, der dich immer beschützen wird.«

»Das würde ich sowieso für dich tun«, entgegnete Ty und zog eine Landkarte zu sich heran. Dieses Streitgespräch hatten die beiden schon häufiger geführt; Emma kannte bestimmt ein halbes Dutzend Varianten davon.

»Nicht jeder ist dafür geschaffen«, gab sie zu bedenken. Sie wünschte, sie wüsste die richtigen Worte, um es vernünftig erklären zu können: Jemanden mehr zu lieben als sich selbst verlieh große Kraft und Mut; sich selbst in den Augen seines *Parabatai* zu sehen bedeutete, die beste Version von sich zu sehen; der Kampf an der Seite des eigenen *Parabatai* war wie das harmonische Zusammenspiel zweier Instrumente, wobei jede Melodie die Melodie des jeweils anderen verbesserte.

»Jemand, der geschworen hat, dich vor Gefahr zu schützen«, fuhr Livvy mit glänzenden Augen fort. »Jemand, der für dich ins Feuer greift.«

Jem hatte Emma einmal anvertraut, dass sein *Parabatai* Will einst für ihn in ein Kaminfeuer gegriffen hatte, um ein Päckchen mit lebensverlängernder Arznei aus den Flammen zu retten. Vielleicht hätte sie Livvy die Geschichte lieber nicht erzählen sollen.

»Im Film wirft sich Watson bei einem Schusswechsel vor Sherlock«, bemerkte Ty nachdenklich. »Das ist wie bei *Parabatai*.«

Livvy machte den Eindruck, als fühlte sie sich ausgetrickst – und Emma hatte Mitleid mit ihr. Wenn Livvy behauptete, das Ganze sei nicht mit dem *Parabatai*-Bund zu vergleichen, würde Ty mit ihr streiten. Falls sie ihm aber beipflichtete, würde er darauf hinweisen, dass man demnach kein *Parabatai* sein musste, um sich schützend vor jemanden zu werfen. Damit lag Ty zwar nicht falsch, aber Emma hatte Verständnis für Livvys Wunsch, mit Ty den *Parabatai*-Bund zu schließen. Und sicherzustellen, dass ihr Bruder für immer an ihrer Seite sein würde.

»Ich hab's!«, verkündete Drusilla plötzlich. Sie richtete sich auf und hielt eine dicke Pergamentrolle in den Händen. Livvy verzichtete auf eine weitere Diskussion zum Thema *Parabatai*-Bund und lief zur Kartentruhe, um ihrer Schwester dabei zu helfen, die schwere Rolle zum Tisch zu tragen.

In der Mitte des Tischs stand eine Glasschüssel mit Meerglas, das die Blackthorns im Lauf der Jahre am Strand gesammelt hatten – blaue, grüne, rote und kupferfarbene Glasscherben mit milchiger Oberfläche. Emma und Ty benutzten die blauen Scherben, um damit die Ränder der Karte mit den Ley-Linien zu beschweren.

Tavvy, der inzwischen auf den Tisch gekrabbelt war, machte sich daran, die restlichen Meerglasscherben nach Farben zu sortieren. Emma ließ ihn gewähren, da sie ohnehin nicht gewusst hätte, wie sie ihn sonst hätte beschäftigen sollen.

»Ley-Linien«, sagte Emma und fuhr mit dem Zeigefinger über die langen schwarzen Linien auf der Landkarte. Es handelte sich um eine Karte von Los Angeles, die vermutlich aus den Vierzigerjahren stammte. Unter den Ley-Linien waren charakteristische Bauwerke und Wahrzeichen eingetragen: das ehemalige Einkaufszentrum »Crossroads of the World« in Hollywood, das Bullocks-Wilshire-Gebäude auf dem Wilshire Boulevard, die »Angels Flight«-Seilbahn in Bunker Hill, der Santa Monica Pier, der unveränderte Verlauf der Küste. »Sämtliche Leichen wurden auf einer Ley-Linie deponiert. Aber Magnus meinte, dass es Orte gibt, an denen alle Ley-Linien zusammenlaufen.«

»Und was hat das mit diesem Fall zu tun?«, fragte Livvy, pragmatisch wie immer.

»Keine Ahnung, aber ich denke nicht, dass er das erwähnt hätte, wenn es keine Rolle spielen würde. Ich könnte mir vorstellen, dass so ein Knotenpunkt aus Ley-Linien ziemlich große magische Kräfte besitzt.«

Während Ty sich mit neu erwachtem Eifer dem Studium

der Karte widmete, kam Cristina in die Bibliothek und winkte Emma zu sich heran, um mit ihr zu reden.

Emma stand auf und folgte Cristina zur Kaffeemaschine am Fenster. Das Gerät wurde mit Elbenlicht betrieben – was bedeutete, dass immer frischer Kaffee bereitstand, auch wenn dieser nicht besonders schmeckte.

»Ist mit Julian alles in Ordnung?«, fragte Emma. »Und mit Mark?«

»Als ich gegangen bin, haben die beiden miteinander geredet.« Cristina füllte zwei Becher mit Kaffee und löffelte dann Zucker aus einer kleinen Dose hinein, die auf der Fensterbank stand. »Julian hat ihn beruhigen können.«

»Julian könnte jeden beruhigen.« Emma nahm den für sie bestimmten Kaffee und genoss die Wärme des Bechers in ihren Händen, obwohl sie Kaffee eigentlich nicht mochte und in der Regel auch nicht trank. Außerdem hatte sich ihr Magen derartig zusammengeballt, dass sie bezweifelte, irgendetwas hinunterzubekommen.

Langsam kehrte sie zum Tisch zurück, wo die Blackthorns sich wegen der Karte mit den Ley-Linien stritten. »Ich kann nichts dafür, wenn das Ganze keinen Sinn ergibt«, sagte Ty gereizt. »Aber das da ist nun mal die Stelle, wo alle Ley-Linien zusammenlaufen.«

»Wo?«, fragte Emma und trat hinter ihn.

»Hier.« Dru zeigte auf einen Kreis, den Ty mit Bleistift auf der Karte eingezeichnet hatte. Der Knotenpunkt befand sich über dem Ozean, noch weiter von Los Angeles entfernt als die Insel Santa Catalina. »So viel dazu, dass dort jemand Magie betreibt.«

»Vermutlich hat Magnus nur Konversation machen wollen«, meinte Livvy.

»Wahrscheinlich hat er nicht gewusst, dass …«, setzte Emma an, verstummte jedoch, als die Bibliothekstür aufschwang.

Julian kam herein und trat dann zögernd einen Schritt zur Seite, wie ein Zauberkünstler, der das Ergebnis eines Tricks vorführt.

Hinter ihm kam Mark zum Vorschein. Julian musste Marks alte Sachen aus dem Vorratsraum geholt haben, denn Mark trug eine etwas zu kurze Jeans – vermutlich eine seiner alten Hosen – und darüber eines von Julians T-Shirts, fliedergrau und ziemlich verwaschen. Seine Haare wirkten sehr blond, fast silbern. Sie reichten ihm bis zu den Schultern und sahen nicht mehr ganz so verfilzt aus, als hätte er zumindest die Zweige herausgebürstet.

»Hallo«, sagte er.

Seine Geschwister starrten ihn stumm an, die Augen groß vor Erstaunen.

»Mark wollte gern mit euch sprechen«, sagte Julian. Dann legte er eine Hand in den Nacken und fuhr sich mit verwirrter Miene durch die Haare, als hätte er keine Ahnung, was er als Nächstes tun sollte.

»Danke«, sagte Mark. »Für die Willkommensgeschenke.«

Die Blackthorns starrten ihn weiterhin an. Keiner rührte sich vom Fleck; nur Tavvy legte die Meerglasscherben langsam auf den Tisch.

»Der Pappkarton«, erläuterte Mark. »In meinem Zimmer.«

Emma spürte, wie ihr der Kaffeebecher unsanft aus der Hand gerissen wurde, und wollte protestieren. Aber Cristina durchquerte bereits den Raum damit, ging mit kerzengeradem Rücken auf Mark zu und hielt ihm den Becher entgegen.

»Möchtest du eine Tasse?«, fragte sie.

Mit erleichterter Miene nahm er den Becher an, führte ihn an die Lippen und trank einen Schluck, während seine Familie ihn mit verwunderter Faszination beobachtete – als würde er etwas vollbringen, was niemand je zuvor getan hatte.

Im nächsten Moment schnitt Mark eine Grimasse, wandte sich von Cristina ab und hustete und röchelte. »Was ist das denn?«

»Kaffee.« Cristina musterte ihn bestürzt.

»Das schmeckt wie bitterstes Gift«, sagte Mark entrüstet.

Plötzlich musste Livvy kichern. Ihr Lachen durchbrach die Stille des Raums, in dem die anderen wie erstarrt dastanden.

»Früher hast du Kaffee heiß geliebt«, sagte sie. »Daran erinnere ich mich ganz genau!«

»Ich kann mir nicht vorstellen, warum ich Kaffee gemocht haben sollte. Nie zuvor habe ich etwas derart Ekliges gekostet.« Mark verzog das Gesicht.

Tys Blick sprang zwischen Julian und Livvy hin und her; er wirkte interessiert und aufgeregt, und seine langen Finger trommelten auf den Tisch vor ihm. »Er ist keinen Kaffee mehr gewöhnt«, teilte er Cristina mit. »So was gibt es im Feenreich nicht.«

»Hier.« Livvy stand auf und fischte einen Apfel aus der Obstschale auf dem Tisch. »Nimm stattdessen den hier.« Sie ging auf Mark zu und streckte ihm den Apfel entgegen. Livvys Anblick, mit ihren langen dunklen Haaren und dem Apfel in der hellen Hand, erinnerte Emma an eine moderne Version von Schneewittchen. »Du hast doch nichts gegen Äpfel, oder?«

»Besten Dank, holde Schwester.« Mark verneigte sich und nahm den Apfel entgegen, während Livvy ihn mit leicht geöffnetem Mund anstaunte.

»Du nennst mich nie ›holde Schwester‹«, wandte sie sich an Julian und warf ihm einen vorwurfsvollen Blick zu.

Julian grinste. »Dafür kenn ich dich zu gut, Winzling.«

Mark tastete nach seiner Kehle und zog die Kette über seinen Kopf. Daran hing etwas, das wie eine Pfeilspitze aussah, allerdings vollkommen klar und durchscheinend schimmerte, als wäre das Objekt aus Glas gefertigt. Emma erinnerte sich, dass sie einen ähnlichen Gegenstand auf einer Abbildung gesehen hatte, die Diana ihnen im Unterricht gezeigt hatte.

Dann machte er sich ruhig daran, den Apfel mit der scharfen Kante des Objekts zu schälen. Tavvy, der erneut unter den Tisch gekrabbelt war und neugierig hervorschaute, gab einen interessierten Laut von sich. Mark warf ihm einen Blick zu und zwinkerte, worauf Tavvy hastig wieder unter dem Tisch verschwand. Aber Emma sah, dass er lächelte.

Sie selbst starrte Jules unverwandt an und dachte an den Tag, an dem er Marks Zimmer leer gefegt und die Sachen seines Bruders wütend auf einen Haufen geworfen hatte, als könnte er damit auch die Erinnerungen an ihn auslöschen. Sein Anfall hatte nur einen Tag gedauert, aber seitdem standen Schatten in seinen Augen. Emma fragte sich, ob diese Schatten vielleicht verschwanden, falls Mark für immer blieb.

»Haben dir unsere Geschenke gefallen?«, fragte Dru und musterte ihren Bruder mit einem besorgten Ausdruck auf dem rundlichen Gesicht. »Ich habe Brot und Butter dazugelegt, weil ich dachte, dass du vielleicht Hunger hättest.«

»Ich wusste nicht bei allen Sachen, worum es sich dabei handelte«, sagte Mark ehrlich. »Die Kleidungsstücke waren sehr nützlich. Aber das Objekt aus schwarzem Metall …«

»Das ist mein Mikroskop«, erklärte Ty und schaute Julian an, wie um dessen Zustimmung zu suchen. »Ich dachte, es würde dir vielleicht gefallen.«

Julian lehnte sich an den Tisch. Statt Ty zu fragen, was Mark wohl mit einem Mikroskop anfangen sollte, schenkte er ihm nur sein typisches schiefes, sanftes Lächeln. »Das war sehr nett von dir, Ty.«

»Tiberius wäre gern ein Detektiv«, erklärte Livvy ihrem ältesten Bruder. »So wie Sherlock Holmes.«

Mark schaute verwirrt. »Ist das jemand, den wir kennen? Irgendein Hexenmeister?«

»Das ist eine Figur aus einem Buch«, sagte Dru lachend.

»Ich habe alle Sherlock-Holmes-Krimis«, berichtete Ty. »Ich kenne diese Bücher in- und auswendig. Insgesamt sechsundfünfzig Kurzgeschichten und vier Romane. Ich kann sie dir alle erzählen. Und ich kann dir zeigen, wie man das Mikroskop benutzt.«

»Ich fürchte, ich habe es mit Butter beschmiert«, gestand Mark mit schuldbewusster Miene. »Ich wusste nicht mehr, dass es sich um ein wissenschaftliches Gerät handelt.«

Emma warf Ty einen besorgten Blick zu. Tiberius war mit seinen Sachen extrem penibel und schnell zutiefst gekränkt, wenn irgendjemand sie anfasste oder vom Regal nahm. Doch jetzt machte er keinen verärgerten Eindruck. Irgendetwas an Marks Offenheit schien ihn zu erfreuen, so wie er sich manchmal für eine ungewöhnliche Art Dämonensekret oder den Lebenszyklus der Bienen begeistern konnte.

Mark hatte den Apfel sorgfältig in Stücke geschnitten, die er nun aß, langsam und bedächtig, wie jemand, der daran gewöhnt war, die wenige Nahrung, die er bekam, möglichst lange zu genießen. Er war ziemlich dünn, dünner als die meisten Schattenjäger seines Alters. Die Nephilim wurden in der Regel dazu ermutigt, viel zu essen und hart zu trainieren, um Muskelmasse und Widerstandskraft aufzubauen. Aufgrund ihres unablässigen, gnadenlosen Trainings besaßen die meisten Schattenjäger eine drahtige bis muskulöse Figur, obwohl Drusilla eher rundlich wirkte – eine Tatsache, die sie mit jedem Jahr mehr zu bedrücken schien. Emma versetzte es jedes Mal einen Stich ins Herz, wenn sie Drus gerötete Wangen sah, sobald eine für ihre Altersstufe vorgesehene Kampfmontur wieder mal nicht passte.

»Ich habe gehört, dass ihr über Ley-Linien-Knotenpunkte gesprochen habt«, sagte Mark und trat auf seine Geschwister zu – vorsichtig, als wäre er sich nicht sicher, ob er willkommen war. Er hob den Kopf und schaute zu Emmas Überraschung Cristina an. »Diese Knotenpunkte sind Orte, an denen schwarze Magie unentdeckt betrieben werden kann. Die Feenwesen wissen sehr viel über Ley-Linien und nutzen sie häufig.« Er hatte sich die Kette wieder umgehängt, und die Pfeilspitze schimmerte hell, als er den Kopf neigte und einen Blick auf die Landkarte auf dem Tisch warf.

»Das ist eine Karte mit sämtlichen Ley-Linien im Großraum Los Angeles«, erklärte Cristina. »Alle Leichen wurden an einer dieser Linien gefunden.«

»Falsch«, sagte Mark und beugte sich vor.

»Nein, sie hat recht«, widersprach Ty stirnrunzelnd. »Das ist eine Karte der Ley-Linien, und die Leichen wurden tatsächlich entlang dieser Linien deponiert.«

»Aber die Karte ist ungenau«, sagte Mark. »Weder die Kraftlinien noch ihre Knotenpunkte sind akkurat abgebildet.« Mit der rechten Hand fuhr er über die Bleistiftmarkierung, die Ty auf der Karte hinterlassen hatte. »Das ist vollkommen falsch. Wer hat diese Karte angefertigt?«

Julian trat näher. Einen Augenblick standen die beiden Brüder Schulter an Schulter, und ihr helles und dunkles Haar bildete einen verblüffenden Kontrast. »Ich glaube, das ist unsere Institutskarte.«

»Wir haben sie aus der Truhe«, sagte Emma und beugte sich von der anderen Seite über den Tisch. »In der auch alle anderen Karten liegen.«

»Na, jedenfalls hat sich jemand an dieser Karte zu schaffen gemacht«, verkündete Mark. »Wir brauchen eine neue, korrekte Karte.«

»Vielleicht könnte Diana uns eine besorgen«, überlegte Julian und griff nach Stift und Papier. »Oder wir könnten Malcolm darum bitten.«

»Oder uns auf dem Schattenmarkt umsehen«, warf Emma ein und grinste breit, als sie Julians Blick auffing. »War ja nur ein Vorschlag.«

Mark musterte seinen Bruder und dann die anderen mit besorgter Miene. »War das nützlich?«, fragte er. »Oder war das etwas, das ich besser nicht hätte sagen sollen?«

»Bist du dir auch ganz sicher, dass die Karte nicht akkurat ist?«, hakte Ty nach und schaute von der Karte zu seinem Bruder; sein Gesichtsausdruck wirkte vollkommen offen.

Mark nickte.

»Dann war das tatsächlich nützlich«, sagte Ty. »Mit einer inkorrekten Karte hätten wir Tage, wenn nicht noch länger vergeudet.«

Erleichtert atmete Mark auf. Julian legte ihm eine Hand auf den Rücken. Livvy und Dru strahlten. Tavvy schaute neugierig unter dem Tisch hervor. Emma warf Cristina einen kurzen Blick zu. Die Blackthorns schienen von einer unsichtbaren Kraft umgeben zu sein und wirkten in diesem Augenblick wie eine in sich geschlossene Familie. Emma konnte es ihnen nicht verübeln, dass Cristina und sie in diesem Moment Außenseiter waren.

»Ich könnte versuchen, die Karte zu korrigieren«, sagte Mark. »Aber ich weiß nicht, ob ich das nötige Wissen dazu besitze. Helen … Helen wäre dazu in der Lage.« Er schaute zu Julian. »Sie ist verheiratet und lebt woanders … aber vermutlich wird sie für diese Angelegenheit hierherkommen, richtig? Und um mich zu sehen, oder?«

Emma hatte das Gefühl, dabei zuzuschauen, wie eine Glasscheibe in Zeitlupe in tausend Splitter zersprang. Keiner der Blackthorns rührte sich, nicht einmal Tavvy. Aber auf ihren Gesichtern malte sich Bestürzung ab, als sie erkannten, wie viele Dinge Mark nicht wusste.

Mark wurde bleich und legte das Kerngehäuse des Apfels langsam auf den Tisch. »Was ist geschehen?«

»Mark«, setzte Julian an und blickte zur Tür, »du solltest vielleicht lieber mit mir auf dein Zimmer gehen, damit wir reden können, nicht hier …«

»Nein«, unterbrach Mark ihn mit erhobener, angsterfüllter Stimme. »Erzähl mir sofort, was geschehen ist. Wo ist meine Schwester, die Tochter von Lady Nerissa? Wo ist Helen?«

Einen Moment lang herrschte betretenes Schweigen. Mark musterte Julian; die beiden standen nicht länger nebeneinander. Mark hatte sich von Julian wegbewegt, so lautlos und schnell, dass Emma es gar nicht wahrgenommen hatte. »Du hast gesagt, sie würde noch leben«, drängte Mark, und aus seiner Stimme sprach eine Mischung aus Angst und Vorwurf.

»Natürlich lebt sie noch«, versicherte Emma hastig. »Es geht ihr gut.«

Mark schnaubte ungeduldig. »Dann möchte ich jetzt gern wissen, wo meine Schwester ist. Julian?«

Doch nicht Julian lieferte die Antwort. »Als der Kalte Frieden verkündet wurde, hat man sie fortgeschickt«, erklärte Ty zu Emmas Überraschung in einem ganz sachlichen Ton. »Sie wurde verbannt.«

»Der Rat hat darüber abgestimmt«, fügte Livvy hinzu. »Einige Ratsmitglieder wollten sie aufgrund ihres Feenbluts töten, aber Magnus Bane hat die Rechte der Schattenweltler verteidigt. Helen wurde auf die Wrangelinsel geschickt, um sich dem Studium der Schutzschilde zu widmen.«

Mark stützte sich auf den Tisch, die Handflächen auf die Tischplatte gelegt, als versuchte er, nach einem Tiefschlag wieder zu Atem zu kommen. »Die Wrangelinsel«, flüsterte er. »Das ist ein kalter Ort mit Eis und Schnee. Ich bin mit der Wilden Jagd über diese Gegend geritten. Aber ich wusste nicht, dass meine Schwester dort unten war, inmitten dieser Eiswüste.«

»Man hätte dir nie gestattet, sie zu besuchen, selbst wenn du es gewusst hättest«, sagte Julian.

»Aber ihr habt zugelassen, dass sie fortgeschickt wurde.« Marks zweifarbige Augen blitzten. »Ihr habt zugelassen, dass man sie verbannt hat.«

»Wir waren Kinder. Ich war damals zwölf Jahre alt.« Obwohl Julian seine Stimme nicht erhob, funkelten seine Augen kalt. »Uns blieb keine andere Wahl. Wir reden jede Woche mit Helen und schreiben dem Rat jedes Jahr eine Petition mit der Bitte, ihre Rückkehr zu genehmigen.«

»Reden und Petitionen«, fauchte Mark. »Genauso gut hättet ihr auch gar nichts unternehmen können. Ich habe gewusst
ich habe gewusst, dass der Rat entschieden hat, nicht nach mir zu suchen. Ich wusste, dass sie mich der Gewalt der Wilden Jagd überlassen würden.« Mühsam schluckte er. »Ich dachte, das läge daran, dass sie Angst vor Gwyn und der Rache der Jäger hätten. Aber nicht daran, dass sie mich hassen und verachten.«

»Es war kein Hass«, wandte Julian ein. »Sondern Furcht.«

»Die Ratsmitglieder haben gesagt, dass wir nicht nach dir suchen dürfen«, beteuerte Ty. Er hatte eines seiner Spielzeuge aus seiner Tasche genommen: ein Stück Schnur, das er unentwegt durch seine Finger laufen ließ und zu unterschiedlichen Figuren schlang. »Sie haben gesagt, dass es verboten ist. Und es ist auch verboten, Helen zu besuchen.«

Mark sah Julian an; seine Augen waren vor Zorn dunkel, fast schwarz und bronzebraun. »Habt ihr es denn überhaupt versucht?«

»Ich werde mich nicht mit dir streiten, Mark«, erwiderte Julian. An seinem Mundwinkel zuckte ein Muskel – ein Zeichen dafür, dass er extrem aufgewühlt war, das wusste Emma. Aber vermutlich war sie die Einzige, die das überhaupt wahrnahm.

»Und du würdest dich auch nicht *für* mich streiten«, entgegnete Mark. »So viel steht fest.« Er schaute sich im Raum um. »Ich bin in eine Welt zurückgekommen, in der ich offensichtlich nicht erwünscht bin«, stieß er hervor, marschierte aus der Bibliothek und warf die Tür mit einem Knall hinter sich zu.

Ein paar Sekunden herrschte bestürztes Schweigen.

»Ich gehe ihm nach«, sagte Cristina schließlich und eilte aus dem Raum. In der anschließenden Stille hefteten sämtliche Blackthorns ihre Blicke auf Julian. Und Emma musste gegen den Drang ankämpfen, sich zwischen ihren *Parabatai* und die flehentlichen Augen seiner Geschwister zu stellen. Sie sahen ihn auf eine Weise an, als erwarteten sie, dass er das Problem lösen würde – dass er jedes Problem lösen konnte, so wie er es bisher immer getan hatte.

Doch Julian stand reglos da, die Lider halb geschlossen und die Hände zu Fäusten geballt. Emma erinnerte sich daran, wie er im Wagen ausgesehen hatte, erinnerte sich an die Verzweiflung in seinem Gesicht. Es gab nur wenige Dinge, die Julian aus der Ruhe bringen konnten, aber Mark hatte schon immer dazugehört.

»Mark wird sich bestimmt bald beruhigen«, sagte Emma und tätschelte Drus weichen Arm. »Natürlich ist er wütend. Er hat allen Grund, wütend zu sein. Aber er ist auf keinen von *euch* wütend.« Emma schaute über Drusillas Schopf hinweg zu Julian und versuchte, Blickkontakt mit ihm herzustellen, ihm Halt zu geben. »Es wird sich alles klären.«

Im nächsten Moment wurde die Tür ein weiteres Mal geöffnet, und Cristina kehrte in die Bibliothek zurück. Hastig wandte Julian sich ihr zu.

Cristinas dunkle, zu Zöpfen geflochtene und um ihren Kopf gewundene Haare glänzten, als sie bedauernd die Achseln zuckte. »Es geht ihm gut«, berichtete sie, »aber er hat sich in seinem Zimmer eingeschlossen. Und ich denke, es wäre das Beste, wenn wir ihn eine Weile allein lassen. Ich kann mich in den Flur setzen und warten, wenn du willst.«

Julian schüttelte den Kopf. »Danke für das Angebot. Aber von uns braucht keiner vor Marks Zimmer Wache zu halten. Er kann kommen und gehen, wie er will.«

»Aber was ist, wenn er sich selbst verletzt?«, fragte Tavvy mit leiser, dünner Stimme.

Julian bückte sich, hob seinen Bruder hoch und umarmte ihn fest, bevor er ihn wieder absetzte. Tavvy klammerte sich weiterhin an Julians T-Shirt. »Das wird er schon nicht«, versicherte Julian.

»Ich möchte ins Atelier«, bat Tavvy. »Ich mag nicht mehr hierbleiben.«

Julian zögerte zuerst, nickte dann aber. Das Atelier war sein Raum, in den er Tavvy oft mitnahm, wenn sein kleiner Bruder Angst hatte: Farben, Papierblöcke und Pinsel schienen Tavvy irgendwie zu beruhigen. »Komm«, sagte er, nahm seinen Bruder an der Hand und wandte sich an seine anderen Geschwister. »In der Küche ist noch kalte Pizza und Sandwiches und …«

»Ist schon okay, Jules«, sagte Livvy. Sie hatte sich wieder an den Tisch gesetzt, neben ihren Zwillingsbruder, der mit finsterer Miene auf die Karte mit den Ley-Linien starrte. »Wir kümmern uns ums Abendessen. Mach dir keine Sorgen.«

»Ich bring euch gleich was zu essen hoch«, bot Emma an.

Danke, formulierte Julian stumm mit den Lippen und ging mit Tavvy zur Tür. Bevor er sie jedoch öffnen konnte, meldete Ty sich zu Wort, der seit Marks wütendem Abgang geschwiegen hatte. »Du wirst ihn doch nicht bestrafen, oder?«, drängte er, die Schnur fest um seine linke Hand gewickelt.

Julian drehte sich um, sichtlich überrascht. »Mark bestrafen? Weswegen denn?«

»Wegen all der Dinge, die er gesagt hat.« Tys Wangen glühten, während er die Schnur langsam von seinen Fingern löste. Im Laufe der Jahre hatte Julian seinen jüngeren Bruder oft beobachtet, um ihn besser verstehen zu lernen. Dabei hatte er herausgefunden, dass Ty in Bezug auf Geräusche und Licht wesentlich empfindlicher reagierte als die meisten Menschen. Aber alles Sensorische faszinierte ihn: Ty konnte stundenlang die Struktur und Oberfläche von Seide oder Sandpapier studieren und mit dem Finger die Rillen in Muschelgehäusen und rauen Felsbrocken nachzeichnen. Das hatte Julian auch auf die Idee für Tys Spielzeuge und Handschmeichler gebracht. »Was Mark gesagt hat, stimmt. Er hat nur die Wahrheit gesagt und uns bei den Ermittlungen geholfen. Dafür sollte er nicht bestraft werden«, forderte Ty.

»Natürlich nicht«, bestätigte Julian. »Keiner von uns würde ihn bestrafen.«

»Es ist nicht seine Schuld, wenn er nicht gleich alles versteht«, fuhr Ty fort. »Oder wenn ihm alles zu viel wird. Es ist nicht seine Schuld.«

»Ty-Ty«, murmelte Livvy beruhigend. Emma hatte diesen Spitznamen für Tiberius erfunden, als sie selbst noch sehr klein gewesen war. Und seitdem war der Name hängen geblieben. Behutsam rieb Livvy ihrem Zwillingsbruder die Schulter. »Es wird alles gut.«

»Ich will nicht, dass Mark wieder weggeht«, sagte Ty. »Hast du das verstanden, Julian?«

Emma sah, wie das Gewicht dieser Worte, dieser Verantwortung auf Julians Schultern drückte.

»Ja, das habe ich verstanden, Ty«, antwortete er.

8

Aus der Wolke zur Nachtzeit

Emma drückte die Tür zu Julians Atelier mit der Schulter auf und bemühte sich, dabei nichts von der Suppe zu verschütten, die in den beiden bis zum Rand gefüllten Tassen schwappte.

Im Grunde bestand Julians Atelier aus zwei Räumen: ein Bereich, zu dem seine Geschwister Zutritt hatten, und ein Bereich, der nur für ihn allein bestimmt war. Seine Mutter Eleanor hatte den größeren Raum zum Malen genutzt und den kleineren als Dunkelkammer für ihre Fotos. Ty hatte oft die Frage gestellt, ob die Entwicklerflüssigkeiten und Geräte möglicherweise noch funktionierten, weil er gern damit experimentieren wollte.

Aber dieser zweite Raum war das Einzige, bei dem Julian sich nicht dem Wunsch seiner jüngeren Geschwister beugte und etwas, das ihm gehörte, für sie aufgab. Die schwarz lackierte Tür blieb verriegelt und verschlossen, und nicht einmal Emma durfte einen Fuß hineinsetzen.

Worum sie auch niemals bitten würde, überlegte sie. Julian hatte so wenig Privatsphäre, dass sie ihm das bisschen, was er für sich beanspruchen konnte, nicht missgönnte.

Der große Raum war atemberaubend schön: Zwei bis zur Decke verglaste Wände gingen aufs Meer und auf die Wüste hinaus, während die anderen beiden in einem hellen Cremegrau gestrichen und mit den Bildern von Julians Mutter – abstrakte Gemälde in kräftigen Farben – dekoriert waren.

Jules stand vor dem massiven Granitblock, der die Mitte des Raums füllte und mit Papierblöcken, Aquarellfarben und Farbtuben übersät war, die so lyrische Namen trugen wie Alizarinrot, Morellenrot, Kadmiumorange und Ultramarinblau.

Als er Emma sah, hob er rasch die Hand, legte einen Finger auf die Lippen und warf einen vielsagenden Blick auf den Boden. Dort hockte Tavvy vor einer kleinen Staffelei, mit einer Schachtel nicht giftiger Farben bewaffnet, die er großzügig auf einem langen Bogen Packpapier verteilte. Offenbar war er mit seiner bunten Kreation zufrieden. In seinen braunen Locken klebten orangegelbe Farbspritzer.

»Ich habe ihn gerade erst beruhigen können«, erklärte Julian, während Emma die beiden Suppentassen auf dem Granitblock abstellte. »Gibt es irgendetwas Neues? Habt ihr mit Mark geredet?«

»Seine Tür ist noch immer verriegelt«, berichtete Emma. »Die anderen sind in der Bibliothek.« Sie schob ihm eine der Tassen zu. »Iss etwas«, sagte sie. »Cristina hat die Suppe gekocht. Tortillasuppe. Allerdings meinte sie, wir hätten hier nicht die richtigen Chilis.«

Julian nahm die Tasse, bückte sich und stellte sie neben Tavvy ab. Sein kleiner Bruder schaute auf und sah Emma blinzelnd an, als hätte er sie jetzt erst bemerkt. »Hat Jules dir die Bilder gezeigt?«, fragte er. Inzwischen hatten sich blaue Farbspritzer zu den gelben und orangefarbenen Tupfen in seinem Haar gemischt. Er sah aus wie ein Sonnenuntergang.

»Welche Bilder?«, fragte Emma, als Julian sich aufrichtete.

»Die er von uns gemacht hat. Die wie Spielkarten aussehen.«

Verwundert zog Emma eine Augenbraue hoch und wandte sich an Jules. »Karten?«

Julian errötete. »Porträts«, erklärte er. »Ich habe sie im Stil des Rider-Waite-Tarots angefertigt.«

»Das irdische Tarot?«, fragte Emma, während Jules nach einer Portfoliomappe griff. Normalerweise hielten sich die Nephilim von allem fern, was irgendwie mit irdischem Aberglauben zusammenhing: Handlesekunst, Astrologie, Kristallkugeln, Tarotkarten. Es war zwar nicht verboten, sie zu besitzen oder damit umzugehen, aber das blieb für gewöhnlich zwielichtigen Gestalten wie Johnny Rook vorbehalten, die sich am Rande der erlaubten Magie bewegten.

»Ich habe allerdings ein paar Änderungen vorgenommen«, erzählte Julian, öffnete die Mappe und holte einen Stapel Blätter mit farbenfrohen, charakteristischen Illustrationen hervor. Eine Zeichnung zeigte Livvy mit fliegenden Haaren und ihrem Säbel in der Hand, doch statt ihrem Namen stand DIE BESCHÜTZERIN darunter. Wie immer schienen Julians Zeichnungen zu Emma zu sprechen, eine direkte Verbindung zu ihrem Herzen herzustellen. Sie hatte das Gefühl, als verstünde sie, was Julian beim Zeichnen empfunden hatte. Und während sie Livvys Porträt betrachtete, verspürte Emma plötzlich eine Mischung aus Bewunderung, Liebe und Verlustangst. Julian würde über diese Dinge niemals reden, aber Emma hatte den Verdacht, dass es ihm mehr als nur ein wenig Angst einjagte, dabei zuzusehen, wie Livvy und Ty erwachsen wurden.

Die nächste Karte stellte Tiberius dar. Er hatte sein attraktives Gesicht vom Betrachter abgewandt, und ein Totenkopfschwärmer flatterte auf seiner Hand. Das Porträt vermittelte Emma einen Gefühlscocktail aus überwältigender Liebe, Intelligenz und Verwundbarkeit. Darunter stand DAS GENIE.

Weitere Karten waren mit DIE TRÄUMERIN und DER UNSCHULDIGE untertitelt – Dru, mit der Nase in einem Buch, und Tavvy im Pyjama, den Kopf schläfrig in die Hand gestützt. Die Illustrationen waren in warmen, liebevollen Farben gehalten.

Das nächste Porträt zeigte Mark mit verschränkten Armen, strohblonden Haaren und einem T-Shirt, auf dem ein Motiv mit weit ausgebreiteten Schwingen zu sehen war. Auf jeder Schwinge leuchtete ein Auge: ein goldenes und ein blaugrünes. Ein Seil war an seinem Fußgelenk befestigt und lief scheinbar aus dem Bild hinaus.

DER GEFANGENE stand darunter.

Emma streifte Jules' Schulter, als sie sich vorbeugte, um das

Bild genauer zu betrachten. Wie alle seine Zeichnungen schien auch dieses Porträt ihr etwas in einer stummen Sprache zuzuflüstern: Es sprach von Verlust und Trauer und vielen Jahren, die auf ewig verloren waren.

»Hast du daran in England gearbeitet?«, fragte sie.

»Ja, ich hatte gehofft, das ganze Set fertigstellen zu können.« Julian fuhr sich mit der Hand durch die zerzausten braunen Locken. »Vielleicht sollte ich den Titel von Marks Karte ändern«, überlegte er. »Jetzt, da er wieder frei ist.«

»Falls sich das nicht wieder ändert.« Emma schob Marks Bildnis beiseite und entdeckte Helens Porträt. Sie stand inmitten von Eisschollen und trug eine Strickmütze über den hellen Haaren. DIE VERBANNTE las Emma darunter. Eine weitere Karte mit dem Titel DIE HINGEBUNGSVOLLE zeigte ihre Frau Aline mit dunklen Haaren und dem Blackthorn-Ring an der Hand.

Die letzte Karte stellte Arthur dar: Er saß an seinem Schreibtisch, und auf dem Boden unter ihm verlief ein rotes Band, das wie frisches Blut schimmerte. Die Zeichnung besaß keinen Titel.

Julian nahm die Karten und schob sie wieder in die Mappe. »Sie sind noch nicht fertig.«

»Bekomme ich auch eine Karte?«, zog Emma ihn auf. »Oder nur die Blackthorns und angeheiratete Familienmitglieder?«

»Warum malst du Emma nicht mal?«, fragte Tavvy und sah seinen Bruder an. »Nie malst du Emma.«

Emma sah, wie Julian sich am ganzen Körper versteifte. Tavvy hatte recht. Julian fertigte nur selten Porträts an, und Emma hatte er seit Jahren nicht mehr skizziert. Emma erinnerte sich an das Familienporträt, das er bei der Hochzeit von Aline und Helen angefertigt hatte. Das war das letzte Mal, dass er ein Bild von ihr gezeichnet hatte.

»Alles in Ordnung?«, fragte sie mit gesenkter Stimme, in der Hoffnung, dass Tavvy sie nicht hörte.

Julian atmete tief ein, und seine Muskeln entspannten sich. Als sich seine Augen mit Emmas trafen, spürte sie, wie sich die aufsteigende Verärgerung in ihrem Bauch schlagartig in Luft auflöste. Julian schaute sie mit offenem, verwundbarem Blick an. »Tut mir leid«, sagte er. »Es ist nur so … Ich hatte immer angenommen, wenn er zurückkehren würde … wenn Mark zurückkehren würde, dass er mir dann helfen würde. Dass er wieder die Verantwortung übernehmen und alles regeln würde. Ich hätte nie gedacht, dass er einmal eine zusätzliche Last sein könnte – jemand, um den ich mich auch noch kümmern muss.«

Bei diesen Worten fühlte Emma sich in die Zeit zurückversetzt, als man Mark verschleppt und Helen fortgeschickt hatte. In den darauffolgenden Wochen und Monaten war Julian oft nachts aufgeschreckt und hatte nach seinem Bruder und seiner Schwester geschrien, die nicht mehr da waren und nicht mehr zurückkehren würden. Emma erinnerte sich an Julians Panikanfälle, die darin gipfelten, dass er ins Bad taumelte und sich übergeben musste, und an die vielen Nächte, in denen sie ihn auf den kalten Fliesen im Arm gehalten hatte, während er am ganzen Körper zitterte wie von Fieberschüben geplagt.

Ich schaffe das nicht, hatte er gestammelt. *Ich schaff das nicht allein. Ich kann sie nicht großziehen. Ich kann keine vier Kinder großziehen.*

Jetzt spürte Emma, wie sich ihre Wut erneut meldete; dieses Mal richtete sie sich allerdings gegen Mark.

»Jules?«, fragte Tavvy ängstlich, worauf Julian sich mit der Hand übers Gesicht fuhr. Eine nervöse Angewohnheit – so als würde er eine Tafel abwischen. Als er die Hand wieder sinken ließ, waren Furcht und Emotionen aus seinen Augen verschwunden.

»Ich komme schon«, sagte er, drehte sich um und hob Tavvy vom Boden auf. Tavvy legte müde den Kopf auf Jules' Schulter und verschmierte Farbe auf dessen T-Shirt. Doch Julian schien das nicht zu kümmern. Er drückte das Kinn in die Locken seines jüngsten Bruders und schenkte Emma ein Lächeln.

»Vergiss es einfach«, sagte er. »Ich bring den hier schnell ins Bett. Vielleicht solltest du dich auch schlafen legen.«

Doch in Emmas Adern rauschte eine tosende Mischung aus

Wut und Beschützerinstinkt. Niemand durfte Julian wehtun. Niemand. Nicht einmal sein lange vermisster, heiß geliebter Bruder.

»Ja, gute Idee«, sagte sie. »Aber zuerst muss ich noch was erledigen.«

Julian musterte sie mit beunruhigter Miene. »Emma, bitte versuch nicht …«

Aber Emma war bereits verschwunden.

Emma stand vor Marks Zimmer, die Hände in die Hüften gestemmt. »Mark!« Wütend klopfte sie an die Tür, zum fünften Mal. »Mark Blackthorn, ich weiß, dass du da drin bist. Mach die Tür auf.«

Stille. Emmas Neugier und Wut kämpften mit ihrem Respekt vor Marks Privatsphäre und siegten. Da Entriegelungsrunen im Inneren ihres Instituts nicht funktionierten, zog sie ein dünnes Messer aus ihrem Gürtel und schob es in den Spalt zwischen Tür und Türrahmen. Der Riegel sprang zurück, und die Tür schwang auf.

Entschlossen steckte Emma den Kopf durch die Tür. Sämtliche Lampen waren eingeschaltet, die Vorhänge zugezogen und die Laken zerwühlt. Aber das Bett war leer.

Genau genommen war das ganze Zimmer leer. Mark war nicht da.

Emma zog die Tür wieder zu, drehte sich mit einem genervten Seufzer um … und hätte fast laut aufgeschrien. Vor ihr stand Dru, mit großen dunklen Augen, und drückte ein Buch an die Brust.

»Dru! Du weißt doch, dass ich jeden, der sich von hinten an mich heranschleicht, normalerweise absteche.« Zitternd schnappte Emma nach Luft.

Dru zog eine bedrückte Miene. »Du suchst nach Mark.«

Emma wusste nicht, warum sie das hätte leugnen sollen. »Stimmt.«

»Er ist aber nicht in seinem Zimmer«, sagte Dru.

»Stimmt ebenfalls. Heute ist ein passender Abend, um mal alles auszusprechen, was ohnehin offensichtlich ist, oder?«, bemerkte Emma lächelnd und spürte bei Drus Anblick plötzlich einen Stich im Herzen. Die Zwillinge hatten einander, und Tavvy war noch so klein, dass er sich vollkommen auf Jules verließ – für Dru musste es schwer sein, in diesem Familiengefüge einen Platz zu finden. »Mark geht es bald wieder besser«, versicherte sie Dru.

»Er ist auf dem Dach«, sagte Dru.

Verwundert zog Emma eine Augenbraue hoch. »Wie kommst du darauf?«

»Früher ist er immer aufs Dach geklettert, wenn ihn irgendetwas geärgert hat«, erklärte Dru und schaute zum Fenster am anderen Ende des Flurs. »Außerdem ist er da oben unter freiem Himmel. Er kann die Wilde Jagd sehen, wenn sie vorbeireitet.«

Emma spürte, wie ihr ein Schauer über den Rücken lief. »Das wird nicht passieren«, versicherte sie. »Die Reiter werden nicht herkommen. Sie werden ihn uns nicht wieder wegnehmen.«

»Nicht einmal, wenn er es möchte?«

»Dru …«

»Bitte klettere aufs Dach und hol ihn wieder runter«, flehte Drusilla. »Bitte, Emma.«

Emma fragte sich, ob sie eine verwirrte Miene zog; jedenfalls *fühlte* sie sich verwirrt. »Wieso ich?«

»Weil du ein hübsches Mädchen bist«, sagte Dru ein wenig wehmütig und blickte auf ihre eigene rundliche Figur. »Und Jungen tun alles, was hübsche Mädchen wollen. Das hat Großtante Marjorie gesagt. Sie meinte, wenn ich nicht so ein Dickerchen wäre, könnte ich ein ganz hübsches Mädchen sein und alle Jungen würden tun, was ich sage.«

Entsetzt starrte Emma Dru an. »Diese alte Schreckschrau… diese alte Schachtel hat *was* gesagt?«

Dru drückte das Buch noch fester an sich. »Eigentlich klingt es gar nicht so schlimm, oder? Dickerchen? Fast so als wäre das etwas Niedliches, zum Beispiel ein Eichhörnchen oder ein Chipmunk.«

»Du bist viel niedlicher als ein Chipmunk«, beteuerte Emma. »Die haben merkwürdige Zähne und sprechen mit ganz hohen, dünnen Stimmen, wie ich aus zuverlässiger Quelle weiß.« Sanft fuhr sie Dru durch die weichen Haare. »Du bist einfach wunderbar und wirst es auch immer sein«, bekräftigte sie. »So, und jetzt werde ich mal nachsehen, was ich bei deinem Bruder erreichen kann.«

Die Scharniere an der Luke, die zum Dach hinaufführte, waren seit Monaten nicht mehr geölt worden und quietschten laut, als Emma, die auf der obersten Leitersprosse stand, ihre Schulter dagegen stemmte. Die Luke gab nach, und Emma kletterte aufs Dach.

Zitternd richtete sie sich auf. Der vom Meer kommende Wind war kalt, und Emma hatte nur eine dünne Strickjacke über ihr Trägertop und ihre Jeans gezogen. Die Schindeln, mit denen die Dachfläche bedeckt war, fühlten sich unter ihren nackten Füßen rau an.

Sie war schon so oft hier oben gewesen, öfter, als sie zählen konnte. Dieser Teil des Dachs war flach, leicht zu begehen und nur an den Rändern, wo die Regenrinnen aus Kupferrohr angebracht waren, etwas geneigt. In der Mitte stand sogar ein Klappstuhl, den Julian nutzte, wenn er zum Malen hochkam. Eine Weile hatte er eine Phase gehabt, in der er den Sonnenuntergang über dem Ozean festhalten wollte. Aber er hatte es schließlich aufgegeben, weil er versuchte, die sich ständig verändernden Farben des Himmels einzufangen, fest davon überzeugt, dass jede Phase des Sonnenuntergangs noch besser sei als die vorangegangene – bis jede Leinwand nur noch Schwarz gezeigt hatte.

Da es hier oben nur wenig gab, hinter dem man sich verstecken konnte, benötigte Emma nur eine Sekunde, um Mark ausfindig zu machen. Er hockte am Rand des Dachs, die Beine über der Dachkante, und starrte hinaus auf den Ozean.

Emma marschierte zu ihm, während ihr der Wind die blonden Zöpfe ins Gesicht wehte. Ungeduldig wischte sie sie weg und fragte sich, ob Mark sie ignorierte oder wirklich nicht hörte. Wenige Schritte hinter ihm blieb sie stehen und rief sich wieder ins Gedächtnis, wie hart er Julian angefahren hatte.

»Mark«, sagte sie.

Langsam drehte er den Kopf. Im Licht des Mondes bildeten seine Konturen eine Mischung aus schwarzen und weißen Flächen; es ließ sich nicht erkennen, dass seine Augen unterschiedliche Farben besaßen. »Emma Carstairs.«

Ihr vollständiger Name. Das war nicht gerade vielversprechend. Emma verschränkte die Arme vor der Brust. »Ich bin hier, um dich wieder runterzuholen«, verkündete sie. »Du jagst deiner Familie einen Riesenschreck ein, und du tust Jules weh.«

»Jules«, sagte er bedächtig.

»Julian. Dein *Bruder.*«

»Ich will mit meiner Schwester sprechen«, sagte er. »Ich will mit Helen reden.«

»Von mir aus«, antwortete Emma. »Du kannst jederzeit mit ihr sprechen. Entweder rufst du sie an oder sie dich, oder ihr könnt skypen, wenn du unbedingt willst. Das hätten wir dir ohnehin angeboten, wenn du nicht sofort losgebrüllt hättest.«

»Skypen?« Mark musterte sie, als wären ihr plötzlich mehrere Köpfe gewachsen.

»Das ist so eine Computersache. Ty kennt sich damit aus. Dabei kannst du Helen sehen, während du mit ihr redest.«

»Wie bei den Bergkristallkugeln der Feenwesen?«

»So ähnlich.« Vorsichtig trat Emma einen Schritt vor, als würde sie sich einem scheuen Wildtier nähern und es nicht verschrecken wollen. »Kommst du mit nach unten?«

»Ich bleibe lieber hier. Unten bin ich in der toten Luft fast erstickt. Ich hatte das Gefühl, vom Gewicht des ganzen Gebäudes erdrückt zu werden – diese Tonnen von Glas, Stein und Holz. Wie hältst du das nur aus?«

»So wie du während der ersten sechzehn Jahre deines Lebens.«

»Daran kann ich mich kaum noch erinnern«, sagte Mark.

»Diese Zeit erscheint mir wie ein Traum.« Dann blickte er wieder auf den Ozean hinaus. »So viel Wasser«, sagte er. »Ich kann durch die Fluten hindurchschauen. Ich kann die Dämonen tief unten im Meer erkennen. Ich sehe das Ganze, aber es kommt mir nicht real vor.«

Das wiederum verstand Emma sehr gut. Das Meer hatte die Leichen ihrer Eltern fortgeschwemmt und dann wieder angespült, mit zerbrochenen Gliedern und leerem Blick. Emma wusste aus den Ermittlungsakten, dass sie bereits tot gewesen waren, als man sie ins Wasser geworfen hatte, aber dieses Wissen half ihr nicht wirklich. Sie erinnerte sich an eine Stelle aus einem Gedicht, das Arthur einmal vorgetragen hatte und das vom Ozean handelte: *Wo das Wasser strömt und Windjammer sinken und in der Tiefe der Tod wartet.*

Genau das war das Meer jenseits der Wellen in Emmas Augen: eine Tiefe, in der der Tod wartete.

»Im Feenreich gibt es doch bestimmt auch Wasser, oder?«, fragte sie.

»Nein, kein Meer. Nicht einmal genügend Wasser. Die Wilde Jagd ist oft tagelang ohne Wasser geritten. Nur wenn wir ohnmächtig wurden, hat Gwyn uns erlaubt, eine Pause einzulegen und etwas zu trinken. Und in der tiefen Wildnis des Feenreichs gibt es zwar einige Quellen, aber in ihnen strömt nur Blut.«

»›Denn alles auf Erden vergossene Blut rinnt durch Bäch' und Quellen im Lande dort‹«, sagte Emma. »Mir war nicht bewusst, dass das wörtlich gemeint ist.«

»Und *mir* war nicht bewusst, dass du die alten Lieder kennst«, erwiderte Mark, und zum ersten Mal seit seiner Rückkehr sah er sie mit echtem Interesse an.

»Die ganze Familie hat versucht, möglichst viel über das Feenreich zu lernen«, erklärte Emma und setzte sich neben ihn. »Seit dem Dunklen Krieg werden wir von Diana unterrichtet, und selbst deine jüngsten Geschwister wollten immer alles über die Feenwesen lernen. Deinetwegen.«

»Das muss ein wenig beliebter Schwerpunkt im Schattenjäger-

Lehrplan sein«, bemerkte Mark, »angesichts der jüngsten Vergangenheit.«

»Das, was der Rat von den Feenwesen hält, ist nicht deine Schuld«, wandte Emma ein. »Du bist ein Schattenjäger und warst nie an ihrem Verrat beteiligt.«

»Ich bin ein Schattenjäger«, pflichtete Mark ihr bei. »Aber ich bin auch ein Halb-Elbe, genau wie meine Schwester. Unsere Mutter war Lady Nerissa. Sie starb nach meiner Geburt, und da es niemanden gab, der Helen und mich hätte großziehen können, wurden wir unserem Vater übergeben. Unsere Mutter hatte dem Adel angehört, einem der höchsten Stände der Feenwesen.«

»Hat man dich ihretwegen in der Wilden Jagd besser behandelt?«

Mark schüttelte kurz den Kopf. »Ich glaube, sie haben meinen Vater für ihren Tod verantwortlich gemacht. Weil er ihr das Herz gebrochen hat, als er sie verlassen hat. Und das hat nicht dazu geführt, dass die Feenwesen mir besonders wohlgesinnt waren.« Er schob sich eine blonde Locke hinters Ohr. »Aber nichts von dem, was sie meinem Körper oder meiner Seele angetan haben, war so grausam wie der Moment, als ich erfuhr, dass der Rat nicht nach mir suchen würde. Dass die Schattenjäger keinen Rettungstrupp entsenden würden. Als ich Jace im Feenreich begegnet bin, hat er gemeint: ›Zeig ihnen, aus welchem Holz ein Nephilim geschnitzt ist!‹ Aber aus welchem Holz sind die Nephilim geschnitzt, wenn sie ihr eigen Fleisch und Blut im Stich lassen?«

»Die Kongregation spricht nicht für alle Schattenjäger dieser Welt«, wandte Emma ein. »Viele Nephilim waren der Ansicht, dass ihre Vorgehensweise falsch war. Und Julian hat unablässig versucht, den Rat zu einer Meinungsänderung zu bewegen.« Einen Moment lang überlegte sie, ihm den Arm zu tätscheln, besann sich dann aber eines Besseren. Mark hatte noch immer etwas Wildes an sich – ihm die Hand auf den Arm zu legen wäre dem Versuch gleichgekommen, einen Leoparden zu streicheln. »Das wirst du schon sehen, jetzt, da du wieder zu Hause bist.«

»Bin ich denn zu Hause?«, fragte Mark. Dann schüttelte er den Kopf. »Vielleicht war ich meinem Bruder gegenüber unfair«, räumte er ein. »Vielleicht hätte ich ihn nicht derartig anfahren sollen. Aber ich fühle mich … wie in einem Traum. Es kommt mir vor, als wären Wochen vergangen, seit man mir mitgeteilt hat, dass ich in die Welt der Menschen zurückkehren muss.«

»Hat man dir denn gesagt, dass du nach Hause zurückkehren würdest?«

»Nein. Mir wurde nur mitgeteilt, dass ich die Wilde Jagd zu verlassen hätte. Dass der König des Dunklen Volkes es befohlen hatte. Dann zog man mich von meinem Pferd und fesselte mir die Hände. Wir sind tagelang geritten. Die Elben haben mir eine Flüssigkeit eingeflößt, ein Getränk, das dafür sorgte, dass ich Halluzinationen hatte und Dinge sah, die gar nicht da waren.« Mark blickte auf seine Hände. »Das sollte gewährleisten, dass ich nicht den Weg zurückfinden würde. Aber ich wünschte, sie hätten es nicht getan«, sagte er. »Ich wünschte, ich hätte hier als der Mark eintreffen können, der ich jahrelang gewesen bin – ein würdiges Mitglied der Wilden Jagd. Ich hätte gewollt, dass meine Geschwister mich stolz und aufrecht erlebt hätten und nicht angsterfüllt und zusammengekauert.«

»Du wirkst jetzt tatsächlich ganz anders«, bestätigte Emma, was auch der Wahrheit entsprach. Mark machte den Eindruck eines jungen Mannes, der aus einem hundertjährigen Schlaf erwacht war … wie jemand, der den Staub von hundert Jahren Traumwelt von den Füßen schüttelte. Bei seiner Ankunft war er zu Tode verängstigt gewesen, doch jetzt waren seine Hände ruhig und seine Miene wirkte ernst.

Plötzlich verzogen sich seine Mundwinkel jedoch zu einem schiefen Lächeln.

»Als mir die Elben im Sanktuarium den Befehl erteilten, mich zu zeigen, habe ich das für einen weiteren Traum gehalten.«

»Einen guten Traum?«, fragte Emma.

Mark zögerte und schüttelte dann den Kopf. »Während der ersten Monate bei der Wilden Jagd hat Gwyn dafür gesorgt, dass ich mit Albträumen gestraft wurde, wenn ich mich einem seiner Befehle widersetzte … Horrorszenarien, die zeigten, wie meine Familie qualvoll ums Leben kam. Bei meiner Ankunft hier dachte ich, ich sollte erneut einen dieser Albträume erleiden. Und ich hatte schreckliche Angst – nicht um mich, sondern um Julian.«

»Aber jetzt weißt du, dass es kein böser Traum ist. Du siehst deine Familie, dein Zuhause …«

»Emma. Hör auf.« Mark kniff die Augen zusammen, als hätte er schlimme Schmerzen. »Ich kann dir das jetzt sagen, weil du keine Blackthorn bist; in deinen Adern strömt kein Blackthorn-Blut. Ich habe viele Jahre im Feenreich verbracht und kann dir versichern, dass es ein Ort ist, an dem das Blut der Irdischen in flüssiges Feuer verwandelt wird. Ein Ort von solch großer Schönheit und solch großen Schrecken, dass es weit über die Vorstellungskraft jedes Menschen hinausgeht. Ich bin mit der Wilden Jagd geritten. Ich habe eine breite Schneise grenzenloser Freiheit in das Firmament geschlagen und den Wind überflügelt. Und nun verlangt man von mir, wieder auf der Erde zu wandeln.«

»Du gehörst dorthin, wo man dich liebt«, sagte Emma. Das hatte ihr Vater oft zu ihr gesagt, und sie hatte ihm immer geglaubt. Sie gehörte hierher, weil Jules sie liebte und weil die Kinder sie liebten. »Bist du im Feenreich geliebt worden?«

Ein Schatten legte sich über Marks Augen wie ein fallender Vorhang in einem dunklen Raum. »Ich wollte dir noch etwas sagen: Den Tod deiner Eltern bedaure ich sehr.«

Emma wartete auf das vertraute Brennen unbändiger Wut, die immer dann in ihr aufkochte, wenn jemand anderes als Jules ihre Eltern erwähnte. Doch dieses Mal blieb es aus. Die Art und Weise, wie Mark von ihnen gesprochen hatte – seine seltsame Mischung aus formeller Elbensprache und aufrichtigem Bedauern –, hatte etwas erstaunlich Beruhigendes an sich.

»Und mir tut das mit deinem Vater leid«, versicherte sie ihm.

»Ich habe gesehen, wie er in einen Erdunkelten verwandelt wurde«, erzählte Mark. »Aber ich habe ihn nicht im Dunklen Krieg sterben sehen. Ich hoffe, dass er nicht hat leiden müssen.«

Emma spürte, wie ein eisiger Schreck über ihren Rücken jagte. Wusste Mark denn nicht, wie sein Vater gestorben war? Hatte niemand ihm davon berichtet? »Er …«, setzte sie an. »Es geschah mitten im Kampf. Das Ganze ging ziemlich schnell.«

»Dann warst du dabei?«

Hastig rappelte Emma sich auf. »Es ist schon spät«, sagte sie. »Wir sollten schlafen gehen.«

Mark schaute aus seinen unheimlichen Augen zu ihr hoch. »Du willst doch noch gar nicht schlafen«, erwiderte er. Und in diesem Moment machte er einen wilden Eindruck auf Emma – wild wie die Sterne oder die Wüste, wild wie alle natürlichen, ungezähmten Dinge. »Du warst einem Abenteuer nie abgeneigt, Emma, und ich glaube nicht, dass dieses leidenschaftliche Verlangen in dir erloschen ist, oder? Auch wenn du an meinen biederen kleinen Bruder gebunden sein magst.«

»Julian ist nicht bieder«, entgegnete Emma aufgebracht. »Er ist verantwortungsbewusst.«

»Möchtest du mich wirklich glauben machen, dass zwischen diesen beiden Dingen ein Unterschied bestünde?«

Emma schaute zum Mond hinauf und dann wieder zu Mark. »Was schlägst du vor?«

»Während ich aufs Meer hinausgeschaut habe, ist mir der Gedanke gekommen, dass ich vielleicht in der Lage bin, den Ort zu finden, an dem die Ley-Linien zusammenlaufen«, sagte er. »Ich bin schon zuvor an ähnlichen Orten gewesen, zusammen mit der Wilden Jagd. Von diesen Knotenpunkten strahlt eine Energie ab, die die Feenwesen wahrnehmen können.«

»*Was?* Aber wie …?«

»Ich werde es dir zeigen. Begleite mich auf der Suche nach diesem Ort. Warum sollen wir noch länger warten? Die Zeit drängt, oder? Wir müssen diesen Mörder möglichst schnell finden, habe ich recht?«

Begeisterung stieg in Emma auf und ein brennendes Verlangen. Mühsam versuchte sie, sich nicht anmerken zu lassen, wie sehr sie sich wünschte, endlich weiterzuforschen, den nächsten

Schritt zu machen, sich mit Haut und Haaren in die Ermittlungen, die Suche, den Kampf zu stürzen. »Jules«, sagte sie und steuerte auf die Dachluke zu. »Wir müssen Jules holen, damit er mitkommt.«

Mark zog eine finstere Miene. »Ich wünsche ihn nicht zu sehen.«

Emma ließ sich nicht beirren. »Dann bleiben wir hier«, verkündete sie. »Jules ist mein *Parabatai* – wo ich hingehe, da geht auch er hin.«

Irgendetwas blitzte in Marks Augen auf. »Wenn du nicht ohne ihn aufbrechen willst, werden wir gar nicht aufbrechen«, erwiderte er. »Du kannst mich nicht zwingen, die Information herauszurücken.«

»Dich zwingen? Mark …« Emma verstummte genervt. »Also schön. Machen wir uns auf den Weg. Nur wir beide.«

»Nur wir beide«, wiederholte Mark, stand auf und folgte ihr auf die andere Seite des Dachs. Seine Bewegungen waren unfassbar geschmeidig und schnell. »Doch zuerst musst du dich würdig erweisen.«

Im nächsten Moment machte er einen Schritt von der Dachkante.

Emma stürmte zum Rand des Dachs und schaute hinab. Mark hing an der Fassade des Instituts, eine Armlänge unter ihr. Mit einem wilden Grinsen blickte er zu ihr hinauf. Ein Grinsen, aus dem leere Luft und kalter Wind sprachen und die aufgewühlte Oberfläche des Ozeans, die zerklüfteten Ränder von Wolkengebirgen. Ein Grinsen, das eine ungestüme, ungezügelte Saite in Emma zum Klingen brachte – jenen Teil tief in ihrem Inneren, der von Feuer, Kampf, Blut und Vergeltung träumte.

»Komm, klettern wir zusammen hinunter«, forderte er sie auf, mit einem leicht spöttischen Unterton in der Stimme.

»Du bist vollkommen verrückt«, zischte Emma. Doch Mark bewegte sich bereits die Fassade hinab und fand dabei mit seinen Händen und Füßen an Stellen Halt, die Emma nicht einmal sehen konnte. Plötzlich schien das Dach unter ihr zu schwanken. Der Abstand bis zum Erdboden war beträchtlich: Wenn sie vom Dach des Instituts stürzte, bestand das Risiko, dass sie dabei getötet wurde. Keine einzige Heilrune war in der Lage, sie vor dieser Gefahr zu schützen.

Entschlossen ging sie auf die Knie und drehte der Wüste den Rücken zu. Dann ließ sie sich langsam über die Dachkante herab, wobei ihre Nägel über die Ziegel rutschten, bis sie sich mit den Händen an der Regenrinne festhalten konnte, während ihre Beine frei in der Luft baumelten.

Vorsichtig tastete sie mit den nackten Füßen über das Mauerwerk und dankte dem Erzengel, dass sie keine Stiefel trug. Ihre Füße hatten vom vielen Laufen und Kämpfen Schwielen und eine dicke Hornhaut entwickelt; sie glitten mühelos über die Fassade, bis sie einen Spalt fanden. Erleichtert klemmte Emma ihre Zehen in den Mauerriss, um ihre Arme zu entlasten.

Schau nicht nach unten.

Solange Emma zurückdenken konnte, war es immer Jules' Stimme in ihrem Kopf gewesen, die ihre Panikanfälle besänftigt hatte. Auch jetzt, als sie ihre Hände nacheinander herunternahm und ihre Finger in den Spalt zwischen zwei Steinen klemmte, hörte sie sie wieder. Im Zeitlupentempo ließ sie sich herab, zuerst nur wenige Zentimeter, dann immer weiter, bis ihre Füße an einer anderen Stelle Halt fanden. Sie hörte Jules: *Du kletterst über die Felsen im Leo Carrillo State Park. Bis zum weichen Sand sind es nur noch wenige Meter. Es ist alles in bester Ordnung.*

Der Wind blies Emma die Haare ins Gesicht. Als sie den Kopf drehte, um die Strähnen aus ihren Augen zu schütteln, erkannte sie, dass sie an einem Fenster vorbeikletterte. Sanftes Licht leuchtete hinter den Vorhängen. Vielleicht Cristinas Zimmer?

Warst du schon immer so achtlos, wenn es um deine eigene Sicherheit geht?

Erst seit dem Dunklen Krieg …

Inzwischen hatte Emma ungefähr die Hälfte der Strecke zurückgelegt, schätzte sie nach einem Blick hinauf zur Dachrinne, die in der Dunkelheit verschwand. Ihr Tempo nahm deutlich zu, als ihre Hände und Füße immer besser Halt fanden. Der Putz zwischen den Mauersteinen half dabei enorm, weil er verhinderte, dass ihre verschwitzten Finger abrutschten, während sie im Wechsel zugriff und löste, den Körper gegen die Fassade gepresst, bis sie plötzlich einen Fuß suchend nach unten ausstreckte und festen Boden ertastete.

Emma ließ sich fallen und landete mit einem leisen Geräusch im weichen Sand. Sie befand sich auf der Ostseite des Gebäudes, die auf den Garten, den kleinen Parkplatz und die dahinterliegende Wüste hinausging.

Natürlich wartete Mark bereits auf sie. Er stand vom bleichen Mondlicht angestrahlt da und wirkte wie ein Teil der Gartenlandschaft – eine eigentümliche Statue aus hellem Stein. Emma trat keuchend, aber mit einem Hochgefühl von der Fassade zurück. Ihr Herz wummerte, das Blut pulsierte durch ihre Adern; sie schmeckte das Salz im Wind und in ihrem Mund.

Mark ging ein paar Schritte rückwärts, die Hände in den Taschen. »Komm mit«, wisperte er, wandte sich vom Gebäude ab und steuerte auf den Sand und die Sträucher zu.

»Warte«, flüsterte Emma. Mark blieb stehen und warf ihr einen Blick über die Schulter zu. »Waffen«, erklärte sie. »Und Schuhe.« Leise lief sie zum Wagen. Eine Entriegelungsrune öffnete den Kofferraum, in dem stapelweise Waffen und Kampfmonturen lagen. Emma suchte so lange, bis sie einen Gürtel und ein Paar Ersatzstiefel fand. Rasch schlang sie sich den Gürtel um die Hüften, befestigte mehrere Klingen und Dolche daran und schob ihre Füße in die Stiefel.

Glücklicherweise hatte sie nach der hektischen Rückkehr von Malcolms Haus ihr Schwert im Inneren des Kofferraums zurückgelassen. Jetzt löste sie Cortana aus seiner Halterung und schlang es sich über den Rücken, bevor sie zu Mark lief. Wortlos hielt sie ihm eine Seraphklinge und ein Set Messer entgegen, die er schweigend annahm. Dann bedeutete er ihr, ihm zu folgen.

Hinter der niedrigen Mauer des Parkplatzes lag der Steingarten des Instituts, ein friedliches Fleckchen Erde mit Kakteen und

Statuen antiker Heldenfiguren, die Arthur dort platziert hatte. Als er nach Los Angeles gekommen war, hatte er sie von England aus herübertransportieren lassen, und nun ragten sie wie Fremdkörper zwischen den Wüstenpflanzen auf.

Emma bemerkte dort aber noch etwas anderes – einen dunklen Schemen, verdeckt von einem Tuch. Mark lief darauf zu, erneut mit diesem seltsamen Lächeln um die Lippen. Emma ließ ihm den Vortritt, und Sekunden später zog er mit einer schwungvollen Bewegung das schwarze Tuch beiseite.

Darunter kam ein Motorrad zum Vorschein.

Überrascht schnappte Emma nach Luft. Bei der Maschine handelte es sich um keine ihr bekannte Marke: Das silberweiße Chassis wirkte wie aus Elfenbein gefertigt. Es schimmerte im Mondlicht, und Emma glaubte einen Moment, sie könnte hindurchsehen wie durch Zauberglanz und eine Gestalt darunter ausmachen, mit wehender Mähne und weiten Augen …

»Wenn man ein Ross aus dem Feenreich mitbringt, das aus purer Magie besteht, kann es seine Gestalt den Erfordernissen der irdischen Welt anpassen«, erklärte Mark und lächelte über Emmas verblüffte Miene.

»Du meinst, das hier war mal ein Pferd? Du besitzt ein motorisiertes Stahlross?«, fragte Emma laut. Sie hatte vollkommen vergessen, dass sie eigentlich flüstern sollte.

Marks Grinsen wurde noch breiter. »Die unterschiedlichsten Arten von Rössern reiten mit der Wilden Jagd.«

Emma stand bereits neben dem Motorrad und strich mit den Händen darüber. Das milchweiße schimmernde Metall fühlte sich unter ihren Fingern glatt und kühl wie Glas an. Ihr ganzes Leben lang hatte sie einmal auf einem Motorrad fahren wollen. Jace und Clary waren einst auf einem fliegenden Motorrad gefahren; davon zeugten verschiedene Gemälde. »Kann es fliegen?«

Als Mark nickte, war Emma verloren.

»Ich möchte es fahren«, sagte sie. »Ich möchte mich selbst hinter den Lenker setzen.«

Mark verneigte sich mit einer kunstvollen Verbeugung – eine anmutige, fremdartige Geste, die eher an einen Königshof vor hunderten von Jahren gepasst hätte. »Es steht zu deiner Verfügung.«

»Julian bringt mich um«, sagte Emma automatisch und streichelte noch immer über das Motorrad. Obwohl es wunderschön war, hatte Emma ein beklommenes Gefühl beim Gedanken daran, es zu fahren – schließlich besaß die Maschine weder ein Auspuffrohr noch einen Tacho oder andere Ausstattungsmerkmale, die Emma mit einem Motorrad assoziierte.

»Du machst auf mich nicht den Eindruck, als seist du so leicht umzubringen«, sagte Mark. Sein Lächeln war verschwunden, und er schaute sie direkt und herausfordernd an.

Wortlos schwang Emma ein Bein über den Sattel. Sie legte die Finger um den Lenker, und die Griffe schienen sich in ihre Handflächen zu schmiegen. Emma warf Mark einen Blick zu. »Setz dich hinter mich, wenn du mitwillst«, forderte sie ihn auf.

Sie spürte, wie die Maschine unter ihr schwankte, als Mark hinter ihr aufstieg und seine Hände leicht auf ihre Hüften legte. Emma atmete tief ein und wappnete sich. »Das Motorrad lebt«, flüsterte Mark. »Es wird auf deine Gedanken, deine Willenskraft reagieren.«

Emma umklammerte die Griffe. *Flieg.*

Ruckartig schoss das Motorrad in die Höhe, und Emma stieß vor Überraschung und Freude einen kleinen Schrei aus. Marks Hände schlossen sich um ihre Taille, als sie durch die Luft düsten und der Boden unter ihnen im Dunkel verschwand. Der Wind rauschte an ihnen vorbei. Von keiner Schwerkraft gehindert flog das Motorrad in den Himmel, während Emma sich weit vorbeugte, um ihm mit ihrem Körper mitzuteilen, welche Richtung es einschlagen sollte.

Sie zischten am Institut vorbei und folgten dem Weg, der zum Highway hinunterführte. Der Wüstenwind wich dem Geschmack von Salz auf Emmas Zunge, als sie den Pacific Coast Highway erreichten, auf dem zahlreiche Wagen mit blendenden Scheinwerfern in beide Richtungen fuhren. Emma stieß einen Freudenschrei aus und spornte das Motorrad an: *Schneller, flieg schneller!*

Der Strand raste unter ihnen vorbei, der goldene Sand schimmerte weiß im Sternenlicht, und dann befanden sie sich auch schon über dem Ozean, auf dessen Oberfläche der Mond einen silberglänzenden Pfad malte. Emma hörte, dass Mark ihr irgendetwas ins Ohr brüllte, aber in diesem Moment gab es nur das Meer und das Motorrad unter ihr und den Wind, der ihre Haare nach hinten peitschte und ihre Augen tränen ließ.

Doch dann schaute Emma nach unten.

Zu beiden Seiten des Mondscheinpfades erstreckten sich unendliche Wasserflächen, die in der Dunkelheit marineblau schimmerten. Das Land war nur eine weit entfernte Lichterkette, hinter der sich die dunklen Schatten der Berge vor dem Himmel abzeichneten. Und unter Emma lauerte der Ozean – nichts als Wasser, so weit das Auge reichte, und sie spürte, wie die vertraute kalte Angst in ihr aufstieg, als hätte ihr jemand einen Kübel Eis in den Nacken gegossen, dessen Kälte sich in ihren Adern ausbreitete.

Kilometer von Meer, nichts als Schatten und Salz, unfassbar dunkle Fluten, fremdartig leer und nur von Monstern besiedelt. Stell dir vor, du fällst dort hinein, strampelst verzweifelt und versuchst, dich an der Oberfläche zu halten – während du genau weißt, dass unter dir nichts als kilometertiefe Dunkelheit und Leere ist und dass auf dem weit entfernten Meeresgrund grauenerregende Monster auf dich warten. Diese Vorstellung raubte Emma fast die Luft.

Das Motorrad bäumte sich unter ihren Händen auf. Emma biss sich auf die Lippe, bis Blut hervorquoll, um ihren Verstand auf das Fahren zu konzentrieren.

Einen Moment schwankte die Maschine, dann schoss sie in Richtung Strand. *Schneller,* drängte Emma, plötzlich vom brennenden Wunsch erfasst, wieder festen Boden unter sich zu sehen. Unter der Meeresoberfläche glaubte sie, Schatten zu erkennen, die sich hin und her bewegten. Unwillkürlich musste sie an die alten Seemannsgeschichten denken: Schiffe, die auf dem Rücken von Walfischen und Seeungeheuern aus den Fluten gehoben wurden. Boote, die von Meerdämonen zersplittert und deren Matrosen den Haien zum Fraß überlassen wurden ...

Emma schnappte nach Luft, und das Motorrad bockte unter ihr, sodass ihre Hände für eine Sekunde vom Lenker rutschten. Sofort stürzten sie wie ein Stein in die Tiefe.

Mark schrie auf, als sie über die Brandung hinweg in Richtung Sand schossen. Emmas Finger tasteten sich vor, bekamen den Lenker wieder zu fassen und schlossen sich fest um die Griffe, während das Vorderrad den Sand streifte ... Und dann stiegen sie wieder hoch in die Lüfte, über den Strand hinweg und dann über den Highway, der tief unter ihnen lag.

Emma hörte Mark laut lachen – ein unbändiges Lachen, in dem sie das Echo der Wilden Jagd erkennen konnte, das Dröhnen der Hörner und das Donnern der Hufe. Kühle, klare Luft strömte in ihre Lunge; ihr Haar wehte im Wind. Es gab keine Regeln mehr. Sie war frei.

»Du hast dich als würdig erwiesen, Emma«, rief Mark. »Wenn du wolltest, könntest du mit Gwyn reiten.«

»Die Wilde Jagd gestattet keine Frauen in ihren Reihen«, wandte Emma ein, wobei der Wind ihr die Worte von den Lippen riss.

»Umso größere Narren sind sie«, erwiderte Mark. »Denn Frauen sind leidenschaftlicher als Männer.« Er deutete auf die Küste, auf die Höhenrücken der Berge, die parallel zum Meeresufer verliefen. »In diese Richtung. Ich zeige dir die Stelle, an der die Ley-Linien zusammenlaufen.«

9

Am Meeresufer

Kein Wunder, dass Jace Herondale sich die Gelegenheit, ein Motorrad zu fliegen, nicht hatte entgehen lassen, dachte Emma. Aus dieser Perspektive bekam man eine völlig andere Sicht auf die Welt. Eine Weile waren Mark und sie dem Streckenverlauf des Highways nach Norden gefolgt und hatten Villen mit riesigen, über die Klippen hinausragenden Swimmingpools gesehen und schlossartige Anwesen hoch über den Canyons. Und einmal waren sie sogar so tief über der Küste geflogen, dass sie auf einer Terrasse eine gerade stattfindende Party erkennen konnten, inklusive bunter Laternen in den Bäumen.

Mark dirigierte Emma mit einer leichten Berührung ihrer Handgelenke; der Wind war inzwischen zu stark, um seine Stimme hören zu können. Sie flogen über eine Fischbude am Strand, aus deren Fenstern trotz der mitternächtlichen Stunde Licht und laute Musik drangen. Emma hatte mit Jules schon einmal dort gegessen. Sie erinnerte sich an die großen Holzpicknicktische und die frittierten Austern, die sie in Remoulade getunkt hatten. Dutzende Harley-Davidsons parkten vor dem Imbiss. Allerdings bezweifelte Emma, dass irgendeine dieser Maschinen fliegen konnte.

Unwillkürlich musste sie grinsen, wie berauscht von der Höhe und der kalten Luft.

Mark klopfte auf ihr rechtes Handgelenk. Ein glatter Strandabschnitt erstreckte sich vom Meer einen Hang hinauf bis etwa zur Hälfte einer hohen Klippe. Emma neigte das Motorrad so, dass sie fast senkrecht den Fels hinaufflogen und den Rand der Klippe mit einem halben Meter Abstand passierten; dabei streiften die Räder die Spitzen der Disteln, die im hohen Gras wuchsen.

Vor ihnen ragte eine Felsanhöhe auf, ein kuppelartiger Hügel auf den Klippen. Emma lehnte sich zurück, um die Maschine weiter aufzudrehen, doch Mark beugte sich vor und brüllte ihr ins Ohr: »Stopp! *Stopp!*«

Emma flog über das wilde Gestrüpp, das die Felskante säumte, und brachte das Motorrad schlitternd zum Stehen. Jenseits der Küstenvegetation lag eine breite Grasfläche, die bis zur Felsanhöhe reichte. Das Gras machte an manchen Stellen einen niedergetrampelten Eindruck, und etwas weiter weg entdeckte Emma einen staubigen Weg, der sich über das Steilufer zum Highway hinunterwand.

Sie stieg vom Motorrad herunter. Mark folgte ihrem Beispiel, und einen Moment lang standen sie einfach nur da. Das Meer glitzerte in der Ferne, und vor ihnen erhob sich der dunkle Hügel.

»Du fährst zu schnell«, sagte Mark.

Emma schnaubte und überprüfte den Sitz ihres Schwerts, dessen Gurt über ihre Brust verlief. »Du klingst schon wie Julian.«

»Das hat mir Freude bereitet«, sagte Mark und trat dicht neben sie. »Es war, als würde ich wieder mit der Wilden Jagd reiten und das Blut des Himmels kosten.«

»Okay, du klingst wie Julian auf Drogen«, murmelte Emma und sah sich dann um. »Wo sind wir hier? Ist das der Ley-Linien-Knotenpunkt?«

»Dort drüben.« Mark zeigte auf eine dunkle Öffnung im Felsgestein des Hügels. Während sie darauf zugingen, griff Emma kurz über die Schulter, um das Heft ihres Schwerts zu berühren. Irgendetwas an diesem Ort bereitete ihr eine Gänsehaut. Möglicherweise war das ja einfach nur die Kraft, die von den Ley-Linien abstrahlte … Doch als sie sich dem Höhleneingang näherte und sich ihre Nackenhaare aufstellten, wuchsen ihre Zweifel.

»Das Gras ist ganz flach«, sagte sie und zeigte auf den Bereich um den Höhleneingang. »Niedergetrampelt. Hier ist jemand entlanggelaufen. Deutlich mehr als nur eine Person. Aber auf dem Weg sind keine frischen Reifenspuren zu sehen.«

Mark schaute sich um, den Kopf in den Nacken gelegt, wie ein Wolf, der Witterung aufnahm. Seinen nackten Füßen schien das Laufen auf dem harten Gras, das von Disteln und spitzen Steinen durchsetzt war, nichts auszumachen.

Plötzlich ertönte ein lautes, schrilles Trillern – Emmas Handy. *Jules,* dachte sie sofort und holte das Gerät hastig aus ihrer Tasche.

»Emma?« Cristinas leise, sanfte Stimme am anderen Ende der Leitung versetzte Emma einen leichten Schock – eine krasse Erinnerung an die Wirklichkeit nach dem unwirklich erscheinenden Flug durch den Himmel. »Wo bist du? Hast du Mark gefunden?«

»Ja, ich hab ihn gefunden«, bestätigte Emma und schaute kurz zu Mark hinüber. Er schien die Pflanzen zu studieren, die am Eingang der Höhle wuchsen. »Wir sind am Ley-Linien-Knotenpunkt.«

»Was? Wo ist das? Ist es gefährlich?«

»Noch nicht«, sagte Emma, während Mark im Höhleneingang verschwand. »Mark!«, rief sie. »Mark, nicht … Mark!«

Die Verbindung brach ab. Leise fluchend schob Emma das Handy in die Tasche und holte ihren Elbenstein hervor, dessen helles Licht zwischen ihren Fingern hindurchstrahlte und den Eingang der Höhle beleuchtete. Hastig lief Emma darauf zu und verfluchte Mark leise.

Mark befand sich direkt hinter dem Eingang und betrachtete gerade weitere Exemplare der Pflanzen, die um das trockene, bröckelige Gestein herum wuchsen. *»Atropa belladonna«*, sagte er. »Auch ›Tollkirsche‹ genannt. Eine Giftpflanze.«

Emma verzog das Gesicht. »Wächst die normalerweise hier?«

»Nicht in diesen Mengen.« Er streckte die Hand aus, um die Blätter zu berühren, doch Emma griff hektisch nach seinem Handgelenk und riss ihn zurück.

»Nicht«, mahnte sie. »Du hast doch gesagt, sie ist giftig.«

»Nur wenn man Teile der Pflanze verschluckt«, erklärte Mark. »Hat Onkel Arthur dir denn nichts über den Tod von Augustus beigebracht?«

»Nichts, was ich nicht sofort wieder vergessen hätte.«

Mark richtete sich auf, und Emma gab sein Handgelenk frei. Sie spreizte die Finger. Sein drahtiger Arm hatte sich erstaunlich kräftig angefühlt.

Während sie tiefer in die Höhle eindrangen, die sich zu einem Tunnel verengte, musste Emma unwillkürlich an die letzte Begegnung mit Mark vor seiner Verschleppung denken: lächelnd, mit blaugrünen Augen und kurzen hellen Haaren, die über den Rand seiner spitzen Ohren reichten. Dazu breite Schultern – oder zumindest war es ihr damals, als zwölfjährigem Mädchen, so vorgekommen. Auf jeden Fall war er größer als Julian gewesen, größer und kräftiger als sie alle. Erwachsen.

Doch jetzt, während er vor ihr herschlich, erinnerte er sie an ein verwildertes Kind, dessen Haar im Schein des Elbenlichts schimmerte. Er bewegte sich wie eine Wolke am Himmel, wie ein Dunstschleier, der jeden Augenblick vom Wind zerfetzt werden konnte.

Als Mark um eine Kurve im Tunnel bog, musste Emma fast die Augen schließen – das Bild des verschwindenden Jungen ließ sie stocken. Er war ein Teil einer Vergangenheit, der auch ihre Eltern angehörten. Und man konnte sich leicht in der Vergangenheit verlieren, wenn man sich während der Arbeit davon ablenken ließ.

Schließlich war sie eine Nephilim. Und Nephilim waren immer im Dienst.

»Emma!«, rief Mark, und seine Stimme hallte von den Wänden wider. »Komm her und sieh dir das einmal an.«

Hastig eilte sie ihm nach. Der Tunnel öffnete sich zu einer kreisrunden Höhlenkammer, die ganz mit Metall ausgekleidet war. Langsam drehte Emma sich im Kreis und schaute sich verwundert um. Sie wusste zwar nicht, was sie erwartet hatte, aber ganz bestimmt keine Höhle, die an das Innere eines okkulten Ozeandampfers erinnerte. Die bronzefarbenen Wände waren mit seltsamen Symbolen bedeckt, eine eigenartige Mischung unterschiedlicher Sprachen: einige dämonischen Ursprungs, andere antik und menschlicher Herkunft. Emma erkannte demotische Schriftzeichen, dazu griechische, lateinische und sogar ein paar Stellen aus der Bibel …

In die Wände waren zwei bullaugenartige Luken aus massivem Glas eingelassen, die mit Nieten versiegelt waren. Dazwischen ragte ein eigenartiges Metallornament aus der Wand. Emma warf einen Blick durch das Glas, konnte jedoch nur wogende Dunkelheit erkennen, als befänden sie sich unter Wasser.

Der Raum enthielt kein Mobiliar, aber in der Mitte hatte jemand mit Kreide einen Kreis mit Symbolen auf den schwarzen Steinboden aufgetragen. Emma holte ihr Smartphone hervor und machte ein paar Fotos. Das Blitzlicht erzeugte eine unheimliche Stimmung im Dämmerlicht der Höhle.

Mark trat auf den Kreis zu. »Geh da …«, Emma senkte ihr Handy, »… nicht rein«, seufzte sie.

Doch Mark hatte den Kreis bereits betreten und sah sich neugierig um. Emma konnte darin nichts außer dem nackten Boden erkennen.

»Bitte komm wieder raus«, bat sie. »Wenn der Kreis mit irgendeinem Zauber verbunden ist und dich tötet, wird es sehr *unangenehm* werden, das Julian zu erklären.«

Ein schwaches Licht leuchtete auf, als Mark den Kreis verließ. »›Unangenehm‹ erscheint mir wie eine Untertreibung«, erwiderte er ruhig.

»Darum geht es ja gerade«, sagte Emma. »Genau das ist doch das Witzige daran.« Als Mark sie verständnislos ansah, fügte sie hinzu: »Ach, vergiss es.«

»Ich habe irgendwo einmal gelesen, dass sich das Erklären eines Witzes mit dem Sezieren eines Frosches vergleichen lässt«, erwiderte Mark. »Man findet zwar heraus, wie das Ganze funktioniert, aber der Frosch stirbt bei der Untersuchung.«

»Vielleicht sollten wir von hier verschwinden, bevor *wir* bei *dieser* Untersuchung sterben. Ich hab ein paar Fotos mit meinem Handy gemacht, also können wir …«

»Ich habe das hier gefunden«, unterbrach Mark sie und hielt einen rechteckigen Gegenstand aus Leder hoch. »Es lag im Inneren des Kreises, zusammen mit Kleidungsstücken und etwas, das aussah wie …« Er runzelte die Stirn. »… wie herausgebrochene Zähne.«

Emma riss ihm den Gegenstand aus der Hand. Es handelte sich um eine Brieftasche – eine angesengte Herrenbrieftasche. »Das Ding hab ich gar nicht gesehen«, sagte sie. »Der Kreis sah vollkommen leer aus.«

»Zauberglanzmagie. Ich konnte es spüren, als ich den Kreis betreten habe.«

Neugierig klappte Emma die Brieftasche auf, und ihr Herz machte einen Satz. In einem Fach mit Klarsichtfenster klemmte ein Führerschein mit einem vertrauten Gesicht: der Mann, dessen Leichnam Emma in der Gasse gefunden hatte.

In der Brieftasche steckten auch Geldscheine und Kreditkarten, aber Emmas Augen waren auf den Führerschein und den Namen fixiert – Stanley Albert Wells. Das gleiche rundliche Gesicht mit den halblangen grauen Haaren, an das sie sich erinnerte; allerdings waren seine Züge dieses Mal nicht verzerrt und blutbeschmiert. Die Adresse unter dem Namen war bis zur Unleserlichkeit verbrannt, aber das Geburtsdatum und andere Informationen ließen sich gerade noch entziffern.

»Mark. Mark!« Emma wedelte begeistert mit der Brieftasche. »Das hier ist ein Anhaltspunkt. Eine richtige Spur. Ich glaub, ich liebe dich.«

Marks Augenbrauen schossen verwundert in die Höhe. »Wenn du so etwas im Feenreich sagen würdest, müssten wir uns jetzt ewige Treue schwören, und du könntest mich mit einer *geis* belegen, damit ich nicht von deiner Seite weiche oder andernfalls sterben würde.«

Emma schob die Brieftasche in ihre Jackentasche. »Na ja, hier ist das nur eine Redewendung, die so viel bedeutet wie ›Ich mag dich sehr‹ oder ›Danke für die angesengte Brieftasche‹.«

»Wie präzise ihr Menschen doch seid.«

»Du bist auch ein Mensch, Mark Blackthorn.«

Plötzlich hallte ein Geräusch durch die Höhle. Abrupt drehte Mark den Kopf. Emma glaubte, beinahe sehen zu können, wie sich seine spitzen Ohren in Richtung des Geräuschs bewegten, und musste ein Grinsen unterdrücken.

»Draußen«, sagte er. »Da draußen ist irgendetwas.«

Emmas Lächeln, das sich gerade auf ihrem Gesicht angedeutet hatte, verschwand schlagartig. Leise schlich sie in den Tunnel und steckte ihren Elbenstein ein, um dessen Licht zu löschen. Mark folgte ihr auf dem Fuß, während Emma ihre Stele hervorholte und rasch eine Reihe von Runenmalen auf ihren rechten Arm auftrug: Treffsicherheit, Schnellfüßigkeit, Kampfeswut und Unhörbarkeit. Als sie sich dem Höhleneingang näherten, drehte sie sich zu Mark um und hielt ihm ihre Stele entgegen. Doch Mark schüttelte Kopf. *Nein. Keine Runenmale.*

Schnell steckte Emma ihre Stele wieder in den Gürtel. Sie waren nur noch wenige Schritte vom Eingang entfernt. Die Luft war hier deutlich kühler, und Emma konnte den sternenübersäten Himmel sehen und das im Mondschein silbern glänzende Gras. Die Fläche vor der Höhle wirkte kahl und leer; Emma konnte nichts erkennen außer umgeknickten Disteln und Gräsern. Als wäre der Bereich von vielen Stiefeln niedergetrampelt worden, dachte sie, und zwar bis zum Rand des Felsvorsprungs. Ein lautes Zirpen lag in der Luft wie das Summen von Insekten.

Im selben Moment hörte Emma, dass Mark hinter ihr scharf die Luft einsog. Licht flammte auf, als er wisperte: *»Remiel.«*

Seine Seraphklinge erwachte strahlend hell zum Leben. Und in diesem Augenblick schien es, als hätte ihr Licht einen Zauberglanz weggefegt, denn Emma konnte sie auf einmal sehen, pfeifend und zischend im trockenen Gras:

Dämonen.

Emma riss Cortana so schnell aus der Scheide, dass es fast den

Anschein hatte, als wäre die Klinge von selbst in ihre Hand gesprungen. Dutzende Dämonen hatten sich auf der Fläche zwischen dem Höhleneingang und dem Rand des Felsvorsprungs verteilt. Sie sahen wie riesige Insekten aus, Gottesanbeterinnen, um genau zu sein: dreieckiger Kopf, länglicher Rumpf, gewaltige, mit rasiermesserscharfem Chitin gesäumte Fangbeine und matte milchige Facettenaugen.

Sie versperrten Emma und Mark den Weg zum Motorrad.

»Mantis-Dämonen«, wisperte Emma. »Zu viele, um gegen alle zu kämpfen.« Sie schaute zu Mark hoch, dessen Gesicht vom Schein seiner Seraphklinge erhellt wurde. »Wir müssen irgendwie zu deinem Motorrad kommen.«

Mark nickte. »Lauf«, sagte er angespannt.

Emma hechtete aus dem Eingang hinaus, und in dem Moment, in dem ihre Stiefel das Gras berührten, konnte sie es spüren: die eiskalte Ruhe des Kampfes, die sich über sie senkte und dafür sorgte, dass um sie herum alles wie in Zeitlupe ablief. Sie sah, wie sich einer der Mantis-Dämonen zu ihr umdrehte und mit seinen stachligen Fangbeinen nach ihr schnappte. Federnd ging Emma in die Knie und sprang in die Luft, wobei sie ihr Schwert herabfahren ließ und dem Dämon den Kopf abtrennte.

Grünes Dämonensekret spritzte aus der Halsöffnung. Emma landete auf dem besudelten Gras, während der Dämon in sich zusammenfiel und ruckartig in seine Heimatdimension zurückkehrte. Als sie aus dem Augenwinkel eine Bewegung wahrnahm, wirbelte sie herum und rammte Cortana einem weiteren Mantis in den Brustpanzer. Blitzschnell zog sie ihr Schwert zurück, schlug erneut zu und beobachtete, wie der Dämon um die Klinge herum in sich zusammensackte.

Ihr Puls rauschte in ihren Ohren. Das hier war der alles entscheidende Moment, in dem sich das harte Training, die vielen Stunden der Vorbereitung und all ihr Hass und ihre Leidenschaft auf einen einzigen Augenblick höchster Konzentration und Entschlossenheit fokussierten: Dämonen töten. Mark retten. Das war das Einzige, was zählte.

Mark war deutlich zu sehen; seine Seraphklinge beleuchtete das Gras um ihn herum. Mit einer schwungvollen Bewegung setzte er einem Mantis-Dämon zu und trennte ihm die Beine ab. Der Dämon schwankte und zischte, verschwand aber nicht in seine Heimatdimension. Angewidert verzog Mark das Gesicht. Gleichzeitig lief Emma auf einen Haufen Felsbrocken zu, sprang darauf und stürzte sich mit einem Schrei herab, wobei ihr Schwert den verstümmelten Mantis in der Mitte halbierte. Der Dämon löste sich in dem Moment auf, in dem Emma vor Mark auf dem Boden landete.

»Den wollte eigentlich *ich* ins Jenseits schicken«, teilte er ihr mit kaltem Blick mit.

»Glaub mir – da sind noch mehr als genug«, versicherte Emma ihm, packte ihn an der Schulter und wirbelte ihn herum. Fünf Mantis-Dämonen krochen aus einem Spalt in der Felsanhöhe und schwankten auf sie zu. »Töte die hier«, sagte Emma. »Ich hole inzwischen das Motorrad.«

Mark stürzte sich mit einem Schrei, der an das Schmettern eines Jagdhorns erinnerte, auf die Dämonen und durchtrennte ihre Beine. Mit verstümmelten Gliedmaßen gingen sie um ihn herum zu Boden und versprühten schwarzgrünes Dämonensekret, das wie brennendes Benzin stank.

Emma lief auf die Felskante zu, während links und rechts Dämonen ihr den Weg zu versperren versuchten. Blitzschnell rammte sie ihr Schwert in die Schwachstellen ihrer Rümpfe, dort, wo das Chitin dünn war: Köpfe rollten, Beine flogen durch die Luft. Inzwischen waren Emmas Jeans und Strickjacke mit Dämonensekret getränkt. Hastig schlitterte sie um einen sterbenden Mantis herum, auf die Felskante zu …

Und erstarrte. Ein Dämon hob das Motorrad mit seinen Fangbeinen in die Luft. Emma hätte schwören können, dass er sie angrinste: Er riss sein Maul, das den dreieckigen Kopf in zwei Hälften zu trennen schien und mit nadelspitzen Zähnen bewehrt war, hämisch auf, während sich seine rasiermesserscharfen Fangbeine um das Motorrad schlossen und es zerquetschten. Das Metall knirschte und riss, die Reifen platzten, und der Dämon zischte vor Freude, als die Maschine in mehrere Teile zerbrach, über die Felskante stürzte und Emmas Hoffnung auf eine schnelle Flucht mit sich in die Tiefe riss.

Wütend funkelte Emma den Mantis an. »Das war eine wirklich tolle Maschine«, knurrte sie, zog ein Messer aus ihrem Gürtel und warf es.

Die Waffe bohrte sich in den Rumpf des Dämons und trennte den Thorax vom ersten Brustring. Dämonensekret spritzte aus seinem Maul, während er rückwärtstaumelte, unkontrolliert zu zucken begann und dann dem Motorrad über die Klippe folgte.

»Mistkerl«, murmelte Emma und wandte sich wieder der Grasfläche zu. Sie hasste es, wenn sie einen Feind mit Messerwürfen töten musste, weil die Wahrscheinlichkeit, dass sie die Waffe zurückbekam, sehr gering war. In ihrem Gürtel steckten drei weitere Messer und eine Seraphklinge. Cortana nicht zu vergessen.

Emma wusste, dass das nicht annähernd reichte, um die zwei Dutzend Mantis-Dämonen niederzumetzeln, die noch immer über das Gras staksten. Aber es war alles, was sie hatte. Diese Waffen mussten einfach reichen.

Ihr Blick fiel auf Mark, der die Anhöhe ein Stück hinaufgeklettert war, auf einem Felsvorsprung stand und mit seiner Klinge nach unten stach. Hastig setzte sich Emma in Bewegung, wich einem schnappenden Fangbein aus und ließ Cortana in hohem Bogen herabsausen. Während sie weiterlief, hörte sie, wie der Mantis hinter ihr vor Schmerz aufschrie.

Einer der größeren Dämonen hatte sich auf die Hinterbeine gestellt und griff mit seinen stachligen Fangbeinen nach Mark. Mit einer pfeilschnellen Bewegung trennte Mark ihm den Kopf ab, doch als der Dämon zusammenbrach, tauchte ein zweiter Mantis auf und verbiss sich in die Seraphklinge. Der Dämon kreischte schrill auf, fiel rückwärts und sackte in sich zusammen, riss *Remiel* aber mit sich. Und dann löste er sich in einer brodelnden Lache aus Dämonensekret und *Adamant* auf.

Mark hatte alle Waffen, die Emma ihm gegeben hatte, verbraucht. Er presste den Rücken gegen den Fels, als ein weiterer Mantis nach ihm griff. Emmas Herz setzte einen Schlag aus. Sie stürmte vorwärts, sprang den Fels hinauf und versuchte, zu Mark zu gelangen. Ein riesiger Dämon ragte drohend vor ihm auf. Mark griff sich an die Kehle, während sich der Mantis mit weit aufgerissenem Maul vorbeugte. Emma hätte Mark am liebsten zugeschrien, dass er sich ducken sollte, weg von der tödlichen Gefahr.

Eine Sekunde später blitzte jedoch etwas zwischen seinen Fingern auf: eine Silberkette mit einer glänzenden Pfeilspitze daran. Mark ließ die Kette wie eine Peitsche vorwärtsschnellen, quer über das Gesicht des Mantis, und schlitzte ihm die weißen Facettenaugen auf. Milchige Flüssigkeit quoll heraus, und der Dämon wich im selben Moment kreischend zurück, als Emma zu Mark auf den Felsvorsprung sprang und den Mantis mit Cortana in zwei Hälften zerteilte.

Mark legte sich die Kette wieder um den Hals, während Emma unterdrückt fluchte und ihm ihre einzige Seraphklinge in die Hand drückte. Dämonensekret lief von ihrem Schwert herab und verätzte ihre Haut. Emma biss die Zähne zusammen und ignorierte den Schmerz, während Mark seine neue Waffe hochhob.

»Gib ihr einen Namen«, forderte Emma ihn keuchend auf und zog ein Messer aus ihrem Gürtel. Sie hielt nun den Dolch in ihrer rechten und Cortana in der linken Hand.

Mark nickte. *»Raguel«*, sagte er, worauf die Klinge in blendendem Licht erstrahlte. Die Mantis-Dämonen kreischten, duckten sich und wichen vor dem hellen Schein zurück. Entschlossen sprang Emma vom Felsvorsprung.

Während ihres Falls wirbelte sie Cortana und den Dolch wie die Rotorblätter eines Helikopters um sich herum. Laute Insektenschreie erfüllten die Luft, als Emmas Waffen auf Chitin und Gewebe trafen.

Erneut schien sich die Welt langsamer zu drehen. Emma befand sich noch immer in freiem Fall – sie hatte alle Zeit der Welt. Sie streckte die Arme aus, trennte Köpfe von Brustkörben, Mesothorax von Metathorax, durchhackte die Mundwerke zweier Mantis-Dämonen, damit diese an ihrem eigenen Blut erstickten. Ein Fangbein griff nach ihr. Emma neigte Cortana und säbelte es mit einer angewinkelten Drehbewegung vom Rumpf. Als sie schließlich auf dem Boden landete, fielen um sie herum sechs Dämonenkörper aus der Luft, trafen dumpf auf dem Gras auf und verschwanden in ihre Heimatdimension.

Nur das abgetrennte Fangbein ragte wie ein seltsamer Kaktus aus dem Boden auf. Die restlichen Mantis-Dämonen bildeten einen Halbkreis und zischten und klickten mit ihren Mundwerkzeugen, griffen aber nicht an. Sie schienen sich in Acht zu nehmen, als hätten selbst ihre winzigen Insektenhirne die Tatsache erkannt, dass Emma eine Gefahr darstellte.

Einem der Dämonen fehlte ein Fangbein.

Emma wandte sich Mark zu. Er stand noch immer auf dem Felsvorsprung – was sie ihm nicht verübeln konnte. Der Fels bildete einen hervorragenden Standort, von wo aus er müheloser kämpfen konnte. Während sie zu ihm hochschaute, stürmte ein Dämon auf ihn zu und fegte mit einem rasiermesserscharfen Bein über Marks Brust. Blitzschnell ließ Mark seine Waffe herabfahren und durchbohrte den Hinterleib des Mantis. Der Dämon brüllte auf und taumelte rückwärts.

Im hellen Schein der Seraphklinge sah Emma, dass sich auf Marks T-Shirt Blut ausbreitete, eine rotschwarze Fläche.

»Mark«, flüsterte sie.

Anmutig wirbelte er herum. Seine Klinge durchtrennte den Dämon, der in zwei Hälften zerfiel und sich genau in dem Moment in Luft auflöste, als die Nacht von einem grellen Licht erfüllt wurde.

Ein Wagen bretterte die Straße hinauf und fuhr auf die Lichtung zu. Ein vertrauter roter Toyota. Die Scheinwerfer brannten sich durch die Dunkelheit, schweiften über die Fläche und beleuchteten die Mantis-Dämonen.

Auf dem Dach des Wagens kniete eine Gestalt mit angelegter Armbrust.

Julian.

Der Wagen schoss vorwärts, und Julian richtete sich auf und hob die Armbrust. Es handelte sich um eine kunstvoll gefertigte Waffe, die in der Lage war, eine ganze Salve von Bolzen abzufeuern. Julian drehte sich in Richtung der Dämonen und gab einen Schuss nach dem anderen ab, während er wie auf einem Surfbrett balancierte, die Füße standsicher auf dem Dach des Toyota, der über den unebenen Grund holperte.

Stolz erfüllte Emmas Brust. Die Leute taten immer so, als könnte Julian kein Krieger sein, weil er im normalen Leben gegenüber Freunden und der Familie so sanftmütig war.

Doch da irrten sie sich.

Ein Schuss nach dem anderen fand sein Ziel, bohrte sich in den Rumpf eines Dämons. Die Bolzen waren mit Runen versehen: Sobald sie die Dämonen trafen, explodierten diese mit einem stummen Schrei.

Der Wagen bretterte mit quietschenden Reifen über die Lichtung. Emma entdeckte Cristina hinter dem Steuer, mit entschlossener Miene. Die Dämonen stoben auseinander, verdrückten sich wieder in den Schatten. Cristina ließ den Motor aufheulen, rammte gleich mehrere Dämonen und zerquetschte sie unter den Reifen. Mark sprang vom Felsvorsprung und landete in der Hocke. Er durchbohrte einen Dämon, zermalmte dessen ambossförmigen Kopf mit dem Fuß und verschmierte die Reste über das Gras. Die Brust seines T-Shirts war dunkel vor Blut. Als der Dämon mit einem feuchten, schmatzenden Geräusch verschwand, sank Mark auf die Knie, und seine Seraphklinge fiel neben ihm ins Gras.

Abrupt kam der Wagen zum Stehen. Cristina hatte gerade die Fahrertür aufgestoßen, als einer der Dämonen sich unter den Vorderreifen herauswand und in Marks Richtung hechtete.

Julian brüllte laut und sprang vom Wagendach. Der Dämon bäumte sich inzwischen drohend vor Mark auf, der nach der Kette an seinem Hals tastete …

Pure Energie strömte durch Emmas Adern wie ein Koffeinstoß – Julians Gegenwart, die sie stärker machte. Sie riss das abgetrennte Fangbein aus dem Boden und schleuderte es mit aller Kraft. Wie ein Propeller wirbelte das Bein durch die Luft und bohrte sich mit einem saftigen Schmatzen in den Rumpf des Mantis, der vor Mark aufragte. Der Dämon kreischte vor Schmerz und verschwand in einer Wolke aus Dämonensekret.

Mark sank ins Gras. Julian beugte sich über ihn, während Emma auf beide zulief. Jules hatte bereits seine Stele gezückt. »Mark«, flehte er, als Emma die Brüder erreichte. »Mark, bitte …«

»Nein«, erwiderte Mark mit erstickter Stimme und wehrte Julians Hand ab. »Keine Runenmale.« Mühsam rappelte er sich auf und stand schwankend da. »Keine Runenmale, Julian.« Er schaute zu Emma. »Alles in Ordnung?«

»Mir geht's gut«, sagte Emma und steckte Cortana in die Scheide. Die eiskalte Ruhe des Kampfes war verebbt und hatte ein leichtes Schwindelgefühl hinterlassen. Im Mondlicht schienen Julians Augen in einem kalten Blau zu leuchten. Er trug seine Kampfmontur; die dunklen Haare waren vom Fahrtwind zerzaust, und seine rechte Hand umklammerte den Schaft der Armbrust.

Die andere Hand berührte Emmas Gesicht. Unwillkürlich schaute sie auf und blickte in seine Augen; sie konnte den Nachthimmel in seinen Pupillen sehen. »Gut?«, fragte er mit heiserer Stimme. »Du blutest.«

Als er den Arm senkte, waren seine Finger rot. Sofort tastete Emma nach ihrer Wange und fand die zerklüftete Wunde, fühlte das Blut. Spürte das Brennen. »Das hab ich gar nicht gemerkt«, sagte sie, und dann sprudelte sie hervor: »Wie habt ihr uns gefunden? Jules, woher hast du gewusst, wo wir waren?«

Bevor Julian jedoch antworten konnte, setzte der Toyota mit heulendem Motor zurück, wendete und fuhr im Rückwärtsgang auf sie zu. Cristina lehnte sich aus dem Fahrerfenster; ihr Medaillon schimmerte an ihrem Hals. *»Vámonos«*, sagte sie. »Lasst uns abhauen. Hier ist es zu gefährlich.«

»Die Dämonen sind nicht verschwunden«, bestätigte Mark. »Sie haben sich nur zurückgezogen.«

Er hatte recht. In der Dunkelheit um sie herum wimmelte es vor Schatten und Schemen. Hastig kletterten sie ins Auto: Emma neben Cristina, Julian und Mark auf die Rückbank. Während sich der Wagen mit quietschenden Reifen von der Höhle entfernte, griff Emma in die Tasche ihrer Strickjacke und tastete nach dem ledrigen Gegenstand.

Die Brieftasche. Sie war noch immer da. Emma verspürte eine Woge der Erleichterung. Sie war hier, im Auto, mit Julian und dem Beweisstück in der Hand. Alles war gut.

»Du brauchst eine *Iratze«*, drängte Julian. »Mark …«

»Bleib mir mit dem Ding vom Leib«, erwiderte sein Bruder in angespanntem Tonfall und sah Julian und dessen Stele wütend an. »Oder ich springe aus dem fahrenden Wagen.«

»Nein, das wirst du nicht«, verkündete Cristina mit ihrer ruhigen, sanften Stimme und drückte auf den Knopf, der mit einem leisen Klick die Türverriegelung auslöste.

»Du *blutest«*, beharrte Julian. »Du blutest den ganzen Wagen voll.«

Emma drehte den Kopf, um einen Blick auf die beiden Brüder zu werfen. Marks T-Shirt war blutgetränkt, aber er schien keine starken Schmerzen zu leiden. Seine Augen funkelten verärgert. »Die Wilde Jagd hat mich mit einem Zauber belegt«, sagte er. »Meine Wunden verheilen schnell. Du brauchst dich nicht zu bemühen.« Er nahm einen Zipfel seines T-Shirts und tupfte damit das Blut von seiner Brust. Emma erhaschte einen Blick auf helle Haut über glatter, harter Bauchmuskulatur, die mit alten Narben übersät war.

»Gut, dass ihr hier aufgetaucht seid«, wandte Emma sich zuerst an Cristina und dann an Julian. »Ich weiß nicht, woher ihr gewusst habt, was hier los war, aber …«

»Das haben wir nicht gewusst«, erwiderte Julian kurz angebunden. »Nachdem du das Gespräch mit Cristina so abrupt beendet hattest, haben wir über das GPS deines Smartphones euren Aufenthaltsort ermittelt. Es erschien uns merkwürdig, dass ihr hier draußen wart, deshalb haben wir uns auf den Weg gemacht.«

»Aber ihr habt nicht gewusst, dass wir in Schwierigkeiten stecken, sondern nur, dass wir an diesem Ley-Linien-Knotenpunkt waren«, sagte Emma.

Cristina warf ihr einen vielsagenden Blick zu. Julian schwieg.

Emma öffnete den Reißverschluss ihrer Strickjacke und streifte sie ab, nachdem sie Wells' Brieftasche herausgenommen und in ihre Jeanstasche geschoben hatte. Bei jeder Kampfhandlung legte sich eine Art Taubheit über Emmas Körper, die dafür sorgte, dass sie Verletzungen nicht wahrnahm und weiterkämpfen konnte. Doch jetzt drangen die Schmerzen in ihr Bewusstsein, und Emma zuckte zusammen, als sie den Ärmel über ihren Unterarm zog. Eine lange Brandwunde, deren Ränder schwarzrot verfärbt waren, erstreckte sich vom Ellbogen bis zum Handgelenk.

Rasch schaute Emma in den Rückspiegel und sah, dass Jules die Verletzung bemerkt hatte. Er beugte sich nach vorn. »Könntest du bitte hier anhalten, Cristina?«

Jules – stets zuvorkommend und höflich. Emma versuchte, ihm über den Rückspiegel ein Lächeln zu schenken, doch er hatte den Blick abgewandt. Cristina bog vom Highway ab und parkte den Wagen vor der Imbissbude, die Emma und Mark von der Luft aus gesehen hatten. Über dem baufälligen Gebäude leuchtete ein riesiges Neonschild: POSEIDONS DREIZACK.

Schweigend stiegen die vier aus dem Wagen. Der Parkplatz war fast menschenleer, bis auf ein paar Fernfahrer und Campinggäste, die mit Kaffeebechern und frittierten Austern an den Picknicktischen hockten.

Cristina bestand darauf, kurz hineinzugehen, um ihnen etwas zu essen zu bestellen, und nach kurzer Debatte willigten die anderen ein. Julian warf seine Jacke auf einen der Tische, um den Platz zu reservieren. »Hinten gibt's eine Gartendusche. Außerdem sind wir da ungestörter«, wandte er sich an Mark und Emma. »Kommt mit.«

»Woher weißt du das?«, fragte Emma und folgte ihm um das Gebäude herum. Doch Julian schwieg. Emma konnte seine Wut fühlen, nicht nur wegen der Art und Weise, wie er sie ansah, sondern auch wegen des harten Knotens, den sie unter ihrem Brustkorb spürte.

Ein festgetretener Sandweg führte um die Imbissbude herum zu einem Bereich, der durch Müllcontainer abgegrenzt wurde. Emma entdeckte ein breites Doppelwaschbecken aus Edelstahl und – genau wie Jules gesagt hatte – eine große Gartendusche, neben der sich Surfausrüstung stapelte.

Mark stapfte durch den Sand zur Dusche und betätigte den Wasserhahn.

»Warte«, setzte Julian an. »Du wirst sonst …«

Wasser strömte aus dem Duschkopf und prasselte auf Mark herab. Langsam hob er den Kopf, so ruhig, als stünde er in einem tropischen Regenguss und nicht unter einer kalten Dusche in einer kühlen Nacht.

»… nass.« Julian fuhr sich mit den Fingern durch die zerzausten Haare. Schokoladenbraune Haare, hatte Emma früher immer dazu gesagt. Viele Leute fanden braunes Haar langweilig, aber sie war anderer Ansicht: Julians Locken hatten goldene, rostrote und kaffeebraune Strähnen.

Emma ging zum Waschbecken und ließ Wasser über die Wunde an ihrem Unterarm laufen. Dann spritzte sie sich mehrere Handvoll Wasser ins Gesicht und in den Nacken, um das Dämonensekret abzuspülen. Dämonenblut war giftig: Es verätzte die Haut und durfte auf keinen Fall in Mund und Augen gelangen.

Mark drehte den Hahn der Gartendusche zu und trat einen Schritt vor; das Wasser lief in kleinen Rinnsalen von ihm herab. Emma fragte sich, ob er sich nicht unbehaglich fühlte – die Jeans klebte an seinen Beinen, das T-Shirt am Rumpf und das Haar an seinem Hals.

Im nächsten Moment trafen sich ihre Blicke. Kalt leuchtendes Blau und noch kälteres Gold. Darin erkannte Emma die Unbändigkeit der Wilden Jagd: die Leere und Freiheit des Himmels. Ein Schauer lief ihr über den Rücken.

Dann bemerkte sie, dass Julian sie beobachtete. Leise wandte er sich an Mark, der daraufhin nickte und dann um das Gebäude herum verschwand.

Emma streckte die Hand aus, um den Wasserhahn abzustellen, und zuckte zusammen: Auf ihrer Handfläche hatte sich eine Brandblase gebildet. Vorsichtig tastete sie nach ihrer Stele.

»Nicht«, sagte Jules' Stimme, und plötzlich spürte sie seine Nähe; er stand direkt hinter ihr. Emma umklammerte den Rand des Waschbeckens und schloss die Augen, um gegen ein Schwindelgefühl anzukämpfen. Sie fühlte die Wärme, die von Jules' Körper abstrahlte, in ihrem ganzen Rücken. »Lass mich das machen.«

Heilrunen – und auch alle anderen Runenmale –, die ein *Parabatai* auftrug, wirkten deutlich besser, da sie durch die Magie dieses besonderen Bundes verstärkt wurden. Vorsichtig drehte Emma sich um und lehnte den Rücken gegen das Waschbecken. Julian war ihr so nah, dass sie aufpassen musste, um nicht gegen ihn zu stoßen. Er roch nach Feuer und Nelken und Farbe. Sie bekam eine Gänsehaut, als er ihren Arm nahm, ihr Handgelenk behutsam festhielt und die Stele mit der anderen Hand aus seinem Gürtel zog. Emma konnte die Berührung jedes einzelnen Fingers auf der empfindlichen Haut ihres Unterarms fühlen. Sie waren mit Schwielen bedeckt und vom Terpentin aufgeraut. »Jules«, sagte Emma. »Es tut mir leid.«

»Was tut dir leid?«

»Dass ich ohne dich zu diesem Knotenpunkt aufgebrochen bin«, erklärte sie. »Ich hatte nicht vor …«

»Warum hast du das getan?«, unterbrach er sie, während die Stele die Reise über ihre Haut antrat und die ersten Konturen einer Heilrune zeichnete. »Warum bist du mit Mark gegangen?«

»Wegen des Motorrads«, sagte Emma. »Es konnte nicht mehr

als zwei Leute transportieren. *Marks* Motorrad«, erläuterte sie, als sie Julians verständnislose Miene sah. Dann erinnerte sie sich jedoch an den Mantis-Dämon, der die Maschine in seinen rasiermesserscharfen Fangbeinen zerquetscht hatte.

»Ja, richtig … das weißt du ja gar nicht«, erkannte sie. »Erinnerst du dich an Marks Ross? Das, von dem die Elbendelegation im Sanktuarium gesprochen hat? Dabei hat es sich um ein Motorrad gehandelt. Aber einer der Dämonen hat es zerquetscht, deshalb ist es jetzt wohl eher Marks *Ex*motorrad.«

Julian hatte die *Iratze* vervollständigt. Emma zog ihre Hand zurück und sah zu, wie die Wunde zu verheilen begann, wie eine sich selbst schließende Naht.

»Du trägst noch nicht mal deine Kampfmontur«, sagte Julian. Seine Stimme war leise und eindringlich, aber seine Finger zitterten, als er die Stele wieder wegsteckte. »Du bist nur ein Mensch, Emma.«

»Mit mir war alles bestens …«

»Das kannst du mir nicht antun.« Seine Worte klangen, als hätte er sie vom tiefsten Meeresboden ans Licht geschürft.

Emma erstarrte. »Was kann ich dir nicht antun?«

»Ich bin dein *Parabatai*«, sagte er, als seien seine Worte endgültig – und in gewisser Hinsicht waren sie das auch. »Du hast versucht, gegen … wie viele waren es? … zwei Dutzend Mantis-Dämonen zu kämpfen, bevor wir bei euch eingetroffen sind. Wenn Cristina dich nicht angerufen hätte …«

»Ich hätte sie alle ins Jenseits befördert«, erwiderte Emma hitzig. »Ich bin froh, dass ihr aufgetaucht seid, vielen Dank, aber ich hätte uns da schon irgendwie rausgeholt …«

»Vielleicht!«, entgegnete Julian mit erhobener Stimme. »Vielleicht hättest du das geschafft. Aber was wäre, wenn nicht? Was, wenn du gestorben wärst? Das würde mich umbringen, Emma, es würde mich *umbringen*. Du weißt, was passiert …«

Obwohl er den Satz nicht beendete, wusste Emma, was er meinte. *Du weißt, was mit jemandem passiert, dessen* Parabatai *stirbt.*

Keuchend standen sie da und starrten einander an. »Als du in England warst, habe ich das hier gespürt«, sagte Emma schließlich und berührte die Stelle an ihrem Oberarm, an der ihre *Parabatai*-Rune saß. »Hast du das auch gefühlt?« Sie spreizte ihre Hand und legte sie auf sein T-Shirt, das von seiner Körperwärme gewärmt war. Julians Rune befand sich am Rand zum Schlüsselbein, gut zehn Zentimeter über seinem Herzen.

»Ja«, bestätigte er; seine Wimpern senkten sich, als er mit den Augen die Bewegung ihrer Finger verfolgte. »Es hat mir wehgetan, von dir getrennt zu sein. Das hat sich angefühlt, als hätte ein Angelhaken in meinem Brustkorb gesteckt, und jemand zog am anderen Ende der Leine. Als wäre ich fest mit dir verbunden, ganz gleich wie weit wir voneinander entfernt sind.«

Emma sog scharf die Luft ein. Sie erinnerte sich an den vierzehnjährigen Julian, der in einem der beiden Flammenkreise gestanden hatte, wo das *Parabatai*-Ritual vollzogen wurde. An den Ausdruck auf seinem Gesicht, als sie gemeinsam in den mittleren Feuerkreis traten, der die beiden äußeren miteinander verband. Die Flammen waren um sie herum aufgelodert, und Julian hatte sein Hemd aufgeknöpft, damit Emma die Stele auf seine Haut aufsetzen und die Rune auftragen konnte, die sie für den Rest ihres Lebens aneinanderbinden sollte. Emma wusste, wenn sie ihre Hand jetzt bewegte, konnte sie die Rune auf seiner Brust berühren, die Rune, die sie selbst dort platziert hatte …

Sie streckte die Hand aus und berührte sein Schlüsselbein. Sie spürte die Wärme seiner Haut durch sein T-Shirt hindurch. Julian senkte die Lider, als würde ihre Berührung ihm Schmerzen bereiten. *Bitte sei mir nicht böse, Jules,* dachte Emma. *Bitte.*

»Ich bin keine Blackthorn«, sagte sie unvermittelt und mit heiserer Stimme.

»Was?«

»Ich bin keine Blackthorn«, wiederholte Emma. Es fiel ihr schwer, die Worte auszusprechen: Sie stammten von einem Ort tief in ihrem Inneren, einem Ort der Wahrheit, den sie sich lieber nicht zu genau anschaute. »Ich gehöre nicht ins Institut. Ich lebe dort nur deinetwegen, weil ich dein *Parabatai* bin. Deshalb musste der Rat mir erlauben, dort zu bleiben. Ihr anderen braucht nicht ständig zu beweisen, dass ihr von Nutzen seid. Ich schon. Alles, was ich tue, ist ein … ein Test, eine Probe.«

Julians Miene veränderte sich schlagartig; er blickte im Mondlicht auf sie hinab, mit leicht geöffneten Lippen. Langsam hob er die Hände und umfasste sanft Emmas Oberarme. Manchmal hatte sie den Eindruck, dass sie wie ein Lenkdrachen war und Julian der Drachenlenker: Sie flog hoch oben am Himmel, aber Julian verband sie fest mit der Erde. Ohne ihn würde sie verloren zwischen den Wolken schweben.

Emma hob den Kopf. Sie spürte seinen Atem auf ihrem Gesicht. Irgendetwas zeigte sich in seinen Augen, als würde etwas aufbrechen, aber nicht wie ein Riss in einer Mauer, sondern wie eine Tür, die weit aufschwang. Und dahinter konnte sie das Licht sehen.

»Ich stelle dich nicht auf die Probe, Emma«, sagte er. »Du hast mir längst alles bewiesen.«

Ein wildes Gefühl rauschte durch Emmas Adern, das Verlangen, Julian zu packen, *irgendetwas* zu tun, seine Hände in ihren zu zerdrücken, die Arme um ihn zu schlingen, ihnen beiden Schmerz zu bereiten, sie beide die gleiche drängende Verzweiflung spüren zu lassen. Ein Gefühl, das sie überhaupt nicht verstand und das ihr Angst einjagte.

Sie ging einen Schritt zur Seite und löste sich sanft aus seinem Griff. »Wir sollten besser zu Mark und Cristina zurückkehren«, murmelte sie. »Wir haben sie schon ziemlich lange warten lassen.«

Als sie sich abwandte, sah sie aus dem Augenwinkel, dass sich der Ausdruck auf seinem Gesicht veränderte, dass die Tür wieder zuschlug. Ein mulmiges, hohles Gefühl breitete sich in ihrem Magen aus, eine schwer verdauliche Gewissheit: Ganz gleich wie viele Dämonen sie in dieser Nacht auch getötet hatte, ihr Mut hatte sie in dem Moment im Stich gelassen, als sie ihn am meisten gebraucht hätte.

Als sie zur Vorderseite der Imbissbude zurückkehrten, fanden sie Mark und Cristina auf einem Picknicktisch vor, umgeben von Pappschachteln mit Pommes frites, warmen Brötchen, frittierten Muscheln und Fisch-Tacos. Cristina hielt eine Flasche Limettenlimonade in der Hand und lachte über irgendetwas, das Mark gesagt hatte.

Die Meeresbrise hatte Marks Haare getrocknet. Sie wehten um sein Gesicht herum und machten deutlich, wie sehr er einem Elben ähnelte und wie wenig einem Nephilim.

»Mark hat mir gerade von eurem Kampf am Knotenpunkt berichtet«, sagte Cristina, als Emma auf den Tisch kletterte und nach einer Pommes griff. Julian folgte ihrem Beispiel und schnappte sich ein Getränk.

Sofort erzählte Emma ihre eigene Version der Ereignisse, angefangen von der Höhle über den Fund der Brieftasche bis hin zu dem Moment, als die Mantis-Dämonen aufgetaucht waren. »Sie haben Marks Motorrad zerquetscht, deshalb konnten wir nicht weg«, sagte sie.

Mark zog eine bedrückte Miene.

»Mich dünkt, dein edles Ross existiert nicht länger«, sagte Emma und schaute ihn an. »Wird man dir ein anderes gewähren?«

»Eher unwahrscheinlich«, erwiderte Mark. »Die Feenwesen sind nicht sehr großzügig.«

Julian musterte Emma mit hochgezogenen Augenbrauen. »Mich dünkt?«, wiederholte er.

»Ich kann nichts dagegen tun.« Sie zuckte die Achseln. »Das ist einfach ansteckend.«

Cristina streckte ihre Hand aus. »Lass mal sehen, was du da gefunden hast«, forderte sie. »Wo du schon so viel dafür aufs Spiel gesetzt hast.«

Emma zog das rechteckige Lederobjekt aus ihrer Tasche und ließ es herumgehen. Dann holte sie ihr Handy hervor und hielt es hoch, während sie durch die Fotos blätterte, die sie vom Inneren der Höhle mit den seltsamen Sprachen an den Wänden geschossen hatte.

»Die griechischen und lateinischen Texte können wir selbst übersetzen«, sagte Emma. »Aber die anderen Sprachen müssen wir in der Bibliothek nachschlagen.«

»Stanley Wells«, murmelte Julian und betrachtete die angesengte Brieftasche. »Der Name kommt mir irgendwie bekannt vor.«

»Wenn wir wieder im Institut sind, können Ty und Livvy sich darum kümmern, seine Identität festzustellen«, schlug Emma vor. »Und seine Adresse ausfindig zu machen, damit wir uns dort mal umsehen können. Vielleicht gab es ja einen Grund, weshalb er als Opfer ausgesucht wurde.«

»Es könnte sich aber auch um rein willkürlich gewählte Personen handeln«, gab Julian zu bedenken.

»Nein, das stimmt nicht«, widersprach Mark.

Emma, Cristina und Julian hielten inne – die Flasche, die er zum Mund hatte führen wollen, schwebte auf halber Strecke in der Luft. »Was?«, fragte Emma.

»Nicht jeder eignet sich als Opfer für einen Beschwörungszauber«, erklärte Mark. »Deshalb kann es nicht willkürlich irgendwelche Leute treffen.«

»Hat man dir bei der Wilden Jagd viel über Schwarze Magie beigebracht?«, erkundigte sich Julian.

»Die Wilde Jagd *ist* Schwarze Magie«, erwiderte Mark. »Ich habe den Kreis in der Höhle wiedererkannt.« Er tippte auf Emmas Handy. »Das ist eine Opferstätte. Hier geht es um Nekromantie, bei der die Energie des Todes eingefangen wurde, um einem bestimmten Zweck zu dienen.«

Einen Moment herrschte Stille. Der kalte Meereswind zerzauste Emmas feuchte Haare. »Dann waren die Mantis-Dämonen Wächter«, schlussfolgerte sie. »Wer auch immer dieser Totenbeschwörer ist – er will nicht, dass irgendjemand von seiner geheimen Ritualstätte erfährt.«

»Weil er sie noch braucht«, sagte Jules.

»Es könnte sich auch um eine ›Sie‹ handeln«, wandte Emma ein. »Nicht nur Männer können sich zu psychopathischen Magieserienkillern entwickeln.«

»Richtig«, bestätigte Julian. »Aber so oder so ist das der einzige Ley-Linien-Knotenpunkt im Umfeld von Los Angeles. Eine an einer Kraftlinie durchgeführte Totenbeschwörung würde sich wahrscheinlich auf Magnus' Karte bemerkbar machen … aber was wäre, wenn das Ganze an einem Knotenpunkt stattfände?«

»Dann würde es den Nephilim vielleicht verborgen bleiben«, sagte Mark. »Der Mörder könnte die Ritualmorde am Knotenpunkt begehen …«

»Und die Leichen dann an einer Ley-Linie deponieren?«, beendete Cristina den Satz. »Aber warum? Warum lässt er die Opfer nicht einfach in der Höhle?«

»Vielleicht will er ja, dass die Leichen gefunden werden«, überlegte Mark. »Schließlich sind sie mit Schriftzeichen versehen. Es könnte sich um eine Nachricht handeln. Eine Nachricht, die anderen übermittelt werden soll.«

»Dann hätte er diese Nachricht mal in einer Sprache verfassen sollen, die wir verstehen«, murmelte Emma.

»Vielleicht ist sie ja gar nicht für uns bestimmt«, meinte Mark.

»Jedenfalls muss der Knotenpunkt rund um die Uhr überwacht werden«, verkündete Cristina. »Jemand sollte die Höhle observieren. Da es weit und breit keinen anderen Knotenpunkt gibt, muss der Mörder irgendwann zur Höhle zurückkehren.«

»Einverstanden«, sagte Julian. »Wir müssen dort irgendetwas installieren, etwas, das uns rechtzeitig informiert.«

»Am besten kümmern wir uns gleich morgen im Lauf des Tages darum«, sagte Emma. »Die Mantis-Dämonen müssten dann eigentlich inaktiv sein …«

Julian lachte. »Wisst ihr, was morgen ist? Der Schultest«, sagte er. Zweimal pro Jahr musste Diana sie einer Prüfung unterziehen, bei der ihr Wissensstand – Runenmale, Sprachkenntnisse und Training – beurteilt und anschließend dem Rat übermittelt wurde.

Den aufkommenden Proteststurm unterbrach Julian mit einer Handbewegung. »Ich werde Diana eine SMS schicken«, sagte er. »Aber wenn wir uns vor dem Test drücken, wird der Rat Verdacht schöpfen.«

Mark sagte ein paar nicht druckreife Worte dazu, was der Rat mit seinem Verdacht mal machen könne.

»Ich glaube nicht, dass ich diesen Ausdruck kenne«, sagte Cristina mit belustigter Miene.

»Ich auch nicht«, pflichtete Emma ihr bei. »Dabei weiß ich eine ganze Reihe schlimmer Ausdrücke.«

Ein Lächeln stahl sich aufs Mark Gesicht, doch als er sich zurücklehnen wollte, sog er plötzlich scharf die Luft ein. Er zerrte den Kragen seines T-Shirts beiseite und warf einen vorsichtigen Blick auf seine Brust.

Julian stellte die Limoflasche auf den Tisch. »Lass mich mal sehen.«

Mark ließ den Kragen zurückschnellen. »Du kannst nichts tun. Die Wunde wird von allein heilen.«

»Das ist eine Dämonenverletzung«, sagte Julian. »Lass mich das mal sehen.«

Verblüfft starrte Mark ihn an. Die Wellen erzeugten ein sanftes Rauschen um sie herum. Inzwischen saßen keine anderen Gäste mehr vor der Imbissbude; die restlichen Tische hatten sich der Reihe nach geleert. Mark kannte diesen Tonfall noch nicht, dachte Emma – Julians Tonfall, der keine Widerrede duldete und der wie der Tonfall eines erwachsenen Mannes klang. Und zwar eines Mannes, dem man zuhörte.

Widerstrebend hob Mark die Vorderseite seines T-Shirts hoch. Die Wunde verlief quer über seine Brust. Obwohl sie nicht mehr blutete, musste Emma beim Anblick des zerklüfteten hellen Gewebes die Zähne zusammenbeißen.

»Ich kann dir …«, setzte Julian an.

Mark sprang vom Tisch. »Mir geht es *gut*«, sagte er. »Ich brauche deine *Iratzes* nicht – und auch keine anderen Runen.« Er tippte sich an die Schulter, wo ein schwarzes Runenmal wie ein Schmetterling saß: eine permanente Schutzrune. »Dieses Runenmal trage ich seit meinem zehnten Geburtstag«, sagte er. »Ich hatte es, als die Feenwesen mich verschleppt haben und als sie meinen Willen gebrochen und mich zu einem der ihren gemacht haben. Die Rune hat mir nicht geholfen. Alle Runen des Erzengels sind Lügen, den Fängen des Himmels zum Fraß vorgeworfen.«

Ein gekränkter Ausdruck zeichnete sich in Julians Augen ab, verschwand kurz darauf aber. »Die Runen sind nicht perfekt«, räumte er ein. »Nichts ist perfekt. Aber sie helfen zumindest. Ich möchte nicht, dass du leiden musst.«

»Mark«, setzte Cristina in sanftem Ton an. Doch Mark hatte sich innerlich von ihnen entfernt; er befand sich an einem Ort, an dem ihre Stimmen ihn nicht mehr erreichen konnten. Mit funkelnden Augen stand er da, die Hände zu Fäusten geballt.

Schließlich griff er langsam nach dem Saum seines T-Shirts, zog es hoch und über den Kopf. Er streifte es ab und warf es in den Sand. Emma sah blasse Haut, viel bleicher als ihre eigene, harte Brustmuskulatur und schmale Hüften mit den hellen Streifen alter Narben. Und dann drehte er sich um.

Sein gesamter Rücken war mit Runen bedeckt, vom Nacken bis zur Taille, aber nicht wie bei einem normalen Nephilim, dessen schwarze Runenmale im Lauf der Zeit zu feinen Linien verblassten. Die Runen auf Marks Rücken hoben sich wulstig und gerötet von seiner Haut ab.

Julian war kreidebleich um die Nase. »Was …?«

»Als ich ins Feenreich verschleppt wurde, hat man mich wegen meines Schattenjägerbluts verhöhnt«, sagte Mark. »Die Nachtelben haben meine Stele genommen und in der Mitte zerbrochen. Sie meinten, die Stele sei nichts als ein schmutziger Stock. Und als ich die Teile zurückhaben wollte, haben sie mir die Runen des Erzengels mit Messern in die Haut geritzt. Danach habe ich nicht länger gekämpft, wenn es um das Thema Schattenjäger ging. Und ich habe mir geschworen, nie wieder eine Stele oder Rune an meine Haut zu lassen.«

Er bückte sich, hob das blutige, feuchte T-Shirt vom Boden auf und wandte sich ihnen wieder zu. Seine Wut war verraucht; er wirkte wieder verwundbar.

»Vielleicht lassen sich die Narben ja doch noch heilen«, schlug Emma vor. »Die Brüder der Stille …«

»Ich will nicht, dass sie heilen«, erwiderte Mark. »Sie dienen mir als Mahnung.«

Julian rutschte vom Tisch. »Als Mahnung wofür?«

»Niemandem zu trauen«, sagte Mark.

Cristina schaute über die Köpfe der Jungen hinweg zu Emma: Ein Ausdruck großer Trauer lag auf ihrem Gesicht.

»Es tut mir leid, dass deine Schutzrune dir nicht geholfen hat«, sagte Julian mit leiser und bedächtiger Stimme. Nie zuvor hatte Emma ihn so sehr umarmen wollen wie in diesem Moment, während er seinen Bruder im bleichen, vom Meer ausgewaschenen Mondlicht ansah, sein Herz in den Augen. Sein Haar war zerzaust, und die weichen Locken lagen wie Fragenzeichen auf seiner Stirn. »Aber es gibt noch andere Arten des Schutzes. Deine Familie beschützt dich. Wir werden dich immer beschützen, Mark. Wir werden nicht zulassen, dass die Feenwesen dich zwingen, zu ihnen zurückzukehren.«

Mark lächelte, ein eigenartiges, trauriges Lächeln. »Ich weiß«, sagte er. »Mein sanftmütiger kleiner Bruder – ich weiß.«

10

Und sie war ein Kind

»Alles erledigt«, sagte Diana und setzte ihre Segeltuchtasche mit einem metallischen Klirren auf der Kochinsel ab.

Emma schaute auf. Sie stand mit Cristina am Fenster und überprüfte den Sitz ihres Verbands. Julians *Iratzes* hatten die meisten Verletzungen abheilen lassen, aber an ihrer Hand schmerzten immer noch ein paar hartnäckige Brandblasen.

Livvy, Dru und Tavvy hockten um den Tisch herum und stritten sich um die letzte Kakaoflasche. Ty hatte die Kopfhörer aufgesetzt und las, friedlich und ruhig in seiner eigenen Welt. Julian stand am Herd und machte Rühreier mit Speck und Toast – mit verbrannten Stellen, so wie Dru sie besonders gern mochte.

Diana ging zur Spüle und wusch sich die Hände. Staub klebte an ihrer Jeans, ihrem T-Shirt und an ihrem Gesicht. Sie hatte die Haare zu einem festen Knoten zurückgesteckt.

»Du hast alles eingerichtet?«, fragte Emma. »Die Überwachungsmaßnahmen am Knotenpunkt?«

Diana nickte und griff nach einem Geschirrtuch, um sich die Hände abzutrocknen. »Julian hat mir eine SMS geschickt. Ihr habt doch nicht gedacht, dass ich deswegen den Schultest abblasen würde?«

Ein vielstimmiges Stöhnen ging durch die Küche.

»Gedacht nicht. Aber vielleicht gehofft«, antwortete Emma.

»Na, jedenfalls habe ich mich persönlich darum gekümmert«, sagte Diana. »Sobald irgendjemand die Höhle betritt oder verlässt, erhalten wir einen Anruf auf dem Institutstelefon.«

»Und was ist, wenn wir nicht zu Hause sind?«, fragte Julian.

»Dann geht eine SMS raus«, erklärte Diana, drehte sich um und lehnte sich mit dem Rücken an die Spüle. »An Julian, Emma und mich.«

»Warum nicht an Arthur?«, hakte Cristina nach. »Hat er kein Handy?«

Soweit Emma wusste, besaß Julians Onkel kein Smartphone. Doch Diana ging nicht auf Cristinas Frage ein. »Da wäre noch eine andere Sache«, sagte sie. »Mantis-Dämonen bewachen den Knotenpunkt in der Nacht, aber wie ihr ja wisst, sind Dämonen im Freien tagsüber nicht aktiv. Sie vertragen keine Sonnenstrahlen.«

»Das habe ich mich auch schon gefragt«, bestätigte Emma. »Es ergibt doch keinen Sinn, dass der Täter – wer auch immer das sein mag – den Knotenpunkt die Hälfte der Zeit unbewacht lässt.«

»Du hast dich zu Recht gefragt«, sagte Diana in neutralem Ton. Emma musterte das Gesicht ihrer Tutorin auf der Suche nach Hinweisen darauf, ob sie noch immer sauer war – doch vergebens. »Während der Tagesstunden verriegelt sich die Tür zur Höhle. Ich habe beobachtet, wie der Eingang bei Sonnenaufgang verschwand. Glücklicherweise hat mich das nicht daran gehindert, die Überwachungsrunen und -schranken einzurichten, weil ich sie außen angebracht habe. Aber solange die Sonne am Himmel steht, kann ohnehin niemand die Höhle betreten.«

»Sämtliche Morde und das anschließende Deponieren der Leichen … all das ist während der Nacht passiert«, sagte Livvy. »Vielleicht steckt ja doch ein Dämon dahinter?«

Diana seufzte. »Wir wissen es einfach nicht. Beim Erzengel, jetzt brauche ich erst mal einen Kaffee.«

Cristina lief zum Schrank, um ihr einen Becher zu holen, während Diana stirnrunzelnd den Staub von ihrer Kleidung wischte.

»Hat Malcolm dir dabei geholfen?«, fragte Julian.

Dankbar nahm Diana den Kaffee entgegen, den Cristina ihr reichte, und lächelte. »Ihr braucht nur zu wissen, dass die Angelegenheit geregelt ist – mehr nicht«, erwiderte sie. »So, vergesst den Schultest nicht. Ich sehe euch dann nach dem Frühstück im Klassenzimmer.«

Sie nahm ihre Tasche und ihren Kaffeebecher und verließ die Küche. Dru zog eine missmutige Miene. »Ich kann nicht fassen, dass wir heute Unterricht haben«, murrte sie. Über der Jeans trug sie ein T-Shirt mit einem schreienden Totenschädel und der Überschrift: DIE TODESKARTEN DES DR. SCHRECK.

»Wir sind gerade mitten in einer wichtigen Ermittlung«, pflichtete Livvy ihr bei. »Da sollten wir nicht irgendwelche Tests absolvieren müssen.«

»Das ist eine Beleidigung«, bestätigte Ty. »Ich bin beleidigt.« Er hatte die Kopfhörer abgenommen, behielt aber eine Hand unter dem Tisch. Emma konnte hören, dass er unablässig auf einen Kugelschreiber klickte – ein Verhalten aus einer Zeit, bevor Julian ihm bessere Konzentrationshilfen gebastelt hatte, auf das Ty aber auch heute noch zurückgriff, wenn er nervös war.

Plötzlich übertönte ein Klingeln den Chorus murrender Proteststimmen: Emmas Handy. Sie holte es hervor und warf einen Blick auf das Display. CAMERON ASHDOWN.

Julian schaute kurz zu ihr hinüber, widmete sich dann aber wieder entschlossen seinen Rühreiern. Er trug eine Mischung aus Kampfmontur, zerschlissenem T-Shirt und Kochschürze, die Emma bei anderer Gelegenheit dazu veranlasst hätte, ihn aufzuziehen. Doch jetzt ging sie schweigend zum Fenster und nahm das Gespräch an.

»Cam?«, fragte sie. »Ist alles in Ordnung?«

Livvy warf ihr einen Blick zu, verdrehte die Augen und machte sich dann daran, die Teller vom Herd zum Tisch zu tragen. Die anderen stritten sich noch immer, obwohl es Tavvy gelungen war, sich die Kakaoflasche zu sichern.

»Ich rufe nicht an, um dich zu bitten, zu mir zurückzukommen, falls du das denkst«, sagte Cameron. Emma stellte sich ihn vor, während seine Stimme aus dem Handy dröhnte: mit gerunzelter Stirn und zerzausten roten Haaren – so wie er morgens immer aussah.

»Wow«, meinte Emma. »Auch dir einen guten Morgen.«

»Kakaodieb«, schimpfte Dru und legte Tavvy eine Scheibe Toast auf den Kopf. Emma musste ein Grinsen unterdrücken.

»Ich war auf dem Schattenmarkt«, sagte Cam. »Gestern.«

»Nein! Schäm dich!«

»Und an Johnny Rooks Stand habe ich ein paar Gerüchte aufgeschnappt«, fuhr Cameron fort. »Dabei ging es um dich. Er meinte, du hättest dich vor ein paar Tagen mit ihm gestritten.« Er senkte die Stimme. »Du solltest dich nicht außerhalb des Marktplatzes mit ihm treffen, Em.«

Emma lehnte sich gegen die Wand. Cristina warf ihr einen vielsagenden Blick zu und setzte sich mit den anderen an den Tisch. Kurz darauf ließen sich alle die Rühreier und Toasts mit Butter schmecken. »Ich weiß, ich weiß«, sagte Emma. »Johnny Rook ist ein Krimineller, der kriminelle Taten begeht. Diese Lektion wurde mir bereits erteilt.«

Cam klang verstimmt. »Jemand anderes meinte, dass du deine Nase in Dinge stecken würdest, die dich nichts angehen. Und wenn du so weitermachst, würden sie dir wehtun. Nicht der Typ, der das gesagt hat … Ich hab ihn mir kurz vorgeknöpft, woraufhin er beteuerte, dass er jemand anderen meint. Dass er Gerüchte gehört hätte. In welchem Wespennest stocherst du da herum, Emma?«

Julian stand noch immer am Herd. Emma konnte an der Haltung seiner Schultern erkennen, dass er zuhörte. »Hm, da gäbe es einige.«

Cameron seufzte. »Okay, mach dich ruhig lustig. Ich hab mir einfach nur Sorgen um dich gemacht. Sei vorsichtig.«

»Bin ich doch immer«, antwortete Emma und legte auf.

Schweigend reichte Julian ihr einen Teller mit Rührei, den Emma entgegennahm. Sie war sich nur allzu deutlich der Tatsache bewusst, dass alle Anwesenden sie ansahen. Schweigend stellte sie den Teller auf die Kochinsel, setzte sich auf einen der Barhocker und stocherte mit einem Löffel in ihrem Frühstück herum.

»Okay«, sagte Livvy. »Wenn sonst keiner fragen will – ich schon. Worum ging es bei dem Gespräch?«

Emma hob den Kopf und wollte gerade eine verärgerte Antwort geben, als ihr die Worte im Hals stecken blieben.

Mark stand in der Tür. Die angespannte Stimmung wegen des vorabendlichen Streits in der Bibliothek schien sich wieder über die Küche zu legen, denn plötzlich herrschte betretene Stille. Die Blackthorns sahen ihren Bruder mit großen Augen an, während Cristina in ihren Kaffee starrte.

Mark sah … ganz normal aus. Er trug ein sauberes blaues T-Shirt mit Knopfleiste, eine dunkelblaue Jeans, die tatsächlich passte, und darüber einen Waffengürtel, allerdings ohne Waffen. Trotzdem: Es handelte sich unverkennbar um einen Schattenjägergürtel, dessen Leder mit Runen für Engelsmacht und Präzision geprägt war. An seinen Handgelenken glänzten breite Manschetten aus Metall.

Schweigend starrten ihn alle an, Julian mit dem Rührlöffel in der Hand. Mark straffte die Schultern, und einen Moment glaubte Emma, er würde sich wieder verneigen, so wie in der Nacht zuvor. Stattdessen räusperte er sich und sagte:

»Ich bitte um Verzeihung wegen gestern Abend. Ich hätte nicht euch, meiner Familie, die Schuld geben dürfen. Die Politik des Rats ist komplex und oft undurchsichtig – und nicht euer Fehler. Euer Einverständnis vorausgesetzt würde ich gern noch einmal von vorn anfangen und mich vorstellen.«

»Aber wir wissen doch, wer du bist«, sagte Ty. Livvy beugte sich zu ihm hinüber, legte ihm eine Hand auf die Schulter und flüsterte ihm etwas ins Ohr. Ty wandte sich Mark wieder zu und sah ihn immer noch verwirrt, aber auch erwartungsvoll an.

Mark trat einen Schritt vor. »Ich bin Mark Antony Blackthorn«, sagte er. »Ich entstamme einer langen Ahnenreihe stolzer Schattenjäger. Ich habe viele Jahre der Wilden Jagd gedient, länger, als ich zählen kann. Ich bin auf einem weißen Pferd aus Rauch durch den Himmel geritten, habe die Toten aufgesammelt und ins Feenreich gebracht, wo ihre Haut und Knochen den Boden des Wilden Lands nährten. Dabei habe ich mich nie schuldig gefühlt, doch vielleicht sollte ich das.« Er hatte die Hände hinter dem Rücken verschränkt und ließ sie nun nach vorn schwingen, sodass sie locker neben seinen Hüften hingen. »Ich weiß nicht, wohin ich gehöre«, sagte er. »Aber wenn ihr einverstanden seid, will ich versuchen hierherzugehören.«

Einen Augenblick herrschte völlige Stille. Die Kinder am Tisch starrten ihn an. Emma saß mit erhobenem Löffel da und hielt die Luft an. Mark schaute zu Jules.

Und Julian rieb sich den Nacken. »Warum setzt du dich nicht, Mark?«, sagte er mit rauer Stimme. »Ich mach dir ein paar Rühreier.«

Mark saß schweigend am Frühstückstisch, während Julian, Emma und Cristina den anderen berichteten, was sie in der Nacht zuvor herausgefunden hatten. Emma schilderte den Angriff der Mantis-Dämonen nur in groben Zügen, weil sie nicht wollte, dass Tavvy davon Albträume bekam.

Dann schob sie Stanley Wells' Brieftasche über den Tisch zu Ty, der hocherfreut wirkte, weil man ihm ein Beweisstück anvertraute. Er versprach, dass er sich nach dem Schultest ausgiebig mit der Identität des unglückseligen Stanley befassen würde. Da Mark nicht an dem Test teilzunehmen brauchte, bat Julian ihn, mit Tavvy in die Bibliothek zu gehen und auf ihn aufzupassen.

»Ich werde ihn auch nicht an einen Baum verfüttern, wie man es am Dunklen Hof mit aufsässigen Kindern macht«, versprach Mark.

»Da bin ich aber erleichtert«, erwiderte Julian trocken.

Mark beugte sich zu Tavvy herab, dessen Augen strahlten. »Begleite mich, kleiner Bruder«, sagte Mark. »In der Bibliothek stehen ein paar Bücher, die ich als Kind geliebt habe, wenn ich mich richtig entsinne. Ich könnte sie dir zeigen.«

Tavvy nickte und legte seine Hand vertrauensvoll in Marks. In diesem Moment leuchtete in Marks Augen etwas auf – ein plötzlicher Funke des Erkennens. Wortlos verließ er mit Tavvy die Küche.

Camerons Warnung ging Emma nicht aus dem Kopf, während sie und die anderen das Frühstück beendeten, die Küche aufräumten und gemeinsam zum Klassenzimmer gingen, wo Diana bereits mit einem dicken Stapel Prüfungsbogen auf sie wartete. Sie konnte sich auf nichts anderes konzentrieren, mit dem Ergebnis, dass sie bei den Themen Fremdsprachen und Klassifizierung von Dämonen und Schattenweltlern kläglich scheiterte. Sie verwechselte Azazel mit Asmodeus und Purgatisch mit Cthonisch und brachte Nixen und Elfen durcheinander. Diana funkelte sie aufgebracht an, während sie Emmas Prüfungsbogen mit einem dicken Rotstift korrigierte.

Alle anderen erzielten hohe Punktzahlen, und bei den wenigen Aufgaben, die Jules falsch beantwortet hatte, hatte Emma den Verdacht, dass er das absichtlich getan hatte, damit sie sich nicht ganz so mies fühlte.

Emma war sehr erleichtert, als sie schließlich den schriftlichen und mündlichen Teil des Tests hinter sich gebracht hatten und nach einer kurzen Mittagspause in den Fechtsaal gingen. Diana hatte bereits alles vorbereitet: An den Wänden hingen Zielscheiben für die Messerwurfprüfung, auf einer Bank lagen Schwerter in unterschiedlichen Längen, und in der Raummitte stand ein großer Trainingsdummy. Sein hölzerner Rumpf war mit beweglichen, frei positionierbaren Armen versehen, und darüber thronte ein mit Stroh ausgestopfter Jutekopf, der an eine Vogelscheuche erinnerte.

Ein Kreis aus schwarzem und weißem Pulver – Steinsalz und Asche – umgab die Puppe. »Bei diesem Test geht es darum, mit Sorgfalt und Präzision aus sicherer Entfernung anzugreifen«, verkündete Diana. »Wenn ihr dabei jedoch den Kreis berührt, seid ihr durchgefallen.« Sie ging zu einem schwarzen Gerät, das auf dem Boden stand, und betätigte einen Schalter. Es handelte sich um ein Radio, aus dessen Lautsprechern im nächsten Moment eine Kakofonie von Tönen dröhnte. Ein ohrenbetäubender Lärm, der so klang, als hätte jemand eine wütende Meute aufgenommen, die schrie und brüllte und Fensterscheiben zerschmiss.

Livvy zog eine bestürzte Miene. Ty zuckte gequält zusammen und setzte sich seine Kopfhörer auf.

»Ablenkungen«, sagte Diana mit lauter Stimme. »Ihr müsst euch konzentrieren und dürft euch nicht ablenken …«

Bevor sie ihren Satz beenden konnte, klopfte es an der Tür: Mark trat zögernd ein. »Tavvy ist mit seinen Büchern beschäftigt«, erklärte er Diana, die den Lärm aus dem Radio etwas leiser gestellt hatte. »Und du hattest mich ja gebeten, an dieser Prüfung teilzunehmen. Ich dachte, es sei am besten, deinem Wunsch nachzukommen.«

»Aber Mark braucht den Schultest doch gar nicht zu machen«, wandte Julian ein. »Es ist ja nicht so, als ob du seine Ergebnisse dem Rat mitteilen könntest.«

»Auch Cristina müsste nicht teilnehmen«, erwiderte Diana. »Trotzdem ist sie hier. Ich möchte mir einen Eindruck verschaffen, wie gut ihr alle wirklich seid. Wenn ihr zusammenarbeiten wollt, wäre es sinnvoll, dass ihr die Fähigkeiten der anderen genau kennt.«

»Ich kann kämpfen«, erklärte Mark und verschwieg dabei die Tatsache, dass er in der Nacht zuvor mehrere Mantis-Dämonen erledigt hatte, ohne Auffrischung seiner Runenmale. »Die Mitglieder der Wilden Jagd sind Krieger.«

»Ja, schon, aber sie kämpfen auf andere Weise als die Schattenjäger«, sagte Diana und zeigte auf den Fechtsaal, die Runenwaffen, die *Adamant*-Klingen. »Das sind die Waffen deines Volkes.« Dann wandte sie sich wieder den anderen zu. »Sucht euch jeder eine Waffe.«

Bei diesen Worten zeichnete sich ein lustloser Ausdruck auf Marks Gesicht ab. Und obwohl er nichts dazu sagte, rührte er sich nicht vom Fleck, während sich die anderen im Raum verteilten: Emma holte Cortana, Cristina ihre Butterflymesser, Livvy ihren Säbel, und Dru nahm sich ein langes, dünnes

Stilett. Julian wählte zwei *Chakrams,* rasiermesserscharfe Metallscheiben.

Nur Ty ließ sich Zeit. Emma fragte sich, ob Diana bemerkte, dass Livvy schließlich einen Dolch für ihren Zwillingsbruder aussuchte und ihm in die Hand drückte. Beim gemeinsamen Training hatte Emma beobachtet, dass Ty gut mit Messern umgehen konnte, manchmal sogar hervorragend – aber nur wenn er wollte. Wenn er keine Lust hatte, konnte nichts und niemand ihn dazu bewegen.

»Julian«, sagte Diana und drehte die Musik wieder laut. »Du bist als Erster an der Reihe.«

Ruhig trat Julian einen Schritt zurück und warf. Die *Chakrams* flogen wie Scheiben hellen Lichts durch den Raum; eine trennte den rechten Arm der Trainingspuppe ab und die andere den linken, bevor sie sich in die dahinterliegende Wand bohrten.

»Deine Zielperson ist nicht tot«, stellte Diana fest. »Nur verstümmelt.«

»Genau«, bestätigte Julian. »Auf diese Weise kann ich ihn oder sie verhören.«

»Sehr strategisch gedacht.« Diana bemühte sich, ein Lächeln zu verbergen, während sie einen Vermerk in ihrem Notizbuch machte. Dann nahm sie die Arme der Puppe und befestigte sie wieder am Rumpf. »Livvy?«

Livvy erledigte den Dummy mit einem eleganten Säbelhieb, ohne die Aschebarriere auch nur zu berühren. Dru erfüllte ihre Aufgabe mit einem Wurf des Stiletts, und Cristina öffnete ihre Butterflymesser mit einer schwungvollen Handbewegung und warf sie so, dass sich die Klingenspitzen genau an den Stellen in den Kopf der Puppe bohrten, wo sich normalerweise die Augen befunden hätten.

»Eklig«, kommentierte Livvy in bewunderndem Ton. »Das gefällt mir.«

Cristina holte ihre Messer zurück und zwinkerte Emma zu, die inzwischen eine Strickleiter erklommen hatte, mit Cortana in der anderen Hand.

»Emma?«, fragte Diana und legte den Kopf in den Nacken. »Was machst du da?«

Im nächsten Moment sprang Emma von der Leiter. Zwar verspürte sie nicht die eiskalte Ruhe des Kampfes, aber während sie durch die Luft flog, fühlte sie sich für eine Sekunde vollkommen frei – ein Gefühl ungetrübter Freude, das den Ärger über Camerons Warnung aus ihren Gedanken vertrieb. Kurz darauf balancierte sie sicher mit beiden Füßen auf den Schultern des Dummys und versenkte Cortana tief in seinem Rumpf. Anschließend machte sie einen Rückwärtssalto und landete wenige Zentimeter außerhalb des Aschekreises.

»Das war Angeberei«, sagte Diana, lächelte aber, während sie eine weitere Notiz machte. Dann schaute sie auf. »Tiberius? Du bist an der Reihe.«

Ty trat einen Schritt auf den Kreis zu. Der weiße Bügel seines Kopfhörers zeichnete sich deutlich von seinen schwarzen Haaren ab. Ty war so groß wie der Dummy, erkannte Emma plötzlich. Normalerweise sah sie in Ty immer nur den kleinen Jungen, der er früher gewesen war. Aber er war kein Kind mehr: Ty war fünfzehn Jahre alt, älter, als Emma und Julian beim Ablegen des *Parabatai*-Eids gewesen waren. Und auch Tys Gesicht hatte nichts mehr von einem kleinen Jungen – kantige Konturen hatten die weichen Rundungen ersetzt.

Langsam hob Ty den Dolch.

»Tiberius«, sagte eine Stimme an der Tür. »Nimm den Kopfhörer ab.«

Arthur stand am Eingang des Fechtsaals. Überrascht starrten alle ihn an: Arthur kam nur selten aus seinem Dachzimmer heraus, und wenn doch, dann vermied er jedes Gespräch, jede gemeinsame Mahlzeit – einfach jeden Kontakt. Es war seltsam, ihn wie einen grauen Geist an der Tür stehen zu sehen: grauer Morgenmantel, graue Bartstoppeln, abgetragene graue Hose.

»Die Verschmutzung durch irdische Technologie greift immer mehr um sich«, sagte Arthur. »Diese Kopfhörer auf deinen Ohren. Autos – am Londoner Institut hatten wir keinen Wagen.

Der Computer, von dessen Existenz ich eurer Meinung nach nichts weiß.« Ein seltsamer, zorniger Ausdruck huschte über sein Gesicht. »Du wirst nicht in der Lage sein, in einen Kampf zu ziehen, wenn du dabei *Kopfhörer* trägst.«

Er sprach das Wort auf eine Weise aus, als handelte es sich um reinstes Gift.

Diana schloss kurz die Augen.

»Ty«, sagte sie. »Nimm den Kopfhörer ab.«

Widerstrebend schob Ty den Kopfhörer herunter, sodass er um seinen Hals hing, und zuckte zusammen, als der dröhnende Lärm aus dem Radio auf seine Ohren traf. »Dann kann ich die Aufgabe nicht erledigen.«

»In diesem Fall hast du den Test nicht bestanden«, verkündete Arthur. »Die Prüfung muss fair und für alle gleich verlaufen.«

»Wenn Ty den Kopfhörer nicht benutzen darf, ist die Prüfung alles andere als fair«, widersprach Emma.

»So sind die Vorgaben des Schultests, den alle ablegen müssen«, sagte Diana. »Auch ein Kampf findet nicht immer unter optimalen Bedingungen statt. Häufig werdet ihr in Kampfsituationen durch Lärm, Blut und andere Dinge abgelenkt werden …«

»Ich werde aber nicht in eine Kampfsituation geraten«, entgegnete Ty. »Diese Sorte von Schattenjäger will ich nicht werden.«

»Tiberius«, fuhr Arthur ihn scharf an. »Tu, was man dir sagt.«

Tys Miene versteinerte. Er hob den Dolch und warf ihn – mit gezielter Ungeschicklichkeit, aber großer Kraft. Die Waffe bohrte sich in das schwarze Kunststoffradio, das daraufhin in tausend Stücke zersplitterte.

Stille legte sich über den Raum.

Ty blickte auf seine rechte Hand, von der Blut tropfte. Ein scharfkantiges Stück Kunststoff war durch den Saal geflogen und hatte seine Haut aufgeschlitzt. Mit finsterer Miene trottete Ty zu einer der Säulen und lehnte sich mürrisch dagegen. Livvy sah ihm mit weidwundem Blick nach, und Julian setzte sich in Bewegung, um zu Ty zu gehen, doch Emma hielt ihn zurück.

»Nicht«, sagte sie. »Lass ihm einen Moment Zeit.«

»Jetzt bin ich an der Reihe«, verkündete Mark. Erstaunt drehte Diana sich zu ihm um. Mark marschierte bereits auf den Dummy zu, schnurstracks und ohne sich um den Kreis aus Asche zu kümmern, die von seinen Stiefeln in alle Richtungen verteilt wurde.

»Mark«, protestierte Diana, »du sollst doch nicht …«

Doch Mark packte die Puppe, zog sie zu sich heran und riss ihr den ausgestopften Kopf ab. Stroh segelte um ihn herum zu Boden. Dann warf er den Kopf beiseite, nahm die befestigten Arme und bog sie nach hinten, bis sie abbrachen. Anschließend trat er einen Schritt zurück, hob den Fuß und versetzte der Puppe einen derartigen Tritt gegen den Rumpf, dass sie mit lautem Knall auf den Boden krachte.

Das Ganze wäre fast lustig gewesen, überlegte Emma, wenn sie dabei nicht Marks Miene gesehen hätte.

»Das sind die Waffen meines Volkes«, sagte er und hielt die Hände in die Höhe. Eine Schnittwunde an seiner rechten Hand war wieder aufgeplatzt und blutete.

»Du solltest den Kreis doch nicht berühren«, teilte Diana ihm mit. »So lauten nun mal die Vorschriften, an denen ich nichts ändern kann. Der Rat …«

»Lex malla, lex nulla«, erwiderte Mark eisig und entfernte sich von den Resten der Trainingspuppe. Emma hörte, wie Arthur scharf die Luft einsog, als Mark das Motto der Familie Blackthorn zitierte. Wortlos machte er auf dem Absatz kehrt und stakste aus dem Fechtsaal.

Julians Augen folgten seinem älteren Bruder, der zu Ty ging und sich neben ihm an die Säule lehnte.

Ty, der sich mit angespannter Miene die rechte Hand gehalten hatte, hob verwundert den Kopf. »Mark?«

Sanft berührte Mark die Hand seines jüngeren Bruders … und Ty ließ ihn gewähren. Beide besaßen die typischen Blackthorn-Hände mit langen, eleganten Fingern und deutlich erkennbaren Knöcheln.

Langsam lichtete sich der finstere Ausdruck auf Tys Gesicht. Und er schaute zu seinem Bruder hoch, als könnte er in dessen Augen die Antwort auf eine Frage lesen, die Emma nicht erraten konnte.

Plötzlich erinnerte sie sich wieder an das, was Ty in der Bibliothek über seinen Bruder gesagt hatte.

Es ist nicht seine Schuld, wenn er nicht gleich alles versteht. Oder wenn ihm alles zu viel wird. Es ist nicht seine Schuld.

»Jetzt haben wir beide eine verwundete Hand«, sagte Mark.

»Julian«, setzte Diana an, »wir müssen uns einmal über Ty unterhalten.«

Julian stand reglos vor ihrem Schreibtisch aus Glas. Er konnte hinter Diana durch die große Fensterscheibe schauen und dahinter den Highway, den Strand und den Ozean erkennen.

Der Anblick weckte eine Erinnerung, die ihm noch frisch im Gedächtnis war, obwohl er nicht mehr sagen konnte, wie alt er damals gewesen war. Er hatte unten am Strand gesessen und den Sonnenuntergang und die Surfer auf den Wellen gezeichnet. Eine grobe Skizze, bei der es eher um die Freude an der Bewegung ging als um eine präzise Wiedergabe. Ty war bei ihm gewesen und hatte gespielt: Aus feuchtem Sand hatte er eine Reihe kleiner, perfekter Würfel geformt, die alle exakt die gleiche Größe und Gestalt besaßen.

Julian hatte zuerst einen Blick auf seine ungenaue, locker skizzierte Zeichnung und dann auf Tys methodisch gestaltete Reihe geworfen und gedacht: *Wir sehen beide dieselbe Welt, aber auf unterschiedliche Weise. Ty empfindet die gleiche Freude wie ich, die Freude am Gestalten. Wir empfinden exakt dasselbe, aber unsere Empfindungen kommen unterschiedlich zum Ausdruck.*

»Es war Arthurs Schuld«, sagte Julian. »Ich … ich hab keine Ahnung, warum er das getan hat.« Er wusste, dass er beunruhigt klang, aber er konnte die Sorge in seiner Stimme nicht unterdrücken. Normalerweise war Arthurs Ärger an seinen schlechten Tagen nach innen, gegen sich selbst gerichtet. Julian hätte nicht gedacht, dass sein Onkel überhaupt von Tys Kopfhörern wusste; er hätte nicht geglaubt, dass Arthur irgendeinem von ihnen genug Beachtung schenkte, um derlei Dinge zu bemerken – und schon gar nicht Ty. »Ich weiß nicht, warum er Ty so behandelt hat.«

»Wir können zu denen am grausamsten sein, die uns an uns selbst erinnern.«

»Ty ist nicht wie Arthur«, erwiderte Julian scharf. »Und er sollte nicht für etwas bestraft werden, das Arthur getan hat. Du solltest ihn den Test noch einmal machen lassen, mit seinen Kopfhörern.«

»Das ist nicht nötig«, sagte Diana. »Ich kenne Ty. Ich werde seine Testergebnisse so abändern, dass sie seinen Fähigkeiten entsprechen. Du musst dir keine Sorgen wegen des Rats machen.«

Julian sah sie verblüfft an. »Wenn es nicht um die Testergebnisse geht, warum wolltest du mich dann sprechen?«

»Du hast gehört, was Ty im Fechtsaal gesagt hat«, antwortete Diana. *»Diese Sorte von Schattenjäger* will er nicht werden. Er möchte die Scholomance besuchen. Nur deshalb weigert er sich, Livvys *Parabatai* zu werden. Und du weißt, dass er sonst fast alles für sie tut.«

Ty und Livvy saßen im Computerraum, um weitere Informationen über Stanley Wells herauszufinden. Offenbar hatte Ty seinen Zorn wegen des Tests überwunden und sogar gelächelt, nachdem Mark mit ihm geredet hatte.

Julian fragte sich, ob es falsch war, dass er diese grundlose Eifersucht gegenüber Mark empfand, der erst am Vortag wieder in ihr Leben getreten war, aber trotzdem sofort mit seinem jüngeren Bruder reden konnte – was Julian nicht geschafft hatte. Julian liebte Ty mehr als sich selbst, und dennoch war es ihm nicht gelungen, so etwas wunderbar Schlichtes zu sagen wie: *Jetzt haben wir beide eine verwundete Hand.*

»Ty kann nicht zur Scholomance«, entgegnete Julian. »Er ist erst fünfzehn. Die anderen Studenten sind mindestens achtzehn. Diese Fortbildungsstätte ist für Schulabgänger der Akademie gedacht.«

»Er ist mindestens so schlau wie jeder Akademieabsolvent«, hielt Diana dagegen. »Er weiß genauso viel wie sie.«

Sie beugte sich vor und stützte die Ellbogen auf ihren Schreibtisch. Hinter ihr erstreckte sich der Ozean bis zum Horizont. Es war bereits später Nachmittag, und das Meer besaß eine dunkelsilberblaue Tönung. Julian fragte sich, was wohl passieren würde, wenn er hart mit der flachen Hand auf den Tisch schlug. Hatte er genügend Kraft, um das Glas zersplittern zu lassen?

»Es geht nicht darum, was Ty weiß«, sagte Julian und hielt abrupt inne. Das Gespräch näherte sich einem gefährlichen Terrain, über das sie nie redeten: die Frage, inwiefern Ty anders war.

Julian dachte oft, dass der Rat wie ein schwarzer Schatten über seinem Leben lag. Die Ratsmitglieder hatten ihm seine älteren Geschwister mindestens so sehr genommen wie die Feenwesen. Durch die Jahrhunderte war genau reglementiert worden, wie ein Schattenjäger sich zu verhalten hatte. Wer einem Irdischen von der Schattenwelt erzählte, musste mit Disziplinarmaßnahmen oder sogar dem Ausschluss aus der Nephilimgemeinschaft rechnen. Wer sich in einen Irdischen oder seinen *Parabatai* verliebte, dem wurden die Runenmale entzogen – ein qualvoller Vorgang, den nicht jeder überlebte.

Julians künstlerische Begabung, die Begeisterung seines Vaters für die Antike – all das war mit großem Misstrauen beobachtet worden. Schattenjäger sollten keine anderen Interessen als den Kampf haben. Schattenjäger waren keine Künstler. Sie waren Krieger durch und durch, wie die Spartaner. Und Individualität wurde dabei nicht geschätzt.

Tys Gedankenwelt, sein wunderbarer, wissbegieriger Verstand funktionierte nicht wie der aller anderen. Julian hatte Geschichten – oder eher getuschelte Gerüchte – von anderen Nephilimkindern gehört, die ebenfalls anders dachten oder empfanden.

Kinder, die Schwierigkeiten hatten, sich zu konzentrieren. Die behaupteten, dass sich die Buchstaben auf dem Papier neu arrangierten, sobald sie sie lesen wollten. Die unter düsteren, scheinbar grundlosen Traueranfällen oder enormen Energieschüben litten, die sie nicht steuern konnten.

Aber darüber wurde nur im Flüsterton gesprochen, weil der Rat es ablehnte, die Existenz solcher Nephilim einzugestehen. Die Betroffenen steckte man in die »Plebs«-Gruppe der Akademie – wo sie lernten, den anderen Schattenjägern aus dem Weg zu gehen –, oder man schickte sie in die hintersten Ecken der Welt, wie ein beschämendes Geheimnis, das verborgen bleiben musste. Für die Beschreibung der Nephilim, deren Verstand anders arbeitete, gab es keine Worte – genauso wenig wie es Worte gab, um generelle Unterschiede zu beschreiben.

Denn wenn es Worte dafür gegeben hätte, hätte man diese Unterschiede auch anerkennen müssen, überlegte Julian. Aber genau das lehnte der Rat ab.

»In der Scholomance werden sie Ty das Gefühl geben, bei ihm wäre irgendetwas nicht in Ordnung«, sagte Julian. *»Aber bei ihm ist alles in Ordnung.«*

»Das weiß ich.« Diana klang betrübt. Erschöpft. Julian fragte sich, wohin sie an dem Tag gefahren war, als er mit Emma Malcolm aufgesucht hatte. Wer ihr geholfen hatte, den Knotenpunkt mit Überwachungsmaßnahmen zu versehen.

»An der Scholomance wird man versuchen, Ty in eine Form zu pressen, die dem Idealbild eines Schattenjägers entspricht. Er hat keine Ahnung, was sie ihm antun werden ...«

»Weil du es ihm nicht gesagt hast«, wandte Diana ein. »Wenn Ty ein rosiges Bild von der Scholomance hat, dann liegt das daran, dass du dieses Bild nie korrigiert hast. Ja, dort herrschen harte, brutale Zustände. Aber dann sag ihm das auch.«

»Du willst, dass ich ihm sage, dass er anders ist«, entgegnete Julian eisig. »Ty ist nicht blöd, Diana. Er weiß das.«

»Nein«, sagte Diana und stand auf, »ich möchte, dass du ihm sagst, was der Rat von Menschen hält, die anders sind. Von

Schattenjägern, die anders sind. Denn wie soll er sich eine eigene Meinung bilden, wenn er nicht alle Informationen hat?«

»Er ist mein *kleiner* Bruder«, fauchte Julian. Draußen herrschte diesiges Wetter; Teile der Fensterscheiben wirkten wie Spiegel, und Julian konnte sich selbst darin sehen – den Rand eines Wangenknochens, den verkniffenen Zug um die Lippen, die zerzausten Haare. Der Ausdruck in seinen Augen jagte ihm einen Schreck ein. »Ty braucht noch drei Jahre bis zu seinem Schulabschluss …«

Diana musterte ihn mit entschlossenen braunen Augen. »Ich weiß, dass du ihn im Grunde seit seinem zehnten Lebensjahr großgezogen hast, Julian. Ich weiß, dass du das Gefühl hast, sie alle wären deine Kinder. Und das sind sie ja auch, aber zumindest Livvy und Ty sind keine Kinder mehr. Du wirst sie loslassen müssen …«

»*Du* forderst mich auf, entgegenkommender zu sein?«, fragte Julian aufgebracht. »Im Ernst?«

Diana presste die Lippen aufeinander. »Deine Geheimniskrämerei ist ein Ritt auf der Rasierklinge, Julian«, sagte sie schließlich. »Glaub mir, ich weiß, wovon ich rede: Mein halbes Leben lang habe ich diesen Ritt vollführt. Und man gewöhnt sich daran … so sehr, dass man manchmal vergisst, wie stark man dabei blutet.«

»Ich nehme nicht an, dass du das etwas genauer erläutern willst?«

»Du hast deine Geheimnisse, und ich habe meine.«

»Ich fasse das einfach nicht.« Am liebsten hätte Julian laut gebrüllt oder mit der Faust gegen die Wand geschlagen. »Geheimnisse, immer nur Geheimnisse – etwas anderes kennst du nicht. Weißt du noch, als ich dich gefragt habe, ob du nicht die Leitung des Instituts übernehmen könntest? Erinnerst du dich, dass du damals Nein gesagt hast und mich aufgefordert hast, dich nicht nach den Gründen zu fragen?«

Diana seufzte und strich mit einem Finger über die Rückenlehne ihres Bürosessels. »Es hilft nichts, auf mich wütend zu sein, Jules. Das ändert gar nichts.«

»Vermutlich hast du recht«, sagte Julian. »Doch das war das Einzige, was du hättest tun können und was mir wahrscheinlich sehr geholfen hätte. Aber du hast dich geweigert. Also nimm es mir nicht übel, wenn ich das Gefühl habe, hier vollkommen allein zu kämpfen. Ich liebe Ty, weiß Gott, und ich möchte, dass er bekommt, was er sich wünscht. Aber mal angenommen, ich sage Ty, welch harte Zustände in der Scholomance herrschen, und er will trotzdem dort hin. Kannst du mir dann *versprechen*, dass es ihm dort gut gehen würde? Kannst du schwören, dass es für Ty und Livvy kein Problem wäre, voneinander getrennt zu sein, wenn sie in ihrem bisherigen Leben keinen einzigen Tag voneinander getrennt waren? Kannst du das garantieren?«

Diana schüttelte den Kopf. Sie schien sich geschlagen zu geben, aber Julian spürte nicht den geringsten Triumph. »Ich könnte dir jetzt sagen, dass es im Leben nun mal keine Garantien gibt, Julian Blackthorn. Aber ich erkenne bereits, dass du dir nichts von dem, was ich über Ty zu sagen hätte, anhören willst«, erwiderte sie. »Also sage ich dir jetzt etwas anderes: Du magst der entschlossenste Mensch sein, dem ich je begegnet bin. Fünf Jahre lang hast du in diesem Haus alles und jeden zusammengehalten … auf eine Weise, die ich nicht für möglich gehalten hätte.« Sie schaute ihm direkt in die Augen. »Aber diese Situation wird nicht ewig so bleiben. Das ist wie eine Verwerfungslinie im Erdreich: Wenn der Druck zu stark wird, gibt sie ruckartig nach. Und was dann? Was wirst du, was werden *wir* verlieren, wenn das passiert?«

»Was ist das denn?«, fragte Mark, hob Tavvys Stofftier, einen Lemuren namens Mr Limpet, auf und hielt ihn vorsichtig an einem Bein hoch. Er hockte zusammen mit Emma, Tavvy und Dru auf dem Boden des Computerraums. Dru hielt ein Buch mit dem Titel *Danse Macabre* in der Hand und ignorierte die anderen. Tavvy versuchte Mark, der mit feuchten Haaren und nackten Füßen dasaß, dazu zu bringen, mit ihm zu spielen.

Cristina war auf ihr Zimmer gegangen, um sich umzuziehen,

und noch nicht zurückgekehrt. Und Ty und Livvy saßen am Schreibtisch – Ty vor der Tastatur und Livvy auf der Tischplatte, von wo aus sie ihrem Bruder Anweisungen gab und Vorschläge machte. Wie sich herausgestellt hatte, war Stanley Wells' Adresse nicht in den gängigen Verzeichnissen registriert, und Emma hatte den starken Verdacht, dass die Versuche der Zwillinge, ihn trotzdem ausfindig zu machen, wahrscheinlich illegal waren.

»Gib mal her«, sagte Emma und hielt Mark ihre Hand entgegen. »Gib mir mal Mr Limpet.« Sie fühlte sich nervös und unruhig. Kurz nachdem Arthur den Fechtsaal verlassen hatte, hatte Diana den Test beendet und dann Julian in ihr Büro beordert. Die Art und Weise, wie er seine Trainingsmontur in die Ecke geworfen hatte, bevor er Diana gefolgt war, verriet Emma, dass er sich auf dieses Gespräch nicht gerade freute.

Plötzlich betrat Cristina den Computerraum und fuhr sich mit den Fingern durch ihre langen, feuchten Haare. Mark, der Emma den Stofflemuren entgegenhielt, schaute auf … und im nächsten Moment ertönte ein reißendes Geräusch. Mr Limpets Bein hatte sich vom Rumpf gelöst, der nun mit einem dumpfen Laut auf dem Boden auftraf und seine Füllung in alle Richtungen verteilte.

Mark stieß etwas in einer unverständlichen Sprache hervor.

»Du hast Mr Limpet getötet«, sagte Tavvy vorwurfsvoll.

»Ich glaube, er ist an Altersschwäche gestorben, Tavvy«, versicherte Emma und nahm den ausgestopften Rumpf hoch. »Schließlich hattest du ihn schon seit deiner Geburt.«

»Oder er ist an Wundbrand gestorben«, warf Drusilla ein und schaute von ihrem Buch auf. »Es könnte auch Wundbrand gewesen sein.«

»O nein!« Cristina musterte das Stofftier mit weit aufgerissenen Augen. »Wartet – ich bin gleich wieder zurück.«

»Nein, nicht …«, setzte Mark an, aber Cristina war schon aus dem Raum gelaufen. »Ich bin ja so ein Tollpatsch«, sagte er traurig. Dann fuhr er Tavvy durch die Haare. »Tut mir leid, kleiner Bruder.«

»Habt ihr Wells' Adresse herausgefunden?«, fragte Julian, der in diesem Augenblick ins Zimmer kam.

Livvy reckte triumphierend die Arme. »Ja. Ein Haus in Hollywood Hills.«

»Das überrascht mich nicht«, meinte Emma. Viele Reiche lebten in diesem Viertel, das Emma trotz der hohen Preise gut gefiel: Sie liebte die gewundenen Straßen, die üppigen Blumenkaskaden, die sich über Mauern und Hausfassaden ergossen, und den Blick über die pulsierende Stadt im Tal. Bei Nacht war die Luft in Hollywood Hills erfüllt vom Duft weißer Blüten: Oleander und Geißblatt und dazu der trockene Hauch der meilenweit entfernten Wüste.

»Im Großraum Los Angeles gibt es sechzehn Personen namens Stanley Wells«, berichtete Ty und schwang auf seinem Drehstuhl herum. »Aber wir haben die Möglichkeiten auf eine einzige Adresse eingrenzen können.«

»Gute Arbeit«, lobte Julian, als Tavvy aufsprang und zu ihm lief.

»Mr Limpet ist gestorben«, sagte Tavvy und zupfte an Julians Jeans. Jules bückte sich und nahm ihn auf den Arm.

»Tut mir leid, Kleiner«, sagte Julian und drückte sein Kinn auf Tavvys Locken. »Wir besorgen dir ein anderes Stofftier.«

»Ich bin ein Mörder«, verkündete Mark düster.

»Jetzt sei doch nicht so theatralisch«, flüsterte Emma und verpasste ihm einen leichten Tritt gegen den nackten Fußknöchel.

Mark zog eine gekränkte Miene. »Feenwesen sind theatralisch. Das liegt nun mal in unserer Natur.«

»Ich habe Mr Limpet so lieb gehabt«, sagte Tavvy. »Er war ein guter Lemur.«

»Es gibt jede Menge anderer guter Tiere«, verkündete Tiberius ernst. Tiere zählten zu seinen Lieblingsthemen, neben Detektivgeschichten und Krimis. Tavvy schaute ihn lächelnd und vertrauensvoll an. »Füchse sind schlauer als Hunde. Das Brüllen von Löwen kann man noch in vierzig Kilometer Entfernung hören. Pinguine …«

»Bären nicht zu vergessen«, sagte Cristina, die atemlos in der Tür aufgetaucht war. Sie drückte Tavvy einen grauen Teddybären in die Hand. Als der das Stofftier skeptisch betrachtete, erklärte sie: »Der hat mir gehört, als ich ein kleines Mädchen war.«

»Wie heißt er denn?«, fragte Tavvy.

»Oso«, sagte Cristina und zuckte die Achseln. »Das bedeutet ›Bär‹ auf Spanisch. Ich war damals nicht sehr erfindungsreich.«

»Oso.« Tavvy drückte den Bären an sich und schenkte ihr ein zahnlückiges Lächeln. Julian sah Cristina an, als hätte sie einem Verdurstenden in der Wüste Wasser gebracht. Unwillkürlich musste Emma an das denken, was Livvy im Fechtsaal über Jules und Cristina gesagt hatte, und verspürte einen kleinen, unerklärlichen Stich im Herzen.

Livvy redete auf Jules ein und baumelte fröhlich mit den Beinen. »Also sollten wir uns alle auf den Weg machen«, verkündete sie. »Ty und ich können mit Emma und Mark im Auto fahren, und du kommst mit Cristina nach, und Diana kann hierbleiben und auf Tavvy aufpassen …«

Julian setzte seinen kleinen Bruder auf den Boden. »Netter Versuch«, erwiderte er. »Aber das hier ist eine Sache für zwei Leute. Emma und ich werden uns nur kurz in dem Haus umsehen, ob wir irgendetwas Ungewöhnliches finden, und dann schnell wieder zurückkommen.«

»Nie dürfen wir was Spannendes machen!«, protestierte Livvy.

»Ich sollte das Haus auf jeden Fall inspizieren«, forderte Ty. »Denn ihr werdet bestimmt alle wichtigen Sachen übersehen. Alle Hinweise und Spuren.«

»Danke für euer Vertrauen«, erwiderte Julian trocken. »Hört zu, wir brauchen eure Hilfe wirklich hier vor Ort, damit ihr die Fotos von der Höhle durchseht, Livvy, Ty-Ty. Vielleicht könnt ihr ja die Sprachen identifizieren und übersetzen …«

»Noch mehr übersetzen«, murrte Livvy. »Klingt ja echt aufregend.«

»Ach, das wird lustig«, versprach Cristina. »Wir können uns

heißen Kakao machen und in der Bibliothek arbeiten.« Sie lächelte, und Julian warf ihr erneut einen dankbaren Blick zu.

»Das ist wirklich keine sinnlose Beschäftigung«, beteuerte Julian, »sondern eine wichtige Aufgabe, weil ihr beide etwas beherrscht, was wir nicht können.« Er deutete mit dem Kopf auf den Computer. Livvy errötete, und Ty wirkte erfreut.

Mark dagegen war nicht zufrieden. »Ich sollte mitkommen«, wandte er sich an Jules. »Die Elbenvölker wünschen, dass ich an den Ermittlungen teilnehme, euch begleite.«

Julian schüttelte den Kopf. »Nicht heute Abend. Zuerst müssen wir herausfinden, wie wir dein Problem mit den Runenmalen lösen.«

»Ich brauche keine …«, setzte Mark an.

»Doch, die brauchst du«, erwiderte Julian mit einem stahlharten Ton in der Stimme. »Du brauchst Zauberglanzrunen, wenn du nicht auffallen willst. Außerdem bist du noch immer verletzt. Selbst wenn deine Wunden schnell verheilen, ist eine davon im Fechtsaal wieder aufgeplatzt. Ich habe gesehen, dass du geblutet hast …«

»Mein Blut geht dich nichts an«, sagte Mark.

»Doch«, widersprach Julian. »Das tut es durchaus; wir sind eine Familie.«

»Familie«, setzte Mark verbittert an. Dann erinnerte er sich offensichtlich, dass seine jüngeren Geschwister im Raum waren und ihn stumm und mit großen Augen ansahen. Auch Cristina saß schweigend da und warf Emma einen besorgten Blick zu.

Nach einem Moment schien Mark das, was er hatte sagen wollen, hinunterzuschlucken. »Wenn ich Befehle hätte annehmen wollen, hätte ich auch bei der Wilden Jagd bleiben können«, sagte er stattdessen leise und marschierte aus dem Zimmer.

11

Ein Mädchen lebte

»Ich habe das Gefühl, dass Ty noch mehr Krimis liest als früher«, sagte Julian und lächelte. Er hatte die Fensterscheibe hinuntergekurbelt, und der Fahrtwind blies ihm die Locken aus der Stirn. »Er hat mich gefragt, ob ich glaube, dass es sich bei den Morden um einen Insiderjob handelt.«

»Insider*was?*«, fragte Emma lächelnd.

Sie saß auf dem Beifahrersitz, die Stiefel auf das Armaturenbrett gelegt. Während sie mit weit geöffneten Fenstern vor einer roten Ampel warteten, trug der Abendwind die Geräusche der geschäftigen Stadt heran, die sich auf die Nacht vorbereitete.

Kurz zuvor waren sie vom Coast Highway in Richtung Sunset Boulevard abgebogen. Diese Route hatte sie anfangs durch gewundene Canyons und in die ruhigen Vororte Beverly Hills und Bel Air geführt, doch inzwischen hatten sie das Zentrum von Hollywood erreicht: den Sunset Strip, wo sich teure Restaurants und riesige Werbetafeln für Kinofilme und TV-Shows abwechselten. Auf den Straßen wimmelte es vor Menschen: Touristen, die mit Promi-Imitatoren für Fotos posierten, Straßenmusiker, die auf etwas Kleingeld hofften, und Passanten, die von der Arbeit nach Hause hasteten.

Julian wirkte deutlich entspannter als während der letzten Tage; er saß weit zurückgelehnt auf dem Fahrersitz, die Hände locker auf dem Lenkrad. Emma wusste genau, wie er sich fühlte. In ihrer Monturjacke und Jeans, mit Julian an ihrer Seite und Cortana im Kofferraum hatte sie das Gefühl, dass sie genau hierhergehörte.

Beim Einsteigen auf dem Institutsparkplatz hatte Emma versucht, kurz über Marks Verhalten zu reden. Doch Julian hatte nur den Kopf geschüttelt und gemeint: »Er muss sich erst noch eingewöhnen.« Und damit war das Thema erledigt. Emma spürte, dass Jules nicht über seinen Bruder reden wollte, und sie verstand ihn: Sie selbst hätte auch keinen Lösungsvorschlag zu bieten gehabt. Außerdem fiel es leicht, so leicht, wieder zu ihrem normalen Geflachse zurückzukehren.

»Ich glaube, Ty wollte wissen, ob ich es für möglich halte, dass der Mörder ein Schattenjäger ist.« Als sie die Kreuzung Sunset Boulevard und Vine Street erreichten, wurde der Verkehr dichter, sodass ihr Wagen nur noch langsam unter den Palmen und Neonlichtern vorankam. »Ich habe ihm gesagt, dass ich mir das nicht vorstellen kann. Die Taten wurden offensichtlich von jemandem begangen, der sich mit Magie auskennt – und ich denke nicht, dass ein Nephilim ein Hexenwesen engagieren würde, um für ihn zu töten. Im Allgemeinen führen wir unsere Morde selbst aus.«

Emma kicherte. »Du hast ihm tatsächlich gesagt, dass Schattenjäger bei Morden nach der Devise ›Selbst ist der Mann‹ verfahren?«

»Dieses Motto gilt bei uns doch für *alles,* was wir tun.«

Der stockende Verkehr löste sich etwas auf, und sie kamen wieder schneller voran. Emma schaute nach unten und beobachtete das Muskelspiel von Jules' Hand, als er den Gang wechselte. Dann nahm der Wagen Fahrt auf, und Emma warf einen Blick aus dem Fenster auf die Schlange, die sich vor dem Eingang des *Grauman's Chinese Theatre* gebildet hatte. Einen kurzen Moment fragte sie sich, was diese Leute wohl denken würden, wenn sie wüssten, dass die beiden Teenager im roten Toyota in Wahrheit Dämonenjäger waren, mit einem Kofferraum voller Armbrüste, Stangenwaffen, Dolchen, *Katanas* und Wurfmesser.

»Ist mit Diana alles in Ordnung?«, fragte Emma.

»Sie wollte über Ty reden«, sagte Julian. Seine Stimme klang ruhig, aber Emma sah, dass er schlucken musste. »Ty möchte unbedingt zur Scholomance und dort studieren. Diese Ausbildungsstätte hat Zugang zur Bibliothek des Spirallabyrinths und zum Archiv der Stillen Brüder … Ich meine, denk doch nur mal an all das fehlende Wissen über Runen und Rituale, all die Rätsel und Geheimnisse, die Ty lösen könnte. Aber andererseits …«

»… wäre er mit Abstand der jüngste Student dort«, sagte Emma. »Und das ist für niemanden einfach. Ty war noch nie woanders, immer nur bei uns.« Sanft berührte sie Julians Handgelenk. »Ich bin froh, dass ich nicht zur Akademie gegangen bin. Und die Scholomance soll noch viel härter sein. Und einsamer. Nicht gerade wenige Studenten enden mit einem … na ja, Clary hat es als ›Nervenzusammenbruch‹ bezeichnet. Ich glaube, das ist ein Begriff der Irdischen.«

Julian warf einen Blick auf das Navigationsgerät und bog dann nach links ab in Richtung Hügelkette. »Wie oft telefonierst du eigentlich mit Clary?«

»Etwa einmal im Monat.« Clary hatte sie seit ihrer ersten Begegnung in Idris regelmäßig angerufen. Damals war Emma zwölf gewesen. Diese Telefonate zählten zu den wenigen Dingen, über die sie ungern mit Jules redete: Ihre Gespräche mit Clary waren etwas, das nur ihr allein gehörte.

»Ist sie noch mit Jace zusammen?«

Emma lachte und spürte, wie ihre Anspannung nachließ. Clary und Jace waren legendär, eine Institution. Sie gehörten einfach zusammen. »Wer würde sich schon von *ihm* trennen?«

»Ich vielleicht, wenn er sich nicht ausreichend um meine Bedürfnisse kümmern würde.«

»Tja, über ihr Liebesleben spricht Clary nun mal nicht mit mir. Aber es stimmt, sie sind noch immer zusammen. Wenn die beiden sich jemals trennen, würde ich meinen Glauben an die Liebe vollends verlieren.«

»Ich wusste gar nicht, dass du überhaupt an die Liebe glaubst«, sagte Jules und hielt inne, als wäre ihm gerade bewusst geworden, was er da gesagt hatte. »Irgendwie hab ich das jetzt nicht richtig formuliert.«

Emma war empört. »Nur weil ich nicht in Cameron verliebt war …«

»Warst du nicht?« Der Stau hatte sich aufgelöst, und der Wagen wurde wieder schneller. Julian schlug mit dem Handballen gegen das Lenkrad. »Hör zu, es geht mich nichts an. Vergiss es. Vergiss einfach, dass ich nach Jace und Clary gefragt habe und nach Simon und Isabelle …«

»Du hast gar nicht nach Simon und Isabelle gefragt.«

»Ach nein?« Ein Grinsen umspielte seine Mundwinkel. »Isabelle war mein erster Schwarm – hast du das gewusst?«

»Natürlich habe ich das gewusst.« Emma warf die Verschlusskappe ihrer Wasserflasche nach ihm. »Das war total offensichtlich! Du hast sie bei Alines und Helens Hochzeitsfeier die ganze Zeit angestarrt.«

Julian wich dem Flaschendeckel aus. »Hab ich nicht.«

»Und ob!«, beharrte Emma und fragte dann etwas ernster: »Also, müssen wir besprechen, wonach wir in Wells' Haus suchen?«

»Ich denke, wir sollten improvisieren.«

»›Die richtige Entscheidung gleicht dem wohlberechneten Herabstoßen eines Falken, der zuschlägt und sein Opfer tötet‹«, sagte Emma.

Julian sah sie ungläubig an. »War das gerade ein Zitat aus *Die Kunst des Krieges?*«

»Vielleicht.« Emma verspürte ein so intensives Glücksgefühl, dass es sich fast wie Trauer anfühlte: Sie saß hier mit Jules, sie flachsten miteinander, und alles war so, wie es zwischen *Parabatai* sein sollte. Inzwischen waren sie in ein Viertel mit Wohnstraßen eingebogen: weitläufige Villen hinter gewundenen Auffahrten und hohen Hecken mit üppiger Blütenpracht.

»Gibst du dich etwa geistreich? Du weißt, was ich von geistreichen Sprüchen in meinem Auto halte«, sagte Julian.

»Das ist nicht dein Auto.«

»So oder so – wir sind da«, verkündete er, parkte den Wagen am Straßenrand und schaltete den Motor aus. Inzwischen war die Abenddämmerung angebrochen, und im Zwielicht konnte Emma Wells' Haus gerade noch erkennen. Es sah genauso aus wie auf den Satellitenfotos im Computer: die Spitzen des Dachs ragten knapp über eine massive Mauer hinaus, die das Grundstück umgab und mit Bougainvilleasträuchern überwuchert war.

Julian drückte auf einen Knopf, woraufhin die Fensterscheiben hochfuhren. Emma wandte ihm das Gesicht zu. »Es ist fast dunkel. Müssen wir uns vor dämonischer Aktivität in Acht nehmen?«

»Möglicherweise.« Er warf einen Blick ins Handschuhfach. »Der Sensor zeigt zwar nichts an, aber wir sollten zur Sicherheit Runen auftragen.«

»Okay.« Emma schob die Ärmel hoch und streckte ihm die nackten Arme entgegen, während Julian seine silberweiße, schimmernde Stele hervorholte. Dann beugte er sich im dämmrigen Licht des Wagens zu ihr hinüber, setzte die Spitze der Stele auf Emmas Haut auf und begann zu zeichnen. Emma spürte, wie seine Haare ihre Wange und ihren Hals streiften, und roch den schwachen Nelkenduft, der in seiner Kleidung hing.

Sie schaute auf die Stele, und während sich die schwarzen Linien der Runen auf ihrer Haut ausbreiteten, musste sie an das denken, was Cristina über Jules gesagt hatte: *Er hat schöne Hände.* Emma fragte sich, ob sie Julians Hände je richtig betrachtet hatte. Waren sie wirklich schön? Es waren einfach Julians Hände. Die Hände, mit denen er malte und kämpfte. Sie hatten ihn noch nie im Stich gelassen – in dieser Hinsicht waren sie tatsächlich wunderschön.

»Fertig.« Jules lehnte sich zurück und bewunderte sein Werk: Ordentlich aufgetragene Runenmale für Präzision, Tarnung, Unhörbarkeit und Gleichgewicht bedeckten ihre Unterarme. Emma zog die Ärmel hinunter und holte ihre eigene Stele hervor.

Julian zuckte kurz zusammen, als die Stele seine Haut berührte. Die Spitze musste wohl ziemlich kalt sein. »'tschuldigung«, flüsterte Emma und legte eine Hand auf seine Schulter. Sie konnte die Wölbung seines Schlüsselbeins unter ihrem Daumen spüren. Das gerippte Baumwollgewebe seines T-Shirts fühlte sich weich an. Dann verstärkte sie ihren Griff, und ihre Fingerspitzen glitten über die nackte Haut am Rand seines Kragens. Sofort sog Julian scharf die Luft ein.

Abrupt hielt Emma inne. »Hab ich dir wehgetan?«

Er schüttelte den Kopf. In der Dunkelheit konnte sie sein Gesicht nicht sehen. »Mir geht's gut.« Dann griff er hinter sich, entriegelte die Fahrertür, sprang eine Sekunde später aus dem Wagen und streifte seine Jacke über.

Emma folgte ihm. »Aber ich war mit der Treffsicherheitsrune noch gar nicht fertig …«

Julian stand inzwischen vor dem Kofferraum und öffnete die Haube. Er nahm seine runenbedeckte Armbrust heraus und reichte Emma ihr Schwert.

»Kein Problem«, sagte er und schloss den Kofferraumdeckel. Offensichtlich schien es ihm wirklich nichts auszumachen: der gleiche Julian, das gleiche ruhige Lächeln. »Außerdem brauche ich sie nicht.«

Lässig hob er die Armbrust und feuerte einen Schuss ab. Der Bolzen flog durch die Luft und bohrte sich mitten in die Überwachungskamera über dem Tor, die daraufhin in einem Hagel aus Metallsplittern und einer Rauchfahne explodierte.

»Angeber«, sagte Emma und steckte Cortana in die Schwertscheide.

»Ich bin dein *Parabatai*. Ich muss gelegentlich angeben. Sonst würde doch niemand mehr verstehen, warum du mich in deiner Nähe duldest.« Ein älteres Ehepaar mit einem Schäferhund spazierte eine benachbarte Auffahrt hinunter. Emma musste gegen den Drang ankämpfen, Cortana zu verstecken, obwohl sie genau wusste, dass die Waffe durch Zauberglanz getarnt war. Für die beiden Irdischen, die jetzt an ihnen vorbeigingen, mussten Julian und sie wie ganz normale Teenager aussehen, mit langärmligen T-Shirts und Jacken, unter denen ihre

Runenmale verborgen waren. Kurz darauf bog das Ehepaar um eine Straßenecke und war außer Sicht.

»Ich dulde dich in meiner Nähe, weil ich Publikum für meine geistreichen Bemerkungen brauche«, erwiderte Emma, als sie das Tor erreichten und Julian seine Stele zückte, um eine Entriegelungsrune zu zeichnen.

Mit einem leisen Laut sprang das Tor auf. Julian schlüpfte seitlich durch den Spalt. »Welche geistreichen Bemerkungen denn?«

»Dafür wirst du büßen«, murmelte Emma und folgte ihm. »Ich bin unglaublich geistreich.«

Julian lachte leise. Vor ihnen lag ein gepflasterter Weg. Er führte zu einem großen Haus mit einer riesigen Rundbogentür, die von zwei hohen Glasscheiben flankiert wurde. Die Wegbeleuchtung war eingeschaltet, aber das Haus lag dunkel und still vor ihnen.

Emma sprang die Stufen hinauf und spähte durch eine der Glasscheiben, doch außer dunklen, verschwommenen Schatten war nichts zu erkennen. »Niemand zu Hause … Hey!« Hastig wich sie einen Schritt zurück, als sich irgendetwas von innen gegen die Scheibe warf: ein pummliges, von Haaren bedecktes Knäuel. Schleim lief an der Glasscheibe herab. Emma ging in die Hocke und griff nach dem Stilett in ihrem Stiefel. »Was ist das?«, fragte sie und richtete sich auf. »Ein Raumdämon? Oder ein …«

»Ich denke, das ist ein Zwergpudel«, sagte Julian; seine Mundwinkel zuckten. »Und ich glaube nicht, dass er bewaffnet ist«, meinte er, als Emma vorwurfsvoll auf die Kreatur hinabstarrte. Ja, es handelte sich definitiv um einen kleinen Hund, der die Schnauze gegen das Glas presste. »Ich bin mir sogar *ziemlich* sicher«, fügte Julian hinzu.

Emma versetzte ihm einen Knuff gegen die Schulter und trug dann eine Entriegelungsrune auf. Eine Sekunde später klickte das Schloss leise, und die Tür schwang auf.

Der Hund wandte sich von der Glasscheibe ab und stürmte kläffend ins Freie. Er umkreiste Emma und Julian ein paar Mal und rannte dann auf einen Bereich am hinteren Ende des Gartens zu, der von einem Zaun umgeben war. Sofort setzte Julian ihm nach.

Emma folgte ihm durch knöchelhohes Gras. Eigentlich war der Garten ganz schön; allerdings schien sich niemand richtig darum zu kümmern. Die Pflanzen sprengten ihre Beete, und die Blütenhecken hatten alles in ihrer Umgebung überwuchert. Am Ende des Rasens lag ein Swimmingpool, umgeben von einem hüfthohen schmiedeeisernen Zaun, dessen Tor offen stand. Als Emma näher kam, sah sie, dass Jules am Rand des Pools stand, vollkommen reglos. Grelle LED-Lichter erzeugten wechselnde Farbspiele im Becken, das von weißen Metalldeckstühlen umgeben war. Herabgefallene Kiefernnadeln und verwelkte Jacarandablüten lagen auf den weißen Polstern.

Emma trat langsam an den Beckenrand. Der Hund kauerte winselnd vor der Poolleiter. Im ersten Moment dachte Emma, sie würde auf einen Schatten im Wasser blicken. Doch dann erkannte sie, dass es sich um eine Leiche handelte. Eine tote Frau in einem weißen Bikini trieb mit dem Gesicht nach unten auf der Oberfläche. Lange schwarze Haare schwebten um sie herum im Wasser, und ihre Arme hingen herab. Das violette Licht der Poolbeleuchtung erweckte den Eindruck, als wäre ihre Haut mit Blutergüssen überzogen.

»Beim Erzengel, Jules …«, flüsterte Emma.

Natürlich war das nicht Emmas erste Tote – sie hatte schon zahlreiche Leichen gesehen: Irdische, Schattenjäger, niedergemetzelte Kinder in der Abkommenshalle. Dennoch hatte diese Leiche etwas besonders Trauriges an sich: Die Frau war winzig, so dünn, dass man die Wirbel ihres Rückgrats sehen konnte.

Auf einem der Deckstühle leuchtete ein roter Fleck. Emma ging darauf zu, in der Annahme, es sei Blut. Dann aber erkannte sie, dass es sich um eine Valentino-Handtasche aus rotem, strukturiertem Leder handelte. Aus dem halb geöffneten Reißverschluss waren eine goldene Brieftasche und ein rosa Smartphone herausgerutscht und lagen auf dem Polster.

Emma warf einen kurzen Blick auf das Handy, nahm dann

die Brieftasche und blätterte durch die Fächer. »Ihr Name ist Ava Leigh«, sagte sie. »Sie ist – war – zweiundzwanzig. Als Adresse ist diese hier eingetragen. Sie muss wohl Wells' Freundin gewesen sein.«

Der Hund winselte erneut und legte sich hin, mit den Pfoten am Rand des Pools. »Er glaubt, sie würde ertrinken«, sagte Julian. »Er möchte, dass wir sie retten.«

»Dazu wären wir nicht in der Lage gewesen«, erwiderte Emma leise. »Wirf mal einen Blick auf ihr Handy. Seit zwei Tagen wurde kein einziger Anruf mehr angenommen. Ich denke, dass sie schon mindestens so lange tot ist. Wir hätten nichts mehr für sie tun können, Jules.«

Sie schob die Brieftasche wieder in die Handtasche und nahm das Smartphone, als sie es hörte: das Klicken einer Armbrust, die durchgeladen wurde.

Ohne sich umzuschauen oder lange nachzudenken, warf Emma sich auf Jules und stieß ihn zu Boden. Gemeinsam trafen sie hart auf den Fliesen auf, als auch schon ein Bolzen an ihnen vorbeizischte und im Gebüsch verschwand.

Julian drückte sich vom Boden ab, wirbelte sie beide herum und rollte sie in den Schutz von zwei Deckstühlen. Das Handy, das Emma in der Hand gehalten hatte, flog ihr aus der Hand. Sie hörte, wie es mit einem Platscher im Pool landete, und fluchte innerlich. Julian hob den Kopf, und seine Hände umklammerten Emmas Schultern. »Alles in Ordnung mit dir? Bist du verletzt?«, fragte er mit wildem Blick und presste sie auf den Untergrund.

»Nein, ich … alles okay …«, keuchte Emma. Der Hund kauerte am Zaun und jaulte laut, als ein weiterer Bolzen durch die Luft flog und die Leiche im Pool traf. Avas Körper drehte sich um die eigene Achse, und ihr vom Wasser geschwollenes, schwarz verfärbtes Gesicht kam zum Vorschein. Einer ihrer Arme trieb auf, als würde sie ihn anheben, um sich zu schützen. Mit Entsetzen sah Emma, dass ihr die rechte Hand fehlte … Allem Anschein nach hatte sie jemand abgehackt: Die zerklüftete Haut an ihrem Handgelenk war blutleer und vom Chlorwasser aufgeweicht.

Emma rollte sich unter Julian hervor und rappelte sich auf. Eine Gestalt stand auf dem Dach des Hauses. Allerdings konnte Emma nur die Silhouette sehen: groß gewachsen, sehr wahrscheinlich männlich, von Kopf bis Fuß in Schwarz gekleidet, eine Armbrust in der Hand. Er hob die Waffe und zielte. Ein weiterer Bolzen zischte an Emma vorbei.

Rasende Wut erfasste Emma, ein kalter, harter Zorn. Wie konnte er es wagen, auf sie zu schießen? Wie konnte er es wagen, auf *Jules* zu schießen? Sie sprintete los, sprang über eine Ecke des Pools, überwand den Zaun mit einem Satz und stürmte zum Haus hinauf. Sekunden später umklammerte sie eines der Eisengitter, mit denen die Fenster im Erdgeschoss versehen waren, hievte sich daran hoch und kletterte die Fassade hinauf. Sie hörte zwar, dass Julian ihr zurief, sie solle wieder hinunterkommen, doch sie ignorierte ihn, genau wie den Schmerz, den das dünne Metall in ihren Handflächen erzeugte. Emma zog sich hoch, drückte sich von der Wand ab und schwang sich über die Dachkante.

Die Ziegel knirschten unter ihren Füßen, als sie auf dem Dach landete und sofort in die Hocke ging. Schnell hob sie den Kopf und entdeckte den schwarz gekleideten Schemen am anderen Ende des Dachs. Er wich vor ihr zurück. Sein Gesicht lag hinter einer Maske verborgen.

Emma zückte Cortana. Die lange Klinge glitzerte gefährlich im Abendlicht.

»Was bist du?«, fragte sie fordernd. »Ein Vampir? Ein Schattenweltler? Hast du Ava Leigh getötet?« Als sie einen Schritt vortrat, wich der dunkle Schemen weiter zurück – allerdings nicht ängstlich, sondern ganz bewusst –, was Emmas Wut zusätzlich schürte. Dort unten lag ein totes Mädchen im Pool, und Emma war zu spät gekommen, um sie noch retten zu können. Jede Faser ihres Körpers sehnte sich danach, *irgendetwas* zu tun, um das wiedergutzumachen.

Emma verengte die Augen zu Schlitzen. »Hör zu: Ich bin eine Nephilim. Du kannst dich jetzt entweder der Amtsgewalt des Rats ergeben, oder ich stoße dir dieses Schwert mitten ins Herz. Du hast die Wahl.«

Der Schemen machte einen Schritt auf sie zu, und einen Moment lang glaubte Emma, dass er sich ergeben wollte. Doch dann hechtete er zur Seite. Emma stürmte los, als er über die Dachkante fiel – stumm und lautlos wie eine Sternschnuppe.

Emma fluchte, rannte zu der Stelle, wo er verschwunden war und spähte hinunter. Nichts. Völlige Stille und Dunkelheit. Weit und breit niemand zu sehen. Nur das Licht des Pools drang zu ihr hinauf. Emma lief am Dachrand entlang und entdeckte Julian, der sich gebückt hatte und dem Hund den Kopf tätschelte.

Typisch Jules: Es sah ihm ähnlich, in so einer Situation ein kleines Hündchen zu trösten. Emma wappnete sich und sprang – vor ihrem inneren Auge tauchte das Bild des Fechtsaals auf –, und dann landete sie mit nur leicht schmerzenden Gliedern im hohen Gras.

»Jules?«, rief sie und näherte sich dem Pool. Winselnd schoss der Hund davon und verschwand in den Schatten. »Er ist mir entkommen.«

»Ach ja?« Langsam richtete Julian sich auf; er klang seltsam geistesabwesend. »Was, glaubst du, hat er hier gewollt?«

»Keine Ahnung. Ich habe ihn zunächst für einen Vampir gehalten, aber Nightshade hat seine Leute eigentlich ganz gut im Griff und … Jules?« Emma hörte, wie ihre Stimme eine Oktave in die Höhe schnellte, als sie beim Näherkommen sah, dass Julian eine Hand gegen die Seite presste. Seine schwarze Monturjacke war zerrissen. *»Jules?* Alles okay mit dir?«

Langsam nahm er die Hand von der Taille. Seine Handfläche war voller Blut, das im jetzt blau leuchtenden LED-Licht des Pools tiefschwarz glänzte. »Mir geht's gut«, antwortete er. »Alles in Ordnung.« Doch als er versuchte, einen Schritt zu machen, taumelte er.

Emmas Herz setzte einen Schlag aus. Julian hielt etwas in der blutigen Hand. Ein eisiger Schauer jagte durch Emmas Adern, als sie erkannte, worum es sich dabei handelte: ein kurzer Metallbolzen von einer Armbrust, mit einer breiten, dreieckigen Pfeilspitze, bedeckt mit frischem Blut. Julian musste sich den Bolzen aus der Haut herausgezogen haben.

Dabei wusste doch jeder, dass man eine Pfeilspitze unter keinen Umständen herausziehen durfte, weil sie dadurch einen noch größeren Schaden anrichtete als beim Eintritt in das Gewebe. Julian wusste das nur zu gut.

»Was hast du getan?«, wisperte Emma. Ihr Mund fühlte sich wie ausgetrocknet an.

Blut sickerte beständig aus dem Riss in Julians Jacke. »Es hat so gebrannt«, sagte er. »Ganz anders als ein normaler Pfeil. Emma …«

Julian sank auf die Knie. Auf seinem Gesicht zeichnete sich die Benommenheit ab, auch wenn er sichtlich dagegen ankämpfte. »Wir müssen von hier verschwinden«, krächzte er. »Der Schütze kann zurückkommen, allein oder mit Verstärkung …«

Seine Stimme brach ab, und er fiel rückwärts ins Gras. Obwohl Emma schneller vorwärtsstürzte als je zuvor in ihrem Leben, schaffte sie es dennoch nicht, rechtzeitig zu ihm zu kommen und ihn aufzufangen, bevor er auf dem Boden auftraf.

Wolken sammelten sich weit draußen über dem Ozean. Der Wind auf dem Dach war kühl; das Meer funktionierte wie eine gewaltige Klimaanlage. Cristina konnte das Rauschen und Donnern der Brandung hören, während sie vorsichtig über die Schindeln auf dem Dach balancierte. Wie schafften es die Blackthorns und Emma eigentlich, dass sie Cristina dazu brachten, seit ihrer Ankunft in Los Angeles die Hälfte der Zeit auf Dächern herumzuklettern?

Mark saß am Rand des Dachs; seine Beine baumelten über die Regenrinne. Der Wind blies ihm die hellen Haare aus dem Gesicht. Er hielt eines der Ersatzhandys des Instituts in seiner langen, schmalen Hand, während er sich mit der anderen Hand auf dem Dach abstützte. Das Ganze schien nicht zueinanderzupassen: der Elbenjunge mit den langen, zerzausten Haaren, dahinter ein Meer von Sternen, aber ein Handy am Ohr. »Es tut mir so schrecklich leid, Helen«, hörte Cristina ihn sagen. Aus seinen Worten sprach solch eine tief empfundene Liebe und Einsamkeit, dass sie sich fast zum Gehen gewandt hätte.

Allerdings konnte sie sich nicht einfach wieder verdrücken. Mark hatte sie bemerkt, drehte sich leicht zu ihr um und bedeutete ihr zu bleiben.

Unsicher blieb Cristina an Ort und Stelle stehen. Dru hatte ihr erzählt, dass sie Mark auf dem Dach finden würde. Die Blackthorn-Geschwister hatten sie gedrängt, hinaufzusteigen und nachzusehen, ob mit Mark alles in Ordnung sei. Cristina hatte sich zwar gefragt, ob nicht besser eines der Kinder diese Aufgabe übernehmen sollte; schließlich stand es ihr nicht zu, sich einzumischen. Aber Ty und Livvy waren zu sehr mit der Übersetzung beschäftigt, und Cristina hatte gespürt, dass Dru sich vor Marks harten Worten fürchtete. Und natürlich konnte sie schlecht Tavvy aufs Dach schicken, um seinen Bruder herunterzuholen. Also war Cristina widerstrebend die Leiter hinaufgeklettert.

Doch jetzt, da sie hier oben stand, empfand sie überwältigendes Mitleid mit dem Jungen, der an der Dachkante hockte. Der Ausdruck auf seinem Gesicht, während er mit Helen sprach … Cristina mochte sich gar nicht ausmalen, wie das für ihn sein musste – zu wissen, dass es in seiner Familie nur noch eine andere Person gab, die so war wie er, in deren Adern das gleiche Blut floss, die die gleiche Abstammung besaß. Und zu wissen, dass ein grausames und unumstößliches Gesetz sie für immer von ihm getrennt hatte.

»Ich dich auch, meine Schwester«, sagte Mark und ließ das Handy sinken. Es handelte sich um ein altmodisches Modell, dessen Display flackerte und dunkel wurde, als das Gespräch beendet war.

Mark schob das Gerät in seine Tasche und schaute zu Cristina; der Wind fuhr durch seine hellen Haare.

»Wenn du hier bist, um mir zu sagen, dass ich mich schlecht benommen habe … das weiß ich längst«, sagte er.

»Deshalb bin ich nicht gekommen«, erwiderte Cristina und trat näher, zögerte jedoch, sich zu setzen.

»Aber du stimmst mir zu«, sagte Mark. »Ich habe mich schlecht benommen. Ich hätte nicht so mit Julian reden sollen, erst recht nicht in Gegenwart der Kinder.«

Cristina überlegte kurz und antwortete dann vorsichtig: »Ich kenne Julian nicht sehr gut. Aber ich glaube, dass er sich um dich Sorgen gemacht hat und dass das der Grund war, wieso er dich heute Abend nicht dabeihaben wollte.«

»Das ist mir klar«, sagte Mark zu Cristinas Überraschung. »Hast du eine Vorstellung davon, wie sich das anfühlt, wenn sich dein kleiner Bruder um dich sorgt – so als wärst du das Kind?« Er fuhr sich mit den Fingern durch die Haare. »Während ich fort war, habe ich immer angenommen, dass Helen unsere Geschwister großziehen würde«, sagte er. »Ich hätte nie damit gerechnet, dass diese Bürde einmal auf Julians Schultern lasten würde. Und jetzt wirkt er wie ein Elternteil. Und ist für mich kaum noch wiederzuerkennen.«

Cristina dachte an Julian, an seine ruhige Kompetenz und sein zurückhaltendes Lächeln. Und sie erinnerte sich an ihre scherzhaften Worte gegenüber Emma – dass sie fürchtete, sich bei ihrer ersten Begegnung sofort in ihn zu verlieben. Tatsächlich war Julian viel attraktiver, als sie gedacht hätte und als Emmas verschwommene Fotos und vage Beschreibungen hätten vermuten lassen. Aber obwohl Cristina ihn mochte, bezweifelte sie, dass sie sich in ihn verlieben könnte. Dafür verbarg er viel zu viel von sich selbst.

»Ich glaube, dass er große Teile von sich hinter einer hohen Mauer versteckt«, sagte sie. »Hast du das Wandgemälde in seinem Zimmer gesehen? Das mit der Märchendarstellung? Julian ist meiner Meinung nach wie dieses Schloss, umgeben von einer dichten Dornenhecke, die er hat wachsen lassen, um sich zu schützen. Aber mit etwas Geduld wirst du diese Dornen wegschneiden können. Und ich bin mir sicher, dass du deinen Bruder dann wiedererkennen wirst.«

»Ich weiß nicht, ob mir so viel Zeit bleibt«, erwiderte er. »Wenn wir diesen Fall nicht aufklären, wird die Wilde Jagd mich zurückfordern.«

»Möchtest du denn, dass dich die Jäger zurückfordern?«, fragte Cristina sanft.

Mark antwortete nicht darauf, sondern schaute nur stumm in den Himmel.

»Ist das der Grund, warum du hier heraufgekommen bist? Weil du vom Dach die Wilde Jagd sehen kannst, wenn sie vorbeireitet?«

Mark schwieg sehr lange, doch schließlich sagte er: »Manchmal stelle ich mir vor, ich könnte sie hören. Das Donnern der Hufe in den Wolken.«

Cristina lächelte. »Ich mag es, wie du redest. Deine Worte klingen so poetisch.«

»Ich spreche so, wie die Feenwesen es mich gelehrt haben. Ich habe so viele Jahre in ihrer Obhut verbracht.« Er drehte die Hände um und legte sie auf seine Knie. Lange, eigenartige Narben erstreckten sich über die Innenseiten seiner Handgelenke.

»Wie viele Jahre? Weißt du das?«

Er zuckte die Achseln. »Im Feenreich folgt die Zeit anderen Maßstäben als hier. Ich kann es wirklich nicht sagen.«

»Diese Jahre zeichnen sich allerdings nicht in deinem Gesicht ab«, sagte Cristina leise. »Manchmal wirkst du so jung wie Julian, und manchmal siehst du wie die Feenwesen aus – alterslos.«

Bei dieser Bemerkung warf er ihr einen Seitenblick zu. »Du meinst nicht, dass ich wie ein Schattenjäger aussehe?«

»Möchtest du das denn?«

»Ich möchte wie meine Familie aussehen«, sagte er. »Ich habe zwar nicht die typischen Farben der Blackthorns, aber ich möchte möglichst wie ein Nephilim aussehen. Julian hatte recht – wenn ich an den Ermittlungen teilhaben möchte, darf ich nicht auffallen.«

Cristina verzichtete darauf, ihm mitzuteilen, dass es keinen Ort auf dieser Welt gab, an dem er nicht auffallen würde. »Ich kann dafür sorgen, dass du wie ein Schattenjäger aussiehst. Wenn du mit mir nach unten kommst.«

Mark bewegte sich so lautlos über die Dachschindeln, als besäße er die gepolsterten Pfoten einer Katze oder als hätte er sich mit einer Unhörbarkeitsrune versehen. An der Luke trat er einen Schritt beiseite, um Cristina den Vortritt zu lassen. Auch das geschah vollkommen lautlos, und als Cristina ihn beim Hinuntersteigen versehentlich streifte, fühlte sich seine Haut so kühl an wie die Nachtluft.

Cristina kletterte hinunter und ging zu seinem Zimmer. Da Mark beim Verlassen das Licht ausgeschaltet hatte, holte sie ihren Elbenstein hervor und legte ihn auf den Nachttisch. »Stell deinen Stuhl bitte in die Mitte des Zimmers und setz dich«, forderte sie Mark auf. »Ich bin gleich wieder da.«

Verwundert schaute er ihr nach, als sie den Raum verließ. Doch als sie mit einem feuchten Kamm, einem Handtuch und einer Schere bewaffnet zurückkehrte, hatte Mark Platz genommen. Im Gegensatz zu den meisten Teenagern lümmelte er nicht auf dem Stuhl herum, sondern saß darauf wie ein König auf einem Gemälde – kerzengerade, aber besonnen, als würde die Krone schwer auf seinem Haupt ruhen.

»Willst du mir die Kehle durchschneiden?«, fragte er, als Cristina mit dem Handtuch und der spitzen Schere auf ihn zukam.

»Ich werde dir die *Haare* schneiden.« Sie schlang ihm das Handtuch um den Hals und stellte sich hinter ihn. Er ließ den Kopf nach hinten sinken, um sich ihren Bewegungen anzupassen, während Cristina in seine Haare griff und mit den Fingern hindurchfuhr. Marks Haar zählte zu der Sorte von Haaren, die eigentlich Locken bildeten, aber durch ihr eigenes Gewicht glattgezogen wurden.

»Halt still«, bat Cristina.

»Der Wunsch meiner Gebieterin ist mir Befehl.«

Cristina zog den Kamm durch seine Haare und machte sich daran, die Spitzen sorgfältig auf eine Länge zu schneiden. Als sie das Gewicht seiner platinblonden Mähne entfernte, kräuselten sich seine Haare zu attraktiven Locken, genau wie bei Julian. Sie schmiegten sich in seinen Nacken, als wollten sie ihm nahe sein.

Unwillkürlich musste Cristina daran denken, wie sie einst Diegos Haar berührt hatte – dichtes dunkles und kräftiges Haar. Marks Haare waren dagegen fein und seidig wie Grannen. Sie fielen wie glänzende Spreu herab und fingen das Licht des Elbensteins auf.

»Erzähl mir von den Feenhöfen«, forderte Cristina ihn auf. »Ich habe schon viele Geschichten darüber gehört. Von meiner Mutter und auch von meinem Onkel.«

»Wir waren nicht sehr oft dort«, erklärte Mark und klang für einen Augenblick ganz normal. »Gwyn und die Jäger gehören keinem der beiden Höfe an. Er zieht es vor, für sich zu bleiben. Wir haben uns nur in jenen Nächten an einen der Höfe begeben, wenn dort ein Fest gefeiert wurde. Aber diese waren …«

Er verstummte und schwieg so lange, dass Cristina sich schon fragte, ob er vielleicht eingenickt war oder sich zu Tode langweilte.

»Wer einmal an einer solchen Feier teilgenommen hat, vergisst das nie wieder«, sagte er schließlich. »Große funkelnde Höhlen oder einsame Lichtungen tief im Wald, hell erleuchtet von Irrlichtern. Auf dieser Welt gibt es noch immer Gebiete, die nur die Feenwesen kennen. Bei diesen Feiern wurde getanzt, bis die Füße schmerzten … ein Reigen wunderschöner Jungen und Mädchen … Küsse waren leichter zu haben als Wein, aber auch der Wein war süß und floss in Strömen, und die Früchte waren noch süßer. Und am nächsten Morgen ist man aufgewacht, und alles war spurlos verschwunden. Nur im Kopf hörte man noch immer die Musik.«

»Ich denke, das würde mir eher Angst einjagen.« Cristina trat um Mark herum und stellte sich vor ihn. Er schaute auf, und als er sie mit seinen seltsamen zweifarbigen Augen ansah, spürte Cristina, wie ihre Hand zu zittern begann – etwas, das sie nicht ein einziges Mal gefühlt hatte, als sie Diego und seinem Bruder Jaime oder irgendeinem ihrer kleinen Cousins die Haare geschnitten hatte. Natürlich war sie damals erst zwölf gewesen und hatte mit der neu erworbenen Fähigkeit angegeben, die ihre Mutter ihr beigebracht hatte. Also war das vielleicht doch nicht mit dieser Situation zu vergleichen. »Bei den Feenwesen ist alles so glanzvoll und wunderschön. Wie soll ein Mensch da mithalten?«

Überrascht schaute er sie an. »Aber du würdest dich an einem dieser Höfe ganz hervorragend machen«, versicherte er. »Für dich würden sie Blätter und Blüten in edelsteinbesetzte Kronen und Sandalen verwandeln. Du würdest wunderschön aussehen und große Bewunderung ernten. Die Feenwesen lieben nichts mehr als die Schönheit der Sterblichen.«

»Weil sie vergänglich ist«, sagte Cristina.

»Ja«, räumte Mark ein. »Es stimmt: Eines Tages wirst du grau, faltig und vom Alter gebeugt sein. Und vielleicht wachsen dir Haare auf dem Kinn. Warzen und dergleichen nicht zu vergessen.« Als er ihre wütend funkelnden Augen sah, fügte er hastig hinzu: »Aber bis dahin wird noch viel Zeit vergehen«.

Cristina schnaubte. »Ich dachte immer, Feenwesen wären so wahnsinnig charmant.« Sie hielt sein Kinn hoch, um seinen Kopf zu stabilisieren, während sie die letzten widerspenstigen Strähnen wegschnitt. Auch das war anders als gewohnt: Marks Haut war so glatt wie ihre eigene, ohne jeden Bartstoppel. Er kniff die Augen zusammen, sodass deren Farben nur noch wie schmale Bänder unter den Wimpern hervorblitzten, als Cristina die Schere beiseitelegte und sich räusperte. »So«, sagte sie, »fertig. Möchtest du mal sehen?«

Mark setzte sich aufrecht, während Cristina sich zu ihm hinabbeugte. Ihre Köpfe waren ungefähr auf gleicher Höhe. »Komm näher«, bat er. »Jahrelang habe ich ohne Spiegel auskommen müssen. Ich habe gelernt, mir anderweitig zu helfen. Die Augen eines anderen können ein effizienterer Spiegel sein als eine Wasseroberfläche. Wenn du mich anschaust, kann ich mein Spiegelbild in deinen Augen sehen.«

Ich habe gelernt, mir anderweitig zu helfen. In wessen Augen hatte er all diese Jahre geblickt?, fragte sich Cristina, während sie sich vorbeugte. Allerdings konnte sie nicht genau sagen, warum sie das tat. Vielleicht lag es an der Art und Weise, wie er den Blick auf sie heftete – als könnte er sich nichts Faszinierenderes vorstellen, als sie anzusehen. Sein Blick wanderte auch nicht umher, weder zum v-förmigen Ausschnitt ihres T-Shirts noch zu ihren nackten Beinen oder ihren Händen, als sie ihre Augen weit öffnete und ihn direkt anblickte.

»Wunderschön«, sagte er schließlich.

»Meinst du deinen Haarschnitt?«, fragte Cristina und versuchte, einen belustigten Ton anzuschlagen. Aber nach der Hälfte des Satzes zitterte ihre Stimme. Vielleicht hätte sie nicht anbieten sollen, einen völlig Fremden auf diese recht intime Weise zu berühren, selbst wenn er total harmlos wirkte und sie sich nichts dabei gedacht hatte. Oder hatte sie das vielleicht doch?

»Nein«, brachte Mark leise hervor. Cristina spürte seinen warmen Atem auf ihrer Haut, dann schob er seine Hand über ihre. Seine Finger waren rau und schwielig, und eine wulstige Narbe verlief in seiner Handfläche. Cristinas Herz machte einen Satz … gerade in dem Moment, in dem Marks Zimmertür aufgestoßen wurde.

Hastig trat sie einen Schritt zurück, als auch schon Ty und Livvy im Türrahmen auftauchten. Livvy hielt ihr Handy hoch und sah sie mit großen, besorgten Augen an. »Eine SMS von Emma«, sagte sie atemlos. »Sie hat einen Notruf gesendet. Wir müssen sofort zu ihnen.«

12

Doch stark wie unsere Liebe war

Mit quietschenden Reifen bog Emma hinter »Canter's Deli« rechts von der Fairfax Avenue ab und auf das Gelände eines Farbengeschäfts zu, das bereits geschlossen hatte. Sie steuerte den Wagen auf den hinteren Parkplatz, der vollkommen ausgestorben dalag, und trat dermaßen auf die Bremse, dass Jules leise fluchte.

Besorgt schaute sie sich zu ihm um, während sie ihren Gurt löste. Julian war kreidebleich und hielt sich die Seite. In der Dunkelheit des Wagens konnte Emma auf seiner dunklen Kleidung nicht viel erkennen, aber Blut sickerte in einem pulsierenden Rinnsal zwischen seinen Fingern hindurch. Ein eisiges Gefühl breitete sich in Emmas Magen aus.

Nachdem Jules in Wells' Garten das Bewusstsein verloren hatte, hatte Emma als Allererstes eine Heilrune auf seine Haut aufgetragen. Dann hatte sie ihm hochgeholfen, mitsamt Waffen und Avas Handtasche zum Auto geschleppt und ihn auf die Rückbank bugsiert.

Doch erst als sie schon eine Weile gefahren waren, hatte Julian aufgestöhnt, und Emma hatte nach einem Blick in den Rückspiegel erkannt, dass er noch immer blutete. Sofort hatte sie angehalten und zwei weitere *Iratzes* aufgetragen. Die Heilrunen würden helfen – das mussten sie einfach.

Es gab nur wenige Verletzungen, bei denen die Wirkung dieser Runen versagte: bei dämonengiftverseuchten Wunden und bei solch schweren Verletzungen, dass der Betroffene daran starb. Emma hatte gespürt, wie ihr Verstand auszusetzen drohte bei der Vorstellung, dass eine dieser Möglichkeiten hier zutreffen könnte, und hatte umgehend zum Handy gegriffen. Sie hatte Livvy die erste bekannte Adresse geschickt, die ihr in den Sinn gekommen war – sie alle kannten und liebten das Delikatessengeschäft Canter's Deli –, und war dann auf dem schnellsten Weg dorthin gefahren.

Jetzt schaltete sie hastig den Motor aus und kletterte zu Jules auf die Rückbank. Er lag schräg in einer Ecke, bleich, mit Schweißperlen auf dem schmerzverzerrten Gesicht. »Okay«, sagte Emma mit zitternder Stimme, »ich muss einen Blick auf die Wunde werfen.«

Julian biss sich auf die Lippe. Er griff zum Saum seines T-Shirts – und zögerte. Die Straßenbeleuchtung der Fairfax Avenue erhellte zwar den Parkplatz, doch das Licht reichte nicht, um sich einen Eindruck von der Verletzung zu verschaffen.

Emma holte ihren Elbenstein hervor, der den Innenraum des Wagens sofort mit strahlendem Licht erfüllte. Jules' T-Shirt war blutgetränkt, aber viel schlimmer war die Tatsache, dass die Heilrunen von seiner Haut verschwunden waren.

Sie entfalteten ihre Wirkung nicht.

»Jules, ich muss die Stillen Brüder rufen«, verkündete Emma. »Sie können dir helfen. Wir haben keine andere Wahl.«

Gequält kniff er die Augen zusammen. »Nein, das geht nicht«, widersprach er. »Du weißt, dass wir die Stillen Brüder nicht rufen können. Sie werden sofort dem Rat Bericht erstatten.«

»Dann lügen wir eben. Wir sagen einfach, dass es sich um eine Routinepatrouille gehandelt hat. Ich ruf sie jetzt an«, sagte Emma und tastete nach ihrem Handy.

»Nein!«, sagte Julian mit genügend Nachdruck in der Stimme, dass Emma innehielt. »Die Brüder der Stille erkennen sofort, dass du lügst! Sie haben das Engelsschwert, Emma. Sie werden von den Ermittlungen erfahren. Und von Mark …«

»Du wirst nicht wegen Mark in einem Auto verbluten!«

»Nein«, sagte er und schaute sie an. Seine Augen leuchteten in einem unheimlichen Blaugrün – die einzige kräftige Farbe in dem von Elbenlicht erhellten Innenraum. *»Du* wirst mir helfen.«

Emma konnte es spüren, wenn Jules verletzt war, wie einen Splitter unter der Haut. Dabei kümmerte sie der körperliche Schmerz wenig, aber die Angst … die einzige Angst, die noch schlimmer war als ihre Angst vor dem Ozean. Die Angst, dass Jules schwer verwundet war. Dass er sterben könnte. Emma war bereit, alles zu opfern, jede Wunde zu versorgen, um das zu verhindern.

»Okay«, sagte sie. Ihre Stimme klang selbst in ihren eigenen Ohren hoch und dünn. »Okay.« Sie holte tief Luft. »Halt durch.«

Sie öffnete den Reißverschluss ihrer Jacke, zog sie aus und warf sie beiseite. Anschließend beugte sie sich zur Konsole zwischen den Sitzen und legte ihr Elbenlicht auf den Boden. Und dann wandte sie sich Jules wieder zu. Die nächsten Sekunden verschwammen zu einer Mischung aus Jules' Blut an ihren Händen und seinem rasselnden Atem, als sie ihn vorsichtig hochzog und gegen die Hecktür lehnte. Julian gab keinen Laut von sich, aber Emma konnte sehen, dass er sich dermaßen fest auf die Lippe biss, dass ihm Blut über das Kinn rann. Dieser Anblick bewirkte, dass Emma das Gefühl hatte, ihre eigenen Knochen würden unter der Haut zersplittern.

»Deine Jacke …«, stieß sie zwischen zusammengebissenen Zähnen hervor, »ich muss sie wegschneiden.«

Julian nickte und ließ den Kopf nach hinten sinken. Emma griff nach Cortana.

Trotz des extrem robusten Materials ging die Klinge so leicht durch den Stoff wie ein Messer durch Butter. Die Jacke fiel in Fetzen zur Seite. Dann durchtrennte Emma sein T-Shirt und klappte die Stoffhälften auseinander, als würde sie eine Frucht schälen.

Es war nicht das erste Mal, dass Emma Blut sah. Sie hatte schon oft Blut gesehen, aber das hier fühlte sich anders an. Hier handelte es sich um Julians Blut, und er schien eine Menge davon verloren zu haben. Sein gesamter Brustkorb war damit bedeckt, und an der Seite konnte Emma die Stelle erkennen, wo der Bolzen sich in die Haut gebohrt und Julian ihn wieder herausgezogen hatte: Die Haut war aufgerissen und zerklüftet.

»Warum hast du an der Spitze herumgefummelt?«, fragte Emma aufgebracht und zog ihr Sweatshirt aus. Darunter trug sie ein weißes Trägertop. Vorsichtig tupfte sie mit dem Pullover über Julians Brust und Seite, um möglichst viel Blut aufzunehmen.

Jules' Atem ging jetzt stoßweise. »Wenn jemand … mit einer Armbrust … auf dich zielt …«, keuchte er, »ist die erste Reaktion nicht … ›Danke für den Pfeil … Ich glaube, ich behalte ihn … noch eine Weile‹.«

»Schön zu wissen, dass dein Sinn für Humor noch funktioniert.«

»Wie schon gesagt … die Spitze hat gebrannt … ganz anders … als bei einer normalen Schusswunde«, brachte Julian hervor. »Als hätte jemand … die Spitze bestrichen … mit Säure oder so was.«

Inzwischen hatte Emma so viel Blut weggetupft, wie sie nur konnte. Doch weiteres Blut quoll aus der Wunde, lief in dünnen Rinnsalen über Julians Bauch und sammelte sich in den Rillen seiner Bauchmuskulatur und in den ausgeprägten Vertiefungen über den Hüftknochen, die sich unter Emmas Händen hart und glatt anfühlten.

Emma holte tief Luft. »Du bist zu dünn«, verkündete sie in möglichst heiterem Ton. »Zu viel Kaffee, zu wenig Pfannkuchen.«

»Ich hoffe, dass das auf meinem Grabstein stehen wird.« Julian keuchte auf, als Emma weiter vorrutschte. Und dann erkannte sie plötzlich, dass sie rittlings auf Julians Schoß saß, ihre Knie links und rechts neben seinen Hüften – eine bizarr intime Stellung.

»Ich … Tue ich dir weh?«, fragte sie.

Julian musste sichtbar schlucken. »Versuch es mit einer weiteren *Iratze.*«

»Also gut«, sagte sie. »Halt dich an dem Angstgriff fest.«

»Dem *was?«* Julian öffnete die Augen und schaute Emma an.

»Der Haltegriff! Da oben, das Ding über dem Fenster!« Sie zeigte auf den Dachgriff. »Daran hält man sich fest, wenn der Wagen zu schnell in eine Kurve geht.«

»Bist du sicher? Ich dachte immer, der wäre dazu da, dass man irgendwelche Sachen daran aufhängt«, erwiderte Julian. »Wenn man zum Beispiel Kleidung aus der Reinigung abholt.«

»Julian, *jetzt ist nicht die Zeit für Spitzfindigkeiten.* Halt dich an dem Griff fest, oder ich schwöre, ich …«

»Schon gut!« Er reckte einen Arm, zuckte zusammen, hielt sich aber trotzdem fest. »Ich bin so weit.«

Emma nickte, legte Cortana beiseite und griff nach ihrer Stele. Vielleicht hatte sie die ersten Heilrunen zu hastig und ungenau aufgetragen. Sie hatte sich für die physischen Aspekte des Schattenjägerdaseins schon immer mehr interessiert als für die geistigen und künstlerischen, wie das Durchschauen von Zauberglanz oder das Zeichnen von Runenmalen.

Entschlossen setzte sie die Spitze auf Julians Schulter und begann langsam und sorgfältig zu zeichnen. Dabei musste sie sich mit der anderen Hand an ihm abstützen, und obwohl sie sich bemühte, die Stele nur leicht über seine Haut zu führen, konnte sie die Anspannung seines Körpers unter ihren Fingern wahrnehmen. Die Haut auf seiner Schulter fühlte sich glatt an, und Emma verspürte den Wunsch, ihm näher zu kommen, ihre Hand auf die klaffende Wunde zu legen und sie mit schierer Willenskraft zu schließen …

Stopp. Sie hatte die *Iratze* fertiggestellt. Emma lehnte sich zurück, die Finger um ihre Stele geklammert. Julian setzte sich auf, sodass die zerfetzten Reste seines T-Shirts von seinen Schultern hingen. Er holte tief Luft und blickte an sich herab: Die Heilrune verblasste auf seiner Haut wie schmelzendes Eis, das sich im Meer auflöste.

Ratlos schaute er zu Emma hoch. Sie konnte ihr eigenes Spiegelbild in seinen Augen sehen: am Boden zerstört, von Angst erfüllt und mit Blut am Hals und auf dem weißen Trägertop. »Es tut schon weniger weh«, wisperte er.

Doch aus der Wunde quoll weiteres Blut, lief an seinen Rippen herab und färbte seinen Ledergürtel und den Bund seiner Jeans dunkelrot. Emma legte ihre Hände auf seine nackte Haut; sie spürte, wie sie von Panik erfasst wurde. Julians Haut fühlte sich heiß an. Zu heiß. Fieberheiß.

»Du lügst«, sagte sie. »Jules. Das reicht. Ich werde jetzt Hilfe holen …«

Sie verlagerte ihr Gewicht, um von ihm herunterzuklettern, aber seine Hand schnellte vorwärts und legte sich fest um ihr Handgelenk. »Em«, drängte er. »Emma, sieh mich an.«

Emma schaute ihn an. Blut klebte an seiner Wange, und seine Locken waren dunkel vor Schweiß, doch ansonsten sah er wie Jules aus, so wie immer. Er hatte die linke Hand auf die Wunde gedrückt, hob aber die rechte Hand und legte sie ihr sanft in den Nacken. »Em«, sagte er erneut; seine Augen wirkten riesig und dunkelblau im dämmrigen Licht. »Hast du Mark gestern Abend geküsst?«

»Was?« Emma starrte ihn sprachlos an. »Okay, du hast *definitiv* zu viel Blut verloren.«

Julian bewegte sich leicht unter ihr, ließ seine Hand aber in ihrem Nacken. Seine Finger kitzelten die feinen Nackenhaare. »Ich habe gesehen, wie du ihn angeschaut hast«, sagte er. »Draußen vor der Fischbude.«

»Falls du dir Sorgen um Marks Wohlergehen machst, das kannst du dir sparen. Er steht zurzeit total neben sich. Das weiß ich. Und ich glaube nicht, dass man ihn noch mehr verwirren sollte.«

»Das meinte ich nicht. Ich habe mir keine Sorgen um Mark gemacht.« Julian schloss die Augen, als würde er innerlich bis zehn zählen. Als er sie wieder öffnete, waren seine Pupillen riesig – große schwarze Kreise auf seiner Iris. »Vielleicht hätte ich das ja tun sollen. Aber darum ging's nicht.«

Hatte er bereits Halluzinationen?, überlegte Emma panisch.

Es sah ihm überhaupt nicht ähnlich, so zusammenhangloses Zeug zu reden. »Ich muss jetzt die Stillen Brüder rufen«, sagte sie. »Es ist mir egal, ob du mich danach bis in alle Ewigkeit hasst oder die Ermittlungen eingestellt werden …«

»Bitte«, flehte er verzweifelt. »Nur … nur noch einen einzigen Versuch.«

»Einen einzigen?«, wiederholte Emma.

»Du schaffst das. Du wirst es schaffen, mir zu helfen, weil wir *Parabatai* sind. Für immer. Das habe ich einmal zu dir gesagt, weißt du noch?«

Sie nickte verunsichert, eine Hand am Smartphone.

»Und die Kraft eines Runenmals, das der eigene *Parabatai* aufträgt, wird vervielfacht. Was auch immer auf diesem Bolzen war, es sollte die Wirkung von Heilmagie unterbinden. Aber du schaffst das trotzdem, Emma. Du kannst mich heilen. Wir sind *Parabatai*, und das bedeutet, dass das, was wir gemeinsam vollbringen können … außergewöhnlich ist.«

Inzwischen klebte auch an Emmas Jeans und Trägertop Blut, und Julian blutete weiter. Die Wunde hatte sich noch immer nicht geschlossen – ein klaffender Riss in der glatten Haut.

»Versuch es«, flüsterte Jules mit rauer Stimme. »Tu es für mich, bitte?«

Seine Stimme ging am Ende der Frage hoch, und Emma erkannte darin die Stimme des Jungen, der er einst gewesen war. Sie erinnerte sich wieder an den Julian von damals – kleiner, dünner, jünger – und daran, wie er sich in der Abkommenshalle in Alicante schützend vor seine Geschwister gestellt hatte, als sein Vater mit gezogener Waffe auf sie zugestürmt war.

Emma erinnerte sich daran, was Julian damals getan hatte. Um sie zu beschützen, um sie alle zu beschützen – weil er nämlich immer alles tun würde, um sie zu beschützen.

Sie legte das Handy beiseite, nahm die Stele und umklammerte sie so fest, dass sie spürte, wie sich der *Adamant* in ihre feuchte Handfläche grub. »Sieh mich an, Jules«, sagte sie, worauf er den Blick hob und ihre Augen sich trafen. Emma drückte die Spitze der Stele auf seine Haut und verharrte einen Moment vollkommen reglos, atmete nur tief ein und aus und rief sich die Erinnerungen ins Gedächtnis.

Julian. Ein Teil ihres Lebens, solange sie zurückdenken konnte. Julian und sie – Kinder, die sich im Meer gegenseitig Wasser ins Gesicht spritzten, gemeinsam im Sand buddelten, ihre Hände aufeinanderlegten und über die unterschiedliche Länge und Form ihrer Finger staunten. Julian, der am Steuer saß und sang, schrecklich und falsch. Seine Finger in ihren Haaren, als er behutsam ein Blatt aus ihren Strähnen entfernt hatte. Seine Hände, die sie jedes Mal auffingen, wenn sie im Fechtsaal stürzte, wieder und wieder. Dann die erste Trainingsstunde nach der *Parabatai*-Zeremonie, als sie wütend mit der Faust gegen die Wand geschlagen hatte, weil ihr eine Schwertübung nicht gelingen wollte. Julian war zu ihr gekommen, hatte ihren noch bebenden Körper in die Arme genommen und gesagt: »Emma, Emma, bitte tu dir nicht selbst weh. Wenn du das machst, spüre ich es auch.«

Bei diesen Erinnerungen schien in Emmas Brust irgendetwas aufzubrechen, und sie wunderte sich, dass das reißende Geräusch nicht zu hören war. Energie strömte durch ihre Adern, und die Stele bewegte sich in ihrer Hand und zeichnete die eleganten Konturen einer Heilrune auf Julians Brust. Emma nahm wahr, wie er keuchte und die Augen weit aufriss. Seine Hand schob sich in ihren Rücken und presste sie an sich.

»Nicht *aufhören*«, stieß er zwischen zusammengebissenen Zähnen hervor.

Selbst wenn Emma es gewollt hätte, hätte sie nicht aufhören können. Die Stele schien sich wie von selbst zu bewegen, während Emma von einem Kaleidoskop an Erinnerungen geblendet wurde, die alle Julian zeigten: Sonne in ihren Augen und Julian, der in einem alten T-Shirt am Strand lag und schlief. Emma hatte ihn nicht wecken wollen. Doch als die Sonne unterging, war er von selbst aufgewacht und hatte sich sofort nach Emma umgesehen, mit einem ernsten Ausdruck im Gesicht, bis er sie entdeckt und gewusst hatte, dass sie bei ihm war. Lange Gespräche zu mitternächtlicher Stunde, bis sie während des Redens eingeschlafen und am nächsten Morgen mit verschränkten Händen aufgewacht waren. Damals waren sie wie zwei Kinder in der Dunkelheit gewesen. Doch jetzt waren sie etwas anderes. Etwas Vertrautes und Mächtiges. Etwas, von dem Emma den Eindruck hatte, dass sie nur einen Hauch davon zu sehen bekommen hatte, als sie das Runenmal fertigstellte und die Stele ihren Fingern entglitt.

»Oh«, sagte sie leise: Die Heilrune schien von innen heraus zu leuchten. Julians Atem ging schnell, und seine Bauchmuskulatur hob und senkte sich rasch, aber die Blutung hatte aufgehört. Die Wunde schloss sich, versiegelte sich selbst wie ein Briefumschlag. »Tut das … tut das weh?«

Ein Lächeln breitete sich auf Julians Gesicht aus. Seine Hand umklammerte noch immer Emmas Hüfte. Er musste sie wohl vergessen haben. »Nein«, sagte er mit leiser, gesenkter Stimme, als befände er sich in einer Kirche. »Du hast es geschafft. Du hast mich geheilt.« Er betrachtete sie, als wäre sie ein wahres Wunderwerk. »Emma, mein Gott, Emma.«

Emma sank gegen seine Schulter, als die Anspannung schlagartig aus ihrem Körper wich. Sie legte den Kopf auf seine warme Haut, und er schlang die Arme um sie.

»Es ist alles gut.« Langsam fuhren seine Hände über ihren Rücken; offenbar konnte er spüren, wie sehr sie bebte. »Alles ist in bester Ordnung. Es geht mir gut.«

»Jules«, wisperte sie. Sein Gesicht war ihrem ganz nah; unter den Blutspritzern konnte sie die hellen Sommersprossen auf seinen Wangenknochen erkennen. Sie spürte seinen Körper unter ihrem, kräftig und lebendig, fühlte das Pulsieren seines Herzens in seinem Brustkorb, nahm die Wärme wahr, die von seiner glühenden Haut abstrahlte, als hätte die Kraft der *Iratze* sie in Flammen gesetzt. Ihr eigenes Herz schlug wie wild, als ihre Hände seine Schultern fanden und …

In diesem Moment wurde die Fahrertür aufgerissen. Licht

strömte herein, und Emma setzte sich ruckartig auf, als Livvy in den Wagen kletterte.

Livvy hielt einen Elbenstein in der rechten Hand, dessen unregelmäßige Strahlen die seltsame Szenerie auf der Rückbank des Toyota beleuchteten: Emma in blutbeschmierter Kleidung; Julian mit zerrissenem T-Shirt, gegen die Hecktür gepresst. Seine Hände, die langsam von Emmas Körper herabsanken.

»Ist alles in Ordnung mit euch?«, fragte Livvy besorgt. Ihre linke Hand hielt das Smartphone fest umklammert. Bestimmt hatte sie auf weitere Nachrichten gewartet, dachte Emma schuldbewusst. »Ihr habt einen Notruf geschickt …«

»Es ist alles in Ordnung.« Emma rutschte über die Rückbank, fort von Jules.

Mühsam setzte er sich auf und warf einen zweifelnden Blick auf sein zerfetztes T-Shirt. »Jemand hat mit einer Armbrust auf mich geschossen. Die Wunde wollte sich trotz Heilrunen nicht schließen.«

»Na ja, jetzt siehst du wieder okay aus.« Livvy betrachtete ihn verwirrt. »Zwar blutig, aber …«

»Etwas *Parabatai*-Magie hat das Problem gelöst«, erklärte Jules. »Erst wollten die *Iratzes* keine Wirkung entfalten, aber dann ging es plötzlich doch. Tut mir leid, dass wir euch solch einen Schreck eingejagt haben.«

»Hier hinten sieht es aus wie im Labor eines verrückten Wissenschaftlers.« Erleichterung spiegelte sich auf Livvys Gesicht. »Wer hat denn auf dich geschossen?«

»Ist eine lange Geschichte«, sagte Jules. »Wie seid ihr hierhergekommen? *Du* bist doch nicht etwa gefahren, oder?«

Plötzlich schob sich ein weiterer Kopf durch die Fahrertür: Marks blonder Schopf leuchtete im Elbenlicht, als wäre er von einem Heiligenschein umgeben. »Ich bin gefahren«, verkündete er. »Auf einem Elbenross.«

»Was? Aber … dein Ross wurde doch von den Dämonen zerquetscht!«

»Es gibt so viele Elbenrösser, wie es Reiter gibt«, sagte Mark geheimnisvoll und zog eine zufriedene Miene. »Ich habe nicht behauptet, dass es sich um *mein* Ross handelt. Einfach nur *ein* Ross.« Dann verschwand er aus der Fahrertür. Doch bevor Emma feststellen konnte, wohin er gegangen war, wurde hinter Julian die Tür aufgerissen. Mark beugte sich hinunter und hob seinen jüngeren Bruder aus dem Wagen.

»Was …?« Emma schnappte sich ihre Stele und krabbelte rasch hinaus ins Freie.

Auf dem Parkplatz standen zwei weitere Gestalten: Cristina und Ty, beide vom Scheinwerferlicht eines Motorrads beleuchtet. Genau genommen glühte das gesamte Motorrad. Und es sah anders aus als Marks frühere Maschine – schwarz, mit auflackierten Hörnern auf dem Chassis.

»Jules?« Ty schaute mit bleichem, ängstlichem Gesicht zu, wie Julian sich aus Marks Griff löste und sich die blutigen Fetzen seines T-Shirts vom Leib riss.

Cristina lief zu Emma, während Julian sich seinem jüngeren Bruder zuwandte. »Ty, es ist alles in Ordnung«, versicherte er. »Es geht mir gut.«

»Aber du bist überall mit Blut bedeckt«, erwiderte Ty, ohne Julian direkt anzusehen. Emma fragte sich, ob Ty sich vielleicht erinnerte … an den Dunklen Krieg, das viele Blut und die sterbenden Nephilim um ihn herum. »Ein Mensch kann nur eine bestimmte Menge Blut verlieren, bevor …«

»Ich werde mir eine paar Blutersatzrunen auftragen«, sagte Julian. »Vergiss nicht, Ty, wir sind Schattenjäger. Wir können eine Menge aushalten.«

»Auch du bist mit Blut bedeckt«, wandte sich Cristina leise an Emma. Dann zog sie ihre Jacke aus, legte sie Emma um die Schultern und schloss den Reißverschluss über dem blutigen Trägertop. Behutsam strich sie Emmas Haare zurück und musterte sie besorgt. »Bist du auch ganz bestimmt nicht verwundet?«

»Julians Blut«, flüsterte Emma, worauf Cristina ein beruhigendes Geräusch machte, sie in ihre Arme zog und ihr den Rücken tätschelte. Und Emma klammerte sich an sie, als ob es um ihr Leben ginge, und fasste an Ort und Stelle den Beschluss: Wenn irgendjemand versuchen sollte, Cristina auch nur ein Haar zu krümmen, würde sie denjenigen zermalmen und aus seinen Überresten lustige Sandburgen bauen.

Livvy stand inzwischen neben Ty, hielt seine Hand und erklärte ihm in beruhigendem Ton, dass das Blut nur Blut war, dass Julian nicht verletzt und alles in Ordnung war. Tys Atem ging schnell, und seine Finger öffneten und schlossen sich nervös um Livvys Hand.

»Hier.« Mark zog sein blaues T-Shirt aus. Darunter trug er noch ein weiteres, graues Shirt. Verwundert schaute Julian ihn an. »Angemessene Bekleidung«, sagte Mark und hielt seinem Bruder das T-Shirt entgegen.

»Warum trägst du ein zweites T-Shirt unter dem anderen?«, fragte Livvy, kurzfristig abgelenkt.

»Für den Fall, dass eines gestohlen wird«, antwortete Mark, als wäre das völlig normal. Die anderen starrten ihn sprachlos an – sogar Julian, der die Reste seines zerrissenen T-Shirts gegen Marks getauscht hatte.

»Danke«, sagte er, zog sich das Shirt zurecht und warf die blutigen Fetzen seines alten T-Shirts in einen Müllcontainer. Mark lächelte erfreut. Erst jetzt bemerkte Emma, dass er anders aussah: Seine Haare hingen ihm nicht mehr über die Schultern, sondern kräuselten sich, deutlich kürzer geschnitten, um seine Ohren. Dadurch wirkte er sowohl jünger als auch moderner – irgendwie passender zu seiner Jeans und seinen Stiefeln.

Eher wie ein Schattenjäger.

Mark erwiderte Emmas Blick. In seinen Augen konnte sie noch immer den Wind sehen und die Sterne und die riesigen Flächen gähnend leerer Wolken. Wildheit und Freiheit. Sie fragte sich, wie tief diese Rückverwandlung zum Nephilim tatsächlich ging. Wie tief sie jemals gehen konnte.

»Mir ist schwindlig«, sagte Emma plötzlich und fasste sich an den Kopf.

»Du brauchst was zu essen«, verkündete Livvy und nahm ihre Hand. »Das gilt für uns alle. Keiner von uns hatte Zeit fürs Abendessen, und du, Jules, hast striktes Kochverbot. Kommt, wir gehen zu Canter's, essen eine Kleinigkeit und überlegen uns, was wir als Nächstes tun.«

Die gesamte Innenausstattung bei Canter's war gelb: Die Wände waren gelb gestrichen, die Sitzecken mit gelbem Leder bezogen, und da alles in ein warmes gelbes Licht getaucht war, wirkten auch große Teile der Speisen irgendwie gelb. Aber das kümmerte Emma überhaupt nicht; seit ihrem vierten Lebensjahr war sie mit ihren Eltern regelmäßig hier gewesen und hatte Schokostreuselpfannkuchen und *Challah French Toast* gegessen.

Zusammen mit den anderen hockte Emma jetzt in einer der Sitzecken, und während der nächsten Minuten verlief alles ganz normal: Die Kellnerin, eine groß gewachsene Frau mit grauen Haaren, kam an den Tisch und reichte ihnen einen Stapel laminierter Speisekarten. Livvy und Ty blickten gemeinsam in eine der Karten, während Cristina sich zu Emma vorbeugte und im Flüsterton fragte, was denn *Matzenbrei* sei. Da sie sich zu sechst auf die beiden Bänke quetschen mussten, fand Emma sich dicht an Julian gedrängt in der Mitte wieder. Sein Körper fühlte sich noch immer sehr warm an, als hätte die Wirkung der *Iratze* noch nicht nachgelassen.

Auch ihre eigene Haut war noch äußerst empfindlich, und sobald sie jemand berührte, hatte Emma das Gefühl, aufspringen oder schreien zu müssen. Und sie hätte auch fast aufgeschrien, als die Kellnerin zurückkam, um die Bestellung aufzunehmen. Benommen starrte Emma vor sich hin, bis Julian schließlich Waffeln und Kakao für sie bestellte, die Speisekarte zurückgab und Emma besorgt musterte.

A-L-L-E-S-I-N-O-R-D-N-U-N-G? schrieb er auf ihren Rücken.

Emma nickte und griff nach ihrem Plastikglas mit eisgekühltem Wasser, während Mark die Kellnerin anlächelte und einen Teller mit Erdbeeren bestellte.

Die Kellnerin, auf deren Namensschild JEAN stand, blinzelte verwundert. »Das haben wir nicht auf der Speisekarte.«

»Aber einzelne Gerichte auf der Speisekarte haben Erdbeeren als Zutat«, erwiderte Mark. »Und ich habe gesehen, wie hier Teller hin- und hergetragen wurden. Also erscheint es nur logisch, dass die Erdbeeren auf einen Teller gelegt und mir gebracht werden können.«

Jean starrte ihn an.

»Da hat er nicht ganz unrecht«, fand Ty. »Bei verschiedenen Desserts werden Erdbeeren als Garnierung angeboten. Sicherlich wäre es möglich, die Früchte auch separat zu servieren.«

»Ein Teller Erdbeeren«, wiederholte Jean.

»Ich nehme sie auch gern in einer Schüssel«, sagte Mark mit einem gewinnenden Lächeln. »Viele Jahre sind verstrichen, seit ich selbst meine Speisen auswählen durfte, meine Schöne. Und ein Teller Erdbeeren ist alles, was mein Herz begehrt.«

Jean musterte ihn benommen. »Verstehe«, sagte sie und verschwand mit den Speisekarten.

»Mark, war das wirklich nötig?«, fragte Julian.

»War *was* nötig?«

»Musst du unbedingt wie ein mittelalterliches Feengedicht klingen? Die Hälfte der Zeit redest du völlig normal. Es wäre nicht schlecht, etwas weniger Aufsehen zu erregen«, sagte Julian.

»Ich kann einfach nichts dagegen machen«, beteuerte Mark mit einem feinen Lächeln. »Die Irdischen haben nun einmal etwas an sich …«

»Du solltest dich mehr wie ein normaler Mensch verhalten«, forderte Jules. »Zumindest wenn wir in der Öffentlichkeit sind.«

»Er braucht sich überhaupt nicht normal zu verhalten«, widersprach Ty scharf.

»Beim Betreten des Restaurants ist er gegen eine Telefonsäule gestoßen und hat ›Ich bitte um Verzeihung, Miss‹ gesagt«, berichtete Julian.

»Es ist nur höflich, sich zu entschuldigen«, wandte Mark ein, noch immer mit dem feinen Lächeln um den Mund.

»Aber nicht gegenüber leblosen Gegenständen.«

»Okay, das reicht jetzt«, sagte Emma und fasste dann schnell die Ereignisse an Stanley Wells' Villa zusammen, einschließlich Avas Leiche und der mysteriösen Gestalt auf dem Dach.

»Das heißt also, dass jemand sie getötet hat, aber auf andere Weise als sonst?«, fragte Livvy stirnrunzelnd. »Allem Anschein nach besteht da kein Zusammenhang – keine Schriftzeichen, und die Leiche wurde nicht auf einer Ley-Linie deponiert, sondern im Pool des eigenen Gartens …«

»Was ist mit diesem Typen auf dem Dach?«, fragte Cristina. »Meint ihr, dass er der Mörder ist?«

»Das bezweifle ich«, sagte Emma. »Er hatte eine Armbrust, und keines der Opfer ist mit einer solchen Waffe ermordet worden. Aber er hat Jules verwundet, und das bedeutet: Wenn wir ihn aufgespürt haben, werde ich ihn in tausend Stücke hacken und an meine Fische verfüttern.«

»Du hast doch gar keine Fische«, sagte Julian.

»Na ja, dann werde ich mir eben welche besorgen«, erwiderte Emma. »Ich kauf mir ein paar Goldfische und füttere sie mit Blut, bis sie Geschmack an Menschenfleisch entwickeln.«

»Das ist eklig«, sagte Livvy. »Aber bedeutet das jetzt, dass wir noch mal zu Wells' Haus fahren und es durchsuchen müssen?«

»Nur, wenn wir zuerst gründlich das Dach überprüfen«, antwortete Emma.

»Wir können nicht zum Haus«, wandte Ty ein und hielt sein Smartphone hoch. »Ich habe mir gerade die Nachrichten angesehen. Jemand hat die Polizei gerufen. Die Spurensuche durchkämmt zurzeit das ganze Gelände. Es wird mehrere Tage dauern, bis wir uns auch nur in die Nähe wagen können.«

Emma schnaubte genervt. »Na ja, wenigstens haben wir das hier«, sagte sie, griff hinter sich und holte Avas Handtasche hervor. Dann öffnete sie den Reißverschluss und kippte den Inhalt der Tasche auf den Tisch: Brieftasche, Kosmetikbeutel, Lip-

Balm, Spiegel, Haarbürste und ein flaches goldenes, glänzendes Etwas.

»Kein Handy«, stellte Ty fest und runzelte die Stirn – was Emma ihm nicht verübeln konnte. Ty hätte aus dem Telefon eine Menge Informationen herausholen können. Zu blöd aber auch, dass das Ding auf dem Boden von Wells' Pool lag.

»Was ist das denn?« Livvy hob das goldglänzende Rechteck hoch und betrachtete es. Beide Seiten waren unbeschriftet.

»Keine Ahnung.« Emma nahm die Brieftasche und blätterte durch die Fächer. Kreditkarten, Führerschein und elf Dollar in Scheinen, die Emma ein unbehagliches Gefühl bereiteten. Es war eine Sache, Beweisstücke an sich zu nehmen, aber Bargeld einzustecken war etwas völlig anderes. Nicht dass sie es Ava hätten zurückgeben können.

»Keine Fotos oder dergleichen?«, fragte Julian und schaute Emma über die Schulter.

»Ich glaube nicht, dass heutzutage noch viele Leute Fotos in ihren Brieftaschen haben … außer in Kinofilmen«, sagte Emma. »Jedenfalls nicht mehr, seit es iPhones gibt.«

»Apropos Kinofilm.« Livvy runzelte die Stirn, wodurch sie für einen Augenblick große Ähnlichkeit mit Ty besaß. »Dieses Ding hier erinnert mich an die ›Goldenen Eintrittskarten‹. Ihr wisst schon, aus *Charlie und die Schokoladenfabrik*.« Sie wedelte mit der glänzenden, laminierten Karte.

»Lass mich mal sehen.« Cristina streckte die Hand aus. Livvy gab ihr den Gegenstand, als die Kellnerin mit ihren Gerichten an den Tisch kam: Käsesandwich für Ty, Toast mit Putenbrust für Cristina, ein Sandwich mit Speck, Salat und Tomate für Julian, Waffeln für Emma und Livvy und ein Teller Erdbeeren für Mark.

Cristina holte ihre Stele hervor und kritzelte leise summend etwas in eine Ecke der goldenen Karte. Mark schnappte sich mit glückstrahlendem Lächeln den Ahornsirup und kippte den Inhalt der Flasche über seine Erdbeeren. Dann nahm er eine der Früchte und schob sie sich in den Mund, einschließlich Stiel und Kelchblättern. Julian starrte ihn entgeistert an.

»Was ist denn?«, fragte Mark. »Das ist eine vollkommen normale Art und Weise zu essen.«

»Ja, klar«, meinte Julian, »wenn man ein Kolibri ist.«

Mark zog eine Augenbraue hoch, doch bevor er etwas sagen konnte, schob Cristina die goldene Karte in die Mitte des Tischs. »Seht mal«, sagte sie. Das Papier war nicht länger unbeschriftet; stattdessen zeigte die Karte das schimmernde Foto eines Bauwerks und darunter mehrere Worte in Druckbuchstaben:

DIE GEFOLGSLEUTE DES WÄCHTERS
LADEN ZUR TEILNAHME AN DER LOTTERIE EIN
DIESMONATIGE VERANSTALTUNG:
11. AUGUST, 19.00 UHR
DAS MITTERNACHTSTHEATER
Eintrittskarte gültig für eine Gruppe. Abendgarderobe erwünscht.

»Die Lotterie?«, wiederholte Julian. »Das ist der Titel einer berühmten Horrorgeschichte. Hat man sie zu einem Theaterstück oder so was umgeschrieben?«

»Das klingt nicht nach einem Theaterstück«, fand Livvy. »Das klingt unheimlich.«

»Es könnte ein unheimliches Theaterstück sein«, sagte Ty.

»Jedenfalls war es eine unheimliche Geschichte.« Julian nahm die Eintrittskarte. Farbe klebte unter seinen Fingernägeln – schimmernde blaue Mondsicheln. »Und das Unheimlichste an dieser Sache ist der Umstand, dass das hier abgebildete Theater seit Langem geschlossen ist. Ich weiß genau, wo das liegt: hinter Highland Park. Das Gebäude wurde vor Jahren dichtgemacht.«

»Vor sechzehn Jahren«, bestätigte Ty. Er beherrschte die hohe Kunst der Einhandbedienung und spähte auf das Display seines Handys. »Es wurde nach einem Brand geschlossen und danach nicht mehr restauriert.«

»Ich bin da schon mal vorbeigefahren«, sagte Emma. »Sämtliche Türen und Fenster sind mit Brettern vernagelt, stimmt's?«

Julian nickte. »Einmal habe ich es sogar gezeichnet … ich habe eine ganze Reihe verlassener Bauwerke gezeichnet, darunter auch die Murphy Ranch und geschlossene Geschäftsgebäude. Und an das Theater erinnere ich mich gut. Es hatte so eine gespenstische Ausstrahlung.«

»Das ist alles sehr interessant, aber hat es auch irgendetwas mit den Ermittlungen zu tun? Mit den Morden?«, fragte Mark.

Die anderen warfen ihm verblüffte Blicke zu, weil ausgerechnet Mark eine derart pragmatische Frage stellte. »Ich könnte es mir vorstellen«, sagte Emma. »Ich war letzte Woche auf dem Schattenmarkt …«

»Ich wünschte, du würdest dort nicht mehr hingehen«, murmelte Julian. »Es ist einfach zu gefährlich …«

»Ach ja? Komm du mir nicht mit *gefährlich*, Mister Ich-wäre-fast-im-Auto-verblutet«, antwortete Emma.

Julian seufzte und griff nach seinem Getränk. »Unfassbar, dass ich mich mal über ›Jules‹ als Spitzname beschwert habe.«

»Vielleicht sollten wir tatsächlich über den Schattenmarkt reden«, wandte Cristina hastig ein. »Denn dort hat Emma zum ersten Mal Informationen über diese Morde erhalten.«

»Na ja, ihr könnt euch sicher vorstellen, wie begeistert die Markthändler waren, mich und Cameron dort zu sehen …«

»Du warst mit *Cameron* dort?«, fragte Julian.

Livvy hielt eine Hand hoch. »Zu Emmas Verteidigung: Cameron ist nervig, aber auch sexy.« Julian warf ihr einen scharfen Blick zu. »Ich meine, wenn man auf Typen steht, die wie eine rothaarige Version von Captain America aussehen – was ich … nicht tue.«

»Captain America ist definitiv der attraktivste Avenger«, sagte Cristina. »Aber ich mag den Hulk. Ich würde gern sein gebrochenes Herz heilen.«

»Wir sind *Nephilim*«, entgegnete Julian. »Wir sollten eigentlich gar nichts über die Avengers wissen. Außerdem …«, fügte er hinzu, »außerdem ist Iron Man selbstverständlich der Bestaussehendste der Truppe.«

»Kann ich jetzt vielleicht mal meine Geschichte zu Ende erzählen?«, fragte Emma. »Also: Ich war mit Cameron auf dem Schattenmarkt und habe da einen Stand mit einem Plakat gesehen, auf dem so etwas Ähnliches stand wie ›Melde dich für die Lotterie an‹. Und deshalb denke ich, dass es hier um irgendeine übernatürliche Sache geht und nicht um experimentelles Theater oder was weiß ich.«

»Ich habe keine Ahnung, wer die Avengers sind«, bemerkte Mark, der seinen Teller Erdbeeren geleert hatte und nun Zucker aus einem Tütchen aß. Ty wirkte hocherfreut – er hatte keine Zeit für Superhelden und dergleichen. »Aber ich bin eurer Meinung. Das hier ist eine Spur. Jemand hat Stanley Wells ermordet, und jetzt ist seine Freundin ebenfalls tot. Auch wenn sie auf völlig andere Art und Weise ermordet wurde.«

»Ich denke, wir sind uns alle einig, dass das kein Zufall sein kann«, sagte Emma. »Die Tatsache, dass beide tot sind.«

»Ich pflichte dir bei«, bestätigte Mark. »Aber man könnte sie auch umgebracht haben, weil sie etwas gewusst hat, und nicht, weil sie wie Wells eines der Opfer oder Teil des gleichen Rituals war. Nicht umsonst heißt es: Tod bringt Tod hervor.« Mark blickte nachdenklich drein. »Diese Ava wurde zu der Lotterieveranstaltung eingeladen. Für sie war das so wichtig, dass sie die Eintrittskarte mit sich herumgeschleppt hat. Ich denke, das ist eine Spur, der wir folgen sollten.«

»Es könnte aber auch vollkommen bedeutungslos sein«, wandte Jules sein.

»Zurzeit haben wir nicht viele andere Spuren, denen sich nachgehen ließe«, sagte Emma.

»Doch, haben wir«, widersprach Jules. »Wir haben noch immer die Fotos, die du von den Höhlenwänden gemacht hast. Außerdem wäre da dieser Typ, der bei Wells' Haus war und auf mich geschossen hat. Wir haben noch immer meine Monturjacke mit dem Gift oder was auch immer er verwendet hat. Vielleicht könnte Malcolm sich damit befassen und herausfinden, ob damit ein bestimmter Dämon verbunden ist oder ob vielleicht ein bestimmtes Hexenwesen das Zeug verkauft.«

»Gut, dann sollten wir beides tun«, sagte Emma. »Der elfte August ist morgen.« Sie betrachtete die Karte und runzelte die Stirn. »O Gott: ›Abendgarderobe erwünscht‹. Also elegante Kleidung. Ich glaube nicht, dass ich irgendwelche Sachen habe, die man als elegant bezeichnen könnte, und Mark braucht einen dunklen Anzug …«

»Mark braucht nicht mitzukommen«, warf Julian rasch ein. »Er kann im Institut bleiben.«

»Nein«, sagte Mark. Seine Stimme klang ruhig, aber seine Augen funkelten. »Ich werde nicht im Institut bleiben. Man hat mich hierhergebracht, damit ich bei den Ermittlungen helfe. Und genau das werde ich tun.«

Julian ließ sich gegen die Banklehne sinken. »Nicht, wenn wir dir keine Runenmale auftragen können. Das ist zu gefährlich.«

»Ich habe mich jahrelang auch ohne Runen bestens schützen können. Wenn ich euch nicht begleite, werden die Feenwesen, die mich geschickt haben, davon erfahren, und sie werden nicht erfreut sein. Man würde mich hart bestrafen.«

»Ach, bitte, lass ihn doch mitkommen«, bat Livvy mit besorgter Miene. »Jules …«

Julian berührte den Saum seines T-Shirts, eine unbewusste Geste. »Wie sollen sie davon erfahren und dich bestrafen, wenn du es ihnen nicht erzählst?«, konterte er.

»Meinst du, das Lügen würde leichtfallen, wenn man jahrelang unter Leuten gelebt hat, die nicht lügen?« Marks Wangen röteten sich vor Zorn. »Und meinst du, sie hätten nicht ihre eigenen Mittel und Wege, die Lügen aufzuspüren, die die Menschen ihnen auftischen?«

»Du *bist* ein Mensch«, erwiderte Julian hitzig. »Du bist keiner von ihnen, du verhältst dich nicht wie sie …«

Mark stand abrupt auf und marschierte durch das Restaurant.

»Was hat er vor?«, fragte Emma und schaute ihm nach. Mark war zur nächsten Sitzecke gegangen, wo eine Gruppe gepiercter und tätowierter Mädchen saß, die so aussahen, als wären sie gerade aus einem Nachtclub gekommen. Sie kicherten und gackerten, als er mit ihnen redete.

»Beim Erzengel.« Julian warf etwas Geld auf den Tisch, rutschte von der Sitzbank und stand auf. Hastig schaufelte Emma Avas Habseligkeiten in die Handtasche und folgte Julian, zusammen mit Livvy, Ty und Cristina.

»Darf ich mich bei deinem Salat bedienen, meine Teuerste?«, wandte Mark sich gerade an ein Mädchen mit pinkfarbenen Haaren und einem Teller Salat auf dem Tisch. Grinsend schob sie ihm den Teller zu.

»Du bist echt süß«, sagte sie. »Selbst mit deinen falschen Elbenohren. Vergiss den Salat, du darfst dich bei was ganz anderem bedienen …«

»Okay, okay, du hast es bewiesen. Das reicht jetzt.« Julian packte Mark – der fröhlich eine kleine Möhre aß – am Handgelenk und versuchte, ihn zum Ausgang zu ziehen. »Tut mir leid«, sagte er, als sich ein Protestchor erhob.

Das Mädchen mit den pinkfarbenen Haaren stand auf. »Er kann bleiben, wenn er möchte«, sagte sie. »Wer bist du überhaupt?«

»Ich bin sein Bruder«, antwortete Julian.

»O Mann, ihr zwei seht euch ja gar nicht ähnlich«, kommentierte sie in einem Tonfall, der Emmas Zorn weckte. Das Mädchen hatte Mark als »echt süß« bezeichnet – Julian war genauso süß, nur auf eine ruhigere, weniger auffällige Weise. Er mochte zwar nicht Marks ausgeprägte Wangenknochen oder dessen Elbencharme besitzen, aber er hatte leuchtende Augen und einen wunderschönen Mund, der …

Emma verdrehte innerlich die Augen. Was war los mit ihr? Wie kam sie nur auf so einen Gedanken?

Livvy schnaubte genervt, drängte sich vor, packte Mark im Rücken und zog ihn am T-Shirt vom Tisch weg. »Den willst du nicht«, teilte sie dem rosahaarigen Mädchen mit. »Er hat Syphilis.«

Das Mädchen starrte sie an. *»Syphilis?«*

»Fünf Prozent der amerikanischen Bevölkerung hat diese Krankheit«, ergänzte Ty hilfsbereit.

»Ich leide nicht an Syphilis«, sagte Mark wütend. »Im Feenreich gibt es keine Geschlechtskrankheiten!«

Die irdischen Mädchen verstummten abrupt.

»Tut mir leid«, sagte Jules. »Ihr wisst ja, wie Syphilis wirkt. Sie schlägt aufs Hirn.« Die Mädchen starrten ihnen mit offenem Mund nach, als Livvy ihren ältesten Bruder am T-Shirt aus dem Restaurant und hinaus auf den Parkplatz schleifte, dicht gefolgt von den anderen.

Kaum waren sie draußen und die Tür hinter ihnen ins Schloss gefallen, brach Emma in schallendes Gelächter aus. Sie lehnte sich gegen Cristina, die ebenfalls kicherte, während Livvy Mark freigab und sich gelassen den Rock glatt strich. »Tut mir leid«, sagte Emma. »Es ist nur ... *Syphilis?*«

»Ty hatte heute einen Artikel darüber gelesen«, erklärte Livvy.

Julian, der ein Lächeln zu unterdrücken versuchte, schaute zu Ty. »Wieso hast du einen Artikel über Syphilis gelesen?«

Ty zuckte die Achseln. »Zu Recherchezwecken.«

»War das wirklich nötig?«, fragte Mark aufgebracht. »Ich hatte mich lediglich bemüht, Konversation zu machen. Ich dachte, ich könnte meine höfische Redeweise ein wenig erproben.«

»Du hast dich absichtlich lächerlich benommen«, sagte Emma. »Allmählich habe ich den Verdacht, dass du denkst, alle Feenwesen würden albern reden.«

»Anfangs habe ich das wirklich gedacht«, räumte Mark offen ein. »Aber dann gewöhnt man sich daran. Und jetzt ... jetzt weiß ich nicht mehr, was ich denken soll.« Er klang ein wenig verloren.

»Wir dürfen nicht mit Irdischen reden«, sagte Julian; sein Lächeln verschwand. »Das ist ... eine der wichtigsten Regeln, Mark. Eines der Dinge, die ein Nephilim als Allererstes lernt. *Ganz besonders* nicht über Dinge wie das Feenreich.«

»Ich habe mit diesen Irdischen gesprochen, und es ist nichts passiert: Niemand ist explodiert oder in Flammen aufgegangen«, sagte Mark. »Wir wurden nicht vom Blitz oder einem anderen schrecklichen Schicksal getroffen. Die Irdischen haben gedacht, ich würde ein Kostüm tragen.« Er senkte kurz den Blick, schaute Julian dann aber wieder an. »Du hattest recht: Ich werde immer auffallen, aber die Leute sehen, was sie sehen wollen.«

»Vielleicht ist die Vorschrift, nicht ohne Runen in den Kampf zu ziehen, total blöd«, gab Ty zu bedenken. Und Emma musste daran denken, auf welche Weise Mark mit Ty im Fechtsaal gesprochen hatte. *Jetzt haben wir beide eine verwundete Hand.*

»Vielleicht sind viele Vorschriften einfach nur blöd«, sagte Julian mit einem bitteren Unterton in der Stimme, der Emma überraschte. »Vielleicht müssen wir uns aber trotzdem daran halten. Vielleicht macht uns gerade das ja zu Schattenjägern.«

Livvy musterte ihn verwirrt. »Blöde Vorschriften zu befolgen macht uns zu Schattenjägern?«

»Nicht die Vorschriften«, erklärte Julian. »Die Strafe für einen Verstoß gegen die Vorschriften.«

»Die Strafe für einen Verstoß gegen die Vorschriften ist im Feenreich mindestens so hart, wenn nicht noch härter«, sagte Mark. »Du musst mir in dieser Hinsicht vertrauen, Julian. Wenn die Feenwesen denken, dass ich an den Ermittlungen nicht teilnehme, werden sie nicht nur mich, sondern euch alle bestrafen. Sie brauchen gar nicht darauf zu warten, dass ich es ihnen erzähle. Sie erfahren es auch so.« Seine Augen funkelten. »Hast du mich verstanden, Jules?«

»Ja, ich habe dich verstanden«, antwortete Julian leise. »Und ich vertraue dir.« Und dann schenkte er seinem Bruder ein Lächeln, das unerwartet kam und dadurch noch strahlender war. »Okay, alle Mann ins Auto. Wir fahren nach Hause.«

»Ich muss mit dem Ross zurückkehren«, sagte Mark. »Ich kann ihn – es – nicht hierlassen. Wenn es verloren ginge, würde die Wilde Jagd das übel nehmen.«

»Also gut«, sagte Julian. »Dann bring es allein zum Institut. Ty und Livvy werden jedenfalls nicht mehr damit fahren, verstanden? Viel zu gefährlich.«

Livvy wirkte enttäuscht, Ty eher erleichtert. Mark nickte kaum merklich.

»Ich fahre mit Mark«, verkündete Cristina plötzlich. Emma sah, wie Marks Gesicht auf eine Weise aufleuchtete, die sie überraschte.

»Ich werde das Ross holen«, sagte Mark. »Ich verspüre den Wunsch zu fliegen.«

»Aber halt dich ans Tempolimit!«, rief Julian seinem Bruder nach.

»Das Motorrad fliegt durch die Luft, Julian«, sagte Emma. »Dort gibt es keine Geschwindigkeitsbegrenzungen.«

»Ich weiß«, sagte Julian und lächelte – jenes Lächeln, das Emma liebte und von dem sie spürte, dass es nur ihr vorbehalten war. Jules' Lächeln, das ihr verriet: Auch wenn das Leben ihn oft zwang, sich ernst zu verhalten, war er nicht von Natur aus so ernst. Plötzlich hatte Emma den dringenden Wunsch, ihn zu umarmen oder an der Schulter zu berühren – ein so überwältigender Wunsch, dass sie sich zwingen musste, die Hände herunterzunehmen und zusammenzupressen. Ihr Blick fiel auf ihre Finger. Aus irgendeinem Grund hatte sie sie verschränkt, als wollte sie damit einen Käfig bilden, aus dem ihre Gefühle nicht entkommen konnten.

Der Vollmond stand hoch am Himmel, als Mark das Motorrad sanft im Sand hinter dem Institut aufsetzte.

Die Fahrt in die Stadt war von Panik erfüllt gewesen: Livvy hatte sich mit ihren kleinen, ängstlichen Händen an Cristinas Gürtel geklammert; Ty hatte Mark zugerufen, er solle nicht so schnell fahren, als der Highway unter ihren Füßen verschwand; und auf dem Parkplatz wären sie fast in einen Müllcontainer gerast.

Dagegen verlief der Rückweg deutlich ruhiger. Cristina hatte die Arme leicht um Marks Taille gelegt und dachte darüber nach, wie nahe sie den Wolken waren. Die Stadt unter ihnen bildete ein verschachteltes Muster aus bunten Lichtern. Cristina war nie ein großer Freund von Achterbahnfahrten und Linienflügen gewesen, aber das hier ließ sich weder mit dem einen noch dem anderen vergleichen: Sie hatte das Gefühl, als wäre sie ein Teil der Luft … als würde sie darauf treiben wie ein kleines Boot auf dem Meer.

Mark rutschte vom Sattel und streckte ihr die Hand entgegen, um ihr beim Absteigen zu helfen. Cristina nahm seine Hand; ihre Augen leuchteten noch vom Anblick des Santa Monica Piers, den bunten Lichtern des Riesenrads. Nie zuvor hatte sie sich so weit von ihrer Mutter, vom Institut in Mexiko-Stadt, von den Rosales entfernt gefühlt.

Es gefiel ihr.

»Mylady«, sagte Mark, als ihre Füße den Boden berührten.

Cristina spürte, wie sich ein Lächeln in ihr Gesicht schlich. »Das klingt so formell.«

»Wenn die Elbenvölker eines sind, dann formell«, bestätigte Mark. »Danke, dass du mich begleitet hast. Dazu warst du schließlich nicht verpflichtet.«

»Du hast den Eindruck auf mich gemacht, als wolltest du nicht gern allein sein«, erklärte Cristina. Eine sanfte Brise wehte aus der Wüste, wirbelte den Sand auf und strich Mark die Haare aus dem Gesicht. Seine jetzt kurzen, fast silberblonden Locken umgaben seinen Kopf wie ein Heiligenschein.

»Du bemerkst eine Menge Dinge.« Mark betrachtete ihr Gesicht. Cristina fragte sich, wie er wohl ausgesehen hatte, als er noch beide Blackthorn-Augen gehabt hatte, so blaugrün wie das Meer. Und sie fragte sich auch, ob ihre seltsame Zweifarbigkeit nicht im Grunde zu seiner Schönheit beitrug.

»Wenn niemand aus deinem Umfeld dir die Wahrheit sagt, lernst du schnell, hinter die Fassade zu schauen«, sagte sie und dachte an ihre Mutter und ihre gelben Rosen.

»Das stimmt«, sagte Mark. »Andererseits komme ich aus einem Reich, wo jeder die Wahrheit sagt, ganz gleich wie schrecklich sie auch sein mag.«

»Gehört das zu den Dingen vom Feenreich, die du vermisst?«, fragte Cristina. »Die Tatsache, dass es dort keine Lügen gab?«

»Woher weißt du, dass mir das Feenreich fehlt?«

»Du bist noch nicht mit ganzem Herzen hier angekommen«, sagte Cristina. »Außerdem glaube ich nicht, dass dich nur ein Gefühl der Vertrautheit dorthin zurückzieht. Du hast davon gesprochen, dass du dich dort frei gefühlt hast. Aber dann hast du erzählt, dass die Feenwesen dir die Runenmale mit Messern in den Rücken geritzt haben. Ich versuche zu verstehen, wie du so etwas vermissen kannst.«

»Das war am Hof des Dunklen Volkes, nicht bei der Wilden Jagd«, erklärte Mark. »Und ich darf nicht darüber reden, was ich vermisse. Ich darf nicht über die Wilde Jagd sprechen, nicht wirklich. Es ist mir untersagt.«

»Das ist schrecklich. Wie kannst du dich für etwas entscheiden, wenn du über deine Entscheidung nicht reden darfst?«

»Die Welt ist schrecklich«, erwiderte Mark tonlos. »Und so mancher wird in sie hineingezerrt und geht dort unter, während andere sich darüber erheben und weitere mit sich tragen. Aber das sind nicht viele. Nicht jeder kann wie Julian sein.«

»Julian?«, hakte Cristina verblüfft nach. »Aber ich dachte, du kannst ihn nicht leiden. Ich dachte …«

»Du dachtest …?« Mark zog seine silberblonden Augenbrauen hoch.

»Ich dachte, du könntest keinen von uns leiden«, antwortete Cristina verlegen. Irgendwie kam es ihr dumm vor, so etwas zu sagen, aber Marks Miene nahm einen weichen Zug an. Er griff nach ihrer Hand und strich mit den Fingern über ihre Handfläche. Ein Schauer jagte durch Cristinas Arm – die Berührung seiner Hand war wie ein Stromschlag.

»Ich mag dich«, sagte er. »Cristina Mendoza Rosales. Ich mag dich sogar sehr.«

Langsam beugte er sich zu ihr hinab. Seine Augen füllten ihr gesamtes Blickfeld, blau und gold …

»Mark Blackthorn.« Die Stimme, die seinen Namen ausgesprochen hatte, klang scharf und kurz angebunden. Cristina und Mark wirbelten herum.

Der groß gewachsene Elbenkrieger, der Mark zum Institut gebracht hatte, stand wie aus dem Nichts vor ihnen, als wäre er einfach aus dem weißen Sand vor dem schwarzen Himmel aufgetaucht. Er selbst wirkte ebenfalls schwarz-weiß: Seine tintenschwarzen Haare kräuselten sich an den Schläfen. Sein silbernes Auge leuchtete im Mondlicht, und das schwarze Auge schien vollkommen pupillenlos. Er trug ein weites graues Oberteil über der grauen Hose, und mehrere Dolche steckten in seinem Gürtel. Der Elbe wirkte so übernatürlich schön wie eine Statue.

»Kieran«, stieß Mark halb geschockt hervor. »Aber ich …«

»Du hättest mich erwarten sollen.« Kieran trat einen Schritt vor. »Du hast mich gebeten, dir mein Ross zu leihen, und ich bin deinem Wunsch nachgekommen. Doch je länger ich ohne mein Ross bin, desto argwöhnischer wird Gwyn. Hattest du gehofft, sein Misstrauen zu wecken?«

»Ich hatte vor, dir dein Ross zurückzubringen«, sagte Mark mit leiser Stimme.

»Tatsächlich?« Kieran verschränkte die Arme vor der Brust.

»Cristina, geh ins Haus«, sagte Mark. Er hatte die Hände sinken lassen und den Blick auf Kieran – nicht auf sie – geheftet.

»Mark …«

»Bitte«, sagte er. »Das hier … Wenn du meine Privatsphäre respektierst, geh bitte ins Haus.«

Cristina zögerte. Aber Marks Miene ließ keinen Zweifel zu. Er wusste, worum er sie bat. Also machte Cristina auf dem Absatz kehrt, stürmte durch die Hintertür ins Institut und warf sie mit einem Knall hinter sich zu.

Vor ihr ragte die Treppe auf, aber Cristina schaffte es nicht hinaufzusteigen. Zwar kannte sie Mark nicht besonders gut, aber als sie den Fuß auf die erste Stufe setzen wollte, musste sie an die Narben auf seinem Rücken denken. Und daran, wie er sich am ersten Tag im Institut in einer Ecke seines Zimmers zusammengekauert und Julian vorgeworfen hatte, er sei nur ein Traum oder eine Halluzination, geschickt von der Wilden Jagd, um ihn zu quälen.

Bisher hatte sie nie an den Kalten Frieden geglaubt, aber Marks Schmerzen hatten an ihrer Überzeugung genagt. Vielleicht waren die Feenwesen ja tatsächlich so grausam, wie man immer behauptete. Vielleicht war an ihnen ja wirklich kein gutes Haar, kein Funken Ehrgefühl. Und wenn das zutraf, wie konnte sie Mark dann dort draußen zurücklassen, allein mit einem dieser Feenwesen?

Cristina wirbelte herum, stieß die Tür auf – und erstarrte.

Ihre Augen brauchten einen Moment, um Mark und Kieran ausfindig zu machen, doch als sie sie erst einmal entdeckt hatte, schien ihr der Anblick der beiden entgegenzuspringen wie die Bilder auf einem hell erleuchteten Monitor. Sie standen in einem Lichtkegel, den der Mond am Rand des Geländes warf. Mark lehnte mit dem Rücken an einer der Eichen. Kieran presste ihn mit dem Körper gegen den Stamm und küsste ihn.

Cristina zögerte einen Moment; das Blut schoss ihr in die Wangen. Doch es war offensichtlich, dass Mark nicht gegen seinen Willen angefasst wurde. Seine Hände hatten sich in Kierans Haare gekrallt, und er küsste ihn so leidenschaftlich, als sei er völlig ausgehungert. Ihre Körper pressten sich eng aneinander. Trotzdem umklammerte Kieran Marks Taille; seine Hände glitten rastlos, verzweifelt über seine Hüften, als könnte er Mark noch enger an sich heranziehen. Dann schoben sich seine Finger zu Marks Schultern hoch, zerrten seine Jacke herunter und streichelten die Haut am Kragen seines T-Shirts. Doch nach einem Moment brachte er einen kehligen Laut hervor, wie ein kummervoller Aufschrei, und löste sich von Mark.

Seine Augen wanderten über Mark, sein Blick so sehnsüchtig wie hoffnungslos. Nie zuvor war Cristina ein Elbe so menschlich vorgekommen wie Kieran in diesem Augenblick. Mark erwiderte seinen Blick, mit großen Augen, die im Mondlicht glänzten. Ein gemeinsamer Blick voller Liebe, Verlangen und schrecklicher Trauer. Das war zu viel für Cristina. Eigentlich war es schon lange zu viel gewesen: Sie wusste, dass sie die beiden nicht hätte beobachten dürfen. Aber sie war nicht in der Lage gewesen, den

Blick abzuwenden. Eine Mischung aus Schock und Faszination hatte sie wie angewurzelt dastehen lassen.

Und Begehren. Der Gefühlscocktail enthielt auch Begehren. Allerdings konnte sie nicht sagen, ob dieses Begehren Mark galt oder beiden Jungen oder einfach nur der Vorstellung, sich so sehr nach jemandem zu verzehren. Mit rasendem Puls trat sie einen Schritt zurück und wollte gerade die Tür hinter sich zuziehen …

Als der gesamte Parkplatz in grelles Licht getaucht wurde und ein Wagen um die Ecke bog. Musik schallte aus den Fenstern, und Cristina konnte Emmas und Julians Stimmen hören.

Hastig schaute sie wieder zu Mark und Kieran, aber Kieran war verschwunden, ein Schatten im Schatten. Mark bückte sich und hob seine Jacke auf, während Emma und die anderen aus dem Auto drängten.

Cristina zog die Tür ins Schloss. Durch das Türblatt hörte sie, wie Emma Mark nach ihr fragte und Mark antwortete, dass sie bereits ins Institut gegangen sei. Er klang vollkommen beiläufig und ruhig, als wäre überhaupt nichts passiert.

Dabei war so viel passiert.

Als Cristina ihm die Haare geschnitten und er ihr in die Augen geschaut und gesagt hatte, dass er bei der Wilden Jagd jahrelang ohne Spiegel hatte auskommen müssen, da hatte sie sich gefragt, in wessen Augen er all die Jahre wohl geschaut hatte.

Jetzt wusste sie es.

Die Wilde Jagd, einige Jahre zuvor

Mark Blackthorn kam zur Wilden Jagd, als er sechzehn Jahre alt war – und er kam nicht aus freien Stücken.

Er erinnerte sich nur an Dunkelheit, nachdem man ihn aus dem Institut verschleppt hatte, das sein Zuhause war. Irgendwann wachte er in einem unterirdischen Höhlensystem auf, inmitten von Flechten und triefnassem Moos. Ein riesiger Mann mit zwei verschiedenfarbigen Augen stand vor ihm, in der Hand einen Helm, der mit einem Geweih verziert war.

Natürlich erkannte Mark ihn sofort. Man konnte schließlich kein Schattenjäger sein, ohne von der Wilden Jagd zu wissen. Und man konnte auch kein Halb-Elbe sein, ohne Gwyn den Jäger zu kennen, der die Wilde Jagd seit Jahrhunderten anführte. An seiner Seite trug er ein langes Metallschwert, dessen Klinge schwarz angelaufen und verbogen war, als wäre es bereits durch viele Feuer gegangen. »Mark Blackthorn«, sagte er, »du bist nun bei der Wilden Jagd, denn deine Familie ist tot. Wir sind jetzt deine Blutsverwandten.« Dann nahm er das Schwert, fuhr sich mit der Klinge über die Handfläche, bis Blut hervorquoll, und ließ dieses in ein Gefäß mit Wasser tropfen, das er Mark zum Trinken reichte.

In den darauffolgenden Jahren erlebte Mark, wie andere zur Wilden Jagd kamen. Er hörte, wie Gwyn dieselben Worte sprach, und beobachtete, wie sie sein Blut tranken. Und dann konnte er zusehen, wie sich ihre Augen veränderten und zwei verschiedene Farben annahmen, als symbolisierten sie die Aufspaltung ihrer Seele.

Gwyn war der Ansicht, dass ein neuer Rekrut zuerst gebrochen werden musste, bevor man ihn zu einem Wilden Jäger ausbilden konnte – jemand, der nächtelang ohne Schlaf reiten, tagelang ohne Nahrung auskommen und Schmerzen ertragen konnte, die jeden Irdischen getötet hätten. Und er war der festen Überzeugung, dass ihre Treue unverbrüchlich sein musste. Die Wilde Jagd musste an oberster Stelle stehen.

Mark stellte Gwyn seine Loyalität und seine Dienste zur Verfügung, aber er fand keine Freunde unter den Sammlern der Toten. Er war ein Schattenjäger, sie jedoch nicht. Die anderen stammten alle von einem der Feenhöfe und waren in den Dienst der Wilden Jagd gepresst worden, als Strafmaßnahme für ein Vergehen. Die Tatsache, dass Mark ein Nephilim war, gefiel ihnen nicht, und er spürte ihre Verachtung und verachtete sie seinerseits.

In den Nächten ritt er allein, auf einer silbernen Stute, die Gwyn ihm gegeben hatte. Paradoxerweise schien Gwyn ihn zu mögen, doch vielleicht wollte er die anderen Jäger auch nur ärgern. Er lehrte Mark, sich an den Sternen zu orientieren und den Lärm eines Schlachtengetümmels wahrzunehmen, das vielleicht hunderte oder sogar tausende Kilometer entfernt stattfand: wütende Schreie und das Röcheln der Sterbenden. Gemeinsam ritten sie auf das Schlachtfeld und raubten – für Menschenaugen unsichtbar – den Leichen alle kostbaren Besitztümer. Das meiste davon floss als Tribut an die Höfe des Lichten und des Dunklen Volkes, doch einen Teil behielt Gwyn für sich selbst.

Mark schlief jede Nacht allein auf dem kalten Boden, eingewickelt in eine Decke, mit einem Stein als Kopfkissen. Wenn die Temperatur fiel, lag er zitternd da und träumte von Runenmalen, die ihn wärmen würden, und von der wunderbaren Hitze der Seraphklingen. In seiner Tasche trug er den Elbenstein, den Jace Herondale ihm gegeben hatte, aber er traute sich nur dann, ihn hervorzuholen und sein Licht zu entzünden, wenn er allein war.

Jede Nacht wiederholte er vor dem Einschlafen die Namen seiner Geschwister, in der Reihenfolge ihres Alters. Jeder Name wirkte wie ein Anker und verband ihn mit der Erde. Hielt ihn am Leben.

Helen. Julian. Tiberius. Livia. Drusilla. Octavian.

Die Tage verschmolzen zu Monaten. Im Feenreich verging die Zeit auf andere Weise als in der Welt der Irdischen. Mark hatte es aufgegeben, die Tage zu zählen. Es gab keine Möglichkeit, ihr Verstreichen festzuhalten, und Gwyn hasste alles, was damit zu tun hatte. Deshalb hatte Mark keine Ahnung, wie lange er schon bei der Wilden Jagd gewesen war, als Kieran zu ihnen kam.

Er hatte gehört, dass sie einen neuen Jäger bekommen würden. Gerüchte verbreiteten sich im Feenreich schnell, und außerdem hatte Gwyn es sich zur Gewohnheit gemacht, die Neulinge immer am selben Ort zu verwandeln: in einer Höhle nicht weit vom Eingang zum Dunklen Hof entfernt, wo die Wände mit dichten smaragdgrünen Moosteppichen bewachsen waren und ein kleiner natürlicher Quell zwischen den Felsen hervorsprudelte und sich in einem Teich sammelte.

Dort fanden sie ihn bei ihrer Ankunft vor, speziell für Gwyn zurückgelassen. Anfangs konnte Mark nur die Umrisse eines Jungen mit zerzausten schwarzen Haaren und einer schlanken Statur erkennen. Die Ketten, mit denen seine Hände und Füße gebunden waren, hatten seinen Körper in eine seltsame Haltung gezwängt. Er schien nur aus Haut und Knochen zu bestehen.

»Prinz Kieran«, sagte Gwyn, als er sich dem Jungen näherte, worauf ein Raunen durch die Gruppe der Jäger ging. Wenn der Neuling ein Prinz war, dann war er ranghöher als alle Angehörigen des Elbenadels. Und was musste ein Prinz verbrochen haben, dass man ihn vom Hof verstieß und so brutal von Freunden und Verwandten trennte?

Der Junge hob den Kopf, als Gwyn auf ihn zutrat, und zeigte sein Gesicht. Er entstammte definitiv einem Adelsgeschlecht und besaß deren typische leuchtende, fast übernatürlich schönen Züge, dazu hohe Wangenknochen und schwarze Augen. Sein schwarzes Haar schillerte an manchen Stellen bläulich und grünlich – die Farben des Ozeans bei Nacht. Er wandte den Kopf ab, als Gwyn ihm das Gefäß mit der Mischung aus Wasser und Blut an die Lippen setzen wollte. Doch Gwyn presste seinen Mund darauf und zwang ihn zu trinken. Fasziniert sah Mark zu, wie Kierans rechtes Auge die Farbe wechselte: von Schwarz zu Silbern. Und dann fielen die Ketten von seinen wunden Handgelenken und Fußknöcheln.

»Du bist jetzt einer der Wilden Jäger«, teilte Gwyn ihm in ungewohnt grimmigem Ton mit. »Erhebe dich und geselle dich zu uns.«

Kieran war ein seltsamer Neuzugang. Obwohl man ihm den Rang eines Prinzen entzogen hatte, umgab ihn immer noch eine undefinierbare Aura – eine Mischung aus Arroganz und blauem Blut, die den anderen Jägern nicht gefiel. Sie machten sich über ihn lustig, nannten ihn »Prinzling« und wären auch vor schlimmeren Schikanen nicht zurückgeschreckt, wenn Gwyn sie nicht daran gehindert hätte. Offenbar gab es am Hof noch immer jemanden, der ein wachsames Auge auf Kieran hatte – trotz seiner Verbannung.

Mark beobachtete Kieran so oft es ging; er konnte einfach nichts dagegen tun. Irgendetwas an dem Neuen faszinierte ihn. Bald fand er heraus, dass sich die Haarfarbe des Prinzen je nach Stimmung veränderte – von Nachtschwarz (wenn er verzweifelt war) bis Hellblau (wenn er lachte, was nur selten vorkam). Aber es handelte sich immer um die Farben des Meeres. Sein Haar war dicht und gelockt, und manchmal wünschte Mark sich, er könnte es berühren. Er wollte gern herausfinden, ob es sich wie Haar anfühlte oder wie etwas anderes – zum Beispiel wie Seidentaft, ein Gewebe, dessen Farbe je nach Lichteinfall wechselte.

Kieran dirigierte sein Pferd wie ein geborener Reiter. Gwyn hatte es ihm gegeben, und es war das wildeste Pferd, das Mark je gesehen hatte: schwarz und skelettartig – ein wahres Totenross. Genau wie Mark schien Kieran fest entschlossen, allein zu reiten, den Schmerz seiner Verbannung und seiner Einsamkeit allein zu tragen. Er würdigte die anderen Jäger nur selten eines Blickes und wechselte noch seltener ein Wort mit ihnen.

Nur Mark sah er manchmal an, wenn die anderen ihn Nephilim schimpften oder Schattenjägerbrut oder Engelsknabe oder ihn mit noch viel schlimmeren Ausdrücken verhöhnten. Und dann kam der Tag, an dem die Kunde bis zur Wilden Jagd vordrang, dass der Rat eine Gruppe Feenwesen wegen Hochverrats hatte hängen lassen. Die verurteilten Elben hatten Freunde unter den Jägern gehabt, und in einem Anfall von Wut verlangten Marks Gefährten, dass er sich auf den Boden kniete und die Worte sprach: »Ich bin kein Schattenjäger.«

Als Mark sich weigerte, rissen sie ihm das T-Shirt vom Leib und peitschten ihn aus. Dann ließen sie ihn blutüberströmt unter einem Baum auf einem verschneiten Feld liegen, wo sein Blut die weißen Flocken rot färbte.

Als er aus seiner Ohnmacht erwachte, stellte er fest, dass er von Feuerschein und Wärme umgeben war und auf einem Schoß lag. Noch immer benommen erkannte er schließlich, dass es sich um Kierans Schoß handelte. Kieran hob ihn hoch, gab ihm Wasser und legte eine Decke um seine Schultern. Seine Berührungen waren sanft und leicht. »Ich glaube, dein Volk verfügt über Heilrunen«, sagte er.

»Stimmt«, krächzte Mark und machte eine unvorsichtige Bewegung, woraufhin heißer Schmerz durch seinen aufgerissenen Rücken jagte. »Sie werden als Iratzes *bezeichnet. Eine davon könnte meine Verletzungen sofort heilen. Aber dafür bräuchte ich eine Stele, und meine Stele wurde vor vielen Jahren in Stücke gebrochen.«*

»Das ist ein Jammer«, sagte Kieran. »Ich fürchte, deine Haut wird für immer mit Narben übersät sein.«

»Was kümmert es mich?«, erwiderte Mark matt. »Schließlich ist es nicht so, als ob es hier bei der Wilden Jagd eine Rolle spielen würde, ob ich schön bin oder nicht.«

Bei diesen Worten schenkte Kieran ihm ein geheimnisvolles kleines Lächeln und strich Mark sanft über die Haare. Mark schloss die Augen. Es lag Jahre zurück, dass jemand ihn berührt hatte, und das Gefühl jagte trotz der schmerzenden Wunden einen Schauer durch seinen Körper.

Von da an ritten sie zusammen. Kieran verwandelte die Wilde Jagd für sie beide in ein großes Abenteuer. Er zeigte Mark die Wunder der Erde, die nur die Feenwesen kannten: endlose Eisflächen, die im Mondlicht still und silbern schimmerten, und verborgene Täler mit üppig blühenden Mitternachtsblumen. Sie ritten unter der Gischt von Wasserfällen hindurch und inmitten hoher Wolkengebirge. Und Mark war zwar nicht unbedingt glücklich, aber auch nicht länger von Einsamkeit gequält.

Nachts rollten sie sich gemeinsam unter Kierans Decke zusammen, die aus einem dicht gewebten Stoff bestand, der immer warm war. Eines Nachts legten sie auf einer grünen Bergkuppe hoch im Norden eine Rast ein. Ein Hügelgrab, vor Jahrtausenden von Irdischen errichtet, krönte die Kuppe. Mark lehnte sich gegen den Stein und blickte über das weite Land, das silbern schimmernd in der Dunkelheit dalag und bis zum Meer am Horizont reichte. Das Meer war überall das gleiche, überlegte er – die gleichen Fluten, die sich auch an der Küste brachen, die er noch immer als sein Zuhause betrachtete.

»Deine Wunden sind verheilt«, bemerkte Kieran und legte behutsam einen schlanken Finger auf einen Riss in Marks zerschlissenem T-Shirt, unter dem seine Haut zum Vorschein kam.

»Aber sie sind noch immer hässlich«, sagte Mark. Er wartete darauf, dass sich die ersten Sterne am Firmament zeigten, damit er ihnen die Namen seiner Geschwister geben konnte. Deshalb nahm er nicht wahr, dass Kieran näher trat … bis er schließlich direkt vor ihm stand. Die Dämmerung zeichnete feine Schatten auf sein Gesicht.

»Nichts an dir ist hässlich«, sagte Kieran. Dann beugte er sich vor, um Mark zu küssen. Und nach einem Moment der Überraschung hob Mark den Kopf und kam Kierans Mund mit seinen Lippen entgegen.

Es war sein allererster Kuss, und er hätte nie gedacht, dass er ihn von einem Jungen erhalten würde. Doch er war froh, dass es sich um Kieran handelte. Mark hätte nie erwartet, dass ein Kuss so quälend und lustvoll zugleich sein konnte. Seit Monaten hatte er sich gewünscht, Kierans Haar zu berühren, und jetzt konnte er diesem Drang endlich nachgeben: Er schob seine Finger in Kierans Haare, die langsam eine andere Farbe annahmen, von Schwarz zu Blau, mit einem goldenen Rand. Sie fühlten sich an wie Flammen, die über seine Haut züngelten.

In dieser Nacht rollten sie sich wieder unter der Decke zusammen, allerdings fanden sie nur wenig Schlaf, und Mark vergaß, den Sternen die Namen seiner Familie zu geben – nicht nur in dieser Nacht, sondern auch in den meisten darauffolgenden Nächten. Schon bald gewöhnte sich Mark daran, dass er morgens aufwachte und einen Arm um Kieran geschlungen oder eine Hand in seinen hellblauen Locken vergraben hatte.

Er lernte, dass Küsse und Berührungen und Liebeserklärungen dafür sorgen konnten, dass man vergaß. Und je mehr Zeit er mit Kieran verbrachte, desto mehr wollte er mit ihm zusammen sein und mit niemand anderem. Er lebte für die Stunden, in denen sie allein waren – normalerweise in der Nacht – und sich flüsternd unterhielten, damit niemand sie hörte. »Erzähl mir vom Dunklen Hof«, bat Mark dann, und Kieran murmelte Geschichten vom Hof des Dunklen Volkes und vom bleichen König, seinem Vater, der über die Nachtelben herrschte. Und danach bat Kieran dann: »Erzähl mir von den Nephilim.« Woraufhin Mark vom Erzengel berichtete und vom Dunklen Krieg und davon, was mit ihm und seinen Geschwistern geschehen war.

»Und du hasst mich nicht?«, fragte Mark eines Nachts, als er in Kierans Armen lag, hoch oben auf einer Bergwiese. Sein zerzaustes blondes Haar streifte über Kierans Schulter, als er den Kopf drehte. »Dafür, dass ich ein Nephilim bin? Im Gegensatz zu den anderen.«

»Du brauchst nicht länger ein Nephilim zu sein. Du könntest dich dafür entscheiden, freiwillig der Wilden Jagd anzugehören. Dich zu deiner elbenhaften Seite zu bekennen.«

Mark schüttelte den Kopf. »Als sie mich ausgepeitscht haben, weil ich nicht leugnen wollte, dass ich ein Schattenjäger bin, hat mich das in meinem Beschluss nur noch bestärkt. Ich weiß, was ich bin, auch wenn ich es nicht aussprechen darf.«

»Du kannst es nur mir gegenüber aussprechen«, sagte Kieran, während seine langen Finger leicht über Marks Wange streiften. »Hier, in diese Lücke zwischen uns beiden. Denn hier besteht keine Gefahr.«

Und Mark drängte sich an seinen Geliebten und einzigen Freund und flüsterte in die Lücke zwischen ihnen beiden, wo sich sein kalter Rumpf gegen Kierans warmen Körper presste: »Ich bin ein Schattenjäger. Ich bin ein Schattenjäger. Ich bin ein Schattenjäger.«

13

Für mich allein

Emma stand vor ihrem Badezimmerspiegel und zog sich langsam das Trägertop über den Kopf.

Zwanzig Minuten Arbeit mit einem Bleichmittel hatten das Blut aus den Polstern des Toyota entfernt. Das hatte ihr keine Probleme bereitet. Schließlich war sie an Blutflecken gewöhnt. Aber das hier – Julians getrocknetes Blut auf ihrer Haut, diese rotbraunen Sprenkel auf ihren Rippen und ihren Schultern –, das ging viel tiefer. Als sie den Reißverschluss ihrer Jeans öffnete und sich aus dem Stoff schälte, konnte sie weiteres getrocknetes Blut am Jeansbund erkennen, verräterische stecknadelkopfgroße Tupfen entlang der Nähte.

Sie knüllte Jeans und Top zusammen und warf sie in den Mülleimer.

In der Dusche schrubbte sie unter fast kochend heißem Wasser das Blut, den Dreck und den Schweiß von der Haut und sah zu, wie das rosa verfärbte Wasser in den Abfluss lief. Emma konnte schon gar nicht mehr zählen, wie oft sie das beobachtet hatte, wie oft sie im Training oder im Kampf blutende Wunden davongetragen hatte. Die Narben an ihrer Taille, den Schultern, auf ihren Armen und in ihrer Kniekehle sprachen Bände.

Aber Julians Blut war etwas vollkommen anderes.

Vor ihrem inneren Auge sah sie ihn wieder vor sich: angeschossen und zusammengekrümmt, während sein Blut strömte und wie Wasser durch ihre Finger rann. Zum ersten Mal seit Jahren hatte sie tatsächlich gedacht, er könnte sterben und sie würde ihn für immer verlieren. Sie wusste genau, was sich die Leute über den Tod eines *Parabatai* erzählten. Sie wusste, dass der Verlust so schwer wog wie der eines Ehepartners oder Geschwisters. Emma hatte ihre Eltern verloren; sie hatte angenommen, sie wüsste, was Verlust bedeutete, und sei darauf vorbereitet.

Aber nichts davon hatte sie auf das Gefühl vorbereitet, das die Vorstellung, Jules zu verlieren, bei ihr hervorgerufen hatte: Wenn Julian starb, dann würde sich der Himmel für immer verfinstern, und sie würde nie wieder festen Boden unter den Füßen spüren. Doch noch viel seltsamer war das Gefühl gewesen, das durch ihren Körper gejagt war, als sie erkannt hatte, dass er überleben würde. Plötzlich hatte sie seine Anwesenheit, seinen Körper auf eine Weise wahrgenommen, die ihr fast Schmerzen bereitete. Sie hatte die Arme um ihn schlingen, ihm die Finger in die Haut graben wollen, als könnte sie ihn so fest an sich ziehen, dass ihre Körper und ihre Knochen miteinander verschmolzen. Emma wusste, dass das keinen Sinn ergab, aber sie konnte es nicht anders erklären.

Sie wusste einfach nur, dass dieses Gefühl intensiv und schmerzhaft war und etwas, das sie bisher noch nie für Julian empfunden hatte. Und dass ihr dieses Gefühl Angst einjagte.

Das Wasser war inzwischen kalt geworden, und Emma drehte den Hahn mit einer wilden, ruckartigen Drehung ihres Handgelenks zu. Dann trat sie aus der Dusche, trocknete sich ab und fand ein sauberes Unterhemd und Boxershorts in ihrem Wäschekorb. Als sie hineingeschlüpft war, kehrte sie in ihr Zimmer zurück.

Cristina saß auf ihrem Bett.

»Hey«, sagte Emma. »Ich wusste nicht, dass du hier bist! Ich hätte splitternackt aus dem Bad kommen können.«

»Ich bezweifle, dass du irgendetwas hast, was ich nicht habe.« Cristina wirkte abgelenkt; sie hatte die dunklen Haare zu Zöpfen geflochten und verschränkte die Finger auf ihre typische Weise, wenn sie etwas beschäftigte.

»Alles in Ordnung?«, fragte Emma und setzte sich auf die Bettkante. »Du siehst aus, als würde dich was bedrücken.«

»Glaubst du, Mark hatte Freunde bei der Wilden Jagd?«, fragte Cristina unvermittelt.

»Nein.« Emma sah sie erstaunt an. »Zumindest hat er keine erwähnt. Und er hätte doch bestimmt darüber gesprochen, wenn er jemanden vermissen würde.« Sie runzelte die Stirn. »Wieso?«

Cristina zögerte. »Na ja, er hat sich doch von jemandem dieses Motorrad geliehen. Hoffentlich hat er sich nicht irgendwelchen Ärger damit eingehandelt.«

»Mark ist schlau«, erwiderte Emma. »Ich bezweifle, dass er seine Seele für die kurzfristige Nutzung eines Motorrads verpfändet hat.«

»Bestimmt hast du recht«, murmelte Cristina und warf dann einen Blick in Richtung Emmas Schrank. »Darf ich mir ein Kleid leihen?«

»Jetzt sofort?«, fragte Emma. »Hast du ein Mitternachtsdate?«

»Nein, für morgen Abend.« Cristina stand auf und öffnete den Schrank. Mehrere schlecht gefaltete Viskosekleider fielen ihr entgegen. »Bei dieser Veranstaltung wird doch Abendgarderobe erwartet. Aber ich habe gar nichts Elegantes mitgebracht.«

»Von meinen Kleidern wird dir keines passen«, gab Emma zu bedenken, als Cristina sich ein schwarzes Kleid mit winzigen Raketen und Raumschiffen vor den Körper hielt und es stirnrunzelnd betrachtete. »Wir haben ganz unterschiedliche Figuren. Deine ist viel mehr … *boom-chicka-boom.*«

»Ist das überhaupt Englisch?«, fragte Cristina zweifelnd, legte das Raketenkleid ins Fach zurück und schloss die Schranktür. »Ich glaube nicht, dass das richtiges Englisch ist.«

Emma lächelte sie freundlich an. »Wir machen morgen einen Einkaufsbummel«, schlug sie vor. »Einverstanden?«

»Das kommt mir so normal vor … nach allem, was heute Abend passiert ist …« Cristina warf ihre Zöpfe nach hinten.

»Cameron hat angerufen«, sagte Emma.

»Ich weiß«, bestätigte Cristina. »Ich war in der Küche, als er angerufen hat. Aber warum erzählst du mir das jetzt? Seid ihr wieder zusammen?«

Emma rutschte weiter zurück auf ihr Bett. »Nein! Er hat mich gewarnt. Er meinte, da draußen würden Leute rumlaufen, die nicht wollten, dass ich meine Nase in diese Mordfälle stecke.«

»Emma.« Cristina seufzte. »Und davon hast du uns nichts erzählt?«

»Cameron hat gesagt, dass es um *mich* ginge«, erwiderte Emma. »Also habe ich gedacht, dass jede potenzielle Gefahr nur mich betreffen würde.«

»Aber Julian wurde verletzt«, antwortete Cristina. Sie schien zu wissen, was Emma als Nächstes sagen wollte. »Und jetzt machst du dir Sorgen, dass das deine Schuld war.«

Emma zupfte an den Fransen ihrer Tagesdecke. »Ist es denn nicht meine Schuld? Ich meine, Cameron hat mich gewarnt. Er hat gesagt, dass er diese Information auf dem Schattenmarkt gehört hat. Deshalb weiß ich jetzt nicht, ob sich dort irgendwelche Irdischen unterhalten haben oder Feenwesen oder Hexenmeister oder wer auch immer. Aber Tatsache ist doch, dass er mich gewarnt hat und ich seine Warnung ignoriert habe.«

»Es war *nicht* deine Schuld. Wir wissen schließlich längst, dass da draußen jemand rumläuft, sehr wahrscheinlich ein Totenbeschwörer, der Irdische und Schattenweltler auf rituelle Weise umbringt. Wir wissen bereits, dass ihm eine Armee von Mantis-Dämonen zur Verfügung steht. Es ist doch nicht so, als ob Julian mit keinerlei Gefahr gerechnet hätte und völlig unvorbereitet gewesen wäre.«

»Er wäre mir fast unter den Händen gestorben«, sagte Emma. »Er hat so viel Blut verloren.«

»Aber du hast ihn geheilt. Es geht ihm gut. Du hast ihm das Leben gerettet«, erwiderte Cristina und winkte ab. Sie besaß perfekte, glänzend ovale Fingernägel, wohingegen Emmas Nägel vom Kampf und Training eingerissen waren. »Warum zweifelst du an dir, Emma? Weil Julian verletzt wurde und dir das Angst eingejagt hat? Seit ich dich kenne, bist du immer irgendwelche

Risiken eingegangen. Das ist ein Teil deiner Persönlichkeit. Und Julian weiß das. Er weiß es nicht nur – ihm gefällt das auch.«

»Wirklich? Er sagt mir ständig, ich soll mich nicht in Gefahr bringen …«

»Das muss er auch«, erklärte Cristina. »Ihr beide seid zwei Hälften von einem Ganzen. Ihr müsst euch voneinander unterscheiden wie Licht und Schatten. Julian ist vorsichtig, um deine Verwegenheit zu mildern. Und du bist verwegen, um seine Vorsicht zu mildern. Wenn ihr euch nicht gegenseitig hättet, würdet ihr weniger gut funktionieren. Und genau das bedeutet es, *Parabatai* zu sein.« Freundschaftlich zupfte sie an Emmas feuchten Haaren. »Ich glaube nicht, dass Cameron derjenige ist, der dich beschäftigt. Das ist nur eine Ausrede, damit du dir selbst Vorwürfe machen kannst. Ich glaube, dich beschäftigt die Tatsache, dass Julian verwundet wurde.«

»Vermutlich«, sagte Emma mit angespannter Stimme.

»Ist mit dir wirklich alles in Ordnung?«, hakte Cristina besorgt nach.

»Mir geht's gut.« Emma lehnte sich gegen eines ihrer Kissen. Sie sammelte Kissen mit kitschigen Kalifornienmotiven: Manche erinnerten an Postkarten, andere besaßen die Umrisse des Bundesstaates oder zeigten die Aufschrift I LOVE CALI.

»Du machst mir nicht den Eindruck, als ob es dir gut ginge«, wandte Cristina ein. »Du siehst aus wie … Meine Mutter hat früher immer gesagt, wenn jemandem plötzlich etwas klar geworden wäre, könnte man das an einem typischen Ausdruck auf dem Gesicht erkennen. Und du siehst so aus wie jemand, dem gerade etwas klar geworden ist.«

Am liebsten hätte Emma die Augen geschlossen, um ihre Gedanken vor Cristina zu verbergen – Gedanken, die verräterisch waren und gefährlich und falsch.

»Das ist nur der Schock«, sagte sie. »Beinahe hätte ich Julian verloren – und das hat mich aus der Bahn geworfen. Morgen geht's mir wieder besser. Bestimmt.« Sie zwang sich zu einem Lächeln.

»Wenn du es sagst, *manita.*« Cristina seufzte. »Wenn du es sagst.«

Nachdem Julian geduscht und das Blut abgespült hatte, sorgte er dafür, dass die Reste seiner verätzten Monturjacke zu Malcolm geschickt wurden, und ging dann durch den Flur auf Emmas Zimmer zu.

Doch auf halber Strecke hielt er plötzlich inne. Er hatte sich neben ihr aufs Bett legen, noch einmal über die Ereignisse des Abends reden und dann gemeinsam die Augen schließen wollen, mit dem leisen Geräusch ihres Atems in seinen Ohren, der ihn an die Brandung erinnerte und der die Schritte bis zum Einschlafen maß.

Aber … Wenn er an die Rückbank des Toyota dachte und daran, wie Emma auf ihm gehockt hatte, mit Panik im Gesicht und Blut an den Händen, empfand er nicht das, was er eigentlich empfinden sollte: die Angst, die Erinnerung an den Schmerz, die Erleichterung, dass er überlebt hatte.

Stattdessen verspürte er eine Spannung, ein Sehnen in seinem Körper, das ihn bis ins Mark traf. Als er die Augen schloss, sah er Emma im Schein des Elbenlichts. Ihre Haare hatten sich aus der Spange gelöst, und das Licht der Straßenlaternen schien durch die Strähnen hindurch und verwandelte sie in eine helle, wie Sommereis schimmernde Fläche.

Emmas Haar. Vielleicht lag es daran, dass sie es so selten offen trug, oder daran, dass Emma mit offenen Haaren zu den Motiven zählte, die Julian schon immer hatte malen wollen. Doch die langen, schwungvollen blonden Strähnen waren ihm immer wie Kabel vorgekommen, die sich direkt mit seinem Nervensystem verbanden.

Sein Kopf dröhnte; sein Körper schmerzte übertrieben und sehnte sich danach, wieder mit Emma im Toyota zu sitzen. Das Ganze ergab überhaupt keinen Sinn, und deshalb zwang sich Julian, auf dem Absatz kehrtzumachen und in die Bibliothek zu gehen. Der Raum war dunkel und kalt und roch nach altem

Papier. Aber Julian benötigte kein Licht; er wusste genau, zu welchem Regal er wollte.

Gesetzgebung.

Julian zog gerade einen in rotes Leder gebundenen Wälzer von einem der oberen Regalböden, als er einen durchdringenden Schrei hörte, der aus dem Flur zu kommen schien. Hastig schnappte er sich das Buch, stürmte aus der Bibliothek und lief durch den Korridor. Als er um eine Ecke bog, sah er, wie Drusillas Tür geöffnet wurde. Sie steckte den Kopf heraus; das Elbenlicht in ihrer Hand beleuchtete ihr rundliches Gesicht und ihren Pyjama, der mit einem Muster aus Furcht einflößenden Grimassen bedruckt war.

»Tavvy hat geweint«, sagte sie. »Er hatte zwar vor einer Weile aufgehört, aber jetzt hat er wieder angefangen.«

»Danke.« Julian gab ihr einen Kuss auf die Stirn. »Geh wieder ins Bett. Ich kümmere mich darum.«

Drusilla schloss die Tür, und Julian schlüpfte in Tavvys Zimmer.

Tavvy lag zusammengekrümmt unter der Bettdecke. Er schlief, ein Kissen fest umklammert und mit leicht geöffnetem Mund. Tränen strömten ihm über das Gesicht.

Julian setzte sich auf das Bett und legte eine Hand auf seine Schulter. »Octavian«, sagte er. »Wach auf. Du hast einen Albtraum. Wach auf.«

Ruckartig fuhr Tavvy hoch; seine braunen Haare standen in alle Richtungen ab. Als er Julian sah, hickste er einmal, und dann klammerte er sich an seinen älteren Bruder und schlang ihm die Arme um den Hals.

Jules hielt ihn fest, rieb ihm über den Rücken und tätschelte die hervorstehenden Wirbel seines Rückgrats. Zu klein, zu dünn, mahnte sein Verstand. Seit dem Dunklen Krieg hatte es immer große Anstrengung gekostet, Tavvy zum Essen und zum Schlafen zu bewegen.

Julian erinnerte sich daran, wie er mit Tavvy auf dem Arm durch die kopfsteingepflasterten Gassen von Alicante gehastet war und versucht hatte, das Gesicht seines kleinen Bruders an seine Schulter zu drücken, damit er das Blut und die Toten um ihn herum nicht sah. Er hatte gehofft, wenn Tavvy nichts von dem mitbekam, was in der Stadt passierte, dann wäre alles gut. Dann würde er sich nicht daran erinnern. Dann würde er nichts davon wissen.

Trotzdem wurde Tavvy Woche für Woche von Albträumen geplagt und erwachte zitternd, schwitzend und tränenüberströmt. Und jedes Mal wurde Julian wieder bewusst, dass er seinen kleinen Bruder nicht davor hatte bewahren können. Diese Erkenntnis versetzte ihm einen heißen Stich ins Herz.

Langsam beruhigte sich Tavvys Atem, während Julian mit ihm dasaß und ihn im Arm hielt. Er sehnte sich danach, sich hinzulegen, sich zusammen mit seinem jüngsten Bruder einzurollen und zu schlafen. Er brauchte Ruhe, so dringend, dass er das Gefühl hatte, wie von einer Welle in die Tiefe gezogen zu werden.

Aber er konnte nicht schlafen. Sein Körper war rastlos, unruhig. Der Eintritt des Bolzens in seine Seite hatte geschmerzt, aber das Herausziehen hatte viel schlimmere Schmerzen verursacht. Er hatte gespürt, wie seine Haut aufriss, und dann hatte er einen Moment purer, animalischer Panik empfunden und die Gewissheit, dass er sterben würde. Und was würde dann mit ihnen passieren, mit *Livvy-und-Ty-und-Drusilla-und-Tavvy-und-Mark?*

Doch dann hatte er Emmas Stimme gehört und ihre Hände auf seinem Körper gefühlt. Und da hatte er gewusst, dass er überleben würde. Julian schaute jetzt an sich herab: Die Wunde an seinen Rippen war vollständig verschwunden – na ja, nicht vollständig. Eine blasse weiße Narbe hob sich von seiner gebräunten Haut ab, aber das war nicht weiter schlimm. Schattenjäger lebten mit Narben. Manchmal dachte Julian, dass sie sogar dafür lebten.

Im nächsten Moment zeichnete sich vor seinem inneren Auge das Bild ab, das er seit der Rückkehr zum Institut zu unterdrücken versucht hatte: Emma auf seinem Schoß, ihre Hände auf seinen Schultern. Ihre Haare wie blassgoldene Wolken um ihr Gesicht.

Er erinnerte sich daran, was er in diesem Moment gedacht hatte: Wenn er starb, dann würde er wenigstens mit Emma in seiner Nähe sterben, und sie würde ihm so nahe sein, wie es nur ging. So nahe, wie es das Gesetz erlaubte.

Als Tavvy wieder eingeschlafen war, griff Julian nach dem Wälzer, den er aus der Bibliothek mitgenommen hatte. Er hatte dieses Buch schon so oft aufgeschlagen, dass es inzwischen wie von selbst an der gleichen Stelle aufklappte. *Parabatai,* stand über der abgegriffenen Seite.

Es wird verfügt, dass diejenigen, die sich der Parabatai-*Zeremonie unterzogen haben und für immer an die Bedingungen des Eids zwischen Jonathan und David oder Ruth und Naomi gebunden sind, nicht in den Stand der Ehe treten dürfen, keine gemeinsamen Kinder gebären dürfen und sich nicht der Form der Liebe hingeben dürfen, die als Eros bezeichnet wird, sondern nur den Formen, die man als Philia oder Agape bezeichnet.*

Die Strafe für einen Verstoß gegen dieses Gesetz erfolgt nach Ermessen des Rats und umfasst: Trennung der fraglichen Parabatai, *Verbannung aus ihren Familien und – sollte das kriminelle Verhalten fortgesetzt werden – Entzug der Runenmale und Ausschluss aus der Gemeinschaft der Nephilim. Nie wieder werden sie Schattenjäger sein.*

So wurde es von Raziel verfügt.

Dura lex sed lex. Das Gesetz ist hart, aber es ist das Gesetz.

Als Emma die Küche betrat, stand Julian an der Spüle und wusch das Frühstücksgeschirr ab. Mark lehnte in dunkler Jeans und schwarzem T-Shirt an der Kochinsel. Mit seinen kurzen Haaren unterschied er sich erstaunlich von dem verwilderten Jungen, der im Sanktuarium unter der Kapuze zum Vorschein gekommen war.

Emma war an diesem Morgen besonders lange am Strand entlanggejoggt und hatte die gemeinsame Mahlzeit mit den anderen bewusst ausgelassen, um einen klaren Kopf zu bekommen. Statt Frühstück nahm sie sich jetzt einen Smoothie aus dem Kühlschrank, und als sie sich wieder umdrehte, grinste Mark.

»Wenn ich es richtig verstehe, dann ist das, was ich gerade trage, für die Veranstaltung heute Abend nicht elegant genug, richtig?«, fragte er.

Emma schaute von Mark zu Julian. »Dann hat Mr Vorschrift also nachgegeben und beschlossen, dass du heute Abend mitkommen darfst?«

Julian zuckte nur kurz die Achseln. »Ich bin ein einsichtiger Mann.«

»Ty und Livvy haben versprochen, mir dabei zu helfen, etwas Passendes zum Anziehen zu finden«, sagte Mark und marschierte zur Küchentür.

»Verlass dich nicht auf die beiden«, rief Julian ihm nach. »Du solltest ihnen nicht trauen …« Er schüttelte den Kopf, als die Tür ins Schloss fiel. »Vermutlich muss er es auf die harte Tour lernen.«

»Da fällt mir etwas ein«, sagte Emma und lehnte sich an die Theke. »Wir haben einen Notfall.«

»Einen Notfall?« Mit besorgter Miene drehte Julian das Wasser ab und wandte sich Emma zu.

Emma stellte die Smoothie-Flasche auf die Theke. Seifenschaum hing an Julians Unterarmen, und sein T-Shirt hatte feuchte Flecken vom heißen Spülwasser. Eine Erinnerung drängte sich Emma auf: Jules, der auf der Rückbank des Toyota lag und mit zusammengebissenen Zähnen zu ihr hochschaute. Die Art und Weise, wie sich seine Haut unter ihren Händen angefühlt hatte, das schlüpfrige Blut.

»Geht es um Diana?«, fragte er und griff nach der Küchenpapierrolle.

»Was?« Seine Frage riss Emma aus ihren Gedanken. »Ist mit Diana alles in Ordnung?«

»Vermutlich«, sagte er. »Sie hat eine Nachricht hinterlassen, auf der stand, dass sie heute nach Ojai fährt, um sich dort mit einem befreundeten Hexenwesen zu treffen.«

»Sie weiß nichts von heute Abend, oder?«, fragte Emma und stützte sich auf die Theke.

Jules schüttelte den Kopf. Eine feuchte Locke klebte an seiner Wange. »Ich hatte noch keine Gelegenheit, es ihr zu sagen.«

»Du könntest ihr eine SMS schicken. Oder sie anrufen«, schlug Emma vor.

»Ja, das könnte ich«, sagte er in neutralem Ton. »Aber dann müsste ich ihr wahrscheinlich erzählen, dass ich gestern Abend angeschossen worden bin.«

»Vielleicht solltest du das ja tun.«

»Mir geht's gut«, versicherte Julian. »Ich meine, wirklich gut. So als wenn überhaupt nichts passiert wäre.« Er schüttelte den Kopf. »Ich will nicht, dass sie darauf besteht, dass ich heute Abend hierbleibe. Vielleicht bringt diese Veranstaltung überhaupt nichts, aber falls sich doch eine Spur ergibt, möchte ich dabei sein.« Er warf das Küchenpapier in den Mülleimer. »Wenn *du* in diesem Theater bist, will ich auch dort sein.«

»Ich mag es, wenn du mit verdeckten Karten spielst.« Emma stellte sich auf die Zehenspitzen, nahm die Arme hinter den Kopf und versuchte, ihre verspannte Rückenmuskulatur zu dehnen. Kühle Luft streifte die nackte Haut ihres Bauchs, als ihr Trägertop hochrutschte. »Aber wenn du vollkommen wiederhergestellt bist, brauchst du Diana vielleicht überhaupt nicht davon zu erzählen? Ist nur ein Vorschlag.«

Als Julian nicht reagierte, schaute Emma zu ihm hoch.

Er stand wie angewurzelt da und sah sie an. Jede einzelne Wimper bildete einen perfekten dunklen Strich; seine Miene war vollkommen ausdruckslos, sein Blick verschlossen, als wäre er in einem Moment seltsamer Reglosigkeit gefangen.

Er war wunderschön. Das Schönste, was Emma je gesehen hatte. Am liebsten wäre sie unter seine Haut gekrochen, um dort zu leben, wo er atmete. Sie *verzehrte* sich.

Kalte Angst erfasste sie. Nie zuvor hatte sie sich in Julians Gegenwart so sehr *verzehrt*. Das lag nur daran, dass er fast gestorben wäre, redete sie sich ein. Jede Faser ihres Körpers war darauf eingestellt, sein Überleben zu sichern. Julian *musste* leben. Und dennoch wäre er fast gestorben, und seitdem funktionierte in ihrem Körper nichts mehr so wie zuvor.

Julian wäre entsetzt, ermahnte sie sich. Wenn er wüsste, was sie empfand, wäre er bestimmt angewidert. Dann würden sie wieder bei dem distanzierten Verhältnis enden … wie vor Kurzem, als er aus England zurückgekehrt war und sie gedacht hatte, dass er vielleicht sauer auf sie sei. Oder sie hassen würde.

Er hat es schon damals gewusst, meldete sich eine kleine Stimme tief in ihrem Inneren. *Er hat von deinen Gefühlen gewusst. Er hat gewusst, was du nicht gewusst hast.*

Emma presste die Hände fest auf die Theke, bis sich der Marmor in ihre Handflächen drückte und der Schmerz dafür sorgte, dass sie wieder einen klaren Kopf bekam. *Halt die Klappe*, fauchte sie die Stimme in ihrem Kopf an. *Halt endlich die Klappe.*

»Ein Notfall … Du hast gesagt, wir hätten einen Notfall?«, fragte Julian leise.

»Einen *Mode*-Notfall: Cristina braucht für heute Abend ein Kleid, und wir haben nichts Passendes im Haus.« Emma warf einen Blick auf ihre Armbanduhr. »Es wird bestimmt nicht länger als dreißig Minuten dauern.«

Julian entspannte sich; er war sichtlich erleichtert. »Hidden Treasures?«, fragte er und lag damit genau richtig: Die ganze Familie kannte Emmas Lieblingsgeschäft. Bei jedem Besuch brachte sie irgendeine Kleinigkeit für die Geschwister mit: einen Querbinder für Tavvy, ein Stirnband mit Blüte für Livvy, ein altes Horrorfilmplakat für Dru.

»Ja. Soll ich dir irgendwas mitbringen?«

»Ich habe mir immer einen Batman-Wecker gewünscht, der statt zu klingeln ›WACH AUF, WUNDERKNABE‹ trällert«, sagte Julian. »Das würde mein Zimmer deutlich aufpeppen.«

»Wir haben’s!«, rief Livvy, die in diesem Moment in die Küche platzte. »Na ja, zumindest Teile davon. Aber es ist total schräg.«

Erleichtert wandte Emma sich ihr zu. »Ihr habt *was?«*

»Bitte klar und deutlich, Livvy«, bat Julian. »Was ist total schräg?«

»Wir haben einige der Zeilen aus dem Inneren der Höhle übersetzt«, erklärte Ty, der nach Livvy in die Küche kam. Er trug einen übergroßen grauen Kapuzenpullover, in dessen Ärmeln seine Hände fast vollständig verschwanden. Seine dunklen Haare lugten unter dem Rand der Kapuze hervor. »Aber sie ergeben keinen Sinn.«

»Handelt es sich um eine Nachricht?«, fragte Emma.

Livvy schüttelte den Kopf. »Nein, um Zeilen aus einem Gedicht«, sagte sie und faltete den Zettel auseinander, den sie in der Hand hielt.

Doch stark wie unsere Liebe war
Die Liebe viel Älterer nie,
Die Liebe viel Weiserer nie;
Und weder der himmlischen Englein Schar,
Noch der Meergeister Grollen allhie
Kann scheiden in Leiden mein Sein von dem Sein
Der lieblichen Annabel Lee!

»›Annabel Lee‹«, sagte Julian. »Edgar Allan Poe.«

»Ich kenne das Gedicht«, sagte Livvy und runzelte die Stirn. »Ich verstehe nur nicht, warum es jemand an die Wände der Höhle geschrieben hat.«

»Vielleicht handelt es sich dabei um eine Buchverschlüsselung«, sagte Ty. »Aber das würde bedeuten, dass es irgendwo noch eine zweite Hälfte gibt. Vielleicht an einem anderen Ort. Möglicherweise lohnt es sich, das mal mit Malcolm zu besprechen.«

»Ich setz es auf meine Liste«, sagte Julian.

Cristina schob den Kopf durch die Küchentür. »Emma, bist du so weit? Können wir?«, fragte sie.

»Du siehst beunruhigt aus«, bemerkte Livvy. »Fährt Emma mit dir irgendwohin, um dich dort zu töten?«

»Viel schlimmer«, sagte Emma und gesellte sich zu Cristina. »Wir gehen shoppen.«

»Für heute Abend? Erstens: Ich bin total neidisch. Und zweitens: Lass dich von ihr auf keinen Fall zu diesem Laden am Topanga Canyon Boulevard schleppen …«

»Das reicht jetzt!« Emma legte beide Hände über Cristinas Ohren. »Hör nicht auf sie. Das viele Codeknacken hat ihr das Gehirn vernebelt.«

»Bring mir bitte Manschettenknöpfe mit«, rief Jules und kehrte zur Spüle zurück.

»Welche Farbe?«, fragte Emma, schon halb aus der Tür.

»Mir egal. Hauptsache, sie halten meine Manschetten zusammen. Sonst sehen sie so traurig und einsam aus«, sagte Jules. »Und kommt bitte so schnell wie möglich wieder zurück.« Das Geräusch des aufgedrehten Wassers in der Spüle wurde von Livvy übertönt, die bereits weitere Zeilen aus dem Gedicht rezitierte.

Es sind viele, viele Jahre her,
Dass am Meeresufer allhie …

»*Hier* willst du Kleidung kaufen?«, fragte Cristina mit hochgezogenen Augenbrauen, als Emma den Toyota auf einen staubigen, von Bäumen umstandenen Parkplatz lenkte.

»Das ist das nächstgelegene Geschäft«, sagte Emma und schaltete den Motor aus. Vor ihnen ragte ein frei stehendes Gebäude mit einem Schild auf, dessen riesige Buchstaben mit glitzernden Pailletten die Worte HIDDEN TREASURES bildeten. Eine große rot-weiße Popcornmaschine stand neben dem Schaufenster, zusammen mit dem kunstvoll gemalten Modell eines Zirkuswagens, der für die Dienste von »Gargantua der

Große« warb. »Außerdem ist der Laden einfach der Hammer«, fügte Emma hinzu.

»Das sieht mir nicht nach einem Geschäft aus, in dem man elegante Abendkleider bekommt«, meinte Cristina und rümpfte die Nase. »Es erinnert eher an diese Trödelläden, in denen man entführt und an den nächsten Zirkus verkauft wird.«

Emma nahm Cristinas Handgelenk. »Vertraust du mir denn nicht?«, fragte sie schmeichelnd.

»Natürlich nicht«, antwortete Cristina. »Du bist total verrückt.«

Trotzdem ließ sie sich von Emma in das Geschäft ziehen, das bis zum Rand mit kitschigem Schnickschnack und Nippes gefüllt war: leuchtend buntes *Fiesta*-Geschirr, alte Porzellanpuppen und neben der Kasse Gestelle mit Vintageschmuck und Armbanduhren. In einem Nebenraum bogen sich die Regale unter Kleidungsstücken. Fantastische Klamotten, fand Emma. Secondhand-Levi's, Fünfzigerjahre-Bleistiftröcke aus Tweed und Bombasin sowie Oberteile aus Seide, Spitze und Knautschsamt.

Und in einem etwas kleineren Raum, der ebenfalls vom Hauptraum abging, hingen die Kleider. Auf Emma wirkten sie immer wie aufgehängte Schmetterlinge: Bahnen aus rotem Organza, mit Aquarelldruck versehene Charmeuse, der Saum eines Balmain-Kleides, die Kräusel eines Tüllpetticoats, so leicht wie Schaum auf einer Wasseroberfläche.

»Hatte Julian nicht gesagt, er bräuchte Manschettenknöpfe?«, fragte Cristina und zog Emma zur Ladentheke. Die Verkäuferin, die hinter der Theke stand, trug eine Schmetterlingsbrille und ein Namensschild mit der Aufschrift SARAH und ignorierte Emma und Cristina geflissentlich.

Emma warf einen Blick auf die ausgestellten Manschettenknöpfe. Bei den meisten handelte es sich um Scherzartikel in Gestalt von Würfeln, Pistolen oder Katzen. Aber dann entdeckte sie ein weiteres Sortiment mit hochwertigeren Manschettenknöpfen von Paul Smith, Burberry und Lanvin.

Während Emmas Blick über die Knöpfe wanderte, fühlte

sie sich plötzlich verlegen. Das Aussuchen von Manschettenknöpfen für einen Jungen erschien ihr wie etwas, das eine feste Freundin tat. Zwar hatte sie selbst weder für Cameron noch für einen ihrer anderen kurzfristigen Freunde je irgendetwas mitgebracht, aber das lag daran, dass sie sich nie genug für denjenigen interessiert hatte. Wenn Julian einmal eine feste Freundin haben würde, dann zählte sie garantiert zu der Sorte von Mädchen, die ihm Manschettenknöpfe besorgte, überlegte Emma. Und die sich an seinen Geburtstag erinnern und ihn jeden Tag anrufen würde. Sie würde ihn anhimmeln. Wie konnte es auch anders sein?

Geistesabwesend griff Emma nach einem Paar vergoldeter Manschettenknöpfe mit eingearbeiteten schwarzen Schmucksteinen. Der Gedanke an Julian zusammen mit einem anderen Mädchen versetzte ihr einen Stich, den sie überhaupt nicht verstehen konnte.

Dann legte sie die Knöpfe auf die Ladentheke und ging in den Raum mit Kleidern. Cristina folgte ihr mit besorgter Miene.

Früher bin ich immer mit meiner Mom hierhergekommen, dachte Emma und strich mit dem Handrücken über die Reihen mit Satin-, Seide- und bunten Viskosekleidern. *Sie hat diese verrückte Vintagemode gemocht, die alten Chanel-Jäckchen, die perlenbesetzten Hängerkleider aus den Zwanzigerjahren.* Doch zu Cristina meinte sie nur: »Wir müssen uns beeilen – wir sollten nicht zu viel Zeit woanders verbringen, während im Institut die Ermittlungen weitergehen.«

Cristina schnappte sich ein schimmerndes Cocktailkleid aus rosa Brokat mit winzigen goldenen Blüten. »Ich probiere das hier mal an.«

Sie verschwand in einer der Umkleidekabinen, deren Vorhang aus einem *Star Wars*-Bettlaken genäht war. Emma nahm ein anderes Modell von der Stange: ein Kleid aus heller Seide, dessen silberne Träger mit Perlen bestickt waren. Der Anblick schenkte ihr ein Gefühl, das sie sonst nur empfand, wenn sie einen atemberaubenden Sonnenuntergang beobachtete, eines von Julians

Gemälden betrachtete oder seine Hände mit Farbe und Pinsel hantieren sah.

Emma betrat eine der Umkleidekabinen, um das Kleid anzuprobieren. Als sie wieder herauskam, stand Cristina in der Mitte des Raums und musterte mit finsterem Blick ihr rosa Kleid. Es war körpernah geschnitten und schmiegte sich wie Frischhaltefolie um ihre Kurven. »Ich fürchte, das Kleid ist zu eng«, sagte sie.

»Nein, ich glaube, das ist so gewollt«, widersprach Emma. »Auf jeden Fall bringt es deine Möpse großartig zur Geltung.«

»Emma!« Schockiert schaute Cristina auf und schnappte nach Luft. »Wow, du siehst toll aus!«

Unsicher strich Emma den elfenbeinweißen und silbernen Stoff ihres Kleides glatt. Die Farbe Weiß stand in Schattenjägerkreisen für Tod und Trauer und wurde nur selten außerhalb dieses Rahmens getragen. Aber vielleicht konnte man ja ein Auge zudrücken, weil es nicht schneeweiß, sondern elfenbeinfarben war. »Meinst du wirklich?«

Lächelnd sah Cristina sie an. »Manchmal bist du exakt so, wie ich es mir vorgestellt habe, und manchmal bist du vollkommen anders.«

Emma trat vor einen Spiegel. »Wie meinst du das? Was hast du denn gedacht, wie ich sein würde?«

Cristina nahm eine Schneekugel und betrachtete sie stirnrunzelnd. »Bevor ich nach Los Angeles gekommen bin, hatte ich nicht nur Geschichten über Mark gehört, sondern auch viele Dinge über dich. Alle waren sich einig, dass du mal der nächste Jace Herondale werden würdest. Die nächste großartige Schattenjägerkriegerin.«

»Das werde ich bestimmt nicht«, antwortete Emma. Ihre Stimme klang selbst in ihren eigenen Ohren leise, klein und distanziert. Emma konnte kaum fassen, dass sie das gesagt hatte. Die Worte waren ihr ohne langes Nachdenken über die Lippen gekommen, als würden sie sich durch das Aussprechen ihre eigene Realität erschaffen. »Ich bin nichts Besonderes, Cristina.

Ich habe weder zusätzliches Engelsblut noch sonst irgendwelche besonderen Fähigkeiten. Ich bin eine ganz gewöhnliche Schattenjägerin.«

»Du bist nicht gewöhnlich.«

»Doch, das bin ich. Ich habe keine magischen Kräfte und bin auch nicht mit irgendwas gesegnet. Ich kann exakt die Dinge, die auch alle anderen können. Und ich bin nur deshalb so gut, weil ich trainiere.«

Die Verkäuferin, Sarah, steckte den Kopf durch die Tür und schaute Emma mit riesigen Augen an. Emma hatte ihre Anwesenheit ganz vergessen. »Braucht ihr Hilfe?«

»Ich brauche so viel Hilfe … du hast ja keine Ahnung«, erwiderte Emma, woraufhin Sarah bestürzt den Rückzug antrat und wieder hinter der Kasse verschwand.

»Das war jetzt wirklich peinlich«, flüsterte Cristina aufgebracht. »Wahrscheinlich denkt sie, dass wir beide völlig durchgeknallt sind. Wir sollten von hier verschwinden.«

Emma seufzte. »Tut mir leid, Tina«, sagte sie. »Ich geh schnell bezahlen.«

»Aber ich weiß doch noch nicht mal, ob ich dieses Kleid überhaupt will!«, rief Cristina, während Emma sich auf den Weg zu ihrer Umkleidekabine machte.

Emma wirbelte herum und zeigte mit dem Finger auf sie. »Und ob du das Kleid willst. Ich habe das mit deinen Möpsen ernst gemeint. Sie sehen einfach fantastisch aus. Ich glaube nicht, dass ich bisher so viel von deinen Möpsen zu sehen bekommen habe. Wenn ich solche Möpse hätte, würde ich sie ständig präsentieren, das kannst du mir glauben.«

»Sag doch nicht immer ›Möpse‹«, stöhnte Cristina. »Das ist ein schreckliches Wort und klingt total lächerlich.«

»Mag sein«, sagte Emma und zog die Schwingtür ihrer Umkleidekabine hinter sich zu. »Aber sie sehen umwerfend aus.«

Zehn Minuten später fuhren sie, mit den Kleidern im Kofferraum, durch den Canyon zurück in Richtung Meer. Cristina, die neben Emma auf dem Beifahrersitz saß, hatte die Füße sittsam an den Knöcheln verschränkt – und nicht, wie Emma üblicherweise, aufs Armaturenbrett gelegt.

Um sie herum erhob sich die vertraute Landschaft des Canyons: graues Felsgestein, grüne Sträucher und die typische Chaparral-Vegetation. Eichen und Wilde Möhren. Vor langer Zeit war Emma zusammen mit Jules auf eine der Anhöhen gestiegen und hatte einen Adlerhorst entdeckt, mit einem kleinen Haufen winziger Maus- und Fledermausknochen.

»Das Training ist nicht der einzige Grund dafür, warum du als Schattenjägerin so gut bist«, sagte Cristina. »Da irrst du dich. Jeder von uns trainiert, Emma.«

»Ja, aber ich reiße mir beim Training fast ein Bein aus«, entgegnete Emma. »Im Grunde ist es das Einzige, was ich überhaupt tue. Ich stehe auf und trainiere und laufe und schlage mir die Hände am Punchingball blutig und trainiere bis tief in die Nacht. Und das muss ich auch, weil ich nämlich sonst nichts Besonderes an mir habe, nichts anderes vorweisen kann. Für mich gibt es nur das Training und die Suche nach den Mördern meiner Eltern. Denn sie waren es, die immer dachten, ich sei etwas Besonderes, und wer auch immer sie mir genommen hat …«

»Auch andere Leute halten dich für etwas Besonderes, Emma«, unterbrach Cristina und klang dabei mehr denn je wie eine ältere Schwester.

»Ich kann nur eines tun – es mit aller Macht *versuchen*«, sagte Emma mit einem leicht bitteren Ton in der Stimme. Unwillkürlich musste sie an die winzigen Knochen in dem Adlerhorst denken – wie zerbrechlich sie gewesen waren, wie leicht zwischen zwei Fingern zu zerstückeln. »Ich kann's nur wieder und wieder versuchen, mich stärker anstrengen, mir mehr Mühe geben als alle anderen. Ich kann Vergeltung zu meinem einzigen Lebensinhalt machen. Ich kann das, weil ich es muss. Aber es bedeutet auch, dass das alles ist, was ich habe.«

»Es ist nicht alles, was du hast«, widersprach Cristina. »Du hast bisher einfach noch nicht deinen großen Tag gehabt. Deine Chance, etwas Großes zu vollbringen. Jace Herondale und Clary Fairchild sind nicht in einem Vakuum Helden geworden – damals herrschte Krieg. Sie waren gezwungen, Entscheidungen zu treffen. Diese Momente kommen für jeden von uns. Und sie werden eines Tages auch für dich kommen.« Sie verschränkte die Finger. »Der Erzengel hat etwas mit dir vor. Das verspreche ich dir. Du bist besser vorbereitet, als du glaubst. Und du bist nicht nur durch dein Training stark geworden, sondern auch durch die Menschen um dich herum – dadurch, dass du liebst und geliebt wirst. Julian und die anderen … sie haben nicht zugelassen, dass du dich isolierst und allein mit deinen bitteren Rachegedanken dahockst. Das Meer zerreibt auf Dauer den härtesten Fels und verwandelt ihn in Sand, Emma. Und auf dieselbe Weise zerreibt die Liebe unsere Schutzwälle und reißt sie nieder. Du weißt nur nicht, was es bedeutet, Menschen an deiner Seite zu haben, die für dich kämpfen, wenn alles um dich herum zusammenbricht …«

Ihre Stimme versagte, und sie blickte rasch aus dem Fenster. Inzwischen hatten sie den Highway erreicht, und Emma wäre vor lauter Sorge fast in den Gegenverkehr gefahren. »Cristina? Was ist los? Was ist passiert?«

Cristina schüttelte den Kopf.

»Ich weiß, dass dir in Mexiko irgendetwas widerfahren ist«, sagte Emma. »Ich weiß, dass dir jemand wehgetan hat. Bitte verrat mir, was passiert ist, was man dir angetan hat. Ich verspreche, ich werde auch nicht versuchen, denjenigen ausfindig zu machen und an meine imaginären Fische zu verfüttern. Ich möchte einfach nur …« Sie seufzte. »Ich möchte irgendwie helfen.«

»Das kannst du nicht.« Cristina blickte auf ihre verschränkten Hände. »Es gibt Vertrauensbrüche, die einfach unverzeihlich sind.«

»Steckt der Perfekte Diego dahinter?«

»Lass gut sein, Emma«, sagte Cristina, woraufhin Emma nicht weiter nachhakte. Den Rest der Fahrt zum Institut unterhielten sie sich über die neu gekauften Kleider und die Frage, wie man Waffen in Kleidung verbergen sollte, die nicht für das Verbergen von Waffen gemacht war. Aber Emma hatte bemerkt, dass Cristina bei der Erwähnung von Diegos Namen zusammengezuckt war. Vielleicht war jetzt nicht der richtige Moment dafür, überlegte sie, aber eines Tages würde sie herausfinden, was wirklich passiert war.

Julian stürmte ins Erdgeschoss, wo jemand laut an die Tür des Instituts hämmerte. Er war noch immer barfuß, hatte noch keine Gelegenheit gehabt, ein Paar Schuhe anzuziehen. Nachdem er die Reste des Frühstücks beseitigt hatte, war er eine ganze Stunde damit beschäftigt gewesen, Onkel Arthur davon zu überzeugen, dass niemand seine Hermes-Büste gestohlen hatte (sie fand sich unter Arthurs Schreibtisch wieder), und Drusilla aus Tavvys Spielhaus zu locken, in dem sie sich schmollend eingeschlossen hatte, weil man sie am Abend zuvor nicht zu Canter's Deli mitgenommen hatte. Kurz darauf entdeckte Tavvy, dass Ty ein Stinktier in seinem Zimmer versteckt hatte, und rannte schreiend durch den Flur. Livvy versuchte Ty zu überreden, das Stinktier wieder in die Wildnis zu entlassen, aber Ty war anderer Ansicht. Die Tatsache, dass er zusammen mit Livvy die Zeilen des Poe-Gedichts übersetzt hatte, gab ihm seiner Meinung nach das Recht, das Stinktier zu behalten.

Und Mark, der einzige von Julians Geschwistern, der ihm an diesem Morgen keinen Ärger bereitet hatte, war nirgends zu finden.

Mit Schwung riss Julian die Eingangstür des Instituts auf. Vor ihm stand Malcolm Fade, in Jeans und einem Sweatshirt, dem man ansehen konnte, dass es teuer gewesen war. Denn es machte einen schmutzigen und zerrissenen Eindruck, aber auf raffinierte Weise. Jemand hatte viel Zeit und Geld investiert, um es künstlich altern zu lassen.

»Es ist wirklich keine gute Idee, so an diese Tür zu hämmern«, sagte Julian. »Wir haben hier ein ganzes Arsenal von Waffen bereitstehen, falls jemand versucht einzubrechen.«

»Aha«, sagte Malcolm. »Allerdings weiß ich nicht, was die erste Aussage mit der zweiten zu tun hat.«

»Ach nein? Ich dachte, das wäre offensichtlich.«

Malcolms Augen schimmerten in einem leuchtenden Violett, was normalerweise bedeutete, dass er in einer seltsamen Stimmung war. »Willst du mich nicht reinlassen?«

»Nein«, sagte Julian. Seine Gedanken überschlugen sich: Mark war irgendwo im Obergeschoss, und Malcolm durfte nichts von seiner Anwesenheit erfahren. Marks Rückkehr stellte ein so großes Geheimnis dar, dass man von Malcolm nicht verlangen konnte, darüber Stillschweigen zu bewahren – und außerdem lieferte das Ganze einen zu eindeutigen Hinweis auf den Grund ihrer Ermittlungen.

Julian setzte eine freundlich-nichtssagende Miene auf, rührte sich aber nicht vom Fleck und blockierte den Eingang. »Ty hat ein Stinktier ins Haus geschleppt«, erklärte er. »Glaub mir: Du willst nicht reinkommen.«

Malcolm musterte ihn bestürzt. »Ein Stinktier?«

»Ein Stinktier«, bestätigte Julian. Er war der festen Überzeugung, dass die besten Lügen immer auf einem Quäntchen Wahrheit basierten. »Bist du schon dazu gekommen, die Schriftzeichen zu übersetzen?«

»Noch nicht«, sagte Malcolm. Er machte eine Handbewegung, nur eine kleine Geste, und im nächsten Moment tauchten die Kopien mit den teilweise übersetzten Schriftzeichen zwischen seinen Fingern auf. Manchmal vergaß man, dass Malcolm ein mächtiger Hexenmeister war, überlegte Julian. »Aber ich habe herausgefunden, woher sie stammen.«

»Wirklich?« Julian versuchte, eine überraschte Miene aufzusetzen. Er und die anderen wussten bereits, dass es sich um eine uralte Elbensprache handelte, obwohl sie das Malcolm nicht hatten mitteilen können.

Andererseits war das eine gute Gelegenheit, um zu überprüfen, ob die Feenwesen ihnen die Wahrheit gesagt hatten. Julian betrachtete Malcolm mit neu erwachtem Interesse.

»Moment, vielleicht sind das gar nicht die Schriftzeichen.« Malcolm warf einen Blick auf die Seiten. »Das könnte auch ein Rezept für Orangenkuchen sein.«

Julian verschränkte die Arme vor der Brust. »Nein, das glaube ich nicht.«

Malcolm runzelte die Stirn. »Ich erinnere mich definitiv daran, dass ich mir eben ein Rezept für Orangenkuchen angesehen habe.«

Stumm verdrehte Julian die Augen. Manchmal musste man mit Malcolm einfach Geduld haben.

»Ach, vergiss es«, sagte Malcolm. »Das war in einer Ausgabe des *Oprah Magazine*. Das hier …«, er klopfte auf das Papier, »… ist eine uralte Elbensprache. Du hattest recht: Sie stammt aus einer Zeit lange vor den Nephilim. Na, jedenfalls gehören die Schriftzeichen zu dieser Sprache. Vielleicht schaffe ich es in den nächsten Tagen, etwas mehr davon zu entziffern. Aber deshalb bin ich nicht gekommen.«

Julians Miene leuchtete auf.

»Ich habe den Stofffetzen untersucht, den du mir letzte Nacht geschickt hast, und auf verschiedene Giftstoffe überprüft. Es handelt sich um einen Kataplasma – ein Konzentrat aus einer seltenen *Belladonna*-Art mit Dämonengift. Das Toxin hätte dich eigentlich töten müssen.«

»Aber Emma hat mich geheilt. Mit einer *Iratze*«, wandte Julian ein. »Du schlägst also vor, dass wir nach jemandem suchen sollen, der …«

»Ich schlage überhaupt nichts vor«, unterbrach Malcolm ihn. »Ich sage es dir nur. Keine *Iratze* der Welt hätte in der Lage sein dürfen, dich zu heilen. Selbst wenn man die Stärke von *Parabatai*-Runen einkalkuliert, hättest du eigentlich nicht überleben dürfen.« Seine seltsamen violetten Augen hefteten sich auf Julian. »Ich weiß nicht, ob es an irgendetwas gelegen hat, das du getan hast, oder an etwas, das Emma getan hat, aber was auch immer die Ursache gewesen sein mag … es hätte im Grunde nicht sein dürfen. Du dürftest eigentlich nicht mehr leben.«

Langsam stieg Julian die Treppe hinauf. Er hörte Geschrei aus dem oberen Flur, aber nicht jene Sorte von Geschrei, bei der wirklich irgendjemand in Gefahr schwebte. Die Fähigkeit, den Unterschied zwischen spielerischem Kreischen und tatsächlichem Kreischen herauszuhören, war eine absolute Notwendigkeit, wenn man die Verantwortung für vier Kinder trug.

Seine Gedanken drehten sich noch immer um das, was Malcolm ihm über das Gift gesagt hatte. Die Vorstellung, dass er jetzt eigentlich tot sein müsste, war extrem beunruhigend. Natürlich bestand die Möglichkeit, dass Malcolm sich irrte, aber irgendwie bezweifelte Julian das. Hatte Emma nicht irgendetwas über *Belladonna*-Pflanzen erzählt, die in der Nähe des Ley-Linien-Knotenpunkts wuchsen?

Doch sämtliche Gedanken über Giftstoffe und Knotenpunkte lösten sich in Luft auf, als er den oberen Flur erreichte. Aus dem Raum, in dem Tiberius' Computer stand, drangen Licht und Lärm. Julian drückte die Tür vollständig auf und starrte auf das Bild, das sich ihm bot.

Auf dem Computermonitor flackerten die Landschaften eines Videogames. Mark saß davor und hämmerte ziemlich verzweifelt auf die Knöpfe eines Controllers, als ein Lastwagen direkt auf ihn zuraste und seine Spielfigur zermalmte. Aufgebracht warf Mark den Controller beiseite. »Dieser Kasten dient dem Herrn der Lügen!«, verkündete er empört.

Ty lachte, und Julian spürte einen Stich im Herzen. Das Lachen seines jüngeren Bruders zählte zu Julians Lieblingsgeräuschen, unter anderem deshalb, weil Ty so aufrichtig lachte, ohne jeden Versuch, sein Lachen zu verstecken, und ohne das Gefühl, dass er es verbergen sollte. Wortspiele und ironische Bemerkungen entlockten Ty nur selten ein Lächeln, aber Menschen, die sich albern verhielten, amüsierten ihn, genau wie das tollpatschige Verhalten von Tieren: Church, der von einem Tisch fiel und versuchte, seine Würde wiederherzustellen – das fand Ty extrem lustig.

Wenn Julian nachts in seinem Bett lag und an die Wand mit der gemalten Dornenhecke starrte, wünschte er sich manchmal, er könnte seine Rolle einfach ablegen – die Rolle, die von ihm verlangte, dass *er* Ty immer auffordern musste, keine Stinktiere in seinem Zimmer zu halten, seine Hausaufgaben zu machen und das Licht auszuschalten, wenn Ty, statt zu schlafen, noch heimlich im Bett las. Was wäre, wenn Julian – wie ein ganz normaler Bruder – zusammen mit Ty *Sherlock Holmes*-Filme sehen oder mit ihm Eidechsen fangen würde, ohne auch nur einen Gedanken daran zu verschwenden, dass die Reptilien entkommen und im ganzen Haus umherrennen könnten? *Was wäre, wenn …?*

Julians Mutter hatte immer betont, dass es einen gewaltigen Unterschied mache, ob man für jemanden etwas tat oder ob man demjenigen die Mittel zur Verfügung stellte, damit er es selbst tun konnte. Auf diese Weise hatte sie Julian auch das Malen beigebracht. Und Julian hatte sich stets bemüht, dasselbe für Ty zu tun, obwohl er oft das Gefühl hatte, im Dunkeln zu tappen: All die Bücher, Spielzeuge und Lektionen, die er speziell für Tys besondere Denkweise entwickelt hatte … war das immer richtig gewesen? Julian war der Ansicht, dass es Ty geholfen hatte. Zumindest hoffte er es – und manchmal war Hoffnung das Einzige, was blieb.

Hoffen und beobachten. Es freute ihn, dabei zuzusehen, wie Ty immer mehr er selbst wurde und immer weniger Hilfe und Anleitung benötigte. Aber dennoch war damit auch eine gewisse Trauer verbunden: Eines Tages würde sein Bruder ihn nicht mehr brauchen. Und tief in seinem Herzen fragte sich Julian manchmal, ob Ty dann überhaupt noch Lust haben würde, mit ihm Zeit zu verbringen – mit dem Bruder, der ihn ständig zu irgendwelchen Sachen zwang und der eine echte Spaßbremse war.

»Das ist kein Kasten«, sagte Ty jetzt. »Das ist ein Controller.«

»Tja, dann lügt dieser Controller eben«, erwiderte Mark und drehte sich mit dem Bürostuhl um. Als er Julian an der Tür entdeckte, nickte er und sagte: »Sei gegrüßt, Jules.«

Julian wusste, dass es sich um eine traditionelle Begrüßungsform der Feenwesen handelte, und kämpfte mit sich, ob er Mark darauf hinweisen sollte, dass sie sich bereits beim Frühstück in der Küche gesehen hatten – ganz zu schweigen von den tausenden Malen davor. Es gelang ihm, die Oberhand über seine niederen Instinkte zu gewinnen, allerdings nur mit viel Mühe. »Hi, Mark.«

»Ist alles in Ordnung?«

Julian nickte. »Könnte ich kurz mit Ty sprechen?«

Tiberius stand auf. Seine schwarzen Haare waren zerzaust und viel zu lang. Julian nahm sich vor, einen Friseurtermin für die Zwillinge zu vereinbaren – ein weiterer Eintrag in seinem bereits vollen Terminkalender.

Ty trat in den Flur hinaus und zog die Tür des Computerraums hinter sich zu. Ein argwöhnischer Ausdruck stand in seinen Augen. »Geht es um das Stinktier? Livvy hat es bereits wieder nach draußen gebracht.«

Julian schüttelte den Kopf. »Nein, es geht nicht um das Stinktier.«

Ty hob den Kopf. Er hatte schon immer feine Gesichtszüge gehabt, sogar noch elbenhafter als die von Helen oder Mark. Sein Vater hatte das so erklärt, dass bei ihm die früheren Blackthorn-Generationen wieder durchkamen. Und tatsächlich besaß Ty eine gewisse Ähnlichkeit mit den viktorianischen Familienporträts, die an den Wänden des selten genutzten Esszimmers hingen: schlanke Männer in maßgeschneiderter Kleidung, mit porzellanheller Haut und schwarzen Locken. »Worum geht es dann?«, fragte Ty.

Julian zögerte. Im Haus herrschte völlige Stille; nur aus dem Computerraum klangen die schwachen Geräusche des Videospiels.

Eigentlich hatte Julian Ty bitten wollen, ein paar Nachforschungen zu den Giftstoffen anzustellen, mit denen man ihn beschossen hatte. Aber das würde erfordern, dass er eine Erklärung nachschickte: *Ich wäre fast gestorben. Im Grunde müsste ich tot sein.* Doch die Worte wollten ihm nicht über die Lippen kommen. Sie waren wie ein Damm, und dahinter drängten sich zahlreiche andere Worte: *Ich bin mir in so vielen Dingen unsi-*

cher. Ich hasse es, dass ich die Verantwortung tragen muss. Ich hasse es, sämtliche Entscheidungen zu treffen. Ich habe schreckliche Angst, dass ihr mich im Lauf der Zeit alle hassen werdet. Ich habe schreckliche Angst, dich zu verlieren. Ich habe schreckliche Angst, Mark zu verlieren. Ich habe schreckliche Angst, Emma zu verlieren. Ich möchte, dass jemand anderes das Ruder übernimmt. Ich bin nicht so stark, wie ihr glaubt. Die Dinge, die ich mir wünsche, sind falsch, und ich sollte sie mir nicht wünschen.

Doch er wusste, dass er diese Gedanken nicht aussprechen durfte. Die Fassade, die er ihnen, seinen Kindern, zeigte, musste perfekt sein, durfte keine Risse bekommen. Denn ein Riss in seiner Maske wäre für sie wie ein Riss in ihrer Welt.

»Du weißt, dass ich dich liebe«, sagte er stattdessen, worauf Ty ihn verblüfft anschaute und sich ihre Blicke für einen Sekundenbruchteil trafen. Im Lauf der Jahre hatte Julian zu verstehen gelernt, warum Ty anderen Menschen nicht gern in die Augen sah. Es war einfach zu viel Bewegung, zu viel Farbe, zu viel Information – so als würde er in eine laut dröhnende Flimmerkiste schauen. Ty war zwar dazu in der Lage – er wusste, dass es sich dabei um etwas handelte, das die Leute mochten und das ihnen wichtig war –, doch er verstand einfach nicht, weshalb darum so ein Wirbel gemacht wurde.

Jetzt musterte Ty Julians Gesicht, als suchte er darin nach einer Erklärung für Julians ungewöhnliches Zögern. »Ja, das weiß ich«, sagte Ty schließlich.

Der Anflug eines Lächelns huschte über Julians Gesicht. Genau das wollte man von seinen Kindern doch hören, oder nicht? Dass sie wussten, dass sie geliebt wurden. Auf einmal erinnerte er sich wieder an eine Begebenheit aus ferner Vergangenheit. Damals war er dreizehn gewesen und hatte Tavvy die Treppe hinaufgetragen, als er plötzlich gestolpert und gestürzt war. Sofort hatte sich sein Körper so um seinen Bruder gekrümmt, dass Julian mit dem Kopf und mit dem Rücken aufprallen, Tavvy aber nichts passieren würde. Es war ihm egal, ob er sich dabei verletzte – Hauptsache, Tavvy ging es gut. Und tatsächlich hatte er sich bei dem Sturz heftig den Kopf gestoßen, aber er hatte sich ruckartig aufgesetzt und nur einen einzigen Gedanken gehabt: *Tavvy, mein Kleiner – ist mit ihm alles okay?*

Damals hatte er zum ersten Mal »mein Kleiner« gedacht und nicht »der Kleine«.

»Trotzdem verstehe ich nicht, warum du mit mir reden wolltest«, sagte Ty und runzelte verwirrt die dunklen Augenbrauen. »Gab es dafür einen Grund?«

Julian schüttelte den Kopf. Aus dem Erdgeschoss drang das Quietschen der Eingangstür, die geöffnet wurde, begleitet von Emmas und Cristinas leisem Lachen. Sie waren wieder zurück. »Nein, einfach nur so«, erwiderte er.

14

Und kein Stern sich erhebt, drin das Auge nicht schwebt

Julian stand in der Eingangshalle und warf einen letzten prüfenden Blick in den Spiegel.

Er hatte Livvy nachschlagen lassen, was man unter dem Begriff »Abendgarderobe« verstand. Und seine Schwester hatte seine Befürchtungen bestätigt: Es bedeutete, dass er einen dunklen Anzug tragen musste. Bei dem einzigen dunklen Anzug, den er besaß, handelte es sich um ein schwarzes Secondhandmodell von Sy Devore, das Emma für ihn bei Hidden Treasures aufgestöbert hatte. Der Anzug hatte ein anthrazitfarbenes Futter und Perlmuttknöpfe an der Weste. Als Julian ihn übergestreift hatte, hatte Emma in die Hände geklatscht und verkündet, er würde darin wie ein Filmstar aussehen. Selbstverständlich hatte Julian ihn daraufhin gekauft.

»Der Anzug steht dir gut, Andrew.«

Julian wirbelte herum. Onkel Arthur war die Treppe hinuntergekommen. Sein fleckiger grauer Morgenmantel war lose um die ausgebeulte Jeans und das verschlissene T-Shirt gebunden. Graue Bartstoppeln bedeckten sein Kinn.

Julian machte sich nicht die Mühe, seinen Onkel zu korrigieren. Er wusste, dass er große Ähnlichkeit mit seinem Vater in jungen Jahren besaß. Vielleicht tröstete Arthur die Vorstellung, sein Bruder würde noch leben. Vielleicht erinnerte ihn Julians Anblick in festlicher Kleidung auch an eine Zeit, als die beiden Brüder noch jung gewesen und zu Partys gegangen waren – eine Zeit, bevor all diese Dinge abrupt geendet hatten.

Julian wusste, dass Arthur um seinen Bruder trauerte, auf seine eigene Weise.

Seine Trauer lag unter dem Feenzauber und dem Trauma verborgen, das seinen Geist verwirrt hatte. Wenn Arthur nicht so verschlossen und ausschließlich seinem Studium ergeben gewesen wäre, wäre sein Zustand wahrscheinlich schon während seiner Zeit im Londoner Institut aufgefallen, überlegte Julian. Und vermutlich hatte sich das Ganze mit dem Trauma des Dunklen Kriegs zusätzlich verschlimmert. Aber manchmal, wenn Arthur Malcolms Arznei eingenommen hatte, konnte Julian einen Hauch des alten Schattenjägers erkennen, der sein Onkel einst gewesen war: mutig, intelligent und mit einem Ehrgefühl ausgestattet, das sich mit dem eines Achill oder Äneas vergleichen ließ.

»Hallo, Arthur«, sagte Julian.

Arthur nickte bekräftigend und legte seine Hand auf Julians Brust. »Ich treffe mich gleich mit Anselm Nightshade«, verkündete er mit tiefer Stimme.

»Gut zu wissen«, sagte Julian.

Und das stimmte tatsächlich: Arthur und Anselm waren befreundet und teilten die gleiche Begeisterung für das klassische Altertum. Alles, was Arthur irgendwie beschäftigte, war eine große Hilfe.

Mit nahezu militärischer Präzision machte Arthur auf dem Absatz kehrt und marschierte zum Sanktuarium, dessen Türen mit lautem Knall hinter ihm ins Schloss fielen.

Im nächsten Moment drang ein Lachen durch die Eingangshalle. Julian drehte sich gerade noch rechtzeitig um, um Cristina auf der Treppe zu sehen. Der altmodische rosa Brokat ihres Kleides brachte ihre gebräunte Haut zum Strahlen. Goldene Ohrhänger baumelten an ihren Ohren.

Hinter ihr stieg Emma die Treppe hinunter. Mit einem Auge nahm Julian ihr Kleid wahr: elfenbeinfarbener Stoff, der wie Engelsschwingen um sie herumschwebte und ihre Fußknöchel umspielte. Julian sah die Spitzen weißer Stiefel darunter hervorschauen und wusste, dass in jedem Schaft ein Messer steckte, dessen Heft sich in ihre Waden drückte.

Sie trug ihr Haar offen – es ergoss sich in dunkelgoldenen Wellen über ihren Rücken und wirkte so unfassbar geschmeidig, so seidenweich, dass er diesen Anblick niemals überzeugend auf eine Leinwand würde übertragen können. Vielleicht wenn er Blattgold verwendete und wie Klimt malte ... doch selbst dann wäre es nur ein müder Abklatsch von Emmas wahrer Haarpracht.

Als Emma die unterste Stufe erreichte, wurde Julian bewusst, dass der Stoff ihres Kleides so dünn war, dass er darunter ihre Figur und die Konturen ihres Körpers erahnen konnte. Sein Puls beschleunigte sich und klopfte hart gegen die Innenseiten seiner Manschetten. Sein Anzug fühlte sich zu eng und zu warm an, und seine Haut begann zu jucken.

Emma schenkte ihm ein Lächeln. Sie hatte ihre braunen Augen mit goldenem Lidschatten betont; dadurch kamen die hellen Tupfen in ihrer Iris ganz besonders zur Geltung – jene kupferfarbenen Kreise, die Julian während seiner Kindheit wieder und wieder gezählt und sich eingeprägt hatte.

»Ich hab dir welche mitgebracht«, sagte sie. Einen Moment lang wusste Julian nicht, wovon sie sprach. Doch dann erinnerte er sich und streckte ihr die Handgelenke entgegen.

Emma öffnete ihre Hand, in der vergoldete Manschettenknöpfe mit eingearbeiteten schwarzen Schmucksteinen zum Vorschein kamen. Sanft nahm sie seine Hände, drehte sie und befestigte die Manschettenknöpfe an seinen Ärmeln. Obwohl sie dabei schnell und effizient vorging, spürte er jede Bewegung auf seiner Haut, jede Berührung ihrer Fingerspitzen wie einen kleinen Stromschlag.

Dann gab Emma seine Hände frei, trat einen Schritt zurück und tat so, als würde sie ihn prüfend begutachten.

»Ja, so kannst du dich sehen lassen«, sagte sie.

Plötzlich keuchte Cristina leise auf. Sie schaute die Treppe hinauf zur obersten Stufe; Julian folgte ihrem Blick.

Mark schritt langsam die Treppe hinab. Julian blinzelte ein paarmal, weil er seinen Augen nicht trauen wollte. Sein älterer Bruder schien einen langen, leicht schäbigen Kunstpelzmantel zu tragen – und nichts anderes.

Nicht dass Julian *alles* hätte sehen können. Aber er sah genug … und genug war definitiv zu viel.

»Mark«, sagte er. »Was *trägst* du da?«

Abrupt hielt Mark auf der Hälfte der Treppe inne. Seine Beine waren nackt. Seine Füße waren nackt. Und Julian war sich zu 99 Prozent sicher, dass sein ganzer Körper unter dem Mantel nackt war. Und der Mantel hing ziemlich locker an ihm herab. Dadurch bekam Julian von Mark mehr zu sehen als jemals zuvor, zumindest seit sie sich als kleine Jungen ein Zimmer geteilt hatten.

Mark musterte ihn verwirrt. »Ty und Livvy haben mir gesagt, das würde man unter Abendgarderobe verstehen.«

Erst in diesem Moment nahm Julian das prustende Gelächter wahr, das aus dem Obergeschoss drang. Ty und Livvy hockten am Geländer und kicherten. »Ich hab dir doch gesagt, dass du ihnen nicht trauen darfst!«, seufzte Julian.

Emmas Mundwinkel zuckten. »Mark, geh …« Sie streckte ihre Hand aus. Cristina stand wie versteinert da, eine Hand vor den Mund geschlagen, und starrte Mark mit feuerroten Wangen an. »… geh einfach wieder hoch, okay?« Emma wandte sich an Jules und senkte die Stimme. »Du musst ihm unbedingt etwas anderes zum Anziehen suchen!«

»Ach wirklich?«

Emma verdrehte die Augen. »Jules. Geh in mein Zimmer, okay? In der Truhe am Fußende meines Betts sind ein paar alte Sachen von meinen Eltern. Mein Vater hat bei seiner Hochzeit einen Smoking getragen. An den Ärmeln sind zwar Runenaufnäher, aber die kann man abschneiden.«

»Aber das war der Smoking deines Vaters …«

Ruhig warf Emma ihm einen Blick zu. »Mach dir darüber keine Sorgen.«

Ein Dutzend goldene Tupfen in ihrem linken Auge, aber nur sieben im rechten. Und jeder wie eine winzige Sternenexplosion.

»Bin gleich wieder da«, sagte Julian und joggte die Treppe hinauf. Mark stand mit verwirrter Miene auf der obersten Stufe. Er hatte die Arme ausgestreckt, als würde er die Ärmel seines Kunstpelzmantels betrachten und zu dem Schluss kommen, dass sie tatsächlich ein Problem darstellten.

Dru hatte sich zusammen mit Tavvy zu den Zwillingen gesellt. Alle vier kicherten und prusteten. Vor allem Ty strahlte übers ganze Gesicht. Das Leuchten in den Augen seines jüngeren Bruders sorgte dafür, dass es Julian abwechselnd kalt und heiß wurde.

Was wäre, wenn Mark beschloss, nicht im Institut zu bleiben? Was, wenn sie den Mörder nicht fanden und er zur Wilden Jagd zurückkehren musste? *Was wäre, wenn …?*

»Würdet ihr sagen, dass ich zu fein oder eher zu schlicht angezogen bin?«, erkundigte sich Mark und zog fragend die Augenbrauen hoch.

Emma brach in schallendes Gelächter aus und ließ sich auf die unterste Treppenstufe sinken. Eine Sekunde später folgte Cristina ihrem Beispiel. Die Mädchen konnten sich vor Lachen kaum noch halten und klammerten sich aneinander.

Nur zu gern hätte Julian in ihr Lachen eingestimmt. Er wünschte, er wäre dazu in der Lage. Er wünschte, er könnte die Dunkelheit vergessen, die am Rand seines Sichtfelds flackerte. Er wünschte, er könnte die Augen schließen und sich fallen lassen und für einen Moment verdrängen, dass sich unter ihm kein rettendes Sicherheitsnetz befand, das ihn auffangen würde.

»Bist du endlich fertig?«, rief Julian durch die geschlossene Badezimmertür. Er hatte John Carstairs' Smoking aus Emmas Truhe geholt und Mark zurück in sein eigenes Zimmer geschleppt, damit er sich umziehen konnte. Die Vorstellung, dass sein Bruder nackt in Emmas Zimmer stand, gefiel ihm nicht, auch wenn Emma gar nicht da war.

Schließlich öffnete sich die Badezimmertür, und Mark trat heraus. Der Anzug war schwarz und schlicht, und an den Ärmeln deutete nichts mehr auf die Stellen hin, wo Julian die Runenaufnäher abgetrennt hatte. Die eleganten Linien des Smokings schienen aufwärtszustreben und ließen Mark größer erscheinen, kultivierter. Zum ersten Mal seit seiner Rückkehr war von dem verwilderten Elbenjungen keine Spur mehr zu sehen – weggewischt wie Spinnweben. Er sah wie ein Mensch aus. Wie jemand, der immer ein Mensch gewesen war.

»Warum kaust du auf den Fingernägeln?«, fragte er.

Julian, der sich gar nicht bewusst gewesen war, dass er an der Seite seines Daumens genagt hatte – *der befriedigende Schmerz der Haut zwischen seinen Zähnen, der metallische Geschmack von Blut in seinem Mund* –, ließ die Hände in den Schoß sinken. »Schlechte Angewohnheit.«

»So etwas machen Leute, wenn sie gestresst sind«, sagte Mark. »Das weiß selbst ich.« Seine Finger fummelten hilflos an den Bändern seiner Fliege herum. Stirnrunzelnd sah er an sich herab.

Julian stand auf, ging zu seinem Bruder und nahm die Schlaufen des Querbinders. Er wusste nicht mehr, wer ihm das Binden einer Fliege beigebracht hatte. Malcolm vermutlich. Ganz bestimmt hatte Malcolm es ihm gezeigt.

»Aber weswegen bist du denn gestresst, kleiner Bruder?«, fragte Mark. »Dich hat man schließlich nicht zu den Feenwesen verschleppt. Du hast dein ganzes Leben hier verbracht. Damit will ich nicht sagen, dass das Leben eines Schattenjägers nicht stressig wäre, aber weshalb bist du derjenige von uns beiden mit den blutenden Fingernägeln?«

Einen Moment hielt Julian inne, bevor er die Schleife weiterband. »Du weißt nicht alles über mich, Mark. Genau wie ich garantiert nicht alles über dich weiß.«

Mark schaute ihn mit seinen blau-goldenen Augen offen und arglos an. »Dann frag mich.«

»Ich würde diese Dinge lieber in meinem eigenen Tempo herausfinden.« Julian zupfte ein letztes Mal an dem Querbinder und trat dann einen Schritt zurück, um sein Werk zu begutachten. Mark sah aus wie jemand aus einem Smokingkatalog – falls es männliche Models mit spitzen Ohren gab.

»Ich nicht«, sagte Mark. »Sag mir wenigstens eine Sache, die ich nicht weiß und die dich dazu bringt, an den Fingernägeln zu kauen.«

Julian wandte sich zum Gehen, blieb an der Tür jedoch stehen, eine Hand auf dem Knauf. »Unser Vater …«, setzte er an. »Weißt du, was mit ihm passiert ist?«

»Sebastian Morgenstern hat ihn in einen seiner Erdunkelten verwandelt«, sagte Mark. »Wie könnte ich das vergessen?«

»Und dann?«

»Und dann?« Mark klang verwirrt. »Und dann ist er im Dunklen Krieg gestorben.«

»Ja, er ist gestorben«, bestätigte Julian. »Weil ich ihn getötet habe.«

Mark schnappte hörbar nach Luft. Julian nahm in Marks Keuchen Bestürzung wahr, aber auch Mitleid. Sofort versteifte er sich; er konnte es nicht ertragen, wenn ihn jemand bemitleidete.

»Vater hatte es auf Ty abgesehen«, erzählte er. »Ich habe getan, was ich tun musste.«

»Das war nicht mehr unser Vater«, versicherte Mark rasch.

»Genau das sagen alle anderen auch.« Julians Blick war noch immer auf die Tür geheftet. Dann spürte er, wie Mark ihm leicht auf die Schulter tippte, und drehte sich um.

»Aber die anderen waren nicht dabei, als unser Vater verwandelt wurde, Julian. Ich dagegen schon«, sagte Mark eindringlich. Und plötzlich klang seine Stimme wie die des älteren Bruders, der er früher gewesen war. Der ältere Bruder, der mehr wusste, mehr erlebt hatte. »Das Licht in seinen Augen ist erloschen wie die Flamme einer Kerze in der Dunkelheit. In seinem Inneren war er bereits tot. Du hast lediglich seinen Leichnam bestattet.«

Eine große Trauer sprach aus Marks Augen und auch Erfahrung … das Wissen um dunkle Geheimnisse. Mark hatte ebenfalls Blut an den Händen, dachte Julian, und einen Moment lang bedeutete diese Vorstellung eine solch große Erleichterung, dass er spürte, wie die Last auf seinen Schultern nachließ.

»Danke für deine Hilfe bei meiner Kleiderwahl«, sagte Mark förmlich. »In Zukunft werde ich den Zwillingen bei wichtigen Aspekten menschlicher Traditionen gebührend misstrauen.«

Julian spürte, wie seine Mundwinkel zuckten. »Ja, das solltest du auf jeden Fall.«

Mark schaute an sich herab. »Bin ich präsentabel?«

»Du siehst aus wie James Bond.«

Als Mark lächelte, spürte Julian, wie ein absurdes Glücksgefühl in seiner Brust anschwoll, weil sein Bruder die Anspielung verstanden hatte und zufrieden schien.

Schweigend machten sie sich auf den Weg zur Eingangshalle, als die Stille plötzlich von Rufen unterbrochen wurde. Überrascht blieben sie am oberen Treppenabsatz stehen.

»Entspricht deine Sicht der meinigen, Bruder?«, fragte Mark.

»Wenn du damit meinst, ob ich das sehe, was du siehst ...?«, erwiderte Julian. »Ja, dann schon: In der Eingangshalle wimmelt es vor Chihuahuas.«

»Nicht nur Chihuahuas«, widersprach Ty, der auf der obersten Stufe saß und das Spektakel genoss. »Darunter sind auch andere kleine Hunde unterschiedlicher Rassen.«

Julian schnaubte. Am Fuß der Treppe tummelten sich tatsächlich zahlreiche kleine Hunde. Sie winselten und bellten und rannten wie wild hin und her. »Mach dir keine Sorgen wegen der Hunde«, sagte er. »Nightshade parkt sie gern in der Eingangshalle, wenn er sich mit Onkel Arthur im Sanktuarium trifft.«

»Nightshade?«, fragte Mark mit hochgezogenen Augenbrauen. »*Anselm* Nightshade? Der Anführer des örtlichen Vampirclans?«

»Genau«, bestätigte Julian. »Er kommt manchmal zu Besuch. Arthur und er verstehen sich erstaunlich gut.«

»Und die Hunde ...?«

»Er mag Hunde«, erklärte Ty. Einer der Chihuahuas war an

der Eingangstür eingeschlafen und streckte alle viere in die Luft. »Der Hund da sieht allerdings tot aus.«

»Er ist nicht tot. Er entspannt sich nur«, erläuterte Julian, was Ty zu amüsieren schien. Liebevoll fuhr Julian ihm durch die Haare, und Ty schmiegte sich wie ein Kater an ihn. »Wo sind Emma und Cristina?«

»Sie holen den Wagen«, sagte Ty. »Und Livvy ist in ihr Zimmer zurückgegangen. Warum kann ich nicht mit euch kommen?«

»Eine zu große Gruppe würde Misstrauen erregen«, erklärte Julian. »Du wirst wohl hierbleiben und das Institut bewachen müssen.«

Ty wirkte nicht überzeugt. Stirnrunzelnd blickte er Julian und Mark nach, als sie zur Tür hinausgingen. Der Wagen stand mit laufendem Motor vor den Stufen der Eingangstreppe.

Emma stieß die Beifahrertür auf und pfiff anerkennend. »Mark. Du siehst fantastisch aus.«

Überrascht blickte Mark an sich herab. Ein Schwall heißen Bluts rauschte durch Julians Handgelenke und ließ seine Haut jucken. Cristina saß auf der Rückbank und betrachtete Mark ebenfalls. Allerdings konnte Julian ihren Gesichtsausdruck nicht deuten.

Lächelnd klopfte Emma auf den Sitz neben sich. Im dämmrigen Licht des Wagens wirkte sie wie ein Schatten: weißes Kleid, goldenes Haar, wie eine verblasste Illustration in einem Bilderbuch. »Spring rein, Jules. Du bist mein … mein Navigator.«

Du bist mein. Geschmeidig glitt Julian auf den Sitz neben ihr.

»Jetzt rechts«, dirigierte Julian und stieß Emma mit dem Ellbogen an, um ihr den Weg zu zeigen.

»Man sollte meinen, dass das Institut in der Lage wäre, dieses blöde Auto mit einem vernünftigen Navi auszustatten«, murmelte Emma und riss das Steuer nach rechts. Sie hatte versucht, das Gerät zu programmieren, aber es hatte sich geweigert, auch nur anzuspringen. Vor einer Weile hatte es wochenlang nur mit einem starken deutschen Akzent gesprochen. Julian war zu dem Schluss gekommen, dass es besessen sein musste.

Cristina quietschte auf und folgte der Fliehkraft, als der Wagen um die Ecke bog. Emma konnte sie im Rückspiegel sehen. Ihre Freundin lehnte sich leicht von Mark weg, allerdings kaum wahrnehmbar – jemand, der sie nicht gut kannte, hätte es nicht einmal bemerkt. Mark schien jedenfalls nichts davon mitzubekommen. Mit zerzausten Haaren starrte er aus dem offenen Fenster und summte leise vor sich hin.

»Nicht so schnell, du Formel-1-Fahrer«, mahnte Julian, als hinter ihnen ein Wagen hupte.

»Wir sind spät dran«, erwiderte Emma. »Die Veranstaltung beginnt in zehn Minuten. Wenn manche Leute nicht beschlossen hätten, dass ›Abendgarderobe‹ so etwas wie ›halb nackt‹ bedeutet …«

»Warum bezeichnest du mich als ›manche Leute‹«, fragte Mark. »Ich bin doch nur eine einzige Person.«

»Wie merkwürdig«, bemerkte Julian, der sich wieder nach vorn gedreht hatte. »Hier ist kein Mensch auf der Straße.«

»Da drüben sind ein paar Häuser«, meinte Cristina.

»Aber alle völlig dunkel.« Julian betrachtete die Gebäude. »Irgendwie eigenartig, dass alle Bewohner jetzt schon im Bett liegen, findet ihr nicht?« Dann zeigte er auf die Straße. »Da hinten ist das Theater.«

Er hatte recht. Emma sah Lichter: leuchtende Neonröhren und ein blinkender Pfeil, der auf den Namen des Etablissements zeigte: DAS MITTERNACHTSTHEATER. In der Ferne glitzerten die Hollywood Hills, als wären sie mit Sternenlicht bestäubt. Doch um sie herum war alles dunkel, sogar die Straßenlaternen.

Während sie sich dem Gebäude näherten, fiel Emma auf, dass hier mehr Autos an den Straßenrändern parkten. Teure Wagen – BMW, Porsche, italienische Sportwagenmarken, an deren Namen sie sich nicht erinnern konnte. Sie entdeckte eine Parklücke auf der gegenüberliegenden Straßenseite, steuerte den Toyota hinein und stellte den Motor ab.

»Alle bereit?« Sie drehte sich um und warf einen Blick auf die Rückbank. Cristina zwinkerte ihr zu. Mark nickte. »Dann mal los.«

Julian war bereits aus dem Wagen gesprungen und öffnete den Kofferraum. Einen Moment wühlte er zwischen den Waffen und Stelen und hielt Cristina dann ein Paar dünne Wurfmesser entgegen. »Kannst du die gebrauchen?«

Cristina schob den Träger ihres Kleides beiseite. Sie hatte eines der Butterflymesser an ihrem BH befestigt – die geprägte Rose auf dem Heft der Waffe schimmerte. »Ich bin vorbereitet.«

»Ich nicht.« Mark nahm die beiden Wurfmesser an sich, öffnete sein Jackett und schob die Waffen in seinen Gürtel. Dann griff er sich an die Kehle und berührte die Pfeilspitze, die an seinem Hals hing.

Wie gebannt stand Julian da und beobachtete ihn. Seine blaugrünen Augen wirkten dunkel, unsicher. Emma konnte den Ausdruck auf seinem Gesicht wie in einem Buch lesen: Jules wusste nicht, ob sein Bruder für eine potenzielle Gefahr schon bereit war. Der Gedanke gefiel ihm nicht. Aber er wusste auch keine Alternative dazu.

»Okay«, sagte Julian. »Alle Waffen sind versteckt. Wenn ihr jetzt noch Runen auftragen wollt, platziert sie an einer Stelle, wo man sie nicht sieht. Und überprüft noch mal, ob die permanenten Runenmale alle verdeckt sind. Wir dürfen nicht das Risiko eingehen, dass irgendjemand mit dem Zweiten Gesicht uns als Schattenjäger erkennt.«

Emma nickte. Bereits im Institut hatte sie die *Voyance-* und die *Parabatai-*Rune mit Concealer kaschiert und sich sogar die Mühe gemacht, auch die kleinen Narben von verblassten Runenmalen mit dem deckenden Make-up zu betupfen.

Manche Runenmale blieben permanent auf der Haut, andere nur vorübergehend. Die *Voyance-*Rune, die wie ein weit geöffnetes Auge aussah und dabei half, Zauberglanz zu durchschauen, gehörte zu den unauslöschlichen Runenmalen. Genau wie Ehe- und *Parabatai*-Runen. Dagegen verschwanden temporäre Runen langsam, während ihre Wirkung abnahm: So lösten sich Heilrunen je nach Schwere einer Verletzung unterschiedlich schnell auf, und eine Rune für Trittsicherheit reichte in der Regel für den Anstieg eines einzigen Bergs. Für die besten Ergebnisse musste eine Rune so zeitnah wie möglich aufgetragen werden, zum Beispiel unmittelbar vor einer Kampfsituation.

Jules rollte einen Ärmel hoch und streckte Emma seinen Arm entgegen. »Wärst du so nett?«, bat er.

Emma holte eine Stele aus dem Kofferraum, fuhr damit über seinen Unterarm und trug die Runenmale auf: Runen für Treffsicherheit, Schnellfüßigkeit und Tapferkeit. Anschließend nahm sie ihr Haar beiseite, drehte sich um und präsentierte Julian ihren entblößten Rücken. »Wenn du die Runen zwischen meine Schulterblätter platzierst, müssten sie von meinen Haaren verdeckt werden«, sagte sie.

Julian schwieg. Emma spürte, dass er einen Moment zögerte, und dann fühlte sie, wie er seine Hand leicht auf ihren Rücken legte, um sie zu stabilisieren. Sein Atem ging schnell. Bestimmt war er nervös, überlegte Emma. Sie begaben sich in eine gefährliche Situation, und Jules machte sich Sorgen um Mark.

Als Julian mit der zweiten Rune ansetzte, nahm Emma ein leichtes Brennen auf ihrer Haut wahr und runzelte die Stirn. Obwohl Runenmale beim Auftragen manchmal ein stechendes oder brennendes Gefühl verursachen konnten, war das bei Runen, die der *Parabatai* auftrug, normalerweise nicht der Fall. Im Gegenteil: Sie fühlten sich eigentlich immer angenehm an – es schien dann fast so, als würde man in den Schutz der Freundschaft gehüllt, als hätte jemand die besondere Hingabe, mit der er sich dem Schutz des *Parabatai* widmete, auf dessen Haut gezeichnet.

Es war seltsam, dass diese Rune jetzt wehtat.

Julian beendete seine Arbeit, trat einen Schritt zurück, und Emma ließ ihr Haar über ihren Rücken fallen. Dann drehte sie sich um und zeichnete schnell eine Beweglichkeitsrune auf Cristinas Schulter, direkt unter dem Träger ihres Kleides. Anschließend schaute Emma Mark fragend an.

Er schüttelte den Kopf, genau wie bei den vorherigen Malen, als sie ihm eine Rune angeboten hatten. »Keine Runenmale«, sagte er fest.

»Ist schon okay, wenn er keine will«, verkündete Julian, bevor jemand anderes etwas sagen konnte. »Seine *Voyance*-Rune ist abgedeckt. Er sieht ganz normal aus.«

»Fast normal«, erwiderte Emma. »Seine Ohren und seine Augen …«

Cristina stellte sich vor Mark, streckte die Hand aus und zerzauste seine Haare, sodass die Locken bis über seine Ohren reichten. »An den Augen können wir vielleicht nichts ändern, aber …«

»Zweifarbigkeit kommt auch bei Irdischen vor«, sagte Jules. »Das Wichtigste ist, dass du versuchen solltest, dich normal zu *verhalten*, Mark.«

Sein Bruder musterte ihn gekränkt. »Tu ich das denn nicht immer?«

Darauf gab niemand eine Antwort, nicht einmal Cristina. Nachdem Julian zwei Dolche in sein Schulterholster geschoben und den Kofferraum geschlossen hatte, überquerten sie gemeinsam die Straße.

Die Türen des Theaters standen sperrangelweit offen. Licht strömte auf den dunklen Gehweg. Emma hörte Lachen und Musik, roch die Mischung aus verschiedenen Parfüms, Wein und Zigarettenrauch.

An der Tür riss eine junge Frau in einem hautengen roten Kleid die Eintrittskarten ab. Sie trug die Haare im Stil der Vierzigerjahre zu sogenannten »Victory Rolls« gelockt und einen blutroten Lippenstift. Dazu elfenbeinfarbene Satinhandschuhe, die bis zu den Ellbogen reichten.

Emma erkannte sie sofort wieder. Sie hatte sie auf dem Schattenmarkt beobachtet, als sie Johnny Rook zugezwinkert hatte. »Ich hab sie schon mal gesehen«, flüsterte sie Jules zu. »Auf dem Schattenmarkt.« Julian nickte und nahm Emmas Hand. Die unerwartete Wärme an ihrer Hand und die Überraschung über seine Geste ließen sie beinahe zusammenzucken.

Vorsichtig warf sie ihm einen Blick zu und bemerkte den Ausdruck auf seinem Gesicht, als er die Kartenabreißerin anlächelte: eine Mischung aus leicht gelangweilt, leicht arrogant und definitiv eingeladen. Wie jemand, der sich überhaupt keine Sorgen machte, ob man ihn einlassen würde. Julian spielte eine Rolle und die Tatsache, dass er ihre Hand genommen hatte, gehörte zu diesem Spiel. Das war auch schon alles.

Selbstsicher streckte er der jungen Frau die Eintrittskarte entgegen. »Mr Smith und drei Gäste«, sagte er.

Emma hörte, wie hinter ihnen Unruhe aufkam, als Mark den Mund öffnete – wahrscheinlich um zu fragen, wer denn Mr Smith sei. Doch Cristina trat ihm blitzschnell auf den Fuß.

Die Kartenabreißerin lächelte, wodurch sich ihre rot geschminkten Lippen kräuselten, und riss die untere Hälfte der Eintrittskarte ab. Falls sie Emma wiedererkannte, ließ sie es sich jedenfalls nicht anmerken. *»Mr Smith«*, sagte sie. »Ihre Hand, bitte.«

Julian hielt ihr die linke Hand entgegen, worauf die junge Frau einen kleinen Stempel aus rotschwarzer Tinte auf seinen Handrücken setzte. Der Abdruck zeigte ein merkwürdiges Symbol: Wellenlinien unter einer Flamme. »Die Veranstaltung findet heute ein paar Minuten später statt. Ihre Reihe und die Nummern Ihrer Sitzplätze werden gleich auf Ihrer Eintrittskarte erscheinen. Bitte nehmen Sie keine anderen Plätze ein.« Ihre Augen wanderten zu Mark … und musterten ihn mit einem scharfen, eindringlichen, taxierenden Blick. »Willkommen«, sagte sie. »Ich denke, Sie werden feststellen, dass die Gefolgsleute des Wächters eine Gruppe … Gleichgesinnter sind.«

Mark sah sie verblüfft an.

Nachdem alle vier einen Stempel erhalten hatten, schlenderten sie in das Theater. In dem Moment, als sie über die Türschwelle traten, schwoll die Musik zu ohrenbetäubender Lautstärke an, und Emma identifizierte sie als typischen Bigbandjazz, den ihr Vater so gemocht hatte. *Nur weil ich Geige spiele, bedeutet das noch lange nicht, dass ich nicht gern tanze …* Emma erinnere sich an seine Worte und daran, wie er ihre Mutter bei einem improvisierten Foxtrott durch die Küche gewirbelt hatte.

Julian schaute sie an. »Was hast du?«, fragte er sanft.

Emma wünschte, er könnte ihre Gefühle nicht ganz so mühelos lesen. Hastig wandte sie das Gesicht ab, um ihre Miene zu verbergen. Mark und Cristina waren hinter ihnen und sahen sich um. Vor ihnen tauchte ein Getränkestand auf, der auch Popcorn und Süßigkeiten anbot, und dahinter hing ein pfeilförmiges Schild mit der Aufschrift TANZSAAL/THEATER, das nach links zeigte. Gäste in eleganter Kleidung strebten aufgeregt durch den Gang.

»Ach, nichts. Wir sollten da entlang gehen …«, sagte Emma und zog an Julians Hand. »Der Menge folgen.«

»Und was für eine Menge«, murmelte Julian. Er hatte recht. Emma hatte in ihrem ganzen Leben noch nie so viele teuer gekleidete Menschen an einem Ort gesehen. »Das ist fast so, als würde man in einen *Film noir* steigen.«

Sie waren umgeben von schönen Menschen, jener Sorte von Hollywoodschönheiten, die Emma aus Los Angeles gut kannte: Leute, die Zugang zu Fitness- und Sonnenstudios, teuren Friseursalons und exquisiten Bekleidungsgeschäften hatten. Hier sahen sie allerdings so aus, als hätten sie sich als Statisten für einen Gangsterfilm der Vierziger- oder Fünfzigerjahre gestylt: Seidenkleider, Nahtstrümpfe, Fedoras, schmal geschnittene Krawatten und spitze Krägen. Offensichtlich erwies sich Julians Sy-Devore-Anzug als hervorragende Wahl.

Der Saal war elegant ausgestattet mit einer Deckenvertäfelung aus geprägten Kupferplatten, dazu hohen Bogenfenstern und zwei verschlossenen Türen mit den Hinweisschildern THEATER LINKS und THEATER RECHTS. Jemand hatte den großen Teppich aufgerollt, um Platz für eine Tanzfläche zu schaffen. Darauf wirbelten Paare zur Musik einer Band, die auf einem leicht erhöhten Podium am anderen Ende des Saals spielte. Dank der Erklärungen ihres Vaters erkannte Emma Posaunen, Trompeten, Schlagzeug, Kontrabass und – hierzu bedurfte es allerdings keiner besonderen Kenntnisse – ein Klavier. Bei den Bläsern stand auch ein Klarinettist, der die Lippen gerade lange genug vom Instrument nahm, um Emma anzugrinsen, als sie den Saal betrat. Er hatte kastanienbraune Locken, und an seinen Augen war irgendetwas Eigentümliches.

»Das ist ein Elbe«, sagte Mark mit plötzlich angespannter Stimme. »Zumindest hat er etwas Feenblut in den Adern.«

Ach herrje. Rasch schaute sich Emma ein zweites Mal im Saal um und musterte die Tanzpaare. Sie hatte sie für Irdische gehalten, aber … jetzt entdeckte sie in der Menge hier und dort spitze Ohren, orangegelbe Augen und krallenartige Fingernägel.

W-A-S-I-S-T-L-O-S? schrieb Jules auf ihren Rücken, und die Wärme seiner Fingerkuppen drang durch den dünnen Stoff ihres Kleides.

»Das sind alles Leute mit einem Schuss Schattenweltlerblut«, sagte Emma. Sie erinnerte sich wieder an das Schild auf dem Schattenmarkt. HALB-SCHATTENWELTLER? DU BIST NICHT ALLEIN. »Wie gut, dass wir unsere Runenmale abgedeckt haben. Sie haben alle das Zweite Gesicht, verfügen alle über bestimmte Arten von Magie.«

»Bei den Musikern handelt es sich um Halb-Elbenritter«, sagte Mark, »was nicht weiter überrascht, weil die Feenwesen nichts mehr schätzen als Musik. Aber unter den Gästen sind auch solche, in deren Adern das Blut von Wasserelben fließt, und bei manchen handelt es sich um Nachfahren von Werwölfen.«

»Na los, ihr Neulinge!«, rief der Klarinettist, und plötzlich standen die vier im Kreis eines Scheinwerferlichts. »Steht da nicht so rum!«

Als Emma ihn verständnislos ansah, wackelte er mit den Augenbrauen, und auf einmal erkannte Emma, was an seinen Augen anders war: Sie ähnelten der einer Ziege, mit waagerechten schwarzen Pupillen. »*Swingtime!*«, rief er, und die anderen Gäste johlten und applaudierten.

Das grelle Licht des Scheinwerfers verwandelte Julians Gesicht in eine verschwommene weiße Fläche, als er Cristinas Hand nahm und sie in die Menge zog. Emmas Herz machte einen langsamen, dumpfen Satz.

Entschlossen unterdrückte sie das Gefühl, wandte sich Mark zu und streckte ihm die Hände entgegen. »Möchtest du tanzen?«

»Ich weiß nicht, wie.« Auf Marks Gesicht malte sich ein Ausdruck ab, eine Mischung aus Verwirrung und Nervosität, der Emmas Herz zum Schmelzen brachte. Unsicher nahm er ihre Hände. »Die Tänze der Feenwesen sind … nicht wie das hier.«

Emma zog ihn mit sich in Richtung der Menge. Seine schlanken Finger fühlten sich kühl an, ganz anders als Jules' warme Hand. »Ist schon okay. Dann führe ich eben.«

Geschickt schoben sie sich zwischen die Tanzenden. Emma führte und versuchte, sich daran zu erinnern, wie die Leute in Kinofilmen getanzt hatten. Trotz ihres Versprechens, die Führung zu übernehmen, fragte sie sich, ob es nicht besser wäre, Mark diese Aufgabe zu überlassen. Er bewegte sich unfassbar anmutig, während das jahrelange Kampftraining bei ihr den Wunsch weckte, eher Tritttechniken und Spin-Kicks anzuwenden, als zu tanzen und sich um die eigene Achse zu drehen.

Emma warf einen Blick auf ein Mädchen mit kurzen leuchtend grünen Haaren. »Kannst du bei jedem erkennen, um welche Kombination es sich handelt?«, fragte sie Mark.

Er blinzelte kurz und seine hellen Wimpern zerstreuten das Licht. »Sie ist eine Halb-Dryade«, sagte er. »Waldfee. Aber vermutlich nicht exakt zur Hälfte. Feenblut kann sich auch erst Generationen später zeigen. Viele Menschen mit dem Zweiten Gesicht hatten irgendwann einmal ein Feenwesen unter den Vorfahren.«

»Was ist mit den Musikern?«

Mark wirbelte Emma herum. Er hatte inzwischen instinktiv die Führung übernommen. Die Musik hatte etwas Sehnsuchtsvolles an sich, dachte Emma, als würde sie von einem hohen, weit abgelegenen Ort herabschweben. »Der Klarinettist ist ein Halb-Satyr, und der Bassist mit der hellblauen Haut trägt das Blut irgendeines Wasserelben in sich. Kierans Mutter war eine Nixe, eine Wasserelfe und …«

Er verstummte. Emma sah Jules und Cristina, deren rosa Kleid sich deutlich vom Schwarz seines Anzugs abhob. Er wirbelte sie herum, und Emma musste sich auf die Innenseite ihrer Lippe beißen. »Kieran? Dieser Elbenprinz, der mit dir zum Institut gekommen ist?«

In den flackernden Lichtern der Scheinwerfer wirkte Mark wie eine scharf umrissene Kombination aus Licht und Schatten. Der schwere Duft von Weihrauch lag in der Luft und erinnerte Emma an das billige, süßliche Zeug, das in Venice Beach an der Strandpromenade verbrannt wurde. »Wir waren Freunde bei der Wilden Jagd.«

»Na, dann hätte er sich dir gegenüber ja mal etwas weniger wie ein Arschloch benehmen können«, murmelte Emma.

»Ich denke nicht, dass er das gekonnt hätte.« Mark lächelte, und Emma konnte deutlich erkennen, wo sich der menschliche Anteil mit dem Elbenanteil in seinem Blut mischte – ihrer Erfahrung nach lächelten Feenwesen niemals so offen.

Sie zog eine Grimasse. »Hat es bei der Wilden Jagd irgendetwas gegeben, das nicht grässlich war? Gab's da irgendetwas, das vielleicht … Spaß gemacht hat?«

»In Teilen.« Mark lachte und wirbelte sie herum. Die elbenhafte Seite an ihm war zurückgekehrt, das Wilde, Ungezähmte. Emma drosselte das Tempo und tanzte etwas langsamer.

»Welche Teile?«

Erneut drehte er sie im Kreis. »Darüber darf ich nicht reden. Das ist mit einer *geis* belegt.«

Emma schnappte nach Luft. »Und wenn du mir davon erzählst, dann musst du mich töten?«

»Warum sollte ich dich töten?« Mark klang aufrichtig verwirrt.

Sie legte den Kopf in den Nacken und lächelte ihn an. Mit ihm zu reden war manchmal so, als würde sie mit Ty reden, überlegte sie. Es geschah häufiger, dass sie irgendwelche Witze machte, die sie für vollkommen klar und offensichtlich hielt. Doch dann musste sie feststellen, dass sie weniger offensichtlich waren, wenn man die subtilen Codes sozialer Interaktion nicht verstand. Sie hatte keine Ahnung, wann und wo sie diese gelernt hatte, aber Ty hatte noch immer damit zu kämpfen. Und das Gleiche schien auch für Mark zu gelten.

Julian hatte es ihr einmal so erklärt: Wenn man versuchte, die Welt durch Tys Augen zu sehen, brauchte man sich nur ein Kaleidoskop vorzustellen, in das man hineinschaute, dann schüttelte und erneut hineinsah. Man sah zwar exakt dieselben schimmernden Fragmente, aber in einer völlig anderen Formation.

»Die Wilde Jagd bedeutete Freiheit«, sagte Mark. »Und Freiheit ist unabdingbar.«

Emma konnte in Marks Augen die Wildnis von Sternen und Baumwipfeln sehen, den grellen Glanz von Gletschern, das glitzernde Geröll des Dachs der Welt.

Bei dem Anblick musste sie wieder an die Motorradfahrt über dem Ozean denken. An die Freiheit und daran, wie es sich anfühlte, wild und ungezähmt zu sein. An die Sehnsucht, die sie manchmal in ihrer Seele spürte, die Sehnsucht, an nichts gebunden zu sein, niemandem Rechenschaft zu schulden, durch nichts eingeschränkt zu werden.

»Mark …«, setzte sie an.

In diesem Moment änderte sich Marks Gesichtsausdruck; er schaute plötzlich an ihr vorbei, und seine Hand umklammerte ihre Finger. Emma drehte den Kopf in die Richtung, in die er sah, konnte aber nur die Garderobe erkennen. Eine gelangweilt wirkende junge Garderobenfrau hockte auf der Theke und rauchte eine Zigarette in einer silbernen Zigarettenspitze.

»Mark?« Emma drehte sich wieder zu ihm um. Doch er bewegte sich bereits von ihr weg, machte einen Satz über die Theke der Garderobe – sehr zum Vergnügen der jungen Frau – und verschwand dahinter. Emma wollte ihm gerade folgen, als Cristina und Julian in ihre Sichtachse tanzten und ihr den Weg versperrten.

»Mark ist abgehauen«, verkündete Emma.

»Ja, er ist noch kein echter Teamplayer«, bestätigte Julian. Er war zerzaust, und seine Wangen waren vom Tanzen gerötet, während Cristina noch immer wie aus dem Ei gepellt wirkte. »Ich geh ihm mal nach. Ihr zwei bleibt hier und …«

»Dürfte ich wohl kurz unterbrechen?« Vor ihnen tauchte ein groß gewachsener junger Mann von etwa Mitte zwanzig auf. Er hatte blondierte Haare, trug einen geschniegelten Anzug mit Fischgrätmuster und passendem Fedora und dazu teure Schuhe mit roten Sohlen, die beim Gehen wie Flammen aufleuchteten, wie Emma kurz zuvor beobachtet hatte. An seinem Mittelfinger schimmerte ein prunkvoller pinkfarbener Cocktailring. Er hatte den Blick auf Cristina geheftet. »Würden Sie gerne tanzen?«

»Wenn es Ihnen nichts ausmacht …«, setzte Julian mit leichter, ruhiger Stimme an und legte eine Hand auf Cristinas Arm, »aber meine Freundin und ich, wir wollten gerade …«

Der freundliche Gesichtsausdruck des Mannes änderte sich – zwar nur eine Winzigkeit, aber Emma nahm es trotzdem wahr: die plötzliche Anspannung in seinen Augen, die Julian verstummen ließ. »Und wenn es *dir* nichts ausmacht …«, erwiderte er, »aber ich glaube, euch ist offenbar entgangen, dass ich ein Blauer bin.« Er klopfte auf seine Jackentasche, aus der eine Eintrittskarte herausragte. Sie ähnelte derjenigen, die Emma in Avas Handtasche gefunden hatte – nur mit dem Unterschied, dass das Papier seiner Karte hellblau getönt war. Als er die verwirrten Mienen der drei sah, verdrehte er die Augen. »Neulinge«, murmelte er mit einem unangenehmen, fast verächtlichen Ausdruck in den dunklen Augen.

»Aber natürlich möchte ich tanzen.« Cristina warf Julian und Emma einen kurzen Blick zu und wandte sich dann wieder lächelnd an den Fremden: »Es tut uns leid, dass wir das missverstanden haben.«

Julian zog ein finsteres Gesicht, als Cristina mit dem Mann, der sich als ein Blauer bezeichnet hatte, auf die Tanzfläche ging. Emma konnte es ihm nachfühlen. Doch sie tröstete sich mit dem Gedanken, dass Cristina den Typen mit dem Butterflymesser filetieren würde, falls er irgendetwas bei ihr versuchen sollte.

»Wir sollten auch tanzen«, sagte Julian. »Damit wir keine Aufmerksamkeit erregen.«

Wir erregen längst Aufmerksamkeit, dachte Emma. Und es entsprach der Wahrheit: Obwohl niemand ihre Ankunft offiziell kommentiert hatte, warfen ihnen zahlreiche Gäste verstohlene Seitenblicke zu. Unter den Tanzenden befanden sich nicht wenige Personen, die wie ganz normale Irdische aussahen. Emma hatte keine Ahnung, wie die Gefolgsleute des Wächters zu Irdischen standen, aber sie konnte sich vorstellen, dass jeder Neuling das Interesse der anderen erweckte. Das Verhalten des Klarinettisten hatte das zumindest angedeutet.

Emma nahm Julians Hand und zog ihn an den Rand der Tanzfläche, in eine Ecke des Saals mit tieferen Schatten. »Halb-Elben, Ifrits, Werwölfe«, murmelte Emma und nahm Julians andere Hand, sodass sie sich ansahen. Er wirkte noch aufgeregter als zuvor, und seine Wangen glühten. Emma konnte ihm seine Nervosität nicht übel nehmen. In jeder anderen Menge hätte es keine große Rolle gespielt, wenn man ihre Runenmale entdeckt hätte. Aber sie hatte das Gefühl, dass das nicht für diese Leute hier galt. »Warum sind sie alle hier?«, fragte sie leise.

»Es ist nicht gerade einfach, wenn man das Zweite Gesicht hat, aber sonst niemanden kennt, der die gleiche Fähigkeit besitzt«, erklärte Julian mit gesenkter Stimme. »Man sieht Dinge, die andere nicht sehen. Aber man kann nicht darüber reden, weil niemand es verstehen würde. Also muss man sein Geheimnis hüten … und Geheimnisse bewirken, dass man auf Dauer daran zerbricht, dass man verwundbar wird.«

Das dunkle Timbre seiner Stimme drang bis in Emmas Knochen, und es hatte etwas an sich, das ihr Angst machte. Etwas, das sie an die Gletscher in Marks Augen erinnerte … weit entfernt und einsam.

»Jules«, sagte sie.

Er murmelte »Ach, schon gut«, wirbelte sie mit einer Drehbewegung von sich weg und zog sie wieder zu sich heran. Das jahrelange gemeinsame Kampftraining machte sie zu fast perfekten Tanzpartnern, erkannte Emma überrascht. Sie waren in der Lage, die Bewegungen des anderen zu erahnen und ihre Körper im Einklang zu bewegen. Emma konnte anhand von Julians Atemrhythmus oder dem Druck seiner Hand um ihre Finger genau vorhersagen, in welche Richtung er sich drehen würde.

Julians dunkle Locken waren total zerzaust, und jedes Mal, wenn er näher kam, nahm Emma den würzigen Nelkenduft seines Eau de Cologne und den darunterliegenden schwachen Geruch von Farben und Terpentin wahr.

Als das Musikstück endete, schaute Emma zur Band. Der Klarinettist beobachtete Julian und sie … und zwinkerte ihr überraschenderweise zu. Dann setzte die Band erneut an, spielte jetzt aber ein langsameres, ruhigeres Stück. Wie von Magneten angezogen strebten die Paare aufeinander zu. Arme schlangen sich um Hälse, Hände ruhten auf Hüften, Köpfe schmiegten sich aneinander.

Julian wirkte wie versteinert. Auch Emma, deren Finger noch in seinen Händen lagen, stand starr da und wagte nicht, sich zu rühren oder zu atmen.

Der Moment zog sich in die Länge, schien nicht enden zu wollen. Julians Augen suchten ihren Blick; das, was auch immer er darin sah, schien ihn zu einem Entschluss zu bewegen. Seine Arme legten sich um sie, und er zog sie zu sich heran. Emmas Kinn stieß unbeholfen gegen seine Schulter – die erste unbeholfene Situation, die sie je miteinander erlebt hatten.

Emma spürte, wie Julian Luft holte, gequält und stockend. Seine warmen Hände spreizten sich unter ihren Schulterblättern. Sie drehte den Kopf zur Seite, hörte seinen wild trommelnden Herzschlag an ihrem Ohr, fühlte seine harte Brustmuskulatur.

Dann reckte sie die Arme und schlang sie um seinen Hals. Der Größenunterschied zwischen ihnen bewirkte, dass ihre verschränkten Finger die Haare in seinem Nacken streiften.

Ein Schauer ging durch ihren Körper. Natürlich hatte sie Julians Haare schon zuvor berührt, aber hier waren sie besonders geschmeidig, an dieser verwundbaren Stelle direkt unterhalb seiner Locken. Und auch seine Haut fühlte sich weich an. Reflexartig ließ Emma ihre Finger über seinen Nacken gleiten, bis sie den obersten Wirbel seines Rückgrats ertastete und gleichzeitig spürte, wie er keuchend nach Luft schnappte.

Sie hob den Kopf und sah ihn an. Sein Gesicht war kreideweiß, sein Blick gesenkt, und seine dunklen Wimpern flatterten über seine Wangenknochen. Er biss sich auf die Unterlippe, wie immer, wenn er nervös war. Emma konnte die Vertiefungen erkennen, die seine Zähne in der weichen Haut hinterließen.

Wenn sie ihn jetzt küssen würde, würde er dann nach Blut oder Nelken schmecken oder nach einer Mischung von beidem? Süß und würzig? Bitter und heiß?

Mühsam zwang sie sich, den Gedanken zu unterdrücken. Er war ihr *Parabatai*. Er war nicht zum Küssen da. Er war …

Seine linke Hand glitt über ihren Rücken bis zu ihrer Taille und schob sich über ihre Hüfte. Emma zuckte zusammen. Sie hatte schon von Leuten gehört, die Schmetterlinge im Bauch hatten, und sie wusste, was das bedeutete: dieses flatternde, nervöse Gefühl tief im Bauch. Doch jetzt spürte sie dieses Gefühl im gesamten Körper: Schmetterlinge unter der Haut, die einen Schauer nach dem anderen durch ihre Adern jagten. Emma löste eine Hand von seinem Nacken und zeichnete mit dem Finger eine Frage auf sein Handgelenk: *J-U-L-I-A-N, W-A-S-T-U-S-T-D-U-D-A?*

Aber Julian schien die Buchstaben nicht wahrzunehmen. Zum ersten Mal reagierte er nicht auf ihre gemeinsame Geheimsprache. Nach wenigen Sekunden gab Emma auf und schaute ihn an; seine Augen hatten einen abwesenden, verträumten Ausdruck angenommen. Er hatte seine rechte Hand in ihre Haare geschoben und ließ die Strähnen zwischen seinen Fingern hindurchgleiten. Emma spürte diese Berührung, als wäre jedes einzelne Haar ein Stromkabel und direkt mit ihren Nervenenden verbunden.

»Als du heute Abend die Treppe heruntergekommen bist …«, setzte Julian mit leiser, belegter Stimme an, »da habe ich darüber nachgedacht, dich zu malen. Dein Haar zu malen. Ich müsste dafür Titanweiß verwenden, um die Farbe richtig hinzubekommen und die Art und Weise, wie es das Licht einfängt und beinahe zu leuchten scheint. Aber das würde nicht funktionieren. Denn dein Haar hat nicht nur eine Farbe, es ist nicht nur golden, sondern hat auch Schattierungen von Bernstein und Gelbbraun und Karamell und Weizen und Honig.«

Die normale Emma hätte jetzt einen Scherz gemacht. *Das klingt wie die Zutaten für ein Frühstücksmüsli.* Die normale Emma und der normale Julian hätten darüber gelacht. Aber das hier war nicht der normale Julian; das hier war ein Julian, den sie noch nie zuvor erlebt hatte, ein Julian mit einem vollkommen offenen Ausdruck auf den eleganten Gesichtszügen. Plötzlich verspürte sie eine Woge verzweifelter Sehnsucht und den Wunsch, sich in seinen Augen, die wie helle Flammen leuchteten, zu verlieren, in den schwungvollen Konturen seiner Wangen- und Kieferknochen, in der unerwarteten Geschmeidigkeit seines Mundes.

»Aber du malst mich doch nie«, wisperte sie.

Julian schwieg. Er wirkte gequält. Sein Puls raste, Emma konnte es in seiner Kehlgrube sehen. Seine Arme schienen stocksteif zu sein. Emma spürte, dass er sie genau dort halten wollte, wo sie sich befand, keinen Zentimeter näher. Der Raum zwischen ihnen war aufgeheizt, wie elektrisiert. Seine Finger krümmten sich um ihre Hüfte. Seine andere Hand glitt langsam ihren Rücken hinab, über ihre Haare, bis er die entblößte Haut am tiefsten Punkt ihres Rückenausschnitts berührte.

Und dann schloss er die Augen.

Sie tanzten nicht länger, sondern standen reglos da. Emma

wagte kaum zu atmen, während Julians Hände über ihren Körper glitten. Julian hatte sie schon tausende Male berührt: beim Training, beim gemeinsamen Kampf und bei der Versorgung ihrer Wunden.

Aber auf diese Weise hatte er sie noch nie berührt.

Er sah aus wie jemand, der unter einem Bann stand. Jemand, der *wusste,* dass er unter einem Bann stand und mit jeder Faser seines Körpers dagegen ankämpfte. Jemand, in dessen Adern ein schrecklicher innerer Kampf tobte. Emma konnte den Pulsschlag in seinen Fingern fühlen, die auf der nackten Haut ihres Rückens lagen.

Langsam schob sie sich näher an ihn heran, nur einen Hauch, kaum einen Zentimeter. Julian keuchte auf. Seine Brust weitete sich, streifte ihre Brustwarzen durch den dünnen Stoff ihres Kleides. Diese Berührung peitschte wie ein Stromschlag durch ihren Körper. Sie konnte nicht mehr denken.

»Emma«, brachte er mit erstickter Stimme hervor. Seine Hände zuckten heftig, fast schmerzhaft zusammen. Und dann zog er sie an sich. Immer näher. Bis ihr Körper auf seinen traf. Die Tanzenden um sie herum waren nur noch eine verschwommene Menge aus Licht und Farben. Julian senkte den Kopf, näherte sich Emmas Lippen. Sie atmeten den gleichen Atem.

Im nächsten Moment ertönte ein ohrenbetäubendes Krachen der Schlagzeugbecken. Hastig fuhren Emma und Julian auseinander, als die Türen zum Theater aufgerissen wurden und helles Licht in den Saal strömte. Die Musik hatte aufgehört.

Ein Lautsprecher erwachte knacksend zum Leben. »Wenn sich das Publikum nun bitte ins Theater begeben würde …«, sagte eine sinnliche weibliche Stimme. »Die Lotterie der Gunst beginnt in wenigen Minuten.«

Cristina hatte sich von dem Mann im Fischgrätanzug gelöst und kam mit gerötetem Gesicht auf Emma und Julian zu. Emmas Herz schlug wie wild. Rasch blickte sie zu Julian hoch. Für einen Sekundenbruchteil sah er wie jemand aus, der halb verdurstet durch die Wüste torkelte und plötzlich eine schimmernde Wasseroberfläche entdeckte, nur um dann festzustellen, dass es sich um eine Fata Morgana handelte.

»Noch immer keine Spur von Mark?«, fragte Emma hastig, als Cristina sich zu ihnen gesellte. Natürlich gab es keinen Grund, weshalb Cristina irgendetwas über Marks Verbleib wissen sollte; aber Emma wollte einfach nicht, dass Cristina Julian anblickte. Nicht, solange er diesen Ausdruck im Gesicht hatte.

Bedauernd schüttelte Cristina den Kopf.

»Wir sollten besser hineingehen«, sagte Julian. Seine Stimme klang wieder normal, seine Miene wirkte freundlich und ausdruckslos. »Mark wird uns schon finden.«

Überrascht starrte Emma ihn an. Sie hatte zwar schon immer gewusst, dass Julian ein hervorragender Schauspieler war – schließlich mussten die Nephilim ständig lügen und anderen etwas vormachen. Doch jetzt hatte es den Anschein, als hätte sie sich den Ausdruck auf seinem Gesicht nur eingebildet. Als hätte sie sich die letzten zehn Minuten nur eingebildet.

Als wäre nichts von all dem geschehen.

15

Die Engel, nicht halb so glücklich

»Was tust du hier?«, zischte Mark in die Dunkelheit hinein.

Er stand in der Garderobe, umgeben von Kleiderständern mit teuren Mänteln und Jacken. Obwohl die Temperaturen in Los Angeles nachts spürbar fielen, handelte es sich hauptsächlich um Bekleidungsstücke aus leichten Sommerstoffen: Leinen und Seersucker bei den Herrenjacketts, Seide und Gaze bei den Stolas und Umhängetüchern der Damen. Aus dem Saal fiel nur wenig Licht in diesen hinteren Teil der Garderobe, doch Mark sträubte sich nicht, als eine blasse Hand hinter einem Ledertrenchcoat hervorschoss und ihn auf die andere Seite des Kleiderständers zog.

Kieran. Sein Haar schimmerte tiefblau, fast schwarz – die Farbe der aufgewühlten Wellen während eines tosenden Sturms. Was bedeutete, dass er extrem schlecht gelaunt war. Sein silberschwarzes Auge glühte in der Dunkelheit.

»Wie soll ich dich denn sonst jemals zu Gesicht bekommen?«, fragte er aufgebracht und stieß Mark gegen die Wand. Der Bereich hinter den Mänteln war schmal, eng und stickig. Mark keuchte auf – und nicht nur wegen der Wucht, mit der sein Rücken gegen die Wand prallte. Heiße Wut strahlte von Kieran ab wie Wogen, die Mark spüren konnte; sie wirbelten tief in seinem Inneren an der Stelle, wo die kalten Gewässer des Feenreichs einst sein Herz hatten erstarren lassen. »Ich kann das Institut nicht betreten, abgesehen vom Sanktuarium. Aber man würde mich töten, wenn man mich dort vorfände. Soll ich etwa jede Nacht in den Schatten der Wüste darauf warten, dass du mich mit deinem Besuch beehrst?«

»Nein«, sagte Mark, obwohl Kieran ihn fester an die Wand drückte und ein Knie zwischen Marks Beine zwängte. Seine Worte klangen wütend, aber seine Hände auf Marks Körper waren vertraut: schlanke, kühle Finger, die an den Knöpfen seines Hemds herumfummelten und sich unter den Stoff schoben, um über seine Haut zu streicheln. »Eigentlich sollten wir uns voneinander fernhalten, bis diese ganze Geschichte vorbei ist.«

Kierans Augen funkelten zornig. »Und was passiert danach? Wirst du dann freiwillig zur Wilden Jagd zurückkehren? Meinetwegen? Du hältst mich wohl für einen Narren. Du hast die Jäger immer gehasst.«

»Aber dich habe ich nicht gehasst«, sagte Mark. In der Garderobe roch es wie in einer Parfümerie: hunderte Aromen, die im Stoff der Mäntel und Jacken hingen und seine Nase reizten. Künstliche Duftstoffe, keine natürlichen: synthetische Tuberose, synthetischer Jasmin, synthetischer Lavendel. In der Welt der Irdischen war nichts real. Andererseits: War denn im Feenreich irgendetwas realer?

»Mich hast du also nicht gehasst?«, wiederholte Kieran eisig. »Welch eine Ehre. Das ist aber mal ein Kompliment. Fehle ich dir überhaupt?«

»Ja, du fehlst mir«, sagte Mark.

»Und das soll ich dir glauben? Vergiss eines nicht, Halbblut: Ich weiß sehr gut, dass du lügen kannst.«

Mark hob den Kopf und schaute Kieran an. Er sah den Sturm in seinen Augen, doch dahinter sah er zwei Jungen, so klein wie Sterne an einem weit entfernten Himmel und unter einer Decke dicht aneinandergedrängt. Da Kieran und er gleich groß waren, brauchte er sich nur leicht vorzubeugen, um seine Lippen auf Kierans Mund zu pressen.

Der Elbenprinz erstarrte, rührte sich nicht vom Fleck, eine eher zögernde als teilnahmslose Reaktion. Mark hob die Hände und umfing Kierans Gesicht. Und erst in diesem Moment bewegte Kieran sich: Er presste sich an Mark und küsste ihn mit einer Leidenschaft, die Marks Kopf erneut gegen die Wand schlagen ließ.

Kieran schmeckte nach Blut und kaltem Nachthimmel. Und für einen kurzen Augenblick hatte Mark das Gefühl, wieder frei mit der Wilden Jagd durch die Lüfte zu reiten. Der Nachthimmel war die Straße, die es zu erobern galt. Auf einem silberweißen Ross aus Mondlicht galoppierte er über einen Pfad aus funkelnden Sternen. Umgeben von Rufen und Lachen und Schreien schnitt er eine Schneise durch die Nacht, die die Welt seinem suchenden Blick öffnete. Er sah Orte, die kein Menschenauge je gesehen hatte, versteckte Wasserfälle und verborgene Täler. Er rastete auf der Spitze von Eisbergen und trieb sein Pferd durch die Gischt von Wasserfällen hinab in die Tiefe, während Wassernymphen ihre weißen Arme nach ihm ausstreckten. Er lag mit Kieran im Gras einer Hochgebirgswiese, Hand in Hand, und zählte Abermillionen von Sternen.

Nach einem Moment löste Kieran sich von ihm.

Marks Atem ging stoßweise. »Hast du in diesem Kuss eine Lüge entdeckt?«

»Nein. Aber …« Kieran musterte ihn nachdenklich. »Gilt dieses Funkeln in deinen Augen mir oder der Wilden Jagd?«

»Die Jagd ist Schmerz und Herrlichkeit«, erwiderte Mark. »Aber du hast mich gelehrt, ihre Herrlichkeit zu sehen und nicht nur ihren Schmerz.«

»Dieses Mädchen …«, setzte Kieran an, »mit der du gestern Nacht auf meinem Ross zum Institut zurückgekehrt bist …«

Überrascht erkannte Mark, dass Kieran Cristina meinte. »Ich dachte, dass du sie vielleicht lieben würdest.«

Er hatte die Augen gesenkt. Seine Haare hatten eine silberblaue Tönung angenommen, wie das Meer nach einem Sturm. Mark musste daran denken, dass Kieran nicht älter war als er selbst. Obwohl als nicht alternder Elbe zur Welt gekommen lag seine Geburt weniger als zwanzig Jahre zurück. Und er wusste über die Menschen noch weniger als Mark. »Ich glaube nicht, dass man sich so schnell verliebt«, sagte Mark. »Aber ich mag sie.«

»Du darfst ihr nicht dein Herz schenken«, mahnte Kieran, »auch wenn du sonst alles andere mit ihr machen darfst.«

Mark musste ein Lachen unterdrücken. Kieran, der ihm seine ganz eigene Form von Entgegenkommen zeigte. Feenwesen glaubten fest an Treuegelübde: Wenn man seinem Liebsten Treue geschworen hatte, dann hielt man sich auch daran.

Sexuelle Treue wurde nur selten eingefordert, aber auf ein treues Herz legten die Feenwesen großen Wert. Der Bruch eines Liebesschwurs zog eine empfindliche Strafe nach sich.

»Sie ist die Tochter einer alten Schattenjägerfamilie«, erklärte Mark. »Eine Art Prinzessin. Ich glaube nicht, dass sie mich eines zweiten Blickes würdigen würde.«

»Sie hat dich ein paarmal angesehen, als du mit dem blonden Mädchen getanzt hast.«

Mark blinzelte überrascht: einerseits, weil er so schnell vergessen hatte, wie wahrheitsgetreu Feenwesen waren. Und andererseits, weil er sich an diese zutiefst menschliche Reaktion erinnert und sie unbewusst eingesetzt hatte.

Doch es war zwecklos, Kieran erklären zu wollen, aus welch unterschiedlichen Gründen Cristina ihn niemals ins Herz schließen würde. Sie war zu freundlich, um sich ihre Abscheu gegenüber seinem Feenblut anmerken zu lassen, aber er war sich sicher, dass sie hinter dieser Fassade Abscheu empfinden musste. Statt auf Kierans Beobachtung zu reagieren, schob er seine Hände in den Bund von Kierans Reithose und zog ihn für einen weiteren Kuss zu sich heran – für einen Kuss und Erinnerungen an die Wilde Jagd. Erinnerungen so süß wie Wein.

Ihre Küsse waren heiß, eng umschlungen. Zwei Jungen unter einer Decke, die versuchten, keine Geräusche zu machen und die anderen nicht aufzuwecken. Die sich küssten, um die Erinnerungen auszulöschen. Die das Blut und den Dreck wegküssten. Die die Tränen wegküssten. Marks Hände fanden ihren Weg unter Kierans Hemd und zeichneten die Narben auf seinem Rücken nach. In dieser Hinsicht hatten sie den gleichen Schmerz erlitten – auch wenn diejenigen, die Mark ausgepeitscht hatten, wenigstens nicht seiner eigenen Familie angehört hatten.

Kierans Hände fummelten vergebens an Marks Perlmuttknöpfen herum. »Diese irdische Kleidung«, stieß er zwischen zusammengebissenen Zähnen hervor, »wie ich die hasse.«

»Dann zieh sie doch aus«, murmelte Mark, geistesabwesend, benommen und in der Wilden Jagd verloren. Seine Hände glitten über Kierans Körper, doch in Gedanken galoppierte er durch das Nordlicht am Nachthimmel, so blau und grün und leuchtend wie die Tiefen des Ozeans. Wie die Augen der Blackthorns.

»Nein.« Kieran lächelte und trat einen Schritt zurück. Er war zerzaust, und sein Hemd stand halb offen. Sehnsucht pulsierte durch Marks Adern – die Sehnsucht, sich in Kieran zu verlieren und zu vergessen. »Du hast mir einmal gesagt, dass sich die Menschen nach den Dingen sehnen, die sie nicht haben können. Und du bist halb Mensch, halb Elbe.«

»Wir sehnen uns nach dem, was wir nicht haben können«, erwiderte Mark. »Aber wir lieben diejenigen, die uns Güte entgegenbringen.«

»Dann begnüge ich mich für heute mit der Sehnsucht«, sagte Kieran und legte eine Hand über den Anhänger an Marks Kehle. »Und mit der Erinnerung an das Geschenk, das ich dir gegeben habe.«

Die Herstellung von Elbenpfeilen erforderte viel Magie, was sie sehr kostbar machte. Kieran hatte ihm den Anhänger kurz nach seiner Ankunft bei der Wilden Jagd geschenkt und auf eine Kette gefädelt, damit Mark ihn in der Nähe seines Herzens tragen konnte.

»Schieß geradlinig und genau«, sagte Kieran. »Finde den Mörder und dann komm zu mir zurück.«

»Aber meine Familie …«, setzte Mark an, und seine Hand schloss sich reflexartig um Kierans Finger. »Kier, du musst verstehen …«

»Komm zu mir zurück«, wiederholte Kieran. Dann küsste er Marks Handrücken und tauchte zwischen den herabbaumelnden Mänteln hindurch. Obwohl Mark ihm sofort folgte, war Kieran bereits verschwunden.

Die Innenausstattung des Theaters war fantastisch: eine romantische Ode an das goldene Zeitalter der Filmkunst. Die hohe Kuppel wurde von acht vergoldeten Streben in Segmente unterteilt, die jeweils eine klassische, in barocken Farbtönen gehaltene Filmszene zeigte. Emma erkannte *Vom Winde verweht* und *Casablanca,* aber die anderen Darstellungen sagten ihr nichts: ein Mann, der einen anderen Mann durch brennend heißen Sand schleppte; ein Mädchen zu Füßen eines Jungen, der ein Gewehr über der Schulter trug; eine Frau in einem weißen Kleid, das wie die Blüten einer Orchidee um sie herum hochgewirbelt wurde.

Ein schwerer, süßlicher Duft lag in der Luft, während die Gäste ihre Plätze in den halbkreisförmig angeordneten Zuschauerreihen einnahmen. Die Sitze waren mit violettem Samt bezogen und auf der Rückenlehne mit einem goldenen *M* bestickt. Wie die Kartenabreißerin versprochen hatte, zeigte die obere Hälfte der Eintrittskarte inzwischen die Reihe und die Nummern der Sitzplätze. Nachdem sie ihre Reihe gefunden hatten, ließen sie sich auf ihren Sitzen nieder, zuerst Cristina, dann Emma und schließlich Julian, der neben Emma Platz nahm.

»M für *Mitternacht?«*, fragte sie und zeigte auf die Rücklehnen.

»Vermutlich«, sagte Julian und schaute dann wieder in Richtung Bühne. Die Vorhänge waren zurückgezogen, und ein riesiges Gemälde des Ozeans bedeckte die hintere Bildwand. Die eigentliche Bühne war leer; ihre glänzenden Holzdielen schimmerten im Licht.

Emma spürte, wie ihre Wangen glühten. Julians Stimme hatte ruhig und neutral geklungen, trotzdem sah sie vor ihrem inneren Auge wieder den Ausdruck, der wenige Minuten zuvor auf seinem Gesicht gestanden hatte: die Art und Weise, wie er sie auf der Tanzfläche angesehen hatte, dieser vollkommen ungeschützte Blick in seinen Augen, ohne jede Verstellung.

Dieser Blick hatte ihr einen leidenschaftlichen und gequälten Julian gezeigt, von dessen Existenz sie nichts geahnt hatte. Ein verborgenes Gesicht, das sie nie zuvor gesehen hatte und das vermutlich noch niemand anderes je zu sehen bekommen hatte.

Plötzlich spürte Emma, wie Cristina auf ihrem Sitz herumrutschte, und wandte sich ihr schuldbewusst zu. Sie war so sehr mit ihrer eigenen Verwirrung beschäftigt gewesen, dass sie vergessen hatte, Cristina zu fragen, warum sie so aufgebracht wirkte.

Cristina starrte wütend auf die andere Seite des Theaters, die Augen auf den Mann mit dem Fischgrätanzug geheftet. Er ließ sich gerade neben einer eleganten Blondine in einem silbernen Kleid und hochhackigen Schuhen nieder.

»Igitt«, schnaubte Cristina. »Ich musste den Typen förmlich von meinem Körper schälen. Was für eine perverse Klette. Meine Mutter hätte ihn einfach erstochen.«

»Sollen wir ihn für dich töten?«, schlug Emma nur halb im Scherz vor. »Nach der Veranstaltung könnten wir ihn beseitigen.«

»Das wäre nur eine Verschwendung von Zeit und Energie«, winkte Cristina verächtlich ab. »Ich habe Folgendes herausgefunden: Er ist ein Halb-Werwolf. Und seit sechs Monaten Mitglied der Gefolgsleute so hat er die Theaterbesucher hier genannt. Das hat er damit gemeint, als er sich als Blauer zu erkennen gab.«

»Die Tatsache, dass er schon so lange ein Gefolgsmann ist, oder der Umstand, dass auch Lykanthropenblut in seinen Adern fließt?«, fragte Julian.

»Ich denke beides«, sagte Cristina. »Er hat sich große Mühe gegeben, mir auch ja alles über sein Werwolferbe zu erzählen. Dass es ihn stärker und schneller machen würde als andere Menschen. Er hat behauptet, er könnte mit einem einzigen Tritt eine Ziegelsteinmauer durchbrechen.« Sie verdrehte die Augen.

»Ich versteh das nicht«, wandte Emma ein. »Wie wird man überhaupt ein Halb-Werwolf?«

»Es bedeutet, dass man das Werwolfvirus in sich trägt, dieses aber ruht, also nicht aktiv ist«, erklärte Jules. »Das Virus lässt sich zwar weitervererben, aber man selbst kann sich nicht in einen Werwolf verwandeln. Allerdings sind Kraft und Schnelligkeit gesteigert.«

»Der Typ hat erzählt, dass sie alle über gesteigerte Kraft und Schnelligkeit verfügen würden«, berichtete Cristina. »Bei jeder Lotterieveranstaltung würden alle Gefolgsleute an Kraft gewinnen.«

»Sympathiezauber«, bestätigte Julian. Plötzlich brach in ihrer Reihe Unruhe aus.

»Komm ich zu spät?« Mark ließ sich mit geröteten Wangen neben Julian auf den Sitz fallen. Seine blonden Haare sahen aus, als wäre er in einen Windkanal geraten. »Tut mir leid, ich wurde abgelenkt.«

Julian musterte ihn einen langen Augenblick. »Erzähl's mir nicht«, sagte er schließlich. »Ich will es gar nicht wissen.«

Mark schaute ihn überrascht an. »Ach nein?«, fragte er. »Ich würde es auf jeden Fall wissen wollen.«

»Ich auch«, stimmte Emma ein. Doch bevor Mark irgendetwas antworten konnte, wurde es dunkel im Saal. Sofort legte sich Stille über das Theater – nicht das gedämpfte Flüstern von Stimmen, die nach und nach verstummten, sondern ein abruptes, unnatürliches Schweigen.

Ein kalter Schauer lief Emma über den Rücken, als ein einziger Scheinwerfer eingeschaltet wurde und die Bühne beleuchtete.

Die Band saß inzwischen im Orchestergraben und stimmte eine ruhige, fast klagende Melodie an. Dann rollten zwei Männer in Livree ein Objekt auf die Bühne, das unter einem schwarzen Samttuch verborgen war. Die Musik verhallte, und man hörte nur noch das Klacken von hochhackigen Schuhen. Kurz darauf trat die Kartenabreißerin in den Scheinwerferkegel. Sie hatte sich umgezogen und trug jetzt ein bodenlanges Kleid aus schwarzer und dunkelblauer Spitze, die an Gischt auf dem Ozean erinnerte. Selbst aus dieser Entfernung konnte Emma erkennen, dass sie ihre Augen mit schwarzem Kajal betont hatte.

Die Frau streckte eine Hand aus; ihre knallrot lackierten Fingernägel reflektierten das Licht. Dann schloss sie die Finger um das schwarze Samttuch, riss es mit einem Ruck herunter und schleuderte es theatralisch zu Boden.

Darunter kam ein Gerät zum Vorschein: Auf einem Metallsockel ruhte eine große, transparente Trommel, die mit zahlreichen bunten, nummerierten Kugeln bestückt war und aus der eine Metallrinne herausragte. Am Ende der Rinne befand sich eine Auffangschale.

»Ladys und Gentlemen«, setzte die Frau auf der Bühne an. »Ich bin Belinda Belle.«

»Belinda Belle?«, flüsterte Julian. »Der Name ist doch erfunden.«

»Du bist ein echter Meisterdetektiv«, wisperte Emma zurück. »Wirklich genial.«

Julian schnitt ihr eine Grimasse, worauf Emma eine Woge der Erleichterung verspürte. Das hier war wieder wie früher: Julian und sie, die sich gegenseitig Gesichter schnitten und einander zum Lachen brachten. Das hier war wieder normal.

Die Frau auf der Bühne fuhr fort: »Willkommen bei der Lotterie.«

Im Saal herrschte gespannte Stille. Belinda lächelte, legte eine Hand auf das Gerät und stand vollkommen ruhig da.

»Eine Lotterie«, murmelte Julian. »Im wahrsten Sinne des Wortes.«

»Der Wächter kann heute Abend nicht bei uns sein«, verkündete Belinda. »Die Sicherheitsmaßnahmen mussten verschärft werden. Denn die letzte Jagd wurde von Nephilim unterbrochen, und der Wert des Opfers war in Gefahr.«

Ein leises Raunen ging durch die Menge. Emma setzte sich ruckartig auf. *Nephilim.* Die Frau hatte »Nephilim« gesagt. Diese Leute wussten von der Existenz der Schattenjäger. Was im

Grunde keine allzu große Überraschung war, sondern nur das bestätigte, was Emma ohnehin vermutet hatte. Hier ging irgendetwas vor sich – etwas, dessen verschlungene Tentakel bis in die Schattenwelt reichten und am Fundament ihres Wissens rüttelten.

»Das Opfer?«, wisperte Emma. »Meint sie damit *Menschenopfer?*«

P-S-S-T, schrieb Julian auf ihren Arm. Bestürzt registrierte Emma, dass er seine Fingernägel bis zur Nagelsohle abgekaut hatte.

Die Musik setzte wieder ein. Auf der Bühne drückte Belinda auf einen Knopf an der Lostrommel, woraufhin die Metallarme im Inneren des dicken Glases zum Leben erwachten und die Kugeln herumwirbelten, bis diese nur noch eine verschwommene Farbfläche wie im Inneren eines Kaleidoskops bildeten.

Drehen und drehen und drehen. Emma ist am Strand, ihr Dad hat die Arme um sie gelegt. Kaleidoskope sind wie Magie, Emma. Ganz gleich wie viele Leute auch hineinschauen, sie werden nie dasselbe sehen.

Die Erinnerung versetzte Emma einen wehmütigen Stich ins Herz. Inzwischen drehte sich die Lostrommel schneller und schneller und spuckte schließlich eine rote Kugel aus, die durch die Rinne rollte und in die Auffangschale fiel.

Mit einer grazilen Bewegung nahm Belinda die Kugel heraus. Eine atemlose Stille hatte die Theaterbesucher erfasst – die Reglosigkeit einer Raubkatze vor dem Sprung.

»Blau«, sagte sie; ihre Stimme schallte durch die Stille. »Blau 304.«

Einen Moment lang herrschte völliges Schweigen. Dann erhob sich ein Mann von seinem Sitz. Er schwankte leicht, wie eine Statue, die plötzlich und widerstrebend zum Leben erwacht.

Es handelte sich um den Mann, mit dem Cristina getanzt hatte. Der mit dem Fischgrätanzug. Sein Gesicht war jetzt kreidebleich, und die Frau im silbernen Kleid rückte sichtbar von ihm ab.

»Mr Sterling«, sagte Belinda und ließ die Kugel klirrend wieder in die Schale fallen. »Die Lotterie hat Sie ausgewählt.«

Unwillkürlich blickte Emma sich um und versuchte dabei, nicht zu auffällig zu glotzen. Die Besucher saßen wie versteinert da. Die meisten mit ausdrucksloser Miene, doch ein paar wirkten erleichtert. Der Mann im Fischgrätanzug – Sterling – machte einen benommenen Eindruck, als hätte er einen Schlag auf den Solarplexus erhalten und würde nach Luft ringen.

»Sie alle kennen die Regeln«, fuhr Belinda fort. »Mr Sterling hat zwei Tage Zeit, bevor die Jagd beginnt. Niemand darf ihm helfen. Und niemand darf sich in die Jagd einmischen.« Ihre Augen schweiften über das Publikum. »Möge die Liebe viel Älterer uns allen Glück gewähren.«

Erneut setzte die Musik ein. Sämtliche Besucher erhoben sich von ihren Plätzen und unterhielten sich mit gedämpften Stimmen über die Ereignisse. Emma war wie ein geölter Blitz auf den Beinen, aber Julians Hand schloss sich um ihren Arm, bevor sie aus dem Saal stürmen konnte. Ein Lächeln lag auf seinem Gesicht, das Emma sofort als aufgesetzt durchschaute, das aber jeden anderen, der Julian nicht so gut kannte, bestimmt überzeugte.

»Sie werden ihn töten«, flüsterte Emma eindringlich. »All das, was Belinda gesagt hat … die *Jagd* …«

»Das wissen wir doch gar nicht«, erwiderte Julian, ohne die Lippen zu bewegen.

»Emma hat recht«, pflichtete Mark ihr bei. Inzwischen strebten sie zum Ausgang, vorwärtsgeschoben von der Menge, die ins Freie drängte. Die Band spielte »As Time Goes By« aus *Casablanca* – die wehmütige Melodie passte überhaupt nicht zu der aufgeregten Stimmung im Saal. »Eine Jagd bedeutet Tod«, fügte Mark hinzu.

»Wir müssen ihm unsere Hilfe anbieten«, sagte Cristina tonlos.

»Selbst wenn er eine perverse Klette ist«, bestätigte Emma. »Das zählt nun mal zu unseren Aufgaben …«

»Du hast doch die Regeln gehört«, wandte Jules ein. »Niemand darf sich einmischen.«

Emma wirbelte herum, blieb abrupt stehen und schaute Julian direkt in die Augen. »Diese Regeln«, sagte sie, nahm seine Hand und fuhr mit den Fingern über seine Haut.

S-I-E-G-E-L-T-E-N-N-I-C-H-T-F-Ü-R-U-N-S.

Dunkelheit durchzog die blaugrüne Regenbogenhaut, die Emma so gut kannte: ein Eingeständnis seiner Niederlage. »Okay, dann lauf«, sagte er. »Und nimm Cristina mit.« Emma schnappte sich Cristinas Hand, und gemeinsam zwängten sie sich durch die Menge, wobei Emma ihre Ellbogen und Stiefel rücksichtslos einsetzte – und kräftig auf den einen oder anderen Fuß trat. Als sie endlich den Mittelgang erreichten, erkundigte sich Cristina im Flüsterton, wie und wo sie Mark und Julian wiederfinden sollten.

»Beim Auto«, sagte Emma. Aber obwohl sie Cristinas verwirrte Miene sah, machte sie sich nicht die Mühe, ihr zu erklären, dass sie den Plan deshalb kannte, weil sie Julians Pläne immer kannte. Sie kannte sie, weil sie ihn kannte.

»Da hinten ist er.« Cristina zeigte quer durch die Lobby. Emma folgte ihrem Arm und sah gerade noch, wie zwei rote Schuhsohlen aufblitzten. Sterling verließ eilig das Theater. Die Frau, die ihn begleitet hatte, war nirgends zu sehen.

Hastig setzten Emma und Cristina ihm nach und stürmten um die Menge herum. Dabei stieß Emma gegen ein Mädchen mit regenbogenfarbenen Haaren, die überrascht aufkeuchte: »Uff!«

»'tschuldigung!«, rief Emma über die Schulter, während sie und Cristina die letzte Gruppe von Gästen umschifften, die vor dem Theatereingang standen.

Das *Hollywood Sign* funkelte und glitzerte hoch über ihnen. Emma entdeckte Sterling, der gerade um eine Ecke bog. Sofort sprintete sie los, dicht gefolgt von Cristina.

Genau aus diesem Grund joggte Emma jeden Tag am Strand: damit sie in der Lage war, förmlich über den Asphalt zu fliegen, ohne es auch nur zu merken, ohne außer Atem zu geraten. Cristina war nur wenige Schritte entfernt. Ihre dunklen Haare hatten sich aus dem sorgfältig hochgesteckten Knoten gelöst und wehten wie eine dunkle Fahne hinter ihr her.

Als sie die Straßenecke erreichten, stellten sie fest, dass sie in eine Seitengasse führte. Bungalows säumten die Straße; allerdings brannte nur hinter wenigen Fenstern Licht. Sterling stand neben einem riesigen, silbergrauen, teuren Jeep, den Funkschlüssel seines Fahrzeugs schon in der Hand. Vollkommen überrascht starrte er Emma und Cristina an, als sie auf ihn zurannten und vor ihm stehen blieben.

»Was …?«, stotterte er. Aus dieser kurzen Entfernung konnte Emma erkennen, wie erschüttert er aussah. Auf seinem kreidebleichen Gesicht standen Schweißperlen, und er schluckte krampfhaft. »Was wollt ihr?«

Im Schein der Straßenlaternen funkelten seine Augen gelbgrün. Auch wenn er ein Halb-Werwolf sein mochte, wirkte er wie ein verängstigter Irdischer, dachte Emma.

»Wir können dir helfen«, sagte sie.

Erneut schluckte er. »Wovon redest du?«, herrschte er sie so heftig an, dass Emma ein klickendes Geräusch neben sich hörte und feststellte, dass Cristina ihr Butterflymesser gezückt hatte. Sie stand zwar reglos da, aber die Waffe glitzerte in ihrer Hand – eine unausgesprochene Drohung für den Fall, dass Sterling einen weiteren Schritt in Emmas Richtung machte.

»Die Lotterie«, sagte Emma. »Dein Los wurde gezogen.«

»Ja, ich weiß. Oder meinst du, das wäre mir nicht klar?«, fauchte Sterling. »Ihr solltet nicht mal mit mir reden.« Geistesabwesend fuhr er sich mit der Hand durch die Haare. Dabei glitt der Schlüsselbund aus seinen Fingern und fiel rasselnd zu Boden. Emma trat einen Schritt vor, hob ihn auf und hielt ihn Sterling entgegen. »Nein!«, krächzte er und wich hastig vor ihr zurück. »Fass mich nicht an! Komm nicht in meine Nähe!«

Emma warf ihm die Schlüssel vor die Füße und hielt die Hände hoch, wohlwissend, wo jede einzelne ihrer Waffen versteckt war – die Dolche in ihrem Stiefelschaft, unter dem Saum ihres Kleides verborgen.

Allerdings fehlte Cortana ihr doch sehr.

»Wir wollen dir nichts antun«, versicherte sie. »Wir wollen nur helfen. Das ist schon alles.«

Sterling bückte sich und hob misstrauisch seinen Schlüsselbund auf. »Ihr könnt mir nicht helfen. Keiner kann mir helfen.«

»Dein Mangel an Vertrauen ist ziemlich kränkend«, fand Emma.

»Ihr habt ja keine Ahnung, was hier vorgeht.« Er stieß ein raues, unfrohes Lachen aus. »Kapiert ihr das denn nicht? *Keiner kann mir helfen*, und erst recht nicht irgendwelche dummen Jugendlichen …« Er verstummte abrupt und starrte Emma an. Ihren Arm, um genau zu sein. Emma blickte an sich herab und fluchte unterdrückt. Das Make-up, das ihre *Parabatai*-Rune abgedeckt hatte, war verschmiert. Vermutlich war das passiert, als Emma in der Lobby gegen dieses Mädchen gestoßen war. Jedenfalls war das Runenmal klar und deutlich zu sehen.

Sterling wirkte alles andere als begeistert. »Nephilim«, knurrte er. »Das hat mir gerade noch gefehlt.«

»Wir wissen, was Belinda gesagt hat … dass sich niemand einmischen darf«, setzte Emma hastig an. »Aber da wir nun mal *Nephilim* sind …«

»Ihr wisst ja noch nicht mal, dass das nicht ihr richtiger Name ist.« Verächtlich spuckte Sterling auf die Straße. »Ihr wisst überhaupt nichts, stimmt's? Gottverdammte Schattenjäger … halten sich für die Könige der Schattenwelt, mischen sich überall ein. Belinda hätte euch niemals reinlassen dürfen.«

»Du könntest ein wenig höflicher sein.« Emma spürte, wie sich ein scharfer Ton in ihre Stimme schlich. »Wenn man bedenkt, dass wir versuchen, dir zu helfen. Und dass du Cristina angetatscht hast.«

»Das habe ich nicht«, widersprach er und blickte schnell von Emma zu Cristina und wieder zurück.

»Doch, das hast du«, sagte Cristina fest. »Es war eklig.«

»Und wieso versucht ihr dann, mir zu helfen?«, fragte Sterling.

»Weil niemand es verdient zu sterben«, sagte Emma. »Und ehrlich gesagt gibt es da ein paar Dinge, die wir gerne wissen möchten. Welchem Zweck dient diese Lotterie? Inwiefern macht sie euch alle stärker?«

Sterling starrte sie an und schüttelte den Kopf. »Ihr seid verrückt.« Wütend drückte er auf den Funkschlüssel, worauf die Scheinwerfer des Jeeps aufblitzten und die Fahrertür entriegelt wurde. »Bleibt mir vom Hals. Wie Belinda schon gesagt hat: Niemand darf sich einmischen.«

Dann riss er die Tür auf, sprang in den Wagen und wenige Sekunden später raste der Jeep mit quietschenden Reifen durch die Straße und hinterließ schwarze Reifenspuren auf dem Asphalt.

Emma schnaubte. »Fällt nicht gerade leicht, sich Sorgen um sein Wohlergehen zu machen, oder?«

Cristina schaute dem Jeep nach. »Das Ganze ist eine Prüfung«, sagte sie. Ihr Messer war wieder unter dem Träger ihres Kleides verschwunden. »Der Erzengel würde sagen, wir sind nicht nur hier, um diejenigen zu schützen, die wir mögen, sondern auch die Unangenehmen und Unsympathischen.«

»Vorhin hast du gesagt, dass deine Mutter ihn einfach erstochen hätte.«

»Ja, schon«, meinte Cristina. »Aber wir sind eben nicht immer einer Meinung.«

Bevor Emma darauf antworten konnte, kam der Toyota des Instituts auf sie zu und hielt vor ihnen an. Mark beugte sich aus dem Heckfenster. Selbst nach allem, was passiert war, verspürte Emma einen kleinen Funken Freude darüber, dass Jules den Platz neben sich für sie frei gehalten hatte. »Eure Kutsche, meine Schönen«, sagte Mark. »Steigt ein, damit wir von dannen eilen können, bevor man uns nachsetzt.«

»Von *dannen*? Ist das überhaupt ein richtiges Wort?«, fragte Cristina und kletterte zu ihm auf die Rückbank. Emma lief nach vorn und nahm auf dem Beifahrersitz Platz.

Julian warf ihr einen Blick zu. »Das hat nach einem ziemlich dramatischen Gespräch ausgesehen.« Der Wagen setzte sich in Bewegung, fuhr über die Reifenspuren des Jeeps und ließ die Straße und das seltsame Theater hinter sich.

»Er will unsere Hilfe nicht«, erklärte Emma.

»Aber er bekommt sie trotzdem«, sagte Julian. »Hab ich recht?«

»Falls wir ihn ausfindig machen können«, sagte Emma. »Gut möglich, dass sie alle einen Decknamen verwendet haben.« Sie legte die Füße auf das Armaturenbrett. »Vielleicht sollten wir uns mal mit Johnny Rook unterhalten. Schließlich hatten die Gefolgsleute einen Stand auf dem Schattenmarkt, und er weiß über alles Bescheid, was auf dem Markt abläuft.«

»Hatte Diana nicht gesagt, dass du dich von Johnny Rook fernhalten sollst?«, meinte Julian.

»Ist Diana vielleicht im Moment ganz woanders?«, erwiderte Emma zuckersüß.

Julian zog eine resignierte, aber auch belustigte Miene. »Also gut. Ich vertraue dir. Wenn du es für sinnvoll hältst, werden wir Rook eben fragen.«

Im nächsten Moment bogen sie auf den La Cienega Boulevard und tauchten in das Lichtermeer, den Lärm und den dichten Verkehr von Los Angeles ein. Emma klatschte in die Hände. »Und deshalb liebe ich dich.«

Die Worte rutschten ihr ohne großes Nachdenken über die Lippen. Weder Cristina noch Mark schienen etwas davon mitbekommen zu haben – sie stritten sich noch immer, ob »dannen« ein richtiges Wort war –, aber Julians Wangen nahmen eine dunkelrote Tönung an, und seine Hände umklammerten das Lenkrad.

Als sie das hell erleuchtete Institut erreichten, braute sich über dem Meer ein Sturm zusammen, eine Walze blauschwarzer Wolken, aus denen Blitze zuckten. Müde stieg Cristina die Stufen der Eingangstreppe hinauf. Sie war zwar gewohnt, bis tief in die

Nacht Dämonen zu jagen, aber irgendetwas an dem Erlebnis im Theater hatte sie bis ins Mark ermüdet.

»Cristina.«

Mark stand auf der Stufe unter ihr. Bereits am ersten Tag ihrer Ankunft am Institut war Cristina aufgefallen, dass der Wind je nach Richtung unterschiedliche Gerüche mit sich führte. Dann roch es entweder nach Meer oder nach Wüste, nach Salz oder Salbei. An diesem Abend roch es eindeutig nach Salz. Der Wind fuhr durch Marks Haare: Blackthorn-Locken, denen man sämtliche Farbe genommen hatte und die so silbern schimmerten wie Mondlicht auf dem Wasser.

»Du hast die hier vor dem Theater verloren«, sagte er und streckte ihr eine Hand entgegen. Cristina blickte nach unten und einen kurzen Moment an ihm vorbei zu Julian und Emma am Fuß der Treppe. Julian hatte den Wagen davor geparkt und holte Cortana aus dem Kofferraum. Das Licht spiegelte sich in der Waffe und ließ sie wie Emmas Haar aufleuchten. Emma streckte die Hand aus und schaute nach unten, um mit dem Finger über die Scheide zu fahren. Und Cristina beobachtete, wie Julians Blick unwillkürlich zu der anmutigen Wölbung ihres Halses wanderte. Als könnte er einfach nichts dagegen tun.

Kalte Angst breitete sich in Cristinas Magen aus. Sie hatte das Gefühl, als würde sie machtlos zusehen, wie zwei Züge aufeinander zurasten und durch nichts zu stoppen waren.

»Cristina?«, fragte Mark erneut. Irgendetwas glitzerte in seiner Handfläche. Genau genommen handelte es sich um zwei Objekte: die Goldohrringe, die ihr beim Sprint vor dem Theater herausgefallen waren und von denen sie angenommen hatte, dass sie jetzt irgendwo am Straßenrand in Los Angeles lagen.

»Oh!« Cristina nahm die Ohrringe entgegen und schob sie in ihre Manteltasche. Mark musterte sie mit seinen zweifarbigen Augen neugierig. »Sie waren ein Geschenk«, erklärte Cristina. »Von einem … alten Freund.«

Sie erinnerte sich wieder daran, wie Diego sie ihr in die Hand gelegt hatte, mit einem nervösen Ausdruck in den dunklen Augen, weil er sich vermutlich gefragt hatte, ob ihr die Ohrringe auch gefielen. Und natürlich hatten sie ihr gefallen – weil er sie ihr geschenkt hatte.

»Sie sind sehr hübsch«, sagte Mark. »Besonders zu deinem schönen Haar. Es schimmert wie schwarze Seide.«

Cristina holte Luft. Emma schaute gerade lächelnd zu Julian hoch. Auf ihrem Gesicht lag ein unsicherer Ausdruck, eine Ungewissheit, die Cristina ins Herz schnitt. Emma erinnerte sie an sie selbst, überlegte sie, kurz bevor sie im Garten um jene Ecke gebogen war, wo sie das Gespräch zwischen Jaime und Diego aufgeschnappt hatte. Bevor die Welt um sie herum zusammengebrochen war.

»Du solltest so was nicht zu mir sagen«, wandte sie sich an Mark.

Der Wind wehte ihm die Haare ins Gesicht, und er strich sie zurück. »Ich dachte, sterbliche Frauen mögen Komplimente.« Er klang aufrichtig verwirrt.

»Mögen Elfen denn Komplimente?«

»Ich kenne nicht viele«, räumte er ein. »Die Königin des Lichten Volkes schätzt Komplimente. Aber bei der Wilden Jagd gab es keine Frauen.«

»Aber Kieran war dort«, wandte Cristina ein. »Und was würde er dazu sagen, wenn er wüsste, dass du mich als hübsch bezeichnest? Denn die Art und Weise, wie er dich angesehen hat …«

Ein bestürzter Ausdruck huschte über Marks Gesicht. Rasch blickte er zu Julian hinunter, aber sein Bruder hatte nur Augen für Emma. »Woher weißt du …?«

»Ich habe euch gesehen. Auf dem Parkplatz«, erklärte Cristina. »Und als du heute im Theater verschwunden bist, war das vermutlich auch seinetwegen, oder?«

»Bitte erzähle niemandem davon, Cristina.« Die Angst in seinen Augen brach ihr das Herz. »Die Wilde Jagd würde ihn bestrafen und mich ebenfalls. Ihm ist es verboten, sich mit mir zu treffen, jetzt, da ich nicht mehr zu den Jägern gehöre.«

»Ich werde es niemandem verraten«, versicherte Cristina. »Ich habe niemandem davon erzählt, weder Emma noch sonst irgendjemandem.«

»Deine Güte ist so groß wie deine Schönheit«, sagte Mark, aber seine Worte klangen einstudiert.

»Ich weiß, du glaubst, du könntest Sterblichen nicht trauen. Aber ich werde dich nicht hintergehen.«

Der Blick, den er ihr daraufhin schenkte, hatte nichts Einstudiertes an sich. »Ich habe es ernst gemeint, als ich gesagt habe, dass du schön bist. Ich will dich, und Kieran hätte nichts dagegen …«

»Du *willst* mich?«

»Ja«, sagte Mark schlicht, worauf Cristina den Blick abwandte, da ihr plötzlich bewusst wurde, wie nah sein Körper dem ihren war, wie breit die Schultern unter seinem Jackett. Er war attraktiv, so wie alle Feenwesen, mit einer fast überirdischen Ausstrahlung, wie quecksilbriges Mondlicht auf dem Meer. Er wirkte ein wenig unnahbar, aber sie hatte gesehen, wie er Kieran geküsst hatte … »Möchtest du denn nicht, dass jemand dich will?«, erkundigte sich Mark.

Früher, vor dem Vorfall in Mexiko, wäre Cristina bestimmt errötet. »Das ist nicht die Sorte von Kompliment, über die sich sterbliche Frauen freuen.«

»Aber warum nicht?«, fragte Mark.

»Weil das so klingt, als wäre ich ein Objekt, das du benutzen willst. Und wenn du sagst, dass Kieran nichts dagegen hätte, dann klingt das so, als ob es ihm egal wäre, weil ich nicht wichtig bin.«

»Das ist eine sehr menschliche Reaktion: auf den Körper eifersüchtig zu sein, aber nicht auf das Herz«, erwiderte Mark.

Cristina hatte sich in Mexiko intensiv mit den Feenwesen beschäftigt. Es stimmte: Unverheiratete Elfen und Elben legten – unabhängig von ihrer sexuellen Orientierung – wenig Wert auf sexuelle Exklusivität, aber umso mehr auf emotionale Treue. Sie kannten nur wenige Gelübde, die mit sexueller Treue zusammenhingen, aber viele, die sich um die wahre Liebe drehten. »Du musst wissen, dass ich ohne das Herz auch den Körper nicht will«, sagte Cristina.

Mark schwieg, aber sie konnte den Ausdruck in seinen Augen lesen. Sie brauchte nur Ja zu sagen, und Mark Blackthorn würde ihr gehören – was auch immer das bedeutete. Irgendwie fühlte sich das seltsam an, auch wenn sie sein Angebot gar nicht annehmen wollte. Wenn er ihr allerdings *mehr* anbieten würde … Na ja, vor nicht allzu langer Zeit hatte sie noch gedacht, dass sie nie wieder jemanden wollen würde.

Es war gut zu wissen, dass das nicht länger zutraf.

»Ist Kieran der Grund dafür, dass du möglicherweise ins Feenreich zurückkehrst?«, fragte sie. »Selbst wenn der Mörder gefasst wird?«

»Kieran hat mir das Leben gerettet«, sagte Mark. »Bei der Wilden Jagd war ich ein Niemand.«

»Du bist kein Niemand. Du bist der Sohn von Lady Nerissa.«

»Und Kieran ist der Sohn des Königs des Dunklen Volkes«, erwiderte Mark tonlos. »Er hat alles für mich getan, hat mich beschützt und mich am Leben gehalten. Und er hat nur mich. Julian und die anderen haben einander. Sie brauchen mich nicht.«

Allerdings klangen seine Worte nicht sehr überzeugend. Er sprach sie aus, als wären sie vertrocknete Blätter, die durch einen ausgehöhlten, schmerzenden Bereich tief in seinem Inneren wehten. Und in diesem Moment verlangte Cristina mehr denn je nach ihm, denn sie kannte dieses Gefühl: durch einen Verlust derartig ausgehöhlt zu sein, dass man sich so fühlte, als könnte der Wind mitten durch einen hindurchwehen.

»Das ist keine Liebe«, sagte Cristina. »Das ist eine Schuld.«

Mark biss die Kiefer aufeinander. Nie zuvor hatte er so sehr wie ein Blackthorn ausgesehen wie in diesem Augenblick. »Wenn ich im Leben eines gelernt habe – und ich gebe zu, dass ich nicht viel gelernt habe –, dann die Tatsache, dass weder die Feenwesen noch die Sterblichen wissen, was Liebe ist und was nicht. Niemand weiß das.«

16

Von der Reinen umwacht

»Also habt ihr den Fall im Grunde gelöst«, sagte Livvy, die auf dem Teppich in Julians Zimmer lag. Sie alle hatten sich irgendwie in seinem Zimmer verteilt: Cristina thronte auf einem Stuhl, Ty hockte an der Wand, die Kopfhörer über den Ohren, und Julian saß im Schneidersitz auf seinem Bett. Er hatte das Jackett abgelegt und die Hemdsärmel hochgekrempelt. Die Manschettenknöpfe, die Emma ihm gegeben hatte, schimmerten auf seinem Nachttisch. Mark lag auf dem Bauch vor dem Fußende des Betts, Auge in Auge mit Church, der wohl beschlossen hatte, ihnen einen Besuch abzustatten, vermutlich aufgrund des schlechten Wetters. »Ich meine, wir wissen jetzt, wer dafür verantwortlich ist. Für die Morde.«

»Nicht ganz«, wandte Emma ein. Sie saß auf dem Boden, den Rücken gegen den Nachttisch gelehnt. »Ich fasse mal kurz zusammen, was wir bisher wissen: Diese Gruppe … diese Gefolgsleute, oder wie auch immer sie sich nennen, sind für den Mord an Stanley Wells verantwortlich. Dabei handelt es sich hauptsächlich um Personen, die irgendwie mit der Schattenwelt zu tun haben. Irdische mit dem Zweiten Gesicht, Halb-Elben oder Nachfahren von Werwölfen, so wie Sterling. Jeden Monat veranstalten sie eine Lotterie. Auf einen von ihnen fällt das Los, und derjenige wird dann das nächste Opfer.«

»Wells war so ein Opfer«, sagte Julian. »Also scheint es nur logisch, dass die anderen elf Morde ebenfalls wegen dieses Kultes verübt wurden.«

»Das würde auch die Elbenleichen erklären«, fügte Cristina

hinzu. »Da unter den Gefolgsleuten so viele Halb-Feenwesen sind, ist es verständlich, dass auch sie sich unter den Opfern befinden.«

Julian schaute zu Mark hinunter. »Denkst du, die Feenhöfe wissen, ob es sich bei den Leichen um Halb- oder Vollblutfeenwesen gehandelt hat?«

»Schwer zu sagen«, meinte Mark, den Blick unverwandt auf den Kater geheftet. »Allein vom Erscheinungsbild lässt sich das oft nicht unterscheiden, und außerdem sind einige der Gefolgsleute Vollblutfeenwesen.«

»Man sollte meinen, die Vollblutfeenwesen hätten was Besseres zu tun.« Ty hatte die Kopfhörer heruntergenommen; aus den Muscheln drang leise klassische Musik. »Warum sollten sie sich so einem Kult anschließen?«

»So eine Gruppe ist ein Sammelbecken für verlorene Seelen«, erklärte Mark. »Und seit dem Kalten Frieden fühlen sich viele Feenwesen verloren. Es ergibt durchaus Sinn.«

»Auf dem Schattenmarkt habe ich einen Stand der Gefolgsleute gesehen. Und diese Belinda ebenfalls«, berichtete Emma. »Anscheinend sind sie gezielt auf der Suche nach Leuten mit dem Zweiten Gesicht, nach jedem, der irgendwie verängstigt oder allein ist. Wenn diejenigen dann eine Gruppe finden, die ihnen Glück und Wohlstand verspricht und sie nach jedem Opfer stärker macht … kein Wunder, dass das auf viele große Anziehungskraft ausübt.«

»Die Besucher der Veranstaltung wirkten sehr selbstsicher«, sagte Cristina. »Ich frage mich, wie viel sie über die Existenz von uns Nephilim wissen.«

»Sterling schien sich vor uns zu fürchten«, sagte Emma. »Was irgendwie seltsam ist: Schließlich fiel das Los auf ihn, was bedeutet, dass sie ihn als Nächsten rituell opfern werden. Man sollte doch meinen, er würde jede Hilfe annehmen, die er bekommen kann – selbst von Schattenjägern.«

»Aber das Annehmen von Hilfe ist verboten, richtig?«, hakte Livvy nach. »Wenn die anderen ihn dabei erwischen, könnten sie ihn foltern und ihm Schlimmeres antun, als ihn nur zu töten.«

Cristina erschauderte. »Er könnte aber auch ein Fanatiker sein. Vielleicht denkt er ja, das Annehmen von Hilfe sei eine Sünde.«

»Viele Leute sind schon für weniger in den Tod gegangen«, bemerkte Mark.

»Was glaubt ihr, wie viele von den Gefolgsleuten heute Abend da waren?«

»Etwa dreihundert«, schätzte Julian.

»Also, wenn wir mit dem, was wir bis jetzt haben, noch nicht zu den Feenhöfen gehen können, bleiben uns genau zwei Möglichkeiten«, sagte Emma. »Nummer eins: Wir spüren jeden einzelnen dieser dreihundert Verlierertypen auf und nehmen sie so lange in die Mangel, bis sie uns verraten, wer die Morde verübt hat.«

»Das scheint nicht sehr praktikabel. Und außerdem ziemlich zeitaufwendig«, sagte Ty.

»Oder wir machen uns direkt auf die Suche nach dem Anführer«, verkündete Emma. »Und wenn irgendjemand seine Identität kennt, dann diese Belinda.«

Julian fuhr sich mit der Hand durch die Haare. »Belinda ist nicht mal ihr richtiger Name …«

»Johnny Rook weiß, wer sie ist«, beharrte Emma. »Wahrscheinlich weiß er sogar noch viel mehr, wenn man bedenkt, dass Informationen über die Schattenwelt sein Geschäft sind. Wir sollten ihn fragen.«

»Genau. Du hast vorhin schon zugestimmt, Julian«, sagte Mark. Dann runzelte er die Stirn. »Dieser Kater mustert mich irgendwie kritisch.«

»Nein, tut er nicht«, widersprach Jules. »Das ist nur sein Gesicht.«

»Du siehst mich auf die gleiche Weise an«, sagte Mark und schaute kurz zu Julian hoch. »Mit kritischer Miene.«

»Trotzdem ist das ein Fortschritt«, beharrte Livvy stur. Sie warf Mark einen Seitenblick zu, in dem Emma eindeutig Angst erkennen konnte. Es war so untypisch für Livvy, sich ihre Sorge anmerken zu lassen, dass Emma sich kerzengerade aufsetzte. »Wir sollten diese Elbendelegation kontaktieren und ihnen sagen, dass die Gefolgsleute für die Morde verantwortlich sind …«

»Das geht nicht«, sagte Diana und tauchte im Türrahmen auf. »Die Feenwesen waren sehr explizit: ›Wir wollen wissen, an wessen Händen das Blut klebt.‹ Vielleicht denkt ihr ja, dass sie sich für den Fortschritt der Ermittlungen interessieren würden, aber das glaube ich nicht. Sie wollen Ergebnisse sehen und mehr auch nicht.«

»Wie lange hast du schon gelauscht?«, fragte Julian, allerdings ohne vorwurfsvollen Ton in der Stimme. Er warf einen Blick auf seine Uhr. »Es ist schon ziemlich spät – was machst du um diese Uhrzeit noch hier?«

Diana seufzte. Sie sah furchtbar erschöpft aus. Ihre Haare waren zerzaust, und sie trug nur eine Jeans und ein Sweatshirt, was für sie recht ungewöhnlich war. Eine lange Kratzwunde leuchtete auf einer ihrer Wangen.

»Auf dem Rückweg von Ojai bin ich noch schnell beim Knotenpunkt vorbeigefahren«, erklärte sie. »Nur ganz kurz rein und wieder raus. Glücklicherweise musste ich lediglich einen einzigen Mantis-Dämon töten.« Sie seufzte erneut. »Es hat nicht den Anschein, als ob nach eurem Besuch noch irgendjemand dort gewesen wäre. Ich fürchte, unser Totenbeschwörer hat sich einen neuen Ort gesucht.«

»Tja, wenn er keinen Knotenpunkt nutzt, wird er beim nächsten Ausüben von Schwarzer Magie auf Magnus' Karte auftauchen«, sagte Ty.

»Hast du in Ojai irgendetwas Nützliches herausgefunden?«, fragte Emma. »Welches Hexenwesen ist dort denn tätig? Jemand, den wir kennen?«

»Nein.« Diana lehnte sich an den Türrahmen, eindeutig nicht gewillt, noch mehr preiszugeben. »Ich hatte schon von den Gefolgsleuten gehört. Vermutlich sollte es mich also nicht überraschen, dass ihr sie aufgespürt habt. Ich wünschte, ihr hättet mich informiert, aber ……«

»Du warst bereits fort«, sagte Jules. Er lehnte sich zurück und stützte sich auf seine Hände. Dabei spannte sich das Hemd über seiner Brust. Das Wissen, wie sein Körper unter der Baumwolle aussah, trug nicht gerade zu Emmas Konzentration bei. Sie wandte den Blick ab und hasste sich für ihre unpassenden Gedanken. »Aber ich kann dir schnell eine Zusammenfassung des Abends geben«, fuhr er fort.

Während er Diana Bericht erstattete, stand Emma leise auf und verließ das Zimmer. Sie hörte Julians Stimme, die durch den Flur hallte und die Ereignisse des Abends zusammenfasste. Sie wusste, dass er die Geschichte wahrheitsgetreu wiedergeben würde und sie sich keine Sorgen zu machen brauchte. Aber in diesem Moment gab es zwei Personen, mit denen sie dringend reden musste – und zwar allein.

»Mom«, wisperte Emma. »Dad. Ich brauche eure Hilfe.«

Sie hatte ihr Kleid und ihre Stiefel ausgezogen und zusammen mit ihren Waffen in eine Ecke geworfen. Der Sturm war stärker geworden: Böen fegten um das Institut, rüttelten an den Regenrinnen, peitschten silberne Streifen auf die Glasscheiben. In der Ferne zuckten Blitze über dem Ozean und beleuchteten die aufgewühlten Wogen. Emma war in ihren Pyjama geschlüpft und saß im Schneidersitz vor ihrem geöffneten Kleiderschrank.

Fremden mochte der Schrank wie ein heilloses Durcheinander aus Fotos, Fäden und Notizzetteln erscheinen, aber für Emma war das Ganze eine Liebeserklärung. Eine Liebeserklärung an ihre Eltern, deren Foto in der Mitte des Korkbretts hing. Ein Foto, auf dem sie einander lächelnd ansahen, wobei ihr Dad, dessen blonde Haare in der Sonne leuchteten, gerade über etwas zu lachen schien.

»Ich komme mir so verloren vor«, sagte Emma leise. »Ich habe diese ganze Suche gestartet, weil ich dachte, dass es irgendeinen Zusammenhang zwischen den Morden und dem geben würde, was mit euch passiert ist. Aber falls eine solche Verbindung tatsächlich existiert, scheint sie mir durch die Finger zu gleiten. Nichts von dem, was wir herausgefunden haben, lässt sich mit dem Angriff auf das Institut in Verbindung bringen. Es kommt mir vor, als würde ich durch dichten Nebel tappen und nichts mehr erkennen.«

Emma hatte das Gefühl, dass irgendetwas in ihrem Hals steckte, ein harter, schmerzhafter Kloß. Ein Teil von ihr wünschte sich nichts sehnlicher, als hinaus ins Freie zu laufen und den Regen auf ihrer Haut zu fühlen. Zum Strand hinunterzulaufen, wo das Meer und der Himmel miteinander verschmolzen und wo Donnerschläge ihre Schreie übertönen würden.

»Aber es gibt da noch etwas«, flüsterte sie. »Ich glaube, ich baue gerade großen Mist. Als … als Nephilim. Seit diesem Abend, als Jules verletzt wurde und ich ihn geheilt habe … jedes Mal, wenn ich ihn ansehe, fühle ich Dinge, die ich nicht fühlen sollte. Ich denke an ihn auf eine Weise, in der man nicht an seinen *Parabatai* denken sollte. Ich bin mir sicher, dass er nicht das Gleiche empfindet wie ich, aber heute Abend, als wir zusammen getanzt haben, da war ich ein paar Minuten lang … glücklich.« Emma schloss die Augen. »Und Liebe soll einen doch glücklich machen, oder? Sie soll doch nicht wehtun …?«

Plötzlich klopfte es an der Tür.

Jules, dachte Emma sofort und rappelte sich auf, als die Tür auch schon geöffnet wurde.

Mark stand vor ihr.

Er trug noch immer seinen dunklen Abendanzug, der sich deutlich von seinem blonden Haar abhob. Jeder andere hätte bestimmt eine unbehagliche Miene gezogen, dachte Emma, doch Mark spazierte einfach ins Zimmer, warf einen Blick auf ihren Schrank und dann auf sie. Jeder andere hätte angesichts ihres Pyjamas gefragt, ob er vielleicht stören würde. Aber Mark verhielt sich so, als erschiene er pünktlich zu einem Termin.

»Der Tag, an dem man mich verschleppt hat …«, setzte er

an. »Das war derselbe Tag, an dem auch deine Eltern ermordet wurden.«

Emma nickte und warf einen kurzen Blick in Richtung ihres Schranks. Die Tatsache, dass er weit offen stand, bereitete ihr ein unbehagliches, verwundbares Gefühl.

»Ich habe dir ja bereits gesagt, wie sehr ich den Tod deiner Eltern bedaure«, erklärte er. »Aber das reicht nicht. Mir war nicht bewusst, dass sich diese Ermittlungen um mich drehen würden. Darum, dass meine Familie versucht, mich hierzubehalten. Mir war nicht klar, dass meine Anwesenheit dir die Bedeutung deiner jahrelangen Bemühungen nehmen würde.«

Emma setzte sich ans Fußende ihres Betts. »Mark … so ist das doch gar nicht.«

»Doch, genauso ist es«, sagte er. Seine Augen funkelten in dem seltsamen Licht, das durch das geöffnete Fenster hereinfiel – ein Licht, erfüllt vom Leuchten der Gewitterwolken. »Die anderen sollten nicht nur deshalb an diesem Fall arbeiten, damit ich bleibe – wobei ich möglicherweise gar nicht bleiben werde.«

»Du würdest doch nicht freiwillig ins Feenreich zurückkehren. Das würdest du nicht tun.«

»Es wurde lediglich vereinbart, dass ich aus freien Stücken entscheiden kann, ob ich hierbleiben oder zurückkehren möchte«, erwiderte er. »Ich habe nicht … Ich kann nicht …« Seine Hände, die locker neben seinen Hüften hingen, ballten sich zu Fäusten; die Frustration stand ihm deutlich ins Gesicht geschrieben. »Ich dachte, du würdest mich verstehen. Du bist keine Blackthorn.«

»Ich bin Julians *Parabatai*«, sagte Emma. »Und Julian braucht dich hier.«

»Julian ist stark«, erwiderte Mark.

»Ja, Julian *ist* stark«, pflichtete Emma ihm bei. »Aber du bist sein Bruder. Und wenn du gehst … Ich weiß nicht, ob ich in der Lage bin, das aufzufangen.«

Marks Blick wanderte erneut zu ihrem Schrank. »Wir kommen über Verluste hinweg«, flüsterte er.

»Ja, schon«, sagte Emma. »Aber meine Eltern haben mich nicht absichtlich verlassen. Ich weiß nicht, was mit mir passiert wäre, wenn sie das getan hätten.«

Ein Donnerschlag erschütterte den Raum. Mark griff sich unwillkürlich an die Kehle. »Wenn ich den Donner höre und die Blitze sehe, dann überkommt mich das Gefühl, dass ich durch das Gewitter hindurchreiten sollte«, sagte er. »Mein Blut sehnt sich nach einem Ritt durch den Himmel.«

»Wer hat dir diesen Anhänger geschenkt?«, fragte Emma. »Das ist ein Elbenpfeil, stimmt's?«

»Bei der Wilden Jagd war ich sehr geschickt im Umgang mit Elbenpfeilen«, erzählte Mark. »Ich konnte meinen Gegner während des Galopps niederstrecken, meine Pfeile trafen in neun von zehn Fällen ins Ziel. Er hat mich ›Elbenpfeil‹ genannt, weil …« Mark verstummte und drehte sich zu Emma, die auf dem Bett saß. »Du und ich … wir sind uns sehr ähnlich«, sagte er. »Der Sturm ruft dich genauso, wie er mich ruft, richtig? Ich habe es in deinen Augen gesehen … du wolltest hinaus ins Gewitter. Wahrscheinlich zum Strand hinunterlaufen, wo die Blitze niedergehen.«

Emma holte gequält Luft. »Mark, ich …«

»Was ist los?« Julian stand in der Tür; er hatte sich umgezogen. Der Ausdruck auf seinem Gesicht, als er von Mark zu ihr schaute … Emma fehlten die Worte, um es zu beschreiben. Nie zuvor hatte sie Jules auf diese Weise erlebt.

»Wenn ihr zwei beschäftigt seid«, sagte er mit einem rasiermesserscharfen Ton in der Stimme, »kann ich ein anderes Mal wiederkommen.«

Mark musterte ihn verwirrt, und Emma starrte ihn einen Moment sprachlos an. »Mark und ich haben uns nur unterhalten«, sagte sie schließlich. »Das ist schon alles.«

»Wir waren sowieso fertig.« Mark ging zur Tür, eine Hand an seinem Elbenpfeil.

Julian betrachtete beide ruhig. »Morgen Nachmittag fährt Diana mit Cristina zu Malcolm. Angeblich weil Cristina dem

Obersten Hexenmeister ein paar Fragen zu unterschiedlichen Vorgehensweisen in Los Angeles und Mexiko-Stadt stellen möchte. Aber vermutlich will Diana nur überprüfen, wie weit Malcolm mit der Übersetzung gekommen ist, und braucht irgendeine Ausrede.«

»Okay, dann fahren wir zu Rook«, sagte Emma. »Ich kann natürlich auch allein fahren, wenn du willst – mich kennt er ja. Allerdings ist unser letztes Gespräch nicht sehr freundlich verlaufen.« Sie runzelte die Stirn.

»Nein, ich komme mit«, sagte Julian. »Rook muss kapieren, wie ernst die Sache ist.«

»Und was ist mit mir?«, fragte Mark. »Bin ich Teil dieses Einsatzes?«

»Nein«, sagte Julian. »Johnny Rook darf nicht wissen, dass du wieder hier bist. Der Rat weiß nichts davon, und Rook ist jemand, der Geheimnisse nicht bewahrt, sondern verkauft.« Mark schaute seinen Bruder durch seine zerzausten Haare an; seine seltsamen zweifarbigen Augen leuchteten. »Dann werde ich morgen mal ausschlafen«, verkündete er. Als er ging, warf er noch einen letzten Blick auf Emmas Schrank – sein Gesichtsausdruck hatte etwas Beunruhigendes an sich – und zog die Tür dann hinter sich ins Schloss.

»Jules«, sagte Emma, »was ist los mit dir? Was sollte diese Bemerkung: ›Wenn ihr zwei beschäftigt seid‹? Denkst du, Mark und ich hätten rumgeknutscht, bevor du reingekommen bist?«

»Es würde mich nichts angehen, wenn das der Fall gewesen wäre«, erwiderte Julian. »Ich wollte dir nur deine Privatsphäre lassen.«

»Du hast dich wie ein Idiot benommen.« Emma rutschte vom Bett, ging zu ihrer Frisierkommode, um ihre Ohrringe abzunehmen, und schaute Julian im Spiegel an. »Und ich weiß auch, wieso.«

Sie sah, wie sich sein Gesichtsausdruck schlagartig veränderte und anspannte, wie die Überraschung einer undurchdringlichen Miene wich. »Und wieso?«

»Weil du dir Sorgen machst«, erklärte Emma. »Es gefällt dir nicht, gegen die Regeln zu verstoßen, und du hältst es für keine gute Idee, Rook einen Besuch abzustatten.«

Einen Moment lief Julian rastlos auf und ab und setzte sich dann auf Emmas Bett. »Also *das* denkst über mich?«, fragte er. »Emma, wenn wir zu Rook müssen, bin ich dabei. Ich stehe zu hundert Prozent hinter diesem Plan.«

Emma betrachtete sich im Spiegel. Ihre langen Haare konnten die Runenmale auf ihren Schultern nicht verbergen. Ihre Arme waren muskulös, ihre Handgelenke kräftig und stark. Ihre Haut glich einer Landkarte aus Narben: die verblassten Spuren aufgebrauchter Runen, die gewundenen Wulste alter Schnittwunden und die Brandflecken ätzenden Dämonenbluts.

Plötzlich fühlte sie sich alt. Aber nicht einfach nur siebzehn im Gegensatz zu zwölf, sondern richtig alt. Alt in ihrem Herzen. Und sie hatte das Gefühl, sie kam zu spät: Wenn es ihr bestimmt war, die Mörder ihrer Eltern zu finden, dann hätte ihr das doch längst gelungen sein müssen.

»Es tut mir leid«, sagte sie.

Julian lehnte sich schräg gegen das Kopfbrett ihres Betts. Er trug ein altes T-Shirt und eine Pyjamahose. »Was tut dir leid?«

Die Art und Weise, wie ich für dich empfinde. Entschlossen unterdrückte sie die Worte. Wenn sie seltsame Gefühle für Jules hegte, war es nicht fair, ihn damit zu belasten. Schließlich war sie diejenige, die sich hier im Unrecht befand.

Und Jules litt. Sie konnte es seinem angespannten Mund und der Dunkelheit in seinen hellen Augen ansehen.

»Dass ich an dir gezweifelt habe«, sagte sie.

»Gleichfalls.« Er ließ sich in die Kissen fallen. Dabei rutschte sein T-Shirt hoch und schenkte Emma einen ungehinderten Blick auf seinen Bauch, die gerippte Muskulatur, die goldenen Sommersprossen auf seiner Hüfte …

»Ich glaube nicht, dass ich jemals herausfinden werde, was mit meinen Eltern passiert ist«, sagte sie.

Bei dieser Bemerkung setzte er sich auf – was eine Erleichterung war. »Emma«, sagte er und schwieg dann einen Moment. Er fragte weder *Warum sagst du so etwas?* noch *Was meinst du damit?* oder sonst irgendetwas, das die meisten Leute sagten, um die Stille zu überbrücken. Stattdessen fuhr er fort: »Du wirst den Mörder finden. Du bist der zielstrebigste Mensch, den ich kenne.«

»Ich habe das Gefühl, von der Lösung weiter entfernt zu sein als je zuvor. Auch wenn wir eine Verbindung gefunden haben und diese Spur weiterverfolgen werden. Aber ich begreife einfach nicht, in welchem Zusammenhang ihr Tod mit dem Mitternachtstheater oder der Lotterie stehen soll. Ich erkenne es einfach nicht …«

»Du hast Angst«, sagte Jules.

Emma lehnte sich gegen die Frisierkommode. »Angst wovor?«

»Angst, dass wir etwas über sie herausfinden werden, das du lieber nicht wissen willst«, erklärte er. »In deiner Vorstellung sind deine Eltern perfekt. Aber jetzt, da wir der Lösung immer näher kommen, machst du dir Sorgen, dass du herausfindest, dass sie …«

»Nicht perfekt waren?« Emma musste sich anstrengen, um die Anspannung in ihrer Stimme zu unterdrücken. »Dass sie schlechte Dinge getan haben?«

»Dass sie Menschen waren«, sagte Julian. »Wir alle finden eines Tages heraus, dass diejenigen, die sich um uns kümmern und uns beschützen sollen, letztendlich auch nur Menschen sind. Und Fehler machen.« Er strich sich die Haare aus den Augen. »Ich fürchte mich vor dem Tag, an dem die Kinder das über mich herausfinden werden.«

»Julian, ich sag's dir ja nur ungern, aber ich glaube, das haben sie längst herausgefunden«, erwiderte Emma.

Julian lächelte und rutschte vom Bett. »Beleidigungen … Das bedeutet dann wohl, dass es dir wieder besser geht.« Langsam ging er zur Tür.

»Wir dürfen Diana nicht erzählen, dass wir zu Rook fahren«, sagte Emma. »Sie hält ihn für einen Kriminellen.«

»Und damit hat sie ja auch nicht unrecht.« Das dämmrige Licht im Raum spiegelte sich in Julians Armband. »Emma, möchtest du, dass ich …«

Er zögerte, aber Emma hörte seine unausgesprochenen Worte. *Hier bei dir bleibe?*

Bleib bei mir, hätte sie am liebsten gesagt. *Bleib bei mir und sorge dafür, dass ich meine Albträume vergesse. Bleib bei mir und schlafe neben mir ein. Bleib bei mir und verjage die schlechten Träume, die Erinnerungen an das Blut.*

Doch sie zwang sich zu einem Lächeln. »Ich sollte versuchen zu schlafen, Jules.«

Sie konnte seinen Gesichtsausdruck nicht sehen, als er sich zum Gehen wandte. »Gute Nacht, Emma.«

Am nächsten Tag erwachte Emma erst spät. Im Lauf der Nacht hatte der Sturm die Wolken weggefegt, und die Nachmittagssonne stand hoch am blauen Himmel. Mit stechenden Kopfschmerzen kletterte sie aus dem Bett, sprang schnell unter die Dusche und schlüpfte in ihre Jeans und ihre Monturjacke. Dann stürmte sie aus dem Zimmer und wäre dabei fast mit Cristina zusammengestoßen, die ihr entgegenkam.

»Du hast so lange geschlafen, dass ich mir schon Sorgen gemacht habe«, tadelte Cristina. »Geht's dir gut?«

»Mir wird's gleich viel besser gehen, wenn ich erst einmal was gefrühstückt habe. Vielleicht irgendetwas Schokoladiges.«

»Für ein Frühstück ist es viel zu spät – wir haben schon nach Mittag. Julian hat mich geschickt, um dich zu holen. Er meinte, er hat was zu trinken und ein paar Sandwiches im Auto, aber ihr müsst sofort los.«

»Glaubst du, er hat Schokosandwiches eingepackt?«, fragte Emma und lief zusammen mit Cristina zur Treppe.

»Was ist ein Schokosandwich?«

»Na ja, du weißt schon: Brot, Butter, Schokoladentafel.«

»Igitt, das ist ja eklig.« Cristina schüttelte den Kopf; die Perlstecker in ihren Ohrläppchen schimmerten.

»Nicht so eklig wie Kaffee«, erwiderte Emma. »Bist du auf dem Weg zu Malcolm?«

Cristina schenkte ihr ein strahlendes Lächeln. »Ich werde eurem violettäugigen Hexenmeister eine Million Fragen stellen, damit Diana nicht an dich und Julian denkt oder daran, ob ihr Mr Rook womöglich einen Besuch abstattet.«

»Ich bin mir nicht sicher, ob er wirklich ein Mister ist«, sagte Emma und unterdrückte ein Gähnen. »Jedenfalls hab ich noch nie gehört, dass ihn irgendjemand so genannt hat. Die meisten sagen immer nur ›Hey, Rook‹ oder manchmal auch ›dieser Mistkerl‹.«

»Das ist sehr unhöflich«, fand Cristina. Ein amüsierter Ausdruck schlich sich in ihre dunklen Augen. »Ich glaube, Mark ist nervös, weil er mit den anderen allein hierbleiben muss. Das wird bestimmt lustig.« Freundlich zupfte sie an einem von Emmas noch feuchten Zöpfen. »Julian wartet am Auto auf dich.«

»Viel Glück beim Ablenken«, rief Emma, als Cristina zur Küche marschierte, wo Diana vermutlich auf sie wartete.

Cristina zwinkerte ihr zu. »Und dir viel Glück beim Sammeln von Informationen, *cuata.*«

Kopfschüttelnd lief Emma zum Parkplatz, wo sie Julian beim Kofferraum des Toyota vorfand. Neben ihm stand Mark.

»Ich dachte, Cristina würde hierbleiben«, sagte Mark gerade, als Emma näher kam. »Mir war nicht klar, dass sie mit Diana zu Malcolm fahren würde. Ich wusste nicht, dass ihr mich mit den Kindern allein lassen würdet.«

»Sie sind keine Kinder«, sagte Julian und begrüßte Emma mit kurzem Kopfnicken. »Ty und Livvy sind fünfzehn; sie haben schon öfter auf die anderen aufgepasst.«

»Tiberius ist wütend, weil er euch nicht zu Rook begleiten darf«, erzählte Mark. »Er hat gesagt, er würde sich in seinem Zimmer einschließen.«

»Na, fantastisch«, erwiderte Julian. Seine Stimme klang rau, und er sah aus, als hätte er die ganze Nacht kein Auge zugetan. Emma fragte sich, was ihn wohl vom Schlafen abgehalten hatte. Recherchen? »Dann weißt du ja wenigstens, wo er steckt. Hör zu, Tavvy ist der Einzige, auf den du tatsächlich aufpassen müsstest.«

Mark war vor Entsetzen fast grün im Gesicht. »Ich weiß.«

»Er ist ein kleiner Junge und keine Bombe«, sagte Emma und schnallte ihren Waffengurt um, in dem bereits mehrere Seraphklingen und ihre Stele steckten. Sie hatte auf die volle Kampfmontur verzichtet und trug zur Jeans nur ihre Jacke, damit sie Cortana darunter verbergen konnte. Zwar erwartete sie keinen Ärger, aber sie hasste es, das Haus ohne ihr Schwert zu verlassen, das zurzeit im Kofferraum schlummerte. »Das klappt schon. Dru und Livvy können dir helfen.«

»Vielleicht ist euer Einsatz doch zu gefährlich«, wandte Mark ein, während Julian den Kofferraumdeckel zuschlug. »Jedes Feenwesen würde dir jetzt sagen, dass Rooks Name im Englischen für eine schwarze Krähe steht – und das ist ein Vogel, der Unheil verheißt …«

»Ich weiß«, sagte Julian und schob einen letzten, schmalen Dolch in das Holster an seinem Handgelenk.

»Ja, Johnny Rook ist ein Unglücksrabe und Betrüger«, pflichtete Emma Mark bei. »Aber er betrügt *Irdische*. Uns wird schon nichts passieren.«

»Die Kinder könnten sich selbst in Brand stecken«, gab Mark zu bedenken. Und er klang dabei nicht so, als würde er Witze machen.

»Ty und Livvy sind *fünfzehn«,* erwiderte Emma. »Fast so alt, wie du warst, als du zur Wilden Jagd gekommen bist. Und du hast …«

»Was?« Mark heftete seine seltsamen Augen auf sie. »Ich habe es überlebt?«

Emma spürte, wie ihr das Blut in die Wangen schoss. »Ein Nachmittag im eigenen Haus ist nicht ganz dasselbe, wie von plündernden Elbenkannibalen verschleppt zu werden.«

»Wir haben keine Menschen gegessen«, entgegnete Mark entrüstet. »Zumindest nicht dass ich wüsste.«

Julian öffnete die Fahrertür und setzte sich hinter das Steuer. Emma kletterte auf den Beifahrersitz, während Julian sich aus dem Fenster lehnte und seinen Bruder teilnahmsvoll musterte. »Mark, wir müssen los. Wenn irgendetwas passiert, bitte Livvy, uns eine SMS zu schicken. Aber im Moment ist Rook unsere beste Chance. Okay?«

Mark richtete sich auf, als würde er sich für eine Schlacht wappnen. »Okay.«

»Und falls sie es tatsächlich schaffen sollten, sich selbst in Brand zu stecken …«

»Ja?«, fragte Mark.

»Dann solltest du besser einen Weg finden, das Feuer zu löschen.«

Johnny Rook lebte in Victor Heights in einem kleinen Handwerkerhaus mit staubigen Fensterscheiben, das von zwei Landhäusern flankiert wurde. Der Bungalow wirkte unbewohnt – eine bewusst erzeugte Illusion, wie Julian vermutete – und erinnerte an jene Sorte von Haus, um das die Kinder der Nachbarschaft einen Bogen machten, wenn sie zu Halloween von Tür zu Tür zogen und um Süßigkeiten bettelten.

Der Rest der Straße machte einen freundlichen Eindruck. Ein paar Häuser weiter hatten Kinder mit Kreide auf den Asphalt gemalt und spielten »Himmel und Hölle«, und ein alter Mann saß in einem Pavillon, umgeben von Gartenzwergen, und las Zeitung. Jedes Mal, wenn Julian sich das Leben der Irdischen vorstellte, sah er eine ähnliche Szenerie vor seinem inneren Auge. Und manchmal dachte er, dass das gar nicht so schlecht wäre.

Emma legte sich den Schwertgurt um. Da sie sich bereits mit Zauberglanz getarnt hatten, bestand keine Gefahr, dass die Kinder auf der Straße sie sahen, während sie den Gurt enger zog. Eine kleine Konzentrationsfalte bildete sich auf ihrer Stirn, bis der Gurt endlich richtig saß. Ihre Haare leuchteten im Schein der kalifornischen Nachmittagssonne strahlender als das Gold auf Cortanas Heft. Auch die verblassten Narben auf ihren Händen schimmerten weiß und bildeten ein spitzenartiges Geflecht.

Nein. Ein irdisches Leben kam nicht infrage.

Emma hob den Kopf und lächelte ihn an. Ein vertrautes Lächeln, leicht und unbekümmert. Es hatte fast den Anschein, als hätte der gestrige Abend – der Tanz und die Musik, die ihm noch immer wie eine Fieberfantasie vorkamen – gar nicht stattgefunden. »Fertig?«, fragte sie.

Der gepflasterte Weg zur Eingangstür war an mehreren Stellen von Baumwurzeln aufgebrochen, die mit ihrer unaufhaltsamen Kraft von unten gegen die Steine drückten. Die Hartnäckigkeit wachsender Organismen, dachte Julian und wünschte, er hätte Pinsel und Farbe zur Hand. Er wollte gerade nach seinem Handy greifen, um ein paar Schnappschüsse zu machen, als das Gerät einen dumpfen Brummton von sich gab und den Eingang einer SMS signalisierte.

Julian warf einen Blick auf das Display. Die Nachricht stammte von Mark.

KANN TY NICHT FINDEN.

Julian runzelte die Stirn und tippte eine Antwort, während er Emma die Stufen hinauffolgte. HAST DU IN SEINEM ZIMMER NACHGESEHEN?

Ein kunstvoll geschmiedeter Türklopfer in Gestalt eines Grünen Mannes mit wilden Haaren und wildem Blick zierte die Haustür. Emma hob den Metallkopf an und ließ ihn gegen das Türblatt fallen, als Julians Handy erneut brummte.

HÄLTST DU MICH FÜR EINEN BLÖDMANN? SELBSTVERSTÄNDLICH HABE ICH DA NACHGESEHEN.

»Jules?«, fragte Emma. »Ist alles in Ordnung?«

»Blödmann?«, murmelte Julian, während seine Finger flink über die Tastatur flogen. WAS SAGT LIVVY DENN?

»Hast du gerade ›Blödmann‹ gemurmelt?«, fragte Emma. Julian hörte Schritte, die auf der anderen Seite der Tür näher kamen. »Julian, bitte *versuch,* dich einigermaßen normal zu verhalten, okay?«

Die Tür wurde aufgerissen, und dahinter kam ein großer, hagerer Mann in Jeans und Lederjacke zum Vorschein. Er hatte die Haare so kurz geschoren, dass ihre Farbe nicht eindeutig zu bestimmen war, und trug eine Brille mit getönten Gläsern.

Als er Emma sah, ließ er sich gegen den Türrahmen sinken. »Carstairs«, sagte er. Es klang wie eine Mischung aus Gebet und Stöhnen.

Julians Handy brummte erneut. LIVVY SAGT, SIE HABE KEINE AHNUNG.

Der Mann zog eine Augenbraue hoch. »Na, schwer beschäftigt?«, fragte er spöttisch und wandte sich dann an Emma: »Dein anderer Lover war aber höflicher.«

Emma errötete. »Das ist nicht mein Lover. Das hier ist Jules.«

»Natürlich! Ich hätte es an den Blackthorn-Augen erkennen müssen.« Rooks Stimme nahm einen aalglatten Ton an. »Du siehst genau wie dein Vater aus, Julian.«

Julian gefiel das spöttische Grinsen des Mannes nicht. Aber andererseits hatte ihm Emmas Kontakt zu Rook noch nie gefallen. Irdische, die sich in Magie versuchten, selbst solche mit dem Zweiten Gesicht, stellten für den Rat eine Grauzone dar – es gab zwar kein entsprechendes Gesetz, aber die Nephilim sollten auch keine Geschäfte mit ihnen machen. Wenn für einen Einsatz Magie erforderlich war, dann beauftragte man damit einen netten, vom Rat anerkannten Hexenmeister.

Allerdings hatte Emma sich noch nie sonderlich um die Anerkennung des Rats geschert.

LIVVY LÜGT. SIE WEISS IMMER, WO TY STECKT. BRING SIE DAZU, ES DIR ZU VERRATEN. Jules schob das Handy wieder in die Tasche. Es war nicht ungewöhnlich, dass Ty sich verdrückte, entweder in eine Ecke der Bibliothek oder an einen Ort in den Hügeln, wo er Eidechsen unter Steinen hervorlocken konnte. Außerdem war er wütend, was die Wahrscheinlichkeit erhöhte, dass er sich versteckt hatte.

Der Mann schwang die Tür weit auf. »Kommt rein«, sagte er resigniert. »Du kennst die Regeln, Carstairs. Keine blanken Waffen. Und keine frechen Antworten.«

»Definiere ›freche Antworten‹«, erwiderte Emma und betrat das Haus. Als Julian ihr folgte, schlug ihm eine Woge der Magie entgegen, so dicht wie Rauch in einem brennenden Gebäude. Sie hing in der Luft des kleinen Wohnzimmers, förmlich sichtbar im dämmrigen Licht, das durch die vergilbten Gardinen hereinfiel. An den Wänden standen hohe, von Hand geschreinerte Bücherregale mit Zauberbüchern und Grimoires, darunter auch eine Ausgabe des *Hexenhammers,* ein Werk namens *De pseudomonarchia daemonum,* ein Wälzer mit dem Titel *Clavicula Salomonis Regis* sowie ein Buch mit blutrotem Einband, auf dessen Rücken die Worte *Dragon Rouge* zu lesen waren. Ein schmuddeliger Flickenteppich, der zu den Gardinen passte, lag schief auf dem Boden. Rook beförderte ihn mit einem Tritt zur Seite und grinste hämisch.

Darunter kam ein Zauberkreis zum Vorschein, der mit Kreide auf die Holzdielen gezeichnet war – jene Sorte von Kreis, den Hexenwesen beim Heraufbeschwören von Dämonen verwendeten, um sich vor diesen zu schützen. Genau genommen handelte es sich um zwei Kreise, ein schmalerer in einem größeren, die zusammen eine Art Rahmen bildeten. Und innerhalb des Rahmens hatte jemand hastig die Siegel der siebzig Höllenfürsten niedergekritzelt. Julian runzelte die Stirn, als Rook blitzschnell in den Kreis trat und die Arme vor der Brust verschränkte.

»Ein Schutzkreis«, sagte Rook überflüssigerweise. »Hier kommt ihr nicht rein.«

»Und du kommst nicht raus«, bemerkte Julian. »Jedenfalls nicht leicht.«

Rook zuckte die Achseln. »Warum sollte ich das wollen?«

»Weil du hier mit ziemlich mächtiger Magie herumspielst.«

»Du solltest dir kein Urteil über mich erlauben«, erwiderte Rook. »Wir, denen die Himmlische Magie nicht zur Verfügung steht, müssen uns mit dem begnügen, was wir finden.«

»Die Siegel der Hölle?«, fragte Julian. »Zwischen Himmel und Hölle muss es doch garantiert noch was anderes geben.«

Rook grinste breit. »Die ganze Welt. Aber das ist ein ziemlich unerfreulicher Ort. Und nicht jeder von uns kann es vermeiden, sich die Hände schmutzig zu machen.«

»Zwischen schmutzig und blutig besteht ein gewaltiger Unterschied«, sagte Julian. Emma warf ihm einen eindringlichen Blick zu, den er sofort verstand: *Wir sind hier, weil wir etwas von ihm wollen.* Sie brauchte nicht jedes Mal auf seine Haut zu schreiben, damit er begriff, was sie dachte.

Plötzlich bewegten sich die Gardinen, obwohl kein Luftzug zu spüren war. »Hör zu, wir sind nicht hier, um dir lästig zu fallen«, sagte Emma. »Wir wollen einfach nur ein paar Informationen, und dann verschwinden wir auch gleich wieder.«

»Informationen gibt es nicht umsonst«, sagte Rook.

»Ich hab dieses Mal etwas ganz Besonderes für dich. Besser als Bargeld«, sagte Emma. Während sie einen Stab aus silberweißem Kristall aus ihrer Jackentasche holte, wich sie Julians Blick aus und errötete leicht. Offenbar war sie sich bewusst, dass er sie mit großen Augen ansah, als er erkannte, was sie da in der Hand hielt: eine unbenannte Seraphklinge.

»Was soll er denn mit *Adamant* anfangen?«, fragte Julian in forderndem Ton.

»Von den Eisernen Schwestern bearbeiteter *Adamant* erzielt auf dem Schattenmarkt einen hohen Preis«, erklärte Rook, den Blick fest auf Emmas Hand geheftet. »Trotzdem hängt alles davon ab, welche Informationen ihr wollt.«

»Informationen zum Mitternachtstheater und den Gefolgsleuten«, sagte Emma. »Wir möchten gern mehr über sie erfahren.«

Rook verengte die Augen zu Schlitzen. »Und was genau wollt ihr wissen?«

Emma gab ihm eine kurze Zusammenfassung der Ereignisse der letzten Nacht, wobei sie weder Mark noch Avas Einladungskarte zur Lotterie erwähnte. Als sie ihren Bericht beendet hatte, pfiff Rook durch die Zähne.

»Casper Sterling«, sagte er. »Ich war schon immer der Meinung, dass der Typ ein Mistkerl ist. Hat ständig rumgeprahlt, dass er besser als jeder Werwolf und besser als jeder Mensch wäre. Ich kann nicht behaupten, dass es mir leidtut, dass das Los auf ihn gefallen ist.«

»Johnny«, sagte Emma eindringlich, »sie werden ihn *töten.*«

Ein seltsamer Ausdruck huschte über Rooks Gesicht, verschwand dann aber wieder so schnell, wie er gekommen war. »Und was soll ich deiner Meinung nach dagegen tun? Da steckt eine riesige Organisation dahinter, Carstairs.«

»Wir müssen herausbekommen, wer ihr Anführer ist«, sagte Julian. »Belinda hat ihn als den ›Wächter‹ bezeichnet. Ihn müssen wir finden.«

»Ich weiß nicht recht«, wandte Rook ein. »Ich bin mir nicht sicher, ob selbst *Adamant* es wert ist, die Gefolgsleute gegen mich aufzubringen.« Aber sein Blick hing sehnsüchtig an dem silberweißen Stab. Emma machte sich diesen Vorteil zunutze.

»Von uns werden sie nichts erfahren«, versicherte sie. »Aber ich habe gesehen, wie du mit Belinda auf dem Schattenmarkt geflirtet hast. Sie kennt seine Identität garantiert.«

Rook schüttelte den Kopf. »Sie weiß nichts.«

»Ach«, sagte Emma. »Okay. Und wer von den Gefolgsleuten weiß es dann?«

»Kein einziger. Die Identität des Anführers ist geheim. Ich weiß nicht mal, ob es ein Mann oder eine Frau ist. Der Wächter könnte schließlich beides sein, oder?«

»Wenn ich feststelle, dass du mir irgendetwas verschweigst, Johnny, solltest du dich auf Konsequenzen gefasst machen«, teilte Emma ihm eisig mit. »Diana weiß, dass ich hier bin. Du kannst mich also nicht beim Rat verpfeifen und in Schwierigkeiten bringen. Aber ich kann dir Ärger bereiten. Gewaltigen Ärger.«

»Emma, vergiss es«, sagte Julian in gelangweiltem Ton. »Er weiß nichts. Nimm das *Adamant* und lass uns verschwinden.«

»Sie haben zwei Tage Zeit, wenn ihr Los gezogen wird«, stieß Rook mit dünner, zorniger Stimme hervor. »Zwei Tage, bevor der Mord stattfinden muss.« Wütend funkelte er Emma und Julian an, als wäre das Ganze ihre Schuld. »Es geht um Sympathiezauber. Die Lebenskraft eines getöteten Schattenweltlers liefert die Energie für den Zauber, der alle Gefolgsleute stärker macht. Und der Anführer … der taucht dann auf, wenn das Opfer getötet werden soll. So viel weiß ich zumindest. Wenn ihr zum Zeitpunkt des Mordes da seid, werdet ihr ihn sehen. Oder sie. Wer auch immer es ist.«

»Der Wächter erscheint, wenn das Opfer getötet wird?«, fragte Emma. »Um die Energie einzufangen?«

»Wenn wir Sterling also beschatten und abwarten, bis irgendjemand ihn angreift, werden wir den Wächter zu sehen bekommen?«, hakte Julian nach.

»Ja, das müsste funktionieren. Ich meine, ihr seid verrückt, dass ihr bei irgendeiner gewaltigen Schwarze-Magie-Party dabei sein wollt, aber ich schätze, das ist vermutlich eure Angelegenheit.«

»Ja, schätze ich auch«, bestätigte Julian. Sein Handy brummte erneut. LIVVY VERRÄT MIR GAR NICHTS. SIE HAT SICH IN IHREM ZIMMER EINGESCHLOSSEN. HILFE!

Ein leise nagendes Gefühl der Sorge breitete sich in Julians Magen aus. Er ermahnte sich, dass das vollkommen unbegründet war. Schließlich wusste er genau, dass er sich zu viele Sorgen um seine Geschwister machte. Ty war vermutlich nur irgendeinem Tier nachgelaufen. Bestimmt fütterte er gerade ein Eichhörnchen oder streichelte eine streunende Katze. Oder er hatte sich mit einem Buch irgendwohin verzogen und wollte nicht gestört werden.

Julian tippte eine Antwort: GEH NACH DRAUSSEN UND SIEH IM GARTEN NACH.

»Noch immer mit deinen SMS beschäftigt?«, fragte Rook spöttisch. »Du musst ja ein echt reges Privatleben haben.«

»Mach dir deswegen keine Sorgen«, entgegnete Julian. »Die Batterie von meinem Handy ist fast leer.«

Das Smartphone brummte erneut. BIN JETZT DRAUSSEN, stand auf dem Display, und dann wurde der Bildschirm schwarz.

Julian schob das Handy in seine Tasche, als im selben Moment ein gewaltiges Krachen aus dem Keller ertönte und kurz darauf ein unterdrückter Schrei, der abrupt verstummte.

»Was zum Teufel …?«, stieß Rook hervor.

Die Bestürzung in seiner Stimme war nicht gespielt; Emma musste das ebenfalls wahrgenommen haben, denn sie rannte bereits zur Treppe, die nach unten führte. Rook rief ihr etwas nach, doch Julian wusste, dass er einen Moment brauchen würde, um sich aus dem Schutzkreis zu befreien. Ohne Rook noch eines Blickes zu würdigen, stürmte er Emma nach.

Kit Rook drückte sich in den Schatten der Treppe. Stimmen drangen aus dem Erdgeschoss zu ihm herunter, zusammen mit schummrigem Tageslicht. Sein Vater schickte ihn jedes Mal, wenn er Besuch bekam, hinunter in den Keller – vor allem dann, wenn es um Besucher ging, deren Anblick ihn hektisch nach seiner Kreide suchen ließ, um einen Schutzkreis zu ziehen.

Kit konnte nur huschende Schatten sehen, aber eindeutig zwei fremde Stimmen unterscheiden. Zu seiner Überraschung handelte es sich um junge Stimmen – eine männliche und eine weibliche.

Er hatte eine ziemlich klare Vorstellung davon, wer die beiden waren – definitiv keine Schattenweltler. Als sie an der Haustür geklopft hatten, hatte er den Gesichtsausdruck seines Vaters gesehen. Rook hatte keinen Ton gesagt, aber seine Miene konnte nur eines bedeuten: Schattenjäger.

Nephilim. Kit spürte, wie die Wut langsam in ihm hochkochte. Er hatte gemütlich auf dem Sofa gesessen und ferngesehen, und jetzt hockte er wie ein Dieb im Keller seines eigenen Elternhauses, weil die Nephilim der Meinung waren, sie hätten das Recht zu bestimmen, wer Magie betreiben durfte und wer nicht. Und jedem vorzuschreiben, was er zu tun und zu lassen hatte und …

Im nächsten Moment löste sich ein Schemen aus den Schatten und stürzte sich auf ihn. Kit wurde hart gegen die Brust getroffen, taumelte rückwärts und krachte mit solcher Wucht in die Mauer hinter ihm, dass es ihm den Atem verschlug. Keuchend schnappte er nach Luft, als um ihn herum ein blendendes Licht erstrahlte – weißgrelles Licht in den Fingern einer menschlichen Hand.

Irgendetwas Scharfes drückte sich gegen Kits Kehle. Er hielt den Atem an und hob den Blick.

Er starrte in das Gesicht eines Jungen, der ungefähr in seinem Alter war. Tintenschwarze Haare und dazu Augen, deren Farbe an die Klinge eines Messers erinnerte; Augen, die unruhig hin und her zuckten, während der Fremde eine finstere Miene zog. Er war hoch aufgeschossen und schlank, trug schwarze Kleidung, und seine helle Haut war über und über mit den Runenmalen der Nephilim übersät.

Nie zuvor war Kit einem Schattenjäger derart nahe gewesen. In der einen Hand hielt er ein glühendes Licht. Keine Taschenlampe und auch kein anderes elektronisches Gerät – Kit erkannte Magie, wenn er sie sah. Und seine andere Hand umklammerte das Heft des Dolches, dessen Spitze gegen Kits Kehle gedrückt war.

Kit hatte sich immer ausgemalt, was er tun würde, falls die Nephilim ihn zu entführen versuchten. Er würde ihnen auf den Fuß treten, die Knochen brechen, das Handgelenk verdrehen und ins Gesicht spucken. Doch jetzt tat er nichts davon, dachte an keines seiner Vorhaben. Stattdessen betrachtete er den Jungen mit dem Dolch, den Jungen, dessen schwarze Wimpern federleicht über die Wangenknochen streiften, während er den Blick von Kit abwandte. Im nächsten Moment spürte Kit etwas, das er nur als eine Art verblüffende Erkenntnis bezeichnen konnte.

Er ist wunderschön, dachte er.

Kit blinzelte. Obwohl der andere Junge ihn nicht direkt anschaute, schien er die Bewegung wahrzunehmen. In harschem Flüsterton fragte er: »Wer bist du? Was tust du hier? Du bist zu jung, um Johnny Rook sein zu können.«

Er hatte eine faszinierende Stimme, klar und tief, mit einem rauen Unterton, der ihn älter wirken ließ. Die Stimme eines reichen Jungen.

»Nein, ich bin nicht Johnny Rook«, bestätigte Kit. Er fühlte sich verwirrt und benommen, als hätte ihm jemand ein grelles Kamerablitzlicht vor die Augen gehalten.

Noch immer sah der Junge ihn nicht direkt an. Als wäre Kit keines Blickes würdig. Kits Benommenheit schwand und wich einem unbestimmten Zorn.

»Na los«, sagte er herausfordernd. »Dreimal darfst du raten, wer ich bin.«

Der Junge schien einen Moment nachzudenken, dann hellte sich seine Miene auf. »Du bist sein Sohn«, sagte er. »Johnny Rooks Sohn.«

Und dann verzog er verächtlich die Lippen – zwar nur eine Spur, doch das reichte, um Kits Wut hochkochen zu lassen. Ruckartig wich er zur Seite aus, vom Dolch weg, und trat zu. Obwohl der andere Junge blitzschnell herumwirbelte, streifte Kit ihn am Arm, und er hörte einen unterdrückten Schmerzensschrei. Dem Jungen fiel das Licht aus der Hand, und es erlosch. Einen Sekundenbruchteil später wurde Kit jedoch erneut gegen die Wand gestoßen; eine Hand krallte sich in sein T-Shirt, und der Dolch drückte wieder gegen seine Kehle. Dann zischte der andere Junge: »Sei still, sei still, sei *still!*« Doch im nächsten Moment wurde der ganze Keller in gleißendes Licht getaucht.

Der andere Junge erstarrte. Kit hob den Kopf und entdeckte zwei weitere Schattenjäger am oberen Ende der Kellertreppe: einen jungen Mann mit strahlenden blaugrünen Augen und das blonde Mädchen, das er eine Woche zuvor auf dem Schattenmarkt gesehen hatte. Sie beide starrten in den Keller hinab – allerdings nicht in seine Richtung, sondern in die des Jungen, der ihn am T-Shirt festhielt.

Der Junge zuckte zusammen, gab Kit aber nicht frei. Ein trotziger Ausdruck zeichnete sich auf seinem Gesicht ab. *Aha,* dachte Kit, *du dürfest gar nicht hier sein, stimmt's?*

»Tiberius Blackthorn«, sagte der junge Mann mit den blaugrünen Augen. »Was um alles in der Welt tust du hier?«

Emma stand da und starrte Ty total verblüfft an. Sie hatte das Gefühl, als wäre das Institut plötzlich in Johnny Rooks Keller aufgetaucht: Tys Anblick war vollkommen vertraut und dennoch völlig unpassend.

Ty wirkte zerzauster und aufgewühlter als je zuvor, doch der Dolch lag fest in seiner Hand. Diana wäre zufrieden gewesen. Allerdings wäre sie vermutlich weniger zufrieden gewesen, wenn sie gesehen hätte, dass er den Dolch einem irdischen Jungen an die Kehle drückte. Der Junge – er musste etwa fünfzehn sein – kam Emma seltsam vertraut vor, und dann erinnerte sie sich plötzlich, dass sie ihn auf dem Schattenmarkt gesehen hatte. Seine blonden Haare hingen ihm wirr in die Stirn; sein T-Shirt war sauber, aber schäbig und seine Jeans vollkommen verwaschen. Und er machte den Eindruck, als wollte er Ty jeden Moment einen Kinnhaken verpassen, was für einen Irdischen in seiner Lage ungewöhnlich war. Die meisten Irdischen hätte ein Dolch an ihrer Kehle deutlich stärker beunruhigt.

»Ty«, sagte Julian erneut. Er wirkte wütend – Wut mit einem Hauch von Panik. »Ty, lass Johnny Rooks Sohn los.«

Die Augen des blonden Jungen weiteten sich. »Woher … weißt du, wer ich bin?«, fragte er.

Julian zuckte die Achseln. »Wer solltest du sonst sein?« Er legte den Kopf schief. »Vielleicht weißt *du* ja etwas über die Lotterie im Mitternachtstheater?«

»Jules«, mahnte Emma. »Er ist doch noch ein Kind.«

»Ich bin kein Kind!«, protestierte der Junge. »Und ich heiße Kit.«

»Wir versuchen lediglich zu helfen«, erklärte Julian, woraufhin der blonde Junge – Kit – eine finstere Miene zog. Julian räusperte sich und fuhr dann in sanfterem Ton fort: »Wir versuchen, Leben zu retten.«

»Mein Vater hat mir gesagt, das behaupten die Schattenjäger immer.«

»Und glaubst du alles, was er dir sagt?«

»Dieses Mal hatte er aber recht, oder?«, stellte Kit klar. Sein Blick huschte zu Emma. Sie erinnerte sich daran, wie sie erkannt hatte, dass er das Zweite Gesicht besaß. Allerdings hatte sie ihn für Rooks Assistenten gehalten und nicht für seinen Sohn. Die beiden sahen sich überhaupt nicht ähnlich. »Du hast es doch selbst gesagt«, fügte Kit hinzu.

»Damit meinte ich …«, setzte Julian an.

»Ich weiß nichts über eine Lotterie«, fauchte Kit und warf dann Tiberius einen verstohlenen Blick zu. Aber noch seltsamer fand Emma die Tatsache, dass Ty den Jungen anschaute. Emma erinnerte sich, dass sich Ty vor Jahren einmal beschwert hatte: *Warum sagen die Leute »Sieh mich an«, wenn sie eigentlich »Sieh mir in die Augen« meinen? Schließlich könnte man auch jeden anderen Teil ihres Körpers betrachten und würde sie noch immer ansehen.* Doch jetzt musterte er neugierig Kits Augen, als würden sie ihn an irgendetwas erinnern.

»Kit!«, brüllte eine Stimme aus dem Erdgeschoss. Dann hörte Emma hastige Schritte auf der Kellertreppe, und kurz darauf tauchte Johnny Rook auf. Einer seiner Ärmel war angesengt. Nie zuvor hatte Emma ihn so wütend erlebt. »Lasst meinen Sohn in Ruhe!«

Ty verstärkte den Griff um den Dolch in seiner Hand und richtete sich auf. Ohne auch nur einen Hauch von Angst wandte er sich Johnny Rook zu: »Erzähl uns von der Lotterie«, forderte er.

Kit zuckte zusammen. Emma konnte es selbst im dämmrigen Licht erkennen. Auf sie wirkte Ty kein bisschen Furcht einflößend, aber sie kannte ihn schließlich seit seiner Kindheit und hatte ihn oft auf dem Arm gehalten. Doch auf Johnny Rooks Gesicht zeichnete sich deutlich Angst ab: Was ihn anbelangte, hatten die Nephilim einen dritten Schattenjäger in den Keller geschmuggelt, um seinen Sohn zu töten.

»Ich gebe euch Casper Sterlings Adresse«, versprach er hastig, während Kit ihn mit großen Augen ansah. Offensichtlich hatte er seinen Vater noch nie so erschüttert erlebt. »Ich hab die Adresse oben, okay? Sterling hat eine ganze Reihe von Identitäten und ist nicht leicht zu finden. Aber ich weiß, wo er wohnt. Okay? Reicht das? Dann lasst meinen Sohn frei!«

Ty senkte den Dolch und trat einen Schritt zurück, den Blick fest auf Kit geheftet, der sich nun die schmerzende Kehle rieb.

»Dad, ich …«, setzte Kit an.

»Halt den Mund, Kit«, fauchte Johnny Rook. »Wie oft soll ich es dir noch sagen: Kein Wort in Gegenwart der Nephilim!«

»Wir stehen auf der gleichen Seite«, erklärte Julian so ruhig wie möglich.

Johnny Rook wirbelte zu ihm herum. Sein Gesicht war feuerrot, und sein Adamsapfel hüpfte auf und ab. »Hör auf, mir erzählen zu wollen, auf wessen Seite ich stehe. Ihr wisst gar nichts, absolut gar nichts …«

»Das reicht!«, rief Emma. »Beim Erzengel, wovor hast du solche Angst?«

Johnny schloss abrupt den Mund. »Ich habe keine Angst«, stieß er zwischen zusammengebissenen Zähnen hervor. »Und jetzt verschwindet und lasst euch hier nie wieder blicken. Ich werde dir die Adresse schicken, aber danach ruf mich nicht wieder an und bitte mich nie mehr um irgendeinen Gefallen. Wir sind fertig miteinander, Nephilim.«

»Okay«, sagte Emma und winkte Ty zu sich heran, »dann gehen wir eben. Ty …«

Ty schob den Dolch, den er die ganze Zeit in der Hand gehalten hatte, in den Gürtel und sprang die Stufen hinauf. Julian machte auf dem Absatz kehrt und folgte ihm. Der Junge am Fuß der Treppe sah ihnen nicht nach; sein Blick war auf seinen Vater geheftet.

Er war nicht viel jünger als Emma, vielleicht ein oder zwei Jahre, aber sie empfand plötzlich den unerklärlichen Drang, ihn beschützen zu müssen. Wenn er das Zweite Gesicht hatte, war die Schattenwelt für ihn deutlich zu erkennen: furchterregend und unbegreiflich. Auf seine eigene Art und Weise war Kit fast wie Tiberius: Er lebte in einer Welt, die er mit anderen Augen sah als alle anderen.

»Okay, Johnny«, sagte Emma erneut. »Falls du deine Meinung ändern solltest, hast du meine Nummer in deinem Handy. Unter *Carstairs.*«

Johnny Rook funkelte sie schweigend an.

»Ruf mich an«, sagte Emma, dieses Mal allerdings direkt an Kit gerichtet, »falls du jemals Hilfe brauchst.«

»Verschwindet endlich!« Rook sah so aus, als würde er jeden Moment explodieren oder einen Herzinfarkt bekommen. Also warf Emma ihm noch einen letzten Blick über die Schulter zu und stieg dann die Treppe hinauf.

Emma fand Ty beim Wagen. Das Wetter hatte sich verschlechtert, und Wolkenfetzen fegten über den Himmel. Ty lehnte am Kofferraum, während der Wind ihm die dunklen Haare zerzauste. »Wo ist Jules?«, fragte Emma, als sie näher kam.

»Da drüben.« Ty zeigte auf das Haus. »Ich habe mir mit einer Entriegelungsrune Zutritt verschafft und dabei das Schloss der Kellertür beschädigt. Julian repariert es gerade.«

Emma warf einen Blick in die angegebene Richtung und entdeckte Jules' schlanke Gestalt vor der weiß verputzten Hauswand. Sie öffnete den Kofferraum und löste ihren Waffengurt. »Wie bist du überhaupt hierhergekommen?«

»Ich habe mich auf der Rückbank versteckt. Unter der Decke.« Ty zeigte auf das Heck des Wagens. Emma sah den Rand eines Kopfhörers, der unter der Patchworkdecke hervorschaute. »Denkst du, dass Julian sauer auf mich ist?« Ohne den Dolch wirkte er jetzt sehr jung; seine grauen Augen schauten klar und offen und blickten auf die Wolken über ihren Köpfen.

»Ty.« Emma seufzte. »Julian wird dich vermorden.«

Julian hatte seine Aufgabe erledigt und kam auf sie zu.

»Das ist ein Neologismus«, erwiderte Ty.

Emma blinzelte verwirrt. »Das ist *was?*«

»Ein Wort, das du erfunden hast. Shakespeare hat ständig neue Wörter geprägt.«

Emma schenkte ihm ein Lächeln. Sie fühlte sich seltsam berührt. »Na ja, ›vermorden‹ ist nicht gerade Shakespeare.«

Ty wappnete sich, als Julian mit zusammengepressten Lippen direkt auf ihn zusteuerte; seine blaugrünen Augen waren so dunkel wie die Tiefsee.

Als er vor Ty stand, packte er ihn an den Schultern, zog ihn an sich und umarmte ihn fest. Julian drückte sein Gesicht in das schwarze Haar seines jüngeren Bruders, während dieser starr und verwundert dastand, weil Julian offenbar nicht wütend auf ihn war.

»Jules?«, fragte er. »Alles in Ordnung?«

Julians Schultern zuckten und zitterten. Er zog seinen kleinen Bruder noch fester an sich, als könnte er Ty in sich hineinpressen, an einen Ort, wo er für immer außer Gefahr war. Er drückte seine Wange in Tys Locken, kniff die Augen zusammen und flüsterte mit gedämpfter Stimme: »Ich habe gedacht, dass dir was zustoßen würde. Dass Johnny Rook vielleicht …«

Er verstummte. Vorsichtig legte Ty seine Arme um Julian und klopfte ihm sanft auf den Rücken. Es war das erste Mal, dass Emma erlebte, wie Ty seinen älteren Bruder tröstete – und beinahe auch das erste Mal, dass sie sah, wie Julian jemand anderem gestattete, sich einmal um ihn zu kümmern.

Während der langen Rückfahrt zum Institut saßen sie schweigend da. Der vom Meer kommende Wind hatte die Wolken landeinwärts getrieben, und die Sonne stand dicht über dem Horizont, als sie den Pacific Coast Highway verließen und zum Institut abbogen. Noch immer schweigend stiegen sie aus dem Wagen. Dann endlich fand Julian seine Stimme wieder.

»Du hättest das nicht tun dürfen«, sagte er und schaute Tiberius an. Das Zittern hatte schon während der Fahrt aufgehört – glücklicherweise, denn er hatte am Steuer gesessen –, und seine

Stimme klang ruhig und leise. »Es war viel zu gefährlich, ungefragt mitzukommen.«

Ty schob die Hände in die Taschen. »Ich weiß, was du denkst. Aber das hier sind auch meine Ermittlungen.«

»Mark hat mir eine SMS geschickt, dass du verschwunden bist«, sagte Julian, woraufhin Emma ihn ansah. Eigentlich hätte sie sich ja denken können, warum Jules' Handy ständig gebrummt hatte. »Ich wäre fast aus Rooks Haus hinausspaziert. Und ich glaube nicht, dass er uns noch mal reingelassen hätte.«

»Es tut mir leid, dass du dir Sorgen gemacht hast«, sagte Ty. »Deshalb habe ich dich draußen vor Rooks Haus auch umarmt … weil es mir leidtat, dass du dir Sorgen gemacht hattest. Aber ich bin nicht Tavvy. Ich bin kein kleines Kind mehr. Ich muss nicht immer im Haus sein, damit ihr mich jederzeit finden könnt.«

»Aber du hättest auch nicht in Rooks Haus sein sollen«, entgegnete Julian mit erhobener Stimme. »Dort ist es viel zu gefährlich.«

»Ich hatte gar nicht vor hineinzugehen. Ich wollte mir das Haus nur ansehen. Es observieren.« Tys weicher Mund nahm einen harten Zug an. »Aber dann habe ich gesehen, wie ihr hineingegangen seid und jemand im Keller herumgeschlichen ist. Ich dachte, derjenige würde vielleicht die Treppe hochsteigen und euch angreifen, wenn ihr nicht damit rechnet. Ich wusste, dass euch nicht klar war, dass sich da unten jemand versteckt hatte.«

»Du hättest genau dasselbe getan, Jules«, sagte Emma.

Jules warf ihr einen verzweifelten Blick zu. »Ty ist erst fünfzehn.«

»Jetzt sag nicht, es sei gefährlich, weil ich erst fünfzehn bin«, protestierte Ty. »Als du fünfzehn warst, hast du mindestens so gefährliche Dinge getan. Und Rook hätte Sterlings Adresse niemals herausgerückt, wenn ich seinem Sohn nicht das Messer an die Kehle gehalten hätte.«

»Das stimmt«, bestätigte Emma. »Rook ist zu schnell in seinen Schutzkreis gesprungen.«

»Du hast nicht wissen können, dass er einen Sohn hat, der sich im Keller versteckt hält, Ty«, wandte Julian ein. »Du hast nicht vorhersehen können, was passieren würde. Das war reines Glück.«

»Vorhersehen ist Magie. Und darum ging es hier nicht. Aber es war auch kein reines Glück«, sagte Ty. »Ich hatte Emma und auch Diana über Rook reden hören. Es klang so, als wäre er jemand, der etwas zu verbergen hat. Jemand, dem man nicht vertrauen kann. Und ich hatte recht.« Er sah Jules an – zwar nicht direkt in die Augen, aber mit entschlossener Miene. »Du willst mich immer beschützen«, fuhr er fort. »Aber wenn ich mal recht habe, machst du den Mund nicht auf. Wenn du mich meine eigenen Entscheidungen treffen lassen würdest, müsstest du dir vielleicht weniger Sorgen um mich machen.«

Sprachlos starrte Julian ihn an.

»Das Wissen, dass Rook einen Sohn hat, könnte mal nützlich sein«, sagte Ty fest. »Und ich habe Sterlings Adresse aus ihm herausbekommen. Ich habe euch geholfen, auch wenn du mich nicht dort hast haben wollen.«

Im dämmrigen Licht, das vom Institut auf den Parkplatz fiel, wirkte Julian verwundbarer, als Emma ihn je erlebt hatte. »Es tut mir leid«, sagte er fast förmlich. »Es war nicht meine Absicht, deine Hilfe abzulehnen.«

»Ich kenne das Gesetz«, sagte Ty. »Ich weiß, dass man mit fünfzehn noch nicht erwachsen ist. Ich weiß, dass wir Onkel Arthur brauchen und dich ebenfalls.« Er runzelte die Stirn. »Ich meine, ich kann nicht kochen, und das Gleiche gilt für Livvy. Und ich wüsste nicht, wie ich Tavvy ins Bett bringen sollte. Ich verlange ja gar nicht, dass du mir die Verantwortung überträgst oder mir erlaubst, alles zu tun, was ich will. Ich weiß, dass es Regeln und Vorschriften gibt. Aber manche Dinge … könnte Mark vielleicht übernehmen?«

»Aber Mark …«, setzte Julian an. Emma kannte seine Furcht. *Mark wird vielleicht nicht bleiben. Möglicherweise will er wieder fort.*

»Mark ist gerade dabei, euch alle erneut kennenzulernen und sich bei uns wieder einzugewöhnen«, sagte Julian. »Ich bin nicht sicher, ob wir so viel von ihm verlangen können.«

»Es würde ihm nichts ausmachen«, widersprach Ty. »Er mag mich. Er mag uns alle.«

»Er liebt dich«, sagte Julian. »Und ich liebe dich ebenfalls. Aber, Ty … Mark wird vielleicht nicht … Wenn wir den Mörder nicht finden, wird Mark nicht hierbleiben können.«

»Und genau deshalb möchte ich ja helfen, den Fall zu lösen«, sagte Ty. »Damit Mark bleiben kann. Er könnte sich um uns kümmern, und du könntest dich mal ausruhen.« Zitternd zog er seine Jacke fester um sich; die Meeresbrise war ziemlich kühl. »Ich geh jetzt rein und such nach Livvy. Und auch nach Mark. Er hat sich bestimmt Sorgen gemacht.«

Julian schaute Ty nach, als er im Institut verschwand. Der Ausdruck auf seinem Gesicht … Emma hatte das Gefühl, als würde sie eines seiner Gemälde betrachten, allerdings ein zerknittertes und eingerissenes Bild mit verwaschenen Farben und verschwommenen Konturen. »Sie alle denken das, oder?«, fragte Julian gedehnt. »Sie denken, dass Mark bleiben wird.«

Emma zögerte. Noch vor wenigen Tagen hätte sie Julian ermahnt, sich nicht lächerlich zu machen. Selbstverständlich würde Mark bei seiner Familie bleiben, komme, was da wolle. Aber sie hatte den Nachthimmel in Marks Augen gesehen, als er von der Wilden Jagd gesprochen hatte, und sie hatte die kalte Freiheit in seiner Stimme gehört. Es gab zwei Versionen von Mark, dachte sie manchmal: eine menschliche und eine elbenhafte. Der Mensch Mark würde hierbleiben. Aber der Elbe Mark verhielt sich unvorhersehbar.

»Warum sollten sie das auch *nicht* tun?«, wandte Emma ein. »Wenn ich plötzlich auf irgendeinem Wege meine Mutter oder meinen Vater zurückbekommen würde … und dann denken würde, dass er oder sie wieder gehen könnte … freiwillig …«

Julian war aschfahl im Gesicht. »Wir leben in einer Welt voller Dämonen und Monster, aber was mir am meisten Angst macht, ist die Vorstellung, Mark könnte beschließen, dass er zur Wilden Jagd gehört, und wieder verschwinden. Selbst wenn wir den Fall lösen und die Feenwesen zufrieden sind. Dass er dann trotzdem gehen wird. Und ihnen das Herz bricht. Davon würden sie sich nicht mehr erholen.«

Emma trat einen Schritt näher und legte Julian eine Hand auf die Schulter.

»Du kannst die Kinder nicht vor allem und jedem schützen«, sagte sie. »Sie müssen in dieser Welt leben und sich mit dem auseinandersetzen, was in dieser Welt passiert. Und das bedeutet manchmal eben auch, mit einem Verlust zu leben. Wenn Mark beschließt zu gehen, wäre das schrecklich. Aber die Kinder sind stark. Sie werden es überstehen.«

Eine Weile herrschte Stille. Schließlich räusperte sich Julian. »Manchmal wünschte ich fast, Mark wäre nicht zurückgekehrt«, sagte er mit angespannter Stimme. »Aber was macht das aus mir?«

E-I-N-E-N-M-E-N-S-C-H-E-N, schrieb Emma auf seinen Rücken, und einen Moment lang lehnte er sich an sie und schien Trost aus ihrer Nähe zu ziehen, so wie es für *Parabatai* normal war. Die Geräusche der Wüste um sie herum traten in den Hintergrund – eine besondere Fähigkeit, die nur *Parabatai* beherrschten: das Erschaffen einer Ruhezone um sie herum, wo es nichts gab außer ihnen und dem magischen Bund zwischen ihnen.

Ein lautes Krachen zerriss die Stille. Ruckartig löste sich Julian von Emma. Dann folgte ein zweites Krachen, das eindeutig aus dem Institut kam. Julian wirbelte herum; eine Sekunde später stürmte er die Stufen hinauf.

Emma folgte ihm auf dem Fuß. Weiteres Getöse drang ihnen entgegen; Emma konnte es sogar auf der Treppe hören: das Klirren von Geschirr, lachende Stimmen. Hastig rannten sie die Eingangsstufen hinauf, Seite an Seite. Emma erreichte als Erste die Küche, stieß die Tür mit Schwung auf und …

… schnappte keuchend nach Luft.

17

Der Meergeister Grollen

Die Küche sah aus, als wäre sie explodiert.

Jemand hatte sämtliche Nahrungsmittel aus dem Kühlschrank geholt. Ketchup dekorierte seine einstmals weiße Oberfläche mit scharlachroten Kringeln. Eine der Türen der Vorratskammer hing schräg in den Angeln. Offenbar hatte jemand die Flasche Ahornsirup genommen und über fast alle Oberflächen verteilt. Ein riesiger Beutel mit Puderzucker war in der Mitte aufgerissen, und mittendrin hockte vergnügt Tavvy, von Kopf bis Fuß mit weißem Pulver bedeckt. Er erinnerte Emma an einen winzigen Schneemenschen.

Anscheinend hatte Mark versucht, für seine Geschwister zu kochen. Denn auf dem Herd standen mehrere Pfannen und Töpfe, deren Inhalt jedoch verbrannt war und dunklen Qualm in der Küche verbreitete. Die Flammen loderten noch unter den Töpfen. Hastig stürzte Julian zum Herd, um das Gas abzustellen, während Emma nur sprachlos in die Runde starrte.

Julians Küche, die er mit Vorräten für die nächsten fünf Jahre ausgestattet hatte, die er penibel sauber gehalten, in der er gekocht und Pfannkuchen zubereitet hatte, war komplett ruiniert. Aufgerissene Süßigkeitentüten lagen auf dem Boden, ihr Inhalt über die Fliesen verteilt. Dru thronte auf der Theke, stocherte mit einem Strohhalm in einem Glas mit einer widerlich aussehenden Flüssigkeit und summte glücklich vor sich hin. Livvy hatte es sich auf einer der Sitzbänke bequem gemacht und schwang kichernd eine Lakritzstange in der Hand. Ty hockte neben ihr und leckte etwas Puderzucker von seinem Handgelenk.

Im nächsten Moment tauchte Mark aus der Vorratskammer auf; er trug eine weiße Schürze mit roten Herzen und hielt zwei verbrannte Toastscheiben in den Händen. »Toast!«, verkündete er fröhlich, bevor er Julian und Emma entdeckte.

Einen Moment herrschte völlige Stille. Julian schien um Fassung zu ringen, und Emma wich unwillkürlich zur Tür zurück. Denn plötzlich erinnerte sie sich wieder an die schrecklichen Wortgefechte, die Mark und Julian sich früher geliefert hatten. Böse und manchmal sogar blutige Auseinandersetzungen, bei denen Julian mindestens so gut ausgeteilt hatte, wie er hatte einstecken müssen.

Genau genommen hatte Julian manchmal schon ausgeteilt, *bevor* er einstecken musste.

Mark hob die Augenbrauen. »Möchte jemand Toast?«

»Ja, ich«, rief Ty.

»Okay.« Mark durchquerte die Küche und warf Julian dabei einen Seitenblick zu. Jules schien noch immer sprachlos und stützte sich am Herd ab. »Und was möchtest du auf deinen Toast?«

»Pudding«, sagte Ty prompt.

»Pudding?«, wiederholte Julian matt. Emma musste sich eingestehen, dass sie als Julians erste Reaktion auf diese Situation ein ganz anderes Wort erwartet hatte – und bestimmt nicht »Pudding«.

»Warum nicht?«, sagte Livvy gleichmütig, nahm den Becher Tapiokapudding und reichte ihn ihrem Zwillingsbruder, der die körnige Masse auf die Toastscheibe löffelte.

Julian wandte sich an Mark: »Hattest du nicht gesagt, Livvy hätte sich in ihrem Zimmer eingeschlossen?«

»Sie ist rausgekommen, als ihr uns mitgeteilt habt, dass Ty bei euch war«, erklärte Mark.

»Es gab keinen Grund, noch länger in meinem Zimmer zu bleiben«, sagte Livvy.

»Und warum steht der Toaster in der Vorratskammer?«, fragte Julian.

»Ich konnte keine …« Mark schien nach dem richtigen Wort zu suchen. »… Steckdose finden.«

»Und wieso hockt Tavvy in einem Sack Puderzucker?«

Mark zuckte die Achseln. »Weil er das gern wollte.«

»Aber das heißt doch nicht, dass du ihn gleich in einen Sack *hineinsetzen* musst!«, sagte Julian mit erhobener Stimme. »Oder dass du den Herd ruinieren musst. Oder Drusilla erlauben musst, dieses Zeugs … Was ist eigentlich in deinem Glas, Dru?«

»Kakao«, erklärte Dru. »Mit saurer Sahne und Pepsi.«

Julian seufzte. »Sie sollte das nicht trinken.«

»Warum nicht?« Mark nahm die Schürze ab und warf sie beiseite. »Ich verstehe nicht, wieso du wütend bist, Bruder. Schließlich sind alle noch am Leben, oder?«

»Das ist ein verdammt niedriger Anspruch«, entgegnete Julian. »Wenn mir klar gewesen wäre, dass du gedacht hast, du müsstest nichts anderes tun, als sie am Leben zu erhalten …«

»Aber genau das hast du gesagt«, erwiderte Mark mit einer Mischung aus Zorn und Verwunderung. »Du hast noch Witze darüber gemacht und gesagt, sie könnten gut auf sich selbst aufpassen.«

»Das können sie auch!« Julian hatte sich zu voller Größe aufgerichtet. Plötzlich schien er Mark zu überragen: Er wirkte größer, breitschultriger und deutlich erwachsener als sein Bruder. »Du bist derjenige, der hier das Chaos verursacht! Du bist ihr ältester Bruder. Aber weißt du überhaupt, was das bedeutet? Es war deine Aufgabe, auf sie aufzupassen – und du hättest es deutlich besser machen können als … als so!«

»Jules, es ist alles okay«, beschwichtigte Livvy. »Uns geht's prima.«

»Prima?«, wiederholte Julian. »Ty hat sich aus dem Haus geschlichen – und darüber werde ich später noch ein Wörtchen mit dir reden, Livia. Er ist in Johnny Rooks Haus eingebrochen und hat dessen Sohn ein Messer an die Kehle gehalten. Livvy hat sich in ihrem Zimmer eingeschlossen, und Tavvy ist möglicherweise für immer mit Puderzucker glasiert. Und was Dru betrifft: Uns bleiben etwa fünf Minuten, bis sie sich übergeben muss.«

»Muss ich nicht«, widersprach Dru mit finsterer Miene.

»Ich räume alles wieder auf«, sagte Mark.

»Du weißt ja nicht mal, wie!« Julian war weiß vor Wut. Selten hatte Emma ihn derart aufgebracht erlebt. »Du …«, stieß er hervor, den Blick noch immer auf Mark geheftet, »du hast früher auf sie aufgepasst. Aber vermutlich hast du das vergessen. Vermutlich hast du vergessen, wie man sich normal verhält.«

Mark zuckte zusammen. Tiberius stand auf; seine grauen Augen glühten in seinem blassen Gesicht. Seine herabhängenden Hände öffneten und schlossen sich wie die Flügel eines Nachtfalters – Nachtfalterflügel, die ein Messer halten und eine Kehle aufschlitzen konnten. »Stopp!«, forderte er.

Emma wusste nicht, ob er Julian damit meinte oder Mark oder alle Anwesenden. Aber sie sah, wie Julian erstarrte, und spürte einen Stich im Herzen, als er sich umschaute und seine Geschwister musterte. Dru saß reglos da; Tavvy war aus dem Zuckersack geklettert und blickte Julian mit großen blaugrünen Augen an.

Mark stand wie versteinert da – mit bleichem Gesicht, aber geröteten, hohen Wangenknochen, die seine Elbenabstammung verrieten.

Aus den Blicken der Blackthorn-Geschwister sprach Liebe, als sie Julian ansahen, und Sorge und Furcht. Aber Emma fragte sich, ob Jules das erkennen konnte. Ob er nicht nur die Kinder sah, für die er so vieles geopfert hatte und die nun mit jemand anderem glücklich waren. Und ob er sich – genau wie Emma – beim Anblick der Küche daran erinnerte, wie er sich im Alter von zwölf Jahren selbst beigebracht hatte, alles ordentlich und sauber zu halten. Und wie er sich selbst das Kochen gelehrt hatte: anfangs nur einfache Gerichte wie Spaghetti mit Butter oder Toast mit Käse. Eine Million Käsesandwiches, eine Million Brandblasen an Julians Händen und Handgelenken, die er sich am Herd und von heißen Fettspritzern zugezogen hatte. Emma fragte sich, ob er daran zurückdachte, wie er alle paar Tage hinunter zum Highway gelaufen war, um die Lebensmittelbestellung entgegenzunehmen – in den Jahren, bevor er selbst zum Supermarkt fahren konnte. Und wie er den gesamten Einkauf für die große Familie den Hügel hinaufgeschleppt und den Fußboden der Küche regelmäßig auf den Knien geschrubbt hatte. Die Küche hatte seine Mutter entworfen; sie war ein Teil von ihr. Aber sie symbolisierte auch all die Dinge, die Julian im Lauf der Jahre seiner Familie gegeben hatte.

Und er würde es wieder tun, dachte Emma. Natürlich würde er das: Denn er liebte seine Geschwister über alles. Das Einzige, was Julian wirklich wütend machte, war Angst – Angst um seine Brüder und Schwestern.

Auch jetzt hatte er Angst; allerdings wusste Emma nicht, wovor. Sie sah nur den Ausdruck auf seinem Gesicht, während er den Groll seiner Geschwister wahrnahm, ihre Enttäuschung. Und in diesem Moment schien das Feuer in ihm zu erlöschen. Langsam rutschte er am Herd hinab, bis er auf dem Boden saß.

»Jules?« Tavvy, dessen Haare unter einer weißen Zuckerschicht versteckt waren, schlurfte vorsichtig näher und schlang Julian die Arme um den Hals.

Julian brachte einen unterdrückten Laut heraus, und dann zog er seinen Bruder an sich und umarmte ihn innig. Puderzucker rieselte auf seine schwarze Montur und ließ sich wie Schnee darauf nieder.

Im nächsten Moment schwang die Küchentür auf, und Emma hörte, wie jemand überrascht aufkeuchte. Sie drehte sich um und entdeckte Cristina, die mit offenem Mund auf das Chaos starrte. *»¡Que desastre!«*

Emma benötigte keine Übersetzung, um zu verstehen, was ihre Freundin meinte. Mark räusperte sich und machte sich daran, die schmutzigen Teller in der Spüle zu stapeln. Allerdings handelte es sich weniger um ein Stapeln … Er warf die Teller förmlich ins Wasser. Livvy ging zu ihm, um ihm beim Spülen zu helfen, während Cristina noch immer sprachlos dastand.

»Wo ist Diana?«, fragte Emma.

»Bei sich zu Hause. Malcolm hat uns hin und her teleportiert«, sagte Cristina, den Blick fest auf die angebrannten Töpfe auf dem Herd geheftet. »Diana meinte, sie müsste dringend etwas Schlaf nachholen.«

Julian, der Tavvy noch immer im Arm hielt, stand langsam auf. Sein T-Shirt und seine Haare waren mit Puderzucker bestäubt, aber seine Miene wirkte ruhig und ausdruckslos. »Bitte entschuldige das ganze Durcheinander, Cristina.«

»Kein Problem«, sagte sie und schaute sich um. »Ist ja nicht meine Küche. Allerdings kann ich gern beim Aufräumen helfen«, fügte sie hastig hinzu.

»Mark wird alles sauber machen«, erwiderte Julian, ohne seinen Bruder dabei anzusehen. »Habt ihr bei Malcolm irgendetwas in Erfahrung gebracht?«

»Er hat sich wohl mit irgendeinem anderen Hexenmeister in Verbindung gesetzt, von dem er sich Hilfe verspricht«, berichtete Cristina. »Und wir haben uns über Catarina Loss unterhalten. Ich hatte schon mal von ihr gehört – sie unterrichtet ab und zu an der Schattenjäger-Akademie zum Thema Schattenweltler. Anscheinend sind sowohl Malcolm als auch Diana gut mit ihr befreundet. Die beiden haben sich gegenseitig eine Reihe von Anekdoten erzählt, die ich aber nicht wirklich verstanden habe.«

»Okay, ich fasse mal kurz zusammen, was wir bei Rook herausgefunden haben«, verkündete Emma und berichtete von den Ereignissen des Nachmittags – wobei sie den Teil, bei dem Ty Rooks Sohn fast den Kopf abgetrennt hätte, geflissentlich ausließ.

»Also muss sich irgendjemand an Sterlings Fersen heften«, sagte Livvy eifrig, als Emma ihren Bericht beendet hatte. »Ty und ich könnten ihn beschatten.«

»Ihr könnt nicht Auto fahren«, gab Emma zu bedenken. »Außerdem brauchen wir euch hier, damit ihr weitere Nachforschungen betreibt.«

Livvy verzog das Gesicht. »Das heißt also, wir dürfen hier im Institut hocken und neuntausend Mal ›Es ist viele, viele Jahre her‹ lesen?«

»Eigentlich spricht doch nichts dagegen, dass Livvy und ich

schon jetzt lernen, wie man Auto fährt«, sagte Ty mit störrischer Miene. »Mark meinte, es würde keine Rolle spielen, dass wir noch nicht sechzehn sind. Schließlich ist es ja nicht so, als ob wir uns an irdische Gesetze halten müssten …«

»So, das hat Mark also gesagt?«, erkundigte sich Julian ruhig. »Prima. Dann kann Mark euch ja das Autofahren beibringen.«

Mit einem lauten Klirren ließ Mark einen Teller ins Spülbecken fallen. »Julian …«

»Was hast du denn, Mark?«, fragte Jules. »Ach ja, richtig: Du weißt selbst nicht, wie das geht. Und natürlich braucht es Zeit, jemand anderem das Autofahren beizubringen. Aber dann wirst du ja möglicherweise nicht mehr hier sein. Weil wir keine Garantie haben, dass du bleiben wirst.«

»Das stimmt nicht«, warf Livvy ein. »Wir haben den Fall so gut wie gelöst.«

»Aber Mark kann sich entscheiden.« Julian musterte seinen älteren Bruder über den Kopf seines jüngsten Bruders hinweg. Ein beständiges Feuer leuchtete in seinen blaugrünen Augen. »Sag es ihnen, Mark. Sag ihnen, dass du dich ganz sicher für uns entscheiden wirst.«

Versprich es, forderte sein Blick. *Versprich ihnen, dass du ihnen nicht wehtun wirst.*

Mark schwieg.

Ah, verstehe … dachte Emma, denn sie erinnerte sich wieder an Julians Worte vor dem Institut. Davor hatte er also Angst: dass seine Geschwister Mark bereits jetzt zu sehr liebten. Jules würde die Kinder, die er liebte, seinem ältesten Bruder ohne Murren übergeben, falls sie sich das wünschten, falls sie – wie Ty gesagt hatte – wollten, dass Mark sich um sie kümmerte. Jules würde sie übergeben, weil er sie liebte, weil er nur glücklich war, wenn sie glücklich waren, weil sie sein Ein und Alles waren.

Aber auch Mark war sein Bruder, und Julian liebte ihn ebenfalls. Was sollte man tun … was *konnte* man tun, wenn die Menschen, die man am meisten liebte, von jemandem bedroht wurden, den man genauso liebte?

»Julian.« Zur Überraschung aller Anwesenden stand Onkel Arthur in der Tür. Er warf einen kurzen, desinteressierten Blick auf das Chaos in der Küche und konzentrierte sich dann wieder auf seinen Neffen. »Julian, ich muss etwas mit dir besprechen. Unter vier Augen.«

Ein Hauch von Sorge flackerte in Julians Augen auf. Er nickte seinem Onkel zu, als plötzlich etwas in Emmas Jackentasche brummte. Ihr Handy.

Als sie einen Blick auf das Display warf, verkrampfte sich ihr Magen: Darauf waren nur zwei Wörter zu lesen, allerdings stammten sie nicht von einer Mobilnummer, sondern von einer Reihe Nullen: DER KNOTENPUNKT.

Irgendetwas hatte die Überwachungsvorrichtung auf dem Gelände des Ley-Linien-Knotenpunkts ausgelöst. Emmas Gedanken überschlugen sich. Inzwischen war es kurz vor Sonnenuntergang. Das Tor im Fels würde sich bald öffnen, aber auch die Mantis-Dämonen würden dann wieder auftauchen. Wenn sie den günstigsten Zeitpunkt nicht verpassen wollte, musste sie sofort aufbrechen.

»Hat irgendjemand angerufen?«, fragte Julian und schaute kurz zu ihr. Er setzte Tavvy auf dem Boden ab, fuhr ihm freundlich durch die Haare und schob ihn sanft in Drus Richtung, die ziemlich grün im Gesicht war.

Emma unterdrückte ein Stirnrunzeln. Hatte Jules die Nachricht denn nicht erhalten? Offenbar nicht. Plötzlich erinnerte sich Emma wieder daran, dass Jules in Rooks Haus davon gesprochen hatte, dass die Batterie seines Handys fast leer war. Und der Himmel allein wusste, wo Diana steckte. Emma erkannte, dass sie möglicherweise die einzige Person war, die die Nachricht über Aktivitäten am Knotenpunkt erhalten hatte.

Hastig nannte sie den ersten Namen, der ihr einfiel: »Das war nur Cameron.« Jules' Lider senkten sich – vielleicht machte er sich ja noch immer Sorgen, dass sie Cameron von Mark erzählen würde. Er war blass im Gesicht. Seine Miene wirkte ruhig, aber Emma konnte die Anspannung spüren, die förmlich von ihm abzustrahlen schien. Unwillkürlich musste sie daran denken, wie er Ty vor Rooks Haus umarmt hatte, wie er Mark angesehen hatte. Und Arthur.

Ging sie nach ihrer Ausbildung, so war ihr klar, dass sie zusammen mit Julian zum Knotenpunkt fahren sollte. Er war ihr *Parabatai*. Aber sie konnte ihn jetzt unmöglich von seiner Familie fortreißen. Sie brachte es einfach nicht fertig. Ihr Verstand rebellierte gegen den Gedanken auf eine Weise, mit der sie sich lieber nicht zu genau befassen wollte.

»Cristina.« Emma wandte sich an ihre Freundin. »Kann ich dich mal kurz sprechen? Draußen im Flur?«

Mit besorgter Miene folgte Cristina Emma aus der Küche.

»Geht es um Cameron?«, fragte Cristina, als sich die Tür hinter ihnen geschlossen hatte. »Ich glaube nicht, dass ich im Moment in der Lage bin, in Liebesdingen irgendwelche Ratschläge zu erteilen …«

»Ich muss mich tatsächlich mit Cameron treffen«, sagte Emma und dachte fieberhaft nach. Natürlich könnte sie Cristina zum Knotenpunkt mitnehmen. Cristina war vertrauenswürdig; sie würde niemandem davon erzählen. Aber Julian war so gekränkt gewesen – nicht nur gekränkt, sondern zutiefst verletzt –, als sie beim letzten Mal mit Mark dort gewesen war und ihm nichts davon erzählt hatte. Außerdem hatten in letzter Zeit so viele Dinge ihre *Parabatai*-Beziehung belastet … Emma konnte ihm das einfach nicht noch einmal antun, indem sie erneut jemand anderes mitnahm. »Aber darum geht's nicht. Hör zu, einer von uns muss Sterling beschatten. Ich glaube zwar nicht, dass ihm irgendwas passieren wird. Schließlich sind wir noch immer innerhalb des Zeitfensters von zwei Tagen. Aber sicher ist sicher.«

Cristina nickte. »Das kann ich übernehmen. Diana hat ihren Wagen hiergelassen und wird bestimmt nichts dagegen haben, wenn ich mir den ausleihe. Allerdings brauche ich Sterlings Adresse.«

»Julian kann sie dir aufschreiben. Und ich geb dir auch noch eine kurze Nachricht für ihn.«

»Gut, weil er nämlich garantiert Fragen stellen wird«, sagte

Cristina trocken. Plötzlich drang ein schreckliches Geräusch aus der Küche: Offenbar lief Dru würgend zur Spüle und erbrach sich lauthals.

»Ach, das arme Mädchen«, sagte Emma. »Aber dieses Zeugs, das sie getrunken hat, war ja auch wirklich eklig …«

»Emma, ich weiß, dass du mir nicht die Wahrheit sagst. Ich weiß, dass du nicht vorhast, dich mit Cameron Ashdown zu treffen.« Abwehrend hielt Cristina eine Hand hoch und erstickte Emmas Protest im Keim. »Und das ist in Ordnung. Du würdest mich nicht ohne guten Grund anlügen. Es ist nur so …«

»Ja?« Emma bemühte sich, Cristina mit treuherzigem Blick anzusehen. Es war einfach besser so, redete sie sich ein. Falls Diana sie erwischte und sie Schwierigkeiten bekommen würde, war sie wenigstens die Einzige: Cristina und Julian hatten das nicht verdient. Sie würde das auf die eigene Kappe nehmen.

»Sei vorsichtig«, bat Cristina. »Lass es mich nicht bereuen, dass ich für dich lüge, Emma Carstairs.«

Die Sonne leuchtete wie eine glühende Flammenkugel über dem Meer, als Emma den Toyota über den Feldweg steuerte, der zum Knotenpunkt führte. Der Himmel wurde von Minute zu Minute dunkler, während der Wagen die letzten Meter über das Gelände rumpelte. Emma wäre fast noch über eine Bodenwelle in eine Vertiefung gerollt, bevor sie auf die Bremse trat und den Motor ausschaltete.

Schnell stieg sie aus und holte mehrere Waffen aus dem Wagen. Sie hatte Cortana im Institut zurückgelassen, was ihr nicht leichtgefallen war; aber wenn sie mit dem Schwert auf dem Rücken aus dem Haus spaziert wäre, hätte das Fragen aufgeworfen. Wenigstens hatte sie ein paar Seraphklingen einstecken können. Emma schob sie in ihren Gürtel, holte den Elbenlichtstein aus ihrer Tasche und sah sich um. Eine seltsame Stille lag über dem Ort. Außer dem Wind, der durch das Gras strich, war kein Laut zu hören – weder von Insekten noch von Vögeln oder anderen kleinen Tieren.

Die Mantis-Dämonen. Wahrscheinlich kamen sie bei Anbruch der Dunkelheit hervor und fraßen jedes Lebewesen in ihrer Umgebung. Emma schauderte und lief auf die Höhle zu. Das Tor zum Knotenpunkt öffnete sich bereits – im Felsgestein zeichnete sich eine breite schwarze Linie ab.

Besorgt warf Emma einen Blick über die Schulter. Die Sonne stand inzwischen tiefer, als ihr lieb war, und färbte den Ozean blutrot. Emma hatte den Wagen so nah wie möglich am Eingang der Höhle geparkt, damit sie ihn später in der Dunkelheit schnell erreichen konnte. Aber es sah danach aus, als würde sie dennoch den einen oder anderen Mantis-Dämon auf dem Weg zum Wagen töten müssen.

Als sie auf die Felswand zuging, schien die schwarze Linie im Gestein breiter zu werden, als wollte sie Emma willkommen heißen. Emma stützte sich mit einer Hand am Fels ab und spähte durch die Öffnung. Ein seltsamer Geruch nach Meerwasser schlug ihr entgegen.

Unwillkürlich musste sie an ihre Eltern denken. *Bitte macht, dass ich etwas finde*, betete sie. *Einen Hinweis oder sonst irgendetwas, damit ich begreife, auf welche Weise dieser Fall mit eurem Tod in Verbindung steht – mit dem, was man euch angetan hat. Bitte macht, dass ich euch rächen kann.*

Damit ich nachts wieder schlafen kann.

In der Öffnung erkannte Emma den schwach leuchtenden Tunnel, der zum Zentrum der Höhle führte.

Entschlossen hielt sie ihren Elbenstein hoch und tauchte in das schummrige Licht des Knotenpunkts ein.

Die Nacht war fast angebrochen: Der Himmel hatte sich von Blau zu Indigo getönt, und über den Bergen in der Ferne funkelten die ersten Sterne. Cristina hatte die Füße auf das Armaturenbrett von Dianas Pick-up gelegt und hielt den Blick fest auf den zweigeschossigen, ranchartigen Bungalow gerichtet, der Casper Sterling gehörte.

Sein Jeep stand vor dem Haus, unter einem alten Olivenbaum. Eine niedrige Mauer umgab das gesamte Anwesen. In diesem Viertel, das direkt an Hancock Park angrenzte, wimmelte es vor teuren, aber nicht extrem protzigen Villen. Bei Sterlings Haus waren alle Läden geschlossen, und nirgendwo brannte Licht. Der einzige Hinweis auf seine Anwesenheit war der in der Auffahrt geparkte Wagen.

Cristinas Gedanken wanderten zu Mark, was ihr aber nicht besonders gefiel. In letzter Zeit passierte ihr das immer wieder … dass sie an Mark dachte und es sofort bereute. Schließlich hatte sie sich nach ihrer Abreise aus Mexiko solche Mühe gegeben, ihr Leben wieder in normale Bahnen zu lenken. Keine Romanzen mehr mit irgendwelchen grüblerischen, gequälten Männern – ganz egal wie gut sie auch aussehen mochten.

Mark Blackthorn war zwar nicht im eigentlichen Sinne grüblerisch oder gequält. Aber er gehörte zu Kieran und der Wilden Jagd. Mark Blackthorn hatte ein zerrissenes Herz.

Aber er hatte auch eine leise, rauchige Stimme, faszinierende Augen und die Angewohnheit, Dinge zu sagen, die ihre Welt auf den Kopf stellten. Und nach dem zu urteilen, was Cristina gesehen hatte, war er außerdem ein hervorragender Tänzer – worauf sie großen Wert legte. Jungen, die gut tanzen konnten, küssten auch gut. Zumindest hatte ihre Mutter das immer gesagt.

Plötzlich huschte ein dunkler Schatten über das Dach von Sterlings Haus.

Im Nu war Cristina aus dem Wagen, ihre Seraphklinge in der Hand. *»Miguel«*, wisperte sie, worauf die Waffe aufflammte. Cristina hatte genügend Zauberglanz eingesetzt, um sich vor den Blicken der Irdischen zu schützen, und die Klinge lieferte wertvolles Licht.

Vorsichtig schlich sie vorwärts; ihr Puls raste. Sie erinnerte sich daran, was Emma ihr über den Abend erzählt hatte, an dem Julian schwer verwundet worden war: der Schemen auf dem Dach, der Mann in Schwarz. Langsam näherte sie sich dem Haus. Die Fenster waren dunkel, keiner der Vorhänge bewegte sich. Alles lag reglos und still da.

Schritt für Schritt schlich sie zum Jeep. In dem Moment, in dem sie nach ihrer Stele greifen wollte, kam neben ihr eine Gestalt mit einem dumpfen Geräusch auf dem Boden auf. Hastig sprang Cristina zur Seite, als sich der Schemen aufrichtete: Sterling, dessen Kleidung wohl dem entsprach, was sich die Irdischen unter einer Schattenjägermontur vorstellten: schwarze Hose, schwarze Stiefel und eine körpernah geschnittene schwarze Jacke.

Sprachlos starrte er sie an, dann verfinsterte sich seine Miene. *»Du* schon wieder«, fauchte er.

»Ich kann dir helfen«, sagte Cristina mit ruhiger Stimme und ebenso ruhigem Griff um ihre Seraphklinge. »Bitte lass mich dir helfen.«

Der Hass in seinen Augen erschreckte sie. *»Verschwinde«*, zischte er und zog irgendetwas aus seiner Tasche.

Eine Waffe. Eine kleinkalibrige Pistole, die Cristina dennoch einen Schritt zurückweichen ließ. Schusswaffen spielten im Leben der Nephilim nur selten eine Rolle; sie gehörten in die Welt der Irdischen, in die Welt herkömmlicher menschlicher Verbrechen. Trotzdem konnten diese Waffen auch das Blut eines Schattenjägers vergießen.

Langsam bewegte Sterling sich rückwärts, die Waffe noch immer auf Cristina gerichtet, bis er schließlich das Ende der Auffahrt erreichte. Dann machte er auf dem Absatz kehrt und stürmte davon.

Sofort setzte Cristina ihm nach, doch als sie das Ende der Auffahrt erreichte, verschwand Sterling gerade um die nächste Straßenecke. Offenbar hatte er nicht übertrieben: Werwölfe waren tatsächlich schneller als Menschen. Sogar schneller als Schattenjäger.

Cristina stieß einen unterdrückten Fluch aus und trottete zum Jeep zurück. Sie zog die Stele aus ihrem Gürtel, hockte sich neben das Fahrzeug und trug eine winzige Ortungsrune auf das Blech auf, direkt oberhalb des Radkastens.

Glücklicherweise war der Einsatz kein totales Desaster, überlegte sie, während sie zu ihrem Wagen zurückkehrte. Schließlich befanden sie sich noch innerhalb des Zeitfensters von zwei Tagen, bevor die »Jagd« begann. Und eine Ortungsrune auf Sterlings Jeep würde ihnen ihre Aufgabe bestimmt erleichtern. Sie mussten sich nur von seinem Haus fernhalten und ihn in dem Glauben lassen, dass sie aufgegeben hätten. Dann würde er hoffentlich irgendwann unvorsichtig werden und sich hinters Steuer setzen.

Erst als Cristina wieder im Pick-up saß und die Fahrertür hinter sich zugezogen hatte, bemerkte sie, dass ihr Handy blinkte. Sie hatte einen Anruf verpasst. Neugierig warf sie einen Blick auf das Display und spürte, wie sich ihr Herz verkrampfte.

Diego Rocio Rosales.

Hastig ließ sie das Handy fallen, als hätte es sich in einen Skorpion verwandelt. Warum, *warum* rief Diego sie an? Sie hatte ihm doch gesagt, dass sie nie wieder ein Wort mit ihm wechseln wollte.

Unwillkürlich griffen ihre Finger nach dem Anhänger an ihrem Hals und umklammerten ihn, während ihre Lippen sich im stummen Gebet bewegten: *Bitte gib mir die Kraft, ihn nicht zurückzurufen.*

»Geht es dir etwas besser, Onkel Arthur?«, fragte Julian.

Arthur, der zusammengesunken in seinem Bürosessel saß, hob den Kopf und schaute ihn aus trüben, geistesabwesenden Augen an.

»Julian«, sagte er. »Ich muss mit dir reden.«

»Ich weiß. Deshalb bin ich ja hier.« Julian lehnte sich mit dem Rücken an die Wand. »Weißt du noch, worüber du mit mir sprechen wolltest?«

Er fühlte sich unendlich erschöpft, wie ausgehöhlt. Eigentlich sollte er das, was er in der Küche zu Mark gesagt hatte, bedauern. Und eigentlich sollte er auch gegenüber seinem Onkel Verständnis zeigen. Aber er brachte einfach nicht mehr genug Energie dafür auf.

Julian konnte nicht mehr sagen, wie er die Küche verlassen hatte. Er wusste nur noch, dass er Tavvy weitergereicht hatte – sofern man einen mit Zucker überzogenen Siebenjährigen weiterreichen konnte – und dass seine Geschwister versprochen hatten, die Überreste ihrer Abendmahlzeit aus Käse, Schokolade, Brownies und angebrannten Speisen zu beseitigen. Sogar Dru hatte, nachdem sie sich nicht länger hatte übergeben müssen, gelobt, dass sie den Fußboden putzen und die Ketchupspuren an den Fenstern wegwischen würde.

Nicht dass Julian bis dahin überhaupt bemerkt hätte, dass rotes Ketchup an den Fensterscheiben klebte.

Er hatte nur genickt, war zur Tür gegangen und hatte dann innegehalten, um sich nach Emma umzusehen. Aber sie musste wohl irgendwann zusammen mit Cristina die Küche verlassen haben – vermutlich um sich über Cameron Ashdown zu unterhalten. Und es gab nichts, was Julian jetzt weniger wollte, als sich an diesem Gespräch zu beteiligen.

Er hatte keine Ahnung, wann es ihm zum ersten Mal so ergangen war: dass der Gedanke an Cameron in ihm den Wunsch weckte, Emma lieber aus dem Weg zu gehen. *Seiner* Emma. Normalerweise wollte man seinen *Parabatai* so oft wie möglich sehen. Das Gesicht des eigenen *Parabatai* war der willkommenste Anblick der Welt. Aber der Umstand, dass er Emma jetzt nicht sehen wollte, hatte etwas zutiefst Falsches an sich, als würde sich die Erde plötzlich in die andere Richtung drehen.

»Nein, ich kann mich nicht mehr erinnern«, räumte Arthur nach einem Moment ein. »Ich wollte dir bei irgendetwas helfen. Irgendetwas im Zusammenhang mit den Ermittlungen. Ihr seid doch noch auf der Suche, oder?«

»Nach dem oder den Mördern? Ja.«

»Ich glaube, es hing irgendwie mit diesem Gedicht zusammen«, überlegte Arthur. »Das Gedicht, das Livia in der Küche rezitiert hat.« Müde rieb er sich die Augen. »Ich kam zufällig an der Küchentür vorbei und habe ihre Stimme gehört.«

»Das Gedicht?«, wiederholte Julian verwirrt. »›Annabel Lee‹?«

Arthur setzte mit tiefer, polternder Stimme an und trug die Verse wie die Zeilen eines Zauberspruchs vor:

»Doch stark wie unsere Liebe war
Die Liebe viel Älterer nie,
Die Liebe viel Weiserer nie;
Und weder der himmlischen Englein Schar,
Noch der Meergeister Grollen allhie
Kann scheiden in Leiden mein Sein von dem Sein
Der lieblichen Annabel Lee …«

»Ich kenne das Gedicht«, unterbrach ihn Julian. »Aber ich wüsste nicht …«

»›Die Liebe viel Älterer‹«, sagte Arthur. »Diesen Ausdruck habe ich schon einmal gehört. In London. Allerdings weiß ich nicht mehr, in welchem Zusammenhang.« Er nahm einen Stift von seinem Schreibtisch und tippte damit unruhig auf die Holzplatte. »Es tut mir leid. Ich … kann mich einfach nicht erinnern.«

»›Die Liebe viel Älterer‹«, wiederholte Julian. Plötzlich erinnerte er sich wieder an Belinda und ihre blutrot geschminkten Lippen und daran, was sie im Mitternachtstheater gesagt hatte: *Möge die Liebe viel Älterer uns allen Glück gewähren.*

In Julians Hinterkopf bildete sich ein vager Gedanke, doch als er ihn verfolgen wollte, verschwand er sofort wieder.

Auf einmal verspürte er das dringende Bedürfnis, in sein Atelier zu gehen, allein zu sein. Das Malen würde die Blockade in seinem Hirn lösen. Abrupt wandte er sich zum Gehen und blieb nur kurz stehen, als Arthurs Stimme durch die Stille der staubigen Luft schnitt.

»Hab ich dir helfen können, mein Junge?«, fragte er.

»Ja«, bestätigte Julian. »Du hast mir tatsächlich geholfen.«

Als Cristina zum Institut zurückkehrte, lag das Gebäude dunkel und still vor ihr. Die Beleuchtung des Eingangsbereichs war ausgeschaltet, und nur hinter ein paar Fenstern brannte noch

Licht: in Julians Atelier, auf dem hell erleuchteten Dachboden und in der Küche.

Stirnrunzelnd lief Cristina direkt zur Küche; sie fragte sich, ob Emma von ihrer geheimnisvollen Mission bereits zurückgekehrt war. Und ob die anderen das von ihnen selbst verursachte Chaos inzwischen beseitigt hatten.

Auf den ersten Blick lag die Küche menschenleer vor ihr; nur ein einziges Licht brannte. In der Spüle stapelte sich das Geschirr, und obwohl irgendeiner der Blackthorns die Wände und Oberflächen sauber gewischt hatte, klebten noch immer Speisereste am Herd. Außerdem lehnten zwei große, bis oben vollgestopfte Müllsäcke halb umgekippt an der Wand.

»Cristina?«

Verwundert schaute Cristina sich im dämmrigen Raum um, obwohl sie die Stimme sofort erkannte.

Mark.

Im Schneidersitz hockte er auf dem Boden. Tavvy war neben ihm eingeschlafen – oder besser gesagt: auf ihm. Sein Kopf ruhte in Marks Armbeuge, und er hatte die kleinen Beine und Arme wie ein Kartoffelkäfer angezogen. Puderzucker klebte an Marks T-Shirt und Jeans.

Langsam nahm Cristina ihren Schal ab und legte ihn auf den Tisch. »Ist Emma schon zurück?«

»Keine Ahnung«, sagte Mark und strich sanft über Tavvys Haar. »Aber falls sie schon zurück ist, schläft sie bestimmt.«

Cristina seufzte. Wahrscheinlich würde sie bis zum nächsten Morgen warten müssen, bevor sie mit Emma reden und erfahren konnte, wo sie gewesen war. Und bis sie ihr von Diegos Anruf erzählen konnte – falls sie den Mut dazu aufbrachte.

»Kannst du mir bitte ein Glas Wasser geben?«, bat Mark und warf einen halb entschuldigenden Blick auf den kleinen Jungen auf seinem Schoß. »Ich möchte ihn nicht wecken.«

»Natürlich.« Cristina ging zur Spüle, füllte ein Glas mit Wasser, kehrte damit zu Mark zurück und ließ sich ihm gegenüber auf dem Boden nieder, ebenfalls im Schneidersitz. Mit dankbarer Miene nahm er das Glas entgegen. »Ich bin mir sicher, dass Julian gar nicht so extrem wütend auf dich ist«, sagte sie.

Mark schnaubte, trank das Glas leer und stellte es beiseite.

»Du könntest Tavvy auf den Arm heben«, schlug Cristina vor. »Und ihn ins Bett tragen. Falls du möchtest, dass er weiterschläft.«

»Ich hab ihn ganz gern hier«, antwortete Mark und blickte auf seine langen, hellen Finger, die mit Tavvys braunen Locken spielten. »Er … Die anderen sind alle auf ihre Zimmer gegangen, aber er ist einfach auf mir eingeschlafen.« Mark klang erstaunt, verwundert.

»Natürlich. Er ist doch dein Bruder«, sagte Cristina. »Er vertraut dir.«

»Niemand vertraut einem Reiter der Wilden Jagd«, erwiderte Mark.

»In diesem Haus bist du kein Mitglied der Wilden Jagd. Hier bist du ein Blackthorn.«

»Ich wünschte, Jules würde das auch so sehen. Denn ich wollte doch nur dafür sorgen, dass die Kinder glücklich sind. Ich dachte, genau das hätte Jules gewollt.«

Tavvy regte sich in Marks Armen, woraufhin auch Mark sein Gewicht verlagerte und sein Stiefel gegen die Spitze von Cristinas Schuh stieß. Sie fühlte die Berührung wie einen Stromschlag.

»Du musst verstehen, dass Julian für diese Kinder alles tut. Wirklich alles«, sagte sie. »Ich habe noch nie einen Bruder erlebt, der sich so sehr wie ein Elternteil verhält. Er kann ihnen nicht ständig alles erlauben, sondern muss ganz oft auch Nein sagen. Und er muss sich um Disziplin und Strafen und andere unangenehme Dinge kümmern, während du … Du kannst ihnen geben, was du willst. Du kannst mit ihnen Spaß haben.«

»Das kann Julian doch auch«, entgegnete Mark leicht schmollend.

»Nein, das kann er nicht«, widersprach Cristina. »Er ist neidisch, weil er sie liebt, aber nicht einfach nur ihr Bruder sein darf. Er muss die Rolle des Vaters übernehmen. Deshalb glaubt er, dass sie sich vor ihm fürchten, während sie dich anhimmeln.«

»Julian ist eifersüchtig?« Mark zog eine erstaunte Miene. »Auf mich?«

»Ich denke schon.« Cristina sah ihm direkt ins Gesicht. Irgendwann im Lauf der letzten Tage hatten seine ungleichen Augen aufgehört, ihr merkwürdig vorzukommen. Genau wie es ihr nicht länger eigenartig erschien, in der Küche der Blackthorns zu sitzen und Englisch zu sprechen, statt zu Hause zu sein, wo alles vertraut war. »Bitte sei nett zu ihm. Julian hat eine sanfte Seele. Und er hat schreckliche Angst, dass du wieder fortgehst und diesen Kindern, die er so sehr liebt, erneut das Herz brichst.«

Mark blickte auf Tavvy hinab. »Ich weiß noch nicht, was ich tun werde«, räumte er ein. »Mir war nicht bewusst, wie sehr die Tatsache, wieder in ihrer Mitte zu leben, mein Herz berühren würde. Ich habe jeden Abend an sie gedacht, an jedes Mitglied meiner Familie; das hat mich während der ersten Jahre bei der Wilden Jagd am Leben gehalten. Wir sind jeden Tag über die Schlachtfelder gezogen und haben die Toten beraubt. Es war ein kaltes, einsames Leben. Aber nachts habe ich mich hingelegt und mir die Gesichter meiner Geschwister ins Gedächtnis gerufen, um Schlaf zu finden. Sie waren das Einzige, was ich hatte, bis …«

Er verstummte. Tavvy setzte sich auf und fuhr sich mit den kleinen Händen durch die zerzausten Haare. »Jules?« Er gähnte.

»Nein«, sagte sein Bruder leise. »Ich bin's. Mark.«

»Ach ja, richtig.« Tavvy schenkte ihm ein verschmitztes Lächeln. »Ich glaub, ich hab zu viel Zucker gegessen.«

»Na ja, du hast in einem ganzen Sack voll Puderzucker gesessen«, meinte Mark. »Das würde jeden umhauen.«

Tavvy rappelte sich auf und streckte und dehnte sich wie ein typischer kleiner Junge mit hochgereckten Armen. Mark musterte ihn wehmütig. Cristina fragte sich, ob er wohl gerade an all die Jahre und wichtigen Momente dachte, die er in Tavvys

Leben verpasst hatte. Von seinen Geschwistern hatte sich sein jüngster Bruder am meisten verändert.

»Ich geh ins Bett«, verkündete Tavvy, schlurfte zur Tür und drehte sich noch einmal kurz um. »Nacht, Cristina!«, sagte er schüchtern, bevor er sich verdrückte.

Cristina wandte sich wieder Mark zu. Er lehnte noch immer mit dem Rücken am Kühlschrank und wirkte erschöpft, nicht nur körperlich, sondern auch seelisch.

Eigentlich sollte sie jetzt aufstehen und ebenfalls ins Bett gehen, überlegte Cristina. Es gab keinen Grund, noch länger zu bleiben und mit einem Jungen, den sie kaum kannte, auf dem Küchenboden zu sitzen. Ein Junge, der sehr wahrscheinlich in wenigen Monaten wieder aus ihrem Leben verschwinden würde und der vermutlich jemand anderen liebte.

Aber das war vielleicht genau der Grund, weshalb sie sich zu ihm hingezogen fühlte. Sie wusste, wie es sich anfühlte, jemanden zurückzulassen, den man liebte.

»Bis …?«, drängte sie.

Langsam hob Mark den Blick und zeigte ihr das glimmende Feuer in seinem goldenen und blaugrünen Auge. »Bis *was?*«

»Du hast eben gesagt, deine Familie … die Erinnerung an deine Geschwister sei das Einzige gewesen, das du noch hattest, bis … bis Kieran aufgetaucht ist?«

»Ja«, bestätigte Mark.

»War er der Einzige, der freundlich zu dir war?«

»Bei der Wilden Jagd?«, fragte Mark. »Die Reiter kennen keine Güte. Nur Respekt und eine Art Kameradschaft unter Waffenbrüdern. Kieran haben sie natürlich gefürchtet. Denn er ist ein Angehöriger des Feenhofs, ein Elbenprinz. Sein Vater, der König, hatte ihn als Zeichen seines guten Willens an Gwyn übergeben, dafür aber auch eine anständige Behandlung verlangt. Und diese anständige Behandlung wurde dann auch mir zuteil. Allerdings hatten die Reiter auch schon vor Kierans Ankunft allmählich Respekt vor mir entwickelt.« Er zog die Schultern hoch. »Am schlimmsten waren die Feiern: Feenwesen aus allen Teilen der Welt nahmen daran teil und schätzten die Anwesenheit eines Schattenjägers nicht gerade. Mit allen Mitteln versuchten sie, mich beiseitezuziehen, um mich zu verhöhnen und zu quälen.«

»Und es hat niemand eingegriffen?«

Mark lachte freudlos. »Die Sitten und Gebräuche der Feenwesen sind gnadenlos«, erklärte er. »Das gilt selbst für die hochrangigsten unter ihnen. Die Königin des Lichten Volkes verliert ihre Macht, wenn man ihr die Krone entwendet. Sogar Gwyn, der die Wilde Jagd anführt, müsste sich jedem beugen, der ihm seinen Umhang stiehlt. Da kann man nicht erwarten, dass die Feenwesen gegenüber einem Halb-Nephilim Erbarmen zeigen würden.« Verächtlich verzog er die Lippen. »Sie hatten sogar einen Reim, mit dem sie sich über mich lustig gemacht haben.«

»Einen Reim?«, fragte Cristina bestürzt, hielt dann aber eine Hand hoch. »Natürlich brauchst du ihn nicht für mich zu wiederholen, falls du das nicht möchtest.«

»Mittlerweile macht es mir nichts mehr aus«, sagte Mark. »Es war eine Art Knittelvers: *Erst die Flamme, dann die Flut; am Ende ist es Blackthorn-Blut.*«

Ruckartig setzte Cristina sich auf. »Was?«

»Die Feenwesen behaupteten, dieser Reim würde bedeuten, dass Blackthorn-Blut zerstörerisch sei, so wie eine Flut oder eine Feuersbrunst. Und dass das Blut der Blackthorns Unglück bringt. Aber es kümmert mich nicht mehr. Es ist nur unsinniges Gerede.«

»Nein, das ist kein Unsinn!«, rief Cristina. »Das Ganze hat irgendeine Bedeutung. Diese Worte, mit denen die Leichen bekritzelt waren …« Vor Konzentration runzelte sich ihre Stirn. »Sie sagen genau das Gleiche.«

»Was meinst du damit?«

»›Feuer zu Wasser‹«, erklärte Cristina. »Das bedeutet das Gleiche … es handelt sich einfach nur um eine andere Übersetzung. Jemand mit einer fremden Muttersprache versteht den Sinn der Worte anders. Aber glaub mir: ›Feuer zu Wasser‹ und ›Erst die Flamme, dann die Flut‹ können definitiv dasselbe sein.«

»Aber was hat das zu bedeuten?«

»Keine Ahnung.« Frustriert fuhr sich Cristina mit den Händen durch die Haare. »Aber versprich mir, dass du Emma und Jules so bald wie möglich davon erzählst. Vielleicht irre ich mich ja, aber …«

Mark musterte sie verwirrt. »Okay, ja, natürlich …«

»Versprich es.«

»Gleich morgen früh werde ich es ihnen sagen – versprochen.« Mark schenkte ihr ein nachdenkliches Lächeln. »Ich habe den Eindruck, dass du vieles über mich weißt, Cristina, aber ich nur ganz wenig über dich. Ich kenne deinen Namen: Mendoza Rosales. Und ich weiß, dass du irgendetwas in Mexiko zurückgelassen hast. Um was ging es dabei?«

»Nicht um etwas, sondern um jemanden«, sagte Cristina. »Eine Person.«

»Der Perfekte Diego?«

»Und sein Bruder, Jaime.« Als Mark eine Augenbraue hob, machte sie eine abschätzige Handbewegung. »Den einen habe ich geliebt, und der andere war mein bester Freund. Aber beide haben mir das Herz gebrochen.« Fast wunderte es sie, die Worte aus ihrem eigenen Mund zu hören.

»Es tut mir leid, dass dir dein Herz doppelt gebrochen wurde«, sagte Mark. »Aber wäre es falsch, wenn ich mich darüber freue, dass dieser Umstand dich in mein Leben geführt hat? Wenn du bei meiner Ankunft nicht hier gewesen wärst … ich weiß nicht, ob ich das alles hätte ertragen können. Als ich Julian zum ersten Mal gesehen habe, habe ich ihn für unseren Vater gehalten. So erwachsen kannte ich meinen kleinen Bruder überhaupt nicht. Ich hatte sie alle als kleine Kinder zurückgelassen, aber das sind sie jetzt nicht mehr. Wenn ich geahnt hätte, was ich verlieren würde, selbst bei Emma, all diese Jahre ihres Lebens … Du bist die Einzige, bei der ich nichts verloren, sondern eher etwas dazugewonnen habe … eine neue Freundschaft.«

»Freundschaft«, bestätigte Cristina.

Als Mark eine Hand ausstreckte, sah sie ihn verwundert an.

»Im Feenreich ist es Tradition, eine Freundschaft mit einem Handschlag zu besiegeln«, erklärte Mark.

Vorsichtig legte Cristina ihre Hand in seine, woraufhin sich seine Finger um ihre schlossen. Sie waren rau und schwielig, aber auch gelenkig und kräftig. Und nicht kühl, wie sie erwartet hatte, sondern warm. Cristina versuchte, den elektrisierenden Schauer zu unterdrücken, der sich über ihren ganzen Arm auszubreiten drohte, während ihr bewusst wurde, wie lange es zurücklag, dass sie die Hand eines anderen auf diese Weise gehalten hatte.

»Cristina«, sagte Mark, und ihr Name klang wie Musik, als er ihn aussprach.

Keiner von beiden bemerkte die Bewegung hinter dem Fenster, das blasse Gesicht, das kurz auftauchte und wieder verschwand. Und sie hörten auch nicht, wie schlanke Finger eine Eichel wütend zerquetschten.

Die große Kammer im Inneren der Höhle hatte sich seit Emmas letztem Besuch nicht verändert: dieselben mit Bronze verkleideten Felswände, derselbe Kreidekreis auf dem Boden. Dieselben großen, bullaugenartigen Luken in der Wand, mit der wogenden Dunkelheit hinter dem dicken Glas.

Energie knisterte auf Emmas Haut, als sie den Kreis betrat – die Magie des Zauberglanzes. Aus dem Inneren des Kreises sah der Raum anders aus: Die Wände wirkten verblasst und verschwommen, als handelte es sich um ein altes Foto, und die Luken waren dunkel.

Der Kreis war leer, nur ein seltsamer Geruch hing noch in der Luft. Eine Mischung aus Schwefel und karamellisiertem Zucker. Emma verzog das Gesicht, trat aus dem Kreis heraus und wandte sich der linken Luke zu.

Aus der Nähe betrachtet wirkte sie nicht länger dunkel: Hinter dem Glas strahlte ein Licht. Das Ganze war von innen beleuchtet wie eine Museumsvitrine. Emma trat noch näher heran und spähte durch das Glas.

Dahinter befand sich ein kleiner, rechteckiger Raum, eine Art Schrank.

Emma entdeckte einen großen Kandelaber aus Messing, allerdings ohne Kerzen. Mit seinen langen Dornen zum Aufspießen von weichem Wachs würde er eine gefährliche Waffe abgeben, dachte Emma. Daneben lag ein Kleiderstapel. Offenbar handelte es sich um festliche Kleidung: ein Gewand aus dunkelrotem Samt, ein Paar lange, mit Rubinen besetzte Ohrringe und zierliche Goldpantoletten.

War der Totenbeschwörer vielleicht eine Frau?

Schnell ging Emma zur zweiten Luke. Die Nase gegen das Glas gepresst konnte sie dahinter etwas wahrnehmen, das wie Wasser aussah. Es brandete hin und her, und darin bewegten sich dunkle Schemen. Plötzlich prallte einer der Schemen gegen die Glasscheibe, und Emma sprang vor Schreck zurück, bevor sie erkannte, dass es sich nur um einen kleinen, gestreiften Fisch mit orangeroten Augen handelte. Einen Moment lang starrte er sie an und verschwand dann wieder im dunklen Wasser.

Emma hob ihr Elbenlicht an die Scheibe heran, und auf einmal war das Wasser deutlich zu sehen – es leuchtete in einem dunklen Blaugrünton, dieselbe Farbe wie die der Blackthorn-Augen. Fische und Algen und seltsame Lichter und Farben schimmerten hinter der Glasscheibe. Anscheinend hatten sie es mit einem Totenbeschwörer zu tun, der Aquarien und Fische mochte. Vielleicht sogar Schildkröten. Kopfschüttelnd trat Emma einen Schritt zurück.

Ihr Blick fiel auf das Metallobjekt zwischen den beiden Luken. Im ersten Moment hielt sie es für eine Art Ornament, wie ein Messer, dessen kunstvoll geschnitztes Heft aus der Wand ragte. Doch dann erkannte sie, dass es sich um einen Hebel handelte. Sie streckte die Hand aus und schloss die Finger darum. Das Metall fühlte sich kalt an.

Entschlossen drückte Emma den Hebel hinunter.

Eine Sekunde lang passierte gar nichts. Aber dann schwangen beide Luken weit auf.

Ein unheimliches Heulen zerriss die Stille der Höhle. Entsetzt starrte Emma auf die zweite Luke, die in einem leuchtenden Blau strahlte. Und in diesem Augenblick wurde Emma klar, dass sie es hier nicht mit einem Aquarium zu tun hatte: Die Luke war ein Tor zum Meer. Eine riesige, unfassbar tiefe Wassermenge befand sich auf der anderen Seite der Luke, mit wogenden Algen, brandenden Strömungen und den dunklen, schattenartigen Konturen von Kreaturen, die viel größer als Fische waren.

Plötzlich erfüllte salziger Meerwassergeruch die Höhle. *Flut,* schoss es Emma durch den Kopf, und dann spürte sie auch schon, wie ihr das Wasser die Füße wegriss und sie in Richtung des Ozeans trug, als würde sie in einen strudelnden Abfluss gesogen. Ihr blieb gerade noch Zeit, einen einzigen Schrei auszustoßen, als sie durch die Luke gezerrt wurde und das Wasser über ihrem Kopf zusammenschlug.

Cameron Ashdown.

Julian saß in seinem Atelier und malte. Cristina hatte ihm Emmas Zettel gegeben, als er den Dachboden verlassen hatte: eine knappe Nachricht, die ihm kurz und bündig mitteilte, dass sie zu Cameron gefahren sei und er nicht auf sie warten solle.

Schweigend hatte er den Zettel zerknüllt, irgendetwas in Cristinas Richtung gemurmelt und war dann die Stufen zu seinem Atelier hinaufgestürmt. Mit einem Ruck hatte er seinen Vorratsschrank aufgerissen, alle Ölfarben mit einer Armbewegung herausgefegt, seine Monturjacke abgestreift und beiseitegeworfen. Dann hatte er die Deckel von den Farbtuben gedreht und die Farben auf seine Palette gequetscht, bis der scharfe Geruch von Ölfarbe den Raum erfüllt und sich durch den Nebel in Julians Hirn gebrannt hatte.

Wütend hatte er die Leinwand attackiert; der Pinsel in seiner Hand war wie eine Waffe, und die Farbe schien wie Blut aus ihm herauszuströmen.

Er malte in Schwarz, Rot und Gold und ließ die Ereignisse der vergangenen Tage wie gefährliches Gift aus sich herausfließen.

Der Pinsel fegte über die weiße Leinwand: Mark am Strand; Mondlicht fiel auf seinen narbenübersäten Rücken. Dann Ty mit einem Messer an Kit Rooks Kehle. Tavvy, der schreiend aus einem Albtraum erwachte. Mark, der vor Julians Stele zurückwich.

Julian spürte, dass er schwitzte; die Haare klebten ihm schweißfeucht an der Stirn. Und er schmeckte Salz und Blut auf seiner Zunge. Er wusste, dass er eigentlich nicht hier oben in seinem Atelier sein sollte, sondern das tun sollte, was er immer tat: auf Tavvy aufpassen, neue Bücher für Tys Wissensdurst heraussuchen, Livvy nach dem Fechttraining mit Heilrunen versehen, mit Dru im Computerraum sitzen, während sie miese Horrorfilme im Fernsehen guckte.

Und er sollte bei Emma sein. Aber Emma war nicht da. Sie war weg und lebte ihr eigenes Leben – und so sollte es schließlich auch sein. Der *Parabatai*-Bund war keine Ehe. Er war etwas, für das es in der herkömmlichen Sprache kein Wort gab. Eigentlich sollte Julian sich Emmas Glück sehnlicher wünschen als sein eigenes. Und das tat er auch. Natürlich wünschte er ihr alles erdenklich Gute.

Also warum hatte er dann das Gefühl, als würde sein Herz mit Dolchen attackiert und er innerlich verbluten?

Hastig griff er nach der Tube mit Goldfarbe – ein brennender Wunsch stieg in ihm auf, pulsierte in seinen Adern. Und dieses Sehnen ließ sich nur dadurch stillen, dass er sie malte. Aber ohne Gold konnte er sie nicht malen. Er hob die Tube hoch und …

… musste würgen. Der Pinsel glitt ihm aus den Fingern und fiel zu Boden, während er sich zusammenkrümmte und auf die Knie sank. Er keuchte und spürte, wie sich seine Brust zusammenzog. Er bekam keine Luft mehr. Seine Augen brannten und auch seine Kehle.

Salz. Er würgte Salz hoch. Aber nicht das Salz von Blut, sondern das Salz des Ozeans. Er schmeckte Meersalz auf der Zunge und hustete; sein Körper verkrampfte sich, als er Salzwasser auf den Boden würgte.

Salzwasser? Mit dem Handrücken wischte Julian sich über den

Mund; sein Puls raste. Er war den ganzen Tag nicht mal in der Nähe des Meeres gewesen. Und dennoch konnte er es in seinen Ohren hören, als würde er dem Rauschen in einer Muschel lauschen. Sein ganzer Körper schmerzte, und seine *Parabatai*-Rune stach wie mit tausend Nadeln.

Bestürzt und benommen legte er eine Hand auf das Runenmal. Und in diesem Moment wusste er es. Er wusste es, ohne sagen zu können, woher er es wusste. Er wusste es tief in seiner Seele, wo der Bund zwischen Emma und ihm mit Blut und Feuer geschmiedet worden war. Er wusste es, so wie er wusste, dass sie ein Teil von ihm war, dass ihr Atem sein Atem und ihre Träume seine Träume und ihr Blut sein Blut war. Und wenn ihr Herz eines Tages zu schlagen aufhörte, würde seines ebenfalls aufhören – und darüber war er froh, denn er wollte keine Sekunde in einer Welt weiterleben, in der Emma nicht mehr existierte.

Julian schloss die Lider und sah den Ozean vor seinem inneren Auge aufsteigen, blauschwarz und unermesslich tief und von der schieren Gewalt der ersten Welle erfüllt, die jemals gegen den ersten einsamen Strand gebrandet war. Und da wusste er es.

Wo du hingehst, da gehe ich hin.

»Emma«, flüsterte er, und dann stürmte er auch schon los.

Emma wusste nicht, welcher Aspekt des Ozeans ihr am meisten Angst einjagte: Da war zum einen die Wucht der Wellen – trügerisch schön mit ihrer dunkelblauen Tönung und der weißen, spitzenartigen Gischt. Aber sobald sie sich der Küste näherten, schlossen sie sich wie eine Faust um jeden Schwimmer. Emma war einmal in eine sich brechende Welle hineingeraten. Sie erinnerte sich an das Gefühl – als würde man in einen tiefen Aufzugschacht fallen – und an die Kraft des Wassers, das sie auf den Boden gepresst hatte. Panisch hatte sie versucht, sich zu befreien und sich einen Weg hinauf an die Wasseroberfläche zu erkämpfen.

Und dann war da noch die Tiefe des Ozeans. Irgendwo hatte Emma einmal gelesen, dass Schiffbrüchige oft den Verstand verloren beim Gedanken an das, was sich unter ihnen befand: kilometertief nur Wasser und dazu die dunklen, zahnbewehrten und glitschigen Kreaturen, die in der Tiefe lebten.

Als Emma jetzt durch die Luke und ins Meer gesogen wurde, schlug das Salzwasser über ihr zusammen, drang in ihre Augen und Ohren. Sie war umgeben von Wasser, und unter ihr öffneten sich ein tiefer Abgrund und die Finsternis.

Ihr Blick fiel auf die schwach erleuchtete Fläche der Luke, die immer weiter in der Ferne verschwand. Aber sosehr Emma sich auch anstrengte, sie schaffte es nicht, dorthin zurückzuschwimmen. Die Strömung war einfach zu stark.

Verzweifelt schaute sie nach oben. Ihr Elbenstein war ihr aus der Hand gefallen und sank durch die Fluten unter ihr. Das Licht der sich immer weiter entfernenden Luke erhellte den Bereich um Emma herum, doch über ihr erkannte sie nichts als Dunkelheit. Ihre Trommelfelle knackten. Der Erzengel allein wusste, in welcher Tiefe sie war. Das Meer in der Nähe der Luke schimmerte hellgrün wie Jade, aber alles andere um Emma herum war schwarz wie der Tod.

Hastig tastete sie nach ihrer Stele. Ihre Lunge schmerzte bereits. Treibend und gegen die Strömung ankämpfend presste Emma die Spitze der Stele auf ihre Haut und trug eine Unterwasseratmungsrune auf.

Sofort ließ das Brennen in ihrer Lunge nach. Doch jetzt, da der Schmerz verschwunden war, wurde Emma von einer überwältigenden Panik erfasst. Das Runenmal sorgte dafür, dass sie nicht länger verzweifelt um Luft ringen musste. Aber die Schreckensvorstellung, was sich alles um sie herum befand, war fast genauso schlimm. Emma griff nach einer Seraphklinge in ihrem Gürtel und zog sie heraus.

Manukel, dachte sie.

Die Klinge in ihrer Hand erwachte zum Leben und sandte ein strahlendes Licht aus, das Emmas Umgebung in einen matten Goldton tauchte. Einen Moment lang war sie wie benommen, dann konnte sie wieder klar sehen und entdeckte sie:

Dämonen.

Sie schrie auf, und die Luftblasen stiegen lautlos in die Höhe. Die Dämonen waren unter ihr, wie aufkommende Albträume: massige, glitschige Kreaturen. Mit spitzen Zähnen besetzte Tentakel peitschten in Emmas Richtung. Sie schwang Manukel und durchtrennte den Fangarm, der nach ihrem Bein greifen wollte. Schwarzes Blut explodierte im schwach beleuchteten Wasser und bauschte sich zu Wolken und Schlieren.

Im nächsten Moment schoss ein scharlachrotes, schlangenartiges Wesen direkt auf Emma zu. Sie trat um sich und traf auf eine fleischige, weiche Masse. Angewidert musste sie beinahe würgen und stieß mit der Klinge blindlings zu. Weiteres Blut verteilte sich im Wasser. Das Meer um Emma herum verfärbte sich anthrazitgrau.

Mit ein paar kräftigen Beinstößen schwamm Emma in Richtung Wasseroberfläche, getragen von einer Wolke aus Dämonenblut. Während sie aufstieg, konnte sie plötzlich den weißen Mond erkennen, eine verschwommene Perle oberhalb der Wogen. Inzwischen hatte die Wirkung der Unterwasseratmungsrune rapide nachgelassen, und Emma hatte das Gefühl, als würde ihre Lunge jeden Moment in sich zusammenfallen. Sie spürte das aufgewühlte Wasser unter ihren Füßen, wagte aber nicht, nach unten zu schauen. Panisch drängte sie weiter nach oben und fühlte, wie ihre Hand durch die Wasseroberfläche brach und kühle Luft ihre Finger umhüllte.

Irgendetwas packte sie am Handgelenk. Die Seraphklinge entglitt ihren Fingern – ein schimmerndes Licht, das in der Tiefe versank, während sie an die Wasseroberfläche gezerrt wurde. Keuchend schnappte Emma nach Luft, doch es war noch zu früh. Wasser strömte in ihre Lunge, in ihre Brust. Und mit der Wucht eines heranrasenden Lastwagens schlug die Dunkelheit über ihr zusammen.

Idris, 2009

Am Tag von Emmas und Julians Parabatai-*Zeremonie erfuhr Emma zwei wichtige Tatsachen. Die erste lautete, dass sie nicht die einzige Carstairs auf der Welt war.*

Die Parabatai-*Zeremonie fand in Idris statt, weil Julian und sie im Dunklen Krieg gekämpft hatten und der Rat ihre Tapferkeit anerkannte. Zumindest manchmal, hatte Julian gemeint. Aber leider nicht in jenen Momenten, in denen sie es wirklich gebraucht hätten, wenn sie irgendetwas Wichtiges wollten, wie etwa die Rückkehr seiner Schwester von der Wrangelinsel. Sondern nur dann, wenn die Nephilim in Partylaune waren und ihre eigene Großartigkeit feiern wollten.*

Als sie in Alicante eintrafen, schauten Emma und Julian sich erstaunt um. Bei ihrem letzten Aufenthalt in der Schattenjägerheimat war die Hauptstadt vom Dunklen Krieg zerstört gewesen; aufgerissene Straßen, mit Nägeln gespickte Mauern zur Abwehr von Feenwesen, eine aufgebrochene Abkommenshalle, deren Türen schief in den Angeln hingen. Doch jetzt war alles instand gesetzt, die Pflastersteine lagen wieder an Ort und Stelle, die Kanäle zwischen den Häusern führten erneut klares Wasser, und über allem ragten die schimmernden Dämonentürme auf.

»Irgendwie wirkt die Stadt kleiner«, bemerkte Julian und schaute sich auf der Eingangstreppe der Abkommenshalle um.

»Nein, die Stadt ist nicht kleiner. Ihr seid nur gewachsen.« Die Stimme gehörte einem jungen Mann mit dunklen Haaren und dunklen Augen, der sie lächelnd anschaute.

Sprachlos starrten sie ihn an.

»Erinnert ihr euch denn nicht an mich?«, fragte er. »›Emma Cordelia Carstairs. Bleib bei deinem Parabatai. *Manchmal ist es mutiger, nicht zu kämpfen. Beschütze deine Freunde und spar dir deine Rache für ein andermal auf.‹«*

»Bruder Zachariah?«, fragte Emma erstaunt. »Du hast uns während des Dunklen Kriegs geholfen …«

»Ich bin kein Bruder der Stille mehr, sondern ein ganz gewöhnlicher Mann«, erwiderte er. »Mein Name ist James. James Carstairs. Aber alle nennen mich nur Jem.«

Emmas Verwunderung wandelte sich schnell in Neugier, und Julian ließ ihr genügend Raum, den ehemaligen Stillen Bruder mit Fragen zu bombardieren. Jem erzählte, dass er der Bruderschaft im Jahr 1878 beigetreten war, ihr jetzt aber nicht mehr angehörte und endlich die Frau heiraten konnte, die er liebte, die Hexe Tessa Gray. Julian fragte, ob das bedeutete, dass Jem einhundertfünfzig Jahre alt sei, woraufhin Jem antwortete, dass das beinahe stimmte, auch wenn er nicht danach aussah. Er wirkte eher wie dreiundzwanzig.

»Warum hast du mir das damals nicht erzählt?«, hakte Emma nach, während sie sich auf den Weg in die Stadt der Stille machten und mehrere lange Steintreppen hinabstiegen. »Dass du ebenfalls ein Carstairs bist?«

»Ich dachte, ich würde möglicherweise sterben«, erklärte Jem ehrlich. »Schließlich waren wir mitten in einem Kampf. Es wäre grausam gewesen, dir davon zu erzählen, wenn ich den Tag vielleicht nicht überlebt hätte. Und danach hat Tessa mich ermahnt, dir Zeit zu lassen, damit du um deine Eltern trauern und dich an dein neues Leben gewöhnen kannst.« Er drehte sich um und sah sie an mit einer Mischung aus Wehmut und Liebe. »Du bist eine Schattenjägerin, Emma. Aber das gilt weder für Tessa noch für mich. Jedenfalls nicht mehr. Wenn du zu mir ziehen und bei mir leben wolltest, wärst du selbstverständlich herzlich willkommen, aber dafür müsstest du dein Schattenjägerdasein aufgeben. Und damals konnte ich dich unmöglich vor diese Wahl stellen, das wäre zu grausam gewesen.«

»Zu dir ziehen und bei dir leben?«, fragte Julian mit einem scharfen Unterton in der Stimme. »Warum sollte Emma das tun? Sie hat ein Zuhause. Sie hat eine Familie.«

»Ganz genau«, bestätigte Jem. »Aber da ist noch mehr. Könntest du mich ein paar Minuten mit Emma allein lassen?«

Julian warf Emma einen fragenden Blick zu. Als sie nickte, drehte er sich um und stieg die Stufen zur Stadt der Stille hinab, wobei er sich mehrfach umsah, um sich zu vergewissern, dass mit ihr auch alles in Ordnung war.

Jem berührte Emma leicht am Arm. Obwohl sie bereits ihre Parademontur für die Zeremonie trug, spürte sie, wie die Narbe, die sie sich selbst mit Cortana zugefügt hatte, plötzlich brannte, als würde sie das Blut erkennen, das sie beide verband. »Es ist mir sehr wichtig, heute für dich da zu sein, für die Zeremonie«, sagte Jem. »Denn auch ich hatte einst einen Parabatai, und dieser Bund ist etwas sehr Kostbares.«

Emma fragte nicht, was mit Jems Parabatai passiert war. Stille Brüder durften keinen Parabatai haben, und außerdem waren einhundertdreißig Jahre eine lange Zeit.

»Aber ich weiß nicht, wann wir uns wiedersehen können«, erklärte Jem. »Tessa und ich müssen etwas suchen. Etwas sehr Wichtiges.« Er zögerte und fuhr dann fort: »Die Suche wird nicht ungefährlich, aber sobald wir es gefunden haben, würde ich gern wieder an deinem Leben teilhaben. Als eine Art Onkel.« Er schenkte ihr ein Lächeln. »Du kannst dir das wahrscheinlich nicht vorstellen, aber ich habe ziemlich viel Erfahrung als Onkel.«

Er schaute sie ruhig an, und in diesem Moment fühlte Emma sich an ihren Vater erinnert. Denn obwohl zwischen ihm und Jem keine äußerliche Ähnlichkeit bestand, hatten beide den gleichen ruhigen Blick und das gleiche freundliche Gesicht. »Das fände ich toll«, sagte sie. »Darf ich dich noch etwas anderes fragen?«

Jem nickte ernst. Es fiel Emma leicht, sich ihn als einen Onkel vorzustellen: Er wirkte zwar sehr jung, aber er verströmte eine ruhige Gewissheit und Gelassenheit, die ihn alterslos erscheinen ließ wie ein Feen- oder Hexenwesen. »Ja?«

»Hast du mir deinen Kater geschickt?«

»Church?« Jem lachte. »Ja. Hat er gut auf dich aufgepasst? Und dir die Geschenke gebracht, die ich an seinem Halsband befestigt hatte?«

»Die Muscheln und das Meerglas?« Emma nickte. »Das Armband, das Julian trägt, ist aus den Meerglasscherben gefertigt, die Church mir gebracht hat.«

Jems Lachen verwandelte sich in ein leicht wehmütiges Lächeln. »Und so sollte es auch sein«, sagte er. »Was dem einen Parabatai *gehört, gehört auch dem anderen. Denn ihr seid nun ein Herz. Und eine Seele.«*

Jem war während des gesamten Rituals anwesend, während Simon und Clary als ihre Zeugen fungierten. Emma hatte ja die Vermutung, dass die beiden eines Tages selbst Parabatai *werden würden.*

Nach der Zeremonie und nachdem Julian und Emma sich im Haus der Blackthorns umgezogen hatten, fand in der Abkommenshalle eine Feier zu ihren Ehren statt. Tessa, eine hübsche junge Frau mit braunen Haaren, die etwa so alt sein musste wie Clary, hatte sich zu ihnen gesellt, Emma herzlich umarmt und dann Emmas Schwert bewundert, das sie vor vielen, vielen Jahren zum ersten Mal gesehen hatte. Andere Parabatai *erhoben sich und hielten kurze Ansprachen über ihren Bund und ihre Erfahrungen und verströmten dabei eine Aura des Glücks. Jace und Alec erzählten grinsend, wie sie im Reich der Dämonen fast gestorben wären, und Emma verspürte eine tiefe Freude bei dem Gedanken, dass Jules und sie eines Tages dort oben auf dem Podium stehen, sich breit angrinsen und davon berichten würden, wie ihr Bund ihnen durch Situationen hindurchgeholfen hatte, in denen sie mit dem sicheren Tod gerechnet hatten.*

Irgendwann im Lauf der Reden hatte Jem sich leise erhoben und die Halle verlassen. Tessa hatte ihre Serviette auf den Tisch geworfen und war ihm nachgeeilt. Und als sich die Tür der Halle hinter ihnen schloss, hatte Emma gerade noch gesehen, wie sie sich auf der Treppe fest umarmt hatten. Jem hatte den Kopf auf Tessas Schulter gelegt.

Eigentlich wollte sie den beiden nachgehen, aber Clary hatte sie schon an der Hand gepackt und zum Podium gezogen, damit sie eine kurze Rede hielt. Und Julian war an ihrer Seite gewesen, mit seinem ruhigen Lächeln, hinter dem sich eine Million Gedanken verbargen. Und Emma war glücklich gewesen. Sie trug eines ihrer ersten fantastischen Trödelladenfundstücke – ein richtiges Kleid statt ihrer üblichen, abgewetzten Jeans, die sie normalerweise erst dann ablegte, wenn sich der Stoff schon fast in seine Bestandteile auflöste. Ein braunes Kleid mit goldenen Ranken und Blüten, die wie Sonnenblumen auf einem Feld aussahen. Außerdem hatte sie ihre taillenlangen Haare nicht wie sonst zum Pferdeschwanz zusammengebunden, sondern trug sie jetzt offen. Im vergangenen Jahr war sie wie Unkraut in die Höhe geschossen und reichte Jace, der ihr und Julian gratulierte, bis fast an die Schulter.

Mit zwölf war sie fürchterlich in Jace verknallt gewesen, und auch jetzt fühlte sie sich in seiner Gegenwart noch immer ein wenig verlegen. Inzwischen war er fast neunzehn und sah besser aus als je zuvor – größer, breitschultriger, mit leicht gebräunter Haut und sonnengebleichtem Haar, aber vor allem glücklicher. Emma erinnerte sich daran, wie angespannt er damals gewirkt hatte – ein wunderschöner Junge, in dem der Wunsch nach Rache und das Himmlische Feuer brannten. Doch jetzt machte er den Eindruck, als würde er viel mehr in sich selbst ruhen.

Und das war schön. Emma freute sich für ihn und Clary, die ihr quer durch den Raum zuwinkte. Aber die Schmetterlinge im Bauch waren verschwunden, und Emma wollte sich auch nicht mehr irgendwo verkriechen und sterben, als Jace sie umarmte und ihr ein Kompliment für ihr neues Kleid machte. »Du trägst jetzt eine große Verantwortung«, wandte er sich an Julian. »Du musst dafür sorgen, dass sie einen Kerl findet, der sie auch verdient.«

Seltsamerweise war Julian kreidebleich im Gesicht. Vielleicht spürte er noch die Nachwirkungen der Zeremonie, überlegte Emma – schließlich hatte es sich um sehr starke Ritualmagie gehandelt, die sie selbst ebenfalls noch wie Champagnerbläschen in ihren Adern prickeln fühlte. Allerdings sah Jules eher so aus, als müsste er sich gleich übergeben.

»Und was ist mit mir?«, hakte Emma nach. »Muss ich nicht dafür sorgen, dass Jules ein Mädchen findet, das ihn auch verdient?«

»Auf jeden Fall. Ich habe das für Alec getan und Alec für mich – na ja, genau genommen hat er Clary anfangs gehasst, aber dann hat er sich eines Besseren besonnen.«

»Ich wette, du hast Magnus anfangs auch nicht gemocht«, sagte Julian, noch immer mit dieser seltsam starren Miene.

»Möglicherweise«, räumte Jace ein, »aber ich hätte niemals auch nur ein Wort darüber verloren.«

»Weil das Alecs Gefühle verletzt hätte?«, fragte Emma.

»Nein, weil Magnus mich sonst in einen Hutständer verwandelt hätte«, sagte Jace und schaute zu Alec, der bei Clary stand und gerade mit ihr über irgendetwas herzhaft lachte. Beide sahen glücklich aus.

Und genauso sollte es auch sein, dachte Emma. Ein Parabatai *sollte mit demjenigen befreundet sein, den man liebte, mit dem Ehepartner, dem Freund oder der Freundin. Denn so funktionierte das Ganze. Wenn sie sich allerdings die Person vorstellen sollte, die sie eines Tages heiraten und mit der sie ihr Leben verbringen wollte, sah sie nur eine verschwommene Fläche. Sie konnte sich einfach niemanden vorstellen.*

»Ich muss mal kurz vor die Tür«, sagte Julian. »Frische Luft schnappen.« Mit dem Handrücken strich er über Emmas Wange und hastete dann aus dem Saal. Eine sanfte und zugleich raue Berührung: Seine Fingernägel waren bis zur Nagelsohle abgekaut.

Tief in der Nacht erwachte Emma aus einem Traum mit flammenden Feuerkreisen; ihre Haut glühte, und die Bettlaken hatten sich um ihre Beine gewickelt. Man hatte sie im alten Haus der Familie Blackthorn untergebracht, und Julian schlief in einem weit entfernten Zimmer. Aber Emma kannte sich in diesem Gebäude nicht so gut aus wie in den Gängen des Instituts. Verschwitzt trat sie ans Fenster. Bis zum Gartenweg war es nur ein kurzer Sprung. Entschlossen schob sie die Füße in ihre Pantoffeln und kletterte hinaus.

Der Pfad wand sich durch den Garten. Emma folgte ihm eine Weile und atmete die kühle, saubere Luft der Schattenjägerheimat ein, die noch nie Smog erlebt hatte. Und da es in Idris auch keine Lichtverschmutzung gab, funkelten am Himmel über ihr eine Million Sterne. Emma wünschte gerade, Julian wäre bei ihr, damit sie ihm die Sterne zeigen konnte, als sie plötzlich gedämpfte Stimmen hörte.

Der Herrensitz der Blackthorns war vor vielen Jahren niedergebrannt und danach wieder errichtet worden, nicht weit vom Anwesen der Familie Herondale entfernt. Emma folgte den Stimmen über eine Reihe hübscher Wege, bis sie schließlich eine Mauer erreichte.

Ein Tor war in die Mauer eingelassen. Als Emma näher kam, konnte sie die Stimmen deutlicher hören. Leise schlich sie sich neben das Tor und spähte durch die Gitterstäbe.

Auf der anderen Seite führte eine grüne Wiese zu dem etwas tiefer gelegenen Haus der Herondales hinab, einem Gebäude aus weißen und gelbbraunen Steinen. Auf den Grashalmen funkelten Tautropfen im Sternenlicht, und dazwischen wuchsen diese weißen Blumen, die nur in Idris gediehen.

»Und dieses Sternbild dort drüben … das ist das Kaninchen. Siehst du seine Ohren?«, sagte Jace. Er saß mit Clary im Gras, Seite an Seite. Er trug Jeans und T-Shirt, während Clary bereits in ihr Nachthemd geschlüpft war, mit Jace' Jacke um die Schultern. Jace zeigte zum Himmel hinauf.

»Ich bin mir ziemlich sicher, dass es kein Sternbild namens Kaninchen gibt«, sagte Clary. Sie hatte sich im Lauf der vergangenen Jahre weniger verändert als Jace – sie war noch immer zierlich, ihre Haare leuchteten noch immer feuerrot, und ihr schmales, sommersprossiges Gesicht wirkte noch immer nachdenklich. Sie hatte den Kopf an Jace' Schulter gelehnt.

»Selbstverständlich gibt es das«, beharrte Jace, und als das Sternenlicht seine hellen Locken aufleuchten ließ, verspürte Emma ei-

nen Hauch des alten Schmetterlingsgefühls. »Und das dort oben ist die Radkappe«, fuhr Jace fort. »Und das Sternbild da hinten bezeichnet man als den ›Großen Pfannkuchen‹.«

»Ich geh wieder ins Haus«, verkündete Clary. »Du hattest mir eine Astronomielektion versprochen.«

»Was denn? Früher haben die Seeleute mithilfe des Großen Pfannkuchens navigiert«, behauptete Jace, woraufhin Clary den Kopf schüttelte und aufstehen wollte. Doch Jace erwischte sie am Fußgelenk, sodass sie lachend umkippte und auf ihn fiel. Und dann küssten sie sich, und Emma erstarrte. Denn das, was als unverfängliche Situation angefangen hatte – eine Situation, in die sie mit einem freundlichen »Hallo« hätte hineinplatzen können –, verwandelte sich plötzlich in etwas ganz anderes.

Jace rollte sich auf Clary, die nun im Gras lag. Sie hatte die Arme um ihn geschlungen und fuhr ihm mit den Händen durch die Haare. Seine Jacke war von ihren Schultern gefallen, und die Träger ihres Nachthemds rutschten über ihre hellhäutigen Arme.

Clary lachte und sagte Jace' Namen und schlug vor, doch lieber ins Haus zurückzukehren. Doch Jace küsste sie auf den Hals, und Clary schnappte keuchend nach Luft. Dann hörte Emma, wie er fragte: »Erinnerst du dich noch an den Herrensitz der Waylands? Draußen hinter dem Gebäude?«

»Ja, daran erinnere ich mich.« Clarys Stimme klang leise und heiser.

»Damals dachte ich, dass ich dich niemals würde haben können«, sagte Jace. Er hatte die Ellbogen neben Clary aufgestützt und zeichnete mit dem Finger die Konturen ihrer Wange nach. »Ich hatte das Gefühl, als wäre ich in der Hölle. Ich hätte alles für dich getan. Und das würde ich auch heute noch.«

Clary legte ihm eine Hand auf die Brust, direkt über sein Herz, und flüsterte: »Ich liebe dich.«

Jace brachte einen erstickten Laut hervor, ein für ihn gänzlich untypisches Geräusch, und Emma riss sich los und rannte zum Haus zurück.

Keuchend erreichte sie das Fenster und kletterte wieder hinein.

Der Mond schien herein und beleuchtete das Zimmer wie mit Flutlicht. Emma schleuderte die Pantoffeln von den Füßen und setzte sich auf ihr Bett. Ihr Herz wummerte in der Brust.

Die Art und Weise, wie Jace Clary angesehen hatte … die Art und Weise, wie sie sein Gesicht berührt hatte … Emma fragte sich, ob irgendjemand sie eines Tages auf diese Weise anschauen würde. Der Gedanke erschien ihr unwahrscheinlich. Sie konnte sich nicht vorstellen, jemanden so zu lieben.

Niemanden außer Jules.

Aber das war irgendwie anders, oder nicht? Die Vorstellung, dass Julian einmal auf ihr liegen und sie so küssen würde … Nein, sie beide waren anders. Sie waren etwas anderes, oder nicht?

Emma streckte sich auf dem Bett aus und schaute zur Tür. Ein Teil von ihr erwartete, dass Jules hereinspazieren würde, dass er zu ihr kommen würde, weil sie unglücklich war – wie so oft, wenn es ihr nicht gut ging. Als würde er es instinktiv spüren. Aber warum sollte er davon ausgehen, dass sie unglücklich war? Heute war der Tag ihrer Parabatai-*Zeremonie gewesen. Eigentlich sollte es einer der glücklichsten Tage in ihrem Leben sein, vielleicht von ihrem Hochzeitstag abgesehen. Stattdessen glühte sie am ganzen Körper, fühlte sich seltsam und hatte den unerklärlichen Wunsch, in Tränen auszubrechen.*

Jules*, dachte sie, doch die Tür schwang nicht auf, und Jules kam nicht zu ihr. Emma krümmte sich um ihr Kissen und lag bis zum Morgengrauen wach.*

18

Bei Nacht

Auf die Dunkelheit folgte Licht. Blendend weiß und silbern – Sternenfunkeln auf dem Wasser und dem Sand. Und Emma flog. Über die Oberfläche des Wassers, das jetzt nicht mehr tief war – sie konnte den Sand des Strandes darunter erkennen und den leuchtenden Lichtkegel des reflektierenden Mondlichts.

Ihre Lunge brannte. Emma versuchte, sich von dem Schmerz wegzudrehen und erkannte, dass sie gar nicht flog. Jemand trug sie, drückte sie mit kräftigen Armen fest an seinen harten Brustkorb. Emma sah das Schimmern blaugrüner Augen.

Julian. *Julian* trug sie. Feuchte dunkle Locken klebten an seinem Kopf.

Emma versuchte, Luft zu holen, um etwas zu sagen, musste aber würgen. Ihre Lunge verkrampfte sich, und Wasser schoss in ihren Mund, bitter und salzig wie Blut. Sie sah die Panik in Julians Gesicht, und dann rannte er mit ihr den Strand hinauf, sank irgendwann auf die Knie und legte sie in den Sand. Emma würgte und röchelte noch immer und schaute ihn mit angsterfüllten Augen an. Die gleiche Angst entdeckte sie auch in seinem Gesicht. Sie wollte ihm sagen, dass er sich keine Sorgen zu machen brauchte, dass alles gut werden würde. Aber sie brachte keinen Laut hervor – das Wasser blockierte ihre Kehle.

Fieberhaft zog Julian seine Stele aus dem Gürtel, und einen Augenblick später spürte Emma die Spitze der Stele heiß auf ihrer Haut. Ihr Kopf fiel in den Nacken, während das Runenmal Gestalt annahm. Emma sah den Mond über ihr, hinter Julians Kopf, der dadurch einen Heiligenschein zu bekommen schien. Sie wollte ihm sagen, dass er einen Heiligenschein hatte. Vielleicht fand er das ja lustig. Doch die Worte ertranken in ihrer Kehle. Sie war dabei zu ertrinken. Auf festem Boden zu sterben.

Die Rune war fertig. Julian nahm die Stele weg, und Emmas Brustkorb schien sich nach innen zu wölben. Sie schrie, und dann schoss ein Schwall Wasser aus ihrer Lunge. Emma bäumte sich auf, von einem heftigen Hustenanfall geschüttelt. Es tat furchtbar weh, als ihr Körper das Salzwasser ausstieß – als würde Emmas Innerstes nach außen gestülpt. Sie spürte Julians Hand auf ihrem Rücken, seine Finger zwischen ihren Schulterblättern, die ihr Halt gaben.

Endlich ließ der Husten nach. Emma rollte sich auf den Rücken und starrte zu Julian und dem Himmel hinter ihm hoch. Sie konnte eine Million Sterne sehen, und Jules hatte noch immer seinen Heiligenschein, allerdings kam ihr das nicht länger lustig vor. Er bebte am ganzen Körper; sein schwarzes T-Shirt und die Jeans klebten an seiner Haut, und sein Gesicht war bleicher als der Mond.

»Emma?«, flüsterte er.

»Jules«, sagte Emma. Ihre Stimme klang selbst in ihren eigenen Ohren schwach und heiser. »Ich … Es geht mir gut.«

»Was zum Teufel ist passiert? Wieso warst du im Meer?«

»Ich bin zum Knotenpunkt gefahren«, wisperte sie. »Und da war irgendeine Art Zauber … etwas, das mich hinaus in den Ozean gesogen hat …«

»Du bist allein zum Knotenpunkt gefahren?«, fragte Julian mit erhobener Stimme. »Wie konntest du nur so blöd sein?«

»Ich musste doch versuchen …«

»Aber du hättest es nicht allein versuchen müssen!« Julians Stimme schien über das Wasser zu hallen. Seine Hände waren zu Fäusten geballt. Plötzlich erkannte Emma, dass er nicht vor Kälte bebte, sondern vor Wut. »Welchen Sinn hat unser *Parabatai*-Bund, wenn du dann doch allein losziehst und dein Leben ohne mich aufs Spiel setzt?«

»Ich wollte dich nicht in Gefahr bringen …«

»Ich wäre im Institut fast ertrunken! Ich habe Salzwasser hochgewürgt! Wasser, das *du* eingeatmet hast!«

Bestürzt starrte Emma ihn an. Dann stützte sie sich auf die Ellbogen. Die nassen Haare hingen wie ein schweres Gewicht über ihren Rücken. »Wie ist das überhaupt möglich?«

»Selbstverständlich ist das möglich!« Seine Stimme schien aus seinem Körper zu explodieren. »Wir sind miteinander verbunden, Emma, durch einen magischen Eid aneinandergebunden: Ich atme, wenn du atmest. Ich blute, wenn du blutest. Ich gehöre dir und du mir. Du hast immer zu mir gehört und ich immer, *immer* zu dir!«

So etwas hatte Julian noch nie gesagt. Emma hatte ihn nie zuvor auf diese Weise reden gehört und noch nie erlebt, dass er kurz davor stand, die Beherrschung zu verlieren.

»Ich wollte dir nicht wehtun«, sagte sie, setzte sich auf und streckte die Arme aus. Julian packte sie am Handgelenk.

»Machst du Witze?« Selbst in der Dunkelheit schienen seine blaugrünen Augen zu glühen. »Ist das alles nur ein Witz für dich, Emma? Kapierst du es denn nicht?« Seine Stimme senkte sich zu einem Flüsterton. *»Ich verliere mein Leben, wenn du stirbst!«*

Hilflos starrte sie ihn an. »Jules, es tut mir so leid, Jules …«

Die Mauer, die normalerweise die Wahrheit in seinen Augen verbarg, war zerbröckelt. Emma konnte die Panik darin erkennen, die Verzweiflung und die Erleichterung, die sich einen Weg durch seinen Verteidigungswall gebahnt hatten.

Er hielt sie noch immer am Handgelenk fest. Emma konnte nicht sagen, ob sie sich ihm zuerst entgegengebeugt hatte oder ob er sie an sich gezogen hatte. Vielleicht traf ja auch beides zu. Jedenfalls prallten sie wie zwei kollidierende Sterne aufeinander – und dann küsste er sie.

Jules. *Julian*. Küsste *sie*.

Sein Mund suchte ihre Lippen, heiß und rastlos, und verwandelte ihren Körper in flüssiges Feuer. Sie krallte ihm die Finger in den Rücken und zog ihn fester an sich. Seine Kleidung war nass, aber die Haut darunter glühte. Als sie ihre Hände auf seine Hüften legte, schnappte er keuchend nach Luft, ein Keuchen, aus dem eine Mischung aus Ungläubigkeit und Verlangen sprach.

»Emma«, brachte er halb flehentlich, halb stöhnend hervor. Sein Mund bewegte sich wild über ihren, und sie küssten sich, als versuchten sie, die Gitterstäbe niederzureißen, die sie bis dahin in einem Gefängnis gehalten hatten. Als würden sie beide ertrinken und könnten nur durch den Atem des anderen Luft bekommen.

Emma hatte das Gefühl, als wären ihre Knochen aus Glas und würden einer nach dem anderen klirrend zersplittern. Sie sank nach hinten, zog Julian mit sich und ließ sich vom Gewicht seines Körpers in den Sand drücken. Fieberhaft umklammerte sie seine Schultern und dachte an den Moment zurück, als er sie aus dem Meer gezogen hatte, jenen benommenen Augenblick, in dem sie ihn zuerst nicht erkannt hatte. Julian war kräftiger, größer, als sie ihn in Erinnerung hatte. Erwachsener als sie hatte wahrhaben wollen, obwohl jeder Kuss ihre Erinnerung an den Jungen, der er einst gewesen war, wie mit Flammen wegbrannte.

Als er sich stärker an sie drängte, ließ das nasskalte T-Shirt sie überrascht zusammenzucken. Julian griff nach dem Kragen und riss sich das T-Shirt über den Kopf. Und als er sich danach wieder über sie beugte, registrierte sie mit Verwunderung die großen Flächen seiner nackten Haut. Ihre Hände glitten über seine Hüften, über seinen Rücken und seine Schulterblätter, als würde sie seine Konturen herausarbeiten und ihn durch die Berührung ihrer Handflächen und Finger erschaffen. Die verblassten Narben seiner alten Runenmale; die Wärme seiner Haut, überzogen von einem leichten Salzwasserfilm; die Glätte der Meerglasscherben an seinem Handgelenk – er raubte ihr den Atem mit seiner typisch Julian-haften Art. Endlich war er nichts anderes als er selbst. Emmas Finger erkannten ihn bei jeder Berührung; sie erkannten ihn an seiner Atmung und am Pulsschlag seines Herzens, das dicht an ihrem hämmerte.

Die Berührungen ihrer Hände gaben ihm den Rest. Emma

spürte, wie er die Kontrolle über sich verlor, Schritt für Schritt. Sie hob die Knie und umfing seine Hüften, legte eine Hand auf die nackte Haut oberhalb seines Jeansbundes, so sanft wie das Meer bei Ebbe. Und ein tiefes Beben ging durch seinen Körper, als würde er sterben. Nie zuvor hatte sie ihn auf diese Weise erlebt, nicht einmal beim Malen.

Keuchend löste er seinen Mund von ihren Lippen und zwang sich innezuhalten, zwang seinen Körper zur Reglosigkeit. Emma konnte an seinen Augen, die vor Begierde und Ungeduld fast schwarz wirkten, deutlich sehen, wie viel Kraft ihn das kostete. Und auch an der Art und Weise, wie er die Hände von ihr nahm und sich seine Finger in den Sand neben ihren Hüften gruben. »Emma«, flüsterte er. »Bist du dir sicher?«

Sie nickte und streckte die Arme nach ihm aus. Julian brachte einen Laut hervor, eine Mischung aus enormer Erleichterung und Dankbarkeit, und zog sie an sich. Und dieses Mal gab es kein Zögern. Ihre Arme waren weit geöffnet, und er drückte sie an sich und erbebte am ganzen Körper, als sie ihre Fußknöchel hinter seinen Waden verschränkte und ihn an sich presste. Als sie sich öffnete und ihren Körper zu einer Wiege machte, in die er sich hineinschmiegen konnte.

Erneut fand sein Mund ihre Lippen, und Emma hatte das Gefühl, als wären sie mit jeder einzelnen Nervenfaser verbunden, denn ihr ganzer Körper schien unter Strom zu stehen und zu tanzen. So fühlte sich das also an – so sollte sich ein Kuss anfühlen, so sollte sich all das hier anfühlen. *So und nicht anders.*

Julian beugte sich tiefer und bedeckte ihren Mund, ihre Wange und die sandigen Konturen ihres Kinns mit Küssen. Dann setzte er weitere Küsse auf ihren Hals bis hinunter zur Kehlgrube; Emma spürte seinen warmen Atem auf ihrer Haut. Als sie die Hände in seine feuchten Locken schob, schaute sie voller Verwunderung hinauf zum Himmel – an dem sich die Sterne, schimmernd und kalt, zu drehen schienen – und dachte, dass das hier nicht wirklich passieren konnte … niemand bekam einfach so, was er sich sehnlichst wünschte.

»Jules«, wisperte sie. »Mein Julian.«

»Immer«, flüsterte er und kehrte zu ihrem Mund zurück, »auf immer und ewig.« Und dann stürzten sie mit der Unvermeidbarkeit einer sich brechenden Woge ineinander. Heiße Glut raste durch Emmas Adern, als die Grenzen zwischen ihnen verschmolzen. Und Emma versuchte, sich jeden Moment, jede Geste ins Gedächtnis einzuprägen: das Gefühl seiner Hände um ihre Schultern, sein ersticktes Aufkeuchen, die Art und Weise, wie er sich in ihr auflöste, sich vollends verlor. Bis zu ihrem letzten Atemzug würde sie sich daran erinnern, wie er sein Gesicht in ihrer Halsbeuge vergrub und wieder und wieder ihren Namen murmelte, als sei jedes andere Wort vergessen und für immer in den Tiefen des Ozeans verloren. Bis zum letzten Atemzug.

Als sich die Sterne nicht länger drehten, lag Emma in Julians Armbeuge und blickte zu ihm hoch. Er hatte seine warme Holzfällerjacke über sie beide ausgebreitet und schaute sie an, leicht benommen und mit halb gesenkten Lidern. Seine Finger zeichneten sanfte Kreise auf ihre nackten Schultern. Sein Herz raste noch immer und hämmerte gegen ihres. In diesem Moment liebte sie ihn so sehr, dass sie glaubte, das Gefühl würde ihren Brustkorb sprengen.

Sie wollte es ihm sagen, aber die Worte stockten ihr in der Kehle. »War das …«, setzte sie an, »war das dein erster Kuss?«

»Nein, ich habe mit x-beliebigen Fremden geübt.« Er grinste, wild und wunderschön im Mondlicht. »Ja, das war mein erster Kuss.«

Ein Schauer jagte durch Emmas Körper, und sie dachte: *Ich liebe dich, Julian Blackthorn. Ich liebe dich mehr als das Licht der Sterne.*

»Dafür war es gar nicht mal schlecht«, sagte sie und lächelte ihn an.

Julian lachte und zog sie fester an sich. Emma schmiegte sich an seinen Körper. Die Luft war kalt, aber hier, in dieser engen Umarmung mit Julian, hinter Felsvorsprüngen versteckt und unter seiner Holzfällerjacke, die nach ihm roch, hier fühlte sie sich warm und geborgen. Seine Hand strich sanft über ihre Haare. »Schhh, Emma. Schlaf jetzt.«

Sie schloss die Augen.

Emma schlief am Rande des Ozeans. Und wurde von keinem einzigen Albtraum geplagt.

»Emma.« Eine Hand legte sich auf ihre Schulter und rüttelte sie. »Emma, wach auf.«

Sie rollte sich auf den Rücken, blinzelte und erstarrte. Über ihr befand sich keine Zimmerdecke, nur strahlend blauer Himmel. Ihr ganzer Körper war steif, und der Sand hatte ihre Haut aufgeschürft.

Julian beugte sich über sie. Er war vollständig bekleidet; sein Gesicht war aschfahl. Er fuchtelte mit den Händen um sie herum, ohne sie jedoch zu berühren – wie Tys Schmetterlinge. »Irgendjemand ist hier gewesen.«

Bei diesen Worten fuhr Emma ruckartig hoch. Sie saß am Strand – ein kleiner, halbkreisartiger Strandabschnitt, der auf beiden Seiten von weit ins Meer reichenden Felsvorsprüngen flankiert wurde. Der Sand um sie herum war aufgewühlt, und Emma errötete, als die Erinnerungen wie eine Woge über sie hereinbrachen. Allem Anschein nach musste es bereits Mittag sein; aber glücklicherweise war der Strand menschenleer. Und er kam ihr sehr vertraut vor. Sie waren in der Nähe des Instituts, näher, als Emma gedacht hatte. Nicht dass sie besonders viel nachgedacht hätte.

Sie holte tief Luft. »Oh«, sagte sie. »O mein Gott.«

Julian schwieg. Seine Kleidung war feucht und mit Sand überkrustet. Sie selbst war ebenfalls bekleidet, erkannte Emma jetzt erst. Julian musste sie angezogen haben. Nur ihre Füße waren nackt.

Inzwischen war die Ebbe eingetreten, und trocknende Algenbüschel säumten den Strand. Julians und ihre Fußspuren von der

Nacht zuvor waren längst weggespült, aber andere Schuhe hatten Spuren im Sand hinterlassen. Anscheinend war jemand über einen der Felsvorsprünge geklettert, auf sie zugewandert, hatte dann abrupt innegehalten und war wieder umgekehrt. Zwei Reihen von Abdrücken im Sand. Entsetzt starrte Emma auf die Spuren.

»Jemand hat uns gesehen?«, fragte sie.

»Während wir geschlafen haben«, bestätigte Julian. »Ich bin auch nicht aufgewacht.« Unwillkürlich ballte er die Hände zu Fäusten. »Hoffentlich irgendein Irdischer, der uns einfach nur für ein dummes Teenagerpärchen gehalten hat.« Er ließ die Luft aus seiner Lunge weichen. »Hoffentlich«, sagte er erneut.

Erinnerungsfetzen aus der Nacht zuvor schossen Emma durch den Kopf – das kalte Wasser, die Dämonen, Julian, der sie getragen hatte, Julian, der sie geküsst hatte. Julian und sie, eng umschlungen im Sand.

Julian. Emma hatte nicht den Eindruck, dass sie ihn jemals wieder als *Jules* bezeichnen konnte. Jules war der Spitzname, den sie ihm in ihrer Kindheit gegeben hatte. Aber ihre Kindheit hatten sie definitiv hinter sich gelassen.

Er wandte sich ihr zu, und Emma sah die Qual in seinen meergrünen Augen. »Es tut mir so leid«, flüsterte er. »Emma, es tut mir so furchtbar leid.«

»Warum tut es dir leid?«, fragte sie.

»Ich habe nicht nachgedacht.« Unruhig lief er auf und ab und wirbelte mit jedem Schritt Sand auf. »Darüber … uns zu schützen. Über Verhütung und so. Ich habe einfach nicht daran gedacht.«

»Ich bin geschützt«, sagte sie.

»Was?«, fragte er atemlos.

»Ich bin mit der Empfängnisverhütungsrune versehen«, erklärte sie. »Und ich habe keine Krankheiten. Genau wie du, oder?«

»Ich … nein, ich habe auch keine Krankheiten.« Die Erleichterung war seinem Gesicht anzusehen – was Emma aus irgendeinem Grund einen Stich versetzte. »Es war für mich das erste Mal, Emma.«

»Ich weiß«, flüsterte sie. »Na, jedenfalls brauchst du dich nicht zu entschuldigen.«

»Doch«, widersprach er. »Ich meine, das ist gut. Wir haben Glück gehabt. Aber ich hätte daran denken müssen. Es gibt keine Entschuldigung für mein Verhalten. Ich habe einfach den Verstand verloren.«

Emma öffnete den Mund, schloss ihn dann aber wieder.

»Ich muss den Verstand verloren haben, um so was zu tun«, sagte er.

»Um *was* zu tun?« Emma wunderte sich über sich selbst: wie ruhig und deutlich ihr jedes Wort über die Lippen kam, während ein Gefühl der Beklemmung durch ihre Adern jagte.

»Das, was wir getan haben.« Julian holte Luft. »Du weißt schon, was ich meine.«

»Willst du damit sagen, dass das, was wir getan haben, falsch war?«

»Ich meine …« Er sah aus, als versuchte er etwas zurückzuhalten, das sich mit Macht einen Weg aus ihm herausbahnen wollte. »Moralisch ist daran nichts verkehrt«, sagte er. »Und es ist ein blödes Gesetz. Aber es ist nun mal das Gesetz. Und wir dürfen nicht dagegen verstoßen. Es ist eines der ältesten Gesetze der Nephilim.«

»Aber es ergibt keinen *Sinn.*«

Julian schaute sie an, ohne sie wirklich zu sehen. »Das Gesetz ist hart, aber es ist das Gesetz.«

Emma rappelte sich auf. »Nein«, widersprach sie. »Kein Gesetz dieser Welt kann uns unsere Gefühle vorschreiben.«

»Ich habe überhaupt nicht von Gefühlen gesprochen«, sagte Julian.

Plötzlich fühlte sich Emmas Kehle an wie ausgetrocknet. »Was meinst du damit?«

»Wir hätten nicht miteinander schlafen sollen«, verkündete er. »Ich weiß, dass es mir etwas bedeutet hat. Ich müsste lügen, wenn ich das abstreiten wollte. Aber das Gesetz verbietet keinen Sex, es verbietet *Liebe*. Sich zu verlieben.«

»Ich bin mir ziemlich sicher, dass miteinander schlafen auch gegen die Vorschriften verstößt.«

»Ja, aber dafür wird man nicht ins Exil geschickt! Dafür wird der Rat uns nicht die Runenmale entziehen!« Er fuhr sich mit der Hand durch die zerzausten Haare. »Es verstößt gegen die Vorschriften, weil … wenn man derartig intim ist, körperlich intim ist, öffnet es die Seele für emotionale Intimität, und das ist genau das, was der Rat nicht will.«

»Aber uns verbindet bereits emotionale Intimität.«

»Du weißt, was ich meine. Tu nicht so, als wüsstest du es nicht. Es gibt verschiedene Arten von Nähe, von Intimität. Natürlich wollen die Ratsmitglieder, dass wir uns nahestehen. Aber *das hier* wollen sie nicht.« Er zeigte auf den Strand um sie herum, als könnte er damit die gesamte vergangene Nacht zusammenfassen.

Emma zitterte. *»Eros«*, sagte sie. »Statt *Philia* oder *Agape.«*

Julian wirkte erleichtert, als bedeutete Emmas Erklärung, dass sie verstand und mit ihm einer Meinung war. Als hätten sie gemeinsam einen Beschluss gefasst. Emma hätte am liebsten laut geschrien. *»Philia«*, sagte er. »Das haben wir … die Liebe unter Freunden. Und es tut mir leid, falls ich das durch mein Verhalten kaputt gemacht haben sollte …«

»Ich war auch dabei«, sagte Emma; ihre Stimme klang so kalt wie das Meer.

Er musterte sie ruhig.

»Wir lieben uns«, sagte er. »Wir sind *Parabatai*, Liebe ist ein Teil dieses Bundes. Und ich fühle mich zu dir hingezogen. Wie sollte ich das auch nicht? Schließlich bist du wunderschön. Und es ist nicht so, als ob …«

Er verstummte, aber Emma beendete den Satz in Gedanken, formulierte die Worte, die so schmerzhaft waren, dass sie ihr fast den Kopf zu spalten schienen. *Es ist nicht so, als ob ich irgendwelche anderen Mädchen kennenlernen oder mich mit jemandem verabreden könnte. Du bist diejenige, die nun mal da ist, die verfügbar ist. Cristina ist vermutlich noch immer in jemanden in Mexiko verliebt. Und für mich gibt es sonst niemanden. Du bist die Einzige weit und breit.*

»Es ist nicht so, als ob ich blind wäre«, sagte Julian. »Ich sehe dich, und ich will dich, aber … wir dürfen einfach nicht. Wenn wir es doch tun, besteht die Gefahr, dass wir uns verlieben – und das wäre eine Katastrophe.«

»Verlieben«, wiederholte Emma. Wieso sah er nicht, dass sie bereits in ihn verliebt war, in jeder erdenklichen Hinsicht? »Habe ich dir denn nicht gesagt, dass ich dich liebe? Vergangene Nacht?«

Julian schüttelte den Kopf. »Wir haben zu keinem Zeitpunkt gesagt, dass wir uns lieben«, erwiderte er. »Nicht ein einziges Mal.«

Das konnte einfach nicht stimmen. Emma zermarterte sich das Hirn, durchforschte ihre Erinnerungen, als würde sie in ihren Taschen verzweifelt nach einem verlorenen Schlüssel wühlen. Sie hatte es in ihren Gedanken gesagt. *Ich liebe dich, Julian Blackthorn. Ich liebe dich mehr als das Licht der Sterne.* Sie hatte es gedacht, aber nicht laut ausgesprochen. Und er hatte es auch nicht gesagt. *Wir sind miteinander verbunden, Emma, durch einen magischen Eid aneinandergebunden,* hatte er gesagt. Aber nicht: *Ich liebe dich.*

Schweigend wartete sie darauf, dass er ihr irgendeinen Vorwurf machte, so etwas wie *Ich hatte den Verstand verloren, weil du dein Leben aufs Spiel gesetzt hattest* oder *Du wärst fast gestorben und der Gedanke hat mich verrückt gemacht* oder irgendeine andere Variante von *Das war alles nur deine Schuld.* Wenn er jetzt irgendetwas in der Art sagen würde, würde sie hochgehen wie eine aktivierte Landmine, dachte Emma.

Doch er schwieg. Er stand nur da und schaute sie an, die Ärmel seiner Holzfällerjacke bis zu den Ellbogen hochgeschoben. Die Haut seiner nackten Unterarme war vom kalten Wasser und vom Sand gerötet.

Nie zuvor hatte Emma ihn derart traurig erlebt.

Sie hob das Kinn. »Du hast recht. Es ist besser, wir vergessen das Ganze.«

Bei diesen Worten zuckte er zusammen. »Ich liebe dich schon, Emma.«

Emma rieb sich die kalten Hände und dachte daran, dass das Meer im Lauf der Jahre selbst den härtesten Fels aushöhlte und das einst unbezwingbare Gestein zermalmte. »Ich weiß«, sagte sie. »Aber eben nicht auf diese Weise.«

Das Erste, was Emma bei ihrer Rückkehr zum Institut bemerkte – nachdem sie Julian unterwegs von ihren Erlebnissen am Knotenpunkt erzählt hatte –, war der Wagen. Der Wagen, den sie in der Nacht zuvor vor dem Höhleneingang zurückgelassen hatte, stand am Fuß der Institutstreppe. Das Zweite war die Tatsache, dass Diana auf der Motorhaube saß und wütender wirkte als eine Hornisse.

»Was habt ihr euch nur dabei *gedacht?*«, fragte sie aufgebracht, als Emma und Julian abrupt stehen blieben. »Im Ernst, Emma, hast du den Verstand verloren?«

Einen Moment lang verspürte Emma ein regelrechtes Schwindelgefühl. Diana redete doch nicht etwa von Julian und ihr, oder? Sie war doch nicht die Person, die sie am Strand aufgefunden hatte? Emma warf Julian einen Seitenblick zu, aber er war vor Schreck genauso kreidebleich im Gesicht, wie sie sich fühlte.

Dianas dunkle Augen schienen Emma zu durchbohren. »Ich warte auf eine Erklärung«, sagte sie. »Was hat euch auf die Idee gebracht, allein zum Knotenpunkt zu fahren?«

Emma war zu überrascht für eine schlagfertige Antwort. »Was?«

Diana schaute von Emma zu Julian und wieder zurück. »Ich habe die Nachricht erst heute Morgen erhalten und bin sofort losgerast. Aber als ich am Knotenpunkt angekommen bin, habe ich den Wagen leer vorgefunden. Verlassen. Ich dachte … Ihr habt keine Ahnung, was ich gedacht habe, aber …« Emma hatte plötzlich Gewissensbisse. Diana hatte sich ihretwegen Sorgen gemacht. Und wegen Julian, der nicht mal in der Nähe des Knotenpunkts gewesen war.

»Es tut mir leid«, sagte Emma aufrichtig. Ihr Beschluss, allein zum Knotenpunkt zu fahren … ihre Überzeugung, das Richtige zu tun, hatte sich in Luft aufgelöst. Jetzt fühlte sie sich nur noch müde und der Lösung keinen Schritt näher. »Ich hatte die Nachricht erhalten und bin einfach losgefahren. Ich wollte nicht warten. Und bitte sei nicht auf Julian sauer. Er war überhaupt nicht bei mir. Er hat mich erst später gefunden.«

»Gefunden?«, fragte Diana verwirrt. »Wo gefunden?«

»Am Strand«, erklärte Emma. »In der Höhle gibt es zwei Luken – eine Art Portal. Und eine davon führt mitten in den Ozean.«

Jetzt zog Diana eine wirklich besorgte Miene. »Emma, du bist im Meer gelandet? Aber du hasst den Ozean doch. Wie bist du …?«

»Julian ist mir zu Hilfe gekommen und hat mich rausgezogen«, sagte Emma. »Er hat gespürt, wie ich im Wasser Panik bekommen habe. Das ist so eine *Parabatai*-Besonderheit.« Erneut warf sie Julian einen Seitenblick zu. Doch Julian schaute Emma und Diana mit offener, vertrauenswürdiger Miene an. Als hätte er nichts zu verbergen. »Es war ein langer Fußmarsch bis hierher zurück.«

»Na ja, die Sache mit dem Salzwasser ist interessant«, räumte Diana ein und rutschte von der Motorhaube. »Vermutlich handelt es sich um das gleiche Wasser, in dem auch die gefundenen Leichen gelegen haben.«

»Wie hast du den Wagen hierher zurückgeholt?«, fragte Emma, während sie die Stufen hinaufstiegen.

»Du meinst natürlich: ›Vielen Dank, Diana, dass du den Wagen zurückgeholt hast‹«, erwiderte Diana, betrat das Institut und warf einen kritischen Blick auf Julians und Emmas feuchte, sandige Kleidung, auf die aufgeschürfte Haut und die verfilzten Haare. »Was haltet ihr davon, wenn ich alle in der Bibliothek zusammenrufe? Es wird höchste Zeit für einen Informationsaustausch.«

Julian räusperte sich. »Warum hast du sie nicht vorher erhalten?«

Sowohl Diana als auch Emma sahen ihn verwirrt an. »Warum hat wer *was* nicht vorher erhalten?«, fragte Diana schließlich.

»Warum hast du die Nachricht vom Knotenpunkt erst heute Morgen erhalten? Mein Handy war tot, was nicht sehr clever von mir war, aber … was hat dich abgehalten?«

»Nichts, worüber du dir Gedanken machen müsstest«, erwiderte Diana kurz angebunden. »Na, jedenfalls solltet ihr jetzt duschen gehen. Ich weiß, dass ihr wichtige Informationen gesammelt habt, aber solange ihr den Sand nicht abgespült habt, kann ich mich vermutlich auf nichts anderes konzentrieren als auf den Gedanken, wie schrecklich eure Haut jucken muss.«

Emma war fest entschlossen, sofort zu duschen und sich umzuziehen. Doch als sie in ihr Zimmer kam und sich auf ihr Bett setzte, war sie trotz der paar Stunden Schlaf am Strand derartig erschöpft, dass sie umgehend einnickte.

Stunden später und nachdem sie schnell geduscht hatte, zog sie eine saubere Jeans und ein Trägertop an und stürmte aus dem Zimmer hinaus auf den Flur. Auf dem Weg zur Bibliothek fühlte sie sich wie ein irdischer Teenager, der zu spät zum Unterricht kam.

Als sie die Tür zur Bibliothek öffnete, stellte sie fest, dass die anderen sich bereits versammelt hatten. Genau genommen sahen sie so aus, als würden sie schon eine ganze Weile warten. Ty saß am Ende des längsten Bibliothekstischs, mit einem Stapel Papier vor sich, auf den die Nachmittagssonne fiel. Mark stand neben ihm; Livvy balancierte barfuß über die Tischplatte und tanzte mit ihrem Säbel vor und zurück. Diana und Dru beschäftigten Tavvy mit einem Buch.

»Diana hat erzählt, dass du beim Knotenpunkt warst«, sagte Livvy und wedelte mit ihrem Säbel, als Emma den Raum betrat.

Cristina, die vor einem Bücherregal stand, warf ihr einen ungewöhnlich kühlen Blick zu.

»Einfach ohne mich gegen Mantis-Dämonen zu kämpfen – das ist nicht fair«, bemerkte Mark.

»Da waren keine Mantis-Dämonen«, wandte Emma ein und setzte sich gegenüber von Ty, der sich eifrig Notizen machte, auf den Tisch. Dann erzählte sie den anderen, was sie in der Höhle gefunden hatte. Etwa nach der Hälfte ihres Berichts kam Julian in die Bibliothek, mit ebenfalls feuchten Haaren. Er trug ein jadegrünes T-Shirt, das seinen Augen einen dunklen Grünton verlieh. Ihre Blicke trafen sich, und Emma vergaß, was sie hatte sagen wollen.

»Emma?«, drängte Cristina nach einem langen Moment. »Was wolltest du gerade sagen? Du hast ein Kleid gefunden?«

»Das klingt nicht sehr wahrscheinlich«, meinte Livvy. »Wer verwahrt schon ein Kleid in einer Höhle?«

»Es könnte sich um Zeremonialkleidung gehandelt haben«, sagte Emma. »Jedenfalls war es ein elegantes Gewand – und sehr eleganter Schmuck.«

»Dann ist der Totenbeschwörer möglicherweise eine Frau«, überlegte Cristina. »Vielleicht steckt ja doch Belinda dahinter.«

»Sie machte auf mich keinen besonders mächtigen Eindruck«, wandte Mark ein.

»Du kannst Macht wahrnehmen?«, fragte Emma. »Ist das eine Elbenbesonderheit?«

Mark schüttelte den Kopf, aber das verstohlene Lächeln, das er ihr schenkte, erinnerte Emma deutlich an die Feenwesen. »Ist nur so ein Gefühl«, sagte er.

»Wo wir gerade von den Feenwesen reden: Mark hat uns den Schlüssel zur Übersetzung weiterer Schriftzeichen gegeben«, berichtete Livvy.

»Wirklich? Und was bedeuten sie?«, fragte Emma.

Ty schaute von seinen Papieren auf. »Mark hat uns die zweite Zeile gegeben, und danach war es etwas einfacher. Livvy und ich haben die dritte Zeile entschlüsselt. Dem Muster der Schriftzeichen nach zu urteilen haben wir es mit etwa fünf oder sechs Zeilen zu tun, die sich wiederholen.«

»Dann geht es um einen Zauberspruch?«, hakte Emma nach. »Malcolm meinte, dass es sich vermutlich um eine Beschwörungsformel handeln würde.«

Ty rieb sich das Gesicht und hinterließ dabei einen Tintenklecks auf einer seiner Wangen. »Irgendwie sieht es nicht nach einer Beschwörungsformel aus. Vielleicht hat Malcolm sich ja geirrt. Jedenfalls sind wir mit der Übersetzung wesentlich weiter als er«, fügte er stolz hinzu, während Livvy den Säbel wegsteckte und sich neben ihm an den Tisch hockte. Dann streckte sie den Arm aus, um ihm mit ihrem Sweatshirtärmel den Klecks von der Wange zu wischen.

»Malcolm hat ja auch nicht Mark an seiner Seite«, sagte Julian, woraufhin Mark ihm ein kurzes, überraschtes und dankbares Lächeln schenkte.

»Oder Cristina«, sagte Mark. »Ich wäre nie auf den Zusammenhang gekommen, wenn Cristina nicht erkannt hätte, dass es sich um eine Frage unterschiedlicher Übersetzungen handelt.«

Cristina errötete. »Und wie lautet die dritte Zeile nun, Tiberius?«

Ty wedelte Livvys Hand weg und rezitierte:

»Erst die Flamme, dann die Flut,
Am Ende ist es Blackthorn-Blut.
Vergangenheit, sie nutzt dir nicht …«

»Das ist alles. Mehr haben wir noch nicht«, erklärte er.

»Blackthorn-Blut?«, wiederholte Diana. Sie war auf die Bibliotheksleiter gestiegen, um für Tavvy ein Buch aus einem der oberen Regale zu holen.

Emma runzelte die Stirn. »Das gefällt mir überhaupt nicht.«

»Bisher gibt es keine Hinweise auf traditionelle Blutmagie«, wiegelte Julian ab. »Keine der Leichen hatte die dafür typischen Schnittwunden oder Verletzungen.«

»Ich frage mich, warum hier die Vergangenheit erwähnt wird«, sagte Mark. »Bei den Feenwesen enthält diese Art von Reim häufig einen verschlüsselten Zauberspruch, wie bei der Ballade ›Thomas der Reimer‹. Das ist sowohl eine Geschichte als auch eine Anleitung dafür, wie man jemanden aus dem Feenreich befreien kann.«

Diana hielt abrupt inne und starrte einen Moment geistesabwesend vor sich hin, als wäre ihr gerade eine Erkenntnis gekommen oder etwas Wichtiges eingefallen.

»Ist mit dir alles in Ordnung, Diana?«, fragte Julian.

»Mir geht's gut.« Sie kletterte von der Leiter und wischte sich den Staub von der Kleidung. »Ich muss nur mal schnell telefonieren.«

»Mit wem denn?«, hakte Julian nach. Doch Diana schüttelte nur den Kopf, sodass ihre Haare über die Schultern streiften.

»Bin gleich wieder da«, rief sie und verließ schnell die Bibliothek.

»Aber welche Bedeutung haben diese Zeilen?«, fragte Emma in die Runde. »Am Ende ist das Blackthorn-Blut *was?*«

»Und wenn es um einen Elbenreim geht, müssten sie dann nicht wissen, ob er noch mehr Zeilen hat und wie diese lauten?«, fragte Dru aus der Sitzecke, wo sie damit beschäftigt war, Tavvy abzulenken. »Ich meine die Feenwesen. Sie sollten uns doch bei der Lösung dieses Falls helfen.«

»Ich habe bereits eine Nachricht geschickt«, erwiderte Mark zurückhaltend. »Aber ich kann euch versichern, dass ich immer nur die ersten beiden Zeilen gehört habe.«

»Das Wichtigste ist doch die Tatsache, dass wir jetzt wissen, dass diese ganze Geschichte – die Morde, die Leichen, die Gefolgsleute – irgendwie mit dieser Familie zusammenhängt.« Julian schaute die anderen an. »Auf irgendeine Weise besteht da eine Verbindung zu uns. Zu den Blackthorns.«

»Das würde auch erklären, warum das Ganze in Los Angeles passiert«, sagte Mark. »Hier ist schließlich unser Zuhause.«

Emma sah, wie sich Julians Gesichtsausdruck für einen Sekundenbruchteil veränderte, und sie wusste genau, was er dachte: Mark hatte von Los Angeles als dem Ort gesprochen, an dem sie alle lebten – anstatt von einem Ort, an dem seine Geschwister lebten, er aber nicht. Er hatte von seinem Zuhause gesprochen.

Plötzlich ertönte ein lautes Brummen. Der Stadtplan von Los Angeles, der auf dem großen Tisch lag, vibrierte, und ein kleiner roter Punkt schien sich über das Straßennetz zu bewegen. »Sterling hat das Haus verlassen«, stellte Cristina fest und zog den Stadtplan zu sich heran.

»Belinda Belle hat gesagt, dass er zwei Tage Zeit hätte«, sagte Julian. »Das könnte bedeuten, dass die Jagd morgen beginnt oder aber schon heute Abend, je nachdem, ab wann die Gefolgsleute zählen. Auf jeden Fall sollten wir kein Risiko eingehen.«

»Cristina und ich werden uns an seine Fersen heften«, verkündete Emma. Plötzlich konnte sie es kaum erwarten, das Institut zu verlassen, einen klaren Kopf zu bekommen und Abstand zwischen sich und Julian zu bringen.

Mark runzelte die Stirn. »Wir begleiten euch besser …«

»Nein!«, widersprach Emma heftig und hüpfte von der Tischplatte. Die anderen starrten sie überrascht an. Sie hatte mit mehr Nachdruck gesprochen als beabsichtigt. Aber in Wahrheit wollte sie unbedingt mit Cristina reden, unter vier Augen. »Wir sollten uns abwechseln und in Schichten arbeiten«, sagte sie. »Schließlich müssen wir Sterling rund um die Uhr beschatten, bis irgendetwas passiert, und wenn wir uns jedes Mal alle auf den Weg machen, sind wir am Ende total erschöpft. Cristina und ich folgen ihm ein paar Stunden, und dann können uns Julian und Mark oder Diana ablösen.«

»Oder Ty und ich«, schlug Livvy zuckersüß vor.

Julian musterte sie mit besorgter Miene. »Emma, bist du dir sicher …«

»Emma hat recht«, pflichtete Cristina ihr überraschend bei. »Sterling in Schichten zu observieren ist die umsichtigste Vorgehensweise.«

Umsichtig. Emma konnte sich nicht erinnern, dass dieses Wort im Zusammenhang mit ihr in den letzten Jahren auch nur ein Mal gefallen war. Julian wandte den Kopf ab und verbarg seine Miene. Schließlich meinte er: »Also gut. Einverstanden. Aber versprecht mir: Wenn ihr Verstärkung braucht, ruft sofort an.«

Sein Blick kreuzte sich mit Emmas, während die anderen darüber berieten, wie sie die Bibliothek am besten durchsuchen konnten, welche Bücher zum Thema Zauberformeln sie noch einmal überprüfen sollten, wie lange die Übersetzung der restlichen Zeilen wohl dauern würde, ob Malcolm kommen und ihnen helfen konnte und ob sie vielleicht Vampirpizza bestellen sollten.

»Komm, Emma«, drängte Cristina, stand auf und schob den zusammengefalteten Stadtplan in ihre Jackentasche. »Wir müssen uns noch umziehen, bevor wir aufbrechen können. Sterling ist auf dem Weg zum Highway.«

Emma nickte und folgte Cristina zur Tür. Sie konnte Julians Blick spüren wie eine Messerspitze zwischen ihren Schulterblättern. *Dreh dich nicht zu ihm um,* ermahnte sie sich, aber sie konnte einfach nichts dagegen machen: An der Tür blieb sie stehen und warf einen Blick über die Schulter. Der Ausdruck auf Julians Gesicht gab ihr fast den Rest.

Er sah so aus, wie sie sich fühlte. Ausgehöhlt und ausgeblutet. Dabei ging es nicht darum, dass sie sich von dem Jungen, den sie liebte, mit jedem Schritt entfernte, während zwischen ihnen tausend Worte unausgesprochen im Raum standen. Auch wenn das natürlich zutraf. Es ging vielmehr darum, dass sie mit Schrecken bemerkte, wie sich zwischen ihr und dem Menschen, der zeit ihres Lebens ihr bester Freund gewesen war, eine Kluft aufgetan hatte. Und Julians Miene nach zu urteilen stellte er das auch gerade fest.

»Entschuldige«, sagte Emma, als sie den Wagen nach einer Kurve wieder abfing. Sie folgten Sterling nun schon seit mehreren Stunden quer durch die ganze Stadt und allmählich schmerzten ihre Hände vom Umklammern des Lenkrads.

Cristina seufzte. »Willst du mir endlich erzählen, was dich bedrückt?«

Emma verlagerte ihr Gewicht. Sie trug ihre Monturjacke, und im Wagen war es sehr warm. Sie hatte das Gefühl, als würde ihr ganzer Körper jucken. »Es tut mir wirklich leid, Tina«, sagte sie. »Ich habe nicht nachgedacht … Ich hätte dich nicht bitten dürfen, für mich zu lügen, als ich zum Knotenpunkt gefahren bin. Das war dir gegenüber nicht fair.«

Einen Moment lang schwieg Cristina, dann antwortete sie: »Ich hätte es auch so getan. Wenn du mir gesagt hättest, worum es wirklich ging.«

Emma spürte einen Kloß im Hals. »Ich bin es nicht gewohnt, anderen zu vertrauen. Aber dir hätte ich vertrauen sollen. Wenn du eines Tages wieder abreist, weiß ich nicht, was ich dann tun soll. Du wirst mir so sehr fehlen.«

»Komm einfach nach Mexiko-Stadt«, sagte Cristina lächelnd, »und sieh dir an, wie wir die Dinge bei uns regeln. Du könntest mich beispielsweise während deines Auslandsjahrs besuchen.« Sie schwieg einen Moment und sagte dann: »Übrigens verzeihe ich dir.«

Emma fiel eine kleine Last von den Schultern. »Ich würde liebend gern nach Mexiko kommen«, sagte sie. »Und Julian hätte …«

Sie verstummte. Natürlich wurden die meisten *Parabatai* während ihres Auslandsjahrs von ihrem »Bruder im Kampf« begleitet, aber der Gedanke an Julian tat weh – ein schneller, intensiver Schmerz wie von einem Nadelstich.

»Willst du mir nicht sagen, was dich bedrückt?«, fragte Cristina.

»Nein«, erwiderte Emma.

»Okay. Dann bieg hier links ab auf den Entrada Drive«, sagte Cristina.

»Das ist fast so, als hätte man ein Navi mit übernatürlichen Fähigkeiten«, bemerkte Emma. Sie sah, wie Cristina stirnrunzelnd den Stadtplan auf ihren Knien studierte.

»Wir fahren in Richtung Santa Monica«, sagte Cristina und fuhr mit dem Finger über den Plan. »Folg einfach der 7th Street.«

»Sterling ist ein Idiot«, verkündete Emma. »Er weiß doch, dass jemand versucht, ihn umzubringen. Da sollte er nicht durch die halbe Stadt fahren.«

»Vermutlich denkt er, dass er in seinem eigenen Haus nicht sicher ist«, erwiderte Cristina. »Ich meine, ich habe ihm dort aufgelauert.«

»Stimmt«, räumte Emma ein. Unruhig knibbelte sie an einem Riss über dem Knie ihrer Monturhose. Die Erinnerung an Julian am Strand, an die Dinge, die er gesagt hatte, brachte ihre Augen zum Brennen. Sie atmete tief ein und ließ die Gedanken verstreichen. Wenn es zum Kampf kam, würde sie sie gänzlich loslassen und sich auf den Gegner konzentrieren müssen.

»Und natürlich sind da noch die weißen Riesenkaninchen«, sagte Cristina.

»Was?« Ruckartig kehrte Emma in die Gegenwart zurück.

»Ich rede jetzt schon seit drei Minuten auf dich ein! Wo bist du mit deinen Gedanken, Emma?«

»Ich habe mit Julian geschlafen«, sagte Emma.

Cristina stieß einen kleinen Schrei aus. Dann schlug sie die Hände vor den Mund und starrte Emma an, als hätte diese gerade verkündet, dass auf dem Dachgepäckträger eine Bombe montiert sei und jeden Augenblick in die Luft fliegen müsse.

»Hast du gehört, was ich gesagt habe?«, fragte Emma.

»Ja«, bestätigte Cristina und nahm die Hände vom Mund. »Du hast mit Julian Blackthorn geschlafen.«

Emma stieß die Luft aus. Diese Worte aus dem Mund eines anderen Menschen zu hören – das fühlte sich an wie ein Schlag in den Magen.

»Ich dachte, du wolltest mir nicht erzählen, was dich bedrückt!«, sagte Cristina.

»Ich habe meine Meinung geändert.«

»Warum?« Der Wagen raste um eine Straßenecke, vorbei an

Palmen und stuckverzierten Villen. Emma wusste, dass sie zu schnell fuhr, aber es war ihr egal.

»Ich meine … ich war mitten im Ozean, und Julian hat mich rausgezogen, und dann ist das Ganze irgendwie außer Kontrolle geraten …«

»Nein«, sagte Cristina. »Ich wollte nicht wissen, warum du das getan hast, sondern warum du deine Meinung geändert und es mir doch erzählt hast.«

»Weil ich eine furchtbar schlechte Lügnerin bin«, sagte Emma. »Du wärst bestimmt bald dahintergekommen.«

»Vielleicht ja. Vielleicht aber auch nicht.« Cristina holte tief Luft. »Vermutlich sollte ich jetzt mal die entscheidende Frage stellen: Liebst du ihn?«

Emma schwieg. Sie hielt den Blick auf die unterbrochene gelbe Mittellinie geheftet. Die Sonne leuchtete wie eine feurige orangerote Kugel am Horizont.

Cristina atmete langsam aus. »Du liebst ihn.«

»Das hab ich nicht gesagt.«

»Es steht dir ins Gesicht geschrieben«, entgegnete Cristina. »Ich weiß genau, wie so was aussieht.« Sie klang traurig.

»Bitte bemitleide mich nicht, Tina«, bat Emma. »Bitte nicht.«

»Ich habe nur Angst um dich. Das Gesetz ist ziemlich eindeutig, und jeder Verstoß zieht eine schwere Strafe nach sich.«

»Na ja, das spielt jetzt keine Rolle mehr«, sagte Emma bitter. »Julian liebt mich nicht. Und es ist nicht illegal, wenn man in den eigenen *Parabatai* unglücklich verliebt ist. Also mach dir keine Sorgen.«

»Julian tut *was* nicht?«, fragte Cristina schockiert.

»Er liebt mich nicht«, erklärte Emma. »Daran hat er keinen Zweifel gelassen.«

Cristina öffnete den Mund und schloss ihn dann wieder.

»Vermutlich sollte ich mich geschmeichelt fühlen, dass dich das so überrascht«, sagte Emma.

»Ich weiß nicht, was ich sagen soll.« Cristina legte eine Hand auf ihr Herz. »Natürlich gibt es eine ganze Reihe von Dingen, die man in so einer Situation normalerweise sagen würde. Wenn es nicht um Julian, sondern um jemand anderes ginge, würde ich jetzt sagen, dass derjenige sich glücklich schätzen dürfte, von jemand so Tapferem und Klugem wie dir geliebt zu werden. Ich würde mit dir Pläne schmieden, wie wir diesen dummen Jungen dazu bringen könnten, dass er etwas so Offensichtliches einsieht. Aber es geht um Julian, und das ist illegal. Und du *darfst* es nicht mehr tun, Emma. Versprich mir das.«

»Er will mich nicht auf diese Weise«, sagte Emma. »Also spielt es keine Rolle mehr. Ich …« Sie verstummte. Sie wusste nicht, was sie noch dazu sagen sollte oder wie sie es formulieren sollte. Für sie würde es nie wieder einen anderen Julian geben.

So darfst du nicht denken. Nur weil du dir jetzt nicht vorstellen kannst, jemals jemand anderen zu lieben, heißt das nicht, dass es nicht doch so kommen wird. Aber die sanfte Stimme ihres Vaters, die in ihrem Inneren zu ihr sprach, konnte sie zum ersten Mal nicht mehr beruhigen.

»Ich verstehe einfach nicht, warum es illegal ist«, sagte Emma schließlich, obwohl sie eigentlich etwas anderes hatte sagen wollen. »Das ergibt doch überhaupt keinen Sinn. Julian und ich haben jahrelang alles gemeinsam gemacht, wir haben zusammengelebt und sind fast füreinander gestorben. Wie könnte es jemals jemanden geben, der besser für mich sein sollte als er? Jemand Besseres …« Erneut verstummte sie.

»Emma, bitte, so etwas darfst du gar nicht erst denken. Es spielt keine Rolle, warum es illegal ist. Wichtig ist nur, dass es gegen das Gesetz verstößt. Und das Gesetz ist hart, aber es ist das Gesetz.«

»Ein schlechtes Gesetz ist kein Gesetz«, konterte Emma und bog scharf nach rechts auf den Pico Boulevard ab. Diese Straße verlief fast durch die gesamte Stadt und führte durch sowohl protzige als auch heruntergekommene, gefährliche und verlassene Viertel. Doch hier, zwischen dem Highway und dem Meer, säumten kleine Unternehmen und Restaurants den Boulevard.

»Dieses Motto hat den Blackthorns keine guten Dienste geleistet«, murmelte Cristina. Emma wollte sie gerade fragen, was sie damit meinte, als Cristina sich aufsetzte. »Da drüben«, sagte sie und zeigte aus dem Fenster. »Sterling ist hier. Ich habe gesehen, wie er in dieses Gebäude gegangen ist.«

Auf der südlichen Straßenseite befand sich ein niedriges, braun getünchtes, fensterloses Gebäude, mit einer einzigen Tür und einem Schild mit der Aufschrift: ZUTRITT NUR AB EINUNDZWANZIG JAHREN.

»Sieht echt einladend aus«, murmelte Emma und parkte den Wagen am Straßenrand.

Schweigend stiegen Emma und Cristina aus und holten ihre Waffen aus dem Kofferraum. Sie hatten sich bereits mit Zauberglanz getarnt und die wenigen Passanten – in L.A. ging kaum jemand zu Fuß – schauten durch sie hindurch, als wären sie gar nicht da. Nur ein Mädchen mit leuchtend grünen Haaren warf Emma im Vorbeigehen einen kurzen Blick zu, blieb aber nicht stehen.

»Du hast recht«, sagte Emma, während sie ihre Seraphklingen einsteckten. Jede der Waffen war mit einem Widerhaken versehen, der es ermöglichte, die Klinge am Waffengurt zu befestigen und bei Bedarf mit einer schnellen Handbewegung zu lösen. »Du hast recht, was Julian angeht. Ich weiß das.«

Cristina umarmte sie kurz. »Und du wirst das Richtige tun. Davon bin ich überzeugt.«

Emma sondierte bereits die Lage und suchte nach einem anderen Eingang in das Gebäude. Zwar konnte sie nirgends ein Fenster entdecken, aber eine schmale, halb von Gras überwucherte Gasse führte auf die Rückseite der Bar. Emma deutete auf den Pfad, und Cristina folgte ihr durch die niedrige, staubige Vegetation, die in der smogverschmutzten Luft mehr schlecht als recht gedieh.

Die Sonne stand tief über dem Horizont, und in der Gasse hinter der Bar war es bereits dunkel. Mehrere Mülltonnen, durch Ketten gesichert, standen unter einem vergitterten Fenster.

»Wenn ich da raufklettere, kann ich die Gitterstäbe beseitigen«, flüsterte Emma und zeigte auf die Mülltonnen.

»Okay, warte.« Cristina holte ihre Stele hervor. »Zuerst die Runenmale.«

Cristinas Runen waren sorgfältig und präzise gezeichnet und wunderschön. Emma spürte die Wirkung der Kraftrune wie einen Koffeinstoß in ihren Adern. Trotzdem ließ es sich nicht mit dem Gefühl vergleichen, wenn Julian sie mit Runen versah – dann hatte sie jedes Mal den Eindruck, seine Energie würde durch ihren Körper fließen und ihre eigene Kraft verdoppeln.

Schnell drehte Cristina sich um, streifte die Jacke von ihrer Schulter und präsentierte Emma die nackte Haut. Dann reichte sie Emma ihre Stele, und Emma machte sich ans Werk – zwei einander überlappende Unhörbarkeitsrunen, eine Rune für Treffsicherheit und eine für Flexibilität.

»Bitte denk nicht, dass ich sauer bin«, sagte Cristina leise und mit abgewandtem Gesicht. »Ich mache mir nur Sorgen um dich. Du bist so stark, Emma. Stark wie ein Bär. Wir Menschen überleben ein gebrochenes Herz, und du bist stark genug, um so etwas mehrfach durchzustehen. Aber Julian ist nicht nur jemand, der dein Herz berührt. Er kann auch deine Seele berühren. Und es ist etwas völlig anderes, ob einem das Herz gebrochen oder die Seele zerstört wird.«

Emmas Hand mit der Stele zitterte. »Ich dachte, der Erzengel hätte einen Plan.«

»Den hat er auch. Aber bitte versuch, Julian nicht länger zu lieben, Emma.« Cristinas Stimme brach. »Bitte.«

Emma spürte einen Kloß im Hals, als sie erwiderte: »Und wer hat dir das Herz gebrochen?«

Cristina drehte sich um und zog die Jacke wieder hoch. Ihre braunen Augen schauten ernst. »Du hast mir ein Geheimnis anvertraut, also werde ich dir auch eines anvertrauen. Ich habe Diego geliebt, und ich dachte, er würde mich auch lieben. Aber das war alles nur eine Lüge. Und ich hatte angenommen, sein Bruder wäre mein bester Freund, aber auch das war eine Lüge.

Deshalb bin ich von Zuhause fort. Deshalb bin ich hierhergekommen.« Sie wandte den Blick ab. »Ich habe beide verloren. Meinen besten Freund und meine große Liebe. Am selben Tag. Damals ist es mir nicht leichtgefallen, daran zu glauben, dass Raziel einen Plan für mich hat.«

Meinen besten Freund und meine große Liebe.

Cristina nahm die Stele entgegen und schob sie wieder in ihren Gürtel.

»Von uns beiden bin nicht ich diejenige, die stark ist, Tina. Das bist du.«

Cristina schenkte ihr ein schnelles Lächeln und streckte die Hand aus. »Dann mal los.«

Emma packte Cristinas Hand, drückte sich ab und schwang sich auf die Mülltonnen, deren Ketten durch die Bewegung leise rasselten. Dann umfasste sie die Gitterstäbe vor dem Fenster und zog daran; ihr gefiel das Gefühl, wie sich das Metall in ihre Handflächen grub. Kurz darauf löste sich das Gitter aus der Verankerung, begleitet von einem Hagel aus bröckelndem Putz. Emma reichte Cristina das Metallgitter, die es ins Gras warf.

Sofort streckte Emma ihre Hand aus, und eine Sekunde später stand Cristina neben ihr. Gemeinsam spähten sie durch das dreckige Fenster in eine schmutzige Küche. Wasser strömte in ein großes Metallspülbecken, das bis zum Rand mit benutzten Gläsern gefüllt war.

Als Emma mit dem Fuß ausholte, um die Fensterscheibe mit der Stahlkappe ihres Stiefels einzutreten, hielt Cristina sie an der Schulter zurück. »Warte.« Sie bückte sich und packte den Rahmen des Fensters. Die Kraftrune an ihrem Hals wölbte sich und glühte auf, während sie den morschen Rahmen aus dem Mauerwerk riss und auf die Plastikmülltonnen legte. »Das macht weniger Lärm«, sagte sie.

Emma grinste, schwang sich durch die Fensteröffnung, landete lautlos auf einer Kiste mit Wodkaflaschen und sprang auf die Küchenfliesen. Cristina folgte ihrem Beispiel. Kaum war sie auf dem Boden der Küche gelandet, als die Tür aufgedrückt wurde und ein kleiner Mann mit stachligen schwarzen Haaren und Barkeeperschürze den Raum betrat. In dem Moment, in dem er Emma und Cristina erblickte, stieß er einen unterdrückten Schrei aus.

Na klasse, dachte Emma. *Er hat das Zweite Gesicht.*

»Hi«, sagte sie. »Wir sind vom Gesundheitsamt. Hast du gewusst, dass der Seifenspender kein antibakterielles Waschgel mehr enthält?«

Diese Bemerkung schien den Barkeeper nicht zu beeindrucken. Sein Blick wanderte von Emma zu Cristina und dann zu dem offenen Fenster. »Was zum Teufel tut ihr Schlampen hier? Einfach einzubrechen! Ich werde die Pol…«

Blitzschnell nahm Emma einen Holzlöffel von der Spüle und warf ihn. Der Löffel traf den Barkeeper mit Wucht an der Schläfe, woraufhin er die Augen verdrehte und in sich zusammensackte. Lässig beugte Emma sich über ihn und überprüfte seinen Puls. Er ging regelmäßig. Emma schaute zu Cristina hoch. »Ich hasse es, wenn man mich als Schlampe bezeichnet.«

Cristina drückte sich an ihr vorbei, öffnete die Tür einen Spalt und spähte in die Bar, während Emma den Barkeeper in eine Ecke der Küche zog und hinter die hoch gestapelten Getränkekisten schob.

Angewidert rümpfte Cristina die Nase. »Igitt.«

Emma ließ die Beine des Barkeepers los, die mit einem dumpfen Dröhnen auf die Fliesen fielen. »Was ist? Passiert da draußen irgendwas Schlimmes?«

»Nein, es ist einfach nur eine total eklige Bar«, sagte Cristina. »Ich versteh nicht, wieso man hier was trinken will.«

Emma gesellte sich zu Cristina, und gemeinsam spähten sie durch den Spalt.

»Die Bars in Mexiko-Stadt sind viel netter«, verkündete Cristina. »Ich glaube, da drüben hat jemand in die Ecke gekotzt.«

Sie zeigte in die Richtung. Emma schaute zwar nicht hin, glaubte ihr aber. Die Bar war nicht einfach nur schummrig – sie hatte fast gar keine Beleuchtung. Der kahle Betonboden war mit ausgedrückten Zigarettenstummeln übersät. Auf dem Spiegel hinter der zinkverkleideten Theke hatte jemand mit einem Marker die Getränkepreise aufgeschrieben. Männer in Jeans und Karohemden drängten sich um einen fleckigen Billardtisch. Andere standen schweigend an der Bar und ließen sich volllaufen. Und über dem Ganzen hing ein Geruch von saurem, abgestandenem Bier und Zigarettenqualm.

Am anderen Ende der Theke hockte ein Mann in einem vertrauten Jackett mit Fischgrätmuster. Sterling.

»Da ist er ja«, sagte Emma.

»Die Ortungsrune lügt nicht.« Cristina tauchte unter Emmas Arm hindurch und betrat den Raum, dicht gefolgt von Emma. Wie immer spürte Emma den leichten Druck von vielen irdischen Augenpaaren, aber ihre Zauberglanzrune hielt der Belastung stand. Der zweite Barkeeper blickte auf, als die Küchentür zurückschwang. Vermutlich erwartete er seinen Kollegen. Da er jedoch nichts sah, widmete er sich wieder dem Polieren von Gläsern.

Als Emma und Cristina auf Sterling zugingen, huschte ein äußerst eigenartiger Ausdruck über sein Gesicht: erst Schock, dann Verzweiflung und schließlich eine Art Belustigung. Auf der Theke vor ihm stand ein halb gefülltes Glas. Sterling griff danach und kippte die golden schimmernde Flüssigkeit in einem Zug hinunter. Als er das Glas anschließend auf die Theke knallte, glänzten seine Augen.

»Nephilim«, knurrte er.

Der Barkeeper warf ihm einen überraschten Blick zu, und ein paar der anderen Gäste rutschten auf ihren Hockern unruhig hin und her.

»Ganz genau. Die glauben alle, ich sei verrückt«, sagte Sterling und zeigte mit dem Arm auf seine Thekennachbarn. »Sie denken, dass ich mit niemandem spreche. Einfach in die leere Luft hineinrede. Aber das interessiert euch ja nicht. Ihr seid hier, um mich zu quälen.«

Schwankend erhob er sich von seinem Hocker.

»Wow«, sagte Emma. »Du bist echt betrunken.«

Sterling zielte mit zwei Fingern auf sie und tat so, als würde er abdrücken. »Gut beobachtet, Blondie.«

»Hey!« Der Barkeeper knallte ein leeres Glas auf die Theke. »Wenn du mit dir selbst reden willst, dann mach das gefälligst draußen. Du verpestest die ganze Atmosphäre.«

»Diese Spelunke hat Atmosphäre?«, fragte Emma spöttisch.

»Emma, konzentrier dich«, mahnte Cristina und wandte sich an Sterling: »Wir sind nicht hier, um dich zu quälen. Wir wollen dir helfen. Wie oft sollen wir das denn noch sagen?«

»Lasst mich in Ruhe«, zischte er, holte dann ein paar verknitterte Geldscheine aus der Tasche und warf sie auf die Theke. »Tschüss, Jimmy«, rief er dem Barkeeper zu. »Auf Nimmerwiedersehen.«

Steif stakste er zur Tür und drückte sie auf. Sofort setzten Emma und Cristina ihm nach.

Emma war froh, wieder im Freien zu sein. Sterling eilte bereits mit gesenktem Kopf über die Straße. Die Sonne war inzwischen vollständig untergegangen, und die Straßenlaternen erfüllten die Dämmerung mit ihrem gelblichen Licht. Mehrere Autos rasten an Emma und Cristina vorbei.

Sterling war schnell. Cristina rief ihm nach, doch er drehte sich nicht mehr um, schlug den Kragen seines Jacketts hoch und hastete weiter. Plötzlich bog er scharf nach links ab und verschwand zwischen zwei Gebäuden.

Emma fluchte unterdrückt und setzte sich in Bewegung. Ein aufregendes, prickelndes Gefühl jagte durch ihre Adern. Sie liebte das Laufen und die Art und Weise, wie sie dann alles andere um sich herum vergaß und nur noch ihren Atem registrierte, der beständig durch ihre Lunge strömte.

Links von ihr tauchte jetzt eine Gasse auf. Allerdings keine Mülltonnengasse, sondern ein Weg, der fast so breit wie eine Straße war, sich an der Rückseite mehrerer Mietshäuser mit schlichten Balkonen entlangzog und in dessen Mitte eine Rinne aus grauem Beton verlief.

Etwa auf der Hälfte der Strecke stand Sterlings silbergrauer Jeep. Er lehnte sich gegen die Fahrertür und versuchte, sie zu öffnen. Mit einem Satz war Emma bei ihm und riss ihn vom Wagen weg. Sterling wirbelte herum, strauchelte und stürzte zu Boden.

»Verdammt!«, jaulte er und hievte sich auf die Knie. »Hattet ihr nicht gesagt, ihr wolltet mir helfen?!«

»Ja, schon, im Großen und Ganzen. Weil das unsere Aufgabe ist«, erwiderte Emma. »Aber niemand nennt mich ›Blondie‹ und marschiert mit intakten Kniescheiben davon.«

»Emma«, sagte Cristina in warnendem Ton.

»Steh auf«, forderte Emma und streckte Sterling eine Hand entgegen. »Komm mit uns mit. Aber wenn du mich noch mal ›Blondie‹ nennst, reiß ich dir die Kniescheiben ab und mach daraus winzige Radkappen. Kapiert?«

»Hör auf, ihn anzuschreien, Emma«, mahnte Cristina. »Casper Sterling – du musst in unserer Nähe bleiben, okay? Wir wissen, dass du in Gefahr schwebst, und wollen dir helfen.«

»Wenn ihr mir helfen wollt, dann verschwindet endlich«, brüllte Sterling. »Ich will *allein* sein!«

»Damit du als Wasserleiche endest, mit Hautverbrennungen, Schriftzeichen auf dem ganzen Körper und abgeschliffenen Fingerkuppen?«, entgegnete Emma. »Willst du das etwa?«

Sterling starrte sie mit offenem Mund an. »Was?«

»Emma!«, rief Cristina. Emma warf ihr einen Blick zu und bemerkte, dass sie nach oben schaute. Eine Gestalt bewegte sich über das Dach des Mietshauses – ein Mann in dunkler Kleidung, ein gefährlicher, vertrauter Schemen. Emmas Herz trommelte in ihrer Brust.

»Steh *auf!*« Sie packte Sterlings Handgelenk und zerrte ihn auf die Beine. Er schwankte und sank dann mit offenem Mund gegen sie, als der dunkle Schemen auf dem Dach sprang und auf einem der überstehenden Balkone landete. Jetzt konnte Emma ihn besser erkennen: ein Mann in schwarzer Hose und Jacke, deren Kapuze sein Gesicht fast vollständig verdeckte.

In seiner rechten Hand hielt er eine Armbrust. Als er sie anhob, versetze Emma Sterling einen Stoß, der ihn fast erneut zu Boden gehen ließ.

»Lauf!«, brüllte sie.

Doch Sterling rührte sich nicht vom Fleck. Er stand da und starrte die schwarze Gestalt an, mit einem Ausdruck völligen Unglaubens im Gesicht.

Irgendetwas zischte an Emmas Ohr vorbei: der Bolzen einer Armbrust. Jetzt waren alle ihre Sinne hellwach, und sie registrierte ein lautes Klicken, als Cristinas Butterflymesser aufschnappte und einen Sekundenbruchteil später durch die Luft flog. Sie hörte den maskierten Mann aufschreien und sah, wie die Armbrust seiner Hand entglitt. Sie krachte in die Gasse. Im nächsten Moment folgte der Mann seiner Waffe und landete mit einem dumpfen Aufprall auf Sterlings Rücken.

Sterling streckte alle viere von sich, während der Mann über ihm kauerte und den Arm hob. Etwas Silbernes glitzerte in seinen Fingern. Ein Messer. Er stieß die Hand mit der Waffe abwärts …

Aber Cristina stürzte sich auf ihn und verpasste ihm einen Stoß, worauf der maskierte Mann zu Boden ging. Sterling rappelte sich auf, lief zu seinem Wagen und warf sich förmlich hinter das Steuer. Emma stürmte ihm nach, aber der Jeep hatte bereits Fahrt aufgenommen und raste durch die Gasse.

Wütend wirbelte Emma herum, als der Maskierte auf die Beine kam. Im Nu war sie bei ihm und schleuderte ihn gegen die fleckige Mauer des Mietshauses.

Der Mann versuchte, sich loszureißen, doch Emma hatte ihre Hand fest in die Brust seines Sweatshirts gekrallt. »Du hast auf Julian geschossen«, knurrte sie. »Ich sollte dich gleich an Ort und Stelle töten.«

»Emma.« Cristina war neben ihr, den Blick auf den maskierten Mann geheftet. »Lass uns zuerst feststellen, wer er ist.«

Schnaubend griff Emma nach seiner Kapuze, riss sie herunter und entblößte …

… einen Jungen. Definitiv kein Mann, dachte sie mit einem Schock. Ein Junge, vielleicht ein Jahr älter als sie, mit wirren dunklen Haaren. Er musterte sie mit zusammengepresstem Kiefer, und seine schwarzen Augen funkelten vor Wut.

Cristina keuchte auf. *»Dios mío, ¡no puedo creer que eres tú!«*

»Was?«, fragte Emma aufgebracht und schaute von dem Jungen zu Cristina und wieder zurück. »Was ist los?«

»Emma.« Cristina wirkte benommen, als hätte man ihr einen Schlag auf das Zwerchfell versetzt. »Das ist Diego. Diego Rocio Rosales, das ist Emma Carstairs.«

Die Luft vor dem Institut roch würzig und belebend, mit einem Hauch von Salbei und Salz. Julian hörte Zikaden in den Büschen. Ihr leises Sirren dämpfte den Knall, als Diana die Tür ihres Pick-ups mit Wucht zuschlug. Kurz darauf kam sie um den Wagen herum und blieb abrupt stehen, als sie Julian auf den Stufen der Eingangstreppe entdeckte.

»Jules, was machst du hier draußen?«, fragte sie.

»Das Gleiche könnte ich dich fragen«, erwiderte er. »Fährst du weg? Schon wieder?«

Diana schob sich die Haare hinter die Ohren, aber der zunehmende Wind riss mehrere Strähnen los. Sie trug dunkle Kleidung – keine Montur, sondern schwarze Jeans, Handschuhe und Stiefel. »Ich muss los.«

Julian trat eine Stufe hinunter. »Wie lange wirst du fort sein?«

»Ich weiß es nicht.«

»Dann sollten wir uns also besser nicht auf dich verlassen.« Der Druck in seiner Brust war kaum zu ertragen. Am liebsten hätte er um sich geschlagen oder irgendwo gegengetreten. Er wollte, dass Emma wieder zurückkam, damit er mit ihr reden konnte, damit sie ihn beruhigte. Doch er durfte jetzt nicht an Emma denken.

»Ob du es glaubst oder nicht, ich tue alles in meiner Macht Stehende, um euch zu helfen«, sagte Diana.

Julian blickte auf seine Hände. Sein Armband schimmerte

an seinem Handgelenk. Er erinnerte sich wieder an das Leuchten der Meerglasscherben, als er in der Nacht zuvor zu Emma hinausgeschwommen war. »Was soll ich den anderen erzählen? Wenn sie wissen wollen, wo du bist?«, fragte er.

»Erfinde einfach irgendetwas«, sagte Diana. »Das kannst du schließlich ganz hervorragend.«

Wut kochte in ihm hoch. Wenn er ein Lügner war, noch dazu ein guter, dann lag das nur daran, dass man ihm nie eine andere Wahl gelassen hatte.

»Ich weiß diverse Dinge über dich«, sagte Julian. »Ich weiß zum Beispiel, dass du dein Auslandsjahr in Thailand verbracht hast, aber erst zurückgekommen bist, nachdem dein Vater gestorben war.«

Diana stand reglos da, eine Hand an der Wagentür. »Hast du etwa Nachforschungen über mich angestellt, Julian?«

»Ich weiß diese Dinge, weil ich sie wissen muss«, erwiderte Julian. »Weil ich auf der Hut sein muss.«

Diana riss die Wagentür auf. »Ich bin hierhergekommen, obwohl ich wusste, dass das keine gute Idee war. Und dass die Sorge für euch Kinder mich an ein Schicksal binden würde, auf das ich keinen Einfluss hatte«, sagte sie leise. »Aber ich habe es dennoch getan, weil ich gesehen habe, wie sehr ihr aneinander hängt … du und deine Geschwister. Und das hat mir wiederum etwas bedeutet. Bitte glaub mir, Julian.«

»Natürlich weißt du, was es bedeutet, Geschwister zu haben«, sagte Julian. »Schließlich hattest du mal einen Bruder. Er ist in Thailand gestorben. Aber du redest nie über ihn.«

Diana stieg in den Pick-up und schlug die Tür hinter sich zu. Die Scheibe war heruntergekurbelt. »Ich bin dir keine Rechenschaft schuldig, Julian«, entgegnete sie. »Ich komme so schnell zurück, wie es geht.«

»Ist schon okay«, antwortete Julian und fühlte sich plötzlich unendlich erschöpft. »Die anderen werden sowieso nicht nach dir fragen. Sie erwarten gar nicht mehr, dass du hier bist.«

Er sah, wie Diana einen Moment lang das Gesicht in die

Hände sinken ließ. Dann startete sie den Wagen. Das Licht der Scheinwerfer erhellte den Eingang des Instituts und streifte kurz darauf über das sandfarbene Gras, als der Pick-up den Hügel hinunterrollte.

Julian blieb noch eine ganze Weile auf der Treppe stehen. Erst als die Sonne vollständig untergegangen war und ihre Strahlen die Hügel nicht länger beleuchteten, machte er schließlich auf dem Absatz kehrt, straffte die Schultern und wappnete sich für das, was ihn im Institut erwartete.

Und genau in diesem Moment hörte er den Lärm. Er wirbelte herum und entdeckte sie: eine riesige Menge, die den Weg zum Institut hochstapfte.

19

Schnaubend mir raubend

»Cristina«, stieß Diego hervor und starrte an Emma vorbei. *»Pensé que eras tú pero no estaba seguro. ¿Qué haces aquí? ¿Por qué estabas tratando de proteger a este hombre?«*

»Diego?« Emma verstand kein Wort von dem, was er sagte, und musterte ihn erneut. Sie entdeckte die Runenmale auf seinem Hals – er war also in der Tat ein Schattenjäger. *»Das hier* ist also der Perfekte Diego?«

»Emma«, bat Cristina mit geröteten Wangen, »lass ihn los.«

»Auf gar keinen Fall.« Emma funkelte Diego an, der wütend zurückstarrte; seine schwarzen Augen blitzten. »Er hat auf Julian geschossen.«

»Ich wusste in dem Moment ja nicht, dass ihr Nephilim seid«, fauchte der Perfekte Diego. »Ihr habt langärmlige T-Shirts und Jacken getragen. Ich konnte eure Runen nicht sehen.« Sein Englisch war perfekt – was angesichts seines Spitznamens wohl nicht weiter verwundern durfte.

»Hatten die beiden denn keine Montur an?«, fragte Cristina fordernd. Sie sah Diego noch immer ungläubig an.

»Nur die Monturjacken.« Erneut stieß Emma den Perfekten Diego so hart gegen die Mauer, dass er zusammenzuckte. »Vermutlich sehen sie aus der Ferne wie herkömmliche Jacken aus. Aber das ist keine Entschuldigung.«

»Ihr habt beide Jeans getragen. Ich hatte euch noch nie zuvor gesehen. Und ihr wart dabei, die Tasche des toten Mädchens zu durchwühlen. Warum sollte ich nicht annehmen, dass ihr auch ihre Mörder wart?«

Emma, die nicht zugeben wollte, dass da etwas dran war, presste ihn gegen die Wand. »Weißt du denn jetzt, wer ich bin?«

Sein Mundwinkel zuckte. »Aber ja, Emma Carstairs.«

»Dann weißt du also auch, dass ich dir sämtliche Eingeweide rausreißen, sie auf Zwirn fädeln und als Christbaumschmuck verwenden könnte – und zwar ohne mit der Wimper zu zucken?«

Seine Augen funkelten. »Du kannst es ja mal versuchen.«

»Hört auf! Alle beide«, befahl Cristina. »Dafür haben wir jetzt keine Zeit. Wir müssen Sterling finden.«

»Sie hat recht«, pflichtete Diego ihr bei. »Und jetzt lass mich entweder los oder töte mich. Denn wir verschwenden nur kostbare Zeit. Ich weiß, wohin Sterling will. Er hat sich mit einer Hexe vom Schattenmarkt verabredet. Wir müssen uns beeilen – Sterling ist schnell, wie bei einem Halb-Werwolf nicht anders zu erwarten.«

»Will die Hexe ihn umbringen?« Emma gab Diego frei, der sich bückte und seine Armbrust aufhob. Die Spitze von Cristinas Butterflymesser steckte tief im Holz. Diego schnaubte, zog es heraus und hielt es Cristina entgegen. Schweigend nahm sie ihr Messer an.

Dann wirbelte Diego herum und marschierte durch die Gasse. »Wenn das ein Scherz sein soll, ist er nicht witzig.«

»Nein, das ist kein Scherz«, sagte Cristina. »Wir haben versucht, Sterling zu beschützen.«

»Was?« Diego bog um die Ecke in eine Sackgasse, die durch einen Maschendrahtzaun von der dahinterliegenden Straße getrennt war. Geschickt kletterte er hinauf und sprang auf der anderen Seite leichtfüßig zu Boden. Emma kraxelte hinterher, dicht gefolgt von Cristina. Diego schien seinen Waffengurt zurechtzurücken, doch Emma sah, dass er Cristina aus dem Augenwinkel beobachtete, um sich zu vergewissern, dass sie sicher auf dem Boden landete. »Warum solltet ihr einen Mörder beschützen?«

»Sterling ist kein Mörder«, widersprach Cristina. »Er ist ein Opfer. Zwar ein ziemlich widerliches Opfer, aber das ist schließlich unser Job.«

Erneut bogen sie um eine Ecke, in eine weitere Sackgasse mit Häusern auf beiden Seiten. Gräser und Kakteen wucherten auf den verdorrten Rasenflächen. Zielstrebig steuerte Diego auf das Ende der Straße zu.

»Habt ihr das denn nicht kapiert? Warum sich alle von ihm fernhalten mussten?«, fragte Diego kopfschüttelnd, sodass seine dunklen Haare hin und her flogen. »Ich fass das einfach nicht. Nach allem, was ihr getan habt. Habt ihr nicht gesehen, wie sein Los bei der Lotterie gezogen wurde?«

»Doch«, sagte Emma; ein eisiges Gefühl breitete sich in ihren Adern aus. »Daher wissen wir ja auch, dass wir ihn beschützen müssen …«

Plötzlich flammte am Ende der Sackgasse ein strahlendes Licht auf, wie von einem Feuerwerkskörper: wirbelnde grünblaue Flammen mit einem rötlichen Rand. Cristina starrte mit großen Augen auf das Feuer, dessen sprühende Funken ihr dunkles Haar scharlachrot erscheinen ließen.

Diego fluchte und lief los. Einen Sekundenbruchteil später folgten Emma und Cristina seinem Beispiel.

Bisher war Emma noch keinem Schattenjäger begegnet, mit dem sie nicht Schritt halten konnte, aber Diego war schnell. *Wirklich* schnell. Sie war ziemlich außer Atem, als sie endlich das Ende der Straße erreichten und abrupt innehielten.

Der Wendehammer der Sackgasse war von leer stehenden Häusern gesäumt. Sterlings Jeep hatte sich um eine erloschene Straßenlaterne gewickelt. Die Motorhaube war zerquetscht, und die Fahrertür hing schräg in den Angeln. Einer der Airbags hatte sich aufgeblasen, aber Sterling war unversehrt.

Er stand in der Mitte der Straße und rang mit jemandem … mit dem Mädchen mit den grünen Haaren, das Emma kurz zuvor auf der Straße vor der Bar gesehen hatte. Sie versuchte, sich von Sterling loszureißen, der eine Hand in den Rücken ihres Mantels gekrallt hatte und sie mit einem halb irren Blick in den Augen schüttelte.

»Lass sie los!«, brüllte Diego und setzte sich zusammen mit

Emma und Cristina in Bewegung. Emma griff über die Schulter nach Cortana. Sterling sah sie kommen und zerrte das Mädchen auf die andere Seite des Jeeps. Emma machte einen Satz auf die Motorhaube, sprang über das Dach und landete auf der anderen Seite des Wagens …

… wo sie auf eine Wand aus blaugrünen Flammen traf. Sterling stand dahinter, das grünhaarige Mädchen noch immer fest im Griff. Ihr Blick kreuzte sich mit Emmas. Sie hatte ein dünnes, elfenhaftes Gesicht … und plötzlich erinnerte Emma sich wieder daran, dass sie sie im Mitternachtstheater gesehen hatte.

Entschlossen stürmte Emma vorwärts. Doch das blaugrüne Feuer loderte erneut auf. Emma prallte davon ab und wurde mehrere Schritte zurückgeworfen. Sterling hob eine Hand. Etwas glitzerte in seinen Fingern – ein Messer.

»Halt ihn auf!«, brüllte Diego, der zusammen mit Cristina auf der anderen Seite der Flammenwand aufgetaucht war. Emma schob sich schrittweise vorwärts, als müsste sie sich gegen einen Orkan stemmen. Doch im selben Moment holte Sterling aus und rammte dem Mädchen das Messer in die Brust.

Cristina schrie.

Nein, dachte Emma, starr vor Entsetzen. *Nein, nein, nein!* Es war die Aufgabe der Schattenjäger, andere zu schützen, zu retten. Sterling konnte diesem Mädchen keinen Schaden zufügen, das konnte er doch nicht tun …

Für einen Sekundenbruchteil nahm sie einen dunklen Flecken in den Flammen wahr, in dem wiederum das Innere der Höhle am Knotenpunkt sichtbar wurde, mitsamt den mit Schriftzeichen und Symbolen bedeckten Wänden. Und dann griffen zwei Hände aus der Dunkelheit heraus und rissen Sterling das Mädchen aus den Fingern. Emma bekam sie nur kurz zu sehen, inmitten der Flammen und der ganzen Verwirrung, aber es schien sich um lange weiße Hände zu handeln, die seltsam knorrig wirkten, als bestünden sie nur aus Knochen …

Das röchelnde, Blut spuckende Mädchen wurde in die Dunkelheit gezerrt. Sterling drehte sich um und grinste Emma hämisch an. Blutige Handabdrücke prangten auf seinem Hemd, und die Klinge seines Messers schimmerte scharlachrot.

»Ihr kommt zu spät!«, rief er. »Zu spät, Nephilim! Sie war die dreizehnte – die Letzte!«

Diego fluchte und warf sich vorwärts, doch die Wand flammte auf, und Diego taumelte zurück und sank auf die Knie. Entschlossen biss er die Zähne zusammen, rappelte sich auf und stürmte erneut los.

Inzwischen grinste Sterling nicht mehr. Furcht stand in seinen gelblichen Augen. Er streckte einen Arm aus, und die Skeletthand griff durch die Flammen, um sein Handgelenk zu packen und ihn ebenfalls in die Dunkelheit zu ziehen.

»Nein!« Emma machte einen Hechtsprung und tauchte unter der Feuerwand hindurch, als würde sie am Strand einer heranrollenden Woge ausweichen. Sie bekam Sterlings Bein zu fassen und krallte ihre Finger in seine Wade.

»Lass mich los!«, brüllte er. »Lass mich sofort los! *Wächter, nimm mich mit, hol mich von hier weg …*«

Die Skeletthand zog an Sterlings Handgelenk. Emma spürte, dass sie sein Bein nicht viel länger würde festhalten können. Mit brennenden, tränenden Augen schaute sie hoch und sah gerade noch, wie Cristina ihr Butterflymesser schleuderte. Die Klinge bohrte sich in die Skeletthand. Knochen knackten, und die Hand zog sich hastig zurück und ließ Sterling los, der mit einem dumpfen Aufprall auf dem Asphalt landete.

»Nein!« Sterling hievte sich auf die Knie und streckte die Arme aus, als das Feuer verblasste und dann ganz erlosch. »Bitte! Nimm mich mit …«

Die drei Schattenjäger stürzten sich auf ihn: Diego packte den Halb-Werwolf kurzerhand am Kragen und zerrte ihn auf die Beine. Sterling lachte freudlos und schaute Emma und Cristina an. »Ihr habt mich nicht aufhalten können, ihr dummen Gören«, höhnte er. »Stattdessen seid ihr mir überallhin gefolgt, habt mich *beschützt* …«

Diego stieß ihn mit Wucht gegen den Wagen, aber Emma konnte nur den Kopf schütteln. »Als bei der Lotterie das Los auf dich gefallen ist …«, setzte sie mit trockener Kehle an und stellte ihre Frage, obwohl sie die Antwort bereits kannte, »da bist du nicht als Opfer ausgewählt worden, sondern als derjenige, der jemand anderen *töten* sollte, stimmt's?«

»Oh, Raziel«, flüsterte Cristina; ihre Hand umklammerte den Anhänger an ihrem Hals, und sie wirkte vollkommen niedergeschlagen.

Sterling spuckte auf den Boden. »Ganz genau«, bestätigte er. »Wenn dein Los gezogen wird, musst du jemanden töten, oder du wirst selbst getötet. Genau wie ihr hatte auch Wren das nicht kapiert. Sie war einverstanden, sich hier mit mir zu treffen. Diese dumme Schlampe.« Seine Augen hatten einen halb irren Ausdruck. »Ich habe sie getötet, der Wächter hat sie zu sich geholt, und bald werde ich unsterblich sein. Sobald der Wächter mich wiederfindet. Ich werde unermesslichen Reichtum bekommen, das ewige Leben, einfach alles, was ich will.«

»Und dafür hast du getötet?«, fragte Cristina aufgebracht. »Hast aus dir einen Mörder gemacht?«

»Ich war in dem Moment ein Mörder, als das Los auf mich fiel«, erwiderte Sterling. »Mir blieb keine andere Wahl.«

In der Ferne ertönte das Heulen von Polizeisirenen.

»Wir müssen von hier verschwinden«, sagte Cristina nach einem Blick auf Sterlings zertrümmerten Jeep und das Blut auf der Straße. Emma hob ihr Schwert, und Sterlings Gesicht verzerrte sich vor Angst.

»Nein«, wimmerte er, »nicht …!«

»Wir können ihn nicht töten«, protestierte Diego. »Wir brauchen ihn. Mir war es bisher nicht gelungen, einen von ihnen lebendig zu fangen. Wir müssen ihn verhören.«

»Entspann dich, Diego«, sagte Emma und rammte Sterling das Heft ihres Schwerts gegen die Schläfe. Der Halb-Werwolf fiel wie ein Sack Kartoffeln in sich zusammen.

Da Sterling nicht durch Zauberglanz getarnt war, hatten die Schattenjäger Mühe, ihn unauffällig zu ihrem Wagen zu transportieren. Diego schlang sich einen Arm über die Schulter und tat so, als würde er einem betrunkenen Freund nach Hause helfen. Als sie den Toyota erreichten, fesselten sie Sterling mit Elektrumdraht an Händen und Füßen und hievten seinen erschlafften Körper auf die Rückbank.

Dann berieten sie kurz, ob sie sofort zum Knotenpunkt fahren sollten, fassten aber den Beschluss, zuerst zum Institut zurückzukehren, um weitere Waffen zu holen und sich mit den anderen zu besprechen. Emma war besonders daran gelegen, mit Julian zu reden. Sie hatte mehrfach versucht, ihn anzurufen, aber er nahm nicht ab. Vermutlich war er nur mit den Kindern beschäftigt, versuchte sie sich zu beruhigen. Trotzdem konnte sie das vage Gefühl der Angst nicht abschütteln, das sich tief in ihrem Inneren ausbreitete, während sie sich hinters Steuer klemmte. Cristina kletterte auf den Beifahrersitz, der Perfekte Diego quetschte sich neben Sterling auf die Rückbank und drückte ihm ein Messer an die Kehle.

Mit quietschenden Reifen preschte Emma los. Sie war stinkwütend, nicht zuletzt auch auf sich selbst. Wieso war sie nicht auf den Gedanken gekommen, dass Sterling kein Opfer, sondern ein Mörder war? Wie hatten sie alle das nur übersehen können?

»Es ist nicht deine Schuld«, sagte der Perfekte Diego von der Rückbank, als könnte er Emmas Gedanken lesen. »Die Annahme, dass die Lotterie die Opfer auswählt und nicht die Mörder, liegt nahe.«

»Und Johnny Rook hat uns belogen«, knurrte Emma. »Oder uns zumindest in dem Glauben gelassen, dass wir jemanden beschützen würden.«

»Wir haben einen Mörder beschützt«, sagte Cristina mit betrübter Miene und einer Hand an ihrem Anhänger.

»Ihr dürft euch keine Vorwürfe machen«, beschwichtigte der Perfekte Diego auf perfekte Weise. »Ihr habt die Ermittlungen ohne jedes Hintergrundwissen durchgeführt. Ohne die Hilfe der Stillen Brüder … oder von sonst irgendjemandem.«

Cristina warf ihm einen funkelnden Blick über die Schulter zu. »Woher weißt du das alles?«

»Wieso glaubst du, dass wir Ermittlungen durchführen?«, fragte auch Emma. »Nur weil du Julian und mich in Wells' Garten gesehen hast?«

»Das war zumindest der erste Hinweis«, sagte Diego. »Danach habe ich mich ein wenig umgehört. Und mit einem Typen auf dem Schattenmarkt geredet …«

»Schon wieder Johnny Rook«, stieß Emma angewidert hervor. »Gibt es eigentlich irgendjemanden, dem gegenüber Rook nicht alles ausplaudert?«

»Er hat mir alles erzählt«, bestätigte der Perfekte Diego. »Dass ihr die Morde ohne das Wissen des Rats untersuchen würdet. Dass es ein Geheimnis sei. Da habe ich mir wirklich Sorgen um dich gemacht, Cristina.«

Cristina schnaubte, drehte sich aber nicht um.

»Tina«, drängte Diego mit tiefer Sehnsucht in der Stimme. »Tina, bitte.«

Emma starrte verlegen durch die Windschutzscheibe. Das Meer war schon in der Ferne zu erkennen, und Emma versuchte, sich darauf zu konzentrieren – und nicht auf die Spannung, die zwischen ihren beiden Mitfahrern herrschte.

Cristina umklammerte ihr Medaillon noch fester, schwieg aber.

»Rook meinte, du würdest diese Nachforschungen anstellen, weil du glaubst, dass die Morde im Zusammenhang mit dem Tod deiner Eltern stehen«, wandte sich Diego an Emma. »Es mag dir vielleicht nichts bedeuten, aber es tut mir leid, dass du deine Eltern verloren hast.«

»Das liegt schon so lange zurück«, sagte Emma und blickte kurz in den Rückspiegel. Eine Reihe feiner Runenmale wand sich wie ein keltischer Halsring um seine Kehle, und er hatte dunkle Locken – allerdings keine weich fallenden Haare wie Julian, sondern einen dicht gekräuselten Haarschopf, der ihm bis über die Ohren reichte.

Er war wirklich sexy. Und er schien ganz nett zu sein. Außerdem hatte er ein paar echt coole Kampftechniken drauf. Er war tatsächlich der Perfekte Diego, dachte Emma ironisch. Kein Wunder, dass Cristina zutiefst verletzt war.

»Was tust du überhaupt hier?«, fragte Cristina und warf ihm einen fordernden Blick zu. »Emma hat einen Grund, diese Morde zu untersuchen, aber du?«

»Du weißt doch, dass ich die Scholomance besucht habe«, erwiderte Diego. »Und dass Zenturionen häufig zu besonderen Einsätzen geschickt werden, zur Aufklärung von Fällen, die nicht unbedingt unter das Mandat der Nephilim fallen …«

Plötzlich ertönte ein heiserer Schrei. Sterling war ruckartig aus der Ohnmacht erwacht und zappelte auf der Rückbank herum. Diegos Messer blitzte in der Dunkelheit auf. Mehrere Autos hupten, als Emma das Steuer nach rechts riss und mit quietschenden Reifen in die Ocean Avenue einbog.

»Macht mich los!« Sterling zerrte an den Fesseln um seine Handgelenke. »Lasst mich gehen!«

Er schrie vor Schmerz auf, als Diego ihn gegen die Rückbank stieß und ihm das Messer an die Gurgel drückte. »Geh weg«, brüllte Sterling. »Verdammt, lass mich los …«

Diego rammte ihm ein Knie in den Oberschenkel, was Sterling einen weiteren Schmerzensschrei entlockte. »Sei … still«, befahl Diego mit kalter, tonloser Stimme.

Sie rasten noch immer über die Ocean Avenue. Palmen säumten beide Straßenseiten wie Wimpern. Mit einem gewagten Fahrmanöver riss Emma den Toyota vor den Wagen auf der Linksabbiegerspur nach links und raste den abschüssigen Zubringer zum Pacific Coast Highway hinunter, begleitet von einem wütenden Hupkonzert.

»Herr im Himmel!«, brüllte Sterling. »In welcher Lotterie hast *du* denn den Führerschein gewonnen?«

»Dich hat niemand um deine Meinung gebeten!«, brüllte Emma zurück, während sie sich in den fließenden Verkehr einfädelte. Glücklicherweise war es schon so spät, dass fast alle Spuren leer waren.

»Ich will nicht auf dem Pacific Coast Highway sterben!«, jaulte Sterling.

»Oh, entschuldige bitte.« Emmas Stimme triefte vor Sarkasmus. »Gibt es vielleicht einen *anderen* Highway, auf dem du gern sterben möchtest? DENN DAS LÄSST SICH ARRANGIEREN.«

»Schlampe«, zischte Sterling.

Im nächsten Moment wirbelte Cristina auf ihrem Sitz herum. Dann ertönte ein lauter Knall wie von einem Pistolenschuss. Während sie an einer Gruppe von Surfern am Straßenrand vorbeibretterten, erkannte Emma, dass Cristina Sterling eine schallende Ohrfeige verpasst hatte.

»Wage es ja nicht, meine Freundin noch einmal als Schlampe zu bezeichnen, verstanden?«, knurrte Cristina.

Sterling verzog das Gesicht und verengte die Augen zu Schlitzen. »Ihr habt kein Recht, mich anzufassen.« Ein weinerlicher Ton schwang in seiner Stimme mit. »Nephilim kümmern sich nur um Angelegenheiten, die gegen das Abkommen verstoßen.«

»Falsch«, sagte Diego. »Wir kümmern uns um alles, was wir wollen.«

»Aber Belinda hat gesagt …«

»Apropos«, unterbrach Cristina ihn, »wie bist du überhaupt in dieser Kultgruppe gelandet oder welche Nummer auch immer im Mitternachtstheater abgezogen wird?«

Sterling holte zitternd Luft. »Wir sind zur Geheimhaltung verpflichtet«, sagte er schließlich. »Wenn ich euch alles erzähle, was ich weiß, werdet ihr mich dann beschützen?«

»Vielleicht«, sagte Emma. »Aber du bist gefesselt, und wir sind alle schwer bewaffnet. Willst du wirklich das Risiko eingehen, es uns nicht zu verraten?«

Sterling warf Diego einen Seitenblick zu, der den Dolch locker und wie einen Stift in der Hand hielt. Trotzdem umgab ihn eine Aura angespannter Kraft, als könnte er im Bruchteil einer Sekunde in Aktion treten. Wenn Sterling auch nur einen Funken Verstand hatte, dann fürchtete er ihn mehr als jeden anderen. »Ich bin über einen befreundeten Filmproduzenten zu den Gefolgsleuten gekommen. Er meinte, er hätte einen Weg gefunden, wie sich alles, was man anpackt, garantiert in Gold verwandeln lässt. Natürlich nicht wortwörtlich«, fügte Sterling hastig hinzu.

»Das hat auch keiner angenommen, Idiot«, schnaubte Emma.

Sterling brachte einen wütenden Laut hervor – der jedoch rasch von Diego abgeschnitten wurde, der Sterling das Messer erneut an die Kehle presste.

»Wer ist der Wächter?«, hakte Cristina nach. »Wer führt die Gefolgsleute?«

»Keine Ahnung«, erwiderte Sterling bockig. »Das weiß niemand. Nicht mal Belinda.«

»Ich habe Belinda auf dem Schattenmarkt gesehen, wie sie Werbung für euren kleinen Kult gemacht hat«, berichtete Emma. »Ich schätze, sie hat die Leute mit dem Versprechen auf Reichtum und Glück zu den Veranstaltungen gelockt. Man musste nur das Risiko der Lotterie eingehen. Habe ich recht?«

»So groß erschien das Risiko gar nicht«, sagte Sterling. »Die Lotterie fand ja nur ab und zu statt. Und diejenigen, auf die das Los fiel, waren unantastbar. Niemand durfte sich einmischen, bis man jemandem das Leben genommen hatte.«

Angewidert verzog Cristina das Gesicht. »Und was ist mit denjenigen passiert, die jemandem das Leben genommen haben?«

»Sie haben alles bekommen, was ihr Herz begehrte«, erklärte Sterling. »Reichtum. Schönheit. Nach jedem Opfer gewinnen alle Gefolgsleute an Kraft, aber die Person, die das Opfer vollzieht, wird stärker als alle anderen.«

»Woher weißt du das?«, hakte Cristina nach. »Ist von den Leuten, die mit dir im Theater saßen, denn schon mal jemand ausgewählt worden?«

»Belinda«, antwortete Sterling prompt. »Sie war die Erste.

Aber die meisten sind nicht wiedergekommen. Vermutlich haben sie sich abgesetzt und machen sich jetzt irgendwo ein angenehmes Leben. Na ja, mit Ausnahme von Ava.«

»Ava Leigh war eine Lotteriegewinnerin?«, fragte Emma. »Die Ava, die mit Stanley Wells zusammengelebt hat?«

Der Perfekte Diego presste Sterling die Klinge noch fester an die Kehle. »Was weißt du über Ava?«

Sterling wich vor dem Messer zurück. »Ja, sie war eine Lotteriegewinnerin. Im Grunde spielt es keine Rolle, wen ein Gewinner als Opfer auswählt. Nur keine Schattenweltler, abgesehen von Feenwesen – das ist die einzige Regel. Einige der Lotteriegewinner haben jemanden gewählt, den sie kannten. Ava hatte den Beschluss gefasst, ihren Sugardaddy-Freund zu töten. Sie hatte den alten Knacker einfach satt. Doch danach hat sie die Nerven verloren und Selbstmord begangen. Hat sich im Pool hinter seinem Haus ertränkt. Das war ziemlich dämlich von ihr. Schließlich hätte sie alles haben können, was sie wollte.«

»Sie hat sich nicht umgebracht«, widersprach Emma. »Sie wurde ermordet.«

Sterling zuckte die Achseln. »Quatsch, sie hat sich umgebracht. Das sagen alle.«

Cristina sah aus, als hätte sie größte Mühe, die Ruhe zu bewahren. »Du hast sie gekannt«, sagte sie. »Kümmert dich ihr Tod denn gar nicht? Empfindest du überhaupt noch irgendetwas? Zum Beispiel Schuldgefühle gegenüber dem Mädchen, das du getötet hast?«

»Das war irgendein Mädchen vom Schattenmarkt«, erwiderte Sterling abschätzig. »Sie hat dort Schmuck verkauft. Ich habe ihr gesagt, ich könnte dafür sorgen, dass sie ihre Entwürfe in großen Kaufhäusern anbieten kann. Und sie reich machen. Sie musste sich nur mit mir treffen.« Er schnaubte verächtlich. »Letztendlich sind alle gierig.«

Inzwischen hatten sie einen Abschnitt des Highways erreicht, der parallel zum Strand verlief. Blaue Rettungsschwimmerwachtürme schimmerten in der Dämmerung.

»Dieses blaugrüne Feuer …«, überlegte Emma laut. »Der Wächter hat sich darin verborgen und das Mädchen zum Knotenpunkt geholt. Du hast ihr das Messer in die Brust gerammt, aber der Wächter hat sie gepackt, bevor sie gestorben ist. Also finden die Tode in der Höhle statt, genau wie alles andere … die Hautverbrennungen, das Versenken der Leichen im Meer, die Schriftzeichen, das gesamte Ritual, stimmt's?«

»Ja. Und ich sollte eigentlich auch zum Knotenpunkt transportiert werden«, murrte Sterling. »Denn dort hätte der Wächter mir seinen Dank erwiesen … mir alles gegeben, was ich will. Ich hätte das Ritual sehen können. Ein Tod stärkt uns alle.«

Emma und Cristina wechselten einen Blick. Sterling brachte kein Licht in die Angelegenheit – er machte alles nur noch verwirrender.

»Du hast gesagt, das Mädchen sei die Letzte gewesen. Was passiert jetzt danach? Worauf läuft das Ganze hinaus?«, fragte Diego.

»Keine Ahnung«, knurrte Sterling. »Wenn ich dauernd Fragen gestellt hätte, auf die ich keine Antwort brauche, hätte ich es im Leben nicht so weit gebracht … jedenfalls nicht bis dahin, wo ich jetzt bin.«

»Bis dahin, wo du jetzt bist?«, schnaubte Emma. »Du meinst: gefesselt auf der Rückbank eines Autos?«

Vor ihnen tauchten die Lichter des Malibu Pier auf und zeichneten sich deutlich vor dem dunklen Ozean ab. »Das spielt keine Rolle. Der Wächter wird mich schon finden«, erwiderte Sterling.

»Darauf würde ich mich nicht verlassen«, entgegnete Diego leise.

Emma bog vom Highway ab auf die Zufahrt zum Institut. Sie konnte die Lichter in der Ferne sehen, die den ausgefahrenen Schotterweg unter den Rädern des Toyota beleuchteten. »Und wenn er dich findet? Was denkst du, wird der Wächter dann tun?«, fragte sie. »Dich mit offenen Armen empfangen, nachdem du uns all das erzählt hast? Meinst du nicht, dass er dich dafür wird bluten lassen?«

»Es gibt da noch eine Sache, die ich ihm geben muss«, sagte Sterling. »Belinda hat es ihm gegeben. Und Ava ebenfalls. Eine einzige letzte Sache. Und dann …«

Sterling verstummte und heulte im nächsten Moment entsetzt auf. Das Institut ragte vor ihnen auf. Der Perfekte Diego fluchte.

»Emma!«, keuchte Cristina. »Emma, *stopp!*«

Emma sah die vertrauten Umrisse des Gebäudes, die Auffahrt, den Canyon und die dahinterliegenden Hügel. Überall standen dunkle Schatten … um das gesamte Institut herum. Doch erst als der Wagen die letzte Kuppe genommen hatte und die Scheinwerfer über das Haus streiften, spürte Emma den Schock, den der Anblick verursachte.

Das Institut war umzingelt.

Dunkle, menschenartige Gestalten hatten sich in einem weiten Rechteck um das Institut herum aufgebaut. Schulter an Schulter, schweigend und vollkommen reglos wie griechische Krieger, die Emma auf alten Zeichnungen und Gemälden gesehen hatte.

Sterling schrie irgendetwas Unverständliches. Emma trat auf die Bremse, als die Scheinwerfer über die niedergetrampelten Sträucher vor dem Institutseingang strichen und die Gestalten taghell beleuchteten. Einige Gesichter kamen Emma bekannt vor. Sie erkannte den braun gelockten Klarinettisten aus der Band des Mitternachtstheaters. Er stand mit wütend verzogener Miene da und starrte geradeaus. Neben ihm ragte eine Frau auf, mit dunklen Haaren und roten Lippen. Sie hielt eine Waffe in der Hand und hob sie an …

»Belinda!« Sterling klang zu Tode verängstigt. »Sie …«

Belindas Hand zuckte kurz vom Rückstoß der Waffe. Ein lauter Knall zerriss die Stille und schmerzte in Emmas Ohren, als der rechte Vorderreifen explodierte, von einer Kugel zerfetzt. Der Wagen geriet ins Schleudern und rutschte in einen Graben.

Dunkelheit und das Klirren von zersplitterndem Glas. Emmas Brustkorb prallte gegen das Lenkrad, und einen Moment lang bekam sie keine Luft mehr; das Licht der Scheinwerfer erlosch. Emma hörte Cristina aufschreien und dann hastige, raschelnde

Geräusche von der Rückbank. Sie zerrte an ihrem Sicherheitsgurt, löste das Schloss und drehte sich zu Cristina um.

Doch Cristina war verschwunden. Auch die Rückbank war leer. Emma stieß die Tür auf und stürzte beim Aussteigen fast auf den Schotterweg. Mühsam rappelte sie sich auf und wirbelte herum.

Der Toyota stand mit der Schnauze im Graben, Rauch stieg von dem zerplatzten Reifen auf. Diego kam um den Wagen herum; seine Stiefel knirschten auf der ausgedörrten Erde. Er trug Cristina auf den Armen, die linke Hand unter ihre Knie gelegt. Eines ihrer Beine hing in einem merkwürdigen Winkel herab. Sie hatte eine Hand auf seiner Schulter, und ihre Finger krallten sich in den Stoff seines Sweatshirts.

Im Mondlicht wirkte Diego regelrecht heldenhaft. Ein bisschen wie Superman. Der Perfekte Diego. Emma hätte ihn am liebsten mit irgendetwas beworfen, aber sie fürchtete, Cristina dabei zu treffen. Er hob das männliche Kinn und deutete damit auf das Institut. *»Emma!«*

Emma wirbelte herum. Die Gestalten, die das Gebäude umzingelten, hatten sich umgedreht. Jetzt wandten sich alle ihr zu – ihr und Diego und dem zerbeulten Wagen.

Das Mondlicht verlieh ihnen eine unheimliche Ausstrahlung. Starre Gestalten in Schwarz und Grau, mit verschwommenen Gesichtern. Werwolfmischlinge, Halb-Feenwesen, Vampir-Finsterlinge und Ifrit: die Gefolgsleute des Wächters.

»Emma!«, rief Diego erneut. Er hatte seine Stele gezückt und trug eine Heilrune auf Cristinas Arm auf. »Sterling hat sich losgemacht … und er hat dein Schwert.«

Aus dem Augenwinkel sah Emma, wie Sterling an ihr vorbeistürmte, mit übernatürlicher Geschwindigkeit. Er hatte sich von seinen Fesseln befreit, aber an seiner Hose klebte Blut. »Belinda!«, brüllte er. »Ich bin hier! Hilf mir!« Er hielt etwas über dem Kopf, während er auf die Gruppe zurannte, etwas, das in der Dunkelheit golden schimmerte.

Cortana.

Eine unbändige Wut explodierte in Emmas Brust und jagte wie Schießpulver durch ihre Adern. Und dann sprintete sie auch schon los, hechtete über das Gras und über Steine, an mehreren verschwommenen Gesichtern vorbei. Sterling war schnell, aber sie war den entscheidenden Schritt schneller. Sie holte ihn ein, kurz bevor er die Institutstreppe erreichte, nur wenige Meter von Belinda entfernt.

Emma stürzte sich auf ihn, packte ihn am Jackett und wirbelte ihn herum. Sein Gesicht war dreckig, blutbeschmiert und kreidebleich vor Angst. Zornig griff sie nach seinem Handgelenk, nach der Hand, in der er Cortana hielt. Ihr Schwert. Ihres Vaters Schwert. Ihre einzige Verbindung zu ihrer Familie, die scheinbar in der Vergangenheit verschwunden war wie Pulver im Regen.

Im nächsten Moment hörte sie einen Knall. Sterling schrie, sank auf die Knie und ließ das Schwert fallen. Emma bückte sich, um es vom Boden aufzuheben. Als sie sich wieder aufrichtete, war sie von einer kleinen Gruppe von Gefolgsleuten umzingelt, angeführt von Belinda.

»Was hast du ihr erzählt, Sterling?«, herrschte Belinda ihn an; kleine weiße Zähne kamen hinter ihren roten Lippen zum Vorschein.

»N…nichts.« Sterling hielt sich das Handgelenk. Es sah gebrochen aus. »Ich habe das Schwert an mich genommen, um es dir zu geben – als Zeichen meines guten Willens …«

»Was soll ich denn mit einem Schwert? Idiot.« Belinda wandte sich an Emma. »Wir sind seinetwegen hier«, verkündete sie und zeigte auf Sterling. »Übergib ihn uns, und wir werden sofort verschwinden. Und falls du dich fragst, woher wir wussten, dass wir ihn hier finden würden – der Wächter hat seine Augen überall«, fügte sie grinsend hinzu.

»Emma!« Cristinas Stimme hallte durch die Abendstille; Emma drehte sich um und entdeckte Cristina außerhalb des Kreises, mit dem Perfekten Diego an ihrer Seite. Zu Emmas Erleichterung humpelte Cristina nur leicht.

»Lasst sie durch«, befahl Belinda, woraufhin die Gruppe sich teilte, sodass Diego und Cristina zu Emma traten und sie flankierten, während sich der Kreis hinter ihnen wieder schloss.

»Was geht hier vor?«, fragte Diego in forderndem Ton. Sein Blick fiel auf Belinda, und er verengte die Augen zu Schlitzen. »Bist du der Wächter?«

Belinda brach in schallendes Gelächter aus, dem sich nach einem Moment mehrere Gefolgsleute anschlossen – darunter auch der braun gelockte Klarinettist. »Wer, ich? Du bist echt zum Schreien komisch, mein Hübscher.« Sie zwinkerte dem Perfekten Diego zu, als würde sie ihm und seiner Perfektion Respekt zollen. »Ich bin nicht der Wächter, aber ich weiß, was der Wächter will. Ich weiß, was er braucht. Und im Moment braucht er Sterling. Die Gefolgsleute brauchen ihn.«

Sterling wimmerte, aber sein Gejammer ging im Gelächter der Menge unter. Emma schaute sich um und versuchte, den Abstand zur Eingangstür des Instituts abzuschätzen. Wenn sie es bis ins Innere des Gebäudes schafften, konnten die Gefolgsleute ihnen nicht folgen. Andererseits saßen sie dann in der Falle – und sie konnten die Division nicht um Verstärkung bitten.

Sterling krallte eine Hand um Diegos Fußgelenk. Anscheinend war er zu dem Schluss gekommen, dass er unter den gegebenen Umständen bei Diego noch am ehesten auf Gnade hoffen durfte. »Lass nicht zu, dass sie mich in die Finger bekommen«, flehte er. »Die Gefolgsleute bringen mich um. Ich hab Mist gebaut. Sie werden mich töten.«

»Wir können euch Sterling nicht übergeben«, sagte Diego und schaute Belinda an. Emma war sich fast sicher, dass sie sich das Bedauern in seiner Stimme nur einbildete. »Unser Mandat besteht im Schutz der Irdischen; es sei denn, sie stellen eine Gefahr für unser eigenes Leben dar.«

»Ich weiß nicht recht«, wandte Emma ein, während sie an das grünhaarige Mädchen mit der tödlichen Stichwunde dachte. »Dieser Irdische hier scheint mir durchaus schlachtreif.«

Belinda verzog ihre roten Lippen zu einem schmalen Lächeln.

»Sterling ist kein Irdischer. Keiner von uns gehört den Irdischen an.«

»Unser Mandat verlangt seinen Schutz, so oder so«, erwiderte der Perfekte Diego. Emma tauschte einen raschen Blick mit Cristina, sah dann aber, dass ihre Freundin mit Diego einer Meinung war. Gnade zählte zu den Eigenschaften, die der Erzengel von den Nephilim erwartete. Gnade war im Gesetz verankert. Manchmal fragte Emma sich besorgt, ob ihr die Fähigkeit zur Gnade vielleicht im Dunklen Krieg abhandengekommen war.

»Wir brauchen ihn für Informationen«, sagte Cristina leise. Doch Belinda hatte sie gehört und presste ihre Lippen zu einem dünnen Strich zusammen.

»Wir brauchen ihn dringender«, stieß sie hervor. »Und jetzt gebt ihn endlich her, damit wir verschwinden können. Schließlich seid ihr nur zu dritt und wir sind über dreihundert. Denkt mal darüber nach.«

Emma warf Cortana.

Das Schwert flog so schnell aus ihrer Hand, dass Belinda keine Gelegenheit zum Reagieren hatte. Cortana drehte sich wie eine Kompassnadel im Kreis der Gefolgsleute, flackernd und golden. Emma hörte Schreie und Rufe, eine Mischung aus Überraschung und Schmerz. Und dann kehrte das Schwert mit einem satten Geräusch in ihre Hand zurück, und Emma schloss die Finger um das Heft.

Aufrichtig erstaunt schaute Belinda sich um. Cortanas Spitze hatte die Brust der umstehenden Gefolgsleute gestreift; manche hatten nur einen Schlitz in der Kleidung, aber andere bluteten. Doch alle blickten bestürzt an sich herab, benommen und verängstigt.

Cristina machte einen hocherfreuten Eindruck, der Perfekte Diego wirkte nur nachdenklich.

»In der Minderheit heißt nicht notwendigerweise unterlegen«, erwiderte Emma.

»Tötet sie«, befahl Belinda, hob die Waffe und drückte ab.

Emma hatte kaum Zeit, sich zu wappnen, als auch schon etwas durch ihr Sichtfeld flog – etwas leuchtend Silbernes – und sie einen lauten Knall hörte. Ein Dolch fiel vor ihren Füßen zu Boden, mit einer Kugel im Griff.

Diego schaute zu ihr hinüber, seine Hand noch weit geöffnet. Er hatte den Dolch geworfen und die Kugel abgelenkt. Damit hatte er ihr zwar nicht unbedingt das Leben gerettet – die Schattenjägermontur war kugelsicher –, aber definitiv verhindert, dass sie zu Boden ging und vielleicht mit einem zweiten Schuss in den Kopf getötet wurde.

Allerdings blieb Emma keine Zeit, ihm zu danken. Die anderen Gefolgsleute stürmten auf sie zu, und dieses Mal spürte Emma, wie sich die eiskalte Ruhe des Kampfes über sie legte. Die Welt um sie herum drehte sich langsamer. Der Halb-Elbe mit den braunen Locken machte einen Satz in ihre Richtung. Doch sie spießte ihn mit ihrem Schwert auf, bevor er landen konnte, und die Klinge bohrte sich durch seine Brust. Warmes Blut spritzte um Emma herum durch die Luft, als sie Cortana zurückriss – ein Schauer zeitlupenartig niedergehender roter Tropfen.

Der Halb-Elbe sackte in sich zusammen. Blut klebte an Cortanas Klinge, als Emma ihr Schwert erneut schwang und dann wieder und wieder. Die Waffe verwandelte sich in einen verschwommenen goldenen Fleck um sie herum. Emma hörte Schreie. Sterling kauerte auf dem Boden, die Arme schützend über den Kopf gelegt.

Emma durchtrennte Arme und Beine, hackte Finger ab, die Pistolen hielten. Diego und Cristina waren ihrem Beispiel gefolgt und stachen mit ihren Waffen zu. Cristina warf ihr Butterflymesser, das sich in Belindas Schulter bohrte und sie rückwärts zu Boden schleuderte. Sie fluchte, zog sich das Messer aus der Schulter und warf es beiseite. Obwohl ihr weißer Pullover einen breiten Riss bekommen hatte, trat kein Blut aus der Wunde.

Langsam wich Emma zurück, bis sie vor Sterling stand. »Lauf ins Institut!«, rief sie Cristina zu. »Hol die anderen!«

Cristina nickte und rannte in Richtung Treppe. Doch etwa auf der Hälfte der Strecke wurde sie von einem Vampir-Finsterling mit rot unterlaufenen Augen angesprungen, der seine Zähne in ihr bereits verwundetes Bein schlug.

Vor Schmerz schrie Cristina laut auf. Sowohl Emma als auch Diego drehten sich zu ihr um, während Cristina mit einem Dolch auf den Finsterling einstach und dieser schließlich röchelnd und blutspuckend von ihr abließ. Cristinas Montur hatte einen tiefen Riss im Bein.

Sofort stürmte Diego quer über das Gras zu ihr. Diese kurze Ablenkung hatte Emma aus ihrer Konzentration gerissen. Aus dem Augenwinkel sah sie eine Bewegung: Belinda stürzte sich mit ausgestrecktem Arm auf sie, und ihre linke Hand schloss sich um Emmas Hals.

Nach Luft ringend griff Emma nach Belindas anderem Arm und riss mit aller Kraft daran. Belinda taumelte von ihr weg; ihr Handschuh rutschte herunter.

Emma sah, dass ihr rechter Arm in einem runden Stumpf endete. Belindas Gesicht verzerrte sich vor Wut, und Emma hörte, wie Cristina überrascht aufkeuchte. Sie stand mit dem Dolch in der Hand da, obwohl ihr Hosenbein blutgetränkt war. Diego war an ihrer Seite, ein riesiger Schatten vor den Umrissen des Instituts.

»Dir fehlt eine Hand«, stieß Emma verwundert hervor und hielt Cortana zwischen sich und Belinda. »Genau wie Ava …«

In diesem Moment flogen die Institutstüren auf. Ein blendend helles Licht flammte auf, und Emma erstarrte, ihr blutiges Schwert in der Hand. Sie schaute auf und entdeckte Julian im Türrahmen.

Ruhig stand er da, eine Seraphklinge über den Kopf gehoben, die wie eine Sonne leuchtete. Ihr Licht überstrahlte die Sterne und den Mond. Hastig wichen die Gefolgsleute zurück, als handelte es sich um die Scheinwerfer eines abstürzenden Flugzeugs.

In diesem reglosen Moment schaute Emma Jules direkt an und sah, dass er ihren Blick erwiderte. Unbändiger Stolz erfüllte ihre Brust. Das hier war ihr Julian. Ein sanfter Junge mit einer sanften Seele. Aber jede Seele enthielt auch ihr eigenes Gegenteil. Und das Gegenteil von Sanftmut lautete Skrupellosigkeit – das wundervolle Scheitern der Gnade.

Emma konnte es in seinem Gesicht erkennen: Um sie zu retten, würde er jeden anderen in ihrer Nähe töten. Keine Sekunde würde er darüber nachdenken … bis schließlich alles vorbei war und er sich das Blut wie rote Farbe von den Händen waschen würde. Und er würde nichts davon bereuen.

»Das reicht«, befahl Julian, und obwohl er nicht laut gesprochen hatte, blieben die Gefolgsleute wie angewurzelt stehen, als würden sie seine Miene auf die gleiche Weise deuten wie Emma. Als fürchteten sie sich vor ihm.

Emma packte Sterling am Kragen und zerrte ihn auf die Beine. »Komm schon«, knurrte sie und zog ihn durch die Menge in Richtung Institut. Wenn es ihr nur irgendwie gelang, ihn ins Haus zu befördern …

Aber Belinda setzte sich plötzlich ebenfalls in Bewegung und zwängte sich zwischen den Gefolgsleuten hindurch, um die Eingangstreppe vor Emma zu erreichen. Aus dem Riss in ihrem Pullover war noch immer kein Tropfen Blut ausgetreten. Der Handschuh saß wieder über ihrem Armstumpf. Ihre dunklen Haare hatten sich aus ihrer kunstvollen Frisur gelöst, und ihre Augen funkelten fuchsteufelswild.

Sie stürmte vorwärts und stellte sich zwischen Emma und die Treppe. Cristina und Diego befanden sich direkt hinter Emma, die Sterling mit sich schleifte. Cristina war vor Schmerz aschfahl.

»Julian Blackthorn!«, rief Belinda. »Ich verlange, dass ihr uns diesen Mann übergebt!« Sie zeigte auf Sterling. »Und dass ihr aufhört, euch in unsere Angelegenheiten zu mischen! Die Gefolgsleute des Wächters haben mit euch oder euren Gesetzen nichts zu tun!«

Julian trat eine einzige Stufe hinab. Der Schein der Seraphklinge ließ seine Augen in einem unheimlichen Meergrün aufleuchten. »Was fällt euch ein hierherzukommen?«, erwiderte er eisig. »Was fällt euch ein, in das Territorium der Nephilim einzudringen? Und irgendwelche Forderungen zu stellen? Euer idiotischer Kult hat uns nicht interessiert, bis ihr angefangen habt, Leute umzubringen. Jetzt ist es unsere Angelegenheit, euch aufzuhalten. Und das werden wir auch.«

Belinda stieß ein raues Lachen aus. »Hier sind dreihundert Gefolgsleute versammelt. Aber ihr seid nur eine Handvoll … noch dazu *Kinder* …«

»Nicht alle sind Kinder«, ertönte eine andere Stimme, und Malcolm Fade trat aus dem Institut und stellte sich neben Julian.

Die Gefolgsleute starrten ihn mit offenem Mund an. Die meisten hatten ganz offensichtlich keine Ahnung, wer Malcolm war. Aber die Tatsache, dass er von einem knisternden violetten Feuerschein umgeben war, machte nicht gerade wenige nervös.

»Ich bin Malcolm Fade«, sagte er. »Oberster Hexenmeister von Los Angeles. Und ihr wisst doch, was ein Hexenmeister ist, oder?«

Emma konnte ein irres Kichern nicht unterdrücken. Der Perfekte Diego starrte Malcolm an, und Sterling war kreidebleich vor Angst.

»Einer von uns ist so viel wert wie fünfhundert von euch«, sagte Malcolm. »Ich kann euch in genau sechs Sekunden allesamt niederbrennen und eure Asche nutzen, um damit einen Teddybären für meine Freundin auszustopfen. Nicht dass ich zurzeit eine Freundin hätte«, fügte er hinzu, »aber man gibt die Hoffnung nicht auf.«

»Du bist ein Hexenmeister und dienst den Nephilim?«, fragte Belinda aufgebracht. »Nach allem, was sie den Schattenweltlern angetan haben?«

»Versuch erst gar nicht, dein mageres Wissen über tausend Jahre politischer Machenschaften an mir auszuprobieren, mein Kind. Das funktioniert nicht.« Malcolm warf einen Blick auf seine Uhr. »Ich gebe euch jetzt exakt eine Minute«, verkündete er. »Wer danach noch hier rumsteht, geht in Flammen auf.«

Niemand rührte sich von der Stelle.

Mit einem Seufzer streckte Malcolm die Hand aus und richtete sie auf einen Strauch, der am Rand der Treppe wuchs. Funken sprühten von seinen Fingern. Eine Sekunde später brannte das Gewächs lichterloh, und dichter, nach Salbei riechender Qualm stieg auf.

Die Gefolgsleute wirbelten herum und rannten in Richtung der Straße. Emma stand reglos da, während die Anhänger des Wächters wie eine Lawine um sie herumbrandeten. Einen Moment später waren alle verschwunden – bis auf Belinda.

Eine schreckliche Wut zeichnete sich auf ihrem Gesicht ab und eine noch schrecklichere Verzweiflung. Ihre Miene sorgte dafür, dass alle Anwesenden wie angewurzelt stehen blieben.

Belinda heftete den Blick ihrer dunklen Augen auf Julian. »Du«, stieß sie hervor. »Du magst vielleicht glauben, dass du uns geschlagen hast … du und dein Hexenmeister vom Dienst. Aber wir wissen einiges über dich und könnten dem Rat so manches erzählen. Zum Beispiel die Wahrheit über deinen Onkel. Die Wahrheit darüber, wer dieses Institut tatsächlich leitet. Die ganze Wahrheit …«

Julian war bleich geworden, doch bevor er reagieren konnte, zerriss ein schriller Schmerzensschrei die Stille: Sterling griff sich an die Brust, und als alle Umstehenden, selbst Belinda, sich zu ihm umdrehten, brach er auf dem Rasen zusammen. Ein Schwall Blut schoss aus seinem Mund und färbte das Gras rot. Todesangst stand in seinen Augen, als seine Knie unter ihm nachgaben; krampfhaft gruben sich seine Finger in den Boden, sein pinkfarbener Cocktailring funkelte noch einmal – und dann lag er reglos da.

»Er ist tot«, stellte Cristina ungläubig fest. Sie wirbelte zu Belinda herum. »Was hast du mit ihm gemacht?«

Einen Moment lang schaute Belinda verständnislos, als wäre sie genauso geschockt wie die anderen. Dann erwiderte sie: »Das wüsstest du wohl gern«, schlenderte zu Sterling und beugte sich hinunter, als wollte sie seinen Leichnam untersuchen.

In der nächsten Sekunde blitzte ein Messer in ihrer linken Hand auf. Emma hörte zwei groteske Hackgeräusche, und dann hatte Belinda Sterlings Hände an den Gelenken abgetrennt und hielt sie triumphierend in die Luft.

»Danke«, sagte sie. »Es wird den Wächter freuen, von seinem Tod zu erfahren.«

Vor Emmas innerem Auge tauchte das Bild der tot im Pool treibenden Ava auf … die zerfetzte, aufgeweichte Haut an ihrem Armstumpf. Bestand der Wächter jedes Mal auf diesem besonders grausigen Nachweis, dass diejenigen, deren Tod er wollte, auch wirklich tot waren? Aber was war mit Belinda? Sie lebte noch. War das Abhacken der Hand eine Art Tribut?

Belinda grinste und riss Emma aus ihren Gedanken.

»Bis später, kleine Schattenjäger«, sagte sie und stolzierte zur Straße hinunter, die blutigen Trophäen in den hocherhobenen Händen.

Emma setzte sich in Bewegung, um die Institutstreppe hinaufzusteigen, doch Malcolm hob eine Hand und hielt sie auf.

»Bleib, wo du bist, Emma«, sagte er. »Cristina, tritt von der Leiche zurück.«

Cristina warf einen Blick auf Sterling; ihre Hand umklammerte das Medaillon an ihrem Hals. Sein Leichnam lag zusammengekrümmt vor ihren Füßen. Aus den Armstümpfen floss zwar kein Blut mehr, aber der Boden um ihn herum war blutgetränkt.

Als Cristina Malcolms Aufforderung folgte und bereitwillig zurücktrat, stieß sie gegen den Perfekten Diego. Er hob die Hände, als wollte er ihr Halt geben, und zu Emmas Überraschung ließ Cristina ihn gewähren. Ihr Gesicht war vor Schmerz verzerrt, und Blut tropfte auf ihren Stiefel.

Malcolm senkte die Hand, krümmte die Finger, und im nächsten Moment stand Sterlings Leiche in Flammen. Magierfeuer, das stark und schnell und sauber brannte. Der Leichnam schien einen Augenblick hell aufzulodern und zerfiel dann zu Asche. Die Flammen erloschen, und nur noch ein verkohlter, blutgetränkter Fleck auf dem Gras zeugte von der Stelle, wo Sterling gelegen hatte.

Emma wurde bewusst, dass sie Cortana noch immer in der Hand hielt. Sie kniete sich hin, wischte die Klinge mechanisch am Gras ab und schob sie in die Schwertscheide. Während sie aufstand, schaute sie sich nach Julian um. Er lehnte an einer der Säulen neben der Eingangstür; die erloschene Seraphklinge baumelte in seinen Fingern. Für einen Sekundenbruchteil trafen sich ihre Blicke – Julian sah niedergeschlagen aus.

Doch dann wandte er den Kopf ab, als die Eingangstür aufschwang und Mark hinaustrat. »Ist alles vorbei?«, fragte Mark.

»Ja, es ist vorbei«, bestätigte Julian müde. »Vorerst jedenfalls.«

Marks Augen schweiften über die anderen – Emma, Cristina – und entdeckten dann Diego, den Marks intensiver Blick zu verwirren schien. »Wer ist das denn?«

»Das ist Diego«, erklärte Emma. »Diego Rocio Rosales.«

»Der Perfekte Diego?«, fragte Mark ungläubig.

Jetzt schaute Diego noch verwirrter. Doch bevor er etwas sagen konnte, sank Cristina auf den Boden und umklammerte ihr Bein. »Ich glaube, ich brauche noch eine *Iratze*«, brachte sie ein wenig atemlos hervor.

Sofort hob Diego sie auf die Arme und stürmte mit ihr die Stufen hinauf, wobei er ihren Protest, dass sie doch selbst gehen könne, einfach ignorierte. »Ich muss sie schnellstmöglich verarzten«, sagte er und drängte sich zuerst an Julian und dann an Mark vorbei. »Habt ihr eine Krankenstation?«

»Selbstverständlich«, sagte Julian. »Im ersten Stock …«

»Cristina!«, rief Emma und sprang die Stufen hinauf, doch Diego war mit Cristina bereits im Gebäude verschwunden.

»Sie wird bald wieder auf den Beinen sein«, beschwichtigte Malcolm. »Aber es wäre besser, wenn du ihnen nicht nachhetzt und den Kindern unnötig Angst einjagst.«

»Wie geht's den Kindern?«, fragte Emma besorgt. »Ty, Dru …«

»Sie sind alle wohlauf«, erklärte Mark. »Ich habe auf sie aufgepasst.«

»Und was ist mit Arthur?«

»Der scheint von dem Ganzen überhaupt nichts mitbekommen zu haben«, berichtete Mark mit einem verwunderten Ausdruck in den Augen. »Was irgendwie merkwürdig ist …«

»Das ist tatsächlich merkwürdig.« Emma wandte sich an Julian: »Was hat Belinda gemeint, als sie gesagt hat, sie wisse, wer das Institut tatsächlich leitet?«

Julian schüttelte den Kopf. »Keine Ahnung.«

Malcolm schnaubte aufgebracht. »Jules, sag es ihr«, forderte er.

Julian sah den Hexenmeister an. Er wirkte erschöpft – mehr als erschöpft. Emma hatte irgendwo mal gelesen, dass Schiffbrüchige in dem Moment ertranken, wenn sie zu müde waren, um sich noch länger über Wasser zu halten. Sie gaben auf und ließen sich vom Meer in die Tiefe ziehen. Und genauso sah Julian jetzt auch aus. »Malcolm, nicht«, flüsterte er.

»Kannst du dich überhaupt an all die Lügen erinnern, die du im Lauf der Jahre aufgetischt hast?«, fragte Malcolm. Seine Miene hatte nichts mehr von ihrer üblichen Sorglosigkeit, und seine Augen wirkten so hart wie Amethyst. »Und von der Rückkehr deines Bruders hast du mir auch nichts erzählt …«

»Oh … Mark!«, stieß Emma hervor, als ihr plötzlich klar wurde, dass Malcolm bis zu diesem Abend nichts von Marks Anwesenheit im Institut gewusst hatte. Hastig schlug sie die Hände vor den Mund. Mark musterte sie mit hochgezogener Augenbraue. Er machte einen bemerkenswert gefassten Eindruck.

»Du hast es mir verschwiegen, weil du gewusst hast, dass ich dann sofort daraufgekommen wäre, dass die Feenwesen an dieser Sache mit den Mordfällen beteiligt sind. Und dass meine Unterstützung bei euren Ermittlungen möglicherweise einen Verstoß gegen den Kalten Frieden bedeutet hätte.«

»Du konntest nicht dagegen verstoßen, solange du nichts davon gewusst hast«, erklärte Julian. »Ich habe auch dich beschützt.«

»Vielleicht«, räumte Malcolm ein. »Aber mir reicht es jetzt. Erzähl ihnen die Wahrheit. Oder das war das letzte Mal, dass ich euch geholfen habe.«

Julian nickte. »Ich werde Emma und Mark einweihen«, sagte er. »Aber gegenüber den anderen wäre es nicht fair.«

»Dein Onkel könnte dir vermutlich sagen, von wem dieses Zitat stammt: ›Suche nichts zu verbergen, denn die Zeit, die alles sieht und hört, deckt es doch auf‹«, meinte Malcolm.

»Ich kann dir ebenfalls verraten, wer das gesagt hat.« Ein unterdrücktes Feuer brannte in Julians Augen. »Sophokles.«

»Schlauer Junge«, sagte Malcolm. Aus seiner Stimme sprach Zuneigung, aber auch Erschöpfung.

Dann machte er auf dem Absatz kehrt und stieg die Stufen hinunter. Als er den untersten Treppenabsatz erreicht hatte, hielt er kurz inne und starrte an Emma vorbei; seine Augen waren zu dunkel, um irgendetwas preiszugeben. Er schien in der Ferne etwas zu sehen, das sie nicht wahrnehmen konnte – entweder etwas, das unvorstellbar weit in der Zukunft lag, oder etwas, das schon zu weit in der Vergangenheit versunken war, um sich noch daran zu erinnern.

»Aber du hilfst uns noch, oder?«, rief Julian ihm nach. »Malcolm, du wirst uns doch nicht …« Er verstummte. Malcolm war in den Schatten der Nacht verschwunden. »… im Stich lassen?«, fragte er leise, als wüsste er, dass ihm niemand mehr zuhörte.

Julian lehnte noch immer an der Säule, als wäre sie das Einzige, was ihn noch aufrecht hielt. Unwillkürlich musste Emma an die Säulen in der Abkommenshalle zurückdenken und an den zwölfjährigen Julian, der sich gegen eine der Säulen gelehnt, die Hände vors Gesicht geschlagen und bitterlich geweint hatte.

In den Jahren danach hatte er noch manchmal Tränen vergossen, aber nicht mehr oft. Vermutlich gab es nicht viele Dinge, die sich mit dem Mord am eigenen Vater messen konnten.

Die Seraphklinge in seiner Hand war erloschen. Achtlos warf er sie beiseite, als Emma zu ihm ging und ihre Hand in seine schob. Diese Geste hatte nichts Leidenschaftliches an sich, nichts, das an die Nacht am Strand erinnerte. Nur die absolute Gewissheit ihrer Freundschaft, die sie seit über einem Jahrzehnt verband.

Julian schaute Emma an, und sie sah die Dankbarkeit in seinen Augen. Einen Moment lang gab es nichts und niemanden auf der Welt außer ihnen beiden, ihrem gemeinsamen Atem, seine Fingerspitzen, die über ihr Handgelenk tanzten. *D-A-N-K-E.*

»Malcolm hat gesagt, es gäbe da etwas, was du uns erzählen müsstest«, unterbrach Mark den Moment. »Du schienst einverstanden zu sein. Worum geht's? Wenn wir die Kinder noch länger warten lassen, gehen sie auf die Barrikaden.«

Julian nickte, richtete sich auf und löste sich von der Säule. Er war wieder der ruhige ältere Bruder, der gute Soldat, der Junge mit dem Plan.

»Ich kümmere mich darum. Ihr zwei könnt ja schon mal ins Esszimmer gehen und auf mich warten«, sagte er. »Malcolm hat recht. Wir müssen unbedingt reden.«

Los Angeles, 2008

Julian würde den Tag, an dem sein Onkel Arthur im Institut von Los Angeles eingetroffen war, nie vergessen.

Es war erst das dritte Mal, dass Arthur nach Kalifornien gereist kam, obwohl sein Bruder Andrew – Julians Vater – das größte Institut an der amerikanischen Westküste fast fünfzehn Jahre geleitet hatte. Das Verhältnis zwischen Andrew und den restlichen Mitgliedern der Familie Blackthorn hatte etwas gelitten, nachdem eines Tages eine Elfe bei ihm an der Haustür aufgetaucht war. Sie hatte zwei kleine Kinder bei sich gehabt und Andrew mitgeteilt, dass sie seine Nachkommen aus der Verbindung mit Lady Nerissa, Prinzessin am Lichten Hof, seien. Und dann hatte sie den schlafenden Jungen und das schlafende Mädchen in seine Obhut gegeben und war verschwunden.

Nicht einmal die Tatsache, dass seine Frau die beiden Kleinen rasch angenommen, geliebt und genauso wie ihre eigenen gemeinsamen Kinder behandelt hatte, hatte den Riss in der Familie vollständig heilen können. Julian hatte immer die Vermutung gehabt, das hinter dieser Geschichte mehr steckte, als sein Vater zugeben wollte. Arthur schien der gleichen Meinung zu sein, doch keiner von beiden sprach darüber, und jetzt, da Andrew nicht mehr lebte, war die Wahrheit vermutlich mit ihm gestorben.

Julian stand auf der obersten Stufe der Eingangstreppe und sah zu, wie sein Onkel aus dem Wagen stieg, mit dem Diana ihn vom Flughafen abgeholt hatte. Eigentlich hätte Arthur ein Portal nutzen können, aber er hatte wohl beschlossen, wie ein Irdischer zu reisen. Er wirkte zerknautscht und von der Reise erschöpft, als er die Stufen hinaufstieg, dicht gefolgt von Diana. Julian bemerkte, dass ihre Lippen zu einem dünnen Strich zusammengepresst waren, und er fragte sich, ob Arthur sie irgendwie verärgert hatte. Er hoffte inständig, dass das nicht der Fall war. Diana arbeitete erst seit einem Monat als ihre Tutorin am Institut, aber Julian mochte sie bereits sehr. Für alle Beteiligten wäre es besser, wenn sie und Arthur gut miteinander auskamen.

Arthur betrat die Eingangshalle und blinzelte, um seine sonnengeblendeten Augen an den schummrigen Raum zu gewöhnen. Die restlichen Blackthorn-Geschwister hatten sich dort in einer Reihe aufgestellt, in ihrer besten Festtagskleidung: Dru trug ein Samtkleid und Tiberius sogar eine Krawatte. Livvy hielt Tavvy auf dem Arm und strahlte hoffnungsvoll. Nur Emma stand am Fuß der Treppe; ihr war in diesem Moment offensichtlich besonders deutlich bewusst, dass sie zur Familie gehörte, aber trotzdem keine Blackthorn war.

Sie hatte ihre Zöpfe zu Affenschaukeln hochgesteckt; ihre blonden Haare erinnerten an aufgewickelte Seile. Daran konnte Julian sich noch gut erinnern.

Diana stellte jedes einzelne der Kinder vor. Julian schüttelte seinem Onkel die Hand. Auch aus der Nähe betrachtet besaß er keine große Ähnlichkeit mit Julians Vater. Und vielleicht war das ja auch gut so. Julians letzte Erinnerung an seinen Vater war nicht besonders schön.

Julian starrte Arthur an, als dieser seine Hand nahm und fest umklammerte. Arthur hatte das braune – wenn auch inzwischen fast vollständig ergraute – Haar der Blackthorns und deren typisch blaugrüne Augen, die jedoch hinter einer Brille verborgen lagen. Seine Gesichtszüge wirkten grob und rau, und er humpelte noch immer von der Verletzung, die er sich im Dunklen Krieg zugezogen hatte.

Arthur wandte sich den anderen zu, und Julian spürte, wie eine Art Stromschlag durch seine Adern jagte: Er sah Drus hoffnungsvoll erhobenes Gesicht, Tys verlegen abgewandte Augen und dachte: Bitte hab sie lieb. Liebe sie. Um Raziels willen – bitte liebe sie.

Es spielte keine Rolle, ob ihn irgendjemand liebte. Er war zwölf. Alt genug. Er hatte seine Runenmale. Er war ein Schattenjäger. Und er hatte Emma. Aber die anderen brauchten noch immer jemanden, der ihnen abends einen Gutenachtkuss gab, ihre Albträume vertrieb, aufgeschürfte Knie verarztete und verletzte Gefühle besänftigte. Jemanden, der ihnen beim Aufwachsen half.

Schweigend trat Arthur vor Drusilla und schüttelte ihr unbeholfen die Hand. Ihr Lächeln verblasste, als er danach zu Livvy ging, Tavvy ignorierte und sich mit ausgestreckter Hand zu Tiberius hinabbeugte.

Ty ergriff die Hand jedoch nicht.

»Sieh mich an, Tiberius«, forderte Arthur mit leicht rauer Stimme. Er räusperte sich. »Tiberius!« Schließlich richtete er sich auf und drehte sich zu Julian um. »Warum sieht er mir nicht in die Augen?«, fragte er aufgebracht.

»Er mag Blickkontakt nicht besonders«, erklärte Julian.

»Wieso nicht?«, hakte Arthur nach. »Was stimmt mit ihm nicht?«

Julian sah, wie Livvy ihre Hand in Tys schob. Diese Geste war das Einzige, was ihn davon abhielt, seinen Onkel beiseitezustoßen, um zu seinem jüngeren Bruder zu gelangen und ihn persönlich zu trösten. »Nichts. So ist er nun mal«, erwiderte er.

»Merkwürdig«, meinte Arthur, ließ Ty stehen und tat ihn für immer ab. Als Nächstes wandte er sich in forderndem Ton an Diana: »Wo ist mein Büro?«

Diana presste die Lippen noch fester aufeinander. Julian schnürte es fast die Luft ab. »Diana ist nicht unser Kindermädchen, sie lebt nicht hier«, erklärte er hastig. »Sie ist eine Tutorin und arbeitet für den Rat. Ich kann dir zeigen, wo dein Büro ist.«

»Gut.« Onkel Arthur nahm seinen Koffer. »Denn ich habe eine Menge Arbeit zu erledigen.«

Während Julian vor ihm die Treppe hinaufstieg, hatte er das Gefühl, als würde in seinem Kopf eine ganze Serie winziger Explosionen stattfinden, die Arthurs Vortrag übertönten. Sein Onkel schwadronierte über die wichtige Monografie zur Ilias, an der er gerade arbeitete. Anscheinend hatte der Dunkle Krieg Arthurs

Forschungen unterbrochen, und Teile seiner Unterlagen waren bei dem Angriff auf das Londoner Institut zerstört worden.

»Äußerst lästig, so ein Krieg«, meinte Arthur und betrat den Raum, der Julians Vater als Arbeitszimmer gedient hatte. Die Wände waren mit hellem Holz vertäfelt, und mehrere große Fenster gingen auf den Ozean hinaus.

Vor allem für diejenigen, die im Krieg gestorben sind, dachte Julian.

Sein Onkel schaute sich kurz um und schüttelte energisch den Kopf; seine Hand umklammerte den Griff seines Koffers derartig fest, dass die Fingerknöchel weiß hervortraten. »Nein, nein, nein«, sagte Arthur, »damit kann ich nichts anfangen.« Als er sich von der Fensterreihe abwandte, sah Julian, dass sein Gesicht kreidebleich war und Schweißperlen auf seiner Stirn standen. »Viel zu viel Glas«, murmelte er vor sich hin. »Zu viel Licht. Viel zu hell.« Er hüstelte. »Gibt es hier auch einen Dachboden?«

Julian hatte das Dachgeschoss des Instituts seit Jahren nicht betreten, erinnerte sich aber an dessen Lage am Ende einer steilen Stiege im dritten Stockwerk. Schweigend führte er seinen Onkel auf den staubigen Dachboden, dessen stickige Luft ihn zum Husten brachte. Die Holzdielen waren schwarz vor Schimmel, in der Mitte stapelten sich mehrere alte Truhen, und in der hintersten Ecke lehnte ein großer Schreibtisch mit einem gebrochenen Tischbein.

Onkel Arthur stellte seinen Koffer ab. »Perfekt«, sagte er.

Julian bekam ihn erst am nächsten Abend wieder zu sehen, als der Hunger ihn wohl ins Erdgeschoss trieb. Arthur saß schweigend am Esstisch und schaufelte das Essen verstohlen in sich hinein. Emma versuchte vergebens, ihn in ein Gespräch zu verwickeln, und unternahm am darauffolgenden Abend einen weiteren Versuch. Doch danach gab sie auf.

»Ich mag ihn nicht«, sagte Drusilla eines Tages stirnrunzelnd, als Arthur wieder in Richtung Dachboden verschwunden war. »Kann der Rat uns keinen anderen Onkel schicken?«

Julian nahm sie in die Arme. »Ich fürchte, das geht nicht. Er ist der einzige, den wir haben.«

Arthur zog sich immer mehr zurück. Manchmal gab er nur irgendwelche Gedichtzeilen von sich oder ein paar Worte in lateinischer Sprache. Und einmal bat er Julian auf Altgriechisch, ihm das Salz zu reichen. An einem Abend blieb Diana zum Essen, und nachdem Arthur den Raum verlassen hatte, um sich wieder seinen Forschungen zu widmen, nahm sie Julian beiseite.

»Vielleicht wäre es besser, wenn dein Onkel in Zukunft nicht mehr mit euch isst«, sagte sie leise. »Du könntest ihm die Mahlzeiten auf den Dachboden bringen.«

Julian nickte. Die Wut und die Furcht, die anfangs wie winzige Explosionen in seinem Kopf getobt hatten, waren einer dumpfen Enttäuschung gewichen. Onkel Arthur würde Julians Geschwister nicht lieben. Er würde sie weder abends ins Bett bringen noch ihre aufgeschürften Knie versorgen. Er würde überhaupt keine Hilfe sein.

Julian fasste den Beschluss, dass er seine Geschwister doppelt so sehr lieben würde wie jeder Erwachsene. Er würde alles für sie tun, überlegte er, als er eines Abends, mehrere Monate nach Arthurs Ankunft im Institut, auf den Dachboden stieg. Er würde dafür sorgen, dass sie alles bekamen, was sie sich wünschten. Und dass sie nichts von dem vermissen würden, was sie nicht hatten. Er würde sie genügend lieben, um ihren Verlust wettzumachen.

Er drückte die Tür zum Dachboden auf. Einen Moment lang blinzelte er in die Dunkelheit und dachte, der Raum sei leer und sein Onkel wäre nach unten gegangen, um sich hinzulegen, wie er es manchmal zu ganz ungewöhnlichen Tageszeiten tat.

»Andrew?« Die Stimme kam vom Fußboden. Julian entdeckte Arthur, der vornübergebeugt auf den Dielen saß, den Rücken gegen den wuchtigen Schreibtisch gelehnt. Auf den ersten Blick schien er in einer dunklen Schattenfläche zu hocken. Julian benötigte einen Moment, bis er erkannte, dass es sich um Blut handelte, das im schummrigen Licht schwarz glänzte. Mehrere Lachen von trocknendem, klebrigem Blut: auf dem Schreibtisch, auf den Dielen, auf den Papieren, einfach überall. Arthur hatte die Ärmel hochgekrempelt, und sein Hemd war über und über mit Blut

bespritzt. In der rechten Hand hielt er ein stumpfes Messer. »Andrew«, nuschelte er und drehte den Kopf schwerfällig in Julians Richtung. »Verzeih mir. Ich musste es tun. In meinem Kopf waren … zu viele Gedanken. Visionen. Ihre Stimmen werden durch das Blut zu mir getragen. Aber wenn ich das Blut vergieße, höre ich sie nicht mehr.«

Irgendwie gelang es Julian, die Ruhe zu bewahren. »Wessen Stimmen?«, fragte er, als er seine eigene Stimme wiedergefunden hatte.

»Die der Engel im Himmel«, sagte Arthur. »Und die der Dämonen am Meeresboden.« Er presste eine Fingerkuppe auf die Messerspitze und sah fasziniert zu, wie ein Blutstropfen hervorquoll.

Doch Julian nahm ihn kaum wahr. Er starrte einer bedrohlichen Zukunft ins Gesicht – einer gefährlichen Zukunft, jenseits von Rat und Gesetz.

Wenn ein Schattenjäger plötzlich Stimmen hörte, die niemand anderes hören konnte, wenn er Dinge sah, die niemand anderes sehen konnte, dann bezeichneten die Ratsmitglieder diesen Zustand als »Wahnsinn« oder verwendeten noch ganz andere, viel hässlichere Worte dafür. Aber Verständnis, Mitgefühl oder Toleranz zeigten sie nicht. Wahnsinn war ein Makel, ein Zeichen dafür, dass der Geist des Betreffenden die Perfektion des Engelsbluts abgestoßen hatte. Diejenigen, die als Wahnsinnige eingestuft wurden, sperrte man in Basilias und entließ sie nie wieder in die Freiheit.

Und ganz sicher erlaubte man ihnen nicht, ein Institut zu leiten.

Allem Anschein nach war die Frage, ob die Blackthorn-Kinder auch genügend geliebt wurden, nicht das größte Problem, dem sich die Geschwister gegenübersahen.

20

Vor langer Zeit

Das Esszimmer des Instituts wurde nur selten genutzt – normalerweise aß die Familie in der Küche und kam lediglich in Ausnahmefällen hier zusammen, zum Beispiel wenn Arthur beschloss, mit ihnen zu speisen. An den Wänden hingen gerahmte Blackthorn-Porträts, die noch aus England stammten und die Namen der abgebildeten Personen unter den Gemälden präsentierten: *Rupert. John. Tristan. Adelaide. Jesse. Tatiana.* Mit ausdruckslosen Mienen starrten die Blackthorn-Vorfahren auf den langen Eichentisch mit den schweren Stühlen.

Mark hockte sich auf den Tisch und warf einen Blick auf die Wände. »Ich mag sie«, sagte er. »Die Porträts. Ich habe sie immer gemocht.«

»Erscheinen sie dir etwa freundlich?«, fragte Emma verwundert. Sie lehnte am Türrahmen und konnte durch die leicht geöffnete Tür in die Eingangshalle sehen, wo Julian mit seinen Geschwistern redete.

Livvy hielt ihren Säbel in der Hand und machte einen wütenden Eindruck. Das Gesicht ihres Zwillingsbruders, der neben ihr stand, wirkte ausdruckslos; aber seine Hände schlossen und öffneten sich ununterbrochen.

»Tavvy ist in seinem Zimmer und spielt«, berichtete Drusilla. Sie trug bereits ihren Pyjama, und ihre braunen Haare waren zerzaust. »Hoffentlich schläft er bald wieder ein. Normalerweise kann kein Krieg ihn aus dem Schlaf reißen …«

»Das war kein Krieg«, erklärte Julian. »Auch wenn es vor Malcolms Ankunft ein paar heikle Momente gegeben hat.«

»Julian hat Malcolm zu Hilfe gerufen?«, wandte sich Emma an Mark. »Trotz deiner Anwesenheit, von der Malcolm nichts gewusst hat?«

»Ihm blieb keine andere Wahl«, sagte Mark. Emma stellte überrascht fest, wie menschlich er dabei klang. Und mit seiner Jeans, seinem Sweatshirt und der lässigen Sitzhaltung sah er auch aus wie ein Mensch. »Das Institut war von dreihundert Gefolgsleuten umzingelt, und wir konnten die Division nicht zu Hilfe rufen.«

»Julian hätte dich bitten können, dich zu verstecken«, wandte Emma ein. Blut und Dreck klebten an ihrer Jacke. Sie zog sie aus und warf sie über die Lehne des nächstbesten Stuhls.

»Das hat er auch«, sagte Mark. »Aber ich habe mich geweigert.«

»Was? Warum hast du das getan?«

Mark schwieg und sah sie nur eindringlich an. »Deine Hand …«, sagte er. »Du blutest.«

Emma schaute an sich herab. Mark hatte recht: Eine Schnittwunde verlief quer über ihre Fingerknöchel. »Ach, nicht der Rede wert.«

Mark beugte sich vor, nahm ihre Hand und musterte die Verletzung kritisch. »Ich könnte dir eine *Iratze* auftragen«, bot er an. »Nur weil ich keine Heilrunen auf meiner Haut haben möchte, heißt das nicht, dass ich andere nicht damit versehen kann.«

Emma entzog ihm ihre Hand. »Mach dir deswegen keine Sorgen«, erwiderte sie, kehrte zur Tür zurück und spähte wieder hinaus.

»Was passiert beim nächsten Mal?«, fragte Ty gerade. »Dann werden wir die Division verständigen müssen. Wir schaffen das nicht allein und können auch nicht erwarten, dass Malcolm uns jedes Mal zu Hilfe kommt.«

»Die Division darf nichts davon erfahren«, sagte Julian bestimmt.

»Jules«, setzte Livvy an. »Ich meine, wir verstehen das ja, aber gibt es denn keine andere Möglichkeit …? Die Division würde das doch sicher verstehen – Mark ist schließlich unser *Bruder* …«

»Ich kümmere mich darum«, versprach Julian.

»Was ist, wenn sie zurückkommen?«, erkundigte sich Dru mit dünner Stimme.

»Vertraust du mir?«, fragte Julian sanft, woraufhin sie nickte. »Dann mach dir deswegen keine Sorgen. Sie werden nicht zurückkommen.«

Emma seufzte innerlich, als Julian seine Geschwister auf ihre Zimmer schickte. Er stand noch einen Augenblick in der Eingangshalle und schaute ihnen nach, bevor er sich zum Esszimmer aufmachte. Emma zog den Kopf zurück und ließ sich in dem Moment auf einen der schweren Stühle fallen, als Julian den Raum betrat.

Der Elbenlicht-Kronleuchter strahlte von der Decke und warf ein grelles weißes Licht, fast wie bei einem Verhör. Julian schloss die Tür hinter sich und lehnte sich dagegen. Seine blaugrünen Augen leuchteten in seinem blassen Gesicht. Als er sich eine Locke aus der Stirn strich, sah Emma, dass seine Finger bluteten – er hatte sich die Nägel bis zur Nagelsohle abgekaut.

Nagelsohle. Den Ausdruck hatte Emma von Diana gelernt, als Julian während Tys und Livvys Training im Fechtsaal auf den Nägeln gekaut hatte. »Es wird ihm nicht gerade helfen, den Umgang mit einem Schwert zu lernen, wenn er seine Nägel bis zur Sohle abbeißt«, hatte Diana gesagt, woraufhin Emma aufgestanden war und den Begriff nachgeschlagen hatte.

Die Nagelsohle: das weiche, lebende Gewebe unter der Nagelplatte.

Danach assoziierte Emma die Nagelsohle jedes Mal mit dem Leben an sich – als würde Julian versuchen, in sein eigenes lebendes Gewebe zu beißen und das Chaos seines eigenen Lebens irgendwie zu beseitigen. Sie wusste, dass er zum Nägelkauen neigte, wenn er aufgeregt und nervös war: wenn Ty unglücklich war, wenn Onkel Arthur ein Treffen mit dem Rat hatte, wenn Helen anrief und er ihr versicherte, es sei alles in bester Ordnung und sie und Aline bräuchten sich keine Sorgen zu machen und natürlich verstünde er, warum sie die Wrangelinsel nicht verlassen konnten.

Und auch jetzt kaute er auf den Nägeln herum.

»Julian«, sagte Emma. »Du musst das nicht tun. Du brauchst uns nichts zu erzählen, wenn du nicht möchtest.«

»Doch, das muss ich«, erklärte er. »Allerdings wäre es gut, wenn ich eine Weile ohne Unterbrechung erzählen kann. Danach beantworte ich dann gern alle Fragen. Okay?«

Mark und Emma nickten.

»Nach dem Dunklen Krieg hat der Rat nur wegen Onkel Arthur zugestimmt, dass wir hierher in unsere Heimat zurückkehren konnten«, setzte er an. »Nur weil wir einen Vormund hatten, durften wir überhaupt als Familie zusammenbleiben. Ein Vormund, der mit uns verwandt und weder zu jung noch zu alt war. Jemand, der gelobte, sich um sechs Kinder zu kümmern und dafür zu sorgen, dass sie zu Schattenjägern ausgebildet wurden. Diese Aufgabe hätte außer Helen niemand übernommen, aber sie war im Exil …«

»Und ich war nicht mehr da«, warf Mark bitter ein.

»Das war nicht deine Schuld …« Julian verstummte, holte tief Luft und schüttelte kaum merklich den Kopf. »Wenn ihr mich unterbrecht, wenn ihr irgendetwas sagt, schaffe ich es nicht, diesen Bericht zu beenden.«

Mark senkte das Kinn. »Es tut mir leid.«

»Selbst wenn man dich nicht verschleppt hätte, Mark, wärst du zu jung gewesen. Nur jemand, der über achtzehn ist, darf ein Institut leiten und als Vormund von Minderjährigen fungieren.« Julian blickte auf seine Hände, als würde er mit sich ringen, und schaute dann wieder auf. »Der Rat dachte, dass Onkel Arthur dieser Vormund sein würde. Und das haben wir ja auch gedacht. Ich hatte es bei seiner Ankunft angenommen und auch in den Wochen danach. Vielleicht sogar ein paar Monate lang. Ich kann mich nicht mehr genau erinnern. Ich weiß nur, dass er sich nicht ein einziges Mal bemüht hat, irgendeinen von uns besser kennenzulernen. Aber ich habe mir damals gesagt, dass das keine Rolle spielen würde. Ich habe mir gesagt, dass wir keinen Vormund bräuchten, der uns liebt. Sondern nur jemanden, der uns als Familie zusammenhalten würde.«

Sein Blick glitt hinüber zu Emma, und die nächsten Worte schien er direkt an sie zu richten.

»Zwischen uns Kindern war genug Zuneigung und Liebe, dachte ich. So viel, dass alles andere egal war. Vielleicht konnte Arthur ja keine Zuneigung zeigen, aber er würde noch immer einen guten Institutsleiter abgeben. Doch als er seinen Dachboden immer seltener verließ und Anrufe und Briefe von anderen Instituten und vom Rat unbeantwortet blieben, wurde mir allmählich bewusst, dass hier etwas viel Wichtigeres gewaltig schieflief. Damals war der Kalte Frieden gerade erst verfügt worden, und Gebietsstreitigkeiten zwischen Vampiren, Werwölfen und Hexenwesen um die ehemaligen Feenterritorien sorgten in der ganzen Stadt für Unruhen. Das Institut wurde bombardiert mit Telefonaten, Gesuchen und Forderungen, diese Streitigkeiten zu beenden. Wieder und wieder bin ich zu ihm auf den Dachboden gestiegen, habe ihm sein Essen gebracht und ihn angefleht, die Briefe zu beantworten und auf die Telefonate zu reagieren. Das zu tun, was er tun musste, damit der Rat nicht eingriff. Denn ich wusste genau, was passieren würde, wenn sich die Ratsmitglieder einschalteten. Dann hätten wir keinen Vormund mehr gehabt und damit auch kein Zuhause mehr. Und dann …«

Er holte tief Luft.

»Dann hätten sie Emma auf diese neue Akademie in Idris geschickt. Das hatten sie ohnehin vorgehabt. Und uns Geschwister hätten sie vermutlich nach London umgesiedelt. Tavvy war damals noch ein kleines Kind. Ihn hätten sie bestimmt in eine andere Familie gegeben. Das Gleiche galt für Drusilla. Und Ty … stellt euch nur mal vor, was sie mit Ty angestellt hätten. In dem Moment, in dem er sich irgendwie anders verhalten hätte als erwartet, hätten die Ratsmitglieder ihn in die ›Plebs‹-Gruppe an der Akademie gesteckt. Und ihn von Livvy getrennt. Das hätten die beiden nicht überlebt.«

Ruhelos lief Julian auf und ab, blieb dann vor dem Porträt von Jesse Blackthorn stehen und starrte in die grünen Augen seines Vorfahren. »Also flehte ich Arthur an, dem Rat zu antworten oder sonst irgendetwas zu tun, das zeigte, dass er das Institut tatsächlich leitete. Doch die Briefe stapelten sich weiterhin, und er reagierte nicht auf wichtige Anrufe. Außerdem hatten wir keine Waffen in der Waffenkammer, und Arthur versäumte es, welche anzufordern. Unsere Vorräte an Seraphklingen gingen bedrohlich zur Neige. Eines Abends bin ich zu ihm auf den Dachboden gestiegen, um ihn zu fragen …« Seine Stimme brach. »Um ihn zu fragen, ob er die Briefe unterschreiben würde, wenn ich sie für ihn aufsetzte. Ob ihm das vielleicht helfen würde. Doch ich fand ihn auf dem Fußboden vor, mit einem Messer. Er hatte sich die Haut aufgeritzt, um das Übel aus seinem Körper herauszulassen, wie er sagte.«

Julian starrte unverwandt auf das Porträt.

»Da habe ich erst mal seine Wunden verbunden. Aber danach habe ich mit ihm geredet. Und dabei ist mir eines klar geworden: Onkel Arthurs Realität entspricht nicht unserer Realität. Er lebt in einer Traumwelt, in der ich manchmal Julian bin und manchmal unser Vater. Arthur redet mit Personen, die gar nicht da sind. Es gibt zwar Phasen, in denen sein Verstand klar ist und er weiß, wer er ist und wo er sich befindet. Doch diese Phasen kommen und gehen. Manchmal erkennt er wochenlang niemanden von unserer Familie, während kurz darauf eine klarere Phase folgt und man glauben könnte, dass sich sein Zustand verbessert. Doch er wird nie wieder gesund werden.«

»Du willst damit sagen, dass er verrückt ist«, bemerkte Mark. »Verrücktheit« war der Ausdruck, den die Feenwesen benutzten. Genau genommen handelte es sich um eine von ihnen verhängte Strafe: das Verwirren der Sinne, die Zerrüttung des Geistes. »Wahnsinn« nannten die Nephilim diesen Zustand. Emma hatte den Eindruck, dass die Irdischen andere Begriffe dafür verwendeten – ein Eindruck, den sie aus Filmen und Büchern gewonnen hatte. Anscheinend gab es auch eine weniger grausame und unbeugsame Einstellung gegenüber diesen Personen, deren Geist anders arbeitete, deren Gedanken ihnen Schmerzen bereiteten und Angst einjagten. Aber der Rat war grausam und unbeugsam. Das ließ sich bereits den Worten des Kodex entnehmen, nach dem die Nephilim lebten. *Das Gesetz ist hart, aber es ist das Gesetz.*

»›Wahnsinnig‹ würde der Rat vermutlich sagen«, bestätigte Julian mit einem bitteren Zug um den Mund. »Es ist schon verwunderlich, dass man bei einer körperlichen Erkrankung noch immer ein Schattenjäger ist, aber nicht mehr, wenn es um eine Erkrankung des Geistes geht. Bereits damals, im Alter von zwölf Jahren, wusste ich genau, was die Ratsmitglieder tun würden, wenn Arthurs tatsächlicher Zustand ans Licht kam: Sie hätten ihm die Leitung des Instituts entzogen. Sie hätten unsere Familie auseinandergerissen und in alle Winde zerstreut. Und ich war fest entschlossen, *das auf keinen Fall zuzulassen.*«

Mit funkelnden Augen schaute er von Mark zu Emma.

»Ich war es leid. Der Dunkle Krieg hatte mir genügend Familienmitglieder genommen. Uns allen«, sagte er. »Wir hatten so viel verloren. Mutter, Vater, Helen, Mark. Der Rat hätte uns auseinandergerissen und bis zum Ende unserer Kindheit voneinander getrennt. Danach wären wir jedoch keine Familie mehr gewesen. Aber es ging um *meine* Kinder. Livvy. Ty. Dru. Tavvy. *Ich* zog sie groß. Ich wurde zu Onkel Arthur. Ich nahm die Briefe an mich und beantwortete jeden einzelnen. Ich beantragte die Auffüllung der Waffenkammer. Ich erstellte die Zeitpläne für die Patrouillengänge der Division. Und ich sorgte dafür, dass niemand von Arthurs Krankheit erfuhr. Bei Nachfragen erklärte ich immer nur, dass er ein Exzentriker sei, ein genialer Forscher, der Tag und Nacht arbeitete. Aber in Wahrheit …« Er wandte den Blick ab. »Als ich jünger war, habe ich ihn gehasst. Ich wollte nicht, dass er von seinem Dachboden herunterkam. Doch manchmal ließ es sich nicht vermeiden. Die Divisionsmitglieder und andere Nephilim erschienen regelmäßig zu wichtigen Meetings, die ich nicht absagen konnte. Und da niemand mit einem Zwölfjährigen eine Besprechung abhalten würde, habe ich mich an Malcolm gewandt. Es gelang ihm, ein Arzneimittel zu entwickeln, das ich Arthur geben konnte. Dieses Medikament bewirkte, dass sich sein Verstand klärte und er wieder vernünftig denken konnte. Allerdings hielt die Wirkung nur wenige Stunden an, und danach wurde Arthur von schweren Kopfschmerzen heimgesucht.«

Unwillkürlich musste Emma an Arthur denken und daran, wie er sich bei dem Treffen mit der Elbendelegation im Sanktuarium den Kopf gehalten hatte. Der Gedanke an den gequälten Ausdruck auf seinem Gesicht – sie konnte ihn nicht verdrängen, obwohl sie das gern getan hätte.

»Manchmal habe ich auf andere Weise versucht, ihn aus allem herauszuhalten«, berichtete Julian mit Selbstverachtung in der Stimme. »So wie heute Abend, als Malcolm ihm ein Schlafmittel verabreicht hat. Ich weiß, dass das falsch ist. Glaubt mir: Ich hatte oft genug das Gefühl, dass ich dafür in der Hölle schmoren werde. Falls es eine Hölle gibt. Ich wusste, dass ich das alles nicht tun sollte. Malcolm hat all die Jahre Stillschweigen bewahrt und niemandem davon erzählt. Aber ich konnte ihm ansehen, dass er nicht völlig einverstanden war. Er wollte, dass ich die Wahrheit sagte. Aber die Wahrheit hätte unsere Familie zerstört.«

Mark beugte sich vor. Seine Miene war unergründlich. »Was ist mit Diana?«

»Ich habe sie nicht explizit eingeweiht«, antwortete Julian. »Aber ich vermute, dass sie es geahnt hat, zumindest in Teilen.«

»Warum hat sie das Institut nicht leiten können? Statt es in die Hände eines Zwölfjährigen zu geben?«

»Ich habe sie gefragt. Aber sie hat Nein gesagt. Sie meinte, es ginge einfach nicht. Es tat ihr aufrichtig leid, und sie versprach, uns auf jede andere erdenkliche Weise zu helfen. Diana hat … ihre eigenen Geheimnisse.« Julian löste sich vom Porträt und trat an den Tisch. »Noch eines: Ich habe gesagt, dass ich Arthur gehasst habe. Aber das ist lange her. Ich hasse ihn nicht mehr.

Ich hasse nur das, was die Ratsmitglieder ihm … was sie uns allen antun würden, wenn sie davon wüssten.«

Er ließ den Kopf hängen. Das grelle Elbenlicht des Kronleuchters verlieh den Spitzen seiner Haare einen goldenen Ton und ließ die Narben auf seiner Haut silbern schimmern.

»So, jetzt wisst ihr Bescheid«, sagte er, und seine Hände umklammerten die Lehne des Stuhls, hinter dem er stand. »Ich würde es verstehen, wenn ihr mich jetzt hasst. Mir fällt zwar nichts ein, was ich hätte anders machen können, aber ich würde es verstehen.«

Emma erhob sich. »Ich denke, dass wir es irgendwie gewusst haben. Wir waren zwar nicht eingeweiht, aber unterbewusst haben wir es geahnt.« Sie schaute Julian an. »Irgendwie war uns allen klar, dass jemand sich um alles gekümmert hat und dass nicht Arthur derjenige war. Aber wir wollten wohl in dem Glauben bleiben, dass er das Institut leitete, weil das einfacher war. Weil wir das gern so gehabt hätten.«

Julian schloss die Augen. Als er sie wieder öffnete, heftete er sie auf seinen Bruder. »Mark?«, flüsterte er, und aus diesem einzigen Wort sprach nur eine Frage: *Mark, hasst du mich jetzt?*

Mark rutschte von der Tischplatte. Das Elbenlicht verwandelte sein helles Haar in eine weiße Fläche. »Ich habe kein Recht, mir über dich ein Urteil zu erlauben, Bruder. Einst war ich der Ältere von uns, doch nun bist du deutlich älter als ich. Im Feenreich habe ich jeden Abend an euch gedacht – an dich und Helen, an Livvy, Ty, Dru und Tavvy. Ich habe den Sternen eure Namen gegeben, damit ich bei ihrem nächtlichen Erscheinen am Firmament das Gefühl hatte, ihr wärt bei mir. Das war das Einzige, was meine Angst in Schach gehalten hat; die Angst, dass ihr vielleicht verletzt oder Schlimmeres wärt und ich nie davon erfahren würde. Doch jetzt bin ich zu einer Familie zurückkehrt, die nicht nur unversehrt und gesund ist, sondern auch immer noch zusammen. In der es viel Liebe gibt. So viel Liebe, dass es mir den Atem verschlägt … und sogar noch etwas Liebe für mich übrig ist.«

Julian betrachtete Mark mit einem Ausdruck verhaltener Verwunderung. Emma spürte einen dicken Kloß im Hals. Am liebsten wäre sie zu Julian gegangen und hätte ihn in den Arm genommen, aber tausend Gründe hielten sie davon ab.

»Wenn ihr wollt, dass ich den anderen jetzt die Wahrheit sage, werde ich das machen«, sagte Julian mit heiserer Stimme.

»Jetzt ist nicht der Moment dafür«, erwiderte Mark. Und in diesem einen Satz und in der Art und Weise, mit der er Julian ansah, konnte Emma zum ersten Mal seit Marks Rückkehr die Welt wieder sehen, in der Mark und Julian als Brüder zusammen gewesen waren, ihre Geschwister gemeinsam großgezogen und gemeinsam Beschlüsse gefasst hatten. Zum ersten Mal sah sie die Harmonie zwischen den beiden, die sie verloren hatten. »Nicht, solange wir von Feinden umzingelt sind und unser aller Leben auf dem Spiel steht.«

»Dieses Geheimnis ist eine schwere Bürde«, sagte Julian warnend, aber mit einem hoffnungsvollen Unterton in der Stimme. Emma tat das Herz weh wegen der Ungerechtigkeit der Situation. Wegen der schmerzhaften, verzweifelten Entscheidungen, die ein Zwölfjähriger hatte treffen müssen, um seine Familie zusammenzuhalten. Wegen der Dunkelheit, die Arthur Blackthorns Geist umgab – für die er nichts konnte, für die er aber von seiner eigenen Regierung bestraft werden würde, wenn der Rat davon erfuhr. Wegen des Gewichts tausender Notlügen. Denn auch Notlügen blieben nun einmal Lügen. »Und wenn die Gefolgsleute ihre Drohung wahrmachen …«, fügte Julian hinzu.

»Aber woher haben sie überhaupt davon gewusst?«, fragte Emma. »Wie haben sie von Arthurs Zustand erfahren?«

Julian schüttelte den Kopf. »Keine Ahnung«, sagte er. »Aber ich fürchte, das müssen wir unbedingt herausfinden.«

Cristina sah zu, wie Diego – der sie auf eines der Krankenbetten gelegt hatte – unbeholfen seine Waffen ablegte, da er offensichtlich plötzlich erkannt hatte, dass er sich nicht mit Schwert und Armbrust bewaffnet zu ihr setzen konnte.

Diego war nur selten unbeholfen. In ihrer Erinnerung war er immer anmutig gewesen, der anmutigere der beiden Rocio-Rosales-Brüder – Jaime war kriegerischer, ungestümer gewesen. Langsam hängte Diego seine Armbrust und sein Schwert an einen Haken, öffnete dann den Reißverschluss seiner dunklen Kapuzenjacke und warf sie ebenfalls über einen der Wandhaken neben der Tür.

Er hatte das Gesicht von ihr abgewandt, und Cristina konnte unter seinem weißen T-Shirt Dutzende neuer Narben und weitere, zum Teil permanente Runenmale erkennen. Eine große schwarze Rune für Tapferkeit im Kampf erstreckte sich über sein rechtes Schulterblatt, deren Ausläufer aus seinem Kragen herausragten. Diego sah aus, als wäre er breiter und kräftiger geworden, als hätten seine Schultern, seine Hüften und sein Rücken eine zusätzliche harte Muskelschicht entwickelt. Auch seine Haare waren länger, als Cristina sie in Erinnerung hatte: Sie reichten ihm bis zum Kragen und streiften seine Wange, als er sich wieder zu ihr umdrehte.

Im Chaos der letzten Stunden war sie in der Lage gewesen, den Schock über seine überraschende Anwesenheit in Los Angeles zu unterdrücken. Doch jetzt, da sie allein auf der Krankenstation waren, sah Cristina ihn an und blickte in die Vergangenheit – eine Vergangenheit, vor der sie davongelaufen war und die sie hatte vergessen wollen. Sie entdeckte sie in der Art und Weise, wie Diego einen Stuhl ans Bett heranzog, sich vorbeugte, die Schnürsenkel ihrer Stiefel löste, ihre Füße vorsichtig aus den Stiefeln hob und ihr linkes Hosenbein aufrollte. Ihre gemeinsame Vergangenheit spiegelte sich darin, wie seine Wimpern über seine Wangen streiften, als er sich konzentrierte und die Spitze der Stele rund um die Wunde an ihrem Bein führte und ihre Haut mit Heilrunen versah. Und sie zeigte sich in der Sommersprosse an seinem Mundwinkel und daran, wie er die Stirn runzelte, als er sich zurücklehnte und sein Werk kritisch betrachtete. »Cristina, geht es etwas besser?«, fragte er.

Der Schmerz hatte tatsächlich nachgelassen. Cristina nickte, woraufhin Diego kurz aufstand, den Stuhl umdrehte und sich rittlings daraufsetzte. Trotzdem hielt er die Stele noch immer derartig fest umklammert, dass die alte Narbe auf seinem Handrücken weiß hervortrat. Cristina erinnerte sich wieder an die Narbe und an seine Finger, die langsam die Knöpfe an seinem Hemd geöffnet hatten … in ihrem Schlafzimmer in San Miguel de Allende, während das Läuten der Kirchenglocken durch das Fenster hereingeweht war.

»Ja, es wird allmählich besser«, bestätigte sie.

»Gut.« Diego schob die Stele in seinen Gürtel. *»Tenemos que hablar.«*

»Aber bitte auf Englisch«, sagte sie. »Ich versuche, meine Sprachkenntnisse zu trainieren.«

Ein irritierter Ausdruck huschte über Diegos Gesicht. »Du brauchst nicht zu trainieren. Dein Englisch ist perfekt – genau wie meins.«

»Bescheiden wie immer.«

Er schenkte ihr ein breites Lächeln. »Du hast mir gefehlt, du und deine Fähigkeit, mir das Leben schwer zu machen.«

»Diego …« Cristina schüttelte den Kopf. »Du solltest nicht hier sein. Und du solltest mir nicht sagen, dass ich dir fehle.«

Sein Gesicht schien nur aus kantigen Konturen zu bestehen: ausgeprägte Wangenknochen, Kiefer und Schläfenpartie. Ledig lich sein Mund, der im Moment aber unglücklich nach unten zeigte, war weich. Unwillkürlich erinnerte Cristina sich an ihren ersten Kuss, im Garten des Instituts, verdrängte die Bilder dann aber entschlossen aus ihren Gedanken.

»Aber es entspricht der Wahrheit«, protestierte Diego. »Cristina, warum bist du einfach weggelaufen? Warum hast du nicht auf meine Anrufe und SMS reagiert?«

Cristina hielt eine Hand hoch. »Du zuerst«, forderte sie. »Was machst du hier in Los Angeles?«

Diego legte das Kinn auf die verschränkten Arme. »Nach deiner überraschenden Abreise wollte ich nicht länger in Mexiko bleiben. Da hat mich alles an dich erinnert. Ich meine, eigentlich hatte ich ja Urlaub von der Scholomance, und wir hatten den Sommer gemeinsam verbringen wollen. Aber dann warst du plötzlich verschwunden. In der einen Minute warst du noch Teil meines Lebens, und in der nächsten warst du weg. Ich fühlte mich vollkommen verloren. Also bin ich zur Scholomance zurückgekehrt, um weiterzustudieren, aber ich konnte an nichts anderes denken als an dich.«

»Du hattest doch Jaime«, entgegnete Cristina in hartem Tonfall.

»Niemand *hat* Jaime«, widersprach Diego. »Meinst du, er hätte keine Panik bekommen, als du einfach verschwunden bist? Ihr zwei wolltet *Parabatai* werden!«

»Ich denke, er wird es überleben.« Cristina hörte ihre eigene Stimme – sie klang kalt und irgendwie dünn, so als wäre sie zu einem winzigen Eissplitter erstarrt.

Diego schwieg einen Moment und sagte schließlich: »In den darauffolgenden Wochen gingen dann immer wieder Berichte bei der Scholomance ein, die von ungewöhnlichen Aktivitäten in L.A. zeugten: Totenbeschwörungsmagie. Die Bemühungen deiner Freundin Emma, die Todesumstände ihrer Eltern zu klären. Der Rat vertrat die Meinung, dass sie viel Wirbel um nichts machen würde. Und dass es klar sei, dass Sebastian ihre Eltern getötet hatte, sie das aber nicht akzeptieren könnte. Ich war da allerdings anderer Ansicht, also kam ich hierher, um mir die Sache einmal genauer anzusehen. Noch an meinem ersten Tag in L.A. bin ich zum Schattenmarkt gefahren und … na ja, um es kurz zu machen: Ich bin dann auf Umwegen bei Wells' Villa gelandet …«

»Wo du es für eine gute Idee gehalten hast, mit einer Armbrust auf einen anderen Nephilim zu schießen?«

»Ich wusste doch nicht, dass sie Schattenjäger waren! Ich dachte, sie seien Mörder … Ich hatte nicht vor, sie zu töten …«

»No manches«, entgegnete Cristina unverblümt. »Du hättest bleiben und dich als Nephilim zu erkennen geben müssen. Die Spitzen deiner Bolzen waren vergiftet. Julian wäre fast gestorben.«

»Das habe ich inzwischen auch kapiert.« Diego zog eine reumütige Miene. »Allerdings hatte nicht *ich* sie vergiftet. Wenn ich das auch nur geahnt hätte, wäre ich selbstverständlich geblieben. Die Waffen, die ich auf dem Schattenmarkt gekauft habe, müssen ohne mein Wissen manipuliert gewesen sein.«

»Wieso hast du überhaupt dort Waffen gekauft? Warum bist du nicht zum Institut gekommen?«, fragte Cristina in forderndem Ton.

»Das habe ich doch gemacht«, erwiderte Diego zu Cristinas Überraschung. »Ich bin hierhergekommen und habe nach Arthur Blackthorn gesucht, den ich schließlich im Sanktuarium gefunden habe. Ich habe versucht, ihm zu erklären, wer ich bin und warum ich in L.A. sei. Aber er meinte, der Untergang der Familie Blackthorn sei ihre Privatangelegenheit, und sie wünschten keinerlei Einmischung von außen. Und wenn ich wüsste, was gut für mich sei, sollte ich mich besser aus dem Staub machen, bevor alles in Flammen aufginge.«

»Das hat Arthur gesagt?« Erstaunt setzte Cristina sich auf.

»Mir wurde klar, dass ich hier nicht willkommen war. Einen Moment lang habe ich sogar gedacht, dass die Blackthorns vielleicht irgendwie in diese Totenbeschwörungsgeschichte verwickelt waren.«

»So etwas würden sie niemals tun!«

»Na ja, du hast leicht reden. Du kennst sie schließlich. Aber ich habe sie nicht gekannt. Ich wusste nur, dass der Leiter des Instituts mich aufgefordert hatte zu verschwinden – was ich aber nicht machen konnte, weil *du* hier warst … und vielleicht sogar in Gefahr schwebtest. Eine Gefahr, die möglicherweise von den Blackthorns ausging. Also musste ich mir auf dem Schattenmarkt ein paar Waffen besorgen, weil ich Sorge hatte, die Blackthorns würden es erfahren, wenn ich zu einem der üblichen Waffenverstecke in L.A. ging. Hör zu, Cristina, ich bin kein Lügner …«

»Ach nein, du *lügst* also nicht?«, schnaubte Cristina. »Willst du wissen, warum ich von zu Hause weg bin, Diego? Wie du dich vielleicht erinnerst, waren wir im Mai alle in San Miguel de Allende. Ich war zum Markt gelaufen, und als ich zurückkam, hast du mit Jaime auf der Terrasse gesessen. Ihr habt mich nicht kommen sehen, weil ich den Weg durch den Innenhof genommen habe. Aber ich habe eure Stimmen klar und deutlich gehört.«

Diego schaute sie verwirrt an. »Daran kann ich mich nicht mehr ...«

»Ich habe gehört, wie er zu dir gesagt hat, dass das Institut von der falschen Rosales-Familie geleitet würde. Dass es eigentlich euch zustünde. Jaime hat von einem Plan erzählt, den er geschmiedet hatte. Daran erinnerst du dich doch sicher noch, oder? Der Plan, bei dem du mich heiraten solltest und er mein *Parabatai* werden würde, damit ihr gemeinsam Druck auf mich und meine Mutter ausüben könntet, um sie aus ihrer Stellung als Institutsleiterin von Mexiko-Stadt zu vertreiben. Und danach wolltet ihr dann das Ruder übernehmen. Jaime hat zu dir gesagt, dass du dabei den leichteren Part hättest, denn wenn du mich heiraten würdest, könntest du mich ja jederzeit wieder verlassen. Er dagegen wäre nach dem *Parabatai*-Ritual für immer an mich gebunden. Ich erinnere mich sehr gut daran, dass er das gesagt hat.«

»Cristina ...« Diego war bleich geworden. »Deshalb bist du also mitten in der Nacht abgereist. Nicht weil deine Mutter plötzlich krank geworden war und dich im Institut brauchte.«

»Ich war diejenige, die sich plötzlich total elend fühlte«, fauchte Cristina. »Du hast mir das Herz gebrochen, Diego, du und dein Bruder. Ich weiß nicht, was schlimmer ist: den besten Freund zu verlieren oder den Mann, den man liebt. Aber ich kann dir verraten, dass es für mich so war, als wärt ihr beide an diesem Tag gestorben. Deshalb habe ich nicht auf deine Anrufe und SMS reagiert. Denn von einem Toten nimmt man keine Anrufe entgegen.«

»Und was ist mit Jaime?« Irgendetwas flackerte in Diegos Augen auf. »Was ist mit seinen Anrufen?«

»Er hat nicht ein einziges Mal versucht, mich anzurufen«,

sagte Cristina und genoss den schockierten Ausdruck auf seinem Gesicht fast ein wenig. »Vielleicht hatte er ein besseres Gespür als du.«

»Jaime? *Jaime?*« Diego war aufgesprungen. Eine Ader an seiner Schläfe pulsierte. »Ich erinnere mich wieder an diesen Tag, Cristina. Jaime war betrunken und hat vor sich hin gelallt. Hast du irgendetwas von mir gehört oder nur das, was er gesagt hat?«

Cristina zwang sich, an jenen Abend zurückzudenken. In ihrer Erinnerung war da eine Kakofonie von Stimmen gewesen, aber … »Ich habe nur Jaime gehört«, sagte sie. »Von dir habe ich keinen Ton gehört. Kein Wort zu meiner Verteidigung. Nichts.«

»Es hat keinen Zweck, mit Jaime zu reden, wenn er in diesem Zustand ist«, erklärte Diego bitter. »Ich habe ihn reden lassen. Was ich nicht hätte tun sollen. Aber mich interessiert sein Plan nicht die Bohne. Ich habe dich geliebt. Ich wollte mit dir weit weg von Mexiko. Jaime ist mein Bruder, aber er ist … Ich glaube, er ist mit einem Geburtsfehler auf die Welt gekommen – seinem Herz fehlt der Teil, wo das Mitgefühl sitzt.«

»Er wäre fast mein *Parabatai* geworden«, sagte Cristina. »Ich wäre für immer an ihn gebunden gewesen. Und da wolltest du mich nicht warnen? Oder sonst irgendetwas unternehmen, um das Ganze zu verhindern?«

»Doch, natürlich«, protestierte Diego. »Jaime hatte vor, nach Idris zu reisen. Ich hatte nur darauf gewartet, dass er sich endlich auf den Weg machte. Ich musste mit dir allein reden … wenn er nicht mehr da war.«

Cristina schüttelte den Kopf. »Du hättest nicht darauf warten sollen.«

»Bitte, Cristina.« Diego kam mit ausgestreckten Händen auf sie zu. »Wenn du sonst nichts glauben willst, dann glaube mir bitte wenigstens das: Ich habe dich immer geliebt. Oder glaubst du wirklich, dass ich dich seit unserer Kindheit belogen habe? Seit unserem ersten Kuss, nach dem du lachend davongelaufen bist? Damals war ich zehn – denkst du wirklich, das wäre eine Art Plan gewesen?«

Statt seine Hände zu nehmen, antwortete sie nur: »Aber was ist mit Jaime? Ich kenne ihn genauso lange wie dich. Er war immer mein bester Freund. Aber das stimmt gar nicht, oder? Er hat Dinge gesagt, die kein Freund sagen würde. Und du hast gewusst, dass er mich benutzen wollte, und hast nichts dazu gesagt.«

»Ich wollte es dir doch erzählen …«

»Taten zählen, nicht Worte«, erwiderte Cristina. Sie hatte angenommen, dass sie zumindest etwas Erleichterung verspüren würde, nachdem sie Diego endlich mitgeteilt hatte, warum sie ihn hasste. Nachdem sie sich endlich von der Last des Gehörten befreit hatte. Nachdem sie das Band, das sie verbunden hatte, endlich durchtrennt hatte. Aber es fühlte sich nicht so an, als sei es durchtrennt. Sie konnte die Verbindung zwischen ihnen beiden deutlich spüren – so wie sie sie gespürt hatte, als sie im verunglückten Toyota kurz das Bewusstsein verloren hatte und in Diegos Armen aufgewacht war. Er hatte ihr beruhigende Worte ins Ohr geflüstert – dass es ihr bald wieder besser gehen würde, dass sie seine Cristina sei, dass sie stark sei. Und einen Moment lang hatte es sich so angefühlt, als wären die vergangenen Monate ein Traum gewesen und als wäre sie wieder zu Hause.

»Ich muss in L.A. bleiben«, sagte Diego. »Diese Morde und diese Gefolgsleute … die Sache ist zu wichtig. Ich bin ein Zenturio, ich kann einen Auftrag nicht einfach fallen lassen. Aber ich muss nicht notwendigerweise im Institut bleiben. Wenn du möchtest, dass ich gehe, suche ich mir ein anderes Quartier.«

Cristina öffnete den Mund. Doch bevor sie etwas sagen konnte, brummte ihr Handy. Eine SMS von Emma: HÖR AUF, MIT DEM PERFEKTEN DIEGO RUMZUMACHEN! KOMMT IN DEN COMPUTERRAUM, WIR BRAUCHEN EUCH.

Genervt verdrehte Cristina die Augen und schob das Gerät wieder in ihre Tasche. »Wir sollten uns besser auf den Weg machen.«

21

Der Wind

Der Himmel vor dem Institut hatte eine Schattierung angenommen, die man entweder als die Farbe der späten Nachtstunde oder der frühen Morgenstunde bezeichnen konnte, je nach Sichtweise. Julian hatte sie jedenfalls immer an blaues Zellophan oder an Aquarellfarbe erinnert: das leuchtende Blau des Abends, das durch den bevorstehenden Sonnenaufgang eine durchscheinende Qualität erhielt.

Sämtliche Bewohner des Instituts – bis auf Arthur, der noch immer fest auf seinem Dachboden schlief – hatten sich im Computerraum versammelt. Ty hatte Unterlagen und Bücher aus der Bibliothek herangeschleppt, die die anderen sorgfältig durchgingen. Tavvy hatte sich in einem Sessel zusammengekuschelt und schlief. Leere Pizzaschachteln stapelten sich auf dem Tisch. Julian konnte sich gar nicht erinnern, dass Nightshade Pizza geliefert hatte, aber bis auf wenige Teigränder hatten sie alles verputzt. Mark war damit beschäftigt, Cristina und Diego anzufunkeln, was Diego aber nicht zu bemerken schien. Genauso wenig wie er zu registrieren schien, dass Drusilla ihn mit riesigen Kulleraugen anschmachtete. Genau genommen schien Diego überhaupt nicht viel mitzubekommen, dachte Julian kaltherzig. Vielleicht kostete so ein lachhaft gutes Aussehen ja mehr Energie und Zeit als gedacht.

Emma hatte berichtet, wie Cristina und sie Sterling aufgespürt hatten und was er ihnen auf der Fahrt zum Institut erzählt hatte. Die ganze Zeit über hatte Ty sich mit einem Bleistift eifrig Notizen gemacht, wobei ein zweiter Bleistift hinter seinem Ohr klemmte. Sein Haar war zerzaust wie ein Katzenfell. Julian erinnerte sich an eine Zeit, als Ty klein genug gewesen war, dass man ihm problemlos über die braunen Haare hatte streichen können, wenn diese zu wirr abgestanden hatten. Ein wehmütiges Gefühl beschlich ihn bei dieser Erinnerung.

»Also«, setzte Ty jetzt an und wandte sich Diego und Cristina zu, die neben Diego saß. Sie war barfuß und hatte eines ihrer Hosenbeine hochgekrempelt, sodass man die verbundene Wade sehen konnte. In regelmäßigen Abständen warf sie Diego einen Seitenblick zu, aus dem eine Mischung aus Misstrauen und Erleichterung sprach. Erleichterung, weil er ihr geholfen hatte? Oder weil er überhaupt hier war? Julian war sich nicht sicher. »Du bist ein Zenturio?«, fragte Ty.

»Ich habe an der Scholomance studiert«, bestätigte Diego. »Ich war der jüngste Anwärter, der jemals zum Zenturio ernannt wurde.«

Bis auf Mark wirkten sämtliche Anwesenden beeindruckt – sogar Ty. »Das ist so was wie ein Detektiv, oder?«, hakte er nach. »Du ermittelst im Auftrag des Rats?«

»Das ist nur eine unserer Aufgaben«, erklärte Diego. »Wir stehen außerhalb des Gesetzes, das den Schattenjägern verbietet, sich mit Dingen zu befassen, die die Feenwesen betreffen.«

»In dringenden Fällen kann der Rat jedem Schattenjäger diese Ausnahmegenehmigung erteilen«, wandte Julian ein. »Warum hat man Diana gesagt, wir dürften keine Nachforschungen anstellen? Warum hat man dich geschickt?«

»Der Rat war zu dem Schluss gekommen, dass ihr angesichts eurer Verbindung zum Feenreich nicht in der Lage wärt, bei einer Reihe von Mordfällen, unter denen sich auch Feenwesen befanden, unvoreingenommene und objektive Ermittlungen durchzuführen.«

»Das ist völliger Schwachsinn«, sagte Mark mit blitzenden Augen.

»Tatsächlich?« Diego schaute sich um. »Nach allem, was ich gesehen und gehört habe, scheint ihr geheime Nachforschungen angestellt zu haben, von denen ihr den Rat aber nicht in Kenntnis gesetzt habt. Ihr habt Beweise gesammelt, diese aber nicht weitergegeben. Ihr habt einen blutrünstigen Kult aufgedeckt, der im Geheimen operiert hat …«

»Nur aus deinem Mund klingt das alles zwielichtig«, sagte Emma. »Du dagegen hast bisher nichts anderes zustande gebracht, als hier in L.A. aufzutauchen und auf einen anderen Schattenjäger zu schießen.«

Diego blickte betreten zu Julian. »Die Wunde ist fast verheilt«, sagte Julian. »Zumindest zum Großteil.«

»Ich wette, das hast du der Scholomance nicht berichtet, oder, Perfekter Diego?«, fragte Emma.

»Ich habe der Scholomance überhaupt nichts berichtet«, erwiderte Diego. »Jedenfalls nicht, seit ich herausgefunden hatte, dass Cristina ebenfalls in diese Sache verwickelt war. Ich würde nichts tun, was ihr jemals schaden könnte.«

Cristina wurde knallrot.

»Du bist ein Zenturio«, sagte Ty. »Du hast einen Eid abgelegt, ein Gelöbnis …«

»Gelöbnisse der Freundschaft und der Liebe sind stärker als jeder Eid«, entgegnete Diego.

Drusilla schaute ihn mit roten Cartoonherzchen in den Augen an. »Das ist ein wunderschöner Satz.«

Mark verdrehte die Augen. Ganz offensichtlich zählte er nicht zu den Mitgliedern des Perfekter-Diego-Fanclubs.

»Das ist ja wirklich rührend«, meinte Emma. »Aber jetzt rück endlich mit der Sprache raus. Was weißt du?«

Julian warf ihr einen Blick zu. Sie wirkte wieder wie die typische Emma – scharfsinnig, ermutigend, knallhart und normal. Sie schenkte ihm sogar ein schnelles Lächeln, konzentrierte sich dann aber wieder auf Diego. Julian hörte zu, wobei aber nur eine Hälfte seines Verstands Diegos Geschichte verfolgte. In der anderen Hälfte herrschte totales Chaos.

Während der vergangenen fünf Jahre hatte er eine Gratwanderung hoch über dem Meer absolviert – über einen schmalen

Pfad, der zu beiden Seiten hin steil abfiel und direkt in der brodelnden See endete. Seine Geheimnisse hatten ihm dabei geholfen, das Gleichgewicht zu halten.

Mark hatte ihm verziehen. Aber er hatte nicht nur seinen älteren Bruder belogen. Sondern seinen *Parabatai* … Das war zwar nicht verboten, aber die meisten *Parabatai* taten so etwas nicht. Weil nicht die Notwendigkeit oder der Wunsch bestand, irgendetwas zu verbergen. Die Tatsache, dass er Emma so viele Dinge verschwiegen hatte, musste sie schwer geschockt haben. Verstohlen musterte er ihr Gesicht, auf der Suche nach Anzeichen für Bestürzung oder Verärgerung. Aber er konnte nichts erkennen; ihr Gesicht war vollkommen undurchdringlich, während Diego seine Geschichte erzählte.

Als Diego berichtete, dass er nach seiner Ankunft in Los Angeles direkt zum Institut gekommen war, Arthur ihn aber weggeschickt und ihm mitgeteilt hatte, die Blackthorns wünschten keine Einmischung in ihre Angelegenheiten, hob Livvy ihre Hand, um eine Frage zu stellen. »Warum hat er das gemacht?«, wollte sie wissen. »Onkel Arthur mag zwar keine Fremden, aber er ist kein Lügner.«

Emma wandte den Blick ab. Julian spürte, wie sich sein Magen zusammenballte. Seine Geheimnisse – noch immer seine Bürde.

»Viele Schattenjäger der älteren Generation vertrauen den Zenturionen nicht«, erklärte er. »Die Scholomance hatte 1872 ihre Pforten geschlossen, und seitdem waren keine Zenturionen mehr ausgebildet worden. Und du weißt ja, wie Erwachsene bei Dingen reagieren, mit denen sie nicht aufgewachsen sind.«

Livvy zuckte die Achseln, halbwegs zufriedengestellt. Ty notierte sich irgendetwas in seinem Heft. »Wohin bist du danach gegangen, Diego?«

»Er hat sich mit Johnny Rook getroffen«, sagte Cristina. »Und Rook hat ihm von der Sepulchre Bar erzählt, genau wie später Emma.«

»Ich bin direkt dorthin gefahren«, sagte Diego, »und habe tagelang in der Gasse hinter der Bar Posten bezogen.« Er blickte kurz zu Cristina hinüber. Mit einer Art distanziertem Zynismus fragte Julian sich, ob es für alle anderen ebenso offensichtlich war wie für ihn, dass Diego das alles nur wegen Cristina getan hatte. Wenn er sich nicht solche Sorgen um ihr Wohlergehen gemacht hätte, wäre er wohl kaum zur Sepulchre Bar gerast und hätte dort tagelang Wache geschoben, um herauszufinden, was da vorging. »Und dann habe ich plötzlich ein Mädchen schreien gehört«, berichtete Diego.

Emma setzte sich auf. »Das haben wir gar nicht mitbekommen.«

»Ich glaube, das war vor eurer Ankunft«, sagte Diego. »Ich bin dem Geräusch gefolgt und stieß auf eine Gruppe von Gefolgsleuten, darunter auch Belinda – obwohl ich damals nicht wusste, wer sie waren. Die Gefolgsleute griffen eine junge Frau an, schlugen sie und spuckten ihr ins Gesicht. Auf dem Boden waren Schutzkreise aufgetragen. Darin entdeckte ich ein Symbol wieder, das ich auch auf dem Schattenmarkt gesehen hatte: Wellenlinien unter einer Flamme – ein uraltes Symbol für Wiedererweckung.«

»Wiedererweckung? Mit anderen Worten: Totenbeschwörung?«, fragte Ty.

Diego nickte. »Ich habe die Gefolgsleute in die Flucht geschlagen, aber das Mädchen machte sich auch aus dem Staub und lief zu einem Wagen.«

»War das Ava?«, riet Emma.

»Ja. Sie sah mich und raste davon. Ich bin ihr dann zu ihrem Haus gefolgt und habe sie überreden können, mir alles zu erzählen, was sie über das Mitternachtstheater, die Gefolgsleute und die Lotterie wusste. Es war nicht besonders viel, aber ich erfuhr von ihr, dass bei der Lotterie das Los auf sie gefallen war. Dass sie Stanley Wells getötet hatte, weil sie genau wusste: Wenn sie es nicht getan hätte, hätte man sie gefoltert und umgebracht.«

»Das hat sie dir alles erzählt?«, fragte Livvy verwundert. »Aber ich dachte, die Teilnehmer der Lotterie wären zur Verschwiegenheit verpflichtet.«

Diego zuckte die Achseln. »Keine Ahnung, warum sie mich ins Vertrauen gezogen hat …«

»Echt jetzt? Hast du keinen Spiegel?«, meinte Emma.

»Emma!«, zischte Cristina.

»Ava hatte Wells ein paar Tage zuvor getötet. Doch sie fühlte sich vor Schuldgefühlen bereits innerlich zerrissen. Sie war in der Gasse hinter der Bar aufgekreuzt, weil sie seinen Leichnam sehen wollte. Und dann sagte sie etwas Merkwürdiges über die Schutzkreise – dass sie nutzlos wären und nur als Ablenkung dienten. Nur wenig von dem, was sie gesagt hat, hat wirklich Sinn ergeben.« Diego runzelte die Stirn. »Ich habe ihr erklärt, dass ich sie beschützen würde, und habe die Nacht auf ihrer Veranda geschlafen. Am nächsten Tag hat sie verlangt, dass ich gehe. Sie sagte, sie wolle zum Wächter und den anderen Gefolgsleuten. Denn dort wäre ihr Platz. Sie bestand darauf, dass ich das Grundstück verlasse, also bin ich gegangen. Danach bin ich erneut zum Schattenmarkt gefahren und habe bei Johnny Rook Waffen gekauft. Als ich am Abend zu Avas Haus zurückkehrte, war sie bereits tot. Man hatte sie erwürgt und im Pool ertränkt und ihr eine Hand abgehackt.«

»Diese Sache mit den Händen versteh ich nicht«, sagte Emma. »Ava war tot, und ihr fehlte eine Hand. Belinda fehlte ebenfalls eine Hand, aber sie hat man nicht getötet. Und dann hat sie wiederum Sterling nach dessen Tod beide Hände abgetrennt.«

»Vielleicht sind die Hände ein Beweis für den Wächter, dass jemand tot ist«, überlegte Livvy. »Genau wie der Jäger im Märchen der Königin Schneewittchens Herz bringt.«

»Oder sie sind vielleicht Teil einer Zauberformel«, meinte Diego, noch immer mit gerunzelter Stirn. »Ava und Belinda fehlte jeweils die dominante Hand. Vielleicht wusste Belinda ja nicht, ob Sterling Links- oder Rechtshänder war, also hat sie beide mitgenommen.«

»Ein Körperteil des Mörders, das begleitend zum eigentlichen Opfer benötigt wird?«, fragte Julian. »Wir müssen uns unbedingt noch intensiver mit der Nekromantie-Abteilung in der Bibliothek beschäftigen.«

»Ja«, bestätigte Diego. »Ich wünschte, ich hätte Zugang zu eurer Bibliothek gehabt, nachdem ich Ava Leigh tot aufgefunden hatte. Ich hatte meine Pflicht versäumt und eine Irdische, die meine Hilfe benötigte, nicht schützen können. Deshalb hatte ich mir geschworen herauszufinden, wer dafür verantwortlich war. Also habe ich auf ihrem Dach gewartet ...«

»Ja, wir wissen, was danach passiert ist«, sagte Julian. »Und ich werde mich jedes Mal daran erinnern, wenn ich bei kaltem Wetter Stiche in der Seite bekomme.«

Diego ließ den Kopf hängen. »Es tut mir wirklich leid.«

»Ich möchte wissen, was als Nächstes passiert ist«, sagte Ty und machte sich eifrig Notizen in seiner eleganten, unleserlichen Handschrift. Julian hatte sie immer an die Abdrücke von Katzenpfoten erinnert, die über das Papier tanzten. Tys lange, schlanke Finger waren bereits mit schwarzem Grafit beschmiert. »Du hast herausgefunden, dass Sterling der nächste Lotteriegewinner war und bist ihm gefolgt?«

»Ja«, sagte Diego. »Und ich habe gesehen, dass ihr versucht habt, ihn zu beschützen. Was ich überhaupt nicht verstanden habe. Es tut mir leid, aber nach dem, was Arthur zu mir gesagt hatte, hatte ich euch alle im Verdacht. Ich wusste, dass ich euch eigentlich dem Rat hätte melden müssen, aber ich habe es einfach nicht fertiggebracht.« Er schaute kurz zu Cristina. »Heute Abend war ich bei dieser Bar, in der Hoffnung, Sterling aufhalten zu können, aber auch, weil ich eure Seite der Geschichte erfahren wollte – das muss ich zugeben. Jetzt habe ich sie gehört und bin froh, dass ich mich geirrt habe, was eure Beteiligung an dieser ganzen Geschichte angeht.«

»Das solltest du auch«, murmelte Mark.

Diego lehnte sich gegen den Stuhlrücken. »Vielleicht könnt ihr mir jetzt erzählen, was ihr wisst. Das wäre nur fair.«

Julian war erleichtert, als Mark Diego eine Zusammenfassung der Ereignisse gab. Dabei ließ er kein Detail aus, weder die Abmachung mit den Feenwesen bezüglich seines eigenen Schicksals noch die Folgen seiner Anwesenheit im Institut.

»Blackthorn-Blut«, sagte Diego nachdenklich. »Das ist interessant. Ich hätte eigentlich angenommen, dass die Carstairs für diesen Zauber irgendwie wichtiger wären, wenn man die beiden Toten bedenkt, die vor fünf Jahren aufgefunden wurden.«

»Du meinst Emmas Eltern«, warf Julian ein. Er erinnerte sich noch gut an sie, an ihre fröhlichen Augen und die Liebe, die sie Emma entgegengebracht hatten. Für ihn würden sie nie einfach nur »die Toten« sein.

Aus dem Augenwinkel sah er, wie Tavvy von dem Sessel rutschte, in dem er gedöst hatte. Leise ging der Kleine zur Tür und schlüpfte hinaus. Er musste hundemüde sein; wahrscheinlich hatte er seit Stunden darauf gewartet, dass Julian ihn ins Bett brachte. Julian hatte Gewissensbisse, weil sein kleiner Bruder so oft in Räumen mit viel älteren Leuten hocken musste, die die ganze Zeit nur von Blut und Tod redeten.

»Genau«, sagte Diego. »Dabei beschäftigt mich vor allem eine Frage: Sie wurden vor fünf Jahren getötet, aber danach passierte jahrelang nichts mehr – bis zum ersten Mord im letzten Jahr. Wieso lag da so viel Zeit dazwischen?«

»Wir haben uns gedacht, dass die Zauberformel das möglicherweise erfordert hat«, erklärte Livvy und gähnte. Sie wirkte erschöpft und hatte dunkle Ringe unter den Augen – was im Übrigen für alle Anwesenden galt.

»Und dann ist da noch etwas: Im Auto hat Sterling davon gesprochen, dass es keine Rolle spielen würde, wen die Lotteriegewinner töteten, sei es Mensch oder Feenwesen – sogar Nephilim, wenn wir die Carstairs-Morde dazuzählen.«

Cristina meldete sich zu Wort: »Sterling hat aber auch gesagt: keine Werwölfe oder Hexenwesen …«

»Ich könnte mir vorstellen, dass die Gefolgsleute sich von allen ferngehalten haben, die durch das Abkommen geschützt sind«, sagte Julian. »Denn das hätte Aufmerksamkeit erregt. Unsere Aufmerksamkeit.«

»Ja«, bestätigte Diego. »Aber kann es wirklich sein, dass es keine Rolle spielt, wen sie als Opfer auswählen? Menschen oder Feenwesen, männlich oder weiblich, alt oder jung? Ritualmagie erfordert Gemeinsamkeiten unter den Opfern – alle, die das Zweite Gesicht haben, oder alle, die noch Jungfrau sind, oder alle mit einer bestimmten Blutgruppe. Doch hier scheinen die Opfer willkürlich gewählt.«

Ty betrachtete Diego mit unverhohlener Bewunderung. »Die Scholomance klingt echt cool«, sagte er. »Ich hatte ja keine Ahnung, dass man euch dort so viel über Zauberformeln und Magie beibringt.«

Diego lächelte. Drusilla sah aus, als würde sie gleich umkippen. Livvy machte den Eindruck, als wäre sie bestimmt beeindruckt, wenn sie nicht so müde wäre. Und Mark wirkte nur noch verärgerter.

»Kann ich mir die Fotos vom Knotenpunkt mal ansehen?«, fragte Diego. »Das klingt sehr wichtig. Ich bin beeindruckt, dass ihr die Höhle gefunden habt.«

»Bei unserem letzten Besuch war sie von Mantis-Dämonen umzingelt, deshalb haben wir nur Fotos vom Höhleninneren, aber keine vom Gelände davor«, erklärte Mark, während Ty sich auf den Weg machte, um die Fotos zu holen. »Und was die Dämonen betrifft: Emma und ich haben uns darum gekümmert.«

Er zwinkerte Emma zu, woraufhin sie lächelte und Julian einen kurzen, aber heißen Anflug von Eifersucht verspürte – wie jedes Mal, wenn Mark mit Emma flirtete. Dabei wusste Julian genau, dass das nichts zu bedeuten hatte. Mark flirtete auf typisch elbenhafte Weise, mit einer Art höfischem Sinn für Humor, hinter dem sich aber keine tiefere Absicht verbarg.

Andererseits war Mark natürlich durchaus in der Lage, mit Emma zu flirten: Er hatte die Wahl, und die Feenwesen waren berüchtigt für ihren Wankelmut … Und falls Mark sich tatsächlich für Emma interessierte, hatte er, Julian, kein Recht und auch keinen Grund, Einwände zu erheben. Eigentlich sollte er seinen Bruder unterstützen. Denn wäre es nicht fantastisch, wenn sich sein Bruder und sein *Parabatai* ineinander verliebten? Träumten die meisten Menschen nicht davon, dass sich diejenigen, die sie liebten, auch untereinander liebten?

Diego musterte Mark mit hochgezogener Augenbraue, schwieg aber, als Tiberius die Fotos auf dem Sofatisch ausbreitete.

»Es geht um Energiemagie«, berichtete Ty. »Das haben wir inzwischen herausgefunden.«

»Ja«, sagte Diego. »Energie – und vor allem Todesenergie – kann gespeichert und später zur Nekromantie genutzt werden. Allerdings wissen wir nicht, wofür genau jemand all diese Energie brauchen würde.«

»Für eine Dämonenbeschwörung«, sagte Livvy und gähnte erneut. »Zumindest hat Malcolm das gesagt.«

Eine kleine Falte bildete sich zwischen Diegos Augenbrauen. »Das erscheint mir nicht sehr wahrscheinlich«, wandte er ein. »Denn Todesenergie erlaubt das Praktizieren von Todesmagie. Unser Magier hier versucht, jemanden zum Leben wiederzuerwecken.«

»Aber wen?«, fragte Ty nach einem Moment. »Jemanden mit großer Macht?«

»Nein«, widersprach Drusilla. »Er versucht, Annabel wiederzuerwecken. Annabel Lee.«

Alle schauten überrascht, weil Dru sich zu Wort gemeldet hatte – so überrascht, dass sie ein klein wenig in sich zusammenzufallen schien. Diego schenkte ihr allerdings ein aufmunterndes Lächeln.

»Dieses … Gedicht, das auf den Wänden in der Knotenpunkthöhle geschrieben steht …«, setzte sie an und blickte mit besorgter Miene in die Runde. »Bisher haben wir immer gedacht, dass es sich dabei vielleicht um einen Code oder eine Zauberformel handeln würde. Aber was wäre, wenn es einfach nur eine Art Erinnerung ist? Dieser Magier hat eine geliebte Person verloren und versucht nun, sie wiederzuerwecken.«

»Du meinst jemanden, der so verzweifelt seine verlorene Liebe wiedergewinnen will, dass er einen Kult gründet, über ein

Dutzend Leute tötet, die Höhle beim Knotenpunkt erschafft, das Gedicht an die Wand kritzelt und ein Portal ins Meer öffnet …?« Livvy klang skeptisch.

»Ich würde all das tun«, sagte Dru, »wenn es um jemanden ginge, den ich wirklich liebe. Vielleicht handelt es sich gar nicht um seine Freundin, sondern um eine geliebte Mutter oder Schwester oder was weiß ich. Ich meine, du würdest das für Emma doch auch tun, oder, Jules? Wenn sie sterben würde?«

Das blanke Entsetzen, das ihn jedes Mal beim Gedanken an Emmas Tod erfasste, zeichnete sich vor Julians innerem Auge ab. »Jetzt sei nicht so makaber, Dru«, tadelte er in einem Tonfall, der selbst in seinen eigenen Ohren sehr kühl klang.

»Julian? Alles in Ordnung?«, fragte Emma.

Glücklicherweise blieb ihm eine Antwort erspart, denn eine kleine Stimme meldete sich an der Tür zu Wort. »Dru hat recht«, sagte Tavvy.

Er war gar nicht ins Bett gegangen. Stattdessen stand er im Türrahmen, mit großen Augen und zerzausten braunen Haaren. Tavvy war für sein Alter schon immer recht klein gewesen, und seine blaugrünen Kulleraugen wirkten riesig in seinem bleichen Gesichtchen. Er hielt irgendetwas hinter seinem Rücken versteckt.

»Tavvy … Tavs, was hast du da?«, fragte Julian.

Sein kleiner Bruder nahm eine Hand nach vorn. Er hatte ein Buch bei sich, ein großformatiges Kinderbuch mit einem bunt illustrierten Buchdeckel. Der Titel war in goldenen Buchstaben gedruckt: *Das große Geschichtenbuch für kleine Nephilim.*

Ein Bilderbuch für Schattenjägerkinder. So etwas gab es durchaus, wenn auch nicht viele. Die Druckerpressen in Idris konnten keine großen Auflagen drucken.

»Woher hast du das?«, fragte Emma, aufrichtig interessiert. Sie hatte als Kind ein ähnliches Buch besessen, aber es war mit den Sachen ihrer Eltern verloren gegangen.

»Großtante Marjorie hat es mir gegeben«, berichtete Tavvy. »Mir gefallen fast alle Geschichten aus dem Buch. Vor allem die von den beiden ersten *Parabatai*. Aber manche sind traurig und auch etwas gruselig, zum Beispiel die Geschichte von Tobias Herondale. Und die über Lady Midnight ist die traurigste von allen.«

»Lady *wer?*«, fragte Cristina und beugte sich vor.

»Midnight. Also Mitternacht. Genau wie das Theater, in dem ihr gewesen seid«, sagte Tavvy. »Ich hab mitbekommen, wie Mark den Vers aufgesagt hat, und da ist mir eingefallen, dass ich die Zeilen schon mal gelesen hatte.«

»Schon mal gelesen?«, wiederholte Mark ungläubig. »Wo hast du dieses Elbengedicht denn zuvor gesehen, Octavian?«

Tavvy schlug das Buch auf. »Na, hier drin«, erklärte er. »Es geht um eine Schattenjägerdame, die sich in jemanden verliebt hat, den sie nicht lieben darf. Ihre Eltern haben sie in einem eisernen Schloss eingesperrt, in das ihr Liebster nicht hineinkann. Daraufhin ist die Dame vor Kummer gestorben. Und der Mann, der sie geliebt hat, ist zum König der Feenwesen gereist und hat ihn gefragt, ob es einen Weg gibt, sie zurückzuholen. Und der König hat ihm verraten, dass es da einen Reim gibt:

Erst die Flamme, dann die Flut,
Am Ende ist es Blackthorn-Blut.
Vergangenheit, sie nutzt dir nicht:
Dreizehn erst, dann einer bricht.
Such nicht nach dem Buch in Grau,
in Rot, in Weiß – du wirst nicht schlau.
Um den Tod zu überwinden,
musst das Schwarze Buch du finden.

»Und was ist dann passiert?«, fragte Emma. »Ich meine, was ist mit dem Mann geschehen, der ins Feenreich gereist ist?«

»Er hat von den Elbenfrüchten gegessen«, berichtete Tavvy. »Dadurch war er für immer im Feenreich gefangen. Der Legende nach ist das Geräusch der Wellen, die gegen den Strand branden, sein verzweifeltes Weinen um seine geliebte Dame.«

Julian holte tief Luft. »Wieso haben wir das nicht gefunden?«

»Weil es ein Kinderbuch ist«, erklärte Emma. »Und die stehen nicht in der Bibliothek.«

»Was ziemlich dumm ist«, bemerkte Tavvy ruhig. »Denn es ist ein gutes Buch.«

»Aber warum? Warum Blackthorn-Blut?«, fragte Julian.

»Weil die Dame zur Familie Blackthorn gehört hat«, erläuterte Tavvy. »Lady Midnight. So haben sie sie genannt, weil sie lange schwarze Haare hatte. Aber ihre Augen waren genau wie unsere. Seht mal.«

Er drehte das Buch um und zeigte ihnen eine beklemmende Illustration: Eine Frau mit rabenschwarzen Haaren, die ihr bis über die Schultern fielen, streckte beide Hände nach einem Mann aus, der in der Ferne verschwand. Ihre Augen waren riesig – und so blaugrün wie das Meer.

Livvy keuchte bestürzt auf und griff nach dem Buch. Zögernd überließ Tavvy es ihr.

»Aber mach es nicht kaputt«, warnte er.

»Dann ist das also der vollständige Reim«, sagte sie. *»Das* steht auf den Leichen geschrieben.«

»Es handelt sich um Anweisungen«, stellte Mark fest. »Wenn dieser Reim wirklich ein Elbengedicht ist, dann stellen die Zeilen in den Händen der richtigen Person eine eindeutige Folge von Anweisungen dar. Nämlich dafür, wie man jemanden zum Leben wiedererweckt – aber nicht einfach nur irgendjemanden, sondern sie. Diese Blackthorn-Dame.«

»Dreizehn«, sagte Emma. Trotz ihrer Erschöpfung raste ihr Puls vor Aufregung. Sie und Cristina wechselten einen schnellen Blick.

»Stimmt«, bestätigte Cristina. »Genau das, was Sterling gesagt hat, nachdem wir ihn geschnappt hatten … nachdem er dieses Mädchen getötet hatte. Er hat gesagt, sie sei die Dreizehnte gewesen.«

Emma überlegte laut: »›Dreizehn erst, dann einer bricht.‹ Der Wächter hat dreizehn Morde begangen. Jetzt braucht er nur noch einen letzten zu verüben, und dann hat er es geschafft. Dann hat er genügend Magie zusammen, um Lady Midnight wiederzuerwecken.«

»Das heißt also, dass noch ein weiterer Mord stattfinden wird«, sagte Julian. »Einer, der sich von den vorherigen vielleicht irgendwie unterscheidet.«

»Es muss doch klarere Anweisungen geben als das hier«, meinte Ty. »Dieses Gedicht allein reicht doch nicht, um herauszufinden, auf welche Weise dieser Zauber vollendet werden kann.« Er schaute in die Runde, mit einem Funken Unsicherheit in den grauen Augen. Ein Ausdruck, den er eher selten zeigte – hauptsächlich dann, wenn er annahm, dass es um irgendeine Sache ging, die jeder verstand, nur er nicht. »Oder etwa doch?«

»Nein«, erwiderte Mark bestimmt. »Aber das Gedicht verrät dem Leser, wo man nach den restlichen Anweisungen suchen muss. ›Such nicht nach dem Buch in Grau‹ – die Antwort ist also nicht im Grauen Buch zu finden. Und auch nicht im Weißen Buch oder in den Roten Texten.«

»Sie steht im Schwarzen Buch der Toten«, ergänzte Diego. »Ich habe schon mal davon gehört, an der Scholomance.«

»Und was genau ist das?«, hakte Emma nach. »Gibt es in unseren Bibliotheken vielleicht eine Ausgabe davon? Oder können wir sonst irgendwie darankommen?«

Diego schüttelte den Kopf. »Es handelt sich um ein Werk, das sich mit finsterster Schwarzer Magie befasst. Ein Buch von nahezu legendärem Ruf. Sogar Hexenwesen ist der Besitz untersagt. Falls es irgendwo noch Exemplare davon gibt, wüsste ich nicht, wo. Aber wir sollten uns gleich morgen auf die Suche machen.«

»Genau«, murmelte Livvy mit schlaftrunkener Stimme. »Gleich morgen.«

»Möchtest du ins Bett gehen, Livvy?«, fragte Julian. Im Grunde eine rein rhetorische Frage: Livvy hing auf dem Stuhl wie eine verwelkende Pusteblume. Doch bei diesen Worten riss sie sich zusammen und setzte sich ruckartig auf.

»Nein, mir geht's gut. Ich kann noch wach bleiben …«

Tys Miene veränderte sich leicht, als er einen Blick auf seine Zwillingsschwester warf. »Ich bin total erledigt«, sagte er. »Ich glaube, wir sollten alle schlafen gehen. Morgen früh können wir uns wesentlich besser konzentrieren.«

Julian bezweifelte, dass Ty überhaupt müde war: Wenn ihn ein Rätsel beschäftigte, konnte er tagelang ohne Schlaf auskommen. Aber Livvy nickte dankbar.

»Du hast recht«, sagte sie, rutschte von ihrem Stuhl und gab Tavvy das Bilderbuch zurück. »Komm«, sagte sie und nahm ihn auf den Arm. *»Du* solltest definitiv längst im Bett sein.«

»Aber ich habe euch geholfen, oder?«, fragte Tavvy, als seine Schwester ihn zur Tür trug. Er schaute sich zu Julian um. Und Julian erinnerte sich daran, wie er selbst als Dreikäsehoch auf die gleiche Weise Andrew Blackthorn angeschaut hatte: ein Junge, der seinen Vater ansah, auf der Suche nach Anerkennung.

»Du hast nicht nur *geholfen* – ich denke, du hast den Fall vielleicht sogar gelöst, Tavs«, lobte Julian.

»Hurra«, meinte Tavvy schläfrig und legte den Kopf auf Livvys Schulter.

Die anderen folgten den beiden schon bald. Nur Emma konnte nicht schlafen. Stattdessen fand sie sich irgendwann vor Sonnenaufgang auf der Eingangstreppe des Instituts wieder.

Sie trug nur ein Trägerhemd über der Pyjamahose und dazu Flipflops. Vom Meer wehte ein frischer Wind herüber, aber sie spürte die Kälte nicht. Nachdenklich starrte sie auf das Wasser.

Der Ozean war von jeder Stelle der Treppe zu sehen: in der Morgendämmerung blauschwarz wie Tinte, durchzogen von weißer Gischt … dort, wo sich die Wellen weiter draußen brachen. Der Mond zeigte sich inzwischen nur noch als Sichel und warf einen länglichen Schatten auf die Wasseroberfläche. Eine blau-silberne Morgendämmerung.

Emma musste an die wogende Kälte des blauen Ozeans um sie herum zurückdenken, an den Geschmack von Meersalz und

Dämonenblut. An das Gefühl der erdrückenden Wassermassen, die ihre Knochen zu zerbrechen drohten.

Und dann das Schlimmste: die Angst, dass ihre Eltern genau den gleichen Schmerz, genau die gleiche Panik empfunden hatten.

Ihre Gedanken wanderten zu Julian: die Art und Weise, wie er sie im Esszimmer angesehen hatte … Die Anspannung in seiner Stimme, als er dagestanden und Mark und ihr erzählt hatte, was er im Laufe der vergangenen fünf Jahre getan hatte.

»Emma?«

Verwundert drehte Emma den Kopf und entdeckte den Perfekten Diego, der die Treppe hinunterstieg. Er sah tadellos aus, trotz der anstrengenden Ereignisse der letzten Stunden; sogar seine Stiefel glänzten. Sein dichtes dunkelbraunes Haar fiel ihm charmant in die Stirn und über ein Auge. Er erinnerte an einen Prinzen aus einem Märchenbuch.

Erneut dachte Emma an Julian – an die zerzausten Haare, die abgeknabberten Fingernägel, die staubigen Stiefel, die Farbkleckse an seinen Händen.

»Hi, Perfekter Diego«, sagte sie.

»Ich wünschte, du würdest mich nicht so nennen.«

»Da wünschst du vergebens«, erwiderte Emma. »Wo willst du hin? Ist mit Cristina alles okay?«

»Sie schläft.« Diego blickte hinaus auf den Ozean. »Dieser Ort ist wunderschön. Er muss dir sehr friedlich vorkommen.«

»Du machst wohl Witze.«

Er schenkte ihr ein kurzes, ziemlich perfektes Lächeln. »Du weißt schon: wenn hier keine Morde passieren oder mittelgroße Armeen das Institut umzingeln.«

»Wo willst du hin?«, fragte Emma erneut. »Die Sonne geht bald auf.«

»Ich weiß, dass die Höhle nicht mehr offen ist, aber ich will mir selbst einen Eindruck vom Knotenpunkt verschaffen. Die Mantis-Dämonen dürften inzwischen verschwunden sein. Ich möchte mir das Gelände mal anschauen, vielleicht habt ihr ja irgendetwas übersehen.«

»Du bist echt das Taktgefühl in Person«, bemerkte Emma. »Mach, was du willst: Überprüf ruhig, was wir alles übersehen haben, während wir fast von Riesengrashüpfer-Dämonen zerstückelt wurden.«

»Genau genommen gehören Mantiden nicht zu den Grashüpfern …«

Emma funkelte ihn wütend an. Doch Diego zuckte nur die Achseln und lief zum Fuß der Treppe. Dort blieb er kurz stehen und warf ihr über die Schulter einen Blick zu.

»Weiß sonst noch jemand von euren Ermittlungen?«, fragte er. »Jemand anderes als die Elbendelegation und eure Familie?«

»Nur Diana«, sagte Emma.

»Diana ist eure Tutorin?« Als Emma nickte, runzelte er die Stirn. »Sind Jace Herondale und die Lightwoods nicht von ihrem eigenen Tutor verraten worden?«

»Diana würde uns niemals verraten«, entgegnete Emma empört. »Weder dem Rat gegenüber noch sonst irgendjemandem. Hodge Starkweather war anders.«

»Inwiefern anders?«

»Starkweather war nicht wie Diana. Er war einer von Valentins Speichelleckern. Diana ist ein guter Mensch.«

»Und wo ist sie jetzt?«, fragte Diego. »Ich würde sie gern kennenlernen.«

Emma zögerte. »Sie …«

»Sie ist in Thailand«, sagte eine Stimme hinter ihnen: Julian. Er hatte einen Armeeparka über sein T-Shirt und die Jeans gezogen. »Dort lebt eine Hexe, der sie ein paar Fragen zu Energiezauberformeln stellen wollte. Jemand, den sie von früher kennt.« Er schwieg einen Moment und sagte dann: »Wir können ihr vertrauen.«

Diego neigte den Kopf. »Ich habe nichts anderes andeuten wollen.«

Julian lehnte sich an eine der Säulen. Zusammen mit Emma schaute er Diego nach, der über den niedergetrampelten Rasen in Richtung Straße lief. Der Mond war untergegangen, und der Osthimmel färbte sich allmählich rosa.

»Was machst du hier draußen?«, fragte Julian irgendwann leise.

»Ich konnte nicht schlafen«, sagte Emma.

Julian hatte den Kopf gegen die Säule gelehnt, als würde er sich im schwachen Schein der Morgendämmerung sonnen. Das seltsame Licht ließ ihn ganz anders aussehen, wie eine Gestalt aus Marmor und Silber. Eine Gestalt, deren tintendunkle Locken an den Schläfen und am Hals klebten wie Akanthusblätter in der griechischen Antike.

Er war nicht perfekt wie Diego, aber für Emma gab es niemanden, der so wunderschön war wie er.

»Wir werden irgendwann darüber reden müssen«, sagte sie. »Über die Sache, die du Mark und mir erzählt hast.«

»Ich weiß.« Julian blickte auf seine langen Beine, den ausgefransten Saum seiner Jeans, seine Stiefel. »Ich hatte gehofft … vermutlich hatte ich gehofft, dass die Situation nie eintreten würde oder dass wir dann zumindest schon erwachsen wären.«

»Dann lass uns die Angelegenheit jetzt wie Erwachsene besprechen: Warum hast du mir nicht schon vorher davon erzählt?«

»Meinst du, ich hätte gern Geheimnisse vor dir? Glaubst du, ich hätte es dir nicht erzählen wollen?«

»Wenn du es wirklich gewollt hättest, hättest du es mir sagen können.«

»Nein, das konnte ich eben nicht.« Aus seiner Stimme sprach stille Verzweiflung.

»Hast du mir denn nicht vertraut? Hast du gedacht, ich würde dich verraten?«

Julian schüttelte den Kopf. »Nein, darum ging es nicht.« Inzwischen lag genügend Licht über der Landschaft, dass die Farbe seiner Augen trotz der Dämmerung zu erkennen war. Sie erinnerten Emma an künstlich beleuchtetes Wasser.

Emma dachte an die Nacht zurück, in der Julians Mutter gestorben war. Sie war unheilbar krank gewesen, und die Stillen

Brüder hatte sie bis in den Tod begleitet. Denn es gab Krankheiten, die nicht einmal die Magie der Nephilim heilen konnte: Eleanor Blackthorn hatte Knochenkrebs gehabt und war daran gestorben.

Nach ihrem Tod war Andrew Blackthorn zu sehr von Trauer überwältigt gewesen, um sich um den kleinen Tavvy zu kümmern, wenn er in der Nacht schrie. Helen hatte sich effizient wie immer gezeigt: Sie hatte Tavvys Fläschchen aufgewärmt, seine Windeln gewechselt und ihn an- und ausgezogen. Aber Julian war derjenige, der den ganzen Tag bei Tavvy verbrachte. Während Mark und Helen trainierten, saß Julian in Tavvys Zimmer und zeichnete oder malte. Manchmal gesellte Emma sich zu ihm, und sie spielten dann ganz normal, während das Baby nur wenige Schritte entfernt in seiner Wiege krähte.

Damals hatte Emma sich nicht viel dabei gedacht. Genau wie Julian war auch sie erst zehn Jahre alt gewesen. Doch jetzt erinnerte sie sich wieder daran.

»Ich weiß noch, wie deine Mutter gestorben ist«, sagte sie. »Und wie du dich tagsüber um Tavvy gekümmert hast. Damals habe ich dich gefragt, wieso du das machen müsstest, und ich erinnere mich genau, was du mir geantwortet hast. Weißt du das auch noch?«

»Ich habe dir damals erklärt, dass ich das machen musste, weil es sonst niemand machen konnte«, erwiderte Julian und sah sie fragend an. »Mark und Helen mussten schließlich trainieren. Und mein Vater war … na ja, du weißt ja, in welchem Zustand er war.«

»Du hast immer alles getan, weil sonst niemand da war, der es hätte machen wollen oder können. Wenn du nicht für Arthur eingesprungen wärst, wäre sonst niemand auch nur auf die Idee gekommen. Wenn du nicht so fest entschlossen gewesen wärst, die Familie zusammenzuhalten, hätte niemand sonst sich darum gekümmert. Vielleicht hat das Ganze ja damals angefangen, als du Tavvys Pflege übernommen hast. Vielleicht ist dir ja in dieser Zeit der Gedanke gekommen.«

Julian holte tief Luft. »Vielleicht. Ich kenne mich selbst nicht so genau.«

»Trotzdem wünschte ich, du hättest es mir gesagt. Ich weiß, du hast gedacht, du würdest selbstlos handeln …«

»Nein, das hab ich nicht«, sagte er.

Überrascht sah Emma ihn an.

»Ich habe es aus rein egoistischen Gründen getan«, erklärte er. »Du warst meine Möglichkeit zur Flucht, Emma. Du warst mein Weg raus aus der schrecklichen Situation. Wenn ich bei dir war, war ich glücklich.«

Emma stand auf. »Aber das können doch nicht die einzigen Momente gewesen sein, in denen du glücklich warst …«

»Natürlich bin ich mit meiner Familie glücklich«, sagte er. »Aber ich trage auch die Verantwortung für sie. Für dich dagegen war ich nie verantwortlich. Wir kümmern uns gegenseitig umeinander, denn das bedeutet der *Parabatai*-Eid. Verstehst du denn nicht, Emma? Du bist die Einzige … die Einzige, die dazu bestimmt war, sich um *mich* zu kümmern.«

»Dann habe ich dich im Stich gelassen«, flüsterte Emma mit einem Gefühl abgrundtiefer Enttäuschung. »Ich hätte wissen müssen, was du durchmachst, aber ich …«

»Sag das nie wieder!« Julian stieß sich von der Säule ab; die hinter ihm aufgehende Sonne ließ seine Haarspitzen kupferrot aufleuchten. Emma konnte seine Miene zwar nicht sehen, doch sie wusste, dass er wütend war.

Sie ging auf ihn zu. »Was soll ich nicht sagen? Dass ich es hätte wissen müssen? Aber das hätte ich nun mal …«

»Dass du mich im Stich gelassen hast«, erwiderte Julian aufgebracht. »Wenn du wüsstest … Du warst alles, was mich aufrecht gehalten hat, manchmal wochen- oder sogar monatelang. Selbst in England hat mich nur der Gedanke an dich weitermachen lassen. Und genau deshalb wollte ich dein *Parabatai* werden. Es war total egoistisch: Ich wollte dich an mich binden, komme, was da wolle. Obwohl ich bereits damals gewusst habe, dass es keine gute Idee war. Obwohl ich gewusst habe, dass ich …«

Er verstummte, und ein Ausdruck großer Bestürzung huschte über sein Gesicht.

»Obwohl *was?*«, fragte Emma fordernd. Ihr Herz raste. »Obwohl du *was* gewusst hast, Julian?«

Julian schüttelte den Kopf. Emmas Haare hatten sich aus dem Pferdeschwanz gelöst, und der Wind peitschte ihr die hellen Strähnen ins Gesicht. Julian streckte den Arm aus, um ihr eine Strähne hinters Ohr zu schieben. Er sah aus wie jemand, der in einem Traum gefangen war und verzweifelt aufzuwachen versuchte. »Es spielt keine Rolle«, murmelte er.

»Liebst du mich?« Ihre Stimme war nur noch ein Flüstern.

Er wickelte die Strähne um seinen Finger – ein silbergoldener Ring. »Was macht das schon für einen Unterschied?«, fragte er. »Es würde nichts ändern.«

»Doch, es ändert eine Menge«, wisperte Emma. »Für mich ändert es alles.«

»Emma«, sagte er. »Du solltest jetzt besser wieder ins Haus gehen. Dich schlafen legen. Das sollten wir vermutlich beide …«

»Wenn du vorhast, mich jetzt allein zurückzulassen«, stieß sie zwischen zusammengebissenen Zähnen hervor, »dann musst du selbst den ersten Schritt machen und gehen.«

Julian zögerte. Emma sah die Anspannung in ihm, sah, wie sie in seinem Körper anstieg, wie eine Woge, die sich jeden Moment brechen konnte.

»Mach den ersten Schritt«, sagte sie harsch. *»Geh.«*

Seine Anspannung stieg und stieg, und dann überschlug sie sich. Irgendetwas tief in seinem Inneren brach zusammen wie Wasser, das gegen Felsen schlug. »Ich kann nicht«, sagte er, mit leiser, gebrochener Stimme. »Gott, ich schaff es einfach nicht.« Und dann senkte er die Lider und hob die andere Hand, um Emmas Gesicht zu umfassen. Seine Hände schoben sich in ihre Haare, und er zog Emma zu sich heran. Sie atmete kalte Luft ein, und dann war sein Mund auf ihren Lippen, und Emmas Sinne explodierten.

Insgeheim hatte sie sich gefragt, ob das, was am Strand zwischen ihnen passiert war, vielleicht nur ein Glücksfall gewesen war, bedingt durch den gemeinsamen Adrenalinschub. Bestimmt waren Küsse nicht dazu gedacht, eine derartige Reaktion auszulösen – ein solch allumfassendes Gefühl, das wie ein Blitzschlag durch die Adern jagte, sämtliche Hemmschwellen überwand und einem die Selbstkontrolle raubte.

Aber anscheinend doch.

Emma krallte die Hände in den Stoff von Julians Jacke, zog ihn zu sich heran, näher, immer näher. Spuren von Zucker und Koffein lagen auf seinen Lippen. Er schmeckte wie ein Energieschub. Ihre Hände schoben sich unter sein T-Shirt, berührten die nackte Haut seines Rückens. Julian löste sich von ihr und rang nach Luft. Er hielt die Augen geschlossen, und seine Lippen waren leicht geöffnet.

»Emma«, flüsterte er, und das Verlangen in seiner Stimme schlug eine heiße Schneise durch ihren Körper. Als er sie an sich zog, fiel sie ihm fast entgegen. Julian wirbelte sie herum, drückte ihren Rücken gegen die Säule, sein Körper eine starke, glühende Fläche an ihrem …

Plötzlich schnitt ein Laut durch den Nebel in Emmas Gehirn.

Emma und Julian lösten sich ruckartig voneinander und erstarrten.

Sie waren beide in der Abkommenshalle gewesen, als die Wilde Jagd über Idris hereingebrochen, heulend um die Mauern der Halle geritten war und die Decke eingerissen hatte. Emma erinnerte sich noch genau an das Schmettern von Gwyns Horn, das durch die Luft geschallt war und jeden Nerv in ihrem Körper hatte vibrieren lassen. Ein hoher, hohler, einsamer Ton.

Und exakt derselbe Ton ertönte auch jetzt und hallte durch die Morgenstille.

Die Sonne war aufgegangen, während Emma in Julians Armen gelegen hatte, und sie beleuchtete die Straße, die zum Highway führte. Drei Gestalten kamen über den Schotterweg – hoch zu Ross: zwei auf einem schwarzen Pferd und einer auf einem grauen.

Emma erkannte zwei der Reiter sofort: Kieran, der wie ein Tänzer auf seinem Ross saß, während seine Haare im Sonnenlicht fast schwarz schimmerten. Und daneben Iarlath, in eine dunkle Robe gehüllt.

Den dritten Reiter hatte Emma schon auf hunderten von Bücherillustrationen gesehen: ein großer, kräftiger Mann mit Bart und einer dunkelbraunen Rüstung, die an die Farbe und Struktur eines Baumstamms erinnerte. Unter dem Arm trug er ein Horn, ein gewaltiges Instrument, das über und über mit Hirschmotiven versehen war.

Gwyn der Jäger, der Anführer der Wilden Jagd, war zum Institut gekommen. Und er wirkte alles andere als erfreut.

22

Viel Älterer

Mark stand am Fenster seines Zimmers und beobachtete, wie die Sonne über der Wüste aufging. Die Berge wirkten wie schwarze Scherenschnitte – scharfe Konturen vor dem hellen Himmel. Einen Moment lang stellte er sich vor, er könnte den Arm ausstrecken und sie berühren oder von seinem Fenster aus zur höchsten Kuppe fliegen.

Der Augenblick verstrich, und jetzt sah er wieder die Entfernung zwischen sich und den Bergen. Seit seiner Rückkehr zum Institut hatte er die ganze Zeit das Gefühl gehabt, als würde er durch eine dünne Schicht Zauberglanz schauen müssen, um dahinter etwas zu erkennen. Meistens sah er das Institut genau so, wie es nun einmal war, aber manchmal verschwand es aus seiner Sicht, und stattdessen sah er eine kahle Landschaft und die brennenden Feuerstätten der Wilden Jagd in vielen kleinen Lagern.

Und gelegentlich passierte es ihm, dass er sich umdrehte, um Kieran etwas mitzuteilen, nur um dann festzustellen, dass er nicht da war. Kieran war jahrelang jeden Morgen an seiner Seite aufgewacht.

Sie hatten vereinbart, dass Kieran ihn an dem Abend besuchen würde, an dem Mark in der Küche auf die Kinder aufpasste. Aber er war nicht aufgetaucht, und Mark hatte kein Wort mehr von ihm gehört. Allmählich machte er sich Sorgen. Er versuchte sich zwar mit dem Gedanken zu beruhigen, dass der Elbenprinz nur vorsichtig war, doch seine Hand fuhr deutlich häufiger als sonst zum Elbenpfeil an seiner Kehle.

Diese Geste erinnerte ihn an Cristina – an die Art und Weise, wie sie das Medaillon an ihrem Hals berührte, wenn sie nervös war. Cristina. Er fragte sich, was zwischen ihr und Diego vorging.

Mark wandte sich gerade vom Fenster ab, als das Geräusch ertönte. Sein Gehör war durch die vielen Jahre bei der Wilden Jagd geschärft, und er bezweifelte, dass sonst irgendjemand im Institut es gehört hatte oder davon aufgewacht war.

Nur ein einzelner Ton zerriss die Stille des Morgens: der Klang von Gwyns Horn – klar und hart, so einsam wie die Berge. Mark gefror das Blut in den Adern. Hier ging es nicht um einen Gruß oder den Aufruf zur Jagd. Das hier war ein Ton, den Gwyn erschallen ließ, wenn die Jäger auf der Suche nach einem Deserteur waren – der Klang von Verrat und Betrug.

Julian hatte sich aufgerichtet. Er fuhr sich mit den Händen durch die zerzausten Haare und wappnete sich. »Emma«, stieß er zwischen zusammengebissenen Zähnen hervor, »geh ins Haus.«

Emma drehte sich um und marschierte ins Institut – aber nur, um nach Cortana zu greifen, das an seinem Haken direkt neben der Eingangstür hing. Als sie zur Eingangstreppe zurückkehrte, waren die Elben von ihren Pferden abgestiegen, die unnatürlich reglos dastanden, als wären sie an den jeweiligen Ort gefesselt. Ihre Augen leuchteten blutrot und in ihren Mähnen steckten rote Blüten. *Elbenrösser.*

Gwyn hatte sich dem Fuß der Treppe genähert. Er besaß ein seltsames, leicht fremdartiges Gesicht: weit auseinanderstehende Augen – eines schwarz und eines hellblau –, dazu grobe Wangenknochen und buschige Augenbrauen.

Iarlath trat neben ihn; seine gelblichen Augen starrten unverwandt zu Emma und Julian hoch. Und auf der anderen Seite nahm Kieran seinen Platz ein. Er war so wunderschön, wie Emma ihn in Erinnerung hatte, und wirkte mindestens so kalt und eisig. Sein bleiches Gesicht besaß Ähnlichkeit mit weißem Marmor, und sein schwarzes und sein silbernes Auge funkelten unheimlich.

»Was ist los?«, fragte Emma in forderndem Ton. »Ist irgendetwas passiert?«

Gwyn warf ihr einen abschätzigen Blick zu. »Das geht dich nichts an, Carstairs-Mädchen«, sagte er. »Diese Angelegenheit betrifft nur Mark Blackthorn. Und sonst niemanden.«

Julian verschränkte die Arme vor der Brust. »Alles, was meinen Bruder betrifft, betrifft auch mich. Uns alle, genau genommen.«

Kieran presste die Lippen zu einem dünnen, unnachgiebigen Strich zusammen. »Wir sind Gwyn und Kieran von der Wilden Jagd sowie Iarlath vom Dunklen Hof. Wir sind in einer gerichtlichen Angelegenheit hier. Also lauf gefälligst los und hol deinen Bruder!«

Emma postierte sich in der Mitte der obersten Stufe und zog ihr Schwert aus der Scheide, dessen Klinge im Sonnenschein strahlend funkelte. »Sag du ihm nicht, was er zu tun oder zu lassen hat«, knurrte sie. »Nicht hier. Nicht auf den Stufen des Instituts.«

Gwyn stieß ein unerwartetes, raues Lachen aus. »Sei keine Närrin, Carstairs-Mädchen«, sagte er. »Kein Nephilim dieser Welt kann drei Feenwesen aufhalten, nicht einmal, wenn er oder sie mit einem der Großen Schwerter bewaffnet ist.«

»An deiner Stelle würde ich Emma lieber nicht unterschätzen«, entgegnete Julian in rasiermesserscharfem Ton. »Oder du wirst feststellen, dass dein Kopf schon bald neben deinem noch zuckenden Körper liegt.«

»Wie plastisch«, bemerkte Iarlath belustigt.

»Ich komme schon«, rief eine atemlose Stimme hinter ihnen. Emma schloss halb die Augen; Angst schoss wie ein Schmerz durch ihren Körper.

Mark.

Er sah aus, als hätte er hastig Jeans und Sweatshirt übergeworfen und wäre eilig in seine Schuhe gestiegen. Seine blonden Haare waren zerzaust, und er wirkte jünger als sonst. Überraschung und ungeschützte Verwunderung sprachen aus seinen großen Augen.

»Aber meine Frist ist doch noch gar nicht verstrichen«, wandte er sich an Gwyn, den Blick jedoch auf Kieran geheftet. Der Ausdruck auf seinem Gesicht – den Emma weder interpretieren noch beschreiben konnte – schien eine Mischung aus flehentlicher Bitte, Schmerz und Freude zu spiegeln. »Wir sind auf der Spur desjenigen, der für die Morde verantwortlich ist, und der Lösung schon ziemlich nahe. Aber die Deadline …«

»Deadline?«, wiederholte Kieran. »Hör dich doch nur an! Du klingst schon wie einer von ihnen.«

Mark musterte ihn überrascht. »Aber Kieran …«

»Mark Blackthorn«, setzte Iarlath an. »Du wirst beschuldigt, einen Schattenjäger in die Geheimnisse des Feenreichs eingeweiht zu haben – trotz ausdrücklichen Verbots.«

Mark ließ die Institutstür hinter sich ins Schloss fallen und machte ein paar Schritte vorwärts, bis er neben Julian stand. Er hatte die Hände hinter dem Rücken verschränkt; sie zitterten. »Ich … ich weiß nicht, was ihr meint«, sagte er. »Ich habe meiner Familie nichts Verbotenes mitgeteilt.«

»Nicht deiner Familie«, sagte Kieran mit einem gehässigen Unterton in der Stimme. *»Ihr.«*

»Ihr?«, fragte Julian und schaute zu Emma, die jedoch den Kopf schüttelte.

»Er meint nicht mich«, sagte sie, »sondern Cristina.«

»Du hast doch nicht gedacht, dass wir dich unbeobachtet lassen würden, oder, Mark?«, fragte Kieran. Sein schwarzes und sein silbernes Auge erinnerten an spitze Dolche. »Ich stand draußen vor dem Fenster und habe gehört, wie du mit ihr gesprochen hast. Du hast ihr erzählt, wie man Gwyn seiner Macht berauben kann. Ein Geheimnis, das nur der Wilden Jagd bekannt ist und nicht preisgegeben werden darf.«

Mark war aschfahl geworden. »Das habe ich nicht …«

»Lügen hat keinen Zweck«, sagte Iarlath. »Kieran ist ein Elbenprinz und kann nicht lügen. Wenn er sagt, dass er dich gehört hat, dann stimmt das auch.«

Mark heftete seinen Blick auf Kieran. Das strahlende Licht der

Sonne erschien Emma nicht länger schön, sondern gnadenlos, als es auf Marks goldenes Haar und seine helle Haut fiel. Ein verletzter Ausdruck breitete sich auf seinem Gesicht aus wie der rote Fingerabdruck nach einer Ohrfeige. »Cristina würde dieses Wissen niemals nutzen oder weitergeben. Sie würde nichts tun, was mir oder der Jagd schaden könnte.«

Kieran wandte das Gesicht ab, sein Mund zuckte unkontrolliert. »Genug!«

Zögernd trat Mark einen Schritt vor. »Kieran«, sagte er, »wie kannst du das tun? Wie kannst du mir das antun?«

Kierans Gesicht nahm einen harten Zug an. »Nicht ich bin derjenige, der hier betrogen hat«, erwiderte er. »Erzähl deiner Schattenjägerprinzessin von gebrochenen Versprechen.«

»Gwyn.« Mark wandte sich an den Anführer der Wilden Jagd. »Das, was zwischen mir und Kieran vorgefallen ist, ist nichts, womit sich die Feenhöfe oder die Wilden Jäger beschäftigen müssten. Wann hätten sie sich je in Herzensangelegenheiten eingemischt?«

Herzensangelegenheiten. Jetzt konnte Emma es den Mienen der beiden ansehen – an der Art und Weise, wie Mark und Kieran einander anschauten. Sie fragte sich, wie sie im Sanktuarium hatte übersehen können, dass es hier um zwei Personen ging, die einander liebten. Zwei Jungen, die sich gegenseitig auf eine Weise verletzt hatten, wie es nur Liebende konnten.

Kieran musterte Mark, als hätte er ihm etwas unersetzlich Kostbares genommen. Und Mark wirkte …

Mark wirkte am Boden zerstört. Unwillkürlich musste Emma an den Morgen nach der Nacht mit Julian am Strand denken, an das einsame Kreischen der Möwen über ihren Köpfen.

»Mein Junge«, begann Gwyn, und seine Stimme klang zu Emmas Überraschung fast sanft. »Ich bedaure die Notwendigkeit dieses Besuchs mehr, als ich sagen kann. Und glaube mir: Die Wilde Jagd mischt sich nicht – wie du es formuliert hast – in Herzensangelegenheiten. Aber du hast gegen eines der ältesten Gesetze der Jagd verstoßen und damit jedes einzelne Mitglied in Gefahr gebracht.«

»Genau«, bestätigte Kieran. »Mark hat gegen die Gesetze des Feenreichs verstoßen und muss deshalb mit uns zurückkehren, statt noch länger in der Welt der Menschen zu verweilen.«

»Nein«, widersprach Iarlath. »Das ist nicht die verhängte Strafe.«

»Was?« Verwirrt wirbelte Kieran zu ihm herum. Sein Haar glitzerte an den Spitzen blau und weiß, wie von Raureif überzogen. »Aber du hast doch gesagt …«

»Ich habe dir gegenüber kein Wort über die Strafe verloren, Prinzling«, erwiderte Iarlath und trat vor. »Du hast mir von Mark Blackthorns Vergehen berichtet, und ich habe gesagt, dass wir uns auf angemessene Weise damit befassen werden. Wenn du geglaubt hast, dass er dafür ins Feenreich zurückgeschleift wird, um wieder deinen Gefährten zu spielen, solltest du dich vielleicht mal daran erinnern, dass die Sicherheit des Elbenadels Vorrang vor den Launen eines Königssohns des Dunklen Volkes hat.« Er wandte sich Mark zu und musterte ihn von Kopf bis Fuß; seine Augen leuchteten gespenstisch im Sonnenlicht. »Der König hat mir die Erlaubnis erteilt, deine Strafe persönlich zu bestimmen«, sagte er. »Du wirst zwanzig Peitschenhiebe auf den Rücken erhalten, und du darfst dich glücklich schätzen, dass es nicht noch mehr sind.«

»NEIN!« Das Wort klang wie eine Explosion. Zu Emmas Überraschung hatte Julian lauthals protestiert – Julian, der sonst nie die Stimme erhob. Julian, der nie brüllte. Er lief die Treppe hinunter, dicht gefolgt von Emma, die ihr Schwert in der hocherhobenen Hand hielt.

Kieran und Mark schwiegen, schauten einander nur stumm an. Aus Kierans Gesicht war jegliches Blut gewichen, und er sah aus, als wäre ihm schlecht. Er rührte sich nicht von der Stelle, als Julian vortrat und Kieran den Blick auf Mark versperrte.

»Wenn einer von euch meinen Bruder auch nur anfasst, werde ich ihn töten«, verkündete Julian.

Gwyn schüttelte den Kopf. »Denk nicht, dass ich deine Haltung nicht bewundern würde, Blackthorn«, sagte er. »Aber an deiner Stelle würde ich es mir gründlich überlegen, bevor ich einer Elbendelegation Schaden zufüge.«

»Wenn du irgendetwas unternimmst, um den Vollzug der Strafe zu verhindern, verfällt unsere Vereinbarung mit sofortiger Wirkung«, fügte Iarlath hinzu. »Die Ermittlungen werden eingestellt, und wir bringen Mark ins Feenreich zurück. Dort wird er trotzdem ausgepeitscht und zwar auf schlimmere Weise, als es hier möglich wäre. Du würdest also nichts gewinnen, aber viel verlieren.«

Julians Hände ballten sich zu Fäusten. »Glaubt ihr, ihr wärt die Einzigen, die wissen, was Ehre ist? Ihr könnt nicht verstehen, was wir verlieren würden, wenn wir einfach nur hier stehen und tatenlos zusehen, wie ihr Mark demütigt und foltert, oder? Und genau deshalb werden die Feenwesen von allen verachtet – wegen dieser sinnlosen Grausamkeit.«

»Vorsichtig, Junge«, knurrte Gwyn. »Ihr habt eure Gesetze, und wir haben unsere. Der einzige Unterschied besteht darin, dass wir nicht behaupten, unsere Gesetze seien nicht grausam.«

»Das Gesetz ist hart«, spottete Iarlath, »aber es ist das Gesetz.«

Zum ersten Mal seit Verkündigung der Strafe meldete Mark sich zu Wort. »Ein schlechtes Gesetz ist kein Gesetz«, sagte er mit einem benommenen Ausdruck in den Augen. Emma erinnerte sich an den Jungen, der im Sanktuarium zusammengebrochen war, der bei jeder Berührung aufgeschrien hatte, der von Prügelstrafen gesprochen hatte, die ihn noch immer zittern ließen. Emma hatte das Gefühl, als würde man ihr das Herz aus der Brust reißen. Ausgerechnet Mark wollten die Elben auspeitschen? Mark, dessen Körper vielleicht verheilte, aber dessen Seele sich nie wieder erholen würde?

»Ihr seid zu uns gekommen«, wandte Julian sich an die Delegation mit Verzweiflung in der Stimme. »Ihr seid zu uns gekommen, habt mit uns eine Vereinbarung getroffen. Weil ihr unsere Hilfe brauchtet. Und wir haben unser Leben aufs Spiel gesetzt, haben alles riskiert, um diesen Fall zu lösen. Okay, Mark hat einen Fehler gemacht, aber dieser Loyalitätstest ist völlig unangebracht.«

»Hier geht es nicht um Loyalität«, widersprach Iarlath. »Es geht darum, ein Exempel zu statuieren. So lautet nun mal das Gesetz, so funktioniert es. Wenn wir Mark gestatten, uns zu hintergehen, dann werden andere daraus den Schluss ziehen, dass wir schwach sind.« Er zog eine zufriedene Miene. Ein gieriges Gesicht. »Die Vereinbarung ist wichtig. Aber das hier ist wesentlich wichtiger.«

Bei diesen Worten trat Mark vor und berührte Julian an der Schulter. »Du kannst es nicht ändern, kleiner Bruder«, sagte er. »Lass es einfach geschehen.« Sein Blick wanderte zu Iarlath und dann zu Gwyn. Kieran dagegen schaute er nicht an. »Ich werde die Strafe annehmen.«

Emma hörte, wie Iarlath ein Lachen ausstieß – ein kalter, scharfer Laut wie knackende Eiszapfen. Der Elbe griff unter seinen Umhang, holte eine Handvoll blutroter Steine hervor und warf sie auf den Boden. Mark, der offensichtlich genau wusste, was Iarlath da tat, erbleichte.

An der Stelle, an der die Steine aufgetroffen waren, wuchs etwas aus dem Boden. Ein verkrüppelter, knorriger Baum, dessen Borke und Blätter blutrot leuchteten. Mark beobachtete das Ganze mit starrer, entsetzter Miene. Und Kieran sah so aus, als müsste er sich jeden Moment übergeben.

»Jules«, wisperte Emma. Es war das erste Mal seit der Nacht am Strand, dass sie ihn so nannte.

Julian starrte Emma einen Moment blind an, drehte sich dann um und taumelte die restlichen Stufen hinab. Einen Sekundenbruchteil später folgte Emma ihm. Aber Iarlath stellte sich ihr sofort in den Weg.

»Leg dein Schwert nieder«, fauchte er. »Keine Waffen in Gegenwart der Feenwesen. Wir wissen nur zu gut, dass man euch nicht trauen kann.«

Emma bewegte ihr Schwert so schnell durch die Luft, dass die Klinge vor den Augen verschwamm. Die Spitze flog unter

Iarlaths Kinn vorbei, nur Millimeter von seiner Haut entfernt, und beschrieb einen Bogen, der an ein tödliches Lächeln erinnerte. Der Elbe brachte einen unterdrückten, kehligen Laut hervor, während Emma Cortana mit solcher Kraft in die Schwertscheide auf ihrem Rücken rammte, dass man es deutlich hören konnte. Mit wütend funkelnden Augen starrte sie ihn an.

Gwyn lachte leise in sich hinein. »Und ich dachte, die Carstairs wären nur zum Musizieren zu gebrauchen.«

Iarlath warf Emma einen finsteren Blick zu, bevor er herumwirbelte und zu Mark stolzierte. Dabei löste er ein aufgerolltes Seil von seinem Gürtel. »Leg die Hände auf den Stamm der Quitsche«, befahl er. Emma vermutete, dass er damit den knorrigen Baum mit den scharfen Ästen und blutroten Blättern meinte.

»Nein!«, rief Kieran verzweifelt und wirbelte zu Iarlath herum. Er sank auf die Knie und hob bittend die Hände. »Ich flehe dich an«, stieß er hervor. »Als ein Prinz des Dunklen Volkes flehe ich dich an. Bitte tu Mark nicht weh. Mach stattdessen mit mir, was immer du willst.«

Iarlath schnaubte. »Dich auszupeitschen würde nur den Zorn deines Vaters erregen. Dagegen zieht das hier keinen Ärger nach sich. Also steh auf, Kinderprinz, und bring nicht noch mehr Schande über dich.«

Taumelnd rappelte Kieran sich auf. »Bitte«, flehte er, schaute dabei jedoch nicht Iarlath, sondern Mark an.

Mark warf ihm einen derart hasserfüllten Blick zu, dass Emma fast zurückzuckte. Und Kieran wirkte noch grünlicher im Gesicht als zuvor, falls das überhaupt möglich war.

»Du hättest das vorhersehen müssen, Kleiner«, sagte Iarlath, allerdings nicht an Kieran gewandt, sondern in Marks Richtung, mit einem hungrigen, gierigen Ausdruck in den Augen, als würde ihm die Aussicht auf die Auspeitschung den Speichel im Mund zusammenlaufen lassen. Mark streckte die Hände nach dem Baum aus …

In diesem Moment trat Julian vor. »Peitscht mich aus – statt Mark«, sagte er.

Einen Augenblick erstarrten alle Anwesenden. Emma hatte das Gefühl, als hätte man ihr einen Baseballschläger in die Brust gerammt. »Nein«, versuchte sie zu protestieren, brachte aber kein Wort hervor.

Mark wirbelte herum und sah seinen Bruder an. »Du kannst das nicht tun«, widersprach er. *»Ich* habe das Vergehen begangen. Also muss auch ich die Strafe erhalten.«

Julian ging an Mark vorbei, schob ihn fast aus dem Weg, im Bemühen, sich vor Gwyn zu postieren. Er richtete sich kerzengerade auf und hob das Kinn. »In einem Elbenzweikampf kann man einen Stellvertreter benennen, damit er den eigenen Platz einnimmt«, sagte er. »Wenn ich für meinen Bruder in einem Kampf einspringen darf, warum dann nicht jetzt?«

»Weil ich derjenige bin, der gegen das Gesetz verstoßen hat!«, rief Mark verzweifelt.

»Mein Bruder wurde unmittelbar nach Ausbruch des Dunklen Kriegs verschleppt«, fuhr Julian fort. »Er hat in keiner einzigen Schlacht gekämpft. An seinen Händen klebt kein Feenblut. Wohingegen ich in Alicante war und Feenwesen getötet habe.«

»Er will euch nur aufstacheln«, protestierte Mark. »Er meint es nicht so …«

»Ich meine jedes einzelne Wort so, wie ich es sage«, widersprach Julian. »Denn es ist die Wahrheit.«

»Wenn jemand freiwillig anbietet, den Platz eines verurteilten Mannes einzunehmen, können wir dem nicht widersprechen.« Gwyn zog eine bedenkliche Miene. »Bist du dir auch ganz sicher, Julian Blackthorn? Denn das hier ist nicht deine Strafe.«

Julian neigte den Kopf. »Ich bin mir sicher.«

»Lasst ihn die Hiebe entgegennehmen«, drängte Kieran. »Er will es so. Soll *er* doch die Strafe erhalten.«

Danach ging alles sehr schnell: Mit einem mörderischen Gesichtsausdruck stürzte Mark sich auf Kieran. Er brüllte wütend, als er die Finger in Kierans Hemd krallte und ihn heftig schüttelte. Emma machte einen Schritt vorwärts, wurde aber von Gwyn aus dem Weg gestoßen, der zwischen die beiden ging und Mark brutal von Kieran losriss.

»Du Mistkerl«, knurrte Mark. Seine Lippe blutete. Angewidert spuckte er Kieran vor die Füße. »Du arroganter …«

»Das reicht, Mark«, sagte Gwyn scharf. »Kieran ist ein Prinz des Dunklen Volkes.«

»Er ist mein erklärter Feind. Von jetzt an bis in alle Ewigkeit. Mein Feind«, entgegnete Mark und hob die Hand, als wollte er Kieran schlagen. Kieran rührte sich nicht von der Stelle, starrte ihn nur mit einem gebrochenen Ausdruck in den Augen an. Mark ließ die Hand sinken und wandte sich ab, als könnte er Kierans Anblick nicht länger ertragen. »Jules«, flehte er stattdessen. »Julian, bitte, tu es nicht. Lass mich die Strafe tragen.«

Julian schenkte seinem Bruder ein zaghaftes, sanftes Lächeln. Und in diesem Lächeln steckte die ganze Liebe und Verwunderung des kleinen Jungen, der seinen großen Bruder verloren und entgegen aller Wahrscheinlichkeit zurückbekommen hatte. »Nein, Mark, du kannst das nicht noch mal …«

»Nimm ihn fort«, wandte Iarlath sich an Gwyn. Und der Anführer der Wilden Jagd trat widerstrebend auf Mark zu, packte ihn und zerrte ihn von Julian fort. Mark widersetzte sich, doch Gwyn war ein riesiger Mann mit gewaltigen Oberarmen. Mit ausdrucksloser Miene hielt er Mark fest, während Julian zuerst seinen Parka auszog und dann sein T-Shirt.

Im strahlenden Sonnenlicht wirkte seine leicht gebräunte, nur im Rücken und Brustbereich etwas hellere Haut ungeschützt und verwundbar. Der Kragen seines Shirts hatte seine Haare zerzaust. Als er es auf den Boden fallen ließ, schaute er zu Emma.

Sein Blick befreite sie aus dem eisernen Griff des Schockzustands, der sie wie erstarrt hatte dastehen lassen. »Julian.« Ihre Stimme brach. »Das kannst du nicht tun.« Sie bewegte sich auf ihn zu, doch Iarlath versperrte ihr den Weg.

»Bleib stehen«, zischte Iarlath. Dann trat er von ihr weg. Und Emma, die ihm folgen wollte, musste feststellen, dass ihre Beine wie gefesselt waren. Sie konnte sie keinen Millimeter bewegen.

Das Sirren des Zauberbanns prickelte in ihren Beinen und ihrem Rückgrat und hielt sie so unerbittlich fest wie eine Bärenfalle. Emma versuchte, sich daraus zu befreien, und musste einen Schmerzensschrei unterdrücken, als die Feenmagie sich in ihre Haut krallte und daran zerrte.

Julian trat einen Schritt vor, stützte die Hände auf den Baumstamm und neigte den Kopf. Die lange Kurve seiner Wirbelsäule erschien Emma unpassenderweise wunderschön. Sie erinnerte an die Wölbung einer Welle, kurz bevor sie brach. Weiße Narben und schwarze Runenmale maserten seinen Rücken wie eine Kinderzeichnung aus Haut und Blut.

»Lass mich *los!*«, brüllte Mark und wand sich in Gwyns festem Griff.

Das Ganze war wie ein Albtraum, dachte Emma, wie einer dieser schrecklichen Träume, in denen man lief und lief und dennoch nicht vom Fleck kam – nur mit dem Unterschied, dass dies kein Traum, sondern die Realität war. Sie kämpfte mit aller Macht gegen die unsichtbare Kraft an, die sie unbarmherzig fesselte, wie einen aufgespießten Schmetterling auf einem Bogen Papier.

Iarlath schritt auf Julian zu. Etwas blitzte in seiner Hand auf – etwas Langes, Dünnes, Silbernes. Als es zischend vorwärtsschnellte, erkannte Emma, dass der Elbe den schwarzen Griff einer Silberpeitsche hielt. Schwungvoll holte er aus.

»Törichte Schattenjäger«, höhnte er. »Zu naiv, um zu wissen, wem ihr vertrauen könnt.«

Die Peitsche schnalzte durch die Luft. Emma sah, wie sie sich in Julians Haut biss, sah das Blut, sah, wie sich sein Rücken wölbte und sein ganzer Körper krümmte.

Ein heißer Schmerz explodierte in ihren eigenen Adern. Emma hatte das Gefühl, als hätte man ihr einen weiß glühenden Eisenstab auf den Rücken gelegt. Sie zuckte zusammen und schmeckte das Blut in ihrem Mund.

»Aufhören!«, schrie Mark. »Seht ihr nicht, dass ihr beide verletzt? *Das entspricht nicht der beabsichtigten Strafe!* Lasst mich los, ich habe keinen *Parabatai,* lasst mich los und peitscht mich stattdessen aus …«

Seine Worte verschwammen in Emmas Kopf. Der Schmerz pulsierte noch immer durch ihren Körper.

Gwyn, Iarlath und Kieran schauten von ihr zu Julian, der den Baumstamm umklammerte. Ein langer, blutiger Striemen erstreckte sich über seinen Rücken, und an seinem Haaransatz bildeten sich Schweißperlen.

Emma brach es das Herz. Wenn das, was sie gefühlt hatte, schon fast unerträglich war, wie schlimm musste dann erst sein Schmerz sein? Doppelt, viermal so groß?

»Schick sie weg«, hörte sie Iarlath gereizt fordern. »Dieses Theater ist einfach lächerlich.«

»Das ist kein hysterisches Verhalten, Iarlath«, wandte Kieran ein. »Es liegt daran, dass sie sein *Parabatai* ist. Sein Kampfpartner – die beiden sind miteinander verbunden …«

»Bei meiner Königin, was für ein Getue«, zischte Iarlath und ließ die Peitsche erneut herabsausen.

Dieses Mal brachte Julian ein Geräusch hervor, einen erstickten, kaum hörbaren Laut. Er sank auf die Knie, während seine Hände noch immer den Baumstamm umklammerten. Erneut schoss ein brennender Schmerz durch Emmas Adern, doch dieses Mal war sie gewappnet, darauf vorbereitet. Sie stieß einen gellenden Schrei aus – nicht einfach nur irgendeinen Schrei, sondern eine Mischung aus Entsetzen und Verrat, aus Wut, Schmerz und Rage.

Gwyn streckte einen Arm in Iarlaths Richtung aus, wandte die Augen aber nicht von Emma ab. »Stopp«, befahl er.

Emma spürte seinen schweren Blick auf ihren Schultern und dann Erleichterung, als der Zauberbann, der ihre Beine gefesselt hatte, schlagartig von ihr abfiel.

Sofort stürmte sie zu Julian, sank neben ihm auf die Knie und zog ihre Stele aus dem Gürtel. Sie hörte, wie Iarlath protestierte und Gwyn ihm barsch befahl, sie gewähren zu lassen. Aber Emma kümmerte sich nicht um die beiden. Sie sah nur Julian –

Julian auf den Knien, die Arme um den Baumstamm geschlungen, die Stirn gegen die Borke gepresst. Blut strömte über seinen nackten Rücken. Als Emma die Hand nach ihm ausstreckte, spannten sich die Muskeln seiner Schulter an, als würde er sich für den dritten Hieb wappnen.

Jules, dachte Emma, woraufhin er ihr das Gesicht zuwandte, als hätte er sie gehört. Er hatte sich auf die Unterlippe gebissen. Blut tropfte von seinem Kinn. Blind starrte er sie an, wie ein Mann, der ein Trugbild vor sich sah.

»Em?«, keuchte er.

»Psst«, sagte sie leise, legte ihre Hand an seine Wange und vergrub ihre Finger in seinen Haaren. Seine Haut klebte vor Schweiß und Blut, seine Pupillen waren riesengroß. Emma konnte sich selbst darin sehen, ihr bleiches, angespanntes Gesicht.

Vorsichtig setzte sie die Stele auf seine Haut auf. »Ich muss ihn heilen«, sagte sie. »Lasst mich ihn heilen.«

»Das ist lächerlich«, protestierte Iarlath. »Der Junge sollte die Strafe …«

»Sei still, Iarlath«, sagte Gwyn, die Arme noch immer wie Schraubstöcke um Mark gelegt.

Murrend gehorchte Iarlath. Mark strampelte und wand sich wie wild. Die Stele fühlte sich in Emmas Hand kalt an und noch kälter, als sie sie über Julians Haut führte …

Sie trug eine Rune auf.

»Schlaf, mein Liebster«, wisperte sie so leise, dass nur Julian sie hören konnte. Einen Moment lang weiteten sich seine Augen und musterten sie klar und erstaunt. Dann senkten sich seine Lider, und er sackte zu Boden.

»Emma!« Marks Stimme zerriss die Stille. »Was hast du getan?«

Langsam stand Emma auf, drehte sich um und sah direkt in Iarlaths wutverzerrtes Gesicht. Gwyn dagegen – sie glaubte, so etwas wie Belustigung in seinen Augen aufblitzen zu sehen.

»Ich habe ihn ausgeschaltet«, sagte sie. »Er ist bewusstlos. Ihr könnt ihn nicht wecken, egal was ihr tut.«

Iarlath verzog hämisch die Lippen. »Meinst du, du könntest uns die Durchführung der Strafe vorenthalten, indem du ihm die Fähigkeit nimmst, die Hiebe zu spüren? Bist du wirklich so dumm?« Er wandte sich an Gwyn. »Gib mir Mark«, knurrte er. »Wir werden ihn stattdessen auspeitschen. Dann haben wir zwei Blackthorn-Brüder bestraft.«

»Nein!«, schrie Kieran. »Nein! Ich verbiete es … Ich kann das nicht ertragen …«

»Was du ertragen kannst, interessiert niemanden, Prinzling, und mich schon gar nicht«, erwiderte Iarlath und grinste dann verschlagen. »Ja, wir peitschen einfach beide Brüder aus«, sagte er. »Mark kann nicht fliehen. Und ich bezweifle, dass dir dein *Parabatai* dein Verhalten danken wird, wenn er wieder aufwacht«, fügte er in Emmas Richtung hinzu.

»Statt zwei Blackthorns auszupeitschen, könntest du auch einen Blackthorn und eine Carstairs auspeitschen«, sagte Emma. »Wäre das nicht noch viel besser?«

Gwyn hatte sich in Bewegung gesetzt, doch jetzt blieb er abrupt stehen und schaute sie mit großen Augen an, während Kieran die Luft anhielt.

»Julian hat euch gesagt, dass er im Dunklen Krieg Feenwesen getötet hat«, fuhr Emma fort. »Aber ich habe noch viel mehr getötet. Ich habe ihnen die Kehlen aufgeschlitzt, meine Finger in ihr Blut getaucht. Und ich würde es sofort wieder tun.«

»Schweig!«, brüllte Iarlath mit zornerfüllter Stimme. »Wie kannst du es wagen, damit zu prahlen?«

Emma griff nach dem Saum ihres T-Shirts und riss es sich über den Kopf. Marks Augen weiteten sich, als sie es auf den Boden warf und dann nur in Jeans und BH vor den Männern stand. Aber es war ihr egal. Sie fühlte sich nicht nackt – sondern in den Mantel ihrer Wut und Rage gehüllt wie ein Krieger aus einer von Arthurs Erzählungen.

»Peitscht mich aus«, sagte sie. »Erklärt euch einverstanden, und die Sache endet hier und jetzt. Andernfalls schwöre ich, dass ich euch bis in alle Ewigkeit jagen werde. Mark kann das nicht, aber ich schon.«

Iarlath murmelte aufgebracht etwas in einer Sprache, die Emma nicht verstand, und blickte in Richtung Ozean. Gleichzeitig setzte sich Kieran in Bewegung und trat auf Julians erschlaffte Gestalt zu.

»Rühr ihn nicht an!«, brüllte Mark. Doch Kieran drehte sich nicht zu ihm um, sondern schob die Hände unter Julians Arme und zog ihn vom Baum fort. Vorsichtig legte er ihn ein paar Schritte entfernt auf den Boden und wickelte Julians bewusstlosen, blutenden Körper in seinen eigenen langen Umhang.

Erleichtert atmete Emma auf. Die Sonne brannte heiß auf ihren nackten Körper. »Na, macht schon«, sagte sie. »Oder seid ihr zu feige, um ein Mädchen auszupeitschen?«

»Emma, hör auf«, flehte Mark verzweifelt. »Lass mich deinen Platz einnehmen.«

Ein grausames Licht leuchtete in Iarlaths Augen. »Wie du willst, Carstairs«, sagte er. »Dann folge dem Beispiel deines *Parabatai* und mach dich für die Peitsche bereit.«

Emma sah, wie sich ein Ausdruck großen Bedauerns auf Gwyns Gesicht ausbreitete, als sie auf den Baum zutrat. Beim Näherkommen wirkte die Borke glatt und dunkelrotbraun. Sie fühlte sich kühl an, als Emma die Arme um den Stamm legte. Und jetzt konnte sie auch einzelne Risse in der Borke erkennen.

Mit beiden Händen umklammerte sie das Holz. Erneut hörte sie, wie Mark ihren Namen rief, aber seine Stimme schien aus weiter Ferne zu kommen. Iarlath stellte sich hinter sie.

Die Peitsche sirrte, als er ausholte. Emma schloss die Lider. Vor ihrem inneren Auge sah sie Julian, umgeben von Feuer. Feuer in einem Saal der Stillen Stadt. Sie hörte, wie er die Worte sprach, jene uralten Worte aus der Bibel, die die Schattenjäger übernommen und zu ihrem *Parabatai*-Eid umgewandelt hatten.

Wo du hingehst, da gehe ich hin …

Die Peitsche ging auf sie herab. Falls Emma gedacht hatte, sie hätte zuvor schon Schmerzen gespürt, dann empfand sie jetzt die reinste Qual. Ihr Rücken fühlte sich an, als würde er unter einer Feuerlanze aufplatzen. Sie biss die Zähne zusammen, um den Schrei zu unterdrücken.

Dringe nicht in mich, dass ich dich verlassen …

Wieder. Der Schmerz war dieses Mal noch schlimmer. Ihre Finger krallten sich in die Borke.

Und umkehren und dir nicht folgen soll …

Wieder. Sie sank auf die Knie.

Der Erzengel tue mir an, was er will – nur der Tod soll mich und dich scheiden!

Wieder. Der Schmerz schwoll an wie eine Woge, die die Sonne verdeckte. Emma schrie, aber sie konnte ihren eigenen Schrei nicht hören – ihre Ohren waren wie zugestöpselt, und die Welt um sie herum zerfiel und brach in sich zusammen. Die Peitsche ging ein fünftes Mal auf sie herab, ein sechstes und ein siebtes Mal. Doch Emma nahm es kaum noch wahr, da sie in tiefe Dunkelheit versank.

23

Alleine für sie

Cristina kam mit ernster Miene aus Emmas Zimmer.

Mark konnte einen kurzen Blick in den Raum werfen, bevor sich die Tür hinter ihr schloss. Er sah Emmas reglose Gestalt, die unter dem Haufen schwerer Decken sehr klein wirkte, und Julian, der neben ihr auf dem Bett saß. Sein Bruder hockte mit gesenktem Kopf da, und seine dunklen Haare fielen ihm ins Gesicht.

Nie zuvor hatte Mark ihn derart niedergeschlagen erlebt.

»Wie geht es ihr?«, wandte er sich an Cristina. Sie waren allein im Flur; die anderen schliefen noch fest.

Mark wollte sich lieber nicht an Julians Gesichtsausdruck erinnern, als er in der Nähe des Baumstamms aus seiner Bewusstlosigkeit erwacht war und Mark kniend neben Emmas Gestalt entdeckt hatte, ihre Stele in seinen Fingern. Hastig hatte Mark Heilrunen auf ihre aufgeplatzte Haut aufgetragen, mit der zitternden, ungeübten Hand eines Schattenjägers, der die Sprache des Engels lange Zeit nicht praktiziert hatte.

Und er wollte sich auch nicht daran erinnern, wie Julian ausgesehen hatte, als sie das Institut betreten hatten, Mark mit Cortana in der Hand und Julian mit Emma auf den Armen – ihr Blut auf seinem T-Shirt und in ihren Haaren. Und auch nicht daran, wie Emma bei jedem Peitschenhieb geschrien hatte und dann plötzlich nicht mehr, als sie das Bewusstsein verlor.

Genauso wenig wollte er sich an Kierans Gesichtsausdruck erinnern, als Mark und Julian mit Emma zur Eingangstreppe gehastet waren. Kieran hatte versucht, Mark aufzuhalten, und ihm eine Hand auf den Arm gelegt, mit bleichem, flehendem Gesicht und wirr abstehenden Haaren, die vor Verzweiflung schwarz und blau schimmerten.

Mark hatte seine Finger abgeschüttelt. »Fass mich noch einmal an, und du darfst dich für immer von deiner Hand verabschieden«, hatte er geknurrt, worauf Gwyn Kieran fortgezogen und leise auf ihn eingeredet hatte, in einem gleichermaßen ernsten wie bedauernden Tonfall.

»Lass gut sein, Kieran«, sagte er. »Für heute ist schon genug geschehen.«

Julian hatte Emma in ihr Zimmer getragen und auf dem Bett abgelegt, und Mark war losgelaufen, um Cristina zu holen.

Cristina hatte nicht geschrien, als er sie geweckt hatte, und auch nicht, als sie kurz darauf Emma gesehen hatte, die in ihrer zerrissenen, blutgetränkten Kleidung reglos dagelegen hatte. Ruhig und geschickt hatte sie sich an die Arbeit gemacht: Sie hatte Emma saubere Sachen angezogen, Verbandszeug für Julian geholt und das Blut aus Emmas verfilzten Haaren gespült.

»Sie wird wieder gesund«, sagte Cristina jetzt. »Ihre Wunden werden verheilen.«

Mark wollte sich nicht daran erinnern, wie Emmas Haut aufgeplatzt war, als die Peitsche auf ihren Rücken niedergegangen war. Oder an das Geräusch, das die Peitsche dabei gemacht hatte. Oder an den Geruch von Blut, der sich mit der salzigen Meeresbrise gemischt hatte.

»Mark.« Cristina berührte sein Gesicht. Unwillkürlich schmiegte er seine Wange in ihre Handfläche. Sie roch nach Kaffee und Verbandszeug. Er fragte sich, ob Julian ihr alles erzählt hatte – Kierans Verdächtigungen ihr gegenüber, Marks Unfähigkeit, seinen Bruder oder Emma zu schützen.

Ihre Haut fühlte sich weich an, und sie schaute aus großen dunklen Augen zu ihm hoch. Mark dachte an Kierans Augen – wie Glasfragmente in einem Kaleidoskop, zersplittert und mehrfarbig. Cristinas Augen dagegen wirkten ruhig und beständig.

Mit nachdenklicher Miene streichelte sie über seine Wange hinunter bis zu seinem Kinn. Mark hatte das Gefühl, als würde sich sein ganzer Körper versteifen.

»Mark?« Julians leise Stimme drang durch die Tür.

»Du solltest jetzt besser zu deinem Bruder hineingehen.« Cristina ließ die Hand sinken und drückte seine Schulter, kurz und beruhigend. »Diese Geschichte ist nicht deine Schuld«, sagte sie. »Ganz und gar nicht. Hast du mich verstanden?«

Mark nickte, unfähig zu antworten.

»Ich werde jetzt die Kinder wecken und sie informieren«, verkündete Cristina und marschierte so zielstrebig durch den Flur, als würde sie in Schattenjägermontur in den Kampf ziehen, obwohl sie nur ein T-Shirt und eine Pyjamahose trug.

Mark holte tief Luft und drückte die Tür zu Emmas Zimmer auf.

Emma lag reglos da; ihre Haare waren über das Kopfkissen ausgebreitet, und ihre Brust hob und senkte sich ruhig. Ihre Haut war mit Schlafrunen und anderen Runenmalen versehen, die die Schmerzen stillten, den Blutverlust stoppten und die Heilung förderten.

Julian saß noch immer neben ihr. Ihre Hand lag schlaff auf dem Laken, und Julian hatte seine Finger zwischen ihre gespreizten Finger geschoben, ohne sie jedoch zu berühren. Er hatte den Kopf abgewandt. Mark konnte nur seine hochgezogenen Schultern sehen und seinen gebeugten, verwundbaren Nacken, der an die Wölbung von Emmas Rücken erinnerte, als die Peitsche darauf niedergegangen war.

Er wirkte sehr jung.

»Ich habe es versucht«, sagte Mark. »Ich habe versucht, sie dazu zu bringen, *mir* die Peitschenhiebe zu versetzen. Aber Gwyn hat es nicht zugelassen.«

»Ich weiß. Ich habe gesehen, dass du es versucht hast«, sagte Julian mit tonloser Stimme. »Aber Emma hat im Dunklen Krieg mehrere Feenwesen getötet. Und du nicht. Die Jäger waren nicht mehr daran interessiert, dich auszupeitschen, nachdem sie einmal die Chance hatten, Emma zu bestrafen. Ganz gleich was du auch versucht hättest.«

Mark verfluchte sich innerlich. Ihm wollten keine menschlichen Worte einfallen, mit denen er seinen Bruder hätte trösten können.

»Wenn sie gestorben wäre, würde ich auch sterben wollen«, fuhr Julian noch immer tonlos fort. »Ich weiß, dass das nicht gesund ist. Aber es entspricht nun mal der Wahrheit.«

»Sie wird nicht sterben«, versicherte Mark. »Emma geht es bald wieder besser. Sie muss sich nur in Ruhe erholen. Ich habe erlebt, wie Menschen … wie Personen aussehen, die im Sterben liegen. Ihre Augen bekommen dann einen ganz besonderen Ausdruck. Und das ist bei Emma nicht der Fall.«

»Ich frage mich andauernd …«, setzte Julian an. »Diese ganze Geschichte … jemand, der versucht, einen geliebten Menschen zum Leben wiederzuerwecken, eine geliebte Person, die gestorben ist. Es fühlt sich beinahe falsch an, ihn aufzuhalten. Vielleicht sollten wir ihn ja machen lassen.«

»Jules«, sagte Mark. Er konnte die extremen Emotionen seines Bruders fühlen – scharf wie die Berührung einer Rasierklinge auf einer Haut, die längst mit Pflastern übersät war. Das bedeutete es also, eine Familie zu sein, überlegte er. Den Schmerz zu spüren, den sein Bruder spürte. Ihn beschützen zu wollen. »Der Wächter nimmt anderen Menschen das Leben. Man kann eine Tragödie nicht mit weiteren Tragödien wieder wettmachen oder Leben aus dem Tod gewinnen.«

»Ich weiß nur eines: Wenn es um sie ginge … wenn es um Emma ginge, würde ich das Gleiche tun.« Ein gequälter Ausdruck stand in Julians Augen. »Ich würde alles tun, was erforderlich wäre.«

»Nein, das würdest du nicht.« Mark legte Julian eine Hand auf die Schulter und drehte ihn zu sich herum. Widerstrebend folgte Julian dem Druck seiner Hand und sah seinen Bruder an. »Du würdest das Richtige tun. Dein ganzes Leben lang hast du immer das Richtige getan.«

»Es tut mir leid«, sagte Julian.

»Dir tut es leid? Diese ganze Geschichte, Jules, die Elbendelegation … Wenn ich Cristina nicht von Gwyns Umhang erzählt hätte …«

»Dann hätten sie einen anderen Grund gefunden, dich zu bestrafen«, sagte Julian. »Kieran wollte dir wehtun. Du hast ihm wehgetan, also wollte er dir genauso wehtun. Es tut mir leid … wegen Kieran, weil ich erkennen kann, dass er dir etwas bedeutet hat. Und es tut mir leid, dass ich nicht wusste, dass du jemanden im Feenreich zurückgelassen hast, der dir wichtig ist. Es tut mir leid, dass ich jahrelang gedacht habe, du wärst derjenige, der vollkommen frei und unbeschwert leben und sich bei den Elben amüsieren würde, während ich mir fast ein Bein ausgerissen habe, um vier Kinder großzuziehen, den Institutsbetrieb aufrechtzuerhalten und Arthurs Geheimnis zu bewahren. Ich wollte so gern glauben, dass mit dir alles in Ordnung ist … dass es wenigstens einem von uns gut ging. So gern.«

»Du wolltest glauben, dass ich glücklich war – genau wie ich es von dir glauben wollte«, erwiderte Mark. »Ich habe oft darüber nachgedacht, ob du glücklich, erfolgreich, zufrieden bist. Aber mir ist nie die Idee gekommen, mich einmal zu fragen, zu welcher Art Mann du dich entwickelt haben könntest.« Er schwieg einen Moment und fuhr dann fort. »Ich bin stolz auf dich. Obwohl ich nur wenig Einfluss auf deine Entwicklung hatte, bin ich trotzdem stolz darauf, dich meinen Bruder nennen zu dürfen – euch alle als meine Geschwister bezeichnen zu dürfen. Und ich werde euch nie mehr verlassen.«

Julians Augen weiteten sich; ihre Blackthorn-Farbe leuchtete hell im dämmrigen Raum. »Dann wirst du nicht ins Feenreich zurückkehren?«

»Auf keinen Fall, egal was passiert«, bestätigte Mark. »Ich werde hierbleiben. Für immer und ewig.«

Er schlang die Arme um Julian und umarmte ihn fest. Julian atmete auf, als würde ein Teil der schweren Last, die er so lange mit sich herumgetragen hatte, von ihm abfallen. Er lehnte sich gegen Marks Schulter und ließ zu, dass sein älterer Bruder ihm einen kleinen Teil seiner Bürde abnahm.

Emma träumte von ihren Eltern.

Sie waren wieder in dem kleinen weiß gestrichenen Haus in Venice, dem Stadtteil von L. A., in dem sie ihre Kindheit verbracht hatte. Durch das Fenster konnte sie die Kanäle in der Ferne schimmern sehen. Ihre Mutter saß am Küchentisch und hatte ein Tuch vor sich ausgebreitet. Darauf lagen mehrere Messer und Klingen, von klein nach groß sortiert. Die größte Waffe war Cortana, und Emma schaute mit begierigen Augen auf die glatte Goldfläche und den Glanz der scharfen Klinge.

Im Gegensatz dazu wirkte ihre Mutter nur wie ein Schemen. Zwar schimmerten ihre Haare und ihre Hände, während sie die Waffen polierte, aber ihre Konturen waren verschwommen, und Emma hatte schreckliche Angst, wenn sie die Hand nach ihr ausstreckte, würde sich ihre Mutter in Luft auflösen wie eine zerplatzte Seifenblase.

Musik ertönte aus dem Flur. Emmas Vater, John, kam in die Küche, seine Geige gegen die Schulter gedrückt. Normalerweise spielte er immer mit einer Schulterstütze, doch jetzt verzichtete er darauf. Töne perlten wie Wasser von den Saiten und …

Der laute Knall einer Peitsche, ein brennend heißer Schmerz.

Emma keuchte auf. Ihre Mutter hob den Kopf.

»Stimmt was nicht, Emma?«

»Ich … nein, alles okay.« Sie wandte sich ihrem Vater zu. »Bitte spiel weiter, Dad.«

Ihr Vater schenkte ihr ein sanftes Lächeln. »Bist du sicher, dass du es nicht selbst einmal versuchen möchtest?«

Emma schüttelte den Kopf. Jedes Mal, wenn sie den Bogen auf die Saiten setzte, ertönte ein Laut wie von einer gequälten Katze.

»Musik liegt den Carstairs im Blut«, sagte er. »Diese Violine hat einst Jem Carstairs gehört.«

Jem, dachte Emma. Jem, der sie mit seinen sanften Händen und seinem nachdenklichen Lächeln bei der *Parabatai*-Zeremonie begleitet hatte. Jem, der ihr seinen Kater geschickt hatte, damit er über sie wachte.

Ein Schmerz schnitt wie eine Klinge durch ihre Haut. Cristinas Stimme. »Emma, o Emma, warum haben sie dir nur so wehgetan?«

Ihre Mutter hob Cortana in die Höhe. »Emma, ich bin mir sicher, du bist Tausende von Meilen entfernt.«

»Vielleicht nicht ganz so weit.« Ihr Vater ließ den Bogen sinken.

»Emma.« Marks Stimme. »Emma, komm zurück. Tu es für Julian, bitte. Komm zurück.«

»Vertraue ihm«, sagte John Carstairs. »Er wird zu dir kommen, und er wird deine Hilfe benötigen. Vertraue James Carstairs.«

»Aber er hat gesagt, er müsse fort, Papa.« Seit ihrer Kindheit hatte Emma ihren Vater nicht mehr Papa genannt. »Er meinte, es gäbe da etwas, das er finden müsse.«

»Er ist nicht mehr weit von seinem Ziel entfernt«, sagte John Carstairs. »Und dann wird noch sehr viel mehr Arbeit auf dich zukommen.«

»Jules, willst du nicht in die Küche kommen und etwas essen …?«

»Nicht jetzt, Livvy. Ich muss hier bei ihr bleiben.«

»Aber, Papa«, wisperte Emma. »Papa, du bist tot.«

John Carstairs lächelte traurig. »Solange sich jemand mit Liebe an dich erinnert, ist man nicht vollständig tot«, erwiderte er.

Dann setzte er den Bogen auf die Saiten und begann erneut zu spielen. Die Musik schwoll an und wirbelte wie Rauch durch die Küche.

Emma stand auf. Der Himmel vor dem Fenster hatte eine dunklere Tönung angenommen, und die untergehende Sonne spiegelte sich in den Kanälen. »Ich muss aufbrechen.«

»O Em.« Ihre Mutter kam um den Küchentisch herum. Sie trug Cortana auf den Händen. »Ich weiß.«

Schatten bewegten sich durch die Tiefen ihres Verstands. Jemand hielt ihre Hand so fest, dass es beinahe wehtat. »Emma, bitte«, sagte die Stimme, die Emma mehr als jede andere auf der Welt liebte. »Emma, komm zurück.«

Emmas Mutter legte das Schwert in ihre Hände. »Vom selben Stahl und Härtegrad, meine Tochter«, sagte sie. »Und vergiss nie: Eine von Wayland dem Schmied gefertigte Klinge kann alles durchtrennen.«

»Kehr zurück.« Ihr Vater küsste sie auf die Stirn. »Kehre an den Ort zurück, Emma, wo du gebraucht wirst.«

»Mama«, wisperte sie. »Papa.«

Dann schloss sie die Hände um das Heft ihres Schwerts. Die Küche wirbelte von ihr fort und klappte zusammen wie ein gefalteter Briefbogen. Ihre Eltern verschwanden darin wie vor langer Zeit geschriebene Worte.

»Cortana«, keuchte Emma.

Ruckartig setzte sie sich auf und schrie vor Schmerz. Das Bettlaken hatte sich um ihre Hüften gewickelt. Sie befand sich im Bett, in ihrem eigenen Zimmer. Das Fenster stand einen Spalt auf, und das Licht der Nachttischlampe war gedimmt. Daneben lagen mehrere gefaltete Handtücher und haufenweise Verbandszeug. Der ganze Raum roch nach Blut und Verbranntem.

»Emma?«, fragte eine Stimme ungläubig. Cristina saß am Fuß ihres Betts, eine Mullbinde und eine Schere in der Hand. Als sie sah, dass Emma die Augen weit geöffnet hatte, ließ sie beides auf den Boden fallen und warf sich auf das Bett. »O Emma!«

Sie schlang die Arme um Emmas Schultern, und einen Moment lang klammerte Emma sich an Cristina und fragte sich, ob es sich vielleicht so anfühlte, wenn man eine ältere Schwester hatte. Eine Person, die ihre Freundin sein konnte und sich gleichzeitig um sie kümmern würde.

»Autsch«, brachte Emma kläglich hervor. »Das tut weh.«

Cristina gab sie frei und setzte sich auf. Ihre Augen waren gerötet. »Emma, ist alles in Ordnung mit dir? Erinnerst du dich an das, was passiert ist?«

Emma griff sich an den Kopf. »Unglücklicherweise«, flüsterte sie. Ihr Hals schmerzte. Sie fragte sich, ob das wohl vom Schreien kam. Sie hoffte, nicht: Eigentlich hatte sie Iarlath diese Genugtuung nicht geben wollen. »Ich … wie lange war ich denn weg?«

»Weg? Ach, du meinst, wie lange du geschlafen hast? Seit heute Morgen. Genau genommen den ganzen Tag. Julian war die ganze Zeit bei dir. Aber ich habe ihn endlich überreden können, etwas zu essen. Er wird entsetzt sein, wenn er erfährt, dass du aufgewacht bist, während er nicht da war.« Sanft schob Cristina eine von Emmas wirren Haarsträhnen zurück.

»Ich sollte aufstehen … mich kümmern … Sind alle okay? Ist irgendetwas passiert?« Vor ihrem inneren Auge tauchten plötzlich grässliche Bilder von den Elben auf, die nach Emma als Nächstes Mark oder Julian oder eines der Kinder auspeitschen wollten. Hektisch versuchte Emma, die Beine über die Bettkante zu schwingen.

»Es ist nichts passiert.« Cristina schob sie behutsam zurück. »Du bist müde und geschwächt; du brauchst Nahrung und Runen. Eine solche Auspeitschung … Du weißt, dass man jemanden zu *Tode* peitschen kann, oder, Emma?«

»Ja«, flüsterte Emma. »Wird mein Rücken für immer mit Narben übersät sein?«

»Vermutlich«, sagte Cristina. »Aber es ist nicht ganz so schlimm – die *Iratzes* haben dafür gesorgt, dass sich die meisten Wunden schnell geschlossen haben. Ein paar müssen noch verheilen. Sicherlich wird man die Narben später sehen; allerdings dürften sie sehr blass ausfallen.« Ihre geröteten Augen schimmerten. »Emma, warum hast du das getan? Warum? Glaubst du wirklich, dass dein Körper so viel stärker ist als der von Mark oder Julian?«

»Nein«, sagte Emma. »Ich glaube, jeder ist auf unterschiedliche Weise stark oder schwach. Es gibt Dinge, vor denen ich mich schrecklich fürchte, Mark aber nicht. Beispielsweise das Meer. Aber er wurde schon genug gequält – ich kann nur ahnen, was eine weitere Bestrafung mit ihm gemacht hätte. Und Julian … Ich habe es gespürt, als die Elben ihn ausgepeitscht haben. In meinem Körper, in meinem Herzen. Es war das Schlimmste, was ich je gefühlt habe, Cristina. Ich hätte alles getan, damit dieses Gefühl aufhört. Es war purer Egoismus.«

»Das war *kein* Egoismus.« Cristina nahm Emmas Hand und drückte sie. »Nach der Erfahrung mit Jaime habe ich lange Zeit gedacht, dass ich lieber keinen *Parabatai* will«, sagte sie. »Aber ich glaube, ich würde jetzt anders darüber denken, wenn *du* dieser *Parabatai* hättest sein können.«

Ich wünschte auch, du wärst mein Parabatai, dachte Emma, brachte die Worte aber nicht über die Lippen, weil es Julian gegenüber nicht loyal gewesen wäre – trotz der ganzen Situation.

Stattdessen sagte sie: »Ich hab dich wirklich lieb, Cristina«, und erwiderte ihren Händedruck. »Aber die Ermittlungen ... Ich sollte dich begleiten ...«

»Wohin? In die Bibliothek? Die anderen suchen schon seit Stunden nach weiteren Informationen über Lady Midnight. Ich bin mir sicher, wir werden etwas finden. Aber du brauchst nicht zu helfen, weil wir genügend Leute haben, die jedes einzelne Buch durchblättern.«

»Es gibt außer Recherchen doch noch andere Dinge, die erledigt werden müssen ...«

Die Tür schwang auf, und Julian erschien im Türrahmen. Seine Augen weiteten sich, und einen Moment lang konnte Emma nichts anderes sehen – wie blaugrüne Pforten in eine andere Welt.

»Emma«, flüsterte er mit rauer Stimme. Über der Jeans trug er ein weites weißes T-Shirt, unter dem sich die Konturen eines Brustverbands abzeichneten. Seine Augen waren gerötet, seine Haare zerzaust, und ein Anflug von Bartstoppeln überzog sein Kinn und seine Wangen. Dabei präsentierte Julian sich nie unrasiert – seit jenem Tag, an dem er zum ersten Mal morgens mit Bartstoppeln zum Frühstück erschienen war und Ty ihm unverblümt mitgeteilt hatte, dass ihm das nicht gefiel.

»Julian«, setzte Emma an, »alles in Ordnung mit di...«

Doch Julian war bereits quer durch den Raum auf sie zugestürzt. Anscheinend sah er nichts und niemanden außer Emma.

Er fiel auf die Knie, schlang die Arme um sie und drückte das Gesicht gegen ihren Bauch.

Mit zitternder Hand strich Emma ihm über die Locken und warf Cristina einen beunruhigten Blick zu. Aber Cristina hatte sich bereits erhoben und murmelte, dass sie den anderen mitteilen wolle, dass Julian sich jetzt um Emma kümmerte. Emma hörte das Klicken des Schlosses, als sie die Tür hinter sich zuzog.

»Julian«, murmelte Emma; ihre Finger spielten mit seinen Haaren. Er reagierte nicht, blieb reglos liegen. Erst nach einem Moment holte er zitternd Luft und hob den Kopf.

»Beim Erzengel, Emma«, brachte er krächzend hervor. »Warum hast du das getan?«

Emma zuckte zusammen, woraufhin Julian sofort aufsprang. »Du brauchst weitere Heilrunen«, sagte er. »Natürlich, ich bin ja so blöd, natürlich brauchst du noch ein paar *Iratzes.*« Er hatte recht: Emma hatte tatsächlich Schmerzen. Manche Bereiche ihres Rückens pulsierten nur dumpf, während andere förmlich brannten. Emma atmete langsam und ruhig ein und aus, so wie Diana es ihr beigebracht hatte, während Julian seine Stele holte.

Dann setzte er sich neben ihr aufs Bett. »Schön stillhalten«, sagte er und platzierte die Spitze auf Emmas Haut. Sie fühlte, wie der Schmerz verebbte und nur noch ein dumpfes Ziehen zu spüren war.

»Wie lange … Wann bist du aufgewacht?«, fragte Emma.

Julian legte gerade die Stele auf den Nachttisch. »Wenn du damit meinst, ob ich gesehen habe, wie sie dich ausgepeitscht haben: Nein, ich habe nichts davon mitbekommen«, antwortete er grimmig. »Woran erinnerst du dich noch?«

»Ich erinnere mich daran, wie Gwyn und die anderen aufgetaucht sind … Iarlath … Kieran.« Sie dachte an die heiß vom Himmel brennende Sonne zurück, an einen Baum mit blutroter Borke. An schwarze und silberne Augen. »Kieran und Mark lieben sich.«

»Ja«, bestätigte Julian. »Allerdings weiß ich nicht, was Mark jetzt noch für Kieran empfindet.«

Emma holte kurzatmig Luft. »Ich habe Cortana draußen vergessen …«

»Mark hat dein Schwert reingeholt«, antwortete Julian in einem Ton, der Emma verriet, dass Cortana das Letzte war, was ihn momentan beschäftigte. »Mein Gott, Emma, als ich aus der Ohnmacht erwacht bin, hast du blutend auf dem Boden gelegen, und Mark hat versucht, dich hochzuheben. Ich habe gedacht, du seist *tot*«, stieß er hervor. Aus seiner Stimme war jeder Anflug von Unnahbarkeit verschwunden; stattdessen schwang darin eine Wildheit und Entschlossenheit mit, die Emma bisher nicht mit Julian in Verbindung gebracht hatte. »Sie haben *dich* ausgepeitscht, Emma. Du hast die Strafe getragen, die für Mark und für mich gedacht war. Ich hasse den Gedanken, dass du das getan hast. Verstehst du? Ich hasse es …« Die Emotionen knisterten und brannten in seiner Stimme wie ein außer Kontrolle geratenes Feuer. »Wie konntest du das tun?«

»Mark hätte keine weitere Auspeitschung ertragen«, antwortete Emma. »Es hätte ihm die Seele zerrissen. Und ich hätte es nicht ertragen können zuzusehen, wie sie dich auspeitschen. Das hätte *mir* die Seele zerrissen.«

»Denkst du, ich empfinde nicht das Gleiche wie du?«, fragte Julian fordernd. »Glaubst du, ich hätte nicht den ganzen Tag hier gesessen, total am Boden zerstört und seelisch zerrissen? Ich würde mir lieber den Arm abtrennen, als zuzulassen, dass du einen Fingernagel verlierst, Emma.«

»Es ging dabei nicht nur um dich«, sagte Emma. »Die Kinder … Von mir erwarten sie, dass ich kämpfe und verletzt werde. Sie denken: Schau, da ist Emma, mal wieder von Kopf bis Fuß zusammengeflickt und bandagiert. Aber dich … dich sehen sie mit ganz anderen Augen als mich. Wenn du ernsthaft verletzt wärst, würde ihnen das schreckliche Angst einjagen. Und ich konnte den Gedanken nicht ertragen, sie so zutiefst verängstigt zu sehen.«

Julians Finger ballten sich zur Faust. Emma konnte erkennen, wie sein Herz unter der Haut pulsierte. Unwillkürlich musste sie an ein Graffiti denken, das sie auf dem Malibu Pier gesehen hatte: *Dein Herz ist eine Waffe von der Größe deiner Faust.*

»Mein Gott, Emma«, sagte er. »Was hab ich dir nur angetan …«

»Die Kinder sind auch meine Familie«, erwiderte sie mit erstickter Stimme, unterdrückte dann aber die Tränen.

»Manchmal wünsche ich mir … habe ich mir gewünscht, dass wir verheiratet und sie unsere Kinder wären«, stieß er schnell und mit gesenktem Kopf hervor.

»Verheiratet?«, wiederholte Emma geschockt.

Julian hob den Kopf. Seine Augen glühten. »Warum glaubst du, dass ich …«

»Dass du mich weniger liebst als ich dich?«, beendete sie den Satz. Ihre Worte ließen ihn sichtlich zusammenzucken. »Weil du mir das gesagt hast. Ich habe dir am Strand mehr oder weniger erklärt, was ich empfinde, aber du hast geantwortet: ›Nicht auf diese Weise, Emma‹.«

»Das hab ich nicht …«

»Ich habe es satt, dass wir uns gegenseitig anlügen«, sagte Emma. »Hörst du? Ich bin es so leid, Julian.«

Er fuhr sich mit den Händen durch die Haare. »Ich weiß einfach nicht, wie das Ganze gut enden soll«, erwiderte er. »Ich sehe nur einen schrecklichen Albtraum, in dem alles auseinanderbricht und wo ich dich nicht mehr habe.«

»Du hast mich auch jetzt nicht«, sagte Emma. »Jedenfalls nicht auf die richtige Weise. Die wahrhaftige Weise.« Sie versuchte, sich aufzurichten. Ihr Rücken schmerzte, und ihre Arme und Beine fühlten sich so erschöpft an, als wäre sie kilometerweit gelaufen und geklettert.

Julians Augen verdunkelten sich. »Tut es noch weh?« Er wühlte in der Nachttischschublade und förderte eine Phiole zutage. »Dieses Elixier hat Malcolm mir mal vor einiger Zeit gegeben. Trink.«

Die Phiole war bis zum Rand mit einer grüngoldenen Flüssigkeit gefüllt, die etwas wie abgestandener Champagner schmeckte. In dem Moment, in dem Emma das Elixier trank, spürte sie, wie sich ein betäubendes Gefühl über ihre Glieder legte. Der Schmerz verebbte und wurde durch eine kühle Energie ersetzt, die durch ihren Körper strömte.

Julian nahm ihr die Phiole ab und warf sie auf den Nachttisch. Dann schob er einen Arm unter Emmas Knie und einen unter ihre Schultern und hob sie mit einer fließenden Bewegung vom Bett. Überrascht klammerte Emma sich einen Moment lang an ihn. Sie konnte seinen Herzschlag hören und seinen typischen Geruch wahrnehmen, diese Mischung aus Seife, Farbe und Gewürznelken. Seine Haare streiften sanft über ihre Wange.

»Was machst du da?«, fragte sie.

»Ich muss dir etwas zeigen, und dafür musst du mitkommen.« Seine Stimme klang angespannt, als fasste er seinen ganzen Mut zusammen, um etwas Schreckliches zu tun.

»Du sagst das, als wärst du ein Serienmörder mit einer Gefriertruhe voller abgetrennter Arme«, murmelte Emma, während Julian die Tür mit der Schulter aufstieß.

»Wahrscheinlich wäre der Rat darüber sehr viel glücklicher.«

Emma wollte ihre Wange an seiner reiben und die rauen Bartstoppeln fühlen. Im Grunde wirkte Julian von Kopf bis Fuß zerzaust: Sein T-Shirt war auf links gedreht, und er trug weder Schuhe noch Socken. Emma spürte eine solch heftige Woge der Zuneigung und Sehnsucht, dass sich ihr gesamter Körper versteifte.

»Du kannst mich jetzt absetzen«, sagte sie. »Es geht mir gut. Ich muss nicht prinzessinnenmäßig getragen werden.«

Julian lachte auf, ein kurzes, ersticktes Lachen. »Ich wusste gar nicht, dass es so ein Wort gibt«, sagte er, setzte Emma aber ab, vorsichtig und langsam. Beide lehnten sich noch einen Augenblick aneinander, als könnte keiner von ihnen den Gedanken ertragen, dass sie sich in einer Sekunde nicht mehr berühren würden.

Emmas Puls beschleunigte sich. Ihr Herz raste, während sie Julian durch den leeren Korridor folgte. Es raste, während sie die Treppe zu seinem Atelier hinaufstiegen. Und es raste, als sie sich gegen den mit Farbklecksen übersäten Granitblock lehnte und Julian einen Schlüssel aus einer Kommode in der Nähe des Fensters holte.

Sie bemerkte, wie er tief Luft holte und sich seine Schultern hoben. Er sah genauso aus wie in dem Moment, als er sich für die Auspeitschung gewappnet hatte.

Nachdem er sich ein Herz gefasst hatte, ging er zu der schwarz lackierten Tür, die zu dem Raum führte, den niemand außer ihm betreten durfte. Er drehte den Schlüssel im Schloss, das mit einem deutlichen Klicken aufsprang, und schwang die Tür auf.

Dann trat er einen Schritt beiseite. »Nach dir«, forderte er Emma auf.

Eine Mischung aus jahrelanger Gewohnheit und Respekt vor Julians Privatsphäre ließ Emma zögern. »Bist du dir sicher?«

Julian nickte. Er war kreidebleich. Emma löste sich vom Granitblock und durchquerte den Raum mit einem mulmigen Gefühl. Vielleicht verbarg er darin ja tatsächlich irgendwelche Leichen. Worum es sich auch immer handeln mochte – es musste einfach etwas Schreckliches sein. Denn nie zuvor hatte sie Julian so aschfahl im Gesicht erlebt.

Zögernd betrat Emma den zweiten Raum. Einen Moment lang dachte sie, sie befände sich in einem Spiegellabyrinth. Von jeder Oberfläche blickte ihr ihr eigenes Spiegelbild entgegen. Die Wände waren mit Skizzen und Zeichnungen tapeziert, und in einer Ecke neben dem Fenster stand eine Staffelei mit einem halb fertigen Projekt. Zwei Arbeitsflächen, die ebenfalls mit Skizzen und Gemälden übersät waren, erstreckten sich entlang der Ost- und Westwand.

Und jedes einzelne Kunstwerk zeigte sie:

Beim Training mit Cortana im Fechtsaal; beim Spiel mit Tavvy; mit Dru in der Bibliothek. Ein Aquarell stellte sie schlafend am Strand dar, den Kopf auf die Hand gebettet. Sämtliche Details – der Neigungswinkel ihrer Schultern, die einzelnen Sandkörner, die wie Zucker an ihrer Haut klebten – waren mit solch liebevoller Präzision wiedergegeben, dass es Emma fast schwindlig wurde. Auf einem anderen Gemälde schwebte sie über Los Angeles. Sie war nackt, aber ihr Körper war transparent. Man konnte nur die Umrisse erkennen und die Sterne des Nachthimmels, die durch sie hindurchleuchteten. Ihre Haare ergossen sich wie ein strahlendes Licht über ihren Rücken und erhellten die Welt.

Plötzlich erinnerte sich Emma wieder an Julians Worte beim Tanz im Mitternachtstheater: *Ich habe darüber nachgedacht, dich zu malen. Dein Haar zu malen. Ich müsste dafür Titanweiß verwenden, um die Farbe richtig hinzubekommen und die Art und Weise, wie es das Licht einfängt und beinahe zu leuchten scheint. Aber das würde nicht funktionieren. Denn dein Haar hat nicht nur eine Farbe, es ist nicht nur golden, sondern hat auch Schattierungen von Bernstein und Gelbbraun und Karamell und Weizen und Honig.*

Verwundert berührte sie ihre Haare, die sie nie für etwas Besonderes gehalten hatte – sie waren einfach nur blond. Und dann starrte sie auf das halb fertige Gemälde auf der Staffelei. Es zeigte sie, wie sie aus dem Ozean stieg, mit Cortana an ihrer Hüfte. Ihr Haar war offen – wie bei den meisten Zeichnungen –, und Julian hatte das Bild so gemalt, dass es an die Gischt des Ozeans bei Sonnenuntergang erinnerte, wenn die letzten Sonnenstrahlen das Wasser in einen strahlenden Goldton verwandelten. Emma sah atemberaubend aus, wild und leidenschaftlich und so furchterregend wie eine Göttin.

Verlegen biss sich Emma auf die Lippe. »Du magst es, wenn ich mein Haar offen trage«, bemerkte sie.

Julian lachte kurz. »Ist das das Einzige, was du dazu zu sagen hast?«

Emma drehte sich zu ihm um und sah ihn direkt an. Sie standen dicht beieinander. »Diese Bilder sind wunderschön«, sagte sie. »Warum hast du sie mir nie gezeigt? Mir oder sonst irgendjemandem?«

Langsam ließ Julian die Luft aus seiner Lunge weichen und schenkte ihr ein sanftes, trauriges Lächeln. »Emma, niemand könnte diese Bilder betrachten, ohne sofort zu erkennen, was ich für dich empfinde.«

Emma legte eine Hand auf die Arbeitsfläche. Plötzlich war es ihr wichtig, sich irgendwo abstützen zu können, damit sie nicht den Halt verlor. »Seit wann hast du mich porträtiert?«

Julian seufzte, hob eine Hand und schob sie in Emmas Haare. Seine Finger spielten mit ihren Strähnen. »Schon mein ganzes Leben lang.«

»Ich weiß, dass du mich früher oft gemalt hast, aber dann hast du irgendwann damit aufgehört.«

»Ich habe nie aufgehört, dich zu malen. Ich habe lediglich gelernt, es gut zu verstecken.« Sein Lächeln verschwand. »Mein letztes Geheimnis.«

»Das bezweifle ich entschieden«, sagte Emma.

»All die Jahre habe ich gelogen und gelogen und gelogen«, sagte Julian gedehnt. »Ich habe aus mir einen Meisterlügner gemacht. Und nicht mehr daran gedacht, dass Lügen auch zerstörerisch sein können. Und sogar böse. Bis ich an diesem Strand stand und dir erklärt habe, dass ich nicht auf diese Weise für dich empfinden würde.«

Emma umklammerte die Arbeitsfläche nun so fest, dass ihre Finger schmerzten. »Auf welche Weise?«

»Na ja, du weißt schon«, sagte er und löste sich von ihr.

Plötzlich hatte Emma Angst, dass sie vielleicht übertrieben und ihn zu stark bedrängt hatte. Aber das dringende Bedürfnis, endlich die Wahrheit zu erfahren, warf sämtliche Bedenken über den Haufen. »Ich möchte es von dir hören. Sag es mir, Julian.«

Er ging zur Tür und legte die Hand auf den Türknauf. Einen Moment lang dachte Emma, er wolle gehen, doch stattdessen ließ er schweigend die Tür zufallen, drehte den Schlüssel um und schloss sie beide in dem kleinen Raum ein. Dann wandte er sich ihr wieder zu. Seine Augen leuchteten im schummrigen Licht.

»Ich habe versucht, meine Gefühle zu unterdrücken«, sagte er. »Genau deshalb bin ich mit den anderen nach England gereist: Ich nahm an, wenn ich nicht mehr in deiner Nähe wäre, würden meine Gefühle für dich vielleicht nachlassen. Aber in dem Moment, als wir wieder hier waren … als ich dich sah, da wusste ich, dass sich nichts geändert hatte.« Er schaute sich im Raum um, mit einem fast resignierten Gesichtsausdruck. »Du fragst dich bestimmt, warum ich all diese Bilder von dir angefertigt habe … Weil ich ein Künstler bin, Emma. Diese Porträts sind mein Herz. Und wenn mein Herz eine Leinwand wäre, wäre jeder Quadratzentimeter mit deinem Bildnis bemalt.«

Emma suchte seinen Blick. »Du meinst es ernst«, stellte sie fest. »Du meinst es wirklich ernst.«

»Ich weiß, dass ich dich am Strand belogen habe. Aber ich schwöre bei unserem *Parabatai*-Eid, dass ich jetzt die Wahrheit sage«, erklärte Julian und betonte jedes einzelne Wort, als wollte er unbedingt vermeiden, dass sie ihn missverstehen könnte. »Ich liebe alles an dir, Emma. Ich liebe es, dass ich deine Schritte im Flur erkennen kann, auch wenn ich hinter geschlossener Tür in meinem Zimmer sitze und nicht weiß, dass du dort gerade vorbeigehst. Niemand steigt so wie du die Treppe hinauf. Ich liebe es, wenn du kurz vor dem Einschlafen leise aufkeuchst, als hätten dich deine Träume überrascht. Ich liebe es, wenn wir am Strand stehen und unsere Schatten zu einer Person verschmelzen. Ich liebe es, dass du mit deinen Fingern auf meine Haut schreiben kannst und ich dich besser verstehe als jeden anderen, der direkt neben mir steht und mir ins Ohr schreit. Ich wollte dich nicht auf diese Weise lieben. Es ist die schlimmste Idee auf Erden, dich so zu lieben. Aber ich liebe dich nun mal. Und ich könnte es nicht ändern, selbst wenn ich wollte.«

Es war der Schmerz in seiner Stimme, der sie überzeugte. Denn dieser Schmerz war der gleiche, den sie selbst in ihrem Herzen trug, so lange schon, dass sie ihn nicht mehr als das erkannt hatte, was er war. Emma stieß sich von der Arbeitsfläche ab, ging einen Schritt auf Julian zu und schließlich noch einen. »Dann … dann liebst du mich *wirklich* …?«

Er schenkte ihr ein sanftes und trauriges Lächeln. »Ganz und gar.«

Einen Moment später lag Emma in seinen Armen und küsste ihn. Sie hätte nicht sagen können, wie es genau passiert war. Sie wusste nur, dass es unvermeidlich gewesen war. Während Julians Stimme kurz zuvor noch leise und zurückhaltend geklungen hatte, zeigte er jetzt keine Zurückhaltung mehr: Sein Mund lag heiß auf ihren Lippen, und sein Körper drängte sich sehnsüchtig und verzweifelt an sie. Er presste ihren Körper an sich; seine Lippen zeichneten die Konturen ihres Mundes nach. Ihre Hände wühlten in seinen Haaren. Emma hatte sein Haar schon immer geliebt, und jetzt, da sie es ungehindert berühren durfte, vergrub sie die Hände in seinen dichten Locken und ließ sie durch die Finger gleiten.

Julians Hände schoben sich auf die Rückseite ihrer Oberschenkel und dann hob er sie hoch, als sei sie leicht wie eine Feder. Emma verschränkte die Finger in seinem Nacken und klammerte sich an ihn, während er sie mit einem Arm an sich drückte. Aus dem Augenwinkel nahm sie wahr, dass er mit der anderen Hand nach den Zeichnungen auf der Arbeitsfläche tastete und diese zusammen mit den Farbtuben auf den Boden wischte, bis er eine genügend große Fläche leer gefegt hatte, um Emma absetzen zu können.

Sie zog ihn an sich, die Beine weiterhin um seine Hüften geklammert. Jetzt hatte er nichts Verschlossenes mehr an sich, nichts Unbeteiligtes oder Distanziertes oder Zurückhaltendes, während ihre Küsse intensiver wurden, wilder, heißer.

»Sag mir, dass ich es nicht völlig und für immer vermasselt habe«, keuchte Julian zwischen zwei Küssen. »Ich war am Strand ein solches Arschloch … und als ich dich mit Mark in deinem Zimmer gesehen habe …«

Emma ließ ihre Hände auf seine Schultern sinken, die sich breit und stark unter ihren Fingern anfühlten. Sie war regelrecht berauscht vom Küssen. Das war es, weswegen die Leute Kriege führten, dachte sie, und weswegen sie sich gegenseitig töteten und ihr eigenes Leben zerstörten: diese nervenzerreißende Mischung aus Verlangen und Lust. »Es ist nichts passiert …«

Seine Hände strichen über ihre Haare. »Ich weiß, es ist lächerlich. Aber als du für Mark geschwärmt hast … damals mit zwölf … das war das erste Mal, dass ich jemals Eifersucht empfunden habe. Es ergibt keinen Sinn, das weiß ich, aber die Dinge, die wir am meisten fürchten … wir können uns nicht dazu bringen, sie einfach abzutun. Wenn du und Mark jemals … Ich glaube nicht, dass ich mich davon je erholen könnte.«

Irgendetwas an der unverfälschten Aufrichtigkeit in seiner Stimme berührte Emma zutiefst. »Jeder hat bestimmte Dinge, vor denen er sich fürchtet«, wisperte sie und drängte sich näher an ihn. Sie schob die Finger unter den Saum seines T-Shirts. »Das ist Teil der menschlichen Natur.«

Julians Lider senkten sich. Seine Finger fuhren durch ihre Haare; seine Hände streichelten sanft über ihren Rücken, schoben sich zu ihrer Taille hinab und zogen Emma noch fester an sich. Emma ließ den Kopf in den Nacken sinken und hätte sich fast an einem der Oberschränke gestoßen, während seine Lippen eine brennende Spur auf ihr Schlüsselbein setzten. Seine Haut glühte unter ihren Fingern. Plötzlich verstand Emma, warum Leidenschaft oft mit einem Feuer verglichen wurde: Sie hatte das Gefühl, als würden ihre Körper in Flammen stehen, wie die ausgetrockneten Hügel von Malibu lichterloh brennen und bald zu Asche vergehen, die sich für alle Ewigkeit miteinander vermischte.

»Sag mir, dass du mich liebst, Emma«, stieß Julian an ihrer Kehle hervor. »Selbst wenn du es nicht so meinst.«

Emma keuchte. Wie konnte er so etwas nur denken; wie konnte es sein, dass ihm nicht klar war …?

Aus dem Atelier drang das Geräusch von Schritten zu ihnen in den kleineren Raum. »Julian?« Livvys Stimme drang durch die Tür. »Hey, Jules, wo bist du?«

Panisch lösten sich Emma und Julian voneinander. Sie waren beide völlig aufgelöst, ihre Haare zerzaust, ihre Lippen vom Küssen geschwollen. Außerdem hatte Emma keine Ahnung, wie sie erklären sollten, warum sie sich in Julians Privatraum eingeschlossen hatten.

»Juuules!«, rief Livvy jetzt, doch in gutmütigem Ton. »Wir sind alle in der Bibliothek, und Ty hat mich geschickt, um dich zu holen …« Livvy verstummte, wahrscheinlich, um sich im Atelier nach Julian umzusehen. »Im Ernst, Julian, wo steckst du?«

Der Türknauf drehte sich.

Julian stand wie erstarrt da. Erneut wurde der Knauf gerüttelt, und die ganze Tür vibrierte.

Emma versteifte sich.

Dann ertönte ein Seufzer. Das Rütteln hörte auf, die Schritte entfernten sich, und kurz darauf fiel die Ateliertür mit einem Knall ins Schloss.

Emma schaute zu Julian. Sie hatte das Gefühl, als wäre das Blut in ihren Adern gefroren und dann schlagartig wieder aufgetaut. Es rauschte durch ihre Adern wie ein Sturzbach im Frühjahr. »Alles okay«, flüsterte sie.

Julian zog sie an sich und umarmte sie leidenschaftlich; seine abgekauten Fingernägel gruben sich in ihre Schultern. Er hielt sie so fest, dass Emma kaum noch Luft bekam.

Dann gab er sie frei – allerdings so, als müsste er sich dazu zwingen, als wäre er dem Hungertod nahe und würde das letzte Stück Nahrung beiseitelegen, das er noch hatte.

»Wir sollten besser gehen«, stieß er hervor.

Als Emma wieder in ihrem Zimmer war, duschte sie schnell und schlüpfte in eine saubere Jeans. Unwillkürlich zuckte sie zusammen, als sie das T-Shirt über den Kopf zog und der Stoff über die breiten Pflaster auf ihrem Rücken streifte. Sie würde bald neue brauchen und vermutlich auch eine weitere *Iratze*.

Hastig lief sie aus dem Zimmer, nur um festzustellen, dass jemand im Flur auf sie wartete.

»Emma«, sagte Mark und löste sich von der Wand. Seine Stimme klang müde. »Julian meinte, es ginge dir wieder besser. Ich … es tut mir so leid.«

»Das alles ist nicht deine Schuld, Mark«, sagte Emma.

»Doch«, widersprach er. »Denn ich habe Kieran vertraut.«

»Du hast ihm vertraut, weil du ihn geliebt hast.«

Bei diesen Worten schaute er sie überrascht an. Er wirkte seltsam – nicht nur wegen seiner Augen: Es hatte den Anschein, als hätte jemand tief in sein Inneres gegriffen und an den Wurzeln seiner Überzeugungen gerüttelt. Emma konnte noch immer seine Schreie hören, als Iarlath zuerst Julian und dann sie ausgepeitscht hatte. »War das so offensichtlich?«, fragte Mark.

»Du hast ihn auf eine Weise angesehen, wie …« *Wie ich Julian ansehe.* »… wie man jemanden ansieht, den man liebt«, sagte sie. »Es tut mir leid, dass ich das nicht vorher erkannt habe. Ich dachte, dass du …« *Vielleicht Cristina magst? Kieran schien zumindest auf sie eifersüchtig gewesen zu sein.* »… dass du Mädchen mögen würdest«, beendete Emma ihren Satz. »Das wird mich lehren, noch einmal voreilige Schlüsse zu ziehen.«

»Aber das tue ich doch«, antwortete er. »Ich mag Mädchen.«

»Ach«, sagte Emma. »Dann bist du bisexuell?«

»Soweit ich unterrichtet bin, nennt man das so«, sagte er mit einem leicht belustigten Blick. »Im Feenreich gibt es keine richtigen Begriffe für diese Dinge …«

Emma zuckte zusammen. »Doppelte Entschuldigung wegen all der Vermutungen …«

»Ist schon okay«, sagte er. »Du hast recht, was Kieran betrifft. Er war lange Zeit das Einzige, was ich hatte.«

»Wenn es dich tröstet: Er liebt dich«, sagte Emma. »Ich konnte es seinem Gesicht ansehen. Und ich glaube nicht, dass er davon ausgegangen ist, dass irgendjemand von uns verletzt werden würde. Vermutlich hat er nur gedacht, dass man dich ins Feenreich zurückholen würde, wo du dann wieder bei ihm gewesen wärst. Er ist bestimmt nicht auf die Idee gekommen …«

Doch bei diesem Gedanken, bei der Erinnerung an die Peitsche, die nicht nur auf ihren Rücken niedergegangen war, sondern auch auf den von Julian, schnürte es ihr die Kehle zu.

»Emma«, setzte Mark an, »an dem Tag, als mich die Wilde Jagd verschleppt hat … Bevor ich nach unten gegangen bin, habe ich Julian aufgefordert, bei dir zu bleiben. Das waren meine letzten Worte an ihn. Du warst für mich immer dieses kleine zierliche Mädchen mit den blonden Zöpfen. Ich wusste schon damals: Wenn dir irgendetwas zustoßen sollte, würde es Julian *das Herz brechen.*«

Emma spürte, wie ihr eigenes Herz einen Schlag aussetzte, aber falls Mark damit etwas anderes als im normalen Sprachgebrauch gemeint hatte, ließ er es sich jedenfalls nicht anmerken.

»Und heute hast du ihn beschützt«, fuhr Mark fort. »Du hast die Strafe auf dich genommen, die für ihn gedacht war. Es war nicht leicht, dabei zuzusehen, wie sie euch beide ausgepeitscht haben. Ich wünschte, sie hätten mich bestraft. Wünschte es von ganzem Herzen. Aber ich weiß, dass mein Bruder mich beschützen wollte. Und ich bin dir sehr dankbar, dass du wiederum ihn beschützt hast.«

Emma musste gegen den Kloß im Hals ankämpfen. »Ich musste es einfach tun.«

»Ich werde dir auf ewig zu Dank verpflichtet sein«, sagte Mark, und seine Stimme klang wie die eines Elbenprinzen, dessen Versprechen mehr als nur bloße Lippenbekenntnisse waren. »Was immer du dir wünschst – ich werde es dir geben.«

»Das ist ein ziemlich großes Versprechen. Und du brauchst mir nicht zu danken.«

»Ich möchte es aber«, sagte er bestimmt.

Nach einem Moment nickte Emma, und der seltsame Bann war gebrochen. Mark, der Elbe verwandelte sich wieder in Mark Blackthorn, der ihr vom Fortschritt der Ermittlungen berichtete, während sie gemeinsam zur Bibliothek liefen. Um Arthur davon abzuhalten, doch noch herauszufinden, was mit Emma und der Elbendelegation passiert war, hatte Julian für seinen Onkel ein Treffen mit Anselm Nightshade arrangiert, in dessen Pizzeria an der Cross Creek Road. Nightshade hatte einen Wagen geschickt, um Arthur abzuholen, und versprochen, bei Anbruch der Dunkelheit mit Arthur zum Institut zurückzukehren.

Die restlichen Blackthorns hatten den ganzen Tag in der Bibliothek verbracht und stapelweise Bücher gewälzt, auf der Suche nach Informationen über Lady Midnight.

»Und, haben sie irgendetwas herausgefunden?«, fragte Emma jetzt.

»Ich bin mir nicht sicher. Ich war gerade auf dem Weg zur Bibliothek, als Mr-Hot-und-Sexy aufgetaucht ist und verkündete, er habe wichtige Neuigkeiten.«

»Moment mal.« Emma hielt eine Hand hoch. »Mr-Hot-und-Sexy?«

»Der Perfekte Diego«, brummte Mark.

»Okay, ich weiß ja, dass du das Feenreich erst vor Kurzem verlassen hast, aber hier in der Welt der Menschen ist ›Mr-Hot-und-Sexy‹ *keine* effektive Beleidigung.«

Mark hatte nicht die Zeit, darauf zu antworten, da sie in diesem Moment die Bibliothek erreichten. In der Sekunde, in der Emma den Raum betrat, wurde sie auch schon von einer heranstürmenden Gestalt fast umgeworfen: Livvy umarmte sie fest und brach prompt in Tränen aus.

»Autsch«, sagte Emma und schaute sich um. Auf allen Tischen stapelten sich Dokumente und aufgeschlagene Bücher. »Liv, bitte denk an meine Pflaster.«

»Ich kann einfach nicht glauben, dass du zugelassen hast, dass diese Elben dich auspeitschen. Ich hasse sie! Ich hasse die Feenhöfe, und ich werde sie alle töten …«

»›Zugelassen‹ ist vielleicht nicht der richtige Ausdruck dafür«, erwiderte Emma. »Na, jedenfalls geht es mir gut. Es war gar nicht so schlimm. Eigentlich hat es fast gar nicht wehgetan.«

»Oh, du Lügnerin!«, rief Cristina und tauchte hinter einem Bücherstapel auf, mit Diego an ihrer Seite. *Interessant,* dachte Emma. »Das, was du getan hast, war sehr heldenhaft, aber auch sehr dumm.«

Diego musterte Emma mit ernsten braunen Augen. »Wenn ich gewusst hätte, was passieren würde, wäre ich natürlich geblieben und hätte mich freiwillig gemeldet, um die Strafe zu übernehmen. Ich bin muskulöser und größer als du und hätte das Ganze wahrscheinlich besser überstanden.«

»Ich habe es sehr gut überstanden«, teilte Emma ihm verärgert mit. »Aber vielen Dank für die Erinnerung daran, dass du so ein toller Hecht bist. Das hätte ich sonst glatt vergessen.«

»Argh! Hört auf!« Cristina sprudelte eine Flut spanischer Worte hervor.

Emma hielt beide Hände hoch. »Cristina, nicht so schnell.«

»Würde dir das helfen?«, fragte Diego. »Sprichst du Spanisch?«

»Nicht besonders gut«, sagte Emma.

Er schenkte ihr ein dünnes Lächeln. »Ach so. Na ja, in dem Fall kann ich dir versichern, dass sie uns ein Kompliment gemacht hat.«

»Ich *weiß*, dass das kein Kompliment war«, erwiderte Emma. Im selben Augenblick schwang die Tür auf, und Julian betrat die Bibliothek. In Windeseile erteilte er Befehle und sorgte dafür, dass alle noch mehr Bücher heranschleppten und die Dokumente auf den Tischen sortierten. Ty saß am Kopf des längsten Bibliothekstischs, als würde er eine Vorstandssitzung leiten. Er lächelte Emma zwar nicht direkt an, warf ihr aber einen Seitenblick zu, von dem Emma wusste, dass es sich um ein Zeichen der Zuneigung handelte. Dann widmete Ty sich wieder seiner Aufgabe.

Emma schaute nicht in Julians Richtung – oder besser gesagt, nur ganz kurz. Irgendwie glaubte sie nicht, dass sie das aushalten würde. Allerdings war sie sich seiner Gegenwart deutlich bewusst, als sie den Raum durchquerte und an dem langen Tisch Platz nahm. Julian kam ebenfalls herbei, stellte sich links neben Ty und blickte auf dessen Notizen.

»Wo sind Tavvy und Dru?«, fragte Emma und hievte den obersten Wälzer von einem Stapel.

»Tavvy hatte einen Hüttenkoller und musste mal raus. Dru ist mit ihm zum Strand«, berichtete Livvy. »Ty denkt, dass er möglicherweise etwas Wichtiges herausgefunden hat.«

»Die Tatsache, wer sie war. Unsere Lady Midnight«, erklärte

Ty. »Tavvys Buch hat mich an eine Geschichte erinnert, die ich in einer der Blackthorn-Chroniken gelesen hatte …«

»Aber wir haben doch alle Chroniken unserer Familie durchgesehen«, wandte Julian ein.

Ty warf ihm einen überlegenen Blick zu. »Wir haben nur die der vergangenen einhundert Jahre gesichtet«, erwiderte er. »Und in Tavvys Buch stand, dass Lady Midnight sich in jemanden verliebt hatte, den sie nicht lieben durfte.«

»Also haben wir überlegt, was mit einer verbotenen Liebe gemeint sein könnte«, erzählte Livvy eifrig. »Zum Beispiel Leute, die miteinander verwandt sind – eklig. Und Leute, die viel, viel jünger oder älter sind als ihr Partner – ebenfalls eklig. Außerdem Leute, deren Familien erklärte Feinde sind, was natürlich nicht eklig ist, aber irgendwie traurig …«

»Leute, die *Star Wars* mögen, und Leute, die *Star Trek* lieben«, sagte Emma. »Und so weiter. Worauf willst du hinaus, Livs?«

»Oder *Parabatai* – wie beispielsweise Silas Pangborn und Eloisa Ravenscar«, fuhr Livvy fort. Und Emma bereute ihren kleinen Scherz sofort. Sie spürte, wie sie plötzlich genau wahrnahm, wo Julian stand, wie nah er ihr war, wie sehr sich sein ganzer Körper versteift hatte. »Aber das erscheint uns eher unwahrscheinlich«, sagte Livvy. »Und dann ist uns eingefallen, dass es vor dem Abkommen streng verboten war, sich in einen Schattenweltler zu verlieben. Das hätte einen riesigen Skandal verursacht.«

»Also haben wir uns die älteren Chroniken vorgeknöpft«, berichtete Ty. »Und etwas gefunden. Es hat einmal einen Zweig der Blackthorns gegeben mit einer Tochter, die sich in einen Hexenmeister verliebt hatte. Die beiden wollten zusammen durchbrennen, wurden aber von der Familie des Mädchens gefasst. Daraufhin hat man das Mädchen zur Adamant-Zitadelle geschickt, um eine Eiserne Schwester zu werden.«

»›Ihre Eltern haben sie in einem eisernen Schloss eingesperrt.‹« Mark hatte Tavvys Buch an sich genommen und las daraus vor. »Das ist damit gemeint.«

»Du sprichst die Sprache der Feenmärchen«, sagte Diego. »Was vermutlich nicht weiter verwunderlich ist.«

»Und daraufhin ist sie gestorben«, sagte Emma. »Wie war ihr Name?«

»Annabel«, erklärte Livvy. »Annabel Blackthorn.«

Julian ließ die Luft aus seiner Lunge weichen. »Wo ist das alles passiert?«

»In England«, sagte Ty. »Vor zweihundert Jahren. Lange bevor ›Annabel Lee‹ verfasst wurde.«

»Ich habe ebenfalls etwas herausgefunden«, verkündete Diego und holte etwas aus der Innentasche seiner Jacke: einen leicht verwelkten Pflanzenstängel mit mehreren Blättern. Vorsichtig legte er das Exemplar auf den Tisch. »Nicht anfassen!«, warnte er, als Livvy danach greifen wollte. Ruckartig zog sie ihre Hand zurück. »Das ist *Belladonna*. Schwarze Tollkirsche. Nur tödlich, wenn sie ins Verdauungssystem oder in die Blutbahn gelangt, aber trotzdem.«

»Vom Gelände am Knotenpunkt?«, fragte Mark. »Ich habe die Pflanze dort bemerkt.«

»Ja«, bestätigte Diego. »Allerdings handelt es sich um eine viel giftigere Sorte. Vermutlich hatte man dieses Zeug auf die Spitzen der Bolzen geschmiert, die ich auf dem Schattenmarkt gekauft habe.« Er runzelte die Stirn. »Das Merkwürdige ist nur, dass diese Varietät normalerweise nur in Cornwall wächst.«

»Das Mädchen, das sich in den Hexenmeister verliebt hat … das war auch in Cornwall«, sagte Ty.

Stille trat in der Bibliothek ein, und plötzlich schien alles sehr sonnenklar und deutlich, wie ein Bild in einem Kamerasucher, das plötzlich scharf eingestellt wurde. »Diego«, setzte Emma an, »bei wem hast du die Bolzen gekauft?«

Diego runzelte die Stirn. »Bei einem Menschen mit dem Zweiten Gesicht. Ich glaube, sein Name war Rook …«

»Johnny Rook«, sagte Julian. Er wechselte einen Blick mit Emma, und sie sah in seinen Augen die plötzliche Erkenntnis. »Könntest du …«

Emma streckte die Hand aus. »Gib mir mal dein Handy.«

Sie spürte, wie die anderen sie neugierig musterten, als sie das Smartphone entgegennahm, den Raum durchquerte und dabei eine Nummer wählte. Am anderen Ende der Leitung klingelte es mehrere Male, bis endlich jemand abnahm.

»Hallo?«

»Rook«, sagte sie. »Hier ist Emma Carstairs.«

»Ich hab dir doch gesagt, dass du mich nicht mehr anrufen sollst.« Seine Stimme klang kalt. »Nach dem, was dein Freund mit meinem Sohn gemacht hat …«

»Wenn du jetzt nicht mit mir reden willst, wirst du als Nächstes Besuch von den Stillen Brüdern erhalten«, fauchte Emma. Aus ihrer Stimme sprach Wut, die in ihr hochkochte wie eine Woge, sich aber nur zum Teil gegen Rook richtete. Wut und ein Gefühl des Verrats. »Hör zu, ich weiß, dass du meinem Freund ein paar Bolzen verkauft hast. Vergiftete Bolzen. Mit einem Gift bestrichen, zu dem nur der Wächter der Gefolgsleute Zugang hat.« Das war zwar nur eine wilde Vermutung, aber das Schweigen am anderen Ende der Leitung verriet ihr, dass sie damit gar nicht so falschlag. »Du hast gesagt, du wüsstest nicht, wer der Wächter ist. Aber das ist gelogen.«

»Ich habe nicht gelogen«, sagte Rook nach einem Moment. »Ich weiß nicht, wer er ist.«

»Und woher weißt du, dass es sich um einen ›er‹ handelt?«

»Hör zu, er ist immer nur in einer Robe und mit Handschuhen und Kapuze aufgetaucht, okay? Von Kopf bis Fuß verhüllt. Er hat mich beauftragt, diese Blätter zu destillieren und ein Konzentrat daraus herzustellen, das er verwenden konnte. Und das habe ich gemacht.«

»Damit du die Bolzen vergiften konntest?«

Emma hörte den süffisanten Unterton in Rooks Stimme: »Ich hatte noch etwas von dem Konzentrat übrig und beschloss, mich damit ein wenig zu amüsieren. Zenturionen sind auf dem Schattenmarkt nicht sehr beliebt, und der Besitz von *Belladonna* ist illegal.«

Am liebsten hätte Emma ihn angeschrien … dass einer der Bolzen, die er zum Vergnügen vergiftet hatte, Julian beinahe getötet hätte. Doch sie hielt sich zurück. »Was hast du sonst noch für den Wächter getan?«

»Ich brauch dir überhaupt nichts zu erzählen. Du hast nicht den geringsten Beweis, dass ich den Wächter gut kenne.«

»Tatsächlich? Und woher hast du dann gewusst, dass dieser Leichnam hinter der Sepulchre Bar entsorgt werden sollte?« Rook schwieg. »Hast du eine Vorstellung davon, wie die Gefängniszellen in der Stadt der Stille aussehen? Möchtest du dir wirklich einen persönlichen Eindruck davon verschaffen?«

»Nein …«

»Dann verrat mir, was du noch alles für ihn getan hast. Für den Wächter. Hast du Nekromantie betrieben?«

»Nein! Nichts dergleichen.« Jetzt bekam Rooks Stimme einen panischen Unterton. »Ich habe ein paar Dinge für die Gefolgsleute arrangiert. Ihnen Glücksamulette gefertigt, dafür gesorgt, dass sie ein paar unverhoffte Gewinne machten, zu Partys und Premieren eingeladen wurden oder sich jemand in sie verliebte. Habe ihre Wünsche erfüllt. Nichts Großes. Nur so viel, dass sie glücklich waren und davon überzeugt, dass es sich lohnen würde, bei der Stange zu bleiben. Und dass der Wächter sich um sie kümmern und ihnen jeden Wunsch erfüllen würde.«

»Und was hast du von ihm im Gegenzug bekommen?«

»Geld«, sagte Rook tonlos. »Schutz. Er hat mein Haus vor Dämonen geschützt. Dieser Typ verfügt über ziemlich große magische Kräfte.«

»Du hast für einen Kerl gearbeitet, der Leute rituell opfert«, stellte Emma klar.

»Das war ein Kult«, knurrte Rook. »Solche Leute hat es schon immer gegeben – und wird es immer geben. Leute, die Geld und Macht wollen und dafür alles tun würden. Aber das ist nicht meine Schuld.«

»Ja, du hast recht: Es wird immer Leute geben, die für Geld alles tun. Du bist der beste Beweis dafür.« Emma versuchte, ihre

Wut zu zügeln, aber ihr Puls raste. »Sag mir alles, was du über diesen Typ weißt. Du musst seine Stimme gehört haben … oder die Art und Weise, wie er sich bewegt hat … oder sonst irgendetwas Merkwürdiges …«

»An einem Typ, der vollständig verhüllt auftaucht, ist alles merkwürdig. Ich hab nicht mal seine Schuhe sehen können, okay? Er klang so, als wäre er gar nicht richtig da. Er war derjenige, der mir aufgetragen hat, dir von der Sepulchre Bar zu erzählen. Hat irgendwelchen Unsinn geredet. Einmal meinte er, er sei nach L.A. gekommen, um die wahre Liebe zurückzubringen …«

Emma legte auf. Sie schaute die anderen an, während ihr das Herz in der Brust hämmerte. »Malcolm«, sagte sie, wobei ihre Stimme selbst in ihren eigenen Ohren weit entfernt und dünn klang. »Malcolm ist der Wächter.«

Die anderen starrten sie stumm und völlig fassungslos an.

»Malcolm ist unser Freund«, wandte Ty schließlich ein. »Das ergibt keinen … So was würde er nie tun.«

»Ty hat recht«, fand Livvy. »Nur weil Annabel Blackthorn in einen Hexenmeister verliebt war …«

»Sie war in einen Hexenmeister verliebt«, wiederholte Emma. »In Cornwall. Magnus hat erzählt, dass Malcolm früher in Cornwall gelebt hat. Eine Pflanze, die sonst nur in Cornwall gedeiht, wächst auf dem Gelände des Knotenpunkts. Malcolm hat uns bei unseren Ermittlungen geholfen – aber nicht wirklich. Er hat kein einziges Wort von dem Text übersetzt, den wir ihm gegeben haben. Außerdem hat er uns erzählt, dass es hierbei um eine Dämonenbeschwörungsformel ginge. Aber das stimmt nicht: Es ist ein Totenbeschwörungsritual.« Unruhig lief sie auf und ab. »Malcolm trägt einen Ring mit einem roten Edelstein, und die Ohrringe, die ich in der Höhle gefunden habe, waren Rubine … Okay, das mag vielleicht kein schlüssiger Beweis sein, aber er braucht doch Kleidung für sie, oder? Für Annabel. Schließlich kann sie nicht im Totengewand herumlaufen, wenn er sie wiedererweckt hat. Es ergibt viel mehr Sinn, wenn der Totenbeschwörer in der Höhle Kleidung für die Person aufbewahrt, die er von den

Toten erwecken will, als für sich selbst.« Emma wirbelte herum und stellte fest, dass die anderen sie anstarrten. »Malcolm ist erst fünf Monate vor dem Angriff auf das Institut nach L.A. gekommen. Er behauptet, er wäre an dem Tag nicht in der Stadt gewesen, aber was wäre, wenn das gar nicht stimmt? Er ist der Oberste Hexenmeister und hätte mühelos herausfinden können, wo meine Eltern damals waren. Er hätte sie problemlos töten können.« Emma musterte die anderen, auf deren Mienen sich die ganze Skala von Bestürzung bis Ungläubigkeit spiegelte.

»Ich kann mir einfach nicht vorstellen, dass Malcolm so etwas tun würde«, sagte Livvy mit dünner Stimme.

»Rook hat mir erzählt, dass der Wächter bei jedem Treffen seine Identität sorgfältig verborgen hat«, berichtete Emma. »Aber Rook hat auch gesagt, der Wächter habe ihm mitgeteilt, er sei nach L.A. gekommen, um die wahre Liebe zurückzubringen. Erinnert ihr euch noch daran, was Malcolm gesagt hat, als wir zusammen diesen Film geguckt haben? ›Ich bin hierhergekommen, um die wahre Liebe wieder zum Leben zu erwecken.‹« Emma umklammerte das Handy so fest, dass ihre Finger schmerzten. »Was wäre, wenn er das genau so gemeint hat? Wörtlich gemeint hat? Er ist hierhergekommen, um die wahre Liebe wieder zum Leben zu erwecken. Annabel.«

Einen Moment lang herrschte völlige Stille – bis sich, zu Emmas Überraschung, schließlich Cristina zu Wort meldete. »Ich kenne Malcolm nicht so gut wie ihr«, sagte sie mit ihrer sanften Stimme. »Deshalb verzeiht mir, wenn das, was ich jetzt sage, eure Gefühle verletzen mag. Aber ich glaube, dass Emma recht hat. Einer dieser Verdachtsmomente für sich genommen könnte ein Zufall sein – aber nicht alle zusammen: Annabel Blackthorn hat sich in einen Hexenmeister in Cornwall verliebt. Malcolm war ein Hexenmeister in Cornwall. Das allein genügt eigentlich schon, um weitere Nachforschungen einzuleiten.« Sie musterte die anderen mit ihren ernsten braunen Augen. »Es tut mir leid. Aber im nächsten Schritt des Wächters geht es um *Blackthorn-Blut*. Und deshalb können wir nicht länger warten.«

»Es muss dir nicht leidtun, Cristina. Denn du hast recht«, sagte Julian. Er warf Emma einen Blick zu, und sie konnte die unausgesprochenen Worte in seinen Augen lesen: *Daher hatte Belinda ihre Informationen über Arthur.*

»Wir müssen ihn finden.« Diegos klare, pragmatische Stimme schnitt durch die Stille. »Wir müssen uns sofort auf die Suche …«

Die Bibliothekstür flog auf, und Dru platzte herein. Ihr Gesicht war gerötet, und mehrere braune Strähnen hatten sich aus ihren Zöpfen gelöst. Sie wäre beinahe mit Diego zusammengestoßen, sprang aber mit einem unterdrückten Aufschrei zurück.

»Dru? Ist alles in Ordnung?«, fragte Mark.

Sie nickte und hüpfte quer durch den Raum auf Julian zu. »Worüber wolltest du mit mir reden?«

Julian sah sie verwirrt an. »Was meinst du?«

»Ich war mit Tavvy unten am Strand«, sagte Dru und lehnte sich gegen den Tisch, um wieder zu Atem zu kommen. »Dann ist er aufgetaucht und hat gesagt, du müsstest dringend etwas mit mir besprechen. Also bin ich schnell hierhergelaufen …«

»Was?«, fragte Julian. »Ich habe niemanden zum Strand geschickt, um dich zu holen, Dru.«

»Aber er hat doch gesagt …« Plötzlich wirkte Dru beunruhigt. »Er hat gesagt, du müsstest mich sofort sprechen.«

Julian stand auf. »Wo ist Tavvy?«

Drus Unterlippe begann zu zittern. »Aber er hat gesagt … Er hat gesagt, ich soll schnell zum Institut laufen, er würde mit Tavvy nachkommen. Er hat ihm ein Spielzeug gegeben. Und er hat doch schon vorher auf Tavvy aufgepasst … Ich versteh nicht … was ist denn los …?«

»Dru«, setzte Julian mit mühsam beherrschter Stimme an. »Wer ist ›er‹? Bei wem ist Tavvy?«

Dru schluckte; ihr rundliches Gesicht war vor Schreck verzerrt. »Malcolm«, sagte sie. »Tavvy ist bei Malcolm.«

24

Mit Namen Annabel Lee

»Ich versteh nicht«, sagte Dru erneut. »Was ist passiert?«

Livvy zog Dru an sich und schlang die Arme um ihre jüngere Schwester. Die beiden waren fast gleich groß – auf den ersten Blick ließ sich nicht erkennen, wer von ihnen die Ältere war. Trotzdem klammerte sich Dru dankbar an Livvy.

Diego und Cristina standen schweigend da. Ty saß noch immer am Tisch und hatte eines seiner Spielzeuge aus der Tasche geholt, das er in den zitternden Händen hielt und fast aggressiv entwirrte und wieder zusammenknäuelte. Er hielt den Kopf gesenkt, sodass ihm die Haare ins Gesicht fielen.

Und Julian … Julian sah aus, als wäre der Himmel über ihm zusammengestürzt.

»Aber warum?«, flüsterte Dru. »Warum hat Malcolm Tavvy mitgenommen? Und warum seid ihre alle so entsetzt?«

»Dru, Malcolm ist derjenige, nach dem wir die ganze Zeit gesucht haben«, sagte Emma mit erstickter Stimme. »Er ist der Wächter. Er ist der Mörder. Und er hat Tavvy mitgenommen …«

»Wegen seines Blackthorn-Bluts«, beendete Julian ihren Satz. »Für das letzte Ritualopfer. Blackthorn-Blut, um eine Blackthorn von den Toten zu erwecken.«

Schluchzend vergrub Dru das Gesicht an der Schulter ihrer Schwester. Mark zitterte am ganzen Körper. Leise trat Cristina von Diego weg und ging zu Mark. Sie nahm seine Hand und hielt sie fest. Emma umklammerte die Tischkante. Die Schmerzen in ihrem Rücken spürte sie nicht mehr. Im Grunde spürte sie überhaupt nichts mehr.

Vor ihrem inneren Auge sah sie nur Tavvy, den kleinen Tavvy, den Jüngsten der Blackthorns. Tavvy, der Albträume hatte. Tavvy auf Emmas Arm, als sie ihn vor fünf Jahren durch das vom Krieg verwüstete Institut getragen hatte. Tavvy, der in Julians Atelier hockte, von Kopf bis Fuß mit Farbe bekleckst. Tavvy – der Einzige der Geschwister, dessen Haut keine Runenmale vertrug. Tavvy, der nicht verstehen würde, was mit ihm passierte und warum.

»Moment«, sagte Dru. »Malcolm hat mir einen Zettel mitgegeben. Er hat gesagt, ich soll ihn dir geben, Jules.« Sie löste sich von Livvy, wühlte in ihrer Tasche und holte einen gefalteten Papierbogen hervor. »Er hat gesagt, dass wir die Nachricht nicht lesen sollen … dass sie privat sei.«

Livvy, die sich zu Ty gesellt hatte, stieß einen angewiderten Laut hervor. Julians Gesicht war kreidebleich, seine Augen blitzten. *»Privat?* Er will, dass wir seine Privatsphäre respektieren?« Julian riss Dru den Zettel aus der Hand und faltete ihn wütend auseinander. Emma erhaschte einen kurzen Blick auf große Blockbuchstaben auf dem Papier. Julians Wut verwandelte sich in einen verwirrten Ausdruck.

»Was steht da, Jules?«, fragte Mark.

Julian las die Worte laut vor: *»ICH WERDE DICH WIEDERERWECKEN, ANNABEL LEE.«*

Im nächsten Moment explodierte die Bibliothek.

Ein Strahl schwarzen Lichts brach aus dem Zettel in Julians Hand hervor. Er schoss in Richtung Decke und zertrümmerte das Oberlicht mit der Wucht einer Abrissbirne.

Schützend riss Emma die Hände über den Kopf, als Putz und Glasscherben herabhagelten. Ty, der sich direkt unter dem Loch in der Decke befand, warf sich auf seine Schwester, stieß sie zu Boden und schützte sie mit seinem Körper. Der gesamte Raum schien zu beben; ein Bücherregal geriet ins Schwanken und stürzte um – in Diegos Richtung. Blitzschnell ließ Cristina Marks Hand los und stieß das Regal beiseite. Es krachte auf den Boden und verfehlte Diego nur um wenige Zentimeter. Dru schrie auf, und Julian zog sie an sich und nahm sie schützend unter seinen Arm.

Das schwarze Licht strahlte noch immer zur Decke. Julian warf den Zettel auf den Boden und trampelte mit dem Fuß darauf herum.

Sofort zerfiel das Papier zu Staub. Und das schwarze Licht erlosch, als hätte man einen Schalter umgelegt.

Einen Moment lang herrschte Stille. Livvy wand sich unter ihrem Zwillingsbruder hervor, rappelte sich auf und streckte die Hand aus, um ihm aufzuhelfen. Eine Mischung aus Überraschung und Sorge zeichnete sich auf ihrem Gesicht ab. »Ty, das hättest du doch nicht zu tun brauchen.«

»Du hast dir doch immer jemanden gewünscht, der dich vor Gefahren bewahrt. Das hast du zumindest gesagt.«

»Ich weiß«, erwiderte Livvy. »Aber …«

Langsam stand Ty auf – und stieß einen unterdrückten Schrei aus. Eine scharfkantige Glasscherbe ragte aus seiner Wade heraus. Blut tränkte bereits den Stoff um die Wunde herum.

Ty bückte sich, und bevor irgendjemand reagieren konnte, riss er die Glasscherbe aus seinem Bein und ließ sie zu Boden fallen, wo sie zu transparenten rot beschmierten Splittern zersprang.

»Ty!« Julian stürmte auf ihn zu, doch Ty schüttelte den Kopf. Mit schmerzverzerrtem Gesicht hievte er sich auf einen Stuhl. Eine Blutlache bildete sich um seinen Fuß.

»Lass Livvy das machen«, sagte er. »Das wäre besser …«

Livvy beugte sich bereits über ihren Zwilling und versah ihn mit einer *Iratze*. Eine von der Decke fallende Glasscherbe hatte ihre linke Wange aufgeschlitzt, und das Blut hob sich deutlich von ihrer hellen Haut ab. Ungeduldig wischte sie es mit dem Ärmel fort, während sie die Heilrune vollendete.

»Lass mich die Wunde mal sehen«, sagte Julian und kniete sich vor seinen jüngeren Bruder. Behutsam rollte Livvy Tys Hosenbein hoch. Die frische Schnittwunde erstreckte sich über die Seite der Wade und leuchtete blutig; allerdings hatte sich die Haut bereits geschlossen – das Ganze erinnerte an einen genähten Riss in einem Gewebe. Der Bereich darunter war blutverschmiert.

»Eine weitere *Iratze* und eine Blutersatzrune sollten hier helfen«, sagte Diego.

Julian biss die Zähne aufeinander. Bisher war Diego ihm weniger auf die Nerven gegangen als seinem Bruder Mark, aber Emma erkannte deutlich, dass er sich im Moment nur mit Mühe zurückhalten konnte. »Ja«, stieß Julian hervor. »Das wissen wir. Vielen Dank, Diego.«

Ty schaute zu seinem Bruder hoch. »Ich weiß nicht, was passiert ist.« Er wirkte benommen. »Damit hatte ich nicht gerechnet – aber ich hätte damit rechnen müssen …«

»Nein, Ty, damit hätte niemand rechnen können«, widersprach Emma. »Ich meine, Julian hat irgendwelche Worte gesagt und dann *Bumm* … schon bricht der Traktorstrahl der Hölle hervor.«

»Ist sonst noch jemand verletzt?« Julian hatte Tys Hosenbein aufgeschlitzt, und Livvy trug mit einem aschfahlen Gesicht, dessen Farbe an alte Zeitungen erinnerte, eine Reihe von Heil- und Blutersatzrunen auf die Haut ihres Zwillingsbruders auf. Julian schaute sich im Raum um, und Emma konnte ihm ansehen, dass er rasch eine mentale Bestandsaufnahme seiner Familienmitglieder durchführte: *Mark ist okay, Livvy ist okay, Dru ist okay* … Und sie sah auch, wie er in Gedanken bei Tavvy ankam und erbleichte. Seine Kiefermuskulatur zuckte. »Malcolm muss das Papier verzaubert haben, damit es in dem Moment, in dem der Zettel gelesen wurde, ein Signal abgab.«

»Das war tatsächlich ein Signal«, bestätigte Mark mit besorgter Miene. »Ich habe das schon einmal gespürt, am Hof des Dunklen Volkes, wo mit Schwarzzaubern experimentiert wurde. Das, was wir gerade erlebt haben, war Schwarze Magie.«

»Wir sollten uns sofort an den Rat wenden.« Aus Julians Gesicht war alle Farbe gewichen. »Pfeif auf die Geheimhaltungspflicht. Pfeif auf mögliche Strafen. Das spielt alles keine Rolle, wenn Tavvy in Lebensgefahr schwebt. Ich werde die gesamte Schuld auf meine Kappe nehmen.«

»Du wirst überhaupt keine Schuld auf dich nehmen, die ich nicht ebenfalls übernehme«, sagte Mark.

Julian erwiderte nichts darauf, streckte nur seine Hand aus. »Emma, ich brauche mein Handy.«

Emma hatte völlig vergessen, dass sie es noch immer hatte. Langsam holte sie es aus ihrer Tasche – und blinzelte verwundert.

Das Display war dunkel. »Dein Handy … ist tot.«

»Seltsam«, meinte Julian, »dabei habe ich es doch erst heute Morgen aufgeladen.«

»Du kannst meines benutzen«, bot Cristina an und griff in ihre Jacke. »Hier, nimm …« Sie blinzelte. »Es ist auch tot.«

Ty rutschte von seinem Stuhl. Er machte einen Schritt und zuckte zusammen, allerdings nur leicht. »Livvy und ich werden den Computer- und den Festnetzanschluss überprüfen.«

Hastig verließen sie die Bibliothek. Eine Weile hörte man nichts außer dem leisen Rieseln von Putz. Der Boden war mit Glasscherben und Holzsplittern übersät. Allem Anschein nach hatte das schwarze Licht das Rundfenster am oberen Ende der Rampe vollständig zerstört.

Plötzlich keuchte Drusilla auf und zeigte auf das Oberlicht. »Da … da ist jemand.«

Ruckartig hob Emma den Kopf. Das Rundfenster bestand nur noch aus einem Ring scharfkantiger Glasscherben, durch den der Nachthimmel zu erkennen war. Emma entdeckte ein bleiches Gesicht, das sich hastig zurückzog.

Sofort schob Mark sich an ihr vorbei und stürmte die geschwungene Rampe hinauf. Sekunden später stürzte er sich auf das Rundfenster. Emma sah nur ein paar verschwommene Bewegungen, und dann fiel Mark auf die Rampe herab, eine Hand in den Kragen einer schlanken, dunkelhaarigen Gestalt gekrallt. Er brüllte irgendetwas, und Glassplitter flogen durch die Luft, während er mit der Gestalt rang. Kurz darauf rollten beide die

Rampe hinunter, wobei sie aufeinander einprügelten, bis sie schließlich auf dem Boden der Bibliothek landeten.

Bei der dunkelhaarigen Gestalt handelte es sich um einen schlanken jungen Mann in zerfetzter, blutiger Kleidung; sein Körper lag schlaff da. Mark kniete auf ihm, und als er nach seinem Dolch griff, dessen Klinge golden aufblitzte, erkannte Emma den Eindringling: Kieran.

Mark drückte Kieran das Messer an die Kehle, woraufhin Kieran sich versteifte.

»Ich sollte dich gleich hier und jetzt töten«, stieß Mark zwischen zusammengebissenen Zähnen hervor. »Ich sollte dir die Kehle aufschlitzen.«

Dru brachte einen erstickten Laut hervor. Zu Emmas Überraschung streckte Diego den Arm aus und legte ihr beruhigend eine Hand auf die Schulter. Dieser Anblick weckte bei Emma einen Funken Sympathie für Diego.

Kieran fletschte die Zähne – und dann legte er den Kopf in den Nacken und präsentierte Mark seine Kehle. »Nur zu. Töte mich.«

»Warum bist du hier?«, fragte Mark gepresst. Julian machte einen Schritt in die Richtung der beiden, eine Hand an seiner Hüfte, auf dem Griff seines Wurfmessers. Emma wusste, dass er Kieran aus dieser Entfernung töten konnte. Und dass er nicht zögern würde, wenn Mark in Gefahr schwebte.

Mark umklammerte das Heft; seine Hand war ruhig, aber sein Gesicht wirkte gequält. »Warum bist du hier?«, fragte er erneut. »Wieso kommst du hierher, wo du doch genau weißt, dass man dir hier nur Hass entgegenbringt? Warum willst du *mich dazu bringen, dich zu töten?«*

»Mark«, sagte Kieran. Er hob einen Arm und krallte seine Hand in Marks Ärmel. Sehnsucht zeichnete sich auf seinem Gesicht ab; seine Haare, die ihm in die Stirn gefallen waren, schimmerten dunkelblau. »Mark, *bitte.«*

Zornig riss Mark seinen Arm aus Kierans Umklammerung. »Ich könnte dir verzeihen, wenn ihr mich ausgepeitscht hättet«, knurrte er. »Aber ihr habt euch an zwei Menschen vergriffen, die ich liebe – und das werde ich dir niemals verzeihen. Du solltest genauso bluten, wie Emma geblutet hat.«

»Mark … nicht!«, rief Emma beunruhigt, allerdings nicht wegen Kieran: Ein Teil von ihr hätte ihn gern bluten sehen. Sie sorgte sich um Mark – und darum, welchen Schaden er selbst nehmen würde, wenn er Kieran verletzte oder gar tötete.

»Ich bin hier, um euch zu helfen«, sagte Kieran.

Mark lachte freudlos. »Deine *Hilfe* ist hier nicht erwünscht.«

»Ich weiß über Malcolm Fade Bescheid«, keuchte Kieran. »Ich weiß, dass er deinen Bruder entführt hat.«

Julian brachte einen kehligen Laut hervor. Marks Hand umklammerte den Griff seines Dolches so fest, dass das Blut aus seiner Haut wich. »Lass ihn los, Mark«, sagte Emma. »Wenn er irgendetwas über Tavvy weiß … wir müssen herausfinden, was er weiß. Lass ihn los.«

Mark zögerte.

»Mark«, sagte Cristina sanft, woraufhin er sich wütend von Kieran herunterschwang und aufstand. Schritt für Schritt wich er zurück, bis er fast neben Julian stand – der seinerseits das Heft seines eigenen Messers fast schmerzhaft fest umklammerte.

Mühsam und mit gequälter Miene rappelte Kieran sich auf und drehte sich zur Bibliothek.

Er erinnerte kaum noch an den eleganten Elbenprinzen, den Emma im Sanktuarium zum ersten Mal gesehen hatte. Sein Hemd und seine weite Hose waren zerrissen und blutbeschmiert, sein Gesicht zerschunden. Zwar wirkte er nicht eingeschüchtert oder verängstigt, aber diese Haltung schien weniger seiner Tapferkeit zu entspringen als vielmehr abgrundtiefer Hoffnungslosigkeit. Alles an ihm – sein Aussehen, seine Haltung und der Blick, den er Mark zuwarf – deutete auf einen Mann hin, den es nicht mehr kümmerte, was mit ihm passierte.

Im nächsten Moment flog die Tür der Bibliothek auf, und Ty und Livvy stürmten herein. »Sämtliche Leitungen sind tot«, rief Livvy. »Alle Telefone, der Computer, sogar das Radio …«

Sie verstummte und starrte auf die Szenerie vor ihr: Kieran, der den anderen Anwesenden in der Bibliothek gegenüberstand.

Er deutete eine Verbeugung an. »Ich bin Kieran von der Wilden Jagd.«

»Ein Mitglied der Elbendelegation?« Livvy blickte von Mark zu Julian. »Einer von denen, die Emma ausgepeitscht haben?«

Julian nickte.

Ty schaute zu Mark und dann zu den anderen. »Und warum lebt er noch?«, fragte er mit kalter Miene.

»Er weiß etwas über Tavvy«, erklärte Drusilla. »Julian, bring ihn dazu, uns zu verraten …«

Julian warf sein Messer. Es flog um Millimeter an Kierans Kopf vorbei, so nah, dass die Klinge seine Haare streifte, und bohrte sich dann in den Fensterrahmen hinter ihm. »Du wirst uns jetzt alles erzählen, was du weißt: Wo Octavian sich befindet, was genau hier abläuft und wie wir ihn zurückbekommen können«, sagte er gefährlich leise. »Anderenfalls wirst du bluten. Ich habe schon früher Elbenblut vergossen. Glaub nicht, dass ich das nicht noch mal tun würde.«

Kieran sah ihm gerade ins Gesicht. »Es besteht kein Grund, mir zu drohen«, antwortete er, »aber wenn es dich glücklich macht, nur zu. Für mich macht das keinen Unterschied. Ich bin hierhergekommen, um euch all das zu erzählen, was ihr wissen wollt. Nur deshalb bin ich hier. Bei dem schwarzen Licht, das ihr gerade eben gesehen habt, handelt es sich um Feenmagie. Es diente dazu, sämtliche Kommunikationswege auszuschalten, damit ihr weder den Rat noch die Division verständigen könnt. Damit ihr keine Hilfe herbeirufen oder euren Bruder retten könnt.«

»Wir könnten versuchen, einen Münzfernsprecher zu finden«, schlug Livvy unsicher vor, »oder ein Telefon in einem der Restaurants unten am Highway …«

»Ihr würdet nur feststellen, dass sämtliche Telefonleitungen im Umkreis von mehreren Meilen ausgeschaltet wurden«, erklärte Kieran mit einem drängenden Unterton in der Stimme.

»Ich bitte euch, keine Zeit zu verschwenden. Fade hat euren Bruder bereits zum Ley-Linien-Knotenpunkt gebracht. Das ist der Ort, wo er die Ritualmorde durchführt. Der Ort, an dem er auch ihn töten will. Wenn ihr den Jungen retten wollt, müsst ihr zu den Waffen greifen und ihm sofort folgen.«

Julian riss die Tür zur Waffenkammer auf. »Deckt euch mit Waffen ein. Wer noch keine Montur trägt, zieht sich schleunigst um. Diego und Cristina, an der Ostwand hängen mehrere Ersatzmonturen. Nehmt euch, was ihr braucht – das geht schneller, als in eure Zimmer zurückzulaufen und die eigenen Monturen anzuziehen. Das gilt auch für die Waffen. Und du, Kieran, du bleibst genau dort stehen, wo ich dich sehen kann.« Er zeigte auf den Tisch in der Mitte des Raums. »Rühr dich nicht von der Stelle – beim nächsten Wurf werde ich nicht mehr danebenzielen.«

Kieran warf ihm einen Blick zu. Seine sichtliche Verzweiflung war wohl abgeebbt, und ein leicht arroganter Ausdruck stand in seinen Augen. »Das glaube ich sofort«, sagte er und ging zum Tisch, während alle anderen hin und her hasteten, sich mit Waffen eindeckten und ihre Schattenjägermonturen über ihre Kleidung streiften. Allerdings keine leichte Montur für Patrouillengänge, sondern die schwere Kluft aus dem robusten schwarzen Material, die die Nephilim immer dann anlegten, wenn sie annahmen, dass es zu einem Kampf kommen würde.

Wenn sie *wussten,* dass es zu einem Kampf kommen würde.

Während der Vorbereitungen war eine Diskussion darüber entbrannt, ob sie alle zum Knotenpunkt fahren oder ob zumindest Dru im Institut bleiben sollte. Dru hatte jedoch lautstark dagegen protestiert, und Julian hatte sich nicht widersetzt, denn mit dem zertrümmerten Rundfenster war das Gebäude alles andere als sicher. Kieran hatte eindringen können – und wer wusste schon, wer sich sonst noch alles Zugang verschaffen würde? Julian wollte seine Familie da haben, wo er sie sehen konnte. Und auch im Hinblick auf ihr Alter konnte er nichts dagegen einwenden, dass Dru mitkam: Emma und er hatten im Dunklen Krieg gekämpft und getötet, und damals waren sie jünger gewesen als Dru jetzt.

Kurz zuvor hatte Julian Ty schnell beiseitegenommen und ihm erklärt, wenn er sich aufgrund seiner Verletzung lieber aus dem Kampf heraushalten wolle, wäre das in Ordnung. Das wäre keine Schande. Ty könnte sich im Wagen einschließen, während die anderen den Knotenpunkt betraten.

»Glaubst du, dass ich nichts zum Kampf beitragen kann?«, hatte Ty gefragt.

»Nein«, hatte Julian geantwortet und es auch so gemeint. »Aber du bist verletzt, und ich …«

»Wir ziehen in einen Kampf. Jeder von uns könnte verletzt werden.« Ty hatte Julian direkt in die Augen geschaut. Julian wusste, dass Ty das nur für ihn tat, weil Julian ihm einmal erklärt hatte, dass die Menschen anderen oft in die Augen schauten, um damit zu unterstreichen, dass sie die Wahrheit sagten. »Ich möchte mit euch kommen. Ich möchte dabei sein, um Tavvy zu helfen, und ich möchte, dass du es mir erlaubst. Es ist mein Wunsch, und der sollte doch auch zählen.«

Jetzt befand Ty sich mit allen anderen in der Waffenkammer – ein verwinkelter, fensterloser Raum. Überall an den Wänden waren Halterungen für Schwerter, Äxte und Streitkolben angebracht. In den Regalen stapelten sich Schattenjägermonturen, Waffengurte und Stiefel. Eine flache Keramikschale enthielt ein Bündel neuer Stelen, und auf einer Theke mit langem Tischtuch lagen diverse Seraphklingen.

Julian konnte jeden Einzelnen seiner Familie und Freunde um sich herum wahrnehmen. Er wusste, dass Mark an seiner Seite war, gerade seine Schuhe auszog und in robuste Stiefel stieg. Er wusste, dass Emma vor der Theke stand, die bereits benannten Seraphklingen arrangierte, in ihren Gürtel schob und die restlichen verteilte. Er war sich ihrer Anwesenheit gewahr wie eine Kompassnadel, die bei jeder ihrer Bewegungen im Raum mitschwang.

Doch am meisten beschäftigte ihn der Gedanke an Tavvy, der

irgendwo da draußen war und seine Hilfe brauchte. Tief in seinem Inneren saß ein eisiges Entsetzen, das ihm die Entschlossenheit aus den Knochen zu ziehen und seine Konzentration zu rauben drohte. Aber er zwang sich, diese Gedanken zu verbannen und sich auf das Hier und Jetzt zu konzentrieren – einer der größten und schwierigsten Kraftakte, den er je unternommen hatte. Verbittert wünschte er sich, dass die Situation anders aussehen würde, dass der Rat mit ihnen kooperieren würde, dass sie Magnus kontaktieren könnten, damit er ihnen ein Portal zum Knotenpunkt öffnete.

Aber es war sinnlos, sich mit Wünschen aufzuhalten.

»Erzähl schon«, knurrte er Kieran an, während er einen Waffengurt aus dem Regal nahm. »Dieses schwarze Licht ... du hast gesagt, es hätte sich dabei um ›Feenmagie‹ gehandelt. Hast du damit Schwarze Magie gemeint?«

Jetzt, da Mark ihn nicht mehr direkt ansah, machte Kieran einen gelangweilten und verärgerten Eindruck. Er lehnte an dem mittleren Tisch und achtete sorgfältig darauf, nicht mit irgendwelchen Waffen in Berührung zu kommen – allerdings nicht, weil sie scharf und furchterregend aussahen, sondern weil es Nephilimwaffen waren und deshalb abstoßend. Daran ließ seine Miene nicht den geringsten Zweifel.

»Die Frage ist doch, ob dieser Lichtstrahl auf der Karte des Rats auftaucht«, sagte Ty und schnallte seine Stulpenhandschuhe fest. Er trug bereits seine Montur, unter deren dickem Gewebe sich die Umrisse seines Wadenverbands kaum abzeichneten. »Ich meine die Karte, die Magnus zum Orten von Schwarzer Magie nutzt. Oder ist diese Karte genau wie alle Mobiltelefone jetzt außer Funktion?«

»Dieser Lichtstrahl war Magie des Dunklen Volkes, aber keine Schwarze Magie«, erklärte Kieran. »Deshalb wird er auch nicht auf der Karte erscheinen. In diesem Punkt waren sie sich sehr sicher.«

Julian runzelte die Stirn. »Wer ist *sie?* Und wieso weißt du überhaupt so viel über Malcolm?«

»Wegen Iarlath«, sagte Kieran.

Mark drehte sich zu ihm um und starrte ihn an. »Iarlath? Was hat denn der mit dieser Geschichte zu tun?«

»Ich dachte, das wüsstest du«, murmelte Kieran. »Iarlath und Malcolm machen seit dem Angriff auf das Institut vor fünf Jahren gemeinsame Sache.«

»Sie sind Verbündete? Wie lange weißt du schon davon?«, fragte Mark fordernd.

»Erst seit Kurzem«, antwortete Kieran. »Ich bin misstrauisch geworden, als Iarlath sich so vehement gegen deine Rückkehr ins Feenreich ausgesprochen hat. Er will, dass du hierbleibst, und zwar so sehr, dass er diese Farce einer Bestrafungsaktion inszeniert hat, damit du nicht mit uns zurückkehren würdest. Danach ist mir klar geworden, dass sich hinter deiner Anwesenheit hier im Institut mehr verbirgt als nur die Suche nach dem Mörder diverser Feenwesen. Dieser Plan sollte verhindern, dass sich irgendjemand deiner Familie an den Rat wenden kann – bis es dann zu spät ist.«

Emma hielt eine Seraphklinge in jeder Hand und Cortana steckte in der Schwertscheide auf ihrem Rücken. Bei diesen Worten erstarrte sie. »Iarlath hat mir etwas gesagt, als er … als er mich ausgepeitscht hat«, berichtete sie mit bestürzter Miene. »Er hat gehöhnt, dass die Schattenjäger zu naiv wären, um zu wissen, wem sie vertrauen könnten. Damit hat er Malcolm gemeint, oder?«

»Höchstwahrscheinlich«, sagte Kieran. »Malcolm ist der Drahtzieher, der die Gefolgsleute dirigiert hat, und er hat auch vor fünf Jahren deine Eltern getötet.«

»Warum?«, fragte Emma; ihr Körper war stocksteif. Julian sehnte sich so sehr danach, zu ihr zu gehen und sie in den Arm zu nehmen, dass es fast wehtat. *»Warum hat er meine Eltern getötet?«*

»So wie ich es verstanden habe, ging es dabei um ein Experiment«, antwortete Kieran mit einem Anflug von Mitleid in der Stimme. »Um herauszufinden, ob die Zauberformel funktioniert.«

Emma stand sprachlos da. Julian stellte für sie die Frage, die sie ganz offensichtlich nicht über die Lippen brachte. »Was meinst du mit ›Experiment‹?«

»Vor Jahren zählte Iarlath zu den Feenwesen, die sich mit Sebastian Morgenstern verbündet hatten«, berichtete Kieran. »Und er war auch mit Malcolm befreundet. Wie ihr ja sicher wisst, gibt es eine Reihe von Büchern, deren Besitz allen Hexenwesen streng untersagt ist, die sich aber in einigen Schattenjägerbibliotheken befinden. Werke zum Thema Nekromantie und dergleichen. Dazu gehört auch das Schwarze Buch der Toten.«

»Dieses Buch, von dem in dem Gedicht die Rede war«, sagte Dru. Obwohl auf ihren Wangen noch immer Tränenspuren schimmerten, hatte sie ihre Montur übergestreift und band sich gerade sorgfältig die Haare aus dem Gesicht. Es versetzte Julian einen Stich, seine kleine Schwester auf diese Weise zu sehen. »›Um den Tod zu überwinden, musst das Schwarze Buch du finden‹«, zitierte sie.

»Es gibt viele verschiedene Schwarze Bücher«, erklärte Kieran. »Aber das hier war eines, das Malcolm unbedingt haben wollte. Nachdem Sebastian und seine Erdunkelten das Institut geräumt hatten, nutzte Malcolm die Gelegenheit, um in die Bibliothek zu schlüpfen und das gesuchte Buch zu stehlen. Denn wann sonst hätte er das Institut unbewacht und mit weit geöffneter Tür vorgefunden? Er entwendete das Buch, fand die gewünschte Zauberformel und stellte fest, dass die Formel den Tod eines Schattenjägers erforderte. Und das war der Moment, in dem deine Eltern zum Institut zurückkehrten, Emma.«

»Also hat er sie getötet«, sagte Emma. »Für eine Zauberformel.« Sie lachte kurz und bitter. »Hat die Formel wenigstens funktioniert?«

»Nein.« Kieran schüttelte den Kopf. »Der Versuch ist gescheitert, woraufhin Malcolm die Leichen deiner Eltern ins Meer gespült hat, wohlwissend, dass man ihren Tod Sebastian zuschreiben würde.«

»Und das hat Iarlath dir alles erzählt?«, fragte Mark misstrauisch.

»Ich bin ihm zum Dunklen Hof gefolgt und habe ihn dort belauscht.« Kieran versuchte, Blickkontakt zu Mark herzustellen, doch dieser wandte die Augen ab. »Den Rest habe ich mit einem Messer an seiner Kehle aus ihm herausgepresst. Malcolm sollte euch in die Irre führen und verwirren, damit ihr nicht erkennt, was er da trieb – und er hat auch Johnny Rook für diesen Zweck benutzt. Der Hexenmeister wollte, dass ihr euch mit Ermittlungen beschäftigt, die sich letztendlich als sinnlos erweisen würden. Marks Anwesenheit im Institut sollte euch davon abhalten, den Rat oder die Stillen Brüder um Hilfe zu bitten. Dadurch war Malcolms Vorgehen mit den Gefolgsleuten geschützt … seine Versuche, seine verflossene Liebe von den Toten zu erwecken. Sobald Malcolm alle erforderlichen Schritte durchgeführt hatte, plante er, einen Blackthorn zu entführen – denn der Tod eines Blackthorns bildet den letzten Schlüssel für die Zauberformel.«

»Aber Iarlath hat gar nicht die Macht, eine Elbendelegation mit einem derartigen Auftrag loszuschicken«, wandte Mark ein. »Er ist nur ein Höfling … niemand, der Gwyn herumkommandieren kann. Wer hat die Erlaubnis erteilt?«

Kieran schüttelte den Kopf. »Ich weiß es nicht. Iarlath hat es mir nicht verraten. Möglicherweise war es mein Vater, der König, oder auch Gwyn …«

»Gwyn würde so etwas nicht tun«, widersprach Mark. »Gwyn hat Ehrgefühl, und er ist nicht grausam.«

»Was ist mit Malcolm?«, fragte Livvy fordernd. »Ich hab gedacht, er hätte Ehrgefühl und sei unser Freund! Er liebt Tavvy – er hat stundenlang mit ihm gespielt, hat ihm Spielzeug gekauft. Er kann ihn nicht töten. Das könnte er einfach nicht.«

»Malcolm ist für die Ermordung von einem Dutzend Personen verantwortlich, Livvy. Möglicherweise auch mehr«, wandte Julian ein.

»Jeder von uns hat verschiedene Facetten«, sagte Mark, und sein Blick glitt dabei zu Kieran. »Das gilt auch für Hexenwesen.«

Emma stand reglos da, die Hände auf den Seraphklingen. Julian konnte genau fühlen, was sie spürte – so wie immer, als wäre sein Herz ein Spiegel ihres Herzens: die heiße Wut, die langsam in ihr hochkochte und die das beklemmende Gefühl der Verzweiflung und des Verlustes verdrängte. In diesem Moment wünschte er sich nichts sehnlicher, als sie in den Arm zu nehmen, aber er traute sich selbst nicht über den Weg – nicht vor den Augen der anderen.

Denn sie würden ihn sofort durchschauen; in der Sekunde, in der er Emma berührte, würden sie seine wahren Gefühle kennen. Und dieses Risiko konnte er nicht eingehen, nicht jetzt, wo er von der Angst um seinen kleinen Bruder fast zerfressen wurde – eine Angst, die er sich nicht anmerken lassen durfte, um seine Geschwister nicht zu entmutigen.

»Jeder von uns hat verschiedene Facetten«, sagte Kieran. »Wir alle sind die Summe unserer Handlungen – gute und schlechte.« Seine Augen schimmerten silbern und schwarz, als er Mark ansah. Selbst in diesem Raum, der bis zum Rand mit Schattenjägergegenständen gefüllt war, haftete die Ungezügeltheit der Wilden Jagd und des Feenreichs an Kieran wie der Geruch von Regen oder Blättern. Genau die gleiche Wildheit, die Julian manchmal bei Mark wahrnahm und die seit der Rückkehr zwar etwas nachgelassen hatte, aber gelegentlich wieder aufflackerte wie der Anblick von Geschützfeuer aus großer Entfernung. Für einen Sekundenbruchteil kamen ihm beide wie zwei wilde Wesen vor, völlig deplatziert in ihrer jetzigen Umgebung.

»Das Gedicht, mit dem die Leichen versehen waren und in dem das Schwarze Buch erwähnt wird …«, setzte Cristina an. »In der Geschichte in Tavvys Kinderbuch stand, dass der Mann … also Malcolm es am Dunklen Hof erhalten hat.«

»Das gilt auch für die Geschichte, die man sich im Feenreich erzählt«, bestätigte Kieran. »Zuerst hat man Malcolm eingeredet, dass seine Liebste eine Eiserne Schwester geworden sei. Später hat er dann herausgefunden, dass sie von ihrer eigenen Familie ermordet worden war. Bei lebendigem Leibe in einem

Grab eingemauert. Dieses Wissen trieb ihn dazu, den König des Dunklen Volkes aufzusuchen und ihn nach einer Möglichkeit zu fragen, die Tote wiederzuerwecken. Daraufhin gab der König ihm dieses Gedicht – bei dem es sich um eine Anleitung handelte. Allerdings brauchte Malcolm fast einhundert Jahre, um sie zu entschlüsseln und das Schwarze Buch zu finden.«

»Also deshalb wurde die Bibliothek bei Sebastians Angriff zerstört«, sagte Emma. »Damit niemand bemerkte, dass dieses Buch fehlte – falls man jemals danach suchte. Denn so viele Bücher waren für immer verloren gegangen.«

»Aber warum hat Iarlath Malcolm gesagt, dass die Gefolgsleute nicht nur Menschen, sondern auch Feenwesen töten könnten?«, fragte Cristina. »Wenn er mit Malcolm wirklich verbündet war …«

»Dabei handelte es sich um Iarlaths ausdrücklichen Wunsch. Er hat viele Feinde an den Feenhöfen. Auf diese Weise konnte er einige von ihnen ganz bequem aus dem Weg räumen lassen: Malcolm sorgte dafür, dass seine Gefolgsleute die betreffenden Feenwesen beseitigten und ihr Tod sich nicht zu Iarlath zurückverfolgen ließ. Denn wenn ein Elbe ein anderes Mitglied des Feenhofs tötet, ist das ein besonders schweres Verbrechen.«

»Und wo ist Annabels Leichnam?«, fragte Livvy. »Müsste sie nicht in Cornwall begraben liegen? Eingemauert in einem ›Grab am Ufer‹?«

»Ley-Linien-Knotenpunkte sind Orte jenseits von Raum und Zeit«, erklärte Kieran. »Der Knotenpunkt ist weder hier noch in Cornwall oder an sonst irgendeinem realen Ort. Er befindet sich in einem Zwischenreich, genau wie das Feenreich.«

»Vermutlich kann man den Knotenpunkt auch von Cornwall aus betreten. Das würde erklären, warum diese Pflanzen vor dem hiesigen Eingang wachsen«, sagte Mark.

»Und wo besteht da die Verbindung zu dem Gedicht ›Annabel Lee‹?«, fragte Ty. »Der Name Annabel, die Ähnlichkeit der beiden Geschichten – das scheint mehr als nur ein Zufall zu sein.«

Der dunkelhaarige Elbenprinz schüttelte bedauernd den Kopf. »Ich weiß nur das, was Iarlath mir gesagt hat. Und das gehört alles zu den Überlieferungen der Feenwesen. Den Namen Annabel oder den irdischen Dichter habe ich nicht einmal gekannt.«

Mark wirbelte zu Kieran herum. »Wo steckt Iarlath jetzt?«

Kierans Augen schienen zu schimmern, als er Marks Blick erwiderte. »Wir verschwenden hier nur Zeit. Wir sollten zum Knotenpunkt aufbrechen.«

»Da hat er nicht ganz unrecht.« Diego war von Kopf bis Fuß ausgestattet: Schattenjägermontur, mehrere Schwerter, eine Axt und diverse Wurfmesser im Gürtel. Darüber trug er einen schwarzen Umhang, auf dem an einer Schulter das Abzeichen der Zenturionen festgesteckt war – die Nadel zeigte ein Muster aus blattlosen Stöcken und die Inschrift *Primi Ordines.* Bei seinem Anblick fühlte sich Julian fast schäbig angezogen. »Wir müssen sofort zum Ley-Linien-Knotenpunkt, um Fade aufzuhalten.«

Julian warf einen Blick in die Runde, schaute Emma und Mark an, dann Ty und Livvy und zum Schluss Dru. »Ich weiß, dass wir Malcolm schon unser ganzes Leben lang kennen. Aber er ist ein Lügner und Mörder. Hexenwesen sind zwar unsterblich, aber nicht unverwundbar. Wenn ihr ihn seht, rammt ihm euer Schwert ins Herz.«

Einen Moment lang herrschte völlige Stille, die Emma schließlich brach. »Er hat meine Eltern getötet«, sagte sie. »Also werde ich diejenige sein, die ihm das Herz aus der Brust schneidet.«

Kieran zog die Augenbrauen hoch, schwieg aber.

»Jules.« Mark hatte den Raum durchquert und stand neben Julian. Seine Haare, die Cristina geschnitten hatte, waren zerzaust, und er hatte dunkle Ringe unter den Augen. Aber die Hand, die er Julian auf die Schulter legte, fühlte sich kräftig an. »Würdest du mich mit Runenmalen versehen, Bruder? Denn ich fürchte, dass ich ohne sie bei einem Kampf im Nachteil wäre.«

Julians Hand griff automatisch nach seiner Stele. Doch dann hielt er inne. »Bist du dir auch sicher?«

Mark nickte. »Es wird Zeit, die Albträume gehen zu lassen.« Er zog den Kragen seines T-Shirts beiseite und entblößte seine Schulter. »Tapferkeit«, zählte er die Runen auf, »und Beweglichkeit.«

Die anderen diskutierten über den schnellsten Weg zum Knotenpunkt, aber Julian nahm deutlich wahr, dass sowohl Emma als auch Kieran ihn beobachteten, als er Mark eine Hand auf den Rücken legte und mit der anderen die beiden Runenmale sorgfältig auftrug. Bei der ersten Berührung der Stele versteifte sich Mark, doch dann entspannte er sich sofort und ließ die angehaltene Luft langsam aus seiner Lunge entweichen.

Als Julian die Runen vollendet hatte, trat er einen Schritt zurück. Mark richtete sich auf und drehte sich zu ihm um. Obwohl er keine Träne vergossen hatte, schimmerten seine zweifarbigen Augen. Einen Moment lang gab es nichts und niemanden auf der Welt als Julian und seinen Bruder.

»Warum?«, fragte Julian.

»Für Tavvy«, antwortete Mark. Und plötzlich erkannte Julian in Marks zusammengepressten Lippen und dem entschlossenen Zug um den Mund sein eigenes Abbild. »Und weil ich ein Schattenjäger bin«, fügte Mark hinzu und warf Kieran einen Blick zu. Der Elbenprinz betrachtete ihn mit einer Miene, als hätte die Stele seine eigene Haut versengt. Liebe und Hass besaßen ihre eigene Geheimsprache, überlegte Julian, und Mark und Kieran unterhielten sich gerade darin. »Weil ich ein Schattenjäger bin«, wiederholte Mark, straffte die Schultern und zog sein T-Shirt zurecht. Ein herausfordernder Ausdruck stand in seinen Augen. »Weil ich *ein Schattenjäger bin.*«

Ruckartig stieß Kieran sich vom Tisch ab. »Ich habe euch alles erzählt, was ich weiß«, sagte er. »Es gibt keine weiteren Geheimnisse.«

»Dann wirst du dich jetzt vermutlich auf den Rückweg machen«, sagte Mark. »Danke für deine Hilfe, Kieran. Wenn du wieder bei der Wilden Jagd bist, sag Gwyn, dass ich nicht zurückkehren werde. Nie mehr, ganz egal welche Vorschriften die Feenwesen auch erlassen. Ich schwöre, dass ich …«

»Bitte schwör nichts«, sagte Kieran hastig. »Du weißt nie, wie sich die Situation ändern könnte.«

»Das reicht jetzt.« Mark wandte sich von ihm ab.

»Ich habe mein Ross mitgebracht«, sagte Kieran in Marks Richtung, doch die anderen hörten ebenfalls zu. »Ein Elbenross der Wilden Jagd kann sich durch die Lüfte bewegen. Straßen können unser Vorankommen nicht verzögern. Ich werde vorreiten und versuchen, die Ereignisse am Knotenpunkt bis zu eurer Ankunft aufzuhalten.«

»Ich begleite dich«, verkündete Mark scharf.

Überrascht starrten ihn die anderen an. »Äh«, sagte Emma, »du darfst ihn unterwegs nicht abstechen, Mark. Wir brauchen ihn vielleicht noch.«

»Das mag zwar verlockend klingen, aber das hatte ich nicht vor«, erwiderte Mark. »Zwei Krieger sind jedoch besser als einer.«

»Gute Idee«, sagte Cristina und schob zwei Butterflymesser in ihren Gürtel. Emma hatte die letzte ihrer Seraphklingen befestigt.

Julian spürte, wie sich die vertraute, eiskalte Ruhe des Kampfes in seinen Adern ausbreitete. »Dann mal los.«

Als sie die Treppe erreichten, trat Julian neben Kieran auf die erste Stufe. Seine Nackenhaare richteten sich auf. Kieran verströmte eine Aura ungezügelter, wilder Magie, die blutrünstige Hemmungslosigkeit der Wilden Jagd. Julian konnte sich absolut nicht vorstellen, was Mark an ihm gefunden hatte, das liebenswert sein sollte.

»Dein Bruder hat sich in dir geirrt«, sagte Kieran, während sie die Stufen zur Eingangshalle hinabstiegen.

Rasch schaute Julian sich um, aber die anderen schienen ihnen nicht zuzuhören. Emma lief neben Cristina, dahinter folgten die Zwillinge, und Dru redete schüchtern mit Diego.

»Was meinst du damit?«, fragte Julian vorsichtig. Die Vergangenheit hatte ihn gelehrt, sich vor den Feenwesen, ihren verbalen Fallen und falschen Andeutungen zu hüten.

»Er hat gesagt, du seist sanftmütig«, verkündete Kieran. »Der sanftmütigste Mensch, den er kennen würde.« Er lächelte, und sein Gesicht strahlte eine kalte Schönheit aus wie eine kristallklare Frostfläche. »Aber du bist nicht sanftmütig. Du hast ein skrupelloses Herz.«

Julian schwieg ein paar Sekunden und hörte nur das Geräusch ihrer Schritte auf der Treppe. An der untersten Stufe drehte er sich zu Kieran um.

»Dann vergiss es nie«, sagte er und ließ den Elben stehen.

Weil ich ein Schattenjäger bin.

Mark stand neben Kieran auf der Rasenfläche, die zum Kliff und dem darunterliegenden Meer abfiel. Das Institut ragte hinter ihnen auf, still und dunkel. Zumindest konnte man von hier aus das Loch im Dach nicht sehen.

Kieran steckte zwei Finger in den Mund und pfiff. Ein schmerzhaft vertrautes Geräusch, das noch immer dafür sorgte, dass Mark das Herz schwer wurde. Genau wie Kierans Anblick, seine kerzengerade Haltung – aus der seine Erziehung am königlichen Hof sprach – und seine blauschwarzen Haare, die seit Marks Abwesenheit zu lang geworden waren und ihm tief in die Stirn fielen und sich mit den seidigen Wimpern mischten. Mark erinnerte sich daran, wie sehr ihn die geschwungene Form dieser langen Wimpern fasziniert hatte. Und er erinnerte sich auch daran, wie sie sich auf seiner Haut angefühlt hatten.

»Warum?«, fragte Kieran. Er stand stocksteif da, leicht von Mark abgewandt, als erwartete er einen Schlag ins Gesicht. »Warum willst du mich begleiten?«

»Weil du einen Wächter brauchst«, erwiderte Mark. »Früher habe ich dir vertrauen können. Aber jetzt nicht mehr.«

»Das ist nicht wahr«, widersprach Kieran. »Ich kenne dich, Mark. Ich weiß es, wenn du lügst.«

Mark wirbelte zu ihm herum. Plötzlich wurde ihm bewusst, dass er sich vor Kieran immer ein wenig gefürchtet hatte: vor der Macht seines Rangs und vor seiner unerschütterlichen

Selbstsicherheit. Diese Furcht war jetzt verschwunden, aber er konnte nicht sagen, ob es an der Tapferkeitsrune auf seiner Schulter lag oder an der Tatsache, dass er Kieran nicht länger zum eigenen Überleben benötigte. Ob er ihn wollte, ob er ihn liebte – diese Fragen standen auf einem anderen Blatt. Aber er konnte sein Leben fortsetzen, mit ihm oder ohne ihn. Er war ein Schattenjäger.

»Von mir aus«, sagte Mark. Er wusste, dass er eigentlich »wie du wünschst« hätte sagen sollen. Aber er hatte die kunstvolle Sprache des Feenreichs einfach nicht mehr in sich, sie pulsierte nicht länger durch seine Adern. »Dann werd ich dir jetzt mal verraten, warum ich dich begleiten wollte …«

Vor ihnen tauchte eine schwarze Gestalt auf. Windspear überwand eine kleine Anhöhe und trabte auf sie zu, dem Pfiff seines Gebieters gehorchend. Er wieherte, als er Mark sah und rieb die Nüstern an Marks Schulter.

Sanft streichelte Mark ihm den Hals. Hunderte Male hatte der Hengst Kieran und ihn bei der Jagd durch die Lüfte getragen. Hunderte Male hatten sie sich ein Ross geteilt, waren zusammen geritten, hatten gemeinsam gekämpft. Und als Kieran sich jetzt auf den Rücken seines Pferdes schwang, zog dieser vertraute Anblick wie Angelhaken unter Marks Haut.

Kieran blickte auf ihn herab, ein Prinz vom Scheitel bis zur Sohle – trotz seiner blutbeschmierten Kleidung. Seine Augen unter den halb geschlossenen Lidern schimmerten wie silberne und schwarze Mondsicheln. »Dann verrate es mir«, forderte er Mark auf.

Mark spürte, wie die Beweglichkeitsrune auf seinem Rücken brannte, als er sich hinter Kieran auf das Ross schwang. Seine Arme schlangen sich reflexartig um Kieran, seine Hände schoben sich an die Stelle, wo er sie immer abgelegt hatte – auf Kierans Gürtel. Im nächsten Moment spürte er, wie Kieran scharf die Luft einsog.

Liebend gern hätte er den Kopf auf Kierans Schulter sinken lassen, seine Hände über Kierans geschoben und ihre Finger miteinander verwoben. Er wünschte sich das Gefühl zurück, das er während der Wilden Jagd empfunden hatte: das Gefühl, dass er bei Kieran in Sicherheit war, dass er mit Kieran jemanden hatte, der ihn niemals verlassen würde.

Aber es gab Schlimmeres, als verlassen zu werden.

»Weil ich noch ein letztes Mal mit dir reiten wollte«, sagte Mark und spürte, wie Kieran zusammenzuckte. Dann beugte sich der Elbe vor, und Mark hörte, wie er Windspear ein paar Worte in der Elbensprache zuflüsterte. Als der Hengst lostrabte, legte Mark eine Hand auf die Stelle an seiner Schulter, wo Julian die Runen platziert hatte. Bei der Berührung der Stelenspitze hatte ihn ein Anflug von Panik erfasst, doch dann war eine überraschende Ruhe durch seine Adern geströmt.

Vielleicht gehörten die himmlischen Runen ja doch auf seine Haut. Vielleicht war er ja doch zum Schattenjäger geboren.

Er hielt sich an Kieran fest, während Windspear abhob, seine Hufe durch die Luft galoppierten und das Institut unter ihnen in der Dunkelheit verschwand.

Als Emma und die anderen am Knotenpunkt eintrafen, erwarteten Mark und Kieran sie bereits. Sie preschten aus dem Schatten hervor, auf dem Rücken eines wunderschönen schwarzen Hengstes, der Emma an ihre Kindheit erinnerte, als sie sich sehnlichst ein Pferd gewünscht hatte.

Der Toyota kam abrupt zum Stehen. Am wolkenlosen Himmel leuchtete ein heller Mond und tauchte das gesamte Gelände in ein klares silbernes Licht, das Marks und Kierans Silhouetten so scharf umriss wie Scherenschnitte von zwei Elbenrittern. Keiner der beiden wirkte menschlich.

Die Wiese, die sich bis zur Klippe erstreckte, lag im Mondlicht trügerisch friedlich da; Gräser und Büsche bewegten sich sanft in der Brise. Über dem Ganzen ragte die Felsanhöhe auf, und die dunkle Öffnung im Gestein schien Emma zu sich heranzuwinken.

»Wir haben jede Menge Mantis-Dämonen getötet«, berichtete Mark und schaute kurz zu Emma hinüber. »Den Weg frei gemacht.«

Kieran saß mit finsterer Miene da, das Gesicht halb hinter seinen dunklen Haaren verdeckt. Marks Hände ruhten auf Kierans Gürtel, um sich abzustützen. Plötzlich schien er sich dessen jedoch bewusst zu werden: Er gab Kieran frei und ließ sich vom Pferd gleiten.

»Wir sollten besser in die Höhle gehen«, sagte er und schaute dann zu Kieran hoch. »Du und Windspear … ihr bleibt hier und haltet Wache.«

»Aber ich …«, setzte Kieran an.

»Das ist eine Familienangelegenheit«, teilte Mark ihm in einem Ton mit, der keinen Widerspruch duldete. Kieran schaute kurz zu Cristina und Diego, öffnete den Mund, als wollte er protestieren, schloss ihn dann aber wieder.

»Überprüft eure Waffen«, forderte Julian. »Dann machen wir uns auf den Weg.«

Alle, einschließlich Diego, checkten gehorsam ihre Waffen und Ausrüstung: Ty nahm eine zusätzliche Seraphklinge aus dem Kofferraum, Mark überprüfte Drus Montur und erinnerte sie noch einmal daran, dass ihre Aufgabe darin bestand, so dicht wie möglich hinter den anderen zu bleiben.

Emma löste ihren Armschutz, rollte den Ärmel hoch und hielt Julian ihren Arm entgegen. Er warf einen Blick auf ihre entblößte Haut, dann auf ihr Gesicht und nickte. »Welche Rune?«

»Durchhaltevermögen«, sagte Emma. Sie war bereits mit Runen für Tapferkeit, Genauigkeit, Präzision und schnelle Heilung versehen. Allerdings hatte der Erzengel den Nephilim keine Runen zur Heilung seelischer Schmerzen gegeben – nichts, um Kummer oder ein gebrochenes Herz zu lindern.

Der Gedanke, dass der Tod ihrer Eltern nichts weiter als ein gescheitertes Experiment war, ein bedeutungsloser Akt, schmerzte mehr, als Emma das je für möglich gehalten hätte. Jahrelang hatte sie angenommen, dass sie aus einem besonderen Grund gestorben waren, doch jetzt stellte sich heraus, dass es überhaupt keinen Grund gegeben hatte. Sie waren schlicht und einfach die einzigen Schattenjäger, die gerade greifbar gewesen waren.

Sanft nahm Julian ihren Arm, und Emma spürte den vertrauten und willkommenen Druck der Stele auf ihrer Haut. Als das Runenmal fertig war, schien seine Kraft in ihren Blutstrom überzugehen wie ein Schwall kühlen Wassers.

Durchhaltevermögen. Sie würde dieses Gefühl, dieses Wissen aushalten und sich hindurchkämpfen müssen. *Tu es für Tavvy,* ermahnte sie sich. Für Julian. Für sie alle. Und vielleicht würde sie am Ende ja doch noch Gelegenheit zur Rache bekommen.

Julian ließ die Hand sinken und starrte mit großen Augen auf ihren Arm. Das Runenmal leuchtete auf ihrer Haut, von einem Licht erfüllt, das Emma noch nie zuvor gesehen hatte – als würde es an den Rändern brennen. Hastig zog sie ihren Ärmel hinunter, damit niemand etwas davon mitbekam.

Am Ende der Wiese bäumte Kierans schwarzes Pferd sich vor dem Mond auf. In der Ferne donnerte die Brandung. Emma drehte sich um und marschierte auf die Öffnung im Fels zu.

25

Grab am Ufer

Emma und Julian bildeten die Vorhut, während Mark die Rückendeckung der Gruppe übernahm. Genau wie beim ersten Besuch der Höhle war der Gang zunächst schmal und mit zahlreichen Steinbrocken übersät. Allerdings hatte es den Anschein, als wären viele der Steine beiseitegestoßen worden. Und selbst im Dämmerlicht des Tunnels – Emma wagte es nicht, ihr Elbenlicht hervorzuholen – ließ sich deutlich erkennen, dass an etlichen Stellen Menschenhände das Moos von den Felswänden geklaubt hatten.

»Hier sind vor Kurzem Leute durchgelaufen«, murmelte Emma. »Viele Personen.«

»Gefolgsleute?«, fragte Julian leise.

Emma schüttelte den Kopf. Sie wusste es nicht. Sie spürte eine eisige Kälte in den Adern – eine positive Art von Kälte, die eiskalte Ruhe des Kampfes, die von ihrem Bauch ausging und sich bis in jede Faser ihres Körpers ausbreitete. Die eiskalte Ruhe, die sämtliche Sinne schärfte und dafür sorgte, dass die Zeit langsamer zu verstreichen schien und man unendlich viele Stunden Gelegenheit zur Korrektur hatte, beispielsweise um den Schwung einer Seraphklinge oder den Winkel eines Schwerts zu verändern.

Zwischen ihren Schulterblättern spürte sie Cortana, schwer und golden. Es wisperte ihr mit der Stimme ihrer Mutter etwas ins Ohr: *Vom selben Stahl und Härtegrad, meine Tochter.*

Wenige Minuten später erreichten sie die Höhle. Emma blieb abrupt stehen, und die anderen gruppierten sich um sie. Niemand sprach ein Wort.

Die Höhle war nicht so, wie Emma sie in Erinnerung hatte. Ihr schummriges Licht erweckte den Eindruck, als würde sich der Raum unendlich weit in die Dunkelheit erstrecken. Die beiden Luken waren verschwunden. Emmas Blick fiel auf die in den Fels gemeißelten Worte des Gedichts, das ihnen allen inzwischen so vertraut war. Sie erkannte hier und dort ganze Sätze, die ihr förmlich ins Auge sprangen.

Ich war ein Kind und sie war ein Kind
Am Meeresufer allhie,
Doch wir liebten uns heißer als Liebe liebt,
Ich und schön Annabel Lee,
Liebten uns so, dass die Engel im Blau
Bedräueten mich und sie.

Die Engel im Blau.

Schattenjäger.

Julians Elbenlichtstein flammte in seiner Hand auf und beleuchtete die Höhle. Bestürzt keuchte Emma auf.

Vor ihnen befand sich ein hoher Altartisch mit rauer, löchriger Oberfläche. Er sah aus, als hätte man ihn aus schwarzem Lavagestein gehauen. Und um den Tisch herum hatte jemand mit weißer Kreide einen großen Kreis auf den Boden gezeichnet.

Auf der steinernen Tischplatte lag Tavvy. Er schien zu schlafen: Sein kleines Gesicht wirkte schlaff und entspannt, und seine Augen waren geschlossen. Seine Handgelenke und die Knöchel seiner nackten Füße steckten in Eisenfesseln, die mit Ketten am Sockel des Altars befestigt waren.

Eine Metallschüssel mit unheilvoll aussehenden Flecken stand neben seinem Kopf. Und daneben lag ein Kupfermesser mit Sägeschliff.

Das Licht des Elbensteins drang in den Schatten ein, der wie ein Lebewesen über dem Raum zu liegen schien. Emma fragte sich, wie groß die Höhle wohl tatsächlich sein mochte und wie viel davon nur eine wabernde Illusion war.

Livvy schrie den Namen ihres Bruders und stürmte los. Doch Julian bekam sie zu packen und riss sie zurück. Seine jüngere Schwester strampelte und wand sich mit aller Kraft in seinen Armen. »Wir müssen ihn retten«, zischte Livvy. »Wir müssen zu ihm …«

»Da ist ein Schutzkreis auf dem Boden«, zischte Julian zurück. »Wenn du ihn betrittst, könnte er dich töten.«

Jemand murmelte leise vor sich hin: Cristina sprach ein Gebet.

Plötzlich erstarrte Mark. »Seid still«, flüsterte er. »Da kommt jemand.«

Sofort gaben alle sich Mühe, mit den Schatten zu verschmelzen, sogar Livvy, die sich noch immer hin und her wand. Rasch löschte Julian sein Elbenlicht.

Kurz darauf tauchte eine Gestalt aus der Dunkelheit auf. Jemand in einer langen schwarzen Robe, deren Kapuze das Gesicht vollständig verdeckte. Eine große Person mit schwarzen Handschuhen. *Er ist immer nur in einer Robe und mit Handschuhen und Kapuze aufgetaucht, okay? Von Kopf bis Fuß verhüllt.*

Emmas Puls beschleunigte sich.

Die Gestalt näherte sich dem Altartisch, und der Schutzkreis öffnete sich wie ein Schloss: Runen verblassten und verschwanden, bis eine mannsbreite Lücke entstand. Mit gesenktem Kopf trat die Gestalt auf Tavvy zu.

Näher und näher. Emma nahm jeden Einzelnen der Blackthorns um sich herum wahr; ihre kollektive Angst schien fast greifbar. Emma schmeckte Blut in ihrem Mund. Sie hatte sich auf die Lippe gebissen – so sehr wünschte sie sich, vorwärtszustürmen, das Risiko des Schutzkreises zu ignorieren, Tavvy zu packen und mit ihm davonzulaufen.

Im nächsten Moment riss Livvy sich von Julian los und platzte in die Höhle hinein. »Nein!«, schrie sie. »Lass meinen Bruder in Ruhe, oder ich bring dich um! Ich bring dich um …!«

Die Gestalt erstarrte. Langsam hob sie den Kopf. Die Kapuze rutschte herunter und lange braune Locken kamen zum Vorschein. Ein vertrautes Koi-Tattoo schimmerte auf der dunklen Wange. »Livvy?«

»Diana?«, fragte Ty und sprach damit die ungläubige Fassungslosigkeit seiner Schwester aus. Livvy selbst war vor Entsetzen vollkommen stumm.

Ruckartig wandte Diana sich vom Tisch ab und starrte in die Dunkelheit des Tunnels. »Beim Erzengel«, keuchte sie. »Wie viele von euch sind denn hier?«

Jetzt mischte Julian sich ein. Seine Stimme klang ruhig, aber Emma konnte spüren, wie viel Kraft ihn das kostete. Diego beugte sich vor, die Augen zu Schlitzen verengt. *Jace Herondale und die Lightwoods wurden von ihrem eigenen Tutor verraten.* »Wir alle«, sagte Julian.

»Selbst Dru? Ihr versteht nicht, wie gefährlich das hier ist … Julian, du musst die anderen sofort von hier wegbringen.«

»Nicht ohne Tavvy«, fauchte Emma. »Diana, was zum Teufel machst du hier? Du hast uns gesagt, du wärst in Thailand.«

»Falls sie tatsächlich dort war, weiß zumindest im Bangkoker Institut niemand davon«, sagte Diego. »Ich habe das überprüft.«

»Du hast uns angelogen«, sagte Emma und erinnerte sich plötzlich wieder an Iarlaths Worte: *Törichte Schattenjäger. Zu naiv, um zu wissen, wem ihr vertrauen könnt.* Hatte er damit Malcolm oder Diana gemeint? »Außerdem bist du kaum hier gewesen … während der ganzen Ermittlungen … als hättest du irgendetwas vor uns zu verbergen …«

Diana wich bestürzt zurück. »Emma, nein, so ist das doch gar nicht.«

»Wie ist es denn dann? Mir fällt nämlich kein einziger vernünftiger Grund für deine Anwesenheit hier ein …«

Plötzlich ertönte ein Geräusch. Schritte näherten sich aus den Schatten. Hektisch hob Diana eine Hand. »Verschwindet. Schnell!«

Julian packte Livvy und riss sie in dem Moment in den Schatten zurück, als Malcolm auftauchte.

Malcolm.

Er sah so aus wie immer. Leicht zerzaust und schmuddelig in seiner Jeans und dem weißen Leinenjackett, das zu seinen Haaren passte. In einer Hand hielt er ein großes schwarzes Buch, das mit einem Lederriemen zusammengebunden war.

»Also bist du es doch«, wisperte Diana.

Malcolm musterte sie gelassen.

»Diana Wrayburn«, sagte er. »Sieh mal einer an. Ich hätte nicht damit gerechnet, ausgerechnet dich hier anzutreffen. Eigentlich hatte ich eher erwartet, dass du davonlaufen würdest.«

Diana richtete sich auf und sah ihm direkt ins Gesicht. »Ich laufe nicht davon.«

Malcolm schien sie erneut zu mustern und dann zu erkennen, dass sie sehr nahe bei Tavvy stand. Er runzelte die Stirn. »Geh von dem Jungen weg.«

Diana rührte sich nicht von der Stelle.

»Mach schon«, forderte Malcolm und schob das Schwarze Buch in die Innentasche seines Jacketts. »Er bedeutet dir doch sowieso nichts. Schließlich bist du keine Blackthorn.«

»Ich bin seine Tutorin. Er untersteht meiner Obhut.«

»Ach, komm schon«, höhnte Malcolm. »Wenn dir wirklich etwas an diesen Kindern liegen würde, hättest du die Stelle der Institutsleiterin schon vor Jahren angenommen. Aber vermutlich wissen wir ja alle, warum du das nicht getan hast.«

Malcolm grinste. Und dieses Grinsen verwandelte sein gesamtes Gesicht. Falls Emma noch irgendwelche Zweifel an seiner Schuld, an Kierans Geschichte hatte, lösten sie sich in diesem Moment in Luft auf. Seine lebhaften, amüsanten Gesichtszüge schienen sich zu verhärten. Und aus seinem Lächeln sprach Grausamkeit, noch verstärkt durch die langen Jahre eines unermesslich tiefen Verlustes.

Plötzlich loderte auf dem Tisch eine hohe Stichflamme auf. Diana schrie erschrocken auf und taumelte rückwärts, aus dem Schutzkreis hinaus, der sich hinter ihr sofort wieder schloss. Sie rappelte sich auf und stürmte erneut in Tavvys Richtung. Doch dieses Mal gab der Schutzkreis nicht nach; sie prallte davon ab wie von einer Glaswand und wurde durch die Wucht nach hinten geworfen.

»Kein menschliches Wesen kann diese Barriere überwinden«, sagte Malcolm. »Vermutlich hast du ein Zauberamulett verwendet, um den Schutzkreis zu passieren, aber das funktioniert nur ein Mal. Du hättest nicht hierherkommen sollen.«

»Du kannst nicht ernsthaft glauben, dass du mit dieser Geschichte durchkommst, Malcolm«, keuchte Diana. Mit der rechten Hand umklammerte sie ihren linken Arm, dessen Haut rot und aufgeschürft schimmerte. »Wenn du einen Schattenjäger tötest, werden dich die Nephilim bis ans Ende deiner Tage jagen.«

»Sie haben mich schon vor zweihundert Jahren gejagt. Und sie haben *sie* getötet«, erwiderte Malcolm mit erstickter Stimme, in einem Tonfall, den Emma bei ihm noch nie gehört hatte. »Dabei hatten wir überhaupt nichts getan. Nichts! Ich fürchte die Nephilim nicht, weder sie noch ihre ungerechte Rechtsprechung oder ihre unrechtmäßigen Gesetze.«

»Ich verstehe deinen Schmerz, Malcolm«, sagte Diana vorsichtig. »Aber …«

»Tatsächlich? Verstehst du es tatsächlich, Diana Wrayburn?«, knurrte er, doch dann nahm seine Stimme einen sanfteren Ton an. »Vielleicht verstehst du es ja wirklich. Du hast das Unrecht und die Intoleranz des Rats am eigenen Leib zu spüren bekommen. Ich wünschte, du wärst nicht hier aufgetaucht – denn ich verabscheue die Blackthorns, nicht die Wrayburns. Dich habe ich eigentlich immer gemocht.«

»Du hast mich gemocht, weil du dachtest, ich würde den Rat zu sehr fürchten, um dich unter die Lupe zu nehmen. Um dich zu verdächtigen«, entgegnete Diana und wandte sich ab. Einen kurzen Moment lang schaute sie in Richtung des Tunnels, zu Emma und den anderen. *LAUFT* formulierte sie stumm mit den Lippen. Dann drehte sie sich wieder zu Malcolm um.

Emma rührte sich nicht von der Stelle, aber hinter sich hörte sie eine Bewegung – ein sehr leises Geräusch, das sie ohne die Rune für gesteigertes Hörvermögen nicht wahrgenommen hätte. Zu ihrer Überraschung hatte Julian sich von ihrer Seite gelöst. Gemeinsam mit Mark schlich er durch den Tunnel in Richtung Höhlenausgang.

Am liebsten hätte Emma ihm nachgerufen – was hatte er vor? Doch das ging nicht, ohne gleichzeitig Malcolm zu alarmieren. Malcolm bewegte sich noch immer auf Diana zu; in wenigen Sekunden würde er eine Stelle erreichen, von wo aus er Emma und die anderen im Tunnel sehen konnte. Ihre Hand schloss sich um das Heft ihres Schwerts. Ty umklammerte den Griff seines Messers derartig fest, dass seine Fingerknöchel weiß hervortraten. Livvy hielt ihren Säbel in der erhobenen Hand; ihr Gesicht wirkte ernst und entschlossen.

»Wer hat es dir verraten?«, fragte Malcolm. »Rook? Ich hätte nicht gedacht, dass er daraufkommen würde.« Er legte den Kopf schräg. »Nein. Als du hier aufgetaucht bist, warst du dir nicht sicher. Du hattest nur einen Verdacht …« Seine Mundwinkel fielen herab. »Catarina hat es dir erzählt, stimmt's?«

Diana stand mit schulterbreit gespreizten Beinen da, den Kopf zurückgenommen. Die Haltung einer Kriegerin. »Als die zweite Zeile des Reims entschlüsselt war und ich den Ausdruck ›Blackthorn-Blut‹ hörte, ist mir klar geworden, dass wir nicht auf der Suche nach einem Mörder waren, der Irdische und Feenwesen getötet hat. Hier ging es vielmehr um die Familie Blackthorn. Und es gibt kaum jemanden, der über einen jahrhundertealten Groll besser Bescheid weiß als Catarina. Also habe ich sie aufgesucht.«

»Aber du konntest den Blackthorns dein Ziel nicht verraten, weil du damit preisgegeben hättest, woher du Catarina kennst«, sagte Malcolm. »Sie ist eine Krankenschwester … in einem irdischen Krankenhaus. Was glaubst du wohl, woher ich weiß …?«

»Sie hat dir überhaupt nichts über mich erzählt, Malcolm«, fauchte Diana. »Catarina ist jemand, der Geheimnisse bewahrt. Und über dich hat sie mir einfach nur das erzählt, was sie wusste: dass du eine Nephilim geliebt hast, sie aber eine Eiserne Schwester geworden ist. Catarina hat an dieser Geschichte nie gezweifelt, weil du – soweit sie wusste – die Geschichte nie angezweifelt hast. Aber nachdem sie mir das erzählt hatte, habe ich Kontakt zu den Eisernen Schwestern aufgenommen: Nicht eine einzige Nephilim mit dieser Geschichte ist je Mitglied der Schwesternschaft geworden. Und als mir klar geworden war, dass *das* eine Lüge war, hat sich der Rest wie von selbst zusammengefügt: Mir ist wieder eingefallen, was Emma von der Höhle hier berichtet hatte … die Kleidung, die sie gefunden hatte, und der Kerzenleuchter. Catarina hat das Spirallabyrinth kurz aufgesucht, und anschließend bin ich hierhergekommen …«

»Dann hat Catarina dir also das Zauberamulett gegeben, mit dem du den Schutzkreis überwunden hast«, sagte Malcolm. »Wie bedauerlich, dass du es verschwendet hast. Hattest du einen Plan, oder bist du einfach in blinder Panik hergerast?«

Diana schwieg. Ihr Gesicht war wie versteinert.

»Man sollte immer einen Plan haben«, tadelte Malcolm. »Ich, zum Beispiel, habe meinen derzeitigen Plan viele Jahre lang geschmiedet. Und jetzt bist du hier – der sprichwörtliche Sand im Getriebe. Vermutlich bleibt mir nichts anderes übrig, als dich zu töten. Obwohl ich das eigentlich gar nicht vorhatte und es viel mehr Spaß gemacht hätte, dein Geheimnis dem Rat zu enthüllen …«

Plötzlich flog etwas Silbernes aus Dianas Hand – ein messerscharfer Wurfstern – und zielte direkt auf Malcolm. Eine Sekunde befand sich der Hexenmeister genau in der Wurflinie und in der nächsten Sekunde bereits auf der anderen Seite der Höhle. Der Wurfstern traf gegen die Felswand, prallte davon ab und fiel zu Boden, wo er schimmernd liegen blieb.

Malcolm stieß einen zischenden Laut hervor, wie eine wütende Katze. Funken sprühten von seinen Fingern. Diana wurde durch die Luft gewirbelt und erst gegen die Felswand, dann zu Boden geschleudert, während sich ihre Arme an ihren Körper pressten. Sie rollte sich ab und setzte sich auf; aber als sie aufstehen wollte, knickten ihre Knie unter ihr weg. Verzweifelt versuchte sie, sich gegen ihre unsichtbaren Fesseln zu wehren.

»Du kannst dich nicht mehr bewegen«, verkündete Malcolm in gelangweiltem Ton. »Du bist gelähmt. Natürlich hätte ich dich auch auf der Stelle töten können, aber … nun ja, ich werde gleich ein ziemlich mächtiges Ritual vollführen, und jede Aufführung braucht doch Publikum.« Ein Lächeln umspielte seine Mundwinkel. »Dabei sollte ich wohl die Zuschauer nicht vergessen, die ich bereits habe. Das Problem ist nur, dass sie nicht besonders lebhaft sind.«

Plötzlich wurde die gesamte Höhle in grelles Licht getaucht. Die dichten Schatten hinter dem Altartisch lösten sich auf, und Emma erkannte, dass die Höhle sehr viel tiefer war als erwartet. Zahlreiche Sitzreihen zogen sich bis in die hinterste Ecke wie ordentlich aufgestellte Kirchenbänke, und auf jedem einzelnen Platz saß eine Person.

»Gefolgsleute«, hauchte Ty atemlos. Er hatte sie bisher nur vom Fenster des Instituts aus gesehen, überlegte Emma und fragte sich, was er wohl aus der Nähe von ihnen hielt. Irgendwie war es seltsam, dass Malcolm all diese Leute dirigiert hatte … dass er so viel Macht über sie besaß, dass sie bereit waren, alles für ihn zu tun … für Malcolm, den Emma und die anderen immer für einen Tölpel gehalten hatten – für jemanden, der dumm genug war, seine eigenen Schnürsenkel zusammenzuknoten.

Die Gefolgsleute saßen vollkommen reglos da, mit weit aufgerissenen Augen und die Hände im Schoß gefaltet, wie aufgereihte Puppen. Emma erkannte Belinda und noch ein paar andere, die zum Institut gekommen waren, um Sterling abzuholen. Sie alle hatten den Kopf leicht zur Seite geneigt – ein Zeichen von fasziniertem Interesse, dachte Emma, bis ihr bewusst wurde, in welch seltsamem Winkel ihr Hals gekrümmt war und dass sie nicht deshalb so still dasaßen, weil sie gebannt das Geschehen verfolgten, sondern weil man ihnen das Genick gebrochen hatte.

Im nächsten Moment schob sich jemand zu Emma vor und legte ihr eine Hand auf die Schulter: Cristina. »Emma«, wisperte sie. »Wir müssen angreifen. Diego glaubt, dass wir Malcolm umzingeln können … dass wir ihn übermannen können …«

Emma stand wie erstarrt da. Sie wollte nichts lieber, als loszustürmen und Malcolm anzugreifen. Aber in einem weit entlegenen Winkel ihres Gehirns nahm sie etwas wahr – eine beharrliche Stimme, die darauf drängte, dass sie warten sollte. Dabei handelte es sich nicht um Angst oder ihr eigenes Zögern. Wenn Emma es nicht besser gewusst hätte, wenn sie nicht gedacht hätte, dass man sie für verrückt erklären würde, hätte sie gesagt, dass Julians Stimme zu ihr sprach: *Emma, warte. Bitte warte noch.*

»Wartet«, flüsterte sie.

»Warten?« Cristinas Sorge war förmlich greifbar. »Emma, wir müssen …«

Malcolm betrat den Schutzkreis und blieb vor Tavvys Füßen stehen, die im grellen Licht nackt und verwundbar wirkten. Er streckte die Hand nach dem verhüllten Objekt an der Vorderkante des Tischs aus und zog das Tuch mit Schwung beiseite.

Darunter kam der große Kandelaber zum Vorschein, an den Emma sich wieder erinnerte – der gefährlich aussehende Messingständer ohne Kerzen. Jetzt wirkte er allerdings noch viel makabrer: Auf jedem der Dornen war eine abgetrennte Hand aufgespießt, deren totenstarre Finger nach der Decke zu greifen schienen.

An einer Hand glitzerte ein Ring mit einem protzigen rosa Edelstein. Sterlings Hand.

»Weißt du, was das ist?«, fragte Malcolm mit einem hämischen Ton in der Stimme. »Weißt du das, Diana?«

Diana hob den Kopf. Ihr Gesicht war geschwollen und blutig. Krächzend flüsterte sie: »Glorienhände.«

Malcolm zog eine zufriedene Miene. »Es hat mich eine Weile gekostet, bis ich herausfand, dass ich genau das brauchte«, erklärte er. »Deshalb war mein Versuch mit den Carstairs auch gescheitert. Die Zauberformel verlangte Mandragora, und es hat ziemlich lange gedauert, bis ich erkannte, dass das Wort ›Mandragora‹ stellvertretend für *main de gloire* stand – eine Glorienhand.« Er lächelte begeistert. »Die dunkelste Form Schwarzer Magie.«

»Wegen der Art und Weise, wie sie entsteht«, sagte Diana. »Es handelt sich um die Hände von Verbrechern. Mörderhände. Nur die Hand, die jemandem das Leben genommen hat, kann eine Glorienhand werden.«

»Ach«, keuchte Ty kaum hörbar und mit großen, verblüfften Augen. »Jetzt versteh ich es endlich.«

Emma wandte sich ihm zu. Sie standen einander gegenüber, den Rücken an die gegenüberliegenden Tunnelwände gepresst, und schauten sich an. Livvy befand sich neben Ty, mit Diego auf der anderen Seite. Dru und Cristina waren bei Emma.

»Diego hat doch gesagt, dass das Ganze merkwürdig sei«, wisperte Ty, »die Tatsache, dass die Opfer so bunt gemischt waren – Menschen, Feenwesen. Aber das liegt daran, dass die Opfer nie eine Rolle gespielt haben. Malcolm war nicht an den Opfern interessiert, sondern an ihren Mördern. Deswegen wollten die Gefolgsleute Sterling. Deswegen hat Belinda ihm beide Hände abgehackt und mitgenommen. Und deswegen hat Malcolm sie gewähren lassen. Er brauchte die Mörderhände, die Hände, mit denen die ausgelosten Gefolgsleute getötet hatten – damit er dieses Ritual hier vollziehen kann. Belinda hat beide Hände mitgenommen, weil sie nicht wusste, mit welcher Hand Sterling Wren umgebracht hatte – und sie konnte ihn ja auch nicht mehr fragen.«

Aber warum?, wollte Emma nachhaken. *Warum die Verbrennungen, das Ertränken, die Schriftzeichen, die Rituale? Warum?* Doch sie fürchtete, wenn sie den Mund öffnete, würde nur ein Wutschrei herauskommen.

»Malcolm, das ist doch alles nicht richtig.« Dianas Stimme klang heiser, aber ruhig. »Ich habe mich ganze Tage mit denjenigen unterhalten, die dich seit Jahren kennen. Catarina Loss. Magnus Bane. Sie haben gesagt, du wärst ein guter, freundlicher Mann. Das kann doch nicht alles gelogen sein.«

»Gelogen?« Malcolms Stimme überschlug sich. »Du willst über Lügen reden? Man hat mir ins Gesicht gelogen und behauptet, Annabel wäre eine Eiserne Schwester geworden. Alle haben mir dieselbe Lüge erzählt: Magnus, Catarina, Tessa. Erst von einem Feenwesen habe ich erfahren, dass sie gelogen haben. Und was wirklich mit Annabel passiert ist. Damals war sie schon lange tot. Die Blackthorns hatten eine der Ihren eigenhändig getötet!«

»Das liegt viele Generationen zurück. Der Junge, den du an diesen Tisch gekettet hast, hat Annabel nie gekannt. Das hier sind doch nicht die Leute, die dir wehgetan haben, Malcolm. Nicht die Leute, die dir Annabel genommen haben. Diese Blackthorns sind unschuldig.«

»Keiner von ihnen ist unschuldig!«, brüllte Malcolm. »Sie war eine Blackthorn! Annabel Blackthorn! Sie hat mich geliebt, und sie haben sie mir genommen … Sie haben sie bei lebendigem Leib in diesem Grab eingemauert, wo sie dann gestorben ist. Genau das haben sie ihr und mir angetan, und das verzeihe ich ihnen nicht. Das werde ich ihnen nie verzeihen!« Er holte tief Luft und zwang sich offensichtlich zur Ruhe. »Dreizehn Glorienhände«, sagte er. »Und Blackthorn-Blut. Damit werde ich sie zurückholen, und dann wird sie wieder bei mir sein.«

Er wandte sich von Diana ab, drehte sich zu Tavvy um und nahm das Messer, das auf dem Altar neben Tavvys Kopf lag.

Die schweigende Spannung im Tunnel stand kurz vor der Explosion. Hände tasteten nach Waffen. Finger schlossen sich um Schwerthefte. Diego hob seine Axt. Und fünf Augenpaare richteten sich auf Emma.

Diana kämpfte noch verzweifelter gegen ihre Fesseln an, als Malcolm das Messer hob. Licht spiegelte sich funkelnd auf der Klinge und beleuchtete die Gedichtzeilen an der Felswand.

Doch wir liebten uns heißer als Liebe liebt …

Julian, dachte Emma. *Julian, mir bleibt keine Wahl. Wir können nicht länger auf dich warten.*

»Los«, wisperte Emma, und im nächsten Moment brachen sie aus dem Tunnel hervor: Ty und Livvy, Emma und Cristina, Dru und Diego, der direkt auf Malcolm zusteuerte.

Einen Sekundenbruchteil wirkte Malcolm überrascht. Das

Messer glitt ihm aus der Hand und traf hart auf dem Boden auf. Und die weiche Kupferklinge verbog sich. Malcolm starrte benommen darauf, blickte dann wieder in Richtung der Blackthorns und ihrer Freunde – und brach in Gelächter aus. Er stand da und lachte, inmitten des Schutzkreises, während Emma und die anderen auf ihn zustürmten und einer nach dem anderen von der Kraft des unsichtbaren Schutzwalls zurückgeschleudert wurde. Diego schwang seine Streitaxt, doch sie prallte in der Luft ab, als wäre sie auf eine Stahlwand gestoßen.

»Umzingelt Malcolm!«, rief Emma. »Er kann nicht ewig im Schutzkreis bleiben! Postiert euch um ihn herum!«

Die anderen verteilten sich entlang der Schutzrunen auf dem Boden. Emma stand gegenüber von Ty, der einen Dolch in der Hand hielt und Malcolm mit einem seltsamen Gesichtsausdruck musterte: eine Mischung aus Unverständnis und Hass.

Ty verstand, wenn jemand etwas vorgab oder vortäuschte. Aber ein Verrat dieser Größenordnung war etwas völlig anderes. Emma konnte es selbst nicht begreifen, und dabei hatte sie doch mit eigenen Augen gesehen, zu welchem Verrat Leute fähig waren – als sie Zeugin geworden war, wie der Rat Helen verbannt und Mark seinem Schicksal überlassen hatte.

»Irgendwann wirst du da wieder rauskommen müssen«, fauchte Emma den Hexenmeister an. »Und dann …«

Malcolm bückte sich und hob sein verbogenes Messer vom Boden. Als er sich wieder aufrichtete, sah Emma, dass seine Augen in der Farbe von Blutergüssen schimmerten. »Bis dahin werdet ihr alle längst tot sein«, zischte er, wirbelte herum und streckte eine Hand in Richtung der Toten in den Sitzreihen. »Erhebt euch!«, rief er. »Meine Gefolgsleute, erhebt euch!«

Ein Ächzen und Stöhnen ging durch die Höhle: Die toten Gefolgsleute erhoben sich von ihren Plätzen.

Sie bewegten sich weder besonders langsam noch besonders schnell, aber mit einer eisernen Entschlossenheit. Auf den ersten Blick wirkten sie unbewaffnet, aber als sie sich dem zentralen Höhlenbereich näherten, warf Belinda sich plötzlich mit ausdruckslosen, leeren Augen und seitlich geneigtem Kopf auf Cristina. Ihre Finger waren zu Krallen gekrümmt, und bevor Cristina reagieren konnte, hatte Belinda ihr die Wange aufgerissen und blutige Striemen darauf hinterlassen.

Cristina schrie angewidert auf, stieß die Leiche von sich und schlitzte Belinda mit ihrem Butterflymesser die Kehle auf.

Doch das hatte keinerlei Wirkung. Mit klaffender, aber blutleerer Wunde stand Belinda wieder auf und drehte sich erneut in Cristinas Richtung. Bevor sie jedoch einen Schritt machen konnte, sirrte etwas Silbernes durch die Luft: Diegos Axt schnellte vorwärts und trennte Belindas Kopf vom Rumpf ab. Lautlos sackte ihr Körper in sich zusammen. Noch immer trat kein Blut aus der Wunde; die Haut wirkte wie verätzt.

»Vorsicht! Hinter dir!«, brüllte Cristina.

Diego wirbelte herum. Hinter ihm standen zwei weitere Gefolgsleute und streckten die Klauen nach ihm aus. Diego drehte sich um die eigene Achse, und seine Streitaxt nahm beide Köpfe mit sich.

Plötzlich hörte Emma ein Geräusch hinter sich. Sofort kalkulierte sie die Entfernung zwischen sich und ihrem Angreifer, sprang und verpasste dem Gefolgsmann einen Tritt, der ihn zu Boden schleuderte. Emma stellte fest, dass es sich um den Klarinettisten mit den lockigen Haaren handelte. Sie machte einen Ausfallschritt, schwang Cortana und trennte ihm sauber den Kopf ab.

Einen kurzen Moment erinnerte sie sich daran, wie er ihr im Mitternachtstheater zugezwinkert hatte. *Ich habe seinen Namen nie erfahren,* dachte sie und wirbelte dann wieder herum.

In der Höhle herrschte das reinste Chaos. Genau wie Malcolm es sich gewünscht haben musste, hatten die Schattenjäger sich vom Schutzkreis entfernt, um die Gefolgsleute abzuwehren.

Malcolm ignorierte, was um ihn herum vorging. Er hatte den Kerzenständer mit den aufgespießten Glorienhänden hochgehoben, trug ihn ans Kopfende des Altartischs und platzierte ihn neben Tavvy, der noch immer mit rosigen Wangen dalag und schlief.

Dru war zu Diana gelaufen und versuchte, ihr auf die Beine zu helfen. Als einer der Gefolgsleute auf sie zukam, wirbelte Dru herum und rammte der Frau ihre Klinge in den Leib. Emma sah, wie Dru schluckte, als die Leiche zusammensackte, und erkannte, dass es für Dru das erste Mal war, dass sie jemanden im Kampf tötete – auch wenn derjenige genau genommen bereits tot war.

Livvy kämpfte mit ihrem Säbel wie eine ruhmreiche Kriegerin, täuschte hier an, parierte dort und trieb die Gefolgsleute ihrem Zwillingsbruder zu. Ty hielt eine Seraphklinge in der Hand, die strahlend hell leuchtete. Als ein blonder Gefolgsmann auf ihn zusprang, stieß er dem Toten seine Klinge in den Nacken.

Ein zischendes, knisterndes Geräusch ertönte, als die Seraphklinge auf die Haut auftraf, und im nächsten Moment ging der Gefolgsmann in Flammen auf. Kreischend taumelte er zurück und schlug mit den Händen nach seiner brennenden Kleidung, bevor er zu Boden stürzte und erschlaffte.

»Seraphklingen!«, brüllte Emma. »Benutzt eure Seraphklingen!«

In der ganzen Höhle loderten Lichter auf, und Emma hörte, wie die anderen die Namen der Engel murmelten: *Jophiel, Remiel, Duma*. Im grellen Lichtschein entdeckte sie Malcolm, der mit der Hand über die verbogene Klinge seines Kupfermessers strich, worauf sie sich unter seinen Fingern wieder ausrichtete und erneut gefährlich scharf glitzerte. Er drückte die Spitze an Tavvys Kehle, bewegte das Messer nach unten und schlitzte das Batman-T-Shirt des kleinen Jungen auf. Die verwaschene Baumwolle rollte sich an den Schnittkanten auf und entblößte seinen schmächtigen, verwundbaren Brustkorb.

Emmas Welt schien in sich zusammenzustürzen. Inmitten des Chaos kämpfte sie mit unverminderter Kraft weiter, streckte mit ihrer flammenden Seraphklinge einen Gefolgsmann nach dem anderen nieder, bis deren leblose Körper um sie herum zu Boden sanken.

Gleichzeitig versuchte sie, zu Tavvy zu gelangen … als sie plötzlich Julians Stimme hörte. Sie drehte sich um, konnte ihn aber nirgends sehen – obwohl sie seine Stimme klar und deutlich gehört hatte: *Emma, Emma, geh aus dem Weg, mach den Tunnel frei.*

Blitzschnell sprang sie zur Seite und wich dem reglosen Körper eines gefallenen Gefolgsmanns aus, als sie auch schon ein neues Geräusch hörte: das Donnern von Hufen. Ein unheimlicher Laut durchbohrte die Höhle – eine Mischung aus Heulen und dem ohrenbetäubenden Läuten einer gewaltigen Glocke – und hallte mit einem solch brutalen Echo von den Wänden, dass sogar Malcolm aufschaute.

Im nächsten Augenblick preschte Windspear aus dem Tunnel hervor. Julian saß auf seinem Rücken, die Hände in die Mähne des Pferdes gekrallt. Mark war hinter ihm und hielt sich am Gürtel seines Bruders fest. Die beiden schienen fast zu einer Person zu verschmelzen, als Windspear zum Sprung ansetzte.

Malcolm stand mit offenem Mund da, als der Hengst durch die Luft galoppierte und den Schutzwall mit den Hufen einriss. In dem Moment, in dem Windspear über den Tisch flog, ließ Julian sich von seinem Rücken herabfallen und traf mit voller Wucht neben Tavvy auf der Steinplatte auf. Emma spürte den markerschütternden Schmerz seines knochenharten Aufschlags in jeder Faser ihres Körpers.

Mark hielt sich an der Mähne fest, während Windspear über den Tisch hinwegfegte und sicher auf der anderen Seite landete. Der nun beschädigte Schutzkreis zuckte wie eine von innen erleuchtete Schlange; die Runen flammten der Reihe nach auf und erloschen dann.

Mühsam rappelte Julian sich auf. Malcolm knurrte nur und streckte die Hand nach Tavvy aus – als eine Gestalt von der Höhlendecke fiel und ihn zu Boden warf: Kieran.

Sein Haar schimmerte blaugrün, und er hob einen Dolch in die Höhe, dessen Klinge im gleichen Meergrün leuchtete. Die Waffe senkte sich auf Malcolms Brust herab, doch in letzter Sekunde riss der Hexenmeister die Hände hoch. Dunkelviolette Lichtblitze explodierten aus seinen Handflächen und schleuderten Kieran zurück. Mit hassverzerrter Miene stand Malcolm auf und stieß seine Hand vorwärts, um den Elbenprinz zu Staub zu zermalmen.

Windspear wieherte gellend. Der Hengst wirbelte herum, bäumte sich auf und traf Malcolm mit den Hufen in den Rücken, während es Mark irgendwie gelang, sich weiterhin festzuhalten. Der Hexenmeister flog durch die Luft. Mit weit aufgerissenen roten Augen bäumte Windspear sich erneut auf und schnaubte. Mark klammerte sich mit einer Hand an seine Mähne, beugte sich herab und streckte die andere Hand Kieran entgegen.

»Nimm meine Hand«, hörte Emma ihn rufen. »Kieran, nimm meine Hand.«

Der Elbenprinz hob einen Arm, Mark hievte ihn auf die Beine und zog ihn zu sich hoch. Dann wirbelten die beiden mit dem Hengst herum und galoppierten auf eine Gruppe von Gefolgsleuten zu, die Windspear mit den Hufen in alle Richtungen zerstreute, sodass Mark und Kieran die lebenden Toten mit schnellen Schwerthieben niedermetzeln konnten.

Malcolm rappelte sich auf. Sein einst weißes Leinenjackett war inzwischen mit Blut und Dreck bespritzt. Langsam schleppte er sich auf den Tisch zu, wo Julian neben Tavvy kniete und verzweifelt an den Ketten zog, die seinen Bruder an den Altar fesselten. Der Schutzkreis zischte und knisterte noch immer. Emma holte tief Luft, stürmte auf den Tisch zu und setzte zum Sprung an.

Als sie den durchbrochenen Schutzkreis passierte, spürte sie ein scharfes Prickeln wie von einem Stromschlag. Blitzschnell warf sie sich nach oben und landete mit beiden Knien neben Julian auf dem Altar.

»Zur Seite!«, keuchte sie atemlos. »Julian, mach Platz!«

Sofort rollte er sich von seinem Bruder weg, obwohl Emma genau wusste, dass es ihm unendlich schwerfallen musste, Tavvy loszulassen. Julian rutschte an den Rand des Tischs, hockte sich auf die Fersen und lehnte sich zurück. Auf Emma vertrauend. Ihr Platz machend.

Eine von Wayland dem Schmied gefertigte Klinge kann alles durchtrennen.

Mit Wucht ließ Emma ihr Schwert herabsausen, wenige Zentimeter von Tavvys Handgelenk entfernt. Die Klinge zerschnitt die Kette, die rasselnd zu Boden fiel. Emma hörte Malcolm kreischen, und ein violetter Feuerstrahl zuckte durch die Höhle.

Erneut ließ Emma Cortana herabsausen und durchtrennte die anderen Ketten, die Tavvy an den Tisch fesselten. »Lauf!«, rief sie Julian zu. »Bring ihn weg von hier!«

Hastig hob Julian seinen kleinen Bruder hoch. Octavian hing schlaff in seinen Armen, die Augen in den Höhlen verdreht. Julian drückte ihn an sich und sprang vom Altar herunter.

Emma sah nicht, wie er mit ihm im Tunnel verschwand – sie hatte sich bereits wieder umgedreht. Mark und Kieran waren in einer Ecke von Gefolgsleuten umzingelt, Diego und Cristina in einer anderen. Malcolm steuerte auf Ty und Livvy zu. Erneut hob er seine funkensprühende Hand – als eine kleine Gestalt auf ihn zustürmte, mit einer flammenden Seraphklinge.

Dru.

»Lass sie in Ruhe!«, schrie sie und hielt die Klinge zwischen sich und den Hexenmeister. »Lass meine Geschwister in Ruhe!«

Malcolm knurrte und krümmte seine Finger in Drus Richtung. Eine Schlinge aus violettem Licht wand sich um ihre Beine und riss sie zu Boden. Die Seraphklinge glitt ihr aus der Hand, rollte über die Steinplatten und erlosch knisternd. »Ich brauche noch immer Blackthorn-Blut«, sagte Malcolm und bückte sich zu ihr hinab. »Und dein Blut wird diesen Zweck genauso erfüllen wie das deines Bruders. Genau genommen machst du den Eindruck, als hättest du deutlich mehr davon als er …«

»Stopp!«, brüllte Emma.

Malcolm schaute zu ihr hoch – und erstarrte. Emma stand kerzengerade auf dem Altartisch, in einer Hand Cortana und in der anderen den Kandelaber mit den Glorienhänden.

»Du hast ziemlich lange gebraucht, um sie alle zusammenzubekommen, oder?«, sagte sie mit kalter Stimme. »Die Hände von dreizehn Mördern. Das war bestimmt nicht einfach.«

Malcolm gab Dru frei, die rasch auf die andere Seite der Höhle krabbelte und nach weiteren Waffen in ihrem Gürtel tastete. Malcolms Gesicht verzerrte sich hasserfüllt. »Gib den Kandelaber her«, knurrte er.

»Pfeif deine Leute zurück«, forderte Emma. »Ruf deine Gefolgsleute zurück – dann geb ich dir deine Glorienhände.«

Malcolms Augen funkelten wütend. »Wenn du mir die Chance nimmst, Annabel wiederzubekommen, werde ich dich dafür mit unerträglichen Schmerzen quälen«, fauchte er.

»Das kann auch nicht schlimmer sein als der Schmerz, den dein Gequatsche verursacht«, erwiderte Emma. »Pfeif sie zurück, oder ich hacke diese widerlichen Dinger in tausend Stücke.« Sie verstärkte ihren Griff um Cortanas Heft. »Dann werden wir sehen, ob du damit auch noch Magie betreiben kannst.«

Malcolms Blick schweifte durch die Höhle. Zahlreiche gefallene Gefolgsleute bedeckten den Boden, aber einige standen noch immer auf den Beinen und drängten Diego und Cristina in eine Ecke. Mark und Kieran ritten auf Windspear hin und her und schlugen mit ihren Schwertern um sich. Die Hufe des Pferdes schimmerten rotbraun vor Blut.

Der Hexenmeister ballte die herabhängenden Hände zu Fäusten. Dann drehte er sich um und stieß ein paar Worte in griechischer Sprache aus, woraufhin die verbliebenen Gefolgsleute in sich zusammensackten und schlaff zu Boden fielen. Sofort stürmten Diego und Cristina zu Dru; Kieran brachte Windspear zum Stehen, und das Elbenross stand reglos da, während die Toten wieder zu den Toten zurückkehrten.

Malcolm stürmte auf den Altar zu. Doch Emma lief ans andere Ende der Steinplatte, sprang und landete leichtfüßig auf dem Boden. Und dann lief sie weiter.

Sie rannte in Richtung der Sitzreihen, durch den Mittelgang hindurch und in die Schatten hinein. Cortanas schwacher Glanz spendete genügend Licht, dass Emma einen dunklen Korridor im Felsgestein erkennen konnte, der sich in den Hügel hineinwand.

Hastig tauchte sie in den Gang ein. Nur das fluoreszierende Moos an den Felswänden kennzeichnete den Verlauf des Tunnels. Emma glaubte, in der Ferne ein Leuchten wahrzunehmen, und hielt darauf zu, obwohl der massive Kandelaber ihren Arm schwer werden ließ.

Plötzlich teilte sich der Gang auf. Emma hörte Schritte hinter sich und entschied sich für den linken Weg. Doch schon nach wenigen Metern tauchte eine Glaswand vor ihr auf.

Die Luke. Sie war jetzt deutlich größer und füllte fast den gesamten Gang aus. Daneben ragte der wuchtige Hebel, an den Emma sich noch gut erinnerte, aus dem rauen Gestein. Die Luke schien von innen beleuchtet zu sein wie ein gewaltiges Aquarium.

Hinter dem dicken Glas konnte Emma den Ozean sehen – ein dunkel schimmerndes Blaugrün, nur durchbrochen von vorbeiziehenden Fischen, treibenden Algen, seltsamen Lichtern und schillernden Farben.

»Ach Emma, Emma«, hörte sie Malcolms spöttische Stimme hinter sich. »Du hast den falschen Weg eingeschlagen, stimmt's? Aber das könnte man ja über so viele Bereiche deines Lebens sagen.«

Emma wirbelte herum und stieß den Kandelaber in Malcolms Richtung. »Verschwinde!«

»Hast du auch nur eine Ahnung, wie kostbar diese Hände sind?«, fragte er fordernd. »Damit sie ihre volle Kraft entfalten können, mussten sie unmittelbar nach Begehen des Mordes abgehackt werden. Die Organisation all dieser Morde war ein Meisterwerk aus Können, Wagemut und Timing. Du kannst dir gar nicht vorstellen, wie verärgert ich war, als du mir Sterling weggenommen hast, bevor ich seine Hand ernten konnte. Belinda musste mir beide Hände bringen, damit ich herausfinden konnte, welche das Mordinstrument war. Und dann bat Julian mich auch noch um Hilfe – ein absoluter Glücksfall, das muss ich selbst sagen.«

»Das war kein Glück. Wir haben dir vertraut.«

»Und ich habe einst den Nephilim vertraut«, erwiderte Malcolm. »Wir alle machen Fehler.«

Sorg dafür, dass er weiterredet, dachte Emma. *Die anderen können nicht mehr weit weg sein.* »Johnny Rook hat behauptet, du hättest ihm aufgetragen, mir von dem Leichnam in der Gasse hinter der Sepulchre Bar zu erzählen«, sagte sie. »Warum? Wieso hast du mich auf deine Fährte angesetzt?«

Malcolm trat einen Schritt vor. Sofort stieß Emma mit dem Kandelaber nach ihm, woraufhin er abwehrend die Hände hob, als wollte er sie besänftigen. »Um dich und die anderen abzulenken. Ihr solltet euch auf die Opfer konzentrieren, nicht auf die Mörder. Außerdem musstet ihr von der ganzen Geschichte erfahren, bevor die Elbendelegation bei euch am Institut auftauchen würde.«

»Und uns bitten, die Morde zu untersuchen, die du begangen hattest? Was hat dir *das* denn gebracht?«

»Die Gewissheit, dass der Rat auf keinen Fall eingeschaltet werden würde«, erklärte Malcolm. »Einzelne Schattenjäger schrecken mich nicht, Emma. Aber die ganze Truppe? Das ist etwas völlig anderes. Ich kenne Iarlath seit vielen Jahren, und ich wusste, dass er Beziehungen zur Wilden Jagd hat. Und die Wilde Jagd hatte etwas, für das ihr Himmel und Hölle in Bewegung setzen würdet, um diese Sache vor dem Rat und den Stillen Brüdern geheim zu halten. Nichts gegen den Jungen – wenigstens sind seine Blackthorn-Gene durch gutes, gesundes Schattenweltlerblut verdünnt. Aber ich kenne Julian. Ich wusste, was er zur Priorität machen würde: ganz sicher nicht das Gesetz oder den Rat.«

»Du hast uns unterschätzt«, sagte Emma. »Wir haben es herausgefunden. Uns ist klar geworden, dass du derjenige warst.«

»Ich hatte erwartet, dass der Rat vielleicht einen Zenturionen schicken würde, aber ich hätte im Leben nicht damit gerechnet, dass es sich dabei um jemanden handeln könnte, den ihr kennt … und genügend vertraut, um ihn trotz Marks Anwesenheit ins Vertrauen zu ziehen. Als ich den Rosales-Jungen sah, ist mir klar geworden, dass mir nicht viel Zeit blieb. Ich wusste, dass ich Tavvy sofort mitnehmen musste. Glücklicherweise hatte ich Iarlaths Hilfe, die von unschätzbarem Wert war. Ach ja«, fügte er hinzu, »ich habe von der Auspeitschung gehört. Diese Geschichte tut mir sehr leid. Iarlath hat seine eigene Vorstellung von Vergnügen, aber die deckt sich nicht mit meiner.«

»*Das* tut dir leid?« Emma starrte ihn ungläubig an. »Du hast meine Eltern getötet, und du entschuldigst dich für die Auspeitschung? Ich würde mich tausend Mal auspeitschen lassen, wenn mir das meine Eltern zurückbringen würde.«

»Ich weiß, was du jetzt denkst. Ihr Schattenjäger denkt alle das Gleiche. Aber du musst *verstehen* …« Malcolm verstummte, und sein Gesicht verzerrte sich. »Wenn du es verstehen würdest, würdest du mir keine Schuld geben«, sagte er schließlich.

»Dann erzähl mir, was passiert ist«, sagte Emma. Sie konnte hinter seiner Schulter den Gang sehen und glaubte, in der Ferne Schatten und Gestalten wahrzunehmen. Wenn es ihr gelang, Malcolm noch eine Weile abzulenken, könnten ihn die anderen von hinten überwältigen … »Du bist ins Feenreich gereist, als du erfahren hast, dass Annabel keine Eiserne Schwester geworden war. Dass man sie ermordet hatte. Hast du Iarlath auf diese Weise kennengelernt?«, fragte sie.

»Damals war er die rechte Hand des Königs des Dunklen Volkes«, sagte Malcolm. »Mir war bewusst, dass der König mich möglicherweise sogar töten lassen würde. Hexenwesen sind an den Feenhöfen nicht sehr beliebt. Aber es war mir egal. Und als der König mich um einen Gefallen bat, habe ich seine Bitte erfüllt. Als Gegenleistung hat er mir diesen Vers gegeben. Einen maßgeschneiderten Zauber, um meine Annabel wiederzuerwecken. Blackthorn-Blut. Blut um Blut, das waren die Worte des Königs.«

»Und warum hast du sie nicht sofort wiedererweckt? Wieso hast du so lange gewartet?«

»Die Magie der Feenwesen und die von uns Hexenwesen ist

sehr verschieden«, sagte Malcolm. »Das war so, als würde man etwas aus einer anderen Sprache übersetzen. Ich habe Jahre gebraucht, um den Vers zu enträtseln. Dann ist mir klar geworden, dass er mich aufforderte, ein bestimmtes Buch zu finden. Das hat mich fast in den Wahnsinn getrieben. Jahrelange, mühevolle Arbeit, die mir nichts weiter einbrachte als ein Rätsel über ein Buch …« Seine Augen schienen Emma zu durchbohren, als wollte er sie auf diese Weise dazu zwingen, ihn zu verstehen. »Es war reiner Zufall, dass es deine Eltern traf«, sagte er. »Sie kehrten zum Institut zurück, als ich gerade in der Bibliothek war. Aber der Zauber hat nicht funktioniert. Ich hatte alles getan, was das Schwarze Buch vorgeschrieben hatte, aber Annabel hat sich nicht geregt.«

»Meine Eltern …«

»Deine Liebe zu deinen Eltern war nicht größer als meine Liebe für Annabel«, sagte Malcolm. »Ich habe versucht, die Sache *fair* durchzuziehen. Es ging nie darum, *dir* wehzutun. Ich hege keinen Groll gegen die Carstairs. Deine Eltern waren Opfer.«

»Malcolm …«

»Sie hätten sich doch selbst geopfert, oder? Für den Rat? Für dich?«, führte er an.

Eine wahnsinnige, fast betäubende Wut erfasste Emma. Es kostete sie alle Kraft, ruhig stehen zu bleiben. »Also hast du fünf Jahre gewartet?«, brachte sie mühsam hervor. »Warum fünf Jahre?«

»Ich habe so lange gewartet, bis ich davon überzeugt war, dass der Zauber nun funktionieren würde«, erklärte Malcolm. »Ich habe die Zeit genutzt, um zu lernen. Und etwas aufzubauen. Ich habe Annabels Leiche aus ihrem Grab geholt und zum Knotenpunkt gebracht. Ich habe die Gefolgsleute des Wächters erschaffen. Belinda war die erste Mörderin. Ich habe mich streng an das Ritual gehalten – den Leichnam versengt und in Meerwasser getaucht, mit Schriftzeichen versehen … Und plötzlich konnte ich spüren, dass Annabel sich regte.« Seine Augen glänzten in einem unheimlichen Blauviolett. »Da wusste ich, dass ich sie wiedererwecken konnte. Danach hätte mich nichts mehr aufhalten können.«

»Aber warum diese Schriftzeichen?« Emma presste den Rücken gegen die Glaswand. Der Kandelaber war schwer; die Muskeln in ihrem Arm pochten. »Warum dieses Gedicht?«

»Weil das eine Botschaft war!«, erwiderte Malcolm laut. »Emma, für jemanden, der so oft von Rache geredet hat, der jahrelang an nichts anderes gedacht hat, scheinst du bemerkenswert wenig davon zu verstehen. Ich wollte, dass die Schattenjäger von Annabel erfuhren. Ich wollte, dass die Blackthorns beim Begräbnis ihres Jüngsten wussten, wer ihnen diesen Schlag zugefügt hatte. Wenn dir jemand Unrecht tut, reicht es nicht, dass derjenige dafür leidet. Er muss dir auch ins Gesicht sehen und genau wissen, wofür er leidet. Ich wollte, dass die Nephilim das Gedicht entzifferten und begriffen, wer für ihre Zerstörung verantwortlich war.«

»Zerstörung?« Emma konnte den ungläubigen Ton in ihrer Stimme nicht unterdrücken. »Du bist völlig wahnsinnig. Tavvys Tod würde die Nephilim nicht zerstören … und von den heutigen Schattenjägern weiß niemand mehr von Annabel …«

»Und was glaubt du, wie sich das anfühlt?«, brüllte er. »Dass ihr Name vergessen ist? Ihr Schicksal mit ihr begraben? Die Schattenjäger haben sie in eine Geschichte verwandelt. Soweit ich weiß, haben mehrere ihrer Familienmitglieder den Verstand verloren – sie konnten die Erinnerung an das Geschehene nicht mehr ertragen.«

Sorg dafür, dass er weiterredet, ermahnte Emma sich. »Wenn das Ganze so ein großes Geheimnis war, woher wusste dann Poe davon? Sein Gedicht ›Annabel Lee‹ …«

Irgendetwas blitzte in Malcolms Augen auf, etwas Verschlossenes und Dunkles. »Als ich davon erfuhr, hielt ich es anfangs für einen grässlichen Zufall«, antwortete er. »Aber die Geschichte ließ mich nicht mehr los. Ich habe versucht, den Verfasser des Gedichts aufzusuchen, doch er war bereits tot. ›Annabel Lee‹ war sein letztes Werk.« Die Erinnerung verlieh seiner Stimme einen trostlosen Klang. »Viele Jahre vergingen, und während der ganzen Zeit dachte ich, Annabel sei in der Adamant-Zitadelle. Der Gedanke war das Einzige, das mir Trost spendete – das Wissen darum, dass sie lebte, irgendwo lebte. Als ich schließlich die Wahrheit erfuhr, wollte ich es zuerst nicht glauben. Aber das Gedicht lieferte den Beweis … Poe hatte von Schattenweltlern die Wahrheit erfahren, noch vor mir. Er hatte gehört, wie sehr wir uns als Kinder geliebt hatten … und dass Annabel die Schattenjäger für mich verlassen wollte. Doch ihre Familie hatte von unseren Plänen erfahren und den Beschluss gefasst, dass selbst der Tod besser sei als ein Leben mit einem Hexenwesen. Sie haben sie an der Küste Cornwalls in einem Grab eingemauert, bei lebendigem Leibe begraben. Als ich Annabels Leichnam Jahre später aus dem Grab genommen habe, habe ich sie in der Nähe des Ozeans aufbewahrt. Sie hat das Meer immer geliebt.«

Sein Atem kam jetzt stoßweise und schluchzend. Emma starrte ihn an. Sie konnte sich nicht von der Stelle rühren. Sein Kummer war so frisch und real, als hätte sich das, wovon er sprach, erst am Vortag ereignet.

»Sie haben mir erzählt, sie sei eine Eiserne Schwester geworden. Alle haben mich angelogen, alle: Magnus, Catarina, Ragnor, Tessa – von den Schattenjägern korrumpiert und in ihre Lügen verstrickt! Und ich, völlig ahnungslos, habe um sie getrauert, bis ich schließlich die Wahrheit herausfand …«

Plötzlich hallten Stimmen durch den Gang; Emma hörte das Geräusch eiliger Schritte. Malcolm schnippte mit den Fingern. Im Tunnel hinter ihm schimmerte ein violettes Licht, dessen Leuchtkraft und Transparenz schnell nachließen, als es sich zu einer massiven Mauer verdichtete.

Das Geräusch der Stimmen und Schritte verschwand. Emma befand sich mit Malcolm in einem versiegelten Höhlenabschnitt.

Sie presste sich noch enger gegen die Glaswand und umklammerte den Kandelaber. »Ich werde diese Hände zerstören«, warnte sie; ihr Puls raste. »Ich werde es tun!«

Dunkle Funken sprühten von Malcolms Fingerspitzen. »Ich

könnte dich gehen lassen«, sagte er. »Dich am Leben lassen. Du könntest durch den Ozean davonschwimmen, so wie beim letzten Mal. Du könntest die Botschaft für mich überbringen. Dem Rat meine Nachricht übermitteln.«

»Du brauchst mich nicht freizulassen«, erwiderte Emma keuchend. »Ich kämpfe lieber.«

Malcolms Lächeln wirkte verzerrt, fast bekümmert. »Du und dein Schwert seid trotz Cortanas ruhmreicher Vergangenheit kein Gegner für einen Hexenmeister, Emma.«

»Was willst du von mir?«, fragte Emma fordernd und mit erhobener Stimme, die von den Wänden des Höhlenabschnitts widerhallte. »Was willst du, Malcolm?«

»Ich will, dass du es verstehst«, stieß er zwischen zusammengebissenen Zähnen hervor. »Ich will, dass jemand dem Rat erzählt, was er verbrochen hat. Ich will, dass die Nephilim vom Blut an ihren Händen erfahren. Ich will, dass sie das *Warum* erfahren.«

Emma starrte Malcolm an – eine hagere, längliche Gestalt in einem fleckigen weißen Jackett, mit funkensprühenden Fingerspitzen. Er machte ihr Angst und stimmte sie gleichzeitig traurig.

»Dein Warum spielt keine Rolle«, sagte sie schließlich. »Vielleicht hast du alles im Namen der Liebe getan. Aber wenn du glaubst, das würde deine Taten rechtfertigen, bist du nicht besser als der Rat.«

Malcolm bewegte sich auf sie zu – und Emma warf den Kandelaber nach ihm. Doch der Hexenmeister duckte sich, der Ständer verfehlte ihn und krachte mit metallischem Klirren auf den Felsboden. Die Finger der abgetrennten Hände schienen sich zu krümmen, als wollten sie sich vor dem Aufprall schützen. Emma postierte sich mit schulterbreit gespreizten Beinen; plötzlich erinnerte sie sich daran, dass Jace Herondale ihr vor Jahren in Idris gezeigt hatte, wie man sich so hinstellte, dass einen nichts umstoßen konnte.

Mit beiden Händen umfasste sie Cortanas Heft, und jetzt erinnerte sie sich auch an Clary Fairchild, daran, was sie der damals zwölfjährigen Emma gesagt hatte: *Nicht immer sind Helden diejenigen, die gewinnen. Manchmal sind es diejenigen, die verlieren. Aber sie kämpfen weiter, egal was kommt. Sie geben nicht auf – und genau das macht sie zu Helden.*

Emma machte einen Satz in Malcolms Richtung, mit hocherhobenem Schwert. Der Hexenmeister reagierte mit winziger Verzögerung und streckte die Hand nach ihr aus. Funken explodierten von seinen Fingern, flogen zischend auf sie zu, ein Strahl goldvioletten Lichts.

Die Verzögerung gab Emma Zeit, sich zu ducken. Sie wirbelte herum und hob Cortana über den Kopf. Die Magie prallte von der Klinge ab. Erneut stürzte Emma sich auf Malcolm, der zwar ausweichen konnte, aber oberhalb des Ellbogens von ihrem Schwert getroffen wurde: Cortana schlitzte ihm den Ärmel auf, was er allerdings kaum zu bemerken schien.

»Der Tod deiner Eltern war notwendig«, sagte er. »Ich musste überprüfen, ob in dem Buch die Wahrheit stand.«

»Nein, das musstest du nicht«, knurrte Emma und schwang Cortana ein weiteres Mal. »Du hättest wissen müssen, dass man keine Toten wiedererwecken darf.«

»Ach wirklich? Denn wenn Julian sterben würde, würdest *du* nicht versuchen, ihn zurückzuholen?«, entgegnete Malcolm mit hochgezogenen Augenbrauen. Emma zuckte zurück, als hätte er sie ins Gesicht geschlagen. »Du würdest deine Eltern also nicht zurückholen? Für euch Schattenjäger ist es ja so leicht, sich hinzustellen und eure moralischen Erklärungen abzugeben, als wärt ihr besser als wir anderen …«

»Ich *bin* besser«, sagte Emma. »Ich bin besser als du. Weil ich nämlich kein Mörder bin, Malcolm.«

Zu Emmas Erstaunen zuckte Malcolm jetzt zurück – ein Ausdruck aufrichtiger Überraschung stand in seinen Augen, als wäre ihm nie zuvor der Gedanke gekommen, dass man ihn als Mörder bezeichnen könnte. Emma stürmte vorwärts, mit Cortana in der ausgestreckten Hand. Das Schwert bohrte sich in Malcolms

Brust, durchschnitt seinen Blazer – und kam abrupt zum Stehen, als hätte Emma es gegen einen Felsen gerammt.

Emma schrie vor Schmerz, als ein heißer Strahl wie ein Stromschlag ihren Arm hinaufjagte. Sie hörte, wie Malcolm lachte, und dann löste sich eine Woge von Energie von seinen ausgestreckten Fingern und traf mit Wucht auf Emmas Körper. Sie wurde hochgewirbelt und rückwärtsgeschleudert, während die Magie durch sie hindurchfetzte wie eine Gewehrkugel durch einen mit Papier bespannten Paravent. Sie landete hart auf dem unebenen Steinboden, Cortana noch immer in der gefühllosen Hand.

Ein roter Schleier legte sich über ihre Augen, als ihr der Schmerz die Sicht nahm. Dann sah sie durch den Nebel, dass Malcolm sich über sie beugte. »Das war fantastisch.« Er grinste. »Einfach umwerfend. Die Hand Gottes, Emma!« Er riss seinen Blazer auf und Emma erkannte, was ihr Schwert getroffen hatte: das Schwarze Buch, das in der Innentasche seines Jacketts steckte.

Cortana glitt ihr aus der Hand und rollte mit metallischem Klirren auf den Boden. Mit schmerzverzerrter Miene hievte sich Emma auf die Ellbogen, während Malcolm sich bückte und den Kandelaber aufhob. Er warf einen Blick auf den Ständer, dann auf Emma, noch immer mit einem breiten Grinsen im Gesicht.

»Danke«, sagte er. »Es wäre sehr schwierig geworden, diese Glorienhände zu ersetzen. So, und jetzt noch Blackthorn-Blut. Das dürfte kein allzu großes Problem darstellen.«

»Lass die Blackthorns in Ruhe«, keuchte Emma, entsetzt, wie schwach ihre Stimme klang. Was hatte das Schwarze Buch mit ihr gemacht? Ihr Brustkorb fühlte sich an, als wäre eine schwere Last daraufgefallen, und ihr Arm brannte und schmerzte.

»Du weißt gar nichts«, knurrte Malcolm. »Du hast keine Ahnung, was für Monster sie sind.«

»Hast du … sie schon immer gehasst?«, brachte Emma fast flüsternd hervor. »Julian und die anderen?«

»Schon immer«, bestätigte er. »Selbst wenn es so ausgesehen hat, als würde ich sie mögen.«

Emmas Arm brannte höllisch, ein sengender Schmerz, der

ihre Haut bis zum Knochen zu durchbohren schien. Doch sie versuchte, sich die Qualen nicht anmerken zu lassen. »Das ist schrecklich. Schließlich ist es nicht ihre Schuld. Du kannst sie doch nicht für die Sünden ihrer Vorfahren verantwortlich machen.«

»Blut ist Blut«, erwiderte Malcolm. »Wir alle sind das, wozu wir geboren wurden. Ich wurde dazu geboren, Annabel zu lieben, aber das hat man mir genommen. Und jetzt lebe ich nur noch für meine Rache. Genau wie du, Emma. Wie oft hast du mir gesagt, dass du dir nichts anderes wünschen würdest, als denjenigen zu töten, der deine Eltern getötet hat? Was würdest du dafür opfern? Würdest du die Blackthorns opfern? Deinen kostbaren *Parabatai*? Die Liebe deines Lebens?« Seine Augen funkelten, als Emma leugnend den Kopf schüttelte. »Ach, ich bitte dich. Ich habe doch gesehen, wie ihr euch all die Jahre angesehen habt. Und dann hat Julian mir erzählt, dass deine Rune seine *Belladonna*-Vergiftung geheilt hat. Keine normale Schattenjägerrune wäre zu so etwas in der Lage gewesen.«

»Das … ist kein Beweis …«, keuchte Emma.

»Beweis? Du willst Beweise? Ich habe euch gesehen, dich und Julian. Am Strand. Wie ihr eng umschlungen geschlafen habt. Ich habe vor euch gestanden, euch betrachtet und gedacht, wie leicht es wäre, euch in diesem Moment zu töten. Aber dann ist mir klar geworden, dass das eine Gnade wäre. Euch beide zu töten, während ihr eng umschlungen dalagt. Es gibt einen Grund, warum man sich nicht in seinen *Parabatai* verlieben darf, Emma. Und wenn du ihn herausfindest, wirst du die Grausamkeit der Nephilim zu spüren bekommen, genau wie ich sie zu spüren bekommen habe.«

»Du lügst … du bist ein Lügner …«, wisperte Emma, und ihre Stimme wurde schwächer, bis sie schließlich ganz verstummte. Der Schmerz in ihrem Arm war verebbt. Unwillkürlich musste sie an andere Schattenjäger denken, die fast verblutet waren und berichtet hatten, dass die Schmerzen in den letzten Sekunden wie weggeblasen waren.

Lächelnd kniete Malcolm sich neben sie und tätschelte ihre linke Hand; ihre Finger zuckten. »Ich will dir noch schnell eine Tatsache mitteilen, bevor du stirbst, Emma«, sagte er. »Ein Geheimnis über die Nephilim. Sie hassen die Liebe, menschliche Liebe, weil sie von Engeln abstammen. Und obwohl Gott seinen Engeln auftrug, sich um die Menschen zu kümmern, waren die Engel seine ersten Geschöpfe und hassten Gottes zweite Schöpfung abgrundtief. Das war auch der Grund für Luzifers Fall. Er war ein Engel, der sich nicht der Menschheit beugen wollte, Gottes Lieblingskindern. Liebe ist die Schwäche der Menschen, und dafür werden sie von den Engeln verachtet. Und auch die Nephilim verachten sie dafür und bestrafen deshalb jeden, der liebt. Weißt du, was mit *Parabatai* passiert, die sich ineinander verlieben? Weißt du, warum das verboten ist?«

Emma schüttelte den Kopf.

Malcolms Mundwinkel verzogen sich zu einem Lächeln. Und dieses Lächeln – einerseits matt und andererseits von bodenlosem Hass erfüllt – bereitete ihr ein Gefühl eisiger Angst, das sein hämisches Grinsen nicht hatte hervorrufen können. »Dann hast du ja keine Ahnung, was dein Tod deinem geliebten Julian erspart«, sagte er. »Denk mal darüber nach, während deine Lebensenergie jetzt aus deinem Körper fließt. In gewisser Hinsicht ist dein Tod eine Gnade.« Langsam hob er eine Hand, und zwischen seinen Fingern bildeten sich knisternde violette Flammen.

Und dann schleuderte er seine Magie in ihre Richtung. Ruckartig hob Emma den Arm – den Arm, den Julian mit der Rune für Durchhaltevermögen versehen hatte und der seit dem Moment, als Cortana gegen das Schwarze Buch geprallt war, brannte und schmerzte und sie anschrie, ihn zu benutzen.

Eine Flammenwand traf auf ihren Arm auf. Emma spürte den Aufprall wie einen harten Schlag – mehr allerdings nicht. Die Durchhalterune entfaltete ihre Kraft in ihrem ganzen Körper, und mit dieser Kraft wuchs auch Emma Zorn.

Zorn darüber, dass Malcolm ihre Eltern getötet hatte, Zorn wegen der vielen vergeudeten Jahre, in denen sie nach dem Mörder gesucht hatte, während er sich direkt vor ihrer Nase befunden hatte. Zorn wegen jedes einzelnen Moments, in dem er Julian angelächelt oder Tavvy hochgehoben hatte, obwohl sein Herz von Hass erfüllt war. Zorn darüber, dass den Blackthorns noch etwas genommen worden war.

Unter Aufbietung aller Kräfte packte Emma ihr Schwert, stemmte sich auf die Knie und rammte Malcolm Cortana mit wehenden Haaren in den Leib.

Dieses Mal blockierte kein Schwarzes Buch ihren Stoß. Emma spürte, wie die Klinge eindrang, wie sie die Haut durchbohrte und an einer Rippe vorbeischrammte. Sie sah, wie die Schwertspitze aus seinem Rücken hervorbrach und wie sich sein weißes Jackett voll Blut sog.

Emma sprang auf und riss das Schwert heraus. Malcolm röchelte. Rotes Blut ergoss sich pulsierend auf den Boden, verteilte sich über den Felsboden und bespritzte die Glorienhände.

»Und das ist für meine Eltern«, knurrte sie und schleuderte Malcolm mit aller Kraft gegen die Glaswand.

Sie spürte, wie seine Rippen brachen, als die Glasscheibe hinter ihm splitterte. Wasser drang durch die Risse und sprühte ihr ins Gesicht, salzig wie Tränen.

»Ich werde dir alles über den *Parabatai*-Fluch erzählen«, keuchte Malcolm. »Der Rat wird es dir niemals verraten … es ist streng verboten. Aber wenn du mich tötest, wirst du nie erfahren …«

Mit der freien Hand riss Emma den Hebel nach unten.

Blitzschnell warf sie sich hinter die aufschwingende Luke, durch die eine gewaltige Woge in die Höhle schoss. Die Strömung bewegte sich wie ein Lebewesen … wie aus Wasser gebildete Finger – eine Meereshand. Sie legte sich um den schwach zappelnden Hexenmeister, und einen Moment lang sah Emma ihn klar und deutlich inmitten des Mahlstroms aus Salzwasser, das über den Boden schwappte, ihn packte und wie in einem unzerreißbaren Netz festhielt.

Es hob Malcolm von den Füßen. Entsetzt schrie er ein letztes

Mal auf. Dann riss der Ozean ihn mit sich: Das Wasser strömte zurück und trug ihn fort, worauf sich die Glastür mit lautem Knall schloss.

Die Stille, die das Wasser zurückgelassen hatte, war ohrenbetäubend. Erschöpft sank Emma gegen die Luke. Hinter der Scheibe sah sie den Ozean, der in der Farbe des Nachthimmels schimmerte. Malcolms Körper trieb wie ein bleicher weißer Stern durch die Dunkelheit, umgeben von Algen. Doch im nächsten Moment schnellte eine dunkle, stachlige Klaue empor und schloss sich um sein Fußgelenk. Und dann wurde sein Körper mit einem Ruck in die Tiefe gerissen und verschwand außer Sicht.

Hinter Emma flackerte etwas hell auf. Sie drehte sich um und entdeckte, dass die Wand aus violettem Licht im Gang verschwunden war – Zauber verloren ihre Kraft, sobald die Hexenwesen, die sie erzeugt hatten, starben.

»Emma!« Das Geräusch dröhnender Schritte hallte durch den Gang. Und dann tauchte Julian aus den Schatten auf. Emma sah den zutiefst bestürzten Ausdruck auf seinem Gesicht, als er sie an sich riss und die Hände in ihre durchnässte, blutbeschmierte Montur krallte. »Emma … mein Gott … ich bin nicht durch die Lichtwand hindurchgekommen … ich wusste, dass du dahinter warst, aber ich konnte nicht zu dir, dich nicht retten …«

»Du hast mich gerettet«, krächzte Emma und wollte ihm die Durchhalterune auf ihrem Arm zeigen. Doch er presste sie so fest an sich, dass sie sich nicht bewegen konnte. »Du hast mich gerettet. Du weißt es zwar nicht, aber *du* hast mich gerettet.«

Und dann hörte Emma ihre Stimmen. Die anderen liefen durch den Gang in ihre Richtung: Mark. Cristina. Diego. Diana.

»Tavvy«, wisperte Emma. »Ist er …?«

»Es geht ihm gut. Er ist draußen bei Ty, Livvy und Dru.« Julian küsste ihre Schläfe. »Emma.« Seine Lippen streiften über ihren Mund. Emma spürte eine Woge der Liebe und des Schmerzes durch ihre Adern jagen.

»Lass mich los«, flüsterte sie. »Du musst mich loslassen. Die anderen dürfen uns so nicht sehen. Julian, lass mich los.«

Er hob den Kopf, mit schmerzerfülltem Ausdruck in den Augen, und trat einen Schritt zurück. Emma sah, welche Kraft ihn das kostete, sah das Zittern in seinen Händen, als er sie herabsinken ließ, spürte die Distanz zwischen ihnen wie eine klaffende Wunde in ihrer Haut.

Mühsam wandte Emma den Blick ab und schaute nach unten. Der Boden war knöcheltief von Wasser und Blut bedeckt. Malcolms Kandelaber trieb unter der Oberfläche.

Emma war froh. Das Salz würde Malcolms schauriges Mördermonument aufweichen und schließlich vollständig auflösen, bis nur noch die weißen Knochen übrig blieben und neben Malcolms Leichnam auf den Meeresgrund sanken. Und zum ersten Mal seit langer Zeit empfand Emma Dankbarkeit gegenüber dem Meer.

26

Die Engel im Blau

Der Parabatai-*Fluch … Der Rat wird es dir niemals verraten … es ist streng verboten …*

Malcolms Worte hallten in Emmas Ohren nach, während sie den anderen durch die feuchten Tunnel des Knotenpunkts in Richtung Höhlenausgang folgte. Julian und Emma liefen ganz bewusst nicht Seite an Seite, sondern achteten gezielt darauf, Abstand zueinander zu halten. Emma humpelte vor Erschöpfung und Schmerz. Cortana steckte wieder in seiner Scheide; Emma konnte spüren, dass die Klinge vor Energie vibrierte, und sie fragte sich, ob das Schwert einen Teil von Malcolms Magie aufgenommen hatte.

Aber sie wollte lieber nicht an Malcolm denken, an die roten, rankenartigen Schnörkel, die sein Blut in das dunkle Wasser gemalt hatte und die sich wie Banner entrollt hatten.

Und sie wollte ganz gewiss nicht über das nachdenken, was er gesagt hatte.

Emma trat als Letzte aus der Höhle in die Dunkelheit der Außenwelt. Ty, Livvy und Dru saßen mit Tavvy im Gras – der kleine Junge lag in Livvys Armen, schläfrig, aber wach. Kieran stand ein paar Meter entfernt; seine finstere Miene entspannte sich erst ein wenig, als Mark auftauchte.

»Wie geht es Tavvy? Alles in Ordnung mit ihm?« Julian lief auf seine Geschwister zu. Dru sprang auf und umarmte ihn fest. Doch plötzlich keuchte sie auf und zeigte hinter Julian.

Ein lautes Grollen zerriss die Abendstille. Die Öffnung im Fels schloss sich wie eine schnell verheilende Wunde. Diana stürmte darauf zu, als könnte sie den Tunnel offen halten. Doch das Gestein versiegelte sich selbst, und Diana konnte ihre Hand gerade noch rechtzeitig zurückziehen, bevor sie zerquetscht wurde.

»Du kannst es nicht aufhalten«, sagte Kieran. »Die Öffnung und der Tunnel waren Malcolms Werk. Dieser Hügel besitzt keine natürlichen Höhlen und Gänge. Und jetzt, da der Hexenmeister tot ist, versagen seine Zauber. Möglicherweise gibt es irgendwo noch einen anderen Zugang, an einem anderen Ley-Linien-Knotenpunkt. Aber dieser Eingang hier wird sich nie wieder öffnen.«

»Woher weißt du, dass er tot ist?«, fragte Emma.

»In der Stadt sind die Lichter wieder angegangen«, sagte Kieran. »Der … ich weiß nicht, wie man das in eurer Menschenwelt nennt …«

»Stromausfall«, erklärte Mark. »Der Stromausfall ist vorüber. Und da Malcolm den Zauber bewirkt hatte, der für diesen Stromausfall verantwortlich war …«

»Heißt das, dass unsere Handys wieder Empfang haben?«, fragte Ty.

»Das werde ich sofort überprüfen«, verkündete Julian, entfernte sich ein paar Schritte und drückte sich sein Handy ans Ohr. Emma glaubte zu hören, wie er Arthurs Namen sagte, aber sie war sich nicht sicher, und Julian bewegte sich außer Hörweite, bevor sie noch ein weiteres Wort aufschnappen konnte.

Diego und Cristina hatten sich zu Livvy, Ty und Dru gesellt. Cristina beugte sich über Tavvy, und Diego holte etwas aus der Innentasche seiner Monturjacke hervor. Als Emma sich der Gruppe näherte, sah sie, dass Diego eine silberne Taschenflasche in der Hand hielt.

»Du willst ihm doch wohl keinen Schnaps geben, oder?«, fragte Emma. »Dafür ist er etwas zu jung.«

Diego verdrehte die Augen. »Das ist ein Energietrank. Von den Brüdern der Stille gebraut. Möglicherweise wirkt er dem entgegen, was Malcolm dem Kleinen verabreicht hat, um ihn in Schlaf zu versetzen.«

Livvy nahm Diego die Flasche ab, kostete den Inhalt, nickte dann und flößte ihrem kleinen Bruder das Getränk ein. Tavvy trank dankbar, während Emma sich neben ihn kniete und eine Hand an seine Wange legte.

»Hi, Süßer«, sagte sie. »Alles in Ordnung?«

Blinzelnd schaute er zu ihr hoch und lächelte. Er erinnerte Emma an Julian, als sie beide noch Kinder waren. Bevor die Welt ihn verändert hatte. *Meinen besten Freund und meine große Liebe.*

Erneut dachte Emma an Malcolm. *Der* Parabatai*-Fluch.* Mit wehem Herzen küsste sie Tavvys babyweiche Wange, erhob sich und stellte fest, dass Cristina hinter ihr stand.

»Dein linker Arm«, sagte Cristina und führte sie ein paar Schritte von der Gruppe weg. »Streckst du ihn bitte mal aus?«

Emma folgte ihrer Bitte und entdeckte, dass die Haut an ihrer Hand und ihrem Handgelenk gerötet und mit Blasen überzogen war, als hätte sie sich verbrannt.

Cristina schüttelte den Kopf und holte ihre Stele hervor. »Als du eben hinter dieser Lichtwand warst, die Malcolm erzeugt hat, dachte ich ein paar Minuten lang, du würdest nicht mehr lebend dahinter hervorkommen. Wir konnten nicht zu euch vordringen und haben uns auf die Suche nach einem anderen Zugang gemacht, aber ich hatte wirklich Angst …«

Emma stupste mit dem Kopf gegen Cristinas Schulter. »Tut mir leid.«

»Ich weiß.« Cristina wandte rasch das Gesicht ab und schob Emmas Ärmel hoch. »Du brauchst Heilrunen.«

Erleichtert lehnte sich Emma gegen Cristina, während die Stele über ihre Haut fuhr, und schöpfte etwas Trost aus ihrer Anwesenheit. »Es war echt merkwürdig, mit Malcolm hinter dieser Wand eingesperrt zu sein«, berichtete sie. »Im Grunde wollte er mir nur von Annabel erzählen. Und das Seltsame ist, dass … er mir wirklich leidgetan hat.«

»Das ist nicht seltsam«, erwiderte Cristina. »Das Ganze ist eine schreckliche Geschichte. Weder Malcolm noch Annabel haben irgendetwas Falsches getan. Und wenn man erfährt, dass jemand, den man liebt, so grausam bestraft und gequält wurde … während man die ganze Zeit dachte, die Liebste hätte einen im Stich gelassen … nur um dann festzustellen, dass man selbst derjenige ist, der sie im Stich gelassen hat …« Cristina erschauderte.

»So habe ich das bisher noch gar nicht gesehen«, räumte Emma ein. »Meinst du, er hatte Schuldgefühle?«

»Da bin ich mir ziemlich sicher. Das würde jedem so gehen.«

Mit einem Stich im Herzen dachte Emma an Annabel. Sie war schuldlos gewesen, ein Opfer. Hoffentlich hatte sie von der ganzen Geschichte nichts mitbekommen und war sich Malcolms Versuchen, sie von den Toten zu erwecken, nie gewahr geworden. »Ich habe Malcolm gesagt, dass er nicht besser sei als der Rat, was ihn aufrichtig überrascht hat.«

»Niemand ist in seiner eigenen Erzählung der Bösewicht.« Cristina gab Emma frei und betrachtete ihre Heilkünste. Der Schmerz in Emmas Arm ebbte bereits ab. Sie wusste zwar, dass eine von Julian aufgetragene Rune wahrscheinlich schneller wirken würde, aber nach dem Vorfall mit der Durchhalterune wagte sie es nicht, ihm zu erlauben, sie vor den Augen aller anderen erneut mit einer Rune zu versehen.

Julian. Sie konnte ihn hinter Cristinas Schulter sehen. Er stand beim Wagen, sein Handy am Ohr. Während sie ihn beobachtete, tippte er auf das Display seines Smartphones und schob es wieder in seine Jackentasche.

»Dann funktioniert der Empfang wieder?«, fragte Ty, als Julian zu ihnen zurückkehrte. »Wen hast du angerufen?«

»Pizza-Taxi«, sagte Julian.

Alle schauten ihn mit großen Augen an. Genau wie der Rest der Gruppe starrte auch Julian von Kopf bis Fuß vor Dreck. Auf seiner Wange prangte eine tiefe Kratzwunde, und seine Haare waren zerzaust. Im Mondlicht erinnerte die Farbe seiner Augen an einen unterirdischen Fluss.

»Ich hab mir gedacht, dass bestimmt alle Hunger haben«, sagte er in seinem trügerisch sanften Tonfall, dessen Bedeutung Emma jetzt kannte: Was auch immer sich an der Oberfläche abspielte, deckte sich nicht mit dem, was in Julians Verstand vorging.

»Wir sollten uns auf den Weg machen«, sagte er. »Der Zusammenbruch des Knotenpunkts bedeutet, dass der Rat ein Aufflackern von Schwarzer Magie auf Magnus' Karte bemerkt haben dürfte. Wenn wir wieder zu Hause sind, werden wir vermutlich Gesellschaft bekommen.«

Hastig brachen sie auf: Livvy setzte sich mit Octavian auf dem Schoß auf die Rückbank des Toyota, und Diana nahm Cristina und Diego in ihrem Pick-up mit, den sie hinter einem Gebüsch versteckt hatte. Kieran bot Mark erneut einen Ritt auf Windspear an, was Mark aber ablehnte.

»Ich fahre mit meinen Geschwistern«, sagte er schlicht.

Julian wandte sich Kieran zu. Die Augen des Elben wirkten trüb und ausdruckslos. Julian wünschte, er könnte erkennen, was sein Bruder an ihm geliebt hatte: einen Kieran, der Mark gegenüber gütig oder freundlich gewesen war. Er wünschte, er könnte Kieran dafür danken, dass er Mark bei der Wilden Jagd nicht alleingelassen hatte.

Er wünschte, er würde weniger Hass in seinem Herzen empfinden.

»Du musst nicht mit uns zum Institut zurückkehren«, sagte Julian. »Wir brauchen deine Hilfe nicht mehr.«

»Ich werde nicht gehen, bevor ich Mark nicht in Sicherheit weiß.«

Julian zuckte die Achseln. »Wie du willst. Wenn wir wieder am Institut sind, komm nicht ins Haus – es sei denn, wir fordern dich dazu auf. Wir kriegen schon genug Ärger, wenn herauskommt, dass wir an deiner Seite gekämpft haben.«

Kierans Mund nahm einen harten Zug an. »Ohne mich wärt ihr heute Nacht vernichtend geschlagen worden.«

»Vermutlich«, sagte Julian. »Ich werde dir dann jedes Mal danken, wenn ich die Narben auf Emmas Rücken sehe.«

Kieran zuckte zusammen. Julian wandte sich ab und ging zum

Wagen. Plötzlich versperrte Diana ihm den Weg und hielt eine Hand hoch. Sie hatte sich in einen dicken Umhang gehüllt, und ihr Gesicht war mit Blutspritzern übersät, die in der Dunkelheit wie Sommersprossen aussahen.

»Wahrscheinlich wird euch der Rat bereits erwarten«, sagte sie ohne lange Vorrede. »Wenn du willst, werde ich alles auf meine Kappe nehmen und mich der Gnade des Rats ausliefern.«

Julian musterte sie einen Moment. So lange lebte er nun schon nach eisernen Regeln: *Beschütze Tavvy, beschütze Livvy und Ty, beschütze Dru. Beschütze Emma.* Dieser Kreis hatte sich in letzter Zeit etwas vergrößert – ab jetzt würde er auch Mark beschützen, weil Mark zu ihnen zurückgekommen war, und er würde Cristina beschützen, weil Emma sie ins Herz geschlossen hatte.

Bei diesem Vorgehen handelte es sich um eine Art von Liebe, die nur wenige andere verstehen würden. Diese Liebe war umfassend, sie war überwältigend, und sie konnte grausam sein. Er würde eine ganze Stadt zerstören, wenn er davon ausgehen musste, dass diese Stadt eine Gefahr für seine Familie darstellte.

Wenn man zwölf Jahre alt ist und das einzige Bollwerk zwischen der eigenen Familie und ihrer Vernichtung, dann zählt Mäßigung nicht zu den Dingen, die man lernt.

Mit aller ihm zur Verfügung stehenden Unvoreingenommenheit dachte er darüber nach, was passieren würde, wenn Diana versuchte, die Schuld auf sich zu nehmen – er bewegte die Idee in seinem Herzen, überlegte hin und her und ließ sie dann fallen. »Nein«, erwiderte er. »Und ich sage das jetzt nicht aus reiner Freundlichkeit. Ich denke einfach, dass das nicht funktionieren würde.«

»Julian …«

»Du verbirgst irgendetwas, Diana«, sagte er. »Der Erzengel allein weiß, was du vor uns geheim hältst – irgendeinen Grund, weshalb du die Institutsleitung nicht übernehmen konntest. Etwas, worüber du nicht sprechen willst. Und du magst zwar ganz gut darin sein, Dinge zu verheimlichen, aber du bist keine gute

Lügnerin. Die Ratsmitglieder werden dir nicht glauben. Aber mir schon.«

»Dann hast du bereits eine Geschichte parat, die du ihnen präsentieren kannst?«, fragte Diana mit großen dunklen Augen.

Julian schwieg.

Diana seufzte und zog den Umhang fester um ihre Schultern. »Du bist wirklich unglaublich, Julian Blackthorn.«

»Ich nehme das jetzt mal als Kompliment«, sagte er, obwohl er bezweifelte, dass Diana es auch so gemeint hatte.

»Hast du gewusst, dass ich heute Abend hier sein würde?«, fragte sie. »Hast du geglaubt, dass ich mit Malcolm verbündet wäre?«

»Das schien mir nicht sehr wahrscheinlich«, antwortete Julian. »Aber andererseits vertraue ich niemandem voll und ganz.«

»Das stimmt nicht«, widersprach Diana und schaute hinüber zum Toyota, wo Mark Emma auf den Fahrersitz half. Im Licht der Sterne wehten ihre blonden Haare wie Funkenflug. Diana wandte sich wieder Julian zu. »Ihr solltet besser aufbrechen. Ich mach mich bis morgen aus dem Staub.«

»Ich werde dem Rat sagen, dass du von nichts gewusst hast. Es ist ja nicht so, als ob Tutoren nicht ständig von ihren Schülern hinters Licht geführt würden. Zumal du nicht mit uns im Institut lebst.« Er hörte, wie der Motor des Toyota ansprang. Die anderen warteten bereits auf ihn. »Dann setzt du Diego und Cristina nur kurz am Institut ab und verdrückst dich nach Hause?«

»Ich werde mich irgendwohin verdrücken«, erwiderte sie.

Julian setzte sich in Bewegung, hielt dann aber inne und drehte sich noch einmal zu ihr um. »Hast du es je bedauert? Dass du unsere Tutorin geworden bist? Das hättest du schließlich nicht tun müssen.«

Der Wind blies Diana die dunklen Haare ins Gesicht. »Nein«, sagte sie. »Ich bin die Person, die ich heute bin, weil ich ein Teil eurer Familie war. Vergiss das nie, Jules. Die Entscheidungen, die wir treffen, machen uns zu dem, was wir sind.«

Während der Rückfahrt herrschte eine erschöpfte Stille. Ty saß auf dem Beifahrersitz und schaute stumm aus dem Fenster. Dru hatte sich in eine Ecke gekuschelt. Tavvy hatte den Kopf an Livvys Schulter gelegt und konnte kaum noch die Augen aufhalten. Emma hatte Julian den Platz am Steuer überlassen und lehnte mit Cortana an einem der Heckfenster. Sie hielt die Augen geschlossen, und ihre feuchten blonden Haare hingen ihr ins Gesicht. Mark war zwischen ihr und Livvy eingekeilt.

Julian hätte gern den Arm nach Emma ausgestreckt und seine Finger in ihre Hand geschoben, aber er traute sich nicht – nicht vor allen anderen. Allerdings konnte er es sich nicht verkneifen, vom Fahrersitz aus nach hinten zu greifen und Tavvys Arm zu berühren, um sich noch einmal zu vergewissern, dass sein kleiner Junge noch lebte und dass es ihm gut ging.

Die Tatsache, dass sie alle noch lebten, kam einem Wunder gleich. Julian hatte das Gefühl, als hätte man ihm jede einzelne Nervenfaser aus der Haut herausgezogen. Vor seinem inneren Auge sah er die freigelegten Nervenenden wie winzige Sensoren, die auf die Anwesenheit seiner Familie um ihn herum reagierten.

Er erinnerte sich wieder an Dianas Worte: *Du wirst sie loslassen müssen …*

Und er wusste, dass sie recht hatte. Eines Tages würde er die Hände öffnen und seine Geschwister in die Welt ziehen lassen müssen, in eine Welt, die ihnen Wunden zufügen, sie verletzen und sie zu Boden zwingen, ihnen aber nicht wieder aufhelfen würde. Eines Tages würde er seine Geschwister loslassen müssen.

Eines Tages. Aber noch nicht so bald.

»Ty«, setzte Julian leise an, damit die Passagiere auf der Rückbank ihn nicht hörten.

»Ja?« Ty schaute zu ihm herüber. Die Schatten unter seinen Augen waren so grau wie seine Iris.

»Du hattest recht«, sagte Julian. »Ich habe mich geirrt.«

»Tatsächlich?« Ty klang überrascht. »Wobei denn?«

»Bei der Frage, ob du uns zum Knotenpunkt begleiten solltest«, erklärte Julian. »Du hast gut gekämpft – fantastisch, um genau zu sein. Wenn du nicht da gewesen wärst …« Er musste schlucken und brauchte einen Moment, bevor er weitersprechen konnte. »Dafür bin ich dir dankbar«, sagte er. »Und ich möchte mich bei dir entschuldigen. Ich hätte auf dich hören sollen. Du hattest recht mit dem, was du alles kannst.«

»Danke«, sagte Ty. »Für die Entschuldigung.« Dann verstummte er, was Julian als Ende ihres Gesprächs deutete. Doch kurz darauf lehnte Ty sich zu ihm hinüber und berührte Julians Schulter sanft mit dem Kopf – ein freundlicher Stirnstoß, als wäre er Church, der nach Aufmerksamkeit verlangte. Julian streckte die Hand aus, fuhr seinem jüngeren Bruder durch die Haare und hätte fast gelächelt.

Das zaghafte Lächeln wurde jedoch im Keim erstickt, als der Toyota vor dem Institut zum Stehen kam. Das Gebäude war strahlend hell erleuchtet wie ein Weihnachtsbaum, obwohl sie es bei ihrem Aufbruch dunkel und still zurückgelassen hatten. Während die anderen aus dem Wagen kletterten, nahm Julian den Hauch eines Schimmers in der Luft wahr.

Er tauschte einen Blick mit Emma. Ein schimmerndes Licht in der Luft bedeutete ein Portal, und ein Portal bedeutete die Anwesenheit des Rats.

Dianas Pick-up hielt kurz in der Auffahrt. Diego und Cristina sprangen heraus, schlugen die Türen zu, und dann raste der Wagen auch schon wieder davon. Die Blackthorns waren inzwischen ebenfalls ausgestiegen und standen vor der Institutstreppe: einige blinzelnd und kaum wach (Dru, Mark), einige mit misstrauischer Miene (Ty) und einige nervös (Livvy, die Tavvy fest an sich drückte). In der Ferne glaubte Julian die schwachen Umrisse von Windspear zu erkennen.

Gemeinsam stiegen sie die Treppe hinauf. Auf der obersten Stufe zögerte Julian einen Moment, eine Hand bereits auf der Türklinke.

Alles Mögliche konnte ihn auf der anderen Seite erwarten,

angefangen von einer Gruppe Ratsmitglieder bis hin zu einer schwer bewaffneten Divisionstruppe. Julian wusste, dass er Mark nicht länger verstecken konnte. Aber er wusste auch, wie sein Plan aussah, sein Plan, der wie eine Million Engel auf dem Kopf einer Stecknadel balancierte, nur zusammengehalten von Zufällen, glücklichen Umständen und Entschlossenheit.

Julian schaute zu Emma und sah, dass sie ihn ebenfalls anblickte. Obwohl sich auf ihrem erschöpften, dreckbespritzten Gesicht kein Lächeln abzeichnete, erkannte er in ihren Augen Zuversicht und Vertrauen in seine Fähigkeiten.

Er hatte eines noch vergessen, überlegte er: Zufälle, glückliche Umstände, Entschlossenheit – und Vertrauen.

Entschlossen öffnete er die Tür.

Die Eingangshalle war strahlend hell erleuchtet: Beide Elbenlichtlüster brannten, und die Empore am oberen Ende der Treppe wurde von fackelartigen Lampen, die die Familie nur äußerst selten einschaltete, in grelles Licht getaucht. Auch unter der Tür des Sanktuariums drang ein Lichtstreifen hervor.

Und mittendrin stand Magnus Bane in der vollen Pracht seines eleganten Anzugs aus kostbarem Brokat. Ein Dutzend Ringe funkelten an seinen Fingern. Neben ihm befand sich Clary Fairchild in einem feinen grünen Kleid, die roten Haare zu einem unordentlichen Knoten hochgesteckt. Beide sahen so aus, als wären sie gerade von einer Party gekommen.

Als Julian und die anderen in die Halle traten, zog Magnus eine Augenbraue hoch. »Na, sieh mal einer an«, sagte er. »Schlachtet das gemästete Kalb und so weiter. Die verlorenen Söhne und Töchter sind zurückgekehrt.«

Clary schlug eine Hand vor den Mund. »Emma, Julian …« Sie erbleichte. *»Mark?* Mark Blackthorn?«

Mark schwieg. Keiner sprach ein Wort. Julian erkannte, dass sie sich unbewusst um Mark herum postiert hatten, als wollten sie ihn schützen. Selbst Diego, dessen schmerzverzerrtes Gesicht mit Blut bespritzt war, hatte sich dazugesellt.

Schweigend stand Mark da; seine zerzausten hellblonden

Haare umgaben seinen Kopf wie ein Heiligenschein. Im grellen Licht waren seine spitzen Ohren und die zweifarbigen Augen deutlich zu erkennen.

Magnus warf Mark einen scharfen Blick zu und schaute dann die Treppe hinauf. »Jace!«, rief er. »Jace, komm runter!«

Clary machte einen Schritt auf die Blackthorns zu, doch Magnus hielt sie sanft zurück. Clary runzelte die Stirn. »Alles in Ordnung?«, fragte sie in Emmas Richtung, meinte damit aber ganz offensichtlich alle Anwesenden. »Seid ihr verletzt?«

Bevor irgendjemand antworten konnte, ertönten Schritte am oberen Ende der Treppe, und eine groß gewachsene Gestalt tauchte auf.

Jace.

Bei seiner ersten Begegnung mit Jace Herondale, einer Berühmtheit in der gesamten Schattenjägerwelt, war Jace etwa siebzehn Jahre alt gewesen und Julian zwölf. Emma, die damals ebenfalls zwölf gewesen war, hatte sich nicht gescheut, den Rest der Welt darüber zu informieren, dass sie Jace für den tollsten und wundervollsten Menschen hielt, der die Erde jemals mit seiner Anwesenheit beehrt hatte.

Julian war zwar anderer Meinung gewesen, aber ihn hatte ja auch niemand gefragt.

Jetzt stieg Jace die Stufen auf eine Weise hinab, die Julian insgeheim zu der Frage verleitete, ob Jace vielleicht dachte, er würde eine prachtvolle Schleppe hinter sich herziehen – langsam und bedächtig, als wäre er sich der Tatsache bewusst, dass aller Augen auf ihm ruhten.

Vielleicht war er aber auch einfach nur daran gewöhnt, angestarrt zu werden. Emma hatte irgendwann nicht mehr von Jace geschwärmt, aber in der Schattenjägerwelt galt er als außergewöhnlich gut aussehend. Seine Haare strahlten in einem leuchtenden Gold, und das Gleiche galt für seine Augen. Genau wie Magnus und Clary machte er den Eindruck, als käme er geradewegs von einer Party: Er trug einen burgunderroten Blazer und war umhüllt von einer Aura lässiger Eleganz. Als er die unterste Stufe erreichte, schaute er kurz zu Julian, der von Kopf bis Fuß mit Blut und Dreck bedeckt war. Dann glitt sein Blick über die anderen, die sich in einem ähnlich abgerissenen Zustand befanden.

»Wow – entweder habt ihr gerade die Mächte des Bösen bekämpft, oder ihr kehrt von einer Party zurück, die viel wilder war als unsere … Hallo zusammen, Blackthorns und Co.«, begrüßte er die Gruppe.

Livvy seufzte und schaute Jace auf die gleiche Weise an wie Emma mit zwölf. Dru dagegen, ihrem Schwarm Diego treu ergeben, funkelte Jace an.

»Was führt euch her?«, fragte Julian, obwohl er die Antwort kannte. Trotzdem war es besser, so zu tun, als sei man überrascht – die Menschen hatten größeres Vertrauen in Antworten, von denen sie annahmen, dass sie nicht einstudiert waren.

»Schwarze Magie«, sagte Magnus. »Ein gewaltiges Leuchten auf der Karte. In der Nähe des Knotenpunkts.« Sein Blick wanderte zu Emma. »Ich dachte, du würdest mit der Information, die ich dir gegeben habe, vielleicht etwas anfangen. Wenn es um Ley-Linien geht, sind die Knotenpunkte stets von entscheidender Bedeutung.«

»Warum seid ihr dann nicht dahin?«, fragte Emma. »Zum Knotenpunkt?«

»Magnus hat ihn mit einem Zauber überprüft«, erklärte Clary. »Aber da waren nur irgendwelche Trümmer, deshalb haben wir uns hierherteleportiert.«

»Auf direktem Wege von der Verlobungsfeier meiner Schwester, um genau zu sein«, sagte Jace. »Da gab's eine Hausbar mit kostenlosen Drinks.«

»Oh!« Ein erfreuter Ausdruck huschte über Emmas Gesicht. »Isabelle und Simon wollen heiraten?«

Julians Meinung nach gab es auf der ganzen Welt kein Mädchen, das sich mit Emma vergleichen konnte, aber jedes Mal, wenn Clary lächelte, wirkte sie sehr hübsch. Ihr gesamtes Gesicht leuchtete dann auf – eine Eigenschaft, die sie im Übrigen mit Emma verband. »Ja«, bestätigte Clary. »Simon ist sehr glücklich.«

»*Mazel tov* den beiden«, sagte Jace und lehnte sich gegen das Treppengeländer. »Na, jedenfalls waren wir auf dieser Party, und Magnus erhielt eine Warnmeldung, dass jemand in der Nähe eures Instituts Totenbeschwörungsmagie praktiziert hatte. Daraufhin hat Magnus versucht, Malcolm zu erreichen, aber ohne Erfolg. Also haben wir uns von der Party geschlichen, nur wir vier. Was für die Feier ein großer Verlust ist, wenn ihr mich fragt, weil ich nämlich gerade einen Trinkspruch hatte ausbringen wollen und das umwerfend geworden wäre. Danach hätte Simon sich nie wieder in der Öffentlichkeit blicken lassen können.«

»Was nicht unbedingt der Sinn einer Ansprache bei einer Verlobungsfeier ist, Jace«, tadelte Clary. Dann warf sie Diego einen besorgten Blick zu – er war tatsächlich sehr bleich.

»Ihr vier?« Emma schaute sich in der Eingangshalle um. »Ist Alec auch da?«

Magnus öffnete den Mund, um ihre Frage zu beantworten, doch in dem Moment flog die Tür des Sanktuariums auf, und ein großer, kräftiger Mann mit dunklen Haaren marschierte in die Halle: Robert Lightwood, der derzeitige Inquisitor. Bei seinem Posten handelte es sich um das zweitmächtigste Amt in Idris, direkt nach der Konsulin oder dem Konsul: Der Inquisitor war verantwortlich für alle Ermittlungen gegenüber Schattenjägern, die gegen das Gesetz verstoßen hatten.

Julian hatte den Inquisitor bisher nur ein einziges Mal gesehen: Als man ihn gezwungen hatte, vor dem Rat auszusagen und von Sebastian Morgensterns Angriff auf das Institut zu berichten. Er erinnerte sich daran, wie er das Engelsschwert in den Händen gehalten hatte. Und an das Gefühl, als die Wahrheit wie mit Angelhaken aus ihm herauszerrt worden war, so als würde es einem die Eingeweide zerreißen.

Während der Befragung hatte er nicht gelogen, hatte es auch gar nicht vorgehabt. Aber die Prozedur hatte trotzdem furchtbare Qualen verursacht. Und das Halten des Engelsschwerts hatte in seinem Hirn eine unauslöschliche Verbindung zwischen Wahrheit und Schmerz geschmiedet.

Jetzt kam der Inquisitor direkt auf ihn zu. Robert Lightwood war etwas älter, als Julian ihn in Erinnerung hatte, mit deutlich mehr grauen Strähnen in den Haaren. Aber der Ausdruck in den dunkelblauen Augen war noch immer der gleiche: hart und kalt.

»Was geht hier vor sich?«, donnerte er. »Vor wenigen Minuten wurde ein gewaltiger Ausstoß von Totenbeschwörungsmagie in der Nähe dieses Instituts registriert, aber dein Onkel behauptet, nichts davon zu wissen. Und was noch viel schlimmer ist: Er hat sich geweigert, uns mitzuteilen, wohin ihr alle verschwunden wart.« Robert drehte sich um; sein Blick schweifte über die ganze Gruppe und blieb an Mark hängen.

»Mark Blackthorn?«, fragte er ungläubig.

»Das sagte ich bereits«, meinte Clary. Julian hatte den Eindruck, dass sie für ihren zukünftigen Schwiegervater nicht besonders viel übrighatte – falls man den Inquisitor überhaupt als solchen bezeichnen konnte: Schließlich wusste Julian nicht, ob Jace und Clary Hochzeitspläne hatten.

»Ja«, bestätigte Mark. Er stand kerzengerade da, als würde er einem Erschießungskommando ins Auge sehen. Sein Blick traf sich mit Roberts, und Julian sah, wie der Inquisitor beim Anblick der Wilden-Jagd-Augen im Gesicht eines Schattenjägers zusammenzuckte.

Diese Augen waren ein lebender Vorwurf an den Rat. Denn sie sagten: *Ihr habt mich im Stich gelassen. Ihr habt mich nicht beschützt. Ich war vollkommen auf mich allein gestellt.*

»Ich bin zurückgekehrt«, sagte Mark.

»Die Wilde Jagd hätte dich niemals freiwillig gehen lassen«, erwiderte der Inquisitor. »Dafür warst du viel zu wertvoll für sie. Die Feenwesen geben das, was sie sich genommen haben, niemals zurück.«

»Robert …«, setzte Magnus an.

»Sagt mir, dass ich mich irre«, schnaubte Robert Lightwood. »Magnus? Sonst irgendjemand?«

Magnus schwieg; man konnte ihm sein Unbehagen förmlich ansehen. Jace' goldene Augen dagegen blieben unergründlich.

Dru brachte einen ängstlichen, erstickten Laut hervor. Aufgebracht wirbelte Clary zu Robert herum.

»Es ist nicht fair, sie zu verhören«, fauchte sie. »Das sind doch noch Kinder.«

»Meinst du, ich hätte vergessen, welchen Ärger du zusammen mit Jace verursacht hast, als ihr ›noch Kinder‹ wart?«

»Da hat er nicht ganz unrecht.« Jace schenkte Julian und Emma ein Lächeln – ein Lächeln wie vergoldeter Stahl: Man konnte deutlich erkennen, dass diese Milde nur Tarnung war und warum das, was sich darunter verbarg, Jace den Ruf des besten Schattenjägers seiner Generation eingebracht hatte.

»Wir haben keine Totenbeschwörungsmagie eingesetzt«, sagte Julian. »Das brauchten wir auch nicht. Denn die Feenwesen … sind einem Handel nie abgeneigt.«

Zwei Gestalten tauchten in der Tür des Sanktuariums auf: Anselm Nightshade, mit einem misstrauischen Ausdruck auf dem hageren Gesicht. Und daneben Arthur, der müde wirkte und ein Glas Wein in der Hand hielt. Julian hatte die volle Weinflasche – ein guter Jahrgang – vor dem Aufbruch im Sanktuarium hinterlassen.

Der Schutzbereich des Sanktuariums reichte noch ein paar Zentimeter in die Eingangshalle hinein. Vorsichtig schob Anselm einen Zeh über die Schwelle, zuckte zusammen und zog den Fuß dann hastig zurück.

»Arthur. Du behauptest, du hättest den ganzen Abend mit Anselm Nightshade über Sophokles diskutiert?«, fragte Robert Lightwood.

»›Heile nicht das Ungemach durch Ungemach; nur größer wird die Leidensschuld‹«, sagte Arthur.

Robert zog eine Augenbraue hoch.

»Er zitiert aus *Ajas*«, erklärte Julian müde. »Und er meint damit: Ja.«

»Komm in die Eingangshalle, Arthur«, forderte Robert ihn

auf. »Und bitte erzähl mir nicht, dass du dich im Sanktuarium versteckst.«

»Wenn du in diesem Tonfall redest, verspüre sogar *ich* den Wunsch, mich im Sanktuarium zu verstecken«, bemerkte Magnus. Er schlenderte durch die Eingangshalle, nahm scheinbar wahllos irgendwelche Objekte von Tischen und Regalen und stellte sie wieder zurück. Seine Handlungen wirkten sinnlos, doch Julian wusste es besser. Magnus tat nur wenig ohne Vorsatz.

Und das Gleiche galt auch für Jace. Er hatte sich auf die unterste Treppenstufe gesetzt; Julian spürte seinen unverwandten, scharfen Blick wie ein Gewicht auf seiner Brust und räusperte sich.

»Meine jüngeren Geschwister haben mit dieser Angelegenheit nichts zu tun«, verkündete er. »Und Tavvy ist vollkommen erschöpft. Er wäre heute Nacht beinahe getötet worden.«

»Was?«, rief Clary, deren grüne Augen vor Sorge einen dunkleren Ton annahmen. »Was ist passiert?«

»Das werde ich gleich erklären«, sagte Julian. »Aber lasst zuerst meine Geschwister gehen.«

Robert zögerte einen Moment und nickte dann kurz. »Sie können auf ihre Zimmer gehen.«

Erleichterung rauschte durch Julians Adern, als Ty, Dru und Livvy – mit Octavian an ihrer Schulter – die Treppe hinaufstiegen. Auf der obersten Stufe blieb Ty eine Sekunde stehen und drehte sich um. Angsterfüllt schaute er zu Mark hinab.

»›So ist's mit den Tyrannen, sie trauen ihren besten Freunden nicht!‹, Inquisitor«, sagte Anselm Nightshade. »Aischylos.«

»Ich habe die Verlobungsfeier meiner Tochter nicht verlassen, um mir einen Vortrag über Altphilologie anzuhören«, entgegnete Robert. »Und diese Angelegenheit geht einen Schattenweltler im Übrigen nichts an. Bitte warte im Sanktuarium auf uns, Anselm.«

Arthur reichte Anselm sein Glas, der es spöttisch anhob, dann aber doch auf dem Absatz kehrtmachte, offensichtlich erleichtert, die Grenzlinie zum geweihten Boden verlassen zu können.

In dem Moment, in dem er verschwunden war, fuhr Robert Arthur an. »Was weißt du über diese ganze Geschichte, Arthur Blackthorn?«

»Wir hatten Besuch von einer Elbendelegation«, berichtete Arthur. »Sie boten an, Mark zu seiner Familie zurückkehren zu lassen, wenn wir ihnen im Gegenzug dabei helfen, mehrere Morde an Feenwesen in Los Angeles aufzuklären.«

»Und davon hast du den Rat nicht unterrichtet?«, fragte Robert. »Obwohl du gewusst hast, dass ihr damit gegen das Gesetz verstoßt, gegen den Kalten Frieden …«

»Ich wollte meinen Neffen zurück«, erwiderte Arthur. »Hättest du nicht das Gleiche getan … für deine Familie?«

»Du bist ein Schattenjäger«, knurrte Robert. »Wenn man sich zwischen seiner Familie und dem Gesetz entscheiden muss, dann entscheidet man sich für das Gesetz!«

»Lex malla, lex nulla«, sagte Arthur. »Du kennst ja unser Familienmotto.«

»Das, was er getan hat, war richtig.« Zum ersten Mal schwang kein Humor in Jace' Stimme mit. »Ich hätte genau das Gleiche getan. Jeder von uns hätte so gehandelt.«

Robert wirkte aufgebracht. »Und habt ihr es aufdecken können? Wer die Feenwesen getötet hat?«

»Wir haben es gerade eben herausgefunden«, erklärte Julian. »Es war Malcolm Fade.«

Magnus erstarrte, seine Katzenaugen funkelten. *»Malcolm?«* Er machte eine Kehrtwendung und marschierte auf Julian zu. »Und wieso glaubt ihr, dass ein Hexenmeister der Mörder war? Weil wir uns mit Magie auskennen? Schiebt man uns denn noch immer jede Schwarze Magie in die Schuhe?«

»Wir wissen es, weil er es selbst gesagt hat«, antwortete Julian.

Clary starrte ihn mit offenem Mund an. Jace blieb reglos sitzen; sein Gesichtsausdruck war so unergründlich wie der einer Katze.

Roberts Miene verfinsterte sich. »Arthur. Du bist der Leiter dieses Instituts. Rede endlich. Oder willst du das deinem Neffen überlassen?«

»Es gibt da ein paar Dinge, die wir Onkel Arthur verschwiegen haben«, sagte Julian. »Dinge, die er nicht weiß.«

Arthur legte eine Hand an den Kopf, als hätte er starke Schmerzen. »Wenn man mich hinters Licht geführt hat, dann soll Julian alles erklären«, sagte er.

Roberts harter Blick schweifte über die Gruppe und heftete sich auf Diego. »Zenturio, tritt vor!«, forderte er.

Bei diesen Worten versteifte sich Julian. Diego. Ihn hatte er in seine Überlegungen nicht mit einbezogen. Aber Diego war ein Zenturio und hatte als solcher einen Eid abgelegt, der ihn zur Wahrheit gegenüber dem Rat verpflichtete. Es war nur logisch, dass Robert lieber mit Diego reden wollte als mit ihm.

Julian wusste, dass es für Robert eigentlich keinen richtigen Grund gab, überhaupt mit ihm zu reden. Schließlich leitete nicht er das Institut, sondern Arthur. Da spielte es auch keine Rolle, dass *er* jahrelang Roberts Briefe beantwortet hatte, dass *er* mit Roberts Vorgehensweise besser vertraut war als jeder andere im Raum und dass sie sich zumindest durch ihren offiziellen Briefwechsel sehr gut kannten. Denn schließlich war er nur ein Teenager.

»Ja, Inquisitor?«, fragte Diego.

»Berichte du uns von Malcolm Fade.«

»Malcolm war nicht der, für den der Rat ihn gehalten hat«, sagte Diego. »Er war für zahlreiche Morde verantwortlich. Unter anderem auch für den Tod von Emmas Eltern.«

Robert schüttelte den Kopf. »Wie soll das gehen? Die Carstairs wurden von Sebastian Morgenstern ermordet.«

Bei der Erwähnung von Sebastians Namen wurde Clary bleich. Sie schaute sofort zu Jace, der ihren Blick erwiderte – ein Blick, aus dem jahrelange gemeinsame Erfahrungen sprachen. »Nein«, sagte Clary fest. »Das stimmt nicht. Sebastian war zwar ein Mörder, aber Emma hat nie geglaubt, dass er für den Tod ihrer Eltern verantwortlich war. Und das Gleiche gilt für

Jace und mich.« Sie wandte sich an Emma: »Du hast recht gehabt. Ich war immer davon überzeugt, dass eines Tages herauskommen würde, wer dafür verantwortlich war. Aber es tut mir leid, dass Malcolm sich als der Täter entpuppt hat. Schließlich war er euer Freund.«

»Und auch meiner«, sagte Magnus mit angespannter Stimme. Rasch ging Clary zu ihm und legte ihm eine Hand auf den Arm.

»Aber er war auch Oberster Hexenmeister von Los Angeles«, sagte Robert. »Wie ist das alles passiert? Und was meinst du mit ›Er war für zahlreiche Morde verantwortlich‹?«

»Malcolm war der Drahtzieher hinter einer Reihe von Morden in Los Angeles«, erklärte Diego. »Er hat Irdische dazu gebracht, einen Mord zu begehen, damit er die Täter wiederum töten und bestimmte Körperteile ihrer Leichen für Totenbeschwörungsrituale verwenden konnte.«

»Der Rat hätte unbedingt eingeschaltet werden müssen.« Robert wirkte zornig. »Und zwar in dem Moment, als hier eine Elbendelegation aufgetaucht ist …«

»Inquisitor«, setzte Diego an. Er klang müde. Die rechte Schulter seiner Schattenjägermontur war über und über mit dunkelrotem Blut bedeckt. »Ich bin ein Zenturio. Und dem Rat direkt unterstellt. Aber auch ich habe keinen Bericht erstattet, weil das in der gegebenen Situation nur zu einer unnötigen Verzögerung geführt hätte.« Sein Blick schweifte zu den anderen, aber nicht zu Cristina. »Der Rat hätte veranlasst, dass die Ermittlungen noch einmal von vorn aufgerollt worden wären. Und dafür war nun wirklich keine Zeit, da das Leben eines Kindes auf dem Spiel stand.« Er legte eine Hand auf seine Brust. »Wenn man mir deswegen meine Abzeichen entziehen will, werde ich das akzeptieren. Aber ich bleibe dabei: Die Blackthorns haben das einzig Richtige getan.«

»Ich werde dir deine Abzeichen nicht entziehen, Diego Rocio Rosales«, sagte Robert. »Wir haben nur wenige Zenturionen, und du bist einer der besten.« Er warf einen prüfenden Blick auf Diego, auf seinen blutüberströmten Arm und das erschöpfte

Gesicht. »Der Rat erwartet morgen einen ausführlichen Bericht von dir, aber jetzt solltest du deine Wunden versorgen lassen.«

»Ich werde ihn begleiten«, verkündete Cristina rasch.

Sie half Diego die Stufen hinauf, der sich schwer auf ihre schmalen Schultern stützen musste. Mark schaute ihnen nach, bis sie an den Elbenlichtfackeln vorbei waren und in den Schatten verschwanden.

»Robert«, wandte Jace sich an seinen Stiefvater. »Als Julian zwölf war, hat er vor dem Rat ausgesagt. Das ist nun fünf Jahre her. Du solltest ihn jetzt auch aussagen lassen.«

Trotz des widerstrebenden Ausdrucks auf seinem Gesicht nickte Robert. »Also gut«, sagte er. »Da anscheinend alle hören wollen, was du zu sagen hast, Julian Blackthorn, erteile ich dir hiermit das Wort.«

Julian berichtete. Ruhig und ohne Umschweife beschrieb er die Ermittlungen, angefangen von den ersten aufgefundenen Leichen bis hin zu dem Moment, als sie an diesem Abend herausgefunden hatten, dass Malcolm der Täter war.

Emma beobachtete ihren *Parabatai*, während er erzählte, und sie fragte sich, wie sich die Situation wohl entwickelt hätte, wenn Sebastian Morgenstern das Institut damals nicht angegriffen hätte.

Jahrelang hatten in Emmas Verstand zwei verschiedene Versionen von Julian existiert: Der Julian vor dem Angriff, der wie alle anderen war – ein Junge, der seine Familie liebte, aber manchmal auch von ihr genervt war; ein Bruder in einer Reihe von Geschwistern, mit denen er diskutierte und stritt und herumalberte und lachte.

Und der Julian nach dem Angriff. Julian, der noch ein Kind war, sich aber selbst beibringen musste, wie man ein Baby versorgte und vier verschiedene Mahlzeiten für die jüngeren Geschwister kochte, die alle unterschiedliche Dinge mochten und verabscheuten. Julian, der die Krankheit seines Onkels vor einem Haufen Erwachsener verheimlichte, die ihm sonst seine Kinder genommen hätten. Julian, der schreiend aus Albträumen hochschreckte, die ihm vorgaukelten, dass Ty, Livvy oder Dru etwas zugestoßen war.

Emma war immer an seiner Seite gewesen und hatte ihn unterstützt, aber das wahre Ausmaß seiner Belastung hatte sie nie verstanden. Wie auch, wo sie doch nichts von Arthurs Krankheit gewusst hatte oder davon, wie allein Julian tatsächlich war? Sie hatte lediglich registriert, dass die Albträume nachgelassen hatten und Jules eine ruhige Kraft und eiserne Entschlossenheit entwickelt hatte, denen der weiche, kindliche Zug in seinem Gesicht schnell weichen musste.

Julian war seit vielen Jahren kein Junge mehr. Aber der Junge von damals war derjenige, von dem Emma gedacht hatte, dass er ihr *Parabatai* werden könnte. In den damaligen Julian hätte sie sich niemals verliebt. Doch in den heutigen Julian … in den hatte sie sich verliebt, unbewusst, denn wie konnte man sich in jemanden verlieben, den man nur zur Hälfte kannte?

Sie fragte sich, ob Mark diese Diskrepanz ebenfalls bemerkte. Ob er es ebenfalls für eigenartig hielt, wie Julian dastand und mit dem Inquisitor sprach, als würden sich zwei Erwachsene unterhalten. Und ob Mark auch bemerkte, mit welcher Sorgfalt Julian die Geschichte präsentierte: Er ließ wichtige Details aus und stellte das Ganze so dar, dass es ganz normal und unvermeidlich erschien, warum sie den Rat nicht verständigt hatten. Auch Kit und Johnny Rook erwähnte er mit keinem Wort. Julian spann eine Geschichte, die sich aus einer Folge von Ereignissen zusammensetzte, an denen niemand Schuld hatte, die niemand hätte vorhersehen oder vermeiden können. Und er erledigte diese Aufgabe ohne jeden Anflug von Arglist auf dem Gesicht.

Als er seinen Bericht beendet hatte, erschauderte Emma innerlich. Sie liebte Julian und würde ihn immer lieben. Aber in diesem Augenblick fürchtete sie sich auch ein wenig vor ihm.

»Malcolm hat also *Mörder* erschaffen?«, wiederholte Robert, als Julian einen Moment innehielt.

»Das Ganze ergibt durchaus Sinn«, sagte Magnus. Er hatte

das Kinn in die Hand gestützt und klopfte mit einem Finger nachdenklich gegen seinen Wangenknochen. »Einer der Gründe für das Verbot jeder Totenbeschwörungsmagie besteht darin, dass dafür unter anderem solche ›Zutaten‹ benötigt werden wie die Hand eines kaltblütigen Mörders oder das Auge eines Erhängten, in dessen Pupille noch immer das Bild seines letzten Moments unter den Lebenden zu erkennen ist. Die Beschaffung all dieser Bestandteile durch die sorgfältige Koordination der erforderlichen Situationen ist eine wahre Meisterleistung.« Magnus schien Roberts funkelnden Blick aufzufangen. »Und natürlich sehr übel«, fügte er hinzu. »Sehr, sehr übel.«

»Dein Neffe erzählt eine überzeugende Geschichte, Arthur«, wandte Robert sich an Julians Onkel. »Eine Geschichte, in der du jedoch durch Abwesenheit glänzt. Wie kommt es, dass du von all dem, was hier vorging, nichts mitbekommen hast?«

Julian hatte seinen Bericht so gesponnen, dass Arthurs Abwesenheit natürlich erschien. Aber Robert war wie ein Hund mit einem Knochen. Emma nahm an, dass man ihn vermutlich genau deshalb zum Inquisitor ernannt hatte.

Sie schaute zu Clary, und ihre Blicke trafen sich. Clary, die damals in Idris vor ihr gekniet, tröstend ihre Hände gehalten und lobende Worte über Cortana geäußert hatte. Emma musste daran denken, dass sie ihr das nie vergessen würde – weil Freundlichkeit gegenüber Kindern zu den Dingen zählte, die diese niemals vergaßen.

»Robert«, setzte Clary an, »das muss doch nicht sein. Die Blackthorns haben schwierige Entscheidungen treffen müssen, aber sie haben nichts Falsches getan.«

»Dann möchte ich Arthur nur noch eine Frage stellen, Clary«, erwiderte Robert und drehte sich zu ihm. »Welche Strafe würdest du für Nephilim – selbst junge Nephilim – wählen, die gegen das Gesetz verstoßen?«

»Nun ja, das hängt davon ab«, sagte Arthur. »Es hängt davon ab, ob sie bereits bestraft wurden, vor fünf Jahren, durch den Verlust von Vater, Schwester und Bruder.«

Zornesröte bildete sich auf Roberts Wangen. »Der Dunkle Krieg hat ihnen die Familie genommen …«

»Nein, der Rat hat ihnen Helen und Mark genommen«, widersprach Magnus. »Von unseren Feinden erwarten wir Verrat. Aber nicht von denjenigen, die uns eigentlich beschützen sollen.«

»Wir hätten Mark beschützt«, erwiderte Robert Lightwood. »Es bestand nicht der geringste Grund, den Rat zu fürchten.«

Arthur war bleich, und seine Pupillen wirkten geweitet. Dennoch hatte Emma ihn nie zuvor so klar und eloquent erlebt. Es war bizarr. »Ach, tatsächlich?«, konterte er. »Wenn das so ist, warum hockt Helen dann noch immer auf der Wrangelinsel?«

»Weil es für sie dort sicherer ist«, fauchte Robert. »Unter den Nephilim gibt es nicht gerade wenige – zu denen ich im Übrigen nicht gehöre –, die die Feenwesen für ihren Verrat im Dunklen Krieg noch immer hassen. Was glaubst du wohl, wie sie deine Nichte behandeln würden, wenn sie wieder unter Schattenjägern wäre?«

»Das heißt also, dass ihr Mark nicht hättet beschützen können«, schlussfolgerte Arthur. »Du gibst es selbst zu.«

Bevor Robert antworten konnte, sagte Julian: »Onkel Arthur, du kannst ihm die Wahrheit erzählen.«

Arthur schaute verwirrt; so besonnen er auch gewirkt hatte, schien er dennoch nicht zu wissen, was Julian meinte. Auch sein Atem ging jetzt schneller – wie damals im Sanktuarium, als die Kopfschmerzen eingesetzt hatten.

Julian wandte sich an Robert. »Arthur wollte den Rat in dem Moment informieren, als die Elben Mark hier abgeliefert hatten«, erklärte er. »Aber wir haben ihn angefleht, noch zu warten. Weil wir Angst hatten, dass man uns unseren Bruder wieder nehmen würde. Wir dachten, wenn wir die Mordserie aufklären könnten, wenn Mark dabei helfen könnte, würde ihn das in einem besseren Licht dastehen lassen und die Ratsmitglieder vielleicht davon überzeugen, ihn nicht wieder wegzuschicken.«

»Aber ihr versteht doch wohl, was ihr getan habt?«, fragte der

Inquisitor fordernd. »Malcolm … wenn er Dunkle Macht angestrebt hat … er hätte eine Gefahr für die gesamte Nephilimgemeinschaft darstellen können.« Allerdings klang Robert selbst nicht sehr überzeugt.

»Malcolm hat keine Macht angestrebt«, sagte Julian. »Er wollte eine Person, die er geliebt hat, von den Toten erwecken. Er hat Böses getan, und er ist dafür gestorben – was auch richtig ist. Aber das war sein einziges Ziel, sein einziger Plan. Er hat sich nie für den Rat oder die Nephilimgemeinschaft interessiert, sondern ganz allein für seine Liebste.«

»Armer Malcolm«, sagte Magnus leise. »Die Frau, die er geliebt hat, auf diese Weise zu verlieren …«

»Robert«, sagte Jace, »diese Jugendlichen haben sich nichts zuschulden kommen lassen.«

»Vielleicht nicht, aber ich bin der Inquisitor. Ich kann diese Sache wohl kaum vertuschen. Die Tatsache, dass Malcolm Fade tot ist und das Schwarze Buch mit sich auf den Meeresgrund genommen hat, und die Tatsache, dass all das passiert ist, ohne dass der Leiter dieses Instituts irgendetwas davon mitbekommen hat …«

Julian trat einen Schritt vor. »Es gibt da etwas, das Onkel Arthur bisher nicht erwähnt hat«, sagte er. »Er hat uns nicht einfach wild in der Gegend herumlaufen lassen, während er selbst untätig war. Er war damit beschäftigt, die Quelle einer anderen Art von Schwarzer Magie aufzuspüren.«

Während Julian sprach, warf er Magnus einen eindringlichen Blick zu. Magnus, der ihnen in der Vergangenheit schon mehrfach geholfen hatte. Es hatte den Anschein, als wollte Julian den Hexenmeister allein mit diesem Blick dazu bringen, ihn zu verstehen und ihm zu glauben.

»Es ist kein Zufall, dass Anselm Nightshade sich im Sanktuarium befindet«, fuhr Julian in einem harten Ton fort. »Arthur hat ihn hierhergebracht, weil er wusste, dass ihr kommen würdet.«

Robert zog eine Augenbraue hoch. »Ist das wahr? Arthur?«

»Erzähl es ihnen lieber«, sagte Julian und warf seinem Onkel einen scharfen Blick zu. »Sie werden es ja doch herausfinden.«

»Ich …« Verwirrt starrte Arthur Julian an. Die Verständnislosigkeit in seinem Gesicht versetzte Emma einen Stich in den Magen. Julian schien Arthur nur mit den Augen dazu bewegen zu wollen, ihm zu folgen. »Ich wollte es nicht erwähnen«, sagte Arthur, »weil es mir im Vergleich zu dem, was wir über Malcolm erfahren haben, so unbedeutend vorkam.«

»Was wolltest du nicht erwähnen?«

»Nightshade hat Schwarze Magie eingesetzt, um damit Profit zu machen«, verkündete Julian. Seine Miene war ruhig, fast ein wenig bedauernd. »Er hat einen Haufen Geld dadurch verdient, dass er bei der Herstellung seiner Pizzas süchtig machende Mittel unter die Zutaten gemischt hat.«

»Das ist … absolut richtig!«, rief Emma über Arthurs benommenes Schweigen hinweg. »In der ganzen Stadt laufen hunderte von Leuten herum, die so süchtig sind, dass sie alles für ihn tun würden, nur um noch mehr zu bekommen.«

»Pizzahörige?«, fragte Jace. »Das ist zweifellos das *Merkwürdigste* …« Er verstummte, als Clary ihm auf den Fuß trat. »Scheint eine ernste Sache zu sein«, murmelte er. »Ich meine, wir haben es hier mit süchtig machendem Dämonenpulver und dergleichen zu tun.«

Julian durchquerte die Eingangshalle und riss die Tür eines Schranks auf. Mehrere Pizzaschachteln fielen ihm entgegen.

»Magnus?«, bat er.

Theatralisch warf sich der Hexenmeister seinen Schal über die Schulter und spazierte zu Julian und den Schachteln. Dann hob er den Deckel einer Pizzaschachtel mit ernster Miene an, als würde er eine Schatzkiste öffnen.

Schweigend hielt er eine Hand über die Schachtel, bewegte sie von links nach rechts und wieder zurück. Schließlich schaute er auf.

»Arthur hat recht«, bestätigte er. »Schwarze Magie.«

Aus dem Inneren des Sanktuariums ertönte ein Schrei. »Verrat!«, brüllte Anselm. *»Et tu, Brute?«*

»Er kann nicht aus dem Sanktuarium heraus«, sagte Arthur benommen. »Die Außentür ist verschlossen.«

Robert stürmte ins Sanktuarium, dicht gefolgt von Jace und Clary, wodurch nur Magnus, die Hände in den Taschen, in der Eingangshalle zurückblieb.

Der Hexenmeister betrachtete Julian mit ernsten grüngoldenen Augen. »Geschickt eingefädelt«, bemerkte er. »Ich wüsste nicht, wie ich es sonst beschreiben sollte, aber … geschickt eingefädelt.«

Julian schaute zu Arthur, der neben der Sanktuariumstür an der Wand lehnte, mit halb gesenkten Lidern und schmerzverzerrtem Gesicht. »Dafür werde ich bestimmt in der Hölle schmoren«, murmelte er.

»Es ist keine Schande, für seine Familie zu schmoren«, sagte Mark. »Ich werde mit Vergnügen an deiner Seite schmoren.«

Julian blickte ihn an; seine Überraschung und Dankbarkeit standen ihm deutlich ins Gesicht geschrieben.

»Und das Gleiche gilt für mich«, sagte Emma und wandte sich dann Magnus zu. »Es tut mir leid. Ich bin diejenige, die Malcolm getötet hat. Ich weiß, dass er dein Freund war, und ich wünschte …«

»Er war mein Freund«, bestätigte Magnus, und seine Augen nahmen einen dunkleren Ton an. »Ich wusste, dass er ein Mädchen geliebt hatte, das gestorben war. Aber den Rest der Geschichte habe ich nicht gekannt. Der Rat hat ihn betrogen, genau wie er dich betrogen hat. Ich bin schon viele Jahre auf dieser Welt … habe viele Vertrauensbrüche miterlebt, viele gebrochene Herzen gesehen. Es gibt Leute, die sich von ihrem Kummer verzehren lassen. Die vergessen, dass andere ebenfalls Schmerz kennen. Wenn Alec sterben würde …« Magnus schaute auf seine Hände. »Ich kann nur hoffen, dass ich nicht auf diese Weise handeln würde.«

»Ich bin einfach nur froh, dass ich endlich weiß, was mit meinen Eltern passiert ist«, sagte Emma. »Endlich habe ich Gewissheit.«

Bevor irgendjemand noch etwas sagen konnte, ertönte aus der Tür des Sanktuariums gewaltiger Lärm. Jace tauchte plötzlich auf und schlitterte rückwärts in die Eingangshalle; sein eleganter Blazer war zerrissen, und sein blondes Haar stand wirr vom Kopf ab. Er drehte sich zu den anderen um und schenkte ihnen ein derart strahlendes Lächeln, dass der ganze Raum heller wirkte.

»Clary hat Nightshade in eine Ecke getrieben«, berichtete er. »Für so einen alten Vampir ist er noch ziemlich flink. Danke für die kleine Trainingsstunde! Und ich hatte doch tatsächlich gedacht, dass das hier total langweilig werden würde!«

Nachdem mit dem Inquisitor alles geklärt und der noch immer Rache schwörende Anselm Nightshade abgeführt worden war, waren die meisten Institutsbewohner erschöpft ins Bett gekrochen. Mark trat vor die Eingangstür und blickte sich um.

Die Morgendämmerung hatte bereits eingesetzt. Mark konnte den bevorstehenden Sonnenaufgang in weiter Ferne sehen, am östlichen Rand der geschwungenen Bucht. Ein perlmuttartiges Schimmern im Meer, als würde durch einen Riss im Himmel weiße Farbe in die Welt sickern.

»Mark«, sagte plötzlich eine Stimme schräg hinter ihm.

Er drehte sich um. Jace Herondale stand in der Eingangstür.

Jace' und Clarys Anblick war seltsam – auf eine Weise seltsam, die seine Geschwister bestimmt nicht nachempfinden konnten. Schließlich waren die beiden bei ihrer letzten Begegnung in Julians Alter gewesen. Sie waren die letzten Schattenjäger gewesen, die er zu Gesicht bekommen hatte, bevor ihn die Wilde Jagd mitgenommen hatte.

Dabei waren sie auch jetzt deutlich wiederzuerkennen – schließlich waren sie gerade mal ein- oder zweiundzwanzig Jahre alt. Doch aus der Nähe konnte Mark sehen, dass Jace inzwischen eine ganz andere Aura umgab, die Entschiedenheit eines Erwachsenen. Der Junge, der Mark damals in die Augen geschaut und mit zitternder Stimme *»Die Wilde Jagd. Du bist jetzt einer von ihnen«* gesagt hatte, war verschwunden.

»Mark Blackthorn«, begann Jace, »ich würde ja gern höflich sein und sagen, dass du dich verändert hast. Aber das stimmt nicht.«

»Doch, ich habe mich verändert«, erwiderte Mark. »Allerdings nicht auf eine Weise, die du sehen könntest.«

Jace schien seine Antwort bereitwillig zu akzeptieren; er nickte und schaute dann aufs Meer hinaus. »Ein Wissenschaftler hat mal gesagt, wenn der Ozean so klar wie der Himmel wäre und wir alles sehen könnten, was sich darin tummelt, würde keiner je wieder einen Fuß ins Meer setzen. Denn das, was in den Tiefen des Ozeans lebt, viele Kilometer unter der Oberfläche, ist das Material für Albträume.«

»Sagt jemand, der keine Ahnung von den Schrecken des Himmels hat«, erwiderte Mark.

»Vielleicht hast du recht«, räumte Jace ein. »Hast du den Elbenstein noch, den ich dir damals gegeben habe?«

Mark nickte. »Ich habe ihn während der ganzen Zeit im Feenreich bei mir gehabt.«

»Bisher habe ich nur zwei Menschen einen Elbenstein geschenkt«, erzählte Jace. »Clary und dir.« Er legte den Kopf schräg. »Als wir dich damals in den Tunneln vorfanden … da hattest du etwas ganz Besonderes an dir. Du warst zwar verängstigt, aber nicht bereit aufzugeben. Ich habe nie daran gezweifelt, dass wir uns eines Tages wiedersehen würden.«

»Wirklich?« Mark musterte ihn skeptisch.

»Wirklich.« Jace schenkte ihm sein freundliches, charmantes Lächeln. »Vergiss nie, dass das New Yorker Institut auf eurer Seite steht«, sagte er. »Erinnere Julian daran, wenn ihr jemals wieder in Schwierigkeiten geratet. Es ist nicht leicht, ein Institut zu führen. Ich muss es ja wissen.«

Mark setzte zu einem Protest an, doch Jace hatte sich bereits umgedreht und war zurück ins Haus marschiert, um sich zu Clary zu gesellen. Irgendwie hatte Mark Zweifel, dass Jace seinem Protest große Beachtung geschenkt hätte, selbst wenn er ihn gehört hätte. Ganz offensichtlich hatte er die Situation genau richtig eingeschätzt, dachte aber wohl nicht daran, irgendetwas zu unternehmen, was das empfindliche Gleichgewicht stören würde.

Erneut betrachtete Mark den Horizont. Das zunehmende Licht der Morgendämmerung ließ die Straße und die Bäume deutlich und scharf hervortreten. Und dort, am Rande des Schotterwegs, stand Kieran, das Gesicht dem Meer zugewandt. Mark konnte ihn nur als Schemen ausmachen, aber selbst ein schemenhafter Kieran konnte niemand anderes sein als er selbst.

Langsam stieg Mark die Treppe hinunter und ging zu ihm. Der Elbenprinz hatte seine Kleidung noch nicht gewechselt, und die Klinge seines Schwerts war mit Blut befleckt.

»Kieran«, sagte Mark.

»Wirst du hierbleiben?«, fragte Kieran, fing sich dann aber mit einem wehmütigen Blick. »Natürlich wirst du hierbleiben.«

»Wenn du mich fragst, ob ich bei meiner Familie bleiben oder zur Wilden Jagd zurückkehren werde, dann hast du deine Antwort«, sagte Mark. »Die Ermittlungen sind abgeschlossen. Der Mörder und die Gefolgsleute existieren nicht mehr.«

»Das entspricht aber nicht dem Wortlaut der Vereinbarung«, wandte Kieran ein. »Die Schattenjäger sollten uns den Mörder ausliefern, damit wir ihn zur Rechenschaft ziehen können.«

»Angesichts der Tatsache, dass Malcolm tot ist, und in Anbetracht des gewaltigen Ausmaßes von Iarlaths Verrat erwarte ich von deinem Volk, dass es meine Entscheidung mit Nachsicht aufnimmt«, sagte Mark.

»*Mein* Volk«, wiederholte Kieran. »Du weißt, dass sie nicht nachsichtig sind. Sie waren auch mir gegenüber keine einzige Sekunde nachsichtig.« Unwillkürlich musste Mark an den Moment denken, wo er zum ersten Mal gesehen hatte, wie Kierans Augen herausfordernd unter seinen zerzausten schwarzen Haaren gefunkelt hatten. Mark erinnerte sich an die Schadenfreude der anderen Jäger, dass sie einen Prinzen verhöhnen und quälen durften. Und daran, wie Kieran alles ertragen hatte, mit arrogant verzogenem Mund und hocherhobenem Kinn. Und wie er die Tatsache ertragen hatte, dass sein Vater ihn der Wilden Jagd überlassen hatte, so wie man einem Hund einen Knochen zuwarf. Kieran hatte keinen Bruder gehabt, der ihn liebte und für seine Rückkehr gekämpft hatte. Er hatte keinen Julian gehabt. »Aber ich werde mich für dich einsetzen«, sagte Kieran nun und sah Mark direkt in die Augen. »Ich werde ihnen sagen, dass es dein gutes Recht ist hierzubleiben.« Er zögerte einen Moment und fragte dann: »Werden wir … uns wiedersehen?«

»Ich glaube nicht, Kieran«, erwiderte Mark so sanft, wie er nur konnte. »Nicht nach allem, was passiert ist.«

Ein schmerzlicher Ausdruck huschte über Kierans Gesicht, verschwand aber genauso schnell, wie er gekommen war. Seine Haare schimmerten in einem hellen Silberblau, fast wie die Farbe des Meeres in der Morgendämmerung. »Ich hatte nichts anderes erwartet«, sagte er. »Erhofft natürlich, aber … Es ist nicht leicht, die Hoffnung zu töten. Doch vermutlich habe ich dich schon vor langer Zeit verloren.«

»Gar nicht vor so langer Zeit«, sagte Mark. »Du hast mich verloren, als du mit Gwyn und Iarlath hierhergekommen bist und zugelassen hast, dass sie meinen Bruder auspeitschten. Ich hätte dir jeden Schmerz verziehen, den sie mir zugefügt hätten. Aber das, was Julian und Emma erleiden mussten, werde ich dir nie verzeihen.«

»Emma?«, fragte Kieran und runzelte die Stirn. »Ich dachte, dass dieses andere Mädchen dein Interesse geweckt hätte. Deine Prinzessin.«

Mark brachte ein ersticktes Lachen hervor. »Beim Erzengel«, sagte er und sah, wie Kieran bei diesen Schattenjägerworten zusammenzuckte. »Deine Vorstellungskraft wird von deiner Eifersucht eingeschränkt. Kieran … jeder, der unter diesem Dach lebt, ob nun blutsverwandt oder nicht … wir sind alle durch ein unsichtbares Netz aus Liebe, Pflichtgefühl, Loyalität und Ehre miteinander verbunden. Denn genau das bedeutet es, ein Schattenjäger zu sein. Die Familie …«

»Was weiß ich schon von Familie? Mein Vater hat mich an die Wilde Jagd verkauft. Meine Mutter kenne ich nicht. Und ich habe drei Dutzend Brüder, die alle froh wären, wenn ich nicht mehr leben würde. Mark, du bist alles, was ich habe.«

»Kieran …«

»Und ich liebe dich«, sagte Kieran. »Du bist alles, was für mich auf Erden und unter dem Himmel existiert, alles, was ich liebe.«

Mark schaute Kieran in die Augen und sah in der silbernen und der schwarzen Iris wie jedes Mal den Nachthimmel. Und er spürte wieder dieses heimtückische Ziehen in seiner Brust – jenes Ziehen, das ihm zuflüsterte, dass die Wolken seine Straßen sein könnten. Dass er sich nie wieder mit menschlichen Sorgen herumzuplagen bräuchte: Geld und Schutz und Vorschriften und Gesetze. Er könnte durch Wolken und über Gletscher reiten, über die Wipfel von Wäldern, die kein Mensch je gesehen hatte. Er könnte in den Ruinen längst vergessener Zivilisationen übernachten, nur mit einer Decke als Schutz. Er könnte in Kierans Armen liegen und die Sterne zählen.

Aber er hatte den Sternen immer die Namen seiner Geschwister gegeben. Die Vorstellung von Freiheit hatte etwas Wunderschönes an sich, aber sie war eine Illusion. Jedes menschliche Herz war durch die Liebe gefesselt.

Mark griff sich an den Hals und zog die Kette mit der durchscheinenden Pfeilspitze über den Kopf. Dann nahm er Kierans Hand, drehte sie um und ließ die Kette in seine Handfläche fallen.

»Ich werde für die Wilde Jagd keine Pfeile mehr abschießen«, sagte er. »Nimm den Anhänger und behalte mich vielleicht in Erinnerung.«

Kierans Hand schloss sich so fest um die Pfeilspitze, dass seine Knöchel weiß hervortraten. »Eher werden die Sterne erlöschen, als dass ich dich vergesse, Mark Blackthorn.«

Sanft berührte Mark Kierans Wange. Die Augen des Elbenprinzen waren groß und ohne eine Träne. Aber in ihnen konnte Mark eine unendliche Ödnis und Einsamkeit sehen. Tausend dunkle Nächte auf dem Ritt durch die Lüfte, aber kein Zuhause, zu dem er zurückkehren konnte. »Ich verzeihe dir nicht«, sagte er. »Aber du bist uns letztendlich doch noch zu Hilfe gekommen. Ich weiß nicht, was passiert wäre, wenn du das nicht getan hättest. Wenn du mich also eines Tages brauchen solltest – wenn du wirklich in Not sein solltest –, dann lass mir eine Nachricht zukommen, und ich werde dir beistehen.«

Kierans Lider senkten sich. »Mark …«

Aber Mark hatte sich bereits abgewandt. Kieran stand schweigend da und sah ihm nach, und obwohl sich der Elbenprinz nicht von der Stelle rührte, bäumte sich sein Ross am Rand der Klippe auf. Windspear wieherte laut und schlug mit den Hufen gen Himmel.

Julians Fenster ging auf die Wüste hinaus. Während der vergangenen fünf Jahre hätte er sein Zimmer gegen Marks tauschen können, das den Ozean überblickte, aber das hätte sich so angefühlt, als hätte er die Hoffnung auf Marks Rückkehr aufgeben. Außerdem war sein Zimmer das einzige, das über eine breite Fensterbank verfügte, mit ein paar mittlerweile leicht abgenutzten Kissen. Emma und er hatten stundenlang hier gesessen, gelesen und gezeichnet, während die Sonne Emmas helle Haare wie Flammen hatte aufleuchten lassen.

Auch jetzt saß Julian auf dieser Bank, mit geöffnetem Fenster, damit die Gerüche, die trotz einer heißen Dusche noch immer an ihm zu haften schienen, vom Wind davongetragen wurden: Blut, feuchtes Mauerwerk, Meerwasser und Schwarze Magie.

Alles hatte irgendwann einmal ein Ende, überlegte er. Selbst die seltsamste Nacht seines Lebens. Nach Anselms Verhaftung hatte Clary Emma und ihn beiseitegenommen, sie fest umarmt und daran erinnert, dass sie sie jederzeit anrufen könnten. Julian wusste, dass Clary ihm – ihnen beiden – auf ihre ruhige Weise zu verstehen geben wollte, dass es in Ordnung war, ihre Sorgen bei ihr abzuladen.

Und er wusste auch, dass er dieses Angebot niemals in Anspruch nehmen würde.

Sein Handy vibrierte. Er warf einen Blick auf das Display: Emma hatte ihm ein Foto geschickt, ohne jeden Kommentar, nur ein Bild ihres Kleiderschranks: mit weit geöffneten Türen, hinter denen Fotografien, Karten, bunte Fäden und Haftzettel zum Vorschein kamen.

Julian streifte Jeans und T-Shirt über und verließ sein Zimmer. Im Institut herrschte Totenstille; alle anderen schienen zu schlafen, nur der Wüstenwind rauschte an den Fenstern und Mauern vorbei.

Emma war in ihrem Zimmer. Sie saß auf dem Boden, den Rücken gegen das Fußbrett ihres Betts gelehnt. Ihr Handy lag neben ihr. Sie trug ein langes Nachthemd mit dünnen Trägern, das im Mondlicht cremeweiß schimmerte.

»Julian«, sagte sie. Ohne auch nur den Kopf zu heben, wusste sie, dass er es war. »Du warst noch wach, stimmt's? Ich hatte so ein Gefühl, dass du noch nicht geschlafen hast.«

Sie stand auf, den Blick weiterhin auf den Kleiderschrank geheftet.

»Ich weiß nicht, was ich damit machen soll«, sagte sie. »Ich habe so viel Zeit damit verbracht, alles zu sammeln, was wie ein Beweis aussah, habe endlose Vermutungen angestellt und über all das hier nachgedacht … über nichts anderes nachgedacht. Das hier war mein großes Geheimnis, der Kern all meiner Handlungen.« Emma schaute ihn an. »Und jetzt ist es nur noch ein Schrank mit einem Haufen Schrott.«

»Ich kann dir auch nicht sagen, was du mit all diesen Sachen tun sollst«, erwiderte Julian. »Aber ich kann dir versichern: Du brauchst nicht heute Nacht darüber nachzudenken.«

Emma trug ihre Haare offen – sie schmiegten sich wie gesponnenes Licht um ihre Schultern und kitzelten mit einzelnen

Locken ihr Gesicht. Julian grub die Fingernägel in seine Handflächen, um sich davon abzuhalten, Emma zu sich heranzuziehen und sein Gesicht und seine Hände in ihrem Haar zu vergraben.

Stattdessen betrachtete er die verheilenden Schnittwunden an ihren Händen und Armen, die verblasste Rötung ihres verätzten Handgelenks, die Beweise dafür, dass die letzte Nacht nicht leicht gewesen war.

Nichts an ihrem Leben war jemals leicht.

»Mark bleibt hier, stimmt's?«, fragte sie. »Die Ratsmitglieder können jetzt nichts mehr unternehmen, um ihn wieder wegzuschicken?«

Mark. Ihr erster Gedanke gilt Mark. Julian verdrängte seine Eifersucht: Sie war unwürdig und lächerlich. Schließlich waren sie keine zwölf mehr.

»Nein, nichts«, sagte Julian. »Mark war zu keiner Zeit ins Exil verbannt. Die Ratsmitglieder hatten nur erlassen, dass wir nicht nach ihm suchen durften. Und das haben wir auch nicht. Er hat von allein nach Hause gefunden, und daran können sie nichts ändern. Und nachdem er uns bei Malcolms Enttarnung geholfen hat, wäre das auch eine ziemlich unpopuläre Entscheidung, falls sie es doch versuchen sollten.«

Emma schenkte ihm ein mattes Lächeln, kletterte dann in ihr Bett und schob ihre langen, nackten Beine unter die Bettdecke. »Ich habe noch kurz nach Diego und Cristina gesehen«, berichtete sie. »Er war in ihrem Bett eingeschlafen und sie auf der Bettdecke; aber Cristina ist aufgewacht, als ich ins Zimmer kam. Sie wird morgen was von mir zu hören bekommen«, fügte Emma grinsend hinzu.

»Liebt Cristina ihn? Ich meine Diego«, fragte Julian und setzte sich auf die Bettkante.

»Ich bin mir nicht ganz sicher.« Emma wackelte mit den Fingern. »Die beiden haben … na ja, du weißt schon …«

»Nein, das weiß ich nicht.« Er imitierte ihre Handbewegung. »Was bedeutet das?«

»Ungelöste Liebesprobleme«, erklärte Emma und zog die Decke höher.

»Mit den Fingern wackeln bedeutet ›ungelöste Liebesprobleme‹? Das muss ich mir merken.« Julian spürte, wie sich ein kleines Lächeln auf sein Gesicht stahl. Nur Emma war in der Lage, ihn nach solch einer Nacht zum Lächeln zu bringen.

Emma schlug eine Ecke der Bettdecke auf. »Hierbleiben?«, fragte sie.

Es gab nichts auf der Welt, das er sich in diesem Moment sehnlicher wünschte, als neben ihr unter die Bettdecke zu kriechen und die Konturen ihres Gesichts mit den Fingern nachzuzeichnen: breite Wangenknochen, spitzes Kinn, halb gesenkte Lider, Wimpern wie Seide unter seinen Fingerspitzen. Sein Körper und sein Geist waren viel zu erschöpft für irgendwelches Verlangen, aber die Sehnsucht nach Nähe und Gesellschaft war geblieben. Die Berührung ihrer Hände, ihrer Haut schenkte ihm Trost und beruhigte ihn auf eine Weise, die sich durch nichts und niemanden nachmachen ließ.

Julian erinnerte sich an die Nacht am Strand und daran, dass er stundenlang wach gelegen und versucht hatte, sich das Gefühl von Emma in seinen Armen einzuprägen. Sie beide hatten so viele Male nebeneinander geschlafen, aber ihm war nie bewusst gewesen, wie anders es sich anfühlte, wenn man den Körper einer anderen Person umfassen, den eigenen Atem ihrer Atmung anpassen konnte.

Jetzt kroch er, noch immer bekleidet, zu ihr ins Bett und zog die Decke hoch. Emma lag auf der Seite, den Kopf auf den Ellbogen gestützt, und musterte ihn ernst, eindringlich. »Die Art und Weise, wie du heute Abend alles koordiniert hast … Damit hast du mir etwas Angst eingejagt, Julian.«

Behutsam berührte er ihre Haare, ließ seine Hand dann aber schnell wieder sinken. Ein Schmerz breitete sich in seinen Adern aus, ein tiefes Sehnen, das aus dem Innersten jeder Faser seines Körpers zu kommen schien.

»Du brauchst dich nicht vor mir zu fürchten«, sagte er. »Niemals. Du gehörst zu den Menschen, denen ich niemals wehtun würde.«

Emma hob den Arm und legte ihre Hand auf sein Herz. Der Stoff seines T-Shirts trennte ihre Handfläche von seiner Brust, aber er fühlte die Berührung, als läge ihre Hand auf seiner nackten Haut. »Erzähl mir, was bei unserer Rückkehr passiert ist mit Arthur und Anselm«, bat sie. »Das habe ich nämlich nicht richtig verstanden.«

Also erklärte er ihr, was er getan hatte: Seit Monaten hatte er den Bodensatz in den Phiolen, die Malcolm ihm für Arthur gegeben hatte, gesammelt und in eine Weinflasche gekippt – nur für alle Fälle. Dann hatte er den Wein mit der extrastarken Dosis im Sanktuarium deponiert, nicht wissend, wann er ihn vielleicht mal brauchen würde. Und als sie am Abend den Knotenpunkt verlassen hatten, war ihm bewusst geworden, dass Arthur bei ihrer Rückkehr einen klaren Kopf brauchen würde, um mit der bevorstehenden Ankunft des Rats umgehen zu können. Also hatte er Arthur angerufen und ihm gesagt, er solle Anselm ein Glas von dem Wein anbieten und selbst ebenfalls ein Glas trinken – er wusste, dass das Arzneimittel nur bei seinem Onkel seine Wirkung entfalten würde. Natürlich war ihm klar, dass er damit etwas Schreckliches getan hatte: Er hatte seinem Onkel ohne dessen Wissen ein Mittel verabreicht …

Die Pizzaschachteln hatte er ein paar Tage zuvor in der Eingangshalle versteckt, ebenfalls nur für alle Fälle. Und ihm war bewusst, dass er Anselm übel mitgespielt hatte – schließlich hatte der die Strafe, die er vermutlich erhalten würde, nicht verdient. Aber manchmal schien er einfach nicht zu wissen, wer er selbst war und zu welchen Dingen er fähig war: Er wusste nur, dass er sie tun konnte, wenn es sich nicht vermeiden ließ.

Als er seinen Bericht beendet hatte, beugte Emma sich zu ihm und berührte sanft seine Wange. Sie duftete schwach nach Rosenseife. »Ich weiß, wer du bist«, sagte sie. »Du bist mein *Parabatai*. Du bist der Junge, der das tut, was getan werden muss, weil niemand anderes sich sonst darum kümmert.«

Parabatai. Nie zuvor hatte Julian mit Bitterkeit an diesen Begriff gedacht, trotz seiner Gefühle und seines Wissens. Doch jetzt dachte er an endlose Jahre, in denen es keinen einzigen Moment geben würde, in dem sie sich sicher fühlen konnten, keine Gelegenheit, sich ohne Furcht vor Entdeckung zu berühren, zu küssen oder in den Armen zu halten. Und plötzlich wurde er von einem Gefühl erfasst, einem unkontrollierbaren Gedanken.

»Was wäre, wenn wir weggehen würden?«, fragte er.

»Weggehen?«, wiederholte Emma verwirrt. »Und wohin?«

»Irgendwohin, wo die Ratsmitglieder uns nicht finden werden. Ich könnte das organisieren. Ich könnte einen solchen Ort ausfindig machen.«

Er sah das Mitgefühl in ihren Augen. »Sie würden sehr schnell dahinterkommen, warum wir weggelaufen sind. Wir wären nicht in der Lage, jemals zurückzukehren.«

»Man hat uns verziehen, dass wir gegen den Kalten Frieden verstoßen haben«, sagte er, wohl wissend, wie verzweifelt er dabei klang. Er wusste, dass die Worte nur so aus ihm hervorsprudelten. Aber es handelte sich um genau die Worte, die er seit Jahren hatte aussprechen wollen, sich aber nie getraut hatte: Worte, die zu einem Teil von ihm gehörten, der so lange eingesperrt gewesen war, dass Julian sich fragte, ob dieser Teil überhaupt noch lebte. »Der Rat braucht Schattenjäger. Es gibt nicht annähernd genug von uns. Vielleicht würde man uns das hier ja ebenfalls verzeihen.«

»Julian – du könntest nicht mehr in den Spiegel sehen, wenn du die Kinder verlassen würdest. Und Mark und Helen. Ich meine, du hast Mark gerade erst zurückbekommen. Das ist vollkommen undenkbar.«

Er drängte die Gedanken an seine Geschwister zurück, als wäre er Poseidon, der die Flut zurückhielt. »Sagst du das jetzt, weil du nicht mit mir weggehen willst? Denn wenn du das nicht möchtest …«

Aus dem weit entfernten Flur ertönte ein dünner, hoher Schrei: Tavvy.

Im Nu war Julian aus dem Bett. Er spürte den kalten Boden unter seinen nackten Füßen. »Ich seh besser mal nach.«

Emma drückte sich auf ihre Ellbogen. Ihre großen dunklen Augen beherrschten ihr ernstes Gesicht. »Ich komme mit.«

Gemeinsam liefen sie durch den Flur zu Tavvys Zimmer. Die Tür stand auf, und ein gedimmter Elbenstein spendete etwas Licht. Tavvy war halb aus seinem Zelt herausgerutscht und wälzte sich unruhig im Schlaf.

Sofort kniete Emma sich neben ihn und strich ihm über die wirren braunen Haare. »Mein Baby«, murmelte sie. »Mein armes kleines Baby. Beim Erzengel, was für eine schlimme Nacht für dich!«

Sie legte sich auf den Boden, mit dem Gesicht zu Tavvy, während Julian sich auf der anderen Seite seines kleinen Bruders niederließ. Tavvy stieß einen dünnen Schrei aus und drückte sich an Julian. Dann beruhigte sich sein Atem, und er entspannte sich und schlief weiter.

Julian blickte über den gelockten Schopf seines Bruders hinweg zu Emma. »Erinnerst du dich noch?«, fragte er.

Er konnte in ihren Augen sehen, dass sie sich erinnerte. An die vielen Jahre, in denen sie sich gemeinsam um die anderen gekümmert hatten; an die vielen Nächte, die sie an der Seite von Tavvy, Dru, Ty und Livvy durchwacht hatten. »Ja, ich erinnere mich«, sagte Emma. »Und genau deshalb habe ich gesagt, dass du sie nie verlassen könntest. Du könntest es einfach nicht ertragen.« Sie stützte ihren Kopf auf eine Hand; die Narbe auf ihrem Unterarm schimmerte im dämmrigen Licht wie ein weißer Strich. »Ich möchte nicht, dass du etwas tust, was du dein Leben lang bereuen wirst.«

»Ich habe bereits etwas getan, das ich mein Leben lang bereuen werde«, erwiderte Julian und dachte an die Flammenkreise in der Stadt der Stille, an die Rune auf seinem Schlüsselbein. »Und jetzt versuche ich, es wieder in Ordnung zu bringen.«

Emma ließ den Kopf neben Tavvy sinken; ihre hellen Haare dienten ihr als Kissen. »Wie du vorhin über meinen Kleiderschrank gesagt hast … Lass uns morgen darüber reden«, murmelte sie. »Okay?«

Julian nickte und sah zu, wie sich ihre Lider senkten und ihr Atem ruhiger wurde, als sie einschlief. Er wartete nun schon so lange – da konnte er auch noch einen weiteren Tag warten.

Im Morgengrauen wurde Emma von einem Albtraum geweckt und schrie die Namen ihrer Eltern … und Malcolms Namen. Behutsam hob Julian sie auf die Arme und trug sie durch den Flur in ihr eigenes Zimmer.

27

Kann scheiden in Leiden mein Sein von dem Sein

Der Tag, an dem Kit seinen Vater zum letzten Mal zu sehen bekam, hatte ganz normal angefangen. Sie waren im Wohnzimmer: Kit lag auf dem Boden und las ein Buch zum Thema Trickbetrug und Hochstapelei. Sein Vater war der Meinung, es sei höchste Zeit, dass er die »Klassiker« kennenlernte – was für die meisten Menschen Hemingway und Shakespeare bedeutet hätte. Doch für Kit bedeutete es, sich solche Dinge wie *Der spanische Gefangene* und *Der Melonen-Trick* einzuprägen.

Johnny saß in seinem Lieblingssessel, in seiner üblichen Denkerpose: mit übereinandergeschlagenen Beinen und die Finger unter dem Kinn verschränkt. In Momenten wie diesem, wenn das Sonnenlicht durch das Fenster fiel und die eleganten, scharfkantigen Gesichtszüge seines Vaters beleuchtete, dachte Kit oft über all die Dinge nach, die er nicht wusste: Wer seine Mutter gewesen war. Ob das auf dem Schattenmarkt getuschelte Gerücht stimmte, dass Johnnys Familie dem britischen Adel angehörte und dass seine Verwandten ihn vor die Tür gesetzt hatten, als sich die Gabe des Zweiten Gesichts bei ihm bemerkbar gemacht hatte. Dabei sehnte Kit sich weniger danach, dem Adel anzugehören – ihn interessierte vielmehr die Frage, wie es sich wohl anfühlte, in einer Familie aufzuwachsen, die aus mehr als nur zwei Mitgliedern bestand.

Plötzlich wölbte sich der Fußboden unter ihm. Kits Buch flog durch die Luft, und er rutschte mehrere Meter über die Dielen, bevor er gegen einen Beistelltisch krachte. Hastig setzte er sich auf; sein Puls raste. Johnny stand bereits am Fenster.

Kit rappelte sich auf. »Ein Erdbeben?«, fragte er. Wenn man in Südkalifornien lebte, gewöhnte man sich an die kleinen Verschiebungen entlang der Verwerfungslinien im Gestein und daran, nachts vom klirrenden Geschirr in den Küchenschränken aus dem Schlaf gerissen zu werden.

Sein Vater wandte sich vom Fenster ab; sein Gesicht war aschfahl. »Dem Wächter muss irgendetwas zugestoßen sein«, sagte Johnny. »Die Schutzzauber um das Haus herum haben sich aufgelöst.«

»Was?«, fragte Kit verwirrt. Solange er sich erinnern konnte, war ihr Haus mit Schutzzaubern versehen gewesen. Sein Vater hatte von ihnen immer auf eine Weise gesprochen, als handelte es sich dabei um das Dach oder das Fundament: absolut erforderlich, unerlässlich, mit den Mauern ihres Hauses verwoben.

Doch dann erinnerte Kit sich wieder, dass sein Vater im Jahr zuvor Dämonenschutzzauber erwähnt hatte, die deutlich mächtiger seien …

Johnny stieß eine Reihe von Flüchen aus, lief hektisch zum Bücherregal und zerrte ein abgewetztes Zauberbuch hervor. »Geh in den Keller, Kit!«, befahl er und kickte den Teppich in der Mitte des Raums beiseite, unter dem ein Schutzkreis zum Vorschein kam.

»Aber …«

»Ich hab gesagt, du sollst in den Keller gehen!« Johnny trat einen Schritt auf seinen Sohn zu, als wollte er den Arm nach ihm ausstrecken, vielleicht um seine Schulter zu berühren. Doch dann ließ er die Hand sinken. »Bleib im Keller und komm nicht wieder hoch, egal was passiert«, schnauzte er und wandte sich wieder dem Schutzkreis zu.

Langsam zog Kit sich zur Treppe zurück, stieg taumelnd eine Stufe hinunter und dann noch eine, bevor er innehielt.

Johnnys Handy lag im untersten Fach des Bücherregals – von der Treppe aus gut erreichbar. Kit schnappte sich das Gerät und suchte nach dem Namen, ihrem Namen. *Falls du deine Meinung ändern solltest, hast du meine Nummer in deinem Handy. Unter* Carstairs.

Kit blieb kaum Zeit, eine SMS zu schicken, als der Boden im Wohnzimmer explodierte. *Dinge* krochen aus dem Bereich darunter hervor. Sie sahen wie gigantische Gottesanbeterinnen aus, mit giftgrünen Körpern. Die breiten Mäuler in ihren kleinen, dreieckigen Köpfen waren mit spitzen Zähnen besetzt, und von ihren länglichen, schleimig glitzernden Rümpfen gingen gewaltige messerscharfe Fangbeine ab.

Johnny stand völlig erstarrt in der Mitte des Schutzkreises. Einer der Dämonen stürmte auf ihn zu, prallte aber von dem Bannzauber um ihn herum ab. Ein zweiter Dämon versuchte, Johnny zu erreichen, doch ebenfalls vergebens. Die Dämonen stießen ein lautes Zirpen und Zischen aus.

Kit konnte sich nicht von der Stelle rühren. Natürlich wusste er von der Existenz von Dämonen. Er hatte Abbildungen gesehen und sogar den Geruch von Dämonenmagie wahrgenommen. Aber das hier war etwas ganz anderes. Sein Blick kreuzte sich mit dem seines Vaters: Johnny funkelte ihn mit einer Mischung aus Panik und Zorn an. *Geh in den Keller.*

Mit aller Kraft versuchte Kit, seine Beine zu bewegen. Doch sie wollten ihn nicht tragen. Die Panik hatte ihn erstarren lassen.

Plötzlich schien der größte Dämon seine Witterung aufzunehmen und zirpte aufgeregt. Und dann krabbelte er auf Kit zu.

Kit schaute zu seinem Vater. Aber Johnny rührte sich nicht. Er verharrte in seinem Schutzkreis; seine Augen schienen aus ihren Höhlen zu treten. Der Dämon machte einen Satz in Kits Richtung, die messerscharfen Fangbeine nach ihm ausgestreckt.

Und Kit sprang. Er hatte keine Ahnung, wie er das gemacht hatte oder woher sein Körper wusste, was zu tun war. Er drückte sich von den Stufen ab, schwang sich über das Geländer und landete in der Hocke auf den Wohnzimmerdielen. Der Dämon, der ihn hatte packen wollen, stieß einen schrillen Schrei aus, als er das Gleichgewicht verlor, stürzte dann kopfüber die Treppe hinunter und prallte mit Wucht gegen eine Mauer.

Kit wirbelte herum. Einen Moment lang fing er den Blick seines Vaters auf. In Johnnys Gesicht stand ein fast betrübter Ausdruck – ein Ausdruck, den Kit an seinem Vater noch nie zuvor gesehen hatte. Und dann brach ein weiterer Bereich des Fußbodens ein und riss einen Teil des Schutzkreises mit sich.

Hastig warf Kit sich nach hinten. Er machte einen Rückwartssalto und landete mit beiden Beinen auf den Sessellehnen – gerade noch rechtzeitig, um mitzuerleben, wie zwei der Dämonen seinen Vater packten und in der Luft zerrissen.

Emma befand sich inmitten eines sehr verwirrenden Traums über Magnus Bane und eine Gruppe von Clowns, als eine Hand an ihrer Schulter sie wach rüttelte. Schlaftrunken murmelte sie irgendetwas und kroch tiefer unter die Bettdecke, aber die Hand ließ sich nicht abschütteln. Sie streichelte über ihren Arm, was im Grunde sehr angenehm war. Ein warmer Mund streifte ihre Lippen.

»Emma?«, fragte Julian.

Vage Erinnerungen waberten durch den Erschöpfungsnebel in ihrem Hirn: Julian hatte sie durch den Flur in ihr Zimmer getragen und war dann neben ihr ins Bett gefallen. *Hm,* dachte Emma. Eigentlich gab es doch gar keinen Grund aufzustehen, nicht, wo Julian gerade so zärtlich war. Emma täuschte vor, tief zu schlafen, während er ihre Wange küsste, anschließend die Konturen ihres Kiefers und dann …

Ruckartig setzte sie sich auf. »Du hast mir die Zunge ins Ohr gesteckt!«, rief sie empört.

»Stimmt.« Julian grinste. »Aber das hat dich geweckt, oder etwa nicht?«

»Igitt!« Emma warf ihr I LOVE CALI-Kissen nach ihm, dem er jedoch geschickt auswich. Er trug ein graues T-Shirt über der Jeans, das seine Augen azurblau leuchten ließ. Offensichtlich war auch er gerade erst aufgewacht und wirkte so hinreißend zerzaust und süß, dass Emma die Hände hinter dem Rücken verschränken musste, um sich nicht auf ihn zu stürzen.

»Warum versteckst du deine Hände hinter dem Rücken?«, fragte er.

»Ach, nur so.« Sie rümpfte die Nase. »Diese Zunge-im-Ohr-Sache war schräg. Mach das nicht noch mal.«

»Wie wär's denn hiermit?«, schlug er vor, beugte sich zu ihr hinab und küsste ihre Kehlgrube.

Ein Prickeln breitete sich an jeder Stelle aus, die seine Lippen berührten: Schlüsselbein … Hals … Mundwinkel.

Emma löste die Hände und streckte sie nach ihm aus. Seine Haut fühlte sich heiß an, wie von der Sonne gewärmt.

Ihre Gesichter waren einander jetzt so nahe, dass Emma die kleinen sternenexplosionsartigen Farbpünktchen in Julians Augen sehen konnte: ein heller Goldton und ein noch helleres Blau. Sein Lächeln war verschwunden – dafür war seine Miene viel zu konzentriert. Ein Verlangen stand in seinen Augen, das in Emma den Wunsch weckte, ihm jeden Moment nachgeben zu wollen.

Ihre Beine verhedderten sich in der Bettdecke, als sie zusammenkamen, ihre Lippen einander suchten. Julian war noch immer kein erfahrener Küsser, aber Emma gefiel das. Sie ließ sich gern daran erinnern, dass er mit keiner anderen außer ihr zusammen gewesen war. Dass sie seine erste Liebe war. Und es gefiel ihr, dass etwas so Simples wie ein Kuss für ihn noch immer etwas Wundervolles war. Sie fuhr mit der Zungenspitze über seine Mundwinkel, über die Stelle, wo seine Lippen zusammentrafen … bis Julian sich auf das Bett sinken ließ und Emma auf sich zog. Sein ganzer Körper bebte, wölbte sich ihr entgegen, und seine Hände glitten zu ihren Hüften, um sie an sich zu pressen.

»Emma?« Jemand klopfte an die Tür. Ruckartig fuhren sie auseinander: Julian rollte sich mit einer fließenden Bewegung vom Bett, und Emma saß kerzengerade da; ihr Puls raste. »Emma, ich bin's, Dru. Hast du Jules gesehen?«

»Nein«, krächzte Emma. »Hab ich nicht.«

Die Tür wurde geöffnet.

»Nein, nicht!«, rief Emma. »Ich … ich bin gerade dabei, mich anzuziehen.«

»Von mir aus«, sagte Dru abschätzig, drückte die Tür aber nicht weiter auf. Emma zwang sich, nicht in Julians Richtung zu schauen. *Es ist alles in Ordnung*, redete sie sich gut zu. *Beruhig dich.* »Wenn du ihn siehst, kannst du ihm bitte sagen, dass Tavvy und alle anderen darauf warten, dass er Mittagessen macht? Livvy und Ty veranstalten gerade eine Riesensauerei in der Küche.«

Aus ihrer Stimme sprach der genüssliche Ton eines Geschwisterkindes, das eines seiner anderen Geschwister verpetzte.

»Klar, mach ich«, sagte Emma. »Hast du schon in seinem Atelier nachgesehen? Vielleicht ist er ja dort.«

Ein Rascheln drang durch den Türspalt. »Nein, hab ich noch nicht. Gute Idee! Bis später.«

»Tschüss«, sagte Emma matt. Drus Schritte entfernten sich bereits durch den Flur.

Endlich gestattete Emma sich, Julian anzusehen. Er lehnte an der Wand, seine Brust hob und senkte sich schnell, seine Lider waren halb gesenkt, und er hatte sich auf die Unterlippe gebissen.

Erleichtert atmete er auf. »Beim Erzengel«, wisperte er. »Das war knapp.«

Emma sprang aus dem Bett, ihr Nachthemd schwang um ihre Knie. Sie zitterte am ganzen Körper. »Wir können so nicht weitermachen …«, setzte sie an. »Wir dürfen das nicht mehr … man wird uns erwischen.«

Julian hatte bereits den Raum durchquert und nahm sie in die Arme. Emma spürte, wie sein Herz in seinem Brustkorb hämmerte, aber seine Stimme klang ruhig. »Es ist ein dummes Gesetz«, sagte er. »Ein schlechtes Gesetz, Em.«

Es gibt einen Grund, warum man sich nicht in seinen Parabatai *verlieben darf, Emma. Und wenn du ihn herausfindest, wirst du die Grausamkeit der Nephilim zu spüren bekommen, genau wie ich sie zu spüren bekommen habe.*

Malcolms Stimme drängte sich unerwünscht, aber unvermeidlich in Emmas Verstand. Sie hatte sich solche Mühe gegeben, sie zu vergessen … Malcolms Worte zu vergessen. Er hatte gelogen – schließlich hatte er auch bei allem anderen gelogen. Dann musste das hier auch eine Lüge sein.

Und dennoch … Emma verdrängte den Gedanken, aber sie wusste, dass sie Julian davon erzählen musste. Er hatte ein Recht darauf, es zu erfahren.

»Wir müssen reden«, sagte sie.

Sie spürte, wie sein Herz einen Satz machte. »Bitte sag das nicht. Ich weiß, dass das nichts Gutes bedeutet.« Er zog sie noch fester an sich. »Hab keine Angst, Emma«, flüsterte er. »Gib uns nicht auf, nur weil du Angst hast.«

»Ich habe Angst. Aber nicht um mich, sondern um dich. All die Dinge, die du getan hast, all das Verstecken und Vortäuschen, um die Kinder zusammenzuhalten … an dieser Situation hat sich nichts geändert, Julian. Wenn ich einem von euch wehtun würde …«

Er küsste sie, erstickte die Flut ihrer Worte. Trotz allem spürte Emma seinen Kuss in jeder Faser ihres Körpers. »Ich habe lange Zeit jeden Gesetzestext gewälzt«, sagte er und löste sich von ihr. »Die Paragrafen zum Thema *Parabatai*. Habe sie eine Million Mal gelesen. Es gibt keinen einzigen Fall, bei dem sich zwei *Parabatai* verliebt haben, erwischt wurden und ohne Strafe davongekommen sind. Die Bücher berichten alle nur von Horrorszenarien. Außerdem könnte ich meine Familie verlieren. Und du hast recht – das würde mich umbringen.« Seine Augen schimmerten tiefblau. »Doch die Schreckensgeschichten berichten von denjenigen, die erwischt wurden«, fuhr er fort. »Aber wenn wir vorsichtig sind, wird man uns nicht schnappen.«

Emma fragte sich, ob Julian sich in der Nacht zuvor über einen Punkt hinausbewegt hatte, einen Punkt, an dem ihm die Verantwortung, die auf ihm lastete, plötzlich unüberwindlich erschienen war. Es war total untypisch für ihn, gegen das Gesetz verstoßen zu wollen. Und obwohl Emma sich das Gleiche wünschte wie er, bereitete ihr der Gedanke ein mulmiges Gefühl.

»Wir würden eine Reihe von Regeln aufstellen müssen«, überlegte er laut. »Strenge Regeln. Wann wir uns sehen dürften. Wir müssten sehr vorsichtig sein. Viel vorsichtiger als bisher. Keine Treffen am Strand mehr, keine im Atelier. Wir müssten uns jedes Mal absolut sicher sein, dass wir an einem Ort sind, wo uns niemand überraschen kann.«

Emma nickte. »Genau genommen dürften wir noch nicht mal darüber reden«, sagte sie. »Nicht im Institut. Nirgends, wo uns jemand hören könnte.«

Julian nickte. Seine Pupillen waren leicht erweitert, und seine Augen schimmerten in der Farbe eines über dem Meer heranziehenden Sturms.

»Du hast recht«, bestätigte er. »Wir können hier nicht darüber reden. Ich mach den Kindern schnell was zu essen, damit sie nicht länger nach mir suchen. Dann treffen wir uns unten am Strand, okay? Du weißt schon, wo.«

Wo ich dich aus dem Wasser gezogen habe. Wo das alles angefangen hat.

»Okay«, sagte Emma nach kurzem Zögern. »Du gehst vor, ich komme dann etwas später nach. Aber ich muss dir auch am Strand unbedingt etwas sagen.«

»Solange es nicht darum geht, dass du mich nicht willst …«

Emma stellte sich auf die Zehenspitzen und küsste ihn. Ein langer, langsamer, berauschender Kuss, der ihm ein leises Stöhnen tief in der Kehle entlockte.

Als sie sich schließlich von ihm löste, starrte Julian sie an. »Wie kommen die Leute mit diesen Gefühlen zurecht?« Er klang aufrichtig verwirrt. »Wie schaffen sie es nur, dass sie nicht ständig übereinander herfallen, wenn sie … sich *wirklich* lieben?«

Emma verspürte den plötzlichen Drang, in Tränen auszubrechen, schluckte sie aber hinunter. *Sich wirklich lieben.* Das hatte er bisher nicht ein einziges Mal gesagt.

Ich liebe dich, Julian Blackthorn, dachte sie und schaute ihn an, wie er in ihrem Zimmer vor ihr stand, genau wie hunderttausende Male zuvor – und trotzdem fühlte es sich jetzt völlig anders an. Wie konnte etwas, das so sicher und vertraut war, gleichzeitig so Furcht einflößend und allumfassend und neu sein?

Am Türrahmen hinter ihm sah sie die verblassten Bleistiftspuren, die die Stellen markierten, an denen sie jedes Jahr ihre Körpergröße verglichen hatten. Als Julian sie zum ersten Mal überragt hatte, hatten sie den Vergleich eingestellt, und die höchste Markierung lag nun deutlich unter Julians Scheitel.

»Wir treffen uns gleich am Strand«, wisperte sie.

Julian zögerte einen Moment, nickte dann und marschierte aus ihrem Zimmer. Während Emma ihm nachsah, spürte sie ein seltsames, ungutes Gefühl in ihrer Brust: Wie würde er auf das reagieren, was Malcolm ihr gesagt hatte? Selbst wenn er die Worte des Hexenmeisters als Lüge abtat, wie konnte man ein gemeinsames Leben voller Heimlichkeiten und Heucheleien planen, als wäre es etwas Schönes? Bisher hatte Emma den Sinn von Verlobungsfeiern und dergleichen nie richtig verstanden (obwohl sie sich für Isabelle und Simon freute), doch jetzt erkannte sie es: Wenn man sich wirklich liebte, dann wollte man *allen davon erzählen* – und genau das war ihnen verwehrt.

Zumindest konnte sie Julian versichern, dass sie ihn liebte. Dass sie ihn immer lieben würde. Dass niemand jemals seinen Platz einnehmen konnte.

Ein lautes Brummen riss Emma aus ihren Gedanken. Ihr Handy. Sie lief zum Schreibtisch, nahm es hoch und warf einen Blick auf das Display.

Sie hatte eine SMS erhalten, die ihr in roten Druckbuchstaben entgegenleuchtete.

NOTFALL
BITTE KOMM SOFORT
BITTE
KIT ROOK

»Cristina?«

Cristina setzte sich langsam auf. Ihr Rücken und ihre Beine schmerzten; sie war in dem Sessel neben ihrem Bett eingeschlafen. Vermutlich hätte sie sich mit einer Decke auf den Boden legen können, aber dann wäre es schwieriger geworden, Diego im Auge zu behalten.

Die Verletzung an seiner Schulter war schlimmer gewesen als erwartet: eine tiefe Schnittwunde, gesäumt von den roten Verätzungsblasen, die durch Schwarze Magie entstanden und den Einsatz von Heilrunen fast nutzlos machten. Vorsichtig hatte Cristina seine blutige Monturjacke aufgeschnitten und auch das darunterliegende T-Shirt; beide waren von Schweiß und Blut durchtränkt.

Dann hatte sie Handtücher geholt, das Bett damit ausgelegt und ein Tuch angefeuchtet, um ihm damit das Blut von Gesicht und Hals zu tupfen. Und sie hatte ihm eine Linderungsrune nach der nächsten und Heilrune nach Heilrune aufgetragen. Trotzdem hatte Diego sich fast die ganze Nacht unruhig gewälzt, den Kopf mit den lockigen sturmschwarzen Haaren auf dem Kissen hin und her geworfen.

Seit ihrer Abreise aus Mexiko war dies das erste Mal, dass Cristina sich so deutlich und schmerzlich daran erinnerte, wie viel sie einander früher bedeutet hatten. Wie sehr sie ihn geliebt hatte. Es hatte ihr fast das Herz zerrissen, als er im Schlaf nach seinem Bruder gerufen, ihn angefleht hatte. *Jaime, Jaime, ayúdame. Hilf mir.* Und dann hatte er nach ihr geschrien – was noch viel schlimmer gewesen war. *Cristina, no me dejes. Regresa.*

Cristina, verlass mich nicht. Komm zurück.

Ich bin hier, hatte sie ihm versichert. *Estoy aquí.* Doch er war nicht aufgewacht, und seine Finger hatten sich in das Laken gekrallt, während er sich ruhelos hin und her gewälzt hatte.

Cristina konnte sich nicht mehr erinnern, wann sie selbst eingeschlafen war. Irgendwann hatte sie Stimmen aus dem Erdgeschoss gehört und dann Schritte im Flur. Emma hatte den Kopf durch die Tür gesteckt, um nach ihr und Diego zu sehen. Cristina hatte sich vom Bett erhoben, auf dem sie eingenickt war, ihre Freundin kurz umarmt und ihr versichert, dass alles in Ordnung sei, woraufhin Emma ebenfalls ins Bett gegangen war.

Doch jetzt strömte helles Tageslicht durch das Fenster, und Diego schaute sie mit klaren, fieberfreien Augen an.

»*¿Estas bien?*«, flüsterte sie mit trockener Kehle.

Diego setzte sich auf, und das Laken fiel von seinen Schultern. Eine ziemlich unerwartete Erinnerung daran, dass er kein T-Shirt mehr trug, dachte Cristina. Sie konzentrierte sich auf die Tatsache, dass an der Stelle auf seiner Brust, an der Malcolms Magie ihn getroffen hatte, ein dunkler Fleck prangte. Direkt über dem Herzen, wie eine Eherune, in einem intensiveren Violett als ein herkömmlicher Bluterguss. Der Fleck besaß fast die Farbe von Malcolms Augen.

»Ja, mir geht's gut«, antwortete er mit einem leicht überraschten Unterton in der Stimme. »Ich fühle mich viel besser. Hast du …« Er senkte den Blick. Und in diesem Moment erinnerte er Cristina wieder an den kleinen Jungen von damals, der sich immer in Jaimes katastrophengespicktem Kielwasser bewegt und jeden Ärger und jede Schelte stumm ertragen hatte. »Ich habe geträumt, du wärst bei mir geblieben«, sagte er jetzt.

»Das habe ich auch getan«, bestätigte Cristina und widerstand dem Drang, sich vorzubeugen und ihm die Haare aus dem Gesicht zu streichen.

»Und ist sonst alles in Ordnung?«, fragte Diego. »Ich kann mich an kaum etwas nach unserer Rückkehr erinnern.«

Cristina nickte. »Es ist alles erstaunlich gut verlaufen.«

»Ist das hier dein Zimmer?«, fragte Diego und schaute sich um. Sein Gesicht erhellte sich, als sein Blick auf etwas hinter ihrem linken Ohr fiel, und er lächelte. »An das da erinnere ich mich gut.«

Cristina drehte sich um. Neben einem Regal in der Nähe des Betts stand ein *árbol de vida*, ein Lebensbaum – ein zierliches Keramikgestell, an dem Blüten, Monde, Sonnen, Löwen, Meerjungfrauen und Pfeile aus Keramik hingen. Der Erzengel Gabriel ruhte am Fuß des Baums, den Rücken gegen den Stamm gelehnt und sein Schild über den Knien. Dieses Objekt zählte zu den wenigen Dingen, die Cristina von zu Hause mitgebracht hatte.

»Du hast es für mich gemacht«, sagte sie. »Zu meinem dreizehnten Geburtstag.«

Diego beugte sich vor und stützte die Hände auf die Knie. »Fehlt dir dein Zuhause denn gar nicht, Cristina?«, fragte er. »Nicht wenigstens ein kleines bisschen?«

»Natürlich fehlt mir mein Zuhause«, erwiderte sie. Sein Rücken bildete eine glatte, durchgehende Linie. Sie erinnerte sich wieder daran, wie sie ihm früher beim Küssen die Fingernägel in die Schulterblätter gebohrt hatte. »Ich vermisse meine Familie. Ich vermisse sogar den Verkehr in Mexiko-Stadt – nicht dass es hier viel besser wäre. Ich vermisse das Essen. Du glaubst ja nicht, was hier als ›mexikanisches Essen‹ verkauft wird. Und auch unser gemeinsames *jicaletas*-Essen im Park fehlt mir.« In Gedanken sah sie wieder den Limettensaft und das Chilipulver an ihren Händen, ein wenig Säure und ein wenig Schärfe.

»Du fehlst mir«, sagte Diego. »Du fehlst mir jeden Tag.«

»Diego …« Cristina wechselte vom Sessel auf das Bett und nahm seine rechte Hand. Sie war groß und warm, und Cristina spürte den Druck seines Familienrings in ihrer Handfläche. Sie trugen beide den Familienring der Rosales – allerdings besaß ihrer auf der Innenseite das Symbol der Familie Mendoza und Diegos das Symbol der Rocios. »Du hast mir das Leben gerettet«, sagte sie. »Es tut mir leid, dass ich so nachtragend gewesen bin. Ich hätte es besser wissen müssen. Hätte dich besser kennen müssen.«

»Cristina …« Seine freie Hand schob sich in ihre Haare, seine Fingerspitzen streiften leicht über ihre Wange. Dann beugte er sich langsam vor, ließ ihr genügend Zeit, sich zurückzuziehen. Doch Cristina wich nicht zurück. Als sein Mund ihre Lippen fand, hob sie leicht den Kopf und erwiderte seinen Kuss. Und ein seltsames Gefühl wärmte ihr Herz – das Gefühl, dass sie sich auf ihre Zukunft und gleichzeitig auf ihre Vergangenheit zubewegte.

Irgendwo hier muss es doch sein, dachte Mark. *Irgendwo im Institutsgebäude.* Julian hatte ihm erzählt, dass er Marks Sachen in

Kartons gepackt und diese in einem der Vorratsräume abgestellt hatte. Es wurde höchste Zeit, dass er seine alten Sachen hervorholte und sein Zimmer wieder einrichtete. Was aber bedeutete, dass er zuerst diesen Lagerraum finden musste.

Normalerweise hätte er Julian ja danach gefragt, aber er hatte ihn nirgends aufstöbern können. Vielleicht verbarg er sich in einem der vielen Räume und erledigte irgendwelche Institutsangelegenheiten. Irgendwie kam es Mark seltsam vor, dass jetzt alle wieder zur Tagesordnung übergehen würden und Julian das Institut weiter führte, ohne dass der Rat auch nur davon ahnte.

Es musste doch irgendeine Möglichkeit geben, seinem Bruder die Last etwas zu erleichtern. Jetzt, da Emma und er davon wussten, würden sie Jules bestimmt helfen können. Vielleicht war jetzt ja auch der richtige Zeitpunkt, um die jüngeren Geschwister ebenfalls zu informieren. Mark schwor sich, seinem Bruder in dieser schwierigen Situation beizustehen. Es war leichter, mit der Wahrheit zu leben als mit einer Lüge, hatte Kieran immer gesagt.

Beim Gedanken an Kieran zuckte Mark kurz zusammen; dann riss er eine der Türen auf. Dahinter befand sich ein Musikzimmer, das offensichtlich nicht häufig genutzt wurde: Auf dem Klavier und den Streichinstrumenten an den Wänden lag Staub. Nur der Geigenkasten glänzte frisch poliert. Emmas Vater hatte Geige gespielt, erinnerte Mark sich plötzlich. Aber die Begeisterung der Feenhöfe für diejenigen, die ein Instrument beherrschten, hatte dafür gesorgt, dass er selbst kein Interesse an Musik entwickelt hatte.

»Mark?«

Erschrocken zuckte er zusammen und drehte sich dann um. Ty stand vor ihm, barfuß in einem schwarzen Sweatshirt und schwarzer Jeans. Die dunklen Farben ließen ihn noch dünner wirken.

»Hallo, Tiberius.« Mark mochte die längere Namensversion seines jüngeren Bruders. Sie schien zu ihm und seinem ernsten Auftreten besser zu passen. »Suchst du etwas?«

»Ja, dich«, erwiderte Ty auf seine unverblümte Art. »Ich habe schon gestern Nacht nach dir gesucht, konnte dich aber nicht finden. Und dann bin ich eingeschlafen.«

»Ich habe mich von Kieran verabschiedet«, sagte Mark.

»Verabschiedet?« Ty zog die Schultern hoch. »Bedeutet das, dass du definitiv hierbleiben wirst?«

Mark konnte ein Lächeln nicht unterdrücken. »Ja, ich werde hierbleiben.«

Ty stieß einen langen Seufzer aus, eine Mischung aus Erleichterung und Nervosität. »Gut«, sagte er. »Das ist gut.«

»Ja, das denke ich auch.«

»Und ob das gut ist«, beharrte Ty, als wäre Mark ein wenig begriffsstutzig, »denn dann kannst du jetzt Julian ablösen.«

»Ablösen?« Mark starrte ihn verwirrt an.

»Genau genommen ist Julian nicht der älteste von uns allen«, erklärte Ty. »Und obwohl der Rat dich aufgrund deines Feenbluts niemals offiziell zu unserem Vormund machen würde, könntest du doch das tun, was Julian bisher gemacht hat: auf uns aufpassen, uns sagen, was wir zu tun haben. Das bräuchte nicht länger er zu übernehmen. Du könntest das ab jetzt machen.«

Mark musste sich am Türrahmen abstützen. Ty schaute ihn mit vollkommen offener Miene an, und in seinen grauen Augen stand Hoffnung. In diesem Moment wurde Mark von einem Gefühl der Panik erfasst, das ihm fast Übelkeit bereitete. »Hast du mit Julian darüber gesprochen?«, fragte er drängend. »Hast du ihm gesagt, dass du mir diese Fragen stellen willst?«

Sein jüngerer Bruder, der den leicht aufgebrachten Ton in Marks Stimme nicht zu bemerken schien, runzelte die feinen Augenbrauen. »Ich glaube, ich habe es ihm gegenüber erwähnt.«

»Ty«, stieß Mark hervor. »Du kannst nicht einfach hingehen und versuchen, das Leben anderer Menschen nach deinen Wünschen umzugestalten. Wie bist du nur auf diese Idee gekommen?«

Tys Blick zuckte hin und her, nur nicht in Marks Richtung.

»Ich wollte dich nicht verärgern. Ich dachte, du hättest an dem Abend Spaß gehabt … in der Küche, als Julian dir die Verantwortung übertragen hat …«

»Ich hatte auch Spaß. Wir alle hatten eine Menge Spaß. Aber ich habe auch den Herd in Brand gesteckt und deinen kleinen Bruder von Kopf bis Fuß mit Zucker überzogen. Doch so kann es eben nicht die ganze Zeit ablaufen. Das ist nicht so, wie es …« Mark verstummte und lehnte sich mit dem Rücken an die Wand. Er zitterte am ganzen Körper. »Was um alles in der Welt hat dich zu der Annahme veranlasst, dass ich als Tavvys Vormund geeignet wäre? Oder Drus? Du und Livvy, ihr seid älter, aber das bedeutet nicht, dass ihr keine *Eltern* mehr bräuchtet. Und Julian hat bei euch allen diese Elternrolle übernommen.«

»Julian ist mein Bruder«, erwiderte Ty mit angespannter Stimme. »Und das gilt auch für dich. Du bist genau wie ich«, fügte er hinzu. »Wir sind uns total ähnlich.«

»Nein«, entgegnete Mark scharf. »Das sind wir nicht. Ich bin total verkorkst, Ty. Ich finde mich in dieser Welt kaum zurecht. Du dagegen bist problemlos dazu fähig. Das bin ich nicht. Du bist ein geschlossenes Ganzes – du wurdest von jemandem aufgezogen, der dich liebt, der dich mehr als sein eigenes Leben liebt. Und obwohl man dafür als Kind nicht unbedingt dankbar sein muss, denn schließlich gehört das nun mal zu den Aufgaben von Eltern, gilt das nicht für mich. Ich habe jahrelang ohne all das auskommen müssen. Beim Erzengel, ich habe ja schon Schwierigkeiten, auf mich selbst aufzupassen. Da schaffe ich es ganz bestimmt nicht, auch noch auf euch andere aufzupassen.«

Tys Lippen waren weiß geworden. Er trat einen Schritt zurück, stürmte dann hinaus in den Flur und lief davon.

Beim Erzengel, dachte Mark, *was für ein Desaster. Was für ein totales Desaster.* Er spürte, wie ihn Panik erfasste. Was hatte er Ty gegenüber gesagt? Hatte er ihm das Gefühl gegeben, dass er eine Last sei? Hatte er die Beziehung zu seinem jüngeren Bruder gründlich vermasselt und Ty auf eine Weise verletzt, die sich nicht mehr wiedergutmachen ließ?

Ich bin ein Feigling, dachte Mark. Er scheute sich vor der Verantwortung, die Julian so viele Jahre getragen hatte, und bekam Panik bei dem Gedanken, was seiner Familie in seinen leichtfertigen, unerfahrenen Händen alles zustoßen konnte.

Er musste unbedingt mit jemandem reden. Nicht mit Julian; das wäre nur noch eine weitere Bürde für ihn. Und Emma konnte vor Julian nichts verbergen. Livvy würde ihn umbringen, und die anderen waren zu jung …

Cristina. Cristina hatte ihm immer gute Ratschläge erteilt; ihr süßes Lächeln hatte sein Herz noch jedes Mal beruhigen können. Hastig machte er sich auf den Weg zu ihrem Zimmer.

Natürlich hätte er anklopfen sollen. Jeder normale Mensch hätte das getan. Doch Mark, der so viele Jahre in einer Welt ohne Türen gelebt hatte, legte die Hand auf Cristinas Tür und drückte sie auf, ohne weiter darüber nachzudenken.

Sonnenlicht strömte durch das Fenster. Cristina saß auf ihrem Bett, gegen mehrere Kissen gelehnt, und Diego kniete vor ihr und küsste sie. Er hielt ihren Kopf wie einen kostbaren Gegenstand in den Händen und zwischen seinen Fingern quollen Cristinas schwarze Haare hervor.

Keiner der beiden bemerkte Mark, der wie versteinert in der Tür stand und diese schließlich so leise er konnte wieder zuzog. Mit vor Scham hochroten Wangen lehnte er sich an die Flurwand.

Ich habe alles völlig falsch verstanden, dachte er, *alles vermasselt.* Seine Gefühle für Cristina waren verworren und seltsam, aber der Anblick von Cristina und Diego … wie sie ihn geküsst hatte, hatte ihn stärker verletzt, als er erwartet hätte. Ein Teil dieses Schmerzes beruhte auf Eifersucht. Aber ein anderer Teil hing mit der Erkenntnis zusammen, dass er so lange Zeit von normalen Menschen isoliert gewesen war, dass er sie nicht mehr verstand. Und vielleicht auch nie wieder verstehen würde.

Ich hätte bei der Wilden Jagd bleiben sollen. Langsam rutschte Mark an der Wand hinab, bis er auf dem Boden saß, und vergrub das Gesicht in den Händen.

Eine Wolke aus Staub, Holzsplittern und Putz stieg von der Stelle auf, wo der Wohnzimmerfußboden der Rooks eingestürzt war. Und dann mischte sich ein feiner Sprühnebel dazu: Blut. Kit kletterte von dem Sessel herunter, auf dem er balanciert hatte, und stand wie erstarrt da. Sein Gesicht war mit Blut bespritzt, und er konnte es im Raum wahrnehmen, den scharfen metallischen Geruch.

Das Blut meines Vaters.

Die Dämonen hatten sich um etwas in der Raummitte geschart und rissen und zerrten daran: die Überreste von Kits Vater. Das ekelerregende Geräusch von aufplatzender Haut und berstenden Knochen erfüllte das Wohnzimmer. Kit spürte, wie sein Magen zu rebellieren drohte – als der Dämon, der die Treppe hinuntergefallen war, kreischend die Stufen hinaufkrabbelte.

Der Blick seiner Augen – milchige Wölbungen in einem schwammigen Schädel – war auf Kit geheftet. Als der Dämon sich auf ihn stürzen wollte, schnappte sich Kit den Sessel neben ihm und hielt ihn wie einen Schild vor sich. In den Tiefen seines Verstands war ihm bewusst, dass es einem untrainierten Fünfzehnjährigen eigentlich gar nicht möglich sein sollte, ein derartig schweres Eichenmöbelstück wie ein Spielzeug zu schwingen.

Aber das kümmerte Kit nicht – er war vor Panik und Entsetzen fast außer sich. Der Dämon bäumte sich vor ihm auf, und Kit ließ den Sessel auf seinen Schädel niedergehen, sodass der Dämon rückwärtstaumelte. Allerdings fing er sich wieder und griff erneut an. Kit versuchte eine Finte, aber dieses Mal sirrte eines der rasiermesserscharfen Fangbeine durch die Luft und säbelte den Sessel in zwei Hälften. Mit gebleckten Zähnen sprang der Dämon auf ihn zu. Abwehrend hielt Kit die Reste seines Sessels hoch, doch sie zerbrachen ihm in den Händen, und er wurde rückwärts gegen die Wand geschleudert.

Sein Kopf traf mit Wucht dagegen; ihm verschwamm die Sicht, und ein Schwindelgefühl erfasste ihn. Durch den Nebel sah er lediglich, dass sich das heuschreckenartige Monster vor ihm aufbäumte. *Bitte lass es schnell vorbei sein*, dachte er. *Bitte lass mich schnell sterben.*

Der Dämon beugte sich langsam zu ihm hinunter, mit weit aufgerissenem Maul, das mit mehreren Reihen spitzer Zähne bestückt war. Der schwarze Schlund dahinter schien Kits gesamtes Sichtfeld auszufüllen. Abwehrend hob er eine Hand … der Schlund kam näher und näher … und dann schien der Dämon zu explodieren. Sein Kopf flog in die eine Richtung, sein Rumpf in eine andere. Schwarz-grünliches Dämonenblut spritzte über Kits Körper.

Er starrte hoch und nahm zwei Personen wahr, die sich über ihn beugten. Bei der einen handelte es sich um die blonde Schattenjägerin aus dem Institut, Emma Carstairs. Sie schwang ein goldenes Schwert, von dem Dämonensekret triefte. Neben ihr stand eine weitere Frau, die ein paar Jahre älter wirkte. Sie war groß und schlank und hatte lange braune Locken. Kit hatte das vage Gefühl, dass er ihr irgendwo schon mal begegnet war. Auf dem Schattenmarkt? Er war sich nicht sicher.

»Kümmere du dich um Kit«, sagte Emma. »Ich knöpfe mir in der Zwischenzeit die anderen Mantis-Dämonen vor.«

Emma verschwand aus Kits eingeschränktem Sichtfeld. Jetzt konnte er nur noch die andere Frau sehen. Sie hatte ein freundliches, sanftes Gesicht und betrachtete ihn erstaunlicherweise mit einem liebevollen Ausdruck. »Ich heiße Tessa Gray«, sagte sie. »Steh auf, Christopher.«

Kit blinzelte verwundert. Niemand nannte ihn bei diesem Namen. Nur sein Vater – und auch nur, wenn er wütend auf Kit war. Der Gedanke an Johnny versetzte ihm einen heftigen Stich ins Herz, und er starrte zu der Stelle, wo der zerstückelte Leichnam seines Vaters lag.

Zu seiner Überraschung befanden sich dort jetzt zwei Personen. Ein groß gewachsener Mann mit dunklen Haaren, der einen Stockdegen schwang, hatte sich zu Emma gesellt. Und die beiden schlugen wie wild um sich und schnetzelten die Dämonen in Streifen. Grünes Dämonensekret sprühte wie ein Geysir durch die Luft.

»Mein Vater«, stammelte Kit, fuhr sich mit der Zunge über die trockenen Lippen und schmeckte Blut. »Er …«

»Du musst später um ihn trauern. Im Moment schwebst du in großer Gefahr. Es könnten weitere dieser Wesen folgen, schlimmere Dämonen.«

Kit musterte sie durch den Nebel; er hatte einen bitteren Geschmack im Mund. »Bist du eine Nephilim?«

»Nein, das bin ich nicht«, sagte Tessa Gray in überraschend festem Ton. »Aber du bist einer.« Sie streckte ihm eine Hand entgegen. »Komm jetzt«, sagte sie. »Hoch mit dir, Christopher Herondale. Wir haben schon sehr lange nach dir gesucht.«

»Sag doch was«, bat Emma. »Bitte.«

Doch der Junge auf dem Beifahrersitz schwieg. Er schaute aus dem Fenster in Richtung Ozean. Inzwischen hatten sie den ganzen Weg bis zum Pacific Coast Highway zurückgelegt, ohne dass Kit auch nur ein Wort gesagt hatte.

»Ist schon in Ordnung«, beruhigte Tessa von der Rückbank aus. Ihre Stimme klang sanft – andererseits klang ihre Stimme eigentlich immer sanft. »Du brauchst nicht mit uns zu sprechen, Christopher.«

»Das ist nicht mein Name«, sagte Kit.

Emma zuckte leicht zusammen. Kit hatte in monotonem Tonfall geantwortet und starrte wieder aus dem Fenster. Emma wusste, dass er etwas jünger sein musste als sie selbst; allerdings schloss sie das hauptsächlich aus seinem Verhalten. Er war ziemlich groß, und seine Bewegungen im Kampf gegen den Mantis-Dämon hatten sie beeindruckt.

Sein vermutlich einst blaues T-Shirt war blutgetränkt, genau wie seine Jeans; selbst in seinen hellblonden Haaren klebte Blut und Dämonensekret.

Als Emma beim Haus der Rooks angekommen war, hatte sie sofort gewusst, dass hinter der Tür gewaltiger Ärger lauerte. Obwohl das Gebäude unverändert wirkte und still und ruhig dastand, bemerkte Emma das Fehlen der magischen Kraft, die das Haus bei ihrem letzten Besuch umgeben hatte. Sie warf noch einmal einen Blick auf Kits SMS und zog dann ihr Schwert.

Im Inneren des Hauses sah es aus, als wäre eine Bombe explodiert. Ganz offensichtlich waren die Mantiden aus dem Boden hervorgekrochen. Dämonen bewegten sich oft unterirdisch vorwärts, um dem Licht der Sonne zu entgehen. Sie hatten die Dielenbretter aufgebrochen – alles war voll Blut, Sekret und Sägemehl.

Und mittendrin wüteten die Mantis-Dämonen. In Johnny Rooks Wohnzimmer wirkten sie wesentlich grotesker als auf den Klippen der Santa Monica Mountains. Insektenartiger, monströser. Ihre messerscharfen Fangbeine schnitten durch die Holzwände und rissen Möbel und Bücher auseinander.

Emma schwang Cortana und halbierte einen der Dämonen, der sich daraufhin mit einem schrillen Schrei auflöste und den Blick auf das Wohnzimmer freigab. Mehrere Mantiden waren mit rotem Menschenblut bespritzt. Sie drängten sich um die zerstückelten Überreste von Johnny Rook.

Kit. Hektisch schaute sich Emma um und entdeckte den Jungen. Er war unversehrt und kauerte in der Nähe der Kellertreppe. Emma wollte gerade zu ihm laufen, als er einen Sessel hochstemmte und auf den Schädel eines Mantis-Dämons niederkrachen ließ.

Nur wegen ihres jahrelangen Trainings schaffte Emma es, nicht wie angewurzelt stehen zu bleiben. Kinder von Irdischen taten so etwas normalerweise nicht. Sie wussten nicht, wie sie sich gegen Dämonen wehren mussten, ihnen fehlte der Instinkt dazu …

Plötzlich flog hinter Emma die Tür auf, und erneut hielt nur ihr Training sie davon ab, überrascht herumzufahren. Es gelang ihr, den Kopf eines weiteren Mantiden abzutrennen, dessen Sekret an Cortana herablief, während Jem Carstairs in den Raum stürmte, dicht gefolgt von Tessa.

Ohne auch nur ein Wort zu verlieren, stürzten sie sich in den Kampf. Emma tauschte lediglich einen kurzen Blick mit Jem, während er einen Dämon niedermetzelte. Seine Miene verriet ihr, dass ihre Anwesenheit ihn nicht überraschte. Er wirkte älter als damals in Idris – mit Mitte zwanzig war er eher ein Mann als ein Junge. Tessa dagegen sah noch genauso aus wie früher.

Das gleiche freundliche Gesicht, die gleiche freundliche Stimme, an die Emma sich noch gut erinnerte. Sie hatte Kit mit einem liebevollen und zugleich traurigen Blick betrachtet, als sie zu ihm gegangen war und ihm aufgeholfen hatte.

Christopher Herondale.

»Doch, Christopher Herondale *ist* dein richtiger Name«, beharrte Tessa, noch immer mit sanfter Stimme. »Christopher Jonathan Herondale. Und dein Vater hieß ebenfalls Jonathan, richtig?«

Johnny. Jonathan.

Es gab tausende von Schattenjägern, die diesen Namen trugen. Jonathan Shadowhunter war der Urahn aller Nephilim. Auch Jace war nach ihm benannt.

Natürlich hatte Emma Tessas Worte im Haus der Rooks gehört, aber sie konnte es noch immer kaum glauben. Kit war also nicht nur ein untergetauchter Schattenjäger, sondern ein Herondale. Das mussten Clary und Jace unbedingt erfahren. Wahrscheinlich würden sie sofort anreisen. »Der Junge ist ein Herondale? Genau wie Jace?«, fragte sie Tessa.

»Jace Herondale«, murmelte Kit. »Mein Vater hat immer gesagt, der sei einer der schlimmsten.«

»Einer der schlimmsten *was?*«, erkundigte sich Jem.

»Schattenjäger.« Kit spie das Wort förmlich aus. »Und im Übrigen bin ich kein Schattenjäger. Das wüsste ich schließlich.«

»Tatsächlich?«, meinte Jem milde. »Und woher?«

»Hast du ein sternförmiges Mal auf deiner Haut?«, fragte Tessa. »Hatte dein Vater solch ein Mal?«

Kits Blick zuckte unwillkürlich zu seinem Handgelenk, und Emma erkannte den Rand eines hellen Geburtsmals, bevor Kit die Hand umdrehte und es verdeckte. »Das geht euch nichts an«, erwiderte er. »Ich weiß genau, was ihr vorhabt. Mein Dad hat mir erzählt, dass ihr Jugendliche mit dem Zweiten Gesicht kidnappt. Jeden unter neunzehn Jahren, von dem ihr glaubt, ihr könntet ihn in einen Schattenjäger verwandeln. Nach dem Dunklen Krieg sind von euch Nephilim kaum noch welche übrig.«

Emma öffnete den Mund, um empört zu protestieren, doch Tessa kam ihr zuvor: »Dein Vater hat viele Dinge gesagt, die nicht stimmen. Natürlich soll man über Tote nicht schlecht reden, Christopher, aber ich bezweifle, dass ich dir damit irgendetwas verrate, das du nicht bereits weißt. Und es ist eine Sache, über die Gabe des Zweiten Gesichts zu verfügen. Aber es ist etwas völlig anderes, ohne jedes Training einen Mantis-Dämon abzuwehren.«

»Ihr habt nach ihm gesucht?«, wandte Emma sich an Jem, während sie am heruntergekommenen Topanga Canyon Motel vorbeifuhren, dessen dreckige Fenster im Sonnenlicht bräunlich schimmerten. »Warum?«

»Weil er ein Herondale ist«, erklärte Jem. »Und die Carstairs sind den Herondales zu Dank verpflichtet.«

Ein Schauer ging durch Emmas Körper. Genau das Gleiche hatte ihr Vater oft zu ihr gesagt.

»Vor vielen Jahren wurde Tobias Herondale wegen Fahnenflucht zum Tode verurteilt«, berichtete Jem. »Da man ihn aber nicht finden konnte, wurde das Urteil stattdessen an seiner Frau Eva vollzogen, die zu diesem Zeitpunkt schwanger war. Eine Hexe, Catarina Loss, hat das Kind aus dem Land geschmuggelt und in Sicherheit gebracht, in die Neue Welt.«

»Das Urteil wurde an seiner schwangeren Frau vollzogen?«, wiederholte Kit. »Was zum Teufel ist los mit euch?«

»Das ist echt das Letzte!«, pflichtete Emma Kit ausnahmsweise bei. »Also ist Kit ein Nachfahre von Tobias Herondale?«

Tessa nickte. »Für die Vorgehensweise des Rats gibt es keine Entschuldigung. Wie du ja weißt, war ich früher mal Tessa Herondale … Tobias' grauenvolles Schicksal war mir bekannt.

Aber erst vor wenigen Jahren hat Catarina mir von seinem Kind erzählt. Jem und ich sind hierhergekommen, um herauszufinden, was aus diesem Zweig der Herondales geworden ist. Und nach langem Suchen sind wir auf deinen Vater gestoßen, Kit.«

»Der Nachname meines Vaters war Rook«, murmelte Kit.

»Deine Familie hat eine ganze Reihe von Namen geführt. Das hat die Suche ja so schwierig gemacht«, sagte Tessa. »Ich vermute, dein Vater hat von seinem Schattenjägerblut gewusst und hat dich deswegen vor uns versteckt. Jedenfalls war es sehr klug von ihm, sich in der Öffentlichkeit als Irdischer mit dem Zweiten Gesicht auszugeben. Dadurch konnte er mächtige Kontakte knüpfen, euer Haus mit Schutzzaubern umgeben und seine wahre Identität verbergen. Dich verbergen.«

»Er hat oft gesagt, ich sei sein größtes Geheimnis«, murmelte Kit matt.

Emma bog auf den Schotterweg zum Institut ein.

»Christopher«, setzte Tessa an, »Jem und ich, wir sind keine Schattenjäger. Wir gehören nicht dem Rat an und wollen dich zu nichts zwingen, was du nicht willst. Aber dein Vater hatte viele Feinde. Und jetzt, da er tot ist und dich nicht länger beschützen kann, werden sie dir nachstellen. Das Institut ist der sicherste Ort, an dem du dich aufhalten kannst.«

Kit brummte nur. Er machte nicht den Eindruck, als wäre er beeindruckt oder als würde er Tessa trauen.

Irgendwie war das seltsam, dachte Emma, als sie vor dem Institut anhielt. Die Körpergröße und die schlanke Statur bildeten die einzige äußere Ähnlichkeit zwischen Kit und seinem Vater. Als der Junge aus dem Wagen stieg, den Rücken gekrümmt, schimmerten seine Augen in einem strahlenden Blau. Seine Haare – helle, goldblonde Locken – waren typisch Herondale. Genau wie sein Gesicht mit den feinen, eleganten Zügen. Im Moment war er zu blutig, zerkratzt und niedergeschlagen, aber eines Tages würde er mal umwerfend aussehen, überlegte Emma.

Kit warf einen verächtlichen Blick auf das Institut, dessen

weite Glas- und Holzflächen im Schein der Nachmittagssonne glänzten. »Sind Institute nicht wie Gefängnisse?«

Emma schnaubte. »Du musst sie dir eher als große Versammlungsorte vorstellen. Sie haben eine Million Zimmer, in denen Schattenjäger aus aller Welt übernachten können. Ich lebe in diesem hier.«

»Von mir aus«, murrte Kit. »Aber ich will da nicht rein.«

»Du könntest natürlich davonlaufen«, sagte Tessa. Und zum ersten Mal hörte Emma harte Entschlossenheit in ihrer sanften Stimme – eine Erinnerung daran, dass in Tessas und Jace' Adern teilweise das gleiche Blut floss. »Aber sehr wahrscheinlich würdest du von Mantis-Dämonen zerfetzt werden, sobald die Sonne untergeht.«

»Ich bin kein Schattenjäger«, beharrte Kit. »Also hört auf, so zu tun als ob.«

»Nun ja, das lässt sich leicht überprüfen«, sagte Jem. »Nur ein Schattenjäger kann die Tür eines Instituts öffnen.«

»Diese Tür da?« Kit starrte auf den Eingang. Er hielt einen Arm eng an den Körper gepresst. Emma musterte ihn scharf. Dank Julian als *Parabatai* war sie mit der Art und Weise vertraut, wie Jungen sich verhielten, wenn sie eine Verletzung verbergen wollten. Vielleicht stammte ein Teil des Bluts auf seiner Kleidung ja doch von ihm selbst.

»Kit …«, setzte sie an.

»Nur um das klarzustellen«, unterbrach er sie. »Wenn ich versuche, diese Tür da zu öffnen, es aber nicht schaffe, dann lasst ihr mich gehen?«

Tessa nickte. Bevor Emma noch irgendetwas sagen konnte, humpelte Kit die Treppe hinauf. Emma lief ihm nach, dicht gefolgt von Tessa und Jem. Kit stemmte die Schulter gegen die Tür, drückte mit aller Kraft.

Die Tür flog weit auf, und er taumelte in die Eingangshalle, wobei er fast Tiberius umgestoßen hätte, der gerade den Raum durchquerte. Hastig wich Ty zurück und starrte den Jungen an, der auf dem Boden lag.

Kit hievte sich auf die Knie und hielt sich eindeutig den linken Arm. Keuchend schaute er sich in der Eingangshalle um. Sein Blick schweifte über den Marmorboden. Die gemeißelten Runen. Die Schwerter an den Wänden. Die Abbildung von Raziel und den Engelsinsignien. »Das ist unmöglich«, stammelte er. »Das kann nicht stimmen.«

Die Überraschung auf Tys Gesicht wich einem interessierten Ausdruck. »Alles in Ordnung?«

»Du«, stieß Kit hervor und musterte Ty. Blaue Augen trafen auf graue. »Du hast mir ein Messer an die Kehle gedrückt.«

Ty zog eine unbehagliche Miene und zupfte verlegen an einer seiner dunklen Locken. »Das war rein geschäftlich. Nichts Persönliches.«

Kit begann zu lachen. Er lachte und lachte und sank auf den Boden. Tessa kniete sich neben ihn und legte ihm die Hände auf die Schultern. Emma fühlte sich an sich selbst erinnert – an den Moment, als sie während des Dunklen Kriegs vom Tod ihrer Eltern erfahren hatte und zusammengebrochen war.

Jetzt schaute Kit zu ihr hoch. Seine Augen schienen zu verschwimmen – der Blick eines Menschen, der seine ganze Willenskraft zusammennehmen musste, um nicht in Tränen auszubrechen. »Eine Million Zimmer«, sagte er.

»Was?«, fragte Emma.

»Du hast gesagt, hier gäbe es eine Million Zimmer«, sagte er und rappelte sich auf. »Ich werde mir jetzt ein leeres Zimmer suchen. Und dann werde ich mich darin einschließen. Und wenn irgendeiner von euch versuchen sollte, die Tür aufzubrechen, bring ich ihn um.«

»Glaubst du, er wird sich wieder fangen?«, fragte Emma. »Ich meine Kit.«

Sie stand gemeinsam mit Jem, der Church auf dem Arm hielt, auf den Stufen vor dem Institut. Der Kater war nur wenige Augenblicke nach Jems Ankunft herbeigesaust und hatte seinen kleinen pelzigen Körper praktisch in Jems Arme katapultiert.

Jem kraulte ihn unterm Kinn und an den Ohren, und der Kater war unter seinen Händen völlig erschlafft, wie ein Waschlappen.

Am Horizont hob und senkte sich der Ozean. Tessa hatte sich ein paar Meter von der Treppe entfernt, um zu telefonieren. Emma konnte ihre Stimme hören, aber keine einzelnen Worte ausmachen.

»Du kannst ihm helfen«, sagte Jem. »Auch du hast deine Eltern verloren. Du weißt, wie sich das anfühlt.«

»Aber ich glaube nicht …«, setzte Emma besorgt an. »Wenn er bleibt, dann weiß ich nicht …« Sie dachte an Julian, an Arthur, an Diana, an all die Geheimnisse, die sie hüteten. »Kannst *du* nicht hierbleiben?«, fragte sie, selbst überrascht vom wehmütigen Ton in ihrer Stimme.

Jem lächelte über Churchs Kopf hinweg. Dieses Lächeln erinnerte Emma an das erste Mal, als sie ihm begegnet war, und es erinnerte sie auch an ihren Vater – auf eine Weise, die sie nicht näher beschreiben konnte. An das Carstairs-Blut, das die beiden miteinander verbunden hatte. »Ich würde gern bleiben«, erklärte Jem. »Seit unserer letzten Begegnung in Idris hast du mir gefehlt, und ich habe oft an dich gedacht. Ich würde dich gern besuchen. Und etwas Zeit mit meiner alten Geige verbringen. Aber Tessa und ich müssen wieder los. Wir müssen Malcolms Leichnam finden und das Schwarze Buch, denn selbst meilenweit unter Wasser kann uns ein solches Buch noch immer Ärger bereiten.«

»Erinnerst du dich an Julians und meine *Parabatai*-Zeremonie? Damals hast du mir gesagt, du wünschtest, du könntest auf mich aufpassen, aber es gäbe da etwas, das ihr finden müsstet … Tessa und du. Ging es dabei um Kit?«

»Ja.« Jem setzte Church wieder ab, und der Kater zog schnurrend davon, auf der Suche nach einem schattigen Plätzchen. Wenn Jem lächelte, sah er noch immer so jung aus, dass Emma ihn sich einfach nicht als einen ihrer Vorfahren vorstellen konnte – nicht einmal als einen Onkel. »Wir haben lange nach Kit gesucht. Nach Jahren konnten wir die Suche auf diese Region eingrenzen und schließlich auf den Schattenmarkt. Aber Johnny Rook war ein Meister darin, seine Spuren zu verwischen.« Jem seufzte. »Ich wünschte, er wäre das nicht gewesen. Wenn er uns vertraut hätte, würde er jetzt vermutlich noch leben.« Nachdenklich fuhr er sich mit der Hand durch die dunklen Haare. Nur eine einzige Strähne leuchtete silbern, in der Farbe von Aluminium. Sein Blick glitt hinüber zu Tessa. Und Emma sah den Ausdruck in seinen Augen, während er sie betrachtete – die Liebe, die seit über einem Jahrhundert nicht erloschen war.

Liebe ist die Schwäche der Menschen, und dafür werden sie von den Engeln verachtet. Und auch die Nephilim verachten sie dafür und bestrafen deshalb jeden, der liebt. Weißt du, was mit Parabatai *passiert, die sich ineinander verlieben? Weißt du, warum das verboten ist?*

»Malcolm …«, setzte Emma an.

Jem wandte sich ihr wieder zu; aus seinen dunklen Augen sprach Sympathie. »Magnus hat uns erzählt, dass du Malcolm getötet hast«, sagte er. »Das muss sehr schwer gewesen sein. Du hast ihn gut gekannt. Das war etwas anderes, als einen Dämon zu töten.«

»Ich habe ihn gut gekannt«, bestätigte Emma. »Zumindest habe ich das geglaubt.«

»Wir haben ihn auch gekannt. Es war schrecklich für Tessa, als sie erfuhr, dass Malcolm glaubte, wir hätten ihn alle belogen. Und dass wir ihm verheimlicht hätten, dass Annabel nicht zu den Eisernen Schwestern gegangen, sondern von ihrer eigenen Familie ermordet worden war. Wir hatten diese Geschichte geglaubt; aber Malcolm starb in der Überzeugung, dass wir alle die Wahrheit kannten. Er muss sich so verraten gefühlt haben.«

»Es ist seltsam, sich vorzustellen, dass er dein Freund war. Obwohl er wahrscheinlich auch unser Freund war.«

»Jeder von uns hat verschiedene Facetten; das gilt selbst für Hexenwesen. Ich werde niemals vergessen, dass er früher Gutes getan hat – bevor er sich dem Bösen zuwandte. Das hier ist eine der wichtigsten Lektionen des Erwachsenwerdens … zu erkennen, dass Menschen beides tun können, Gutes und Böses.«

»Malcolms Vergangenheit … die Geschichte mit Annabel … Den beiden sind so schreckliche Dinge widerfahren, nur weil sie sich ineinander verliebt hatten. Malcolm hat etwas gesagt, und ich habe mich gefragt, ob das stimmt. Das Ganze klingt einfach zu seltsam.«

Jem musterte sie verwirrt. »Worum geht's?«

»Malcolm meinte, die Ratsmitglieder würden die Liebe verachten, weil Liebe etwas ist, das Menschen empfinden. Und deswegen würden sie all diese Gesetze erlassen: dass man sich nicht in einen Schattenweltler verlieben darf oder in seinen *Parabatai* … Aber diese Gesetze ergeben überhaupt keinen Sinn.« Emma beobachtete Jem aus dem Augenwinkel. War ihre Frage zu offensichtlich?

»Die Ratsmitglieder können manchmal schrecklich sein. Engstirnig und grausam«, bestätigte Jem. »Aber einige ihrer Erlasse sind tief mit der Geschichte der Nephilim verwurzelt. Zum Beispiel das *Parabatai*-Gesetz.«

Emma hatte das Gefühl, als würde ihre Körpertemperatur um mehrere Grade sinken. »Was meinst du?«

»Ich weiß nicht, ob ich dir das wirklich erzählen sollte«, antwortete Jem und blickte über den Ozean. Seine Miene war so düster, dass Emma das Herz in der Brust zu gefrieren schien. »Es handelt sich um ein Geheimnis … etwas, das selbst vor *Parabatai* geheim gehalten wird. Nur wenige wissen davon: die Brüder der Stille, die Konsulin … Und ich habe einen Eid geschworen.«

»Aber du bist doch kein Schattenjäger mehr«, wandte Emma ein. »Dein Eid gilt nicht mehr.« Als Jem schwieg, drängte sie: »Weißt du, du bist mir etwas schuldig. Weil du nie da bist.«

Ein Lächeln umspielte seine Mundwinkel. »Du bist eine harte Verhandlungspartnerin, Emma Carstairs.« Jem holte tief Luft. In der Ferne hörte Emma Tessas Stimme, die Jace' Namen sagte. »Das *Parabatai*-Ritual wurde erschaffen, um zwei Schattenjäger stärker zu machen, als sie als Einzelpersonen wären. Dieser

Bund war immer eine unserer mächtigsten Waffen. Idealerweise steigert er die Kraft jedes *Parabatai* – die Runen, die sie sich gegenseitig auftragen, sind stärker als die anderer Nephilim. Und je enger der Bund zwischen ihnen ist, desto größer ist ihre Kraft.«

Emma dachte an die Heilrunen, die sie nach Julians Vergiftung auf dessen Haut aufgetragen hatte … an die Art und Weise, wie sie geleuchtet hatten.

»Schon wenige Generationen nach der Einführung des Rituals stellte sich etwas Erschreckendes heraus«, erzählte Jem und senkte die Stimme: »Wenn dieser Bund *zu* eng war, wenn er sich in romantische Liebe verwandelte, dann veränderte sich die Kraft, die durch die Verbindung der beiden *Parabatai* entstand. Einseitige, unerwiderte Liebe oder Schwärmerei und dergleichen schien keine Probleme zu bereiten, aber wahre, gegenseitige Liebe … Diese Gefühle waren mit schrecklichen Konsequenzen verbunden.«

»Die Betroffenen verloren ihre besonderen Kräfte? Als Schattenjäger?«, riet Emma.

»Nein, ihre Kräfte … ihre Macht nahm zu«, berichtigte Jem. »Die von ihnen erschaffenen Runenmale ließen sich mit keinen anderen vergleichen. Diese *Parabatai* waren in der Lage, Magie zu betreiben, so wie Hexenwesen. Aber die Nephilim sind nicht dazu bestimmt, sich als Magier zu betätigen. Schon bald führte diese Macht dazu, dass sie zunehmend den Verstand verloren, bis sie sich zu wahren Monstern entwickelten. Sie zerstörten ihre Familien, alle, die sie liebten. Sie waren von Tod und Verderben umgeben, bis sie schließlich selbst starben.«

Emma hatte das Gefühl, keine Luft mehr zu bekommen. »Warum erzählt man uns das nicht? Wieso werden die Nephilim nicht gewarnt, damit sie Bescheid wissen?«

»Es geht um große *Macht,* Emma«, erklärte Jem. »Manche Nephilim hätten diesen Bund zwar klugerweise vermieden, aber andere hätten das Ritual mit allen Mitteln angestrebt, um aus den falschen Gründen davon zu profitieren. Macht wirkt immer anziehend auf die Gierigen und die Schwachen.«

»Ich würde das nicht wollen«, sagte Emma leise. »Nicht diese Art von Macht.«

»Außerdem darf man die menschliche Natur nicht unterschätzen«, fuhr Jem fort und schaute lächelnd in Tessas Richtung, die das Telefonat beendet hatte und auf sie zukam. »Wenn man erfährt, dass man jemanden nicht lieben darf, führt das nicht zum Ende dieser Liebe. Im Gegenteil: Sie wird dadurch gestärkt.«

»Worüber sprecht ihr gerade?« Tessa stand am Fuß der Treppe und blickte lächelnd zu ihnen hoch.

»Über die Liebe«, sagte Jem. »Und wie man ihr ein Ende setzt …«

»Ach, wenn wir der Liebe einfach nur durch unseren Willen ein Ende setzen könnten, sähe das Leben vollkommen anders aus.« Tessa lachte. »Es ist leichter, jemanden anderen dazu zu bringen, uns nicht mehr zu lieben, als unsere Liebe für den anderen abzutöten. Man muss den anderen davon überzeugen, dass man ihn nicht liebt oder dass man eine Person ist, die er nicht respektieren kann – im Idealfall beides.« Ihre großen grauen Augen wirkten jung. Es fiel Emma schwer, sich vorzustellen, dass Tessa viel älter als neunzehn war. »Aber die Gefühle des eigenen Herzens zu ändern … das ist nahezu unmöglich.«

Plötzlich begann die Luft zu flirren, und ein Portal verdichtete sich wie eine schimmernde Geistertür knapp über dem Boden. Als es sich öffnete, konnte Emma wie durch ein Schlüsselloch hindurchschauen: Magnus Bane wartete auf der anderen Seite, und daneben stand Alec Lightwood, groß und dunkelhaarig. Er hielt einen kleinen Jungen an der Hand, dessen weißes T-Shirt sich deutlich von seiner marineblauen Haut abhob. Alec wirkte zerzaust und glücklich, und die Art und Weise, wie er Max hielt, erinnerte Emma daran, wie Julian Tavvy früher an der Hand gehalten hatte.

Alec hob die Hand, um Emma zu grüßen, hielt jedoch plötzlich inne und wandte den Kopf. Er sagte etwas, das wie »Rafael« klang. Seltsam, dachte Emma. Alec reichte Max an Magnus weiter und verschwand in den Schatten.

»Tessa Gray!«, rief Magnus und beugte sich durch das Portal, als lehnte er sich über einen Balkon. »Jem Carstairs! Zeit zum Aufbruch!«

Jemand kam über den Weg vom Strand herauf. Emma konnte nur eine Silhouette erkennen, aber sie wusste, dass es Julian war. Julian, der am Strand auf sie gewartet hatte und nun zurückkehrte. Sie würde ihn immer erkennen.

Mit der Höflichkeit längst vergangener Generationen nahm Jem Emmas Hand und beugte sich kurz darüber.

»Wenn du mich brauchst, wende dich an Church«, sagte er und richtete sich auf. »Er wird dafür sorgen, dass ich zu dir komme.«

Mit diesen Worten machte er auf dem Absatz kehrt und ging auf das Portal zu. Tessa nahm seine Hand, schenkte ihm ein Lächeln, und eine Sekunde später traten sie gemeinsam durch das leuchtende Portal, das einmal golden aufblitzte und dann verschwand. Geblendet blinzelte Emma und schaute zum Fuß der Treppe, wo Julian zu ihr hochblickte.

»Emma?« Julian sprang die Stufen hinauf und streckte die Hände nach ihr aus. »Emma, was ist passiert? Ich habe auf dich gewartet …«

Sie drehte sich von ihm weg, damit er sie nicht in die Arme nehmen konnte. Ein gekränkter Ausdruck huschte über sein Gesicht, doch dann sah er sich kurz um, als würde ihm bewusst, wo sie sich befanden, und nickte.

»Komm mit«, sagte er mit gesenkter Stimme. Benommen folgte Emma ihm um das Institut herum zum Parkplatz, dann durch den kleinen Garten mit den Statuen, bis zu einer Stelle in der dahinterliegenden Wüste, wo sie durch eine Reihe hoher Sträucher und Kakteen vor Blicken geschützt waren.

Julian drehte Emma so, dass sie einander ins Gesicht sahen. Sie konnte die Sorge in seinen Augen erkennen. Langsam hob er eine Hand und legte sie behutsam an ihre Wange. Emma spürte ihr Herz in der Brust hämmern.

»Du kannst es mir erzählen«, sagte er. »Warum bist du nicht zum Strand gekommen?«

Mit bleischwerer Stimme berichtete Emma, dass Kit ihr eine panikerfüllte SMS geschrieben hatte, woraufhin sie sofort zum Wagen gestürmt war. Nach allem, was die Institutsbewohner am Tag zuvor durchgemacht hatten, hatte sie sich nicht überwinden können, irgendeinen der anderen zu Rooks Haus mitzuschleifen. Irgendwie empfand sie Rook als ihre Verantwortung. Sie hatte versucht, Julian anzurufen, um ihm mitzuteilen, wohin sie fuhr, aber er hatte nicht reagiert. Emma berichtete ihm auch von den Mantis-Dämonen in Rooks Haus, von Jems und Tessas Ankunft, von Kits wahrer Identität. Einfach alles – bis auf das, was Jem zum Thema *Parabatai* gesagt hatte.

»Ich bin froh, dass es dir gut geht«, sagte Julian, als Emma ihren Bericht beendet hatte, und streichelte mit dem Daumen über ihren Wangenknochen. »Obwohl ich es vermutlich gespürt hätte, wenn dir etwas zugestoßen wäre.«

Emma musste sich zwingen, nicht die Hände nach ihm auszustrecken. Stattdessen ließ sie sie herabhängen und ballte sie zu Fäusten. In ihrem Leben hatte sie schon viele schwierige Situationen bewältigt, überlegte Emma. Sie hatte jahrelang hart trainiert, den Tod ihrer Eltern überwunden, Malcolm getötet.

Doch der Ausdruck in Julians Gesicht – offen und vertrauensvoll – verriet ihr, dass das, was ihr jetzt bevorstand, das Schwierigste war, was sie je getan hatte.

Langsam hob sie eine Hand, legte sie auf Julians, verschränkte ihre Finger miteinander. Und noch langsamer zog sie seine Hand von ihrem Gesicht, wobei sie versuchte, die Stimme in ihrem Kopf zum Schweigen zu bringen, die Stimme, die ihr zuschrie: *Das hier ist das letzte Mal, dass er dich je auf diese Weise berühren wird – das letzte Mal.*

Emma und Julian hielten sich noch immer an der Hand, aber ihre lag schlaff in seiner, wie ein toter Gegenstand. Julian musterte sie verwirrt. »Emma …?«

»Wir können so nicht weitermachen«, sagte sie mit tonloser Stimme. »Genau das habe ich dir heute Morgen sagen wollen. Wir können nicht zusammen sein. Nicht auf diese Weise.«

Langsam zog Julian seine Hand weg. »Ich verstehe nicht … was willst du damit sagen?«

Ich will damit sagen, dass es zu spät ist, dachte Emma. *Ich will damit sagen, dass deine Durchhalterune mir bei Malcolms Angriff das Leben gerettet hat. Aber so dankbar ich deswegen auch sein mag, die Rune hätte dazu nicht imstande sein dürfen. Ich will damit sagen, dass wir uns bereits in das verwandeln, wovor Jem mich gewarnt hat. Ich will damit sagen: Es geht nicht darum, die Zeit anzuhalten. Es geht darum, die Uhr zurückzudrehen. Und dafür muss ich sie zerschlagen.*

»Ab jetzt keine Küsse mehr, keine Berührungen, keine Liebe, keine Dates. Ist das klar genug?«

Julians Miene machte nicht den Eindruck, als hätte sie ihn gerade geschlagen. Er war ein Krieger: Er konnte jeden Tiefschlag wegstecken und sich sofort zum Gegenschlag bereit machen.

Das Ganze war viel, viel schlimmer.

Emma wünschte sich nichts sehnlicher, als ihre Worte zurückzunehmen und ihm die Wahrheit zu sagen. Doch Jems Warnung hallte durch ihre Gedanken.

Wenn man erfährt, dass man jemanden nicht lieben darf, führt das nicht zum Ende dieser Liebe. Im Gegenteil: Sie wird dadurch gestärkt.

»Diese Art von Beziehung will ich nicht«, sagte sie. »Dieses ständige Versteckspiel, die Lügen, die Heimlichkeiten. Begreifst du das denn nicht? Es würde alles zerstören, was wir haben. All die positiven Aspekte des *Parabatai*-Bundes, bis wir nicht mal mehr Freunde wären.«

»Das muss nicht notwendigerweise so sein«, widersprach Julian. Er wirkte leicht grünlich im Gesicht, aber entschlossen. »Wir müssen es nur eine Weile verbergen … nur so lange, wie die Kinder noch klein sind und mich brauchen …«

»Tavvy wird dich noch *acht weitere Jahre* brauchen«, sagte Emma, so kalt sie nur konnte. »So lange können wir nicht herumschleichen.«

»Wir könnten die Sache auf Eis legen … *uns* auf Eis legen …«

»Ich werde nicht auf dich warten.« Sie spürte, wie er sie musterte, spürte das Gewicht seines Schmerzes. Und sie war froh, dass sie es spürte, denn sie *verdiente* es, seinen Schmerz zu fühlen.

»Ich glaube dir nicht.«

»Warum sollte ich das sagen, wenn es nicht stimmen würde? Das lässt mich nicht gerade im besten Licht dastehen, Jules.«

»Jules?«, stieß er mit erstickter Stimme hervor. »So nennst du mich jetzt wieder? Als wären wir wieder klein? Wir sind aber keine Kinder mehr, Emma!«

»Natürlich nicht«, antwortete sie. »Aber wir sind jung. Wir machen Fehler. Das mit uns … das war ein Fehler. Das Risiko ist einfach zu groß.« Die Worte hinterließen einen bitteren Geschmack in ihrem Mund. »Das Gesetz …«

»Es gibt nichts Wichtigeres als die Liebe«, sagte Julian in einem seltsamen, geistesabwesenden Ton, als würde er sich an etwas erinnern, das ihm jemand einst gesagt hatte. »Und kein Gesetz steht über ihr.«

»Das sagt sich so leicht«, entgegnete Emma. »Mir geht es um Folgendes: Wenn wir dieses hohe Risiko eingehen, dann sollte es für eine wahre, lebenslange Liebe sein. Und natürlich liegt mir etwas an dir, Jules, selbstverständlich. Und ich liebe dich sogar. Ich habe dich mein ganzes Leben lang geliebt.« Zumindest entsprach dieser Teil der Wahrheit. »Aber ich liebe dich nicht genug. Diese Liebe reicht mir nicht.«

Es ist leichter, jemanden anderen dazu zu bringen, uns nicht mehr zu lieben, als unsere Liebe für den anderen abzutöten. Man muss den anderen davon überzeugen, dass man ihn nicht liebt oder dass man eine Person ist, die er nicht respektieren kann.

Julians Atem ging stoßweise. Aber seine Augen schauten sie ruhig und fest an. »Ich kenne dich«, sagte er. »Ich kenne dich, Emma, und du lügst. Du versuchst, das zu tun, was du für das Richtige hältst. Du versuchst, mich von dir zu stoßen, um mich zu beschützen.«

Nein, dachte Emma verzweifelt. *Tu das nicht: Leg meine Worte nicht zu meinen Gunsten aus, Julian. Das hier muss funktionieren. Es muss einfach funktionieren.*

»Bitte nicht«, sagte sie. »Du hast recht gehabt ... du und ich, das ergibt keinen Sinn ... Mark und ich, das würde Sinn ergeben ...«

Ein verletzter Ausdruck malte sich auf Julians Gesicht ab wie eine aufplatzende Wunde. Emma sah, dass er das Gefühl mit Macht verdrängte. *Mark*, dachte sie plötzlich. Marks Name war wie der tückisch scharfe Elbenpfeil, den er um den Hals trug, so spitz, dass er Julians Schutzpanzer durchdringen konnte.

Ich bin so nah dran, überlegte sie. *Es fehlt nicht mehr viel, und er glaubt mir.*

Doch Julian war ein Meisterlügner. Und Meisterlügner durchschauten es sofort, wenn andere sie zu belügen versuchten.

»Und du versuchst, nicht nur mich, sondern auch die Kinder zu beschützen«, sagte er. »Verstehst du denn nicht, Emma? Ich weiß, was du da tust, und ich liebe dich dafür. *Ich liebe dich.*«

»O Jules«, erwiderte Emma verzweifelt. »Begreifst du es denn noch immer nicht? Du redest davon, dass wir zusammen sein können, indem wir weglaufen. Aber ich komme gerade von Rooks Haus zurück. Ich habe Kit gesehen und erkannt, was es bedeutet, sich zu verstecken ... welche Konsequenzen damit verbunden sind, nicht nur für uns ... Was wäre, wenn wir eines Tages selbst Kinder hätten? Außerdem müssten wir das aufgeben, was wir sind. Ich könnte keine Schattenjägerin mehr sein. Und das würde mich umbringen, Jules. Es würde mir das Herz zerreißen.«

»Dann finden wir einen anderen Weg«, sagte er. Seine Stimme klang rau wie Schmirgelpapier. »Irgendeine Lösung, bei der wir weiterhin Schattenjäger sein können. Gemeinsam werden wir schon einen Weg finden.«

»Nein, das werden wir nicht«, wisperte Emma. Aber er schaute sie mit großen Augen an, drängte sie, ihre Meinung zu ändern, ihre Worte zu ändern und das, was zwischen ihnen zerbrach, wieder zusammenzufügen.

»Emma«, sagte er und versuchte, ihre Hand zu nehmen. »Ich werde dich niemals aufgeben. *Niemals.*«

Emma brach es das Herz.

Welch eine seltsame, grausame Ironie, dachte sie. Gerade weil sie ihn so sehr liebte und so gut kannte, wusste sie genau, was sie jetzt tun musste, um alles, was er für sie empfand, auf einen Schlag zu zerstören.

Sie trat einen Schritt zurück und wandte sich zum Gehen. »Doch«, sagte sie. »Genau das wirst du.«

Emma wusste nicht, wie lange sie schon auf ihrem Bett saß. Das Institut war erfüllt von Geräuschen. Als sie das Haus betreten hatte, hatte sie Arthur irgendetwas rufen hören, worauf erst einmal Stille eingetreten war. Kit hatte sich in eines der Gästezimmer verzogen, so wie er es angekündigt hatte, und Ty saß nun vor Kits Zimmertür und las in einem Buch. Emma hatte ihn gefragt, was er da tat. Bewachte er Kit? Oder bewachte er das Institut vor Kit? Doch Ty hatte nur die Achseln gezuckt.

Livvy war mit Dru im Fechtsaal. Emma konnte ihre gedämpften Stimmen hören.

Emma wünschte, Cristina wäre bei ihr – der einzige andere Mensch, der wusste, was sie für Julian empfand. Dann könnte sie sich an Cristinas Schulter ausweinen, und Cristina würde ihr versichern, dass alles wieder gut werden würde und dass sie das Richtige tat.

Allerdings war sie sich nicht sicher, ob Cristina das, was Emma jetzt vorhatte, wirklich für das Richtige halten würde.

Doch tief in ihrem Herzen wusste sie, dass es absolut notwendig war.

Sie hörte, wie der Türknauf gedreht wurde, und schloss die Lider. Vor ihren Augen sah sie wieder und wieder Julians Gesicht, als sie sich von ihm abgewandt hatte.

Jules, dachte sie mit wehem Herzen. *Wenn du doch nur nicht an mich glauben würdest, dann wäre das hier jetzt nicht nötig.*

»Emma?« Marks Stimme. Er stand im Türrahmen und sah

mit seinem weißen T-Shirt und der Jeans sehr menschlich aus. »Ich habe gerade deine Nachricht erhalten. Du wolltest mit mir reden?«

Emma stand auf und glättete das Kleid, das sie übergestreift hatte. Ein hübsches braunes Kleid mit gelben Blüten. »Ich möchte dich um einen Gefallen bitten«, sagte sie.

Marks helle Augenbrauen schossen in die Höhe. »Im Feenreich ist ein Gefallen eine ernste Angelegenheit – nichts, was man auf die leichte Schulter nimmt.«

»Das Gleiche gilt für Schattenjäger.« Emma drückte die Schultern durch. »Du hast gesagt, du wärst mir zu Dank verpflichtet. Weil ich Julian beschützt habe. Weil ich ihm das Leben gerettet habe. Du hast gesagt, du würdest alles tun, was ich will.«

Mark verschränkte die Arme vor der Brust. Emma sah schwarze Runenmale auf seiner Haut: am Kragen und an den Handgelenken. Seine Haut wirkte gebräunter als bei seiner Ankunft im Institut, und er hatte deutlich mehr Muskeln entwickelt, jetzt, da er wieder vernünftiges Essen bekam. Schattenjäger gewannen sehr schnell an Kraft und Stärke.

»Dann fahre bitte fort«, sagte er. »Wenn es sich um einen Gefallen handelt, den ich dir erweisen kann, werde ich mein Versprechen halten.«

»Falls Julian dich fragt …«, sagte Emma, räusperte sich dann aber und setzte erneut an. »Nein. Ganz gleich ob er fragt oder nicht. Ich möchte, dass du mit mir gemeinsam so tust, als würden wir miteinander gehen. Als würden wir uns ineinander verlieben.«

Mark ließ die Hände herabsinken. »Was?«

»Du hast mich schon richtig verstanden«, sagte Emma. Sie wünschte, sie könnte Marks Miene deuten. Falls er protestierte, hatte sie keine Möglichkeit, ihn dazu zu zwingen. Sie wusste, dass sie sich zu so etwas nie würde durchringen können. Ironischerweise fehlte ihr dazu Julians Skrupellosigkeit.

»Ich weiß, dass das merkwürdig erscheint«, sagte sie.

»Mehr als merkwürdig«, bestätigte Mark. »Wenn du Julian

glauben machen willst, dass du einen festen Freund hast, warum fragst du dann nicht Cameron Ashdown?«

Wenn du und Mark jemals … Ich glaube nicht, dass ich mich davon je erholen könnte.

»Nein, du musst derjenige sein«, erwiderte Emma.

»Jeder Junge wäre mit Vergnügen dein Freund. Du bist ein wunderschönes Mädchen. Du brauchst doch niemanden, der so tut als ob.«

»Hier geht es nicht um mein Ego«, fauchte Emma. »Außerdem will ich keinen Freund. Ich will die Lüge.«

»Möchtest du, dass ich nur Julian gegenüber lüge oder auch gegenüber allen anderen?«, fragte Mark. Seine Hand war zu seinem Hals gewandert und klopfte gegen die Kehlgrube. Vielleicht auf der Suche nach seinem Elbenanhänger – den er nicht mehr trug, wie Emma erst in diesem Moment auffiel.

»Vermutlich müssen die anderen es auch glauben«, räumte Emma widerstrebend ein. »Schließlich können wir nicht alle bitten, Julian zu belügen.«

»Nein«, sagte Mark, und seine Mundwinkel zuckten amüsiert. »Das wäre nicht sehr praktikabel.«

»Wenn du nicht bereit dazu bist, dann sag es mir bitte jetzt sofort«, forderte Emma. »Oder verrat mir, was ich tun muss, um dich zu überzeugen. Bei diesem Gefallen geht es nicht um mich, Mark, sondern um Julian. Das Ganze könnte ihm das Leben retten. Leider kann ich dir nicht mehr sagen. Ich muss dich bitten, mir einfach zu vertrauen. Ich habe Julian all die Jahre beschützt. Und das hier … das gehört auch dazu.«

Die untergehende Sonne tauchte das Zimmer in ein rötliches Licht und warf einen rosigen Schimmer auf Marks Haare und Haut. Emma erinnerte sich daran, wie sie mit zwölf gedacht hatte, dass Mark sehr attraktiv sei. Zwar hatte das damals nicht dazu geführt, dass sie sich in ihn verknallt hatte, aber sie konnte sich jetzt eine andere Vergangenheit vorstellen. Eine Vergangenheit, in der man Mark nicht verschleppt hatte. Eine Vergangenheit, in der er da gewesen wäre, sodass sie sich in *ihn* verliebt hätte und nicht in seinen Bruder. Eine Vergangenheit, in der sie Julians *Parabatai* und Marks Frau geworden wäre und in der sie alle gemeinsam gelebt hätten, auf jede erdenkliche Weise aneinander gebunden. Eine Vergangenheit, in der sie sich nichts anderes gewünscht hätten.

»Du möchtest also, dass ich Julian … dass ich allen sage, dass wir uns gerade ineinander verlieben«, sagte Mark. »Und nicht dass wir uns bereits lieben?«

Emma errötete. »Das Ganze muss glaubwürdig sein.«

»Du verschweigst mir eine ganze Menge.« Seine Augen funkelten. Er wirkte jetzt deutlich weniger menschlich, dachte Emma, viel mehr wie ein Elbe, während er die Situation einschätzte und seine Position in diesem komplizierten Spiel aus List und Täuschung zu finden suchte. »Ich nehme an, du möchtest, dass alle wissen, dass wir uns geküsst haben. Oder sogar mehr?«

Sie nickte und spürte deutlich, wie ihre Wangen brannten.

»Ich verspreche dir, dass ich es dir so gut wie möglich erklären werde«, sagte sie, »wenn du einwilligst. Und ich schwöre, dass diese Lüge Julian das Leben retten könnte. Ich hasse es, dass ich dich bitten muss zu lügen, aber …«

»Aber für diejenigen, die du liebst, würdest du alles tun«, beendete Mark den Satz, worauf Emma keine Antwort wusste. Mark lächelte nun definitiv; ein belustigtes Lächeln umspielte seine Mundwinkel. Allerdings konnte sie nicht sagen, ob es sich dabei um menschliche Belustigung oder die Belustigung der Feenwesen handelte, die das Chaos der Gefühle liebten. »Ich verstehe jetzt, warum du mich ausgewählt hast. Ich bin hier, in unmittelbarer Nähe, und es wäre für uns ein Leichtes gewesen, eine Beziehung einzugehen. Wir sind beide ungebunden. Außerdem bist du – wie bereits gesagt – ein wunderschönes Mädchen. Und ich hoffe, du findest mich nicht abstoßend.«

»Nein«, sagte Emma. Erleichterung und tausend andere Emotionen pulsierten durch ihre Adern. »Nicht abstoßend.«

»In diesem Fall habe ich nur noch eine letzte Frage«, sagte

Mark. »Doch zuerst …« Er drehte sich um und schloss die Tür mit äußerster Sorgfalt.

Als er sich Emma wieder zuwandte, hatte sie den Eindruck, dass er nie zuvor so elbenhaft ausgesehen hatte wie in diesem Moment. Eine wilde Belustigung funkelte in seinen Augen, die Sorglosigkeit einer Welt, in der keine menschlichen Gesetze galten. Er schien die Ungezähmtheit der Feenwesen mit sich zu bringen: eine kalte, süßliche Magie, deren Wurzeln dennoch bitter waren.

Der Sturm ruft dich genauso, wie er mich ruft, richtig?

Er streckte ihr seine Hand entgegen, halb lockend, halb einladend.

»Warum sollen wir lügen?«, fragte er.

EPILOG

Annabel

Viele Jahre lang hatte das Grab trocken dagelegen. Doch jetzt sickerte Salzwasser durch die feinen, porösen Risse im Gestein – und zusammen mit dem Salzwasser drang Blut ein.

Es tropfte auf die ausgedörrten Knochen und die pulvertrocknen Sehnen und durchweichte ihr Leichentuch. Es benetzte ihre welken Lippen. Es brachte die Magie des Ozeans mit sich und das Blut des Mannes, der sie einst geliebt hatte, und damit eine noch seltsamere Magie.

Annabel schlug die Augen auf – in dem Grab am Ufer allhie.

DANKSAGUNG

Es braucht ein ganzes Dorf, um zu verhindern, dass ein Buch in seine Bestandteile zerfällt. Sarah Rees Brennan, Holly Black, Leigh Bardugo, Gwenda Bond und Christopher Rowe, Stephanie Perkins, Morgan Matson, Kelly Link sowie Jon Skovron haben dabei geholfen und gute Ratschläge gegeben. Maureen Johnson, Tessa Gratton, Natalie Parker, Ally Carter, Sarah Cross, Elka Cloke, Holly und Jeffrey Rowland sowie Marie Lu haben mich vom Spielfeldrand aus angefeuert. Viviene Hebel hat die Übersetzung der spanischen Sätze übernommen, wofür ich ihr auf ewig dankbar bin. Ich mag zwar in L.A. aufgewachsen sein, aber mein Spanisch ist, genau wie Emmas, furchtbar schlecht. Des Weiteren bin ich Emily Houk, Cassandra Piedra, Catrin Langer und Andrea Davenport zu großem Dank verpflichtet.

Mein immerwährender Dank gilt meinem Agenten Russell Galen, meiner Lektorin Karen Wojtyla und dem Team bei *Simon & Schuster* – dafür, dass sie dieses Buch überhaupt erst ermöglicht haben. Und schließlich danke ich meinem Mann Josh, dem wahren MVP.

Lady Midnight entstand in Los Angeles, San Miguel de Allende (Mexiko) und in der französischen Stadt Menton.

ANMERKUNGEN

Viele der Orte, die Emma aufsucht, sind real oder basieren auf tatsächlich existierenden Orten in Los Angeles, doch manche sind auch frei erfunden. Canter's Deli existiert, das Mitternachtstheater nicht. Poseidons Dreizack geht auf die Fischbude Neptune's Net zurück, allerdings hat das Net keine Duschen im Freien. Die Beschreibung von Malcolms Haus und Wells' Villa basiert auf real existierenden Gebäuden. Ich bin in Los Angeles aufgewachsen, daher ist dies in vielerlei Hinsicht das L.A., wie ich es mir als Kind vorgestellt habe – ein Ort voller Magie.

Die Kapitelüberschriften entstammen Edgar Allan Poes Gedicht »Annabel Lee«. Für die deutsche Übersetzung wurde auf folgende Ausgabe zurückgegriffen:

Edgar Allan Poe. *Annabel Lee;* aus: *Lieder- und Balladenbuch amerikanischer und englischer Dichter der Gegenwart.* Hamburg 1862. Übersetzt von Adolf Strodtmann. Die Rechtschreibung wurde an die heutige Zeit angepasst.

Bei dem Ausspruch *»Dein Herz ist eine Waffe von der Größe deiner Faust – Your heart is a weapon the size of your fist«* handelt es sich um ein echtes Graffiti, das seine Berühmtheit vor allem der Tatsache verdankt, dass es zum ersten Mal auf eine Mauer in Palästina geschrieben wurde; heute ist der Spruch überall zu finden.

Weitere Zitate:

Kapitel 1
S. 35: *Ruth* 1,16–1,17. Textbibel des Alten und Neuen Testaments 1899.

Kapitel 2
S. 52: Psalm 144; Elberfelder Bibel 1905.

Kapitel 3
S. 81: Algernon C. Swinburne: *Hymn to Proserpine.* Übersetzt von Franca Fritz und Heinrich Koop.

Kapitel 5
S. 148: *Tamlane,* Schottische Volkslieder der Vorzeit. Im Versmaß des Originals übertragen von Rosa Warrens. Hamburg 1861, S. 25 ff. Die Rechtschreibung wurde an die heutige Zeit angepasst.

Kapitel 8
S. 243: Algernon C. Swinburne: *Hymn to Proserpine.* Übersetzt von Franca Fritz und Heinrich Koop.
ebd.: *Thomas der Reimer*, Schottische Volkslieder der Vorzeit. Im Versmaß des Originals übertragen von Rosa Warrens. Hamburg 1861, S. 14 ff. Die Rechtschreibung wurde an die heutige Zeit angepasst.

Kapitel 11
S. 307: Sunzi: *Die Kunst des Krieges.* Herausgegeben und mit einem Vorwort von James Clavell. Aus dem Englischen von Jürgen Lagowsky. München 1993. © Verlagsgruppe Droemer Knaur GmbH & Co. KG, München.

Kapitel 26
S. 733: Sophokles: *Ajas der Geisselschwinger*. In: Sophkles: *Die Trauerspiele*. Leipzig 1804. Übersetzt von Friedrich Ast. Die Rechtschreibung wurde an die heutige Zeit angepasst.
S. 734: Aischylos: *Prometheus in Fesseln*. Basel 1784, S. 53. Übersetzt von Johann Georg Schlosser. Die Rechtschreibung wurde an die heutige Zeit angepasst.

Auf den nächsten Seiten
folgt

Ein langes Gespräch

Eine neue Geschichte
um Clary und weitere Personen
aus den »Chroniken der Unterwelt«

EIN LANGES GESPRÄCH

Clary schaute sich mit einem müden, aber zufriedenen Lächeln im Musikzimmer des New Yorker Instituts um. Es war eine heiße Sommernacht, alle Fenster standen sperrangelweit offen, und Magnus hatte Eiszapfen herbeigezaubert, die glitzernd von der Decke hingen und Kühle spendeten. Darunter drängten sich die Gäste – alles Personen, die Clary lieb und teuer waren. Der ganze Raum machte ihrer Meinung nach einen ziemlich guten Eindruck, wenn man bedachte, dass sie innerhalb kürzester Zeit einen Ort im Institut hatte finden müssen, der sich für eine Party eignete.

Zwei Tage zuvor war Simon atemlos und mit wildem Blick im Institut aufgekreuzt. Jace und Clary hatten sich im Fechtsaal gerade mit der neuen Institutstutorin, Beatriz Mendoza, und einigen ihrer Schützlinge bekannt gemacht.

»Simon!«, rief Clary. »Ich wusste gar nicht, dass du in New York bist.«

Simon hatte nach seinem Abschluss an der Schattenjäger-Akademie mit Clary den *Parabatai*-Bund geschlossen und eine Stelle als Rekrutierer angetreten – ein Posten, den der Rat neu geschaffen hatte, um die dezimierten Reihen der Schattenjäger wiederaufzufüllen. Sobald ein potenzieller Kandidat für eine Aszension gefunden war, suchte Simon ihn auf und erklärte die Bedeutung des Aufstiegs vom Irdischen zum Nephilim und die damit verbundenen Konsequenzen. Diese Aufgabe führte ihn oft weit von New York weg, was ein Nachteil war; andererseits schien es Simon große Freude zu bereiten, verängstigten Irdischen mit dem Zweiten Gesicht zu helfen und ihnen das Gefühl zu vermitteln, dass sie nicht allein waren.

Allerdings wirkte Simon in diesem Moment nicht gerade wie ein Fels in der Brandung – er sah eher aus, als wäre er in einen Tornado geraten.

»Ich habe Isabelle gerade einen Heiratsantrag gemacht«, platzte er heraus.

Vor Begeisterung stieß Beatriz einen kleinen Schrei aus, woraufhin einige ihrer Schüler, die offenbar einen Dämonenangriff befürchteten, ebenfalls schrien. Einer fiel sogar von einem der Dachbalken und landete mit dumpfem Dröhnen auf der Trainingsmatte. Clary brach in Freudentränen aus, stürmte zu Simon und schlang die Arme um ihn.

Jace dagegen legte sich auf den Boden und spreizte die Arme. »Dann wirst du zur Familie gehören«, sagte er verdrießlich. »Du und ich, wir werden Brüder sein. Die Leute werden denken, wir wären miteinander *verwandt.*«

»Nein, das denkt bestimmt niemand«, erwiderte Simon gedämpft, weil sein Gesicht gerade in Clarys Haaren verborgen war.

»Ich freue mich für euch, Simon«, sagte Clary. »Du und Izzy, ihr werdet so glücklich miteinander werden.« Sie drehte sich um und musterte Jace mit finsterem Blick. »Und was dich betrifft: Steh auf und gratuliere Simon, oder ich kippe dein teures Shampoo in den Ausguss.«

Federnd kam Jace auf die Beine, und dann schlugen Simon und er sich auf mannhafte Weise gegenseitig auf den Rücken. Clary grinste, weil sie das Gefühl hatte, dass sie das Ganze bewerkstelligt hatte. Jace und Simon waren nun schon seit einigen Jahren Freunde, aber Jace schien noch immer eine Ausrede zu brauchen, um seine Zuneigung zu zeigen – und Clary war nur allzu gern bereit, ihm eine zu liefern.

»Ist der Heiratsantrag gut gelaufen? War es romantisch? Hast du Isabelle überrascht? Ich kann kaum glauben, dass du mich nicht vorher eingeweiht hast.« Clary verpasste Simon einen spielerischen Schlag auf den Arm. »Hattest du Rosen dabei? Izzy liebt Rosen.«

»Es war eher spontan«, erklärte Simon. »Ein spontaner Heiratsantrag. Wir standen auf der Brooklyn Bridge. Izzy hatte gerade einem Shax-Dämon den Kopf abgetrennt.«

»Von Kopf bis Fuß mit Dämonensekret bespritzt ist sie dir nie zuvor strahlender erschienen als in dem Moment?«, fragte Jace.

»So etwas in der Art«, bestätigte Simon.

»Das ist das Nephilimste, was ich je gehört habe«, sagte Clary. »Und? Ich will Einzelheiten hören: Bist du auf die Knie gegangen, als du ihr den Antrag gemacht hast?«

»Schattenjäger tun so was nicht«, meinte Jace.

»Ein Jammer«, fand Clary. »Diesen Teil liebe ich in Filmen ganz besonders.«

»Warum siehst du dann so gehetzt aus?«, wandte Jace sich an Simon. »Sie hat doch Ja gesagt, oder?«

Simon fuhr sich mit den Fingern durch die Haare. »Isabelle möchte eine Verlobungsfeier.«

»Freie Getränke. Wir brauchen definitiv eine Hausbar mit freien Getränken«, verkündete Jace, der zu Clarys Belustigung große Begeisterung für das Mixen von Cocktails und Drinks entwickelt hatte.

»Nein, ihr versteht das nicht richtig«, widersprach Simon. »Isabelle möchte die Party in zwei Tagen steigen lassen.«

»Hm«, sagte Clary. »Ich begreife ja, warum sie es kaum erwarten kann, all ihren Freunden und Verwandten davon zu erzählen, aber das Ganze hat doch bestimmt noch ein paar Tage länger Zeit …?«

Jace räusperte sich und erklärte mit tonloser Stimme: »Sie möchte die Feier an Max' Geburtstag veranstalten.«

»Oh«, sagte Clary leise. Max war der jüngste und niedlichste der Lightwood-Geschwister gewesen, Izzys und Alecs kleiner Bruder. Inzwischen wäre er fast fünfzehn Jahre alt, beinahe im gleichen Alter wie Tiberius und Livvy Blackthorn. Isabelle wollte also ihre Verlobung an dem Tag feiern, an dem sie sich ihrem toten Bruder besonders verbunden fühlte. »Na ja, hast du schon mit Magnus gesprochen?«

»Natürlich. Und er würde auch gerne helfen, aber bei der ganzen Situation mit Rafael …«

»Verstehe«, sagte Clary. »Das heißt also, du brauchst unsere Hilfe?«

»Ich hatte gehofft, dass wir die Feier hier veranstalten könnten. Im Institut«, sagte Simon. »Und dass du mir bei ein paar Sachen helfen könntest, mit denen ich mich nicht so gut auskenne …«

Clary spürte ein wachsendes Unbehagen. Das Institut war vor Kurzem renoviert worden, und ein Teil der Umbauarbeiten war noch nicht abgeschlossen. Der nur selten genutzte Ballsaal diente jetzt als zweiter Trainingsraum, und in mehreren Stockwerken lagerten Holzbalken und Fliesen. Natürlich war da noch das Musikzimmer: ein ziemlich großer Raum, aber auch bis zum Rand mit Instrumenten vollgestopft – alte Cellos, mehrere Klaviere und Flügel und sogar eine Orgel. »Bei welchen Sachen?«, fragte sie vorsichtig.

Simon schaute sie mit seinen großen braunen Hundeaugen an. »Blumen, Catering, Deko …«

Clary stöhnte. Zärtlich zerzauste Jace ihr die Haare. »Du schaffst das«, sagte er, und Clary konnte an seinem Tonfall hören, dass er dabei grinste. »Komm schon, du hast einmal die ganze Welt gerettet, oder nicht? Ich glaube an dich.«

Und deshalb stand Clary nun im Musikzimmer des Instituts, unter Magnus' glitzernden Eiszapfen, die langsam auf ihr grünes Kleid tropften. Alle paar Minuten veränderte Magnus die Szenerie ein wenig und ließ imaginäre Rosenblätter durch den Raum schweben. Ein paar von Maias Rudelmitgliedern hatten dabei geholfen, die Harfe, die Orgel und eine Reihe anderer Instrumente in den Nebenraum zu schieben. (Dessen Türen waren jetzt fest verschlossen und hinter einem künstlichen Wasserfall aus flatternden Schmetterlingen versteckt.)

Der Anblick erinnerte Clary ein wenig an den Hof des Lichten

Volkes, der bei ihren Besuchen vor vielen Jahren jedes Mal anders ausgesehen hatte: einmal mit funkelndem Eis dekoriert und ein anderes Mal mit plüschigem rotem Samt. Die Erinnerung versetzte ihr einen kleinen Stich ins Herz – nicht wegen der Königin, die grausam und hinterhältig gewesen war, sondern wegen der Magie der Feenwesen. Seit der Verhängung des Kalten Friedens hatte sie die Feenhöfe nicht mehr besucht. Der Central Park war in Vollmondnächten nicht länger vom Reigen der Feenwesen erfüllt, und in den Fluten des Hudson River sah man nur noch selten Meerjungfrauen und Wassernixen. Nur manchmal hörte Clary mitten in der Nacht das einsame Schallen eines Horns, wenn die Wilde Jagd über den Himmel donnerte. Und dann dachte sie voller Trauer an Mark Blackthorn. Aber Gwyn und die Jäger waren nie irgendwelchen Gesetzen unterworfen gewesen, und das Dröhnen der Wilden Jagd bildete keinen Ersatz für die Musik der Feenwesen, die früher von Hart Island herübergeweht war.

Clary hatte mit Jace über dieses Thema gesprochen, und er hatte ihr beigepflichtet, sowohl als ihr fester Freund als auch in seiner Funktion als Co-Leiter des Instituts: Ohne die Feenwesen befand sich die Schattenwelt in einem Ungleichgewicht. Die Schattenjäger brauchten die Schattenweltler. Das war schon immer so gewesen. Wenn der Rat jetzt versuchte, die Existenz der Feenwesen zu ignorieren, würde das nur zu einer Katastrophe führen. Aber Clary und Jace hatten keinen großen Einfluss auf die Ratsmitglieder – sie waren nur zwei sehr junge Leiter eines einzelnen Instituts. Also warteten sie auf ihre Chance und bemühten sich, auf diesen Moment vorbereitet zu sein.

Auf jeden Fall gab es, soweit Clary wusste, kein anderes Institut, das eine Feier wie diese veranstalten würde. Beatriz' Schüler machten sich als Kellner nützlich und trugen Servierplatten mit Kanapees durch den Raum, die Simons Schwester aus ihrem Restaurant in Brooklyn angeliefert hatte. Sowohl die Tabletts als auch sämtliches Besteck waren mit Rücksicht auf die anwesenden Werwölfe aus Zinn gefertigt und nicht aus Silber.

Apropos Werwölfe, dachte Clary: Maia saß in einer Ecke des Raums, ihre Hand in Bats Pranke. Sie trug ein fließendes orangefarbenes Kleid und hatte die dunklen Locken hochgesteckt. An ihrem hellbraunen Hals schimmerte ihr *Praetor Lupus*-Medaillon.

Sie unterhielt sich gerade lachend mit Clarys Stiefvater Luke. Er hatte die Brille in seine Haare geschoben, die inzwischen von deutlich mehr grauen Strähnen durchzogen waren als früher; aber seine Augen funkelten so klar wie eh und je. Clarys Mutter Jocelyn hatte sich in eins der Büros zu einem ausführlichen Gespräch mit Maryse Lightwood zurückgezogen, Simons zukünftiger Schwiegermutter. Clary fragte sich, ob sie gerade eine mütterliche Ansprache darüber hielt, wie glücklich sich die Lightwoods schätzen konnten, Simon in ihrer Familie zu haben.

Julie Beauvale, Beatriz' *Parabatai,* ging an Luke und den anderen vorbei, mit einem Tablett winziger Blätterteigpasteten in den Händen. Während Clary die Gruppe beobachtete, schnappte sich Lily, Oberhaupt des Vampirclans von New York, eine der Pasteten und schlenderte zum Klavier. Dabei kam sie an Simon vorbei, der gerade Konversation mit Isabelles Vater Robert Lightwood machte und in seinem anthrazitgrauen Anzug furchtbar nervös wirkte.

Jace saß am Klavier. Er hatte seinen Samtblazer über eine Stuhllehne geworfen, und seine schlanken Hände flogen über die Tasten. Unwillkürlich musste Clary daran denken, wie sie ihn im Institut zum ersten Mal hatte musizieren sehen. Damals hatte er mit dem Rücken zu ihr am Flügel gesessen und gefragt: *Alec, bist du das?*

Jace' Miene war konzentriert, so wie es nur dann der Fall war, wenn er sich mit etwas beschäftigte, das ihm wichtig war oder seiner gesamten Konzentration wert schien: beim Kampf, beim Musizieren oder beim Küssen. Jetzt blickte er kurz auf, als würde er Clarys Blick spüren, und lächelte ihr zu. Selbst nach all den Jahren jagte sein Lächeln ihr noch immer einen Schauer über den Rücken.

Clary war unfassbar stolz auf ihn. Es hatte sie beide sehr überrascht, dass der Rat sie vor ein paar Jahren zu den neuen Leitern des New Yorker Instituts ernannt hatte. Damals hatte Maryse diese Stelle aufgegeben, und sie beide waren erst neunzehn Jahre alt gewesen und davon ausgegangen, dass Alec oder Isabelle den Posten übernehmen würden. Doch keiner der beiden interessierte sich für diese Position: Isabelle wollte lieber reisen, und Alec war zu sehr mit der Schattenweltler-Nephilim-Allianz beschäftigt, die er mit anderen ins Leben gerufen hatte.

Natürlich könnten sie das Angebot jederzeit ablehnen, hatte Clary damals Jace erklärt. Niemand konnte zur Leitung eines Instituts gezwungen werden, und schließlich hatten sie bereits Pläne für eine Weltreise geschmiedet, bei der Clary sich ihrer Malerei widmen und Jace an ungewöhnlichen Orten Dämonen bekämpfen wollte. Aber Jace hatte diese Aufgabe übernehmen wollen. Clary wusste, dass er tief in seinem Herzen das Gefühl hatte, auf diese Weise den Freunden und Verwandten Tribut zu zollen, die sie im Krieg verloren hatten, die sie nicht hatten retten können. Auf diese Weise wollte er sich für das große Glück bedanken, dass sie und die meisten ihrer Liebsten diese dunkle Zeit unversehrt überstanden hatten. Und für die Tatsache, dass ihm das Universum Alec und Isabelle und Clary beschert hatte, während er früher immer davon ausgegangen war, dass er niemals einen besten Freund oder eine Schwester haben und sich auch niemals verlieben würde.

Die Leitung des Instituts war mit viel Arbeit verbunden und erforderte Jace' gesamten Charme und Clarys Instinkt, um den Frieden zu wahren und Bündnisse zu schmieden. Keiner der beiden wäre ohne den anderen dazu in der Lage gewesen, aber gemeinsam waren sie stark: Clarys Entschlusskraft milderte seinen Ehrgeiz, ihr Wissen um die Welt der Irdischen und deren praktische Aspekte bildete einen Ausgleich zu Jace' uraltem Schattenjägerblut und Training. Jace war schon immer der Anführer ihrer kleinen Gruppe gewesen, ein geborener Stratege, der hervorragend beurteilen konnte, wer sich für welche Aufgabe am besten eignete. Clary war dagegen in der Lage, jeden Verängstigten zu beruhigen und ihm das Gefühl der Sicherheit zu vermitteln. Außerdem hatte sie dafür gesorgt, dass im Taktikraum ein Computer installiert wurde.

Lily raunte Jace irgendetwas ins Ohr, vermutlich einen Musikwunsch – sie war in den Zwanzigerjahren gestorben und wollte ständig nur Ragtime hören. Dann wirbelte sie auf ihren roten Absätzen herum und schlenderte zu einer Wolldecke, die in einer Ecke des Raums auf dem Boden ausgebreitet lag. Auf dieser Decke saß Magnus, zusammen mit seinem Sohn Max, einem dreijährigen Hexenjungen mit marineblauer Haut, der sich an ihn drängte. Daneben hockte ein Fünfjähriger mit zerzausten schwarzen Haaren, bei dem es sich jedoch um einen Nephilimjungen handelte. Mit zaghaftem Lächeln nahm er das Buch an, das Magnus ihm entgegenhielt.

Plötzlich tauchte Beatriz an Clarys Seite auf. »Wo ist Isabelle?«, fragte sie leise.

»Sie möchte einen großen Auftritt hinlegen«, flüsterte Clary. »Sie wartet darauf, dass alle versammelt sind. Warum?«

Beatriz warf ihr einen vielsagenden Blick zu und deutete mit dem Kopf auf die Tür. Sekunden später folgte Clary ihr durch den Flur, wobei sie den Rock ihres Kleides raffte, um nicht über den Saum zu stolpern. Im Vorbeigehen sah sie ihre Reflexion im Spiegel an der Wand – ihr grünes Kleid, das in der Farbe eines frischen Blumenstängels schimmerte.

Jace mochte es, wenn sie Grün trug, da die Farbe zu ihren Augen passte. Doch eine Zeit lang hatte Clary Probleme mit diesem Farbton gehabt, weil er sie immer an ihren Bruder Jonathan erinnerte, dessen Augen bei seinem Tod wieder ihre ursprüngliche grüne Farbe angenommen hatten.

Während seiner Zeit als Sebastian waren seine Augen pechschwarz gewesen. Doch das lag nun schon viele Jahre zurück.

Beatriz führte Clary ins Esszimmer. Sämtliche Oberflächen bogen sich unter Blumengestecken. Tulpen – da war Clary sich ziemlich sicher. Sie stapelten sich überall, auf Stühlen, Tischen und Sideboards.

»Die sind gerade angeliefert worden«, sagte Beatriz in unheilvollem Ton, als handelte es sich nicht um Blumen, sondern um Leichenteile.

»Okay, und wo ist das Problem?«, fragte Clary.

»Isabelle reagiert auf Tulpen allergisch«, sagte eine Stimme aus dem Schatten. Überrascht zuckte Clary zusammen. Alec Lightwood saß auf einem Stuhl am anderen Ende des langen Tischs. Er trug ein weißes Hemd, das lose über der schwarzen Anzughose hing, und hielt eine gelbe Tulpe in der Hand, deren Blütenblätter er mit seinen langen Fingern abzupfte. »Beatriz, kann ich kurz mit Clary unter vier Augen reden?«

Beatriz nickte, offensichtlich erleichtert, dass ihr jemand das Problem abgenommen hatte, und verließ das Esszimmer.

»Was ist los, Alec?«, fragte Clary und trat einen Schritt auf ihn zu. »Warum hockst du hier und nicht bei den anderen Gästen?«

»Meine Mutter hat mir gesagt, dass die Konsulin vielleicht vorbeischauen wird«, antwortete er düster.

Verwundert starrte Clary ihn an. »Und?«, fragte sie. Schließlich war Alec kein flüchtiger Verbrecher.

»Du weißt doch über Rafe Bescheid, oder?«, fragte er. »Ich meine, du kennst die Einzelheiten.«

Clary zögerte. Wenige Monate zuvor hatte der Rat Alec nach Buenos Aires geschickt, um eine Reihe von Vampirübergriffen zu untersuchen. Bei seinen Ermittlungen war er auf einen fünf Jahre alten Nephilimjungen gestoßen – einer der Überlebenden des dortigen Instituts, das im Dunklen Krieg zerstört worden war. Alec und Magnus waren immer wieder zwischen New York und Argentinien hin- und hergependelt, hatten aber niemandem davon erzählt … bis sie eines Tages mit einem abgemagerten, kleinen Jungen mit großen Augen zurückgekehrt waren und verkündet hatten, dass sie ihn adoptieren würden als ihren Sohn und Bruder für Max.

Sie gaben ihm den Namen Rafael Santiago Lightwood.

»Als ich Rafe gefunden habe, hat er auf der Straße gelebt«, erzählte Alec. »Er war halb verhungert, hat sich Essen bei den Irdischen zusammengestohlen und wurde von Albträumen gequält, weil er das Zweite Gesicht hatte und Monster sehen konnte.« Alec biss sich auf die Lippe. »Das Problem ist: Man hat uns zwar erlaubt, Max zu adoptieren, weil er ein Schattenweltler ist und niemand ihn haben wollte oder sich für ihn interessiert hat. Aber Rafe ist ein Schattenjäger und Magnus … nun mal nicht. Ich weiß nicht, was die Ratsmitglieder davon halten, wenn ein Schattenweltler ein Nephilimkind großzieht, zumal sie zurzeit verzweifelt auf der Suche nach neuen Schattenjägern sind.«

»Alec«, sagte Clary mit fester Stimme. »Sie werden euch Rafe nicht wegnehmen. Das werden wir nicht zulassen.«

»Ich werde das nicht zulassen«, sagte Alec. »Vorher bring ich sie alle um. Aber das wäre peinlich und würde die Party ruinieren.«

Vor ihrem inneren Auge sah Clary, wie Alec mit Pfeil und Bogen auf die Partygäste schoss, während Magnus sie mit seinem magischen Feuer niederstreckte. Sie seufzte. »Hast du Grund zu der Annahme, dass der Rat euch Rafe wegnehmen will? Hat es irgendwelche Hinweise dafür gegeben, irgendwelche Beschwerden vonseiten der Ratsmitglieder?«

Alec schüttelte den Kopf. »Nein. Es ist nur so … ich kenne die Ratsmitglieder. Der Kalte Friede bedeutet, dass sie ständig nervös und gereizt sind. Und obwohl inzwischen mehrere Schattenweltler einen Sitz in der Kongregation haben, traut man ihnen nicht. Manchmal hab ich das Gefühl, dass die Situation noch schlimmer ist als vor dem Dunklen Krieg.«

»Da werde ich dir bestimmt nicht widersprechen«, sagte Clary. »Aber darf ich einen Vorschlag machen?«

»Sollen wir Gift in den Punsch mixen?«, fragte Alec mit besorgniserregendem Eifer.

»Nein«, sagte Clary. »Ich wollte nur sagen, dass es sich hierbei möglicherweise um eine Verlagerung deiner tatsächlichen Angst handelt.«

Alec zog eine verwirrte Miene. Irdische Psychologiebegriffe waren bei den Schattenjägern eher Glückssache, dachte Clary seufzend.

»In Wahrheit machst du dir Sorgen, weil die Adoption eines Kindes keine leichte Angelegenheit ist. Und diese hier kam noch dazu sehr plötzlich«, erläuterte sie. »Aber auch Max' Adoption war überraschend. Und du und Magnus, ihr seid fantastische Eltern. Ihr liebt euch so sehr, und dabei entsteht nur noch mehr Liebe, die ihr geben könnt. Du brauchst dir keine Sorgen zu machen, dass ihr nicht genügend Liebe für alle Kinder haben könntet, die ihr euch wünscht.«

Alecs Augen glänzten einen Moment – leuchtend blaue Augen unter rabenschwarzen Wimpern. Dann stand er auf und ging zu Clary, die noch immer in der Nähe der Tür stand. »Kluges Mädchen«, sagte er.

»Du hast mich nicht immer für klug gehalten.«

»Stimmt, anfangs hab ich dich für eine Plage gehalten, aber inzwischen weiß ich es besser.« Er drückte ihr einen Kuss auf den Scheitel und trat aus der Tür, die Tulpe noch immer in der Hand.

»Wirf sie weg, bevor du ins Musikzimmer zurückkehrst!«, rief Clary ihm nach, während sie sich vorstellte, wie Isabelle sich röchelnd und mit Nesselausschlag auf dem Boden wälzte.

Sie seufzte und betrachtete die Tulpen. Natürlich konnte eine Verlobungsfeier auch ohne Blumendeko stattfinden. Aber …

Plötzlich klopfte jemand an die Tür. Eine junge Frau in einem Patchworkkleid und mit langen braunen Zöpfen spähte herein – Rebecca, Simons Schwester. »Darf ich reinkommen?«, fragte sie und drückte die Tür vollständig auf. »Wow, Tulpen!«

»Anscheinend reagiert Isabelle allergisch auf Tulpen«, sagte Clary grimmig.

»Mist«, meinte Rebecca. »Kann ich dich kurz sprechen?«

Clary nickte. »Klar.«

Rebecca trat ein und hockte sich auf die Tischkante. »Ich wollte dir danken«, sagte sie.

»Wofür?«

»Einfach für alles.« Rebecca schaute sich im Raum um und warf einen Blick auf die Porträts streng blickender Schattenjägerahnen, auf die Abbildungen des Erzengels und die gekreuzten Schwerter. »Ich weiß noch immer nicht besonders viel über diese ganze Schattenjägerwelt. Simon darf mir nur wenig erzählen. Und ich verstehe auch nicht ganz, was er genau macht …«

»Er ist ein Rekrutierer«, erklärte Clary. Sie wusste zwar, dass das Rebecca nicht viel sagen würde, aber sie war stolz auf Simon. Alles, was ihm widerfahren war, all die harten, schmerzhaften und schwierigen Erlebnisse – sein Dasein als Vampir, sein Gedächtnisverlust, der Aufstieg zum Schattenjäger, Georges Tod –, all das hatte er dazu genutzt, um anderen zu helfen.

»Wir haben im Krieg vor fünf Jahren viele Nephilim verloren. Und seitdem versuchen wir, neue zu erschaffen. Die besten Kandidaten sind Irdische, in deren Adern auch Schattenjägerblut fließt. Oft bedeutet das, dass sie nichts von ihrem Schattenjägererbe wissen, aber das Zweite Gesicht haben. Sie können Vampire, Werwölfe, Magie wahrnehmen – Dinge, die in ihnen das Gefühl wecken, dass sie den Verstand verlieren. Simon redet mit ihnen, erzählt ihnen, wie man ein Schattenjäger werden kann, warum das ein harter Weg ist – und warum es wichtig ist.«

Clary wusste, dass sie einer Irdischen eigentlich nichts von all dem erzählen sollte. Andererseits hätte sie Rebecca vermutlich erst gar nicht ins Institut hineinlassen sollen, ganz zu schweigen davon, sie mit dem Catering für die Feier zu beauftragen. Doch als Clary und Jace das Institut übernommen hatten, hatten sie sich geschworen, dass sie eine andere, eine neue Art von Institutsleiter sein wollten.

Schließlich waren Clary und Simon einst selbst »Irdische« gewesen, die eigentlich keinen Fuß in ein Institut hätten setzen dürfen.

Rebecca schüttelte den Kopf. »Okay, das versteh ich zwar nicht, aber mein kleiner Bruder ist eine große Nummer, stimmt's?«

Clary lächelte. »Für mich war er schon immer eine große Nummer.«

»Er ist wirklich glücklich«, sagte Rebecca. »Mit seinem Leben, mit Isabelle. Und das verdankt er alles dir.« Sie beugte sich vor und flüsterte verschwörerisch: »Als Simon und du Freunde wurdet und er dich zum ersten Mal von der Schule mit nach Hause gebracht hat, da meinte meine Mom später: ›Dieses Mädchen wird Magie in sein Leben bringen.‹ Und genau das hast du getan.«

»Im wahrsten Sinne des Wortes«, sagte Clary. Doch Rebecca schaute sie verständnislos an. Oje, dachte Clary, Jace hätte sich bestimmt kaputtgelacht. »Ich meine, das ist eine nette Bemerkung. Und ich freue mich so für ihn … Du weißt ja, dass ich Simon wie einen Bruder liebe …«

»Clary!« Hastig schaute Clary sich um, weil sie fürchtete, Isabelle könnte das Esszimmer betreten. Glücklicherweise handelte es sich aber um Lily Chen und Maia Roberts. Das Oberhaupt des Vampirclans von New York und die Anführerin des Werwolfrudels. Zusammen.

Natürlich war es nicht ungewöhnlich, die beiden zusammen zu sehen – schließlich waren sie befreundet. Aber sie waren auch Verbündete, die sich bei politischen Diskussionen gelegentlich im gegnerischen Lager wiederfanden.

»Hi, Rebecca«, sagte Maia und winkte ihr zu. Dabei glänzte der schlichte Bronzering an ihrem Finger. Sie und Bat hatten vor einiger Zeit Gelöbnisringe getauscht, es aber noch nicht offiziell gemacht. Maia war die Anführerin des Werwolfrudels in Manhattan und damit beschäftigt, die *Praetor Lupus* wieder aufzubauen und ihren Abschluss in Betriebswirtschaft zu machen; sie war beinahe erschreckend kompetent.

Lily warf Rebecca einen desinteressierten Blick zu. »Clary, wir müssen mit dir reden«, sagte sie. »Ich habe versucht, mit Jace zu sprechen, aber er spielt gerade Klavier, und Magnus und Alec sind mit diesen kleinen Wesen beschäftigt.«

»Kleinkinder«, erwiderte Clary. »Die beiden sind Kleinkinder.«

»Ich habe Alec *informiert*, dass wir seine Hilfe brauchen, aber er meinte, wir sollten dich fragen«, sagte Lily; sie klang verstimmt. Auf ihre eigene Art und Weise war sie Alec normalerweise sehr zugetan. Er war der erste Schattenjäger, der ernsthaft die Ärmel hochgekrempelt, mit Maia und Lily zusammengearbeitet und sein Nephilimwissen mit ihren Schattenweltlerkenntnissen verschmolzen hatte. Als Jace und Clary das Institut übernommen hatten, hatten sie auch die Zusammenkünfte dieser seltsamen Allianz ins Institut verlegt, regelmäßige Treffen, an denen auch Simon und Isabelle so oft wie möglich teilnahmen. Clary hatte für sie alle einen Taktikraum eingerichtet, mit Karten, Stadtplänen und wichtigen Kontaktdaten für Notfälle.

Und es gab oft Notfälle. Der Kalte Frieden bedeutete, dass die einstigen Territorien der Feenwesen in Manhattan nun einen Streitpunkt für andere Schattenweltlergruppen darstellten. Clary konnte schon gar nicht mehr zählen, wie viele Nächte sie und Jace sich um die Ohren geschlagen hatten, um mit Alec, Lily und Maia die Einzelheiten eines Waffenstillstands zwischen Vampiren und Lykanthropen auszuhandeln oder einen Racheplan im Keim zu ersticken, bevor er Gestalt annehmen konnte. Magnus hatte sogar mithilfe besonderer Zauber dafür gesorgt, dass Lily den geweihten Boden des Instituts betreten konnte – ein Privileg, das nach Jace' Wissensstand bisher noch keinem Vampir eingeräumt worden war.

»Es geht um die High Line«, sagte Maia. Die High Line war eine Parkanlage, die auf einer nicht mehr genutzten Güterzugtrasse in Manhattan entstanden und kurz darauf der Öffentlichkeit übergeben worden war.

»Die *High Line?*«, wiederholte Clary. »Seit wann interessiert ihr euch für Stadtentwicklungsprojekte?«

Rebecca winkte Lily zu. »Hi, ich bin Rebecca. Dein Eyeliner ist echt umwerfend.«

Lily ignorierte ihre Bemerkung. »Wegen ihrer erhöhten Lage handelt es sich um ein Stück Neuland in Manhattan«, sagte sie, »und deshalb gehört sie weder zum Territorium der Vampire noch zum Gebiet der Werwölfe. Aber Mitglieder beider Gruppierungen versuchen, sie für sich zu beanspruchen.«

»Müssen wir das wirklich jetzt besprechen?«, wandte Clary ein. »Schließlich sind wir hier auf Isabelles und Simons Verlobungsfeier.«

»O Gott!« Rebecca sprang auf. »Das hab ich ganz vergessen! Die Diashow!«

Hektisch lief sie aus dem Raum, sodass Clary ihr nur noch nachschauen konnte. »Diashow?«

»Wenn ich das richtig verstanden habe, ist es bei Veranstaltungen dieser Art Tradition, das zukünftige Brautpaar dadurch bloßzustellen, dass man Bilder aus ihrer Kindheit zeigt«, sagte Lily. Clary und Maia starrten sie sprachlos an. Die Vampirin zuckte die Achseln. »Was denn? Ich schaue nun mal Fernsehen.«

»Hör zu«, wandte Maia sich an Clary, »ich weiß, dass es im Moment ein ungünstiger Zeitpunkt ist, um dich mit dieser Geschichte zu belästigen. Aber allem Anschein nach haben sich gerade eine Gruppe von Werwölfen und eine Gruppe von Vampiren an der High Line versammelt, um einen Kampf über das Gebiet auszutragen. Deswegen brauchen wir sofortige Unterstützung vom Institut.«

Clary runzelte die Stirn. »Woher wisst ihr, dass da etwas läuft?«

Maia hielt ihr Handy hoch. »Ich habe gerade mit ihnen gesprochen«, sagte sie.

»Gib mal her«, forderte Clary grimmig. »Okay, mit wem habe ich es hier zu tun?«

»Leila Haryana«, erklärte Maia. »Sie gehört zu meinem Rudel.«

Clary nahm das Handy entgegen, drückte auf die Wiederwahltaste und wartete, bis sich die Stimme eines Mädchens am anderen Ende der Leitung meldete. »Leila«, sagte Clary. »Hier spricht Clarissa Fairchild vom Institut.« Sie schwieg einen Moment. »Ja, genau, die Leiterin des Instituts. Hör zu, ich weiß, dass du mit ein paar weiteren Rudelmitgliedern an der High Line bist. Ich weiß, dass es gleich zu einem Kampf mit dem hiesigen Vampirclan kommen wird. Und ich verlange, dass ihr sofort aufhört.«

Daraufhin erfolgte am anderen Ende sofort Geschrei. Clary seufzte.

»Das Abkommen hat noch immer Bestand. Und euer Verhalten stellt einen Verstoß dagegen dar«, teilte sie der Werwölfin mit. »Gemäß, äh, Paragraf zweiundvierzig Abschnitt sieben muss ein Streit über einen Gebietsanspruch dem nächstgelegenen Institut zur Klärung vorgelegt werden, bevor es zu Kampfhandlungen kommen darf.«

Weiterer Protest drang durch die Leitung.

Clary schnitt Leila das Wort ab. »Sag den Vampiren, was ich dir gerade mitgeteilt habe. Und kommt morgen früh hier ins Sanktuarium.« Sie dachte kurz an den Champagner im Musikzimmer und fügte hinzu: »Vielleicht nicht ganz so früh. Ich erwarte euch morgen um elf im Institut, zwei Vampire und zwei Lykanthropen. Dann werden wir die Sache gemeinsam klären. Falls ihr nicht hier erscheint, geltet ihr ab sofort als Feinde des Instituts.«

Murrend erklärte Leila sich einverstanden.

Clary schwieg. »Okay«, sagte sie schließlich. »Dann bis morgen. Einen schönen Tag noch.«

Sie legte auf.

»Einen schönen Tag noch?«, wiederholte Lily mit hochgezogener Augenbraue.

Clary stöhnte und gab Maia das Handy zurück. »Bei Verabschiedungen am Telefon bin ich echt schlecht.«

»Was ist denn Paragraf zweiundvierzig Abschnitt sieben?«, fragte Maia.

»Keine Ahnung«, sagte Clary. »Das hab ich erfunden.«

»Nicht schlecht«, räumte Lily ein. »Also, ich werde jetzt ins Musikzimmer zurückkehren und Alec mitteilen, wenn wir ihn das nächste Mal brauchen, sollte er besser parieren, oder ich knabbere an einem seiner Kleinkinder.«

In einem Wirbel aus bauschenden Röcken rauschte sie aus dem Esszimmer.

»Ich kümmere mich besser mal darum, dass diese Katastrophe nicht eintritt«, sagte Maia hastig. »Bis später, Clary!«

Sie setzte Lily nach und ließ Clary allein zurück. Clary lehnte sich gegen den großen Tisch in der Mitte des Raums und bemühte sich, tief durchzuatmen. Sie versuchte, sich einen friedvollen Ort vorzustellen … einen schönen Strand. Doch dieses Bild ließ sie unwillkürlich an das Institut in Los Angeles denken.

Jace und sie waren im Jahr nach dem Ende des Kriegs an die Westküste gereist, um beim Wiederaufbau des Instituts zu helfen. Von allen Instituten, die Sebastian überfallen hatte, war das in Los Angeles am schlimmsten betroffen gewesen. Emma Carstairs hatte Jace und Clary in Idris geholfen und Clarys Beschützerinstinkt geweckt. Gemeinsam mit dem kleinen blonden Mädchen hatte sie einen ganzen Tag mit dem Sortieren der Bücher in der neuen Bibliothek verbracht. Anschließend war Clary mit Emma zum Strand gegangen, um nach Muscheln und Meerglasscherben zu suchen, die Emma zu einem Armband verarbeiten wollte. Allerdings hatte sie sich geweigert, auch nur in die Nähe des Wassers zu gehen oder einen längeren Blick darauf zu werfen.

Clary hatte sie gefragt, ob mit ihr alles in Ordnung sei.

»Ich mache mir keine Sorgen um mich selbst«, hatte Emma geantwortet, »sondern um Jules. Ich würde alles tun, damit es Jules wieder besser geht.«

Daraufhin hatte Clary sie eindringlich gemustert, was Emma jedoch nicht bemerkt hatte; ihr Blick war auf den feuerroten Sonnenuntergang geheftet gewesen.

»Clary!« Erneut flog die Tür des Esszimmers auf. Dieses Mal war es tatsächlich Isabelle, die in ihrem fliederfarbenen Seidenkleid und den glitzernden Sandalen umwerfend aussah. In dem Moment, in dem sie den Raum betrat, begann sie auch schon zu niesen.

Ruckartig fuhr Clary hoch. »Beim Erzengel …« Der Schattenjägerausdruck kam ihr inzwischen ohne langes Nachdenken über die Lippen, wohingegen er ihr früher seltsam erschienen war. »Schnell raus hier.«

»Tulpen«, brachte Isabelle mit erstickter Stimme hervor, während Clary sie am Arm nahm und zurück in den Flur schob.

»Ich weiß«, sagte Clary, fächelte Isabelle Luft zu und fragte sich, ob eine Heilrune vielleicht auch gegen Allergien half. Isabelle nieste erneut, und ihre Augen begannen zu tränen. »Tut mir schrecklich leid …«, stammelte Clary.

»Is nich deine Fuld«, erwiderte Isabelle, was Clary als Allergiesprache für *Es ist nicht deine Schuld* interpretierte.

»Leider doch.«

»Pffbt«, schnaubte Isabelle wenig damenhaft und winkte abschätzig ab. »Keine Dorge. Das wird dleich widda bessa.«

»Ich schwöre, ich hatte Rosen bestellt«, versicherte Clary. »Keine Ahnung, was da schiefgelaufen ist. Morgen werde ich diesen Floristen aufsuchen und ihn umbringen. Oder vielleicht kann Alec das übernehmen. Er scheint heute irgendwie besonders mordlustig zu sein.«

»Es ist nichts passiert. Und es braucht auch niemand umgebracht zu werden«, besänftigte Isabelle sie wieder mit normaler Stimme. »Clary, ich werde heiraten! Simon und ich werden heiraten! Ich bin ja so *glücklich!«* Sie strahlte. »Ich habe es immer für eine Schwäche gehalten, jemandem sein Herz zu schenken. Weil der andere es vielleicht brechen könnte. Aber jetzt weiß ich es besser. Und das verdanke ich Simon – und auch dir.«

»Wieso? Was meinst du damit?«

Ein wenig verlegen zuckte Isabelle die Achseln. »Es liegt daran, dass du so sehr liebst. So allumfassend. Die ganze Liebe, die du gibst … das hat dich immer nur stärker gemacht.«

Clary spürte, wie ihr die Tränen in die Augen traten. »Die Tatsache, dass du Simon heiratest, bedeutet, dass wir im Grunde Schwestern werden, stimmt's? Ich meine, ist die Person, die den *Parabatai* heiratet, nicht so etwas wie eine Schwester?«

Isabelle schlang die Arme um Clary, und einen Moment lang standen sie im dämmrigen Flur und drückten sich fest. Unwillkürlich musste Clary an jenen Augenblick zurückdenken, als Isabelle und sie die ersten freundschaftlichen Annäherungsversuche unternommen hatten – damals, vor so vielen Jahren, hier im Flur dieses Instituts. *Ich hatte mir nicht nur Sorgen um Alec gemacht, sondern auch um dich.*

»Wo wir gerade von Liebe und dergleichen sprechen«, begann Isabelle mit einem verschmitzten Lächeln und löste sich von Clary, »was hältst du von einer Doppelhochzeit? Jace und du …«

Clarys Herz setzte einen Schlag aus. Sie war noch nie gut darin gewesen, ihre Gefühle zu verbergen oder ein Pokerface zu ziehen. Isabelle musterte sie verwirrt und wollte vermutlich gerade fragen, ob alles in Ordnung sei, als die Tür des Musikzimmers aufschwang und Licht und Musik in den Flur strömten. Isabelles Mutter Maryse beugte sich aus der Tür.

Sie lächelte, offensichtlich sehr glücklich – was Clary freute. Nach dem Dunklen Krieg hatten Maryse und Robert ihre Scheidung eingereicht, und danach war Robert in das Haus des Inquisitors in Idris gezogen. Maryse war in New York geblieben und hatte das Institut weitergeführt, bis sie es ein paar Jahre später frohen Herzens an Clary und Jace übergeben hatte. Allerdings war sie nicht aus New York fortgegangen – offiziell, um im Notfall bei der Institutsleitung auszuhelfen. Doch Clary vermutete, dass Maryse in Wahrheit deshalb geblieben war, um in der Nähe ihrer Kinder und ihres Enkels Max sein zu können. Ihre einst dunklen Haare zeigten nun deutlich mehr weiße Strähnen als früher, aber Maryse hielt sich noch immer kerzengerade, von Kopf bis Fuß eine Schattenjägerin. »Isabelle!«, rief sie. »Alle warten nur auf dich.«

»Gut«, sagte Isabelle, »dann kann ich ja jetzt meinen großen Auftritt hinlegen.« Sie hakte sich bei Clary unter und schritt mit ihr durch den Flur. Plötzlich war das gleißende Licht des Musikzimmers direkt vor ihnen. Alle Anwesenden drehten sich um und lächelten, als sie Isabelle und Clary im Türrahmen sahen.

Clary entdeckte Jace, wie jedes Mal: Sein Gesicht war das erste, das sie sah, wenn sie einen Raum betrat. Er saß noch immer am Klavier und spielte eine heitere, zurückhaltende Melodie. Doch er schaute auf, als Clary hereinkam, und zwinkerte ihr zu.

Der Herondale-Ring an seinem Finger glitzerte im Schein Dutzender sternförmiger Lichtkugeln, die im Raum schwebten – zweifellos Magnus' Werk. Clary dachte an Tessa, die ihr den Ring gegeben hatte, damit sie ihn Jace überreichte. Sie wünschte, Tessa könnte jetzt hier sein. Sie hatte Jace immer so gern beim Klavierspiel zugesehen.

Ein Jubel ging durch die Menge, als Isabelle den Raum betrat. Sie schaute sich um und strahlte, eindeutig in ihrem Element. Dann warf sie Magnus und Alec eine Kusshand zu, die mit Max und Rafe auf der Wolldecke saßen; die Kleinen blickten mit erstaunten dunklen Augen in die Runde. Maia und Bat pfiffen anerkennend, Lily hob ihr Glas, Luke und Rebecca lächelten übers ganze Gesicht, und Maryse und Robert beobachteten mit stolzerfüllter Miene, wie Isabelle auf Simon zuging und seine Hand nahm.

Simon strahlte vor Glück. An der weißen Wand hinter ihm lief noch immer die Diashow, von der Rebecca gesprochen hatte. Ein umrahmtes Zitat leuchtete an der Wand auf: *Eine glückliche Ehe ist wie ein langes Gespräch, das immer zu früh endet.*

Ups, dachte Clary. Das ist makaber. Sie sah, wie Magnus seine Hand über die von Alec legte. Alec verfolgte die Diashow mit Rafael auf dem Schoß. Aufnahmen von Simon, aber deutlich weniger von Isabelle – Schattenjäger legten keinen allzu großen Wert auf Fotos – tauchten flackernd auf und verschwanden nach wenigen Sekunden wieder.

Ein Bild zeigte Simon als Säugling im Arm seiner Mutter. Clary wünschte, Elaine könnte auch anwesend sein. Doch ihre Kenntnisse der Schattenjäger waren gleich null. Für Simons Mutter war Isabelle ein nettes Mädchen, das in einem Tätowierstudio arbeitete. Das nächste Foto präsentierte Simon im Alter von sechs Jahren: Er schaute grinsend in die Kamera, wobei ihm beide Vorderzähne fehlten. Dann folgte ein Bild von Simon als Teenager mit seinem E-Bass und schließlich ein Foto von Simon und Clary – zwei Zehnjährige im Park, unter einem Schauer herabfallender Herbstblätter.

Simon warf einen kurzen Blick auf die Aufnahme und schaute dann lächelnd zu Clary, wobei sich kleine Lachfalten in seinen Augenwinkeln bildeten. Clary berührte ihren rechten Unterarm – die Stelle, an der ihre *Parabatai*-Rune leuchtete. Sie hoffte, dass Simon alle ihre Gefühle in ihren Augen erkennen konnte: die Tatsache, dass er ihr Anker war, der feste Fels ihrer Kindheit und der Wegweiser ihres Erwachsenenlebens.

Durch einen Tränenschleier nahm sie wahr, wie Jace vom Klavier aufstand, den Raum durchquerte und mit Alec tuschelte, ihre dunklen und hellen Köpfe dicht zusammengesteckt. Alecs Hand lag auf Jace' Schulter, und er nickte.

So viele Jahre hatte Clary beim Anblick der beiden einfach nur beste Freunde gesehen. Sie hatte gewusst, wie sehr Jace Alec liebte, hatte es seit dem Moment gewusst, als Alec schwer verwundet worden war und Clary erlebt hatte, wie Jace – dessen Selbstbeherrschung normalerweise schon fast beängstigend war – zusammengebrochen war. Sie hatte gesehen, mit welchem Blick Jace jeden bedachte, der ein böses Wort über Alec sagte, mit zu Schlitzen zusammengekniffenen Augen, die gefährlich golden funkelten. Und Clary hatte immer angenommen, sie würde das Verhältnis der beiden verstehen: beste Freunde, genau wie Simon und sie.

Doch jetzt, da Simon ihr *Parabatai* war, verstand sie so viel mehr: die Tatsache, dass die Anwesenheit des eigenen *Parabatai* einen stärker machte. Dass er wie ein Spiegel war, der einem die beste Seite der eigenen Persönlichkeit zeigte. Sie mochte sich gar nicht vorstellen, ihren *Parabatai* jemals zu verlieren, mochte sich nicht ausmalen, durch welche Hölle man dann ging.

Pass gut auf ihn auf, Isabelle Lightwood, dachte sie, während sie Isabelle und Simon betrachtete, die Hand in Hand dastanden. *Bitte pass gut auf ihn auf.*

»Clary.« Sie war so sehr in Gedanken versunken gewesen, dass sie gar nicht bemerkt hatte, dass Jace sich von Alec gelöst hatte und zu ihr gekommen war. Doch jetzt stand er hinter ihr. Sie nahm sein Rasierwasser wahr, das sie ihm zu Weihnachten geschenkt hatte, seinen schwachen Duft nach Seife und Shampoo. Und sie spürte den weichen Stoff seines Samtblazers, als sein Ärmel ihren Arm streifte. »Komm mit.«

»Wir können doch nicht einfach von der Party verschwinden …«

»Nur für ein paar Minuten«, raunte er mit seiner tiefen Stimme, die jede schlechte Idee wie einen hervorragenden Vorschlag erscheinen ließ. Clary spürte, wie er einen Schritt zurücktrat, und folgte ihm. Da sie sich in der Nähe der Tür zum Taktikraum befanden, konnten sie sich unbemerkt aus dem Musikzimmer stehlen.

Na ja, fast unbemerkt. Alec sah ihnen nach, und als Jace die Tür des Taktikraums hinter sich schloss – und verriegelte –, hielt Alec kurz einen Daumen hoch und grinste. Eine Geste, die Clary ziemlich verwirrte, aber sie dachte nicht länger darüber nach. Hauptsächlich deshalb, weil Jace sich mit entschlossener Miene von der Tür abwandte, den Raum durchquerte, sie in die Arme nahm und küsste.

Ihr ganzer Körper bebte, wie jedes Mal, wenn sie sich küssten. In all den Jahren hatten Jace' Küsse sie nie gelangweilt, sie hatte sich nie daran gewöhnt, genauso wie man von wunderschönen Sonnenuntergängen, perfekter Musik und seinem absoluten Lieblingsbuch nie genug bekommen konnte.

Und vermutlich hatte Jace auch von ihr noch nicht genug – das schloss Clary zumindest aus der Art und Weise, wie er sie im Arm hielt, als könnte es jedes Mal das letzte Mal sein. So war es oft bei ihm. Clary wusste, dass seine Kindheit dafür gesorgt hatte, dass er sich der Liebe nie ganz sicher war und dass er in mancher Hinsicht empfindlich und zerbrechlich wie Glas reagierte – Aspekte, auf die sie immer Rücksicht zu nehmen versuchte. Und obwohl sie sich Gedanken wegen der Feier und der Gäste im Nebenraum machte, erlaubte sie sich, sich in seiner Umarmung, in seinem Kuss zu verlieren, eine Hand sanft an seiner Wange, bis sie sich schließlich keuchend voneinander lösten.

»Wow«, stieß sie atemlos hervor und fuhr mit dem Finger

über die Innenseite seines Kragens. »Ich schätze, dieses ganze romantische Drumherum und die von der Decke schwebenden Rosenblätter haben dich nicht kalt gelassen, stimmt's?«

»Pst.« Jace grinste. Seine blonden Haare waren zerzaust, seine Lider halb gesenkt. »Lass mich diesen Moment genießen.«

»Und welcher Moment soll das sein?« Belustigt schaute Clary sich um. Der Raum war schummrig, nur erhellt vom Lichtstreifen unter der Tür und dem Schein der Straßenlaternen, der durch die Fenster hereinfiel. Clary konnte die Umrisse der Musikinstrumente erkennen, bleiche, in weiße Tücher gehüllte Gespenster. Ein Stutzflügel stand an der Wand hinter ihnen. »Der Moment, wo wir uns in einem dunklen Zimmer verstecken, während draußen unsere Freunde ihre Verlobung feiern?«

Jace schwieg. Er legte die Hände um ihre Taille, hob sie hoch und setzte sie auf den geschlossenen Deckel des Flügels. Ihre Gesichter waren jetzt auf gleicher Höhe. Überrascht sah Clary ihn an. Seine Miene wirkte ernst. Er beugte sich vor, um sie zu küssen, seine Hände an ihrer Taille. Seine Finger krallten sich in den Stoff ihres Kleides.

»Jace«, flüsterte Clary. Ihr Herz raste. Sein Körper drängte sich an sie und presste ihren Rücken gegen den Flügel. Die Musik, das Lachen und die Stimmen aus dem Nebenraum schienen zu verschwimmen; Clary hörte Jace' Atem, der jetzt schnell und stoßweise ging, und erinnerte sich wieder an den jüngeren Jace, mit dem sie auf dem Rasen des Wayland-Landsitzes gelegen hatte – damals in Idris, als sie sich geküsst hatten und ihr bewusst geworden war, dass Liebe ebenso tiefe Wunden verursachen konnte wie eine scharfe Messerklinge.

Clary spürte seinen rasenden Puls. Jace schob seine Hand höher und streichelte die Haut unter dem Träger ihres Kleides. Seine Augen unter den halb gesenkten Lidern glitzerten in der Dunkelheit. »›Gebrochene Herzen lindert das Grün‹«, zitierte er. Diese Zeile stammte aus einem Schattenjäger-Kinderreim, den Clary gut kannte. Jace' Wimpern streiften ihre Wange; seine Stimme klang warm und weich in ihrem Ohr. »Du hast mein gebrochenes Herz gelindert«, flüsterte er. »Du hast die Scherben eines gebrochenen, zornigen Jungen zusammengesucht und ihn zu einem glücklichen Mann gemacht, Clary.«

»Nein«, widersprach sie mit zitternder Stimme, »das hast du selbst getan. Ich habe dich nur vom Spielfeldrand aus angefeuert.«

»Ohne dich wäre ich heute nicht mehr hier«, sagte er so sanft wie Musik an ihren Lippen. »Das gilt zwar auch für Alec, Isabelle und sogar Simon – aber du bist mein Herz.«

»Und du bist mein Herz«, sagte sie. »Das weißt du doch.«

Jetzt blickte er sie direkt an. Seine Augen waren leuchtend golden, glänzend und wunderschön. Clary liebte ihn so sehr, dass ihr Brustkorb beim Atmen schmerzte.

»Dann sagst du also Ja?«, fragte er.

»Wozu ›Ja‹?«

»Willst du mich heiraten, Clary?«

Plötzlich schien der Boden unter ihr zu schwanken. Clary zögerte, zwar nur eine Sekunde, doch es fühlte sich wie eine Ewigkeit an. Sie hätte schwören können, dass sich eine eiserne Faust um ihr Herz legte und zudrückte. Auf Jace' Gesicht zeichnete sich Verwirrung ab … als im nächsten Moment eine Explosion erfolgte und die Tür in tausend Stücke zersplitterte.

Magnus stürmte hektisch herein, mit zerknitterter Kleidung und wirr abstehenden Haaren.

Jace löste sich aus Clarys Umarmung, gerade weit genug, dass er Magnus anfunkeln konnte. »Normalerweise würde ich jetzt fragen: ›Kannst du nicht anklopfen?‹ Aber es scheint offensichtlich, dass du das nicht kannst«, sagte er mit finsterem Blick. »Wir sind beschäftigt!«

Magnus winkte abschätzig mit der Hand. »Ich bin bei deinen Vorfahren schon in viel peinlichere Situationen hineingeplatzt«, erwiderte er. »Außerdem ist das ein Notfall.«

»Magnus«, sagte Clary. »Wehe, dabei geht es um die Blumen. Oder die Torte.«

Der Hexenmeister schnaubte spöttisch. »Ich sagte: ein Notfall. Das hier ist eine Verlobungsfeier, nicht die Operation Neptune.«

»Operation *was?*«, fragte Jace, der auf dem Gebiet Geschichte der Irdischen noch Wissenslücken hatte.

»Die Karte hat einen Alarm ausgelöst … die Karte, die Nekromantie registriert«, sagte Magnus. »Vor wenigen Minuten wurde ein gewaltiger Ausstoß von Totenbeschwörungsmagie in Los Angeles verzeichnet.«

»Aber ich wollte doch eine Ansprache halten«, wandte Jace ein. »Kann die Apokalypse denn nicht warten?«

Magnus warf ihm einen finsteren Blick zu. »Die Karte ist zwar nicht ganz exakt, aber der Ausstoß war in der Nähe des dortigen Instituts.«

Clary richtete sich alarmiert auf. *»Emma«*, stieß sie hervor. »Und Julian. Die Kinder …«

»Beim letzten Mal hat sich das Ganze als Fehlalarm entpuppt«, sagte Magnus. »Aber da gibt es eine Reihe von Dingen, die mich beunruhigen.« Er zögerte. »Nicht weit vom Institut entfernt liegt ein Knotenpunkt. Ich habe ihn überprüft, und ich glaube, es ist dort passiert. Der Bereich ist verwüstet.«

»Hast du versucht, Malcolm Fade zu erreichen?«, fragte Jace.

Magnus nickte grimmig. »Er reagiert nicht.«

Clary rutschte vom Flügel herunter. »Hast du irgendjemandem davon erzählt?«, wandte sie sich an Magnus. »Ich meine, irgendjemandem außer uns.«

»Ich wollte wegen eines möglichen Fehlalarms nicht gleich die ganze Feier verderben«, antwortete Magnus. »Also habe ich nur …«

In diesem Moment tauchte ein großer Schatten im Türrahmen auf. Robert Lightwood, mit einer Tasche über der Schulter. Clary sah, dass die Griffe mehrerer Seraphklingen daraus hervorragten. Der Inquisitor blieb abrupt stehen, als er Clary und Jace entdeckte, mit zerknitterter Kleidung und geröteten Gesichtern.

»… ihm Bescheid gesagt«, beendete Magnus seinen Satz.

»Ich bitte um Verzeihung«, sagte Robert.

Jace zog eine peinlich berührte Miene. Robert zog eine peinlich berührte Miene. Magnus zog eine ungeduldige Miene. Clary wusste, dass er Robert nicht allzu sehr ins Herz geschlossen hatte, auch wenn sich ihr Verhältnis seit Max' Adoption gebessert hatte. Robert war ein guter Großvater, auf eine Weise, wie er es als Vater nie gewesen war: Er war bereit, sich mit Max – und jetzt auch mit Rafe – auf alle viere zu begeben und mit ihnen auf dem Boden herumzutollen.

»Können wir vielleicht aufhören, wegen Jace' und Clarys Liebesleben hier verlegen herumzustehen, und uns endlich auf den Weg machen?«, fragte Magnus.

»Das liegt nur an dir«, erwiderte Clary. »Ich kann das Portal nicht erschaffen; ich habe die Karte nicht gesehen. Du bist derjenige, der weiß, wohin wir müssen.«

»Ich hasse es, wenn du recht hast, Herzchen«, sagte Magnus in resigniertem Ton und spreizte die Finger. Blaue Funken erhellten den Raum wie modifizierte Glühwürmchen, ein Effekt von eigenartiger Schönheit. Die Funken verdichteten sich zu einem breiten Rahmen – ein leuchtendes Portal, durch das Clary ein Kliff sehen konnte, dazu schimmerndes Mondlicht auf einer Wasseroberfläche und die Brandung des Ozeans.

Der Geruch von Salzwasser und Salbei stieg ihr in die Nase. Jace trat an ihre Seite und nahm ihre Hand. Sie spürte den Druck seiner Finger.

Willst du mich heiraten, Clary?

Bei ihrer Rückkehr würde sie ihm eine Antwort geben müssen. Sie fürchtete sich bereits vor dem Moment. Doch jetzt waren sie zunächst einmal Schattenjäger. Kerzengerade und mit hocherhobenem Kopf trat Clary durch das Portal.

1 Malcolm Fades Haus
2 Johnny Rooks Haus
3 Das Institut von Los Angeles
4 Canter's Deli
7 Poseidons Dreizack

CASSANDRA CLARE